Ana Karenina

Liev Tolstói

Ana Karenina

Tradução de
Lúcio Cardoso

Preparação de texto, posfácio e cronologia
da vida e da época de Liev Tolstói, por
Ésio Macedo Ribeiro

1ª edição

Rio de Janeiro | 2022

Copyright © Rafael Cardoso Denis © Lúcio Cardoso

1ª edição Livraria José Olympio Editora, 1943
1ª edição Grupo Editorial Record, 2022

Design de capa: Violaine Cardinot
Imagem de capa: © Pierre Mornet, "Le ruban mauve"

Texto revisado segundo o novo Acordo Ortográfico da Língua Portuguesa.

Todos os direitos reservados. É proibido reproduzir, armazenar ou transmitir partes deste livro, através de quaisquer meios, sem prévia autorização por escrito.

Direitos desta tradução adquiridos pela
EDITORA JOSÉ OLYMPIO LTDA.
Rua Argentina, 171 – 3º andar – São Cristóvão
20921-380 – Rio de Janeiro, RJ
Tel.: (21) 2585-2000.

Seja um leitor preferencial Record.
Cadastre-se no site www.record.com.br
e receba informações sobre nossos lançamentos e nossas promoções.

Atendimento e venda direta ao leitor:
sac@record.com.br

ISBN 978-65-5847-083-0

CIP-BRASIL. CATALOGAÇÃO NA PUBLICAÇÃO
SINDICATO NACIONAL DOS EDITORES DE LIVROS, RJ

T598a Tolstói, Liev, 1828-1910
Ana Karenina / Liev Tolstói ; tradução Lúcio Cardoso ;
preparação de texto, posfácio e cronologia da vida e
da época de Liev Tolstói, por Ésio Macedo Ribeiro.
1. ed. – Rio de Janeiro : José Olympio, 2022.
770 p. ; 23 cm.

Inclui bibliografia
ISBN 978-65-5847-083-0

1. Romance russo. I. Cardoso, Lúcio. II. Macedo, Ésio.
III. Título.

CDD: 891.73
22-75911
CDU: 82-31(470+571)

Meri Gleice Rodrigues de Souza – Bibliotecária – CRB-7/6439

Impresso no Brasil
2022

Sumário

Ana Karenina   9

Posfácio, por Ésio Macedo Ribeiro   757
Cronologia da vida e da época de Liev Tostói,
por Ésio Macedo Ribeiro   765

"É a mim que competem a vingança e a retribuição"

Deuteronômio, XXXII, 35. Cf. Epístola aos
Romanos, XII, 19 e Epístola aos Hebreus, X, 30.

Primeira Parte

I

Todas as famílias felizes se parecem, as famílias infelizes são infelizes cada qual ao seu modo. Tudo estava em desordem na casa Oblonski. Prevenida de que o marido entretinha uma ligação com a antiga preceptora francesa dos seus filhos, a princesa se recusara a viver sob o mesmo teto que ele. O trágico desta situação, que se prolongava há três dias, aparecia em todo o seu horror tanto aos esposos como aos habitantes da casa. Todos, desde os membros da família até os criados, compreendiam que a vida em comum não tinha mais razão de ser — e sentiam-se mais estranhos um ao outro que os hóspedes fortuitos de um albergue.

A mulher não deixava os seus aposentos, o marido não se recolhia após o trabalho, as crianças corriam sem destino de quarto em quarto. A governante inglesa, após discutir com uma das empregadas, escrevera a uma amiga pedindo que lhe procurasse outra colocação e o patrão desde a véspera, à hora do jantar, que a havia despachado. Os cocheiros e a cozinheira pediram as suas contas.

O príncipe Stepane Arcadievitch Oblonski — Stiva, para os amigos — no dia imediato à desavença despertou às oito horas, como de costume, mas em seu gabinete de trabalho, sobre um divã de couro, e não na alcova conjugal. Desejoso de prolongar o sono, voltou preguiçosamente nas molas do divã o seu corpo bem cuidado e, envolvendo-o com os braços, apoiou a face no travesseiro — endireitou-se com um gesto brusco e abriu definitivamente os olhos.

"Como era?", pensou, procurando recordar os detalhes de um sonho. "Sim, como era? Ah! Alabine oferecia um jantar a Darmstadt, mas Darmstadt estava na América... Alabine oferecia um jantar sobre mesas de vidro, e as mesas cantavam *Il mio tesoro*... não, não era esta ária, mas outra bem mais bonita... E ele tinha sobre as mesas não sei que espécie de garrafinhas que eram ao mesmo tempo mulheres."

Um brilho de alegria surgiu nos olhos de Stepane Arcadievitch. "Sim", refletiu sorrindo, "era encantador, completamente encantador, mas, uma vez acordado, essas coisas não mais podem ser contadas, não se possui a noção bem exata."

Observando um raio de luz que se infiltrava no aposento através das cortinas entreabertas, deixou alegremente sair do leito os seus pés em busca das chinelas de marroquim castanho, presente da mulher no seu último aniversário, enquanto que, cedendo a um hábito de anos, procurava o *robe de chambre*, suspenso na cabeceira do leito. Mas, recordando-se subitamente do lugar onde se achava e da razão que ali o trouxera, cessou de sorrir e franziu a testa.

"Ah, ah, ah!", gemeu, sob a investida das recordações. Uma vez ainda a sua imaginação representava todos os detalhes da cena fatal, o odioso de uma situação sem saída. Uma vez ainda ele teve — e nada era tão doloroso — de se reconhecer como o próprio autor do seu infortúnio.

"Não, ela não perdoará e não pode perdoar! E o mais terrível é que eu sou a causa de tudo sem, no entanto, ser culpado. Eis o drama. Ah, ah, ah!", repetia desesperadamente, evocando os minutos mais atrozes da cena, o primeiro principalmente, quando voltava muito alegre do teatro, trazendo uma pera para a sua mulher. Não a achou no salão e nem mesmo, para sua surpresa, no gabinete, descobrindo-a enfim no quarto de dormir, tendo entre as mãos o malfadado bilhete que lhe preparara tudo.

Ela, essa Dolly que ele tinha por uma boa governante, eternamente ocupada e um pouco moderada, estava imóvel, o bilhete entre os dedos, fitando-o com uma expressão de terror, de desespero e indignação.

— Que é isso? — repetia ela, mostrando o bilhete.

E, como acontecia frequentemente, o que deixava a Stepane Arcadievitch tão desagradável recordação era menos a cena em si que a resposta dada à sua mulher.

Achara-se então na situação de uma pessoa subitamente convencida de uma ação odiosa, e, como sempre acontece, não soube compor uma fisionomia que atenuasse os fatos. Em lugar de insultar-se, negar, justificar--se, pedir perdão, de afetar mesmo certa indiferença — qualquer coisa seria melhor! —, pôs-se instantaneamente a sorrir, involuntariamente (ação reflexa, pensou Stepane Arcadievitch, que gostava de fisiologia), e esse sorriso estereotipado só podia ser extremamente tolo.

Quanto a esse sorriso idiota, não podia esquecê-lo, pois fora ele quem provocara em Dolly um *frisson* de dor. Com o seu arrebatamento habitual, ela o oprimiu sob uma onda de palavras amargas e, cedendo-lhe o lugar no mesmo instante, recusou-se desde então a vê-lo.

"Foi esse estúpido sorriso que pôs tudo a perder!", pensava Oblonski. "Mas que fazer, que fazer?", repetia desesperadamente, sem achar uma resposta.

II

Sincero consigo mesmo, Stepane Arcadievitch não se iludia: não experimentava o menor remorso e se sentia perfeitamente bem. Esse homem de trinta e quatro anos, pessoalmente elegante e de temperamento amoroso, não podia se arrepender de haver se descuidado da mulher, um ano mais jovem que ele e mãe de sete filhos, dos quais viviam cinco — não, deplorava somente não ter encoberto melhor o seu jogo. Mas, compreendendo a gravidade da situação, lutava com a mulher, os filhos e consigo próprio. Talvez tivesse tomado melhor as precauções, se pudesse prever o efeito que a descoberta de tais loucuras produziria em sua mulher. Sem jamais refletir seriamente sobre a coisa, imaginava de um modo vago que ela desconfiava de tudo e fechava voluntariamente os olhos. Achara mesmo que Dolly, envelhecida, fatigada, excelente mãe de família, sem nenhuma qualidade que a fizesse extraordinária, procuraria naturalmente demonstrar indulgência. O erro fora enorme.

"Ah! É terrível, terrível, terrível!", repetia Stepane Arcadievitch, sem achar saída para a sua infelicidade. "E tudo ia tão bem, nós éramos tão felizes! Eu não a incomodava em nada, deixava-a educar e dirigir as crianças, a casa às suas ordens... Evidentemente, é desagradável que aquela pessoa seja a nossa preceptora. Sim, é deplorável. Existe alguma coisa de vulgar, de banal, em galantear a preceptora dos nossos filhos. Mas que preceptora! (Ele revê os olhos negros, o sorriso leviano de Mlle. Roland). Enfim, enquanto ela permanecer nesta casa, eu não terei permissão... O pior é que ela, desde agora, é... E tudo aquilo como um fato espontâneo. Ah, meu Deus, meu Deus, que fazer?"

Não encontrava outra resposta senão essa que a vida concede de maneira geral a todas as questões, as mais complicadas, as mais insolúveis: submergir no ramerrão cotidiano, esquecer. Não podia, pelo menos até a noite seguinte, encontrar o esquecimento no sono, na ária das garrafinhas. Restava apenas afundar-se na reflexão da vida.

"Veremos mais tarde", concluiu Stepane Arcadievitch, levantando-se. Vestiu o *robe de chambre* pardo forrado de seda azul, aspirou o ar a plenos pulmões em sua larga caixa torácica e, com aquele andar sacudido que tirava do seu corpo toda a aparência de lentidão, avançou para a janela, separou as cortinas e tocou energicamente a campainha. O criado Mateus, um velho amigo, entrou imediatamente, com as roupas e os sapatos do patrão, trazendo também um telegrama. Atrás vinha o barbeiro com os seus aprestos.

— Trouxeste os papéis da secretária? — inquiriu Stepane Arcadievitch, tomando os documentos e sentando-se em frente ao espelho.

— Estão na mesa — respondeu Mateus, fitando o patrão com ar cúmplice, e, após um instante, com sorriso astucioso, acrescentou: — O alugador de carruagens esteve aí.

Como única resposta, Stepane Arcadievitch cruzou no espelho o seu olhar com o de Mateus, o gesto provava como estes dois homens se entendiam. "Por que esta pergunta? Não sabes como te manter?", parecia indagar Stepane Arcadievitch.

As mãos nos bolsos, uma perna afastada, um riso imperceptível nos lábios, Mateus contemplava o patrão em silêncio. Afinal, deixou cair a frase evidentemente preparada:

— Eu disse a ele que voltasse no outro domingo e que não o incomodasse inutilmente.

Stepane Arcadievitch compreendeu o desejo de Mateus de se distinguir com uma amabilidade. Abriu o telegrama, examinou-o, restabelecendo lentamente as palavras desfiguradas, e o seu rosto se iluminou.

— Mateus, minha irmã Ana Arcadievna chegará amanhã — disse, detendo por um momento a mão rechonchuda do barbeiro, em transe de desenhar, com a ajuda do pente, uma linha entre os seus cabelos encrespados.

— Deus seja louvado! — gritou Mateus, num tom que provava a sua compreensão ante a importância de tal notícia: Ana Arcadievna, a irmã querida do patrão, poderia ajudar na reconciliação dos esposos!

— Sozinha ou com o marido? — indagou ele.

À maneira de resposta, Stepane Arcadievitch, que abandonava o lábio superior ao barbeiro, levantou um dedo. Mateus fez um sinal com a cabeça no espelho.

— Sozinha. Devemos arranjar o seu quarto no alto?

— Onde Daria Alexandrovna ordenar.

— Sim. Mostre-lhe este telegrama e diga-me a sua decisão.

"Ah, ah, o senhor deseja fazer uma tentativa", pensou Mateus, que respondeu simplesmente: — Está bem, senhor.

Stepane Arcadievitch, a *toilette* acabada e o barbeiro despedido, ia tomar as suas roupas quando Mateus, o telegrama na mão, a passos leves, entrou novamente no aposento.

— Daria Alexandrovna mandou dizer que viajará e que o senhor poderá fazer o que entender — declarou ele, sorrindo com os olhos, as mãos enfiadas nos bolsos, a cabeça inclinada, o olhar fixo no patrão.

Stepane Arcadievitch conservou-se mudo por um momento; depois, um sorriso de piedade passou sobre o seu belo rosto.

— Que pensas, Mateus? — perguntou, sacudindo a cabeça.

— Isso se desenvolverá, senhor.

— Isso "se desenvolverá"?

— Certamente, senhor.

— Acreditas?... Mas quem vem aí? — perguntou Stepane Arcadievitch, ouvindo do lado da porta o rumor de um vestido.

— Sou eu, senhor — respondeu uma voz feminina decidida, mas estável. E o rosto devastado e severo de Matrona Filimonovna, a aia das crianças, surgiu na moldura da porta.

— Que há, Matrona? — perguntou Stepane Arcadievitch, dirigindo-se a ela.

Se bem que soubesse intimamente de todas as injustiças praticadas contra a mulher, a casa inteira era por ele, inclusive Matrona, que era a grande amiga de Daria Alexandrovna.

— Que há? — repetiu ele, num tom abatido.

— O senhor deveria procurar a senhora e pedir perdão mais uma vez. Talvez que o bom Deus seja misericordioso. Madame se afligirá, sentindo piedade, e tudo irá bem em casa. É necessário ter piedade das crianças, senhor. Pedirá perdão por causa delas. Que se pode fazer, quando se bebeu muito vinho...

— Mas ela não me receberá...

— Vá de qualquer modo. Deus é misericordioso. Suplique, senhor, suplique!

— Está bem, consinto — disse Stepane Arcadievitch, tornando-se escarlate. — Vamos, deixa-me ver rapidamente minhas roupas — ordenou a Mateus, rejeitando com um gesto o seu *robe de chambre*.

Respirando invisíveis fragmentos de poeira, Mateus estendeu como uma coleira a camisa engomada, que deixou cair com prazer evidente no corpo delicado do seu patrão.

III

Já vestido, Stepane Arcadievitch perfumou-se com um vaporizador, arranjou os punhos da camisa, pôs automaticamente os cigarros nos bolsos, a carteira, os fósforos, o relógio de dupla corrente ornada de berloques, amarrotou o lenço e sentiu-se novo, disposto, perfumado e de um incontestável bom humor físico, apesar da inquietação moral. Dirigiu-se, com passos um pouco saltitantes, para a sala de jantar, onde o esperavam o seu café e a sua correspondência.

Examinou as cartas. Uma delas, a de um negociante com quem tratava a venda de um bosque na propriedade da sua mulher, contrariou-o bastante. Essa venda era indispensável, mas, enquanto não se reconciliassem, não queria pensar nela, repugnando-o envolver neste grave caso uma questão de interesse. A ideia de que o seu procedimento poderia ser influenciado pela necessidade dessa venda parecia-lhe particularmente odiosa.

Depois da leitura da correspondência, Stepane Arcadievitch puxou os cadernos, examinando dois deles, apressadamente, fazendo algumas anotações a lápis e, empurrando a papelada, pôs-se finalmente a fazer a refeição da manhã: bebendo o café, abriu o jornal, ainda úmido, e mergulhou na leitura.

Stepane Arcadievitch recebia um desses jornais de feição liberal, não muito pronunciada, conveniente à maioria do público. Apesar de não se interessar pela ciência, nem pela arte, nem pela política, partilhava plenamente sobre todas estas questões da opinião do seu jornal e da maioria; só mudava de opinião quando a maioria mudava — ou melhor, ele não mudava, as opiniões é que se modificavam imperceptivelmente nele.

Stepane Arcadievitch escolhia as suas maneiras de pensar como as formas dos seus chapéus ou dos seus capotes: adotava-as porque eram as de todo o mundo. Como vivia numa sociedade onde uma certa atividade intelectual é considerada como apanágio de uma idade amadurecida, as opiniões eram-lhe tão necessárias como os chapéus. Ao conservantismo que professavam as pessoas do seu meio, ele preferia, em verdade, o liberalismo, não que achasse esta tendência mais sensata, mas simplesmente porque ela quadrava melhor com o seu gênero de vida. O partido liberal achava que tudo ia mal na Rússia e era precisamente o caso de Stepane Arcadievitch, que tinha muitas dívidas e poucos recursos. O partido liberal proclamava que o casamento, instituição caduca, exigia uma reforma urgente e para Stepane Arcadievitch a vida conjugal apresentava realmente pouco prazer, ela o forçava a mentir, a dissimular, o que repugnava a sua natureza. O partido liberal sustentava, ou antes deixava entender, que a religião era um simples freio aos instintos bárbaros do povo e Stepane Arcadievitch, que não podia suportar o ofício mais curto sem se queixar das pernas, não compreendia que se pudesse entregar a tiradas patéticas sobre o outro mundo quando era tão bom viver-se neste. Acrescentemos a tudo isso que Stepane Arcadievitch, de humor admirável, divertia-se em escandalizar as pessoas tranquilas: para que fazer ostentação dos antepassados, afirmava ele, por que se agarrar a Rurik e negar o primeiro ancestral, o macaco? O liberalismo tornou-se-lhe, pois, um hábito: ele gostava do seu jornal como do cigarro após o jantar, pelo prazer de sentir um rápido nevoeiro flutuar em torno do seu cérebro.

Percorreu o artigo de fundo, que demonstrava a injustiça do nosso tempo de ver no radicalismo uma ameaça a todos os elementos conservadores e de incitar ainda o governo a tomar medidas para destruir a hidra revolucionária. "A nosso ver, o perigo não vem desta suposta hidra, mas da obstinação tradicional que se opõe a todo progresso etc. etc...." Leu igualmente um outro artigo, em que o autor tratava de finanças, citando Bentham e Mill, lançando críticas ao ministério. O seu espírito vivo e sutil lhe permitiu escapar a cada uma destas alusões, adivinhando de onde elas partiam e a quem se destinavam, o que lhe causou um certo prazer. Hoje, porém, este prazer era estragado pela recordação dos conselhos de Matrona Filimonovna, pelo sentimento de que tudo não ia muito bem na casa. Ainda leu que se acreditava tivesse o conde de Beust partido para Wiesbaden; que não existiam cabelos grisalhos;

que se vendia uma carruagem; que um rapaz procurava colocação — mas estas notícias não lhe produziram a doce satisfação irônica que ordinariamente lhe causavam.

Quando concluiu a leitura, e depois de beber uma segunda xícara de café com fatias de pão, levantou-se, sacudiu as migalhas presas ao colete, corrigiu a posição do seu largo peito e sorriu de prazer. Com este sorriso beato, sinal de uma excelente digestão, antes que de um estado de alma particularmente feliz, pôs-se a refletir.

Duas vozes moças fizeram-se ouvir atrás da porta. Stepane Arcadievitch reconheceu Gricha, seu filho mais jovem, e Tania, sua filha mais velha. As crianças tinham derrubado um objeto e se entretinham em reunir os pedaços.

— Bem que eu disse não ser necessário colocar os viajantes na "imperiale" — gritava a mocinha, em inglês. — Amontoemos os pedaços.

"Tudo vai indo mal", pensou Stepane Arcadievitch —, "as crianças estão abandonadas." Aproximou-se da porta para chamá-las. Abandonando a caixa que lhes representava um comboio, os pequenos acorreram.

Tania entrou impetuosamente, precipitou-se no pescoço do pai, de quem era ela a favorita, divertindo-se em respirar o perfume bem seu conhecido. Quando ela beijou afinal, para a sua alegria, aquele rosto ruborizado pela posição inclinada e radiante de ternura, libertou os braços e procurou fugir, mas o pai a reteve.

— Que faz mamãe? — perguntou, acariciando o pescoço alvo e delicado da filha... — Bom dia — ajuntou, dirigindo-se ao menino que o saudava.

Confessava-se intimamente que amava menos o filho e procurava equilibrar a balança, mas Gricha sentia a diferença e não respondeu ao sorriso forçado do pai.

— Mamãe? Já se levantou — respondeu a pequena.

Stepane Arcadievitch suspirou.

"Passou novamente uma noite em claro", pensou.

— Ela está alegre?

A menina sabia que o pai e a mãe estavam brigados: sua mãe não podia, pois, estar alegre, seu pai não o ignorava e dissimulava fazendo a pergunta num tom rápido. Ela enrubesceu pelo pai. Ele compreendeu, corando por sua vez.

— Vá, minha Tania. Um momento — acrescentou, retendo-a e acariciando a sua mãozinha.

Procurou sobre o fogão uma caixa de balas ali posta na véspera. Pedindo que ela escolhesse os preferidos, deu-lhe dois bombons, um de chocolate e outro de creme.

— Este é para Gricha? — disse ela, designando o de chocolate.

— Sim, sim.

Após uma última carícia nas suas pequenas espáduas, um beijo nos cabelos e no pescoço, deixou-a partir.

— A carruagem chegou adiantada — veio anunciar Mateus. — E aí está uma solicitadora — acrescentou.

— Há muito tempo? — inquiriu Stepane Arcadievitch.

— Meia hora.

— Quantas vezes já te ordenei para me prevenir imediatamente!

— Precisava dar tempo para a refeição — respondeu Mateus, com um modo tão amigavelmente brusco que seria inútil zangar-se.

— Faça-a entrar — contentou-se em dizer Oblonski, franzindo a testa.

A solicitadora, esposa de um certo capitão Kalinine, pedia uma coisa impossível e que fugia ao senso comum, mas, fiel aos seus hábitos amáveis, Stepane Arcadievitch fê-la sentar-se, escutou sem interrompê-la, aconselhando longamente o caminho a seguir, e escreveu mesmo, com a sua bela letra larga e nítida, um expressivo bilhete à pessoa que podia ajudá-la. Depois de se despedir da esposa do capitão, Stepane Arcadievitch tomou o chapéu e deteve-se, perguntando se não esquecia alguma coisa. Ele só não tinha esquecido o que mais desejava esquecer: a sua mulher.

"Ah, sim!" Abaixou a cabeça, preso de ansiedade. "Devo ou não devo ir?" — perguntou intimamente. Uma voz interior lhe dizia que seria melhor se abster, que iria se colocar numa situação falsa, que uma reconciliação era impossível: podia torná-la atraente como antigamente, podia fazer-se velho e incapaz de amar? Não, na hora atual só através de hipocrisia e mentira alcançaria um bom procedimento: e a hipocrisia, como a mentira, repugnavam à sua natureza.

"No entanto, é preciso que eu vá até lá, as coisas não podem ficar assim" — concluiu, ensaiando adquirir coragem. Endireitou-se, tirou um cigarro da caixa, acendeu-o, atravessou o salão com grandes passos e abriu a porta que dava para o quarto da sua mulher.

IV

Numa confusão de objetos jogados por terra, Daria Alexandrovna, descuidada, esvaziava as gavetas de uma cômoda. Tranças mal feitas retinham sobre a nuca a cabeleira que fora bela e que se tornava de mais em mais rara, e a magreza do seu rosto devastado pelo desgosto fazia sobressaírem estranhamente os grandes olhos amedrontados. Quando ouviu os passos do marido, deteve-se por um instante, o olhar na porta, e esforçou-se por tomar um ar de severidade e desprezo. Ela julgava recear o marido e a entrevista. Pela segunda vez, depois de três dias, tentava arrumar as suas roupas e as dos filhos, a fim de refugiar-se na casa de sua mãe — pela segunda vez, entretanto, ela se aconselhava a fim de empreender alguma coisa, punir o infiel, humilhá-lo, devolver-lhe uma fraca parte do mal que ele lhe causara. Mas, apesar de tudo, mesmo avisando que o deixaria, sentia ao mesmo tempo que não faria nada, que não podia deixar de amá-lo, de considerá-lo como seu marido. Demais, ela se confessava que se em sua própria casa tinha pena de separar-se dos seus cinco filhos, seria bem pior onde contava levá-los. Um caldo que entornara havia queimado um pequeno e os outros não tinham jantado na véspera... Compreendia, pois, que nunca teria coragem de partir, mas procurava tentar a mudança, reunindo os seus objetos.

Percebendo o marido, recomeçou a esvaziar as gavetas e não levantou a cabeça enquanto não o sentiu muito perto. Então, em lugar do ar severo e resoluto que contava lhe opor, mostrou-lhe um rosto assolado pelo sofrimento e pela indecisão.

— Dolly! — disse ele, surdamente.

A cabeça encolhida entre os ombros, ele afetava modos piedosos e submissos, que não condiziam com o seu exterior brilhante de saúde. Com rápido olhar, ela fitou-o dos pés à cabeça, podendo constatar a perfeita vitalidade, radiante, que brotava de todo o seu ser. "Mas ele está feliz e contente", pensou ela, "enquanto que eu!... E esta odiosa futilidade que o faz querido de todo mundo, como eu a detesto!" A sua boca se contraiu, no rosto pálido e nervoso um músculo da face direita tremeu.

— Que quer o senhor? — perguntou secamente, com uma voz que ele não conhecia.

— Dolly! — repetiu ele, a voz trêmula. — Ana chega hoje.

— Que me importa! — gritou ela. — Eu não posso recebê-la.

— Mas, Dolly, faz-se necessário...

— Vá embora! — gritou ela sem o olhar, como se este grito fosse produzido por uma dor física.

Longe da mulher, Stepane Arcadievitch pôde conservar a sua calma, esperar que tudo "se desenvolvesse", segundo as palavras de Mateus, ler tranquilamente o seu jornal e tomar não menos tranquilamente o seu café; mas quando viu este rosto transtornado, quando percebeu aquela voz resignada, desesperada, a sua respiração se deteve, alguma coisa lhe subiu à garganta, as lágrimas inundaram-lhe os olhos.

— Meu Deus, que fiz! Dolly, em nome do céu! Olhe, eu...

Ele não pôde continuar: um soluço explodiu em sua garganta.

Ela fechou violentamente a cômoda e se voltou para ele.

— Dolly, que posso te dizer? Uma única palavra: perdoa-me. Revê as tuas lembranças: nove anos da minha vida não podem resgatar um minuto... um minuto...

Os olhos baixos, ela escutou avidamente e parecia animá-lo a convencê-la.

— Um minuto de arrebatamento... — pronunciou ele, enfim, e quis continuar. Mas a palavra a ferira: novamente os seus lábios se contraíram, novamente os músculos da sua face direita tremeram.

— Vá embora! — gritou ela, cada vez mais exaltada. — Não me fale dos seus arrebatamentos, das suas vilanias.

Ele quis sair, mas, desfalecendo, apoiou-se ao encosto de uma cadeira. O rosto de Oblonski se dilatou, os lábios entumeceram-se, os olhos encheram-se de lágrimas.

— Dolly — suplicou ele, soluçando —, em nome do céu, pense nas crianças, elas não são culpadas! Só há um culpado, que sou eu, castigue-me, dize-me como poderei sofrer a expiação. Estou disposto a tudo. Sim, eu sou culpado, muito culpado. Não encontro palavras para exprimir o meu arrependimento. Perdoa-me, Dolly, eu te suplico!

Ela sentou-se. Ele ouviu com um sentimento de piedade infinita aquela respiração breve e opressiva. Muitas vezes ela ensaiou falar, sem conseguir. Ele esperou.

— Pensas nas crianças quando queres te divertir, mas eu, eu penso sem cessar e sei que as vejo perdidas, sem salvação — pôde ela dizer, afinal.

Era sem dúvida uma das frases que ela muitas e muitas vezes repetira no curso daqueles três dias.

Ela dissera "tu", ele a olhou com reconhecimento e fez um movimento para segurar sua mão, mas Dolly o repeliu com um gesto de desgosto.

— Penso nas crianças e faria tudo para salvá-las, mas ainda não sei o que será melhor para elas: colocá-las longe do pai ou deixá-las em face de um crápula... Vejamos, depois... depois do que se passou, dize-me se é possível vivermos junto? — repetiu ela em voz alta. — Quando o meu marido, o pai dos meus filhos, mantém uma ligação com a preceptora...

— Mas que fazer? Que fazer? — indagou ele numa voz triste, não sabendo bem o que dizia e baixando gradualmente a cabeça.

— O senhor me causa repugnância e me causa revolta — gritou ela, no auge da irritação. — As suas lágrimas nada são senão água! O senhor me provoca mágoa, horror, é para mim um estranho, sim, um ESTRA-NHO! — repetiu, firmando-se, com uma cólera dolorosa, nesta palavra que julgava terrível.

Ergueu os olhos para ela: a sua fisionomia encolerizada o surpreendeu e o aterrorizou. A comiseração que ele agora demonstrava exasperava Dolly: ela não tinha necessidade de piedade quando esperava amor. Mas Stiva não compreendeu. "Não", pensou, "ela me odeia, nunca me perdoará."

— É terrível, terrível! — murmurou.

Nesse momento, uma das crianças, que havia sem dúvida caído, come-çou a chorar no quarto vizinho. Daria Alexandrovna apurou os ouvidos e o seu rosto suavizou-se. Voltou novamente a si, hesitou alguns instantes e, erguendo-se bruscamente, dirigiu-se para a porta.

"Ela ama o meu filho", pensou ele, "como pode então me odiar?"

— Dolly, ainda uma palavra! — insistiu, seguindo-a.

— Se o senhor continuar a me seguir, eu chamarei os criados e as crianças. Que todos eles sejam testemunhas da sua infâmia. Eu parto hoje, deixarei livre o lugar: instale aqui a sua amante.

Saiu, fechando violentamente a porta.

Stepane Arcadievtch suspirou, enxugou o rosto e, a passos lentos, dirigiu-se para a porta. "Acha Mateus que isso 'se desenvolverá', mas eu, verdadeiramente, não vejo como. Ah, que horror! E que modos ordiná-rios ela tem", pensava ele, recordando o seu grito, bem como as palavras "infâmia" e "amante". "Que as crianças nada tenham ouvido! Sim, tudo isso é bastante vulgar." Deteve-se um momento, limpou os olhos, suspirou, endireitou-se e saiu.

Era uma sexta-feira, na sala de jantar o relojoeiro — um alemão — re-montava a pêndula. Stepane Arcadievtch recordou-se que, impressionado pela regularidade deste homem calvo, escrevera um dia que o alemão fora criado e posto no mundo para remontar "pêndulas durante toda a sua vida". Um bom gracejo não o deixaria jamais indiferente. "Depois de tudo, talvez que isso se decida". A palavra era agradável demais, ele a empregou a calhar.

— Mateus! — gritou ele, e quando este apareceu, ordenou: — Matrona e tu preparem o salão pequeno para Ana Arcadievna.

— Está bem, senhor.

Stepane Arcadievitch vestiu o capote e ganhou a saída, seguido por Mateus.

— O senhor não jantará em casa? — inquiriu o fiel servidor.

— Depende. São teus, utilize-os na despesa — disse Oblonski, tirando da carteira uma nota de dez rublos. — É bastante?

— Bastante ou não, arranja-se tudo do melhor modo — replicou Mateus, fechando o portão.

Mas Daria Alexandrovna consolara a criança e, advertida da partida do marido pelo ruído que a carruagem fizera ao se afastar, apressou-se em retornar ao quarto, o seu único refúgio contra as balbúrdias domésticas. Durante esta curta evasão, a inglesa e Matrona Filimonovna não tinham concluído as urgentes questões que apenas ela podia resolver: "Que roupas as crianças deverão usar para o passeio? Deve-se dar o leite? Deve-se procurar outra cozinheira?"

"Ah, deixem-me tranquila!", dissera. E voltando ao lugar onde tivera a conversa com o marido, reviu mentalmente os detalhes, apertando uma contra a outra as suas mãos descarnadas, onde os dedos já não retinham os anéis. "Ele partiu. Mas teria ele rompido com 'ela'? Ele ainda 'a' veria? Por que não lhe perguntara? Não, não, impossível retornar à vida em comum. Ainda que fiquemos sob o mesmo teto, seremos sempre estranhos, sim, estranhos para sempre", repetiu, insistindo com uma energia particular sobre aquela palavra fatal. "E como eu o amei, meu Deus, como eu o amei!... Mas será que atualmente eu já não o amo, ou talvez o faça com mais força?... O que há de mais insuportável é..."

A entrada de Matrona Filimonovna interrompeu as suas reflexões.

— A senhora deve ordenar pelo menos que se vá procurar meu irmão — disse Matrona. O jantar está pronto. Senão, como ontem, as crianças não jantarão às seis horas.

— Está bem, eu darei as ordens. Procuraram leite fresco?

Daria Alexandrovna mergulhou na rotina cotidiana e afogou por um momento a sua dor.

V

Graças aos seus felizes dons naturais, Stepane Arcadievitch fizera bons estudos, mas, preguiçoso e dissipado, saíra do colégio com um mau lugar. E apesar do seu gênero de vida dissoluto, da sua grande mediocridade, da sua idade pouco avançada, ele ocupava uma posição importante e bem remunerada, a de chefe de seção num estabelecimento público de Moscou. Devia este emprego à proteção do marido da sua irmã Ana, Alexandrovitch Karenine, um dos responsáveis pelo ministério de que dependia o estabelecimento em questão, e, além do cunhado, a uma centena de pessoas: irmãos e irmãs, tios e tias, primos e primas, que tinham procurado para Stiva Oblonski este lugar ou outro do mesmo gênero, assim como os seis mil rublos de ordenado que necessitava para sua casa, a despeito da considerável fortuna da sua mulher.

Stepane Arcadievitch contava com a metade de Moscou e de Petersburgo em sua parentela ou em suas relações. Nascido entre os poderosos daquele mundo — os de hoje como os de amanhã — um terço das personalidades influentes, pessoas idosas, velhos amigos do seu pai, tinham-no conhecido nos babadouros. O segundo terço tratava-o por "tu". Os outros eram conhecidos. Em consequência, os distribuidores dos bens da terra sob formas de empregos, fazendas, concessões etc. eram todos seus amigos e não o esqueciam. Não lhe foi difícil, pois, conseguir uma situação vantajosa: pediam-lhe apenas para não se mostrar fraco, nem zeloso, nem colérico, nem suscetível, defeitos aliás incompatíveis com a sua bondade natural... Acharia ridículo se lhe tivessem recusado o lugar e os emolumentos de que necessitava. Que exigia de tão extraordinário? Um emprego como obtinham as pessoas que o cercavam, da sua idade e do seu meio, e que ele se sentia capaz de desempenhar tão bem como qualquer outro.

Não se gostava de Stepane Arcadievitch apenas devido ao seu caráter amável e à sua incontestável lealdade. O seu exterior seduzia, os olhos vivos, as sobrancelhas e os cabelos negros, a tez de um rosado leitoso, em suma, toda a sua pessoa exalava não sei que encanto físico que alegrava os corações e os arrastava irresistivelmente para ele. "Ah, Stiva Oblonski!", gritavam sempre, com um sorriso alegre, quando o encontravam. Esses encontros só deixavam lembranças vagas, que não se reavivavam no dia seguinte.

Depois de ocupar durante três anos, em Moscou, a sua alta função, Stepane Arcadievitch adquiriu não somente a amizade, mas ainda a consideração dos colegas e de todas as pessoas que com ele mantinham contato. As qualidades que lhe valiam esta estima geral eram simplesmente: uma extrema indulgência para os seus semelhantes, baseada no sentimento dos próprios defeitos; em segundo lugar, um liberalismo absoluto, não aquele de princípios expostos nos jornais, mas um liberalismo inato que o fazia tratar igualmente a todos, sem a menor diferença pela posição ou pela fortuna; afinal — e principalmente — uma perfeita indiferença pelos negócios de que se ocupava, não lhe permitindo apaixonar-se e, por conseguinte, não cometer erros.

Logo que chegou à repartição, Stepane Arcadievitch, seguido em respeitosa distância pelo porteiro, que tomara a sua pasta, entrou no gabinete a fim de vestir o uniforme e passou à sala do conselho. Os empregados se levantaram, cumprimentando-o com uma afabilidade especial. Stepane Arcadievitch apressou-se, como sempre, em ocupar o seu lugar, após apertar a mão aos outros membros do conselho. Conversou e gracejou com eles até onde as conveniências permitiam, abrindo depois a sessão. Ignoravam todos como atenuar o tom oficial por esta bondade, esta simplicidade que tornava tão agradável a expedição dos negócios. Com um ar desembaraçado, mas respeitoso, comum aos que tinham a felicidade de trabalhar sob as suas ordens, o secretário aproximou-se de Stepane Arcadievitch, apresentou-lhe os papéis, dirigindo-lhe as palavras da maneira familiar e liberal que ele próprio pusera em uso.

— Somos afortunados por obter as informações pedidas ao conselho provincial de Penza. Elas aqui estão...

— Afinal, o senhor as tem! — disse Stepane Arcadievitch, colocando um dedo sobre as folhas. — Bem, senhores...

E a sessão começou.

"Se eles pudessem desconfiar", pensava ele, com os mesmos olhos risonhos, inclinando a cabeça com ar importante para escutar a narração, "da fisionomia infantil que tinha ainda há pouco o seu presidente!"

A sessão não devia ser interrompida senão às duas horas para o almoço. Duas horas não haviam ainda soado quando a grande porta de vidro se abriu e alguém entrou. Contentes pela diversão, todos os membros do conselho — os que se sentavam sob o retrato do imperador como os que se ocultavam a meio do espelho da justiça — voltaram a cabeça para este lado, mas o porteiro fez sair o intruso e fechou novamente a porta.

Quando a leitura do relatório terminou, Stepane Arcadievitch espreguiçou-se, ergueu-se e, sacrificando-se ao liberalismo da época, ousou acender um cigarro em plena sala do conselho. Passou depois ao seu gabinete, seguido por dois colegas, um velho experimentado, Nikitine, e um jovem fidalgo, Grinevitch.

— Depois do jantar teremos tempo de acabar — declarou Stepane Arcadievitch.

— Certamente! — confirmou Nikitine.

— Deve ser um patife esse Fomine — disse Grinevitch, aludindo a um personagem do caso.

Pelo seu silêncio significativo, Stepane Arcadievitch deu a entender a Grinevitch o inconveniente dos julgamentos apressados.

— Quem, pois, entrou na sala? — perguntou ele ao porteiro.

— Alguém que procurava pelo senhor e que me deslizou pelas mãos enquanto eu estava de costas voltadas. Mas eu lhe disse que esperasse a saída dos senhores...

— Onde está ele?

— Provavelmente no vestíbulo, pois ainda estava lá há pouco. Ei-lo! — acrescentou o porteiro, mostrando um homem de largas espáduas e barba encrespada que, sem se dar ao incômodo de tirar o boné de peliça, alcançou a escada de pedra que os colegas de Stepane Arcadievitch, pastas debaixo dos braços, desciam naquele momento. Um deles, personagem de magreza extrema, deteve-se, e considerou sem a menor polidez as pernas do homem; voltou-se depois para interrogar com o olhar Oblonski, que estava de pé, no alto da escada, a face radiante, a gola do paletó levantada. Quando reconheceu o recém-chegado, tornou-se ainda mais animado.

— É bem ele! Levine, afinal! — gritou, gratificando-o com um sorriso de malícia e afeto. — Como não te aborreceste e vieste me procurar neste "mau lugar"? — continuou Stepane Arcadievitch, que, não contente de apertar a mão do amigo, deu-lhe ainda um abraço. — Desde quando estás aqui?

— Cheguei, e como tinha pressa em ver-te... — respondeu Levine passeando em volta olhares de desconfiança e susto.

— Venha ao meu gabinete — disse Stepane Arcadievitch, que conhecia a intensa selvageria do seu amigo, e, tomando-o pelo braço, levou-o consigo, como para franquear uma passagem difícil.

Stepane Arcadievitch era íntimo de quase todos os seus conhecidos: os velhos de sessenta anos, os rapazes de vinte, os atores, os ministros, os negociantes, os ajudantes de ordens do imperador, e as pessoas assim tratadas nas duas extremidades da escala social ficavam surpresas por descobrir, graças a Oblonski, um ponto de contato entre elas. Era íntimo de todos aqueles com quem bebia champagne, ou melhor, era íntimo de todo mundo: mas quando encontrava um dos seus íntimos pouco agradável em presença de subordinados, tinha o cuidado de ocultar àqueles uma impressão desfavorável. Ainda que Levine não pertencesse a esta categoria, acreditava talvez que o seu amigo não o pudesse tratar, diante de inferiores, com intimidade: mas com a sua habilidade de costume, Oblonski o percebeu — e eis por que o introduziu no seu gabinete.

Levine e Oblonski tinham quase a mesma idade, e o tratamento usado entre ambos demonstrava uma velha camaradagem. Companheiros de adolescência, eles se queriam bem, apesar da diferença de seus caracteres e de seus gostos, como se querem bem amigos unidos desde a primeira juventude. Como sempre acontece entre pessoas de profissões diferentes, cada um deles, mesmo aprovando mentalmente a carreira do amigo, desprezava-a do fundo da alma: cada qual tinha a vida que levava como a verdadeira e isso trazia para o outro uma pura ilusão. À vista de Levine, Oblonski não podia reter um breve sorriso irônico. Quantas vezes ele não o tinha visto chegar do campo, onde se empregava em trabalhos que Stepane Arcadievitch ignorava e que, de resto, não o interessavam muito! Levine sempre aparecia com uma pressa febril, um pouco rústico e constrangido de o ser, trazendo quase sempre opiniões novas sobre a vida e as coisas. Essas maneiras divertiam muito a Stepane Arcadievitch. Por seu lado, Levine desprezava o gênero de vida, muito citadino, do seu amigo e não levava a sério as suas ocupações oficiais. Riam-se um do outro, mas como Oblonski seguia a lei comum, o seu riso era alegre e infantil, o de Levine hesitante e um pouco amarelo.

— Há bastante tempo que te esperamos — disse Stepane Arcadievitch, penetrando no seu gabinete e soltando o braço de Levine como para lhe provar que havia cessado o perigo.

— Estou muito feliz em ver-te — continuou ele. — Mas como vais? Que tens feito? Quando chegaste?

Levine examinou em silêncio os dois colegas de Oblonski, que não conhecia. As mãos do elegante Grinevitch, os seus dedos alvos e separados, amarelos e dobrados na extremidade, os enormes botões de punho, absorviam a sua atenção e o impediam de reunir as ideias. Oblonski verificou isso e sorriu.

— Ah, sim, é verdade. Permiti, senhores, que vos apresente. Meus colegas Filipe Ivanovitch Nikitine, Michel Stanislavitch Grinevitch e — se voltando para Levine — um homem novo, um homem da terra, um dos sustentáculos do *Zemstvo*, um ginasta que ergue cento e cinquenta libras com uma mão, um grande caçador e, o que mais é, meu amigo Constantin Dmitrievitch Levine, o irmão de Sergio Ivanovitch Koznychev.

— Muito prazer — disse o velhinho.

— Tenho a honra de conhecer seu irmão — disse Grinevitch, estendendo-lhe uma das suas belas mãos.

O rosto de Levine tornou-se vermelho. Apertou friamente a mão que lhe era estendida e voltou-se para Oblonski. Apesar de respeitar muito ao irmão (por parte de mãe), escritor conhecido de toda a Rússia, não gostava de ser cumprimentado como irmão do célebre Koznychev, mas como Constantin Levine.

— Não, eu não me ocupo apenas do *Zemstvo*. Discordei de todos os meus colegas e já não assisto às sessões — respondeu, dirigindo-se a Oblonski.

— Isso aconteceu muito depressa! — disse este, rindo-se. — Mas como? Por quê?

— É uma longa história. Eu a contarei algum dia — respondeu Levine, o que não o impediu de contá-la logo. — Para ser breve — começou ele, num tom de homem ofendido —, eu me convenci que essa instituição não significava coisa alguma. É um brinquedo: brinca-se no parlamento e eu não sou muito moço nem muito velho para me divertir desse modo. Por outro lado, é... (ele hesitou) é um meio para a gente do distrito ganhar dinheiro. Antigamente tinha-se as tutorias, os tribunais, agora temos o *Zemstvo*. Antigamente derramavam-se taças de vinho, hoje recebem-se ordenados sem os ganhar.

Proferiu esta tirada num tom veemente, como se receasse a contradição.

— Hé, hé! Levine me aparece numa nova fase, tornou-se conservador! — disse Stepane Arcadievitch. — Mas falaremos mais tarde.

— Sim, mais tarde. Eu tinha mesmo necessidade de encontrar-me contigo — disse Levine, cujo olhar carregado de ódio não podia se afastar da mão de Grinevitch.

Stepane Arcadievitch sorriu imperceptivelmente.

— E tu que não querias te vestir à europeia! — exclamou ele, examinando a roupa nova do amigo, obra evidente de um alfaiate francês. — Decididamente, é uma nova fase.

Levine enrubesceu subitamente, não como um homem amadurecido apanhado em descuido, mas como um rapaz que a timidez torna ridículo, e que o sente, e enrubesce exageradamente até as lágrimas. Esta vermelhidão infantil deu ao seu rosto inteligente e forte um ar tão estranho que Oblonski desviou o olhar.

— Mas onde nos veremos? Eu tenho enorme, enorme necessidade de falar contigo — disse afinal Levine.

Oblonski refletiu um instante.

— Queres almoçar em casa de Gourine? Lá conversaremos tranquilamente. Estarei livre até as três horas.

— Não — respondeu Levine, após um momento de reflexão —, tenho ainda que dar umas voltas.

— Então jantemos juntos.

— Jantar? Mas nada tenho de extraordinário a dizer-te, duas palavras apenas! Conversaremos mais tarde, na hora do descanso.

— Neste caso, dirás as tuas palavras e tagarelemos durante o jantar.

— Bem, elas nada têm de particular...

O seu rosto adquiriu uma expressão perversa, resultado do esforço que fazia para vencer a timidez.

— Que fazem os Stcherbatski? Tudo vai indo como antigamente?

Stepane Arcadievitch sabia, depois de muito tempo, que Levine estava enamorado da sua cunhada Kitty. Ensaiou um sorriso e os seus olhos brilharam alegremente.

— Podem ser duas palavras, mas não te posso responder do mesmo modo porque... Desculpa-me um instante...

O secretário entrou neste momento, sempre respeitosamente familiar, mas convencido, como todos os secretários, da sua superioridade nos negócios do chefe. Apresentou os papéis a Oblonski e, sob uma forma de interrogatório, expôs um problema qualquer. Sem o deixar terminar, Stepane Arcadievitch colocou amigavelmente a mão no seu braço.

— Não, faça como eu lhe pedi — disse ele, revestindo a observação com um sorriso, e depois de explicar brevemente como compreendia o caso, concluiu por empurrar os papéis. — Está entendido, não, Zacharie Nikitytch?

O secretário afastou-se, confuso. Durante esta conferência, que ele escutou com uma atenção irônica, as mãos apoiadas no encosto da cadeira, Levine teve tempo de se tranquilizar.

— Não compreendo, não, eu não compreendo — disse ele.

— Que é que não compreendes? — indagou Oblonski, sempre risonho, procurando um cigarro. Esperava uma saída qualquer de Levine.

— Não compreendo o que fazes aqui — respondeu, sacudindo as espáduas. — Como podes levar tudo isso a sério?

— Por quê?

— Por que isso não vale nada.

— Acreditas? No entanto, estamos sobrecarregados de serviço.

— Lindo serviço, essas garatujas! Mas, é verdade, sempre tiveste um dom especial para estas coisas.

— Queres dizer que me falta alguma coisa?

— Talvez. Entretanto, não posso deixar de admirar o teu dinamismo e estou orgulhoso de possuir como amigo um homem tão importante... Espere, tu não respondeste à minha pergunta — acrescentou, fazendo um esforço desesperado para fitar Oblonski de frente.

— Vamos, hás de vir, também, mais cedo ou mais tarde. Tu, que possuis três mil hectares no distrito de Karazine, músculos de ferro e o vigor de um rapaz de doze anos, acabarás por chegares aqui. Quanto ao que me perguntas, não houve a menor alteração, mas foste imprudente em demorar tanto.

— Por quê? — perguntou Levine, assustado.

— Porque... — respondeu Oblonski. — Ainda tornaremos a falar sobre isso. Mas, na realidade, que bom vento te trouxe?

— Disso também nós falaremos mais tarde — disse Levine, corando de novo até as orelhas.

— Está bem, compreendo — disse Stepane Arcadievitch. — Eu teria pedido para vires jantar em casa, mas a minha mulher está doente. Se tu queres vê-los, estarão no Jardim Zoológico: Kitty deve estar patinando. Encontrar-nos-emos mais tarde e jantaremos juntos em qualquer parte.

— Perfeitamente, então, até logo!

— Atenção, eu te conheço, será capaz de esquecer ou de voltar subitamente para o campo! — gritou, rindo-se, Stepane Arcadievitch.

— Não, não, eu irei sem falta!

Levine já passara a porta do gabinete quando verificou que tinha esquecido de se despedir dos colegas de Oblonski.

ANA KARENINA

— Deve ser um homem enérgico — disse Grinevitch, quando Levine saiu.

— Sim, meu caro, esse rapaz nasceu com sorte — respondeu Oblonski, sacudindo a cabeça. — Três mil hectares no distrito de Karazine! Que futuro, que vigor! Tem mais probabilidade que nós...

— Da tua parte nada tens a lastimar.

— É, tudo vai mal, muito mal — replicou Stepane Arcadievitch, suspirando profundamente.

VI

Quando Oblonski lhe perguntara por que viera a Moscou, Levine enrubescera, porque, verdadeiramente, a sua viagem tinha outro motivo, podendo responder: "Venho pedir a tua cunhada em casamento."

As famílias Levine e Stcherbatski, duas antigas casas nobres de Moscou, sempre tinham mantido excelentes relações, que se fizeram ainda mais estreitas na época em que Levine e o jovem príncipe Stcherbatski, irmão de Dolly e Kitty, seguiam juntos os cursos preparatórios na universidade. Nesse tempo, Levine, que frequentava assiduamente a casa Stcherbatski, apaixonou-se. Sim, por mais estranho que aquilo pudesse parecer, Constantin Levine tornou-se enamorado da casa, da família e especialmente do elemento feminino da família Stcherbatski. Como tivesse perdido sua mãe muito cedo para lembrar-se dela e sendo a sua única irmã mais velha do que ele, foi nessa casa que se iniciou nos meios honestos e cultos da nossa velha nobreza e onde achou o meio de que se privara com a morte de seus pais. Via todos os membros dessa família através de um manto poético e misterioso: não somente não lhe descobria nenhum defeito, mas ainda lhe supunha os sentimentos mais elevados, as perfeições mais altas. Por que essas três moças falavam num dia francês e inglês no outro? Por que era necessário à hora certa importunar um piano cujos sons subiam até o quarto em que os estudantes trabalhavam? Por que os professores de literatura francesa, de música, de desenho, de dança, se sucediam uns aos outros? Por que, em certas horas do dia, as três moças acompanhadas de Mlle. Linon, iam de carruagem ao *boulevard* de Tver e, depois, sob a vigilância de um criado que trazia insígnias de ouro no chapéu, iam passear ao longo do *boulevard*, com capas de cetim? A de Dolly era comprida e a outra, a de Natalia, era mais curta; finalmente, a terceira, de Kitty, era tão curta que ela exibia as perninhas bem feitas moldadas nas meias encarnadas. Todas estas coisas e inúmeras outras lhe pareciam incompreensíveis. Mas o que se passava naquele mundo misterioso não podia ser senão perfeito: aquilo, ele o "sabia", e era justamente este o mistério que o cativara.

Durante os seus anos de estudos, apaixonara-se por Dolly, a mais velha. Quando ela se casou com Oblonski, transferiu a paixão para a mais nova. Natalia, apenas entrou na vida social, esposou um diplomata chamado Lvov. Kitty não era mais do que uma criança quando Levine deixou a universidade. Logo depois da sua admissão na Marinha, o jovem Stcherbatski afogou-se no mar Báltico e as relações de Levine com a sua família se fizeram mais raras, a despeito da amizade que o ligava a Oblonski. Mas quando, no começo do presente inverno, revira em Moscou os Stcherbatski após todo um ano passado no campo, compreendeu qual das três irmãs lhe fora destinada.

Nada mais simples aparentemente do que pedir a mão da jovem princesa Stcherbatski. Um homem de trinta e dois anos, de boa família, de fortuna conveniente, tinha toda a probabilidade de ser acolhido como um belo partido. Levine, no entanto, estava apaixonado: via em Kitty uma criatura supraterrestre, soberanamente perfeita, e a ele próprio, ao contrário, como um indivíduo muito inferior e bastante vulgar, não admitindo, pois, que se pudesse — ele ainda menos que os outros — julgá-lo digno daquela perfeição.

Após passar dois meses em Moscou, dois meses que lhe pareceram um sonho e durante os quais frequentou a sociedade todos os dias, a fim de encontrar Kitty, tinha repentinamente julgado este casamento impossível e retomado o caminho das suas terras.

Levine estava convencido que, aos olhos dos pais, ele não constituía um partido digno da filha e que a delicada Kitty, ela própria, nunca poderia amá-lo.

Aos olhos dos pais, ele não tinha nenhuma ocupação definida, nenhuma posição social. Um dos seus camaradas era coronel e ajudante de ordens de Sua Majestade; outro, professor; aquele, diretor de banco ou de estrada de ferro; aquele outro ocupava, como Oblonski, um cargo elevado na administração. Quanto a ele, certamente, devia ser olhado como um fidalgo provinciano, preso à criação de animais domésticos, às construções, às caçadas de galinholas, ou melhor, como um fracassado que se dava às ocupações ordinárias dos fracassados.

A estranha, a misteriosa Kitty não amaria jamais um homem tão feio, tão simples, tão pouco brilhante como aquele que ele acreditava ser. As suas antigas relações com a moça, que, em razão da sua camaradagem com o irmão mais velho, eram as de um homem amadurecido para uma criança, pareciam-lhe um obstáculo a mais. Não era difícil, pensava ele, ter alguma amizade por um rapaz da sua espécie, apesar da feiura, mas somente um ser belo e dotado de qualidades superiores seria capaz de se fazer amar de um amor semelhante àquele que possuía por Kitty. Ele bem ouvira dizer que as mulheres se apaixonam sempre pelos homens feios e medíocres, mas não acreditava porque julgava os outros por si mesmo, não se inflamando senão pelas belas, poéticas, sublimes criaturas.

No entanto, após dois meses passados na solidão, ele se convenceu que o sentimento que o absorvia inteiramente não se assemelhava em nada às sufocações da sua primeira juventude; que não poderia viver sem resolver esta grave questão; seria ela, sim ou não, a sua mulher; afinal, que estava dominado por ideias negras, nada provando finalmente que fosse ele recusado. Partiu então para Moscou, com a intenção resoluta de fazer o seu pedido e casar-se, caso ela consentisse. Senão... mas neste caso ele não podia prever as consequências de uma recusa.

VII

Chegando a Moscou pelo trem da manhã, Levine transportou-se para a casa do irmão, a fim de lhe expor livremente o motivo da sua viagem e pedir-lhe conselho sobre o caso. Feita a *toilette*, penetrou no gabinete de Koznychev, não o encontrando, porém, sozinho. Um célebre professor de filosofia viera rapidamente de Kharkov para esclarecer um mal-entendido que se estabelecera entre eles sobre um grave problema. O professor fazia uma guerra obstinada aos materialistas. Sergio Koznychev, que seguia interessadamente a sua polêmica, tinha lhe endereçado, a propósito do seu último artigo, algumas objeções; e ele respondera mostrando-se muito conciliador. Tratava-se de uma questão da moda: existe na atividade humana um limite entre os fenômenos psíquicos e os fenômenos fisiológicos e onde se achava este limite?

Sergio Ivanovitch acolheu o irmão com o sorriso friamente amável que concedia a todo mundo e, após apresentá-lo ao seu interlocutor, continuou a palestra. O filósofo, um homenzinho de óculos, de fronte estreita, deteve-se um momento para responder ao cumprimento de Levine e, sem mais lhe conceder atenção, retomou o fio do seu discurso. Levine sentou-se, esperando a partida do homem, mas logo o assunto da discussão o interessou.

Lera em revistas os artigos de que se falava e fora tomado pelo interesse geral com que um antigo estudante de ciências naturais pode encarar uma ciência dessa natureza, mas nunca fizera aproximação entre as conclusões da ciência sobre as origens do homem, sobre os reflexos, a biologia, a sociologia e as questões que havia tempos o preocupavam de mais em mais, isto é, o sentido da vida e o da morte.

Observou, acompanhando a conversa, que os dois interlocutores estabeleciam uma certa associação entre as questões científicas e as questões psíquicas, algumas vezes mesmo pareceu-lhe que iria abordar esse assunto, essencial segundo ele — mas, sempre que se aproximavam, afastavam-se bruscamente para afundarem-se em toda sorte de divisões, subdivisões, restrições, citações, alusões, revendo as autoridades —, e era com aflição que ele os compreendia.

— Eu não posso —, dizia Sergio Ivanovitch em sua linguagem clara, precisa, elegante —, eu não posso em nenhum caso admitir, segundo Keiss, que toda representação do mundo exterior provenha das minhas impressões. A concepção fundamental do ser não me é vinda pela sensação, pois não existe um órgão especial para a transmissão desta concepção.

— Sim, mas Wurst, Knaust e Pripassov responderão que a consciência que tens do ser decorre do conjunto das sensações. Wurst afirma mesmo que sem a sensação a consciência do ser não existe.

— Eu acho o contrário... — quis replicar Sergio Ivanovitch.

Mas neste momento Levine, acreditando mais uma vez que eles iam se afastar do ponto capital, decidiu-se a apresentar ao professor a pergunta seguinte:

— Neste caso, se os meus sentidos não existem, se o meu corpo está morto, não há existência possível?

O professor, cheio de despeito e como ferido por esta interrupção, encarou aquele interlocutor que mais parecia um camponês do que um filósofo e lançou sobre Sergio Ivanovitch um olhar que parecia dizer: valerá semelhante pergunta uma resposta? Mas Sergio Ivanovitch não era tão exclusivo, tão apaixonado quanto o professor. Tinha o espírito bastante largo para poder, discutindo, compreender o ponto de vista simples e natural que provocara a questão. Respondeu, pois, sorrindo:

— Nós ainda não temos o direito de resolver este problema.

— Faltam-nos dados — confirmou o professor, que imediatamente reforçou a sua ideia fixa. — Eu demonstrei apenas que se o fundamento da sensação é a impressão, como diz nitidamente Pripassov, nós devemos distingui-las rigorosamente.

Levine não o escutava mais e só esperava o instante da sua partida.

VIII

Afinal, o professor tendo partido, Sergio Ivanovitch voltou-se para o irmão.

— Estou contente em ver-te. Vens ficar muito tempo? Como vão os nossos negócios?

Koznychev se interessava muito pouco pelos trabalhos do campo e não havia feito esta pergunta senão por condescendência. Levine, que não o ignorava, restringiu-se a algumas indicações sobre as colheitas e a venda do trigo. Ele viera a Moscou na intenção formal de consultar o irmão sobre os seus projetos de casamento, mas, depois de o ouvir discutir com o professor e apresentar-lhe em tom voluntariamente protetor aquela banal pergunta sobre interesses (possuíam indivisa a propriedade da mãe e Levine administrava as duas partes), já não sentiu ânimo de falar, compreendendo vagamente que o irmão não via as coisas como desejava que ele as visse.

— E como vai o teu *Zemstvo*? — perguntou Sergio, que dedicava grande interesse a essas assembleias e lhes atribuía uma enorme importância.

— Juro-te que não sei de nada.

— Como? Não és membro da comissão executiva?

— Não, pedi a minha demissão e não assisto nem mesmo às sessões.

— É lastimável! — declarou Sergio, franzindo a testa.

Para se desculpar, Levine quis descrever o que se passava durante as sessões, mas o irmão o interrompeu.

— Sempre acontece o mesmo conosco, russos. Talvez seja um bom traço da nossa natureza, esta faculdade de constatar nossos defeitos, mas creio que a exageramos, deleitamo-nos na ironia, que nunca faltou à nossa língua. Deixa-me dizer que se se concedessem os nossos privilégios, o nosso *self gouvernement* local, a qualquer outro povo da Europa, alemão ou inglês, por exemplo, ele saberia extrair deles a liberdade, enquanto que nós fazemos disso um objeto de brincadeira.

— Que queres que eu faça? — respondeu Levine, num tom compungido. — Era a minha última experiência. Empreguei inutilmente toda a minha alma. Decididamente sou um incapaz.

— Mas, não! — replicou Sergio. — Apenas tu não encaraste as coisas como era necessário...

— É impossível — disse Levine, abatido.

— A propósito, sabes que Nicolas está aqui novamente?

Nicolas Levine, irmão mais velho de Constantin e irmão uterino de Sergio Ivanovitch, era um desviado. Tinha gasto a maior parte da sua fortuna e, brigado com a família, vivia em muito má e estranha companhia.

— Que dizes? — gritou Levine, espantado. — Como sabes?

— Procópio encontrou-o na rua.

— Aqui em Moscou? Sabes onde mora?

E Levine levantou-se precipitadamente, pronto a procurar o irmão.

— Sinto ter que dizer-te isto — replicou Sergio, em quem a inquietação do irmão mais moço fez sacudir a cabeça. — Eu o fiz procurar, e, assim que soube do seu endereço, enviei-lhe uma letra de câmbio que ele assinara em Troubine, e da qual eu tinha desejado encarregar-me.

Sergio estendeu ao irmão um bilhete que tirou debaixo de um peso de papéis. Levine decifrou aquelas garatujas que lhe eram familiares: "Peço humildemente aos meus caros irmãos que me deixem em paz. É tudo o que lhes peço. Nicolas Levine."

Colocado em frente a Sergio, Levine não ousava levantar a cabeça nem largar o bilhete: ao desejo de esquecer o infeliz irmão se opunha o sentimento da ação má que cometia.

— Ele quis evidentemente me ofender — continuou Sergio —, mas não se saiu bem. Desejaria de todo coração ajudá-lo, mas sei que isso não é possível.

— Sim, sim — disse Levine —, compreendo a tua conduta para com ele; mas é indispensável que eu o veja.

— Caso queiras, vai, mas eu não te aconselharei a isto. Não acredito que ele te indisponha comigo, mas seria melhor não ires. Nada se tem a fazer. De resto, faze o que entenderes.

— Talvez, na verdade, nada se tenha a fazer, porém sinto que não teria a consciência tranquila, neste momento principalmente... Mas isso é uma outra história...

— Não te compreendo — replicou Sergio. — O certo, contudo, é que ele constitui para nós uma lição de humildade. Depois que Nicolas tornou-se isso que é, considero com outros olhos e bem maior indulgência isso que se convencionou chamar uma vilania. Sabes o que ele tem feito?

— Ah, é terrível! — respondeu Levine.

Depois de pedir ao criado de Sergio o endereço do irmão, Levine pôs-se a caminho para vê-lo, mas mudou subitamente de ideia e resolveu adiar a sua visita até a noite. Compreendeu que, para reaver a sua calma, devia antes concluir o caso que o trouxera a Moscou. Primeiramente, foi à repartição de Oblonski para se informar dos Stcherbatski. Depois, seguiu para o lugar onde, segundo o seu amigo, teria probabilidade de encontrar Kitty.

IX

Às quatro horas em ponto, Levine, o coração batendo, desceu da carruagem à porta do Jardim Zoológico e seguiu a aleia que levava à patinação. Estava certo de "achá-la" neste lugar, pois vira perto da porta a carruagem dos Stcherbatski.

Fazia um belo tempo nevoso. Na porta do jardim se alinhavam as carruagens, os trenós, os fiacres, os esbirros da cidade. Um público selecionado, com chapéus que brilhavam ao sol, atravancava a entrada e as veredas abertas entre os pavilhões de estilo russo. As antigas bétulas do jardim, os ramos carregados de neve, pareciam ornamentados de vestimentas novas e solenes.

Todos seguiam o caminho do campo de patinação. Levine pensava: "Calma, meu amigo, calma! Que tens para te agitares assim? Cala-te, pois, e vejamos!" Estas últimas palavras se endereçavam ao seu coração. Mas tanto mais procurava acalmar-se, mais a emoção o dominava e lhe cortava a respiração. Uma pessoa conhecida chamou-o na passagem, mas ele não a reconheceu. Chegou perto das montanhas de gelo, de onde os trenós se precipitavam com estrépito para tornarem a subir auxiliados por correntes, causando um ruído de ferragens. Vozes alegres se elevavam naquele tumulto. No fim de alguns passos, achou-se no campo de patinação e, entre muitos admiradores, ele "a" reconheceu rapidamente...

A alegria e o terror que se apossaram do seu coração imediatamente revelaram a presença "dela". Conversava com uma senhora na outra extremidade do campo. Nada, na sua atitude, a distinguia da sua roda; para Levine, no entanto, ela sobressaía na multidão como uma rosa num ramo de urtigas, era o sorriso que iluminava tudo à sua volta. "Ousarei descer sobre o gelo e me aproximar dela?", pensava. O local onde a moça estava parecia-lhe um santuário inacessível, chegou a temer em certo momento que ela retrocedesse. Fazendo um esforço sobre si mesmo, acabou por se convencer de que ela estava cercada por pessoas de toda espécie e que tinha o direito de tomar parte, ele também, na patinação. Desceu ao gelo, evitando fitá-la no rosto, como ao sol, mas, como ao sol, ele não precisava fitá-la para vê-la.

Era o dia e a hora exata em que pessoas de um certo meio social davam-se à patinação. Ali estavam os artistas, que desfilavam os seus talentos, e os estreantes, que protegiam atrás das cadeiras os seus primeiros passos esquerdos e inseguros. Os jovens e os velhos senhores que praticavam tal exercício por higiene. Como rodeassem sua namorada, pareceram a Levine os privilegiados da sorte. Solicitavam-na, interpelavam-na mesmo com uma absoluta indiferença. Para a sua felicidade, bastava que o gelo fosse bom e o tempo esplêndido.

Nicolas Stcherbatski, um primo de Kitty, paletó curto, calças apertadas e patins nos pés, repousava num banco, quando descobriu Levine.

— Ah! — gritou ele. — Vejam-no! O primeiro patinador da Rússia! Quando chegaste? O gelo está excelente, coloque depressa os teus patins.

— Os meus patins! Mas eu não os tenho — respondeu Levine, surpreso de que se pudesse falar com esta audácia e esta liberdade de espírito em presença de Kitty, que não o perdia de vista, evitando levantar os olhos para o seu lado.

Ele sentia a aproximação do sol. Do lugar onde se encontrava, avançou na sua direção, os pés pouco firmes nos sapatos altos, parecendo incômodos. Um rapaz em traje russo, agitando os braços e curvando a cintura, tentava auxiliá-la. A carreira de Kitty não tinha segurança e as mãos, deixando o pequeno regalo de peles suspenso no pescoço por um cordão, pareciam prestes a conter uma possível queda. Ela sorria, e este sorriso era tanto um desafio ao seu medo como uma saudação a Levine, a quem acabava de reconhecer. Quando se livrou de um rodeio arriscado, deu um impulso no calcanhar nervoso e escorregou diretamente até Stcherbatski, nos braços de quem se deteve, dirigindo a Levine um amigável sinal de cabeça. Nunca, na sua imaginação, ele a vira tão bela.

Bastou isto para representá-la inteiramente, e de um modo mais particular a sua linda cabeça loura, com a sua expressão infantil de candura e bondade, elegantemente posta sobre os ombros magníficos. O contraste entre a graça juvenil do rosto e a beleza feminina do busto constituía o seu melhor encanto. Levine achava-se bastante sensibilizado. Mas o que o impressionava cada vez mais, pelo seu caráter imprevisto, era o sorriso estranho que, unido à doce serenidade do olhar, o conduzia a um mundo maravilhoso, onde sentia a mesma satisfação que em certos dias muito raros da sua infância.

— Desde quando estás aqui? — disse ela, estendendo-lhe a mão. — Obrigada — acrescentou, vendo-o apanhar o lenço que caíra.

— Eu? Mas desde há pouco... ontem... quero dizer hoje — respondeu Levine, inquieto por não ter compreendido inicialmente a pergunta. — Eu me propunha ir ver-te — prosseguiu, mas, recordando-se do motivo, corou e se perturbou. — Ignorava que patinasses tão bem.

Ela examinou-o com atenção, como para adivinhar a causa do seu embaraço.

— O teu elogio é precioso. Se eu acreditar na tradição que se conservou aqui, não tens rival neste esporte — disse ela, sacudindo com a sua mãozinha enluvada de negro as agulhinhas da geada caídas na capa de peles.

— Sim, eu o pratiquei antigamente com paixão, queria atingir a perfeição.

— Parece-me que fazes tudo com paixão — disse ela, rindo. — Gostaria de vê-lo patinar. Coloque os patins, patinaremos juntos.

"Patinar juntos! Seria possível?", pensou ele, olhando-a.

— Eu vou me preparar rapidamente — disse ele, e foi encontrar-se com o alugador de patins.

— Há bastante tempo que não via o senhor — disse o homem, tomando-lhe o pé para atarraxar o tacão. — Depois do senhor, nenhum desses rapazes entende mais disto. Está bem assim? — perguntou, apertando a correia.

— Está bem, muito bem, mas apressemo-nos — respondeu Levine, não podendo dissimular a alegria que lhe iluminava o rosto. "Veja, pois, a vida! Veja, pois, a felicidade! Juntos, nós patinaremos juntos! Devo eu lhe confessar o meu amor? Não, tenho medo... sou muito feliz neste momento, pelo menos em esperança, para arriscar... Mas é necessário, entretanto, é necessário! Abaixo a fraqueza!"

Levine levantou-se, despiu o capote e, após ensaiar perto do pavilhão, lançou-se ao gelo, deslizando sem esforço e dirigindo à sua vontade a carreira um pouco rápida, um pouco moderada. Aproximou-se ansiosamente de Kitty, mas novamente o seu riso o tranquilizou.

Ela deu-lhe a mão e patinaram lado a lado, aumentando gradualmente a velocidade da carreira. E tanto mais a carreira aumentava, mais Kitty lhe apertava a mão.

— Contigo eu aprenderei mais depressa — disse ela. — Não sei por que, mas tenho mais confiança.

— Eu também tenho confiança em mim quando te apoias no meu braço — respondeu ele, mas logo enrubesceu, assustando-se com sua audácia. Apenas pronunciou estas palavras, uma nuvem cobriu o sol: o rosto de Kitty se entristeceu, enquanto um sorriso nele se desenhava. Levine não ignorava que este jogo de fisionomia marcava nela um esforço de pensamento.

— Não te aconteceu nada de desagradável? — perguntou ele. — Demais, eu não tenho o direito de fazer perguntas — apressou-se em acrescentar.

— Por que isso?... Não, nada me aconteceu — respondeu ela, friamente. — Não viste ainda Mlle. Linon? — perguntou imediatamente.

— Ainda não.

— Vá cumprimentá-la. Ela gosta muito de ti.

"Que tem ela? Em que a feri? Senhor, meu Deus, vinde a mim, ajudai--me!", disse mentalmente Levine, correndo para a velha francesa, de cachos cinzentos, que o esperava num banco. Esta o acolheu com um sorriso amigável, com o qual mostrou toda a sua dentadura.

— Nós crescemos, não é verdade? — disse ela, mostrando Kitty com os olhos. — E envelhecemos também. *Tiny bear* ficou enorme — continuou, rindo-se; e ela o fez recordar da brincadeira com as três moças, que ele chamava os três ursos do conto inglês. — Recordas deste nome que puseste nelas?

Ele se esquecera completamente, mas havia dez anos que Mlle. Linon repetia esta brincadeira.

— Bem, podes ir, não te prenderei mais. Não achas que a nossa Kitty começa a patinar bem?

Quando Levine se reuniu novamente a Kitty, o rosto da moça readquirira serenidade e os seus olhos, a expressão franca e acariciadora — mas ele pensou descobrir em seu tom afável uma nota de tranquilidade forçada, o que o deixou muito triste. Depois de pronunciar algumas frases sobre a velha instrutora e suas extravagâncias, ela o interrogou sobre a sua vida.

— É possível que durante o inverno não te aborreças no campo?

— Não tenho tempo de me aborrecer. Tenho muito o que fazer — respondeu ele, sentindo que ela resolvera fazê-lo adotar um tom calmo, em harmonia com o seu, tom aliás que ele mantivera até o começo do inverno e do qual não saberia mais se afastar.

— Pensas ficar muito tempo em Moscou? — prosseguiu ela.

— Não sei — respondeu, sem pensar no que dizia. A ideia de recair num tom frio e amigável e de retornar para casa sem nada decidir revoltou-o.

— Como não sabes?

— Não, isso depende de ti — disse ele, espantando-se imediatamente das suas próprias palavras.

Entendeu ou não desejou ela entender? Kitty julgou que ele tinha dado um passo falso, bateu duas vezes com o pé e afastou-se. Chegou perto de Mlle. Linon, disse-lhe algumas palavras e ganhou a casinhola onde as senhoras descalçavam os patins.

"Meu Deus, que fiz eu? Senhor, inspirai-me, guiai-me!", suplicava mentalmente Levine, executando todas as sortes de círculos apenas pela necessidade de se mover.

Neste momento um rapaz, o mais forte dos patinadores da nova escola, saiu do café, os patins nos pés e o cigarro na boca, e, tomando impulso, desceu com estrondo a escada, saltando progressivamente, continuando depois em carreira sobre o gelo.

— Ah, eis um novo truque! — disse Levine, escalando a subida, por sua vez, a fim de fazer o mesmo.

— Não vá cair, é preciso ter hábito — gritou lhe Nicolas Stcherbatski.

Levine subiu a escada, procurando deixar livre o maior campo possível, e deixou-se ir, mantendo o equilíbrio com a ajuda das mãos. Na última volta ele se embaraçou, logo se refazendo com um movimento brusco, e ganhou o largo, rindo-se.

"Que admirável rapaz!", pensou no mesmo instante Kitty, que saía do pavilhão em companhia de Mlle. Linon e olhou-o com o mesmo sorriso carinhoso que se tem para um irmão querido. "Agir mal? Será talvez próprio da ética! Sei que não é a ele que eu amo, mas não sinto menos prazer em sua companhia. É um coração tão forte... e somente por que ele me disse aquilo?"

Vendo Kitty partir com a mãe, que viera procurá-la, Levine, bastante vermelho depois do exercício violento que praticara, deteve-se e refletiu. Descalçou os patins e confundiu-se com as senhoras na saída.

— Muito prazer em ver-te — disse a princesa. — Nós recebemos, como sempre, às quintas-feiras.

— Hoje, não é mesmo?

— Gostaremos de contar com a tua presença — respondeu ela, num tom seco que afligiu a Kitty. Desejosa de abrandar o efeito produzido pela frieza da mãe, voltou-se para Levine e disse-lhe sorrindo: — Até logo!

Neste momento Stepane Arcadievitch, o chapéu torto, as feições brilhantes e o olhar alegre, penetrou no jardim. Mas, à vista da sogra, adquiriu um ar triste, contrito, a fim de responder às perguntas que ela lhe fizera sobre a saúde de Dolly. Após esta palestra em voz baixa e aflita, ele se endireitou e tomou o braço de Levine.

— Vamos embora? Nada tenho feito senão pensar em ti, e estou muito feliz, muito contente, por teres vindo — disse ele, fitando-o nos olhos com um ar significativo.

— Vamos, vamos — respondeu Levine, feliz, não cessando de ouvir o som daquela voz que lhe dizia "até logo" e de lembrar o sorriso que acompanhara as palavras.

— Aonde iremos? Ao Hotel da Inglaterra ou à Ermitage?

— Pouco me importa.

— Ao Hotel da Inglaterra — disse Stepane Arcadievitch, que só se decidiu por este restaurante porque, devendo-lhe mais dinheiro, achava indecente evitá-lo. — Tens uma carruagem? Tanto melhor, porque eu fiz voltar a minha.

Durante todo o percurso, os dois amigos guardaram silêncio. Levine procurou interpretar a mudança sobrevinda na fisionomia de Kitty: oscilando entre a esperança e o receio, mas sentindo-se, apesar de tudo, um outro homem, bem diferente daquele que existira antes do sorriso e do "até logo".

Enquanto isso, Stepane Arcadievitch organizava o menu.

— Gostas de peixe, não é verdade? — perguntou a Levine no instante em que chegavam ao restaurante.

— De peixe? Sim, "eu adoro" peixe.

X

Quando penetraram no hotel, o brilho que se irradiava da pessoa de Stepane Arcadievitch impressionou a Levine, apesar das suas preocupações. Oblonski deixou o capote e o chapéu, dirigindo-se para a sala do restaurante, ordenando ao grupo de garçons em vestimenta negra que se apressasse, a pasta sob o braço. Cumprimentando à direita e à esquerda as pessoas conhecidas que ali, como em toda parte, o acolhiam com solicitude, ele se aproximou do balcão, sorveu um cálice de aguardente, acompanhado de um pratinho de croquetes de pescado, e disse ao encarregado de serviço — um francês uniformizado, todo em rendas e fitas — algumas palavras amáveis que o fizeram rir gostosamente. Em troca, somente a vista desta pessoa, que lhe pareceu um amálgama de cabelos postiços, de *poudre de riz* e de *vinaigre de toilette*, impediu a Levine tomar o aperitivo, desviando-se dele como de uma poça de lama. A sua alma estava presa à recordação de Kitty, os seus olhos brilhavam de felicidade.

— Por aqui, faça o favor, Excelência. Aqui Vossa Excelência não será incomodado — dizia um velho particularmente tenaz, de pelos esbranquiçados e curvatura tão vasta que as fraldas de sua roupa desuniam-se atrás. — Faça o favor, Excelência — disse também a Levine, julgando bom adulá-lo em consideração a Stepane Arcadievitch, de quem aquele era o convidado.

Estendeu um guardanapo imaculado sobre a mesa arredondada, já coberta por uma toalha presa por garras de bronze, e aproximou depois duas cadeiras de veludo; em seguida, com outro guardanapo numa das mãos, a carta na outra, aguardou as ordens de Stepane Arcadievitch.

— Se Vossa Excelência deseja, um gabinete particular estará à vossa disposição dentro de poucos momentos. O príncipe Galitsyne com uma senhora vai deixá-lo agora. Recebemos ostras frescas.

— Ah, ah, as ostras!

Stepane Arcadievitch refletiu.

— Se refizéssemos os nossos planos de combate, hein, Levine? — indagou ele, um dedo pousado sobre a carta, enquanto que o seu rosto exprimia uma séria hesitação. — As tuas ostras são boas? Cuidado!

— Vêm diretamente de Flensbourg, Excelência. Chegaram de Ostende.

— Concedo que venham de Flensbourg, mas serão frescas?

— Chegaram ontem.

— Está bem, que dizes? Se começássemos pelas ostras e fizéssemos em nossos planos uma mudança radical?

— Como queiras. Para mim nada poderá substituir a sopa de couves e o *kacha*, mas isso, evidentemente, não se encontra aqui.

— Um *kacha à la russe* para Sua Excelência? — perguntou o garçom, abaixando-se para Levine, como um criado para a criança entregue aos seus cuidados.

— Sem brincadeira, tudo o que escolha estará bem. Eu patinei e tenho apetite. A patinação deu-me fome. Acredite-me — acrescentou ele, vendo uma sombra de descontentamento passar no rosto de Oblonski —, serei honrado com a tua escolha. Um bom jantar não me assusta.

— É o que também penso! Este é um dos prazeres da existência... Agora, meu bom amigo, irás nos trazer duas... não, é muito pouco... três dúzias de ostras e depois uma sopa de legumes...

— *Printanière* — corrigiu o garçom — mas Stepane Arcadievitch, não querendo dar-lhe o prazer de enumerar os pratos em francês, insistiu:

— Os legumes, já disse! Depois, o peixe com molho um pouco denso, um rosbife... bem, preste atenção! Em seguida... bem, um capão e, para concluir, as conservas.

O garçom, lembrando-se que Stepane Arcadievitch tinha a mania de dar aos pratos nomes russos, não ousou mais interrompê-lo, mas, apesar disso, deu-se ao funesto prazer de repeti-los como rezava a carta: *"soupe printanière, turbot sauce Beaumarchais, poularde à l'estragon, macédoine de fruits"*. E logo, como movido por uma mola, pôs na mesa a lista dos pratos, para apanhar uma outra, que entregou a Stepane Arcadievitch.

— Que vamos beber?

— O que quiseres, mas pouco, e *champagne*.

— Como, desde o começo? Realmente, por que não? Gostas da marca Branca?

— *Cachet blanc* — corrigiu o garçom.

— Traga-nos uma garrafa desta "marca", com as ostras. Depois veremos.

— Às vossas ordens. E como vinho de mesa?

— O Nuits, não! Antes o clássico Chablis.

— Às vossas ordens. Servirei o queijo?

— Sim, o parmesão. Mas talvez prefiras um outro?

— Não, isso me é indiferente — respondeu Levine, sorrindo.

O garçom saiu precipitadamente, as abas da casaca flutuando atrás. No fim de cinco minutos reapareceu não menos precipitadamente, trazendo uma garrafa entre os dedos e na palma da mão um prato de ostras abertas em suas conchas de nácar.

Stepane Arcadievitch amarrotou o guardanapo, introduzindo uma ponta no colete, pôs tranquilamente as mãos na mesa e atacou as ostras.

— Não são más, eu te juro — declarou, soltando-as com um rápido marulho das conchas, e, com o auxílio de um pequeno garfo de prata, pôs-se a engoli-las depois, uma após a outra. — Não são inteiramente más — repetiu, fitando ora a Levine, ora ao garçom, com um olhar brilhante e hipócrita.

Levine apreciou também as ostras, mas as suas preferências foram para o queijo. Ele não podia se impedir de admirar Oblonski. O próprio garçom, depois de abrir a garrafa e despejar o vinho espumoso nos finos copos de cristal, examinou Stepane Arcadievitch com visível satisfação, endireitando a sua gravata branca.

— Tu não pareces gostar muito das ostras! — constatou Stepane Arcadievitch, esvaziando o copo. — A não ser que estejas preocupado, hein?

Queria ver o amigo de bom humor. Mas Levine se sentia incomodado no restaurante, no meio do barulho, do vaivém, na vizinhança de gabinetes onde se ceava com alegres companhias. Tudo o perturbava, os bronzes, os espelhos, a luz, os garçons. Receava perder os belos sentimentos que se comprimiam na sua alma.

— Sim, estou preocupado, e isso é o pior — respondeu Levine. — Tu não podes acreditar até que ponto o teu gênero de vida indispõe o camponês que eu sou. São como as unhas daquele senhor que conheci em teu gabinete...

— Sim, observei que as unhas do pobre Grinevitch chamavam a tua atenção — disse, rindo-se, Stepane Arcadievitch.

— Meu caro, deves procurar compreender e examinar as coisas sob o meu ponto de vista de homem do campo. Nós procuramos ter mãos com as quais possamos trabalhar e, por isso, cortamos as unhas. Aqui, ao contrário, para que se fique certo da inutilidade das mãos, deixa-se crescer as unhas exageradamente.

Stepane Arcadievitch sorriu.

— Isso prova simplesmente que não temos necessidade de trabalhar com as mãos, a cabeça basta ao trabalho...

— Talvez. Mas não impede que aquilo me desagrade, como também o fato de nos acharmos aqui, tu e eu, a engolir ostras para excitar o apetite e ficarmos na mesa o mais longo tempo possível. No campo, porém, despedimo-nos satisfeitos para retornar o mais cedo possível às nossas ocupações.

— Evidentemente — consentiu Stepane Arcadievitch. — Mas o fim da civilização não é esse de converter tudo em gozo?

— Se esse é o seu fim, eu prefiro ser bárbaro.

— Mas tu és um, meu caro. Todos os Levine são selvagens.

Esta alusão ao seu irmão magoou o coração de Levine. O seu semblante entristeceu-se, escapou-lhe um suspiro. Mas Oblonski iniciou um assunto que logo o distraiu.

— Irás à casa dos Stcherbatski? — indagou ele, com um olhar cúmplice, deixando as conchas para apanhar o queijo.

— Certamente — respondeu Levine —, apesar de achar que a princesa não me tivesse convidado de boa vontade.

— Que ideia! Esta sua maneira... Bem, meu caro, traga-nos a sopa. Sim, é à sua maneira *grande dame*. Eu irei também, mas somente depois de uma audição de canto em casa da condessa Banine... Vejamos, como não te acusar de selvageria! Explique-me, por exemplo, a tua súbita fuga de Moscou. Vinte vezes os Stcherbatski me fizeram perguntas sobre a tua conduta, como se eu pudesse responder... Para dizer a verdade, só sei uma coisa: é que sempre fazes o que ninguém pensaria fazer.

— Sim — respondeu Levine, lentamente e com emoção. — Tens razão, eu sou um selvagem. No entanto, é na minha volta, e não na minha partida, que vejo a prova da minha selvageria. Eis que volto...

— Como és feliz! — fez Stepane Arcadievitch, ocultando um olhar.

— Por quê?

— "Reconhece-se a qualidade dos cavalos impetuosos pelos seus belos olhos amorosos" — declamou Stepane Arcadievitch. — O futuro a ti pertence.

— A ti também, eu imagino.

— Não, só me resta... digamos o presente, e um presente onde nem tudo é róseo.

— Que tem ele?

— Ele vai mal. Mas não te quero falar de mim, demais não posso entrar em todos os detalhes... Que te trouxe a Moscou? — respondeu Stepane Arcadievitch. — A continuação! — gritou ele ao garçom.

— Não o adivinhas tu? — perguntou Levine, as brilhantes pupilas fixas nas de Oblonski.

— Eu adivinho, mas não posso abordar primeiramente este assunto. Podes, neste detalhe, reconhecer se eu me torno ou não justo — disse Stepane Arcadievitch respondendo com um sorriso ao olhar do amigo.

— Bem, então, que pensas tu? — disse Levine com voz trêmula, sentindo estremecer-lhe todos os músculos do rosto.

Sem afastar os olhos de Levine, Stepane Arcadievitch bebeu vagarosamente um copo de Chablis.

— O que eu penso? — disse ele, afinal. — É o meu maior desejo. Seria incontestavelmente a melhor solução.

— Não te enganarás ao menos? Saberás bem do que se trata? — insistiu Levine, devorando o seu interlocutor com os olhos. — Achas o negócio possível?

— Acho. E por que não acharia?

— Sinceramente? Dize-me tudo o que pensas. Reflete, se eu me encontrar de uma recusa!... E estou quase certo...

— Por quê? — indagou Stepane Arcadievitch.

— Às vezes tenho esta impressão. Isso seria tão terrível para ela como para mim.

— Oh, nada vejo de terrível para ela. Uma moça sempre fica encantada de se ver pedida em casamento.

— Sim, mas ela não é como as outras.

Stepane Arcadievitch sorriu. Ele conhecia perfeitamente o sentimento de Levine a este propósito: as moças do universo se dividiam em duas categorias: uma, abrangendo todas, salvo "ela", era dotada de todas as fraquezas humanas; outra, que se compunha dela sozinha, ignorava toda a imperfeição e pairava acima da humanidade.

— Um momento, olha o molho — disse ele, detendo a mão de Levine que descansava na molheira.

Levine obedeceu, mas não deixou mais Stepane Arcadievitch comer em paz.

— Compreendes, é para mim uma questão de vida ou morte. Nunca falei a ninguém e apenas contigo posso falar. Nós somos diferentes um do outro, temos outros gostos, outros pontos de vista, mas estou certo de que me compreendes. Eis por que eu gosto tanto de ti. Mas, em nome do céu, dize-me toda a verdade.

— Digo-te apenas o que penso — replicou Stepane Arcadievitch, sempre risonho. — Dir-te-ei mesmo: Dolly, uma mulher admirável...

Stepane Arcadievitch lembrou-se subitamente de que as suas relações com a mulher deixavam a desejar. Soltou um suspiro, mas continuou no fim de um momento:

—... Minha mulher possui o dom da segunda vista, não somente lê no coração das pessoas, mas ainda prevê o futuro, principalmente em matéria de casamentos. Foi assim que predisse o de Brenteln com Mlle. Chakhovskoi, ninguém acreditava, mas o casamento foi feito! Minha mulher é por ti.

— Como sabes?

— Sei que, não contente em gostar de ti, ela ainda afirmou que Kitty não podia deixar de ser tua mulher...

Levine, radiante, sentiu-se prestes a derramar lágrimas de enternecimento.

— Ela disse aquilo! — gritou ele. — Eu sempre pensei que tua mulher fosse um anjo. Mas já falamos bastante sobre esse assunto.

— Sim, falamos, mas ainda não dissemos tudo.

Levine não podia permanecer no lugar. Teve que caminhar firmemente duas ou três vezes pelo canto retirado em que se achavam, piscando os olhos para dissimular as lágrimas.

— Compreenda-me bem — continuou ele —, é mais que amor. Já estive apaixonado, mas não era assim. É mais que um sentimento, é uma força interior que me domina. Se tentei a fuga, foi porque pensei não ser possível felicidade igual na terra. Mas tenho que lutar contra mim mesmo, sinto que não posso viver sem ela. Chegou a hora de tomar uma decisão.

— Mas por que te poupaste?

— Um instante... Se tu soubesses quantos pensamentos se comprimiam na minha cabeça, quantas coisas eu queria te perguntar! Escuta, tu não imaginas o serviço que acabas de me prestar. Sou tão feliz que me sinto incomodado, esqueço tudo. Preparei-me há pouco para ver o meu irmão Nicolas... e esqueci da minha intenção. Parece-me que também ele é feliz. É uma espécie de loucura. Mas há alguma coisa que me parece abominável. Quanto te casaste, conheceste este sentimento... Como nós, que já não somos adolescentes e temos atrás de nós um passado, não de amor, mas de pecado, como ousamos nos aproximar descuidadamente de um ser puro e inocente? É abominável, digo-te, e não tenho mesmo razão de achar-me indigno?

— Afinal não deves ter muita coisa na consciência...

— Apesar de tudo, revejo a minha vida com desgosto, tremo, maldigo, sofro amargamente... sim...

— Que queres? O mundo é assim mesmo.

— Eu só vejo uma consolação, esta prece que sempre amei: "Perdoai-me, Senhor, não segundo os nossos méritos, mas segundo a grandeza da vossa misericórdia". Apenas assim ela poderá me perdoar.

XI

Levine esvaziou o copo. Fez-se silêncio.

— Tenho ainda alguma coisa a te dizer — continuou, afinal, Stepane Arcadievitch. — Tu conheces Vronski?

— Não. Por que esta pergunta?

— Ainda uma garrafa — ordenou Stepane Arcadievitch ao garçom que enchia os copos no momento justo em que eles se esvaziavam. — Porque Vronski é um dos teus rivais.

— Quem é, pois, esse Vronski? — perguntou Levine. E a sua fisionomia, na qual Oblonski admirara ainda há pouco o entusiasmo juvenil, não exprimiu outra coisa senão um desagradável despeito.

— É um dos filhos do conde Cyrillo Ivanovitch Vronski, e um dos mais belos exemplos da rica mocidade de Petersburgo. Eu o conheci em Tver, onde foi por causa do recrutamento, quando eu ocupava um posto... Belo rapaz, ótima fortuna, boas relações, ajudante de ordens do imperador e, apesar de tudo isso, um homem admirável. Convenci-me de que ele era instruído e possuía muito espírito. Esse rapaz irá longe.

Levine franziu a testa e não disse palavra.

— Bem, Vronski apareceu aqui alguns dias depois da tua partida. Parece-me loucamente apaixonado por Kitty, e tu compreendes que a mãe...

— Desculpa-me, mas eu não compreendo nada — disse Levine cada vez mais abatido. Lembrou-se subitamente do irmão Nicolas e censurou-se por o haver esquecido.

— Espera — disse Stepane Arcadievitch, rindo-se e lhe estendendo o braço. — Eu te disse o que sabia, mas, repito, se é permitido fazer-se conjecturas em um caso tão delicado, parece-me que as probabilidades estão do teu lado.

Levine, completamente pálido, apoiou-se no encosto da cadeira.

— Apenas um bom conselho: conclua este negócio o mais cedo possível — continuou Oblonski, enchendo o copo.

— Não, obrigado — disse Levine afastando o copo —, eu não posso beber mais, ficaria bêbado... E tu, como estás? — continuou ele para mudar o assunto da palestra.

— Deixa-me repetir: termines o negócio quanto antes. Não te declares ainda esta tarde, mas amanhã cedo faças o clássico pedido, e que o bom Deus te abençoe!...

— Por que tu não vens caçar comigo? — disse Levine. — Tu me prometeste. Não esqueças de vir na primavera.

Arrependia-se verdadeiramente de ter sustentado aquela conversa com Stepane Arcadievitch. O "único" sentimento se achava esmigalhado por contar com as pretensões de um oficial qualquer, suportar os conselhos e as suposições de Stepane Arcadievitch. Este, que compreendeu perfeitamente o que se passava na sua alma, contentou-se em sorrir.

— Irei um dia ou outro, disse ele. As mulheres são as molas que fazem tudo mover neste mundo... Tu me perguntas como vão os meus negócios? Em muito mau estado, meu caro... E tudo isso por causa das mulheres... Dize-me francamente a tua opinião — continuou ele, tendo um cigarro numa das mãos e o copo na outra.

— Sobre o quê?

— Vá, suponhamos que sejas casado, que ames a tua mulher, e que te deixaste arrastar por uma outra.

— Desculpa-me, mas nada entendo de semelhante negócio. É, para mim, como se acabando o jantar fosse roubar um bolo numa padaria.

Os olhos de Stepane Arcadievitch faiscavam.

— Por que não? Certos bolos são tão bons que não se poderá resistir à tentação.

Himmlisch ist's, wenn ich bezwungen
Maine irdische Begier;
Aber doch wenn's nicht gelungen,
Hatt ich auch recht hübsch Plaisir!

Dizendo isso, Oblonski sorriu maliciosamente. Levine não pôde deixar de imitá-lo.

— Vamos suspender as brincadeiras — continuou Oblonski. — Trata-se de uma mulher extraordinária, modesta, atraente, sem fortuna e que a ti tudo sacrificou: deve-se abandoná-la, já que o mal está feito? Que seja imprescindível romper para não perturbar a vida da família, mas não se deve ter piedade, amenizar-lhe a separação, assegurar-lhe o futuro?

— Perdão, mas tu sabes que para mim as mulheres se dividem em duas classes... ou dizendo melhor, há as mulheres e as... Nunca vi e nunca verei as belas arrependidas, mas criaturas como aquela francesa do balcão só me inspiram desgosto, como, de resto, todas as mulheres decaídas...

— Mesmo aquela do Evangelho?

— Ah! eu te suplico... O Cristo jamais pronunciaria aquelas palavras se soubesse do mau uso que delas seria feito: eis tudo o que se guardou do Evangelho. Afinal, é mais uma questão de sentimento que de raciocínio. Tenho repulsa pelas mulheres decaídas como tu pelas teias de aranhas. Não temos necessidade para isso de estudar os meios de umas e nem de outras.

— Tu me fazes recordar aquele personagem de Dickens que colocava a mão esquerda no ombro direito em todas as perguntas embaraçosas. Mas negar um fato não é responder. Que fazer, que fazer? A tua mulher envelhece enquanto a vida reina ainda em torno de ti. Tu te sentes incapaz de a amar de amor, apesar do respeito que tens por ela. Neste caso, o amor surge imprevistamente e eis tudo perdido! — exclamou pateticamente Stepane Arcadievitch.

Levine sorriu sarcasticamente.

— Sim, sim, perdido! — repetiu Oblonski. — Mas, que fazer?

— Não mais roubar o bolo.

Stepane Arcadievitch alegrou-se.

— O moralista!... Mas compreendas a situação. Duas mulheres se defrontam. Uma se previne dos seus direitos, de um amor que tu não lhe podes dar; a outra sacrifica tudo e não te pede nada. Que se deve fazer? Como se conduzir? Há um drama horroroso.

— Se queres que confesse o que penso, eu não vejo nenhum drama. Eis por que, segundo o meu modo de pensar, o amor... os dois amores que, tudo deves recordar, Platão caracterizou no *Banquete*, servem de pedra de toque aos homens que só compreendem um ou outro. Aqueles que compreendam unicamente o amor não platônico não terão nenhuma razão de falar em drama, porque este amor não se admite. "Muito grato pelo consentimento que tive": eis todo o drama. Nada poderá ser maior que o amor platônico, tudo aí é claro e puro, porque...

Neste momento Levine recordou os seus próprios pecados e a luta interior a que se submetera. Terminou a sua tirada de maneira imprevista:

— Na verdade, talvez tenhas razão. É bem possível... Mas eu não sei, não, eu não sei.

— Vê — disse Stepane Arcadievitch —, és um homem inteiriço. É a tua grande qualidade e é também o teu defeito. Porque o teu caráter é feito assim, queres que a vida seja construída do mesmo modo. Dessa maneira, desprezas o serviço do Estado porque desejas que toda ocupação humana corresponda a um fim preciso, e isso não pode ser. Queres igualmente um fim para cada um dos nossos atos, queres que o amor e a vida conjugal sejam um só, e isso não pode ser. O admirável, a variedade, a beleza da vida está, precisamente, nas suas oposições de luz e de sombra.

Levine suspirou e não respondeu nada. Tomado pelas suas preocupações, já não ouvia Oblonski.

E sentiram que, longe de os aproximar, aquele bom jantar, os vinhos generosos, tinha-os deixado quase estranhos um ao outro: cada qual pensava apenas nos seus negócios, sem cuidar do vizinho. Oblonski, em quem esta sensação era familiar, sabia também como remediá-la.

— A conta! — gritou ele, e passou para a sala vizinha, onde encontrou um ajudante de ordens seu conhecido. Uma conversa que manteve com ele, sobre uma atriz e o seu protetor, repousou Oblonski daquela que sustentara com Levine: esse diabo de homem arrastava-o sempre a uma tensão de espírito bastante exaustiva.

Quando o garçom trouxe uma conta de vinte e seis rublos e alguns kopeks, mais um suplemento pela aguardente bebida no balcão, Levine, que ordinariamente se recusava, como bom camponês, espantado por ter de pagar quatorze rublos pela sua parte, mostrou-se desta vez indiferente. A conta paga, retornou à casa, a fim de mudar de roupa e se dirigir à residência dos Stcherbatski, onde deveria se decidir a sua sorte.

XII

Kitty Stcherbatski tinha dezoito anos. Era o primeiro inverno em que a levavam à sociedade; obtinha maiores sucessos que as suas irmãs, maiores mesmo do que a sua mãe esperava. Virara mais ou menos a cabeça de toda a mocidade dançante de Moscou e, por outro lado, desde este primeiro inverno, apresentaram-se-lhe dois partidos sérios: Levine e, logo depois da sua partida, o conde Vronski.

A aparição de Levine no começo do inverno fora o assunto das primeiras conversações sérias entre o príncipe e a princesa sobre o futuro da filha: e essas conversações revelaram entre eles uma profunda desinteligência. O príncipe era por Levine e confessava não existir melhor partido para Kitty. A princesa, cedendo ao hábito feminino de rodear a questão, pretextava ser Kitty ainda muito jovem, não mostrando maior inclinação por Levine, que de resto não parecia ter intenções bem resolvidas. Ela alegava ainda outras razões, mas não a principal, isto é, que ela não gostava e nem compreendia Levine e esperava para a sua filha um partido mais brilhante — razão por que se alegrara tanto com a sua brusca partida.

"Vê que eu tinha razão", declarou ela ao marido, com um acento de triunfo. Ficou ainda mais alegre quando Vronski veio ocupar o lugar vago: as suas previsões se realizavam: Kitty conseguiria um partido magnífico.

Para a princesa não havia comparação possível entre os dois pretendentes. O que lhe desagradava em Levine eram os julgamentos categóricos e bizarros e o seu acanhamento na sociedade, que ela atribuía ao orgulho, à vida de "selvagem" que ele levava no campo, entre o seu gado e os seus aldeões. O que lhe desagradava mais ainda era que Levine, apaixonado por Kitty, tivesse frequentado a sua casa durante seis semanas sem se explicar francamente sobre as suas intenções: ignoraria ele esses pontos das conveniências? Acreditaria ele talvez fazer-lhes uma grande honra? E repentinamente aquela brusca partida... "Sou muito feliz", pensava, "que ele seja tão pouco atraente; senão teria certamente virado a cabeça de Kitty!" Vronski, ao contrário, supria todos os seus desejos: tinha fortuna, talento, origem, a perspectiva de uma brilhante carreira tanto no exército como na corte e, além disto, era verdadeiramente encantador. Que se podia sonhar de melhor?

Vronski fazia abertamente a corte a Kitty, dançava com ela em todos os bailes, tornou-se mesmo um íntimo da casa; podia-se acaso duvidar das suas intenções? E, no entanto, a pobre mãe passou todo o inverno emocionada e inquieta.

O seu casamento fora, trinta anos antes, trabalho de uma das tias. O noivo, sobre quem se tinha anteriormente todas as informações desejáveis, veio vê-la e se fazer ver; a tia não escondeu a boa impressão produzida; no dia seguinte, ele veio procurar os pais para o pedido oficial, que foi aceito. Tudo se passou do modo mais simples do mundo. Era assim, pelo menos, que a princesa via as coisas distantes. Mas quando se tratava de casar as suas filhas, ela se certificava, pela sua desgraça, como esse negócio, tão simples na aparência, era na realidade difícil e complicado. Quantas ansiedades, quantas preocupações, quanto dinheiro perdido, quantas lutas com o seu marido quando ele resolveu casar Daria e Natalia! Agora que o instante da menor chegara, estava experimentando as mesmas inquietudes, as mesmas perplexidades e discussões ainda mais penosas. Como todos os pais, o velho príncipe era excessivamente cioso do que se referia à honra das suas filhas — possuía a fraqueza de invejá--las, principalmente Kitty, que era a sua preferida e reclamava sempre a esse respeito com a mulher, receoso de vê-la comprometida. Por mais habituada que estivesse com estas cenas — suportara cenas semelhantes no tempo do noivado das outras —, a princesa reconhecia que a suscetibilidade do marido tinha desta vez maior razão de ser. Ela observava, após algum tempo, mudanças notáveis nos hábitos sociais, que vinham complicar ainda mais o trabalho já tão ingrato das mães. As contemporâneas de Kitty organizavam Deus sabe quantas reuniões, seguindo Deus sabe que caminhos, tomando maneiras desembaraçadas com os homens, passeando sozinhas em carruagens; muitas, dentre elas, já não a cumprimentavam e, o que era mais grave, tinham se convencido que a escolha de um marido a elas pertencia, e não aos pais. "Já não se casam as filhas como antigamente", pensavam e diziam essas jovens, e mesmo as pessoas idosas. Mas como se casam então? Era o que a princesa não conseguia saber de ninguém. Reprovava-se o costume francês que concede a decisão aos pais, repelia-se como incompatível aos meios russos o costume inglês, que deixava toda a liberdade à moça; e gritava-se "fora!" — a princesa em primeiro lugar — ao costume russo do casamento por intermediário. Mas todo o mundo ignorava o verdadeiro caminho a seguir. Todos aqueles a quem a princesa interrogava davam a mesma resposta: "Acredite-me, já é tempo de renunciar-se às ideias antigas. São as moças que se casam e não os pais, deixemo-las se arranjar como entenderem." Se o raciocínio era cômodo para quem não tinha filhas, a princesa compreendia muito bem que dando excessiva liberdade à sua, arriscava-se a vê-la gostar de alguém que não pensaria em esposá-la ou que não seria um bom marido. Haviam lhe repetido que era necessário para o futuro deixar as moças entregues à própria sorte, e isso lhe parecia tão pouco sábio como dar às crianças de cinco anos pistolas carregadas para brincarem. Eis por que Kitty a preocupava mais ainda do que as suas irmãs.

No momento, ela acreditava que Vronski, por quem a sua filha se achava evidentemente apaixonada, não se limitava a uma simples corte — era positivamente um homem elegante, o que a tranquilizava um pouco. Mas com a liberdade recentemente admitida na sociedade, os conquistadores jogavam: não estariam considerando tudo isto culpa sem importância? Kitty, na semana passada, contara à mãe a conversa que tivera com Vronski durante uma mazurca, o que sossegou a princesa, sem a tranquilizar completamente. Vronski dissera a Kitty: "Como filhos obedientes, meu irmão e eu nunca fazemos nada de importante sem consultar nossa mãe. Neste momento, espero que ela chegue com uma felicidade particular."

Kitty narrou esta conversa sem lhe conceder maior importância, mas a princesa a interpretou de outro modo. Ela sabia que se esperava a condessa de um dia para outro e que ela aprovaria a escolha do filho: por que, pois, adiava ele o seu pedido? Não seria um pretexto esse adiamento exagerado? Contudo, a princesa desejava tanto o casamento, tinha tanta necessidade de libertar-se da inquietude, que dava às palavras de Vronski um sentido conforme as suas próprias intenções. Por mais amargo que fosse a infelicidade da sua filha mais velha, Dolly, que pensava abandonar o marido, deixava-se absorver inteiramente em suas preocupações sobre a sorte da filha menor, que via prestes a se decidir. E eis que a volta de Levine aumentou a sua emoção. Kitty, acreditava, tinha até, havia pouco tempo, mantido por ele um certo sentimento — por excesso de delicadeza ela bem poderia recusar Vronski. Esta volta lhe parecia perturbar um negócio já bastante próximo de ser decidido.

— Ele chegou há muito tempo? — perguntou à filha, quando entraram. Ela pensava em Levine.

— Hoje, mamãe.

— Quero dizer-te uma coisa... — começou a princesa, mas pelo seu ar preocupado Kitty adivinhou logo de que se tratava. Corou e voltando-se bruscamente para a mãe:

— Não me diga nada, mamãe, eu te peço, suplico. Eu sei, eu sei de tudo.

Seus desejos eram os mesmos, mas a filha julgava ofensivos os motivos aos quais a mãe obedecia.

— Quero dizer-te apenas que, tendo encorajado um...

— Querida mamãe, pelo amor de Deus, não me diga nada. Falar nessas coisas traz infelicidade...

— Só uma palavra, meu anjo — disse a princesa, vendo lágrimas em seus olhos. — Tu prometeste nunca ter segredos para mim. É certo que não os tens?

— Nunca, mamãe, nunca! — exclamou Kitty, vermelha, mas encarando a mãe. — Mas neste momento não tenho nada a dizer... Sim, nada... Mesmo que quisesse, não saberia o que dizer... não...

"Esses olhos não podem mentir", disse a princesa para si mesma, sorrindo dessa emoção, dessa felicidade contida: ela adivinhou a enorme importância que a pobrezinha dava a tudo que se passava em seu coração.

XIII

Após o jantar e até o início da noite, Kitty experimentou sensação análoga à que sente um jovem às vésperas de uma batalha... Seu coração batia violentamente e ela não conseguia coordenar os pensamentos.

Essa noite, em que "eles" se encontrariam pela primeira vez, decidiria o seu destino. Ela pressentia isso e não deixava de os imaginar ora juntos, ora separados. Pensava no passado com prazer a ternura e evocava as lembranças que a prendiam a Levine: suas impressões de infância, a amizade do jovem por esse irmão que ela perdera, tudo lhes dava um encanto poético. Certamente Levine a amava, esse amor a envaidecia, era doce pensar nele. Ao lembrar-se de Vronski, ao contrário, experimentava certo constrangimento: era um perfeito homem mundano, sempre senhor de si e de uma simplicidade encantadora. Todavia, ela notava em suas relações qualquer coisa de falso, que devia residir nela mesma, pois que com Levine tudo era tão franco, tão fácil, tão natural. Por outro lado, com Vronski, o futuro lhe aparecia brilhante; com Levine, uma névoa a envolvia.

Quando subiu ao quarto para vestir-se, uma vista d'olhos ao espelho lhe revelou que estava num dos seus dias felizes; nem a graça nem o sangue-frio lhe faltariam no momento; com alegria ela, se viu possuidora de todas as armas.

Ao entrar no salão, às sete horas e meia, um criado anunciou: Constantin Dmitrievitch Levine. A princesa não tinha descido ainda e o príncipe estava retirado em seus aposentos. "Eu contava com isso", disse Kitty, e todo seu sangue afluiu ao coração. Contemplando-se ao espelho, ficou horrorizada com a sua palidez.

Ela sabia agora, sem poder duvidar mais, que ele viera cedo para encontrá-la só e pedir a sua mão. Imediatamente a situação apareceu-lhe sob novo aspecto. Pela primeira vez, ela compreendeu que não estava só em jogo e que lhe era necessário ferir um homem que amava, e feri-lo cruelmente. Por quê? Porque esse bravo rapaz estava apaixonado por ela. Mas nada podia fazer, tinha que ser assim.

"Meu Deus", pensou, "será possível que eu mesma deva lhe falar, dizer-lhe que não o amo? Mas isso não é verdade. Que devo dizer então? Que amo outro? Impossível. Não, mais vale fugir."

Ela já se aproximava da porta quando ouviu "seu" passo. "Não, isso não é leal. De que tenho medo? Nada fiz de mal. Aconteça o que acontecer, direi a verdade. De resto, com ele nada me faz perder a calma." "Ei-lo", disse ela consigo, vendo-o aparecer, tímido na sua força e fixando nela um olhar ardente.

— Chego muito cedo, ao que me parece — disse ele ao ver o salão vazio. E quando compreendeu que a sua espera não fora vã, que nada o impediria de falar, seu semblante anuviou-se.

— Sim — respondeu Kitty, sentando-se perto da mesa.

— Mas eu desejava justamente encontrar-te só — continuou ele, de pé, sem erguer os olhos para não perder a coragem.

— Mamãe vem já. Ela se cansou muito ontem. Ontem...

Ela falava sem saber ao certo o que dizia. Seus olhos cheios de terna súplica não podiam desprender-se de Levine, e, ao arriscar ele um olhar, ela corou e calou-se.

— Eu te disse que não sabia se ficaria aqui por muito tempo... que isso dependia de ti...

Ela baixou a cabeça mais ainda, sem saber o que ia responder ao inevitável.

— Que isso dependia de ti — repetiu. — Eu queria dizer... dizer... Foi por isso que vim... Queres ser minha mulher? — lançou ele finalmente, sem se dar conta das suas palavras. Mas, assim que teve o sentimento de que a palavra fatal fora pronunciada, deteve-se e olhou-a.

Kitty não levantara a cabeça; ela mal respirava. Uma alegria imensa enchia-lhe o coração. Nunca acreditara que a confissão desse amor lhe causasse uma impressão tão viva. Mas, depois de alguns instantes, lembrou-se de Vronski. Ergueu para Levine seus olhos fracos e límpidos e, ao ver seu ar desesperado, apressou-se a responder:

— É impossível... Perdoe-me...

Um minuto antes, ele a acreditava tão próxima dele, tão necessária à sua vida. Mas ei-la que se afastava e se tornava estranha a ele.

— Não podia ser de outro modo... — disse, baixando os olhos.

E cumprimentou, querendo sair.

XIV

Mas no mesmo instante a princesa entrou. O medo gelou seus traços quando os viu a sós, os semblantes agitados. Levine inclinou-se diante dela, mas não disse uma palavra. Kitty calou-se, sem ousar erguer os olhos. "Graças a Deus ela recusou", pensou a mãe, e o sorriso com que acolhia seus convidados reapareceu em seus lábios. Sentou-se e interrogou Levine sobre a sua vida no campo. Ele também tomou um assento, esperando o momento para esquivar-se à chegada de outras pessoas.

Cinco minutos depois foi anunciada uma amiga de Kitty, casada no inverno passado, a condessa Nordston.

Era uma mulher seca, amarela, nervosa e doentia, olhos negros e brilhantes. Ela gostava de Kitty e sua afeição, como a de toda mulher casada por uma moça, se traduzia num vivo desejo de casá-la de acordo com o seu ideal. Vronski era o seu candidato. Levine, que ela encontrara muitas vezes em casa dos Stcherbatski, no começo do inverno, desagradava-lhe soberanamente e ela nunca perdia ocasião de zombar dele. "Gosto de vê-lo fulminar-me do alto da sua grandeza e interromper — pois ele me julga muito tola — seus belos discursos, a menos que não condescenda em dirigir-me a palavra. Condescender! A palavra me agrada. Adoro que ele me deteste!"

Realmente Levine detestava-a e desprezava nela aquilo de que ela se gabava: sua nervosidade, seu refinado desdém, sua indiferença por tudo que julgava material e grosseiro. Estabelecera-se então entre eles um gênero de relações muito frequente na sociedade: sob aparência de cordialidade eles se desprezavam a ponto de não poderem levar um ao outro a sério, nem mesmo se ferindo mutuamente; cada um ficava indiferente às maldades do outro.

Ao lembrar-se que Levine tinha, no começo do inverno, comparado Moscou à Babilônia, a condessa lançou-se logo nesse assunto:

— Ah! Constantin Dmitrievitch, ei-lo de volta à nossa abominável Babilônia! — disse, estendendo sua pequena mão amarela. — Será que Babilônia se converteu, ou foi o senhor que se corrompeu? — acrescentou, lançando a Kitty um olhar cúmplice.

— Sinto-me envaidecido, condessa, de que a senhora se recorde com tanta exatidão das minhas palavras — respondeu Levine que, tendo tido tempo de se refazer, entrou logo no tom agridoce que usava de ordinário com a condessa. — É para crer-se que elas a tenham impressionado vivamente.

— Como! Sempre tomo nota de... Então, Kitty, tens patinado?...

E entabulou conversa com Kitty. Levine não podia ir-se embora. Todavia, esperava fazê-lo, pois preferia cometer uma inconveniência do que suportar toda a noite o suplício de ver Kitty observá-lo à socapa, evitando seu olhar. Quando ia levantar, a princesa, surpreendida com o seu mutismo, achou conveniente dirigir-lhe a palavra.

— Conta ficar muito tempo em Moscou? Você não é juiz de paz no seu cantão? Isso não deve permitir longas ausências.

— Não, princesa, eu estou desligado de minhas funções. Vim por alguns dias.

"Há qualquer coisa de particular hoje", pensou a condessa Nordston, perscrutando o semblante severo de Levine; "ele não se lança em seus discursos habituais. Mas hei de fazê-lo falar; nada me diverte mais do que o fazer ridículo diante de Kitty."

— Constantin Dmitrievitch — disse ela —, o senhor, que está ao corrente de tudo isso, explique-me, por favor, como é que na nossa terra de Kaluga os camponeses e suas mulheres bebem tudo que possuem e recusam pagar-nos o que nos devem? O senhor que elogia sempre os camponeses, explique-me o que isso significa.

Neste momento uma dama entrou no salão e Levine levantou-se.

— Perdão, condessa, não estou a par disso e nada posso dizer-lhe — respondeu, observando o oficial que acompanhava a dama. "Deve ser Vronski", pensou, e para certificar-se voltou-se para Kitty, que dirigia justamente seu olhar para ele, depois de ter reconhecido Vronski. Ao ver esses olhos brilhando numa alegria instintiva, Levine compreendeu e tão claramente como se ela lhe tivesse confessado que amava esse homem. Mas quem era ele ao certo? Eis o que importava a Levine saber e o que o decidiu a ficar de qualquer forma.

Há pessoas que, colocadas em presença de um rival feliz, são dispostas a negar suas qualidades para só ver os defeitos; outras, ao contrário, nada mais desejam do que descobrir os méritos que lhe valeram o sucesso e, o coração ulcerado, só veem nele qualidades. Levine era deste número. Não lhe foi difícil descobrir o que Vronski tinha de atraente; isso saltava aos olhos. Moreno, de estatura mediana e bem proporcionada, um belo semblante de traços admiravelmente calmos, tudo em sua pessoa, desde os cabelos negros, cortados muito curtos e o queixo barbeado recentemente até a sua túnica nova, tudo desvendava uma elegante simplicidade. Depois de ter dado passagem à dama que entrara com ele, Vronski foi cumprimentar a princesa, depois Kitty. Ao aproximar-se desta, pareceu a Levine que um lampejo de ternura brilhara em seus olhos, enquanto um imperceptível sorriso de felicidade triunfante enrugava seus lábios. Ele se inclinou respeitosamente diante da moça e estendeu-lhe a mão um pouco larga, se bem que pequena.

Depois de cumprimentar as pessoas presentes e trocar algumas palavras com cada uma delas, sentou-se sem olhar para Levine, que não deixava de fixá-lo com os olhos.

— Permitam-me, senhores, que eu os apresente — disse a princesa indicando Levine com a mão: — Constantin Dmitrievitch Levine, o conde Alexis Kirillovitch Vronski.

Vronski levantou-se, mergulhou nos olhos de Levine um olhar muito franco e estendeu-lhe a mão.

— Eu devia, parece-me, jantar com o senhor neste inverno — disse, com um afável sorriso —, mas o senhor partiu subitamente para o campo.

— Constantin Dmitrievitch detesta cidades e despreza os pobres cita-dinos como nós — disse a condessa Nordston.

— É para crer que as minhas palavras a impressionam vivamente, uma vez que a senhora se lembra tão bem delas — retrucou Levine; mas, ao perceber que estava repetindo o que já dissera, calou-se.

Vronski sorriu depois de lançar um olhar a Levine e outro à condessa.

— O senhor sempre mora no campo? — perguntou ele. — Não será triste durante o inverno?

— Não, quando se tem o que fazer. Demais, nunca ninguém se aborrece em companhia de si mesmo — replicou Levine, em tom áspero.

— Eu amo o campo — disse Vronski, que observou o tom de Levine sem nada deixar perceber.

— Sem querer, por isso, sepultar-se? — indagou a condessa Nordston.

— Sobre isto nada sei, nunca fiz uma estada longa. Mas sou vítima de um sentimento original: nunca tive tanta saudade do campo, do verdadeiro campo russo com os seus *mujiks*, do que no inverno, quando acompanhei minha mãe a Nice. É, como sabem, uma cidade muito triste. Nápoles e Sorrento fatigaram-me depressa. Em nenhuma parte do mundo alguém se sentirá tão obcecado pela lembrança da Rússia, do campo russo prin-cipalmente. Dir-se-ia que essas cidades...

Ele se dirigia em parte a Levine, em parte a Kitty, transferindo de um a outro seu olhar bondoso, dizendo o que lhe passava pela cabeça. Verificando que a condessa Nordston queria tomar a palavra, interrompeu-se para escutá-la atenciosamente.

A conversa não se enfraqueceu um momento. A princesa só avançou os dois elementos que sempre tinha em reserva em caso de silêncio prolongado: o serviço militar obrigatório e os méritos respectivos do ensino clássico e do ensino moderno. Pelo seu lado, a condessa Nordston não teve mais oportunidade de importunar Levine. Por maior desejo que tivesse, não pôde se decidir a tomar parte na conversa e a todo instante dizia mentalmente: "Eis o momento de partir." Mas, como se esperasse alguma coisa, não se mexia.

Como se viesse a falar de mesas giratórias e de espíritos maus, a condessa, que acreditava no espiritismo, contou prodígios dos quais fora testemunha.

— Ah, condessa, faça com que eu veja isso, peço-lhe! Gosto de procurar o extraordinário, mas nunca o encontrei — disse Vronski, rindo-se.

— Está bem, isso acontecerá no próximo sábado — respondeu a condessa. E o senhor, Constantin Dmitrievitch, acredita? — perguntou a Levine.

— Por que esta pergunta? A senhora conhece de antemão a minha resposta.

— Gostaria de ouvir o senhor expor a sua opinião.

— Minha opinião? Bem, ela aqui está: as suas mesas giratórias provam simplesmente que a nossa pretensiosa boa sociedade não supera em nada os nossos camponeses que acreditam em mau olhado, sortilégios, feitiços, e nós...

— Então o senhor não acredita?

— Não posso acreditar, condessa.

— Mas eu lhe digo que "vi" com os meus próprios olhos!

— Os nossos camponeses dirão também que "viram" o *domovoi*...

— Então, segundo o senhor, eu não digo a verdade — revoltou-se a condessa, exibindo um sorriso amarelo.

— Mas, não, Macha. Constantin Dmitrievitch quis simplesmente dizer que não acredita no espiritismo — explicou Kitty, corando por Levine. Este, tomando interesse, ia fazer uma réplica ainda mais brusca quando Vronski, sempre risonho, impediu que a conversa se envenenasse.

— O senhor não admite nenhuma possibilidade? — perguntou ele. — Por quê? Nós admitimos perfeitamente a existência da eletricidade e no entanto desconhecemos a sua natureza. Por que não existiria uma força ainda desconhecida que...

— Quando se descobriu a eletricidade — objetou Levine com vivacidade —, não se havia visto senão um fenômeno sem se conhecer a origem e os resultados, e os séculos passaram antes que se pensasse em fazer uma aplicação. Os espíritas, ao contrário, começaram por fazer as mesas escreverem e por evocar os espíritos, e só mais tarde se afirmou a existência de uma força desconhecida.

Vronski escutou com a sua atenção habitual e parecia tomar grande interesse pelas palavras de Levine.

— Sim, mas os espíritas dizem: nós ignoramos ainda o que seja essa força, constatando apenas que existe, que age em tais e tais condições. Aos sábios compete descobrir em que ela consiste. E porque verdadeiramente não existiria uma força nova, já que...

— Porque — objetou Levine novamente — todas as vezes em que o senhor friccionar um pouco de resina com um farrapo de lã, obterá um fenômeno anteriormente previsto; os fenômenos espíritas, ao contrário, não se produzem infalivelmente e não poderiam, em consequência, ser atribuídos a uma força da natureza.

A conversa tomava um aspecto muito sério para um salão. Vronski percebeu isto sem dúvida, pois não fez mais nenhuma objeção e dirigiu-se às senhoras com um sorriso encantador:

— Bem, condessa, por que não fazemos logo agora um ensaio?

Mas Levine voltou a explicar o seu pensamento.

— A meu ver — prosseguiu ele —, os espíritas sofrem grande prejuízo em querer explicar os seus encantos por não sei que força desconhecida. Como, falando de uma força espiritual, pretendem submetê-la a uma prova material?

Todo mundo esperava que ele acabasse de falar. E Levine o compreendeu.

— Quanto a mim, creio que o senhor daria um excelente médium — disse a condessa Nordston. — Possui tanto entusiasmo!

Levine abriu a boca para responder, mas corou subitamente e não disse palavra.

— Bem, vejamos, coloquemos as mesas em prova — disse Vronski. — A senhora permite, princesa?

Levantou-se procurando uma mesa com os olhos. Kitty também se levantou. Como ela passasse diante de Levine, os seus olhares se encontraram. Ela o lastimava, tanto mais quanto se sentia como sendo a causa da sua dor. "Perdoa-me", dizia o seu olhar, "eu sou tão feliz!" "Eu odeio o mundo inteiro e a mim tanto como a ti", respondia o de Levine.

Ele já apanhara o chapéu, contando esquivar-se no instante em que se instalassem em volta da mesa, mas ainda uma vez o destino decidiu o contrário. O velho príncipe apareceu e, depois de cumprimentar as senhoras, dirigiu-se diretamente a ele.

— Como — gritou alegremente —, tu estás aqui? Mas eu não sabia! Muito feliz em ver-te...

O príncipe tratava Levine ora por "tu" ora por "você". Abraçou-o e continuou a palestra sem prestar nenhuma atenção a Vronski, que aguardava tranquilamente o momento em que o príncipe quisesse lhe dirigir a palavra.

Kitty sentia como, depois do que se passara, as amabilidades do seu pai deviam ser penosas a Levine. Observou também com que frieza o príncipe retribuiu o cumprimento de Vronski, que permaneceu desorientado, não compreendendo como se pudesse antipatizar-se com ele. Kitty sentiu-se de novo corar.

— Príncipe, devolva-nos Constantin Dmitrievitch — disse a condessa Nordston. — Queremos fazer uma experiência.

— Que experiência? Fazer mover as mesas? Bem, vós me desculpais, senhores e senhoras, mas acho que o jogo da argolinha é mais interessante — disse o príncipe olhando Vronski, que ele adivinhou ser o inspirador daquele divertimento. — No jogo da argolinha, pelo menos, há uma ponta de bom senso.

Vronski ergueu para o príncipe um olhar confuso e logo depois, esboçando um sorriso, se pôs a conversar com a condessa Nordston sobre um grande baile que se realizaria na semana seguinte.

— Espero que compareças — disse ele dirigindo-se a Kitty.

Assim que o príncipe o abandonou, Levine saiu e a última impressão que trouxe desta reunião foi a do rosto feliz e risonho de Kitty, respondendo a Vronski sobre o assunto do baile.

XV

Partindo os visitantes, Kitty contou à mãe tudo o que se passara com Levine. Apesar da piedade que lhe inspirava, ela se sentia lisonjeada com aquele pedido de casamento e não duvidava um só instante de que tinha agido sabiamente. Mas, uma vez deitada, levou muito tempo sem poder conciliar o sono. Não conseguia expulsar uma visão obsedante, aquela de Levine escutando de testa franzida as explicações do príncipe enquanto passeava sobre ela e Vronski olhares sombrios, desoladores. Pensando na mágoa que lhe causara, sentia-se triste, prestes a chorar. Mas a recordação daquele a quem dera as suas preferências imediatamente se sobrepôs. Representou o rosto vigoroso e enérgico, a calma absoluta e a distinção, a bondade resplandecente de Vronski. E a certeza de que o seu amor era retribuído lhe restituiu momentaneamente a paz da alma. Deixou cair a cabeça sobre o travesseiro, rindo-se de alegria. "É triste, evidentemente, mas que posso eu? Não é minha a culpa", pensou, a modo de conclusão. Mas quanto mais gostava de repetir esta frase, mais uma voz interior lhe assegurava o contrário, sem precisar exatamente se fora injusta em seduzir Levine recusando-lhe o pedido. O que quer que fosse, como um remorso, envenenava a sua felicidade. "Senhor, tende piedade de mim! Senhor, tende piedade de mim!", murmurou ela até adormecer.

Durante este tempo, embaixo, no gabinete do príncipe, acontecia uma daquelas cenas que se renovavam frequentemente entre os esposos, por causa de Kitty.

— O que há! Tu me perguntas? — exclamou o príncipe, que não pôde deixar de erguer os braços no ar, descendo-os logo para arranjar o seu *robe de chambre* de pele de esquilo. — Tu me perguntas? Bem vês! Não tens nem nobreza e nem dignidade. Comprometes, perdes a tua filha com este modo baixo e estúpido de endeusá-la na imaginação dos rapazes...

— Mas, em nome do céu, que fiz eu? — indagou a princesa, prestes a chorar.

Encantada com a confidência da filha, ela viera, como de costume, dar boa noite ao marido. Evitando o mais possível de revelar-lhe o pedido de Levine e a recusa de Kitty, permitiu-se uma alusão a Vronski, que, como parecia, só esperava que a mãe chegasse para se declarar. E neste momento precisamente o príncipe, de súbito furioso, tinha-a oprimido com terríveis exprobrações.

— O que fizeste? Primeiro atraíste um noivo, o que justamente toda Moscou ridicularizou. Se desejavas oferecer recepções, convidasses todo mundo, e não apenas pretendentes da tua escolha. Convide todos esses "forçados" (era assim que o príncipe chamava os moços de Moscou) e que eles se deem de coração a esses prazeres. Mas, por Deus, não arranjes entrevistas como esta de hoje, isso me faz mal! Alcançaste os teus fins, viraste a cabeça do rapaz. Levine é mil vezes melhor que esse pretensiosozinho de Petersburgo —, são todos do mesmo molde, não valem grande coisa. E mesmo que fosse um príncipe de sangue, a minha filha não tem necessidade de procurar ninguém!

— Mas em que sou eu culpada?

— Em quê!... — fez o príncipe.

— Eu sei perfeitamente que, segundo os teus pontos de vista, nunca casaremos a nossa filha — interrompeu a princesa. — Neste caso, o melhor seria irmos para o campo

— Seria o melhor realmente.

— Mas, afinal, asseguro-te que não fiz nenhum adiantamento. Esse rapaz, palavra de honra, apaixonou-se por Kitty, que, pelo seu lado, eu creio...

— Tu acreditas!... E se ele conseguir que ela lhe retribua e tenha tanta ideia de se casar quanto eu? Queria não ter olhos para ver tudo isso!... "Ah, o espiritismo! Ah, Nice! Ah, o baile!..." — Aqui, o príncipe, imaginando imitar a sua mulher, acompanhava cada palavra com uma reverência.

— Estaremos orgulhosos quando fizermos a infelicidade de Kitty, de tal modo ela meteu isto na cabeça...

— Mas por que pensas isso?

— Eu não penso, eu sei. Somos nós, os pais, que temos olhos para isso, enquanto que as mulheres!... Vejo de um lado um homem que tem sérias intenções, é Levine; do outro lado, um janota que quer apenas se divertir...

— Vê bem as tuas ideias!

— Tu as recordarás, mas bastante tarde, como com Dacha...

— Vamos, está bem, não falemos mais — concedeu a princesa, pensando nas infelicidades de Dolly.

— Tanto melhor e boa noite.

Após trocarem o beijo e o sinal da cruz habituais, os dois esposos se separaram, convencidos um e outro que cada qual acolhia a sua opinião particular. No entanto, a princesa, firmemente convencida ainda havia pouco que aquela reunião decidira a sorte de Kitty, sentia a sua segurança abalada pelas palavras do marido. Entrando no quarto, o futuro lhe pareceu bem incerto e, como Kitty, ela repetiu mais de uma vez, com angústia: "Senhor, tende piedade de nós! Senhor, tende piedade de nós!"

XVI

Vronski sempre tinha ignorado a vida de família. Sua mãe, mulher mundana, muito brilhante em sua mocidade, possuíra durante o casamento, e principalmente após, inúmeras aventuras que muito deram a falar. Vronski conhecera ligeiramente o pai, a sua educação fora feita no Corpo dos Pajens — saindo muito jovem dessa escola, tomou logo o ritmo da vida dos ricos oficiais de Petersburgo. Ia geralmente, de tempos a tempos, à alta sociedade, mas nenhuma interesse de coração o chamava.

Foi em Moscou que, pela primeira vez, rompendo com aquele luxo cínico, provou a sensação de uma ligação familiar com uma moça elevada, estranha em sua candura e que logo se prendeu a ele. A ideia não lhe viera que se pudesse divulgar as suas relações. No baile, ele a convidava de preferência; ia em casa dos seus pais; quando conversava com ela, dizia-lhe poucas palavras; seguindo o uso social, murmurava apenas tolices, mas tolices às quais dava instintivamente um sentido que apenas ela podia saber. Tudo o que lhe dizia podia ser ouvido por qualquer outra pessoa, e, no entanto, ele sentia que a moça se submetia gradualmente à sua influência, o que reforçava o sentimento que mantinha por ela. Ignorando que se tratava de uma das condições sociais, cometeu uma das más ações costumeiras à mocidade rica, devidamente catalogada sob o nome de tentativa de sedução, sem intenção de casamento. Imaginava ter descoberto um novo prazer e alegrava-se da descoberta.

Qual seria a surpresa de Vronski se considerasse as coisas sob um clima familiar, se assistisse à conversa dos pais de Kitty, se se certificasse de que a tornaria infeliz não a esposando! Como admitir que aquelas declarações fossem assim tão perigosas que o obrigassem a ir tão longe! Ainda não encarava a possibilidade de casamento. Não somente não amava a vida de família, mas, também, como todos os celibatários, achava nas palavras "família" e "marido" — nesta última principalmente — um ar hostil e ridículo. E, no entanto, apesar de nada supor sobre a conversa que o focalizara, ele adquiriu naquela tarde a convicção de haver tornado o laço misterioso que o unia a Kitty mais íntimo ainda, tão íntimo que uma decisão se impunha. Mas, qual?

À sensação de conforto e de pureza que ele sempre experimentava em casa dos Stcherbatski — o que sem dúvida concorrera para que se abstivesse de fumar —, misturava-se um sentimento novo de enternecimento, em face do amor que ela lhe manifestava. "O que é extraordinário", pensava, "é que sem pronunciarmos uma só palavra, nós nos compreendemos tão bem nessa linguagem muda de olhares! Hoje, mais claramente, ela disse que me amava. Quanta gentileza, quanta simplicidade e principalmente quanta confiança! Torno-me melhor, sinto que há em mim um coração e alguma coisa de bom. Aqueles lindos olhos amorosos! E depois? Nada. Isso me dá prazer e a ela também."

Refletiu, então, como poderia terminar a noite. "Aonde poderei ir? Ao clube, jogar cartas e tomar *champagne* com Ignatov? Não. Ao *Chateau des fleurs*, para encontrar Oblonski, as cançonetas e o *cancan*? O que me agrada precisamente em casa dos Stcherbatski é que me sinto bem. Recolhamo-nos."

De volta ao hotel Dussaux, subiu diretamente ao seu apartamento, pediu a ceia, despiu-se e, assim que mergulhou a cabeça no travesseiro, adormeceu profundamente.

XVII

No dia seguinte, às onze horas da manhã, Vronski foi à estação de Petersburgo para receber sua mãe. A primeira pessoa que encontrou na grande escada foi Oblonski, cuja irmã chegava no mesmo trem.

— Continência à sua Alteza! — gritou num tom de pilhéria Stepane Arcadievitch. — A quem esperas?

— Mamãe, que deve chegar hoje — respondeu Vronski, com o sorriso habitual de todos aqueles que encontravam Oblonski. Apertaram-se as mãos e, juntos, subiram a escada.

— Sabes que te esperei até às duas horas da manhã? Que fizeste depois da visita aos Stcherbatski?

— Voltei para casa — respondeu Vronski. — Falando francamente, passei tão bons momentos lá embaixo que não tive coragem de ir a lugar nenhum.

> *Eu reconheço os cavalos impetuosos*
> *Pelos seus belos olhos amorosos.*

declamou Stepane Arcadievitch, aplicando a Vronski o mesmo ditado que, na véspera, aplicara a Levine.

Vronski sorriu e não se defendeu, mas logo mudou a conversa.

— E tu — indagou ele —, a quem vieste esperar?

— Eu? Uma linda mulher!

— Ah!

— *Honni soit qui mal y pense!* Essa linda mulher é a minha irmã Ana.

— Ah, Madame Karenina!

— Tu a conheces?

— Parece-me que sim... Ou melhor, não, não creio — respondeu Vronski distraidamente, lembrando-se, ao nome de Karenina, de uma pessoa aborrecida e afetada.

— Mas tu conheces, pelo menos, o meu célebre cunhado Alexis Alexandrovitch? Ele é tão conhecido como o lobo branco...

— Eu o conheço de reputação e de vista. Todos o têm por um poço de ciência e de sabedoria. Um homem superior. Apenas, isso não é precisamente o meu gênero, *not in my line*.

— Sim, é um homem superior, um pouco conservador talvez, mas de primeira ordem.

— Tanto melhor para ele! — disse Vronski, rindo-se. — Ah, eis quem está ali! — gritou, reconhecendo perto da porta de entrada o velho criado de confiança da sua mãe. — Bem, siga-nos.

Como todo mundo, Vronski sujeitava-se à atração de Oblonski, mas logo depois achou em sua companhia um prazer todo particular: não se aproximava assim de Kitty?

— Então, está entendido — disse ele tomando-lhe o braço —, daremos uma ceia à *diva*?

— Certamente, vou abrir uma subscrição. A propósito, conheceste ontem o meu amigo Levine?

— Sim, mas ele partiu muito depressa.

— Um ótimo rapaz, não é mesmo?

— Não sei por que — disse Vronski — todos os moscovitas, exceto naturalmente aqueles a quem falo — acrescentou agradavelmente —, têm alguma coisa de categóricos. Todos são argumentadores e sempre estão dispostos a dar uma lição.

— Há alguma verdade na tua observação — aprovou, rindo se, Stepane Arcadievitch.

— O trem já chegou? — perguntou Vronski a um empregado.

— Pelo menos já deu o sinal.

O movimento crescente na estação, as idas e vindas dos carregadores, a aparição dos soldados e dos empregados, a presença das pessoas vindas ao encontro dos viajantes, tudo indicava a aproximação do trem. Fazia frio e se percebia, através da bruma, operários em capas espessas e botas de feltro atravessando as estradas de reserva. Um apito da locomotiva ecoou ao longe e se percebeu logo o ruído de uma massa pesada em movimento.

— No entanto — continuou Stepane Arcadievitch, que desejava prevenir Vronski das intenções do seu rival —, tu erras no que se refere a Levine. É um rapaz nervoso que por vezes se torna desagradável, mas que, quando o quer, pode ser atraente. É um coração de ouro, uma natureza direita e honesta... Mas ele tinha ontem razões particulares de estar no auge da felicidade... ou do infortúnio — acrescentou com um sorriso significativo, inteiramente esquecido de que Vronski lhe inspirava neste momento uma simpatia muito sincera, sentimento igual ao que possuíra na véspera por Levine.

Vronski deteve-se e perguntou francamente:

— Queres dizer que ele pediu a tua cunhada em casamento?

— Seria muito possível — respondeu Stepane Arcadievitch. — Tive esta impressão ontem à tarde, e, se ele partiu cedo e de mau humor, nada se tem a duvidar. Há muito tempo que está apaixonado de causar pena.

— Ah, verdadeiramente!... Acho que ela pode ambicionar melhor partido — disse Vronski, endireitando-se e continuando a caminhar. — Além disso, eu não o conheço... Deve ser realmente uma situação dolorosa. Eis por que a maior parte dentre nós prefere as irresponsáveis. Com elas, pelo menos, se a gente fracassa, não se magoa senão a bolsa, a dignidade não estando em jogo... Mas, eis o trem!

Efetivamente, um apito se fez ouvir. No fim de alguns instantes, a plataforma parecia se abalar e a locomotiva, vomitando ondas de fumaça que o vento esfacelava, passou ruidosamente diante do público. O maquinista, agasalhado e coberto de geada, dirigia cumprimentos, enquanto o grande puxavante se dobrava e se desdobrava com um ritmo lento. Subitamente a plataforma pareceu sacudida com mais violência e atrás surgiu a composição; o trem diminuiu pouco a pouco a sua marcha, passou junto a um carro de onde se elevavam latidos.

Afinal desfilaram os vagões, que um ligeiro tremor sacudia antes da parada definitiva.

Um condutor de fisionomia desentorpecida saltou rapidamente do vagão fazendo soar seu apito e, em seguida, desceram os viajantes mais impacientes: um oficial da guarda, teso como uma estaca e de olhar severo; um pequeno negociante astuto e risonho, a bolsa a tiracolo; enfim um camponês, a sacola ao ombro.

Em pé, perto do seu amigo, Vronski examinava vagões e passageiros, sem se importar mais com sua mãe. O que vinha de saber a respeito de Kitty lhe provocava uma excitação divertida: corrigiu-se involuntariamente, os seus olhos brilhavam, experimentou um sentimento de vitória.

O condutor aproximou-se dele.

— A condessa Vronski está neste carro — disse.

Estas palavras o despertaram e o obrigaram a pensar em sua mãe e na sua próxima entrevista. Sem que ele mesmo se certificasse, não tinha em relação a ela nem respeito, nem afeição verdadeira; mas a sua educação e o seu treino social não lhe permitiam que admitisse outros sentimentos senão os de um filho respeitoso e submisso.

XVIII

Vronski seguiu o condutor. À entrada do vagão reservado ele se deteve para deixar sair uma mulher que a sua perspicácia mundana permitiu classificar, com um simples olhar, entre as mulheres da melhor sociedade. Depois de desculpar-se, ia continuar o seu caminho quando subitamente se voltou, não podendo resistir ao desejo de fitá-la uma vez mais. Sentia-se atraído não pela beleza incomum da dama, nem pela discreta elegância que emanava da sua pessoa, mas pela expressão de doçura do seu rosto encantador. Ela também se voltou. Um breve instante seus olhos cinzentos e brilhantes, que as pestanas espessas faziam escurecer, ergueram-se com afabilidade sobre ele, como se o reconhecessem, e logo depois ela pareceu procurar alguém na multidão. Esta rápida visão bastou a Vronski para observar a vivacidade que ondulava naquela fisionomia, animando o olhar, curvando os lábios num sorriso apenas perceptível. Olhar e sorriso denunciavam uma abundância de força sufocada — o brilho dos olhos o disfarçava, o meio sorriso dos lábios não traía menos o fogo interior.

Vronski penetrou no vagão. Sua mãe, uma velhinha esguia, ergueu sobre ele os olhos negros, pestanejando, acolhendo-o com um ligeiro sorriso nos lábios finos. Levantou-se depois, entregou à criada a bolsa que trazia, estendeu ao filho a mão seca, que ele beijou, e o abraçou finalmente.

— Recebeste o meu telegrama? Vais bem, não é verdade?

— A senhora fez boa viagem? — disse o filho, tomando lugar. Mas, involuntariamente, ele escutava uma voz de mulher que se elevava no corredor e que sabia ser daquela dama de há pouco.

— Não partilho da sua opinião — dizia a voz.

— Um ponto de vista petersburguês, senhora.

— De modo nenhum. É simplesmente um ponto de vista feminino — respondeu ela.

— Bem, neste caso permita que eu lhe beije a mão.

— Até logo, Ivan Petrovitch. Se encontrar meu irmão, queira ter a bondade de mo enviar.

A voz se aproximava. No fim de um momento, a mulher entrou no compartimento.

— Achou o seu irmão? — perguntou a condessa.

Vronski compreendeu então que se tratava de Madame Karenina.

— O seu irmão está aqui, minha senhora — disse ele, se levantando. — Desculpe-me por não a ter reconhecido — acrescentou, inclinando-se. — Tive tão raras vezes a honra de encontrá-la que, sem dúvida, a senhora não se lembrará mais de mim.

— Eu lhe reconheceria apesar de tudo, pois a senhora sua mãe e eu não falamos senão sobre o senhor durante toda a viagem — respondeu ela, permitindo-se afinal um sorriso. — Mas o meu irmão não vem!

— Chame-o, pois, Alexis — disse a condessa.

Vronski desceu à plataforma e gritou:

— Oblonski, aqui!

Madame Karenina não teve paciência de o esperar: percebendo de longe o irmão, saiu do vagão e caminhou ao seu encontro de um modo ligeiro e decidido. Assim que o encontrou, ela passou o braço esquerdo em volta de seu pescoço, com um gesto que impressionou Vronski pela graça e energia que continha. E em seguida beijou-o com todo o seu coração. Vronski não a abandonava com o olhar e sorria sem saber por quê. De repente, lembrou-se de que sua mãe o esperava e subiu novamente ao vagão.

— Não é encantadora? — disse-lhe a condessa, mostrando Madame Karenina. — O seu marido colocou-a junto a mim e ela me seduziu. Tagarelamos todo o tempo... Bem, e tu? Dizem que... *vous filez le parfait amour. Tant mieux, mon cher, tant mieux.*

— Não sei a que a senhora se refere, mamãe — respondeu friamente o filho. — Vamos sair?

Mas, neste momento, Madame Karenina reapareceu para despedir-se da velha senhora.

— Condessa, chegamos ao porto: a senhora achou o seu filho e eu tenho enfim o meu irmão — disse alegremente. — Demais, eu havia esgotado todas as minhas histórias, não teria mais nada para contar.

— Que importa! — disse a condessa, segurando-lhe a mão. — Consigo eu faria a volta do mundo sem me aborrecer um único instante. A senhora é uma destas amáveis mulheres em companhia das quais se goza prazer tanto em ouvir como em falar. Quanto ao seu filho, não pense muito nele, é bom separar-se de vez em quando!

Inteiramente imóvel, Madame Karenina sorria com os olhos.

— Ana Arcadievna tem um rapazinho de oito anos — explicou a condessa ao filho — e ela nunca o deixou e se atormenta por isto.

— Sim, a sua mãe e eu, durante todo o tempo, falamos dos nossos filhos — disse Madame Karenina, iluminando o rosto com um novo sorriso, um sorriso de galanteria que, desta vez, era dirigido a Vronski.

— Isso deve lhe aborrecer — insinuou ele.

Mas, sem prosseguir no assunto, ela se voltou para a condessa:

— Mil vezes obrigada, passei o dia de ontem sem sentir. Até logo, condessa.

— Adeus, minha querida — respondeu a condessa. — Deixe-me beijar a sua linda face e dizer-lhe francamente, com o privilégio da idade, que a senhora me conquistou.

Eram palavras mundanas. No entanto, Madame Karenina pareceu tocada. Corou, inclinou-se ligeiramente e ofereceu a testa ao beijo da condessa. Endireitando-se imediatamente, estendeu a mão a Vronski, sorrindo com aquele sorriso que parecia ondular entre os olhos e os lábios. Ele apertou aquela mãozinha, feliz, sentindo a pressão firme e enérgica como uma coisa extraordinária. Ela saiu com passo rápido, que contrastava com a amplitude bem determinada das suas formas.

— Encantadora — disse a condessa.

O seu filho era da mesma opinião. Seguiu-a com os olhos, risonho. Viu-a, pela janela, aproximar-se do irmão e lhe falar com animação de coisas que não tinham evidentemente nenhuma ligação com ele, Vronski — e quase ficou contrariado.

— Mamãe, como está a senhora?

— Perfeitamente bem. Alexandre estava admirável, Maria tornou-se mais bonita.

Abordou logo depois os assuntos mais ligados ao coração: o batismo do seu neto, o fim da sua viagem a Petersburgo e a benevolência particular que o imperador manifestava ao seu filho mais velho.

— Veja Laurent — disse Vronski, que olhava pela janela. — Poderemos descer se a senhora deseja.

O velho mordomo, que havia acompanhado a condessa a Petersburgo, veio anunciar que "tudo estava pronto".

— Vamos — disse Vronski —, já não há muita gente.

A condessa preparou-se para descer, o seu filho lhe ofereceu o braço e, enquanto a criada se encarregava da vasilha de água e da bolsa, o mordomo e um carregador transportavam as valises. Mas, quando deixavam o vagão, viram correr, as fisionomias desfeitas, muitos homens, entre os quais reconheceram o chefe da estação, pelo boné de uma cor fantástica. Acontecia alguma coisa extraordinária.

Os viajantes retrocediam para a cauda do trem.

— Que fez ele?... Que fez ele?... Onde foi isso?... Jogou-se embaixo do trem!... Foi esmagado! — murmuravam as vozes.

Stepane Arcadievitch e sua irmã, que lhe dava o braço, retrocediam igualmente. Para evitar a multidão, detiveram-se, emocionados, perto do porteiro. As senhoras souberam do acidente pelo mordomo, antes da volta dos dois amigos. Estes tinham visto o cadáver desfigurado. Oblonski, transtornado, retinha as lágrimas com dificuldade.

— Que coisa terrível! Se tu tivesses visto, Ana! Que horror!

Vronski se calava, o seu belo rosto estava sério, mas absolutamente calmo.

— Ah, se a senhora tivesse visto, condessa! — gritou Stepane Arcadievitch. — E a sua infeliz mulher que está ali... Dá pena vê-la. Lançou-se sobre o corpo do marido. Dizem que está sozinha para sustentar uma família numerosa. Que horror!

— Não se poderá fazer qualquer coisa por ela? — indagou Madame Karenina, muito emocionada.

Vronski olhou-a e saiu.

— Voltarei imediatamente, mamãe — disse ele, virando-se no corredor.

Quando voltou no fim de alguns minutos, Stepane Arcadievitch falava então à condessa da nova cantora e esta olhava com impaciência para o lado da porta.

— Podemos partir — disse Vronski.

Saíram todos juntos. Vronski tomou a frente com sua mãe. Madame Karenina e o irmão vinham em seguida. Perto da saída, foram abordados pelo chefe da estação, que se dirigiu a Vronski.

— O senhor entregou duzentos rublos ao meu subchefe. Quererá dizer a quem estão destinados?

— À viúva, bem entendido — respondeu Vronski, sacudindo os ombros. — Por que esta pergunta?

— Tu deste tanto assim? — gritou atrás dele Oblonski, e apertando o braço da sua irmã: — Muito bem, muito bem! Não é mesmo um magnífico rapaz? As minhas homenagens, condessa!

Teve que se deter para ajudar Madame Karenina a procurar a sua criada. Quando deixaram a estação, a carruagem dos Vronski já havia partido. Em volta deles, só se falava do acidente.

— Que morte terrível! — dizia um senhor. — Julgam que ele tenha ficado partido em dois.

— Mas não — objetava um outro — ele não sofreu, a morte foi instantânea.

— Por que não se tomam mais precauções? — insinuava um terceiro.

Madame Karenina subiu à carruagem. O seu irmão observou com surpresa que seus lábios tremiam e que ela lutava para reter as lágrimas.

— Que tens, Ana? — perguntou, quando estavam um pouco adiante.

— É um presságio funesto — respondeu.

— Que infantilidade! — exclamou Stepane Arcadievitch. — Ver-te chegar é o essencial, porque ponho toda a minha confiança em ti.

— Oh, há muito tempo que conheces Vronski? — perguntou.

— Oh, sim... Ele bem poderá desposar Kitty, não achas?

— Sim, é possível. Mas falemos de ti — prosseguiu ela sacudindo a cabeça, como se quisesse afastar um pensamento importuno. — Recebi a tua carta e aqui estou.

— Sim, toda a minha confiança está em ti — repetiu Oblonski.

— Bem, conta-me tudo.

Stepane Arcadievitch começou a sua história.

Chegando a casa, ele ajudou a irmã a descer da carruagem, apertou-lhe a mão, soltou um suspiro e foi para o seu gabinete.

XIX

Quando Ana entrou no pequeno salão, Dolly dava uma lição de francês a uma gorda criança de cabeça loura, já inteiramente semelhante ao pai. A criança lia, procurando arrancar do paletó um botão quase solto. A mãe batia com gosto sobre a mãozinha rechonchuda, que acabava sempre por retornar ao infeliz botão. Dolly arrancou-o e o pôs no bolso.

— Deixa as tuas mãos tranquilas, Gricha — disse, retomando a coberta de *tricot*, trabalho em que se apegava nos momentos difíceis. Trabalhava nervosamente, dobrando e desdobrando os dedos, contando e recontando as malhas.

Apesar de saber desde a véspera, pelo marido, da vinda da cunhada, importava-se pouco com isto, não tendo nada preparado para recebê-la. Contudo, sentia alguma emoção. Embora tão absorvida, tão abatida pelo desgosto, Dolly recordava-se que a sua cunhada era uma *grande dame* e que o seu marido era uma das figuras mais destacadas de Petersburgo. Não pensara, pois, em fazer-lhe uma afronta. "E demais", dissera a si mesma, "em que Ana é culpada? De nada sei que não seja a seu favor e ela sempre manteve por mim uma cordialidade sedutora". A intimidade dos Karenine não lhe deixara uma impressão reconfortante, entrevira alguma coisa de falso em seu gênero de vida. "Por que, pois, eu não a receber? Contanto que não se resolva a me consolar: eu os conheço, essas exortações, essas advertências, esses apelos ao perdão cristão! Tenho pensado demais nessas coisas para saber o que elas valem!"

Dolly passara estes dias fatais sozinha com os filhos: não queria confiar a sua mágoa a ninguém e se sentia fraca para falar de outra coisa. Compreendia que, com Ana, seria inevitável romper o silêncio e, apesar de tudo, a perspectiva dessa confidência lhe sorria, alternada com a humilhação da necessidade de revelar à cunhada o que se passava e de ter de suportar as suas banais consolações.

Os olhos no relógio, ela contava os minutos e esperava a cada momento ver surgir a cunhada, mas, como sempre acontece em caso semelhante, absorveu-se de tal modo que não ouviu tocar a campainha. Quando passos ligeiros e o sussurro de um vestido junto à porta fizeram-na erguer a cabeça, o seu rosto transtornado exprimiu surpresa, e não alegria. Levantou-se e abraçou a cunhada.

— Como, já és tu? — disse.

— Dolly, como sou feliz em rever-te!

— Eu também — respondeu Dolly com um fraco sorriso, examinando o rosto de Ana, onde pensou ler a compaixão. "Ela deve saber tudo", pensou. — "Deixa que eu te conduza ao quarto — continuou, desejosa de prorrogar o mais possível a inevitável explicação. Mas Ana gritou:

— Este é Gricha? Meu Deus, como cresceu! — e somente quando abraçou a criança, respondeu, corando, os olhos nos olhos de Dolly: — Não, fiquemos aqui, se não te importas!

Ela tirou o lenço e, como o seu chapéu se prendesse a um dos grampos dos seus cabelos negros encaracolados, desembaraçou-o, sacudindo a cabeça com um gesto teimoso.

— Mas tu resplandeces de felicidade e de saúde! — exclamou Dolly, com uma ponta de inveja na voz.

— Eu?... Sim — concordou Ana. — Meu Deus, Tania! — gritou, vendo aproximar-se uma menina, que tomou nos braços e cobriu de beijos. — Que encantadora criança! Ela tem a idade do meu pequeno Sergio. Mostra-me todos, queres?

Ela se lembrava não somente do nome e da idade exata das crianças, mas ainda dos seus caracteres e até das doenças que tinham tido. Esta atenção foi diretamente ao coração de Dolly.

— Bem, venha comigo — disse aquela. — Mas Vania está dormindo, é uma pena!

Depois de ter visto as crianças, elas se encontraram afinal sozinhas no salão, onde foi servido o café. Ana estendeu a mão para a bandeja, mas descansou-a subitamente:

— Dolly — murmurou —, ele me disse tudo.

Dolly olhou-a friamente: aguardava as frases de falsa simpatia.

— Dolly, minha querida — disse simplesmente Ana —, eu não quero falar em teu favor e nem consolar-te. Isso é impossível. Deixa-me apenas dizer que eu te lamento de todo o coração.

Os seus olhos brilhavam, as lágrimas molhavam os seus belos cílios. Aproximou-se e, com a sua mãozinha nervosa, agarrou a mão de Dolly, que, o rosto sempre inflexível, não reagiu.

— Ninguém poderá me consolar. Depois do que aconteceu, tudo está perdido para mim.

Mas, assim que pronunciou estas palavras, a expressão do seu rosto se amenizou subitamente. Ana levou aos lábios a pobre mão emagrecida da sua cunhada e beijou-a.

— Mas afinal, Dolly, que esperas fazer? Esta falsa situação não deverá se prolongar: queres tu que arranjemos alguma coisa?

— Não, tudo está acabado, bem acabado. O mais terrível é que eu não posso mais deixá-lo: estou ligada a ele pelas crianças. E, no entanto, viver com semelhante homem está acima das minhas forças: vê-lo é para mim uma tortura.

— Dolly, minha querida, ele já me falou sobre isto. Mas gostaria de ouvir também tudo o que tens a dizer. Vamos, conta-me tudo.

Dolly examinou o rosto de Ana e, como só lesse simpatia e afeição sincera, continuou:

— Seja! — disse ela. — Mas devo começar de longe. Bem sabes como eu me casei... A educação de mamãe me deixara bastante inocente, ou, para melhor dizer, muito tola... Eu não sabia nada. Dizem que os maridos contam sempre o passado às suas mulheres, mas Stiva... (ela se conteve) Stepane Arcadievitch jamais me disse coisa alguma. Tu, sem dúvida, não o acreditarás. Mas, até o presente, sempre pensei não ter ele conhecido outra mulher senão eu. Vivi oito anos desta maneira. Não somente eu não o supunha infiel, mas acreditava fosse isso uma coisa impossível. Com ideias semelhantes, tu podes imaginar o que eu senti descobrindo de repente este horror... esta abominação! Compreendes bem — prosseguiu ela, quase soluçando: — crer na felicidade sem maus pensamentos e bruscamente descobrir uma carta... uma carta dele à sua amante, à preceptora dos meus filhos! Não, isto é terrível!...

E ela ocultou o rosto no lenço.

— Poderia ainda admitir um instante de arrebatamento — continuou no fim de um minuto —, mas esta traição, este miserável namoro com uma... E quando penso que ele continuou sendo meu marido... É terrível, terrível! Tu não podes calcular...

— Mas eu calculo muito bem, minha querida Dolly — disse Ana, apertando-lhe a mão.

— Se ainda ele compreendesse todo o horror da minha posição! Mas não, está feliz e contente.

— Não! — interrompeu Ana. — Dá pena vê-lo: o remorso o atormenta...

— Será ele capaz de sentir remorso? — interrompeu por sua vez Dolly, examinando avidamente o rosto da cunhada.

— Sim, eu o conheço. Asseguro-te que ele me causa piedade. Nós duas o conhecemos. Ele é bom, mas orgulhoso, essa humilhação lhe será salutar. O que mais o toca (Ana adivinhou instintivamente a corda sensível da cunhada) é que sofre por causa dos filhos e lastima amargamente te haver ferido, tu, que ele ama... sim, sim, que ele ama mais que tudo no mundo — insistiu ela, vendo Dolly prestes a protestar. — "Não, não, ela nunca me perdoará", repete ele incessantemente.

Dolly voltara o rosto, refletia.

— Sim, eu compreendo que ele sofra. O culpado deve sofrer mais do que o inocente, quando se sente a causa de todo o mal. Mas como posso eu perdoar, como posso ser a sua mulher depois "dela"? A vida em comum será para mim, daqui em diante, um suplício, precisamente porque tenho ainda o amor de tanto tempo...

Os soluços lhe cortaram a palavra. Mas, de um modo espontâneo, ela retornava sempre ao assunto que mais a irritava.

— Porque afinal — prosseguiu — ela é jovem, é bonita. Compreendes, Ana, por que a minha beleza, a minha juventude se destruíram? Por causa dele e dos seus filhos. Tudo sacrifiquei em seu favor, e, porque o meu tempo já tivesse passado, ele preferiu uma vulgar criatura, e isso, bem entendido, porque ela é mais moça. Certamente gracejavam de mim, pior do que isso, esqueciam-se da minha existência!

Um clarão de ódio passou novamente em seu olhar.

— Que virá ele me dizer após tudo isso? Poderei eu acreditar nele? Jamais! Não, tudo está acabado, para mim, tudo isso que constituía a minha consolação, a recompensa das minhas penas e dos meus sofrimentos. Acreditas tu? Ainda há pouco eu fazia Gricha trabalhar e esta lição, que era para mim uma alegria, tornou-se um tormento... Para que me são dadas tantas preocupações? Por que tenho filhos? E o que houve de terrível foi a mudança completa e súbita que se fez em mim: meu amor, minha ternura se transformaram em ódio, sim, em ódio. Eu poderia matá-lo e...

— Dolly, minha querida, concebo tudo isso, mas, suplico-te, não te tortures assim. O teu desgosto, a tua cólera te impedem de ver muitas coisas sob a sua verdadeira luz...

Dolly acalmou-se e durante alguns instantes as duas guardaram silêncio.

— Que fazer, Ana? Reflita, aconselha-me. Eu examinei tudo e não achei nada.

Ana também não achava nada, mas cada palavra, cada olhar da sua cunhada, despertava um eco no seu coração.

— Eu só posso te dizer uma única coisa, eu sou sua irmã e conheço o seu caráter, aquela faculdade de tudo esquecer (ela fez o gesto de tocar na testa) propicia aos arrebatamentos sem misericórdia, como aos mais profundos arrependimentos. Atualmente, ele não crê, não compreende que tenha feito o que fez.

— Não — interrompeu Dolly —, ele compreende e sempre compreendeu. Demais, tu me esqueces, a mim, porque, quando mais não fosse, só por isso eu sofreria muito.

— Espera. Quando ele me falou, o que mais me afligiu, confesso, foi o horror da tua posição. Eu não via senão a ele, que me dava pena, e a desordem da sua família. Depois da nossa conversa, vi, como mulher, outra coisa: vi os teus sofrimentos e senti por ti uma piedade indizível. Mas, Dolly, minha querida, se eu concebo bem a tua dor, é em oposição a um lado da questão que ignoro. Eu não sei... eu não sei até que ponto tu o amas ainda no fundo do coração. Somente tu podes saber se o amas bastante para perdoar. Se o podes, perdoa!

— "Não", queria dizer Dolly, mas Ana a impediu, beijando-lhe ainda uma vez a mão.

— Eu conheço o mundo mais que tu — disse ela. — Sei como se conduzem em semelhante caso os homens como Stiva. Imaginas que tenham falado de ti juntamente. Esses homens podem cometer infidelidades, a sua mulher e o seu lar não lhes são menos sagrados. No fundo, desprezam essas criaturas e estabelecem entre sua família e elas uma linha de demarcação que nunca é transposta. Eu não entendo bem como isso pode ser feito, mas é assim mesmo.

— Isso não o impede de beijá-la...

— Espere, Dolly, minha querida. Eu vi Stiva quando se apaixonou por ti, eu me recordo do tempo em que vinha me falar de ti chorando, sei a que altura poética ele te colocava, sei que tanto mais ele viveu contigo, mais tu cresceste na sua admiração. Tornou-se para nós um assunto de brincadeira o seu hábito de repetir a todo propósito: "Dolly é uma mulher surpreendente." Tu sempre foste e serás sempre para ele uma divindade, enquanto que nessa loucura atual o seu coração não está em jogo.

— Mas se essa loucura se renovar?

— Isso me parece impossível...

— E tu, tu o perdoarias?

— Eu nada sei, eu não posso julgar... Sim — continuou, após refletir e pesar a situação —, eu o posso, eu o posso certamente. Sim, eu perdoaria. Não seria mais a mesma, mas eu perdoaria... perdoaria sem rodeios, de tal modo que o passado ficasse esquecido...

— A não ser assim, não seria mais o perdão — interrompeu bruscamente Dolly, que pareceu formular uma objeção há muito tempo guardada intimamente. — O perdão não conhece rodeios... Venha, que te conduzirei ao teu quarto — disse ela, se levantando.

No caminho, Dolly abraçou a cunhada.

— Minha querida, como fizeste bem em vir! Sofro menos, muito menos.

XX

Ana não saiu durante o dia e não recebeu nenhuma das pessoas que, prevenidas da sua presença, vieram visitá-la. Consagrou-se inteiramente a Dolly e às crianças, mas teve o cuidado de enviar um bilhete ao irmão, empenhando-se para que jantasse em casa: "Venha, a misericórdia de Deus é infinita."

Oblonski jantou em casa. A conversa foi geral e sua mulher tratou-o por "tu", o que não fazia desde a revelação do escândalo. As suas relações continuavam distantes, mas não se cuidava mais da questão da separação e Stepane Arcadievitch entreviu a possibilidade de uma explicação e de uma reconciliação.

Kitty chegou no fim do jantar. Ela conhecia ligeiramente Ana Karenina e não sabia bem que espécie de cara lhe faria aquela grande dama de Petersburgo que todos levavam às nuvens. Mas logo se tranquilizou, compreendendo que a sua mocidade e a sua beleza agradavam a Ana, de quem, por sua vez, aceitou toda a simpatia a ponto de enamorar-se como as moças frequentemente se enamoram das mulheres casadas mais idosas. Nada em Ana fazia lembrar a grande dama e nem a dona de casa. Vendo-se a destreza dos seus movimentos, o vigor do seu rosto, a animação do seu olhar e do sorriso — dir-se-ia uma moça de vinte anos, não fora a expressão séria e quase melancólica dos seus belos olhos. Foi justamente esta particularidade que seduziu Kitty: além da franqueza e da simplicidade de Ana, percebia todo um mundo poético, misterioso, complexo, cuja altitude lhe parecia inacessível.

Depois do jantar, aproveitando um momento em que Dolly foi ao quarto, Ana se levantou vivamente do sofá onde se sentara, rodeada pelas crianças, e aproximou-se do irmão, que acendia um cigarro.

— Stiva — disse, fazendo sobre ele o sinal da cruz e indicando-lhe a porta com um olhar corajoso —, vá, e que Deus te ajude!

Ele compreendeu, atirou o cigarro e desapareceu. Ela retornou às crianças. Como consequência da afeição que viam sua mãe lhe demonstrar ou simplesmente porque ela os havia conquistado, os dois mais velhos, e os outros por imitação, bem antes do jantar estavam presos àquela nova tia e não queriam mais deixá-la. Divertiam-se vendo quem mais se aproximava dela, a quem estendia a mão, ou quem a abraçava, tocava os seus anéis ou quando nada a franja do seu vestido.

— Vejamos, voltemos aos nossos lugares — disse Ana, sentando-se. E novamente Gricha, radiante, de uma altivez divertida, deslizou a cabeça sobre a mão da tia e apoiou a face sobre o seu vestido acetinado.

— Quando é o próximo baile? — perguntou Ana a Kitty.

— Na próxima semana haverá um baile soberbo, onde sempre nos divertimos muito.

— E há disso? — perguntou Ana, num tom de doce ironia.

— Mas, sim, por mais estranho que pareça. Em casa dos Bobristchev, por exemplo, ou em casa dos Nikitine, sempre se diverte, enquanto que em casa dos Mejkov o aborrecimento é invariável. A senhora ainda não tinha observado isso?

— Não, minha querida, não existe baile divertido para mim — e Kitty entreviu nos olhos de Ana o mundo desconhecido que lhe era fechado —, todos eles são mais ou menos aborrecidos.

— Como a senhora poderá se aborrecer num baile?

— Por que não posso me aborrecer, "eu"?

Kitty observou que Ana sabia adiantadamente a resposta que lhe ia dar.

— Porque a senhora será sempre a mais bela.

Ana corava facilmente, e esta resposta a fez enrubescer.

— Primeiramente — protestou —, isso não é exato, e se o fosse, pouco me importaria.

— A senhora irá a esse baile? — indagou Kitty.

— Não poderei, sem dúvida, me isentar... Tome isso — disse a Tania, que se entretinha em retirar os anéis dos seus dedos brancos e finos.

— Eu me sentiria muito feliz, gostaria tanto de vê-la num baile!

— Bem, caso eu deva ir, consolar-me-ei pensando que te faço prazer... Chega, Gricha, já estou toda despenteada — disse, reajustando uma mecha com a qual a criança brincava.

— Veja-o no baile com um vestido malva.

— Por que precisamente malva? — perguntou Ana, rindo-se. — Vão, meus filhos, não esperem que miss Hull chame para o chá... — disse, enviando as crianças, e quando elas desapareceram na sala de jantar: — Eu sei por que me queres ver no baile: esperas um feliz resultado e desejas que todo o mundo assista ao teu triunfo.

— Meu Deus, sim, é verdade, mas como é que a senhora sabe?

— Oh, a bela idade que é a tua! Recordo-me ainda dessa obscuridade azulada, semelhante à que se espalha sobre as montanhas da Suíça, e que oculta todas as coisas desta idade feliz onde acaba a infância; mas, logo depois à ampla esplanada dos nossos folguedos, sucede um caminho estreito que vai se apertando gradualmente e no qual nós nos empenhamos com uma alegria misturada de angústia, por mais certo e luminoso que nos pareça... Quem ainda não passou por aí?

Kitty escutou-a, sorrindo. "Como teria ela passado por aí?" "Como desejava conhecer o seu romance!", dizia a si mesma, pensando no exterior muito pouco poético de Alexis Alexandrovitch, o marido de Ana.

— Estou a par de tudo — prosseguiu Ana. — Stiva me falou. Todos os meus cumprimentos. Encontrei Vronski esta manhã na estação, muito me agradou.

— Ah, ele estava lá? — perguntou Kitty, enrubescendo. — Que foi que Stiva disse?

— Ele me contou tudo. E, da minha parte, ficaria muito contente... Viajei ontem com a mãe de Vronski e ela não cessou de falar a respeito dele. É o seu filho preferido. E sei como as mães são parciais, mas no entanto...

— E que disse ela?

— Muitas coisas. Vronski deve possuir motivos para ser o favorito, percebe-se que ele tem sentimentos nobres... Ela me contou, por exemplo, que ele tinha desejado abandonar toda a sua fortuna ao irmão, que, na infância, salvou uma mulher que se afogava. Em suma, é um herói — acrescentou Ana, rindo e lembrando-se dos duzentos rublos dados na estação.

No entanto, escondeu este último episódio. Lembrava-o com uma certa inquietação, sentindo uma intenção que a tocava intimamente.

— Ela, a mãe de Vronski, insistiu muito para que eu a visitasse. Gostaria de revê-la. Irei amanhã... Parece-me que Stiva se demora com Dolly — prosseguiu, mudando o rumo da conversa e levantando-se, pelo que pareceu a Kitty um pouco contrariada.

— Primeiro, eu! Não, eu, eu! — gritavam as crianças, que, apenas o chá terminado, corriam para a tia Ana.

— Todos de uma vez! — disse ela, dirigindo-se ao encontro dos sobrinhos. Ergueu-os nos braços e levou-os alegremente para o sofá.

XXI

Após o chá das crianças, serviu-se o dos adultos. Dolly saiu sozinha da alcova. Stepane Arcadievitch já a havia deixado, saindo por uma porta oculta.

— Acho que sentirás frio lá em cima — disse Dolly à cunhada. — Vou te instalar aqui, estaremos mais perto uma da outra.

— Não te preocupes comigo, eu te peço — respondeu Ana, tentando apreender no rosto de Dolly se fora feita a reconciliação.

— Aqui será mais claro.

— Asseguro-te que durmo profundamente.

— De que se trata? — indagou Stepane Arcadievitch, saindo do gabinete.

Dirigiu-se à sua mulher com um tal tom de voz que Kitty e Ana compreenderam que a reconciliação se fizera.

— Queria instalar Ana aqui, mas seria preciso mudar as cortinas. Ninguém, a não ser eu mesma, saberia fazer isto — respondeu Dolly.

"Deus sabe se eles se reconciliaram convenientemente", pensava Ana, observando o tom reservado da cunhada.

— Não te preocupes, Dolly — disse Stepane Arcadievitch. — Deixa-me fazer, eu me encarregarei disso.

"Parece-me que sim", pensava Ana.

— Eu sei como tu arranjarás isso — respondeu Dolly, franzindo os lábios com um trejeito irônico que lhe era habitual. — Darás a Mateus uma ordem impossível de ser executada, depois irás embora e ele embrulhará tudo.

"Reconciliação completa. Graças a Deus!", concluiu Ana. E, radiante por ter sido a intermediária, aproximou-se de Dolly, beijando-a.

— Tu nos tens, a Mateus e a mim, em miserável estima — respondeu Stepane Arcadievitch, esboçando um sorriso.

Durante toda a noite Dolly mostrou-se, como antigamente, ligeiramente irônica para o marido, enquanto este reprimia o seu bom humor, como acentuando que o perdão não lhe fazia esquecer as torturas.

Uma intimidade normal se estabelecera em torno à mesa de chá familiar quando sobreveio, às nove horas e meia, um incidente aparentemente fútil, mas que pareceu esquisito a todo mundo. As senhoras vieram a falar de uma das suas amigas de Petersburgo. Ana levantou-se vivamente:

— Tenho o seu retrato no meu álbum, vou procurá-lo — disse. — Na mesma ocasião mostrarei o retrato do meu pequeno Sergio — acrescentou, com um sorriso de orgulho materno.

Comumente, às dez horas, ela se despedia do filho e, muito comumente mesmo, antes de sair para o baile, punha-o no leito com as próprias mãos. Desse modo, essa hora se aproximava, mas Ana se entristecia por se achar tão longe. Fossem quais fossem os assuntos abordados, o seu pensamento recuava sempre para o pequeno Sergio dos cabelos frisados — e um desejo a possuía, desejo de desviar a conversa para ele e contemplá-lo em imagem. Com o primeiro pretexto, desculpou-se e saiu com o seu passo rápido e decidido. A pequena escada que conduzia ao seu quarto partia da sala de espera aquecida, precisamente onde acabava a grande escada.

Como deixasse o salão, um toque de campainha a reteve na sala de espera.

— Que poderá ser isso? — perguntou Dolly.

— É muito cedo para que venham me procurar — observou Kitty — e muito tarde para uma visita.

— Provavelmente são os papéis que me trazem — decidiu Stepane Arcadievitch.

No momento em que Ana passava diante da grande escada, um criado subiu rapidamente para anunciar um visitante que esperava embaixo. Deteve-se sob a lâmpada do vestíbulo e procurou alguma coisa nos bolsos. Ana reconheceu Vronski imediatamente e de súbito sentiu nascer em seu coração uma estranha sensação de alegria e de susto. No mesmo instante o rapaz ergueu os olhos e, fitando-a, seu rosto tomou uma expressão inquieta e confusa. Ela o saudou com um breve sinal de cabeça, ouvindo Stepane Arcadievitch chamar ruidosamente pelo nome de Vronski. Este, com uma voz doce e pausada, desculpou-se resolutamente e não quis entrar.

Quando ela desceu com o álbum, Vronski já não estava e Stepane Arcadievitch contava que ele viera entender-se a respeito de um jantar que dariam, no dia seguinte, a uma celebridade em trânsito.

— Imaginem que não quis entrar! Que original!

Kitty corou. Acreditava ser ela sozinha a única pessoa a compreender a causa da sua vinda e da sua brusca partida... "Esteve em nossa casa e, não me encontrando, supôs que eu estivesse aqui. Mas, depois de refletir, não quis entrar por causa de Ana e da hora um pouco imprópria."

Olhou-a sem falar mais nada e pôs-se a examinar o álbum de Ana.

Não havia nada de extraordinário em vir às nove e meia da noite pedir um esclarecimento a um amigo sem querer entrar no salão. No entanto, tal procedimento surpreendeu a todos e ninguém mais do que Ana sentiu a sua impertinência.

XXII

O baile começou quando Kitty e sua mãe subiram a enorme escada ornada de flores, brilhantemente iluminada, onde estavam os criados vestidos de librés vermelhas e cabeleiras empoadas. Do patamar decorado com arbustos, onde as duas recém-chegadas arranjavam os vestidos e os cabelos, percebia-se um sussurro permanente semelhante ao de uma colmeia. O som dos violões da orquestra atacava, com discrição, a primeira valsa. Um velhinho que compunha as raras mechas brancas num outro espelho e esparzia os perfumes mais penetrantes, cedeu-lhes o lugar, demorando-se em admirar a beleza de Kitty. Um rapaz imberbe, de colete amplamente enviesado, um daqueles tipos a quem o velho príncipe Stcherbatski chamava de "forçados", cumprimentou-as na passagem, retificando em sua carreira a gravata branca, mas, voltando sobre os próprios passos, veio pedir uma contradança a Kitty. A primeira estava prometida a Vronski, só poderia ceder a segunda ao rapaz. Um militar, que abotoava as suas luvas perto da porta do salão principal afastou-se diante de Kitty e, acariciando os bigodes, parou fascinado com aquela aparição vestida em rosa.

A *toilette*, o penteado, todos os preparativos necessários a este baile tinham provocado muitas preocupações a Kitty — mas quem o poderia suspeitar, vendo-a naquele vestido de filó rosa, com aquele desembaraço tão soberano? Dir-se-ia que aqueles fofos, aquelas rendas, não tinham custado, nem a ela e nem a ninguém, um só minuto de atenção, e que nascera naquele vestido de baile, com aquela rosa e as duas folhas postas no vértice do seu alto penteado.

LIEV TOLSTÓI

Antes de entrar no salão, a princesa quis compor na cintura da filha a fita que parecia torcida — mas Kitty recusou-se, adivinhando instintivamente que a sua *toilette* estava maravilhosa.

Realmente, Kitty estava num dos seus melhores dias. O vestido não a mortificava, os enfeites de rendas quadravam-se bem nos seus lugares, nenhum dos fofos se amarrotava ou descosia, os sapatos róseos, de tacões acurvados, pareciam alegrar os seus pés, os véus simulados, entremeados nos cabelos louros, não enrijeciam a sua cabeça graciosa, as luvas envolviam-lhe o antebraço sem uma dobra e os seus três botões se abotoavam sem dificuldade. A fita de veludo negro que retinha seu medalhão cingia-lhe o pescoço com uma graça particular. Na verdade, aquela fita era encantadora: Kitty, que diante do espelho do quarto já a achara expressiva, sorriu-lhe ao revê-la num dos espelhos da sala do baile. Podia possuir alguma ansiedade quanto ao resto dos adornos, mas sobre aquele veludo, não! Não, decididamente ele não podia ser censurado. Sentia nos ombros e nos braços nus o viço marmóreo que tanto amava. Os olhos brilhavam e a convicção do próprio encanto abria-lhe nos lábios róseos um sorriso espontâneo.

Um grupo de moças, complexo de filó, fitas, rendas e flores, esperava os dançarinos, mas, nesta noite mais do que em outras, Kitty não teve necessidade de procurá-los: apenas entrou na sala, viu-se convidada a valsar. Valsar com o melhor cavalheiro, o rei dos bailes, o belo, o elegante Georges Korsounski. Ele acabava de abandonar a condessa Banine, com a qual abrira o baile, quando, fitando o seu domínio — alguns casais que valsavam — com o olhar de senhor, percebeu Kitty que entrava. Dirigiu-se a ela imediatamente, com os passos comuns aos princípios da dança e, sem mesmo lhe pedir autorização, rodeou com os seus braços a cintura flexível da moça. Kitty procurou com os olhos a quem confiar o leque: a dona da casa tomou-o, sorrindo.

— Fizeste bem em chegar agora — disse Korsounski, no momento em que a enlaçava. — Não compreendo os que se atrasam.

Kitty pousou o braço esquerdo no ombro do cavalheiro e, ligeiros e rápidos, os seus pequenos pés deslizaram compassadamente sobre o encerado.

— Repousa-se dançando contigo — disse ele, durante os primeiros passos ainda pouco rápidos da valsa. — Que agilidade, que *précision*!

Tinha a mesma linguagem para quase todas as suas damas. Mas Kitty sorriu ante o elogio e continuou a examinar a sala por cima do ombro do cavalheiro. Não era nenhuma estreante, dessas que confundem todos os assistentes, na embriaguez das primeiras impressões, nem uma jovem indiferente, a quem os rostos só inspiram aborrecimentos. Era um meio entre os dois extremos: por mais excitada que estivesse, Kitty conservava o controle sobre si mesma e a sua faculdade de observação. Verificou, pois, que a elite social se agrupava no ângulo esquerdo da sala. Era ali que se achavam a dona da casa e a senhora Korsounski, a bela Lidia, afrontosamente decotada. Era ali que Krivine, que privava sempre com a alta sociedade, instalara a sua calvície. Era para aquele canto privilegiado que, de longe, os moços olhavam sorrateiramente. E foi também ali que ela percebeu Stiva e logo depois a fascinadora cabeça de Ana e a sua figura envolvida num vestido de veludo negro. "Ele" também estava ali. Kitty não o vira mais, desde que recusara Levine: agora os seus olhos penetrantes o reconheciam de longe, observou mesmo que ele a examinava.

— Vamos fazer outra volta? Não estás fatigada? — perguntou-lhe Korsounski, ligeiramente estafado.

— Não, obrigada.

— Onde queres que te leve?

— Madame Karenina está ali, creio... leva-me para o seu lado.

— Inteiramente às tuas ordens.

E Korsounski, diminuindo os passos, mas valsando sempre, dirigiu-se para o grupo da esquerda. Repetia incessantemente *"Pardon, mesdames; pardon, mesdames"* e bordejava tão bem aquela onda de filós, de fitas, de rendas que não se embaraçava na menor pluma. Chegando ao fim, fez bruscamente algumas piruetas com a dama, forçando a cauda do vestido de Kitty a desdobrar-se em ventarolas que vieram cobrir os joelhos de Krivine, deixando ver as pernas bem conformadas da dançarina. Korsounski cumprimentou-a, endireitou-se com desembaraço e ofereceu-lhe o braço para conduzi-la ao pé de Ana Arcadievna. Kitty, enrubescendo e um pouco aturdida, libertando a cauda do vestido de Krivine, pôs-se em busca de Ana. Esta, como tanto desejara Kitty, não trajava um vestido malva, e sim uma *toilette* de veludo negro, muito decotada, mostrando os ombros esculturais, alvos como marfim, e os belos braços redondos, que terminavam em mãos de estranha delicadeza.

Uma renda de seda de Veneza enfeitava-lhe o vestido; uma grinalda de flores estava posta sobre os seus cabelos negros; uma outra, muito semelhante, prendia um nó de rendas brancas e fitas escuras à sua cintura.

Do penteado, bastante simples, nada se observava, a não ser as curtas mechas frisadas que desciam caprichosamente pela sua nuca e pela fronte. Um colar de finas pérolas rodeava-lhe o pescoço inflexível.

Kitty, preocupada com Ana, vendo-a todos os dias, não a imaginava de outro modo senão vestida de malva. Mas quando a percebeu em negro, o encanto da sua amiga apareceu-lhe bruscamente — e foi uma revelação. A grande atração de Ana consistia no retraimento completo da *toilette*; um vestido malva a teria embelezado, mas aquele, ao contrário, apesar das rendas suntuosas, não era mais que uma discreta moldura, fazendo sobressair a sua elegância inata, a sua jovialidade, a sua natural perfeição.

Ela se mantinha, como sempre, extremamente firme e conversava com o dono da casa, a cabeça voltada para ele. Kitty a ouviu responder com um rápido movimento de ombros:

— Não, eu não jogarei a pedra, apesar de pensar de outro modo...

Não concluiu e acolheu a sua jovem amiga com um sorriso afetuoso e protetor. Com um breve olhar feminino, julgou a sua *toilette*, aprovando-a com um pequeno sinal de cabeça, que não escapou a Kitty.

— Fizeste a tua entrada dançando — disse.

— *Mademoiselle* é para mim uma preciosa auxiliar. Ajuda-me a alegrar os nossos bailes — respondeu Korsounski. — Uma valsa, Ana Arcadievna — acrescentou, inclinando-se.

— Ah, conhecem-se? — indagou o dono da casa.

— Quem não nos conhece, a mim e à minha mulher? Somos como o lobo branco. Uma valsa, Ana Arcadievna?

— Eu não danço quando posso me desculpar.

— Não pode recusar hoje.

Vronski se aproximou neste momento.

— Neste caso, dancemos — respondeu ela, pousando precipitadamente a mão no ombro de Korsounski, sem ligar a menor importância à saudação de Vronski.

"Por que ele a escolheu?", pensou Kitty, que não ficara insensível a esta inadvertência.

Vronski aproximou-se da moça, lembrou-lhe o fato de ela lhe haver prometido a primeira contradança e exprimiu o pesar de não vê-la há mais tempo. Seguindo Ana com um olhar de admiração, Kitty ouviu as palavras de Vronski, esperando ser convidada, mas, como este nada fizesse, olhou-o com surpresa. Ele corou, convidando-a com certa pressa, mas, assim que a enlaçou, a música deixou de tocar. Kitty investigou aquele rosto tão próximo ao seu e durante muitos anos não pôde se lembrar sem ter o coração dilacerado pela vergonha do olhar que lhe dirigiu e que não foi retribuído.

— *Pardon, pardon! Valse, valse!* — gritava Korsounski para o outro extremo da sala e, agarrando-se à primeira moça que surgiu, pôs-se a rodopiar.

XXIII

Kitty deu algumas voltas com Vronski, retornando depois para junto de sua mãe. Apenas trocara algumas palavras com a condessa Nordston, veio Vronski procurá-la para a contradança, durante a qual só lhe disse coisas insignificantes. Um espetáculo em via de organização, Korsounski e a sua mulher, a quem ele tratava alegremente de garotos de quarenta anos, forneceram o assunto desta conversa cheia de intervalos. Em um dado momento, Vronski a feriu, perguntando se ela desejava que Levine tivesse vindo ao baile, pois, pelo que se dizia, ele a queria muito. De resto, Kitty não contava com aquela contradança. O que ela esperava, o coração batendo, era a mazurca, durante a qual, como lhe parecia, tudo se decidiria. Mesmo Vronski não a convidando, tão segura estava de dançar com ele que recusou cinco convites, dizendo-se comprometida. Todo o baile, até a última contradança, foi para ela como um sonho encantador, povoado de flores, de sons e de movimentos harmoniosos — só deixava de dançar quando as forças lhe faltavam. Mas durante a última quadrilha, que foi obrigada a conceder a um dos rapazes importunos, achou-se *vis-à-vis* de Vronski e de Ana. E pela segunda vez, no curso daquela noite, em que quase não se tinham procurado, Kitty descobriu bruscamente na amiga uma nova mulher. Não se podia duvidar: Ana cedia à embriaguez do sucesso — e Kitty, que não ignorava aquele entusiasmo, reconheceu-lhe todos os sintomas, o olhar inflamado, o sorriso de triunfo, os lábios entreabertos, a graça, a harmonia suprema dos movimentos.

"Qual é a causa, todas ou uma única?", perguntou a si própria. Ela deixou o seu feliz cavalheiro esgotar em vão os esforços para restabelecer o fio perdido da conversa e, aparentemente submetida às ordens alegres de Korsounski, que decretava o *grand rond*, depois a *chaine*, observou o seu coração apertar-se gradualmente: "Não, não é a admiração da multidão que a embriaga assim, mas o entusiasmo de um só: quem será 'ele'"? Cada vez que Vronski lhe dirigia a palavra, um clarão passava nos olhos de Ana, um sorriso entreabria os seus lábios: e por mais que a desejasse repelir, a sua alegria explodia em sinais manifestos. "Ele?", pensou Kitty. Olhou-o e ficou apavorada, porque o rosto de Vronski refletia como um espelho a exaltação que vinha de ler no de Ana. Que viria a significar aquele aspecto resoluto naquela fisionomia sempre em repouso? Ele só se dirigia a ela abaixando a cabeça, como querendo se prosternar, lendo-se no seu olhar apenas a angústia e a submissão. "Não quero te ofender", parecia dizer o olhar, "só desejo me salvar, mas como fazê-lo?" Kitty nunca o vira assim.

Tinham apenas trocado frases banais sobre assuntos comuns e a Kitty parecia que cada uma das suas palavras decidia o destino de ambos. E, coisa estranha, aquelas constantes observações sobre o péssimo francês de Ivan Ivanovitch, ou o deplorável casamento de Mlle. Ieletski, adquiriam efetivamente um valor particular, cujo alcance sentiam tanto quanto Kitty. Na alma da pobre criança, o baile, a assistência, tudo se confundia numa espécie de cerração. Somente a força da educação lhe obrigava a cumprir o dever, isto é, dançar, conversar e mesmo sorrir. No entanto, como arrumassem as cadeiras para a mazurca, e mais de um casal deixasse o pequeno salão para tomar parte na dança, uma enorme crise de desespero a possuiu. Tendo recusado cinco convites, não tinha muita probabilidade de ainda ser convidada: conhecia-se muito o seu sucesso na sociedade para se supor um só instante que não tivesse cavalheiro. Seria necessário pretextar uma doença e pedir à mãe para partirem. Não teve forças, sentiu-se aniquilada.

Refugiada no fundo de um gabinete, deixou-se cair numa poltrona. Os fofos vaporosos do vestido envolviam como uma nuvem o seu corpo frágil. Um dos seus braços nus, magro e delicado, tombou sem forças, afogado nas dobras do vestido rosa, o outro braço agitava lentamente o leque diante do rosto abrasado. Mas, mesmo que se assemelhasse assim a uma borboleta em repouso sobre uma haste de erva e prestes a desfazer as suas asas coloridas, uma horrível angústia a comprimia.

"Talvez me enganasse, imaginasse o que não é possível", pensava. Mas alguma coisa obrigava-a a se recordar do que vira.

— Kitty, que está acontecendo? Eu não compreendo nada — disse a condessa Nordston, que dela se aproximara surdamente.

Os lábios de Kitty tremiam, ela se levantou precipitadamente.

— Kitty, tu não danças a mazurca?

— Não, não — respondeu, com a voz inundada de lágrimas.

— Ele a convidou em minha presença — disse a condessa, sabendo perfeitamente que Kitty compreendia do que se tratava. Ela lhe objetou: — Não dançarás, pois, com Mlle. Stcherbatski?"

— Pouco me importa! — respondeu Kitty.

Unicamente ela podia compreender o horror da sua situação. Não havia, na véspera, acreditando-se amada por um ingrato, recusado a mão de um homem que talvez amasse?

A condessa Nordston veio ao encontro de Korsounski, com quem devia dançar a mazurca, e pediu-lhe para convidar Kitty em seu lugar: esta abriu, pois, a mazurca sem ter, felizmente, necessidade de falar. O seu cavalheiro passava o tempo a organizar os pares, Vronski e Ana ocupavam um lugar quase na sua frente, de modo que lhe era fácil fitá-los. Ela os seguia ainda de mais perto quando faziam a volta da dança e mais os olhava, mais julgava a sua infelicidade consumada. Percebeu que eles se sentiam isolados entre a multidão e sobre os traços ordinariamente impassíveis de Vronski reviu passar aquela expressão submissa e medrosa, aquela expressão de cão espancado que tanto a impressionava.

Que Ana sorrisse, ele respondia ao seu sorriso; quando ela refletia, ele se tornava inquieto. Uma força quase sobrenatural aprisionava em Ana o olhar de Kitty. E, na verdade, daquela mulher emanava uma sedução irresistível: encantador era o vestido, na sua simplicidade; fascinantes, os belos braços ornados de pulseiras; sedutor, o pescoço ornamentado de pérolas; sedutores, os cachos amontoados na sua cabeleira em desordem; sedutores, os gestos das mãos finas, os movimentos das pernas nervosas; sedutor, o belo rosto animado — mas, em toda esta sedução, havia alguma coisa de terrível e cruel.

Kitty admirou-a ainda mais do que antes, sentindo aumentar o seu sofrimento. Estava perturbada e o seu rosto o dizia: passando perto, numa volta, Vronski não a reconheceu, de tal modo os seus traços estavam alterados.

— Que lindo baile! — disse-lhe ele, por desencargo de consciência.

— Sim, respondeu.

No meio da mazurca, quando se executava uma volta recentemente inventada por Korsounski, Ana ocupou um lugar ao centro do círculo e chamou dois cavalheiros e depois duas damas. Uma delas foi Kitty, que se aproximou bastante confusa. Ana, cerrando os olhos, apertou-lhe a mão, rindo-se, mas, observando a expressão de surpresa desolada com que Kitty respondeu ao seu sorriso, voltou-se para a outra dançarina e entreteve com ela um colóquio animado.

"Sim", pensou Kitty, "ele possui uma sedução estranha, demoníaca."

Como Ana se dispusesse a partir antes da ceia, o dono da casa quis detê-la.

— Fique, Ana Arcadievna — disse Korsounski, pegando familiarmente no seu braço. — Verá que ideia reservei para o *cotillon: um bijou!*

E procurou arrastá-la, encorajado pelo sorriso do dono da casa.

— Não, eu não posso ficar — respondeu Ana, rindo-se também. Pelo tom da voz os dois homens compreenderam que ela não ficaria. — Não — prosseguiu, dirigindo um olhar a Vronski, que estava perto —, dancei esta noite mais que todo o meu inverno em Petersburgo, e antes da viagem preciso repousar.

— Partirá decididamente amanhã? — indagou Vronski.

— Sim, creio — respondeu Ana, a quem a ousadia da pergunta pareceu surpreender, sem velar no entanto o olhar e o sorriso cuja chama queimava o coração de Vronski.

Ana Arcadievna não assistiu à ceia.

XXIV

"Decididamente, deve existir em mim alguma coisa de repelente", pensava Levine, retornando a pé para a casa do irmão, após deixar os Stcherbatski. "Orgulho, ao que se julga. Mas, não, eu não sou orgulhoso. Se o fosse, estaria numa situação tão ridícula?" E imaginava Vronski, feliz, afável, sagaz, o ponderado Vronski: "Eis um que não cometeria semelhante imprudência!"

"É natural que ela o prefira, nada tenho a queixar-me. O único culpado sou eu. Como é que eu pude supor que ela consentiria em unir a sua vida à minha? Que sou eu? E quem sou eu? Um homem inútil para si e para os outros." E a recordação do seu irmão Nicolas voltou-lhe ao espírito, e desta vez ele se demorou nela com complacência. "Não terá ele razão de dizer que tudo é mau e detestável neste mundo? Parece-me que sempre julgamos Nicolas de um modo muito severo. Evidentemente, para Procópio, que o encontrou bêbado e esfarrapado, ele é um ser desprezível.

Mas, para mim, que o conheço sob outro aspecto, que penetrei na sua alma, sei que nos parecemos. Por que, ao invés de procurá-lo, preferi ir a um jantar e vim a esta reunião?"

Levine tirou da carteira o endereço de Nicolas, leu-o à luz de um candeeiro e chamou uma carruagem de praça. Durante o trajeto, que foi longo, recordou os episódios que sabia da vida do irmão. Lembrou-se de que, quando realizava os seus estudos universitários, e mais de um ano depois de concluí-los, Nicolas, apesar do sarcasmo dos colegas, levava uma vida de monge, rigorosamente fiel às prescrições religiosas, assistindo a todos os ofícios, observando todos os jejuns, fugindo a todos os prazeres e principalmente às mulheres. Depois, soltando os freios aos seus maus instintos, ligara-se com gente da pior espécie, dera-se à libertinagem mais sórdida. Levine ainda se recordou das suas deploráveis aventuras: o rapazinho que fizera vir do campo para educar e a quem maltratara de tal forma num acesso de cólera que, pelas feridas feitas, fora condenado; o grego a quem dera uma letra em pagamento de uma dívida de jogo (da qual Sergio vinha justamente de se libertar), tendo sido logo depois disto arrastado à justiça sob a culpa de *escroquerie*; a noite em que dormira na prisão devido a uma algazarra noturna; o odioso processo intentado contra o irmão Sergio, a quem acusara de não lhe haver entregue a parte na herança materna; afinal, a sua última história na Polônia, onde, enviado como funcionário, fora julgado por ter agredido gravemente um magistrado. Certamente, tudo aquilo era odioso, menos odioso, porém, aos olhos de Levine que aos das pessoas que não conheciam toda a sua vida e nem o seu coração.

Levine se recordava que, no tempo em que Nicolas procurava um freio na religião e nas práticas mais austeras, espécie de barreira à sua natureza apaixonada, ninguém o apoiara. Todos, ao contrário, e ele em primeiro lugar, tinham-no ridicularizado, tratando-o de eremita e de carola. Mas, a barreira rompida, em lugar de o amparar, todos fugiam dele com horror e desprezo.

Levine sentia que, a despeito da sua vida escandalosa, Nicolas não era mais culpado do que os que o desprezavam. Devia atribuir o crime ao seu caráter indomável, à sua inteligência reduzida? Não tentara sempre domar-se? "Hei-de falar-lhe com todo o coração e o obrigarei a fazer o mesmo. Provar-lhe-ei que o estimo e, portanto, que o compreendo", decidiu Levine, chegando, às onze horas, em frente ao hotel indicado no endereço.

— Em cima, números 12 e 13 — respondeu o porteiro interrogado por Levine.

— Ele está em casa?

— Provavelmente.

A porta do número 12 estava entreaberta e saía do quarto uma espessa nuvem de fumo. Levine ouviu primeiramente uma voz desconhecida e depois a tosse habitual do irmão.

Quando entrou numa espécie de antecâmara, a voz desconhecida dizia:

— Resta saber se o negócio será feito com consciência e compreensão necessárias...

Constantin Levine espreitou e viu que aquele que falava era um rapaz de cabeleira mal-arranjada. No divã, estava sentada uma mulher jovem e magra, trajando um simples vestido de lã, sem punhos. O coração de Constantin se apertou à ideia do meio estranho em que vivia o irmão. Este não o percebeu e, tirando o capote, ouviu as explicações do rapaz de cabeleira. Tratava-se de uma empresa em estudo.

— Eh, que o diabo as leve, as classes privilegiadas! — sussurrou a voz de tosse de Nicolas. — Macha, trata de nos arranjar a ceia, traga-nos vinho, e se não houver, é preciso ir buscar.

A mulher levantou-se e, na saída, percebeu Constantin.

— Há um senhor te procurando, Nicolas Dmitritch.

— Que disse ele? — grunhiu a voz de Nicolas.

— Sou eu — respondeu Constantin, aparecendo.

— Quem? — repetiu Nicolas, cada vez mais irritado.

Levine o ouviu erguer-se vivamente, agarrando-se em alguma coisa, e viu surgir na sua frente a alta silhueta descarnada, um pouco abatida, do irmão. Por mais familiar que lhe fosse, aquela aparição doentia e desvairada não deixou de o aterrorizar.

Nicolas emagrecera depois do seu último encontro, fazia três anos. Trazia um capote curto. As suas largas mãos ossudas pareciam ainda maiores, os cabelos se tornavam mais raros, se bem que a mesma ingenuidade se verificasse no olhar com que fixava o visitante.

— Ah, Kostia! — gritou, reconhecendo o irmão, enquanto os seus olhos brilhavam de alegria. Mas, tossindo, o rapaz fez um movimento nervoso com a cabeça e o pescoço, muito conhecido de Levine, como se a gravata o estrangulasse, e uma expressão diferente, em que se misturavam curiosamente o sofrimento e a crueldade, apareceu no seu rosto macilento.

— Escrevi a Sergio Ivanovitch e a ti, dizendo que não os conheço e que não queria conhecê-los. Que desejas... que queres de mim?

Não era aquele o homem que Constantin esperava encontrar. Pensando ainda havia pouco em Nicolas, esquecera aquele caráter áspero e amargo que dificultava toda e qualquer amizade. Recordava-o agora, quando revia os traços do irmão e principalmente o movimento convulsivo da sua cabeça.

— Mas nada quero de ti — respondeu com certa timidez. — Eu vim simplesmente ver-te.

O ar receoso do irmão tranquilizou Nicolas.

— Ah, vens para isso — disse, movendo os lábios num trejeito nervoso. — Então, entra e senta-te. Queres cear? Macha, traze três porções. Não, espere... Sabes quem é? — perguntou ao irmão, mostrando o indivíduo de cabeleira. — É Kritski, meu amigo, um homem notável que conheci em Kiev. E como não é um canalha, a polícia o persegue exatamente por isso.

Cedendo a um gesto que lhe era comum, olhou os presentes em conjunto e, percebendo a mulher prestes a sair:

— Não disse para esperar? — gritou-lhe.

Depois, com um novo olhar circular, pôs-se a contar, com a dificuldade de palavra que Constantin muito bem lhe conhecia, a história de Kritski: como fora expulso da Universidade por ter querido fundar uma sociedade de socorros mútuos e organizar aulas aos domingos; como se fizera professor primário, perdendo em breve o lugar; como fora processado sem mesmo saber por quê.

— É aluno da Universidade de Kiev? — perguntou Constantin a Kritski, para romper o silêncio.

— Eu fui aluno — resmungou o rapaz, aborrecido.

— E esta mulher — interrompeu Nicolas, mostrando-a — é Maria Nicolaievna, a companheira da minha vida. Tirei-a de uma casa — declarou, contraindo o pescoço —, mas amo-a e a estimo, e todo aquele que deseje ser meu amigo deve amá-la e respeitá-la — acrescentou, alteando a voz e franzindo a testa. — Considero-a como minha mulher. Desse modo, sabes a quem te diriges, mas, se julgas te rebaixares, poderás sair.

Novamente Nicolas passeou o olhar penetrante em volta do aposento.

— Não compreendo em que me rebaixaria.

— Neste caso, Macha, faças subir três porções, de aguardente e vinho... Não, espera... É... é... isso mesmo... Corra!

XXV

— Vê? — continuou Nicolas, fazendo caretas e franzindo a testa com esforço, não sabendo o que dizer nem o que fazer. — Vê...

Mostrou, num canto do quarto, algumas barras de ferro atadas com correias.

— Vê aquilo? — pôde enfim dizer. — São as premissas de uma obra nova a que vamos nos consagrar. Trata-se de um sindicato profissional.

Constantin não o ouvia. Observava o rosto doentio do tísico e a sua crescente piedade não lhe permitia conceder grande atenção às palavras do irmão. Via perfeitamente que aquela obra representava para Nicolas uma salvação: ela o impedia de desprezar-se completamente. Deixou, pois, que Kritski falasse.

— Sabes que o capital esmaga o operário. Entre nós, o operário e o *mujik* suportam todo o peso do trabalho e, por mais que façam, não podem fugir ao seu estado, permanecendo sempre bestas de carga. Todo o benefício, tudo o que permitiria aos trabalhadores melhorar a sua sorte e dar-lhes algum prazer e educação, tudo isso lhes é roubado pelos capitalistas. A sociedade está assim organizada: de modo que quanto mais os pobres se desgraçam, mais os negociantes e os ricos engordam à sua custa. Eis o que é necessário mudar radicalmente — concluiu, examinando o seu irmão com o olhar.

— Sim, é isto mesmo — disse Constantin, vendo se formarem duas nódoas vermelhas nas maçãs do rosto de Nicolas.

— Estamos organizando um sindicato de serralheiros no qual tudo seja comum: trabalho, benefícios e até os principais instrumentos de trabalho.

— Onde será ele estabelecido?

— Na aldeia de Vozdremo, na província de Kazan.

— Por que numa aldeia? Esta obra no campo não seria um erro?

— Porque os camponeses permanecem servos como no passado. Talvez isso não te agrade, a Sergio também, mas nós procuramos tirá-los da escravidão — replicou Nicolas, contrariado com a observação.

Constantin, no entanto, examinava o quarto, impróprio e lúgubre. Escapou-lhe um suspiro. E este suspiro levou ao extremo a irritação de Nicolas.

— Conheço os teus preconceitos aristocráticos, os de Sergio Ivanovitch e os teus... Sei que ele gasta a força da sua inteligência para justificar a existência do mal.

— Mas, não. E a que propósito vem aqui o Sergio? — perguntou Constantin, rindo-se.

— Sergio Ivanovitch? Eu te direi! — gritou Nicolas, exasperado. — Ou melhor, não, é inútil! Dize-me somente por que vieste? Tu ironizas o nosso trabalho, não é isto? Seja! Mas agora vai-te, vai-te, vai-te — rugiu, erguendo-se.

— Eu não ironizo, eu não discuto mesmo — objetou docemente Constantin.

Maria Nicolaievna entrou neste momento. Nicolas Levine fulminou--a com o olhar, mas ela se aproximou dele e lhe disse algumas palavras no ouvido.

— Estou doente, torno-me irritado — continuou Nicolas, mais calmo e respirando com dificuldade —, e tu vens me falar de Sergio e do seu artigo! Que acervo de mentiras, de tolices, de insanidades! Como se atreve a falar um homem que ignora tudo a respeito da justiça? Leste o artigo dele? — perguntou a Kritski.

E, sentando-se perto da mesa, empurrou, para formar um lugar, uma pilha de cigarros feitos a meio.

— Não, eu não o li — respondeu Kritski num tom sombrio, recusando--se a participar da conversa.

— Por quê? — inquiriu Nicolas, novamente exasperado.

— Não tenho tempo a perder.

— Desculpe-me, mas como sabes que seria tempo perdido? Para certas pessoas, este artigo é evidentemente inabordável. Para mim, é diferente: vejo o fundo do seu pensamento, conheço os pontos fracos.

Fez-se silêncio. Kritski levantou-se vagarosamente e pegou o seu gorro.

Apenas Kritski saiu, Nicolas piscou o olhou, rindo.

— Este é pouco forte. Eu vejo...

Mas, neste instante, Kritski chamou-o, do limiar.

— Que há ainda? — perguntou Nicolas, indo ao seu encontro no corredor.

Ficando sozinho com Maria Nicolaievna, Levine voltou-se para ela.

— Vives há muito tempo com meu irmão? — perguntou-lhe.

— Há mais de um ano. A sua saúde piorou. Ele bebe muito.

— Como o achas?

— Ele bebe aguardente e isso lhe faz mal.

— Bebe excessivamente?

— Sim — disse ela, olhando assustada para a porta por onde entrava de novo Nicolas Levine.

— De que falavam? — perguntou, a testa franzida, correndo o olhar congestionado de um para outro.

— De nada — respondeu Constantin, confuso.

— Não queres me dizer? Está bem! Apenas tu não tens o que falar com ela: é uma pobre mulher e tu és um *gentilhomme* — declarou, com uma nova crise no pescoço. — Percebi que compreendeste e julgaste o que tu consideras os meus erros com benevolência — acrescentou, alteando a voz, no fim de um instante.

— Nicolas Dmitritch, Nicolas Dmitritch! — murmurou novamente Maria Nicolaievna, aproximando-se dele.

— Está bem, está bem!... Mas e a ceia? Ah, ei-la! — exclamou, vendo entrar um rapaz conduzindo uma bandeja. — Aqui, aqui! — continuou, num tom irritado, e, sem mais esperar, bebeu um copo de aguardente, o que o alegrou. — Que queres? — perguntou ao irmão. — Vamos, não falemos mais de Sergio Ivanovitch. Estou contente por te rever. Não, não somos estranhos um ao outro. Bebe, pois, vejamos... E conta-me o que tens feito — continuou, mastigando avidamente um pedaço de pão e bebendo um segundo copo. Que espécie de vida levas tu?

— Sempre a mesma: moro no campo, faço valer as nossas terras — respondeu Constantin, espantado do modo como o irmão comia e bebia.

— Por que não te casas?

— Isso ainda não me preocupou — respondeu Constantin, corando.

— Por que isso? Quanto a mim é que não resta mais nada. Estraguei a minha vida. Eu digo e direi sempre que houvessem dado a minha parte da herança quando tive necessidade e a minha vida teria tomado um outro rumo.

Constantin procurou mudar a conversa.

— Sabes que teu Vania está comigo em Pokrovskoie, trabalhando no escritório?

Ainda uma vez o pescoço de Nicolas tremeu numa crise. Ele pareceu refletir.

— Isso mesmo, fale-me de Pokrovskoie. A casa está sempre direita, e as nossas árvores, e a nossa sala de estudo? E Filipe, o jardineiro, ele ainda vive? Vejo daqui o pavilhão e o seu divã!... Principalmente, não mudes nada da casa, casa-te depressa, faze renascer a boa vida de antigamente. Irei visitar-te, então, caso seja a tua mulher uma boa moça.

— Por que não vens? Nós nos arranjaríamos muito bem juntos.

— Iria, se tivesse certeza de não encontrar Sergio Ivanovitch.

— Tu não o encontrarás. Estamos totalmente separados.

— Sim, tudo isso é fácil de dizer, mas entre ele e eu é preciso escolher — disse Nicolas olhando timidamente o irmão.

Constantin sentiu-se tocado por aquela timidez.

— Se queres saber o que penso sobre a tua disputa, digo-te que não tomo partido nem por um nem por outro. Ambos, a meu ver, têm sido injustos: apenas em ti a injustiça é mais exterior, e em Sergio, mais interior.

— Ha, ha! Tu compreendeste, tu compreendeste! — gritou Nicolas, numa explosão de alegria.

— E, se também queres saber, é a tua amizade a que eu prefiro mais, porque...

— Por quê? Por quê?

"Nicolas era infeliz, tinha mais necessidade de afeição", era o que Constantin pensava, sem ousar dizer. Ele percebeu e recomeçou a beber com um ar sombrio.

— Chega, Nicolas Dmitritch — disse Maria Nicolaievna, estendendo a mão para o garrafão de aguardente.

— Não me aborreças, arreda! — gritou.

Maria Nicolaievna teve um sorriso humilde, que desarmou Nicolas, e retirou a aguardente.

— Acreditas talvez que ela não compreenda nada de nada? Enganas--te. Compreende tudo melhor do que qualquer um de nós. Não é em vão que tem o aspecto de uma brava rapariga!

— Você já foi alguma vez a Moscou? — perguntou Constantin, para dizer qualquer coisa à moça.

— Não lhe diga "você". Isso a amedronta. Salvo o juiz de paz que a julgou quando ela quis sair do prostíbulo, ninguém, depois dele, a tratou por "você"... Meu Deus, quanta patetice se vê neste mundo! — concluiu surdamente. — Qual a vantagem dessas novas instituições, os juízes de paz, os *zemstvos*?

E começou a falar das suas críticas sobre as novas instituições.

Constantin escutava-o em silêncio. A crítica impiedosa de toda a ordem social, à qual ele mesmo se inclinava, parecia deslocar-se na boca do irmão.

— Compreendemos tudo isso num outro mundo — disse, afinal, à maneira de pilhéria.

— Num outro mundo? Oh, eu não amo esse outro mundo!... Não, eu não o amo — repetiu Nicolas, fixando no irmão os olhos desvairados. — Seria esplêndido sair-se desta lama, dizer adeus às nossas baixezas e às do próximo, mas, não, eu tenho medo da morte, um medo terrível! — Ele tremia. — Mas bebamos alguma coisa. Queres *champagne*? Preferes sair? Vamos ver as ciganas. Sabes que eu gosto das ciganas e das canções russas?

A língua atrapalhada saltava de um a outro assunto. Constantin, com o auxílio de Macha, convenceu-o a não sair e o deitaram completamente bêbado.

Macha prometeu a Constantin escrever-lhe em caso de necessidade. Prometeu também convencer Nicolas a ir viver com o irmão.

XXVI

Na manhã do dia seguinte, Constantin Levine deixou Moscou para chegar em casa à noite. Durante a viagem manteve conversa com os vizinhos, falou de política, ferrovias e, como em Moscou, sentiu-se afogado no tumulto das opiniões, descontente de si mesmo e envergonhado sem saber de quê. Mas quando, sob o clarão indeciso que escapava das janelas da estação, reconheceu Inacio, o seu cocheiro zarolho, a gola do casaco levantada sobre as orelhas, depois os trenós, os cavalos de caudas bem atadas, os arreios ornamentados de anéis e veludos; quando Inacio, pondo as bagagens no trenó, contava as novas da casa: a vinda do empreiteiro, que a vaca Paonne tinha parido — pareceu sair pouco a pouco daquela desordem, sentindo enfraquecerem o ódio e o descontentamento. Era apenas uma primeira impressão reconfortante. Envolvendo-se na pele de carneiro que o cocheiro trouxera e instalando-se no trenó, deu o sinal de partida. Então, pensando nas ordens a transmitir e examinando o cavalo, o seu velho cavalo de sela — um belo animal do Don, usado, mas ainda veloz —, considerou a sua aventura sob outra face. Não desejava mais ser outro, desejava apenas ser melhor do que o fora até ali. E, em primeiro lugar, ao invés de procurar no casamento uma felicidade quimérica, se contentaria com a realidade presente. Em segundo lugar, não mais cederia às vulgares paixões, cuja recordação ainda na véspera, antes de fazer o pedido, o obsedava. Enfim, não perderia de vista o irmão Nicolas — ajudá-lo-ia, desde que piorasse, o que não deveria tardar. Lembrava-se da sua conversa sobre o comunismo, começava a refletir sobre aquele assunto que, até então, examinara artificialmente. Se considerava como absurda uma transformação radical das condições econômicas, o injusto contraste entre a miséria do povo e o excesso de que se dispunha havia muito tempo o impressionava. Também, apesar de ter sempre trabalhado e vivido simplesmente, prometia-se trabalhar ainda mais e levar uma vida ainda mais simples. Essas boas resoluções, que o assaltaram durante a viagem, pareceram-lhe fáceis de ser conservadas e, às nove horas da noite, quando chegou em casa, grandes esperanças o animavam: uma vida nova, uma vida mais bela iria começar.

Um raio de luz saía das janelas de Agatha Mikhailovna, a velha criada de Levine promovida a mordomo. Ela ainda não dormia, e despertou em sobressalto Kouzma, o moleque de recados, que acorreu à escadaria do patamar tendo os pés nus e meio adormecido. Ele perturbou Mignonne, a cadela envelhecida, que se precipitou com alegres latidos ao encontro do senhor: ergueu-se nas pernas traseiras, esfregando-se nos joelhos de Levine e retesando com dificuldade as pernas da frente.

— O senhor voltou muito depressa — disse Agatha Mikhailovna.

— A saudade, Agatha Mikhailovna! Se estamos bem na casa dos outros, melhor será em nossa casa — respondeu, passando para o seu gabinete.

A luz de uma lanterna, presa no alto, clareava o aposento. Levine viu saírem da sombra, gradualmente, os objetos familiares: os chifres de veado, as estantes cheias de livros, o espelho, o fogão que havia bastante tempo aguardava uma reforma, o velho divã do seu pai, a enorme carteira onde estava um livro aberto, um cinzeiro quebrado, um caderno coberto com a sua letra. Ao encontrar-se ali, achou difícil executar o modo de vida sonhado durante a viagem. Sentia-se como envolvido pelos vestígios da vida passada. "Não, tu não mudarás, não te tornarás um outro, ficarás sendo o mesmo, com as tuas dúvidas, o teu eterno descontentamento de ti próprio, as tuas inúteis tentativas de reforma, as tuas recaídas, a tua constante esperança numa felicidade que se oculta e que não é feita para ti."

Nesse apelo às coisas, uma voz interior replicava que não devia se tornar escravo do passado, que devia fazer o que desejava. Obedecendo à voz, Levine aproximou-se de um canto do aposento onde se achavam dois pesos de trinta libras, levantou-os com a intenção de exercitar-se, mas, como se fizessem ouvir passos junto à porta, largou-os precipitadamente.

Era o administrador. Ele declarou que, graças a Deus, tudo ia bem, salvo o trigo que se queimava no novo forno. A notícia irritou Levine. Aquele forno, construído e em parte inventado por ele, nunca fora aprovado pelo administrador, que anunciou o acidente com um certo tom de triunfo. Convencido de que ele se descuidara de alguma precaução cem vezes recomendada, Levine repreendeu-o asperamente, mas logo o seu mau humor desapareceu ao anúncio de um feliz acontecimento: a Paonne, a melhor das vacas compradas na exposição agrícola, tinha parido.

— Kouzma, traga depressa a minha pele de carneiro! E o senhor — disse ele ao administrador — acenda uma lanterna. Eu irei vê-la.

O estábulo das vacas de valor ficava muito perto da casa. Levine sacudiu a neve acumulada na moita de lilás, aproximou-se do estábulo e abriu a porta gelada. Exalava um morno odor de estrume. As vacas, espantadas pela luz da lanterna, retornaram ao leito de palhas frescas. A larga garupa negra, malhada de branco, da holandesa brilhou na penumbra. Aigle, o touro, que repousava, um anel passado nas narinas, fez menção de erguer-se, logo mudando de ideia e contentando-se em soprar ruidosamente cada vez que se passava perto dele. A Paonne, uma bela vaca tostada, imensa como um hipopótamo, estava deitada em frente da bezerra, que ela cheirava furtando-a aos olhares dos recém-vindos.

Levine entrou na divisão onde estava Paonne, examinou-a e levantou a bezerra, salpicada de branco e encarnado, nas pernas longas e cambaleantes. A vaca mugiu de emoção, mas se tranquilizou quando Levine lhe devolveu a bezerra, que começou a lamber depois de exalar um profundo suspiro. A bezerra remexia a cauda e investia sobre os flancos da vaca em busca das tetas.

— Alumia por aqui, Fiodor, passe-me a lanterna — disse Levine, examinando a bezerra. — É igual à mãe, mas tem alguma coisa do pai. Um belo animal, francamente, longo e bem-feito. Não é que é bela, Vassili Fiodorovitch? — disse amavelmente ao administrador, esquecendo-se na sua alegria do aborrecimento provocado pelo trigo queimado.

— Ela teve a quem sair, como poderia ser feia?... A propósito, Simão, o empreiteiro, chegou no dia seguinte ao da partida do senhor, Constantin Dmitrievtch. É necessário, eu penso, falar com ele sobre a máquina. Se o senhor estiver lembrado, eu já lhe falei sobre isto.

Estas últimas palavras lembraram a Levine, em todos os detalhes, como era grande e complexo o seu trabalho. Do estábulo foi ao gabinete do administrador, onde conferenciou com o empreiteiro. Retornou afinal à casa e subiu ao salão.

XXVII

Era uma enorme casa antiga e, mesmo habitando-a sozinho, Levine ocupava-a inteiramente. Semelhante gênero de vida podia passar como absurdo e não condizer com os seus novos projetos — Levine o sentia, mas esta casa era para ele todo um mundo, o mundo onde viveram e morreram seu pai e sua mãe. Ali levaram uma vida que lhes parecia o ideal de perfeição e que ele, Levine, sonhava recomeçar com uma família própria.

Apesar de mal ter conhecido sua mãe, Levine tinha pela sua memória um verdadeiro culto: parecia-lhe impossível casar-se com uma mulher que não fosse a reencarnação daquele ideal adorado. Não concebia o amor fora do casamento, mais, ainda, pensava primeiramente na família e só depois na mulher que lhe havia de dar aquela. Contrariando neste ponto de vista as opiniões de quase todos os seus amigos, que viam no casamento apenas um dos inúmeros atos da vida social, ele o considerava como sendo o ato principal da existência, do qual resulta toda a nossa felicidade. E eis que fora preciso renunciar a tudo!...

Entrou no pequeno salão onde costumava tomar chá, apanhou um livro e sentou-se na poltrona, enquanto Agatha Mikhailovna trazia a chávena e se retirava para perto da janela, declarando como de hábito: "Aborreço-me, senhor." Então Levine sentiu, com grande surpresa, que não renunciara aos seus sonhos e não podia viver sem Kitty. "Ela ou outra, pouco importa", pensava, "mas necessito de alguém." Gostava de constranger-se lendo ou ouvindo as tolices de Agatha Mikhailovna — e diversas cenas da sua futura vida familiar apresentavam-se assim na sua imaginação. Compreendeu que uma ideia fixa se instalara para sempre no fundo do seu ser.

Agatha Mikhailovna contava que, sucumbindo à tentação, Pocher, a quem Levine dera certo dinheiro para comprar um cavalo, pusera-se a beber e a espancar a mulher. Escutando-a, Levine lia o livro e reencontrava pouco a pouco o rumo das ideias que aquela obra nele despertara recentemente. Era o tratado de Tyndall sobre o calor. Recordava-se de se ter sentido ofuscado pela suficiência do autor, muito inclinado a elogiar as suas experiências, e devido à sua ausência de observações filosóficas. Bruscamente, uma ideia feliz atravessou-lhe o cérebro: "Em dois anos poderei ter duas holandesas: a Paonne talvez ainda viva, essas três, o touro e as doze filhas de Aigle constituirão um belo quadro."

Recomeçou novamente a leitura. "Está certo, suponhamos que a eletricidade e o calor não sejam senão um único e mesmo fenômeno, mas, em uma equação, que deve resolver o problema, podem-se empregar as mesmas unidades? Não. Bem, e então? A associação que existe entre todas as forças da natureza se sente instintivamente... Que bela manada teremos quando a filha da Paonne tornar-se uma linda vaca encarnada e branca e misturar-se com as três holandesas... Minha mulher e eu convidaremos os amigos para vê-la. Minha mulher dirá: 'Kostia e eu criamos a bezerra como nossa filha'." "Como pudeste te interessar por semelhantes coisas?", perguntará alguém: "Tudo o que interessa ao meu marido interessa a mim." Mas quem será ela? E lembrou-se do que se passara em Moscou. "Que fazer? Eu nada posso. É uma tolice deixar-se dominar pelo passado, pela vida circundante. É preciso lutar para viver melhor, muito melhor." Abandonou o livro e perdeu-se nos próprios pensamentos. Mas a velha cadela, que ainda não extinguira a sua alegria e pusera-se a latir bastante alto, entrou no aposento, aproximou-se remexendo a cauda, pôs a cabeça na mão de Levine e reclamou as carícias, com ladridos mansos.

— Só lhe falta falar — disse Agatha Mikhailovna. — Apesar de ser um cão, compreende a volta do seu dono e também que ele voltou magoado.

— Magoado?

— O senhor pensa que eu não vejo? Desde criança que vivo com os senhores e há muito tempo que os conheço. Não se preocupe: estando a saúde boa e a consciência em paz, o resto pouco importa!

Muito surpreso em vê-la adivinhar os seus pensamentos, Levine examinou-a com toda a atenção.

— O senhor ainda quer um pouco de chá?

Ela saiu levando a chávena.

Mignonne continuou a descansar a cabeça na mão do dono. Ele a acariciou e logo ela se deitou aos seus pés, avançando as pernas e sobre elas apoiando a cabeça. E para provar que tudo ia a contento, entreabriu a boca, fez um estalo com as mandíbulas, voltou os beiços viscosos em torno dos dentes e permaneceu em santa imobilidade.

"Façamos o mesmo", murmurou Levine, que observara a sua artimanha. "Inútil este tormento. Talvez que tudo se arranje."

XXVIII

No dia seguinte ao baile, Ana Arcadievna telegrafou logo cedo ao marido, anunciando que deixaria Moscou naquele dia mesmo. Devia entretanto justificar a sua decisão perante a cunhada.

— Tenho absoluta necessidade de partir — declarou categoricamente, como se recordasse os numerosos trabalhos que a esperavam. — Melhor será, pois, que seja hoje.

Stepane Arcadievitch jantava na cidade, mas prometera voltar às sete horas para acompanhar a irmã à estação. Kitty não veio e desculpou-se com uma palavrinha: tinha enxaqueca. Dolly e Ana jantaram sozinhas com a inglesa e as crianças. Cedendo talvez à inconstância da idade, ou adivinhando por instinto não ser Ana a mesma do dia em que lhe tomaram afeição, fazendo pouco-caso delas, as crianças perderam repentinamente toda a amizade pela tia, todo o desejo de brincar com ela, todo o pesar de vê-la partir. Ana gastou o dia inteiro em preparar-se para a partida: escreveu alguns cartões de despedida, terminou as suas contas e fez as malas. Pareceu à cunhada estar presa àquela inquieta agitação que ordinariamente disfarçava — Dolly não o sabia muito bem — uma espécie de enorme descontentamento de si mesma. Depois do jantar, como subisse para se vestir, Dolly a acompanhou.

— Estás esquisita hoje — disse-lhe.

— Eu! Tu achas? Não sou esquisita, sou má. Isso me acontece. Estive todo o tempo com vontade de chorar. É absurdo, isso passará — respondeu Ana, escondendo o rosto ruborizado contra o saquinho onde guardava os lenços e os ornatos do penteado. Nos seus olhos brilhavam lágrimas que ela continha dificilmente. — Eu deixei Petersburgo contrariada e, no entanto, custa-me a voltar.

— Fizeste bem em vir, vieste praticar uma boa ação — disse Dolly, fitando-a atenciosamente.

Ana olhou-a com os olhos cheios de lágrimas.

— Não digas isso, Dolly. Eu nada fiz e nada podia fazer. Que fiz e que podia eu fazer? Tu é que encontraste em teu coração bastante amor para perdoar...

— Sabe Deus o que aconteceria sem ti! Como és feliz, Ana: tudo é claro e puro em tua alma!

— Todos nós temos na alma os *skeletons*, como dizem os ingleses.

— Que *skeletons* podes ter? Em ti, tudo é claro.

— Mas eu os tenho! — disse Ana, enquanto um sorriso, inesperado depois das lágrimas, um sorriso de astúcia e zombaria lhe corria pelos lábios.

— Neste caso, eles têm, a meu ver, um ar mais divertido que lúgubre — insinuou Dolly, sorrindo por sua vez.

— Enganas-te! Sabes por que eu parto hoje, e não amanhã? A confissão é dolorosa, mas quero fazê-la — disse Ana, sentando-se numa poltrona e fitando Dolly bem no rosto.

Com surpresa, Dolly percebeu que Ana corara até ao fundo dos seus olhos, até os cachos negros da nuca.

— Sabes — prosseguiu Ana — por que Kitty não veio jantar? Ela sente ciúmes de mim. Destruí a sua alegria. Fui a culpada de que este baile, que ela tanto esperava, lhe fosse um suplício. Mas, verdadeiramente, eu não sou tão culpada e se o sou é apenas um pouco.

Pronunciou as últimas palavras com uma falsa entonação na voz.

— Oh, acabaste agora de repetir os modos de Stiva! — disse Dolly, rindo.

Ana se perturbou.

— Oh, não, não, eu não sou como Stiva! — respondeu. — Conto-te isso porque não duvido um só instante de mim mesma.

Mas, no momento em que articulava as palavras, sentia toda a sua fragilidade: não somente duvidava de si mesma, como a recordação de Vronski emocionava-a tanto que resolvera partir mais cedo do que desejava.

— Sim, Stiva me disse que dançaste a mazurca com ele e que ele...

— Não calcularás em que tolo desvario estas coisas se tornaram! Pensava ajudar no casamento e eis que... Talvez contra a minha vontade tenha eu...

Ela enrubesceu e calou-se.

— Oh, os homens pressentem logo estas coisas! — disse Dolly.

— Ficaria profundamente aflita se ele tomasse isso a sério — interrompeu Ana —, mas estou convencida de que tudo será esquecido depressa e que Kitty deixará de me odiar.

— Falando francamente, Ana, esse casamento não me agrada. E já que Vronski se enamorou de ti num só dia, melhor seria permanecer assim.

— Grande Deus, isto seria um absurdo! — gritou Ana. Mas, vendo-se exprimir tão alto o pensamento que a obsedava, um vivo rubor de satisfação cobriu-lhe novamente o rosto. — E parto deixando como inimiga essa Kitty a quem estimava tanto. Ela é encantadora. Mas tu arranjarás tudo isso, não é mesmo, Dolly?

Dolly reteve dificilmente um sorriso. Ela gostava de Ana, mas não se irritava em descobrir-lhe tais fraquezas.

— Uma inimiga. É impossível!

— Eu desejaria tanto ser querida de todos como te estimo e, no entanto, amo-te ainda mais do que no passado — disse Ana, as lágrimas nos olhos. — Ah, como eu hoje estou tola!

Passou o lenço nos olhos e começou a vestir-se.

Precisamente na hora da partida, chegou Stepane Arcadievitch no alto do corredor, cheirando a vinho e a fumo.

A ternura de Ana vencera Dolly, e quando ela a abraçou pela última vez, murmurou:

— Ana, podes crer que não me esquecerei nunca do que fizeste por mim. Acredita também que te quero e te quererei sempre como a minha melhor amiga...

— Não compreendo por quê — respondeu Ana, retendo as lágrimas.

— Sempre me compreendeste e ainda me compreendes. Adeus, minha querida!

XXIX

"Enfim, acabou-se tudo, graças a Deus!" Tal foi o primeiro pensamento de Ana depois de despedir-se do irmão, que permaneceu no vagão até o terceiro aviso da sineta. Sentou ao lado de Annouchka, a sua criada. "Graças a Deus, amanhã verei novamente o meu Sergio e Alexis Alexandrovitch, a minha boa vida antiga retomará o seu curso."

Sempre presa à agitação que a possuía desde a manhã, Ana entregou-se a minuciosos preparativos: tirou do saco vermelho uma manta, que pôs sobre os joelhos, envolvendo bem as pernas, e instalou-se comodamente. Uma senhora doente já estava deitada. Duas outras senhoras dirigiram a palavra a Ana, enquanto uma velha gorda, rodeando os joelhos com um cobertor, fazia amargas reflexões sobre o aquecimento. Ana respondeu às senhoras, mas não tomando nenhum interesse pela conversa, pediu a Annouchka a sua lanterna de viagem, prendeu-a no encosto da poltrona e tirou da bolsa uma faca de cortar papel e um romance inglês. A princípio, encontrou dificuldade em ler: os balanços do carro, o ruído do trem em marcha, a neve que batia na janela da esquerda, colando-se ao vidro, o condutor que passava todo agasalhado e coberto de flocos de neve, as observações dos companheiros de viagem sobre a terrível tempestade que caía, tudo a distraía. Mas a monotonia continuando indefinida, sempre os mesmos abalos, a mesma neve na janela, as mesmas vozes, os mesmos rostos entrevistos na penumbra — acabou afinal lendo e entendendo o que lia. Annouchka já dormia, as mãos envolvidas nas grossas luvas — uma das luvas estava rasgada —, tendo o pequeno saco vermelho nos joelhos. Ana Arcadievna compreendia o que estava lendo, mas tinha muita necessidade em viver por si mesma para sentir prazer com o reflexo da vida de outrem. A heroína do romance curava doentes: ela gostaria também de andar de leve no quarto daquele doente; um membro do Parlamento discursava, desejaria discursar também; *lady* Mary galopava atrás da sua matilha, importunava a cunhada, escandalizava as pessoas pela sua audácia: gostaria de fazer o mesmo. Vãos desejos! Restava-lhe mergulhar na leitura, martirizando com as suas mãos miúdas a faca de cortar papel.

O herói do romance tocava o apogeu da felicidade britânica — um título de barão e terras, onde ela gostaria de o acompanhar — quando lhe pareceu que este devia sofrer uma certa vergonha, e que aquela vergonha recairia sobre ela. Mas por que se havia de envergonhar? "E eu, de que me envergonharia?", perguntou-se, com uma surpresa indignada. Deixou o livro e revirou-se na poltrona, apertando a faca de cortar papel nas suas mãos nervosas. Que fizera? Passou em revista as suas recordações de Moscou: eram todas ótimas. Lembrou-se do baile, Vronski, o seu rosto apaixonado, a atitude que mantivera para com o rapaz: nada daquilo podia causar a sua confusão. Contudo, o sentimento de vergonha aumentava precisamente com aquela lembrança, enquanto uma voz interior parecia lhe dizer: "*¡Tu, abrazas, abrazas!*" "Ah, que significa isso?", perguntou-se resolutamente, mudando de lugar na poltrona. "Recearei encarar esta recordação? Afinal de contas, que houve? Existirá, poderá existir algo de comum entre aquele oficial e eu, excluindo as relações mundanas?" Sorriu desdenhosamente, retomou o livro, mas, decididamente, não compreendia mais nada. Bateu a faca de cortar papel contra o vidro gelado, passou sobre a face a superfície fria e lisa e, cedendo a uma crise de súbita alegria, pôs-se a rir quase estrepitosamente. Sentia os nervos se distenderem cada vez mais, os olhos se abriram desmesuradamente, as mãos e os pés se crisparam, alguma coisa a asfixiava e aquela penumbra vacilante de sons e imagens se impunha com estranha intensidade. Perguntava-se a cada instante se o trem avançava, recuava ou se permanecia no mesmo lugar. Seria Annouchka, ou uma estranha, aquela mulher, ali, junto a si? O que estaria suspenso, uma capa ou um animal? Sou eu mesma quem está sentada aqui? Sou eu, ou uma outra mulher? Aturdida, naquele estado de inconsciência, receava não resistir. Mas, sentindo-se ainda capaz de resistência, levantou-se, afastou a manta, o capote e acreditou um momento haver se refeito: um homem magro, vestido com um paletó longo, escuro, no qual faltava um botão, entrou. Ela adivinhou que era o substituto do condutor, viu-o consultar o termômetro, verificou que o vento e a neve entravam no vagão... Depois tudo se confundiu novamente: o indivíduo magro pôs-se a pregar alguma coisa na parede do carro; a velha gorda estendeu as pernas, parecendo encher todo o vagão; por fim, pareceu-lhe ouvir um ruído terrível, de algo que se despedaçasse, como um gemido: uma luz vermelha cegou-a e depois uma sombra absorveu tudo. Ana sentiu-se cair num abismo. Aquelas sensações não eram desagradáveis. A voz do homem bem agasalhado e coberto de neve gritou alguma coisa. Recobrou os sentidos, compreendeu que o trem se aproximava de uma estação e que aquele homem era o condutor. Pediu à criada o seu xale e a capa e dirigiu-se para a porta.

— A senhora vai sair? — perguntou Annouchka.

— Sim, tenho necessidade de respirar. Aqui está muito abafado.

A rajada de vento e de neve impediu-lhe a passagem. Precisou lutar para abrir a porta. O vento parecia aguardá-la fora do vagão para conduzi--la num bramido de alegria, mas, agarrando-se ao corrimão com uma das mãos e levantando o vestido com a outra, desceu na plataforma. Abrigada pelo vagão, respirou com uma real tranquilidade o ar puro da noite tempestuosa. De pé, junto ao carro, examinou a plataforma e as luzes da estação.

XXX

A neve escorria de um canto da estação, perdia-se assobiando entre as rodas do comboio, grudava-se em todas as coisas, postes e pessoas, ameaçando ocultá-las. Após uma segunda calmaria, retornou com uma fúria que parecia irresistível. A grande porta da estação abria-se e fechava-se incessantemente, dando passagem às pessoas que corriam, aqui e ali, ou se entretinham alegremente ao longo da plataforma de tábuas que rangiam sob os seus pés. Uma sombra de homem, curvada, ao pé de Ana, pareceu sair de baixo da terra. Ela percebeu o barulho de um martelo batendo ferro e depois, no lado oposto, o som de uma voz encolerizada subindo nas trevas. "Telegrafem!", dizia a voz, e outras a acompanharam. "Por aqui, faz favor! Número 28!" Ana viu passarem correndo em sua frente as silhuetas, seguidas por senhores que fumavam tranquilamente. Respirou ainda uma vez a plenos pulmões e, a mão já fora do regato, preparava-se para subir novamente ao vagão quando um homem fardado surgiu a dois passos, interceptando a luz vacilante do candeeiro. Examinou-o e reconheceu Vronski. Cumprimentou-a com uma continência militar, inclinou-se e lhe ofereceu os seus préstimos. Fitou-o alguns momentos, sem dizer nada. Apesar de ele se encontrar na sombra, julgou perceber-lhe nos olhos e nos traços fisionômicos uma outra expressão de entusiasmo que não aquela que na véspera tanto a emocionara. Vinha ainda de se confessar, após o ter repetido muitas e muitas vezes durante todos aqueles dias, que Vronski era um rapaz como já encontrara centenas de outros, no qual não devia pensar: e eis que, desde o primeiro encontro, uma orgulhosa alegria a dominava! Ana julgou inútil perguntar-lhe o que fazia ali — ali estava, evidentemente, para vê-la. Isso, ela o sabia com tanta certeza como se ele mesmo o houvesse dito.

— Não sabia que ias a Petersburgo, que vais fazer? — perguntou, deixando cair a mão que estava apoiada no corrimão do estribo.

O seu rosto brilhou de indizível alegria.

— O que vou fazer — repetiu, mergulhando o olhar no de Ana. — Bem sabes que vou para estar junto a ti, não podia fazer de outro modo.

O vento, neste momento, como se tivesse vencido todos os obstáculos, fez cair a neve do teto do vagão e agitou com triunfo uma folha de zinco que havia despregado. O apito da locomotiva produziu um ruído lúgubre. Ana ainda apreciava a trágica beleza da tempestade. Vinha de ouvir as palavras que a razão temia, mas que o coração cobiçava. Guardou silêncio, mas Vronski leu no seu rosto a luta que no íntimo se travava.

— Perdoa-me se o que disse te desagrada — continuou humildemente, mas com tão marcada obstinação que ela levou alguns minutos sem poder responder.

— Não devias me dizer isso — disse ela afinal, — e se és cavalheiro, esquece tudo, como eu também já esqueci.

— Não esquecerei, eu não posso esquecer nenhum dos teus gestos, nenhuma das tuas palavras.

— Basta, basta! — gritou Ana, inutilmente procurando dar ao rosto, que ele devorava com os olhos, uma expressão de severidade. E, apoiando-se no corrimão gelado, subiu lentamente os degraus.

Sentindo necessidade de recolher-se, deteve-se alguns momentos na entrada do vagão. Sem poder encontrar as palavras exatas, sentiu com um misto de susto e alegria que aquele instante de conversa os reaproximara um do outro. No fim de alguns segundos, estava novamente no seu lugar. O seu nervosismo aumentava incessantemente: chegou a crer que uma corda bastante esticada se rompia na sua alma. Demais, aquela tensão do espírito, aquele trabalho da imaginação nada tinham de doloroso: sentia apenas uma perturbação, um ardor, uma feliz emoção.

Adormeceu de madrugada em sua poltrona. Despertou com o dia claro. O trem se aproximava de Petersburgo. Pensou logo no marido, no filho, nos seus trabalhos de dona de casa, e essas preocupações a absorveram inteiramente.

Assim que desceu do vagão, o primeiro rosto que viu foi o do marido. "Bom Deus, por que as suas orelhas cresceram tanto?", perguntou a si mesma, vendo aquela bela e fria criatura em quem o chapéu redondo parecia repousar sobre as salientes cartilagens das orelhas. Os lábios abertos num sorriso irônico que lhe era familiar, ele avançou ao seu encontro e olhou-a fixamente nos grandes olhos fatigados. Àquele olhar tão próximo, Ana sentiu o coração bater com mais força. Esperaria encontrar o marido com outro aspecto? E por que a sua consciência censurava a hipocrisia das suas atitudes? Em verdade, este sentimento estava adormecido havia muito tempo nas profundezas do seu ser, mas era a primeira vez que se apresentava com aquela agudeza dolorosa.

— Como vê, o terno marido, terno como no primeiro ano do casamento, ardia no desejo de rever-te — disse com sua voz delicada e lenta, naquele tom de zombaria que habitualmente tomava com Ana, como visando a ridicularizar o seu modo de falar.

— Como vai Sergio? — indagou.

— Vê como recompensas o meu ardor!... Ele vai bem, muito bem.

XXXI

Vronski, ao menos, não tentou dormir. Passou toda a noite na poltrona, os olhos abertos. Seu olhar, frequentemente fixo, descia algumas vezes sobre os passageiros que iam e vinham, sem distingui-los das coisas. Nunca a sua calma lhe parecera mais desconcertante, o seu orgulho mais inabordável. Essa atitude lhe valeu a inimizade do vizinho, um jovem magistrado nervoso, que tentou o impossível para convencê-lo a fazer parte dos vivos. Pediu-lhe fósforo, dirigiu-lhe a palavra, e Vronski concedeu-lhe tanto interesse como à lanterna do vagão, e o infeliz, fatigado com tal calma, continha-se para não explodir.

Se Vronski demonstrava tão grande indiferença, não era porque acreditasse haver tocado o coração de Ana. Não, ainda não ousava acreditar naquilo, mas o sentimento que experimentava por ela o enchia de felicidade e orgulho. Que adviria de tudo aquilo? Ele nada sabia e em nada pensava, mas sentia que todas as suas forças, até então enfraquecidas e dispersas, convergiam com uma energia derradeira para um fim único e extraordinário. Vê-la, ouvi-la, senti-la perto, eis em que se resumia toda a sua vida. Esse pensamento o dominava desde o minuto em que vira Ana na estação de Bologoié, onde descera para beber um copo de soda. Era feliz por ter falado: Ana sabia que ele a amava, ela não podia fugir de pensar nisto. Retornando ao vagão, refez, uma a uma, as menores recordações dos seus encontros, reviu todos os gestos, todas as palavras, todas as atitudes de Ana — e o seu coração enlouquecia com as visões que ganhavam corpo na sua imaginação.

Chegando a Petersburgo, desceu do trem tão bem disposto, apesar da noite de insônia, como se saísse de um banho frio. Deteve-se perto do vagão de Ana para vê-la passar. "Verei ainda uma vez o seu rosto, o seu andar", pensava, rindo-se involuntariamente, "ela talvez tenha para mim um olhar, um sorriso, uma palavra, um gesto." Mas apareceu primeiramente o marido acompanhado, com deferência, pelo chefe da estação. "Ah, sim, o marido!" E quando o viu surgir com a cabeça, as espáduas e as rígidas pernas nas calças negras, quando viu o marido segurar o braço de Ana como uma criatura certa dos seus direitos, Vronski convenceu-se de que aquele homem, cuja existência sempre lhe parecera duvidosa, existia em carne e osso e que laços estreitos o uniam à mulher que ele, Vronski, amava.

O rosto frio, o ar severo e seguro do próprio valor, o chapéu redondo, as costas ligeiramente curvadas, Vronski teve de admitir a sua existência, é verdade, mas admiti-la com a sensação do sedento que descobrisse uma fonte de água pura e, aproximando-se, a encontrasse enlameada por um cão, um carneiro ou um porco. O andar de Alexis Alexandrovitch, pernas duras e ancas remexidas, ofuscava-o particularmente. A ninguém, senão a si mesmo, ele reconhecia o direito de amar Ana. Felizmente, aparecendo, Ana continuava sendo a mesma, e isso o reanimou. O seu criado — um alemão que fizera a viagem na segunda classe — veio pedir ordens. Entregou-lhe as malas e marchou resolutamente para a mulher. Assistiu, desse modo, ao encontro dos esposos e a sua perspicácia de apaixonado permitiu-lhe interpretar o disfarçado constrangimento com que Ana acolheu o marido. "Não, ela não o ama e nem pode amá-lo." Apesar de lhe haver dado as costas, observou com alegria ter Ana percebido a sua aproximação: ela se inclinou, reconheceu-o e continuou a conversa iniciada.

— A senhora passou bem a noite? — perguntou-lhe, cumprimentando ao mesmo tempo o marido e a mulher, permitindo assim a Alexis Alexandrovitch receber a parte do seu cumprimento e reconhecê-lo.

— Muito bem, obrigada — respondeu ela.

O seu rosto fatigado não possuía a animação habitual, mas, percebendo Vronski, um rápido clarão passou pelo seu olhar. Foi um instante que lhe pareceu feliz. Fitou o marido para ver se ele conhecia o conde. Alexis Alexandrovitch examinava-o com um ar descontente, mas pareceu logo se tranquilizar. Vronski embaraçou-se por sua vez: a intrepidez juvenil chocava-se com a arrogância severa.

— O conde Vronski — disse Ana.

— Ah! Parece-me que nos conhecemos — disse com indiferença Alexis Alexandrovitch, estendendo a mão ao rapaz. — Como vejo, viajaste com a mãe e voltaste com o filho — acrescentou, fazendo uma espécie de trocadilho. E, sem esperar resposta, voltou-se para a mulher, indagando sempre com ironia: — Choraram muito, em Moscou, com a tua partida?

Pensava assim despedir o rapaz, e completou a lição tocando no chapéu. Mas Vronski, dirigindo-se a Ana Arcadievna, disse ainda:

— Espero ter a honra de apresentar-me em casa da senhora.

— Com muito prazer, recebemos às segundas-feiras — respondeu friamente Alexis Alexandrovitch, concedendo-lhe um dos seus olhares enfadonhos. E sem mais fazer caso da sua presença, continuou no mesmo tom divertido: — Que alegria ter encontrado um momento de liberdade para vir te achar e provar-te assim a minha ternura!

— Salientar a tua ternura para que melhor eu a perceba — respondeu, prestando ouvidos, involuntariamente, aos passos de Vronski, que os seguia. "Eh, que me importa, vejamos!", pensou. E novamente interrogou o marido sobre o modo como Sergio se comportara na sua ausência.

— Muito bem! *Mariette* assegura que ele se conduziu gentilmente e, sinto-me triste em dizer, não sentiu a tua falta. Ele não é como o teu marido. Agradeço-te, minha boa amiga, teres voltado um dia mais cedo. Nossa cara "samovar" vai ficar contente. (Ele dava este nome à célebre condessa Lidia Ivanovna devido ao seu estado perpétuo de emoção e agitação.) Pediu-me incessantemente notícias tuas e, se ouso dar-te um conselho, é o de ir vê-la hoje mesmo. Sabes que ela sempre sofre por tua causa e, atualmente, entre as suas outras preocupações habituais conta a reconciliação dos Oblonski.

A condessa Lidia era amiga dos Karenine, e o centro de uma certa sociedade que, por causa do marido, Ana devia frequentar antes de qualquer outra.

— Mas eu lhe escrevi a esse respeito!

— Ela quer saber detalhes. Vai, minha boa amiga, se não estás muito fatigada. Vamos, eu te deixo, nós temos uma sessão, mas Quadrat levar-te-á de carruagem. Enfim, não jantarei mais sozinho — acrescentou, sem pilhéria desta vez. Tu não acreditas como me habituei...

Dito isto, apertou-lhe longamente a mão, esboçou o seu melhor sorriso e a pôs na carruagem.

XXXII

O primeiro rosto que Ana viu entrando em casa foi o do filho. Surdo aos gritos da governante, desceu a escada ao seu encontro, gritando com grande alegria: "Mamãe, mamãe!", e lançou-se ao seu pescoço.

— Eu bem dizia que era a tua mãe! — gritou a governante. — Estava certa!

Mas, como acontecera com o pai, o filho causou logo a Ana uma espécie de desilusão. Via-o de um modo quimérico demais para vê-lo tal como era realmente, isto é, como uma encantadora criança de cachos louros, lindo olhos azuis e pernas bem-feitas nas meias puxadas. Então, ela gozou uma alegria quase física sentindo-o perto, recebendo as suas carícias, e um verdadeiro apaziguamento moral ouvindo as suas ingênuas perguntas, fitando os seus olhos de expressão tão terna, tão confiante, tão cândida. Desembrulhou os presentes enviados por Dolly e contou-lhe que ele tinha em Moscou uma priminha, chamada Tania, que já sabia ler e que já ensinava às outras crianças.

— Então, eu sou menos aplicado do que ela? — perguntou Sergio.

— Para mim, meu amor, ninguém é mais aplicado do que tu.

— Eu bem sabia — disse Sergio, sorrindo.

Ana acabara de tomar o café quando se anunciou a condessa Lidia Ivanovna. Era uma enorme e forte mulher, de tez amarelada e doentia, olhos negros e sonhadores. Ana, que a amava, pela primeira vez julgou perceber que ela não era isenta de defeitos.

— Minha amiga, levaste o ramo de oliveira? — perguntou a condessa, mal entrara.

— Sim, tudo se resolveu — respondeu Ana. — O caso não era tão grave como pensávamos. A minha *belle-soeur*, comumente, toma decisão um pouco fora de tempo.

Mas a condessa Lidia, interessando-se pelo que não lhe dizia respeito, se habituara a só prestar atenção ao que a interessava. Ela interrompeu Ana.

— Sim, tantas são as palavras e as tristezas nesta terra que eu me sinto no fim das minhas forças.

— Que há? — inquiriu Ana, retendo dificilmente o sorriso.

— Começo a estar cansada de romper inutilmente as lanças pela verdade e me desconcerto inteiramente. A obra das nossas irmãs (tratava-se de uma instituição filantrópica, religiosa e patriótica) toma uma boa direção, mas nada há a fazer com esses senhores —· declarou a condessa, num tom de irônica resignação. — Aproveitam-se dessa ideia para desfigurá-la e, no entanto, julgam-na de um modo baixo e miserável. Duas ou três pessoas, entre as quais o teu marido, compreendem a importância da obra que realizamos. Os outros só fazem combatê-la. Recebi ontem uma carta de Pravdine...

Pravdine, célebre panslavista, residia no estrangeiro. A condessa revelou a Ana o conteúdo da carta. Contou-lhe, depois, as numerosas ciladas armadas contra a obra da união das igrejas e a necessidade em se agir com presteza, razão por que devia assistir ainda naquele dia a duas reuniões, uma das quais no "comitê eslavo".

"Nada disso é novo", pensou Ana, "por que não o observei antes? Ela estará hoje mais nervosa do que de costume? No fundo, tudo isso é divertido: esta mulher, que se diz cristã e só vê a caridade, zanga-se e luta com outras pessoas que visam exatamente mesmo fim."

Depois da condessa Lidia veio outra amiga, mulher de um alto funcionário, que lhe contou todas as novidades do dia, partindo às três horas e prometendo voltar para o jantar. Alexis Alexandrovitch estava no ministério. Ficando sozinha, Ana assistiu primeiro ao jantar do filho — a criança fazia as refeições em separado — e, depois, pôs ordem nos seus trabalhos e na correspondência atrasada.

Da perturbação, da vergonha inexplicável que a fizera sofrer durante a viagem, já não restavam traços. Retornando ao ritmo normal da vida, sentia-se novamente sem medo e sem censura, nada compreendendo do seu estado de espírito da véspera. "Que terá se passado de tão grave", pensava. "Nada. Vronski disse uma loucura e eu lhe respondi como era necessário. Inútil falar a Alexis, seria dar ao caso excessiva importância." Recordou-se que um jovem funcionário subordinado ao marido lhe fizera quase uma declaração e ela julgara bom prevenir a Alexis Alexandrovitch — este lhe respondera então que toda mulher de sociedade estava sujeita a incidentes daquele gênero, que confiava nela e jamais desceria a um ciúme humilhante para todos os dois. "Melhor, pois, é calar-me", concluiu. "Também, graças a Deus, nada tenho a dizer."

XXXIII

Alexis Alexandrovitch voltou do ministério às quatro horas, mas, como sempre acontecia, não teve tempo de ir aos aposentos da sua mulher. Passou diretamente ao gabinete para dar audiência aos solicitadores que o esperavam e assinar alguns papéis trazidos pelo seu chefe de gabinete. À hora do jantar (para o qual sempre eram convidadas três ou quatro pessoas), chegaram os convidados do dia: uma velha prima de Alexis Alexandrovitch, um diretor do ministério e a mulher e um rapaz que lhe fora recomendado. Ana desceu ao salão para recebê-los. O grande relógio de bronze do tempo de Pedro I batia a última pancada das cinco horas quando Alexis Alexandrovitch, de roupa e gravata brancas, duas condecorações no peito, apareceu: tinha, por obrigação, de fazer visitas depois do jantar. Cada instante da sua vida era contado e, para executar num dia todas as suas obrigações, devia observar aquela rigorosa pontualidade. "Sem pressa e sem repouso" — tal era a sua divisa. Entrou logo e, depois de cumprimentar a todos e sorrir à mulher, sentou-se à mesa.

— Afinal, a minha solidão acabou! Não calcularás como me aborrece (apoiou-se sobre a palavra) jantar sozinho!

Durante o jantar interrogou sua mulher sobre Moscou e, com um sorriso sarcástico, sobre Stepane Arcadievitch — mas a conversa tornou-se geral e se desenvolveu principalmente sobre questões de trabalho e política. Concluído o jantar, passou meia hora com os seus convidados e, depois de um novo sorriso e um novo aperto de mão à sua mulher, saiu para assistir a uma nova reunião do Conselho. Ana não quis ir ao teatro, onde tinha um camarote naquele dia, nem tampouco à casa da princesa Betsy Tverskoi, que, sabendo do seu regresso, mandara dizer-lhe que a esperava. Ficou em casa, principalmente porque a costureira faltara com a palavra. Antes de partir para Moscou, dera três vestidos para serem modificados: sabia vestir-se maravilhosamente e com economia. Quando, após partirem os convidados, se ocupava da sua *toilette*, ficou contrariada por verificar que dos três vestidos, a ficarem prontos três dias antes da sua volta, dois não tinham vindo e o terceiro não fora refeito como ordenara. A costureira, chamada às pressas, tentou desculpar-se. Ana exaltou-se tanto que se envergonhou depois. Para se acalmar, passou ao quarto do filho, deitando-o ela própria, cobrindo-o cuidadosamente e só o deixando após benzê-lo com o sinal da cruz. Então, muito contente por não ter saído, uma grande paz se fez no seu coração. A cena da estação, que tão importante lhe parecera, surgia agora como um episódio banal da vida mundana, da qual não podia se envergonhar. Instalou-se no canto da chaminé e esperou tranquilamente o marido, lendo um romance inglês. Às nove horas e meia, precisamente, soou a campainha e Alexis Alexandrovitch entrou.

— Afinal, vejo-te! — disse Ana, estendendo-lhe a mão, que ele beijou antes de sentar-se junto dela.

— Em resumo, tudo acabou bem? — perguntou ele.

— Sim, muito bem.

E ela contou todos os detalhes da sua viagem: o trajeto com a condessa Vronski, a chegada, o acidente, a piedade que o seu irmão lhe inspirara e Dolly.

— Eu não admito, apesar de ser teu irmão, que se desculpe esse homem — declarou categoricamente Alexis Alexandrovitch.

Ana sorriu. Ele visava a demonstrar que as relações de parentesco não tinham a menor influência sobre a justiça dos seus julgamentos — e era um traço de caráter que Ana apreciava.

— Estou contente — prosseguiu ele — que tudo se tenha acabado bem e que pudesses voltar. E, lá embaixo, que dizem do novo projeto de lei adotado pelo Conselho?

Como ninguém houvesse lhe falado a esse respeito, Ana mostrou-se um pouco confusa por ter esquecido uma coisa a que o marido concedia tanta importância.

— Aqui está fazendo grande barulho — afirmou ele, com um sorriso de satisfação.

Ela compreendeu que Alexis Alexandrovitch contava os pormenores lisonjeiros por vaidade. Deixou-o, pois, confessar — sempre com o mesmo sorriso — que a aceitação daquela medida lhe valera uma verdadeira consagração.

— Estou muito, muito contente. Isso prova que se começa a interpretar a questão sobre uma base racional.

Depois de tomar dois copos de chá com creme, Alexis Alexandrovitch achou se na obrigação de retornar ao seu gabinete de trabalho.

— Não quiseste sair esta noite? Deves estar aborrecida?

— Oh, não estou! — respondeu, erguendo-se. — Que estás lendo?

— A *Poésie des enfers*, do duque de Lille. Um livro notável.

Ana sorriu como sorrimos às fraquezas dos entes queridos e, abraçando o marido, acompanhou o até a porta do gabinete. Sabia que o hábito de ler à noite lhe era uma necessidade. Sabia que, apesar dos deveres oficiais que absorviam quase inteiramente o seu tempo, ele gostava de estar a par das coisas do espírito. Não ignorava também que, bastante competente em matéria de política, de filosofia e de religião, Alexis Alexandrovitch nada entendia a respeito de literatura e de artes, o que não o impedia de se interessar particularmente por obras desses gêneros. E se em política, em filosofia, em religião acontecia ter dúvidas e procurar esclarecê-las, emitia sempre em questões de arte, de poesia, de música principalmente, da qual não compreendia nada, opiniões definitivas e dogmáticas. Gostava de discorrer sobre Shakespeare, Rafael ou Beethoven, determinar as fronteiras das novas escolas de música e de poesia, classificá-las numa ordem tão lógica quanto rigorosa.

— Bem, chegou a hora. Deito-te, vou escrever para Moscou — disse Ana, na porta do gabinete, onde já estavam preparadas, juntas à poltrona do marido, uma garrafa de água e uma lanterna com o respectivo *abat-jour*.

Ainda uma vez apertou-lhe a mão e beijou-a.

"É um homem bom, honesto, leal e notável em seu gênero", pensava Ana, entrando no quarto. Como ela o defendia, uma voz secreta soprou--lhe que não se podia amar semelhante criatura. "Mas por que as suas orelhas cresceram tanto? Ele cortou o cabelo muito baixo."

À meia-noite precisamente, Ana escrevia ainda a Dolly em sua pequena carteira quando passos surdos se aproximaram e Alexis Alexandrovitch apareceu, o livro na mão, chinelas nos pés e a *toilette* feita.

— Já é hora de dormir — disse ele, com um sorriso malicioso, antes de passar para a alcova.

"Com que direito ele o olhou assim?", pensava Ana, recordando o olhar que Vronski lançara sobre Alexis Alexandrovitch.

Ela se reuniu logo depois ao marido — mas onde estava aquela flama que, em Moscou, animava o seu rosto, brilhava em seus olhos, iluminava o seu riso? Estava apagada ou, pelo menos, bem oculta.

XXXIV

Deixando Petersburgo, Vronski cedeu ao seu melhor amigo, Petritski, o seu enorme apartamento da rua Morskaia.

Petritski, jovem tenente de origem modesta, só possuía dívidas, apesar da sua fortuna. Embriagava-se todas as noites. As aventuras, travessas ou escandalosas, valiam-lhe frequentes castigos. E tudo isso não o impedia de ser querido dos seus chefes e dos seus companheiros.

Chegando em casa um pouco antes das onze horas, Vronski percebeu, parada em frente da casa, uma carruagem de aluguel que não lhe era desconhecida. Tocando a campainha do apartamento, ouviu do patamar da escada risos de muitos homens, um gorjear feminino e a voz de Petritski, que exclamava: "Se for um desses abutres, bata-lhe a porta no nariz!" Sem se fazer anunciar, Vronski passou silenciosamente à primeira sala. Muito elegante no seu vestido de cetim lilás, a amiga de Petritski, a baronesa Chiltone, os cabelos louros, a carinha cor-de-rosa e de loquacidade parisiense, preparava o café sobre uma mesa. Petritski, de capote, e o capitão Kamerovski, fardado, estavam perto da baronesa.

— Ah, Vronski! Bravo! — gritou Petritski, saltando ruidosamente da cadeira. — O dono da casa chegou imprevistamente! Baronesa, sirva-lhe café com a cafeteira nova! Que ótima surpresa! Que dizes do novo arranjo do teu gabinete? — perguntou, indicando a baronesa. — Conhecem-se, não é verdade?

— Como, se nos conhecemos? — respondeu Vronski, sorrindo e apertando a mão da baronesa. — Mas somos velhos amigos!

— Chegas de viagem, então eu me retiro — disse a baronesa. — Irei imediatamente, se incomodo.

— Estás em tua casa onde quer que estejas, baronesa — respondeu Vronski. — Bom dia, Kamerovski — continuou ele, apertando com certa frieza a mão do capitão.

— Aí está uma gentileza como jamais saberias encontrar — disse a baronesa, dirigindo-se a Petritski.

— Quê! Depois do jantar, eu espero...

— Depois do jantar já não haverá mérito. Bem, preparei o café enquanto mudava de roupa — disse a baronesa, acalmando-se e voltando com precaução o bico da cafeteira nova. — Pedro, passa-me o café — disse a Petritski, a quem chamava Pedro devido ao nome da família, sem dissimular a sua ligação.

— Tu o estragarás!

— Não, eu não o estragarei... E tua mulher? — perguntou de repente a baronesa, interrompendo a conversa de Vronski com os seus companheiros. — Nós te casamos durante a tua ausência. Trouxeste a tua mulher?

— Não, baronesa, eu nasci boêmio e boêmio morrerei.

— Tanto melhor, tanto melhor! Aperta-me a mão.

E, sem o deixar partir, a baronesa se pôs a desenvolver, com brincadeiras, os seus últimos planos de vida e a pedir-lhe conselhos.

— Ele não quer consentir no divórcio, que devo fazer? ("Ele" era o marido.) Espero processá-lo, que pensas?... Kamerovski, repara no café, senão derrama; vê que te falo sobre negócios!... Tenho necessidade da minha fortuna, não é verdade? Compreenda esta canalhice — acrescentou, num tom de profundo desprezo. — Pretextando que eu lhe sou infiel, aquele senhor roubou os meus bens!

Vronski se divertia com a tagarelice da baronesa e retomava o tom que lhe era habitual com aquele gênero de mulheres, dando-lhe conselhos meio sérios e meio galhofeiros. As criaturas da sua roda dividiam a humanidade em duas categorias opostas. O primeiro grupo, insípido, tolo e principalmente ridículo: os maridos que exigem fidelidade das esposas, as moças puras, as mulheres castas, os homens corajosos, fortes e moderados, que se julgam obrigados a educar os filhos, pagar as dívidas, ganhar a vida e outras ninharias: é o velho jogo. O outro, ao contrário, ao qual todos eles se vangloriavam de pertencer, tomado de elegância, de generosidade, de audácia, de bom humor, que se abandona a todas as suas paixões e desdenha o resto.

Ainda sob a impressão dos meios moscovitas — como eram diferentes! —, Vronski surpreendeu-se um momento encontrando aquele mundo alegre e leviano, mas logo penetrou na vida antiga, como se calçasse as suas velhas chinelas.

O famoso café não chegou a ser feito: derramou-se da cafeteira ao tapete, sujou o vestido da baronesa, salpicou todos, mas atingiu o seu verdadeiro fim, que era provocar risos e gracejos.

— Bem, adeus. Se eu ainda ficasse, não farias a tua *toilette* e eu me culparia do pior dos crimes que um rapaz possa cometer, o de não banhar-se. Aconselha-me então a estrangulá-lo?

— Certamente, mas de tal forma que a tua mãozinha se aproxima dos seus lábios: ele a beijará e tudo acabará com grande satisfação — respondeu Vronski.

— Então, até a noite, no Teatro Francês.

Kamerovski também se levantou e Vronski, sem esperar a sua partida, estendeu-lhe a mão e passou em seguida para o banheiro. Enquanto se banhava, Petritski mostrou-lhe a situação em que se encontrava. Nada de dinheiro; um pai que declarava não querer lhe dar coisa alguma e que não lhe pagaria as dívidas; dois alfaiates a persegui-lo; um coronel resolvido, caso o escândalo continuasse, a obrigá-lo a deixar o regimento; a baronesa, enfadonha como a chuva, principalmente por causa das suas constantes ofertas de dinheiro; e, ainda por cima, uma nova beleza no horizonte, de estilo oriental, "gênero Rebeca, meu caro, e é indispensável que eu te mostre"; um negócio com Berekochov, que o queria enviar aos tribunais, mas certamente não faria nada; em resumo, tudo ia da maneira mais lamentável. Depois, sem deixar ao amigo tempo para refletir, Petritski narrou as novidades do dia. Ouvindo-o, no ambiente familiar da sua residência, que ocupava havia três anos, com propósitos não menos familiares, Vronski sentia com prazer o prosseguimento indiferente da vida de Petersburgo.

— Não é possível! — gritou ele, largando o pedal do lavatório em que molhava o seu pescoço grosso e vermelho. — Não é possível! — repetiu, recusando-se a acreditar que Laura tivesse deixado Fertingov por Miléiev. — E ele, continua sempre idiota e contente consigo próprio? A propósito, e Bouzoulkov?

— Bouzoulkov? Ele arranjou uma boa! Tu conheces a sua paixão pelos bailes? Não, ele não perde nenhum na corte. Ultimamente, foi a um desses com um dos novos chapéus... Já viste algum? São ótimos, muito leves... Estava ele, pois, em grande porte... Escutas-me, hein?

— Eu te escuto, eu te escuto — afirmou Vronski, esfregando-se com uma esponja.

— Uma duquesa passou com um diplomata estrangeiro e, para sua infelicidade, a conversa caiu sobre os novos chapéus. A duquesa quis mostrar um... Percebeu Bouzoulkov em pé, o chapéu na cabeça (Petritski dizia isso arremedando a atitude de Bouzoulkov) e pediu-lhe para lhe mostrar o seu chapéu. Ele não se mexeu. Que significava aquilo? Ela fez sinais, lançou olhares e ele, como se fosse um morto, não se mexia. Vejo daqui o espetáculo. Então, o meu amigo... esqueço sempre o seu nome... quis também tomar o chapéu de Bouzoulkov. Ele se alterou, o diplomata, arrancou-lhe o chapéu e o entregou à duquesa. "Veja o novo modelo", disse aquela, virando o chapéu. E que havia dentro? Tu nunca adivinharias... Uma pera, meu caro, uma pera, depois balas, duas libras de balas!... Ele tinha feito provisões, o animal!

Vronski, muito tempo depois, falando de outra coisa, lembrava-se da história do chapéu e explodia em risos, risos francos que descobriam os seus belos dentes regulares.

Uma vez informado das novidades do dia, Vronski vestiu o uniforme, com o auxílio do criado, e foi se apresentar no quartel. Queria passar depois em casa do irmão, em casa de Betsy, e começar uma série de visitas, a fim de introduzir-se no mundo onde teria alguma probabilidade de encontrar Ana Karenina. Como era moda em Petersburgo, ele deixou o seu apartamento com intenção de só voltar com a noite muito avançada.

Segunda Parte

I

No fim do inverno, os Stcherbatski reuniram uma conferência médica para examinar a saúde de Kitty: a moça se sentia muito fraca e, com a aproximação da primavera, o mal só fazia piorar. O médico preferido receitara óleo de fígado de bacalhau, depois ferro e finalmente nitrato de prata, mas, como nenhum desses remédios desse resultado, aconselhara uma viagem ao estrangeiro. Resolveram então consultar uma celebridade médica. Essa celebridade, um homem ainda moço e muito elegante, exigiu um exame minucioso da doente. Insistiu com uma certa complacência sobre o fato de ser o pudor das moças apenas um resto de barbárie: nada natural como um homem ainda moço auscultar uma moça seminua. Como o fazia todos os dias sem experimentar — ele o acreditava — a menor emoção, evidentemente só podia considerar o pudor das moças como um resto de barbárie e mesmo como uma injúria pessoal.

Era necessária a resignação. Todos os médicos seguiam os mesmos cursos e não praticavam senão uma única e mesma ciência; no entanto, por uma razão qualquer, decidiu-se que apenas esse famoso médico — os outros eram simplesmente uns sendeiros — possuía os conhecimentos capazes de salvar Kitty. Depois de examinar seriamente a pobre criança perturbada, desvairada, o célebre médico lavou cuidadosamente as mãos e retornou ao salão, para junto do príncipe. Este ouviu-o, tossindo e com o rosto sombrio. Homem idoso, experiente e nada tolo, o príncipe não acreditava na medicina e se irritava tanto mais com aquela comédia quanto era ele talvez o único a compreender a causa do mal de Kitty. "Este fraseador parece-me sair como entrou", pensava, exprimindo com aqueles termos de caçador a sua opinião sobre o diagnóstico do célebre médico. Por seu lado, o homem de ciência dissimulava mal o seu despre-zo por aquele velho fidalgo, dirigindo-lhe a palavra apenas como uma formalidade, pois que, era evidente, o cérebro da casa era a princesa. Em sua frente, ele derramaria as pérolas da sua eloquência. Ela retornou logo com o médico da família e o príncipe se afastou para não se manifestar sobre semelhante farsa. A princesa, embaraçada, não sabia mais o que fazer: sentia-se muito culpada para com Kitty.

— Doutor, decida da nossa sorte: diga-me tudo — ela queria acrescentar: "Existe alguma esperança?", mas os seus lábios tremiam e contentou-se em dizer: — E, então, doutor?

— Permita-me, princesa, conversar primeiramente com o meu colega: depois, então, terei a honra de lhe dar a minha opinião.

— É preciso vos deixar sozinhos?

— Como melhor lhe parecer.

A princesa suspirou e saiu.

Uma vez sozinhos, o médico da família expôs timidamente o seu parecer: devia tratar-se de um começo de tuberculose, no entanto etc. etc.

No meio do discurso, o célebre médico olhou o seu enorme relógio de ouro.

— Sim, disse ele; mas...

O seu colega calou-se respeitosamente.

— Nós não podemos, como o senhor deve saber, precisar o início do *processus* tuberculoso. No caso atual, entretanto, certos sintomas, tais como a hipoalimentação, nervosismo e outros, nos permitem reforçar essa opinião. A questão se apresenta assim: que deveremos fazer, sendo constatada uma evolução tuberculosa, para se estabelecer uma boa alimentação?

— Não percamos de vista as causas morais — insinuou, com um fino sorriso, o médico da família.

— Isso irá espontaneamente — respondeu o famoso médico, depois de olhar novamente o relógio... — Desculpe-me: o senhor sabe se a ponte do lago Irouza está consertada ou se ainda é preciso dar a volta?... Ah, está consertada. Então, disponho de vinte minutos... Dizíamos, pois, que a questão se apresentava assim: regularizar a alimentação e fortificar os nervos. Uma não irá sem a outra e é imprescindível agir sobre as duas metades do círculo.

— Mas a viagem ao estrangeiro...

— Eu não gosto dessas mudanças. De resto, se há ameaça de tuberculose, em que essa viagem seria útil? O essencial é acharmos um meio de manter uma boa alimentação sem prejudicar o organismo...

ANA KARENINA

E o célebre médico expôs o seu plano de cura com a água de Soden, cujo mérito principal consistia em sua inocuidade. O colega escutou-o com uma atenção respeitosa.

— Mas, justificando a viagem ao estrangeiro, teríamos a mudança de hábitos, o afastamento de um clima propício a despertar desagradáveis recordações. Afinal, este é o desejo da mãe.

— Ah!... Bem, que partam!... Contanto que esses charlatães da Alemanha não agravem o mal!... É indispensável que sigam estritamente as suas prescrições... Depois de tudo isso, sim, que elas partam!

Olhou ainda o relógio.

— Oh! Já é tempo de o deixar — declarou, e se dirigiu para a porta.

O ilustre médico disse à princesa — provavelmente por um sentimento de conveniência — que desejava ver a doente ainda uma vez.

— Como? — gritou a princesa, terrificada. — O senhor quer recomeçar o exame?!

— Não, não, princesa, tão somente alguns detalhes.

— Está bem.

E a princesa levou o médico ao pequeno salão onde estava Kitty, em pé no centro do aposento, muito emagrecida, a face ruborizada e os olhos brilhantes pela confusão que a visita do médico lhe causara. Quando ela os viu entrar, os seus olhos se encheram de lágrimas e enrubesceu ainda muito mais. Os tratamentos impostos lhe pareciam absurdos: não era querer reunir pedaços de um vaso quebrado para tentar refazê-lo? Podiam curar o seu coração com pílulas e pós? Mas Kitty ousava contrariar menos ainda a sua mãe quanto mais se sentia culpada.

— Queira entrar, princesa — disse o grande médico, sorrindo.

Sentou-se em frente de Kitty, tomou-lhe o pulso e recomeçou uma série de aborrecidas perguntas. Ela respondeu depressa e depois, impaciente, levantou-se.

— Desculpe-me doutor, mas tudo isso me parece inútil! É a terceira vez que o senhor me faz a mesma pergunta.

O grande médico não se ofendeu.

— Irritabilidade doentia — disse ele à princesa, quando Kitty saiu. — Demais, eu já havia acabado.

Dizendo isso, o esculápio, dirigindo-se à princesa como a uma pessoa de inteligência excepcional, explicou-lhe em termos científicos o estado da sua filha e deu-lhe, para concluir, muitas recomendações sobre a maneira de tomar as águas, cujo principal mérito consistia em sua inutilidade. Quanto à pergunta "seria preciso viajar ao estrangeiro?", o doutor refletiu profundamente e o resultado das reflexões foi consentir na viagem, sob a condição de não se fiar nos charlatães e de seguir unicamente as suas prescrições.

A partida do médico foi um sinal de repouso: a mãe retornou para junto da filha completamente tranquilizada e Kitty fingiu também o estar, porque, desde algum tempo, recursos não lhe faltavam para fingir.

II

Dolly chegou sobre os passos do médico. Levantara-se do leito com dificuldade (dera à luz uma menina, no fim do inverno) e, não obstante as suas inquietações, os seus pesares, como soubesse que se realizava naquele dia a consulta, confiara sua filhinha a outra ama, para conhecer a sorte de Kitty.

— Então? — disse ela, entrando no salão sem tirar o chapéu. — Como estão alegres! É sinal de que tudo vai bem.

Tentou-se contar o que dissera o médico, mas, por mais que este tivesse muito bem e amplamente falado, ninguém soube resumir ao certo as suas palavras. Ele havia autorizado a viagem, não era o essencial?

Dolly suspirou: a sua irmã, a sua melhor amiga, ia partir! E a vida que já lhe era tão pouco alegre! Depois da reconciliação, as suas relações com o marido se tornaram francamente humilhantes: a emenda realizada por Ana sofrera novas rupturas. Como Stepane Arcadievitch não permanecia em casa e só deixava pouco dinheiro, a suposição das suas infidelidades atormentava incessantemente Dolly, que deliberadamente a repelia, em virtude de nada saber de positivo e recordar-se com horror das torturas passadas. Do mesmo modo que a descoberta de uma traição não poderia, para o futuro, despertar-lhe semelhante crise de ciúme, não temia menos uma cisão nos hábitos. Preferia, pois, deixar-se enganar, desprezando o marido e desprezando a si mesma por aquela fraqueza. A sua numerosa família, por outro lado, causava-lhe outras preocupações: ora o aleitamento seguia normalmente ou a ama dava os seus oito dias; ora — e era justamente o caso de hoje — um dos pequenos caía doente.

— Como vão as crianças? — perguntou a princesa.

— Ah, mamãe, nós temos muitas misérias. Lili está de cama e acho que ela tem escarlatina. Saí hoje para saber como iam todos, receando não mais poder mexer-me durante muito tempo.

Quando soube que o médico partira, o velho príncipe saiu do seu gabinete, deu a face para Dolly beijar, trocou algumas palavras com ela e se dirigiu à sua mulher:

— Afinal, que decidiram? Viajarão sempre? E que será feito de mim?

— Eu acho, Alexandre, que farias melhor em ficar.

— Por que papai não viria conosco? — indagou Kitty. — Seria mais alegre, tanto para ele como para nós.

O príncipe levantou-se e acariciou os cabelos de Kitty. Ela ergueu a cabeça, olhando-o e fazendo enorme esforço para sorrir. Sempre lhe parecera que, de toda a família, ninguém melhor a compreendia que o seu pai. Era a mais moça e, por conseguinte, a sua preferida: a sua afeição, ela acreditava, devia torná-lo clarividente. Quando o olhar de Kitty cruzou com o do príncipe — que a fitava com os seus olhos azuis —, ele teve a impressão de ler em sua alma e enxergou tudo o que se passava de mal. Corou, inclinou-se, esperando um beijo, mas ele se contentou em lhe bater nos cabelos, dizendo:

— Estes caracóis! Não se chega até a filha, são os cabelos de uma mulher morta que se acaricia... Então, Dolly, que faz o teu "ás"?

— Ele vai bem, papai — disse Dolly, compreendendo que se tratava do marido. — Está sempre ausente, dificilmente eu o vejo — não pôde deixar de acrescentar com um sorriso irônico.

— Ainda não foi ao campo vender o bosque?

— Não, está sempre se preparando para ir.

— Verdadeiramente!... Então, é necessário que também eu faça os meus preparativos? Vá lá — disse o príncipe à sua mulher, sentando-se. — E tu, Kitty — continuou, voltando-se para a filha mais moça —, sabes o que te é preciso fazer? É indispensável que digas, despertando numa bela manhã: "Mas eu estou alegre e disposta, faz um lindo tempo, por que não recomeçar os meus passeios com papai?"

Ouvindo aquelas palavras tão simples, Kitty se perturbou, como se a houvessem convencido de um crime... "Sim, ele sabe tudo, compreende tudo e aquelas palavras significam que eu devo, custe o que custar, suportar a minha humilhação." Ela quis responder, mas lágrimas cortaram-lhe a palavra, e salvou-se.

— Vê bem o que fizeste! — disse a princesa, tomando partido contra o marido. — Tu sempre... — e começou uma repreensão em regra.

O príncipe a ouviu durante longo tempo em silêncio, mas o seu rosto se entristecia cada vez mais.

— Ela causa tanta pena, a pobre menina. Tu não compreendes que ela sofre com a menor alusão ao seu desgosto? Ah! como podemos nos enganar julgando o mundo! (Pela mudança de inflexão na voz, Dolly e o príncipe compreenderam que ela falava de Vronski.) Não compreendo como não existam leis para castigar indivíduos tão miseráveis!

— Farias melhor em calar-te! — gritou o príncipe, erguendo-se e fazendo menção de retirar-se. Mas, parando no limiar, exclamou: — As leis existem, minha boa amiga, e já que me forças a dizer, eu observo que em todo aquele caso a verdadeira culpada foste tu, unicamente tu. Sempre existiram leis contra esses tratantes, e elas existem ainda. E, apesar de velho, eu lhe teria pedido contas, ao miserável, se... se certas coisas, que não deviam ter acontecido, não se tivessem passado. E, não obstante tudo isso, convocaste ainda por cima os teus charlatães!

O príncipe iria longe se a princesa, como sempre fazia nas questões graves, não se mostrasse submissa e arrependida.

— Alexandre, Alexandre! — murmurou, dirigindo-se a ele, desfeita em lágrimas.

Vendo-a chorar, o príncipe calou-se e deu alguns passos ao seu encontro.

— Vamos, vamos, não chore, eu sei que para ti também isto é horrível. Mas que podemos fazer? De resto, o mal não é tão grande e a misericórdia de Deus é infinita... Obrigado... — acrescentou, não sabendo bem o que dizia, e respondendo ao beijo que a princesa lhe dava na mão. Tomou afinal a decisão de retirar-se.

Guiada pelo instinto materno, Dolly percebera, vendo Kitty em lágrimas, que só uma mulher poderia agir sobre ela com alguma probabilidade de sucesso. Tirou o chapéu e, reunindo toda a sua energia, preparou-se para intervir. Durante o aparte da princesa, ela tentou retê-la como o respeito filial lhe permitia, mas, à resposta do seu pai, opôs apenas o silêncio, tanto sentia vergonha pela mãe e afeição por aquele pai tão fácil de comover-se. Assim que o príncipe saiu, ela resolveu cumprir a sua missão.

— Eu sempre esqueço de perguntar, mamãe, se a senhora sabia que Levine tinha a intenção de pedir a mão de Kitty quando veio aqui pela última vez. Ele disse a Stiva.

— E então? Eu não compreendo.

— Talvez Kitty o tivesse recusado. Ela não lhe disse nada?

— Não, ela não me falou nem de um e nem de outro. É muito orgulhosa. Mas eu sei que tudo isso vem...

— Mas, reflita, se ela recusou Levine!... E jamais o teria recusado sem o outro, eu o sei... E esse outro enganou-a odiosamente!

Assustada com a ideia dos seus erros, a princesa achou melhor não zangar-se.

— Eu não compreendo mais nada! Cada qual age pela própria cabeça, nada dizem à sua mãe e depois...

— Mamãe, eu vou encontrá-la.

— Vai, não serei eu quem te impeça.

III

Penetrando no quartinho forrado de rosa e enfeitado de figurinhas do *vieux saxe*, encantador e agradável aposento, tão alegre como o era Kitty dois meses antes, Dolly lembrou-se da satisfação com que o tinham decorado no ano anterior. Sentiu o coração esfriar, percebendo a irmã imóvel, sentada numa cadeira perto da porta, os olhos fixos num dos cantos do tapete. Tinha no rosto uma expressão severa, da qual não se libertou nem mesmo vendo Dolly. Contentou-se em lançar-lhe um vago olhar.

— Receio não ser possível deixar a minha casa tão cedo e tu não poderás ir visitar-me — disse Dolly, sentando-se junto da irmã. — Eis por que vim conversar um pouco contigo.

— Sobre o quê? — perguntou vivamente Kitty, erguendo a cabeça.

— Sobre o quê, senão do teu desgosto?

— Eu não tenho desgosto.

— Deixa-me concluir, Kitty. Pensas verdadeiramente que não sei nada? Eu sei tudo. E, se queres me acreditar, digo-te que tudo aqui é pouca coisa. Quem de nós não passou por isso?

Kitty calava-se, os traços sempre crispados.

— Ele não vale o desgosto que te causa — continuou Dolly, indo diretamente ao fim.

— Realmente, pois que me rejeitou — murmurou Kitty, com a voz trêmula. — Suplico-te, deixemos este assunto!

— Quem te disse isso? Ninguém acredita. Eu estou convencida que ele esteve apaixonado por ti, que ainda o está, mas...

— Nada me exaspera tanto como estas lamentações — gritou Kitty, levantando-se rapidamente. Voltou-se, enrubescendo, e, com os dedos nervosos, pôs-se a machucar, ora com uma ora com outra mão, a fivela do cinto. Dolly conhecia aquele gesto habitual da irmã quando perdia o controle e sabia que Kitty, então, seria capaz de pronunciar palavras despidas de toda amenidade. Quis, pois, acalmá-la, mas já era muito tarde.

— Que queres que eu sinta — continuou Kitty, muito agitada —, que me apaixone por um homem que não quer saber de mim, que morra de amor por ele? E é minha irmã quem me diz isso, uma irmã que eu pensava me... me... me ter alguma amizade!... Não sei o que fazer desta piedade hipócrita!

— Kitty, tu és muito nervosa!

— Por que me aborreces então?

— Eu não pensei... Vi o teu desgosto e...

Kitty em sua cólera, não entendia nada.

— Não quero nem me afligir nem me consolar. Sou muito orgulhosa para amar um homem que não me ama...

— Mas eu não pretendi... Escuta, dize-me a verdade — pronunciou friamente Dolly, apertando-lhe a mão. — Levine, ele te falou?

O nome de Levine fez perder a Kitty o resto de controle. Saltou da cadeira, atirou por terra a fivela da cintura e gritou com gestos arrebatados:

— Que vem Levine fazer aqui? Resolveste decididamente me torturar! Eu já disse e repito, sou orgulhosa e incapaz de fazer, jamais, jamais o que tu fizeste: retornar ao homem que me traiu. Isso está acima das minhas forças. Tu te resignas, mas eu, eu não o poderia...

Sem concluir, ela se dirigiu para a porta, mas, vendo que Dolly abaixava tristemente a cabeça sem responder, deixou-se cair numa cadeira e escondeu o rosto no lenço.

O silêncio se prolongou durante um a dois minutos. Dolly pensava nos seus próprios tormentos: a sua humilhação, que ela sentia de modo muito forte, parecia-lhe mais dolorosa ainda descoberta por sua irmã. Kitty a ferira, ela nunca a julgaria capaz de tal crueldade. Mas percebeu imediatamente o sussurro de um vestido e ouviu soluços enquanto dois braços lhe envolviam o pescoço: Kitty estava ajoelhada na sua frente.

— Minha querida, eu sou tão infeliz! — murmurou ela contritamente, ocultando o lindo rosto molhado de lágrimas na saia de Dolly.

ANA KARENINA

Aquelas lágrimas talvez fossem indispensáveis para facilitar a boa compreensão entre as duas irmãs: depois de muito chorarem, não retornaram ao assunto que as preocupava, mas falando de outra coisa se entendiam perfeitamente bem. Kitty sabia que as suas palavras de reprovação e amargura tinham ferido profundamente a irmã; mas sabia também que Dolly já não lhe guardava rancor. Por seu lado, Dolly sentia que previra certo: Kitty recusava Levine para se deixar enganar por Vronski. Era esse o ponto doloroso: ela estava agora muito perto de amar Levine e de odiar Vronski. Kitty, naturalmente, não soltara uma palavra sobre tudo aquilo, mas, quando se acalmasse, deixaria entrever o seu estado de alma.

— Eu não tenho desgosto, mas não podes imaginar como tudo se tornou odioso e repugnante, a começar por mim mesma. Tu não acreditarias nos maus pensamentos que me vêm ao espírito.

— Que maus pensamentos podes ter? — perguntou Dolly, sorrindo.

— Os piores, os mais feios, eu nem os posso descrever. Isso não é nem aborrecimento nem desespero, é muito pior. Pareceu-me que tudo o que havia de bom em mim cedeu lugar ao mal... Como explicar tudo isso? — prosseguiu ela, descobrindo uma certa surpresa nos olhos da irmã. — Por exemplo, ouviste o que papai me disse: bem, eu compreendo que ele me desejasse um marido o mais cedo possível. Mamãe leva-me à sociedade: parece-me que visa a se desembaraçar de mim. Eu sei que isso não é verdade, mas não posso expulsar essas ideias. Os moços solteiros são intoleráveis: sempre tenho a impressão de que me estão medindo. Antigamente, era um prazer ir ao baile, gostava dos vestidos, agora eu os odeio, sinto-me mal com a alegria. Que queres que eu faça? O doutor... Bem...

Kitty deteve-se, confusa. Ela queria dizer que, depois daquela nefasta transformação, detestava Stepane Arcadievitch e não podia vê-lo sem que imagens grosseiras surgissem no seu espírito.

— Sim, tudo toma aos meus olhos um aspecto asqueroso. Vê em que consiste a minha doença. Talvez que isso passe...

— Esforce-se para não pensar...

— Impossível. Sinto-me bem apenas em tua casa, com as crianças.

— Que lástima que não possas vir agora!

— Irei. Já tive escarlatina e convencerei a mamãe.

Kitty cumpriu a palavra. A escarlatina sendo efetivamente comprovada, ela se instalou em casa da irmã e ajudou-a a cuidar das seis crianças, que

LIEV TOLSTÓI

felizmente logo se restabeleceram. Mas a sua saúde em nada melhorou. Os Stcherbatski, durante a Quaresma, deixaram Moscou e dirigiram-se para o estrangeiro.

IV

A alta sociedade de Petersburgo é constituída de pessoas que mutuamente se conhecem e não convivem senão com elas próprias. No entanto, por mais fechada que seja, aquela sociedade tem os seus grupos. Madame Karenina frequentava três dentre eles. O primeiro, círculo oficial, compreendendo os colegas e os subordinados do seu marido, unidos ou divididos entre eles pelas relações sociais as mais diversas e caprichosas. No princípio, Ana sentira por aquelas criaturas um respeito quase religioso, de que só lhe restava simples recordação. Ela os conhecia a todos, como numa pequena cidade se conhecem as pessoas, com as suas manias e as suas fraquezas, suas simpatias e antipatias. Sabia a quem e por que razão cada um deles devia a sua situação, que relações entretinham entre si e qual o centro comum. Mas, apesar dos conselhos da condessa Lidia, aquele círculo oficial, a quem estava ligada pelos interesses do marido, nunca a interessou e ela o evitava o mais possível.

O segundo círculo, ao qual Alexis Alexandrovitch devia o sucesso da sua carreira, tinha por centro a condessa Lidia, compunha-se de mulheres idosas, feias, virtuosas e devotas; e de homens inteligentes, instruídos e ambiciosos. Um dos seus membros chamara-o de "consciência da sociedade de Petersburgo"; Alexis Alexandrovitch levava-o muito a sério e o caráter flexível de Ana logo lhe permitiu fazer ali muitos amigos. Mas, voltando de Moscou, aquele meio tornou-se-lhe insuportável: pareceu-lhe que todo mundo, começando por si mesma, faltava ao natural, e, como se aborrecia e sentia-se mal na comodidade da casa da condessa Lidia, passou a frequentá-la muito pouco.

O terceiro grupo era a sociedade propriamente dita, o mundo dos bailes, dos jantares, das brilhantes *toilettes*, mundo que se retém com uma mão na corte para não tombar na classe média e que pensa desprezar os interessados na partilha dos seus prazeres. O laço que ligava Madame Karenina a essa sociedade era a princesa Betsy Tverskoi, mulher de um dos seus primos, que possuía uma renda de cento e vinte mil rublos: desde que Ana chegara a Petersburgo, a princesa Betsy a ela se afeiçoara, apresentando-a ao seu grupo e gracejando muito daquele da condessa Lidia.

— Quando for velha e feia, eu farei como ela — dizia Betsy —, mas moça e bonita como és, que irás fazer naquele asilo?

No entanto, havia muito tempo Ana lutava para se afastar daquele grupo, cujo nível de vida superava os seus meios e que lhe agradava menos que o outro. Mas tudo mudou após a sua volta de Moscou: afastou para o primeiro grupo os seus amigos virtuosos. Tornou a encontrar-se com Vronski, e cada um dos encontros lhe provocava uma deliciosa emoção. Viam-se mais comumente em casa de Betsy, também de origem e prima em segundo grau de Alexis. Vronski não perdia ocasião de vê-la e de lhe falar do seu amor. Ela não fazia o menor avanço, mas, vendo-o, sentia no coração a mesma alegria que a surpreendera no primeiro encontro, no vagão. Essa alegria se traía na dobra dos seus lábios e no brilho do seu olhar — tentava sufocá-la, mas lhe faltavam forças.

No começo, Ana julgou-se sinceramente descontente com as perseguições de Vronski. Uma noite, porém, em que ele não apareceu numa das casas onde pensava encontrá-lo, compreendeu claramente a dor que a torturava, a inutilidade das suas ilusões e que, longe de desagradá-la, aquela assiduidade formava o interesse principal da sua vida.

Uma célebre cantora cantava pela segunda vez. Toda a alta sociedade estava na ópera, e Vronski na primeira fila. Mas, percebendo a sua prima num camarote, não esperou o intervalo para ir ao seu encontro.

— Por que não vieste jantar conosco? — perguntou ela. Depois, em voz baixa, de modo a ser ouvida somente por ele, acrescentou:— Admiro a segunda vista dos apaixonados: "ela" também não foi, mas venhas depois do espetáculo.

Vronski a interrompeu com o olhar, ela respondeu com um sinal de cabeça. Ele agradeceu com um sorriso e sentou-se junto.

— E os teus antigos divertimentos, em que se tornaram eles? — continuou a princesa, que acompanhava com um prazer particular a marcha daquela paixão. — És estimado, meu caro.

— Mas eu não peço para o ser — respondeu Vronski, com o seu riso habitual. — Falando francamente, o que eu lastimo é não o ser em excesso. Começo a perder toda a esperança.

— Que esperanças pensavas ter? — disse Betsy, amparando a virtude da sua amiga. — *Entendons-nous...*

Mas os seus olhos excitados diziam ter ela compreendido tão bem quanto ele em que consistia aquela esperança.

— Nenhuma — respondeu Vronski, descobrindo com um sorriso os seus dentes brancos e bem dispostos. — Perdão — continuou ele, tomando o binóculo das mãos de Betsy para examinar, sobre a sua espádua desnuda, os camarotes opostos. — Creio tornar-me ridículo.

Ele sabia muito bem que, aos olhos de Betsy, como diante daqueles das pessoas do seu grupo, não corria nenhum perigo daquela espécie. Sabia muito bem que se um homem pode parecer ridículo amando sem esperança uma moça ou uma mulher inteiramente livre, ele jamais o seria cortejando uma mulher casada, tudo arriscando para seduzi-la. Essa ideia era bela, grandiosa, e eis por que Vronski, devolvendo o binóculo, olhou a sua prima com um sorriso arrogante que se distendeu sob o seu bigode.

— Mas por que não vieste jantar? — perguntou ela, impossibilitada de esconder a sua admiração.

— É toda uma história. Eu estava ocupado. Com o quê? Vê se adivinhas... Estava ocupado em reconciliar um marido com o conquistador da mulher.

— E tiveste resultado?

— Quase.

— É preciso que me contes tudo no próximo intervalo — disse ela, levantando-se.

— Impossível, irei ao Bouffes.

— Deixas Nilsson por aquilo? — disse Betsy indignada, se bem que não pudesse distinguir Nilsson da última corista.

— Nada posso, pois tenho um encontro para a história da reconciliação.

— Bem-aventurados os pacificadores, eles serão salvos — disse Betsy, que se recordava de ter ouvido algo semelhante. — Então, dize-me depressa do que se trata.

E ela sentou-se novamente.

V

— É um pouco leviano, mas tão engraçado que não posso deixar de contar-te — disse Vronski, olhando-a nos olhos risonhos. — Está entendido que não citarei nomes.

— Eu os adivinharei, tanto melhor.

— Escute, pois: dois rapazes bastante alegres...

— Teus companheiros de regimento, não é mesmo?

— Eu não disse dois oficiais, mas simplesmente dois rapazes que almoçaram bem...

— Traduza-se: tocados.

— É possível. Dois rapazes de muito bom humor foram jantar em casa de um camarada. Uma carruagem passou junto deles na rua e a linda mulher que a ocupava voltou-se e, ao que lhes pareceu, fez sorrindo um sinal com a cabeça. Eles, naturalmente, seguiram-na às carreiras. Para grande surpresa deles, a bela desconhecida deteve-se precisamente em frente da casa para onde se dirigiam. Enquanto ela sobe ao andar superior, eles têm o tempo de perceber dois bonitos pezinhos e o brilho dos lábios sob o véu.

— A julgar pelos detalhes, devias ser um deles.

— Esqueces os teus propósitos de ainda há pouco... Os rapazes entraram em casa do camarada, que oferecia um jantar de despedida. É possível que durante o jantar bebessem mais do que deveriam. Acontece sempre assim num caso semelhante. Querem a todo preço saber quem habita o andar de cima: ninguém pode satisfazer-lhes a curiosidade. "Existem *mamzelles* na casa?", perguntaram eles ao criado do seu amigo. "Oh, por aqui, muitas", respondeu. Depois do jantar, passaram no escritório do amigo para escrever uma carta à desconhecida. Fizeram uma inflamada declaração e resolveram entregá-la pessoalmente, a fim de explicar, caso necessário, os pontos obscuros.

— Por que contas semelhantes horrores? E depois?

— Eles tocaram a campainha. Uma empregada veio lhes abrir a porta. Entregaram-lhe a carta, dizendo-se loucos de amor e prestes a morrer diante da porta. A criada, estupefata, reflete. Subitamente, apareceu um senhor vermelho como um pimentão, com suíças em forma de pés de coelho, que lhes impede a entrada, não sem declarar antes que, na casa, não havia outra mulher senão a sua.

— Como sabes que ele tinha as suíças em forma de pés de coelho?

— Porque tentei hoje uma reconciliação.

— E então...

— É o mais interessante do negócio. Esse feliz casal é constituído por um conselheiro e uma conselheira titulares. Senhor, o conselheiro, apresentou queixa e eis-me transformado em mediador. Comparado a mim, Talleygrand não era senão um coitado, afirmo-te.

— E que dificuldade te contrariou?

— Irás ver... Começamos por nos desculpar da melhor maneira: "Deplorável desinteligência... Estamos desesperados... Queríamos nos desculpar." O conselheiro estava radiante, e desejou exprimir também os seus sentimentos. Exprimindo-os, ele se arrebatou, soltou grosseiras palavras e obrigou-me a apelar para os meus talentos diplomáticos. "Admito que a conduta deles fosse deplorável, mas o senhor deve levar em consideração que se tratava de um equívoco: são moços e acabavam de jantar. Estão arrependidos profundamente e pedem que os perdoe." O conselheiro se acalmou. "Eu também admito, conde, e estou pronto a perdoar, mas o senhor poderá conceber que a minha mulher, uma honesta mulher, foi exposta às perseguições, às insolências, às grosserias de patifes, de miseráveis..." Referia-se dizendo — patifes — às pessoas com quem o devia reconciliar. Foi indispensável refazer a diplomacia, mas cada vez que acreditava ter ganhado a causa, bumba! O meu conselheiro retomava a sua cólera e o seu rosto se enrubescia: as suas suíças se mexiam e assim tive de recorrer a novas delicadezas.

— Ah, minha querida, é preciso que lhe conte isso — disse Betsy a uma senhora que entrava no seu camarote. — Ele me divertiu bastante... Bem, *bonne chance* — acrescentou, estendendo a Vronski o único dedo que o leque deixava livre.

Antes de retornar à frente do seu camarote, sob a luz viva do gás, elevou o busto com um gesto das espáduas, a fim de apresentar-se a toda a sala em pleno esplendor da sua nudez.

Vronski, no entanto, ia ao Bouffes, onde o seu coronel, que não faltava a uma única representação, tinha-lhe marcado encontro. Devia informar-lhe sobre o progresso de uma negociação que havia três dias o preocupava muito.

Os heróis da aventura eram dois oficiais do seu esquadrão, Petritski, de quem muito gostava, e um jovem príncipe, Kedrov, recentemente entrado no regimento, amável rapaz e admirável camarada. E, o que era pior, a honra do regimento estava em jogo. Efetivamente, Wenden, o conselheiro, tinha-se queixado ao coronel contra os galanteadores de sua mulher. A acreditá-lo, ela, a sua mulher, casada após seis meses e em estado interessante, fora à igreja em companhia da mãe; perturbada por uma indisposição súbita, para chegar em casa o mais depressa possível, tomara a primeira carruagem que passara. Perseguida pelos oficiais, tinha, sob a pressão do medo, subido a escada correndo, o que lhe agravou o mal. E, quanto ao que lhe dizia pessoalmente, ouvira, entrando no seu gabinete, o toque da campainha e vozes desconhecidas: em presença dos dois oficiais bêbados, tinha-lhes batido a porta e pedido, depois, que eles fossem severamente punidos. O coronel imediatamente convocou Vronski.

— É forçoso reconhecer — declarou ele — que Petritski torna-se impossível. Não passa uma semana sem causar alguma perturbação. Esteja certo de que não irá mais longe.

Com efeito, o negócio era por demais espinhoso, não se podia pensar em duelo, fazia-se indispensável acalmar o queixoso. Vronski logo o compreendera e o coronel muito contava com a sua delicadeza, a sua habilidade, seu espírito militar. Decidiram que Petritski e Kedrov se desculpariam e que Vronski os acompanharia: o seu nome e as insígnias de ajudante de ordens se imporiam, sem dúvida, ao ofendido. Eles o acreditavam pelo menos, mas aqueles grandes meios não reuniram senão metade e, como se viu, a reconciliação parecia ainda duvidosa.

Vronski acompanhou o coronel até a casa e contou-lhe o sucesso, ou antes o insucesso, da sua missão. Depois de refletir, o coronel resolveu não continuar o negócio, o que não o impediu de interrogar Vronski e rir-se francamente, verificando o ridículo do conselheiro e a maneira hábil como Vronski, aproveitando um minuto de repouso, se retirara trazendo Petritski consigo.

— Abominável história — concluiu ele —, mas bem divertida. Kedrov também não pode bater-se com esse senhor! Ele se enfureceu tanto assim? — perguntou ainda uma vez, rindo-se. — E como o senhor achou Clara esta noite? Maravilhosa, não é verdade? (Tratava-se de uma nova atriz francesa.) É sempre agradável vê-la, ela nunca é a mesma. Não há como as francesas para conseguirem isso, meu caro...

VI

A princesa Betsy não esperou o último ato para deixar o teatro. Apenas pôs um pouco de pó no rosto pálido, arranjou ligeiramente a *toilette* e pediu o chá no salão, já as primeiras carruagens chegavam em frente à sua ampla residência da rua Morskaia. Os recém-chegados desciam num largo alpendre, um grandioso porteiro lhes abria a porta de vidro atrás da qual ele lia os jornais todas as manhãs, para edificação dos transeuntes.

O grande salão viu entrar quase ao mesmo tempo os convidados por uma porta e por outra a dona da casa, com a tez e o penteado refeitos. As paredes estavam guarnecidas de tecidos escuros, o assoalho coberto por espesso tapete; sobre uma enorme mesa, a luz de numerosas velas avivava o brilho da toalha, de um serviço de chá prateado e de um outro de porcelana transparente.

A princesa sentou-se em frente ao serviço de chá e tirou as luvas. Criados hábeis em conduzir cadeiras sem o menor ruído ajudaram todos a se sentar. Dois grupos se formaram: um, junto à dona da casa; o outro, no canto oposto do salão, em torno de uma bela embaixatriz de pestanas negras bem arqueadas e vestido de veludo negro. Aqui e ali a conversa, como sempre acontece no começo de uma reunião, permanecia ainda hesitante, interrompida pelos que entravam, pela oferta de chá e pelas trocas de amabilidade.

— Como atriz é perfeita, estudou Kaulbach — afirmava um diplomata no grupo da embaixatriz. — Observaram como ela caiu?...

— Por favor, não falemos de Nilsson, já se disse tudo sobre a sua arte — gritou uma mulher gorda e loura, de pescoço curto, trajando um vestido de seda envelhecida. Era a princesa Miagki, chamada *l'enfant terrible* devido à sua sem-cerimônia. Sentada entre os dois grupos, apurava os dois ouvidos e participava das duas conversas.

— Três pessoas me disseram hoje essa mesma coisa sobre Kaulbach. Por que será que esta frase faz tanto sucesso?

A observação cortou repentinamente a conversa. Devia-se procurar um novo tema.

— Conte-nos alguma coisa agradável, mas que não seja maldosa — pediu a embaixatriz ao diplomata. A embaixatriz era muito versada na arte da conversação elegante, o *small talk*, como dizem os ingleses.

— Isso é dificílimo, unicamente, a malícia passa por ser agradável — respondeu o diplomata, sorrindo. — Contudo, eu tentarei. Dê-me um tema. Quando se tem um deles, nada é tão fácil como enfeitá-lo. Parece-me que os brilhantes *causers* do século passado ficariam embaraçados em nossos dias, onde o espírito se tornou aborrecido...

— Isso não é novidade — interrompeu a embaixatriz, rindo.

A conversa prosseguiu num tom magnífico, mas bastante serena para que pudesse se manter. Restava um só meio infalível: a maledicência. Era imprescindível recorrer-se a ela.

— Não acham que Touchkevitch possui modos *à Louis XV*? — continuou o diplomata, mostrando um rapaz louro que estava perto da mesa.

— Oh, sim, tem um estilo de salão. Eis por que frequentemente ele vem aqui.

Desta vez, a conversa se deteve: era muito desagradável abordar por alusão um assunto proibido naquele lugar, como a ligação de Touchkevitch com a dona da casa.

Em torno desta, igualmente, a conversa hesitou algum tempo entre os três temas inevitáveis: a última novidade, o teatro e o julgamento do próximo. Ali também a maledicência prevalecia.

— Ouviram dizer que a Maltistchev, a mãe e não a filha, fez um vestido de *diable rose*?

— Não é possível. Devia ter ficado deliciosa.

— Surpreendo-me com o seu espírito, porque ela não sente esse ridículo.

E todos tiveram uma palavra para criticar e escarnecer a infeliz Maltistchev. As frases se entrechocavam crepitantes como um feixe que arde.

Informado, no momento de partir para o seu grupo, que a princesa recebia convidados, o marido, um gordo e bom colecionador de gravuras, apareceu subitamente. Com um passo macio, ensurdecido ainda mais pelo tapete, dirigiu-se diretamente à condessa Miagki.

— E então — indagou —, a Nilsson lhe agradou?

— Pode-se assustar assim as pessoas! — gritou ela. — Que ideia de cair do céu sem avisar!... Não me fale da ópera, o senhor não entende nada de música. Eu prefiro abaixar-me até o senhor e ouvi-lo discorrer sobre as suas estampas. Vamos, que novidade descobriu no mercado das pulgas?

— Quer ver a minha última descoberta? Mas a senhora não compreende nada.

— Mostre-me sempre. Fui educada entre os... esqueci o seu nome. O senhor sabe, os banqueiros... Juro-lhe, eles me mostraram todas as extraordinárias gravuras que possuem.

— Como, esteve em casa dos Schutzbourg? — perguntou do seu lugar, perto da mesa, a dona da casa.

— Sim, *ma chére* — respondeu a princesa Miagki, alteando a voz porque se sentia escutada de todos. — Convidaram-nos a jantar, ao meu marido e a mim, e nos serviram um molho que, ao que parece, custara mil rublos. Um molho péssimo, esverdeado. Como tive que os receber por minha vez, servi-lhes um de oitenta e cinco kopeks. Todos ficaram contentes. Não, eu não tenho meios de preparar molhos de mil rublos!

— Ela é única! — disse Betsy.

— Espantosa! — aprovou alguém.

Se a princesa Miagki não perdia jamais a sua boa impressão, era porque sempre falava com bom senso, e nem sempre a propósito, sobre coisas ordinárias. No meio em que vivia, aquele bom senso passava por seu espírito. O seu sucesso surpreendia a si mesma, o que não a impedia de gozá-lo.

Aproveitando o silêncio que se fizera, a dona da casa quis realizar uma ligação entre os dois grupos, e dirigindo-se à embaixatriz:

— Decididamente, não queres beber chá? Venha por aqui!

— Não, obrigada, estamos bem aqui — respondeu a outra, sorrindo. E retornou à conversa interrompida. O assunto valia a pena: falava-se dos Karenine, marido e mulher.

— Ana mudou muito depois da sua viagem a Moscou — dizia uma das suas amigas. — Ela tem qualquer coisa de estranho.

— A mudança se explica, pois ela tem a segui-la a sombra de Alexis Vronski — disse a embaixatriz.

— Que importa! Há um conto de Grimm onde um homem, punido não sei por que crime, é privado da sua sombra; mas não chego a compreender aquele modo de punição. Sem dúvida, é doloroso a uma mulher ser privada da sua sombra.

— Sim — disse a amiga de Ana —; mas as mulheres que têm sombra acabam geralmente mal.

Aquelas maledicências chegaram aos ouvidos da princesa Miagki.

— Podem morder a própria língua! — gritou ela subitamente. — Madame Karenina é uma mulher encantadora. Seu marido, vá lá! Eu não gosto dele. Mas ela é outra coisa.

— E por que a senhora não gosta dele? — perguntou a embaixatriz.

— É um homem notável. Meu marido acha que, na Europa, poucos estadistas têm o seu valor.

— O meu acha a mesma coisa, mas eu não acredito. Se os nossos maridos ficassem calados, veríamos Alexis Alexandrovitch tal como é. E, segundo o meu modo de ver, é um imbecil. Aqui entre nós, bem entendido: mas isto me sossega. Antigamente, quando me inclinava a achar-lhe espírito, tratava-me de tola por não saber onde descobrir tal coisa, mas agora confesso, em voz baixa, é certo, "trata-se de um imbecil"; e tudo está explicado.

— Como a senhora hoje está perversa!

— Mas, não, absolutamente. O caso é que um de nós dois deve ser um imbecil: e aí está um defeito que não é agradável se confessar.

— Ninguém está contente com a sua sorte, nem descontente do seu espírito — insinuou o diplomata, citando um aforisma francês.

— Precisamente — apressou-se em confirmar a princesa Miagki. — Quanto a Ana, eu não a abandonarei. Ela é encantadora, disse-lhes eu. E é sua a culpa se todos os homens se apaixonam por ela e a seguem como a sua sombra?

— Mas eu não visei a censurá-la — disse a amiga de Ana, para se desculpar.

— Porque não nos seguem a nós como nossas sombras, isso não justifica o direito de julgarmos os outros.

Depois de dar esta lição à amiga de Ana, a princesa levantou-se e, acompanhada pela embaixatriz, aproximou-se da grande mesa onde o rei da Prússia entretinha a conversa.

— De que falava em seu canto? — perguntou Betsy.

— Dos Karenine: a princesa descreveu-nos Alexis Alexandrovitch — respondeu, sorrindo, a embaixatriz. E ocupou um lugar na mesa.

— Que pena não pudéssemos ouvi-la! — disse Betsy, o olhar voltado para a porta. — Ah, ei-lo afinal! — acrescentou, com um sorriso dirigido a Vronski, que acabava de entrar.

Vronski conhecia todas as pessoas que ali estavam reunidas. Via-as mesmo todos os dias. Entrou, pois, com a displicência de um homem que novamente encontra as pessoas a quem acabara de deixar.

— De onde eu venho? — respondeu ele a uma pergunta da embaixatriz. — É necessário que o confesse: do Bouffes, e sempre com novo prazer, apesar de ser pela centésima vez. Confesso a minha vergonha: adormeço na ópera, ao passo que no Bouffes eu me divirto até o último minuto. Esta noite...

Referiu-se a uma atriz francesa, e quis contar uma história escandalosa, mas a embaixatriz o deteve com uma expressão de asco fingido:

— Não nos fale desse horror!

— Calo-me, apesar de todos conhecerem esses horrores.

— E todos gostariam de vê-los, caso fosse possível, como na ópera — acrescentou a princesa Miagki.

VII

Passos fizeram-se ouvir perto da porta da entrada e a princesa Betsy, convencida de que iria surgir Madame Karenina, deslizou um olhar para o lado de Vronski. O rapaz tinha a fisionomia transfigurada: os olhos fixos na porta, levantou-se lentamente e durante algum tempo pareceu oscilar entre o medo e a alegria. Ana entrou, olhar impassível e busto levantado, como de hábito. Com passos rápidos e decididos, atravessou a curta distância que a separava de Betsy, apertou-lhe a mão sorrindo e se voltou para Vronski. Este se inclinou profundamente, oferecendo-lhe uma cadeira. Ela pareceu contrariada, corou e foi com dificuldade que agradeceu a esta amabilidade, mas, refazendo-se logo, cumprimentou algumas pessoas e disse a Betsy:

— Desejei chegar mais cedo, mas estava em casa da condessa Lidia e me deixei ficar. Estava lá o senhor John, ele é muito interessante.

— O missionário?

— Sim, contou coisas curiosas sobre as Índias.

A conversa, interrompida com a entrada de Ana, novamente se reanimou como um fogo que se acaba de atiçar.

— Senhor John! Sim, eu o vi não há muito. Fala bem. A Vlassiev está positivamente transtornada por ele.

— É verdade que a mais moça das Vlassiev vai casar-se com Topov?

— Dizem que é uma coisa decidida.

— Surpreendo-me que os pais consintam! Ao que dizem, é um casamento de amor.

— De amor! — exclamou a embaixatriz. — Onde arranjaram estas ideias antediluvianas? Quem fala de paixão em nossos dias?

— Que quer, senhora — disse Vronski —, esta velha moda ridícula não quer ceder o lugar...

— Tanto pior para aqueles que a seguem! Eu só conheço, em matéria de casamentos felizes, os de conveniência.

— Seja! Mas não acontece fracassarem esses casamentos com o aparecimento daquela paixão que se diria intrusa?

— Desculpe-me, mas por casamento de conveniência eu entendo o que se realiza entre duas pessoas serenas e frias. O amor é como a escarlatina: é preciso se ter passado por ele.

— Devia-se então descobrir um meio de inoculá-lo, como as bexigas.

— Na minha mocidade, apaixonei-me por um sacristão — declarou a princesa Miagki —, desejaria saber se o remédio deu resultado.

— Fora de brincadeira — disse Betsy —, eu creio que para se conhecer o amor é necessário primeiro que nos enganemos e depois que se faça a reparação do erro.

— Mesmo depois do casamento? — perguntou a embaixatriz, rindo.

— Nunca se arrependa muito tarde — disse o diplomata, citando um provérbio inglês.

— Precisamente — aprovou Betsy. — Cometer um erro, repará-lo depois, eis a verdade. Que pensas, minha querida? — perguntou ela a Ana, que escutava a conversa em silêncio, um ligeiro sorriso nos lábios.

— Eu creio — respondeu Ana, brincando com a luva — que se existem tantas opiniões quantas são as cabeças, devem existir também tantas maneiras de amar quantos são os corações.

Vronski, que, os olhos voltados para Ana, esperara a sua resposta ansiosamente, respirou como se saísse de um perigo. Ela se voltou bruscamente para ele.

— Recebi notícias de Moscou — disse-lhe ela —, Kitty Stcherbatski está muito doente.

— É verdade? — indagou, o rosto sombrio.

Ana lançou-lhe um olhar severo.

— Parece-me que isso não o comove muito.

— Pelo contrário, comove-me profundamente. Posso saber ao certo o que lhe escreveram?

Ana levantou-se e se aproximou de Betsy.

— Queres me dar uma chávena de chá? — disse ela, detendo-se atrás da cadeira.

Enquanto Betsy servia o chá, Vronski aproximou-se de Ana.

— Que escreveram?

— Muitas vezes eu penso — disse ela à maneira de resposta — que os homens não executam os belos sentimentos de que fazem tanto alarde. Há muito tempo que lhe queria dizer isto — acrescentou, indo sentar-se perto de uma mesa coberta de álbuns.

— Não entendo bem o que significam as suas palavras — disse ele, oferecendo-lhe a sua chávena.

E como Ana mostrasse o sofá com os olhos, ele sentou-se junto dela.

— Sim, queria dizer-lhe — prosseguiu ela, sem levantar os olhos sobre ele — que o senhor procedeu mal, muito mal.

— Acredita que eu não o saiba? Mas de quem é a culpa?

— Por que me diz isso? — indagou ela, encarando-o provocadoramente.

— A senhora sabe perfeitamente — replicou com exaltação. Ele sustentou ousadamente o olhar de Ana e foi ela quem se perturbou.

— Isso prova simplesmente que o senhor não tem coração — disse. Mas os seus olhos deixavam entender precisamente o contrário.

— Isso a que fez alusão era um erro, e não amor.

— Lembre-se de que eu o proíbo de pronunciar esta palavra, esta desagradável palavra — disse ela, estremecendo. (Mas logo compreendeu que por esta única palavra, "proibido", reconhecia-se com certos direitos sobre ele e parecia animá-lo a lhe falar de amor.) — Há bastante tempo que desejava ter com o senhor uma conversa séria — prosseguiu, olhando-o bem no rosto, as faces ruborizadas —, e só vim hoje porque sabia que o encontraria. É preciso que tudo isso acabe. Eu, até agora, nunca corei em presença de alguém, e o senhor me causa o triste desgosto de sentir-me culpada.

Enquanto falava, a sua beleza adquiria nova expressão, toda espiritual, que maravilhava Vronski.

— Que quer que eu faça? — perguntou ele, num tom simples e sério.

— Quero que vá a Moscou implorar o perdão de Kitty.

— A senhora quererá realmente isso?

Ele sentia que Ana se esforçava para dizer uma coisa, mas desejava dizer outra.

— Se me ama como diz — murmurou ela —, devolva a minha tranquilidade.

O rosto de Vronski se iluminou.

— Não sabes que és toda a minha vida? Além disso eu desconheço a tranquilidade e não saberia conceber tal coisa. Dar-me inteiramente, todo o meu amor... sim... Não posso separar-me de ti pelo pensamento. Tu e eu, a meu ver, somos uma só pessoa. E, no futuro, não vejo nenhuma tranquilidade nem para ti e nem para mim. Vejo apenas a infelicidade e o desespero... ou a felicidade, e que felicidade!... Será isso verdadeiramente impossível? — acrescentou baixinho, mas mesmo assim Ana o escutou.

Ela agregava agora todas as energias da sua vontade para dar a Vronski a réplica que o seu dever exigia, mas só conseguiu lançar sobre ele um olhar inundado de amor.

"Meu Deus", pensou ele, com exaltação, "no instante em que perdia toda a esperança, o amor a domina. Ela me ama, ela me confessou."

— Faça isso por mim: não me fale mais dessa maneira e continuemos bons amigos — acabou por dizer, mas os seus olhos possuíam uma outra linguagem.

— Jamais seremos amigos, a senhora bem o sabe. Seremos os mais felizes ou os mais desgraçados dos seres! É à senhora que compete decidir.

Ela quis falar, mas ele a interrompeu.

— Pense bem: tudo o que lhe peço é o direito de esperar e de sofrer como neste momento. Se esta pobre coisa é impossível, ordene-me para desaparecer e desaparecerei. Não me verá mais, se a minha presença lhe é dolorosa.

— Eu não o expulso.

— Então não mude nada, deixe ficar as coisas como estão — disse, a voz trêmula. — Mas eis o seu marido...

Efetivamente, Alexis Alexandrovitch entrava naquele instante no salão, com o seu andar calmo e desgracioso. De passagem, olhou a mulher e Vronski, cumprimentou a dona da casa, sentou-se à mesa do chá e declarou com a sua voz lenta e nítida, no tom de sarcasmo que ele apreciava:

— Eu acredito que o seu *Rambouillet* esteja completo: as Graças e as Musas.

Mas a princesa Betsy não podia sofrer aquele tom irônico, *sneering*, como dizia. Como consumada dona de casa, arrastou a conversa para um assunto sério, o serviço militar obrigatório. Alexis Alexandrovitch se inflamou e pôs-se a defender a nova lei contra os ataques de Betsy.

Vronski e Ana continuaram perto da mesa.

— Isso vai se tornando inconveniente — murmurou em voz baixa uma senhora, mostrando com o olhar Karenine, Ana e Vronski.

— Que lhe dizia eu? — respondeu a amiga de Ana.

Não foram apenas as senhoras que fizeram aquela observação. Quase todos os outros, mesmo a princesa Miagki, mesmo Betsy, lançaram aos dois, que estavam isolados, mais de um olhar de reprovação. Unicamente Alexis Alexandrovitch, interessado na conversa, parecia não vê-los. Betsy, habilmente, fazendo-se substituir na conversa e para disfarçar o mau efeito produzido, foi ao encontro de Ana.

— Sempre admiro a nitidez expressional do seu marido — disse. — As questões mais transcendentes tornam-se acessíveis a todos quando ele fala.

— Oh, sim! — respondeu Ana, radiante de felicidade e sem entender uma palavra do que dizia Betsy.

Levantou-se, aproximou-se da grande mesa e tomou parte na conversa geral. No fim de meia hora, Alexis Alexandrovitch propôs à mulher regressarem; mas ela respondeu, sem o olhar, que ficaria para a ceia. Alexis Alexandrovitch despediu-se e saiu.

A carruagem de Madame Karenina chegou adiantada. O velho cocheiro, um enorme tártaro de capote encerado, retinha com dificuldade o cavalo pardo, que o frio impacientava. Um criado acabava de abrir a portinhola da carruagem, enquanto o porteiro entreabria a porta de entrada. Vronski acompanhava Ana Arcadievna: a cabeça inclinada, ela o escutava com prazer, soltando com a mão nervosa a renda que se prendera na presilha da sua capa.

— Nada me prometeu — dizia ele —, e eu não lhe peço nada. Não quero também a sua amizade. A felicidade da minha vida depende dessa única palavra que tanto lhe desagrada: o amor.

— O amor... — repetiu ela vagarosamente, como se falasse a si mesma. E com a sua renda afinal liberta, ela disse apressadamente, fitando-o no rosto: — Se esta palavra me desagrada, é que tem para mim um sentido tão profundo como nem mesmo o senhor poderá imaginar. Adeus.

Estendeu-lhe a mão e, com o seu passo rápido e ágil, passou pelo porteiro e desapareceu na carruagem.

Aquele olhar e aquele aperto de mão abrasaram Vronski. Levou aos lábios a mão que havia tocado os dedos de Ana e retornou à casa convencido que avançara mais naquela reunião do que durante os dois meses passados.

VIII

Alexis Alexandrovitch não achou nada de anormal na animada conversa de sua mulher e de Vronski, mas, verificando que outras pessoas se escandalizavam, julgou-a por sua vez inconveniente e resolveu chamar a atenção de Ana.

Chegando em casa, Alexis Alexandrovitch se dirigiu, como de costume, ao gabinete, instalou-se numa poltrona, abriu uma obra sobre o papismo com a página marcada pela faca de cortar papel e absorveu-se na leitura até uma hora da manhã — no entanto, de vez em quando, passava a mão na testa e sacudia a cabeça, como para afastar um pensamento importuno. Levantou-se na hora habitual e fez a *toilette* da noite. Ana ainda não havia voltado. O livro embaixo do braço, Alexis subiu ao quarto, mas o seu espírito, de ordinário preocupado com questões relativas à sua profissão, retornava incessantemente ao desagradável incidente da reunião. Contra os seus hábitos, não se deitou logo, mas pôs-se a andar de um para outro lado, as mãos atrás das costas. Julgava necessário refletir profundamente sobre o acontecimento.

A princípio, julgara fácil e muito simples chamar a atenção à sua mulher: mas, refletindo, o caso lhe parecia difícil. Alexis Alexandrovitch não era ciumento. Sempre achara que um marido deve confiar em sua mulher e procurar não ofendê-la com ciúmes injustificados. Que razões determinaram aquela resolução? Pouco lhe importava: mostrava-se confiante porque a estimava como era do seu dever. E eis que, subitamente, sem nada abjurar das suas convicções, se sentia em face de uma situação lógica, absurda, não sabendo o que devia empreender. Aquela situação não era outra coisa senão a vida real, e se ele a julgava ilógica e estúpida, era tão somente porque sempre a conhecera através do prisma deformado das suas obrigações profissionais. A impressão que possuía era a de um homem que passa tranquilamente sobre uma ponte, acima de um abismo, e percebe repentinamente estar a ponte desmontada e o abismo à vista. Esse abismo era para ele a vida real e a ponte a vida artificial que, até então, unicamente conhecera. Pela primeira vez a ideia de que a sua mulher pudesse amar a outro homem lhe vinha ao espírito, e essa ideia o apavorava.

Sem pensar em despir-se, andava com passo regular no assoalho da sala de jantar iluminada por uma única lâmpada, sobre o espesso tapete do salão escuro onde o seu enorme retrato, recentemente concluído e suspenso acima do divã, refletia um fraco raio de luz; atravessava depois o toucador, onde duas velas acesas na carteira lhe revelavam, entre retratos de parentes e de amigos, algumas admiráveis estatuetas que lhe eram familiares havia muito tempo; chegava à porta do quarto e retrocedia. Fez assim inúmeras voltas, durante as quais se detinha infalivelmente — quase sempre na sala de jantar — para dizer a si mesmo: "Sim, é necessário interromper tudo isso, tomar uma resolução, dizer-lhe a minha decisão." E retornava sobre os próprios passos. "Sim, mas qual?", perguntava-se no salão, sem achar a menor resposta. "E, finalmente, o que se passou? Nada. Há bastante tempo que ela conversa com ele, mas com quem não conversa uma mulher na sociedade?", pensava, chegando ao toucador. E, uma vez passada a porta, concluía: "Demais, mostrar-me ciumento seria humilhante para nós dois." Mas esses raciocínios, tão convincentes ainda há pouco, já não valiam nada. O seu passeio retomou depois a extensão do quarto de dormir em sentido contrário; apenas punha os pés no salão escuro, ouviu uma voz interior que murmurava: "Não, se os outros se surpreenderam, é que existe alguma coisa." Chegando à sala de jantar, novamente julgava indispensável acabar tudo aquilo, tomar uma resolução. "Mas, qual?", perguntava-se no salão. E assim prosseguia. Os seus pensamentos, como o seu corpo, descreviam um círculo perfeito sem descobrirem uma saída. Passou a mão na testa e foi sentar-se no toucador.

Ali, enquanto olhava a carteira de Ana com a sua caixa mata-borrão de malaquita e um bilhete por concluir, as suas ideias tomaram um outro rumo: pensou nela, perguntou que pensamentos ela podia ter, que sentimentos podia experimentar. Pela primeira vez a sua imaginação apresentou-lhe a vida da sua mulher, as necessidades do seu espírito e do seu coração: e a ideia de que ela devia ter uma existência pessoal afligiu-o tanto que se apressou em afastá-la. Era o abismo que não ousava sondar com os olhos. Penetrar com o pensamento e pelo sentimento na alma de outro parecia-lhe uma fantasia arriscada.

"E o que há de mais terrível", pensava ele, "é que esta insensata inquietude me atormenta no instante de dar a última mão em minha obra (um projeto que queria fosse aprovado), quando tenho mais necessidade de toda minha calma, de todas as forças do meu espírito. Que fazer? Eu não sou daqueles que conhecem a inquietude e a angústia sem ter coragem de olhá-las de frente."

— É necessário refletir, tomar uma resolução e livrar-me desta preocupação — disse em voz alta.

"Não tenho o direito de perscrutar os seus sentimentos, de sondar o que se passou ou o que poderá se passar na sua alma, isso compete à sua consciência e ao domínio da religião", decidiu *in petto*, aliviado por ter achado uma norma que podia ser aplicada às circunstâncias que acabavam de surgir. Assim, pois, continuou, as questões relativas aos seus sentimentos etc. são questões de consciência nas quais não se deve tocar. "O meu dever se evidencia claramente. Sou obrigado, como chefe de família, a dirigir a sua conduta, incorro numa responsabilidade moral: devo preveni-la do perigo que entrevejo, executar o indispensável ato de autoridade. Não posso guardar silêncio."

Concluindo assim, cessando de empregar o seu tempo e os seus recursos intelectuais nos negócios de família, Alexis Alexandrovitch organizou mentalmente um plano de discurso que logo adquiriu a forma nítida, precisa e lógica de um relatório. "Eu devo lhe chamar a atenção para o que se segue: 1º — a significação e importância da opinião pública; 2º — o sentido religioso do casamento; 3º — as infelicidades que podem recair sobre o seu filho; 4º — as infelicidades que podem atingir a ela própria." E, unindo as mãos, Alexis Alexandrovitch estalou as juntas dos dedos. Este gesto, um mau hábito, sempre o acalmava e o ajudava a reconquistar o equilíbrio moral de que tanto precisava naquele momento.

Uma carruagem deteve-se em frente da casa, e Alexis Alexandrovitch parou no meio da sala de jantar. Passos femininos subiram a escada. O discurso preparado, ele ali ficou, de pé, apertando os dedos para os fazer estalar ainda: efetivamente, uma junta estalou. Apesar de sentir-se satisfeito com o seu discurso, sentindo-a aproximar-se, receou a explicação que iria ter com a sua mulher.

IX

Ana entrou, brincando com os enfeites da sua manta. Tinha a cabeça baixa e o seu rosto brilhava, não de alegria — era antes a irradiação terrível de um incêndio depois de uma noite de trevas. Percebendo o marido, levantou a cabeça e sorriu como se despertasse.

— Como, tu não estás deitado! Qual a razão do milagre? — disse ela tirando o chapéu e, sem parar, dirigiu-se para o quarto de *toilette*. — É tarde, Alexis Alexandrovitch — acrescentou, abrindo a porta.

— Ana, eu preciso te falar.

— Comigo? — voltou-se sobre os passos e o fitou com surpresa. — Sobre que assunto? De que se trata? — perguntou, sentando-se. — Bem, já que é necessário, falemos, mas acho melhor dormir.

Ana dizia o que lhe vinha à cabeça, surpreendendo-se ela mesma de poder mentir tão facilmente. Como era natural a sua palavra! Como parecia real a necessidade de dormir! Sentia-se impelida, sustentada por um fogo invisível, revestida de uma impenetrável armadura de hipocrisia.

— Ana, deves te colocar sob a tua própria vigilância...

— Sob minha vigilância? Por quê?

O seu olhar era de uma franqueza, de um contentamento perfeitos, e alguém que não a conhecesse como o seu marido nada observaria de anormal, nem no tom da voz nem nos sentidos das palavras. Mas, para ele, que não podia deitar-se cinco minutos atrasado sem que ela não lhe perguntasse o motivo, para ele que sempre era o primeiro confidente das suas alegrias como dos seus desgostos, o fato de não querer observar a sua perturbação, nem falar de si mesma, era muito significativo. Compreendia que aquela alma, para o futuro, lhe seria fechada. Tão mais distante ele se sentia da confissão, mais ela parecia dizer abertamente: "Sim, é deste modo que isto deve ser e assim será para o futuro." Julgava-se como um homem que, retornando à casa, encontrasse a porta fechada. "Talvez ainda se encontre a chave", pensou.

— Eu devo te chamar a atenção — continuou com a voz calma — para a interpretação que se possa dar na sociedade contra a tua imprudência e a tua leviandade. A tua animada conversa desta noite com o conde Vronski (salientou firmemente as sílabas da palavra) não passou despercebida.

Falando, ele fitava os olhos risonhos e impenetráveis de Ana e compreendia a absoluta inutilidade do seu discurso.

— És sempre o mesmo — respondeu, como se nada entendesse e só desse importância ao fim da frase. — Para ti são sempre desagradáveis os meus aborrecimentos ou as minhas distrações. Não estive aborrecida esta noite. Isso te feriu?

Alexis Alexandrovitch estremeceu e apertou ainda uma vez os dedos para os fazer estalar.

— Ah! Por favor, deixa as mãos sossegadas, detesto isso! — disse ela.

— Ana, és realmente tu? — disse docemente Alexis Alexandrovitch, fazendo um esforço sobre si mesmo.

— Mas, afinal, que houve? — gritou, com um arrebatamento sincero e cômico. — Que queres de mim?

Alexis Alexandrovitch calou-se e passou a mão no rosto. Compreendia que, em lugar de adverti-la simplesmente de uma imprudência mundana, se inquietava com o que se passava na consciência da sua mulher e se chocava com um obstáculo talvez imaginário.

— Vê o que eu queria dizer — continuou friamente — e peço-te para me escutar até o fim. Considero o ciúme como um sentimento humilhante e jamais me deixaria guiar por ele. Mas existem certas conveniências sociais que não se violam impunemente. Ora, a julgar ao menos pela impressão que produziste sobre todo o mundo, porque, ao que me diz respeito, nada tenho a observar, a tua conduta provocou, em parte, uma crítica geral.

— Decididamente, eu não percebo nada — disse Ana, sacudindo as espáduas. "No fundo, pouco lhe importa", pensava, "ele apenas se preocupa com o que se diz." — Estás doente, Alexis Alexandrovitch — acrescentou, levantando-se, quase partindo. Mas ele se encaminhou para ela como para detê-la.

Ana jamais vira a sua fisionomia tão sombria e tão desagradável. Conservou-se no mesmo lugar, abaixando a cabeça para tirar rapidamente os grampos do cabelo.

— Escuto — articulou ela, num tom absolutamente tranquilo — e escuto mesmo com grande interesse, porque desejo saber do que se trata.

Ela se surpreendia de poder se exprimir com uma tão natural e perfeita segurança, com tão grande discernimento na escolha das palavras.

— Não tenho o direito e acho mesmo que seja perigoso examinar os teus sentimentos — prosseguiu Alexis Alexandrovitch. — Descendo em nossas almas, arriscamo-nos a fazer surgir à superfície isso que talvez seja útil permanecer nas profundezas. Os teus sentimentos interessam à tua consciência, mas, perante Deus, a ti, a mim mesmo, sou obrigado a lembrar os teus deveres. Não foram os homens, foi Deus quem uniu as nossas vidas. Só um crime poderia romper este laço e este crime ocasionaria um castigo.

— Meu Deus, eu não compreendo nada e, para minha infelicidade, morro de sono — disse Ana, tirando os últimos grampos.

— Ana, em nome do céu, não fales assim! — suplicou ele. — Talvez me engane, mas creio que falo em teu interesse e no meu. Eu sou teu marido e te amo!

Ela abaixou a cabeça por um instante e o brilho dos seus olhos se apagou — mas a palavra "amor" irritou-a novamente. "Amor, pensa, saberia ele o que aquilo fosse?"

— Alexis Alexandrovitch, em verdade, eu não te compreendo. Explica-me isso, já que tu achas...

— Deixa-me acabar. Eu te amo, mas não falo por mim. Os principais interesses são teu filho e tu mesma. É muito possível, repito, que as minhas palavras pareçam inúteis e despropositadas. Talvez sejam fruto de um erro da minha parte. Peço-te desculpas, neste caso. Mas, se reconheces qualquer fundamento nas minhas observações, rogo-te que reflitas e, se o coração te diz, podes abrir-te comigo.

Sem que sentisse, Alexis Alexandrovitch tinha outras intenções que não aquelas que haviam sido meditadas.

— Nada tenho a dizer-te... E verdadeiramente — acrescentou de súbito, reprimindo um sorriso com dificuldade — já é tempo de dormir.

Alexis Alexandrovitch suspirou, não replicou nada e passou para o quarto de dormir.

Quando, por sua vez, ela entrou, ele já estava no leito; uma dobra severa contraía os seus lábios e os seus olhos não a fitavam. Ana se deitou, convencida de que ele prolongaria a conversa, o que tanto receava e desejava ao mesmo tempo. Mas Alexis guardou silêncio. Ela esperou durante muito tempo sem se mexer e acabou por esquecê-lo. Pensava no outro, via-o, uma emoção comprimia-lhe o coração. De repente, percebeu um ruído regular e calmo. Alexis Alexandrovitch pareceu assustar-se, mas logo o ruído recomeçou, calmo e regular.

— Muito tarde! — murmurou Ana, sorrindo. Ficou muito tempo assim, imóvel, os olhos abertos, sentindo-os brilhar na escuridão.

X

Começou neste dia uma vida nova para os Karenine. Aparentemente, nada de anormal: Ana continuava frequentando a sociedade, principalmente a casa de Betsy, e a encontrar-se com Vronski. Alexis Alexandrovitch sabia de tudo sem nada poder fazer. A todas as suas tentativas de explicação, ela opunha um espanto irônico, totalmente impenetrável. Salvavam-se as aparências, mas os sentimentos estavam mudados. Alexis Alexandrovitch, tão enérgico quando se tratava dos interesses públicos, sentia-se impotente. Como um boi que vai ser morto, abaixava a cabeça e esperava resignadamente o golpe fatal. Quando os seus pensamentos o obsedavam, dizia-se que a bondade, a ternura, o raciocínio ainda poderiam salvar Ana; propunha-se a lhe falar cada dia; mas, assim que tentava fazê-lo, o mesmo espírito do mal e da mentira que a possuía agarrava-se igualmente nele e nada dizia do que pensava dizer. Retomava involuntariamente o seu tom irônico e era nesse tom que exprimia as coisas que desejava fazer conhecidas de Ana.

....

....

XI

O que para Vronski, durante quase um ano, fora o fim único da vida e para Ana um sonho terrificante mas encantador, realizou-se finalmente. Pálido, o queixo trêmulo, inclinado sobre ela, pedia que se acalmasse.

— Ana, Ana — dizia, com uma voz confusa. — Ana, suplico-te!...

Mas tanto mais ele erguia a voz, mais ela abaixava a cabeça. Esta cabeça ainda havia pouco tão arrogante, tão alegre, agora tão humilhada, sim, esta cabeça teria descido até a terra e do sofá onde estava sentada ela própria teria caído ao tapete, se ele a não houvesse amparado.

— Meu Deus!... Perdoai-me! — soluçava, apertando-lhe a mão contra o peito.

Achava-se tão culpada, tão criminosa, que só lhe restava pedir perdão — e não tendo mais que Ele no mundo, era a Ele que se dirigia. Olhando-a, o seu aviltamento parecia tão claro que nenhuma outra palavra poderia pronunciar. Quanto a Vronski, sentia-se semelhante a um assassino em frente ao corpo inanimado da vítima: esse corpo imolado por ele era o seu amor, a primeira fase do seu amor. Ele misturava um não sei quê de odioso à recordação de haverem pago o preço horroroso da vergonha. O sentimento da sua nudez moral torturava Ana e se transmitia a Vronski. Mas qualquer que fosse o pavor do assassino em face da sua vítima, ele não o aumentaria destruindo o cadáver, cortando-o aos pedaços. Então, com uma raiva frenética, lançou-se sobre o cadáver e o apertou para destruí-lo em pedaços. Foi assim que Vronski cobriu de beijos o rosto e as espáduas de Ana. Ela lhe deu a mão e ficou imóvel. Sim, aqueles beijos, ela os adquiria com o preço da sua honra, sim, aquela mão que lhe pertencia para sempre era a do seu cúmplice. Ergueu esta mão e beijou-a. Ele ajoelhou-se, procurando ver os traços que ela lhe ocultava, sem dizer uma palavra. Afinal, fazendo grande esforço, ela se levantou, endireitando-se. O seu rosto era tanto mais lastimável quanto nada perdera da sua beleza.

— Está tudo acabado — disse ela. — Nada mais me resta senão tu, não esqueças disto.

— Como esqueceria eu o que é a minha vida? Por um momento desta felicidade...

— Que felicidade? — gritou ela, com um sentimento de desgosto e de terror tão profundos que também ele os sentiu. — Suplico-te, nem uma palavra, nem uma palavra a mais...

Ela se levantou vivamente, afastando-o.

— Nem uma palavra a mais! — repetiu, distanciando-se com uma expressão de desespero que a torturava estranhamente.

Ana via-se sem forças para exprimir a vergonha, o terror, a alegria que a possuía na manhã daquela nova vida — às palavras imprecisas ou vulgares, ela preferia o silêncio. Mas nem no dia seguinte nem nos dias sucessivos não lhe vieram as palavras próprias a definir a complexidade dos seus sentimentos, e mesmo os seus pensamentos não traduziam as impressões da alma. "Não, ainda é cedo para que possa refletir sobre tudo isso. Mais tarde, quando estiver menos agitada." Mas a calma do espírito não retornou, cada vez em que pensava no que acontecera a angústia a arrebatava e lhe afastava os pensamentos. "Mais tarde, mais tarde", repetia, "quando novamente encontrar a minha calma."

Ao contrário, durante o sono, quando perdia todo o controle sobre as suas reflexões, a sua situação ainda aparecia presa à realidade. Tinha quase todas as noites o mesmo sonho. Sonhava que ambos eram seus maridos e que ambos lhe faziam carícias. Alexis Alexandrovitch chorava, beijando--a nas mãos e dizendo: "Como somos felizes!" Alexis Vronski assistia à cena e ele era também seu marido. Surpreendia-se acreditando ser isso impossível; explicava-lhe ser tudo muito simples, que deviam permanecer felizes e contentes. Aquele sonho, porém, a oprimia como um pesadelo e Ana despertava espantada.

XII

Nos primeiros tempos que se seguiram à sua volta de Moscou, todas as vezes em que Levine corava e tremia recordando-se da humilhação da recusa, pensava: "Eu corei e tremi igualmente, eu me acreditei um homem perdido quando me deram uma nota má em física no segundo

ANA KARENINA

ano e depois quando estraguei o negócio da minha irmã que me fora confiado. No entanto, anos passados, lembro-me de tudo isso com surpresa. Acontecerá o mesmo com o desgosto de hoje. O tempo passará e me tornarei indiferente."

Mas três meses se passaram sem que viesse a menor tranquilidade. O que impedia a ferida de cicatrizar era que, depois de tanto sonhar com a vida de família e acreditar-se tão perto dela, não apenas não se tinha casado mas tinha se afastado muito do casamento. Como todas as pessoas da sua posição, sentia dolorosamente não ser possível a um homem da sua idade viver sozinho. Lembrava-se das palavras do seu vaqueiro Nicolas, um camponês ingênuo com o qual conversava muitas vezes. "Sabes, Nicolas, que desejo casar-me?", dissera-lhe um dia antes da sua partida para Moscou. Nicolas respondera sem a menor hesitação: "Há muito tempo que o senhor devia se ter casado, Constantin Dmitritch." E nunca o casamento lhe parecera tão distante! O lugar estava tomado e se a sua imaginação sugeria substituir Kitty por uma das moças que conhecia, o coração logo protestava contra o absurdo desse desejo. A recordação da humilhação que sofrera atormentava-o incessantemente. Apesar de tudo, não havia cometido nenhum crime, enrubescia a esta recordação e outras do mesmo gênero, tão fúteis e que, no entanto, pesavam muito mais sobre a sua consciência que as más ações das quais, como todo mundo, era culpado.

O tempo e o trabalho, no entanto, fizeram a sua obra. Os acontecimentos da vida campestre, tão importantes em sua modéstia, apagavam gradualmente as impressões dolorosas. Cada semana suprimia alguma coisa da recordação de Kitty. Levine aguardava mesmo com impaciência o anúncio do casamento da moça, esperando que essa notícia o curasse à maneira de um dente que se arranca.

A primavera chegou, uma dessas belas e raras primaveras sem manchas e sem traições de que todos se aproveitavam, as plantas, os animais e os homens. Essa esplêndida estação deu a Levine um novo ardor e afirmou a sua resolução de renunciar ao passado para organizar a sua vida solitária em condições de estabilidade e independência. Muitos dos planos elaborados na sua volta continuaram em estado de projeto. O ponto essencial, a castidade da sua vida, não recebera nenhum golpe: a vergonha que comumente, em sua casa, seguia o mau êxito, não o perturbava mais, ousava olhar as pessoas de frente. Por outro lado, Maria Nicolaievna o prevenira desde o mês de fevereiro que o estado do seu irmão era pior e que ele não consentia em se tratar. Levine retornou imediatamente a Moscou, soube convencer a Nicolas da necessidade de consultar um médico e mesmo de aceitar uma passagem para uma estação de águas — podia, pois, ao menos neste caso, estar contente de si próprio. Como sempre acontecia no começo da primavera, os trabalhos no campo requeriam toda a sua atenção; demais, prosseguindo em suas leituras, empreendera durante o inverno um estudo de economia rural: partindo do dado que o temperamento do trabalhador agrícola é um fato tão absoluto como o clima e o sol, julgava que a ciência agronômica se resumia num mesmo grau nestes três elementos. Assim, pois, apesar ou talvez devido à sua solidão, a sua vida se tornou extremamente cheia. Apenas de tempos a tempos se lastimava não poder falar com a sua velha criada das ideias que lhe passavam pela cabeça, porque se habituara a discutir frequentemente com ela sobre a física, a agronomia e principalmente a filosofia, assunto favorito de Agatha Mikhailovna.

A bela estação foi lenta em chegar. Um tempo claro e glacial marcou as últimas semanas da Quaresma. Se o sol ocasionava durante o dia um certo degelo, à noite vinha um frio de sete graus e o gelo formava sobre a neve uma crosta tão dura que as estradas desapareciam. O dia de Páscoa se passou sob a neve. Mas, no dia seguinte, um vento se ergueu bruscamente, as nuvens se amontoaram e durante três dias e três noites uma chuva tempestuosa não cessou de cair. Na quinta-feira, o vento se acalmou, enquanto um sombrio nevoeiro cinzento se estendeu sobre a terra como para dissimular os mistérios que se amontoavam na natureza; a queda da chuva, a fundição das neves, o estalido dos gelos, a explosão das torrentes espumosas e amareladas. Afinal, na segunda-feira de Quasímodo, à noite, o nevoeiro se desfez, as nuvens se diluíram em carneiros brancos e o belo tempo apareceu verdadeiramente. Na manhã do dia seguinte, um sol brilhante acabou de derreter a ligeira camada de gelo que se formara durante a noite e o ar tépido se impregnou de vapores que subiam da terra. A velha erva cobriu-se de tintas verdes, a germinação das groselhas, as árvores se encheram de seiva e sobre os seus ramos inundados de uma luz de ouro as abelhas, livres dos seus alojamentos de inverno, zumbiam alegremente. Invisíveis calhandras faziam ecoar os seus cantos das cercas e das palhoças engelhadas. As vacas, cujo pelo crescia irregularmente mostrando aqui e ali lugares nus, mugiam nas pastagens.

À volta, os carneiros baliam começando a perder a lã, os cordeiros saltavam. Os rapazes corriam nas veredas úmidas que imprimiam os traços dos seus pés nus. O falatório das mulheres ocupadas em lavar a roupa se elevava em torno do tanque, enquanto de todos os lados se ouvia o ruído dos machados dos camponeses restaurando as grades e os arados. A primavera chegara realmente.

XIII

Pela primeira vez Levine não pôs a sua capa. Vestido com um paletó de tecido e calçando grandes botas, partiu para uma viagem de inspeção, passando os regatos que o sol diminuía, pondo o pé ora sobre um destroço de gelo, ora na lama viscosa.

Primavera, época de projetos e de planos. Levine, saindo, não sabia mais o que iria fazer, era como as árvores que não adivinham como e em que sentido se estenderão os ramos envolvidos no seu tronco — mas sentia que os mais belos projetos e os planos mais sábios se extravasavam no seu cérebro. Foi primeiramente ver o estábulo. As vacas tinham saído: bem aquecidas e com o novo pelo luzente, mugiam impacientes por ir ao campo. Levine, que as conhecia todas nos menores detalhes, sentiu prazer em vê-las e deu ordem para que as levassem ao pasto e soltassem os bezerros. O pastor, muito alegre, fez os preparativos de partida, enquanto os vaqueiros, arregaçando as calças sobre as pernas nuas ainda virgens do sol, patinhavam na lama perseguindo os bezerros, que a primavera fazia berrar de alegria e que eram impelidos pelos golpes de vara a deixar a estrada.

Levine admirou os bezerros de um ano que estavam de uma beleza incomum: os mais erados já tinham o tamanho da vaca de um camponês e a filha de Paonne atingia, com três meses, o tamanho das novilhas de um ano. Ele ordenou que se trouxessem as selhas e as manjedouras portáteis. Mas aqueles utensílios, de que não se serviam desde o outono, achavam-se em mau estado. Levine mandou buscar o carpinteiro que devia consertar a máquina de bater, mas, não se encontrando este, ele mesmo reformou as grades, que deviam estar prontas após o entrudo. Levine não escondeu o seu aborrecimento: sempre aquela eterna preguiça contra a qual lutava inutilmente havia muito tempo! As grades das manjedouras ficaram durante o inverno na cavalariça dos empregados e sendo de construção frágil, se estragaram depressa. Quanto aos instrumentos de campo, que três carpinteiros expressamente contratados deviam ter refeito no inverno, estavam no mesmo: repararam-se apenas as grades no momento em que eram necessárias. Levine mandou chamar o administrador e, depois, impaciente, pôs-se pessoalmente a procurá-lo. Encontrou-o vindo do celeiro, despedaçando uma palha entre os dedos e radiante como todo o universo naquele dia.

— Por que o carpinteiro não está na máquina?

— Eu queria justamente prevenir-lhe ontem: é indispensável reparar as grades, em breve teremos o momento do trabalho.

— Que fez o senhor durante o inverno?

— Mas que necessidade tem o senhor do carpinteiro?

— Onde estão as manjedouras portáteis?

— Ordenei que as espalhassem. Que deseja o senhor que se faça com este mundo? — respondeu o administrador, fazendo um gesto de desespero.

— Não é com este mundo, mas com o administrador que nada fez. Pergunto-me a que o senhor é útil! — replicou Levine, se exaltando, mas lembrando-se a tempo de que os gritos nada adiantariam, deteve-se e contentou-se em suspirar. — Bem — continuou após um instante de silêncio —, pode-se começar a semear?

— Amanhã ou depois de amanhã se poderá fazê-lo, atrás do Tourkino.

— E o trevo?

— Mandei Vassili e Michka semeá-lo, mas ignoro se o conseguiram. O sol ainda está bem fraco.

— Quantos hectares?

— Seis.

— Por que não vinte? — gritou, Levine, o aborrecimento aumentando com aquela notícia. Com efeito, a sua própria experiência confirmara a teoria segundo a qual o trevo, para ser belo, deve ser semeado tão cedo quanto possível, quase sobre a neve. E nunca podia fazer-se obedecer!

— Faltam-nos braços. Que se poderá fazer com esta gente? Três não vieram. E Simão, depois...

— O senhor devia chamar aqueles que descarregam a palha.

— Foi o que eu fiz.

— Onde estão todos eles?

— Cinco estão fazendo a "compota" (o administrador queria dizer *compost*). Quatro outros remoem a aveia: oxalá ela não se inflame, Constantin Dmitritch!

Levine logo compreendeu o que significava aquele "oxalá..."; a aveia inglesa, reservada para sementes, tinha se inflamado! Uma vez mais haviam contrariado as suas ordens.

— Não lhe disse eu durante a Quaresma que era preciso arejar as chaminés? — gritou ele.

— Não se aborreça, tudo será feito a tempo.

Levine respondeu com um gesto de cólera e foi diretamente ao celeiro examinar a aveia: por felicidade ela ainda não estava estragada, mas os trabalhadores a removiam a pá, em lugar de descê-la simplesmente de um andar para outro. Quando deu as ordens indispensáveis e enviou dois trabalhadores ao trevo, Levine sentiu-se mais calmo: tudo estava verdadeiramente muito belo para se encolerizar. Dirigiu-se à estrebaria.

— Inacio! — gritou ao cocheiro, que, de mangas arregaçadas, lavava a carruagem perto do poço. — Sele-me um cavalo.

— Qual?

— O Spatula.

— Um momento.

Enquanto selava-se o cavalo, Levine, vendo o administrador ir e vir nos arredores, chamou-o e conversou com ele sobre os próximos trabalhos: era preciso carrear o adubo o mais cedo possível, de modo a terminar aquela tarefa antes da primeira ceifa; lavrar com o arado a parte mais longínqua da fazenda, deixando-a momentaneamente preparada; trabalhar o feno por conta própria, e não de meia com os camponeses.

O administrador escutava atenciosamente, fazendo esforços para concordar com os projetos do patrão, mas tinha aquela fisionomia desanimada e abatida que Levine muito lhe conhecia. "Tudo isso está certo e bonito", parecia murmurar, "mas o homem propõe e Deus dispõe." Nada contrariava tanto Levine como aquele ar aflito, comum a todos os administradores que tivera. Havia feito o propósito de não mais se zangar, mas não lutava menos, com um ardor sempre novo, contra aquela força elementar que incessantemente lhe impedia o caminho e à qual se dava o nome de "Deus dispõe".

— Ainda é preciso que se tenha tempo, Constantin Dmitritch — articulou afinal o administrador.

— Por que o senhor não o tem?

— Necessitamos de mais quinze trabalhadores e não os encontramos. Hoje vieram alguns, mas pedem setenta rublos por verão.

Levine calou-se. Sempre a mesma força inimiga! Ele sabia que, apesar de todos os esforços, jamais seria possível, a preço normal, contratar mais de trinta e sete ou trinta e oito trabalhadores. Às vezes chegava a quarenta, mas nunca se passava daí. Resolveu lutar ainda.

— Mande-os procurar em Soury, em Tchefirovka, se os trabalhadores não vêm é necessário procurá-los.

— Quanto a mandar procurá-los, isso sempre poderá ser feito — disse Vassili Fiodorovitch, em tom de absoluto desânimo. — A propósito, devo dizer ao senhor que os cavalos estão fracos.

— Nós nos compensaremos, mas eu sei que o senhor sempre fará tão pouco e tão mal quanto lhe seja possível! Previno-lhe que este ano não o deixarei agir sozinho, administrarei pessoalmente...

— Não dizem que o senhor dorme muito? Tanto melhor: trabalha-se mais alegremente sob os olhos do dono...

— Agora, ordene para semear o trevo do outro lado do vale. Irei vê--lo — continuou Levine, mostrando o cavalo que o cocheiro trouxera.

— O senhor não passe pelos regatos, Constantin Dmitritch — gritou o cocheiro.

— Está bem, irei pelo bosque.

O cavalo, com passo rápido, na sua alegria de abandonar a estrebaria, puxava as rédeas e fungava em todas as poças d'água, conduzindo Levine fora do lamaçal. A alegre impressão que Levine experimentava só fez aumentar quando, embalado pelo passo do cavalo, achou-se em pleno campo. Atravessando o bosque, respirava o ar tépido e úmido, porque a neve se retardava em lascas porosas, e se divertia vendo o musgo renascer em cada tronco de árvore e em cada ramo os botões quase se abrindo. Saindo do bosque, a extensão dos campos apareceu como um imenso tapete de veludo verde, no qual sobressaíam, aqui e ali, manchas alvas de um resto de gelo.

Sem sentir a menor surpresa ao avistar um cavalo de camponês e inú-meros potros, ele desceu, auxiliado por um aldeão que passava. Ouviu com a mesma doçura a resposta ao tempo ingênua e trocista do camponês a quem perguntava:

— Bem, Hypate, devemos semear logo?

— Cuidemos primeiramente de lavrar, Constantin Dmitritch.

Quanto mais avançava, mais sentia crescer o seu bom humor, mas formava projetos que pareciam sobrepujar uns aos outros em sabedoria:

separar os campos com tapumes voltados do lado do sol para que a neve não se acumulasse muito; dividir as terras lavradas em nove parcelas, das quais seis seriam semeadas e três guardadas em reserva para a cultura de horta; construir um estábulo na parte mais distante da fazenda; chegar a cultivar trezentos hectares de trigo, cem de batatas e cento e cinquenta de forragem sem esgotar a terra.

Sonhando desse modo, Levine dirigia o animal com atenção para que ele não calcasse o trigo. Chegou afinal ao sítio onde se semeava o trevo. A carroça estava parada num campo de trigo, onde as rodas haviam cavado trilhos que o cavalo pisava. Ela continha uma mistura de terra e de sementes que o frio ou a longa estada no depósito haviam reduzido ao estado de torrões, sem que se cuidasse de cobri-los. Dois trabalhadores acendiam um cachimbo comum. À vista do patrão, um deles, Vassili, dirigiu-se para a carroça, enquanto o outro, Michka, pôs-se a semear. Tudo aquilo não estava em ordem, mas Levine, que raramente se zangava com os trabalhadores, mandou simplesmente Vassili reconduzir a carroça.

— Não faz mal, meu patrão — objetou Vassili —, tornará a nascer, acredite-me.

— Faça-me o favor — replicou Levine — de obedecer sem discutir.

— Bem, patrão — respondeu Vassili, segurando o animal pelas rédeas. — Que sementeira! — continuou, querendo voltar às boas com ele. — Não há nada mais belo. Apenas não se anda depressa, arrasta-se como se tivéssemos grilhões nos pés.

— Mas, diga-me, por que não a cobriram?

— Não faz mal, o senhor pode ir, patrão, nós mesmos faremos isso — respondeu Vassili, triturando um torrão de sementes na concha da mão.

O culpado não era Vassili. Levine não podia, pois, repreendê-lo. Para acalmar o seu aborrecimento, recorreu a um meio muitas vezes experimentado. Depois de examinar por um instante Michka, que levantava a cada passo enormes fardos de argila, tomou o semeador de Vassili no desejo de semear ele próprio.

— Até onde chegaste?

Vassili indicou o local com o pé e Levine começou a semear da melhor maneira que lhe era possível. Avançava dificilmente, como em um pântano. Também, quando terminou um canteiro, estacou inteiramente suado e devolveu o semeador ao homem.

— Primeiramente, patrão, é preciso secar lentamente este canteiro.

— Achas?

— O senhor verá esse verão. Este canteiro produzirá primeiro, sou eu quem lhe digo. Olhe este campo que semeei na outra primavera. É como digo, Constantin Dmitritch, trabalho para o senhor como se fosse para os meus velhos. Não gosto de trabalho malfeito e vejo perfeitamente o que os outros fazem. Quando o patrão está contente, também eu o estou. Ninguém cobiçará este campo. Veja, isso faz bem ao coração.

— Que linda primavera, hein, Vassili?

— Sim, nossos velhos nunca viram uma igual. Volto da casa do meu pai. Ele semeou doze alqueires e eu sustento que não se pode distinguir o centeio.

— Há muito tempo que se semeia trigo em casa dos teus?

— Desde o ano passado, e obedecendo ao seu conselho. Mesmo que o senhor não desse os vinte alqueires: vendiam-se oito e semeava-se o resto.

— Vamos, atenção! — disse Levine, voltando o seu cavalo, apertando seriamente os torrões e dirigindo-se para junto de Michka. — E se a semente produzir bem, terás cinquenta kopeks por hectare.

— O senhor é honesto, patrão. Eu ficarei contente.

Levine montou novamente no cavalo para inspecionar o trevo semeado no ano precedente e o campo cultivado pelo trigo da primavera.

O trevo estava bem levantado: ele já exibia através das palhoças uma verdura atraente. Naquela terra ainda gelada, o cavalo se enterrava até a curva das pernas. Foi impossível mesmo avançar nos sulcos limpos de neve. Contudo, Levine pôde constatar que a lavoura estava excelente: em dois ou três dias se poderia gradar e semear. Levine retornou pelos regatos, esperando que a água tivesse baixado: efetivamente, pôde atravessá-los e assustou-se com a passagem de dois patos selvagens.

"Aqui deve haver galinholas", pensou, e um guarda florestal que encontrou, aproximando-se da casa, confirmou aquela suposição. Pôs o cavalo a correr a fim de chegar a tempo de jantar e de preparar o seu fuzil para a noite.

XIV

No momento em que ia chegar em casa, muito contente, Levine ouviu um ruído de guizos vindo do portão.

"Alguém chega da estação", pensou, "é a hora do trem de Moscou... Quem poderá ser? Nicolas? Quem sabe se, ao invés de ir às águas, resolvesse chegar à minha casa?" Esteve um momento contrariado, julgando que a presença do irmão talvez estragasse o seu bom humor, mas, sepultando logo este sentimento egoísta, pôs-se, com uma curiosa alegria, a desejar de toda a sua alma que o visitante anunciado pela campainha fosse realmente Nicolas. Apressou o cavalo e, em torno de uma moita de acácias, percebeu num trenó de aluguel, um senhor de capote que não reconheceu imediatamente. "Que seja alguém com quem se possa conversar."

— Oh! Mas é o mais amável dos hóspedes! — gritou ao fim de um instante, erguendo os braços para o céu, porque acabava de reconhecer Stepane Arcadievitch. — Como estou contente em te ver!

E acrescentou, pensando: "Saberei certamente se ela já se casou." E verificou que, naquele belo dia de primavera, a recordação de Kitty não lhe fazia nenhum mal.

— Confesse que não me esperavas — disse Stepane Arcadievitch saindo do trenó, o rosto radiante de saúde e de alegria, apesar das manchas de lama presas no nariz, nas faces, nas pestanas. — Eu vim: 1°, para te ver; 2°, para dar uns tiros de fuzil; 3°, para vender o meu bosque de Iergouchovo.

— Muito bem. E que dizer desta primavera? Como pudeste chegar até aqui em trenó?

— Em carruagem seria ainda pior, Constantin Dmitritch — replicou o cocheiro, um velho conhecido de Levine.

— Pois bem, sinto-me feliz, muito feliz em ver-te — continuou Levine, sorrindo infantilmente.

Levou o hóspede para o quarto das visitas, onde logo foram ter as bagagens: uma mala de viagem, um fuzil encapado e uma caixa de cigarros. Deixando Stepane Arcadievitch, Levine desceu ao gabinete para relatar ao administrador as suas observações sobre os trevos e as lavouras. Mas Agatha Mikhailovna, que alimentava no coração o bom nome de hospedeira, barrou-o na sala e pediu as suas ordens sobre o jantar.

— Faze-o como quiseres, mas anda depressa — respondeu, alcançando o gabinete.

Quando voltou, Oblonski, lavado, penteado, radiante, saía do quarto. Subiram juntos para o primeiro andar.

— Como estou satisfeito por ter vindo até aqui! Afinal, vou iniciar-me nos mistérios da tua existência. Fora de brincadeira, sinto inveja. Que magnífica residência, como tudo é claro e alegre! — declamou Stepane Arcadievitch, esquecendo que a primavera não durava sempre e que o ano também possuía dias sombrios. — E a tua velha criada vale a viagem. Eu preferia talvez uma bonita criadinha, mas a velha fica bem com o teu estilo severo e monástico.

Entre muitas notícias interessantes, Stepane Arcadievitch informou a Levine que Sergio Ivanovitch pensava vir vê-lo durante o verão; não disse uma palavra a respeito de Kitty e dos Stcherbatski e contentou-se em transmitir as recomendações da sua mulher. Levine apreciou aquela delicadeza. Demais, a visita de Stepane Arcadievitch lhe agradava muito: como sempre acontecia nos seus períodos de solidão, aglomerara um mundo de ideias e impressões que não podia comunicar às pessoas que o cercavam — ele soltaria, pois, no seio do seu amigo, a exaltação que inspirava os seus planos e as suas mortificações agrícolas, os pensamentos que lhe vieram ao espírito, as observações sobre os livros lidos e principalmente a ideia fundamental da obra que meditava, ideia que constituía, sem que duvidasse, a crítica de todos os tratados de economia rural. Stepane Arcadievitch, sempre amável e pronto a tudo saber, mostrou-se desta vez mais atencioso que nunca; Levine observou em sua atitude uma cordialidade diferente, que não deixou de o lisonjear.

Os esforços combinados de Agatha Mikhailovna e do cozinheiro para melhorar o jantar habitual deram como resultado imprevisto que os dois amigos, mortos de fome, lançaram-se sobre os acepipes, comeram pão, manteiga, tortulhos marinhos, e Levine mandou servir a sopa sem esperar os pastéis com os quais o cozinheiro contava deslumbrar o convidado. De resto, Stepane Arcadievitch, habituado a bons jantares, não cessou de achar tudo excelente: o pão, a manteiga, os tortulhos, a sopa, o frango, o vinho branco da Crimeia, tudo o seduziu, tudo o encantou.

— Completo, perfeito — repetia ele, acendendo, depois do assado, um cigarro. — Creio verdadeiramente ter abordado a um pacífico rio, após o barulho e a agitação de uma travessia movimentada. Achas, pois, que o elemento representado pelo trabalhador deve ser contado na escolha do modo de cultura. Sou um leigo nestas questões, mas parece-me que esta teoria e a sua aplicação também terão influência sobre o trabalhador.

— Sim, mas espere. Não falo de economia política, falo de economia rural considerada como ciência. Como para as ciências naturais, é indispensável estudar os dados, os fenômenos e o trabalhador do ponto de vista econômico, etnográfico...

Neste momento, Agatha Mikhailovna trouxe os bolos.

— Meus parabéns, Agatha Fiodorovna — disse Stepane Arcadievitch, beijando-lhe a ponta dos dedos. — Que doces, que licores! Kostia — acrescentou ele —, já não é tempo de partirmos?

Levine olhou pela janela o sol que declinava sobre as árvores ainda desnudas.

— Sim, por Deus, Kouzma, que se atrele um carro de bancos!

E desceu a escada, correndo. Stepane Arcadievitch seguiu-o e desenfardou o seu fuzil de um estojo de madeira laqueada, coberta com uma capa de linho: era uma arma de modelo novo e custoso. Prevendo uma boa gorjeta, Kouzma ligou-se aos seus passos e Stepane Arcadievitch não o impediu de lustrar as suas meias e as suas botas.

— A propósito, Kouzma, logo mais deverá chegar um certo Riabinine, um negociante. Queres avisar para que o recebam e peça-lhe para me esperar, sim?

— Será a esse Riabinine que venderás o teu bosque?

— Sim. Tu o conheces?

— Certamente. Fiz um negócio com ele "positiva e definitivamente".

Stepane Arcadievitch pôs-se a rir. "Positiva e definitivamente" eram as palavras favoritas do homem.

— Sim, ele tem um modo de falar muito engraçado. Ah, ah, adivinhas onde vai o teu patrão — acrescentou, acariciando Mignonne, que rodeava Levine e lhe lambia ora a mão, ora a bota ou o fuzil.

— Pedi o carro, apesar de ser muito perto daqui, mas, se preferes, poderemos ir a pé.

— Gosto tanto de andar de carro — disse Stepane Arcadievitch, ocupando um lugar. Envolveu os joelhos em uma manta que imitava a pele de tigre e acendeu um cigarro. — Como podes passar sem fumar? O cigarro, eis a volúpia suprema... Ah, a boa vida que tu levas! Como eu te invejo!

— Que te impede de fazer o mesmo?

— Não, és um homem feliz, possuis tudo o que te causa prazer: amas os cavalos, os cães, a caça, a cultura e tens tudo nas tuas mãos. És feliz!

— Talvez porque aprecio o que possuo e não desejo muito o que não possuo — respondeu Levine, pensando em Kitty.

Stepane Arcadievitch entendeu a alusão, mas contentou-se em o olhar em silêncio. Por mais grato que fosse a Oblonski de ter percebido, com o seu tato ordinário, como este assunto lhe era doloroso, Levine gostaria de provocar a questão, mas não sabia como abordá-la.

— Vejamos, dize-me onde estão os teus negócios — prosseguiu ele, com o propósito de só pensar nos seus trabalhos.

Os olhos de Stepane Arcadievitch brilharam.

— Tu não admites que se deseje o supérfluo quando se tem a porção justa. Segundo o teu modo de pensar, é um crime, e eu não admito que se possa viver sem amor — respondeu ele, compreendendo a seu modo a questão de Levine. — Nada posso, assim fui feito. E, em verdade, quando pensamos, fazemos pouco dos outros e tanto prazer a nós mesmos!

— Há alguma coisa de novo? — indagou Levine.

— Há, meu caro. Tu conheces o tipo das mulheres de Ossian... aquelas mulheres que só são vistas nos sonhos. Algumas vezes, elas existem em carne e osso... e então são terríveis. A mulher, vê, é um tema inesgotável: quanto mais se estuda, mais se encontram novidades...

— O melhor, então, é não estudar.

— Oh, não! Eu não me lembro mais qual foi o matemático que disse que o prazer consistia em procurar a verdade, e não em achá-la.

Levine ouviu em silêncio, mas não chegava a penetrar na alma do amigo, a compreender o prazer que ele sentia em estudos daquele gênero.

XV

Os dois amigos chegaram logo à entrada de um bosque de faia nova que dominava o rio. Desceram da carruagem. Depois de localizar Oblonski numa clareira pantanosa, onde o musgo aparecia sobre a neve, Levine colocou-se do lado oposto, perto de uma bétula viçosa, e apoiou o fuzil num ramo baixo, tirou o paletó e verificou a destreza dos seus movimentos.

Mignonne, que o seguia de perto, sentou-se com precaução na sua frente, as orelhas à escuta. O sol, que desaparecia atrás dos grandes bosques, dava um intenso relevo aos ramos pendentes, de folhas rendilhadas entre as faias.

No centro, onde a neve ainda não se fundira completamente, ouvia-se a água escorrer com leve ruído nos regatos sinuosos. Os pássaros voavam de uma à outra árvore. Havia também momentos de silêncio absoluto, em que se percebia o ruído das folhas secas removidas pelo degelo ou pela erva que arrebentava.

"Em verdade, vê-se e ouve-se o crescer da erva", pensava Levine, observando uma folha da faia úmida e cor de ardósia que erguia a ponta de um talo. Imóvel e escutando, corria os olhos da cachorra à terra coberta de musgo, abaixava-os sobre os cimos despojados onde o marulho subia, no caminho do céu de nuvens brancas que pouco a pouco se obscurecia. Uma águia passou em voo lento, muito alta, distante; uma outra a seguia e desapareceu por sua vez. Ainda no centro, a melodia dos pássaros tornou-se mais viva, mais animada. Um mocho fez-se ouvir, próximo. Mignonne levantou as orelhas, deu alguns passos com prudência e inclinou a cabeça para melhor escutar. Além do rio, um cuco soltou duas vezes o seu apelo cadenciado, mas se esganiçou e só emitiu sons discordantes.

— Ouves o cuco? — indagou Stepane Arcadievitch, deixando o seu lugar.

— Sim, estou ouvindo — respondeu Levine, rompendo com pesar o silêncio do bosque. — Mas, atenção, o momento já chegou.

Stepane Arcadievitch retornou ao seu lugar e Levine não viu mais senão o brilho de um fósforo, a luz vermelha e a fumaça de um cigarro. "Tchik, tchik" — logo percebeu: Oblonski armava o fuzil.

— Que é isto que está gritando? — exclamou, atraindo a atenção de Levine para um ruído surdo e prolongado, muito parecido ao rincho folgazão de um potro.

— Como, tu não sabes? É o grito de uma lebre macho. Mas, silêncio! — gritou Levine, armando, ele também, o seu fuzil.

Um breve ruído fez-se ouvir longe. Depois, em cadência regular, de dois segundos, um terceiro e um último, seguido de um grasnado.

Levine ergueu os olhos à direita, à esquerda. Subitamente, no céu de um azul turvo, acima dos picos indeterminados das faias, apareceu um pássaro. Um som agudo, semelhante ao tecido que se rasga, chegou-lhe aos ouvidos; distinguiu o pescoço e o longo bico da galinhola; mas, apenas visara e já um clarão vermelho se elevava da moita onde estava Oblonski. O pássaro desceu como uma flecha para fazer em seguida um círculo na altura. Um segundo clarão brilhou, um golpe retiniu e o pássaro, tentando reanimar-se, bateu inutilmente as asas, imobilizou-se um instante e caiu surdamente na terra.

— Errei? — gritou Stepane Arcadievitch, cego pela fumaça.

— Ei-la! — respondeu Levine, mostrando Mignonne, que, uma orelha erguida, agitando alegremente a ponta da cauda, esboçando uma espécie de sorriso, voltava lentamente, como para prolongar o prazer, a entregar a caça a Levine. — Todos os meus parabéns! — continuou ele, repelindo um certo sentimento de inveja.

— Do lado direito, eu sou um mau atirador — resmungou Stepane Arcadievitch, carregando novamente a arma. — Silêncio, eis outra!

Com efeito, os ruídos se sucederam, rápidos, mas não acompanhados desta vez por nenhum grasnado. Duas galinholas, divertindo-se e perseguindo-se mutuamente, voavam bem acima dos caçadores. Quatro tiros ecoaram, mas os pássaros, como se imitassem as andorinhas, em brusca volta, perderam-se nos ares.

A caçada foi excelente. Stepane Arcadievitch matou ainda dois pássaros e Levine dois outros, sendo que um não foi encontrado. Veio a noite. Muito baixo, do lado onde o sol se põe, Vênus, com dois raios de prata, subia entre as árvores, enquanto espelhava, para o levante, o fogo vermelho do tenebroso Arcturus. Certas estrelas da Grande Ursa brilhavam, com intervalos, sobre Levine. A caçada parecia terminada, mas ele resolveu esperar que Vênus tivesse passado os ramos de uma árvore sobre a qual ele a via e que a Grande Ursa ficasse completamente visível. Mas a estrela ultrapassou os ramos e a luz da Grande Ursa mostrava-se inteiramente — e ele esperava ainda.

— Não será tempo de voltarmos? — perguntou Stepane Arcadievitch.

Na floresta, tudo estava silencioso. Não se ouvia o sussurro de um pássaro.

— Esperemos ainda — respondeu Levine.

— Como queiras.

Estavam, naquele momento, a quinze passos um do outro.

— Stiva — gritou subitamente Levine —, não me disseste se a tua cunhada casou-se ou quando se realizará o casamento.

Ele se sentia tão firme, tão calmo, que nenhuma resposta, pensava, poderia comovê-lo. Mas não esperava aquela que Stepane Arcadievitch lhe daria.

— Ela não se casou e nunca pensou em casamento. Está muito doente e o médico enviou-a ao estrangeiro. Teme-se mesmo pela sua vida.

— Que dizes! — exclamou Levine. — Doente... mas, que tem? E como...

Mignonne, as orelhas, à escuta, examinava o céu e lançava-lhes olhares de reprovação. "Escolheram bem o tempo para tagarelar!", pensava ela. "Veja uma que vem... Sim, veja. Vão matá-la."

No mesmo instante um ruído agudo chamou a atenção dos nossos caçadores. Ambos agarraram os fuzis. Dois clarões, dois tiros que se confundiram. A galinhola, que voava muito alto, bateu as asas e caiu sobre os cogumelos.

— Temos a metade — gritou Levine, correndo com Mignonne a procurar a caça. "O que tanto me penalizou ainda há pouco?", indagava-se. "Ah, sim, Kitty está doente. É doloroso, mas que posso fazer?" — Ah, ah, minha bela, aqui tens! — continuou ele em voz alta, tirando da boca de Mignonne o pássaro ainda quente, para colocá-lo na bolsa quase cheia. — Encontrei-a, Stiva! — gritou alegremente.

XVI

Durante a volta, Levine muito interrogou o amigo sobre a doença de Kitty e os projetos dos Stcherbatski. Sem que ousasse confessar a si mesmo, os detalhes fornecidos lhe deram um secreto prazer: restava-lhe ainda uma esperança e principalmente a satisfação de ver que aquela que tanto o fizera sofrer sofria também por sua vez. Mas quando Oblonski narrou as causas da doença de Kitty e pronunciou o nome de Vronski, Levine o interrompeu.

— Não tenho o direito de estar a par desses segredos de família que, para falar a verdade, não me interessam em nada.

Stepane Arcadievitch esboçou um sorriso: vinha de surpreender na fisionomia de Levine a brusca passagem da alegria à tristeza que ele tanto conhecia.

— Fechaste com Riabinine o negócio do teu bosque? — indagou Levine.

— Sim, ele me ofereceu um bom preço; trinta e oito mil rublos, oito mil adiantados e trinta mil em prestações de seis anos. Este negócio me causou muitos aborrecimentos, ninguém oferecia grande coisa.

— Entregas o teu bosque de graça! — articulou Levine, com ar sombrio.

— Como assim, de graça? — replicou Stepane Arcadievitch com um falso sorriso, porque sabia que Levine estava descontente com tudo.

— O teu bosque vale pelo menos quinhentos rublos por hectare — afirmou Levine.

— Ah, estes agricultores! — exclamou Stepane Arcadievitch. — Tu sempre acabas por desprezar os pobres citadinos que somos, mas quando se trata de fechar um negócio, nós saímos melhor que os agricultores. Acredite-me, calculei tudo: o bosque está vendido em excelentes condições e eu só temo uma coisa, é que o comprador não se arrependa. Não existe lá madeira de construção — prosseguiu ele, destacando as palavras e pensando reduzir a nada, com aquele termo técnico, todas as dúvidas de Levine —, quase todas são madeiras de lenha, e existem apenas trezentos *steres* por hectare. Ora, deu-me ele duzentos rublos por hectare.

Levine teve um sorriso de dúvida. "Vê bem", pensou, "o gênero desses senhores da cidade que uma ou duas vezes em dez anos vêm ao campo e, por duas ou três palavras técnicas que conseguiram arranjar, imaginam que já nos podem enganar! O pobre rapaz fala de coisas das quais ignora até a primeira palavra."

— Não me permito dar-lhe lições quando se trata da papelada da tua administração — replicou ele — e nesse caso eu te pediria conselho. Mas tu pensas conhecer a fundo estes negócios de bosques. Eles são complicadíssimos, asseguro-te. Tu contaste as árvores?

— Como assim, contar as minhas árvores? — objetou, rindo-se, Stepane Arcadievitch, que, a todo custo, queria fazer renascer o bom humor do amigo. — Contar as areias do mar, os raios dos planetas, só um gênio, se for possível!

— Respondo-te que o gênio de Riabinine pode tudo. Não existe negociante que compre sem contar, a menos que lhe deem o bosque de graça, como tu estás fazendo. Eu o conheço, o teu bosque, nele caçava todos os anos: vale quinhentos rublos por hectare, dinheiro contado, enquanto te oferecem apenas duzentos. Faze-lhe um presente de mais de trinta mil rublos...

— Não se entusiasme — disse Oblonski, gracejando. — Por que ninguém me ofereceu ainda este preço?

— Porque os negociantes estão combinados uns com os outros e recebem mútuas compensações. Conheço toda essa gente, é do próprio negócio, entendem-se como ladrões nas feiras. Fique tranquilo, Riabinine despreza os lucros de dez ou quinze por cento, ele espera a sua hora e compra a vinte kopeks, o que corresponde a um rublo.

— Vês as coisas muito negras!

— Absolutamente! — concluiu Levine num tom sombrio, no momento em que se aproximavam da casa.

Em frente da porta estava parada uma carruagem, solidamente guarnecida de ferro e couro, atrelada a um cavalo bem alimentado, onde se enfatuava o caixeiro de Riabinine, um rapaz vermelho, que naquela ocasião lhe servia como cocheiro. O patrão, em pessoa, esperava os dois amigos no vestíbulo. Era um homem de meia-idade, alto, magro, com o bigode e a barba inteiramente raspados, olhos ternos. Vestia um capote, calçava botas. Limpou o rosto com o lenço, fechou ainda mais o capote e avançou para os recém-chegados com um sorriso, enquanto estendia a Oblonski uma mão que parecia querer apanhar qualquer coisa.

— Ah! — disse-lhe Stepane Arcadievitch, estendendo-lhe a mão. — Muito bem.

— Os caminhos são péssimos, mas eu não ousaria desobedecer às ordens de Vossa Excelência. Positivamente faria a viagem a pé, mas aqui estou no dia marcado... Meus cumprimentos, Constantin Dmitritch — continuou ele, voltando-se para Levine, com a intenção também de apertar-lhe a mão. Mas Levine, que retirava as galinholas da bolsa, simulou não ter visto o seu gesto. — Os senhores vieram da caça? — acrescentou Riabinine, com um olhar de desprezo para as galinholas. — Que pássaros são estes? Será possível que tenham bom gosto? Verdadeiramente — balançou a cabeça num gesto desaprovador —, será isto comida de cristão?

— Queres vir ao meu gabinete? — perguntou Levine em francês, num tom decididamente lúgubre. — Entrai no meu gabinete, discutireis assim os vossos negócios — prosseguiu em russo.

— Onde queiram — disse o negociante com desdenhosa superioridade, querendo dar a entender assim que se os outros não sabiam viver, ele, Riabinine, sempre o soubera.

Penetrando no gabinete, Riabinine automaticamente procurou com o olhar uma imagem santa; achando-a, não se benzeu. Teve para a biblioteca e para as estantes carregadas de livros o mesmo ar de desdém, o mesmo balançar de cabeça que tivera para com as galinholas.

— Trouxeste o dinheiro? — perguntou Oblonski. — Mas sente-se...

— O dinheiro não fará falta. No momento, vamos conversar um pouco.

— A que propósito? Mas sente-se.

— Pode-se sentar no que foi feito para se sentar — disse Riabinine, deixando-se cair numa poltrona e se apoiando ao encosto da maneira mais incômoda... — É preciso ceder qualquer coisa, meu príncipe, seria pecado não o fazer... Quanto ao dinheiro, ele será entregue, definitivamente e até o último kopek. Por este lado, não haverá demora.

Aquele discurso chegou até Levine que, depois de colocar o fuzil no armário, quis se retirar.

— Como — gritou ele — ainda pede abatimento! Mas o senhor já oferece um preço irrisório! Se o meu amigo me procurasse mais cedo, eu lhe teria feito outra proposta!

Riabinine levantou-se e tossiu. Levine sorria.

— Constantin Dmitritch é muito sovina — disse, dirigindo-se a Oblonski. — Definitivamente, não se pode tratar com ele. Eu negociei o seu trigo, ofereci um último preço e...

— Por que é que eu lhe faria presente dos meus bens? Ao que sei, nada achei e nem roubei coisa alguma.

— Desculpe-me, mas nos dias presentes é positivamente impossível roubar-se. Nos dias presentes, o negócio definitivamente tornou-se público. Tudo é feito honestamente e às claras. Como se poderia roubar nessas condições? Tratamos com pessoas honestas. O bosque é muito caro, eu não reunirei as duas pontas. É preciso, portanto, que me faça um pequeno abatimento.

— Mas o negócio já não está feito? Sim ou não, decida! Se já está, nada mais há para se negociar; se não está, sou eu quem compra o bosque.

O sorriso desapareceu do rosto de Riabinine, cedendo lugar a uma expressão de ave de rapina, ávida e cruel. Com os dedos ágeis e ossudos, ele desabotoou o capote, exibindo a sua blusa russa, o colete de botões de ouro, a corrente do relógio, e puxou uma carteira usada.

— O bosque é meu, se faz favor — articulou, estendo a mão depois num rápido sinal da cruz. — Vejam como Riabinine compreende os negócios, ele não regateia — acrescentou num tom brusco, agitando a carteira.

— Em teu lugar, eu não me apressaria — aconselhou Levine.

— Que dizes! — objetou, não sem surpresa, Oblonski. — Eu dei a minha palavra.

Levine saiu, batendo a porta. Riabinine sacudiu a cabeça, rindo-se.

— Tudo isso é infantilidade, positiva e definitivamente. Palavra de honra, eu compro o bosque pela glória, porque quero que se diga: "Foi Riabinine, e não o outro, quem comprou o bosque de Oblonski." E sabe Deus se lucrarei! Palavra de honra... Está bem, agora tratemos de redigir o contrato...

Uma hora mais tarde, o negociante, com o capote bem abotoado, o casaco bem fechado sobre o peito, subiu em sua sólida carruagem, levando para casa um contrato em boa e devida forma.

— Oh, esses senhores — disse ao cocheiro — sempre a mesma história!

— É sempre a mesma coisa — respondeu o cocheiro, dando-lhe as rédeas para abrir a porta da carruagem. — E quanto ao negócio, Mikhail Ignatitch?

— Ah, ah!...

XVII

Stepane Arcadievitch subiu ao primeiro andar, os bolsos cheios de letras passadas há três meses que Riabinine o fizera aceitar por conta. A venda estava concluída, tinha o dinheiro na carteira, a caçada fora ótima: sentia-se, pois, com muito bom humor e desejava acabar com uma alegre ceia o dia tão bem começado. Por isso, ele devia a todo custo distrair Levine, mas, por mais que se mostrasse amável, não chegava a afastar as suas ideias negras. A notícia de que Kitty não se casara tinha-o como que embriagado, mas no fundo daquele delírio se achava a tristeza. Não se casara, e doente, doente de amor por aquele que a desprezara! Era quase uma injúria pessoal. Vronski a desprezara, mas ela o desprezara a ele, Levine. Vronski não teria adquirido o direito de desprezá-la?

Isso, de resto, era tão somente uma vaga impressão. Como verdadeira causa da sua contrariedade, Levine apresentava ninharias. Aquela absurda venda da floresta, o logro de que Oblonski fora vítima sob o seu teto, irritavam-no particularmente.

— Então, tudo acabado? — perguntou, vendo Oblonski. — Queres cear?

— Não posso recusar. O *champagne* me deu um apetite de lobo. Mas por que não convidaste Riabinine?

— Que se vá para o inferno!

— Como tu o tratas! Não lhe apertas nem a mão, por quê?

— Porque não dou a minha mão aos criados, que são cem vezes melhor do que ele.

— Que ideias atrasadas! E a fusão das classes, que dizes?

— Eu a deixo para as pessoas a quem ela agrada. Quanto a mim, não a quero.

— Decididamente, és um retrógrado.

— Em verdade, nunca me preocupei com o que sou. Sou simplesmente Constantin Dmitritch Levine.

— Um Constantin Levine muito aborrecido — disse Oblonski, sorrindo.

LIEV TOLSTÓI

— É verdade, e sabes por quê? Por causa daquela estúpida venda, desculpe-me a palavra.

Stepane Arcadievitch tomou um ar de inocência constrangida.

— Vejamos — disse ele —, quando alguém acaba de vender qualquer coisa, logo aparece outro para dizer "mas isso vale muito mais!" Infelizmente, ninguém oferece tal preço antes da venda. Não, no fundo tens alguma queixa contra esse infeliz Riabinine...

— Talvez, e vou dizer-te por quê. Poderás ainda me chamar de retrógrado ou de outra coisa qualquer tão ridícula, eu não deploraria o geral empobrecimento dessa nobreza à qual, apesar da fusão das classes, eu sou muito feliz de pertencer. Se ao menos este empobrecimento fosse uma consequência das nossas prodigalidades, ainda bem: governar a vida é um trabalho dos nobres, e só eles o entendem. Não me preocupo quando vejo os camponeses comprarem as nossas terras. O proprietário não faz nada, o camponês trabalha e não é ocioso. Isto é a ordem. Mas o que me preocupa é verificar que a nossa nobreza se deixa roubar por... como direi... sim, é isto mesmo, por inocência! Aqui, é um fazendeiro polonês que compra pela metade do preço, a uma senhora de Nice, uma admirável propriedade. Ali, é um negociante que adquire uma fazenda a um rublo por hectare e que, na verdade, vale dez. Hoje, foste tu quem, sem a menor razão, presenteaste aquele canalha com uma trintena de mil rublos.

— Então, segundo o teu modo de ver, devia contar as minhas árvores uma a uma?

— Perfeitamente. Se não fizeste isto, fique certo de que Riabinine o fez por ti. Os seus filhos terão com que viver e se educar e Deus sabe se os teus...

— Desculpe-me, acho esses cálculos mesquinhos. Nós temos as nossas ocupações, eles têm a sua e é preciso que cada qual faça as suas melhorias. Demais, o negócio está fechado e já não há remédio... Mas vê os ovos que vêm! Parecem-me apetitosos! E Agatha Mikhailovna que nos trará aquela excelente aguardente...

Oblonski pôs-se à mesa e pilheriou com Agatha Mikhailovna, assegurando não ter, havia muito tempo, jantado tão bem e tão bem ceado.

— Ao menos — disse Agatha — o senhor tem sempre uma palavra agradável a dizer, enquanto Constantin Levine serve-se apenas de um naco sem nada dizer.

Por mais esforços que fizesse para se dominar, Levine continuava sombrio e silencioso. Tinha nos lábios uma pergunta que não se decidia a colocar, ignorando a maneira e o propósito de formulá-la. Stepane Arcadievitch teve tempo de retornar ao quarto, de fazer a *toilette*, de vestir uma camisa de noite e, afinal, de deitar-se. Levine prosseguia rondando-o, abordando mil assuntos, sem coragem de perguntar o que tinha no coração.

— Como é bem apresentado! — disse ele, devolvendo um sabonete perfumado, atenção de Agatha Mikhailovna, da qual Oblonski não mais se esqueceria. — Olhe, é indiscutivelmente uma obra de arte.

— Sim, tudo se aperfeiçoa em nossos dias — aprovou Stepane Arca-dievitch, com um movimento de beatitude. — Os teatros, por exemplo, e outros lugares de diversão... — novo movimento. — Em toda a parte já existe a luz elétrica...

— Sim, a luz elétrica... — repetiu Levine. — A propósito, e Vronski, que fim levou? — arriscou-se a perguntar, deixando o sabonete.

— Vronski? — disse Stepane Arcadievitch. — Ele está em Petersbur-go. Partiu pouco tempo depois de ti e não mais voltou a Moscou. Sabes, Kostia — continuou, apoiando-se na mesinha de cabeceira e descansando na mão o belo rosto onde brilhavam, como duas estrelas, os olhos um pouco sonolentos —, com franqueza, tu és o único culpado. Tiveste medo de um rival e, repito o que então te dizia, ignoro qual dos dois tinha mais probabilidades. Por que não foste adiante? Eu não te preveni que...

E ele moveu as mandíbulas, sem abrir a boca.

"Ele sabe ou não sabe do meu pedido?", perguntava-se Levine, fitan-do-o. "Sim, é manhoso, há certa diplomacia no seu rosto." E, sentindo-se corar, volveu em silêncio o seu olhar para Oblonski.

— Admitindo-se — continuou Stepane Arcadievitch — que tenha ela experimentado por Vronski um sentimento qualquer, esse sentimento só poderia ter sido superficial. Foi a mãe que se deixou seduzir pelas suas maneiras aristocráticas e a brilhante posição que um dia ele ocupará na sociedade...

Levine franziu a testa. A injúria da recusa magoava novamente o seu coração como uma ferida recente. Felizmente, estava em sua casa, e na sua casa Levine se sentia mais forte.

— Um instante — gritou ele, interrompendo Oblonski. — Tu falas de aristocracia. Queres me dizer em que consiste a aristocracia de Vronski ou de não importa quem e em que justifica ela um desprezo por mim? Tu o consideras como um aristocrata. Eu não sou dessa opinião. Um homem cujo pai era um pobre-diabo e a mãe teve não sei quantas aventuras... Não, obrigado. Chamo de aristocratas as pessoas que, como eu, descendem de três ou quatro gerações de pessoas honestas, instruídas, cultas (não falo dos dons do espírito, é um outro negócio) que, nunca tendo necessidade de ninguém, jamais se abaixaram diante de quem quer que fosse. Assim foram meu pai e meu avô. Conheço inúmeras famílias semelhantes. Fazes presente de trinta mil rublos a um Riabinine e achas mesquinho que eu conte as árvores do meu bosque, mas te empregaste um dia como funcionário público e não sei o que mais, não, isso eu jamais farei! Eis por que dirijo os bens que meu pai me deixou e aqueles que adquiri com o meu trabalho... Nós, sim, é que somos os aristocratas, e não aqueles que vivem à sombra dos poderosos e se deixam vender por pouca coisa.

— A que propósito dizes isto? Sou da tua opinião — respondeu sinceramente Stepane Arcadievitch, muito aborrecido com a inclusão que Levine fizera do seu nome entre as pessoas que se deixam vender por pouca coisa. — Tu não és justo para com Vronski, mas não se trata disso. Digo-te francamente: devias partir comigo para Moscou e...

— Não. Não sei se tu sabes o que se passou. Decerto, pouco me importa. É indispensável dizer-te: declarei-me a Catarina Alexandrovna e sofri uma recusa que me humilhou.

— Por que isso? Que loucura!

— Não falemos mais. E se me exaltei, peço-te todas as desculpas.

Assim que explicou, readquiriu novamente o seu bom humor.

— Vamos — continuou ele, rindo-se, e apertando a mão de Oblonski. — Não me queiras mal, sim, Stiva?

— Mas eu não me aborreci. Estou satisfeito que nos abríssemos um ao outro. A caçada de manhã foi esplêndida, mas de qualquer modo eu ficaria sem dormir e, depois, iria diretamente para a estação.

— Está certo.

XVIII

Se a vida interior de Vronski era absorvida inteiramente pela paixão, a sua vida exterior continuava o seu curso inevitável, oscilante entre os deveres sociais e as obrigações militares. O regimento ocupava um grande lugar na sua existência, primeiramente porque ele o amava e mais ainda porque era querido. Não apenas o queriam, mas o respeitavam, pois era agradável ver-se um homem tão rico, tão instruído, tão bem-dotado, subordinar aos interesses do regimento e dos camaradas o sucesso do amor-próprio e da vaidade. Vronski sabia dos sentimentos que inspirava e tudo fazia para conservá-los. Demais, o trabalho militar o seduzia. Nada dizia a ninguém do seu amor, nenhuma palavra imprudente lhe escapava durante as conversas mais prolongadas (e ele jamais se embebedava a ponto de perder totalmente o controle), sabia calar os indiscretos que insinuavam as menores coisas sobre os seus negócios do coração. Esses negócios constituíam o fraco da cidade, todo mundo suspeitava mais ou menos do seu romance com Madame Karenina. A maior parte dos rapazes abordava precisamente o que mais lhe pesava naquela ligação, a alta posição do marido, e isso constituía um acontecimento mundano. A maior parte das moças, invejosas de Ana, a quem sempre ouviram tratar de "justa", via com prazer as suas previsões realizadas e não esperava senão a sanção da opinião pública para oprimi-la com o desprezo — poupavam o falatório para quando chegasse o momento oportuno. Os velhos e as pessoas de posição elevada temiam um escândalo e mostravam-se descontentes.

A condessa Vronski soubera primeiramente, com uma alegria maliciosa, dos amores do filho. Nada, a seu ver, formava melhor um rapaz que uma ligação na alta sociedade. Não estava desgostosa que aquela Madame Karenina, que só falava do próprio filho, acabasse saltando sobre os seus passos, assim como acontecia a todas as mulheres bonitas de idêntica posição. Mas aquela indulgência cessou desde que soube que Alexis, para não se afastar da sua amante, recusara uma promoção importante, razão por que lhe guardava um certo rancor. Ela dizia também que, longe do brilhante capricho que sentiria, aquela paixão chegaria ao trágico, à moda do Werther, e obrigaria o seu filho a cometer as maiores tolices. Como ela não o vira mais após a sua brusca partida de Moscou, avisou-o pelo irmão mais velho que precisava vê-lo. Esse irmão não escondia o seu descontentamento, não que se inquietasse por saber se o amor de Alexis era profundo ou efêmero, calmo ou apaixonado, inocente ou criminoso (ele mesmo, apesar de pai de família, mantinha uma dançarina e não tinha o direito de mostrar-se severo), mas sabendo que aquele amor superava o direito, só podia condenar Alexis.

Entre o seu trabalho e as relações sociais, Vronski consagrava uma parte do seu tempo a uma segunda paixão, a pelos cavalos. Os oficiais organizavam aquele ano corridas de obstáculos. Inscrevera-se e escolhera um cavalo inglês puro-sangue. Apesar do seu amor, aquelas corridas lhe despertavam uma grande atração. As duas paixões não se anulavam. Era preciso a Vronski, fora de Ana, uma distração qualquer para descansá-lo e afastá-lo das emoções violentas que o perturbavam.

XIX

No dia das corridas de Krasnoie Selo, Vronski veio mais cedo que de costume comer um bife na sala dos oficiais. Não era rigorosamente obrigado a restringir a sua alimentação, o seu peso correspondia ao peso exigido, mas ele não devia engordar e, em consequência, se abstinha do açúcar e das farinhas. Os cotovelos na mesa, a túnica desabotoada deixando ver o colete branco, parecia mergulhado na leitura de um romance francês aberto sobre o prato, só tomava aquela atitude para se livrar dos que passavam. O seu pensamento estava longe.

Pensava no encontro que Ana lhe marcara para depois das corridas. Não a vendo já havia três dias, indagava a si próprio se poderia ela cumprir a promessa, porque o seu marido acabara de chegar de uma viagem ao estrangeiro. Como certificar-se? Tinham-se visto pela última vez em casa de Betsy, sua prima, porque ele não frequentava a dos Karenine. Era portanto ali que Vronski projetava encontrá-la e para isto procurava um pretexto plausível.

"Direi que Betsy pediu-me para lhe perguntar se conta vir às corridas: sim, irei certamente", decidiu ele. E a sua imaginação tanta vivacidade emprestava à felicidade daquela entrevista que o seu rosto, transfigurando--se subitamente, brilhou de alegria.

— Vá até minha casa e diga para atrelarem a carruagem mais cedo — disse ele ao rapaz que lhe trazia o bife numa bandeja de prata. Puxou o prato, e começou a comer.

Da sala de bilhar vizinha ouvia-se subir entre o choque das bolas um ruído de vozes misturado à explosão de risos. Dois oficiais apareceram na porta: um, muito jovem, de rosto afetado, recentemente saído do Corpo dos Pajens; outro, gordo e velho, com uns olhinhos pesados de gordura e uma pulseira no braço.

Vronski dirigiu-lhe um olhar aborrecido e, voltando os olhos para o livro, simulou não os ter visto.

— Ah! Arranjas forças? — disse o oficial gordo, sentando-se junto dele.

— Como estás vendo — respondeu Vronski, sem levantar os olhos.

— Não receias engordar? — continuou o oficial, oferecendo uma cadeira ao jovem camarada.

— Que dizes? — perguntou Vronski bruscamente, sem esconder uma careta de aversão.

— Não receias engordar?

— Garçom, traga o xerez! — gritou Vronski sem responder e, depois de colocar o livro do outro lado do prato, prosseguiu na leitura.

O oficial gordo tomou a lista dos vinhos, estendeu-a ao mais jovem e disse:

— Veja o que podemos beber.

— Vinho do Reno, se queres — respondeu o outro, que, alisando o seu imperceptível bigode, lançava sobre Vronski um olhar fixo. Vendo que este não respondia, levantou-se.

— Retornemos à sala de bilhar — propôs.

O oficial gordo o seguiu docilmente. Iam saindo quando surgiu um soberbo rapaz, o capitão Iachvine. Concedeu-lhes uma saudação e foi diretamente a Vronski.

— Ah! — gritou, deixando cair vigorosamente a mão no ombro do rapaz. Vronski voltou-se com ar descontente, mas o seu rosto logo adquiriu a expressão de serenidade que lhe era habitual.

— Bravo, Alexis — gritou o capitão —, vamos comer um pouco e beber um copo!

— Eu não tenho fome.

— Lá se vão os inseparáveis — continuou Iachvine, com um olhar irônico para os dois oficiais que se afastavam. E sentou-se perto de Vronski, dobrando as suas enormes pernas muito grandes para a altura das cadeiras. — Por que não foste ao teatro de Krasnoie? A Numerov não tocou mal. Onde estavas?

— Atrasei-me em casa dos Tverskoi.

— Ah! sim...

Bêbado, debochado, despido de qualquer princípio, ou antes, provido de princípios unicamente imorais, Iachvine era no regimento o melhor camarada de Vronski. Este admirava a sua excepcional força física, de que fazia prova bebendo como uma esponja e ficando sem dormir; não lhe admirava menos a força moral, que lhe valia a admiração dos seus chefes e dos seus camaradas e lhe permitia arriscar-se no jogo, mesmo depois dos mais fortes reveses, e perder dezenas de milhares de rublos com uma calma e uma presença de espírito tão imperturbáveis como se fora, no clube inglês, o primeiro dos jogadores. Vronski sentia-se querido de Iachvine por ele mesmo, e não pelo seu nome ou sua riqueza, motivo por que ele lhe dedicava uma afeição sincera, por que lhe falava — e unicamente a ele — do seu amor, convencido de que apesar do desprezo que mantinha por todo sentimento, somente Iachvine podia compreender a profundeza daquela paixão e que somente Iachvine não a tornaria um assunto de maledicência. Sem que ele nada lhe dissesse, lia nos seus olhos que Iachvine sabia de tudo e levava a coisa com seriedade.

— Ah, sim — disse o capitão. Um clarão brilhou nos seus olhos negros enquanto, obedecendo a um tique familiar, apertava com os dedos nervosos a ponta esquerda do bigode entre os lábios.

— E tu, que fizeste da tua noite? Ganhaste?

— Oito mil rublos, três dos quais talvez eu não receba nunca.

— Então posso te fazer perder sem remorsos — disse Vronski sorrindo, sabendo que Iachvine apostara nele uma soma elevada.

— Não penso em perder. Só Makhotine o imagina.

E a conversa se entabulou sobre corridas, o único assunto que podia interessar Vronski naquele momento.

— Afinal, eu já acabei e podemos partir — disse.

Dirigiu-se para a porta. Iachvine levantou-se, erguendo o seu alto busto e as longas pernas.

— Não posso jantar nesta hora, mas quero beber alguma coisa. Ei! traga vinho! — gritou com a voz poderosa, que fazia tremer os vidros e que era sem igual para comandar. — Não, inútil! — gritou logo depois.

— Se voltas à tua casa, eu te acompanho.

E saíram do quartel.

XX

Vronski ocupava no acampamento uma barraca ampla e própria, dividida em duas partes por um tabique. Como em Petersburgo, tinha por comensal Petritski. Quando Vronski e Iachvine entraram, Petritski dormia.

— Chega de dormir, levanta-te! — disse Iachvine, indo sacudir o dorminhoco pelos ombros, atrás do tabique onde ele estava deitado com a cabeleira em desordem e o nariz no travesseiro.

Petritski pôs-se de joelhos e fitou-os com os olhos mal despertos.

— Teu irmão chegou — disse ele a Vronski. — Acordou-me, o animal, para dizer que voltaria mais tarde.

Lançou-se de novo sobre os travesseiros, puxando a coberta.

— Deixa-me tranquilo — gritou com cólera para Iachvine, que tencionava lhe tirar a coberta. Depois, voltando-se para ele e abrindo definitivamente os olhos: — Faria melhor em dizer-me o que deverei beber para tirar da boca este gosto amargo.

— Aguardente, é o que há de melhor — bradou Iachvine. — Terestchenko, traze depressa aguardente e pepinos para o teu patrão! — ordenou, sentindo evidente prazer com os trinados da própria voz.

— Aguardente? — perguntou Petritski esfregando os olhos. — Se bebes, serei o teu companheiro! E tu, Vronski, não virás nos fazer companhia?

Deixando o leito, ele avançou, envolvido no cobertor, os braços no ar, cantarolando em francês: "Era ele um rei de Tu... u... le."

— Bem, Vronski, não virás nos fazer companhia, sim ou não?

— Vou passear! — respondeu Vronski, a quem o criado entregava o capote.

— Aonde pretendes ir? — indagou Iachvine, vendo aproximar-se da casa uma carruagem atrelada a três cavalos.

— À cocheira e depois em casa de Brianski, com quem tenho um negócio a acertar.

Ele havia, com efeito, prometido a Brianski, que residia a dez léguas de Peterhof, ir acertar uma compra de cavalos e esperava ter tempo para passar lá. Os seus companheiros, porém, compreenderam logo que ele ainda iria a outro lugar. Cantarolando, Petritski olhou-o e fez um gesto que significava: "Sabemos perfeitamente o que Brianski quer dizer."

— Não te demores — contentou-se em dizer Iachvine. E, para romper o mal-estar: — A propósito, e o meu cavalo, está a teu serviço? — perguntou, examinando pela janela o cavalo que emprestara a Vronski.

No momento em que Vronski ia saindo, Petritski chamou-o, gritando:

— Espera, teu irmão me deixou uma carta e um bilhete para ti. Onde eu os teria guardado?

— Onde estão eles?

— Onde eles estão? Aí está precisamente a questão — declarou Petritski, pondo o dedo na testa.

— Acabemos, isto é insuportável! — disse Vronski, sorrindo.

— Eu não acendi o fogo na chaminé. Devem estar por aí, em qualquer parte.

— Deixe de brincadeiras. Onde está a carta?

— Juro-te, não sei mais nada. Teria eu, por acaso, sonhado? Espere, espere, não te irritarei. Se tivesses bebido quatro garrafas como eu o fiz ontem à noite, tu perderias, também, a noção das coisas... Espere, vou fazer o possível para lembrar-me.

Petritski voltou para trás do tabique e deixou-se cair sobre o leito.

— Foi assim que estive deitado e ele estava ali... Sim, sim, sim, lembro-me bem.

E tirou a carta debaixo do colchão.

Vronski tomou-a; estava acompanhada por um bilhete do seu irmão. Era bem o que supunha: a sua mãe o repreendia por não ter ido vê-la e o seu irmão desejava lhe falar urgentemente. "Que desejam eles?", murmurou, e amarrotando os dois papéis, meteu-os nos bolsos da túnica com intenção de lê-los novamente na estrada, mais à vontade.

Encontrou-se na saída com dois oficiais, um dos quais pertencia a outro regimento, e isso porque a sua barraca era usada como ponto de reunião.

— Aonde vais? — indagou um deles.

— A um negócio em Peterhof.

— O teu cavalo chegou de Tsarskoie?

— Sim, mas eu ainda não o vi.

— Dizem que Gladiator, o cavalo de Makhotine, é defeituoso.

— São pilhérias! — disse a outro oficial. — Mas como farás tu para correr com uma lama igual?

— Ah, ah! Vieram me salvar! — gritou Petritski, vendo entrar os novos visitantes, a quem o ordenança oferecia numa bandeja os pepinos e a aguardente. — Como veem, Iachvine aconselhou-me a beber para refrescar as ideias.

— Sabes que nos fizeste passar a noite em claro? — disse um dos oficiais.

— Sim, mas tudo terminou com música. Volkov subiu no telhado e nos anunciou dali que estava louco. Se tocássemos um pouco? Propus uma marcha fúnebre... E, ao som desta, ele adormeceu no telhado.

— Beba, pois, a tua aguardente e, por cima, a água de Seltz com limão — disse Iachvine, encorajando Petritski como uma mãe que trata o filho. — Depois disso, poderás beber uma garrafa de *champagne*.

— Isso seria melhor! Espere um pouco, Vronski, venha beber conosco...

— Não, senhores, adeus. Eu não bebo hoje.

— Temes o atordoamento. Bem, dispensamos a tua companhia. Depressa, traga a água de Seltz e limão!

— Vronski! — gritou alguém quando ele saía.

— Que é?

— Devias cortar os cabelos, eles pesam muito!

Uma calvície precoce afligia Vronski. Ele sorriu da brincadeira e, puxando o boné sobre a testa para esconder a calvície, saiu e subiu na carruagem.

— À cocheira! — ordenou.

Ia reler as cartas quando, refletindo, preferiu não se distrair e transferiu a leitura para depois da visita à cocheira.

XXI

Desde a véspera, tinham posto o cavalo de Vronski na cocheira provisória: era uma barraca de tábuas construída no alto, nas vizinhanças do campo de corrida. Como, após alguns dias, só o *entraineur* montasse o cavalo, Vronski não sabia bem em que estado ele o iria encontrar. Assim que viram a carruagem se aproximar, chamaram o *entraineur*. Este, um inglês emagrecido, com um tufo de cabelos no queixo, usava casaco curto e botas de montaria; veio esperar Vronski com o seu andar bamboleante, os cotovelos moles, tão normais nos *jockeys*.

— Como vai Fru-Fru? — perguntou Vronski em inglês.

— *All right, sir* — respondeu o inglês, do fundo da garganta. — Melhor seria não entrar — acrescentou, tirando o chapéu. — Botei nela uma focinheira, isso a incomoda. A qualquer aproximação, ela se agita.

— Irei assim mesmo, quero vê-la.

— Então vamos — consentiu o inglês, contrariado, falando sempre sem abrir a boca. E, com o mesmo passo bamboleante, os braços sempre moles, tomou a dianteira, sacudindo os cotovelos.

Entraram no patiozinho em frente da barraca. O empregado de serviço, um rapaz de boa fisionomia, introduziu-os, tendo uma vassoura na mão.

Cinco cavalos ocupavam a cocheira, cada um no seu compartimento; o de Makhotine, o mais sério concorrente de Vronski, Gladiator, um alazão robusto, devia estar entre eles. Vronski, que não o conhecia, estava mais curioso de vê-lo do que ao seu próprio cavalo, mas as regras das corridas proibiam que ele o visse e até mesmo pedisse informações a respeito do animal. Quando percorriam o corredor, o empregado abriu a porta do segundo compartimento da esquerda e Vronski entreviu um vigoroso cavalo de malhas brancas nas pernas. Adivinhou ser Gladiator, mas se voltou imediatamente para Fru-Fru, como se se tratasse de uma carta aberta que não lhe fosse endereçada.

— É o cavalo de Ma... Mak... não consigo articular este nome — disse o inglês por cima do ombro, mostrando o compartimento de Gladiator.

— De Makhotine? Sim, é o meu único adversário sério.

— Se o senhor o montasse, eu apostaria no senhor.

— Fru-Fru é mais nervosa, Gladiator mais resistente — respondeu Vronski, sorrindo ao elogio.

— Em corridas de obstáculos — prosseguiu o inglês — tudo está na arte de saber montar, no *pluck*.

O *pluck*, isto é, energia e audácia, não faltava a Vronski. Ele o sabia e, o que era ainda melhor, estava firmemente convencido de que ninguém o poderia superar.

— Estás certo de não ser necessária uma forte transpiração?

— Certíssimo — respondeu o inglês. — Não fale alto, eu lhe peço, o cavalo se agitará — acrescentou ele, fazendo um sinal de cabeça para um lado do compartimento fechado, onde se ouvia patinar o cavalo nas palhas.

Abriu a porta e Vronski penetrou no compartimento, fracamente iluminado por uma pequena claraboia. Um cavalo baio escuro, com uma focinheira, roía nervosamente a palha fresca. Quando os seus olhos se habituaram à penumbra do compartimento, Vronski examinou ainda uma vez todas as formas do cavalo favorito. Fru-Fru era um animal de altura média, pouco defeituoso de conformação. Tinha os membros franzinos. O peito estreito, apesar do peitoral saliente. A garupa ligeiramente decaída. As pernas, principalmente as traseiras, um pouco cambaias e pouco musculosas. Apesar de o *entraineur* ter conseguido diminuir o seu ventre, ela não tinha o peito muito profundo. Vistas de frente, as suas pernas pareciam delgadas; vistas de lado, porém, pareciam muito largas. Malgrado os seus flancos côncavos, era um pouco longa de busto. Mas uma grande qualidade encobria todos estes defeitos: ela tinha "sangue", aquele sangue que "se revela", como dizem os ingleses. Os seus músculos, muito desenvolvidos sob o entrelaçamento das veias que corriam paralelas à pele fina, macia e lisa como o cetim, pareciam tão duros quanto os ossos. A cabeça enxuta, os olhos brilhantes e alegres, as narinas abertas. Desde que Vronski entrou ela fungou, lançou um olhar tão forte que a menina dos seus olhos se injetou de sangue e lançou um outro olhar para os que vinham atrás, tentando libertar-se da focinheira e movendo inquietamente os pés.

— Veja como é nervosa! — disse o inglês.

— Ho, minha linda, ho! — fez Vronski, aproximando-se para acalmá-la.

Mais avançava, mais ela se agitava. Mas quando chegou perto da sua cabeça, ela se acalmou subitamente e seus músculos tremeram sob o pelo delicado. Vronski acariciou o pescoço poderoso, refez uma mecha das crinas que ela atirara do outro lado do pescoço e aproximou o rosto das narinas dilatadas e tênues como uma asa de morcego. Respirou ruidosamente, estremeceu, inclinou a orelha e estendeu para ele o focinho negro, como para o agarrar pelo braço mas, impedida pela focinheira, sacudiu-a, enquanto que, com as pernas, renovou o seu patinhar impaciente.

— Acalma-te, minha linda, acalma-te — disse Vronski, acariciando-a nas ancas.

Deixou o compartimento com a absoluta convicção de que o seu cavalo estava em excelente estado.

O animal comunicara a sua agitação a Vronski. O sangue lhe afluía ao coração, ele gozava a sensação de excitar-se e morder, sensação perturbadora e agradável ao mesmo tempo.

— Eu conto com o senhor — disse ele ao inglês — às seis horas e meia na pista.

— *All right*. Mas onde vai o senhor, *my Lord*? — indagou o inglês, empregando o termo *lord*, o que raramente fazia.

A ousadia daquela pergunta surpreendeu Vronski. Levantou a cabeça e olhou o inglês — como ele sabia fazer —, não nos olhos, mas em pleno rosto. Logo compreendeu que o *entraineur* não lhe falara como a um patrão, mas como a um *jockey*.

— Preciso ver Brianski — respondeu. — Voltarei dentro de uma hora.

"Quantas vezes me fizeram hoje esta pergunta!", pensou Vronski. E, o que raramente lhe acontecia, corou sob os olhos inquiridores do inglês. Como se ele soubesse aonde ia Vronski, prosseguiu:

— O essencial é conservar a calma. O senhor não deve se aborrecer, evitando contrariedades.

— *All right* — respondeu Vronski, sorrindo. E, saltando em sua carruagem, transportou-se a Peterhof.

O céu, que desde a manhã ameaçava chuva, ensombreceu bruscamente. Um violento aguaceiro começou a cair.

"É terrível", pensava Vronski, puxando o toldo da carruagem, "o terreno que já estava ruim, agora se transformará em pântano."

Aproveitou aquele momento de solidão para reler os bilhetes. Era sempre a mesma coisa. Sua mãe, como seu irmão, achava bom imiscuir-se nos negócios do seu coração. Aquele modo de proceder provocava-lhe uma irritação insólita. "Que lhes importa? Por que esta irritante solicitude? Sentem provavelmente a existência de qualquer coisa que não podem compreender. Fosse uma vulgar ligação mundana e me deixariam tranquilo; mas percebem que aquela mulher me é mais cara do que a minha própria vida. Eis o que lhes escapa e, em consequência, os irrita. Qualquer que seja o nosso destino, o que fizemos já está feito", pensava ele, unindo-se a Ana com a ideia do "nós". "Querem, a todo custo, nos ensinar a viver, eles que não têm nenhuma ideia desta felicidade. Não sabem que sem este amor não existirá para nós nem alegria, nem dor neste mundo e a vida também não existirá mais."

No fundo, o que mais o irritava contra os seus era que a sua consciência lhe dizia que eles tinham razão. O seu amor por Ana não era passatempo passageiro, destinado, como tantas ligações, a desaparecer, não deixando outros traços senão recordações agradáveis ou dolorosas. Sentia vivamente a falsidade da sua situação, maldizia as obrigações sociais que o constrangiam, para salvar as aparências, a levar uma vida de hipocrisia e dissimulação, a se preocupar incessantemente com a opinião alheia — quando todas as coisas estranhas à sua paixão lhe eram perfeitamente indiferentes.

Aquelas necessidades frequentes de fingir retornaram-lhe vivamente à memória; nada era tão contrário à sua natureza e lembrou-se do sentimento de vergonha que, mais de uma vez, surpreendera em Ana quando também ela se achava constrangida a mentir. O estranho desgosto que, após muito tempo, se apoderava dele também a possuía. Por que sentia aquela repulsa? Por causa de Alexis Alexandrovitch, por si mesmo, pelo mundo inteiro? Não, não sabia quase nada e não tinha elementos para combatê-la. Recalcou uma vez ainda aquela impressão e deixou que os pensamentos seguissem normalmente os seus caminhos.

"Sim, antes Ana era infeliz, mas orgulhosa e tranquila. E, por mais que se esforce para não o demonstrar, ela agora perdeu a calma e a dignidade. É preciso acabar com isso."

E pela primeira vez a ideia de acabar aquela vida de mentira lhe pareceu nítida e precisa. "Nenhuma vacilação", decidiu ele. "É preciso que deixemos tudo, ela e eu, e que, sozinhos com o nosso amor, procuremos nos esconder em qualquer parte."

XXII

A chuva durou muito pouco e quando Vronski chegou, com a carruagem puxada pelos cavalos que galopavam na lama a toda velocidade, o sol, já de volta, fazia cintilar nos dois lados da rua os tetos das casas, que jorravam água, e a folhagem úmida das velhas tílias, das quais caíam gotas alegres. Vronski bendizia a chuva: pouco importava o mau estado do campo de corridas, já que, graças ao aguaceiro, iria encontrar Ana provavelmente sozinha. O marido, que regressara já havia alguns dias de uma estação de águas, ainda não fora para o campo.

A fim de atrair o menos possível a atenção, Vronski, como de costume, desceu da carruagem um pouco antes do ponto e alcançou a pé a casa dos Karenine. Não tocou a campainha da porta principal, mas, fazendo uma volta, dirigiu-se para os fundos.

— O senhor já chegou? — perguntou ao jardineiro.

— Ainda não, mas a senhora está aí. Queira bater na porta da frente, que o atenderão.

— Não, prefiro passar pelo jardim.

Sabendo-se sozinha, queria surpreendê-la. Como não prometera vir, ela não poderia esperá-lo no dia das corridas. Levantou o sabre para não fazer ruído e subiu com precaução a vereda coberta de areia e ornada de flores que levava ao terraço que se abria daquele lado da casa. Esquecendo as preocupações que o atormentaram na viagem, só pensava agora na felicidade de "vê-la" logo, em carne e osso, e não apenas em imaginação. Quando transpunha o mais docemente possível a encosta do terraço foi que se lembrou de algo de que sempre se esquecia e que constituía o ponto mais doloroso das suas relações com Ana, a presença do filho, daquela criança de olhar inquisidor e, pensava ele, hostil.

A criança era o principal obstáculo às suas entrevistas. Na sua vista, nunca emitiam uma palavra que não pudesse ser ouvida por todo mundo, jamais a menor alusão de natureza a intrigá-lo. Estabelecera-se entre eles, sobre esse assunto, uma sorte de entendimento mútuo: enganar a criança era como injuriar a eles mesmos. Conversavam, pois, em sua frente, como simples conhecidos. Apesar dessas precauções, Vronski encontrava sempre o olhar perplexo e inquisidor da criança fixo sobre ele — acariciador certas horas, frio em outras, Sergio parecia adivinhar instintivamente que existia entre aquele homem e a sua mãe um laço sério, do qual lhe escapava a significação.

Efetivamente, a pobre criança não sabia muito como se comportar com aquele senhor; graças à finura da intuição própria à infância, observava que, apesar do seu pai, a governante e a criada sentiam por Vronski uma repulsa misturada de pavor. Entretanto, sua mãe tratava-o como a um querido amigo. "Que significava aquilo? Devo amá-lo? Se eu nada compreendo é porque, sem dúvida, sou malicioso", pensava a criança. Daí a sua timidez, o seu olhar interrogador e um pouco desconfiado, a mobilidade de humor que tanto incomodava Vronski. A presença daquela pequena criatura provocava nele invariavelmente, sem causa aparente, uma estranha repugnância que o perseguia já havia algum tempo. Ela os tornava aos dois — tanto a Ana como a Vronski — semelhantes a navegadores aos quais a bússola provaria que iam derivando sem que pudessem modificar seu curso; cada minuto os afastava do caminho certo e reconhecer esse erro de direção equivaleria a reconhecer a própria perda. A criança, com seu olhar cândido, era aquela bússola implacável; ambos o sentiam sem que quisessem confessá-lo.

Mas, naquele dia, Ana estava absolutamente sozinha. Esperava no terraço a volta do filho preso pela chuva no decurso de um passeio. Enviara à sua procura um criado e uma criada. Trajando um vestido branco ornado de grandes bordados, estava sentada em um canto, oculta pelas plantas, e não sentiu chegar o seu amante. A cabeça inclinada, apoiava a testa no metal frio de um regador que estava sobre a balaustrada e que segurava com as mãos cheias de anéis, tão familiares a Vronski. A beleza daquela cabeça de cabelos negros frisados, do pescoço, dos braços, de toda a pessoa, provocava no rapaz uma nova surpresa. Deteve-se e contemplou-a com exaltação. Ela sentiu instintivamente a sua aproximação e, apenas dera um passo, afastou o regador e voltou-se para ele, o rosto abrasado.

— Que tens? Estás doente? — perguntou ele em francês, aproximando-se dela.

Ana quis correr, pensando ser observada, e lançou um olhar para a porta do terraço que a fez enrubescer, como tudo o que lhe lembrava a presença do constrangimento e da dissimulação.

— Não, estou bem — respondeu ela, levantando-se e apertando firmemente a mão que ele lhe dava. — Eu não... te esperava.

— Meu Deus, que mãos frias!

— Tu me amedrontaste. Estava sozinha e esperava Sergio, que foi passear. Eles voltarão por aqui.

Ela afetava calma, mas os seus lábios tremiam.

— Desculpe-me por ter vindo, não podia passar o dia sem vê-la — continuou ele em francês, o que lhe permitia, para evitar um tratamento infeliz, recorrer ao "vós", muito cerimonioso em russo.

— Desculpar-te quando a tua visita me torna tão feliz!

— Mas estás doente ou desgostosa? — prosseguiu ele, inclinando-se sobre ela sem deixar-lhe a mão. — Em que pensavas?

— Sempre a mesma coisa — respondeu ela, sorrindo.

Ela dizia a verdade. A qualquer hora do dia em que fosse interrogada, daria a mesma resposta, porque não pensava senão na sua felicidade e no seu infortúnio. No momento em que ele a surpreendera, perguntava a si mesma por que algumas pessoas, Betsy, por exemplo, de quem conhecia a ligação dissimulada com Touchkevitch, preocupam-se ligeiramente com o que tanto lhe fazia sofrer. Por certas razões, esse pensamento a atormentara particularmente naquele dia. Ele falou das corridas, querendo distraí-la da perturbação em que a via, contou-lhe o mais naturalmente possível os preparativos que se faziam.

"Será preciso dizer-lhe?", pensava ela, fitando os seus olhos límpidos e acariciadores. "Ele tem o ar feliz, entusiasma-se tanto por essa corrida que talvez não compreenda a importância do que nos acontece!"

Mas, bruscamente, ele se interrompeu.

— Por que não me disseste no que pensavas quando eu cheguei? Dize-me, eu te peço.

Ela não respondia. A cabeça inclinada, ergueu os olhos para ele. Abaixo das pestanas o seu olhar brilhava cheio de interrogação, a sua mão brincava nervosamente com uma folha arrancada a qualquer planta. O rosto de Vronski tomou imediatamente uma expressão de absoluto devotamento, ao qual ela não podia resistir.

— Vejo que aconteceu alguma coisa. Posso eu estar tranquilo um instante quando tens um desgosto de que não posso compartilhar? Fale, em nome do céu! — suplicou ele.

"Não, se ele não sente toda a importância do que lhe tenho a dizer, eu não o perdoarei. Melhor será calar-me que colocá-lo à prova", pensava, o olhar sempre fixo nele e a mão cada vez mais trêmula.

— Em nome de Deus — repetiu ele.

— É indispensável dizer-lhe?

— Sim, sim.

A folha que tinha entre os dedos tremia ainda mais, mas ela não lhe tirou os olhos, procurando no seu rosto como ele aceitaria aquela confissão. Vronski empalideceu, quis falar, mas se deteve, baixou a cabeça e deixou cair a mão que tinha entre as de Ana. "Sim", pensou ela, "ele sente toda a grandeza do acontecimento." Agradeceu-lhe com um aperto de mão.

Mas ela se enganava acreditando que ele desse ao fato a importância que ela lhe atribuía como mulher. Primeiramente, aquela notícia criara-lhe um acesso de desgosto mais violento do que nunca, mas compreendeu logo que a crise havia tanto esperada tinha chegado: nada mais se podia esconder ao marido e era preciso sair o mais cedo, não importava a que preço, daquela situação odiosa. A perturbação de Ana se comunicava a ele: fitou-a nos olhos ternamente submissos, beijou-a na mão, ergueu-se e pôs-se a andar no terraço sem dizer uma palavra. No fim de algum tempo retornou para junto dela e disse resolutamente:

— Nenhum de nós considerou esta ligação como um acontecimento sem importância. A nossa sorte está decidida. A todo custo, precisamos acabar com... (lançou-lhe um olhar circunspecto)... a mentira em que vivemos.

— Mas como acabar, Alexis? — perguntou ela, docemente.

Ela estava calma e sorria com ternura.

— É preciso que deixes o teu marido e que unamos as nossas vidas.

— Elas já estão unidas — murmurou Ana.

— Mas não totalmente.

— Como fazer, Alexis? Ensina-me — disse ela, pensando com amargura no que sua situação tinha de incompreensível. — Existe alguma saída? Não sou a mulher do meu marido?

— Existe uma saída para todas as situações, trata-se apenas de tomar uma decisão. Tudo é preferível à vida que levas. Pensas que não vejo como tudo é tormento para ti: a sociedade, teu filho, teu marido...

— Meu marido, não! — disse ela, com um sorriso franco. — Eu não penso nele, ignoro a sua existência.

— Tu não és sincera. Conheço-te, também te atormentas por causa dele.

— Mas ele não sabe nada — disse ela, e subitamente o seu rosto se cobriu de um vivo rubor: as faces, a testa, o pescoço, ela inteira enrubesceu, enquanto lágrimas de vergonha lhe vinham aos olhos. — Não falemos mais dele!

XXIII

Muitas vezes Vronski ensaiara fazer com que ela compreendesse a sua posição, mas sempre o fizera com argumentos fúteis. Nesse assunto, devia usar elementos que ela não pudesse aprofundar, porque assim que o abordavam, a verdadeira Ana desaparecia para ceder lugar a uma mulher estranha, que o irritava e quase odiava. Desta vez, porém, resolveu explicar-lhe totalmente.

— Que ele saiba ou não, pouco nos importa — disse, num tom firme e calmo. — Nós não podemos... tu não podes continuar nesta situação, principalmente agora.

— Segundo a tua opinião, que devo fazer? — perguntou ela, sempre com o mesmo acento ligeiramente agressivo. Ela, que tanto receava vê-lo acolher friamente a notícia da sua gravidez, espantava-se pelo fato de ele deduzir a necessidade de uma resolução tão enérgica.

— Confessar-lhe tudo e abandoná-lo.

— Muito bem, mas, supondo que eu o faça, sabes o que resultará? Quero explicar-te isto.

Um olhar perverso brilhou nos seus olhos havia pouco tão ternos.

— "Ah! a senhora ama a um outro, tem com ele uma ligação criminosa" — prosseguiu ela, imitando Alexis Alexandrovitch e, como ele, destacando a palavra "criminosa". — "Eu preveni à senhora o que esta conduta implica sob o ponto de vista da religião, da sociedade, da família. Não me ouviu. Eu não posso, entretanto, afastar a vergonha que recairá sobre o meu nome e..." — ela ia dizer "meu filho", mas se deteve porque a criança não podia ser objeto daquela zombaria — "... e alguma coisa nesse gênero" — acrescentou. — Em breve, com o seu tom oficial, notificar-me-á, nítida e precisamente, que não pode me dar a liberdade, mas que tomará medidas para evitar o escândalo. E estas medidas serão tomadas do modo mais tranquilo do mundo, acredite-me... Ele não é um homem, mas uma máquina, e, quando se zanga, uma máquina perversa — acrescentou, lembrando-se dos menores gestos, das menores taras físicas de Alexis Alexandrovitch, a fim de achar uma compensação à horrível falta de que ela se tornara culpada.

— No entanto, Ana — disse Vronski com doçura, na esperança de convencê-la e acalmá-la —, é preciso dizer-lhe tudo. Agiremos depois segundo a maneira como ele proceda.

— Então deverei fugir?

— Por que não? Esta vida não pode continuar. Eu não penso em mim, mas no teu sofrimento.

— Fugir e tornar-me ostensivamente a tua amante, não é isto? — gritou ela, com despeito.

— Ana! — exclamou ele, ofendido.

— Sim, tua amante, e perder... tudo.

Uma vez ainda ela quisera dizer "meu filho", mas não pôde pronunciar aquela palavra.

Vronski recusara-se a admitir que esta forte e leal natureza aceitasse, sem procurar uma saída, a situação falsa em que se encontrava — ele não percebia que o obstáculo era precisamente a palavra "filho", que ela não podia articular. Quando Ana pensava na criança, nos sentimentos que teria para com ela se abandonasse o marido, o horror da sua falta lhe aparecia tão evidente que não podia mais raciocinar; verdadeira mulher, procurava se convencer com argumentos especiais de que tudo poderia continuar como no passado: era imprescindível esquecer aquela terrível pergunta: "Em que se tornaria a criança?"

— Suplico-te — continuou ele, num tom inteiramente diferente, com uma voz cheia de ternura e de sinceridade —, suplico-te, nunca me fales nisso.

Ele pegou-lhe com meiguice na mão.

— Mas, Ana...

— Nunca, nunca. Deixa que eu continue juiz da situação. Compreendo a baixeza e o horror, mas não é tão fácil, como tu pensas, realizar uma mudança, tomar uma decisão. Deixa-me agir livremente e nunca me fales nisso, prometes?

— Prometo tudo o que queiras. Mas como podes desejar que eu fique tranquilo, principalmente depois do que acabas de me dizer? Posso ficar calmo quando tu não o estás?

— Eu? É verdade que algumas vezes me atormento, mas tudo passará se não me falares nada. Apenas quando conversas comigo é que tudo me inquieta.

— Não compreendo...

— Eu sei — interrompeu ela — como a mentira é repugnante à natureza leal. Frequentemente sinto piedade por ti e digo-te que sacrificaste a tua vida por mim.

— E sempre me pergunto como pudeste imolar-te por mim. Não me perdoaria se te fizesse infeliz.

— Minha infelicidade... — disse, aproximando-se dele e olhando-o com um sorriso de adoração. — Mas eu sou semelhante a um pobre faminto que pudesse satisfazer a sua fome. Talvez tivesse vergonha e frio nos seus farrapos, mas não se sentisse infeliz. Eu, infeliz! Não enxergas a minha felicidade...

A voz da criança, que voltava do passeio, fez-se ouvir. Ela se levantou precipitadamente e lançou em volta um daqueles olhares inflamados que Vronski conhecia tão bem. Depois, com um gesto impetuoso, apertou-lhe a cabeça, fitou-o longamente, aproximou o rosto do seu, pôs os lábios nos olhos do homem, dando-lhe um rápido beijo. Então, quis afastá-lo, mas ele a deteve.

— Quando? — murmurou Vronski, olhando-a com exaltação.

— Esta noite, à uma hora — respondeu com um sorriso. E, escapando-se, ela correu rapidamente para receber o filho. A chuva surpreendera Sergio e a criada no grande parque e eles se tinham abrigado num pavilhão.

— Até logo — disse a Vronski. — É tempo de partir para as corridas. Betsy prometeu vir buscar-me.

Vronski olhou o relógio e saiu apressadamente.

XXIV

Vronski, apesar de ter olhado o relógio, e devido à emoção que o possuía, não viu a hora marcada pelos ponteiros. Saiu do parque e, andando com precaução no caminho lamacento, alcançou a sua carruagem. O espírito, inteiramente absorvido por Ana, perdera a noção do tempo e não se preocupava se ainda era possível passar em casa de Brianski. Caso muito frequente, a sua memória lembrava-lhe o que resolvera fazer sem que a reflexão interviesse. Quando subiu na carruagem, distraiu-se um instante com os folguedos dos mosquitos que rodeavam em colunas cintilantes em torno dos cavalos suados, despertou o cocheiro adormecido num banco à sombra de uma tília e ordenou-lhe que o conduzisse à casa de Brianski. A presença de espírito só lhe voltou no fim de seis ou sete verstas. Olhou novamente o relógio e desta vez compreendeu que eram cinco horas e meia e que estava atrasado.

Devia haver inúmeras corridas naquele dia: a primeira estava reservada aos oficiais da escolta de Sua Majestade; vinha depois uma corrida de dois mil metros para oficiais, outra de quatro mil e, afinal, aquela em que ele deveria correr. Ainda podia alcançá-la, mas, se não faltasse à casa de Brianski, arriscava-se a chegar depois da corrida: isso não era conveniente. Contudo, como dera a sua palavra a Brianski, continuou a viagem, recomendando ao cocheiro que não poupasse os cavalos. Ficou cinco minutos em casa de Brianski e voltou a todo galope. Esta rápida viagem o acalmou. Esqueceu pouco a pouco, para se abandonar a uma alegre emoção esportiva, o lado doloroso das suas relações com Ana, o resultado impreciso do que tentara junto a ela. De tempos a tempos, a sua imaginação pintava-lhe em vivas cores as delícias do encontro noturno, mas tanto mais avançava, passando carruagens que chegavam de Petersburgo e arredores, mais se deixava absorver pela atmosfera das corridas.

Em casa, só achou a ordenança, que o esperava à porta: ajudando-o a trocar de roupa, o rapaz advertiu-o de que a segunda corrida já começara, muitas pessoas perguntavam por ele e o *entraineur* viera procurá-lo duas vezes.

Vronski vestiu-se tranquilamente, sem perder a sua calma habitual, e dirigiu-se para a estrebaria. Via-se ali um mundo de carruagens, de peões, de soldados, que passeavam em torno do hipódromo. Os pavilhões estavam repletos de espectadores. A segunda corrida devia estar se realizando porque, ao se aproximar da estrebaria, ouviu um toque de sineta. Na porta, encontrou Gladiator, o cavalo de Makhotine, que era conduzido coberto por uma gualdrapa alaranjada que parecia enorme.

— Onde está Cord? — perguntou a um palafreneiro.

— Selando o cavalo na cocheira.

Fru-Fru estava selada em seu compartimento aberto. Iam trazê-la para fora.

— Eu não estou atrasado?

— *All right, all right* — disse o inglês. — O senhor não precisa se inquietar.

Vronski acariciou com o olhar as belas formas do animal, que tremia inteiramente, e afastou-se com pesar daquele admirável espetáculo. O momento era propício para se aproximar dos pavilhões sem ser observado. A corrida de dois mil metros se acabava e todos os olhos estavam fixos num cavalheiro da guarda, seguido por um *hussard*: ambos animavam desesperadamente os cavalos à aproximação do fim. De todas as partes a atenção das pessoas se congregava junto ao poste. Um grupo de cavalheiros da guarda saudava com gritos de alegria o triunfo antecipado do seu camarada. Vronski misturou-se com a multidão quase no instante em que a sineta anunciava o fim da corrida, enquanto o vencedor, um enorme rapaz salpicado de lama, abaixava-se na sela e batia com a mão no cavalo que fungava, tendo a camisa parda manchada pelo suor. O animal deteve com dificuldade o seu rápido galope.

O oficial, como se saísse de um sonho mau, passeou em torno um olhar e esboçou um vago sorriso. Uma multidão de amigos e curiosos o cercava.

Era deliberadamente que Vronski evitava o público selecionado que passeava em frente dos pavilhões. Reconhecera, de longe, a sua cunhada, Ana, Betsy e, evitando-as, preferiu manter-se a distância. Mas, a cada passo, pessoas conhecidas o detinham para contar-lhe os detalhes das primeiras corridas ou perguntar-lhe a causa do seu atraso.

Enquanto se distribuíam os prêmios na tribuna de honra e todos se dirigiam para aquele lado, Vronski viu aproximar-se o seu irmão mais velho, Alexandre, um coronel uniformizado, pequeno e gordo como ele, porém mais belo, apesar do nariz vermelho e da tez corada dos ébrios.

— Recebeste o meu recado? — perguntou o coronel. — Nunca te encontro em casa!

Bêbado e debochado, Alexandre Vronski não era menos o tipo perfeito do homem da corte. Também, entretendo-se com o seu irmão sobre um assunto tão espinhoso, conservava, devido aos olhos que sentia fixos nele, uma fisionomia risonha e livre. A distância, acreditar-se-ia que estivessem brincando.

— Recebi — disse Alexis —, mas ignoro verdadeiramente por que te inquietas.

— Eis aqui: alguém me falou da tua ausência e te viram segunda-feira em Peterhof.

— Há coisas que só podem ser julgadas pelos que nelas estão diretamente interessados e o negócio com que te preocupas é precisamente destes.

— Sim, mas então não se fica ao serviço, não se...

— Não te envolvas nisso, é tudo o que te preço.

O rosto de Alexis Vronski empalideceu subitamente e o seu queixo pôs-se a tremer. Era nele, como em todas as naturezas essencialmente boas, o sinal de uma cólera tanto mais terrível quanto os acessos eram raros. Alexandre Vronski, que não a desconhecia, achou prudente sorrir.

— Queria somente entregar-te a carta de nossa mãe. Responda-lhe e não te zangues antes da corrida. *Bonne chance.*

Afastou-se sempre sorrindo, mas logo alguém gritou atrás dele:

— Tu não reconheces mais os teus amigos? Bom dia, *mon cher.*

Era Stepane Arcadievitch, o semblante animado, tão contente em Moscou como na sociedade de Petersburgo.

— Cheguei ontem e venho assistir ao teu triunfo. Quando nos veremos?

— Amanhã, no cassino dos oficiais, e todas as minhas desculpas — disse Vronski, roçando, com o punho das mãos, a manga do capote. E ganhou rapidamente o local em que já estavam os cavalos que deviam participar da corrida de obstáculos.

Os moços de estrebaria conduziam os cavalos fatigados da última corrida, enquanto os da corrida seguinte, na maioria puro-sangue inglês, que as cobertas tornavam semelhantes a grandes pássaros estranhos, apareciam um atrás do outro. À direita, trazia-se Fru-Fru, bela na sua magreza, que andava como sobre molas nas ranilhas elásticas e longas. Não longe dali, tirava-se a coberta da Gladiator; as formas admiráveis, robustas e perfeitamente regulares do cavalo, as suas ancas esplêndidas, as suas ranilhas bastante justas retiveram um instante a atenção de Vronski. Ele ia se aproximar de Fru-Fru, mas teve que trocar ainda algumas palavras com um amigo que o deteve na passagem.

— Olha, eis ali Karenine — disse subitamente o amigo. — Ele procura a mulher, que está reinando no centro do pavilhão. Viu-a?

— Meu Deus, não! — respondeu Vronski, sem mesmo voltar a cabeça para o lado onde lhe mostravam Madame Karenina.

Aprontava-se para examinar a sela quando os concorrentes foram chamados para o sorteio dos números. Dezessete oficiais, sérios, solenes, alguns mesmo muito pálidos, aproximaram-se da tribuna. Vronski tirou o número 7.

— A cavalo! — gritaram.

Vronski retornou ao seu cavalo. Sentia-se, como os seus camaradas, o ponto de mira de todos os olhares e, como sempre acontecia em casos semelhantes, a solenidade do momento tornava os seus movimentos mais lentos e mais ponderados. Em homenagem às corridas, Cord pusera o seu terno de cerimônia; uma sobrecasaca negra cuidadosamente abotoada, colarinho postiço, chapéu redondo e botas de montaria. Calmo e importante segundo seu hábito, trazia em pessoa o cavalo pelas rédeas. Fru-Fru tremia sempre, como tomada de um acesso de febre, e lançava sobre Vronski um olhar cheio de fogo. Vronski passava o dedo na cilha, o cavalo olhou-o mais vivamente, mostrou os dentes, estendeu a orelha, enquanto o inglês, ironicamente, revelava o seu espanto: duvidava-se do modo como ele selava um cavalo.

— O senhor deve montar, ela estará assim menos agitada.

Vronski abraçou os seus concorrentes com um último olhar; sabia que, durante as corridas, não os veria mais. Dois dentre eles se dirigiram para a linha de partida. Galitsine, um amigo e dos melhores corredores, rodava em torno do seu cavalo baio sem chegar a montá-lo. Um *hussard* da guarda, em culote apertado, fazia um galope de ensaio, arqueado sobre a sela, como um gato encolhido. Branco como uma linha, o príncipe Kouzovlev montava um cavalo puro-sangue que provinha da coudelaria de Gravobo e que um inglês trazia pelas rédeas. Como todos os seus camaradas, Vronski sabia perfeitamente que, ao lado de um amor-próprio monstruoso, Kouzovlev possuía uma surpreendente "fraqueza" de nervos: aquele homem tinha medo de tudo, medo mesmo de montar um simples cavalo de classe, mas, precisamente por causa desse medo, porque se arriscava a quebrar o pescoço e sabia que encontraria atrás de cada obstáculo uma enfermeira e uma ambulância, resolvera correr. No entanto, como os seus olhares se encontrassem, Vronski encorajou-o com uma expressão amiga. Procurava em vão o seu rival mais perigoso, Makhotine e o seu Gladiator.

— Não te apresses — dizia-lhe Cord — e principalmente lembra-te que, diante do obstáculo, não é necessário nem reter nem lançar o cavalo, mas simplesmente deixá-lo agir.

— Está bem, está bem — respondeu Vronski, tomando as rédeas.

— Tanto quanto possível governar a corrida. Não perca a coragem, nem mesmo quando seja o último.

Sem deixar à sua montaria tempo de o reconhecer, Vronski pôs o pé no estribo dentado e, com um movimento rápido e firme, sentou-se na sela. Passando o pé direito no estribo, nivelou com um gesto familiar as duplas rédeas entre os dedos e Cord deixou o animal. Fru-Fru alongou o pescoço para repuxar a rédea — parecia indagar com que pé partiria. Afinal, com um passo elástico, lançou-se, sacudindo o cavalheiro em seu dorso flexível. Cord seguia-o a grandes passadas. O cavalo, inquieto, procurava enganar o cavaleiro lançando-se à direita e à esquerda. Vronski, inutilmente, esforçava-se para o tranquilizar com o gesto e a voz.

Aproximava-se da ribeira, não longe da linha de partida. Vronski, precedido por uns, seguido por outros, ouviu ressoar atrás de si, na lama do caminho, o galope de um cavalo. Era Gladiator, o cavalo das manchas brancas e das orelhas pendentes. Makhotine, que o montava, sorriu ao passar por Vronski, que respondeu com um olhar irritado. Em geral, ele não gostava de Makhotine e, o que era mais sério, via-o como o seu mais rude adversário e se encolerizava por vê-lo excitar o cavalo galopando junto dele. Fru-Fru partiu a galope, com a pata esquerda deu dois pulos e, fatigada de sentir-se presa pela brida, mudou o modo de andar e tomou um trote que sacudiu fortemente o cavaleiro. Cord, descontente, trotava, travando o passo, atrás de Vronski.

XXV

Dezessete oficiais participavam da prova. O campo de corridas, uma pista elíptica de quatro mil metros, contava com nove obstáculos: a ribeira; uma grande e alta barreira de um metro e cinquenta situada à cabeça dos pavilhões; um fosso vazio; outro cheio d'água; uma escarpa; uma banqueta irlandesa, isto é, uma paliçada fortificada dissimulando um fosso, obstáculo duplo e muito perigoso, porque os cavalos deviam transpô-lo com um salto sob pena de morrerem; dois fossos cheios d'água e um último fosso vazio. Dava-se a chegada em frente dos pavilhões, mas a partida tinha lugar a duzentos metros dali; era nesse primeiro percurso que se achava a ribeira, de dois metros, que se podia saltar à vontade ou passar a pé.

ANA KARENINA

Três vezes os concorrentes, num grupo desigual para o qual se voltavam todos os olhos, todos os binóculos, se alinharam para o sinal e três vezes a partida fracassou, para grande descontentamento do coronel Sestrine, *starter* experimentado. Afinal, o quarto sinal ressoou. Imediatamente, mil vozes romperam o silêncio da espera. "Enfim, eles partiram!" E todos os espectadores se precipitaram daqui e dali, para melhor assistir às peripécias da corrida. De longe, os cavaleiros pareciam avançar em pelotão compacto. Na realidade, já haviam se separado e aproximavam-se da ribeira em grupo de dois ou três e mesmo isolados. As frações de distância que os separavam tinham, para eles, uma grave importância.

Fru-Fru, agitada e muito nervosa, perdeu terreno no começo, mas, desde antes do ribeirão, Vronski retinha com todas as forças o animal, que facilmente passara três cavalos e só foi superado pelo cavalo de Makhotine, Gladiator, que movia as ancas regular e ligeiramente em sua frente, e pela linda Diana à frente de todos, levando o infeliz Kouzovlev mais morto do que vivo. Durante os primeiros minutos, Vronski não foi senhor nem de si nem de sua montaria.

Gladiator e Diana transpuseram a ribeira quase simultaneamente. Fru-Fru lançou-se atrás deles como se tivesse asas — no momento em que Vronski se sentia nos ares percebeu, quase sobre as patas do seu cavalo, Kouzovlev debatendo-se com Diana e do outro lado da ribeira. Depois do salto, ele largara as rédeas e caíra com o seu cavalo; mas Vronski só mais tarde verificou esses detalhes; no momento, apenas entreviu uma coisa: era que Fru-Fru iria cair sobre o corpo de Diana. Mas, como um gato que cai, Fru-Fru fez grande esforço saltando e alcançou um ponto adiante do cavalo caído.

"Oh, o lindo animal!", pensou Vronski.

Depois da ribeira, ele dominou completamente o animal e o reteve mesmo um pouco, no desejo de saltar a grande barreira atrás de Makhotine. Cobriria a distância nos quatrocentos metros livres de obstáculos.

Aquela barreira — o "diabo", como era chamada —, elevava-se bem em frente do pavilhão imperial. O imperador, toda a corte, uma multidão imensa, olhava-os chegar, a certa distância um do outro. Vronski sentia todos os olhos fixos em si, mas não via senão as orelhas e o pescoço da égua, a terra que fugia atrás da carreira de Gladiator e os pés brancos, conservando sempre a mesma distância, de Fru-Fru. Gladiator lançou-se à barreira, agitou a cauda cortada e desapareceu entre os olhos de Vronski sem ter tocado o obstáculo.

— Bravo! — gritou uma voz.

No mesmo instante passaram como um clarão nos olhos de Vronski as pranchas da barreira que o seu cavalo transpunha sem mudar o passo. Ouviu um estalido. Perturbada pela vista de Gladiator, Fru-Fru saltara muito cedo e tocara no obstáculo com a sua pata traseira. No entanto, a sua carreira não se modificou e Vronski, tendo recebido no rosto um salpico de lama, compreendeu que a distância que o separava de Gladiator não aumentara, observando a carreira do cavalo, a sua cauda cortada e os seus rápidos pés brancos.

Vronski julgou o momento oportuno para passar Makhotine. Fru-Fru parecia fazer a mesma reflexão, porque, sem estar solicitada, ela aumentou sensivelmente a velocidade e aproximou-se de Gladiator do lado mais vantajoso, o da corda. Makhotine conservava-o, mas era possível passá-lo pelo exterior e, assim que Vronski se certificou disto, Fru-Fru mudou de pé e tomou ela própria aquela direção: a sua espádua, escurecida pelo suor, já igualava a de Gladiator. Correram um momento lado a lado, mas Vronski, desejando aproximar-se da corda antes do obstáculo, excitou o seu cavalo e passou Makhotine, vendo-lhe o rosto sujo de lama que parecia sorrir. Apesar de superado, Gladiator estava sempre sobre os passos de Fru-Fru e Vronski ouvia sempre o mesmo galope regular e a respiração precipitada, ainda fresca, do cavalo.

Os dois obstáculos seguintes, um fosso e uma barreira, foram facilmente transpostos, mas o sopro e o galope de Gladiator melhor se faziam ouvir. Vronski forçou a marcha de Fru-Fru e sentiu com alegria que ela aumentava a sua velocidade: a diferença foi rapidamente restabelecida.

Era ele quem, agora, dirigia a corrida segundo o seu desejo e a recomendação de Cord. Estava certo do sucesso. A sua emoção, sua alegria, sua ternura por Fru-Fru cresciam sempre. Por mais que desejasse, não ousava acalmá-la, dirigi-la, obrigá-la a guardar as mesmas reservas de forças que percebia em Gladiator. Só tinha em sua frente um obstáculo sério, a banqueta irlandesa; se a transpusesse antes dos outros, o seu triunfo seria inevitável. Ele e Fru-Fru perceberam a banqueta de longe e, todos os dois, cavalo e cavaleiro, tiveram um momento de hesitação. Vronski observou aquela indecisão nas orelhas da égua, ia erguer o chicote, mas verificou a tempo ter ela compreendido o que devia fazer. Retomou a carreira e, como ele previra, entregou-se à velocidade adquirida que a transportou muito além do fosso — depois retomou a mesma cadência, naturalmente e sem mudar de pé.

— Bravo, Vronski! — gritaram os camaradas de regimento que haviam se colocado perto da banqueta. Vronski não viu Iachvine, mas reconheceu a sua voz.

"Oh, a linda égua!", pensava ele sobre Fru-Fru, escutando o que se passava atrás. "Ele saltou", disse a si mesmo, percebendo o galope muito próximo de Gladiator. Restava ainda um fosso cheio de água de um metro e cinquenta, mas Vronski não se preocupava. Desejoso de chegar ao pavilhão bem antes dos outros, pôs-se a "animar" Fru-Fru, que ele percebia exausta, porque o seu pescoço e as suas espáduas estavam molhadas, o suor umedecia a sua cabeça e as orelhas, a sua respiração se tornava curta e ofegante. No entanto, ele sabia que ela teria forças para vencer — e até mais — os quatrocentos metros que a separavam do fim. Apenas a perfeita doçura da carreira e a maior aproximação do grande solo revelavam a Vronski o aumento da velocidade. Fru-Fru transpôs, ou melhor, sobrevoou o fosso sem ele se preparar, mas, no mesmo momento, Vronski observou com horror que em lugar de sentir o movimento do cavalo, o peso do seu corpo seguira um movimento tão incompreensível quanto imperdoável, caindo em falso na sela. Verificou que a sua posição mudara e que uma coisa terrível lhe acontecia: ao certo, o que acontecia? Ainda não se certificara bem e viu passar em sua frente como um raio o cavalo de Makhotine.

Vronski tocava a terra com uma perna sobre a qual a égua se oprimia, teve apenas tempo de puxá-la e a égua tombou imediatamente, ofegando penosamente, fazendo com o pescoço delicado e coberto de suor inúteis esforços para se levantar. Debatia-se como um pássaro ferido: o falso movimento de Vronski tinha-lhe despedaçado os rins. Vronski só compreendeu a sua falta muito mais tarde. No momento só via uma coisa: Gladiator afastando-se rapidamente enquanto ele permanecia ali, estorcendo-se sobre a terra dissolvida, em frente de Fru-Fru arquejante que estendia para ele a cabeça e o fitava com os seus belos olhos. Puxou-lhe as rédeas, ainda sem saber direito o que fazia. Ela sobressaltou-se como um peixe e desimpediu as pernas da frente mas, sem poder levantar as traseiras, caiu, trêmula, de lado. Pálido, o queixo trêmulo, o rosto desfigurado pela cólera, Vronski deu-lhe um pontapé no ventre e puxou-a novamente pelas rédeas. Desta vez, porém, ela não se mexeu e contentou-se em fitá-lo com um daqueles olhares que falavam, enterrando o focinho na terra.

— Ah, meu Deus! Que fiz eu? — gemeu Vronski, apertando a cabeça com as mãos. — Eis a corrida perdida e por minha culpa... Uma culpa humilhante, imperdoável... E este querido animal que eu matei... Ah, meu Deus, que fiz eu?

Corriam pessoas para ele: os seus camaradas, o major, o enfermeiro, todo mundo. Para seu maior desgosto, sentia-se são e salvo. A égua tinha quebrado a espinha dorsal. Decidiram matá-la. Incapaz de responder às perguntas, de proferir uma única palavra, Vronski, sem mesmo apanhar o boné, deixou o campo de corridas, andando ao acaso, sem saber aonde ia. Pela primeira vez na vida sentia-se infeliz, infeliz sem esperança e infeliz por sua culpa. Logo Iachvine o encontrou, deu-lhe o boné e conduziu-o à casa. No fim de meia hora, voltou a si. Mas aquela corrida, durante muito tempo, constituiu para ele uma penosa recordação, a mais dolorosa da sua vida.

XXVI

Nada parecia ter mudado exteriormente nas relações dos dois esposos, apenas Alexis Alexandrovitch trabalhava mais. Como de hábito, fora ao estrangeiro na primavera para refazer, com uma estação de águas, as fadigas do inverno. Como de hábito, retornou em julho e ocupou as suas funções com uma nova energia. E, como de hábito, deixou a sua mulher instalar-se no campo, enquanto ele permanecia em Petersburgo.

Após a conversa que se seguiu à reunião em casa da condessa Tverskoi, Alexis Alexandrovitch não fez a menor alusão ao seu ciúme. O tom irônico de que sempre gostava lhe permitia particulares comodidades. Mostrava-se ligeiramente mais frio para com Ana, se bem que aparentasse conservar da conversa noturna apenas uma certa contrariedade; era tão somente uma sombra, nada mais. "Tu não quiseste ter uma explicação comigo", parecia dizer-lhe em pensamento. "Está certo. Dia virá em que me procurarás e recusarei por minha vez aceitar qualquer explicação. Tanto pior para ti." Seria assim que um homem furioso, não podendo apagar o incêndio que devorava a sua casa, diria: "Tanto pior, queima tanto quanto queiras!"

Como é que aquele homem, tão fino e sensato quando se tratava do seu trabalho, não compreendia que a sua conduta era absurda? A situação lhe parecia muito terrível para que a ousasse medir... Preferia aprisionar os seus sentimentos familiares nas profundezas de si mesmo. E, no fim do inverno, aquele pai tão atencioso tomou para com o filho uma atitude singularmente fria, só o chamando pelo nome de "rapaz", com o mesmo tom irônico com que se dirigia a Ana.

Alexis Alexandrovitch achava que nunca verão algum o enchera de tantos negócios como o daquele ano, mas não confessava aceitá-lo com prazer, porque, assim, não abriria o cofre secreto que continha pensamentos e sentimentos tanto mais confusos quanto trancados há mais tempo. Se alguém tivesse o direito de o interpelar sobre a conduta da sua mulher — o doce, o pacífico Alexis Alexandrovitch se encolerizaria. Também, todas as vezes em que se lhe falava de Ana, a sua fisionomia adquiria um ar digno e severo. À força de não querer pensar na conduta e nos sentimentos da sua mulher, acabou afinal por não pensar.

Os Karenine sempre passavam o verão em sua casa de Peterhof e, ordinariamente, a condessa Lidia se estabelecia não longe deles, mantendo frequentes relações com Ana. Esse ano, a condessa não se fixou em Peterhof e não fez uma única visita a Madame Karenina, mas, conversando um dia com Alexis Alexandrovitch, aludiu aos inconvenientes que apresentavam a intimidade de Ana com Betsy e Vronski. Alexis Alexandrovitch a deteve, declarou categoricamente que a sua mulher estava acima de qualquer suspeita e evitou desde então a condessa Lidia. Resolvido a nada ver, ele observava, entretanto, que inúmeras pessoas tratavam friamente a sua mulher; resolvido a nada aprofundar, perguntava por que ela quisera ir para Tsarkoie, onde estava Betsy e perto do acampamento de Vronski. No entanto, por um esforço de vontade, conseguira destruir tais pensamentos e não estava menos convencido do seu infortúnio: não possuindo nenhuma prova, não ousava confessá-lo, mas não duvidava em nenhum instante e sofria profundamente.

Quantas vezes, durante os seus oito anos de felicidade conjugal, vendo maridos enganados e esposas infiéis, perguntava a si próprio: "Como acontece isso? Como não se evita a todo custo essa odiosa situação?" No entanto, aquela situação era a sua e, longe de pensar em sair, admitia-a, e isso precisamente porque ela lhe parecia muito odiosa, e contra a natureza.

Voltando das águas, Alexis Alexandrovitch fora duas vezes ao campo: uma, para jantar, outra, para receber convidados, não tendo o cuidado de ali passar a noite, como fazia nos anos anteriores. Achou que as corridas se realizavam num dia de muito trabalho e, estabelecendo de manhã o programa do dia, decidiu chegar até Peterhof, jantando mais cedo, e dali partir para as corridas, onde julgava a sua presença indispensável, já que toda a corte devia comparecer. Por conveniência, queria ser visto em casa da sua mulher ao menos uma vez por semana; depois, aproximava-se o dia 15 e tinha de, como era de praxe naquele dia, entregar o dinheiro necessário para a despesa da casa. Essas decisões foram tomadas com a sua força de vontade habitual e sem permitir ao pensamento ir um pouco além.

Tivera uma manhã bastante ocupada. A condessa Lidia, na véspera, enviara-lhe o livro de um viajante célebre por suas viagens na China, pedindo-lhe que recebesse aquele personagem, que lhe parecia interessante por mais de um título. Como não pudesse terminar a leitura do livro, teve de acabá-lo de manhã. Em seguida, vieram as aproximações, as recepções, as apresentações, os apontamentos, as gratificações, a correspondência, toda aquela "aflição cotidiana", como dizia Alexis Alexandrovitch, que lhe tomava tanto tempo. Ocupou-se depois dos seus negócios pessoais, recebeu o médico e o procurador. Este não lhe tomou muito tempo: entregou-lhe o dinheiro e um breve relatório sobre o estado dos negócios, que, este ano, não estavam muito brilhantes: a despesa excedia a receita. O médico, porém, uma celebridade de Petersburgo que mantinha com ele relações de amizade, tomou-lhe um tempo considerável. Alexis Alexandrovitch, que não o chamara, surpreendeu-se com a sua visita e ainda mais com a escrupulosa atenção com que o interrogou, e o auscultou, apalpando-lhe o fígado. Ele ignorava que, impressionada com o seu estado pouco normal, a condessa Lidia pedira ao médico para ir vê-lo e examiná-lo cuidadosamente.

— Faça isto por mim — dissera-lhe a condessa.

— Eu o farei pela Rússia, condessa — replicou o médico.

— O senhor é um homem inestimável — concluíra a condessa.

O médico ficou descontente com o seu exame: o fígado estava hipertrofiado, a nutrição defeituosa, nulo o resultado da cura. Ordenou mais exercício, menos tensão de espírito e, principalmente, nenhuma contrariedade, tudo isso que a Alexis Alexandrovitch era tão fácil como respirar. Deixou Karenine sob a impressão desagradável de possuir um começo de doença quase incurável.

Afastando-se do seu doente, o médico encontrou na escadaria o chefe de gabinete de Alexis Alexandrovitch, de nome Sludine. Conheciam-se desde a universidade e viam-se raramente, o que não os impedia de serem bons amigos. O doutor, também, a ninguém mais falaria com a franqueza com que se dirigiu a Sludine.

ANA KARENINA

— Estou bem satisfeito que o senhor o tenha visto — disse Sludine.
— Ele não está passando bem e creio mesmo... Mas que diz o senhor?

— O que eu digo? — respondeu o médico, chamando o cocheiro com
um gesto por cima da cabeça de Sludine. — Ouça o que eu digo: se o
senhor ensaiar partir uma corda que não esteja esticada, dificilmente
terá bom êxito — explicou ele, tirando as alvas mãos das luvas geladas
—, mas se o senhor a esticar até o máximo, a partirá apenas com um
dedo. É o que acontece com a vida sedentária e o trabalho muito cons-
ciencioso de Alexis Alexandrovitch, ele tem uma pressão forte, muito
elevada mesmo — concluiu, levantando os olhos com um ar significativo.
— O senhor não vai às corridas? — acrescentou, descendo os degraus
da escadaria e alcançando a carruagem. — Sim, sim, evidentemente,
isso toma muito tempo — respondeu a algumas palavras de Sludine,
que não chegara a ouvir.

Ao médico, seguiu-se o célebre viajante. Alexis Alexandrovitch, auxiliado pela brochura que acabara de ler e de outras noções anteriores sobre
o assunto, surpreendeu o visitante pela extensão dos seus conhecimentos
e pela sua largueza de vista.

Teve que receber, depois, um marechal que estava de passagem por
Petersburgo. Concluiu a atividade cotidiana com o chefe de gabinete. Fez
uma visita importante a um grande personagem. Alexis Alexandrovitch
só pôde voltar às cinco horas, momento habitual do seu jantar, feito em
companhia do chefe de gabinete, a quem também convidou para o acompanhar às corridas. Sem que reparasse, procurava sempre uma testemunha
para assistir às suas conversas com Ana.

XXVII

Ana estava no seu quarto, de pé em face do espelho, e arranjava, ajudada
por Annouchka, o último laço do vestido quando um ruído de rodas fez-
se ouvir na areia em frente da escadaria.

"É muito cedo para ser Betsy", pensou. Um olhar à janela permitiu-
-lhe observar uma carruagem e reconhecer o chapéu negro e as famosas
orelhas de Alexis Alexandrovitch. "Que contratempo! Por que não veio
ele à noite?" As possíveis consequências daquela visita a espantaram: sem
refletir um minuto e dominada pelo espírito da mentira e hipocrisia que

207

se lhe tornava familiar, desceu, o rosto radiante, para receber o marido, pondo-se a falar sem mesmo saber o que dizia.

— Que encantadora atenção! — disse, estendendo a mão ao marido, enquanto sorria a Sludine, íntimo da casa. — Espero que fiques aqui esta noite — continuou, apossada pelo espírito da mentira. — Iremos às corridas juntamente, não é verdade? Que pena ter combinado com Betsy! Ela deverá vir buscar-me.

Ouvindo aquele nome, Alexis Alexandrovitch fez uma rápida careta.

— Oh! Eu não separarei as inseparáveis — disse, ironicamente. — Mikhail Vassilievitch me acompanhará. O médico prescreveu-me exercícios, farei uma parte da estrada a pé e acreditar-me-ei ainda nas águas.

— Mas não vá fatigar-se — disse Ana. — Queres chá?

Tocou a campainha.

— Sirva o chá e previna Sergio que Alexis Alexandrovitch chegou... Mas como vais?... Mikhail Vassilievitch, o senhor ainda não me veio ver. Olhe como eu arranjei o terraço.

Dirigia-se ora a um, ora a outro, com uma maneira simples e natural. Falava muito, e depressa, julgando surpreender certa curiosidade no olhar que Mikhail Vassilievitch lançava sobre ela. Mikhail alcançou logo o terraço e ela sentou-se junto ao marido.

— Tu não tens boa fisionomia — disse Ana.

— Realmente. Recebi hoje a visita do médico, que me fez perder uma hora. Estou convencido ter sido ele enviado por um dos meus amigos: a minha saúde é tão preciosa!

— Mas que disse ele?

Ela o interrogou ainda sobre a sua saúde e os seus trabalhos, aconselhou-o a repousar, convidou-o a ir para o campo. Dizendo isso, os seus olhos brilhavam com um clarão estranho, o seu modo de falar era vivo e animado. Alexis Alexandrovitch não dava nenhuma importância a esse modo de falar. Ele só ouvia as palavras, tomava-as no sentido literal e respondia simplesmente com alguma ironia. A conversa nada tinha de particular e Ana nunca pôde recordá-la sem certo constrangimento.

O pequeno Sergio entrou, acompanhado pela sua preceptora. Resolvesse Alexis Alexandrovitch a observar e observaria o ar tímido, embaraçado com que a criança o olhava e também a mãe. Mas nada queria ver e nada viu.

— Ah, ah, eis o rapaz... Temos crescido, tornamo-nos um homem... Vamos, bom dia, rapaz.

E estendeu a mão à criança perturbada. Sergio sempre fora tímido com o pai, mas, depois que ele o chamava "rapaz" e que sacudia a cabeça para saber se Vronski era um amigo ou um inimigo, a sua timidez aumentara. Voltou-se para a mãe, como procurando proteção. Sentia-se bem junto a Ana. No entanto, Alexis Alexandrovitch, agarrando o filho, entabulou conversação com a preceptora. O pequeno se sentia tão incomodado que Ana viu aproximar-se o momento em que ele choraria. Corou vendo a criança entrar e, percebendo logo o seu embaraço, levantou-se, apertou a mão de Alexis Alexandrovitch, abraçou a criança e conduziu-a ao terraço. Voltou alguns passos depois.

— Já é tarde — disse ela, consultando o relógio. — Por que Betsy não veio?

— Sim — disse Alexis Alexandrovitch, levantando-se. — A propósito — continuou, fazendo estalar as juntas dos dedos —, venho também trazer-te dinheiro. Deves ter necessidade, porque não nos alimentamos com as canções dos rouxinóis.

— Não... quero dizer, tenho necessidade — respondeu com o olhar, corando até a raiz dos cabelos. — Mas tu, sem dúvida, voltarás depois das corridas?

— Certamente — disse Karenine. — Mas eis a glória de Peterhof, a princesa Tverskoi — acrescentou, vendo aproximar-se uma comitiva à inglesa, com uma carruagem pequena e alta. — Que elegância! É verdade, partamos também!

A princesa Tverskoi não deixou a sua carruagem. O seu criado, de polainas e chapéu, saltou em frente do portão.

— Eu já vou, adeus — disse Ana, estendendo a mão ao marido, depois de abraçar o filho. — Foste muito amável em ter vindo.

Alexis Alexandrovitch beijou-lhe a mão.

— Até logo, voltarás para o chá, não? — disse ela, afastando-se, o ar radiante.

Mas logo que se achou fora da vista do marido, Ana tremia, sentindo na mão o vestígio do beijo que ele lhe dera.

XXVIII

Quando Alexis Alexandrovitch apareceu nas corridas, Ana já estava sentada junto a Betsy no pavilhão de honra, onde a alta sociedade se achava reunida. Dois homens, o seu marido e o seu amante, constituíam os dois polos da sua vida e ela percebia a aproximação de ambos sem o auxílio dos sentidos. O instinto revelou-lhe a presença de Alexis Alexandrovitch e ela o seguiu involuntariamente com os olhos no redemoinho da multidão. Viu-o caminhar para o pavilhão, respondendo aos cumprimentos obsequiosos, trocando distraídas saudações com os seus colegas, mas solicitando os olhares dos poderosos e tirando-lhes o chapéu redondo, o famoso chapéu que lhe machucava a ponta das orelhas. Ela conhecia aquelas maneiras de cumprimentar do marido e achava-as todas antipáticas. "A alma deste homem é apenas ambição", pensou. "Quanto às frases sobre as luzes e a religião, são meios para atingir o seu fim. Nada mais."

Pelos olhares que lançava ao pavilhão, Ana compreendeu que ele a procurava, mas, não chegando a descobri-la naquele mar de musselinas, fitas, plumas, flores e sombrinhas, fez que não o viu.

— Alexis Alexandrovitch! — gritou-lhe a princesa Betsy. — Não estás vendo a tua mulher? Aqui está ela.

Ele sorriu friamente.

— Tudo aqui é tão brilhante que os meus olhos estão deslumbrados — respondeu, entrando no pavilhão.

Sorriu para Ana como deve fazer um marido que vem de deixar a mulher, cumprimentou a princesa e outros conhecidos, concedendo palavras graciosas às senhoras e delicadas aos maridos. Um general, reputado pelo seu espírito e saber, colocara-se ao pé do pavilhão; Alexis Alexandrovitch, que o estimava muito, abordou-o e, como se estivesse num intervalo, conversaram à vontade. O general criticava aquele gênero de divertimento, Alexis Alexandrovitch defendia-o com a sua voz delicada e medida. Ana não perdia uma única das palavras do marido: todas pareciam possuir um som falso.

Quando a corrida de obstáculos começou, ela se inclinou para a frente, não deixando de fitar Vronski, que montava o cavalo. Temia por ele algum acidente, mas aquele receio lhe fazia sofrer menos que o eco da voz odiosa que ela conhecia em todas as entonações e que lhe parecia interminável.

"Eu sou uma mulher perversa, uma mulher perdida", pensava, "mas odeio a mentira, enquanto ele a utiliza em todos os momentos. Ele sabe tudo, vê tudo e, no entanto, fala com a maior calma. Que existirá de seu, no coração, fora de tudo isso? Respeitá-lo-ia se me matasse, se matasse Vronski. Mas, não, ele prefere as mentiras e as conveniências a tudo o mais." No fundo, Ana não sabia que espécie de homem desejaria achar no seu marido. Não compreendia tampouco que a irritante volubilidade de Alexis Alexandrovitch fosse uma expressão da sua agitação interior. À criança que se maltrata é necessário um movimento físico para distraí-la; a Karenine era necessário um movimento intelectual qualquer, para sufocar as ideias que o oprimiam em presença da mulher e de Vronski, cujo nome estava em todos os lábios. Como a criança que, em igual caso, salta instintivamente, Alexis Alexandrovitch falava naturalmente, satisfazendo a sua necessidade de discorrer.

— Nas corridas oficiais — dizia — o perigo é um elemento indispensável. Se a Inglaterra pode se orgulhar dos mais belos feitos de cavalaria, ela o deve unicamente ao desenvolvimento histórico da força nos seus homens e nos seus cavalos. O *sport*, segundo o meu modo de pensar, tem um sentido mais profundo, mas, como sempre, só vemos o lado superficial.

— Superficial não tanto assim — objetou a princesa Tverskoi.

Alexis Alexandrovitch sorriu inexpressivamente, mostrando apenas as gengivas.

— Eu admito, princesa, que este caso seja interno e não superficial, mas não se trata disso — e, voltando-se para o general, reforçou a sua opinião: — Não se esqueça de que os que correm são militares, foram eles que escolheram esta corrida e toda vocação tem o seu reverso de medalha: isso faz parte dos deveres do soldado. Se os *sports* brutos, como o boxe e as touradas, são sinais certos de barbárie, o *sport* especializado me parece, ao contrário, um índice de civilização.

— Não, decididamente, eu não virei mais — disse a princesa Betsy. — Isto me emociona muito, não é verdade, Ana?

— Emociona, sim, mas fascina — disse outra senhora —; se eu fosse romana, frequentaria assiduamente o circo.

Sem nada dizer, Ana assestava o binóculo sempre do mesmo lado.

Neste momento, um general, muito alto, atravessou o pavilhão. Cessando de falar, Alexis Alexandrovitch levantou-se, com uma prontidão que não excluía a dignidade, e se inclinou profundamente.

— O senhor não vai correr? — perguntou-lhe brincando o general.

— A minha corrida pertence a um gênero mais difícil — respondeu Karenine, respeitosamente.

Apesar de aquela resposta não ter nenhum sentido, o militar teve o ar de recolher a palavra profunda de um homem de espírito e de compreender *la pointe de la sauce*. Alexis Alexandrovitch voltava ao assunto.

— A questão é evidentemente complexa, não se poderia confundir os cavaleiros com os espectadores. O amor por estes espetáculos denota um nível baixo, no entanto...

— Princesa, uma aposta! — gritou uma voz, a de Stepane Arcadievitch, interpelando Betsy. — Em quem a senhora aposta?

— Ana e eu apostamos no príncipe Kouzovlev — respondeu Betsy.

— E eu em Vronski. Um par de luvas.

— Certo.

— No entanto, os jogos viris... — quis prosseguir Alexis Alexandrovitch, que se calara enquanto falavam perto, mas, como a partida acabava de ser dada, todo mundo se calou e ele se viu obrigado a fazer o mesmo.

As corridas não o interessavam. Em lugar de seguir os cavaleiros, fitava distraidamente a assembleia. O seu olhar deteve-se na mulher.

Evidentemente, para ela, nada existia fora do que acompanhava naquele momento com os olhos. Tinha o rosto pálido e sério, a mão apertava convulsivamente o leque, não respirava. Karenine voltou-se para examinar outros rostos femininos. "Eis outra senhora muito emocionada, e ainda uma outra — é muito natural", pensou, esforçando-se para olhar a esmo. Mas, apesar de tudo, os seus olhos sempre se voltavam para aquele rosto, onde lia, muito claramente e com horror, o que não queria saber.

A primeira queda, aquela de Kouzovlev, emocionou todo mundo, mas, à expressão triunfante de Ana, Alexis Alexandrovitch viu bem que ela não olhava o príncipe. Quando outro oficial, que transpunha a segunda barreira sobre os passos de Makhotine e de Vronski, caiu e se acreditou que ele tivesse morrido, um murmúrio de terror correu pela assistência. Karenine observou que Ana de nada se apercebera e que dificilmente compreenderia a emoção geral.

Mas, como ele a fitasse com uma curiosidade crescente, Ana, por mais absorvida que estivesse, sentiu o olhar do marido. Voltou-se para ele com um ar interrogador. "Tudo me é igual", parecia dizer-lhe com um rápido franzir de testa.

Ela não deixou mais o binóculo.

A corrida foi infeliz: entre dezessete cavalheiros, mais da metade caiu. No fim, como o imperador demonstrasse o seu descontentamento, a emoção tornou-se intensa.

XXIX

Então, todos desaprovaram aquele gênero de divertimento. Repetia-se a frase de um dos espectadores: "Depois disso, só restam as arenas com os leões." O pavor era tão geral que o grito de horror de Ana à queda de Vronski não surpreendeu a ninguém. Por infelicidade, o seu rosto logo revelou sentimentos que as conveniências mandavam ocultar. Desvairada, perturbada, ela se debatia como um pássaro preso numa armadilha.

— Vamos, vamos embora — pediu, voltando-se para Betsy.

Mas esta não a escutava. Inclinada para o general, ela lhe falava com animação. Alexis Alexandrovitch aproximou-se da sua mulher e, polidamente, ofereceu-lhe o braço.

— Se queres, podemos ir — disse ele, em francês.

Ana não o ouviu: interessava-se agora pelo que dizia o general.

— Dizem que ele quebrou a perna, mas isso não é verdade — afirmava o general.

Sem responder ao marido, tomando o binóculo, olhou diretamente para o lugar, mas nada distinguiu. Desceu o binóculo e resolvia-se a partir quando um oficial, a galope, veio informar ao imperador. Inclinou-se para ouvir também.

— Stiva, Stiva! — gritou ao irmão, mas ele não a ouviu. Quis deixar o pavilhão novamente.

— Ofereço-te, uma vez ainda, o meu braço, se desejas ir embora — repetiu Alexis Alexandrovitch, tocando-lhe a mão.

— Não, não, deixa-me, eu ficarei — respondeu sem o olhar, afastando--o com repulsa.

Vinha de perceber um oficial que, saindo do lugar do acidente, corria a toda velocidade cortando o campo de corridas. Betsy fez-lhe sinal com o lenço. Ele informou que o cavaleiro nada sofrera, mas que o cavalo tinha os rins despedaçados. Ouvindo aquela notícia, Ana deixou-se cair na cadeira, fraca para reter as lágrimas e reprimir os soluços que lhe agitavam o peito. Ocultou o rosto no leque. E, para lhe dar tempo de refazer-se, Alexis Alexandrovitch colocou-se na sua frente.

— Pela terceira vez, ofereço-te o meu braço — disse ele, no fim de alguns instantes.

Ana olhou-o, não sabendo bem o que responder. Betsy ajudou-a.

— Não — disse ela —, trouxe Ana e prometi levá-la.

— Desculpe, princesa — replicou Alexis Alexandrovitch, com um sorriso pálido e um olhar imperioso —, vejo que Ana está incomodada e eu mesmo quero levá-la.

Ana, o olhar vazio, levantou-se com submissão e tomou o braço do marido.

— Saberei notícias e te informarei — disse Betsy, em voz baixa.

Saindo do pavilhão, Alexis Alexandrovitch conversou, como sempre, do modo mais natural, com inúmeras pessoas e, como sempre, Ana foi obrigada a ouvir e responder — mas não se governava e julgava sonhar andando com o marido.

"Será verdade? Não estará ferido? Virá? Vê-lo-ei esta noite?", pensava Ana.

Subiu na carruagem em silêncio e logo se acharam fora do campo de corridas. Apesar de tudo o que vira, Alexis Alexandrovitch não aceitava ainda a evidência. Contudo, como ele não concedia nenhuma importância aos sintomas exteriores, julgava indispensável mostrar à mulher a inconveniência da sua conduta, mas ignorava como fazer a observação sem ir muito longe. Abriu a boca para falar. Disse involuntariamente outra coisa, e não o que quisera dizer.

— Como somos atraídos para esses espetáculos cruéis! Eu observei...

— Que dizes? Não compreendo.

Aquele tom de desprezo o feriu e ele revidou imediatamente.

— Devo dizer-te... — começou em francês.

"Eis a explicação", pensou Ana, assustada.

— Devo dizer-te que hoje a tua conduta foi inconveniente.

— Em que, se faz favor? — perguntou ela em voz alta, voltando-se vivamente para ele e olhando-o bem no rosto, não mais com falso contentamento, mas com uma segurança que dissimulava mal a sua angústia.

— Preste atenção! — disse ele, mostrando a vidraça da carruagem descida nas costas do cocheiro, que se inclinou para fechá-la.

— Que achaste de inconveniente? — repetiu Ana.

— O desespero que não pudeste ocultar quando um dos cavaleiros caiu.

Ele esperou uma objeção, mas ela se calava, o olhar fixo.

— Eu já lhe pedi para se comportar em sociedade de maneira a não dar lugar à maledicência. Houve tempo em que falei dos sentimentos íntimos; agora considero apenas as relações exteriores. Tiveste, ainda há pouco, uma conduta inconveniente, e desejo que isto não se repita.

Aquelas palavras chegaram pela metade aos ouvidos de Ana: o seu marido pensava amedrontá-la, ela só pensava em Vronski. "Será verdade que realmente não está ferido? Referia-se a ele a notícia que o oficial trouxera?" Quando Alexis Alexandrovitch acabou, ela lhe respondeu com um fingido sorriso de ironia. Vendo aquele sorriso, Karenine, que tinha, ele também, se amedrontado, sentindo a força das próprias palavras, desprezou-se estranhamente.

"Ela sorri das minhas suspeitas. Irá dizer-me então por que são ridículas e despidas de fundamento."

Antes de ver as suas crenças confirmadas, desejava acreditar no que ela quisesse. Mas a expressão daquele rosto sombrio e terrificado não a deixaria mentir.

— Talvez eu me engane — continuou ele. — Nesse caso, perdoa-me.

— Não, não te enganaste muito — articulou lentamente, lançando um olhar bravio ao rosto glacial do marido. — Não te enganaste muito. Estive e ainda estou desesperada. É-me indiferente te escutar, é nele em quem eu penso. Eu o amo, eu sou a sua amante. Eu não posso te suportar, sinto medo de ti, eu te odeio... Faça de mim o que quiseres.

Encolhendo-se no fundo da carruagem, ela cobriu o rosto com as mãos e se desfez em soluços. Alexis Alexandrovitch não se mexeu, seu olhar permaneceu fixo, mas a sua fisionomia adquiriu e conservou durante toda a viagem uma rigidez cadavérica. Aproximando-se da casa, ele se voltou para ela.

— Está bem — disse, com uma voz que tremia ligeiramente. — Mas eu exijo que observes as conveniências até o momento em que tome medidas indispensáveis para a defesa da minha honra. Elas te serão comunicadas.

Ele saiu da carruagem e, para salvar as aparências diante dos criados, ajudou a mulher a descer e apertou-lhe a mão. Retomou novamente o lugar na carruagem e voltou para Petersburgo.

Mal ele partiu, um criado de Betsy trouxe um bilhete assim redigido: "Soube notícias de Alexis. Escreveu-me que está bem, mas desesperado."

"Então, ele virá", pensou. "Fiz muito bem em confessar."

Olhou o relógio. Faltavam ainda três horas. Pensou no último encontro e certas recordações a perturbaram.

"Meu Deus, como ainda está claro! É horrível, mas gosto de ver o seu rosto e aprecio aquela luz fantástica... Meu marido? Ah, sim. Foi melhor, tudo acabou entre nós."

XXX

Em toda parte onde os homens se reúnem, uma espécie de cristalização situa definitivamente cada um em seu próprio lugar. A pequena estância alemã de águas onde descansavam os Stcherbatski não fugia a esta regra: como uma gota de água exposta ao frio toma invariavelmente uma certa forma cristalina, do mesmo modo cada novo veranista se inseria em uma certa categoria social. Graças ao seu nome, ao apartamento que ocupavam, aos amigos que encontraram, os *Furst Stcherbatski sammt Gemahlin und Tochter* se inseriram no lugar a que tinham direito.

Esse trabalho de estratificação operava-se mais seriamente aquele ano, pois uma autêntica *Fürstin* alemã honrava as águas com a sua presença. A princesa julgou-se no dever de apresentar-lhe sua filha e afinal essa cerimônia se realizou no dia seguinte ao da sua chegada. Kitty, extremamente graciosa no seu vestido de verão "muito simples", isto é, muito elegante, e vindo de Paris, fez uma profunda reverência à ilustre dama. "Eu espero", disse-lhe aquela, "que as rosas nascerão depressa em tão lindo rosto." Aquela visita classificou definitivamente os Stcherbatski. Conheceram uma *lady* inglesa e a sua família; uma condessa alemã e o seu filho ferido na última guerra; um sábio sueco; um senhor Canut e a sua irmã. No entanto, como era natural, foi com os veranistas russos que travaram maiores relações. Havia notadamente duas senhoras de Moscou, Maria Evguenievna Rtistchev e sua filha, assim como um coronel, igualmente moscovita, velho amigo dos Stcherbatski; Kitty não gostava muito de Mlle. Rtistchev, que sofria, como ela, de um amor contrariado; quanto ao coronel, que sempre vira fardado, achava-o ridículo com os seus pequenos olhos, o pescoço descoberto, as gravatas coloridas e as suas inoportunas visitas. Estabelecido o programa de vida e tendo o velho príncipe partido para Carlbad, Kitty ficou sozinha com a sua mãe e começou a achar que os dias se tornavam longos. Indiferente aos antigos conhecidos, que não lhe prometiam nenhuma sensação nova, julgou mais atraente observar os desconhecidos e perder-se em suposições sobre as suas vidas: isto, em breve, constituiu uma verdadeira paixão. A sua natureza a arrastava a ver todo mundo com simpatia, as observações que fazia sobre os veranistas, os seus caracteres, as suas mútuas relações, eram exageradamente benévolas.

Ninguém lhe inspirava tanto interesse como uma moça, vinda às águas com uma senhora russa da alta sociedade, a quem davam o nome de Madame Stahl. Esta criatura, muito doente, perdera o uso das pernas. Aparecia raramente, somente nos dias claros e belos, conduzida num pequeno carro. Não convivia com os seus compatriotas, mais por orgulho que devido à doença, afirmava a princesa. A moça, que se chamava Varinka, olhava-a bondosamente; mas Kitty observou que ela não a tratava nem como parente nem como enfermeira paga. Além disso, aquela moça tornava-se rapidamente amiga das doentes em estado grave e estas dedicavam-lhe, muito naturalmente, o mesmo devotamento que Madame Stahl. Que espécie de aproximação existiria entre as duas senhoras? Kitty perguntava a si mesma, com uma curiosidade tanto mais viva quanto se sentia irresistivelmente atraída para Mlle. Varinka e pensava não lhe desagradar, a julgar por certos olhares que a moça lançava sobre ela.

Essa Varinka era uma dessas pessoas sem idade, a quem se pode dar indiferentemente tanto trinta como dezenove anos. Apesar da sua palidez doentia, permitia-se, analisando os seus traços, achá-la bonita, e passaria por sê-lo, se não fosse a cabeça muito grande e o busto um pouco desenvolvido. No entanto, ela não devia desagradar aos homens: fazia lembrar uma linda flor que, apesar de haver conservado as suas pétalas, houvesse murchado e perdido o perfume. Faltava-lhe um pouco daquele ardor que devorava Kitty, não possuía consciência do próprio encanto.

Parecia estar sempre absorvida pelo dever de uma necessidade inelutável, não podendo, em consequência, distrair-se. Era precisamente aquele contraste com a sua própria vida o que seduzia Kitty. O exemplo de Varinka, sem dúvida, lhe revelaria o que procurava com tanta ansiedade: como dar algum interesse, alguma dignidade à sua vida, como escapar às abomináveis relações mundanas que, descobria agora, fazem da moça uma espécie de mercadoria exposta à concupiscência dos compradores? E mais Kitty observava a sua amiga desconhecida, mais desejava conhecê-la, vendo-a com um modelo de todas as perfeições.

As moças se encontravam muitas vezes no dia e, a cada encontro, os olhos de Kitty pareciam dizer: "Que tens? Eu não me engano certamente, não te julgas um ser adorável? Mas lembra-te", acrescentava o olhar, "que não terei a indiscrição de solicitar a tua amizade. Contento-me em admirar-te e amar-te." "Eu também gosto de ti e acho-te encantadora", respondia o olhar da desconhecida, "e gostaria ainda mais de ti se tivesse tempo." Realmente, ela era muito ocupada. Kitty via bem: ora ela passeava no estabelecimento as crianças de uma família russa, ora trazia o cobertor para uma doente, biscoitos para outra ou preocupava-se em distrair uma terceira.

Uma manhã, pouco depois da chegada dos Stcherbatski, apareceu um casal que se tornou objeto de uma atenção pouco benevolente. O homem, muito alto, magro, tinha as mãos enormes e os olhos negros, singelos e assustadores ao mesmo tempo, usando um capote muito curto. Apesar de possuir marcas de varíola, a mulher tinha a fisionomia graciosa, mas de semblante bastante desagradável. Kitty reconheceu-os como russos e, desde aí, a sua imaginação trabalhou um romance onde eles eram os heróis. Quando a princesa soube, pela lista dos veranistas, que os recém-chegados não eram outros senão Nicolas Levine e Maria Nicolaievna, cortou as asas às quimeras da filha, explicando-lhe ser esse Levine um homem infeliz. De resto, mais que as palavras da princesa, o fato de aquele indivíduo ser irmão de Constantin Levine tornou-o, como também a sua companheira, particularmente antipático a Kitty. E logo aquele homem, de singulares movimentos de cabeça, inspirou-lhe uma verdadeira repulsa: julgava ler nos seus grandes olhos, que a seguiam com obstinação, sentimentos irônicos e malévolos. Evitou tanto quanto possível encontrá-lo.

XXXI

Como chovesse à tarde, os banhistas, munidos de guarda-chuvas, invadiram a galeria do estabelecimento. Kitty e sua mãe achavam-se em companhia do coronel, que exibia um terno à europeia, feito em Frankfurt. Eles se apertavam num canto a fim de evitar Nicolas Levine, que andava os cem passos de uma à outra extremidade. Varinka, trajando como sempre um vestido escuro, um chapéu de abas caídas, passeava de um lado a outro da galeria com uma senhora francesa cega. Toda vez que Kitty e ela se encontravam, trocavam um olhar amigo.

— Mamãe, posso lhe falar? — perguntou Kitty, vendo a sua amiga desconhecida aproximar-se da fonte e julgando o momento oportuno para uma primeira conversa.

— Se tanto desejas — respondeu a princesa —, deixa-me tomar as informações, eu falarei primeiro. Mas que achas nela de tão notável? É alguma dama de companhia. Se queres, irei ver Madame Stahl. Conheci a sua cunhada — acrescentou, erguendo a cabeça.

A princesa estava ofendida com a atitude de Madame Stahl, que parecia não desejar conhecê-la. Kitty não insistiu.

— Ela é adorável! — disse, olhando Varinka entregar um copo à senhora francesa. — Vê como tudo o que ela faz é amável e simples.

— Tu me aborreces com os teus *engouements* — respondeu a princesa. — Mas, no momento, afastemo-nos — acrescentou, vendo Levine aproximar-se em companhia da mulher e de um médico alemão ao qual falava asperamente.

Como elas retornassem sobre os próprios passos, um ruído de vozes obrigou-as a se voltarem. Levine, parado em frente ao médico, que se enfurecia por sua vez, soltava verdadeiros gritos. Formava-se um círculo à volta deles. A princesa arrastou Kitty, enquanto o coronel misturava-se à multidão, a fim de saber o assunto da discussão.

— Que foi? — indagou a princesa, quando, no fim de alguns minutos, o coronel voltou a encontrá-las.

— Uma abominação! — respondeu aquele. — Nada receio tanto como encontrar russos no estrangeiro. Aquele senhor começou a discutir com o médico, que não o trata a seu gosto, e acabou por levantar a bengala contra ele. Uma abominação, repito!

— Sim, é bem desagradável — disse a princesa. — E como terminou tudo isso?

— Graças à intervenção daquela senhorita de chapéu em forma de cogumelo, uma russa, creio...

— Mlle. Varinka? — perguntou Kitty, muito alegre.

— Sim. Foi ela quem primeiro teve a presença de espírito de segurar o senhor pelo braço e levá-lo.

— Vê, mamãe — disse Kitty. — Depois disso a senhora estranha ainda o meu entusiasmo?

No dia seguinte, Kitty observou que Varinka agregara Levine e a sua companheira aos seus *protegés*: entretinha-os e servia de intérprete à mulher que não falava nenhuma língua estrangeira.

Cada vez mais apaixonada pela desconhecida, Kitty suplicou ainda uma vez à sua mãe que permitisse conhecê-la. Apesar do que acontecera — porque não queria se adiantar com aquela orgulhosa Madame Stahl —, a princesa foi buscar informações: uma vez convencida da absoluta honestidade da moça, deu ela própria os primeiros passos e, escolhendo um momento em que Kitty estava na fonte, abordou Varinka em frente da padaria.

— Permita que eu mesma me apresente — disse-lhe, com um sorriso de grande dama. — Minha filha está totalmente atraída pela senhora. Mas talvez não me conheça... Eu...

— É uma atração mais que recíproca, princesa — apressou-se em responder Varinka.

— A senhora, ontem, fez uma boa ação com o nosso triste compatriota — continuou a princesa.

— Eu não me lembro — disse Varinka, corando. — Parece-me que nada fiz...

— Mas a senhora livrou esse Levine de aborrecimentos que viriam daquele mau negócio...

— Ah, sim, *sa compagne* me chamou e eu tentei acalmá-lo. Está gravemente doente e muito descontente com o seu médico. Estou habituada a esse gênero de doentes.

— Sim, eu sei que a senhora vive em Menton com Madame Stahl, que é, penso, sua tia. Eu conheci a sua cunhada.

— Não, ela não é minha tia. Chamo-a de *maman*, mas não lhe tenho nenhum parentesco, fui criada por ela.

Tudo isso dito simplesmente. A expressão daquele adorável rosto era tão aberta, tão sincera, que a princesa compreendeu por que Kitty se apaixonara por Varinka.

— E que fará esse Levine? — perguntou ela.

— Ele vai embora — respondeu Varinka.

Kitty voltava da fonte. Vendo a sua mãe em conversa com a amiga desconhecida, ficou radiante de alegria.

— Kitty, o teu ardente desejo de conhecer Mlle...

— Varinka — disse a moça, sorrindo. — É assim que todos me chamam.

Kitty corou de alegria e apertou durante muito tempo a mão da sua nova amiga, que abandonava a sua sem responder à pressão. Em retribuição, o seu rosto se iluminou com um sorriso um pouco melancólico que descobriu dentes grandes, mas belos.

— Eu também, há muito tempo desejo conhecê-la.

— Mas Mlle. Está sempre tão ocupada...

— Eu? Ao contrário, nada tenho a fazer... — respondeu Varinka, que, no mesmo instante, abandonou os seus novos conhecidos para atender ao chamado de dois pequenos russos, filhos de uma doente.

— Varinka — gritavam eles —, mamãe está chamando!

XXXII

Eis o que a princesa soube de Varinka, das suas relações com Madame Stahl e de Madame Stahl ela própria.

Madame Stahl sempre fora doente e exaltada. Achavam alguns que ela tinha feito a infelicidade do marido. Outros, ao contrário, que ele a tinha indignamente enganado. Ela viu-se obrigada a separar-se dele e, algum tempo depois, em Petersburgo, pôs no mundo uma criança que nasceu morta. Conhecendo sua sensibilidade e julgando que aquela notícia a matasse, a família substituiu a criança morta pela filha de uma cozinheira da corte, nascida na mesma noite e na mesma casa: era Varinka. Depois, Madame Stahl soube que a pequena não era sua filha, continuou a ocupar--se dela, tanto mais que os verdadeiros pais da criança haviam morrido.

Já se tinham passado mais de dez anos que Madame Stahl vivia no estrangeiro, sem quase deixar o leito. Uns diziam que ela criara no mundo um pedestal da sua piedade, de amor ao próximo; outros asseguravam a sua sinceridade. Ninguém sabia ao certo se ela era católica, protestante, ortodoxa, mas o que era certo era que mantinha relações de amizade com as sumidades de todas as igrejas, de todos os credos.

A sua filha adotiva nunca a deixaria e todos aqueles que conheciam Madame Stahl conheciam e amavam "Mademoiselle Varinka" — todos a chamavam por esse nome.

A par de todos esses detalhes, a princesa viu com bons olhos a amizade das duas moças: Varinka tinha excelentes modos, falava com perfeição o francês e o inglês e depois, o que ainda era melhor, desde o começo, em nome de Madame Stahl pedira-lhe desculpas por não tê-la reconhecido, devido à doença.

Kitty ligava-se cada vez mais à sua amiga, em quem descobria novas perfeições. A princesa, sabendo que Varinka cantava, pediu para esta visitá-las durante a noite.

— Kitty toca piano e, se bem que o piano não seja muito bom, gostaría-mos de ouvi-la cantar — disse a princesa, com o seu indispensável sorriso.

Aquele sorriso desagradou a Kitty, tanto mais que ela julgou perceber a pouca vontade que a sua amiga tinha de cantar. No entanto, naquela mesma noite, Varinka veio e trouxe as músicas. A princesa convidara Maria Evguenievna, sua filha e o coronel. Varinka parecia indiferente em frente daquelas pessoas a quem não conhecia e aproximou-se do piano sem se fazer de rogada. Como não sabia acompanhar, Kitty, que tocava muito bem, prestou-lhe esse serviço.

— A senhora tem um talento notável — disse-lhe a princesa, depois que ela cantou o primeiro trecho, com rara beleza.

Maria Evguenievna e a filha uniram os seus cumprimentos aos da princesa.

— Veja o público que se deixou atrair — disse o coronel, que olhava pela janela, sob a qual se reunia um grande número de pessoas.

— Sinto-me feliz em lhes proporcionar este prazer — respondeu simplesmente Varinka.

Kitty olhava a sua amiga com orgulho. Admirava o seu talento, a sua voz, toda a sua pessoa e ainda a sua atitude: era claro que Varinka não possuía nenhum grande mérito como cantora. Indiferente aos aplausos, tinha o ar de perguntar simplesmente: "É preciso que eu cante ainda, ou não?"

"Se eu estivesse no seu lugar", pensava Kitty, observando aquele rosto impassível, "como estaria orgulhosa por ver esta multidão debaixo da janela! Como acha tudo isso indiferente! Ela só parece sensível ao prazer de ser agradável a mamãe. Que tem, pois? Onde adquire esta indiferença, esta magnífica serenidade? Gostaria muito que me ensinasse como se consegue tudo isso."

A princesa pediu um segundo trecho e Varinka, rígida junto ao piano, bateu o compasso com a sua mão morena e cantou, com a mesma perfeição do primeiro, um segundo trecho.

O trecho seguinte, no caderno, era uma ária italiana. Kitty tocou o prelúdio e voltou-se para a sua amiga.

— Saltemos agora — disse Varinka, corando.

Kitty interrogou-a com um olhar.

— Então, uma outra! — apressou-se ela em dizer, virando as páginas. Ela compreendera que aquela ária devia reavivar na cantora alguma recordação dolorosa.

— Não — respondeu Varinka, pondo a mão no caderno. — Cantemos aquela — acrescentou, sorrindo.

E Varinka cantou-a com a mesma calma, a mesma frieza, a mesma perfeição das anteriores.

Quando acabou, todos a aplaudiram ainda uma vez. E, enquanto se tomava o chá, as moças foram ao pequeno jardim ligado à casa.

— Tens uma lembrança associada àquela ária, não é verdade? — perguntou Kitty. — Não, não — acrescentou com vivacidade —, não me conte nada, dize apenas se é verdade.

— Por que esconderia? — fez Varinka tranquilamente. — Sim, é uma lembrança e tem sido bem dolorosa. Amei alguém a quem cantava essa ária.

Kitty, os enormes olhos abertos, envolvia a sua amiga num olhar de ternura. Ela não ousava dizer uma só palavra.

— Eu o amei e ele me amou — continuou Varinka —, mas a sua mãe se opôs ao nosso casamento e ele casou-se com outra. Ele mora perto da nossa casa e eu o vejo sempre. Pensavas que eu tivesse um romance? — perguntou, enquanto passava no seu rosto um clarão de fogo que quase a iluminou inteiramente.

Kitty sentiu aquilo.

— Que dizes? — gritou ela. — Mas se eu fosse homem, não poderia amar a mais ninguém desde que te encontrei. O que eu acho é que, para obedecer à mãe, ele pôde te esquecer, tornar-te infeliz: este homem não deve ter coração.

— Mas ele é um excelente homem e eu não sou infeliz, ao contrário... Bem, cantaremos ainda hoje? — acrescentou, dirigindo-se para a casa.

— Como és boa, como és boa! — exclamou Kitty, detendo-a para abraçá-la. Se eu pudesse me parecer contigo, um pouco, ao menos...

— Por que desejas ser uma outra senão que é a tua própria personalidade? És encantadora — disse Varinka, sorrindo.

— Oh, não, eu não sou assim... Dize-me. Espere, sentemo-nos um pouco — disse Kitty, fazendo a sua amiga sentar-se no mesmo banco. — Dize-me, mas é humilhante ver um homem desprezar o teu amor?

— Ele não desprezou totalmente, estou certa de que me amava, mas era um filho obediente.

— E se tivesse agido de própria vontade? — perguntou Kitty, sentindo que revelava o seu segredo e que o seu rosto, ruborizado, a traía.

— Então ele cometeria uma ação má, e eu pouco o ligaria — respondeu Varinka, compreendendo que a pergunta se relacionava com Kitty.

— Mas a ofensa... podemos esquecê-la? Não, é impossível — afirmou, lembrando-se do olhar com que "ele" a examinara no baile quando a música deixara de tocar.

— De que ofensas falas? Fizeste alguma coisa de mal?

— Pior do que isso. Fui humilhada.

Varinka balançou a cabeça e pôs a mão sobre a de Kitty.

— Em que foste humilhada? Pudeste confessar o teu amor a um homem que te demonstrava indiferença?

— Certo que não, eu nada disse, mas ele o sabia. Há olhares, modos de ser... Não, não, ainda que eu viva cem anos não me esquecerei daquela ofensa.

— Mas eu não compreendo. Tu ainda o amas, sim ou não? — indagou Varinka, pondo os pontos nos is.

— Não posso me perdoar por detestá-lo.

— E então?

— Mas a vergonha, a ofensa...

— Ah, meu Deus, se todo mundo fosse sensível como tu! Toda moça passou por isso. E tudo isso tem pouca importância...

— Então, que há de importante? — perguntou Kitty, olhando-a com espantada curiosidade.

— Muitas coisas — insinuou Varinka, sorrindo.

— Quais?

— Muitas coisas mais importantes — respondeu Varinka, não sabendo bem o que dizer.

A princesa, neste momento, gritou pela janela:

— Kitty, está fazendo frio. Ponha um xale ou entre.

— Já é tempo de ir embora — disse Varinka, levantando-se. — Prometi a Madame Bertha passar em sua casa.

Kitty segurou-a pela mão e interrogou-a com um olhar suplicante: "Que há de mais importante? Que é que apazigua, tranquiliza? Se tu o sabes, dize-me." Mas Varinka não entendia o sentido daquele olhar. Ela só pensava na visita que ainda lhe faltava fazer antes de tomar o chá com *maman*, à meia-noite. Entrou no salão, apanhou as músicas, despediu-se de todos e se dispôs a sair.

— Se a senhora permite — ofereceu-se o coronel —, acompanhá-la-ei.

— Com efeito — disse a princesa — a senhora não poderá voltar sozinha a esta hora. Mandarei consigo uma criada.

Kitty percebeu que Varinka reprimia dificilmente um sorriso.

— Obrigada — respondeu a moça, apanhando o chapéu. — Eu sempre ando sozinha e nunca me aconteceu nada.

XXXIII

Kitty conheceu também Madame Stahl e, como sucedera com a sua amizade por Varinka, as relações que manteve com aquela senhora contribuíram para diminuir a sua mágoa. Um mundo novo, bem diferente do seu, um mundo cheio de beleza e nobreza lhe foi revelado: desta altura, pôde julgar o passado com sangue-frio. Aprendeu que, fora da vida instintiva que até então fora a sua, existia uma vida espiritual na qual se penetrava através da religião. Aquela religião em nada se parecia com a que praticava desde a infância e que se resumia em assistir à missa onde se encontravam os conhecidos, ou decorar com o coração os textos religiosos com o auxílio dos sacerdotes. Era uma religião nobre, misteriosa, que provocava os pensamentos mais elevados e os sentimentos mais puros e na qual não se acreditava por dever, mas por amor.

Kitty aprendeu tudo aquilo — mas não em palavras. Madame Stahl tratava-a como uma criança igual à que fora na mocidade. Somente uma vez lembrou-lhe que a fé e a caridade eram os únicos bálsamos para todas as dores humanas e que o Cristo, na sua compaixão, não conhecia pontos insignificantes — e logo mudou de assunto. Mas, em cada gesto, em cada palavra daquela senhora, nos seus olhares "celestes", como ela os qualificava, na história da sua vida principalmente, que conhecera por intermédio de Varinka, Kitty descobria "o que era importante" e que até então havia ignorado.

No entanto, apesar da elevação da sua natureza e da unção dos seus propósitos, Madame Stahl deixava escapar certos traços de caráter que desconcertavam Kitty. Um dia, por exemplo, quando a interrogava sobre os seus pais, aquela senhora não pôde reter um sorriso de condescendência, o que era contrário à caridade cristã. Outra vez, recebendo um padre católico, ocultava-se constantemente na sombra do *abat-jour*, rindo-se de um modo singular. Por mais importantes que fossem essas observações, elas afligiam Kitty, obrigando-a a duvidar de Madame Stahl. Em compensação, Varinka sozinha, sem família, sem amigos, não esperando nem desesperando depois da sua triste decepção, dia a dia parecia-lhe o cúmulo da perfeição. O exemplo da moça lhe mostrava que, para se ter um futuro feliz, tranquilo e bom como ela o desejava, fazia-se necessário o esquecimento de si própria e amar o próximo. Uma vez que compreendera o que era "mais importante", não se contentou apenas em admirá-la, mas se entregou de todo coração à vida nova que descobria. Depois das narrações que Varinka lhe fizera sobre Madame Stahl, Kitty elaborou um plano de vida. Decidiu que, a exemplo de Aline, sobrinha de Madame Stahl, cuja história Varinka lhe contara, procuraria os pobres, não importa onde ela se achasse, e os ajudaria da melhor maneira, com eles distribuindo os Evangelhos e lendo o livro santo aos doentes, aos moribundos, aos criminosos. Realizava esses sonhos secretamente, sem comunicá-los à sua mãe nem à sua amiga.

De resto, esperava poder executar os planos amplamente e não lhe seria difícil, imitando Varinka, pôr os seus novos princípios em prática: nas águas, os doentes e os infelizes não faltavam.

A princesa rapidamente observou como Kitty cedia ao seu *engouement* por Madame Stahl e principalmente por Varinka, a quem imitava nas boas obras, no modo de andar, de falar e de olhar. Mais tarde, ela reconheceu que, fora da influência exercida, a moça passava por uma séria crise interior. Contra o seu hábito, lia à noite os Evangelhos que Madame Stahl lhe oferecera num exemplar em francês; evitava toda relação mundana, se interessava pelos doentes protegidos de Varinka, especialmente pela família de um pobre pintor chamado Petrov, junto ao qual parecia orgulhosa de desempenhar o papel de enfermeira. A princesa não se opunha, visto que a mulher de Petrov era uma criatura bem procedida, e um dia a *Fürstin*, observando a bondade de Kitty, fizera-lhe o elogio, chamando-a de anjo consolador. Tudo caminharia para o melhor se a princesa não receasse ver a sua filha cair no exagero.

— *Il ne faut jamais rien outrer* — dizia ela.

Kitty não respondia nada, mas, no fundo do coração, estava convencida de que praticava uma religião que mandava dar a face esquerda quando esbofeteada a direita, ou entregar a camisa quando fosse tirado o capote. De resto, mais ainda do que isso, a princesa estava melindrada com as reticências de Kitty: adivinhava que ela não lhe abria inteiramente o coração. Realmente, a moça sentia um certo tormento em confiar os seus novos sentimentos à mãe — nem o respeito, nem a afeição, aqui, entravam em jogo.

— Há muito tempo que não vemos Ana Pavlovna — disse um dia a princesa, quando falavam de Madame Petrov. — Eu a convidei, mas ela me pareceu contrariada.

— Eu não observei isso, mamãe — respondeu Kitty, corando.

— Não a tens visitado estes dias?

— Nós projetamos para amanhã uma excursão à montanha.

— Não vejo nenhum inconveniente — respondeu a princesa, surpresa com a perturbação que dominava a sua filha e procurando descobrir-lhe a causa.

Varinka, que veio jantar, advertiu Kitty que Ana Pavlovna renunciara ao passeio projetado para o dia seguinte. A princesa verificou que a sua filha corava ainda mais.

— Kitty, nada houve de desagradável entre os Petrov e tu? — perguntou-lhe, quando elas se encontraram sozinhas. — Por que Ana Pavlovna deixou de mandar os filhos e não veio mais ela própria?

Kitty respondeu que nada se passara e que não compreendia por que aquela senhora procedia assim. Ela dizia a verdade, mas se ignorava a causa da frieza de Madame Petrov para consigo, adivinhava-a: e era ela de tal natureza que não ousava confessar a si mesma, quanto mais à sua mãe, tão humilhante seria o fato de se enganar.

Evocou mais uma vez todas as recordações das suas relações com aquela família. Lembrava-se da ingênua alegria que surgia, nos seus primeiros encontros, no rosto redondo de Ana Pavlovna; as reuniões secretas para tentar distrair o doente, arrancá-lo aos trabalhos que o médico proibia, levá-lo para tomar ar; a amizade da menor das crianças, que a chamava "minha Kitty", e não se deitava sem que ela a acompanhasse. Como tudo ia longe! Revia depois a insignificante pessoa de Petrov, o longo pescoço, os raros cabelos, os olhos azuis e inquiridores que tanto a assustaram, os esforços doentios para parecer animado e enérgico em presença da moça. Como era difícil a Kitty recalcar a repugnância que lhe inspirava aquele tuberculoso, como sofrera para achar um assunto de conversa! Com que humildade o considerava enquanto sentia nascer no seu coração um estranho sentimento de compaixão, de tortura e de satisfação íntima! Como tudo aquilo era bom! E por que, depois de alguns dias, uma brusca mudança influíra nas suas relações? Ana Pavlovna recebia Kitty com uma fingida amabilidade, não cessando de vigiá-la como também ao marido. Devia atribuir aquela frieza à ingênua alegria que o marido sentia com a sua aproximação?

"Sim", pensava, "houve anteontem alguma coisa de pouco natural, e que não se parecia em nada com a sua costumeira bondade, no ar contrariado com que Ana me disse: 'Ele não quer tomar o café sem a senhora; apesar de muito fraco, está à sua espera.' Talvez tivesse visto com maus olhos eu arranjar o cobertor do seu marido; era um gesto simples, mas Petrov agradeceu tanto que me senti orgulhosa. E o meu retrato, que saiu tão bem! E principalmente o olhar terno e confuso! Sim, sim, é bem isso", Kitty era obrigada a confessar com desespero. "Mas, não", acrescentou interiormente, "isto não pode, isto não deve ser! Ele é tão digno de piedade!"

E esses receios envenenaram a alegria da sua nova vida.

XXXIV

A cura de Kitty ainda não estava terminada quando o príncipe Stcherbatski, que fizera uma volta pelas águas de Carlsbad, Bade, Kissingen, para "respirar um pouco de ar russo", veio encontrar a sua família.

O príncipe mantinha pelos países estrangeiros sentimentos diametralmente opostos aos da princesa. Esta achava tudo perfeito e, apesar da sua situação bem estabelecida na sociedade russa, imitava as damas europeias, o que nem sempre lhe era fácil. O seu marido, ao contrário, achava tudo detestável, não renunciando a nenhum dos seus hábitos russos e procurando parecer menos europeu do que o era na realidade.

O príncipe voltou mais magro, mas cheio de alegria. Aquela feliz disposição aumentou quando encontrou Kitty completamente restabelecida. Em verdade, os detalhes que a princesa lhe dera sobre a transformação moral que se processava na moça, graças à sua intimidade com Madame Stahl e Varinka — esses detalhes, a princípio, contrariaram o príncipe e despertaram o sentimento habitual de ciúme que sentia por tudo que pudesse roubar Kitty à sua influência e levá-lo a regiões inacessíveis para ele. Essas desagradáveis notícias, porém, se perderam no oceano de alegre felicidade que era o fundo da sua natureza e que ainda crescera mais nas águas de Carlsbad.

No dia seguinte ao da sua volta, o príncipe, vestindo o seu enorme capote, as bochechas enrugadas e pouco inchadas, emolduradas num colarinho engomado, acompanhou com o melhor bom humor do mundo a sua filha às termas.

A manhã estava esplêndida. A vista daquelas casas alegres cercadas de pequenos jardins, daquelas robustas criadas alimentadas com cerveja, de braços vermelhos e faces coradas, o sol resplandecente — tudo tocava o seu coração. Quanto mais se aproximava da fonte, mais encontrava doentes cujo estado lamentável contrastava com o bem-estar e a boa organização da vida alemã. Para Kitty, aquele belo sol, aquela verdura resplandecente, aquela música divertida, formavam um quadro natural para aqueles rostos bem conhecidos, em que percebia a volta da saúde. Para o príncipe, ao contrário, a luminosa manhã de junho, a orquestra tocando alegremente a valsa da moda, as robustas criadas principalmente, se opunham com uma indecência quase monstruosa a esses moribundos vindos dos quatro cantos da Europa que tratavam ali os seus membros enfraquecidos.

Apesar do orgulho e da quase volta à mocidade pelo fato de ter a sua filha querida tão perto, o príncipe se sentia, com o seu andar firme e os membros vigorosos, um pouco mal em face daquelas misérias que julgava esquecidas no meio de uma sociedade elegante.

— Apresenta-me aos teus novos amigos — disse à filha, apertando-lhe o cotovelo. — Estou resolvido a gostar até do teu terrível Soden, pelo bem que te fez. Mas eis aqui coisas bem tristes... Quem são?

Kitty chamava as pessoas que ia encontrando. Na entrada mesmo do parque cruzaram com Madame Bertha e a sua condutora. O príncipe sentiu prazer em ver a expressão de ternura que se desenhou no rosto da velha cega ao som da voz de Kitty. Com uma exuberância bem francesa, aquela senhora se desfez em delicadezas e felicitou o príncipe por possuir uma filha tão encantadora, uma pérola, um anjo consolador.

— Neste caso — disse o príncipe, sorrindo —, é o anjo número dois, porque ela reservou o número um a *mademoiselle* Varinka.

— Certamente — concordou Madame Bertha. — *Mademoiselle* Varinka também é um anjo.

Na galeria, Varinka em pessoa veio a eles com o seu passo rápido, tendo uma elegante bolsa vermelha na mão.

— Aqui está papai de volta! — disse-lhe Kitty.

Varinka executou, com o modo mais natural do mundo, um movimento que tinha de cumprimento e de reverência e entabulou, sem falsa timidez, uma conversa com o príncipe.

— É desnecessário dizer que te conheço, e muito — disse o príncipe, com um sorriso que, para grande alegria de Kitty, provou que a amiga agradava ao pai. — Onde vais com tanta pressa?

— *Maman* está aqui — respondeu Varinka, voltando-se para Kitty. — Ela não dormiu à noite e o médico lhe aconselhou que tomasse ar. Vou levar-lhe o seu trabalho.

— Eis aí o anjo número um — disse o príncipe, quando a moça se afastou.

Kitty logo compreendeu que Varinka conquistara ao pai: efetivamente, por mais desejo que tivesse, o príncipe evitou interroga-la sobre a conduta da sua amiga.

— Iremos ver todos os teus amigos, uns após outros, inclusive Madame Stahl, se ela se dignar me reconhecer.

— Tu a conheces, papai? — perguntou Kitty com receio, porque observara um clarão de ironia nos olhos do pai.

— Conheci o seu marido e conheci um pouco a ela mesma antes de meter-se com os devotos.

— Quem são esses devotos, papai? — indagou Kitty, inquieta por ver o pai dar este nome ao que lhe parecia de tão alto valor em Madame Stahl.

— Eu sei muito pouco. O que sei é que ela agradece a Deus todas as infelicidades que lhe aconteceram, como a de ter perdido o marido, e isso se torna cômico quando se sabe que viviam muito mal juntos... Mas quem é aquele pobre-diabo? — perguntou, vendo num banco um doente de estatura média, trajando roupa branca que formava estranhas pregas nos joelhos descarnados. Ele tirou o chapéu de palha, descobrindo uma testa que a pressão do chapéu tornara vermelha.

— É Petrov, um pintor — respondeu Kitty, corando. — E ali está a sua mulher — acrescentou, mostrando Ana Pavlovna que, preconcebidamente, se levantara, vendo-os aproximar-se, e pusera-se a correr atrás de uma das crianças.

— Este homem me causa pena — disse o príncipe —, tanto mais que possui traços encantadores. Mas por que não te aproximas? Ele parece querer te falar.

— Então vamos! — disse Kitty, caminhando resolutamente para Petrov. — Como está passando hoje? — perguntou-lhe.

Petrov ergueu-se, apoiando-se na bengala, e olhou o príncipe com uma certa timidez.

— É minha filha — disse o príncipe. — Muito prazer em conhecê-lo.

O príncipe cumprimentou e sorriu, mostrando assim os dentes de uma brancura estranha.

— Esperamos ontem pela senhora — disse a Kitty.

Falando ele se enfraquecia, mas, para que não se percebesse a sua fraqueza, resolveu dar um novo passo.

— Eu pretendia ir, mas Varinka me disse que Ana Pavlovna avisara que o senhor não sairia mais.

— Como? — exclamou Petrov, que, tornando-se vermelho, tossiu, procurando a mulher com o olhar. — Annette, Annette! — chamou aos gritos, enquanto as veias nodosas forçavam-lhe o pescoço magro.

Ana Pavlovna se aproximou.

— Então mandaste dizer que nós não sairíamos mais? — perguntou-lhe, com voz rouca e colérica.

— Bom dia — cumprimentou Ana Pavlovna com um sorriso constrangido, em nada semelhante ao das acolhidas passadas. — Sinto-me feliz em conhecê-lo — acrescentou, voltando-se para o príncipe. — Esperavam o senhor há muito tempo, príncipe.

— Então mandaste dizer que não sairíamos? — repetiu Petrov, muito irritado porque a perda da voz não lhe permitia dar à pergunta o tom que desejava.

— Meu Deus, pensei apenas que nós não sairíamos — respondeu a mulher, com ar estúpido.

— Mas por quê?

Uma crise de tosse impediu-o de acabar. Ele teve um gesto de desolação. O príncipe tirou o chapéu e afastou-se com a filha.

— Oh, as pobres criaturas! — disse, soltando um profundo suspiro.

— É verdade, papai — respondeu Kitty —, e eles têm filhos, não possuem criado e quase nenhum recurso. Recebem alguma coisa da Academia — prosseguiu com animação, a fim de dissimular a emoção que a mudança de Ana Pavlovna lhe causava. — Mas eis ali Madame Stahl — disse, mostrando um pequeno carro no qual estava deitada uma forma humana envolvida em cinzento e azul, amparada por travesseiros e abrigada por uma sombrinha. Atrás da doente estava o seu condutor, um alemão pesado e lúgubre. Ao lado andava um conde sueco de cabeleira loura, que Kitty conhecia de vista. Alguns doentes entretinham-se junto da carruagem, examinando Madame Stahl como uma coisa curiosa.

O príncipe se aproximou e Kitty observou no seu olhar aquela ponta de ironia que a assustava. Tirou o chapéu e falou com Madame Stahl amavelmente, num francês excelente, que poucas pessoas seriam capazes de falar.

— Sem dúvida, madame, a senhora já me esqueceu, mas tenho o dever de me fazer lembrado para lhe agradecer as bondades que dispensou à minha filha — disse ele, segurando o chapéu.

— O príncipe Alexandre Stcherbatski, não é verdade? — fez Madame Stahl levantando os olhos "celestes", nos quais Kitty viu passar uma sombra de descontentamento. — Sinto-me feliz com a realização deste encontro. Gosto muito da sua filha.

— A sua saúde, comumente, não é boa?

— Oh, já me habituei — disse Madame Stahl, e apresentou-o ao conde sueco.

— Sim, Deus que deu a cruz, deu-me também a força para conduzi-la. Frequentemente me pergunto o que fazemos durante tanto tempo neste mundo... Do outro lado, vamos — disse a Varinka, que tentava envolver--lhe as pernas num cobertor, sem chegar a satisfazê-la.

— Mas... o bem, provavelmente — respondeu o príncipe, com os olhos risonhos.

— Não nos compete a nós o julgamento — replicou Madame Stahl, a quem aquela sombra de ironia não escapou. — Que o senhor, pois, me envie o livro e agradeço-lhe infinitamente, meu caro conde — disse, voltando-se para o jovem sueco.

— Ah! — gritou o príncipe, que vinha de perceber o coronel moscovita parado mais ou menos perto do seu grupo. E, despedindo-se de Madame Stahl, foi encontrá-lo, sempre acompanhado de Kitty.

— Eis a nossa aristocracia, príncipe — disse o coronel com zombaria, despeitado com Madame Stahl: ele bem quisera lhe ser apresentado, mas ela nunca se mostrara desejosa.

— Sempre a mesma — respondeu o príncipe.

— O senhor conheceu-a antes da sua doença, ou melhor, antes da sua enfermidade?

— Sim, eu a conheci precisamente quando adoeceu.

— Dizem que há dez anos ela não anda.

ANA KARENINA

— Ela não anda porque tem uma perna menor do que a outra. É muito malfeita...

— Mas, papai, é impossível! — gritou Kitty.

— Dizem as más línguas, minha querida. E, acredite-me, a tua amiga Varinka deve conhecê-la de todos os modos. Oh, essas ilustres senhoras doentes!

— Mas, não, papai! — protestou energicamente Kitty. — Juro-te que Varinka a adora. E ela faz tanto bem! Pergunte a quem quiser, todos a conhecem tanto como a sua sobrinha Aline.

— É possível — respondeu o pai, apertando-lhe docemente o braço —, mas quando se pratica o bem, é preferível que ninguém o saiba.

Kitty calou-se, não que lhe faltasse resposta, mas as suas ideias íntimas não podiam ser reveladas ao pai. No entanto, coisa estranha: por mais resolvida que estivesse a não se submeter aos juízos do pai, a não deixá--lo penetrar no seu santuário íntimo, ela compreendeu que a imagem da santidade ideal, que havia mais de um mês trazia em sua alma, desapare-cera — e desaparecera como essas formas que a imaginação descobre nas roupas largadas ao acaso e que desaparecem assim que se percebe o modo como foram expostas. Tinha apenas a visão de uma mulher defeituosa, que guardava o leito, para ocultar a sua deformidade e que atormentava a pobre Varinka por causa de um cobertor mal-arranjado. Nenhum esforço de imaginação lhe permitiu reencontrar a antiga Madame Stahl.

XXXV

O príncipe comunicou o seu bom humor a todos os que o cercavam, inclusive ao hoteleiro. Voltando do seu passeio com Kitty, durante o qual convidara o coronel para tomar café, juntamente com Varinka e Maria Evguenievna, mandou colocar a mesa no jardim. Excitados por aquela alegria, hoteleiro e criados distinguiram-se tanto mais quanto a generosidade do príncipe era sobejamente conhecida. Também, logo mais tarde, o inquilino do primeiro andar, um médico de Hamburgo, pôde contemplar com certa inveja o grupo folgazão reunido à sombra da grande árvore. A princesa, um barrete de fitas lilás posto no alto da cabeça, presidia a mesa coberta por uma toalha branca na qual se colocara a cafeteira, o pão, a manteiga, o queijo e a caça fria: distribuía as xícaras e as fatias de pão, enquanto, na outra extremidade da mesa, o príncipe comia com apetite e conversava alegremente. À volta, exibia todas as suas compras de viagem: pequenos cofres esculpidos, facas de cortar papel, distribuindo tudo com prazer, não esquecendo ninguém, nem mesmo a criada Lieschen, nem o hoteleiro a quem fazia, no seu péssimo alemão, as observações mais cômicas, assegurando-lhe não terem sido as águas a causa da cura de Kitty, mas a sua excelente cozinha, especialmente a sopa de ameixas. A princesa pilheriava com o marido sobre as suas manias russas e nunca uma estação de águas se mostrara tão alegre e animada. O coronel sorria, como sempre, das brincadeiras do príncipe, partilhando Maria Evguenievna gargalhava e até Varinka, para grande surpresa de Kitty, tinha de vez em quando um riso modesto e comunicativo.

Aquele divertimento não fazia esquecer a Kitty as suas preocupações: fazendo um julgamento frívolo sobre as suas amigas e a nova vida que lhe parecia tão bela, seu pai tinha involuntariamente lhe dado a resolver um problema mais árduo e que se complicava com a mudança de atitude de Madame Petrov, mudança que vinha de manifestar-se com uma evidência desagradável. Todos riam, mas aquele contentamento oprimia Kitty: pensava haver voltado aos tempos da sua infância, fechada no quarto como castigo por alguma traquinada, ouvindo o riso das irmãs e impossibilitada de participar dele.

— Que necessidade tiveste de comprar todos esses horrores? — perguntou a princesa, oferecendo, com um sorriso, uma xícara de café ao marido.

— Que queres, quando se vai passear, aproxima-se de uma loja, veem-se os anúncios: *Erlaucht, Excellenz, Durchlaucht!* E quando se volta ao *Durchlaucht*, não se pode resistir mais...

— É mais para distrair os teus próprios aborrecimentos — disse a princesa.

— O fato, querida, é que nos aborrecemos aqui até a morte!

— Como, príncipe!? — exclamou Maria Evguenievna. — Existem tantas coisas para se ver na Alemanha...

— Mas eu já vi todas. Conheço a sopa de ameixas e o salsichão de ervilhas. Isto me basta.

— É fácil dizer isso, príncipe — objetou o coronel. — As suas instituições são interessantes.

— Em que, se faz favor? Eles estão contentes, venceram o mundo inteiro. Acha o senhor que isso possa me preocupar? Eu não venci ninguém.

Ao contrário, devo tirar os meus sapatos e, o que é pior, colocá-los pessoalmente na porta do corredor. De manhã, apenas me levanto, devo vestir-me e ir tomar na sala um chá execrável; ao passo que, em minha casa, desperto quando quero, faço o que quero e muito docemente ponho ordem nos meus negócios.

— Mas o tempo é dinheiro, não esqueça, príncipe — replicou o coronel.

— Isso depende: existem meses inteiros que daríamos por dez kopeks e quartos de hora que não trocaríamos por nenhum tesouro. Não é verdade, Kitty? Mas que tens? Tu pareces tristes...

— Não tenho nada, papai.

— Aonde vais? — disse o príncipe, vendo Varinka levantar-se. — Fique um pouco mais.

— Preciso voltar — respondeu Varinka, presa de uma nova crise de alegria.

Quando se acalmou, despediu-se de todos e dirigiu-se à casa para apanhar o chapéu. Kitty seguiu-a. A sua amiga parecia tão diferente como ela nunca pudera imaginar.

— Há muito tempo que não ria tanto — disse Varinka, procurando a sombrinha e a bolsa. — O teu pai é delicioso.

Kitty não respondeu nada.

— Quando nos veremos novamente? — perguntou Varinka.

— Mamãe quer ir à casa dos Petrov. Tu não queres ir? — indagou Kitty a fim de examinar o pensamento da sua amiga.

— Eu irei — respondeu. — Eles se preparam para partir e prometi ajudá-los.

— Eu também irei.

— Mas por que irás?

— Por quê? Por quê? Por quê? — indagou Kitty, — abrindo os olhos e segurando a sombrinha de Varinka. — Não, não queres que eu vá. Dize-me por quê.

— Primeiramente, porque tens o teu pai e depois porque eles se aborreceram contigo.

— Não, não é isso. Dize-me por que não queres que eu vá à casa dos Petrov, porque vejo bem que não queres.

— Eu não disse isso — retrucou Varinka.

— Peço-te, responda-me.

— Queres mesmo que te diga?

— Tudo, tudo! — gritou Kitty.

— No fundo, não há nada de grave, apenas Mikhail Alexejevitch, que sempre quisera partir, resolveu ficar — respondeu sorrindo Varinka.

— E então? — perguntou febrilmente Kitty, lançando a sua amiga um olhar mau.

— Então Ana Pavlovna pensou que ele não quisesse partir por tua causa. Essa ideia provocou uma discussão, da qual foste a causa indireta, e bem sabes como os doentes se irritam facilmente.

Kitty, cada vez mais sombria, guardou silêncio. Varinka falava sozinha, procurando acalmá-la, a fim de evitar uma explosão de lágrimas ou de impropérios.

— Eis por que acho melhor não ires... Estou certa de que compreenderás.

— Tenho mesmo o que mereço! — gritou Kitty, sem ousar olhar Varinka, segurando a sombrinha.

Vendo aquela cólera, Varinka reteve um sorriso para não perturbar Kitty.

— Como, só tens o que mereces? Não compreendo.

— Porque tudo isso era hipocrisia e nada vinha do coração. Que necessidade tinha eu de ocupar-me com um estranho! Eis que fui causa de uma discussão, imiscuí-me no que não me dizia respeito! Tudo era hipocrisia, hipocrisia, hipocrisia!

— Por que hipocrisia? Com que intenção? — disse docemente Varinka.

— Como tudo isso é absurdo, odioso! Que necessidade tinha... Tudo era hipocrisia — continuou ela, abrindo e fechando a sombrinha automaticamente.

— Mas com que intenção?

— Queria parecer melhor aos outros, a mim mesma, a Deus. Queria enganar todo mundo. Não, não continuarei. Prefiro ser má e não mentir, não enganar.

— A quem enganaste aqui? — disse Varinka, num tom de censura. — Falas como...

Kitty estava num dos seus acessos de cólera. Não deixou a amiga acabar o que dizia.

— Não se trata de ti. És uma perfeição. Sim, sim, eu sei, todas são perfeitas; mas eu sou má, e nada posso contra isso. Nada teria acontecido se eu não fosse má. Tanto pior, continuarei sendo o que sou, não dissimularei.

Eu me rio de Ana Pavlovna! Que vivam como entendam, farei o mesmo. Não posso mudar... Depois, decididamente, não era o que eu pensava!...

— Que queres dizer? — perguntou Varinka.

— Não, não é o que eu pensava. Sempre obedeci aos impulsos do meu coração, ao passo que tu não conheces os teus princípios. Gostei de ti simplesmente e só tiveste em vista a minha salvação, a minha edificação.

— És injusta — disse Varinka.

— Mas, não, eu só falo de mim, deixo os outros em paz...

— Kitty! — gritou neste momento a princesa. — Mostra os teus corais ao papai.

Sem se reconciliar com a sua amiga, Kitty, com ar muito digno, apanhou sobre a mesa a caixa de corais e saiu para o jardim.

— Que tens? Por que estás tão vermelha? — gritaram a uma voz o seu pai e a sua mãe.

— Nada, eu já volto — disse ela, recuando sobre os próprios passos.

"Ela ainda está ali, que lhe direi? Meu Deus, que fiz eu, que disse? Por que a ofendi? Que conduta terei agora?", pensou, detendo-se na porta.

Varinka, o chapéu na cabeça, estava sentada perto da mesa, examinando a mola da sombrinha que Kitty quebrara. Ela levantou a cabeça.

— Varinka, perdoa-me — murmurou Kitty, aproximando-se. — Eu não sei o que te disse... Eu...

— Francamente, não tive a intenção de te magoar — disse Varinka, sorrindo.

A paz estava feita. Mas a volta do pai transformara, aos olhos de Kitty, o mundo no qual vivia desde algum tempo. Sem renunciar a tudo que aprendera, confessou que se iludira crendo tornar-se o que desejava ser. Foi como um despertar: compreendeu que não saberia conservar-se sem hipocrisia nem fanfarronices em tão grande altura e sentiu mais vivamente todo o horror dos desgostos, das enfermidades, das agonias que a cercavam; achou muito doloroso prolongar os esforços que fazia para se interessar por aquele mundo de dores. Sentia necessidade de respirar um ar mais puro, de voltar à Rússia, a Iergouchovo, onde se achavam Dolly e os filhos, como avisava uma carta que acabara de receber.

Mas a sua afeição por Varinka não se enfraquecera. No momento da partida, pediu-lhe para ir visitá-la na Rússia.

— Eu irei quando te casares — disse a moça.

— Eu nunca me casarei.

LIEV TOLSTÓI

— Então eu nunca irei.

— Neste caso, só me casarei para que venhas. Não esqueça a tua promessa!

Realizaram-se as previsões do médico. Kitty entrou na Rússia, quando não despreocupada como antigamente, pelo menos calma e curada. As tristes horas de Moscou eram apenas uma recordação.

Terceira Parte

I

Com a vinda da primavera, Sergio Ivanovitch Koznychev sentiu o cérebro fatigado, mas em lugar de viajar para o estrangeiro, como era seu costume, tomou no fim de maio o caminho de Pokrovskoie. Nada, segundo o seu modo de pensar, valia a vida dos campos e assim vinha descansar junto ao irmão. Constantin recebeu-o com maior prazer ainda pelo fato de constituir uma visita de Nicolas uma coisa problemática. No entanto, apesar do seu respeito e da sua amizade por Sergio, o modo de ele compreender a vida no campo dava-lhe um certo mal-estar. Para Constantin, o campo era o teatro mesmo da sua vida, das suas alegrias, das suas dores, dos seus trabalhos; para Sergio, o campo era um agradável lugar de repouso, um útil antídoto às corrupções da cidade, o direito de nada fazer. De resto, os dois irmãos pensavam contrariamente a respeito dos homens do povo. Sergio julgava conhecer e amar os camponeses, conversava espontaneamente com eles, o que fazia sem afetação nem fingimento, tirando dessas conversas conclusões que apresentava como provas do seu pretenso conhecimento dos meios populares. Essa atitude irritava Levine, para quem o homem do povo representava principalmente a associação mais importante de um trabalho comum. Ele afirmava ter sugado no leito da sua ama uma ternura fraterna pelos camponeses. Admirava o seu vigor, a sua serenidade, o seu espírito de justiça. Mas, frequentemente, quando o interesse comum exigia outras qualidades, voltava-se contra eles e só via a sua incúria, a sua embriaguez, o seu amor pela mentira. Ficaria bastante embaraçado se lhe perguntassem se gostava ou não do povo. Homem de coração, era inclinado a amar o próximo; mas que fosse obrigado a alimentar por eles sentimentos particulares, isso lhe parecia impossível; vivia da sua vida, os seus interesses coincidiam com os deles, consequentemente, ele fazia parte do povo. Por outro lado, como proprietário, "árbitro de paz" e principalmente como conselheiro (a dez léguas em redor vinham lhe pedir conselhos), como alguém que havia longos anos mantinha relações com os camponeses, ele não formava nenhuma opinião definida. Ficaria igualmente surpreso se lhe perguntassem se conhecia os camponeses: "Tanto como conheço os outros homens", responderia certamente. Observava incessantemente grande número de pessoas que julgava dignas de interesse, mas à proporção que ia verificando novos traços, os julgamentos variavam. Sergio, ao contrário, considerava todas as coisas com espírito de oposição: preferia a vida do campo a qualquer outro gênero de vida, o povo a qualquer outra classe social e só estudava para se opor aos homens em geral. O seu espírito metódico formara, uma vez por todas, uma concepção de vida popular fundada em parte sobre a experiência e mais ainda sobre comparações teóricas — e nunca aquela simpática concepção variava em coisa alguma. Eis por que a vitória sempre lhe pertencia nas discussões que tratava com o irmão sobre o caráter, os gostos, as particularidades do povo: às suas apreciações inquebrantáveis, Constantin opunha opiniões comumente modificadas. Sergio não tinha, pois, nenhum meio de ser apanhado em contradição.

Sergio Ivanovitch considerava o irmão mais moço como um excelente rapaz, que tinha um bom coração, mas de um espírito impressionável e cheio de incongruências. Com a condescendência de um irmão mais velho, ele se dignava explicar-lhe o verdadeiro sentido das coisas, discutindo sem entusiasmo com adversário tão fácil de ser derrotado.

Por seu lado, Constantin admirava a bela inteligência, a vasta cultura, a nobreza de alma do irmão e o dom que possuía de se devotar ao bem geral. Mas tanto melhor o conhecia, mais a si mesmo perguntava se aquela faculdade de efusão — da qual se sentia desprovido — não seria antes um defeito do que uma qualidade. Não mostrava ela, se não ausência de aspirações nobres e generosas, pelo menos uma certa falta de força vital que se chama coração, uma certa impotência de se abrir uma estrada pessoal entre todas aquelas que a vida abre aos homens? Demais, não é apenas o coração, mas a cabeça que conduz a maior parte das pessoas a se devotar aos interesses gerais: elas só os praticam com um certo conhecimento. Levine se convenceu dessa verdade vendo o irmão conceder tanta importância ao bem público ou à imortalidade da alma como a uma partida de xadrez ou ao engenhoso funcionamento de uma máquina.

Constantin sentia ainda um outro gênero de constrangimento em relação ao irmão, quando moravam juntos. Então, os dias parecendo curtos, principalmente durante o verão, Sergio só pensava no repouso. Naquele ano, pois, havia abandonado a sua grande obra, mas a atividade do seu espírito era muito incessante para que ele não tivesse necessidade de exprimir a alguém, sob forma concisa e elegante, as ideias que lhe vinham: e tomava naturalmente o irmão por ouvinte. Eis por que, apesar da simplicidade amiga das suas declarações, Levine não ousava deixá-lo sozinho. Sergio sentia prazer em deitar-se na relva e falar tranquilamente, aquecendo-se ao sol.

— Tu não acreditarias — dizia ao irmão — no prazer que me causa este *dolce far niente*. Não tenho uma só ideia na cabeça: ela está vazia.

Mas Constantin depressa se cansava da inação, porque sabia muito bem o que se passava na sua ausência: distribuía-se desregradamente o adubo nos campos não trabalhados; aparafusavam-se mal as relhas das charruas inglesas para se dizer, no dia seguinte, que elas nunca valeriam o velho enxadão de antigamente.

— Não estás cansado de correr neste calor? — perguntava-lhe Sergio.

— Deixo-te apenas um instante, o tempo de olhar o gabinete — respondia Constantin. E se dirigia para o campo.

II

Nos primeiros dias de junho, Agatha Mikhailovna, a velha criada que exercia as funções de governante, descendo à adega com um vidro de cogumelos que acabara de pôr em conserva, escorregou na escada e torceu o pulso. Chamaram o médico do *zemstvo*, rapaz saído havia pouco da universidade. Examinou a doente, afirmou não existir torcedura e sentiu evidente prazer em conversar com o célebre Sergio Ivanovitch Koznychev. Querendo exibir o seu liberalismo, mostrou todos os defeitos do distrito, insistindo sobre a deplorável situação em que se encontravam as instituições provinciais. Sergio Ivanovitch ouviu-o atenciosamente, fazendo de vez em quando certas perguntas. Depois, animado com a presença de um novo ouvinte, tomou a palavra, apresentando observações justas e finas, respeitosamente apreciadas pelo jovem médico, e logo se achou naquela disposição de espírito um pouco excitada que normalmente lhe provocava uma conversa viva e brilhante.

Após a partida do médico, achou que devia pescar — tinha um fraco pela pesca de anzol —, passatempo fútil de que se orgulhava saber tirar algum prazer. Constantin, que desejava examinar o estado da lavoura e dos prados, se ofereceu para levá-lo de carruagem até ao rio.

Estava-se nessa volta do verão em que as colheitas se desenham, em que a sega se aproxima, quando já se preocupam com as sementes. As espigas já formadas, ainda leves e esverdeadas, balançavam-se ao sopro do vento; as aveias, misturadas com as ervas, saíam irregularmente da terra nos campos tardiamente semeados; os primeiros rebentos de trigo já cobriam o solo; os campos mais longe, com os seus outeiros quase petrificados e as suas veredas onde nenhum arado passara, ainda estavam pouco lavrados; os montinhos de adubo fundiam na madrugada o seu odor ao perfume da "rainha dos prados". É no calendário rural uma época de calmaria antes da ceifa, o grande esforço imposto cada ano ao camponês. Naquele verão, ali, a colheita se anunciava magnífica; os dias eram longos e quentes, as noites curtas e úmidas.

Para atingir os prados, eles passaram por bosques cuja vegetação maravilhou a Sergio. Atraíam a sua admiração ora a esmeralda dos ramos, ora uma antiga tília matizada de estípulas amarelas quase abertas. Constantin, que nunca falava das belezas da natureza, amava-as assim: faltavam-lhe palavras para o espetáculo. E, aderindo laconicamente ao entusiasmo do irmão, preocupava-se com outras coisas. Saindo do bosque, concentrou a atenção num outeiro onde placas amareladas alternavam com os quadrados já cavados; algumas estavam cobertas de adubo; outras, completamente lavradas. Apareceu uma fila de carretas, Levine contou-as, achando o número suficiente.

Vendo os prados, o problema da ceifa e do recolhimento do feno — operação que preocupava particularmente o seu coração — impôs-se às suas meditações. Ele deteve o cavalo. Como a erva alta e abundante ainda estivesse úmida aos pés, Sergio, que receava molhá-los, pediu ao irmão para conduzi-lo até a moita de salgueiro junto da qual se pescavam percas. Constantin satisfez aquele desejo, deplorando machucar a erva que se enrolava nos pés do cavalo e nas rodas da carruagem, distribuindo sementes à volta.

Enquanto Sergio, instalado na moita, preparava os anzóis, Constantin conduziu um pouco mais longe o cavalo e afundou-se no imenso mar verde que não era agitado por nenhum vento: nos lugares fertilizados, à margem do rio, a erva sedosa e pesada chegava quase à cintura. Alcançando a estrada, encontrou um velho com os olhos inchados que trazia uma dessas *corbeilles* de tília que servem para recolher os enxames.

— Recolheste as abelhas, Fomitch?

— Constantin Dmitritch, guardo muito mal o que é meu. Escaparam pela segunda vez... Felizmente os rapazes as agarraram novamente. Eles estavam quase trabalhando com o senhor.

— Dize-me, Fomitch, não é o momento de trabalhar-se no feno?

— Por Deus, o senhor sabe, em casa nós esperamos até São Pedro, mas o senhor ceifa sempre mais cedo. Muito bem, felicidades, a erva está bela e o gado terá o que remover.

— Mas o tempo, Fomitch, que achas?

— Ah! O tempo é o bom Deus quem decide. Talvez se faça belo!

Levine voltou para encontrar o irmão. Apesar de nada ter conseguido, ele parecia de excelente humor. Entusiasmado com a palestra que tivera com o médico, só desejava conversar. Isso não interessava a Levine: o problema do feno lhe torturava a cabeça e tinha pressa de regressar à casa para tomar uma decisão e contratar ceifeiros.

— Vamos voltar — disse a Sergio.

— Quem nos apressa? Descanse um pouco, pois estás inteiramente molhado. Nada tenho a fazer, sinto-me à vontade. Vê, distrações desta espécie são boas porque nos põem em contato com a natureza... Olhe aquela linda corrente de água que se diria de prata. E aqueles prados da margem do rio, sempre me fazem pensar na famosa lenda em que a erva dizia à água: "Curvemo-nos, curvemo-nos!"

— Ignoro completamente essa lenda — murmurou Levine.

III

— A propósito — continuou Sergio —, eu pensava justamente em ti. Sabes que, a se acreditar neste médico, que não é tolo, passam-se coisas espantosas no nosso distrito. E isto me obriga a voltar ao que já te disse: ages mal não assistindo às assembleias e afastando-se do *zemstvo*. Se as pessoas honestas se afastam, será uma desordem de todos os diabos. Aonde vai, pois, o nosso dinheiro? Não temos escolas, nem farmácias, nem enfermarias, nem maternidades, nada.

LIEV TOLSTÓI

— Que queres que eu faça? — respondeu Constantin, contrariado. — Tentei interessar-me por tudo isto, mas está acima das minhas forças.

— É precisamente o que não posso admitir. Quais são os motivos do teu afastamento? Indiferença? Eu não posso crer. Incapacidade? Ainda menos. Apatia? Talvez.

— Nada disso — replicou Constantin. — Eu me convenci inteiramente de que não conseguirei nada.

Ouvia o irmão distraidamente. Um ponto negro, que se agitava embaixo, nas lavouras do outro lado da água, prendia a sua atenção: não seria o administrador a cavalo?

— Mas por quê? Por quê? — insistia Sergio. — Resignas-te muito facilmente. Não tens nenhum amor-próprio?

— Que vem fazer o amor-próprio em semelhante caso! — replicou Constantin, bastante magoado. — Na universidade, se ali me julgasse incapaz de compreender o cálculo integral como os meus colegas, sim, eu sentiria amor-próprio. Mas, neste caso, seria preciso crer em primeiro lugar que essa espécie de atividade exige capacidades particulares e seria necessário principalmente estar convencido da utilidade das inovações na ordem do dia.

— Julga-os, pois, inúteis! — exclamou Sergio, ofendido por ver o irmão tratar superficialmente de coisas que ele estimava como de importância essencial e ainda mais vexado por vê-lo só conceder às suas opiniões uma medíocre atenção.

— Sim, tudo isso me deixa indiferente — respondeu Constantin, que acabava de se convencer que era bem o administrador o ponto negro ao longe, despedindo provavelmente os lavradores que voltavam com as charruas. "Já teriam acabado?", pensou.

— Ah, meu caro — disse o irmão mais velho entristecendo a fisionomia —, há um limite para tudo. É muito fácil detestar a presunção e a mentira e eu acho que a originalidade é uma virtude, mas o que acabas de dizer não tem o menor sentido. Como podes achar indiferente que o povo que pretendes amar...

"Nunca desejei nada semelhante", disse *in petto* Constantin.

— ...que esse povo morra sem socorros. As maternidades improvisadas concorrem para matar os recém-nascidos, nossos camponeses apodrecem na ignorância e são vítimas da burocracia. E quando surge um meio para ajudá-los, voltas, dizendo: tudo isso não tem importância.

E Sergio apresentou ao irmão o seguinte dilema:

— De duas, uma: ou a noção do dever te escapa, ou não queres sacrificar o teu bem-estar, talvez a tua vaidade...

Constantin compreendeu que se não quisesse passar por egoísta, devia submeter-se. Sentiu-se mortificado.

— Nem uma nem outra coisa — declarou categoricamente —, mas não acho possível...

— Como, não acreditas que um melhor emprego da contribuição permitiria, por exemplo, organizar uma séria assistência médica?

— Não, eu não acredito. Tu esqueces que o nosso distrito se estende sobre quatro mil quilômetros quadrados onde, frequentemente, as neves e os charcos interrompem as comunicações; que os períodos de trabalho intensos põem todos os nossos camponeses fora de casa... E depois, falando francamente, não creio muito na eficácia da medicina.

— Tu exageras, poderia citar mil exemplos... Mas e as escolas?

— Para que abrir escolas?

— Como, para que abrir? Pode-se duvidar das vantagens da instrução!? Se a achas útil para ti, não a podes recusar aos outros.

Constantin sentiu que fracassava e, na sua irritação, confessou involuntariamente a verdadeira causa da sua indiferença.

— Tudo isso pode ser verdade — disse —, mas por que iria eu lidar com postos médicos de que jamais me servirei, com escolas onde nunca enviarei os meus filhos, onde os camponeses recusam a enviar os seus e onde nem mesmo estou certo de que seja bom enviá-los?

Aquela saída desconcertou Sergio que, imediatamente, formou um novo plano de ataque. Mudou tranquilamente de lugar um dos seus anzóis e voltou-se para o irmão:

— Estás errado — disse, sorrindo. — Em primeiro lugar, o posto médico te servirá para qualquer coisa, pois que recorreste ao médico do *zemstvo* para curar Agatha Mikhailovna...

— Nem por isso o braço lhe ficará menos estropiado.

— Veremos... Em segundo lugar, um camponês, um operário que sabe ler e escrever, está apto a prestar mais serviços...

— Oh, quanto a isso, não! — respondeu Levine. — Pergunta a quem tu queiras e ouvirás dizer que um camponês que sabe ler trabalha menos que os outros: impossível fazê-lo consertar um caminho e se se estiver construindo uma ponte, roubará as tábuas.

— Demais, a questão não é esta — disse Sergio, franzindo a testa. Ele detestava a contradição e principalmente aquele modo de saltar de um assunto a outro, de sempre criar argumentos novos e sem ligação entre si. — Achas que a instrução seja um bem para o povo?

— Acho — deixou escapar Constantin, logo se confessando o contrário e não duvidando que o irmão iria sem mais tardar convencê-lo da incoerência. — Mas como se realizaria aquela demonstração? É muito mais simples do que pensas.

— Desde o momento em que o achas — declarou Sergio —, não podes, com honestidade, recusar a essa obra nem a tua simpatia nem a tua colaboração.

— Mas se não reconheço ainda essa obra como boa? — objetou Constantin, enrubescendo.

— Como! Queres dizer...

— Não, eu não acho que ela seja boa nem possível.

— Como sabes, se não tentaste nenhum esforço para te convenceres?

— Está certo, admitamos que a instrução do povo seja um bem — concedeu Levine, sem a menor convicção —, isso não constitui ainda uma razão para que eu me interesse.

— Verdadeiramente?

— Mas sim. E já que chegamos aqui, eu te desafio a provar filosoficamente que tenho o dever de me interessar.

— A filosofia nada tem a ver com isso, que eu saiba — replicou Sergio, num tom que inquietou Constantin. Ele compreendeu que o irmão lhe negava o direito de falar em filosofia.

— Acreditas? — replicou ele, sentindo o sangue ferver. — Parece-me que o interesse pessoal continua sendo a mola das nossas ações. Ora, enquanto cavalheiro, nada vejo nas novas instituições que contribua para o meu bem-estar. As estradas não são melhores e não podem se tornar melhores; de resto, os meus cavalos me conduzem do mesmo modo pelos maus caminhos. Não tenho necessidade de médico, nem de posto médico. Dispenso também o juiz de paz, a quem jamais procurei. Quanto às escolas, longe de serem úteis, elas virão me causar prejuízos, eu já te expliquei. O *zemstvo*, pois, só representa para mim um imposto suplementar de dezoito "kopeks" por hectare e fastidiosas viagens à sede do distrito, onde luto com os percevejos e ouço toda a sorte de inépcias e incongruências. Em tudo isto, o meu interesse pessoal não existe.

— Meu Deus — interrompeu Sergio, sorrindo —, ele também não existia quando trabalhamos pela emancipação dos camponeses.

— Perdão! — gritou Constantin, que se exaltava cada vez mais. — Quisemos, nós, as pessoas honestas, afastar um jugo que nos pesava. Mas que necessidade tenho de ser conselheiro municipal, de discutir sobre o número de conduções necessárias a uma cidade que não habito? Que me interessa presidir um júri, um processo de roubo de presunto, ouvir durante seis horas a fio as elucubrações do promotor e do advogado, interrogar o acusado, algum velho inocente meu conhecido: "Reconhece, senhor acusado, ter roubado um presunto?"

E Constantin, dominado pelo discurso, ilustrou com gestos a cena entre o presidente e o acusado, pensando assim ser mais útil à argumentação. Mas Sergio ergueu os ombros.

— Aonde queres chegar?

— Aqui: quando se tratar de direitos que me digam respeito, isto é, que toquem o meu interesse pessoal, saberei defende-los com todas as minhas forças. Quero discutir o serviço militar obrigatório porque é um assunto que diz respeito aos meus filhos, aos meus irmãos, a mim, em consequência; mas, trapacear o emprego de quarenta mil rublos de imposto predial, executar o processo de um pobre-diabo, não, francamente, disto eu não me sinto capaz.

O obstáculo se desfizera: Constantin não se deteve mais. Sergio sorriu.

— E se fores processado amanhã, preferirás ser julgado pelos tribunais antigos?

— Eu não serei processado, não pretendo matar ninguém. Tudo isso, repito, não me serve para nada... Vê — prosseguiu, saltando novamente para uma ideia completamente estranha à discussão —, esses *zemstvos* me fazem pensar em galhos de árvores que tivéssemos enterrado na terra — como se faz durante as festas de Pentecostes, para imitar uma floresta que, na Europa, atingisse todo o seu crescimento. Recuso-me a regar esses galhos, a pensar que adquirirão raízes e se tornarão lindas árvores.

Apesar de compreender perfeitamente o que o irmão queria dizer, Sergio exprimiu com um movimento dos ombros a sua surpresa por ver as árvores intervirem na resposta.

— Isto não é um raciocínio — começou ele.

Constantin, porém, que se sentia culpado de ser indiferente para os negócios públicos, resolveu justificar a sua atitude.

— Eu creio — prosseguiu — não existir atividade durável que não seja fundada sobre o interesse pessoal. É uma verdade geral, filosófica, sim, fi-lo-só-fi-ca — continuou, como para provar que também tinha o direito de falar em filosofia.

Sergio sorriu ainda. "Ele também inventa uma filosofia para colocá-la a serviço dos seus argumentos!", pensou.

— Deixe a filosofia ficar tranquila — pôde afinal dizer. — O seu fim, em todos os tempos, foi precisamente este, de conhecer a ligação indispensável que existe entre o interesse pessoal e o interesse geral. Nós não plantamos galhos de árvores, plantamos pequenas árvores que tratamos com atenção. As únicas nações que têm futuro, as únicas que podem ser chamadas históricas, são as que compreendem o valor das suas instituições e que, em consequência, são recompensadas.

A questão transportada para esse campo — o da filosofia da história — onde Constantin não poderia segui-lo, Sergio demonstrou a falsidade do seu ponto de vista.

— Quanto à tua repugnância pelos negócios públicos — concluiu ele —, me desculparás se a incluo na indolência russa, aos nossos antigos hábitos dos nobres. Esperarei que atravesses este erro passageiro.

Constantin calou-se. Sentindo-se vencido, achava que o irmão não o compreendera. Teria se explicado mal? Sergio o ouvira com má vontade? Sem aprofundar a pergunta, não fez nenhuma objeção e só pensou num único assunto preso particularmente ao seu coração. Sergio, porém, enrolava a linha do último anzol e desatava o cavalo. Tomaram a estrada de volta.

IV

Durante toda aquela conversa, a grande preocupação de Levine fora somente uma. No ano anterior, quando se ceifava o feno, zangara-se com o administrador e, para se acalmar, recorrera ao seu meio habitual, isto é, pusera-se ele próprio a ceifar. Este trabalho tanto lhe serviu que começou muitas vezes a ceifar e ceifou mesmo, com a sua própria mão, o prado que se estendia em frente da casa. E desde a primavera se propusera, vinda a época, a ceifar dias inteiros com os camponeses. A visita de Sergio perturbou aquele projeto: tinha escrúpulo em abandonar o irmão durante todo o dia e também porque receava as suas ironias. Mas, atravessando o prado, e reavivando as antigas impressões, sentiu-se prestes a ceder à tentação; e a discussão na margem do rio aumentara tal desejo. "Tenho necessidade de um exercício violento, senão me tornarei intratável!", concluiu, decidido a afrontar as possíveis zombarias do irmão e dos camponeses.

Na mesma noite, Levine ordenou ao administrador que convocasse para o dia seguinte os ceifeiros contratados nas povoações vizinhas.

— O senhor não esqueça — acrescentou, dissimulando da melhor maneira o seu embaraço — de mandar a minha foice ao Tito para que a conserte, trazendo amanhã a sua. Talvez eu também ceife.

— Está certo — respondeu o administrador, sorrindo.

À hora do chá, Levine comunicou ao irmão a sua intenção.

— Decididamente — disse ele — o tempo está belo. Amanhã, começarei a ceifar.

— Eis um trabalho que me agrada muito.

— A mim também. Já me aconteceu ceifar com os camponeses e pretendo trabalhar amanhã durante todo o dia.

Sergio examinou o irmão com o olhar.

— Como? Trabalhar todo o dia como um camponês?

— Sim, é uma ocupação bastante agradável.

— É principalmente um ótimo exercício físico, mas duvido que possas suportar semelhante fadiga — replicou Sergio, sem a menor intenção de ironia.

— Uma questão de experiência. No começo, é duro. Depois, nos acostumamos. Penso que irei até o fim.

— É verdade? E como os camponeses verão isso? Não levarão a ridículo os "caprichos" do patrão?

— Ainda não pensei. Demais, o trabalho é muito sedutor para que possa pensar noutra coisa.

— Mas como jantarás? Não será possível mandar lá uma garrafa de Château e uma perua assada.

— Virei até em casa enquanto os camponeses descansam.

No dia seguinte, Levine se levantou mais cedo que de costume, mas, detido pelas ordens a dar, só se encontrou com os ceifeiros no momento em que encetavam a segunda linha.

Do alto, ao lado, Levine percebeu a parte do prado onde o sol não batia; era precisamente aquele que os ceifeiros tinham acometido e as roupas, despidas por eles antes de começar o trabalho, formavam pequenos montes negros que dividiam o feno ceifado. Logo distinguiu os ceifeiros: vestidos, quer em paletós, quer em simples blusas, moviam as foices com gestos diferentes, avançavam em degraus no prado, onde uma antiga colheita tornara o terreno desigual. Mais Levine se aproximava, mais os camponeses se descobriam; contou quarenta e dois, entre os quais reconheceu alguns: o velho Ermil, em longa blusa branca, que se abaixava para dar os golpes de foice; o jovem Vaska, um rapaz que Levine empregara como cocheiro; Tito, afinal, o instrutor de Levine, um homenzinho seco, que andava firmemente e trabalhava como se brincasse em largas ceifadas.

Levine saltou do cavalo, amarrou o animal na beira da estrada e dirigiu-se para Tito, que tirou uma foice escondida atrás de uma moita, entregando-a e sorrindo.

— Está bem amolada, patrão. É quase uma navalha de barba, ceifa sozinha — disse Tito, cumprimentando-o com o boné.

Levine tomou a foice e viu se dava bem na sua mão. Atenciosos e dispostos, ainda que encharcados de suor, os ceifeiros ganhavam a estrada para empreender uma nova linha e cumprimentaram alegremente o patrão, sem lhe dirigir a palavra. Enfim, um enorme velho, de rosto imberbe e franzido, trajando um curto capote de pele de carneiro, apareceu.

— Tome cuidado para não recuar, senhor. Quando o vinho está feito é preciso bebê-lo — disse a Levine.

Um riso abafado correu entre os homens.

— Espero não ficar atrás — respondeu Levine. E, obedecendo à ordem, colocou-se perto de Tito.

— Tome cuidado — repetiu o velho.

Tito começou a andar, Levine imitou-o e, no começo, nada fez que fosse bem-feito: a falar a verdade, ele conduzia a foice vigorosamente, mas faltava-lhe o hábito e os olhares o perturbavam; além disso, a erva pequena e densa que beirava a estrada não se cortava facilmente.

— Começou mal, o cabo está muito alto, vejam como ele corta — observou alguém nas suas costas.

— Firme mais o sapato — aconselhou uma outra voz.

— Não, não, ele vai indo... — disse o velho. — Eis que se embala... Não é preciso ser tão forte, patrão, assim o senhor se cansará... Não corte tão raso. No meu tempo, trabalho igual a este nos valia alguns golpes no rosto.

Sem responder a estas observações, Levine acompanhava sempre os passos de Tito. A erva tornava-se mais fraca. Tito avançava sem manifestar o menor cansaço, mas, depois de uma centena de passos, Levine, quase no fim das suas forças, sentiu que abandonaria o trabalho. Ia chamar Tito quando este, por si mesmo, parou e depois de limpar a foice num feixe de ervas, pôs-se a amolá-la. Levine se endireitou, soltou um suspiro de alívio e olhou em torno. O seu companheiro de fila também devia estar cansado, porque se detivera sem o encontrar e já afiava a foice. Quando acabou de amolar a sua foice e a do patrão, Tito recomeçou o trabalho.

Continuando, tudo prosseguiu no mesmo: Tito, infatigável, avançava mecanicamente, enquanto Levine sentia as forças lhe faltarem pouco a pouco e precisamente no instante em que ia gritar por auxílio, Tito refreou os passos.

Chegaram assim ao fim da primeira linha, que pareceu a Levine de um comprimento infinito. Afinal, quando Tito pôs a sua foice no ombro, Levine imitou-o e os dois refizeram a passos lentos o caminho percorrido, guiando-se pelo rastro que as foices haviam deixado no feno. Apesar de molhado dos pés à cabeça, Levine se sentia orgulhoso, porque estava certo de que não mais "recuaria". Não obstante, comparando a sua foiçada irregular e espalhada com a de Tito, que parecia ter cortado seguindo uma linha, a sua alegria diminuiu um pouco. "Vamos", pensou, "falta-me antes o hábito de trabalhar com o corpo do que com os braços."

Ele verificou que, desejoso sem dúvida de experimentá-lo, Tito andara a grandes passos. Demais, como um fato premeditado, o percurso fora muito longo: as linhas seguintes foram mais fáceis e, para não se atrasar, Levine teve que lançar mão de todas as suas energias. Não tinha outro pensamento, outro desejo, senão o de ceifar tão rapidamente e tão bem como os camponeses. Ouvia somente o ruído das foices, via apenas o corpo de Tito se afastando, a queda lenta, ondulosa das ervas e das flores sobre a lâmina da foice e embaixo, longe, no fim do prado, a esperança de descanso.

Subitamente, sentiu sobre os ombros uma agradável sensação de frescura que não explicou imediatamente; durante a pausa, observou que uma espessa nuvem negra, que corria baixo, sob o céu, acabava de se arrebentar: alguns camponeses correram para vestir os capotes, outros curvaram o busto sob a chuva, com um contentamento igual ao de Levine.

Curtas ou longas, fáceis ou difíceis, as linhas se sucediam às linhas. Levine perdera completamente a noção do tempo. Verificava com imenso prazer ter mudado o modo de usar a foice; se, por momentos, a sua vontade só obtinha medíocres resultados, conhecia também minutos de esquecimento, em que as suas foiçadas eram tão regulares como as de Tito.

No instante em que chegava ao fim de uma linha, e se dispunha a retroceder, viu, com surpresa, Tito se aproximar do velho e dizer-lhe docemente algumas palavras. Todos os dois consultaram o sol. "Que significava aquela suspensão?", pensou Levine, sem perceber que os homens trabalhavam havia mais ou menos quatro horas.

— É o momento de partir a côdea, patrão — disse o velho.

— É verdade! Como é tarde!

Entregou a foice a Tito e alcançou a estrada através da ampla extensão do feno ceifado, que a chuva acabava de molhar ligeiramente. Alguns camponeses andavam ao seu lado tirando o pão dos capotes. Verificou que se enganara nas previsões; a água ia molhar o feno.

— O feno apodrecerá — disse ele.

— Não acontecerá nada, patrão — replicou o velho. — Como se diz entre nós: ceifado à chuva, seco ao sol.

Levine desamarrou o cavalo e voltou para casa na hora do café. Sergio acabava de levantar-se, mas antes de aparecer na sala de jantar, Constantin ali já não estava.

V

Recomeçando o trabalho, convidado pelo velho farsista, Levine situou-se entre ele e um rapazinho, casado no outono, que ceifava pela primeira vez. O velho avançava com grandes foiçadas regulares, movendo a foice com um gesto flexível e ritmado que parecia não lhe custar nenhum esforço: as suas foiçadas largas e precisas davam ideia de ser a foice que cortava por si mesma o feno gorduroso e que o homem apenas a seguia, os braços desengonçados. O rapaz, ao contrário, achava a tarefa rude; o seu jovem e belo rosto, coroado por uma faixa de ervas enroladas, contraía-se com o esforço; olhando-o, ele esboçava um sorriso e, evidentemente, preferiria a morte à confissão da sua angústia.

Durante o calor intenso, o trabalho pareceu menos penoso a Levine: encontrava um alívio no suor que o inundava, um estimulante nas pontas de fogo que o sol lançava nas suas costas, na sua cabeça e nos seus braços desnudos. Os minutos de esquecimento, os minutos felizes nos quais a foice trabalhava espontaneamente, faziam-se mais numerosos — mais felizes ainda eram aqueles em que, terminada a linha, o velho limpava a foice com a erva úmida, lavava a lâmina no rio e tirava água fresca para oferecer a Levine.

— O meu *kvass* não é mau, hein? — disse ele, com um olhar malicioso.

Levine acreditou jamais ter conhecido melhor bebida do que aquela água tépida onde nadavam as ervas e que tomava um gosto de ferrugem. Depois vinha o passeio lento e cheio de beatitude em que, o dedo na foice, podia enxugar a testa molhada, respirar a plenos pulmões, reunir com um golpe do olhar a fila dos ceifeiros, os campos, os bosques.

Mais avançava o dia, mais frequentes se tornavam para Levine os momentos de esquecimento, em que a foice parecia conduzir um corpo que não perdera a consciência e executar como um milagre um trabalho mais regular. Decididamente, nada superava aquele instante. Mas quando o choque da foice em uma moita ou um feixe de azedas selvagens interrompia a atividade mecânica, a volta aos movimentos anteriores se tornava penosa. Para o velho, aquela mudança de cadência era apenas um jogo. Encontrasse, por exemplo, um torrão muito duro e ele o açoitaria com a foice, logo o reduzindo a migalhas. Trabalhando assim, nada escapava aos seus olhos penetrantes: era aqui uma haste de azeda que ele saboreava ou oferecia ao patrão; ali, um ramo que destruía com a ponta da foice, um ninho de codornizes de onde voava a fêmea; mais longe, uma cobra que ele levantava e lançava a distância, depois de mostrá-la a Levine. Este, como o seu jovem companheiro, não via nada: arrastados por um movimento ritmado, muito dificilmente poderia modificá-lo.

Levine ainda uma vez perdera a noção do tempo e julgava ceifar havia meia-hora. Mas a hora do jantar se aproximava. Quando os homens começavam uma nova linha, o velho chamou a atenção de Levine para um grupo de crianças oculto nas ervas: vinham trazer aos ceifeiros, passando por longas estradas, e pelos campos, em pesados fardos para os seus pequenos braços, os pães e os cântaros de *kvass* com os esfregões.

— Veja os mosquitos que se aproximam — disse o velho. E, abrigando os olhos com a mão, consultou o sol. No fim de duas linhas se deteve e, num tom decidido, anunciou: — É hora de jantar, patrão.

Então, pela segunda vez, os ceifeiros subiram à margem do rio, ao mesmo lugar onde haviam deixado as roupas. As crianças esperavam ali,

LIEV TOLSTÓI

as que vinham de longe ocupavam as suas carruagens, os outros sentavam-
-se num molhe de vime que cobriam, para refrescar, com ramos de ervas.

Levine, que não tinha nenhuma pressa de voltar, sentou-se junto deles.
Agora a presença do patrão não inspirava nenhum receio.

Enquanto uns se lavavam à beira da água e os rapazes se banhavam,
os outros preparavam um lugar para a sesta, tirando o pão dos alforjes,
desarrolhando os cântaros de *kvass*. O velho pôs o pão numa tigela,
esmagou-o com o cabo da colher, derramou água, cortou-o ainda em
fatias, salgou-o. Voltou-se então para o oriente, a fim de fazer uma prece,
e depois se ajoelhou em frente da tigela.

— Bem, patrão, venha provar estas migalhas — disse.

Levine achou-as tão boas que resolveu ficar. Honrando aquela sóbria
refeição, deixou que o velho lhe contasse os seus pequenos negócios, pelos
quais se interessou vivamente, e confiou-lhe por sua vez os projetos que
julgava suscetíveis de acordar a curiosidade do camponês. Sentia-se mais
à vontade com aquele homem gasto do que com o irmão e a simpatia que
nutria por ele trazia aos seus lábios um sorriso involuntário. A refeição
terminada, o velho se levantou, rezou novamente e deitou-se à sombra
da moita, depois de arranjar um travesseiro de ervas. Levine imitou-o e,
apesar das moscas e dos insetos que incomodavam o seu rosto e o seu corpo
coberto de suor, adormeceu, para só despertar quando o sol, virando a
moita, brilhou acima da sua cabeça. O velho, que acordara havia muito
tempo, afiava as foices dos rapazes.

Levine correu os olhos em torno e custou a reconhecer onde estava.
O prado ceifado se estendia, imenso, em sua frente, com as suas fileiras
de feno já perfumado; os raios oblíquos do sol que declinava projetavam
uma luz que não era mais a do meio-dia. Os ramos de salgueiro, que se
destacavam na margem da água; o rio, havia pouco invisível, que desenrolava a perder de vista a sua fita sinuosa; as pessoas que iam e vinham;
os gaviões que sobrevoavam aquela ampla extensão desnuda — tudo
aquilo oferecia a Levine um espetáculo imprevisto. Quando se habituou,
ele calculou o que se tinha feito e o que ainda restava fazer. Os quarenta
e dois ceifeiros executaram um trabalho considerável; no tempo da escravidão dificilmente trinta homens, em dois dias, chegariam a ceifar aquele
prado; e restavam apenas alguns cantos intactos. Mas aquele resultado
ainda não satisfez completamente Levine. O sol descia rapidamente. Ele
não sentia nenhuma fadiga e ansiava por retomar a foice.

— Dize-me — perguntou ele ao velho —, ainda temos tempo de ceifar a Ravina-Maria? Que achas?

— Isso depende de Deus! O sol já não está alto. Talvez que se pagando um gole aos rapazes...

Durante a refeição ligeira, enquanto os fumantes acendiam os seus cigarros, o velho avisou aos rapazes que se a Ravina-Maria fosse ceifada, haveria aguardente.

— Por que não a ceifaremos? Vamos, Tito! Vamos, rapazes! Levantemos isso numa volta de mão. Teremos tempo para comer à noite. Para a frente! — gritaram algumas vozes. E, terminando a refeição, os ceifeiros se puseram a caminho.

— Vamos, rapazes, falta dar um arranco! — disse Tito, abrindo o caminho rapidamente.

— Vamos! — repetia o velho —, estimulando-os a que o alcançassem. — Mais depressa, mais depressa, senão eu ceifarei tudo!

Moços e velhos ceifaram ansiosamente, mas, por mais pressa que tivessem, as camadas de feno estendiam-se límpidas e regulares como antes. Os cantos ainda intactos foram abatidos em cinco minutos. Os últimos ceifeiros terminavam a sua linha e já os primeiros, paletós nos ombros, se dirigiam para a Ravina-Maria. Quando ali chegaram, o sol descia das árvores. A relva tenra, mole, gordurosa, semelhante à cauda de raposa nas encostas forradas, chegava-lhes até a cintura.

Depois de um rápido entendimento para saber se se ceifava ao comprido ou ao longo, Prochor Iermiline, um enorme rapaz de barbas negras, célebre pelo seu golpe de foice, tomou a frente. Então todos se alinharam atrás dele, descendo uma encosta do barranco, sempre ceifando, atravessando o fundo e subindo a outra encosta até a extremidade da floresta. Nesta altura, o sol, que se deitava atrás das árvores, brilhava ainda; mas, no fundo do barranco, a umidade já se erguia; no outro lado da encosta eles trabalhavam sob uma sombra fresca impregnada de umidade.

O trabalho avançava rapidamente. O feno produzia na foice um ruído abafado e era abatido em altas camadas, que exalavam um forte odor. Os ceifeiros, apertados, excitavam-se, as foices rangendo nas pedras de amolar. Outros se entrechocavam, gritos alegres subiam de todos os lados.

Levine continuava entre os seus dois companheiros. O velho vestia o capote de pele de carneiro, mas os seus movimentos conservaram a mesma tranquilidade e o seu bom humor nada sofrera. No bosque, as foices cortavam, a cada instante, alguns frutos enterrados na erva. Vendo-os, abaixavam-se para apanhá-los, guardando-os e dizendo: "Um presente para a minha velha!"

O feno úmido e tenro era facilmente ceifado, mas não era fácil subir e descer as encostas escarpadas da Ravina. O velho não se protegia: manejando a foice com incrível agilidade, avançava com passos enérgicos; embora lhe tremesse todo o corpo e a sua calça ameaçasse cair sobre os altos borzeguins, ele não deixava passar nada: nem uma pilhéria, nem um cumprimento. Levine, logo atrás, murmurava que nunca subira, com a foice na mão, àquelas alturas difíceis de serem galgadas mesmo com as mãos livres. No entanto, ele subia e fazia ótimo trabalho. Uma febre interior parecia sustentá-lo.

VI

Uma vez ceifada a Ravina-Maria, os últimos lugares limpos, os camponeses vestiram os capotes e tomaram alegremente o caminho de casa. Levine montou o cavalo, separando-se dos seus companheiros. Chegando ao alto, voltou-se: os vapores da noite os dissimulavam aos seus olhos, mas percebeu ainda os choques das foices, o ruído de vozes, o barulho de risos.

Sergio já havia jantado fazia muito tempo. No quarto, ele bebia uma limonada gelada, lendo os jornais e as revistas que o carteiro trouxera, quando Levine entrou bruscamente, a blusa empretecida, os cabelos em desordem e colados nas têmporas.

— Ceifamos todo o prado, não imaginas o bem que me fez! E tu, que fizeste? — gritou, não pensando mais na penosa conversa da véspera.

— Bom Deus, que ar tens! — disse Sergio, concedendo ao irmão uma atenção frívola. — Mas fecha a porta, deixaste entrar pelo menos uma dúzia de moscas!

Sergio tinha horror aos insetos; só abria as suas janelas durante a noite e tinha a porta sempre fechada.

— Não deixei entrar uma única — replicou Levine, sorrindo. — Ah! Que bom dia!... Como tu o passaste?

— Muito bem. Mas, dize-me, tu ceifaste de manhã até a noite? Deves ter uma fome de lobo! Kouzma preparou tudo para o teu jantar.

— Não, eu já comi, não tenho necessidade de nada. Quero apenas tomar um banho.

— Vai, vai, eu te encontrarei depois — disse Sergio, sacudindo a cabeça. — Apressa-te — acrescentou, arrumando os livros. Ele não queria magoar o irmão que tinha um bom humor comunicativo. — E onde ficaste durante a chuva?

— Que chuva? Caíram apenas alguns pingos... Voltarei num instante... Então estás contente com o teu dia? Tanto melhor!

E Levine foi arranjar-se. '

Cinco minutos depois, os dois irmãos se encontraram na sala de jantar. Constantin julgava não ter fome e pôs-se à mesa para satisfazer Kouzma. Mas, uma vez ali, fez honra ao jantar. Sergio olhava-o, risonho.

— A propósito — disse ele —, esqueci que lá embaixo existe uma carta para ti. Vá procurá-la, Kouzma, mas feche bem a porta.

A carta era de Oblonski e estava datada de Petersburgo. Levine a leu em voz alta: "Dolly me escreveu de Iergouchovo que tudo vai mal. Tu, que sabes tudo, seria muito amável se fosses vê-la e ajudá-la com os teus conselhos. Ela está sozinha. Minha sogra continua no estrangeiro com todos os seus."

— Muito bem — disse Levine —, irei vê-la sem falta. Tu deverias vir comigo, é uma boa mulher.

— É longe daqui?

— Umas trinta verstas, quarenta no máximo. A estrada é ótima, faremos a viagem num instante.

— Com prazer — disse Sergio sempre sorrindo, porque a presença do irmão o alegrava. — Que apetite! — acrescentou, olhando seu pescoço queimado pelo sol e sua cabeça debruçada sobre o prato.

— Sim, meu caro, nenhum regime igual para limpar o cérebro. Espero enriquecer a medicina com um novo termo: *Arbeitscur*.

— Uma cura de que não precisavas.

— Não, mas eu a acho excelente para combater as doenças nervosas.

— É uma experiência a ser feita. Quis ir ver-te ao trabalho, mas estava tão quente que me abriguei à sombra das árvores. Alcancei então, através do bosque, a aldeia. Encontrei a tua ama de leite e, por seu intermédio, procurei saber como viam o teu novo capricho. Se compreendi bem, não te aprovam muito. "Isso não é trabalho dos patrões", disse-me ela. Penso que o povo tem ideias atrasadas sobre o que convém aos patrões fazer e não gosta de vê-los sair das suas atribuições.

— É possível, mas eu nunca senti tanto prazer. Não fiz mal a ninguém, não é mesmo? Tanto pior se isso lhes desagrada!

— Vejo que o teu dia te satisfez completamente.

— Sim, estou alegre. Ceifamos todo o prado e liguei-me a um homem delicioso.

— Tanto melhor. Eu também empreguei o meu tempo. Resolvi primeiramente dois problemas de xadrez bastante curiosos: ataca-se com um peão; eu te mostrarei. Depois, refleti sobre a nossa conversa de ontem.

— Sobre o quê? Que conversa? — indagou Constantin, incapaz de lembrar-se da conversa da véspera. Os olhos semifechados, a boca entreaberta, deixava-se dominar por uma doce beatitude.

— Acho que, em parte, tens razão. A diferença das nossas opiniões está em que tomas o interesse pessoal como causa das nossas ações, ao passo que, segundo o meu modo de pensar, todo homem dotado de um certo grau de cultura deve ter como causa o interesse geral. Talvez tenhas razão em preferir uma atividade dirigida para um fim utilitário. A tua natureza é bastante *primesautière*, como dizem os franceses: ou uma atividade apaixonada ou nada.

Levine escutava sem compreender e sem mesmo tentar compreender. Temia apenas que o irmão lhe apresentasse uma pergunta à qual não soubesse responder, descobrindo assim a sua falta de atenção.

— Não tenho razão? — disse Sergio, tocando-lhe no ombro.

— Certamente. E, depois, eu não pretendo estar com a verdade — respondeu, com um sorriso de criança culpada. "Que discussão tivemos?", pensava. "Evidentemente, nós ambos temos razão. É o melhor... Falta-me agora dar as minhas ordens para amanhã."

Levantou-se e se espreguiçou, sorrindo. Sergio, que não queria separar-se do irmão, reconfortado com a sua robusta tranquilidade, sorriu também e disse:

— Vamos dar uma volta. Caso tenhas necessidade, passaremos pelo seu gabinete.

— Ah, meu Deus! — exclamou Constantin.

— Que foi? — fez Sergio, assustado.

— E o braço de Agatha Mikhailovna? — disse Constantin, batendo na testa. — Eu o esqueci.

— Ela está muito melhor.

— É a mesma coisa, vou fazer-lhe uma pequena visita. Antes de colocares o chapéu na cabeça já estarei de volta.

E desceu a escada correndo. Os sapatos faziam nos degraus um barulho singular.

VII

Enquanto Stepane Arcadievitch cumpria em Petersburgo o dever de todo funcionário — dever sagrado, dever indiscutível, apesar de incompreensível ao comum dos mortais — que consiste em se fazer lembrado do ministro; enquanto, provido de quase todo o dinheiro do lar, passava agradavelmente o tempo nas corridas e outras diversões, Dolly acompanhava os filhos ao campo para viver da melhor maneira possível. Ela se estabeleceu em Iergouchovo, propriedade que fazia parte do seu dote e da qual o seu marido acabava de vender o bosque. O Pokrovskoie, de Levine, ficava distante cinquenta verstas.

A velha casa senhorial de Iergouchovo havia muito tinha desaparecido. O príncipe se contentara em aumentar e refazer uma das alas. Vinte anos antes, durante a infância de Dolly, aquela ala, apesar de voltada para o norte e construída sem simetria devido ao fato de se aproximar da grande alameda, era uma habitação espaçosa e cômoda. Agora, ao contrário, caía em ruínas. Quando, na primavera, Stepane Arcadievitch viera vender o bosque, Dolly pedira que ele olhasse a casa e a tornasse habitável. Preocupado, como todos os maridos culpados, em proporcionar à sua mulher uma vida material tão confortável quanto possível, Stepane Arcadievitch, depois de examiná-la, mandou executar certos trabalhos que lhe pareceram de urgente necessidade: cobriram-se os móveis com cretone, puseram-se cortinas, limparam o jardim, plantaram flores, construíram uma ponte sobre o tanque. Mas esqueceram certos detalhes que viriam submeter Dolly a rudes provas.

Stepane Arcadievitch, que se julgava um marido prevenido e um pai modelo, sempre se esquecia de que tinha mulher e filhos e os seus gostos continuavam sendo os de um solteirão. Voltando a Moscou, anunciou triunfante a Dolly que tudo estava em ordem: transformara a casa de campo numa casinha elegante e aconselhava-a a se mudar. Aquela mudança lhe convinha sobre muitas razões: os filhos se conduziriam melhor, as despesas diminuiriam e principalmente ele estaria livre. Dolly julgava, ela também, aquela estada indispensável: a saúde das crianças o exigia, principalmente a mais idosa das meninas, que passava mal de escarlatina; não teria a recear penosas discussões com certos fornecedores, tais como o sapateiro, o vendedor de lenha e o peixeiro, cujas dívidas a aterrorizavam; esperava, enfim, a volta de Kitty, que devia chegar à Rússia em meados do verão e a quem os médicos haviam recomendado banhos frios.

Efetivamente, Kitty avisou que nada lhe poderia acontecer de melhor do que terminar o verão em Iergouchovo, onde encontrariam — ela e Dolly — tantas recordações da infância.

No entanto, mais de um aborrecimento aguardava Dolly. O campo, por ela revisto através das suas impressões de juventude, parecia um refúgio contra todos os descontentamentos da cidade. Esperava levar uma vida, se não elegante (pouco lhe importava), pelo menos cômoda e econômica. Não tinha tudo ao alcance das mãos? E, depois, as crianças estariam como num paraíso. Teve muito a que renunciar quando se achou em Iergouchovo como dona de casa.

No dia seguinte ao da chegada, choveu a cântaros e a água atravessou o teto, molhando o corredor e o quarto das crianças, sendo preciso conduzi-las para o salão. Não se pôde encontrar uma cozinheira; o vaqueiro dizia que das nove vacas que estavam no estábulo, umas estavam prenhes, outras eram novas ou muito velhas: não se podia esperar, pois, manteiga nem leite para as crianças. Galinhas, frangos, ovos, tudo faltava; devia se contentar, na cozinha, com os velhos galos arroxeados e fibrosos. Impossível conseguir mulheres para lavar o assoalho: todas trabalhavam na plantação de batatas. Impossível passear de carruagem, um dos cavalos, muito insubmisso, não se deixava atrelar. Impossível tomar banhos, os animais sujavam a beira do rio, que, além do mais, ficava muito a descoberto. Impossível, mesmo, pôr o nariz do lado de fora: as cercas malconservadas do jardim não impediam que o gado entrasse e entre eles havia um touro terrível que mugia e que, por esta razão, se supunha capaz de agredir as pessoas com os chifres. Os armários que havia não se fechavam ou abriam-se quando se passava perto. Nem bilhas, nem panelas. Nenhum caldeirão, nem mesmo tábua de engomar!

Em lugar, pois, de encontrar no campo repouso e tranquilidade, Dolly passou primeiramente por uma crise de desespero. Esses pequenos aborrecimentos tomavam a seus olhos proporções de uma catástrofe; incapaz, apesar de todo o trabalho a que se dava, de remediar o mal, julgava a situação sem saída e, durante todo o dia, retinha as lágrimas com dificuldade. A propriedade era administrada por um velho dono de casas que consagrara os lazeres da sua aposentadoria às funções mais modestas de porteiro; seduzira, com a sua bela presença e suas maneiras de acatar, a Stepane Arcadievitch, que o fez administrador. Os aborrecimentos de Dolly Alexandrovna o deixavam indiferente. "Que deseja, senhora", dizia com o seu tom mais respeitoso, "com um mundo tão mau e sem nenhum meio de fazer qualquer coisa..." E não fazia nada.

A situação seria verdadeiramente insolúvel se, em casa dos Oblonski, como na maioria das famílias, não existisse uma dessas criaturas de incontestável utilidade e de considerável importância — essa criatura era Maria Philimonovna. A mulher acalmava a patroa, assegurava-lhe que tudo se "desenvolveria" (porque esta expressão lhe pertencia e Mateus tomara-a sem-cerimônia) e agia sem pressa e sem barulho. Desde o primeiro dia conheceu a mulher do administrador, que a convidou para beber chá sob as acácias, em companhia do marido. Um grupo, que reuniu muitas pessoas, se formou sob as árvores; pouco a pouco, graças a ele, as dificuldades diminuíram tão bem que, no fim de oito dias, tudo se "desenvolveu" para melhor. O teto foi reparado; conseguida uma cozinheira; acharam-se galinhas; as vacas imediatamente deram leite; reformou-se a cerca; puseram-se ferrolhos nos armários, que cessaram de abrir intempestivamente; o carpinteiro fabricou um rolo para prensar e lustrar as roupas; a tábua de engomar, coberta com um pedaço de pano grosseiro, estendia-se da cômoda ao encosto de uma cadeira e logo o cheiro dos ferros se espalhou no aposento.

— Veja — disse Maria Philimonovna, mostrando a tábua à patroa —, não havia motivo para que a senhora desesperasse.

Achou-se mesmo um meio de construir um banheiro e Lili pôde começar a tomar banhos. Os desejos de Daria Alexandrovna, afinal, tornaram-se — em parte, pelo menos — uma realidade: levava uma vida agradável, se não tranquila. Com seis filhos, só podia conhecer raros períodos de repouso: um caía doente, outro ameaçava adoecer, aquele reclamava tal e tal coisa, aquele outro dava prova de mau caráter etc. etc. Mas as inquietudes e as confusões constituíam a única possibilidade de felicidade para Dolly: privada de aborrecimentos, teria sucumbido ao desgosto causado por aquele marido que não a amava mais. De resto, essas mesmas crianças, cuja saúde ou as más propensões tanto a preocupavam, compensavam-na com um mundo de pequenas alegrias. Alegrias imperceptíveis, sem dúvida, como fios de ouro na areia; alegrias reais, no entanto. E se em horas de tristeza Dolly só via a areia, em outros momentos o ouro se deixava perceber. A solidão do campo tornava estas alegrias mais frequentes. Algumas vezes, desculpando-se da parcialidade maternal, pensava ser raro encontrar seis crianças tão encantadoras, cada qual em seu gênero. Então, sentia-se feliz e orgulhosa.

VIII

No fim de maio, quando tudo já estava mais ou menos organizado, Dolly recebeu, em resposta às suas queixas, uma carta do marido desculpando-se por não ter previsto tudo e prometendo ir encontrá-la "na primeira ocasião". Essa ocasião não se apresentava. Ela permaneceu sozinha no campo até os últimos dias de junho.

Um domingo, depois do jejum que precede o dia de São Pedro, Dolly decidiu comungar com todos os seus filhos. Dolly surpreendeu muitas vezes a sua mãe, sua irmã, seus amigos, com opiniões que exaltavam o livre-pensamento. Tinha uma religião própria, muito ligada ao coração, que aceitava antes a metempsicose do que os dogmas cristãos. Contudo, observava e fazia estritamente observar em sua família as prescrições da Igreja, e isso menos para dar exemplos do que para obedecer a uma necessidade da sua alma. Muito inquieta com a ideia de que os seus filhos, após um ano, não tinham ainda se aproximado da santa mesa, resolveu, para grande contentamento de Maria Philimonovna, cumprir aquele dever durante a sua estada no campo.

A reforma das roupas exigiu muitos dias: foi preciso cortar, transformar, limpar, aumentar os vestidos, reajustar os folhos, pregar os botões e dar os laços nas fitas. A inglesa encarregou-se do vestido de Tania e disse, atormentada, a Daria Alexandrovna: as cavas eram bastante estreitas; as pregas do corpo do vestido, muito altas; dava pena ver a pobre criança, tanto o vestido lhe apertava os ombros. Maria Philimonovna teve a feliz ideia de ajuntar pequenas peças ao corpo do vestido, refazendo-o, assim, e dizendo amargas palavras contra a inglesa. Na manhã do domingo tudo estava pronto e um pouco antes das nove horas — para encontrar o pároco logo após a missa —, as crianças enfeitadas e radiantes de alegria esperavam a mãe em frente da carruagem que estava parada no portão. Graças à influência de Maria Philimonovna, o cavalo negro rebelde fora substituído pelo trigueiro do intendente. Afinal, Daria Alexandrovna, que se retardara com a *toilette*, apareceu trajando um vestido de musselina branco. O gosto pelos enfeites, ao qual se sacrificara como mulher, por *coquetterie*, por desejo de luxo — e a que renunciara com a aproximação da idade e o declínio da beleza —, esse gosto lhe voltava novamente com uma alegria misturada de emoção, devido ao fato de ser mãe de lindas crianças e não desejar escurecer o espetáculo. Um último olhar ao espelho a convencera, hoje, de que ainda era bela, pelo menos da beleza que quisera ter, se não daquela que antigamente irradiava nos bailes.

Na igreja não havia ninguém, salvo algumas pessoas da aldeia e os criados. Daria Alexandrovna, porém, observou — ou julgou observar — que os filhos, e ela mesma, provocavam admiração. Em verdade, dava prazer presenciar a gravidade daquelas pobres crianças em roupas de festas. O pequeno Alexis encontrou algumas distrações nas abas da roupa, querendo admirar o efeito por detrás até o último instante; mas como era gentil! Tania se comportava como uma mulherzinha e fiscalizava as mais jovens. Quanto a Lili, a última, a sua ingênua admiração era simplesmente adorável e foi impossível não sorrir quando, depois de receber a comunhão, ela disse ao padre: *Please, some more.*

Durante a volta, as crianças, ainda impressionadas com o ato solene que acabavam de realizar, mostraram-se muito sensatas. Em casa, procederam assim até o almoço — Gricha assoviou naquele instante e desobedeceu à inglesa, que o privou da sobremesa. Quando soube do mau procedimento do filho, Daria Alexandrovna, que, presente, não deixaria as coisas irem tão longe, apoiou a preceptora e confirmou o seu castigo. Esta cena perturbou um pouco a alegria geral.

Gricha pôs-se a chorar, dizendo que Nicolas também assoviara, mas que somente ele era castigado e que, se chorava, não era por causa da torta, mas devido à injustiça que se fazia. A cena tomava um aspecto muito triste e Daria Alexandrovna resolveu pedir à inglesa que perdoasse Gricha. Ela se dirigia para o quarto do menino quando, atravessando a sala, percebeu uma cena que a fez chorar de alegria e perdoar espontaneamente ao culpado.

Tania, um prato na mão, estava junto do irmão, sentado no apoio de uma janela de esquina. Pretextando um jantarzinho para as suas bonecas, a menina obtivera permissão da inglesa para levar o seu pedaço de torta ao quarto das crianças, mas era ao irmão que ela o destinava. Chorando pela injustiça de que se acreditava vítima, Gricha devorava o doce dizendo à irmã através dos soluços: "Come também... comamos juntos... juntos..." Comovida primeiramente pela piedade que lhe inspirava o irmão, e depois pelo sentimento da sua boa ação, Tania também tinha lágrimas nos olhos, o que não a impedia de comer a sua parte.

As crianças sentiram medo percebendo a mãe, mas, sossegadas pela expressão do seu rosto, explodiram em risadas: a boca cheia de torta, limpavam com as mãos os lábios risonhos e sujavam de confeitos os rostos, onde a alegria brilhava através dos soluços.

— Grande Deus, Tania, o teu vestido branco! Gricha! — dizia a mãe, cogitando de preservar as roupas novas. Mas ela também chorava e sorria de felicidade.

As lindas roupas despidas, as meninas puseram simples vestidos e os meninos as velhas jaquetas. Daria Alexandrovna mandou atrelar então o carro (para grande mágoa do administrador, o trigueiro novamente serviu) e avisou que, depois da colheita dos cogumelos, todos iriam ao banho. Um clamor de alegria, que se prolongou até a partida, acolheu essa notícia.

Recolheu-se um grande cesto de cogumelos. Lili, ela própria, achou um. Ainda era preciso que *miss* Hull os procurasse, mas naquele dia, sozinha, ela descobriu outro, e isso provocou um entusiasmo geral: "Lili achou um cogumelo!"

Depois, dirigiram-se para o rio. Amarraram os cavalos nas árvores e o cocheiro Terêncio, deixando-os espantar as moscas com suas caudas, deitou-se à sombra dos arvoredos e fumou tranquilamente o seu cachimbo, ouvindo as exclamações de alegria que partiam do banheiro.

Era coisa árdua fiscalizar as brincadeiras dos pequenos, e examinar aquela coleção de meias, sapatos, calças, e desatar, desabotoar, e depois reatar, abotoar, reabotoar todos os botões, cordões, colchetes e fitas. Contudo, Daria Alexandrovna, que sempre gostara dos banhos frios e os julgara excelentes para a infância, deles compartilhava. Mergulhar os pequenos, vê-los passar dentro da água, salpicar-se de lama, admirar os olhos risonhos ou amedrontados, ouvir os seus gritos de alegria, acariciar os pequenos braços rechonchudos — era para Dolly uma verdadeira alegria.

As crianças estavam quase vestidas quando as camponesas endomingadas, que vinham de colher euforbiáceas e relva para os gotosos, passaram em frente do banheiro e se detiveram com alguma timidez. Maria Philimonovna pediu a uma delas para apanhar uma camisa que caíra no rio e Daria Alexandrovna dirigiu-lhes a palavra. As camponesas, a princípio, sufocaram os risos, sem compreender bem as perguntas que ela fazia, mas, pouco a pouco, se animaram e conquistaram o coração da mãe demonstrando uma sincera admiração pelos filhos.

— Ah, a bela pequenina!... Ela é alva como o açúcar — disse uma delas, extasiada em frente de Tania. — Mas bastante magra — acrescentou, sacudindo a cabeça.

ANA KARENINA

— É porque esteve doente.

— E aquela também toma banho? — perguntou uma outra, mostrando a mais jovem.

— Oh! Não, ela só tem três meses — respondeu orgulhosamente Daria Alexandrovna.

— É verdade?

— E tu, tens filhos?

— Eu tive quatro: restam-me dois, um menino e uma menina. Já desmamei a menina.

— Que idade ela tem?

— Anda pelos dois anos.

— Por que a amamentaste durante tanto tempo?

— É o nosso costume. Deixa-se passar três jejuns.

Daria Alexandrovna, tomando gosto pela conversa, ainda fez algumas perguntas: tinha a mulher partos difíceis, que doenças os seus filhos tiveram, onde vivia o seu marido, ele sempre vinha vê-la?

Aqueles sentimentos estavam inteiramente de acordo com seu coração. Sentia-se em uma comunhão de ideias tão perfeita com aquelas camponesas que não tinha nenhuma pressa em deixá-las! Mas o que mais a alegrava era a evidente admiração das mulheres pelo número e a beleza dos seus filhos.

Uma das mais jovens observara a inglesa, que se vestia por último e enfiava saiotes sobre saiotes. Quando vestiu o terceiro, não pôde deixar de dizer: "Olhem como ela se veste e nunca se verá o fim." Aquela observação provocou um riso unânime, ao qual não pôde resistir Daria Alexandrovna, mas, a inglesa, que se sentia observada sem nada entender, não escondeu o seu descontentamento.

IX

Cercada por todos os seus pequenos banhistas, Daria Alexandrovna, um lenço na cabeça, aproximava-se da casa quando o cocheiro gritou:

— Vai alguém em nossa frente. Parece-me ser o senhor de Pokrovskoie.

Efetivamente, Dolly reconheceu imediatamente a figura familiar de Levine, trajando paletó cinzento e chapéu da mesma cor. Ela sempre o via com prazer, mas naquele dia experimentou uma satisfação particular em mostrar-se em toda a glória que ninguém melhor do que ele sabia apreciar.

Percebendo-a, Levine julgou ver realizado um dos seus sonhos de felicidade conjugal.

— A senhora se parece com uma galinha, Daria Alexandrovna.

— Como estou contente em vê-lo — disse, estendendo-lhe a mão.

— Contente! E a senhora não me mandou dizer nada? Meu irmão passa o verão comigo. Venho até aqui porque Stiva me pediu.

— Stiva? — perguntou Dolly, muito surpresa.

— Sim, ele me escreveu avisando que a senhora estava no campo e que talvez eu pudesse lhe prestar alguns serviços...

Subitamente Levine se perturbou, interrompeu-se e andou silenciosamente junto do carro, arrancando folhas das tílias que mordia nervosamente. Ocorrera-lhe a ideia de que Daria Alexandrovna, sem dúvida, acharia penoso ver um estranho oferecer-lhe o auxílio que devia encontrar no marido. Na realidade, Dolly não gostava do modo como Stepane Arcadievitch se desfazia dos seus embaraços domésticos. Logo compreendeu que Levine o sentia. Era esse tato, essa delicadeza, o que ela principalmente apreciava nele.

— Eu percebi — continuou Levine — que era este um modo amável de pensar que a minha visita lhe agradaria. Imagino ainda que uma dona de casa, habituada ao conforto das grandes cidades, deve se achar aqui ligeiramente desambientada. Caso possa ser útil em qualquer coisa, disponha. Peço-lhe.

— Ah, não! — replicou Dolly. — Falando francamente, no começo encontrei muitos aborrecimentos, mas agora tudo anda maravilhosamente... graças à minha velha criada — acrescentou, mostrando Maria Philimonovna que, compreendendo que se falava dela, dirigiu a Levine um sorriso de contentamento. Ela o conhecia, sabia que ele era um bom partido para a sua *demoiselle*, e desejava muito que o negócio tomasse um bom caminho.

— Sente ao nosso lado — disse ela. — Apertar-nos-emos um pouco...

— Obrigado, prefiro seguir a pé... Meninos! Quem quer correr comigo para tentar passar os cavalos?

Todo aquele pequeno mundo só tinha de Levine uma vaga lembrança, no entanto, ele não lhe causava aquela repugnância que as crianças sentem pelos adultos que fingem compreendê-las, sentimento estranho que lhes vale penosas repreensões e castigos. O fingimento mais bem urdido poderá enganar o mais penetrante dos homens, mas a criança mais tola nunca se deixará enganar. Ora, qualquer defeito de que se pudesse acusar a Levine não tinha, entretanto, sombra de hipocrisia — e as crianças experimentavam para com ele os mesmos sentimentos que se viam impressos no rosto da sua mãe. Respondendo ao seu convite, os dois maiores saltaram da carruagem e correram ao seu lado como se o fizessem com a empregada, *miss* Hull, ou a sua mãe. Lili também quis estar com ele; Daria Alexandrovna entregou-a, ele a colocou sobre os ombros e se pôs a correr.

— Não receie nada — disse, sorrindo alegremente, à mãe. — Eu não a deixarei cair.

Vendo como ele era ágil, prudente, ponderado nos seus movimentos, Dolly, imediatamente tranquilizada, respondeu-lhe com um sorriso de confiança.

A familiaridade do campo, a presença das crianças, a companhia daquela mulher por quem sentia uma verdadeira simpatia e que gostava de ver naquela disposição de espírito, tudo concorria para criar em Levine uma alegria quase infantil. Correndo com os pequenos, achou meio de ensinar-lhes certos princípios de ginástica, de contar à sua mãe as suas ocupações rurais e de fazer rir a governante resmungando algumas palavras em inglês.

Depois do jantar, como eles se encontrassem a sós na varanda, Daria Alexandrovna julgou o momento oportuno para falar sobre Kitty.

— O senhor sabe — disse ela — que Kitty vem passar o verão comigo?

— É verdade? — fez Levine corando e mudando logo a conversa: — Assim, mandarei duas vacas e se a senhora quiser pagar de qualquer modo, o que não faça enrubescer de vergonha, poderá fazê-lo a cinco rublos por mês.

— Não, obrigada. Afirmo que eu mesma arranjo tudo.

— Neste caso, irei ver as suas vacas e, com a sua permissão, darei ordens sobre a alimentação. A alimentação, eis a base de tudo.

E expôs uma teoria sobre a indústria de laticínios, segundo a qual as vacas eram simples máquinas destinadas a transformar a forragem em leite etc... Isso para não ouvir falar em Kitty, de quem ansiava saber notícias! Sentia medo de destruir uma paz tão dificilmente conquistada.

— O senhor talvez tenha razão — disse Daria Alexandrovna —, mas tudo isso exige fiscalização e quem se encarregará de tal coisa?

Agora, que graças a Maria Philimonovna a ordem se estabelecera no seu lar, não tinha nenhum desejo de mudar coisa alguma. De resto, Levine não era aos seus olhos nenhuma autoridade na matéria, as suas teorias sobre as vacas-máquinas pareciam suspeitas e talvez nocivas. Preferia o sistema lembrado por Maria Philimonovna e que era o seguinte: melhor alimentar a Branca e a Mouchete e proibir a cozinheira de dar a água gordurosa da cozinha à vaca esbranquiçada. Que valiam, após um processo tão claro, as considerações nebulosas sobre a alimentação de farináceos e a alimentação de forragem? E depois, antes de mais nada, ela tinha que falar sobre Kitty.

X

— Kitty me escreveu que só aspira à solidão e ao repouso — prosseguiu Dolly, após um momento de silêncio.

— A sua saúde melhorou? — perguntou Levine, emocionado.

— Deus bondoso, ela está completamente restabelecida. Nunca acreditei que estivesse doente dos pulmões.

— Sinto-me feliz — disse Levine, e Dolly julgou ler no seu rosto a tocante expressão de uma mágoa sem esperança.

— Vejamos, Constantin Dmitritch — perguntou ela, esboçando um dos seus sorrisos habituais em que a bondade lutava com a malícia —, por que o senhor não quer Kitty?

— Eu? Mas eu a quero muito.

— Oh! Por que não foi à nossa casa na sua última viagem a Moscou?

— Daria Alexandrovna — disse ele, corando até a raiz dos cabelos —, como se explica que a senhora, boa como é, me faça semelhante pergunta? A senhora não tem piedade de mim, sabendo...

— Sabendo o quê?

— Sabendo que o meu pedido foi recusado — deixou escapar Levine, e toda a ternura que um momento antes sentira por Kitty desfez-se à lembrança da injúria recebida.

— Por que julga o senhor que eu o saiba?

— Porque todo mundo sabe.

— É onde o senhor se engana: eu supunha, mas não sabia nada de positivo.

— Bem, a senhora agora sabe.

— Eu sabia que se passara alguma coisa que a atormentava, porque ela me pedira que não lhe fizesse nenhuma pergunta. Se a mim ela nada disse, estou certa de que não falou a ninguém. Que houve afinal?

— Eu acabo de lhe dizer.

— Quando o senhor fez o pedido?

— Na minha última visita à casa dos seus pais.

— Kitty me causa imensa pena. O senhor sofre principalmente no seu amor-próprio.

— É possível! — concedeu Levine. — No entanto...

Ela o interrompeu:

— Mas a pobre menina é verdadeiramente lastimável. Agora eu compreendo tudo.

— Desculpe se deixo a senhora, Daria Alexandrovna — disse Levine, levantando-se. — Até logo.

— Não, espere! — gritou a mulher, segurando-o pela manga do paletó. — Fique ainda um momento.

— Suplico, não falemos mais disso — disse Levine, sentando-se e sentindo nascer no seu coração um brilho daquela esperança que pensava desaparecida para sempre.

— Se eu não gostasse do senhor — disse Dolly, com os olhos cheios de lágrimas —, se eu não o conhecesse como conheço...

O sentimento que ele julgava morto invadiu novamente a alma de Levine.

— Sim, agora eu compreendo tudo — continuou Daria Alexandrovna. — Os homens, que são livres na escolha, sempre sabem a quem amam; uma moça, ao contrário, deve esperar com a reserva imposta ao seu sexo; nessas condições, acredite-me, ela frequentemente pode não saber o que responder.

— Sim, se o seu coração não fala...

— Mesmo que o coração fale. Pense: o senhor vê uma moça, pode ir à casa dos seus pais, observá-la, estudá-la e pedi-la em casamento depois de conhecê-la bastante.

— Isso não é totalmente exato.

— Pouco importa. O senhor só fará a sua declaração quando o seu amor estiver amadurecido ou quando, entre duas pessoas, uma cativa as suas preferências. Quanto à moça, não se pergunta a sua opinião. Como se ousaria desejar que ela escolhesse quando, na realidade, ela não pode responder sim ou não?

"Ah!, sim, e escolhe entre mim e Vronski", pensou Levine. E o sentimento que renascia na sua alma pareceu-lhe morrer pela segunda vez.

— Daria Alexandrovna, escolhe-se assim um vestido ou outro objeto de pouca importância, mas não o amor... A escolha foi feita, tanto melhor! Estas coisas não se recomeçam.

— Ah, o amor-próprio, sempre o amor-próprio! — gritou Daria Alexandrovna, com os olhos exprimindo um sentimento que parecia pesar bem pouco em relação a esse outro que unicamente as mulheres conhecem.

— Quando o senhor se declarou a Kitty, ela se achava precisamente numa dessas situações onde não se sabe o que responder. Hesitava entre Vronski e o senhor. Mas ela via aquele todos os dias, enquanto o senhor aparecia raramente. Evidentemente, se ela fosse mais idosa... Eu, por exemplo, não hesitaria: aquela criatura sempre me foi profundamente antipática...

Levine lembrava-se da resposta de Kitty: "É impossível... Perdoe-me."

— Daria Alexandrovna — disse ele, secamente —, sou muito grato à sua confiança, mas creio que a senhora se engana. Demais, certo ou errado, esse amor-próprio que a senhora tanto despreza não me permite mais pensar em Catarina Alexandrovna.

— Ainda uma palavra: o senhor sabe que falo de uma irmã que me é tão querida como os meus próprios filhos. Eu não desejo que ela ame ao senhor. Quis apenas dizer que, no momento em que recusou o seu pedido, a sua recusa nada significava.

— A senhora acredita! — disse Levine, saltando da cadeira. — Ah, se a senhora soubesse o mal que me está fazendo! É como se a senhora perdesse um filho e fossem lhe dizer: "Veja como ele seria, poderia viver, seria a sua alegria." Mas ele está morto, morto, morto...

— Como o senhor é esquisito! — disse Daria Alexandrovna, examinando com um sorriso aflito a agitação de Levine. — Ah! Cada vez mais eu compreendo melhor... — continuou com ar pensativo. — Então o senhor não voltará quando Kitty estiver aqui?

— Não. É verdade que não fugirei de Catarina Alexandrovna. Mas, tanto quanto possível, eu lhe pouparei o aborrecimento da minha presença.

— Decididamente, o senhor é original! — concluiu Dolly, examinando-o com um olhar afetuoso. — Bem, suponhamos que não dissemos nada... Que queres, Tania? — perguntou em francês à filha, que acabava de entrar.

— Onde está a minha pá, mamãe?

— Eu te falo em francês, responde do mesmo modo.

Como a criança não achasse a palavra francesa, a mãe ensinou-a e disse depois, sempre na língua francesa, onde ela devia encontrar a pá.

ANA KARENINA

Esse incidente agravou o mau humor de Levine. Daria Alexandrovna e os seus filhos perderam, a seus olhos, muito do seu encanto.

"Por que diabo fala em francês?", pensava. "Isso soa falso. As crianças o sentem: ensinam-lhes o francês e fazem-lhes esquecer a sinceridade."

Ele não pensava que Daria Alexandrovna já fizera vinte vezes aquele raciocínio e passara a outro, não conhecendo melhor método para ensinar línguas aos seus filhos.

— Mas — prosseguiu ela —, por que se despede? Fique ainda um pouco mais.

Levine ficou até o chá, mas o seu bom humor desaparecera. Sentia-se desassossegado.

Depois do chá, saiu da sala para ordenar que se preparasse a carruagem e quando retornou ao salão encontrou Daria Alexandrovna, o rosto congestionado, os olhos cheios de lágrimas. Durante a curta ausência de Levine, um desagradável acontecimento destruíra a felicidade que aquele dia causara a Dolly e o orgulho que lhe inspiravam os seus filhos. Gricha e Tania brigaram por causa de uma bala. Atraída pelos gritos, Dolly os encontrara num estado terrível: Tania puxava o irmão pelos cabelos e este, a fisionomia descomposta pela cólera, dava-lhe fortes murros. Vendo isso, Dolly sentiu alguma coisa rasgar o seu coração. Uma nuvem negra pareceu cair sobre ela: longe de diferir dos outros, aqueles filhos, de quem se mostrava tão orgulhosa, eram maus, viciados, inclinados às propensões mais grosseiras. Este pensamento a perturbou a tal ponto que foi difícil confiar a sua mágoa a Levine, que, vendo-a assim, procurou acalmá-la da melhor maneira possível. Levine afirmou-lhe não haver razão para inquietude porque todas as crianças brigavam, mas, no fundo do coração, ele dizia: "Não, não serei comediante, não falarei francês com os meus filhos. Eles não serão como estes. Para que as crianças sejam encantadoras basta não desfigurar os seus caracteres. Não, não, os meus serão inteiramente diferentes destes."

Despediu-se de Dolly e partiu sem que ela pensasse retê-lo.

XI

Nos meados de julho, o administrador da propriedade da irmã de Levine, que ficava a vinte verstas de Pokrovskoie, veio fazer relatório sobre a evolução dos negócios e particularmente sobre a sega de feno. Essa terra

LIEV TOLSTÓI

tirava o seu principal rendimento da margem do rio, que os camponeses arrendavam antigamente à razão de vinte rublos por hectare. Quando Levine se encarregou da gerência, achou, depois de examinar os prados, que era um preço muito módico e subiu o hectare para vinte e cinco rublos. Os camponeses recusaram-se a arrendá-los nestas condições e, como Levine supôs, os outros rendeiros desanimaram. Fora preciso trabalhar por conta própria, contratara trabalhadores e ceifara, para grande descontentamento dos camponeses que tudo fizeram para destruir a inovação. Apesar disso, desde o primeiro verão, os prados renderam quase o dobro. A resistência dos camponeses se prolongara durante dois anos, mas nesse ano ofereciam os seus serviços contra um terço da colheita. O administrador vinha anunciar que tudo estava concluído: receando a chuva, ele tinha, em presença do caixeiro do escritório, realizado a partilha: onze medas de feno constituíam a parte da proprietária. Essa pressa pareceu suspeita a Levine. Pediu dados precisos sobre a renda do grande prado, mas, só obtendo respostas evasivas, compreendeu que havia agulha sobre a pedra e resolveu tirar o caso a limpo.

Chegando à aldeia na hora do jantar, deixou o cavalo em casa do marido da ama de leite do seu irmão, com quem mantinha boas relações, e foi imediatamente buscar alguém, nas colmeias, esperando obter certos esclarecimentos sobre a partilha do feno. Parmenitch, um velho, acolheu-o com alegria, mostrou-lhe detalhadamente a sua propriedade, contou-lhe a história de todas as suas colmeias e do último enxame, mas só respondeu às suas perguntas vagamente e como se estivesse contrariado. Essa atitude embaraçada fortaleceu as suposições de Levine e quando alcançou o prado, um simples exame das medas de feno convenceu-o de que elas não podiam conter cinquenta carradas, como afirmavam os camponeses. Para convencer aos camponeses de que mentiam, mandou buscar os carros que serviram de medida e ordenou que se transportasse para um telheiro todo o feno de uma das medas: contaram-se apenas trinta e duas carradas. O administrador jurou que tudo fora feito conscientemente e que o feno devia ser empilhado. Levine replicou que a partilha fora realizada sem ordem e que se recusava a aceitar as medas como valendo cinquenta carradas. Depois de longas discussões, decidiu-se a executar uma nova partilha, as onze medas da questão devendo retornar aos camponeses. Esta discussão prolongou-se até a hora do cotejo. Feita a partilha, Levine aproximou-se do caixeiro do escritório, sentou-se numa das medas marcadas com um ramo de salgueiro e contemplou com prazer o espetáculo que o prado lhe oferecia com o seu mundo de trabalhadores.

Em sua frente, num ângulo do rio, um bando mesclado de mulheres, de vozes sonoras, removia o feno e o espalhava em traços ondeantes, cujo cinzento contrastava com o verde-claro. Da esquerda, chegavam ruídos das carruagens que, carregadas pelos longos forcados, as braçadas ondeantes amontoando-se umas sobre as outras, transbordavam até sobre as crinas dos cavalos.

— Um bom tempo para recolher-se o feno, olhe como está lindo! — disse o velho, sentando-se junto de Levine. — Tem tão bom perfume que até se parece com o chá. — Os rapazes levantavam-no com tanta dificuldade como se jogassem grãos aos patinhos. Depois do jantar, já haviam conduzido metade. — É a última? — gritou a um rapaz que, em pé, defronte de um carro, passava na sua frente agitando as rédeas.

— Por Deus que é a última, pai — gritou o rapaz, retendo um instante o seu cavalo. Após trocar um sorriso com uma rapariga sentada no carro, deu rédeas ao cavalo.

— Quem é? — perguntou Levine. — Um dos teus filhos?

— O mais moço — respondeu o velho, com um sorriso carinhoso.

— Parece ser um rapaz bem disposto.

— Sim, é um bom rapaz.

— Já se casou?

— Sim, há dois anos, pelo Advento.

— Ele tem filhos?

— Ah, sim! Durante mais de um ano ele se fez de inocente. Quanto ao feno, é sempre o feno — tornou o homem. — Precisamos envergonhá-lo...

Levine concentrou toda a atenção em Ivan Parmenov e sua mulher, que, mais ou menos perto, carregavam também o seu carro. Primeiramente Ivan recebia, arrumava, empilhava enormes braçadas de feno que a sua jovem e bela mulher lhe dava, a princípio com os braços, depois com a ajuda do forcado. Como o feno não se deixasse agarrar facilmente, ela o dividia, depois passava o forcado, comprimindo-o com um movimento brusco e elástico de todo o corpo; em seguida, curvando os rins e arqueando os seios — sob a blusa alva e presos por uma cinta —, erguia o forcado com as duas mãos e jogava a carga no carro. Ivan, evidentemente desejoso de lhe diminuir um minuto de trabalho que fosse, os braços ligeiramente separados, apanhava o feno e o amontoava no carro. Depois de raspar o feno miúdo com o auxílio de uma pá, a mulher endireitou o lenço que caía sobre a sua testa alva e subiu no carro para prender a carga. Ivan ensinou-lhe o modo de amarrar as cordas e, a uma observação de sua companheira, explodiu numa risada estridente. Um amor jovem, forte, recentemente desperto, pintava-se nos dois rostos.

XII

A carga bem amarrada, Ivan saltou em terra e, tomando pelas rédeas o cavalo, um animal robusto, ganhou a estrada, onde se misturou à fila das carruagens. A mulher jogou a pá na carruagem e foi, passos firmes, braços oscilantes, juntar-se às companheiras, que, as pás nos ombros, formavam atrás das carruagens um grupo brilhante de cores e vibrante de alegria. Uma voz rouca entoou uma canção que cinquenta outras, graves ou agudas, imediatamente acompanharam em coro.

À aproximação dos cantores, Levine, deitado na meda, julgou ver descer sobre ele uma nuvem de extraordinária alegria. As medas, os carros, o prado, os campos longínquos, tudo parecia arrebatado por aquela louca canção, acompanhada de assovios e de intensos gritos. Aquela alegria sã, aquela bela alegria de viver lhe causou inveja, porque ele só podia ser um pobre espectador. Quando o grupo desapareceu, quando não mais ouviu o eco das canções, sentiu-se terrivelmente sozinho e criticou a preguiça corporal e a animosidade que julgava experimentar para com aquelas pessoas.

Os mesmos homens que, no negócio do feno, se mostraram tão trapaceadores e a quem não quisera enganar, que o injuriaram, esses mesmos homens o saudavam agora alegremente, sem rancor e sem remorso. O agradável trabalho em comum destruíra todas as más recordações. Deus lhes dera a luz do dia e a força dos braços; e uma e outra tinham sido consagradas ao trabalho e esse trabalho em si mesmo trazia a recompensa. Ninguém pensaria em perguntar a razão daquele trabalho e quem gozaria dos seus frutos: eram questões secundárias, insignificantes.

Frequentemente, aquela vida tentara Levine, mas, hoje, e particularmente com a impressão que lhe causara Ivan Parmenov e sua mulher, ele compreendeu pela primeira vez ser inteiramente livre para trocar a vida ociosa, artificial, egoísta, que o torturava pela vida de trabalho, tão pura, tão nobre, tão devotada ao bem comum.

O velho, havia muito tempo que o deixara. Os camponeses regressaram aos seus lares. Os trabalhadores, vindos de longe, instalavam-se no prado à noite e preparavam a ceia. Sem ser visto, Levine, sempre deitado na meda, olhava, ouvia, pensava. Os camponeses passaram acordados quase a noite inteira de verão; o dia de trabalho só lhes deixara a alegria como único sinal. Levine ouviu primeiramente as palestras, cortadas por explosões de risos, e muito tempo depois da ceia as canções e sempre os risos. Um pouco antes da madrugada, fez-se profundo silêncio. Ouvia-se apenas o coaxar incessante das rãs no pântano e o ruído dos cavalos bufando na bruma matinal. Levine, que afinal adormecera, verificou, olhando as estrelas, que a noite passara. Deixou o seu abrigo.

"Bem, que resolverei?", pensava, procurando dar uma forma aos sonhos que o possuíram nesse curto sono e que podiam ser divididos em três ordens de ideias. Em primeiro lugar, a renúncia à sua vida passada, à sua inútil cultura intelectual, àquela instrução que de nada lhe servia: nada lhe parecia mais simples, mais fácil, mais agradável. Depois, a organização da sua vida futura, cheia de pureza e de simplicidade; não duvidava um instante da sua legitimidade, estava certo de que lhe traria dignidade, paz de espírito, o contentamento de si mesmo que tão dolorosamente lhe faltava. Restava a questão essencial: como realizar a transição da sua vida atual para a outra? Sobre este assunto nada lhe parecia claro. "É-me indispensável conseguir uma mulher e necessário dedicar-me a um trabalho qualquer. Deverei abandonar Pokrovskoie? Comprar terra? Tornar-me membro de uma câmara rural, casar-me com uma camponesa? Mas como resolver?", perguntava-se, mais uma vez sem achar resposta. "Demais, se não tivesse dormido, não terias as ideias claras. O que há de certo é que esta noite decidi o meu destino. Os meus velhos sonhos de felicidade conjugal são apenas tolices. O que agora quero é bem mais simples e melhor... Como é belo!", pensava, examinando uma estranha junção de nuvens que formavam acima da sua cabeça uma espécie de concha cor de madrepérola. "Como tudo, nesta admirável noite, é encantador! Mas quando esta concha se formou? Há momentos, no céu, viam-se apenas duas faixas brancas! Transformaram-se sem que eu percebesse, e assim também as ideias que eu tinha sobre a vida."

Alcançou a estrada principal e encaminhou-se para a aldeia. Soprava um vento fresco e tudo adquiria cores cinzentas e tristes, como é comum nesse pálido minuto que precede o triunfo da luz sobre as trevas.

Curvando os ombros ao frio, Levine andava em grandes passadas, os olhos fixos na terra. Um barulho de guizos fez-lhe voltar o rosto. Quem poderia andar em hora semelhante? A quarenta passos, uma pesada carruagem de viagem, puxada por quatro cavalos, vinha ao seu encontro. Receando os sulcos abertos no solo por outros carros, os cavalos se apertavam contra a lança da carruagem, mas o hábil cocheiro, desajeitadamente empoleirado na boleia, dirigia-os muito bem.

Preso a estes detalhes, Levine olhou distraidamente a carruagem e os seus passageiros. Uma velha senhora dormia numa extremidade. À janela, uma moça, que sem dúvida acordara naquele minuto, examinava os clarões da madrugada, segurando com as duas mãos as fitas do seu penteado noturno. Calmo e pensativo, Levine percebeu que ela estava possuída de vida interior estranha, intensa, muito afastada das suas próprias preocupações. No momento em que a visão ia desaparecer, dois olhos límpidos detiveram-se sobre ele. Ela o reconheceu e uma alegria extraordinária iluminou o seu rosto sereno.

Ele não podia se enganar: aqueles olhos eram únicos no mundo e uma única criatura personificava a alegria de viver, justificava a existência do universo. Era Kitty. Compreendeu que ela vinha da estação da estrada de ferro e ia para Iergouchovo. Logo as resoluções que acabara de tomar, as agitações da sua noite de insônia, tudo se esclareceu. Horrorizou-lhe a ideia de casar-se com uma camponesa. Ali, naquela carruagem que se afastava rapidamente estava a resposta à pergunta que há tanto tempo a si mesmo fazia com aspereza, para que nasci e fui posto no mundo?

Ela não se mostrava mais. Não se ouvia o ruído das molas. Apenas o barulho de guizos chegava até ele. Verificou, pelo latido dos cães, que a carruagem atravessava a aldeia. E permaneceu sozinho no meio dos campos desertos, estranho a tudo, caminhando a grandes passos na estrada abandonada.

Ergueu os olhos, esperando achar a encantadora concha que lhe parecia simbolizar os seus sonhos da noite. Encontrou apenas um vestígio. Transformara-se misteriosamente num amplo tapete de nuvens amontoadas que se desenrolava em metade do firmamento. O céu, que estava azul, ao seu olhar perscrutador opôs um profundo mutismo.

"Não", pensou Levine, "não saberia entregar-me a essa bela vida por mais simples e laboriosa que fosse. É a 'ela' que eu amo."

XIII

Ninguém, salvo os íntimos de Alexis Alexandrovitch, poderia supor que esse homem frio e metódico revelasse algumas vezes uma fraqueza que não se identificava com os traços dominantes do seu caráter: ele não podia ver chorar uma mulher ou uma criança sem perder o sangue-frio e até o uso das próprias faculdades. O seu chefe de gabinete e o seu secretário o sabiam bem, razão por que pediam às solicitadoras que retivessem as lágrimas. "Demais", diziam eles, "as senhoras comprometerão as suas causas; ele se irritará e não ouvirá mais nada." Realmente, a perturbação que as lágrimas causavam a Alexis Alexandrovitch se traduzia num sobressalto de cólera. "Eu nada posso fazer, saia!", — gritava normalmente em casos semelhantes.

Quando, voltando das corridas, Ana confessara a sua ligação com Vronski e cobrindo o rosto com as mãos se desfizera em soluços, Alexis Alexandrovitch, apesar da cólera provocada por aquela revelação, sentiu-se quase vencido pela deplorável emoção que já conhecia bastante. Temendo manifestar os seus sentimentos através duma forma incompatível com a situação, esforçou-se por sufocar até mesmo a aparência de vida. Imóvel, o olhar fixo, tinha o rosto dominado por aquela expressão de rigidez cadavérica que tanto afligia Ana.

Fizera um grande esforço sobre si mesmo para ajudar a mulher a descer da carruagem, para dizer-lhe algumas palavras vazias, para deixá-la finalmente com a polidez habitual.

A brutal confissão de Ana tinha, confirmando as suas suposições, ferido o coração de Alexis Alexandrovitch e a piedade toda física que as lágrimas da infeliz provocaram agravara ainda mais a sua inquietação. No entanto, quando se encontrou sozinho na carruagem, sentiu uma satisfação mesclada de surpresa, de dúvidas, de ciúme e de piedade. Gozava a sensação de um homem que acaba de extrair um dente que o fazia sofrer havia muito tempo: o choque é terrível, o paciente imagina que lhe arrancaram do queixo um corpo enorme, maior que a cabeça, mas logo constata, sem ainda acreditar na sua felicidade, o desaparecimento da abominável coisa que envenenava a sua vida: pode novamente viver, pensar, interessar-se por outras coisas que não o antigo mal. Alexis Alexandrovitch passara por um momento assim: depois de um golpe terrível, inesperado, não sentia mais dor, mas julgava-se capaz de viver, de possuir outras ideias.

"É uma mulher perdida, sem coração, sem honra, sem religião! Eu sempre o senti, e por piedade me iludia", pensava, acreditando sinceramente na sua perspicácia. Lembrava-se de diversos detalhes do passado, que julgara inocentes e que agora lhe apareciam como provas certas da corrupção de Ana. "Cometi um erro unindo a minha vida à sua, mas o meu erro nada tem de culpável, por conseguinte não devo ser infeliz. A culpada é ela, mas o que a fere não me diz respeito, ela não existe mais para mim."

Pouco lhe importava, para o futuro, o que a ela aconteceria, como ao seu filho — a respeito do qual os seus sentimentos sofreram idêntica mudança. Não pensava senão em atormentá-la pelo modo mais correto, mais justo, deixando que a lama a salpicasse, e isso sem que a sua vida de honra e de desinteresse fosse prejudicada.

"Por que uma mulher desprezível cometeu uma falta, será isto razão suficiente para me tornar infeliz? Não, mas preciso achar a melhor saída possível para a situação em que estou. Essa saída, eu a acharei. Não sou o primeiro nem o último", pensava, exaltando-se cada vez mais. E sem falar dos exemplos históricos, sendo a "Bela Elena" o mais antigo de que se lembrava, Alexis Alexandrovitch recordou certas infidelidades conjugais de que tinham sido vítimas homens do seu meio social. "Darialov, Poltavski, o príncipe Karibanov, o conde Paskoudine, Dram... sim, o honesto e excelente Dram... Semionova, Tchaguine, Sigonime... Lançaram sobre eles um *ridicule* injusto; da minha parte, eu só vi as suas infelicidades e sempre os lamentei."

Nada era tão falso: nunca Alexis Alexandrovitch pensava em se apiedar de semelhantes infortúnios e o número dos maridos enganados sempre o valorizara perante si mesmo.

"O que magoou a tantos outros magoa-me também a mim. O essencial é saber dominar a situação."

E lembrou-se das inúmeras atitudes assumidas por aqueles homens.

"Darialov bateu-se em duelo..."

Na sua mocidade, a ideia do duelo sempre preocupara Alexis Alexandrovitch. Sabia-se dono de um temperamento tímido: a ideia de uma pistola assestada contra ele perturbava-o; jamais se utilizara de uma arma. Esse horror instintivo inspirara-lhe muitas reflexões: que faria no dia em que a obrigação o forçasse a arriscar a vida? Mais tarde, quando a sua posição ficou solidamente assentada, ele não pensou mais naquelas coisas.

ANA KARENINA

Nesse dia, porém, o seu temperamento tímido retornou o assunto: sabendo muito bem que não chegaria até ao duelo, a força do hábito obrigava-o a examinar, sob todos os aspectos, aquela eventualidade.

"Que pena não estarmos na Inglaterra! Com sociedade tão bárbara como a nossa, um duelo seria aprovado, sem a menor dúvida, por grande número de pessoas (entre as quais estava a maioria daqueles cujas opiniões muito lhe interessavam). Mas a quem isso favorecia? Suponhamos que eu o provoque. (Aqui, imaginou a noite que passaria após a provocação, a pistola dirigida contra ele — e ao estremecimento que teve, compreendeu que nunca se resolveria por aquele ato.) Suponhamos que eu o provoque, que aprenda a atirar, que esteja diante dele, que puxe o gatilho (fechou os olhos), que o mate (balançou a cabeça para afastar aquelas ideias absurdas). Que necessidade tenho de matar um homem para saber que conduta terá uma mulher culpada e seu filho? Seria um absurdo! E se, probabilidade muito mais lógica, o ferido, ou o morto, fosse eu? Eu, que nada tenho a censurar-me e que sou a vítima? Não seria isso ainda mais estúpido? Demais, provocando-o, agiria como um cavalheiro? Não, estou certo de que os meus amigos interviriam, não deixariam expor a vida de um homem tão útil à Rússia. Adquiriria o aspecto de um valentão, de querer possuir uma glória inútil. Renunciemos a esse duelo absurdo que ninguém esperará de mim. O meu único fim deve ser guardar a reputação intacta e não prejudicar a minha carreira."

Mais que nunca, a carreira tomava aos olhos de Alexis Alexandrovitch uma importância considerável. O duelo desfeito, ficava o divórcio, solução mais frequentemente adotada pelas pessoas do seu meio social. Mas gostava de lembrar-se dos numerosos casos que conhecia, nenhum deles parecendo responder ao fim que se propunha. Na verdade, sempre o marido cedera ou vendera a mulher; e se bem que ela não tivesse nenhum direito a segundo casamento, a culpada poderia contrair com um pseudomarido uma pseudounião arbitrariamente legalizada. Quanto ao divórcio legal, aquele que seria por confirmação o castigo da infiel, Alexis Alexandrovitch sentia que não podia recorrer a ele. As complexas condições da sua vida não lhe permitiriam fornecer as provas brutais exigidas pela lei; a tradição o proibia, sob pena de cair mais baixo do que a culpada na opinião pública. Um processo escandaloso alegraria aos seus inimigos. Aproveitá-lo-iam para o caluniar, para abalar a sua alta situação oficial. Também, como a primeira, aquela solução o impedia de atingir o seu fim, que era sair da crise com a menor inquietude possível. Uma instância em divórcio lançaria definitivamente a sua mulher nos braços de Vronski. Ora, apesar da alta indiferença que Alexis Alexandrovitch julgava sentir por Ana, uma ideia muito viva lhe restava no fundo da alma: o horror de tudo que a pudesse aproximar do amante e tornar o seu erro favorável. Esse pensamento arrancou-lhe um grito de dor. Ergueu-se na carruagem, mudou de lugar e, o rosto cada vez mais sombrio, cobriu com a manta de viagem as pernas friorentas.

"Talvez possa seguir o exemplo de Karibanov, de Paskoudine, do bom Dram, e contentar-me com uma simples separação." Mas logo viu que aquela medida apresentava os inconvenientes de um divórcio formal e, do mesmo modo, jogaria a sua mulher nos braços de Vronski. "Não, isso é impossível", decidiu em voz alta, e pôs-se a sacudir a manta. "O importante é que eu não sofra e que ele e ela não sejam felizes."

Libertando-o dos pavores do ciúme, a confissão de Ana fizera nascer no fundo do seu coração um sentimento que ele não ousava se revelar, isto é, o desejo de vê-la expiar pelo sofrimento, o golpe que dera no seu repouso e na sua honra.

Alexis Alexandrovitch, ainda uma vez, examinou as três soluções. Depois de rejeitá-las definitivamente, convenceu-se de que a única saída seria esconder a sua infelicidade à sociedade, de guardar a mulher e empregar todos os meios imaginários para que a ligação fosse rompida e — o que a si mesmo ele não confessava — a culpada expiasse o seu erro. "Devo dizer-lhe que após estudar todas as soluções possíveis para a penosa situação em que nos encontramos, achei o *status quo* aparente preferível e consinto viver consigo sob a expressa condição de que cessará toda a ligação com o seu amante."

Tomada esta resolução, Alexis Alexandrovitch aconselhou-se com um argumento que o seu espírito aprovou. "Deste modo, e apenas deste modo, eu ajo segundo os preceitos da nossa religião: não repilo a mulher adúltera, dou-lhe meios de se emendar e mesmo, por mais doloroso que seja para mim, consagro uma parte do meu tempo, das minhas forças, à sua reabilitação."

Alexis Alexandrovitch sabia perfeitamente que não podia ter nenhuma influência sobre a mulher, que toda tentativa nesse sentido seria puramente ilusória; nem um só instante, no curso daqueles minutos dolorosos, pensara em procurar um ponto de apoio na religião; mas, assim que a julgou de acordo com a determinação que acabava de tomar, sentiu um certo apaziguamento. Sentiu-se aliviado em pensar que ninguém poderia lhe

censurar o fato de ter, numa crise tão grave da sua vida, agido contrariamente à doutrina dessa religião, que sempre elevara tão alto no meio da
indiferença geral. Refletindo ainda, acabou por achar que, definitivamente,
as suas relações com Ana permaneceriam as mesmas dos últimos meses.
Naturalmente que não podia estimar aquela mulher viciada, adúltera:
mas sofrer por sua causa, perturbar a sua vida, isso não!

"Deixemos o tempo agir", concluiu, "o tempo resolve tudo. Dia virá
talvez em que as nossas relações se restabelecerão como no passado, em
que a minha vida retomará o seu curso normal. É preciso que ela seja
infeliz, mas, eu que não sou culpado, não, eu não deverei sofrer."

XIV

Quando a carruagem se aproximou de Petersburgo, a decisão de Alexis
Alexandrovitch estava tomada de tal modo que já compusera mentalmente
a carta em que a comunicaria à mulher. Ao entrar em casa, lançou um
olhar sobre os papéis do ministério que o porteiro trouxera e a quem
ordenou que os levasse ao seu gabinete.

— Que se desatrelem os animais e que não se receba pessoa alguma —
respondeu a uma pergunta do cocheiro, salientando as últimas palavras
com uma espécie de satisfação, sinal evidente de melhor disposição de
espírito.

Uma vez no gabinete, ele caminhou duas vezes pela extensão do aposento, indo afinal se deter em frente da sua enorme secretária, sobre a
qual o criado acabara de acender seis velas. Estalou os dedos, sentou-se,
tomou de uma pena e depois do papel, a cabeça inclinada, um cotovelo na
mesa, e começou a escrever após um minuto de reflexão. Não pôs nenhuma
introdução na carta e escreveu em francês, empregando o pronome "vós",
que tem nessa língua um caráter de frieza tão marcado como em russo.

*Em vos deixando, quero exprimir a minha resolução relativa ao as-
sunto da nossa conversa. Depois de refletir ponderadamente, venho
cumprir a minha promessa. Vede a minha decisão: qualquer que
tenha sido a vossa conduta, a mim não reconheço o direito de romper laços que uma força suprema consagrou. A família não poderia
estar à mercê de um capricho, de um ato arbitrário, do crime de um*

dos esposos. Nossa vida deve seguir o seu curso, e isso em favor dos vossos como dos meus interesses, e em favor ainda dos interesses do vosso filho. Estou firmemente convencido de que estais arrependida do ato que me obriga a vos escrever, que me ajudareis a desfazer pela raiz a causa da nossa divergência e a esquecer o passado. Caso contrário, podereis imaginar o que vos espera, a vós e ao vosso filho. Julgo ser possível, quando nos encontrarmos, expor-vos tudo isso com os menores detalhes. E, como o verão está no fim, agradeço se regressardes à cidade o mais cedo possível, terça-feira o mais tardar. Todas as medidas serão tomadas para a mudança. Observai que ligo particular importância a que seja obedecido o meu pedido.

A. KARENINE

P.S. Junto a esta remeto o dinheiro de que podereis necessitar neste momento."

Releu a carta e mostrou-se satisfeito. A ideia de enviar o dinheiro pareceu-lhe particularmente feliz. Nem uma só palavra rude, nem uma censura, mas também não havia fraqueza. Atingira o essencial. Era preciso uma ponte de ouro para que voltasse sobre os próprios passos. Tomou a carta, dobrou-a com uma enorme faca de espesso marfim de cortar papel, colocou-a no envelope juntamente com o dinheiro e tocou a campainha, enquanto se abandonava à sensação de bem-estar que sempre experimentava depois de usar os objetos da secretária, sempre tão perfeitamente ordenados.

— Ponha esta carta no correio, de modo que Ana Arcadievna possa recebê-la amanhã.

— Às ordens. Vossa Excelência deseja que traga o chá aqui?

— Sim.

Alexis Alexandrovitch, brincando com a faca de cortar papel, aproximou-se de uma poltrona junto à mesa onde estava o candeeiro e um livro francês, a sua leitura do momento. O retrato de Ana, notável obra de um pintor célebre, estava suspenso numa moldura oval acima da poltrona. Alexis Alexandrovitch lançou-lhe um olhar: dois olhos impenetráveis o fitavam com aquela irônica insolência que tanto o ferira na noite da famosa explicação. Tudo, naquele lindo retrato, pareceu-lhe uma odiosa provocação, desde a renda que emoldurava a cabeça e os cabelos negros até a admirável mão branca, com os dedos cheios de anéis. Depois que o examinou por alguns instantes, tremeu-lhe o corpo todo e os seus lábios deixaram escapar um "brr" de desgosto. Voltou-se, caiu na poltrona e abriu o livro. Tentou ler, mas não pôde se interessar pela leitura. Os olhos viam as páginas, os pensamentos estavam longe. Não era mais a sua mulher que o preocupava, mas uma grave complicação recentemente originada num importante negócio que, no momento, constituía o principal interesse da sua carreira. Sentia-se mais do que nunca senhor da questão e acabava mesmo de ter uma ideia genial — para que dissimular? — que lhe permitia resolver todas as dificuldades, diminuir os seus inimigos, subir um novo degrau na sua carreira, prestar um grande serviço ao país.

Desde que o criado trouxe o chá e deixou o aposento, Alexis Alexandrovitch ergueu-se e sentou-se novamente na secretária. Puxou a pasta que continha os trabalhos comuns, tirou um lápis e, com um imperceptível sorriso de satisfação, absorveu-se na leitura dos documentos relativos à dificuldade que o preocupava. Eis como ela se apresentava. Como todo funcionário de mérito, Alexis Alexandrovitch possuía um traço característico: este traço, que contribuíra para a sua elevação tanto quanto para a sua ambição permanente, a sua probidade, e o seu controle, consistia em ter um desprezo absoluto pela papelada oficial: tomava os negócios, por assim dizer, corpo a corpo, expedindo-os rapidamente, economicamente, suprimindo as escritas inúteis. Aconteceu que o famoso Comitê de 2 de Junho ocupou-se de um negócio que dependia de documentos guardados na secretária de Alexis Alexandrovitch e oferecia um exemplo surpreendente dos medíocres resultados obtidos pelas despesas e correspondências oficiais. Este negócio — a irrigação das terras aráveis da província de Zaraisk — tivera como promotor o predecessor do predecessor de Alexis Alexandrovitch. Gastara-se muito dinheiro inutilmente. Karenine, desde que entrara para o ministério, conheceu o negócio e, querendo freá-lo, certificou-se de que iria melindrar inúmeros interesses e receou agir sem discernimento, mesmo porque ainda não tinha absoluta liberdade de ação; mais tarde, entre tantos negócios, ele esqueceu este, que seguiu normalmente a sua trilha levado pela simples força da inércia. (Muitas pessoas continuavam vivendo deste negócio, entre as quais uma família bastante honesta e dotada para a música; todas as filhas tocavam um instrumento de corda; Alexis Alexandrovitch servira de testemunha no casamento de uma delas.) No entanto, tendo uma administração rival levantado a lebre, Karenine mostrou-se indignado: negócios daquela espécie existiam em todos os ministérios sem que ninguém pensasse em vê-los — semelhante processo, entre colegas, era falta de delicadeza. E já que o desafiavam, pediu altivamente a nomeação de uma comissão extraordinária, que novamente examinaria os trabalhos da comissão de irrigação da província de Zaraisk. E logo devolveu a moeda recebida pedindo energicamente junto ao referido comitê uma moção que controlasse a atividade da comissão dos estrangeiros: ao que se dizia, aqueles senhores se achavam numa situação lamentável e ele exigiu a nomeação imediata de uma comissão não menos extraordinária. Seguiu-se uma discussão no seio do comitê. O representante do ministério hostil a Alexis Alexandrovitch objetou que a situação dos estrangeiros era ótima: a medida projetada só poderia ser prejudicial e, se havia algum defeito, era preciso aceitá-lo com a mesma negligência com que o ministério de Alexis Alexandrovitch observava as leis.

As coisas estavam neste ponto. No entanto, Karenine esperava: 1º — exigir a ida ao local de uma comissão de estudos; 2º — caso a situação dos estrangeiros fosse como os documentos oficiais revelavam, nomear uma comissão científica para pesquisar as causas daquele triste estado de coisas sob o ponto de vista: a) político; b) administrativo; c) econômico; d) etnográfico; e) material; f) religioso; 3º — intimar o ministério hostil a fornecer: a) informações exatas sobre as medidas tomadas nos últimos dez anos para destruir os males de que eram vítimas os estrangeiros; b) esclarecimentos sobre o fato de ter agido em absoluta contradição com o artigo 18 e a nota do artigo 36 do volume 123 das leis fundamentais do império, assim como provavam, entre os dados submetidos ao comitê, dois documentos que traziam os números 17015 e 18398, datados respectivamente de 5 de dezembro de 1863 e de 7 de junho de 1864.

Enquanto Alexis Alexandrovitch escrevia as suas ideias, o seu rosto se coloriu de um vivo rubor. Quando escreveu toda uma página, levantou-se, tocou a campainha e mandou um recado ao seu chefe de gabinete pedindo algumas informações suplementares. Passando em frente ao retrato, não pôde deixar de o olhar novamente com um gesto de desprezo. Mergulhou afinal na leitura e conseguiu ler com muito interesse. Às onze horas precisamente ganhou o quarto de dormir e quando, antes de adormecer, se lembrou da deplorável conduta da sua mulher, já não viu as coisas sob o mesmo aspecto lúgubre.

XV

Ana se recusara obstinadamente a concordar com Vronski. No entanto, intimamente, sentia tanto como ele a falsidade da situação e nada desejava mais do que uma solução. Também, quando dominada pela emoção deixara escapar a confissão fatal, sentira, apesar de tudo, um certo alívio. Ficando sozinha, repetia que, graças a Deus, todo o equívoco acabara: nenhuma necessidade mais de enganar e de mentir. Via nisso uma compensação ao mal que a sua confissão causara ao marido e a ela própria. À hora do encontro, ela nada preveniu a Vronski, como deveria ter feito, para que a situação ficasse verdadeiramente clara.

Na manhã do dia seguinte, desde que acordou, as palavras que dissera ao marido retornaram-lhe à memória, a brutalidade parecendo tão monstruosa que não podia conceber como tivera coragem de pronunciá-las. Impossível agora agarrá-las de novo. Qual seria o resultado? Alexis Alexandrovitch partira sem tornar conhecida a sua decisão.

"Estive com Vronski e calei-me. No momento em que partia, quis dizer-lhe tudo, mas renunciei porque ele acharia estranho que não o tivesse dito no começo. Por que, desejando falar, guardei silêncio?"

Em resposta a esta pergunta, o rubor cobriu-lhe o rosto. Compreendeu que o que a retivera fora a vergonha. E esta situação, que na noite anterior julgara esclarecida, pareceu-lhe mais confusa do que nunca. Tinha pela primeira vez a compreensão da desonra e sentia-se enlouquecer pensando nas várias atitudes que o seu marido poderia tomar: o administrador viria para expulsá-la de casa; o seu erro seria proclamado ao mundo inteiro; onde encontraria um refúgio? Ela nada sabia.

Pensava em Vronski, achava que ele já não a amava tanto, que começava a se cansar. Como se imporia a ele? E um sentimento de amargura se elevava contra o amante na sua alma. Perseguiam-na as confissões que fizera ao marido. Julgava ter falado em frente de todos e que todos a tinham ouvido. Agora, ousaria fitar aqueles com quem vivia? Não podia se resolver a chamar a criada, ainda menos a descer para almoçar com o filho e a governante.

A criada, que mais de uma vez viera escutar à porta, decidiu-se a entrar. Ana sentiu medo, enrubesceu, interrogou-a com o olhar. A criada se desculpou: pensara ter ouvido a campainha. Trazia um vestido e um bilhete. O bilhete era de Betsy. "Não esqueças que Lisa Merkalov e a baronesa Stolz se reúnem em minha casa com os seus apaixonados: Kaloujski e o velho Stremov, para jogarmos uma partida de *croquet*. Venha, o estudo de costumes vale a pena."

Ana leu o bilhete e soltou um profundo suspiro.

— Não preciso de nada — disse a Annouchka, que arrumava os frascos da mesa. — Pode sair. Vou me vestir e descerei imediatamente. Não preciso de nada, de nada...

Annouchka saiu, mas Ana não se vestiu... A cabeça baixa e os braços descidos, ela tremia, esboçando um gesto, querendo falar, mas recaindo no mesmo entorpecimento. "Meu Deus, meu Deus!", repetiu maquinalmente, sem emprestar o menor sentido a esta exclamação. Acreditava firmemente em certas verdades da religião em que fora criada, mas não pensava implorar socorros ou procurar refúgio junto a Alexis Alexandrovitch. Não sabia de antemão que aquela religião exigia como dever a renúncia do que constituía a sua única razão de viver? A sua tortura moral se agravava com um sentimento novo, que ela via com surpresa apossar-se da sua consciência: sentia duplamente, como algumas vezes os olhos fatigados veem duplamente, e, por momentos, ignorava o que temia e o que desejava: seria o passado ou o futuro? Ao certo, que desejaria?

"Ah! Mas o que farei?", perguntou-se, sentindo uma viva dor nas têmporas. Então percebeu que tinha as mãos entre os cabelos e que os repartia em duas partes. Saltou do leito e se pôs a andar.

— O café já foi servido. *Mademoiselle* e Sergio esperam — disse Annouchka entrando novamente no quarto.

— Sergio? Que fez Sergio? — indagou Ana, animando-se com a ideia do filho, de quem, durante a manhã, se lembrava pela primeira vez.

— Penso que fez tolices — disse Annouchka, sorrindo.

— Tolices?

— Sim, parece-me que tirou um dos pêssegos da sala e o foi comer às escondidas.

A lembrança do filho libertou Ana do impasse moral em que se debatia. O papel, meio sincero e meio artificial que vinha assumindo há muitos anos, de uma mãe inteiramente consagrada ao filho, retornou-lhe à memória e ela sentiu com felicidade que lhe restava um ponto de apoio fora do marido e de Vronski. Qualquer situação que lhe fosse imposta, ela não abandonaria o pequeno Sergio. O marido poderia expulsá-la, cobri-la de vergonha, Vronski afastar-se e retornar à vida independente (fato em que não podia pensar sem uma nova crise de amargura), mas não saberia sacrificar o filho. Tinha, pois, um fim na vida. Fazia-se indispensável agir, agir a todo custo, salvaguardar a sua posição em benefício do filho, conduzi-lo antes que o tirassem... Sim, sim, era indispensável partir com ele, partir quanto antes, e isso para se acalmar e livrar-se da angústia que a torturava... E a ideia de uma ação tendo por finalidade o filho, uma viagem com ele não importa para onde, acalmou-a.

Vestiu-se apressadamente, desceu e entrou firmemente na sala onde, como de costume, a governante e Sergio a esperavam para o almoço. Sergio, em pé entre duas janelas, vestido inteiramente de branco, a cabeça baixa, separava as flores com grande atenção; nesses momentos, muito frequentes, ele se parecia com o pai. Assim que percebeu Ana, soltou um daqueles gritos estridentes de que tinha costume: "Ah, mamãe!" Depois, parou indeciso, não sabendo se deixaria as flores para encontrar-se com Ana ou se acabaria o *bouquet* para lhe oferecer.

A governante tinha o aspecto severo. Após um cumprimento de delicadeza, iniciou a narração longa e detalhada do procedimento de Sergio. Ana não a ouvia. Perguntava a si mesma se seria preciso levar também aquela mulher. "Não, eu a deixarei", decidiu —, "partirei sozinha com o meu filho."

— Sim, fez muito mal — disse, enfim. E tomando Sergio pelo braço olhou-o ansiosamente, tão ansiosamente que perturbou o pequeno. — Deixa-me — disse à governante surpresa, e, sem deixar o braço da criança, sentou-se à mesa onde o café já fora servido.

— Mamãe, eu... eu... não... — balbuciou Sergio, procurando ler no rosto da mãe o que achava ela da história do pêssego.

— Sergio — disse Ana, logo que a governante se retirou —, fizeste mal, mas não mais repetirás tal coisa, não é mesmo? Tu gostas de mim?

Uma grande ternura a possuía. "Posso eu não o amar?", pensava, examinando o olhar feliz da criança. "Não se unirá ao pai para me castigar? Não sentirá piedade de mim?" Lágrimas escorriam pelas suas faces e, tentando escondê-las, levantou-se bruscamente, refugiando-se quase correndo no terraço.

Às chuvas tempestuosas dos últimos dias sucedera um tempo claro, mas frio, apesar do sol, cujos raios se filtravam através da folhagem deslavada. O ar fresco agravou a indisposição de Ana. Ela tremia.

— Vá procurar Marieta — disse a Sergio, que a seguira, e pôs-se a andar na esteira que cobria o terraço. "Poderá ele não me perdoar, recusar-se a compreender que não podia ser de outro modo?"

Ela parou, contemplou um momento os cimos das faias, cujas folhas úmidas brilhavam ao sol, e compreendeu subitamente que não a perdoariam, que o mundo inteiro seria impiedoso como aquele céu e aquela vegetação. Sentiu-se dominada novamente pelas hesitações, com o desdobramento interior. "Vamos, não é preciso pensar... É preciso fugir... Mas para onde? Quando? Com quem?... Para Moscou, pelo trem noturno... Levarei Sergio, Annouchka e o estritamente necessário... Mas, primeiramente, devo escrever a todos os dois."

E, entrando vivamente no seu *boudoir*, sentou-se à escrivaninha para escrever ao marido.

"Depois do que se passou, não posso viver em sua casa. Parto e levo comigo o meu filho. Não conhecendo a lei, ignorando com quem ele deve ficar, levo-o comigo porque não posso viver sem ele. Seja generoso, deixe-o comigo."

Até aí escrevera rápida e naturalmente, mas esse apelo a uma generosidade que não reconhecia em Alexis Alexandrovitch e a necessidade de concluir com algumas palavras tocantes detiveram-na.

"Não posso falar do meu erro e do meu arrependimento por que..."

Deteve-se ainda, porque não encontrava palavras que exprimissem o seu pensamento. "Não", pensou, ele não fará nada disto." E, rasgando a carta, escreveu uma outra em que excluiu todo apelo à generosidade do marido.

A segunda carta devia ser para Vronski. "Tudo confessei ao meu marido", começou, mas permaneceu durante muito tempo sem poder continuar: era tão brutal, tão pouco feminino! "Demais, que posso lhe escrever?" Uma vez mais enrubesceu de vergonha e, lembrando-se com uma certa rispidez da tranquilidade do rapaz, rasgou o bilhete em mil pedaços. "É preferível o silêncio", decidiu, fechando o bloco. Subiu para anunciar à governante e aos criados que, naquela noite mesma, viajaria para Moscou. E, sem mais tardar, começou os preparativos de viagem.

XVI

Os criados, o porteiro e até os jardineiros tinham esvaziado todos os aposentos. As cômodas e os armários estavam abertos. Jornais cobriam o assoalho. Duas vezes correram para comprar cordas. Malas, valises, um embrulho de mantas enchiam a sala. A carruagem particular e duas carruagens de praça esperavam defronte do portão. Em pé, junto à mesa do seu *boudoir*, Ana, um pouco tranquilizada pela febre dos preparativos, arrumava a sua bolsa de viagem quando Annouchka chamou a sua atenção para um barulho de carruagem que se aproximava. Olhou pela janela e viu o portador de Alexis Alexandrovitch que tocava a campainha da porta de entrada.

— Vá ver o que é — disse, e, cruzando os braços sobre os joelhos, sentou-se resignadamente numa poltrona.

Um criado trouxe um enorme pacote endereçado pelo próprio punho de Alexis Alexandrovitch.

— O portador recebeu ordens de esperar uma resposta — disse ele.

— Está bem — respondeu ela, e, logo que o criado se afastou, rasgou com a mão trêmula o envelope, de onde caiu um maço de notas do banco. Achou afinal a carta e foi diretamente ao fim. "Todas as medidas serão tomadas para a mudança. Observai que ligo particular importância a que seja obedecido o meu pedido." Depois, percorreu a carta e, afinal, leu-a inteiramente de uma à outra extremidade. Pôs-se então a tremer, sentindo-se esmagada por uma infelicidade terrível e imprevista.

Naquela manhã mesmo deplorara ter feito a confissão, desejara retomar as palavras — e eis que uma carta os considerava como não rompidos, trazendo-lhe o que ambicionara, e aquelas poucas linhas pareciam sobrepassar as suas mais negras previsões.

"Ele tem razão", murmurou. Como não teria sempre razão, não é cristão e magnânimo? Oh, como esse homem é vil e desprezível! E dizer que ninguém o compreende e que só eu o compreendo, eu que não posso me exprimir! Elogiam a sua piedade, a sua probidade, inteligência, mas não viram o que eu vi; ignoram que durante oito anos asfixiou tudo o que palpitava em mim, sem nunca verificar que eu era uma criatura viva e que necessitava de amor; ignoram que me feria a cada passo e só estava satisfeito consigo mesmo. Não procurei, com todas minhas forças, dar um fim à minha vida? Não fiz o possível para amá-lo e, não conseguindo isso, não transferi o meu amor para meu filho? Mas chegou um tempo em que julguei não mais ser possível me iludir, pois também era um ser de carne e osso. É minha culpa se Deus me fez assim, se tenho eu necessidade de amar e de viver?... E agora? Se ele me matasse, se matasse o outro, poderia compreender, perdoar, mas não, ele... Como não previ o que ele faria?

Uma natureza baixa como a sua não poderia agir de outro modo. Deveria defender os seus direitos e eu, infelizmente, perder-me mais ainda. 'Podereis imaginar o que vos espera, a vós e ao vosso filho.' É evidentemente uma ameaça para levar o meu filho, as suas absurdas leis sem dúvida o autorizam. Mas não vejo por que ele me diz isso. Não acredita no meu amor pelo meu filho, despreza este sentimento de que sempre escarneceu; mas sabe que eu não o abandonarei, sem meu filho a vida não me seria suportável mesmo com aquele que amo e se o abandonasse cairia na classe das mulheres mais vis; ele sabe tudo isso, sabe que eu nunca teria forças para agir assim... 'Nossa vida deve continuar a mesma', afirmava ele. Mas essa vida sempre fora um tormento e, nos últimos tempos, piorara. Agora, que acontecerá? Ele bem sabe que não posso arrepender-me de respirar, de amar; sabe que tudo isso que exige só resultará em falsidade, mas precisa aumentar a minha tortura. Conheço-o, sei que ele nada na mentira como um peixe na água... Não, não lhe darei essa alegria, carregarei para longe a teia de hipocrisia em que pretende me envolver. Aconteça o que acontecer, tudo será melhor do que enganar e mentir!... Mas como? Meu Deus, meu Deus, já existiu uma mulher tão infeliz quanto eu?..."

— Sim, eu o aniquilarei — gritou, aproximando-se da escrivaninha para escrever uma outra carta ao marido, mas, no fundo da alma, sentia perfeitamente que não aniquilaria coisa alguma: por mais falsa que fosse a sua situação, não tinha coragem de sair dela.

Sentou-se em frente da mesa e, ao invés de escrever, apoiou a cabeça nos braços e chorou como choram as crianças, com soluços que lhe sacudiam o peito. Compreendia agora como fora ingênua julgando a situação prestes a se esclarecer. Sabia que tudo continuaria como no passado, que tudo iria mesmo piorar. Sentia também que a sua posição na sociedade, que ainda há pouco desvalorizava, era querida — e que não teria força para trocá-la pela de uma mulher que abandona o marido e o filho para acompanhar o amante. Não, por mais esforços que fizesse, não dominaria nunca a sua fraqueza. Jamais conheceria o amor na sua liberdade, seria sempre a mulher criminosa, constantemente ameaçada de ser surpreendida, enganando o marido com um homem com quem nunca poderia repartir a vida. O destino surgia-lhe tão pavoroso que não ousava encará-lo, nem prever um desfecho. E chorava, chorava sem pausa, como uma criança castigada.

Os passos de um criado fizeram-na tremer. Desviando o rosto, fez como se estivesse escrevendo.

— O portador pede a resposta — disse o criado.

— A resposta? Sim, que espere. Tocarei a campainha. "Que posso escrever? Sozinha, que decidirei? Que posso querer?" E, apegando-se ao primeiro pretexto vindo para escapar à dualidade que, surpresa, sentia renascer, pensou: "É preciso que eu veja Alexis, unicamente ele poderá dizer o que devo fazer. Irei à casa de Betsy, talvez o encontre lá." Esquecia-se completamente de que, na noite anterior, dissera a Vronski não poder ir mais à casa da princesa Tverskoi e que ele resolvera também não ir. Imediatamente escreveu ao marido estas palavras lacônicas:

"Recebi a vossa carta. A."

Tocou a campainha e entregou o bilhete ao criado.

— Não viajaremos mais — disse a Annoucha, que entrava.

— Nem depois?

— Não desarrume as malas antes de amanhã e que a carruagem espere. Vou à casa da princesa.

— Que vestido madame usará?

XVII

A sociedade que se reunia em casa da princesa Tverskoi para a partida de *croquet*, para a qual Ana fora convidada compunha-se de duas senhoras e seus respectivos apaixonados. Essas senhoras eram as personalidades mais notáveis de um novo grupo de Petersburgo que, por imitação a outra imitação, se chamavam *les sept merveilles du monde*. Ambas pertenciam à alta sociedade, mas de uma facção hostil àquela que frequentava Ana. Demais, o velho Stremov, um dos homens mais influentes de Petersburgo, era inimigo declarado de Alexis Alexandrovitch. Por todas estas razões, Ana se julgara na obrigação de recusar o primeiro convite de Betsy, recusa a que ela aludia no seu bilhete. Mas a esperança de encontrar Vronski fê-la mudar de opinião — e foi ela quem primeiro chegou à casa da princesa.

Quando entrava na sala, um homem bem penteado parou para deixá-la passar, tirando o chapéu. Reconheceu o criado de Vronski e lembrou-se então de que ele prevenira que não viria; sem dúvida, enviava um bilhete para se desculpar. Enquanto despia a capa, ouviu aquele homem, pronunciando os erres, dizer: "Da parte do conde para a senhora princesa", e desejou-lhe perguntar onde se achava o seu patrão. Teve vontade de entrar para escrever a Vronski pedindo-lhe para vir, ou de ir ela mesma encontrá-lo. Mas era muito tarde: uma campainha já havia anunciado a sua visita e, com uma atitude respeitosa perto da porta que acabava de abrir, um dos criados da princesa esperava que ela se dignasse entrar. Quando chegou à primeira sala, um segundo criado avisou-a de que a princesa estava no jardim.

— Vou preveni-la — acrescentou ele —, a não ser que madame a queira encontrar lá.

A situação tornava-se cada vez mais confusa: sem ter visto Vronski, sem poder tomar nenhuma decisão, Ana devia permanecer entre estranhos cujas preocupações diferiam totalmente das suas. Contudo, logo se sentiu sossegada: aquela atmosfera de ócio solene era-lhe familiar, não ignorava que o seu vestido lhe ficava otimamente e, não mais estando sozinha, não podia agastar-se procurando o melhor caminho a tomar. Também, vendo vir Betsy num vestido branco de extrema elegância, acolheu-a com o seu sorriso habitual. Betsy estava acompanhada por Touchkevitch e uma jovem parenta da província que, para grande alegria da sua família, passava o verão em casa da célebre princesa.

Ana tinha provavelmente um ar estranho, porque Betsy o observou imediatamente.

— Dormi muito pouco — respondeu Ana, cujo olhar seguia os movimentos de um criado que se aproximava do seu grupo e que devia levar o bilhete de Vronski.

— Estou contente por teres vindo — disse Betsy. — Desejava precisamente tomar uma xícara de chá antes da sua chegada... E o senhor — disse, voltando-se para Touchkevitch —, o senhor deveria ensaiar com Marcha o *croquet-ground* ali onde cortaram a relva... Nós conversaríamos enquanto bebêssemos o chá, *we'll have a cosy chat*, não é mesmo? — perguntou, sorrindo para Ana e lhe apertando a mão.

— De boa vontade, tanto mais que não posso ficar muito tempo. Preciso ir à casa da velha Wrede, há cem anos que lhe prometo uma visita — disse Ana, em quem a mentira, contraria à natureza, se tornava uma coisa muito simples, natural, divertida, quando se achava na sociedade. Por que dissera uma coisa em que não pensara um minuto antes? Era que, involuntariamente, procurava uma porta de saída para tentar, no caso em que Vronski não viesse, encontrá-lo em alguma parte. Mas por que o nome daquela velha lhe viera ao espírito antes que outro qualquer?

Ela não o sabia dizer, mas o fato provava que de todas as desculpas que poderia arranjar, era aquela a melhor.

— Oh, não, eu não te deixarei sair! — replicou Betsy, fitando Ana. — Em verdade, se eu não gostasse tanto de ti, pouco me aborreceria. Receias que a minha sociedade te comprometa?... O chá deve ser servido no salão pequeno — ordenou, com um olhar que lhe era habitual quando se dirigia aos criados. E tomando o bilhete, leu-o.

— Alexis nos faltou com a palavra — disse ela, em francês. — Desculpa-se de não poder vir — acrescentou com o tom mais natural, como se nunca houvesse suposto ser a sua amiga para Vronski senão uma simples companheira no jogo de *croquet*. Betsy sabia perfeitamente por que se conter; Ana não duvidava, mas cada vez em que a ouvia falar de Vronski, ficava convencida de que a princesa ignorava tudo.

— Ah! — fez Ana, simulando indiferença. — Como a tua sociedade poderia comprometer alguém? — indagou, sorrindo.

Para Ana, como para todas as mulheres, aquele modo de esconder um segredo brincando com as palavras tinha um enorme encanto. Obedecia menos à necessidade que ao prazer de dissimular.

— Não saberia ser mais católica que o papa — continuou ela. — Stremov e Lisa Merkalov... mas são as flores da sociedade! Demais, não são recebidos em toda parte? Quanto a mim (destacou esta palavra), nunca fui severa nem intolerante.

— Mas talvez não gostasses de encontrar Stremov! Que despedace lanças com Alexis Alexandrovitch nas suas comissões, pouco nos importa. Não existe homem mais amável no mundo nem jogador de *croquet* mais entusiasmado. Verás também como esse velho apaixonado de Lisa sai de uma situação cômica... Um homem magnífico, asseguro-te... E Sapho Stolz, tu não a conheces?

Falando, Betsy olhava Ana com um ar de quem percebia o embaraço da sua amiga.

— Espere, é preciso responder a Alexis — continuou ela. E, sentando-se à escrivaninha, escreveu um bilhete que pôs no envelope. — "Peço-lhe para vir jantar, falta-me um cavalheiro para uma das minhas damas." Verás como a minha eloquência é persuasiva... Desculpa-me deixar-te um instante, tenho uma ordem a dar. Feche e envie, eu te peço — disse Betsy, da porta.

Sem hesitar um instante, Ana ocupou o lugar de Betsy na carteira e, sem ler o bilhete, acrescentou estas linhas: "Tenho absoluta necessidade de ver-te. Espero-te às seis horas no jardim de Mlle. Wrede." Fechou a carta que, na volta, Betsy expediu.

As duas amigas tiveram, efetivamente, um *cosy chat*, tomando o chá que foi servido no *boudoir*, aposento fresco e íntimo. A conversa se desenrolou sobre as pessoas esperadas, particularmente sobre Lisa Merkalov.

— Ela é encantadora e sempre me foi simpática — disse Ana.

— E isto deves a ela, porque também te adora. Ontem à noite, depois das corridas, ficou desolada por não estares junto a mim. Ela te vê como uma verdadeira heroína de romance e acha que, se fosse homem, faria mil loucuras por ti. Stremov lhe disse que ela já fazia suficientemente este papel.

— Mas explique-me uma coisa que nunca compreendi — disse Ana, depois de um momento de silêncio, num tom que provava claramente ligar muita importância à questão —, que relações existem entre ela e o príncipe Kaloujski, Michka, como se chama? Eu os conheço pouco. Que existe entre eles?

Betsy sorriu com os olhos e fitou atentamente Ana.

— É a moda — respondeu. — Todas essas senhoras têm procedido assim, mas há jeito para tudo...

— Sim, mas que relações existem entre ela e o príncipe Kaloujski?

Betsy, de natureza pouca risonha, cedeu a um irresistível e louco acesso de riso.

— Mas tu andas sobre os passos da princesa Miagki — disse, sem poder conter o riso contagioso próprio às pessoas que raramente sorriem. — É preciso perguntar-lhe.

— Rias tanto quanto queiras — disse Ana, possuída por aquele bom humor —, mas eu nunca compreendi nada. Qual é o papel do marido?

— O marido? Mas o de Lisa o defende e até colocou-se a seu serviço. Quanto ao fundo da questão, ninguém o poderá conhecer. Na sociedade, tu sabes, existem certos objetos de que nunca se fala. Acontece o mesmo com certas questões.

— Irás à festa dos Rolandaki? — indagou Ana, para mudar de conversa.

— Não penso ir — respondeu Betsy, e, sem olhar a amiga, encheu duas pequenas xícaras de porcelana transparente com o chá perfumado, entregando uma a Ana. Depois, tirando um *pajito* de uma cigarreira de prata, acendeu-o.

— Vê — disse ela seriamente, com a xícara na mão —, estou numa situação privilegiada. Mas eu te compreendo, a "ti", e compreendo Lisa. Lisa é uma dessas naturezas ingênuas, infantis, que ignoram o bem e o mal. Pelo menos, era assim na sua mocidade e depois que verificou que essa ingenuidade lhe ficava bem, aparentou não compreendê-la. Isso vem a dar no mesmo. Que queres, podemos considerar as mesmas coisas de modos bem diferentes: uns levam ao trágico e se atormentam, outros veem mais simplesmente e mesmo com alegria. Talvez sejam trágicos os teus modos de ver!

— Desejava conhecer os outros como conheço a mim mesma — disse Ana, com um ar pensativo. — Sou melhor ou pior do que os outros? Acho que sou pior.

— És simplesmente uma criança — disse Betsy. — Mas eles aí estão.

XVIII

Passos fizeram-se ouvir, depois uma voz de homem, em seguida uma voz de mulher e finalmente uma explosão de risos. Os visitantes apareceram. Eram Sapho Stolz e um rapaz que se chamava Vaska, possuidor de um rosto radiante e de ótima saúde: as batatas, as carnes sangrentas e o vinho de Borgonha lhe haviam feito muito bem. Vaska cumprimentou as duas senhoras quando entrava, mas o olhar com que as fitou só durou um segundo; atravessou a sala atrás de Sapho como se estivesse enfeitiçado, devorando-a com os olhos ávidos. Sapho Stolz, loura de olhos negros, com um andar propositadamente vagaroso, cumprimentou as senhoras apertando-lhes as mãos vigorosamente, num gesto masculino.

Ana, que nunca encontrara aquela nova estrela, admirou-se de sua beleza, da sua soberana elegância, da sua desenvoltura. Uma cabeleira de cabelos falsos e verdadeiros, de delicado aspecto dourado, dava à cabeça da baronesa, que estava perto, a mesma altura que ao seu busto, que era bastante arqueado. A cada movimento, as formas dos seus joelhos e das pernas incitavam a perguntar onde podia terminar aquele pequeno corpo encantador tão descoberto no alto e tão dissimulado embaixo.

Betsy apressou-se em apresentá-la a Ana.

— Imaginem que escapamos de esmagar dois militares — disse, logo sorrindo e piscando os olhos. — Eu vinha com Vaska... Ah! esqueci a senhora não o conhece...

E ela apresentou o rapaz pelo verdadeiro nome, corando e rindo-se muito por o ter chamado de Vaska em presença de uma desconhecida.

O rapaz cumprimentou Mme. Karenina pela segunda vez, mas não lhe disse uma só palavra. Foi a Sapho que se dirigiu:

— Perdeste a aposta — disse sorrindo. — Nós chegamos primeiro e tu deves pagar.

Sapho riu ainda mais forte.

— Ainda não.

— Pouco importa, pagarás mais tarde.

— Ah, meu Deus! — gritou ela imediatamente, voltando-se para a dona da casa. — Esqueci de dizer, esquecida que sou! Trago-te uma visita... Ei-la.

A criatura esquecida por Sapho era de tal importância que, apesar da sua mocidade, as senhoras se levantaram para a receber. Era o novo apaixonado de Sapho, que, a exemplo de Vaska, seguia todos os seus passos.

Logo depois chegaram o príncipe Kaloujski e Lisa Merkalov, acompanhados por Stremov. Lisa era uma loura bastante magra, de tipo oriental, o ar indolente e com belos olhos que todos achavam enigmáticos. O seu vestido escuro, que Ana imediatamente observou e apreciou, convinha admiravelmente ao seu gênero de beleza. À inquietude de Sapho, Lisa opunha uma negligência cheia de abandono.

Foram para esta última as preferências de Ana. Assim que a viu, achou que Betsy fora injusta criticando o seu ar de criança inocente. Por mais depravada que fosse Lisa, a sua ingênua inconsciência desarmava. As suas maneiras não eram melhores do que as de Sapho: ela também trazia, unidos à sua pele, dois apaixonados que a devoravam com os olhos, um moço e outro velho; mas alguma coisa havia que a tornava superior aos que a cercavam; dir-se-ia um diamante entre missangas. A luz da pedra preciosa brilhava nos seus lindos olhos verdadeiramente enigmáticos, cercados por um halo bistre, e cujo olhar, cheio de paixão, comovia pela sinceridade. Quem encontrasse esse olhar julgaria ler a alma de Lisa e conhecê-la seria amá-la.

— Ah, como estou contente em ver-te! — disse ela, aproximando-se. — Ontem à noite, nas corridas, eu quis me aproximar, mas tu acabavas de partir. Foi horrível, não achaste? — disse, concedendo-lhe um daqueles olhares em que parecia abrir o seu coração.

— Sim, nunca pensei que aquilo pudesse me comover a tal ponto — respondeu Ana, corando.

ANA KARENINA

Os jogadores de *croquet* levantaram-se para ir ao jardim.

— Eu não irei — disse Lisa, sentando-se mais perto de Ana. — Tu não vais? Que prazer pode se achar em semelhante jogo?

— Mas eu gosto muito — disse Ana.

— Como fazes para não te aborrecer? Olhando-te, sinto-me feliz. Tu vives, eu me aborreço!

— Tu te aborreces! Mas o teu grupo passa por ser o mais alegre de toda Petersburgo!

— Talvez que esses que nos julgam os mais alegres sejam ainda mais aborrecidos do que nós. Eu, porém, não me divirto. Aborreço-me terrivelmente.

Sapho, depois de acender um cigarro, reuniu-se aos rapazes no jardim. Betsy e Stremov continuaram perto da mesa do chá.

— Que dizem! — exclamou Betsy. — Sapho acha que se passou o tempo muito bem em tua casa ontem à noite...

— Não me fales, estava-se a morrer de aborrecimento. Todos vieram nos encontrar depois das corridas. Sempre a mesma coisa, sempre os mesmos rostos. Passamos a reunião inteira chafurdados nos divãs. Que acharam de tão alegre?... Olhe — prosseguiu, dirigindo-se a Ana —, como fazer para não conhecer o aborrecimento? Vendo-se a ti percebe-se que, feliz ou infeliz, nunca estás aborrecida. Que fazes para isso?

— Não faço nada — respondeu Ana, enrubescendo com aquela insistência.

— É o que se pode fazer de melhor — disse Stremov, ingressando na conversa.

Era um homem de cinquenta anos, encanecido mas bem-conservado, feio mas de uma feiura original. Consagrava todos os seus lazeres a Lisa Merkalov, sua sobrinha por aliança. Encontrando Mme. Karenina num salão, procurou, como homem de sociedade e homem de espírito, mostrar-se particularmente amável para com ela, em consequência mesmo das suas más relações com Alexis Alexandrovitch.

— O melhor dos meios é não fazer nada — continuou, com um sorriso malicioso. — Há muito tempo que digo: para não nos aborrecermos, basta acreditar que não nos aborrecemos. É a mesma coisa que sofrer de insônias, basta dizer que nunca dormiremos. Exatamente o que Ana Arcadievna quis dizer.

— Sentir-me-ia orgulhosa se tivesse dito realmente isso — prosseguiu Ana, sorrindo —, porque não é apenas espirituoso, é verdadeiro.

— Mas por que é tão difícil dormir quanto não se aborrecer?

— Porque tanto para um como para outro é preciso que se tenha trabalhado.

— Por que desejaria eu, trabalhando, adquirir uma fadiga inútil? E quanto a representar uma comédia, nem o sei nem o quero.

— És incorrigível — concluiu Stremov, sem a olhar.

Ocupou-se unicamente com Mme. Karenina. Como a encontrava raramente, só pôde dizer-lhe banalidades sobre a sua volta a Petersburgo ou sobre a amizade que lhe tinha a condessa Lidia, mas soube dizer de tal modo que a fez entender estar às suas ordens, que sentia por ela um infinito respeito e mesmo alguma coisa mais.

Touchkevitch veio repreender os jogadores. Ana quis despedir-se, Lisa esforçou-se por retê-la e Stremov apoiou-a.

— A senhora achará — disse ele — um contraste muito grande entre a sociedade daqui e a da velha Wrede. Depois, será apenas um assunto de maledicência, ao passo que aqui, desperta sentimentos de outra espécie.

Ana ficou pensativa um momento. As palavras lisonjeiras desse homem de espírito, a simpatia infantil que Lisa lhe dedicava, o meio mundano em que julgava respirar mais livremente, provocaram-lhe um minuto de hesitação: não podia transferir para mais tarde o momento terrível da explicação? Mas lembrou-se do que a esperava se não tomasse uma resolução e recordou com terror o gesto que fizera na sua aflição, de arrancar os cabelos. Então se decidiu, despediu-se e saiu.

XIX

Apesar da sua vida mundana e da sua aparente leviandade, Vronski tinha horror à desordem. Ainda aluno do Corpo dos pajens, um dia, estando com pouco dinheiro, pedindo-o emprestado, sofrera uma recusa. Jurou desde essa época não mais se expor a semelhante humilhação. Por isso realizava com cuidado o balanço cinco ou seis vezes por ano: era o que chamava *faire sa lessive*.

No dia seguinte ao das corridas, acordando tarde, Vronski, antes de tomar o banho e fazer a barba, vestiu a sua blusa e, jogando sobre a carteira letras, dinheiro e diversas contas, sentiu-se obrigado a classificar tudo aquilo. Petritski conhecendo o temperamento do companheiro naqueles casos, levantou-se, vestiu-se e saiu sem fazer barulho.

Todo homem de vida complicada vê nessa confusão uma fatalidade a ele somente reservada. Vronski pensava assim e se orgulhava com razão de ter evitado obstáculo onde outros teriam sucumbido. No entanto, gostava de pôr ao claro, em certos momentos, a sua situação.

Focalizou o problema financeiro. Numa folha de papel de bloco imprimiu com a sua letra fina o estado das suas dívidas. O total subia a dezessete mil rublos, sem contar as centenas que cancelava para melhor esclarecer a soma. Os seus haveres, em mão e no banco, atingiam a mil e oitocentos rublos sem nenhuma outra entrada antes do novo ano. Então classificou as dívidas dividindo-as em três categorias. Em primeiro lugar, as dívidas urgentes, que subiam a quatro mil rublos, para pagar o seu cavalo e pagar a um grego que os ganhara do jovem Venevski, um dos seus companheiros. Prestando a caução sem participar do jogo, Vronski, então com dinheiro, quis regular imediatamente aquela dívida de honra, mas Iachvine e Venevski acharam que só a eles a dívida pertencia e que dela se incumbiriam. Como quer que fosse, Vronski tinha que lançar, em caso de reclamação, aquela quantia no rosto do ladrão que o caloteara. Depois vinham as dívidas das cavalariças, oito mil rublos, ao fornecedor de feno e de aveia, ao *entraineur*, ao albardeiro etc.; dois mil rublos de prestações bastavam no momento. Quanto à terceira categoria dos credores — restauradores, alfaiates, comerciantes —, esses podiam esperar. Em suma, precisava imediatamente de seis mil rublos e tinha apenas mil e oitocentos.

Eram dívidas pequenas, no caso em que Vronski tivesse verdadeiramente de renda os cem mil rublos que lhe atribuíam. Na realidade, a grande fortuna paterna não fora dividida, Vronski cedera quase toda a sua parte ao irmão mais velho, quando esse se casara com uma moça pobre, a princesa Barba Tchizkov, filha de um revolucionário de Dezembro de 25. Reservara-se uma renda de vinte e cinco mil rublos que julgara lhe chegasse até o casamento, eventualidade muito pouco provável. Seu irmão, bastante endividado, e comandando um regimento que exigia grandes despesas, não pôde recusar aquele presente. A mãe, da sua fortuna pessoal, dava-lhe uma pensão de vinte mil rublos, mas, depois de algum tempo, descontente com a sua brusca partida de Moscou e com a sua ligação com Madame Karenina, deixara de o fazer. De um golpe Vronski, habituado a gastar largamente, viu a sua renda reduzida à metade, o que muito o atormentava. Não queria, a nenhum preço, abaixar-se perante a mãe. Recebera ainda da velha uma carta repleta de irritantes alusões: a boa senhora o ajudaria para o futuro da sua carreira, e não para vê-lo levar uma vida que escandalizava toda a sociedade. Essa espécie de repreensão indireta ferira-o até o fundo do coração. Sentia-se mais frio que nunca em relação à mãe. Demais, não podia pensar em desfazer a palavra generosa que dera ao irmão — palavra que apesar de tudo fora um pouco irrefletida; ela via agora como a ligação com Ana podia tornar a sua renda tão necessária como se fosse casado. A lembrança da sua cunhada, aquela boa e admirável Varia, que lhe demonstrava a cada momento a sua amizade, retribuindo a elegância do seu gesto, bastou para impedir uma decisão: era tão impossível como espancar uma mulher, roubar ou mentir. A única solução prática, e Vronski agarrou-a sem hesitação, era tomar emprestado dez mil rublos a um usurário, o que não oferecia nenhuma dificuldade, reduzir as despesas e vender as cavalariças. A decisão resolvida, escreveu logo a Rolandaki, que sempre desejara lhe comprar os cavalos, mandou o *entraineur* e o usurário e dividiu em diversas contas o dinheiro que lhe restava. Depois, respondeu a carta da mãe, com delicadeza, e releu pela última vez, antes de queimar, as três últimas cartas de Ana: à recordação da conversa da véspera caiu em profunda meditação.

XX

Para sua felicidade, a vida de Vronski se regularizava por um código de leis que determinava estritamente todos os seus atos. Esse código, em verdade, aplicava-se a um círculo de deveres pouco extenso, prescrevendo-lhe, por exemplo, pagar uma dívida de jogo a um grego, mas deixando sem receber o alfaiate; proibia a mentira para os homens, mas a autorizava para as mulheres; proibia enganar quem quer que fosse... excetuando os maridos; admitia as ofensas, mas não o perdão das injúrias etc. Esses princípios, por mais extravagantes que pudessem ser, não tinham menos um caráter de certeza absoluta e desde o instante em que os observava, Vronski julgava-se com o direito de levantar a cabeça. Não obstante, após algum tempo, em consequência da sua ligação com Ana, ele verificava lacunas no código e não achava nenhuma solução para certos pontos espinhosos e certas complicações que sentia prestes a surgir.

Até aqui, as suas relações com Ana, o marido e a sociedade estavam no quadro dos princípios admitidos e reconhecidos. Ana, que a ele se dera por amor, tinha direito a todo o seu respeito, mais ainda do que se fosse a sua esposa legítima — a mais alta estima que possa uma mulher desejar, ele mantinha por Ana, e antes deixaria cortar a mão do que a ferir, com uma palavra ou uma simples alusão. Todos podiam supor a sua ligação, mas a ninguém permitia falar sobre tal coisa: obrigava os indiscretos a ficarem em silêncio e a respeitar assim a honra da mulher que ele desonrara. Quanto à conduta que tinha para o marido, nada era tão claro: desde o dia em que Ana o amara, a ele, Vronski, os seus direitos sobre ela lhe pareciam indiscutíveis. O marido era apenas um personagem inútil e inoportuno, posição pouco conveniente, mas da qual ninguém duvidava. O último direito que lhe restava era exigir uma satisfação pelas armas, coisa que Vronski estava pronto a lhe conceder.

Mas eis que um novo incidente fez nascer em seu espírito certas dúvidas que, apesar de todo o esforço, não podia sufocar. Ana, na véspera, dissera-lhe que estava grávida, esperava da sua parte uma resolução qualquer mas os princípios que dirigiam a sua vida não determinavam qual devia ser aquela resolução. No primeiro momento, o seu coração o levara a exigir que ela abandonasse o marido — essa ruptura, porém, depois que refletira e sem que ousasse mesmo se confessar, parecia-lhe pouco desejável.

"Fazê-la abandonar o marido é unir a sua vida à minha: e eu estarei preparado? Não, porque me falta dinheiro, mal que se pode remediar, e, coisa ainda mais grave, estou preso às minhas obrigações de serviço... No ponto em que estamos, devo preparar-me para todas as eventualidades. Preciso encontrar o dinheiro e pedir a minha demissão."

A ideia de deixar o exército levou-o a olhar um lado da sua vida moral que, por mais secreta que fosse, não tinha menos uma grande importância.

Apesar de tudo, a ambição, única paixão da sua mocidade, ainda existia lutando contra o seu amor por Ana. Os seus primeiros passos na carreira militar foram tão felizes como na sociedade, mas, havia dois anos, sofria as consequências de uma incrível falta de habilidade. Para fazer sentir ao mesmo tempo a sua independência e o seu valor, recusara uma promoção que lhe fora oferecida, o gesto pareceu muito altivo e desde então haviam-no esquecido. Nos primeiros tempos, tomara a coisa como homem de espírito que sorri a todo mau jogo e pedia somente que o deixassem viver em paz. Mas, na época da sua viagem a Moscou, o seu bom humor abandonara-o: verificara que a sua reputação começava a empalidecer e que inúmeras pessoas o viam como um bom rapaz sem o menor futuro. Levando-o ao auge, a ligação com Ana acalmara por um momento o verme roedor da ambição insatisfeita, mas, logo depois, ela o torturava mais violentamente do que nunca.

Um dos seus camaradas de promoção, Serpoukhovskoi, que pertencia ao mesmo meio social de Vronski, tendo partilhado de seus jogos e estudos, sonhos de glória e loucuras da mocidade, voltava da Ásia central como general (saltara, com um pulo, dois degraus) e de posse de uma condecoração raramente concedida a homem da sua idade. Todos saudavam a ascensão do novo astro, todos esperavam a sua nomeação para um posto de primeiro plano. Junto a esse amigo de infância, Vronski, livre e brilhante como era, amante de uma mulher adorável, fazia ainda assim uma triste figura, pobre capitãozinho a quem permitiam ser independente à sua vontade.

"Certamente, eu não sinto inveja de Serpoukhovskoi, mas o seu sucesso prova que um homem como eu precisa esperar sua hora para fazer uma carreira rápida. Há três anos ele era igual a mim. Se deixo o serviço, queimo os meus navios. Ficando, eu não perco nada. Ela própria me disse que não desejava nenhuma mudança da situação... E, possuindo o seu amor, posso verdadeiramente invejar Serpoukhovskoi?"

Levantou-se e se pôs a andar torcendo o bigode. Os seus olhos brilhavam. Sentia uma calma de espírito, um perfeito contentamento que sempre lhe sucedia à organização dos seus negócios. Tudo, ainda desta vez, fora posto em ordem. Barbeou-se, tomou um banho frio, vestiu-se e saiu para se encontrar com Petritski.

XXI

— Eu vinha te procurar — disse Petritski. — As tuas contas demoraram hoje. Já acabaste?

— Sim — respondeu Vronski, sorrindo e alisando com infinita cautela a ponta do bigode, como se receasse que um movimento brusco destruísse a linda ordem que impusera nos negócios.

— Sempre se dirá, nestes momentos, que tu vens do banho... Eu venho da casa de Gritsko (era o sobrenome do coronel). Estão te esperando.

Vronski olhava o camarada sem responder. O seu pensamento estava longe.

— Ah! É em casa dele que se toca — disse, ouvindo o ruído de polcas e valsas que os músicos do regimento tocavam. — Que festa há hoje?

— Chegou Serpoukhovskoi.

— Oh, e eu não sabia de nada! — exclamou Vronski, cada vez mais risonho. — Estou contente em vê-lo novamente.

O seu contentamento era sincero. Como resolvera preferir o amor à ambição — ou pelo menos tentar —, não podia invejar Serpoukhovskoi nem fugir de ser o primeiro a bater-lhe na porta. O coronel, cujo verdadeiro nome era Demine, residia numa enorme casa. Toda a sociedade estava reunida no terraço. Vronski percebeu primeiramente os cantores do regimento vestidos com as suas blusas de verão, reunidos no corredor, ao redor de uma pipa de aguardente. Depois, no primeiro degrau da escada, a figura do coronel cercada por alguns oficiais. Com muitos gestos e uma voz poderosa que superava a da música, quase executando uma polca de Offenbach, Demine dava ordens a um grupo de suboficiais e soldados que se aproximavam do terraço ao mesmo tempo que Vronski. O coronel, que voltara à mesa, reapareceu, uma taça de *champagne* na mão, e ergueu o seguinte brinde:

— À saúde do vosso antigo camarada, o general príncipe Serpoukhovskoi! Hurra!

O coronel, depois, mostrou Serpoukhovskoi, risonho, tendo uma taça na mão.

— Tu sempre rejuvenesces, Bondarenko — disse ele ao primeiro suboficial que viu.

Serpoukhovskoi, que Vronski não via havia três anos, usava agora barba, o que lhe dava um aspecto mais viril. Era um rapaz bem-feito, de traços mais finos que belos. Uma nobreza inata emanava da sua pessoa e Vronski observou no seu rosto — única mudança notável — aquela calma irradiação própria aos que triunfam e sentem o sucesso. Conhecia-a por experiência.

Como Serpoukhovskoi descesse a escada, viu Vronski e um alegre sorriso iluminou o seu rosto. Fez-lhe um sinal amigo com a cabeça para avisar-lhe que primeiro devia beber com Bondarenko, ereto como uma estaca, e prestes a receber o abraço.

— Ei-lo, até que enfim! Iachvine julgava que estivesses de mau humor.

Serpoukhovskoi beijou por três vezes os lábios úmidos do bravo soldado, limpou a boca com o lenço e aproximou-se de Vronski.

— Como estou contente em ver-te! — disse, apertando-lhe a mão e levando-o para um canto.

— Ocupa-te com ele — disse o coronel a Iachvine mostrando Vronski, enquanto se dirigia ao grupo de soldados.

— Por que não foste ontem às corridas? Eu pensei te encontrar — perguntou Vronski, examinando Serpoukhovskoi.

— Quando cheguei já era muito tarde... Um instante, sim? Ohé — disse ao ajudante de ordens —, distribua isso.

E tirou, corando, três notas de cem rublos da sua carteira.

— Que preferes, Vronski? — perguntou Iachvine — Sólido ou líquido? Oh, quando se serve o almoço ao conde!

A festa se prolongou durante muito tempo. Beberam excessivamente. Saudaram em triunfo Serpoukhovskoi e o coronel. O coronel dançou em frente dos cantores em companhia de Petritski e depois, sentado num banco do corredor, achou-se na obrigação de demonstrar a Iachvine a superioridade da Rússia sobre a Prússia, especialmente no que se referia às cargas de cavalaria. Aproveitando a pausa, Serpoukhovskoi foi lavar as mãos. Encontrou Vronski, que, sem a blusa, deixava a água cair na cabeça congestionada e na nuca coberta de pelos. Quando Serpoukhovskoi acabou de lavar as mãos, os dois amigos sentaram-se num sofá e conversaram à vontade.

— Minha mulher — começou Serpoukhovskoi — sempre me informou sobre a tua vida. Fiquei contente em saber que a vias frequentemente.

— Ela é muito amiga de Varia e em Petersburgo são as únicas mulheres que visito com prazer — respondeu Vronski, rindo-se. Ele previa o rumo que a conversa tomaria e não o achava desagradável.

— As únicas? — perguntou Serpoukhovskoi, sorrindo por sua vez.

Vronski cortou a alusão:

— Eu também sabia notícias tuas, mas não somente por tua mulher. Dou-te os parabéns pelos teus sucessos, que não me surpreenderam. Eu ainda esperava mais.

Serpoukhovskoi sorriu novamente: aquela opinião o lisonjeava e não via razão para esconder tal sentimento.

— Quanto a mim — disse ele —, não esperava tanto. Estou muito satisfeito. A ambição é a minha fraqueza, confesso sem disfarce.

— Tu não a confessarias se não houvesses saído tão bem.

— Eu não sei — fez Serpoukhovskoi sempre risonho —, sem ambição a vida talvez ainda valesse a pena de ser vivida, mas seria bem monótona. Penso que não me engano, é possível que possua as qualidades necessárias à atividade que escolhi e que nas minhas mãos o poder, se a mim fosse dado um poder qualquer, estaria mais bem colocado que entre as mãos de muitas pessoas que conheço. Eis por que quanto mais me aproximo do fim, mais me sinto contente — acrescentou, com um ar de piedosa suficiência.

— Talvez seja verdade para ti, mas não para todo mundo. Antigamente eu também pensava assim. Mas hoje não acho que a ambição seja o único fim da vida.

— Avisei-te desde o começo que estava a par da vida. Soube da tua recusa e naturalmente te apoiei. Falando francamente, no fundo, talvez tivesses razão, mas não observaste as formas requeridas.

— O que está feito, está feito. Sabes que nunca renego os meus atos. Demais, sinto-me muito bem assim.

— Muito bem no momento, mas isso não durará sempre. Teu irmão, como nosso hospedeiro, é admirável. Ouves? — perguntou, ouvindo uma explosão de hurras. — Ele também se julga feliz. Mas igual gênero de vida não te satisfaria.

— E nem desejo isso.

— Depois, os homens como tu são necessários.

— A quem?

— À sociedade, ao país. A Rússia necessita de homens, ela precisa de um partido. A não ser assim tudo iria por água abaixo.

— Que entendes por isso? O partido de Berteniev contra os comunistas russos?

— Não — disse Serpoukhovskoi, preocupado com a ideia de que se pudesse supor fosse ele capaz de semelhante tolice. — *Tout ça c'est de la blague.* Não há comunistas. Mas os intrigantes precisam inventar um partido perigoso qualquer. Isto é velho como o mundo. Não, o que falta ao país é um partido capaz de levar ao poder homens independentes como nós.

— Para que isso? Fulano e fulano (Vronski citou alguns nomes influentes da política) não são independentes?

— Não, e eles porque não têm origem e nem fortuna pessoal e não viram, como nós, o dia perto do sol. O dinheiro, a bajulação, poderia comprá-los. Para se manterem, precisam defender uma ideia qualquer, ideia talvez má, na qual nem eles próprios acreditam, mas que lhe dão casa de graça e belos ordenados. Quando vemos esse jogo, *ce n'est pas plus matin que ça.* Admitindo-se que eu seja pior ou mais tolo que eles, o que, aliás, não acho, muito mais difícil seria a probabilidade de compra. E os homens dessa têmpera mais do que nunca são necessários.

Vronski o ouvia com atenção, preso menos às palavras de Serpoukhovskoi do que à elevação das suas vistas. Enquanto ele próprio se desterrava nos pequenos interesses do esquadrão, o seu amigo meditava lutar contra os senhores do momento e fazia amigos nas altas esferas. Que força não adquiriria graças à inteligência, ao seu poder de assimilação, graças principalmente à facilidade de palavra tão rara no seu meio? Por mais que sentisse vergonha, Vronski se surpreendeu com um movimento de inveja.

— Tudo isso é belo e bom — respondeu —, mas falta-me uma qualidade essencial: o amor do poder. Tive-o, mas o perdi.

— Tu me desculparás, mas eu não acredito — objetou sorrindo Serpoukhovskoi.

— "Agora", talvez, mas isso não durará sempre.

— É possível.

— Tu dizes "é possível" e eu digo "certamente não" — continuou Serpoukhovskoi, como se adivinhasse o seu pensamento. Eis por que quis conversar contigo. Aprovo a tua atitude, mas erras na obstinação. Peço-te somente *carte blanche*. Não viso a representar o papel de teu protetor... Depois, por que não o seria, tu não foste muitas vezes o meu? A nossa amizade está acima disso — afirmou ele, com uma ternura quase feminina. — Vamos, dá-me *carte blanche*, saia do regimento e eu te ajudarei.

— Compreenda — insistiu Vronski — que não peço nada. Não é apenas o presente que subsiste.

Serpoukhovskoi ergueu-se e colocou-se em frente dele:

— Não sei o que queres dizer, mas escuta-me. Temos a mesma idade. Talvez tenhas conhecido mais mulheres do que eu (o seu sorriso e o seu gesto certificaram a Vronski da delicadeza que punha para tocar no local sensível), mas sou casado e, como já disse, não sei quem mais conhece o assunto: se o que conheceu mil ou se aquele que apenas sabe da sua própria mulher.

— Neste momento! — gritou Vronski a um oficial que vinha procurá-lo da parte do coronel. Estava curioso por ver onde Serpoukhovskoi queria chegar.

— Vê — prosseguiu aquele — na carreira de um homem, a mulher é sempre o grande obstáculo. É difícil amar a mulher e fazer alguma coisa de útil. Só o casamento permite não nos reduzirmos à inação pelo amor. Como explicar-se isso? — continuou Serpoukhovskoi, procurando uma dessas comparações de que era amador. — Ah, olhe! Suponhamos que tragas um *fardeau*: enquanto não o vestires, as tuas mãos estarão ocupadas. Foi o que senti me casando: as minhas mãos se tornaram livres. Mas, arrastar esse *fardeau*, sem o casamento, é dedicar-se fatalmente à inatividade. Olhe Mazankov, Kroupov... Foram as mulheres que comprometeram as suas carreiras.

— Sim, mas que mulheres! — objetou Vronski, pensando na comediante e na atriz francesa a quem aqueles dois homens haviam ligado os seus destinos.

— Tanto mais elevada a posição da mulher, mais aumenta a dificuldade: já não é arrastar um fardo, é tirá-lo de alguém.

— Tu nunca amaste — murmurou Vronski, o olhar fixo e pensando em Ana.

— Talvez, mas pense no que te disse e não o esqueças. Todas as mulheres são mais materialistas do que os homens: em amor, nós voamos, mas elas rastejam sempre... Daqui a pouco, neste momento! — disse ele a um criado que entrava, julgando que viessem procurá-lo.

O homem trazia simplesmente um bilhete a Vronski.

— Sinto dor de cabeça e vou para casa — disse a Serpoukhovskoi.

— Então, até breve. Tu me dás a *carte blanche*?

— Ainda falaremos. Encontrar-te-ei em Petersburgo.

XXII

Passava das cinco horas. Para chegar a tempo na entrevista e principalmente para não se deter com os seus cavalos que todos conheciam, Vronski saltou na carruagem de Iachvine e ordenou ao cocheiro que corresse. Era um velho carro de quatro lugares: ele sentou-se num canto, espichou as pernas e pôs-se a pensar.

Afinal, reinava ordem nos seus negócios, Serpoukhovskoi tratava-o sempre como amigo, vendo-o como um homem necessário, dando-lhe uma confiança lisonjeira. O sentimento um pouco confuso que tinha de tudo aquilo e mais ainda a expectativa deliciosa da entrevista faziam-lhe ver a vida sob um aspecto tão belo que um sorriso lhe veio aos lábios. Cruzou as pernas, apalpou a que ainda estava dolorida pela queda da véspera, deitou-se novamente no fundo da carruagem e respirou a plenos pulmões.

"Como é bom viver!", murmurava. Nunca estivera assim tão satisfeito de si mesmo: a ligeira dor que sentia na perna causava-lhe tanto prazer como o livre movimento dos pulmões. Aquele claro e fresco dia de agosto, que tinha sobre Ana uma ação tão nefasta, estimulava Vronski ao mais alto grau: o ar refrescava o seu rosto excitado e a brilhantina do seu bigode exalava um perfume particularmente agradável. O ar e a luz da tarde davam às coisas que entrevia pela janela um aspecto alegre, sadio, que se assemelhava ao seu estado de alma. Os telhados das casas douradas pelos raios do sol que se ocultava, as arestas das paredes e dos pinhões, as rápidas silhuetas das carruagens e dos peões, o verde imóvel das árvores e das moitas, os campos com as suas regulares plantações de batatas, tudo, até as sombras oblíquas que caíam das casas, tudo parecia compor uma linda paisagem recentemente polida.

— Mais depressa, mais depressa! — disse ao cocheiro, inclinando-se na janela para entregar-lhe uma nota de três rublos. A mão do homem tateou perto da lanterna, o chicote estalou e a carruagem rolou mais rapidamente rua acima.

"Não me falta nada senão essa felicidade", pensava, os olhos fixos no botão da campainha, enquanto idealizava Ana tal como a vira na última vez. "Mais a vejo, mais eu a amo!... Eis o jardim da vila Wrede. Onde ela estará? Que significa isso? Por que me deu a entrevista aqui e, assim mesmo, escrevendo no bilhete de Betsy?" Era a primeira vez que colocava aquela pergunta, mas já não tinha tempo para refletir. Chamou o cocheiro antes de alcançar a avenida, abriu a porta, desceu com a carruagem ainda em movimento e penetrou na alea que levava à casa. Não viu ninguém, mas, olhando à direita do parque, percebeu Ana. Apesar de um véu espesso desfigurar o seu rosto, ele a reconheceu pelo andar, pelos movimentos dos ombros e pela cabeça. Logo sentiu correr no seu corpo alguma coisa como uma corrente elétrica — seus passos se tornaram mais rápidos, a respiração mais ampla, os lábios tremiam de alegria.

Assim que se encontraram, ela apertou-lhe a mão com um gesto nervoso.

— Não me queres mal por te haver chamado? Tinha absoluta necessidade de falar-te — disse ela, e o movimento dos seus lábios, sob o véu, destruiu subitamente o bom humor de Vronski.

— Eu, querer-te mal? Mas como te encontras aqui? Aonde vais?

— Pouco importa — disse ela, segurando-o pelo braço. — Venha, é preciso que eu te fale.

Ele compreendeu ter acontecido alguma coisa e que a entrevista não seria alegre; e como a sua vontade ruísse em presença de Ana, sentiu-se tomado pela agitação da sua amante, sem que ainda soubesse a causa.

— Que houve, que houve? — perguntou, apertando-lhe o braço e tentando ler-lhe no rosto.

Ela deu alguns passos em silêncio e se deteve subitamente.

— Eu não te disse ontem — começou, respirando com dificuldade — que, voltando das corridas com Alexis Alexandrovitch, tudo lhe confessei... disse-lhe que não podia ser mais a sua mulher... enfim, tudo!

Ele a ouvia, o busto inclinado sobre ela como se quisesse tornar a confidência menos penosa. Mas assim que ela acabou de falar, ele se endireitou e seu rosto tomou uma expressão orgulhosa e altiva.

— Sim, sim, assim foi mil vezes melhor. Compreendo como deves ter sofrido.

Sem muito controlar as palavras, ela procurava ler no seu rosto a impressão que a confissão lhe causara. Um duelo seria inevitável: tal fora o primeiro pensamento de Vronski. Mas Ana, que nunca pensara na possibilidade de um duelo, atribuiu a outra coisa aquela brusca mudança de fisionomia.

Depois da carta do marido, ela sentia no fundo da alma que tudo continuaria como no passado, que não teria forças de sacrificar pelo amante o seu filho e a situação na sociedade. A sua visita à princesa Tverskoi confirmara essa convicção. Contudo, atribuía uma importância essencial à entrevista com Vronski: não esperava nada mais senão a salvação. Se, no primeiro momento, ele lhe dissesse sem hesitar "deixes tudo e venhas comigo" — ela o seguiria, abandonando até o próprio filho. Mas ele não teve nenhum movimento desta espécie, a notícia parecia mesmo tê-lo ferido.

— Eu não sofri nada, tudo corre naturalmente — disse ela, com uma certa irritação. — E olhe...

Tirou de dentro da luva a carta do marido.

— Compreendo, compreendo — interrompeu Vronski, tomando a carta, sem a ler, e se esforçando por acalmar Ana. — Eu sempre te pedi para que acabasse tudo de uma vez. Tinha pressa de consagrar a minha vida à tua felicidade.

— Por que me dizes isso? Posso duvidar? Se eu duvidasse.

— Quem vem ali? — interrompeu Vronski, mostrando duas senhoras que vinham ao seu encontro. — Talvez nos conheçam. — E arrastou Ana para uma vereda.

— Que me importa! — fez ela, os lábios trêmulos, e a Vronski pareceu que Ana, sob o véu, lhe lançava um olhar de ódio... — Eu não duvido de ti. Mas lê o que ele me escreveu. — E ela parou novamente.

Durante a leitura da carta, Vronski tomou-se involuntariamente, como lhe acontecera ao saber da ruptura, da emoção bem natural que despertava nele a lembrança das suas relações com aquele marido ofendido. Imaginava a provocação que receberia de uma hora para outra, os detalhes do duelo; via-se calmo e frio como naquele momento, esperando, depois de ter descarregado no ar a sua arma, que o adversário atirasse nele... Subitamente, as palavras de Serpoukhovskoi, que tanto lhe pareceram justas, atravessaram-lhe o espírito: "É melhor não nos prendermos." Não seria possível fazer com que Ana compreendesse aquilo.

Lida a carta, fitou a amante com um olhar em que faltava decisão. Ela compreendeu que ele refletia longamente naquelas coisas e que nada lhe diria da essência do seu pensamento. A entrevista não tomava o rumo previsto, morria a sua derradeira esperança.

— Vê que espécie de homem ele é — disse ela, com a voz trêmula. — Ele...

— Perdoa-me — interrompeu Vronski —, mas não estou desgostoso com a sua decisão... Por Deus, deixa-me acabar — acrescentou, suplicando com o olhar que lhe desse tempo de explicar-se. — Eu não estou desgostoso porque, ao contrário do que ele acredita, as coisas não podem ficar assim.

— Por quê? — indagou ela, reprimindo as lágrimas, sem inquietar-se com o que responderia porque já sentia a sua sorte decidida.

Vronski queria dizer que após o duelo, que julgava inevitável, a situação forçosamente mudaria, mas disse coisa inteiramente diferente.

— Isto assim não pode continuar. Espero que tu o abandones e me permita — aqui ele enrubesceu e se perturbou — pensar na organização da nossa vida em comum. Amanhã...

Ela não o deixou concluir.

— E meu filho? — gritou. — Viste o que ele escreveu? Eu teria necessariamente que o deixar. Eu não posso e nem quero isto.

— Preferes, pois, continuar esta vida humilhante?

— Para quem é humilhante?

— Para todos, mas principalmente para ti.

— Humilhante eu não digo, esta palavra não tem sentido para mim — murmurou com a voz trêmula. Ela não lhe queria mentir, restava--lhe apenas o amor e tinha sede de amar. — Compreendas que desde o dia em que te amei, tudo na vida se transformou para mim. Nada mais existe senão o teu amor. Se me pertencesses sempre, sentir-me-ia numa altura onde nada poderia me alcançar. Tenho orgulho da minha situação porque... porque...

Lágrimas de vergonha e de desespero perturbavam a sua voz. Ela parou, soluçando. Ele também sentiu alguma coisa na garganta e, pela primeira vez na sua vida, viu-se quase obrigado a chorar, sem saber ao certo o que mais o comovia: se a sua piedade por ela, sua fraqueza em ajudá-la, ou se o sentimento de ter, falando da infelicidade de Ana, cometido uma ação má.

— Um divórcio seria impossível? — indagou.

Ela sacudia a cabeça sem responder.

— Não o poderias deixar trazendo o teu filho?

— Sim, mas tudo depende dele. E agora é preciso que eu vá encontá--lo — disse secamente.

O seu pressentimento se realizava: tudo ficava como no passado.

— Estarei em Petersburgo terça-feira e tomaremos uma decisão.

— Está certo, mas não falemos mais nisso.

A carruagem de Ana, que ela mandara embora com ordem de voltar para tomá-la no portão do jardim Wrede, aproximava-se. Ana disse adeus a Vronski e partiu.

XXIII

O Comitê de 2 de Junho geralmente se reunira às segundas-feiras. Alexis Alexandrovitch entrou na sala de sessões, cumprimentou como era de hábito o presidente e os colegas e sentou-se no seu lugar pondo a mão sobre os papéis arrumados em sua frente. Ele tinha ali, entre outras notas, o rascunho do discurso que contava pronunciar. Inútil precaução, porque o sabia em todos os seus pontos. Chegado o momento, quando se achasse em face do adversário — o qual, em vão, procuraria mostrar uma fisionomia indiferente —, a palavra lhe chegaria espontaneamente, trazendo todas elas uma importância histórica. Enquanto isso, escutava com o ar mais inocente a leitura do processo verbal. Vendo-se esse homem de cabeça baixa, de aspecto fatigado, apalpando docemente com as suas mãos brancas as veias inchadas, os dedos separados sobre os papéis alvos em sua frente, ninguém acreditaria que esse homem iria, daí a pouco, levantar uma verdadeira tempestade, lançar os membros do comitê uns contra os outros, contradizer o presidente e chamá-los à ordem. Terminada a leitura, Alexis Alexandrovitch declarou, com a sua voz fraca e medida, ter algumas observações a fazer sobre o estatuto dos estrangeiros. Concentrou-se a atenção geral. Depois de pigarrear, Alexis Alexandrovitch, fiel ao seu hábito de não olhar o adversário quando realizava o seu discurso, dirigiu--se à primeira pessoa sentada em sua frente e que era um velho tímido que não abria a boca. Expôs primeiramente os seus pontos de vista no silêncio, mas quando abordou as leis orgânicas, o seu adversário saltou do assento e aparteou. Stremov, que também fazia parte do comitê e se sentiu igualmente ferido, defendeu-se por sua vez. Logo, a sessão tornou-se das mais tempestuosas; mas Alexis Alexandrovitch triunfou e as suas propostas foram aceitas; nomearam-se três novas comissões e no dia seguinte, em certas esferas de Petersburgo, não se falou em outra coisa senão nessa sessão. O sucesso de Alexis Alexandrovitch ultrapassou mesmo a sua expectativa.

Terça-feira de manhã, quando despertava, lembrou-se com prazer do triunfo da véspera e não pôde, apesar do desejo de parecer indiferente, reprimir um sorriso quando o seu chefe de gabinete lhe comunicou os rumores que corriam na cidade.

Absorvido pelo trabalho, Alexis Alexandrovitch esqueceu completamente que era terça-feira o dia marcado para a volta da sua mulher: e ficou bastante surpreendido quando um criado veio preveni-lo de que ela havia chegado.

Ana chegara a Petersburgo muito cedo. O seu marido poderia ter sabido, pois que pedira uma carruagem por telegrama mas ele, que estava em conferência com o seu chefe de gabinete, não chegou a recebê-la. Depois de avisá-lo que chegara, Ana foi aos seus aposentos e passou uma hora sem que ele aparecesse. Pretextando dar ordens, entrou na sala de jantar, falou em voz alta aos criados, mas sem sucesso. Ouviu o marido conduzir até a sala o chefe de gabinete, soube que ele voltaria ao ministério e que precisava vê-lo antes para regularizar as suas futuras relações. Decidiu-se a ir procurá-lo e, atravessando firmemente a sala, entrou no seu gabinete de trabalho. Encostado numa pequena mesa, Alexis Alexandrovitch, vestido solenemente e prestes a sair, olhava tristemente na sua frente. Ana viu-o antes que ele a percebesse e compreendeu que estava pensando nela. Quis aprumar-se, hesitou, enrubesceu, o que nunca lhe acontecia, e erguendo-se bruscamente caminhou ao seu encontro, os olhos fixos na sua testa e na sua cabeleira para evitar o seu olhar. Chegando junto, ele tomou-a pela mão, convidando-a a sentar-se.

— Estou contente por saber que voltaste — começou ele com evidente desejo de falar, mas não pôde continuar. Ensaiou ainda muitas vezes inutilmente abrir a boca. Preparando-se para aquela entrevista, Ana se dispusera a acusá-lo e desprezá-lo, mas nada achou para dizer e teve pena dele. O silêncio se prolongou durante muito tempo.

— Sergio vai bem? — pronunciou ele, afinal, e, sem esperar resposta, acrescentou: — Não jantarei em casa e devo sair sem demora.

— Eu queria viajar para Moscou — disse Ana.

— Não, fizeste bem, muito bem em voltar — respondeu, impossibilitado de ir mais longe.

Vendo-o incapaz de abordar o assunto, Ana tomou a palavra.

— Alexis Alexandrovitch — disse, sem abaixar os olhos ante aquele olhar fixo na sua cabeleira —, eu sou uma mulher má e culpada, mas sou o que fui e o que te confessei ter sido. Venho dizer-te que não posso mudar.

— Eu não te pergunto isso — respondeu decididamente, fitando Ana nos olhos com uma expressão de ódio. A cólera apossava-se evidentemente de todas as suas faculdades. — Suspeitava, mas, como já te disse e escrevi — continuou com uma voz aguda —, assim como ainda repito, eu de nada quero saber. Desejo ignorar tudo. Nem todas as mulheres têm, como tu, a atenção de comunicar aos maridos esta "agradável" notícia. (Destacou a palavra: agradável.) Ignorarei tudo enquanto a sociedade não saiba e o meu nome não seja desonrado. Eis por que te previno que as nossas relações devem continuar sendo o que sempre foram, só procurarei salvar a minha honra no caso em que tu a comprometas.

— Mas as nossas relações não podem continuar sendo o que eram — disse, olhando-o com frieza.

Encontrando-o com os seus gestos calmos, a sua voz trocista, delicada, um pouco infantil — a piedade que sentira no princípio cedeu lugar à repulsa e ao medo e quis a todo custo esclarecer a situação.

— Não posso ser tua mulher quando... — ela quis dizer, mas ele a deteve com um sorriso frio e mau.

— O gênero de vida que te agradou escolher se reflete até na tua compreensão. Mas eu respeito muito o passado e desprezo muito o presente para que as minhas palavras se prestem à interpretação que tu queiras dar.

Ana suspirou e abaixou a cabeça.

— De resto — continuou ele, se exaltando —, dificilmente compreendo como uma mulher que julga bom prevenir o seu marido da sua infidelidade não ache nada de condenável na sua conduta e que ainda possa ter escrúpulos nos cumprimentos dos seus deveres de esposa.

— Alexis Alexandrovitch, que exiges de mim?

— Desejo que não encontres mais esse homem. Exijo que te comportes de tal modo que ninguém, nem a sociedade e nem as pessoas, possa te acusar. Exijo que não o vejas mais. Creio que não é pedir muito. Em troca, gozarás, sem retribuição de deveres, dos direitos de uma mulher honesta. Nada mais tenho a dizer-te. Preciso sair e não jantarei em casa.

Levantou-se e se dirigiu para a porta. Ana o seguiu. Ele a cumprimentou em silêncio, deixando-a passar.

XXIV

A noite que passou sobre a meda foi decisiva para Levine: sentia-se incapaz daí por diante de interessar-se pela sua própria atividade. Nunca, apesar da abundância da colheita, experimentara — ou pensava experimentar — tantos aborrecimentos com os camponeses e nunca soubera tão bem a causa primordial de todas aquelas decepções. A ceifa, em companhia dos camponeses, deixara-lhe recordações estranhas. Invejara a vida que eles levavam e desejara dela participar. Esse desejo, a princípio vago, se transformou durante aquela noite num desejo tão firme que ele pensava em diversas maneiras de executá-lo. Dominado por essas reflexões, as suas ideias sobre as coisas do campo mudaram inteiramente e logo compreendeu que o vício radical dos seus trabalhos consistia na perpétua desinteligência com os camponeses. Um grupo de vacas selecionadas do tipo da Paonne, uma terra fertilizada com estrume, trabalhada com arados, dividida em nove campos do mesmo tamanho, separados por tapumes de vime, oitenta hectares plantados de trigo, sementes aperfeiçoadas, tudo isso seria perfeito se explorasse a sua propriedade sozinho ou auxiliado por companheiros completamente de acordo com ele. Mas via claramente (o estudo que preparava sobre a economia rural, e no qual achava ser o trabalhador o fator principal de toda empresa agrícola, muito contribuiu para lhe abrir os olhos) que o seu modo de valorizar era uma luta encarniçada, incessante entre os seus trabalhadores, presos à ordem natural das coisas. Luta surda, em verdade, os seus adversários só opunham uma força de inércia inocente, mas na qual devia empregar toda a sua energia — em pura perda, de resto, porque tudo ia pior, os instrumentos mais aperfeiçoados se estragavam, o mais belo gado morria, a melhor terra só dava uma medíocre renda. O pior era que o jogo não valia a pena — agora já não duvidava. Que caráter tomava, pois, aquela luta? Enquanto defendia asperamente a sua propriedade, não fosse senão para pagar aos seus trabalhadores, exigindo em consequência um trabalho perseverante, refletido, assim como o cuidado pelos instrumentos — as grades de pulverizar as terras lavradas, os semeadores, os batedores etc. — a eles confiados, só pensavam na sua comodidade, no deixar-correr-o-barco, segundo o velho hábito. Quantas vezes não os observara durante aquele verão! Mandava ceifar, para a alimentação dos animais, o trigo arruinado pela erva má e ceifavam por preguiça os melhores campos. "Mas, patrão", respondiam quando ele reclamava, "tivemos ordem do administrador" e depois, como o senhor vê, isso dava uma ótima forragem." Os arados aperfeiçoados eram inutilizados porque o seu condutor só fazia abaixar as relhas, o que estragava o instrumento, fatigava o cavalo e prejudicava a terra. Deixavam que os cavalos entrassem nos campos de trigo porque ninguém os queria vigiar durante a noite; os trabalhadores organizavam, apesar das desculpas, um rodeio e o pobre Vania, no fim das forças, adormecia e só podia confessar a sua fraqueza. Três das melhores bezerras, deixadas sem água, morreram inchadas; o patrão consolou-se quando lhe contaram que o vizinho perdera cento e doze animais em três dias. Ninguém tinha a menor intenção de prejudicar Levine, isso se sabia muito bem. Todos gostavam dele, não o achavam "orgulhoso", o que constituía o mais belo dos elogios. Mas, em compensação, todos queriam agir a seu modo, preocupavam-se pouco com os interesses do patrão, dos quais nada entendiam e aos quais forçosamente se opunham. Levine, já havia muito tempo, sentia o barco soçobrar sem que pudesse explicar como a água penetrava nele. Procurava iludir-se porque, faltando-lhe aquele interesse na vida, como poderia encher o vazio? Agora, devia ver a realidade e se sentia dominado pela falta de coragem.

A presença de Kitty Stcherbatski, a trinta verstas da sua casa, agravava a sua inquietação moral. Desejava vê-la, mas não podia se resolver a retornar à casa de Daria Alexandrovna, apesar de ela lhe haver dito que um novo pedido teria toda a probabilidade de ser aceito. Embora, quando a vira na estrada, sentisse que a amava para sempre, a recusa da moça colocava entre eles uma barreira intransponível. "Em verdade, eu não sei o que aconteceria de pior se a pedisse para me aceitar" — e esse pensamento a tornava quase odiosa. "Será impossível fitá-la sem aspereza, olhá-la sem irritação, elevando assim ao máximo a aversão que ela sente por mim. Não poderia ocultar a minha conversa com a sua irmã e teria o aspecto do amante magnânimo, de conceder-lhe a honra do meu perdão!... Ah! Se Daria Alexandrovna não me houvesse falado, poderia encontrá-la casualmente e tudo talvez se arranjaria, mas agora é impossível... impossível!"

Daria Alexandrovna escreveu-lhe um dia pedindo um selim de senhora para Kitty. "Disseram-me que o senhor tem um. Espero que o traga pessoalmente."

Era o golpe de misericórdia. Como uma mulher tão fina, tão inteligente, podia humilhar assim a irmã! Rasgou sucessivamente dez respostas: não podia ir, não podia abrigar-se atrás de desculpas inverossímeis e, o que era pior, não podia pretextar uma viagem. Enviou o selim sem uma palavra de resposta e no dia seguinte, sentindo que cometera uma grosseria, encarregou o administrador de resolver os negócios e partiu para fazer uma longínqua viagem. Um dos seus amigos, Sviajski, lembrara-lhe recentemente da sua promessa de ir caçar narcejas. Os pântanos, repletos de caça de Sourov tentavam Levine havia muito tempo, mas o trabalho não lhe permitira ainda a viagem. Não se zangava em abandonar ainda uma vez as suas ocupações, afastar-se dos Stcherbatski e ir buscar na caça um remédio para o seu mau humor.

XXV

Como o distrito de Sourov ainda não possuía estradas de ferro, Levine teve que atrelar os seus cavalos a uma carruagem. A meio do caminho parou em casa de um rico camponês para alimentar os animais. O camponês, um velho calvo de enorme barba ruiva encanecida, abriu o portão da cocheira e, comprimindo-se numa das paredes, deixou passar a carruagem. Depois de indicar ao cocheiro, no pátio, um lugar no telheiro onde estavam alguns arados meio queimados, convidou Levine para entrar na casa. Uma jovem mulher, decentemente vestida, com sapatos de borracha, lavava roupa no vestíbulo. Ela se assustou e soltou um grito vendo o cão de Levine, mas tranquilizou-se quando avisaram que ele não mordia. Com o braço, a manga arregaçada, mostrou a Levine a porta do quarto e escondeu novamente o lindo rosto, continuando a lavar, completamente curvada.

— O senhor quer chá?

— Eu não o recuso.

O aposento era amplo, possuindo um fogão holandês, e era separado em dois por um tabique. No lugar de honra, abaixo das imagens dos santos, estava uma mesa pintada de arabescos. Rodeavam-na um banco e duas cadeiras. Perto da porta, um pequeno armário contendo a louça. As portas rigorosamente fechadas não deixavam entrar as moscas. Tudo estava tão bem que Levine obrigou Mignonne a deitar-se num canto perto da porta, receando que ela salpicasse o chão depois dos banhos tomados em todas as poças do caminho. Após examinar rapidamente o aposento, Levine foi visitar o pátio e as dependências. A afável moça dos sapatos de borracha passou correndo junto dele em direção ao poço; trazia nos ombros uma tábua onde se balançavam dois baldes vazios.

— Mais depressa! — gritou-lhe o homem em tom de brincadeira, vendo-a correr para o poço. E voltando-se para Levine: — Bem, senhor — disse, encostando-se no portão com o desejo manifesto de conversar — vai à casa de Nicolas Ivanovitch Sviajski, não é verdade? Ele também se detém em nossa casa.

O velho começou a contar a história das suas boas relações com Sviajski, mas, no meio, a porta girou uma segunda vez sobre os ferrolhos e trabalhadores entraram trazendo ervas e arados. Os cavalos, atrelados nos instrumentos da lavoura, eram vigorosos e bem alimentados. Os homens pareciam membros da família: dois dentre eles, ainda moços, usavam bonés e blusas indianas; outros dois, um velho e um garoto, trajando grosseiras blusas de algodão, deviam ser trabalhadores contratados.

O homem deixou o portão para ajudar a desatrelar os cavalos.

— Que lavraram eles? — indagou Levine.

— Campos de batatas. Lavraram também o seu quinhão. Ponha o castrado na manjedoura, Fedote, atrele um outro.

— Diga-me, pai, eu pedi as relhas dos arados, trouxeram? — perguntou um rapaz forte, provavelmente o filho do velho.

— Estão nos trenós — respondeu o velho, que enrolava as rédeas e as jogava no chão. — Arranje isso antes do jantar.

A moça, sacudindo os ombros ao peso dos dois baldes cheios, alcançou o vestíbulo. E subitamente chegou, Deus sabe de onde, todo um grupo de mulheres, jovens e velhas, belas e feias, sozinhas ou acompanhadas por crianças.

O chá pôs-se a chiar. A família e os criados foram jantar. Levine tirou as suas provisões da carruagem e convidou o dono da casa para tomar chá.

— É o que há muito tempo não faço. Afinal, para ser agradável ao senhor, eu aceito — respondeu o homem, visivelmente agradecido.

Enquanto comiam, Levine o obrigou a falar. Dez anos antes ele alugara, a uma senhora, cento e vinte hectares que, só no ano anterior, conseguira comprar. A outro proprietário da vizinhança alugara trezentos hectares, dos quais subarrendara os piores e cultivava o resto com o auxílio da família e de dois empregados. Achou conveniente lamentar-se, mas Levine compreendeu que os seus negócios prosperavam. Se tudo ia tão mal como julgava, não teria comprado a terra a cinco rublos o hectare, nem casado três filhos e um sobrinho, nem refeito a sua casa duas vezes depois do incêndio, cada vez sensivelmente melhor. Apesar das suas lamentações, percebia-se o seu orgulho pelo seu bem-estar, o dos filhos, do sobrinho, dos seus cavalos, das vacas, de toda a propriedade. No correr da conversa ele provou que não repudiava as inovações. Cultivava a batata em grande quantidade e Levine, logo que chegara, viu que elas já cresciam, enquanto as suas apenas floresciam. Lavrava os campos de batatas com uma charrua emprestada de um proprietário. Cultivava até o trigo candial. Um detalhe principalmente escapou a Levine: o velho lustrava o centeio e procurava uma excelente forragem para os cavalos, coisa que Levine não conseguia obter.

— Disso se ocupam as mulheres — dizia o homem, que parecia encantado com a sua invenção. — Elas só têm que fazer pilhas na beira da estrada e a charrua conduz o que se empilhou.

— Está bem, mas nós, proprietários, não chegamos a fazer com que os trabalhadores compreendam isto — disse Levine, dando-lhe um segundo copo de chá.

— O senhor é muito amável — fez o velho, aceitando o copo mas recusando o açúcar. — Com os trabalhadores, acredite-me, corre-se para a ruína. Veja, como exemplo, o senhor Sviajski. A sua terra é ótima, mas as colheitas são péssimas! A falta da vigilância, veja o senhor.

— Mas tens trabalhadores e consegues bom lucro. Como diabo o fazes?

— É que nós, camponeses, vemos tudo. Quando o trabalhador não presta, mandamo-lo passear. Há muito braço sem ele.

— Pai, Teógenes pede o alcatrão — disse, entrando, a mulher dos sapatos de borracha.

— É assim mesmo, senhor — concluiu o velho, levantando-se. Depois de fazer muitas vezes o sinal da cruz e agradecer a Levine, retirou-se.

Quando Levine entrou no quarto comum para chamar o cocheiro, achou todos os homens à mesa enquanto as mulheres os serviam. Um dos filhos, rapaz espadaúdo, contava, com a boca cheia, uma história que fazia sorrir a todos e mais particularmente à mulher dos sapatos de borracha, que enchia um prato de sopa.

Este ambiente interior de uma residência camponesa produziu em Levine uma impressão muito forte. A mulher de lindo rosto dele participava. E até chegar à casa de Sviajski não pôde pensar noutra coisa, como se aquele modesto lar merecesse uma atenção especial.

XXVI

Em seu distrito, Sviajski desempenhava as funções de marechal da nobreza. Cinco anos mais velho que Levine, casara-se havia muito tempo. A sua cunhada, uma moça encantadora, vivia com ele e Levine sabia — instintivamente, sem que ninguém o dissesse, como os solteiros sabem certas coisas — que, em casa, todos queriam vê-la casada. Embora pensasse no casamento e não duvidasse que essa amável criatura lhe seria uma excelente mulher, achava tão impossível casar-se com ela — admitindo mesmo que não estivesse apaixonado por Kitty — como voar. O receio de ser visto como pretendente diminuiu-lhe o prazer da visita quando recebeu o apressado convite de Sviajski. Ele, porém, aceitara-o, e isso por várias razões: não queria emprestar ao amigo intenções talvez gratuitas; visava experimentar os sentimentos que, no fundo do coração, podia nutrir pela moça; finalmente, a casa de Sviajski era das mais agradáveis e Sviajski, ele próprio, um dos mais curiosos tipos dos novos administradores provinciais.

LIEV TOLSTÓI

Pertencia a uma categoria de indivíduos que Levine não chegava a compreender, professando opiniões dogmáticas, apesar de pouco pessoais, e levando uma vida que contrastava singularmente com os seus modos de ver. Sviajski dizia-se ultraliberal. Desprezava os nobres e acusava-os de desejarem intimamente a vergonhosa escravidão. Via na Rússia um país acabado, uma segunda Turquia, e não se abaixava em criticar os atos do seu detestável governo. Tudo isso não o impedia de aceitar as funções de marechal da nobreza e de desempenhá-las conscienciosamente: nunca viajava sem usar o boné oficial, bordado a vermelho e ornado com uma insígnia. A acreditá-lo, um homem honesto só poderia viver no estrangeiro. No estrangeiro, ele fazia inúmeras estações, mas, na Rússia, também possuía uma vasta propriedade, que valorizava com os processos mais aperfeiçoados, procurando saber com um ardor febril dos menores acontecimentos russos. Via no camponês russo um intermediário entre o homem e o macaco, mas, na época de eleições para o conselho, era ao camponês que mais voluntariamente apertava a mão e a sua opinião a que mais ouvia. Não acreditava em Deus nem no diabo, mas se preocupava muito em melhorar a sorte do clero e reduzir o número das paróquias, excetuando naturalmente a sua. Proclamava bem alto os direitos da mulher à liberdade e ao trabalho, mas, vivendo em paz com a sua, não lhe permitia nenhuma iniciativa a não ser deliberar, com ele, o melhor modo de passar o tempo.

Se Levine não visse sempre as pessoas pelo lado bom, entenderia perfeitamente, sem procurar aprofundar-se, o caráter de Sviajski: "É um tolo ou um patife." E cada um desses epítetos constituiria um julgamento temerário. Aquele homem inteligente e culto não apregoava a sua instrução. Bom e honesto, incapaz de praticar uma ação má, consagrava-se de todo coração a realizar uma obra que todos apreciavam. Era um enigma vivo. Valendo-se da sua amizade, Levine muitas vezes tentara decifrar aquele mistério, mas, cada vez, Sviajski, um pouco perturbado, repelia o seu exame, como se receasse ser compreendido, e cortava com alguma brincadeira a tentativa de descoberta da sua natureza íntima.

Depois das suas recentes desilusões, Levine muito esperava da sua visita a Sviajski. Pensava afastar por uns tempos as suas ideias negras. Contava arrancar desta vez do amigo o segredo da sua vida tão serena, tão segura do seu fim. Demais, em sua casa, esperava encontrar certos proprietários da vizinhança e com eles conversar sobre as coisas da terra, como as colheitas, contrato de trabalhadores e outros assuntos banais, mas que agora, a seus olhos, adquiriram uma importância capital. "Talvez tudo isso", pensava Levine "não tivesse realmente nenhuma importância no tempo da escravidão e não o tivesse também na Inglaterra, em razão de condições exatamente determinadas. Mas neste momento, onde tudo entre nós está por se fazer, a reorganização do trabalho sob formas novas é o único problema que vale realmente a pena de prender a nossa atenção."

A diversão da caça não agradou a Levine: os pântanos estavam secos e as galinholas muito raras. Andou todo o dia para matar apenas três, mas, em compensação, adquiriu um admirável apetite, um perfeito humor e a excitação intelectual que um violento exercício físico sempre lhe provocava. E, ainda no curso daquela diversão, frequentemente, quando deixava o pensamento livre, lembrava-se do velho camponês e da sua família, como se tivesse de achar ali a solução de um problema que o interessava diretamente.

À noite, na hora do chá, entabulou — graças à presença de dois proprietários que vieram regular uma questão de tutela — interessante conversa que havia muito esperava. Sentara-se ao lado da dona da casa, loura, de estatura mediana, cujo rosto redondo era apenas sorrisos e covinhas, e em frente da irmã. Primeiramente, através da mulher, ensaiou decifrar o enigma do marido, mas renunciou logo, porque a presença da moça, cujo vestido aberto parecia ter sido posto por sua causa, perturbava-lhe o uso da razão. Esse corte descobria um colo muito belo e era precisamente este colo a causa da sua perturbação. Julgava, talvez injustamente, ter sido aquela garganta alva descoberta em sua honra e, não se sentindo com o direito de fitá-la, voltava a cabeça, enrubescendo. Mas, pelo fato mesmo de que o decote existia, sentia-se culpado, imaginava enganar alguém e queria — coisa bem impossível — se explicar lealmente. Sentiu-se preso aos olhos ardentes. A sua tortura comunicou-se à moça, mas a dona da casa parecia nada ver e introduzia, como se fosse intencionalmente, a sua irmã na conversa.

— O senhor acha que as coisas russas deixam o meu marido indiferente. Ao contrário, ele nunca está de tão bom humor para o estrangeiro como em nossa casa. Aqui, sente-se verdadeiramente no seu clima. Tem muito o que fazer e não pode se interessar por tudo. O senhor não conhece a nossa escola?

— Eu a vi... Uma casinha coberta de trepadeira, não é verdade?

— Sim, é um trabalho de Nastia — disse, apontando a irmã.

— A senhora mesma é quem dá as lições? — perguntou Levine, tentando, esforço inútil, não ver o decote.

— Dei e ainda dou, mas temos uma excelente professora. Também ensinamos ginástica.

— Não, obrigado, eu não bebo chá. Ouço ali uma conversa que me interessa — disse Levine, no fim das forças.

E, corando pela sua impolidez, sentou-se na outra extremidade da mesa, onde o dono da casa conversava com os dois nobres provincianos. Encostado à mesa perto da qual ele estava sentado, Sviajski agitava a xícara com uma mão, enquanto com a outra agarrava a barba, pondo-a sobre o nariz, deixando-a cair e erguendo-a novamente. Os seus olhos negros e brilhantes fitavam um homem de bigode grisalho que se lamentava dos camponeses. Levine compreendeu imediatamente que Sviajski podia, com uma palavra, reduzir a pó os seus argumentos, mas, devido à sua posição oficial, preferia se deleitar em silêncio com aquelas lamentações.

O fidalgo de bigode grisalho era evidentemente um camponês embrutecido, sem cultura e convencido partidário da escravidão. Levine o percebeu pela maneira como ele usava um velho capote, pelos seus olhos finos, a linguagem corrente, de tom autoritário, fruto de uma longa experiência, os gestos imperiosos, feitos com enormes mãos queimadas e enfeitadas por uma aliança.

XXVII

— Se isso não me fizesse mal, porque vos asseguro que isso me faz mal, eu abandonaria tudo e iria, como Nicolas Ivanovitch, ouvir a "Bela Elena" — disse o velho proprietário, iluminando o rosto inteligente com um sorriso.

— Se o senhor fica é porque achou a sua conta — replicou Sviajski.

— Eu achei a conta do cocheiro no telhado. Depois, sempre espero levar as pessoas à razão... Que fazer com os bêbados, os pândegos desta espécie? De partilha em partilha, ele não deixou um só cavalo e nem uma só vaca. Mas proponha tomá-los como trabalhadores, eles estragarão o trabalho e ainda acharão meios de nos comprometer com o juiz de paz.

— Junto a quem, aliás, o senhor também poderá comprometê-los.

— Eu, queixar-me ao juiz? Nunca na vida! Ele me tornaria insensível. O senhor sabe a história da fábrica. Depois de ela ter sido penhorada, os operários abandonaram tudo. Que fez o seu juiz? Ele os absolveu, senhor! Não, eu sou pelo bom e velho tribunal comunal; ali, ao menos, julgava-se o homem como no tempo passado. É ainda uma probabilidade que nos resta e a não ser assim, isso seria caminhar para o fim do mundo!

O homem queria evidentemente pôr Sviajski fora de combate, mas este só fazia sorrir.

— Portanto, nem Levine, nem eu e nem o senhor chegaremos ali — disse ele mostrando o segundo proprietário.

— Sim, mas perguntem a Michel Petrovitch como agiu para fazer andar os seus negócios. Está ali, eu quero perguntar, uma administração ra-ci-o-nal? — replicou o fidalgo, que parecia muito orgulhoso por ter empregado aquela sábia palavra.

— Graças a Deus — fez o outro — eu não dei tratos à imaginação. Toda a questão é termos dinheiro no outono para os impostos. Os camponeses vêm me procurar: "Nosso pai", dizem, "livra-nos deste negócio." E como são vizinhos, eu sinto pena. Adianto uma terça parte dos impostos, mas previno: "Atenção, meninos, para com as obrigações de volta: as sementes, a forragem, a ceifa, espero contar convosco." Falando francamente, encontram-se também entre eles pessoas sem consciência.

Levine, que sabia como se manter nesses meios patriarcais, trocou um olhar com Sviajski e, interrompendo Michel Petrovitch, dirigiu-se ao homem do bigode grisalho:

— Segundo o senhor, que devemos fazer?

— Imitar Michel Petrovitch, ou arrendar a terra aos camponeses ou cultivá-la de meia com eles. Tudo isso é falível, mas não é menos verdade que assim a riqueza do país crescerá. Uma terra que no tempo da escravidão rendia nove vezes a semente agora não rende mais do que três vezes. A emancipação arruinou a Rússia!

Sviajski sorriu a Levine com o olhar e esboçou mesmo um gesto de zombaria, mas Levine achou as observações do velho mais sensatas e o seu caráter mais aberto que o de Sviajski. As justificativas que o homem apresentava em defesa das suas ideias pareceram-lhe novas e irrefutáveis. Coisa muito rara, aquele fidalgo exprimia ideias próprias, ideias que não eram um simples jogo do espírito, amadurecidas não por longas reflexões solitárias, mas por uma profunda experiência da vida do campo.

— Explico-me — dizia ele, feliz por mostrar que também possuía alguma instrução. — Todo processo é feito pela força e somente pela força.

Observem as reformas de Pedro, Catarina, Alexandre, observem a história da Europa. A agricultura, ao contrário, não foge à regra. A batata, ela própria, só pôde ser introduzida entre nós pela força. E os senhores pensam que as terras sempre foram lavradas com o arado? Não, esse modesto instrumento data talvez dos tempos feudais, mas fiquem certos de ter sido necessária a força para obrigar que o adotassem. E se, em nossos dias, os proprietários puderam aperfeiçoar os métodos de cultura, introduzir os secadouros, os adubos etc., foi porque, graças à escravidão, empregou-se a força e os camponeses, a princípio refratários, obedeciam e acabaram por imitar. Agora que nos tiraram os nossos direitos, a agricultura, que antigamente fizera grandes progressos, deve fatalmente cair na barbárie primitiva. Tal é pelo menos a minha opinião.

— Por que isso? — objetou Sviajski. — Desde que o senhor acha ra-ci-o-nais os seus métodos de cultura, execute-os com o auxílio de trabalhadores assalariados.

— Impossível, pois que me falta autoridade.

"Eh, eh!", pensava Levine. "O trabalhador é o principal fator de toda empresa agrícola."

— Os nossos trabalhadores — continuava o fidalgo — não querem trabalhar e não querem empregar bons instrumentos. Só sabem viver como porcos e estragar tudo o que tocam. Confiem-lhes um cavalo, eles o esgotarão antes do tempo; uma carruagem, eles a destruirão e acharão um meio de beber até o aro de ferro das rodas; uma máquina de bater, introduzirão uma cavilha para colocá-la fora de uso. Tudo o que escapa à rotina os aborrece. Também a nossa agricultura desceu em toda linha: a terra é descuidada e permanece inculta, a não ser que a cedamos aos camponeses. Uma propriedade que rendia dois milhões não rende mais que algumas centenas de milhares. Se queriam a abolição a todo custo, deviam ter agido com prudência...

Pôs-se a desenvolver o seu plano pessoal, que tinha a vantagem de afastar todos esses inconvenientes, sem tomar grande interesse pela história. Levine deixou-o concluir e, voltando-se para Sviajski na esperança de o ajudar a se explicar, retornou ao ponto de partida.

— É inegável — disse ele — que o nível da nossa agricultura é baixo e que as nossas relações atuais com os trabalhadores não permitem um trabalho racional.

— Eu não tenho esta opinião — replicou Sviajski, ficando sério. — A verdade é que somos os piores agricultores e que mesmo no tempo da escravidão só obtínhamos das nossas terras um rendimento medíocre. Nunca tivemos máquinas, nem gado conveniente, nem boa administração, não sabemos nem mesmo contar. Interroguem um proprietário, ignora tanto o que compra como o que vende.

— Ah, sim, a contabilidade em partida dupla! — ironizou o fidalgo. — O senhor poderá bem contar e recontar, mas no momento em que tudo está perdido, não se pode encontrar benefício.

— Por que o senhor sempre fala em perdido? O seu velho pilão russo passa, mas eu lhe asseguro que não se queimará o meu batedor a vapor. Os seus cavalos russos que precisam ser puxados pelas caudas, é possível que nada valham, mas comprem cavalos de raça Perche ou mesmo Orlov e verão se isto irá para a frente ou não! O resto será agradável. O que nos falta é melhorar a nossa técnica.

— Ainda falta ver uma coisa, Nicolas Ivanovitch. O senhor fala através da sua situação, mas quando se tem um filho na universidade, como eu tenho, e outros no colégio, não sei como poderemos comprar cavalos Perche.

— O senhor pode se dirigir aos bancos.

— Para ver a minha terra vendida em leilão? Não, obrigado.

— Eu não penso — disse Levine — que a nossa técnica possa e deva ser melhorada. Tive oportunidade de arriscar dinheiro em melhoramentos, mas, até aqui, todos os que tentei, máquinas, gado etc., só me deram prejuízos. Quanto aos bancos, desejava saber em que eles são úteis.

— Perfeitamente, isso mesmo! — confirmou o fidalgo, com um riso de satisfação.

— E eu não estou sozinho — prosseguiu Levine —, chamo todos aqueles dentre nós que tentaram valorizar as terras seguindo os bons métodos: com raras exceções, todos foram prejudicados. Vejamos, o senhor primeiramente, como se sairá desse negócio? — perguntou a Sviajski, para ler imediatamente no seu rosto o embaraço que lhe causava toda tentativa de sondar a fundo o seu pensamento.

Esta pergunta, aliás, não era de boa política. Durante o chá, Madame Sviajski contara a Levine que um guarda-livros alemão vindo de Moscou para organizar o caixa da propriedade constatara um prejuízo de três mil rublos. Isso em cifras redondas, porque ela não se recordava mais da soma exata.

A pergunta de Levine fez sorrir o fidalgo, que sabia qual a renda das terras do seu vizinho e marechal.

— Talvez não me saia bem — respondeu Sviajski. — Mas isso prova simplesmente que sou um medíocre agrônomo ou que gasto o meu capital para aumentar a minha renda.

— A renda! — gritou Levine, com receio. — Talvez ela exista na Europa onde mais se cultivou e mais se aperfeiçoou a terra, mas, entre nós, acontece precisamente o contrário. Em consequência, a renda não existe.

— É que estamos precisamente fora da lei: esta palavra, renda, não esclarece nada, mas, ao contrário, complica tudo. Diga-me como a teoria da renda pode...

— Os senhores gostam de coalhada? Macha, traga coalhada e framboesas — disse Sviajski voltando-se para a sua mulher. — É surpreendente como, este ano, as framboesas duram...

Ele se levantou com o melhor humor possível, acreditando sinceramente a discussão terminada, quando Levine a julgava apenas esboçada.

Privado do seu interlocutor, Levine se voltou para o fidalgo, procurando fazer com que ele entendesse que todo o mal vinha do que se pensava ser o temperamento e os costumes do trabalhador, mas, como todas as pessoas habituadas a refletir, o homem não participava das suas ideias e defendia apaixonadamente as suas próprias opiniões. Ele sempre retornava à ideia de ser o camponês russo um porco que só poderia ser retirado da sua pocilga pela força. Mas, por infelicidade, estavam há mais de mil anos a se divertirem com o liberalismo, a substituírem esses meios aprovados sabe Deus por que advogados, cujas resoluções impediam a essa canalha o reconhecimento ao direito de tantos pratos de sopa e tantos pés cúbicos de ar.

— Mas — disse Levine, procurando restaurar a questão —, não será possível instituir entre os trabalhadores e os patrões certas relações que permitam ao trabalho ser realmente produtivo?

— Não, com os russos não se deve nem pensar isso. Não existe mais autoridade — respondeu o fidalgo.

— Demais, que novas condições de trabalho poderiam ser descobertas? — disse Sviajski, que, depois de esvaziar um prato de coalhada e acender um cigarro, voltava a tomar parte na conversa. — As relações possíveis com os trabalhadores já foram estudadas e definidas de uma vez por todas. Esse legado dos tempos bárbaros, a comuna primitiva onde cada um era responsável por todos, caiu lentamente por si mesmo. A escravidão foi abolida. Resta apenas o trabalho livre, do qual todas as formas, há muito tempo, são bastante conhecidas.

— Mas a própria Europa está descontente com estas formas.

— Sim, ela procura outras que provavelmente encontrará.

— Então por que, da nossa parte, também não as procuramos?

— Porque seria como se quiséssemos inventar novos processos para construir estradas de ferro. Estes processos já existem.

— Mas se eles não convêm, se são absurdos?

Sviajski readquiriu a sua expressão de susto.

— Sim, é verdade, a Europa procura o que há muito tempo encontramos! Eu conheço esta antiga canção. Diga-me, o senhor leu tudo o que se escreveu na Europa sobre a questão trabalhista?

— Não, conheço esta questão muito mal.

— No entanto, ela preocupa os melhores espíritos europeus. O senhor tem de uma parte a escola de Schulze-Delitzsch e de outra parte a escola de Lassalle, a mais avançada de todas, que produziu uma literatura considerável... O senhor conhece a associação de Mulhouse, é um fato antigo.

— Tenho apenas uma vaga ideia.

— É um modo de dizer, o senhor certamente conhece tão bem quanto eu. Sem ser sociólogo, entendo um pouco desses problemas e já que eles lhe interessam, o senhor deve também se preocupar.

— A que conclusão chegaram todos eles?

— Um instante, se o senhor permite...

Os proprietários se levantaram e Sviajski achou-se na obrigação de acompanhá-los até a porta. Ele levantara, ainda uma vez, outra barreira à curiosidade intempestiva de Levine.

XXVIII

Levine passou em companhia das senhoras uma noite bastante penosa. Convencido de que a crise de desânimo que sofrera era uma consequência do estado geral das coisas, não cessava de pensar na questão que lhe interessava. "Sim, é indispensável que encontremos, custe o que custar, um *modus vivendi* que permita aos trabalhadores nos tratar tão francamente como faziam os velhos camponeses de antigamente. Isso não é uma utopia, é um simples problema que temos o direito e o dever de resolver."

Despedindo-se das senhoras, prometeu lhes consagrar todo o dia seguinte: verificara-se um curioso desmoronamento na floresta vizinha, o que servia de motivo para um passeio a cavalo. Antes de deitar-se, Levine entrou no gabinete de Sviajski para tomar as obras de que ele lhe aconselhara a leitura. Esse gabinete era um enorme aposento, muitas estantes cobriam as paredes. Uma escrivaninha flanqueada por um armário ocupava o centro. E na mesa, onde estava o candeeiro, viam-se os últimos números dos jornais e revistas em todas as línguas.

Sviajski afastou os livros, sentou-se numa poltrona e pôs-se a balançar.

— Que estás olhando? — perguntou a Levine, que folheava uma revista. — Ah, sim, neste número há um artigo muito bem-feito. Parece — acrescentou, animando-se — que o instigador da partilha da Polônia não foi Frederico II.

E resumiu, com a clareza que lhe era própria, o conteúdo dos importantes documentos que acabavam de ser descobertos. Apesar de ter o pensamento longe, Levine não podia deixar de ouvi-lo, perguntando intimamente: "Que existirá no fundo deste homem? Em que o interessará a partilha da Polônia?"

Quando Sviajski acabou de falar, Levine perguntou involuntariamente:

— E depois?

Não havia nenhuma razão para aquela pergunta. A publicação era curiosa e Sviajski julgou inútil explicar em que ela o interessava particularmente.

— Sabes que gostei de ouvir o teu velho fidalgo — disse Levine, depois de um suspiro. — Ele não é tolo e, entre as suas palavras, diz coisas verdadeiras.

— Como! É um escravagista, odioso como todos os outros.

— O que não te impede de orientá-los.

— Sim, mas para dirigi-los em sentido inverso — disse Sviajski, rindo-se.

— Em todo caso — insistiu Levine —, uma das suas afirmações me parece inegável: quem desejar, dentre nós, valorizar a propriedade através dos métodos racionais está destinado a um prejuízo certo: só têm êxito os usurários ou os que ficaram com um sistema de exploração primitiva... Eu gostaria de saber de quem é a culpa.

— Nossa, evidentemente. De resto, alguns fazem bons negócios, Vassiltchikov por exemplo.

— Ele tem uma usina...

— Está certo. Mas a tua surpresa deve me espantar. Nosso povo é tão pouco desenvolvido, moral e materialmente, que sempre se opõe a qualquer inovação. Se os métodos racionais conquistaram a Europa foi porque a instrução se disseminou entre o povo. Temos que a espalhar também entre os nossos camponeses.

— De que maneira?

— Mas se tu próprio achas que ao nosso povo falta o menor bem-estar, para que servirão escolas neste triste estado de coisas?

— A tua resposta me faz lembrar a de um doente a um amigo que lhe aconselhava: "Tome um purgante. Eu tomei e me fez mal. Ponha os sanguessugas. Eu pus e me fizeram mal. Reze para o bom Deus. Eu rezei e me fez mal." Tu repeles do mesmo modo todos os remédios que proponho: economia política, socialismo, instrução.

— É que não vejo o bem que as escolas possam fazer.

— Criarão novas necessidades.

— Tanto pior — exaltou-se Levine —, pois que o povo não está em condições de satisfazê-las. E em que melhorará a sua situação material sabendo somar, diminuir e o catecismo? Anteontem à noite encontrei uma camponesa que trazia o filho ao colo. "De onde vens tu?", perguntei. Respondeu-me: "Venho da casa de uma parteira, a criança só fazia gritar e eu a levei para que ela a curasse." "E que fez ela?" "Pôs o pequeno no poleiro das aves e resmoneou uma porção de palavras."

— Bem vê — disse Sviajski, sorrindo —, para que não mais se recorra ao poleiro é preciso...

— Não! — interrompeu Levine. — São as tuas escolas, como remédio para o povo, que eu comparo ao gesto da parteira. Que o povo seja pobre e atrasado, nós o vemos tão claramente como a boa mulher ouvia os gritos da criança, mas pretender lutar contra esta miséria com a criação de escolas é, segundo o meu modo de ver, tão absurdo como querer curar a criança com o auxílio do poleiro. É preciso, primeiramente, atacar as raízes do mal.

— Chegas às mesmas conclusões que Spencer, um autor de quem não gostas. Acha Spencer que a civilização pode resultar de um aumento do bem-estar, de abluções mais frequentes, mas que o alfabeto e a aritmética não influem em nada.

— Tanto pior, ou tanto melhor, para mim se estou de acordo com Spencer. A minha convicção há muito tempo que está formada: só existe um remédio eficaz, que é uma situação econômica que permita ao povo enriquecer-se e gozar mais descanso. Então, e somente então, poderás criar escolas.

— Mas a instrução vai-se tornando obrigatória em toda a Europa.

— Como interpretaste Spencer neste ponto?

O olhar de Sviajski perturbou-se e ele disse, rindo:

— A história da tua camponesa é excelente. Isso aconteceu realmente?

Levine compreendeu que nunca acharia ligação entre a vida e as ideias daquele homem. O que o interessava era a discussão em si mesma, e não as conclusões a que se pudesse chegar. Não gostando de deixar a discussão em suspenso, tinha o cuidado de desviar a tempo a conversa.

Levine sentiu-se profundamente perturbado sob o afluxo das suas novas impressões. O velho camponês e a sua família — primeira causa de todas as suas reflexões do dia; Sviajski, que, como muitos outros, guiava a opinião pública entre ideias alheias e pensamentos impenetráveis; aquele fidalgo irritado, cujos raciocínios, frutos de uma rude experiência, seriam justos se não desconhecesse ele a melhor classe de população; os seus próprios desgostos, que esperava poder remediar em breve; todas essas impressões fundiam-se na sua alma numa espécie de agitação.

Deitado numa cama cujas molas rangiam a cada movimento dos seus braços ou das suas pernas, Levine preocupou-se menos com os argumentos, dignos de interesse, de Sviajski do que com as afirmações dogmáticas do proprietário. Agora a sua imaginação lhe sugeria objeções que não fizera.

"Sim", pensava, "eis o que eu deveria responder. O senhor acha que a nossa agricultura anda mal porque o camponês detesta as inovações e que é preciso obrigá-lo a aceitá-las pela força. Na verdade, unicamente os que respeitam os costumes dos trabalhadores, como o homem que encontrei de manhã, conseguem bons resultados. As nossas decepções se originam do fato de que não sabemos nos conduzir. Queremos impor os nossos métodos europeus sem nos preocuparmos com a natureza mesma da mão de obra. Tentemos não mais considerar esta mão de obra como uma entidade teórica, vejamos nela o camponês russo e os seus instintos e tiremos daí as conclusões. Suponhamos, por exemplo, que o senhor ache o meio de interessar os trabalhadores na sua empresa, de fazê-los admitir um mínimo de aperfeiçoamento e que, sem esgotar a terra, a obrigue a render duas ou três vezes mais do que antes. Divida-a em duas partes, faça presente de uma aos camponeses e explore a outra por sua conta. Mas para que se obtenha esse resultado, é necessário abaixar o nível da nossa cultura e interessar os trabalhadores na empresa. Como fazer tal coisa? A questão deve ser examinada nos detalhes, mas não duvido que possa ser resolvida."

Levine passou uma boa parte da noite examinando esses detalhes e resolveu parte deles na manhã do dia seguinte. A lembrança da cunhada de Sviajski, com o vestido decotado, provocou-lhe um sentimento de vergonha e remorso. Mas devia submeter aos seus trabalhadores, antes das plantações do outono, o plano de uma reforma completa do seu sistema de trabalho.

XXIX

A execução do plano apresentava numerosas dificuldades, mas Levine se saiu tão bem que, sem obter o resultado previsto, podia dizer não ter perdido o tempo e nem o trabalho. Um dos principais obstáculos que o contrariaram foi a impossibilidade de simplificar: a máquina devia ser transformada em pleno movimento.

Chegando em casa à noite, Levine comunicou os seus projetos ao administrador, que aprovou com uma satisfação não dissimulada a parte destrutiva: tudo o que até então se fizera era absurdo, cansava-se havia muito tempo de dizer sem que ninguém o quisesse ouvir! Mas quando Levine propôs associá-lo, assim como aos camponeses, na sua empresa, tomou um ar abatido e, sem responder diretamente, mostrou a necessidade de, já no dia seguinte, recolherem-se os últimos molhos de trigo e de começar uma segunda lavoura. A hora, decididamente, não era propícia a uma reforma tão radical. Levine viu perfeitamente isso quando observou que os camponeses estavam muito ocupados e não podiam compreender a reforma. O vaqueiro Ivan, por exemplo, um ingênuo rapaz que ele desejara associar com a sua família nos lucros das aves, pareceu a princípio ter entendido as intenções do patrão, mas quando este resolveu explicar-lhe as vantagens que tiraria, o seu rosto exprimiu a inquietude e logo inventou uma ocupação qualquer: manjedouras para esvaziar, selhas para encher, adubos para remover.

A inveterada desconfiança dos camponeses constituía um empecilho não menos sério: não podiam admitir que o patrão não os procurasse explorar e, por outro lado, falando muito, tinham o cuidado de não exprimir a essência do seu pensamento. Demais, como para justificar as palavras do bilioso fidalgo, apresentavam como primeira condição do negócio que nunca seriam obrigados ao emprego de instrumentos aperfeiçoados ou de novos métodos de cultura. Achavam que a charrua e o extirpador eram ótimos, mas encontravam cem razões para não os empregarem. Indispensável abaixar o nível da cultura — tão persuadido estivesse dessa necessidade, Levine não renunciou alegremente a certas inovações cujas vantagens eram por demais evidentes.

Apesar dos contratempos, Levine alcançou os seus fins e, desde o outono, o negócio tomou ou pareceu tomar o seu ritmo. No entanto, teve que renunciar à extensão da sociedade por toda a sua propriedade e dividiu-a em cinco ramos — pátio das aves, jardim, horta, prados, lavouras —, compreendendo cada um muitos lotes. O ingênuo vaqueiro Ivan, que parecera melhor entender que os outros de quem ele dependeria, formou um grupo com parentes e amigos e se encarregou do pátio das aves. Uma terra afastada, inculta havia oito anos e invadida pelo mato, foi confiada a Fedor Rezounov, um carpinteiro nada tolo e que se reuniu a seis famílias de agricultores. A horta foi cedida a um outro camponês, chamado Chouraiev. Todo o resto permaneceu como no passado, mas aqueles três lotes, sob a futura reforma geral, deram a Levine alguma inquietação.

Em verdade, as vacas não prosperaram muito: Ivan não quis ouvir falar de um estábulo quente, alegando que as vacas, no frio, consumiam menos forragem e que o creme mais espesso daria melhor manteiga que o creme líquido. Achou que devia ser pago como era costume e não entendeu que a quantia que lhe tocava não era representada pelo salário, mas pelo adiantamento sobre a sua parte nos lucros.

Por seu lado, o grupo organizado por Fedor Rezounov, argumentando que estava muito avançado, só plantara uma parte da terra em lugar das duas convencionadas. Obstinava se a crer que trabalhava com mais da metade dos lucros e mais de uma vez os seus participantes, Rezounov inclusive, propuseram a Levine pagar-lhe o arrendamento. Com isso, diziam eles, "o senhor estará mais tranquilo e nós estaremos quites um pouco mais cedo." Fez, sob inúmeros pretextos, demorar a construção do celeiro e do estábulo que se comprometera a erguer antes do inverno.

Quanto a Chouraiev, mal compreendera ou fingia mal compreender as condições em que lhe fora confiada a horta: alugava-a por lotes a outros camponeses.

Levine tentou explicar a essas pessoas as vantagens que tirariam da empresa: não lhe prestaram atenção e juraram definitivamente não se deixarem levar pelas belas palavras do patrão. E em nenhum olhar aquela decisão melhor se lia que no do mais nocivo, do mais esperto dentre eles, o carpinteiro Rezounov.

Isso não impedia a Levine de acreditar que, com perseverança e uma permanente apresentação de contas, pudesse finalmente provar a razão das suas palavras. Tudo, então, marcharia naturalmente.

O movimento desse negócio, a gerência à velha moda de outras partes da propriedade, a composição do seu livro — ocuparam Levine de tal modo que ele quase não caçou durante o verão. Nos fins de agosto soube, por um mensageiro que lhe trouxera o selim, que os Oblonski haviam voltado para Moscou. Sentia, além disso, que deixando sem resposta o bilhete de Daria Alexandrovna — grosseria de que nunca se lembrava sem enrubescer — jamais retornaria à sua casa. Também não retornaria à casa de Sviajski, de quem não se despedira quando da sua brusca partida. Depois, que importava! Estava bastante absorvido pelas preocupações para se sobrecarregar com remorsos. Nunca havia trabalhado tanto. Devorou todos os livros que Sviajski lhe emprestara, ainda outros que mandara buscar, mas, como julgara, nada encontrou de útil nas respectivas teses. Os clássicos da economia política, Mill por exemplo, sobre quem primeiro se lançou na esperança de descobrir a solução dos problemas que o preocupavam, apontaram-lhe leis que provinham da situação econômica da Europa, mas ele não via como essas leis, inaplicáveis na Rússia, deviam ter um caráter geral. As obras socialistas ou eram lindas utopias, que o seduziram nos bancos da universidade, ou correções tiradas à economia europeia que não tinha absolutamente nada de comum com a economia russa: a doutrina ortodoxa considerava como irrefutáveis e universais as leis pelas quais se constituíra e ainda se constituía a riqueza da Europa. A doutrina socialista sustentava que a aplicação dessas leis conduzia o mundo para a desgraça. Mas nem uma nem outra ofereciam a Levine a menor indicação sobre os esforços a tentar pelos proprietários e camponeses russos para contribuírem, na mais ampla medida possível, com os seus milhões de braços e de hectares para a prosperidade geral.

À força de ler, veio a projetar, para o outono, uma viagem ao estrangeiro, a fim de estudar *in loco* a questão que o apaixonava. Não quis mais se expor ao que diziam as autoridades na matéria. "Mas Kaufmann, Jones, Dubois, Miceli? O senhor não os leu? Leia-os, eles trataram profundamente esta questão."

Via perfeitamente que os Kaufmann e os Miceli nada tinham para lhe dizer. Sabia agora o que queria saber. "A Rússia", pensava, "possui excelentes terras e excelentes trabalhadores, mas bem raramente acontece que essas terras e esses trabalhadores produzam verdadeiramente, como no caso daquele camponês de outro dia — a maior parte do tempo, quando o capital é empregado à europeia, a renda é medíocre, porque os trabalhadores não querem trabalhar e só trabalham realmente bem ao seu modo. É um fenômeno constante que está preso ao espírito mesmo do nosso povo. Este povo, cuja vocação foi a de colonizar espaços imensos, sempre se manteve ligado aos seus próprios processos, que não são maus como vulgarmente se pensa." Eis o que Levine desejava provar, teoricamente no seu livro e praticamente na sua propriedade.

XXX

No fim de setembro, o grupo organizado por Rezounov deixou afinal sobre a terra a madeira destinada à construção do estábulo e, por outro lado, vendeu a reserva de manteiga, dividindo o lucro. A prática dava, pois, bons resultados, ou, pelo menos, Levine assim o julgava. Quanto à teoria, só lhe restava requerer do estrangeiro provas irrefutáveis capazes de compor uma obra atraente, de estabelecer as bases de uma ciência nova sobre as ruínas da velha economia política. Para viajar, esperava apenas a venda do trigo, quando as chuvas torrenciais o puseram positivamente doente. Uma parte da ceifa e toda a colheita de batatas não chegaram a ser recolhidas; todos os trabalhos, mesmo a entrega do trigo, se atrasaram; as enchentes levaram dois moinhos; as estradas se tornaram intransitáveis; e o tempo piorava sempre.

Na manhã de 30 de setembro o sol mostrou-se, afinal, e isso forçou Levine a apressar os seus preparativos de viagem: mandou ensacar o trigo, ordenou ao administrador que se interessasse pela venda e realizou uma última volta de inspeção. Voltou muito tarde, molhado até os ossos, apesar da roupa de couro, mas satisfeito. À noite, a chuva prosseguiu fustigando o cavalo; Levine, trêmulo da cabeça aos pés, abrigado no seu capote, achava-se muito à vontade e olhava tudo o que a sua vista alcançava: regatos lodosos desciam pelos sulcos cavados pelas rodas dos carros, gotas de chuvas suspensas nos ramos despidos, manchas brancas de granizo nas tábuas de uma ponte. Malgrado a desolação da natureza, ele se sentia bastante alegre; uma conversa com os camponeses de uma aldeia afastada convencera-o de que eles se ajustavam à nova vida e, por outro lado, um velho guarda, em casa de quem entrara devido à chuva, aprovava evidentemente os seus planos, porque pedira para ser associado na compra do gado.

"É necessário apenas perseverar", pensava Levine, "e alcançarei o que desejo. Não há lugar para aborrecimentos, porque trabalho para a prosperidade geral. A carreira econômica do país será modificada profundamente. À miséria sucederá o conforto; à hostilidade, a concórdia e a solidariedade dos interesses. Realizar-se-á, sem o menor derramamento de sangue, uma revolução que, partindo do nosso distrito, conquistará a nossa província, toda a Rússia, o mundo inteiro, porque uma ideia justa não poderá ser estéril, um fim tão grandioso merece ser executado com obstinação. E que o autor dessa revolução seja aquele simplório Constantin Levine que foi ao baile com a gravata negra para ser recusado por *mademoiselle* Stcherbatski, isso não tem nenhuma importância. Estou certo que Franklin, quando se examinava a si mesmo, também sentia falta de confiança e não se julgava melhor do que eu me julgo. E, por certo, como eu, ele tinha uma Agatha Mikhailovna a quem confiava os segredos."

Essas reflexões ainda preocupavam Levine quando ele entrou em casa, já noite. O administrador viera lhe falar sobre a venda da colheita: o trigo não chegara ainda de parte alguma e podia se julgar feliz pelo fato de só restarem cento e sessenta medas.

Depois do jantar, Levine sentou-se, como de costume, na sua poltrona, com um livro na mão, mas, lendo, prosseguia as meditações sobre o fim da viagem. Sentia o espírito lúcido e as ideias se traduziam em frases que revelavam perfeitamente a essência do seu pensamento. "É preciso observar isso. Achei a pequena introdução que até aqui me parecia inútil." Levantou-se para escrevê-la, enquanto Mignonne, deitada aos seus pés, interrogava-o com os olhos sobre a estrada a tomar. Os chefes de serviço, porém, esperavam-no na sala e devia, primeiramente, fornecer instruções para o dia seguinte. Somente então pôde sentar-se à escrivaninha, sob a qual deitou-se a cadela, enquanto Agatha Mikhailovna, uma meia na mão, sentava-se no seu lugar de costume.

Depois de escrever um certo tempo, Levine se ergueu e pôs-se a medir o quarto: a lembrança de Kitty, da sua recusa, do seu último encontro, atravessou-lhe o espírito com uma vivacidade cruel.

— O senhor se prejudica em ficar zangado — disse-lhe Agatha Mikhailovna. — Que está fazendo aqui? Parta para as águas quentes, já que se decidiu.

— Pretendo partir depois de amanhã. É necessário prosseguir no meu negócio.

— O lindo negócio! O senhor acredita já o ter realizado? Sabe o que pensam os camponeses: "O teu patrão seguramente vai ser recompensado pelo tzar". Que necessidade tem o senhor em se preocupar com eles?

— Não é com eles que eu me preocupo, mas comigo mesmo.

Agatha Mikhailovna conhecia detalhadamente todos os projetos de Levine porque ele os explicara e, mesmo frequentemente, haviam discutido sobre aquilo. Mas, desta vez, ela interpretou as suas palavras com um outro sentido que não o verdadeiro.

— Está certo — disse ela, suspirando —, antes de mais nada devemos pensar na alma. Parthene Denissitch (era o nome de um criado recentemente falecido), por exemplo, achava ótimo não saber nem o ABC. Que Deus nos faça a graça de morrer como ele! Recebeu o bom Deus, a extrema unção, tudo o que era necessário.

— Não é assim que penso — replicou Levine. — Trabalho para o meu próprio interesse. Quando os camponeses trabalharem mais, mais eu ganharei.

— O senhor poderá fazer o que quiser, o preguiçoso será sempre preguiçoso e o que tiver consciência sempre trabalhará. O senhor não influirá em nada.

— Mas tu não disseste que o Ivan trata melhor as vacas do que antes?

— O que eu digo é que já é tempo de o senhor casar-se — respondeu Agatha Mikhailovna, seguindo uma ideia que lhe era cara.

A coincidência dessa observação com as lembranças que o dominavam melindrou Levine. Franziu a testa e, sem responder, voltou à sua obra que lhe pareceu uma vez mais de essencial importância. De quando em vez, porém, o tique-taque das agulhas da velha criada lhe despertava pensamentos importunos.

Às nove horas, um zunido de guizos e o ruído surdo de uma carruagem rodando na lama subiram até o corredor.

— É uma visita que chega, o senhor não tem de que se aborrecer — disse Agatha Mikhailovna, dirigindo-se para a porta.

Mas Levine a ela se antecipou: sentindo que o trabalho não avançava, alegrou-se por ver chegar alguém.

XXXI

Do patamar da escada, Levine ouviu o som de uma tosse que lhe pareceu conhecida, mas como o barulho dos seus passos o impedisse de ouvir distintamente, esperou o momento de certificar-se. Logo distinguiu uma figura magra e, se bem que a dúvida não lhe fosse possível, quis ainda acreditar não ser aquele enorme homem que tossia e de capote o seu irmão Nicolas. Realmente, por mais afeição que lhe tivesse, a companhia daquele infeliz era para Levine um verdadeiro suplício — e eis que Nicolas chegava justamente no instante em que, perturbado pelo afluxo das recordações e pela insidiosa observação da criada, Constantin só desejava encontrar o seu equilíbrio moral. Em lugar do alegre visitante que previra, estranho às suas preocupações e capaz de distraí-lo, encontrava-se com um irmão que, conhecendo-o a fundo, iria constrangê-lo a confessar os seus sonhos íntimos — o que, acima de tudo, ele mais temia.

Condenando estes maus pensamentos, Levine deslizou pela escada. Assim que viu o irmão, o seu desapontamento cedeu lugar a uma profunda piedade. Mais lívido, mais descarnado do que nunca, Nicolas causava medo aos que o vissem: dir-se-ia um esqueleto ambulante. Estendia, para libertar-se do lenço de seda, um longo pescoço desajeitado e esboçava um sorriso humilde, resignado, à vista do qual Constantin sentiu a garganta apertar-se.

— Afinal, aqui estou na tua casa — disse Nicolas com uma voz surda, não tirando os olhos do irmão. — Há muito tempo que desejava vir, mas a minha saúde não permitia... Agora, isso vai bem melhor — acrescentou, enxugando a barba com as grandes mãos ossudas.

— Sim, sim — respondeu Levine. E a sua surpresa aumentou quando, abraçando Nicolas, tocando os lábios naquele rosto seco, viu de perto o estranho brilho dos seus olhos dilatados.

Algumas semanas antes, Constantin escrevera ao irmão dizendo que liquidara a pequena porção que restava da fortuna mobiliária em comum e que possuía dois mil rublos para lhe enviar. Nicolas declarou que, vindo buscar esse dinheiro, visava a principalmente rever o ninho antigo, pisar a terra natal para adquirir forças, como os heróis dos velhos tempos. Apesar do corpo cada vez mais arqueado e da incrível magreza, ainda tinha movimentos vivos e bruscos; Levine conduziu-o para o seu quarto.

Nicolas mudou de roupa com muito cuidado, o que antigamente não fazia, penteou os raros cabelos e depois, risonho, subiu ao primeiro andar.

Estava com um humor alegre e doce, que Levine conhecera no tempo da sua infância, falou mesmo sem amargura de Sergio Ivanovitch. Pilheriou com Agatha Mikhailovna e perguntou pelos velhos criados. A morte de Parthene Denissitch pareceu impressioná-lo vivamente, o seu rosto assumiu uma expressão de desespero, mas logo se refez.

— Ele estava muito velho, não é verdade? — perguntou, mudando imediatamente de assunto. — Ficarei um ou dois meses em tua casa, voltarei depois a Moscou, onde Miagkov me prometeu um emprego, e começarei a trabalhar. Pretendo viver de outra maneira... Tu sabes, afastei aquela pessoa.

— Maria Nicolaievna? Por quê?

— Era uma mulher mesquinha, que me deu todos os aborrecimentos possíveis.

Escondeu que a abandonara porque ela lhe servia um chá muito fraco e principalmente porque o tratava como doente.

— Quero, de resto, mudar totalmente o meu modo de vida. Fiz inúmeras tolices, como todo mundo. Mas a fortuna não me interessa, o que me interessa é a saúde e, graças a Deus, eu me sinto muito melhor.

Ouvindo-o, Levine procurava inutilmente uma resposta. Nicolas pôs-se a interrogá-lo sobre o andamento dos seus negócios e Constantin, feliz de poder falar sem dissimulação, contou-lhe os seus projetos e os ensaios de reforma. Nicolas ouvia distraidamente.

Esses dois homens estavam tão pertos um do outro que percebiam os seus menores gestos, as suas menores inflexões de voz. Um único e mesmo pensamento os possuía naquele momento: a próxima morte de Nicolas. Mas como nenhum dos dois ousasse fazer alusão a isto, as suas palavras só podiam ser mentirosas. Nunca Levine vira se aproximar com tanto alívio a hora de se recolher. Nunca um estranho, em nenhuma visita oficial, o perturbara tanto. A consciência e o remorso que sentia mais agravavam ainda o seu embaraço. Enquanto o seu coração se despedaçava à vista do irmão moribundo, precisava manter uma conversa sobre a vida que este se propunha levar.

A casa só possuía um quarto quente e Levine, para afastar o irmão de qualquer umidade, fê-lo partilhar do seu. Nicolas deitou-se, dormiu como um doente, voltando-se incessantemente no leito, tossindo, resmungando. Soltava por vezes um profundo suspiro e murmurava: "Ah, meu Deus!" Outras vezes, quando uma queixa o oprimia, gritava: "Vá para o diabo!"

Constantin, durante muito tempo, ouviu-o sem poder dormir, preso a diversos pensamentos, que se associavam à ideia da morte.

Pela primeira vez a morte, termo inevitável de todas as coisas, apresentou-se a ele em todo o seu trágico poder. Era ela quem, naquele irmão de sono agitado, invocava indiferentemente Deus ou o diabo. Era também a morte que surgiria nele, hoje, amanhã, em trinta anos, que importava! E, ao certo, que era essa morte inexorável? Não, ele não sabia, nunca pensara, nunca tivera coragem de perguntar a si mesmo.

"Eu trabalho, sacrifico-me por um fim e esqueço que tudo acaba... que é indispensável morrer."

Agachado na cama, dentro da obscuridade, envolvendo os joelhos com os braços, a tensão do espírito obrigava-o a reter a respiração. Mas tanto mais refletia, mais via claramente que, em sua concepção da vida, omitira aquele ligeiro detalhe, a morte, que viria um dia levá-lo. Para que empreender então o que quer que fosse! Não havia nenhum remédio para a morte. Era horrível, mas inevitável.

"Mas eu vivo ainda. Que deverei fazer agora?", perguntava-se desesperadamente.

Acendeu uma vela, levantou-se sem fazer barulho, aproximou-se do espelho a fim de examinar o rosto e os cabelos: algumas mechas grisalhas mostravam-se nas suas têmporas. Abriu a boca: os dentes começavam a se estragar. Descobriu os braços musculosos e achou-os robustos. Mas aquele pobre Nicolas, que respirava tão dificilmente com o pouco de pulmões que lhe restava, também tivera um corpo vigoroso. E lembrou-se imediatamente de quando eram crianças, de quando se deitavam à noite, no tempo em que a felicidade constituía em esperar que Fédor Bogdanytch deixasse o quarto e rir-se, rir-se tão amplamente que o próprio receio de Fédor Bogdanytch não perturbava aquela exuberante alegria de viver. "E agora ele está deitado com o pobre peito cavado e arqueado... e inutilmente me pergunto porque vivo e o que me tornarei!"

— Kha! Kha! Kha! Que diabos fazes aí e por que não dormes?

— Não tenho nada... Uma insônia.

— Eu dormi bem... Não transpiro mais. Ponha a mão na minha camisa: ela está enxuta, não é mesmo?

Levine obedeceu, retornou à sua cama, apagou a vela, mas continuou sem sono. Trouxera alguma luz ao grave problema da organização da vida para ver surgir um outro, insolúvel, o problema da morte!

"Sim, ele morre, ele morrerá na primavera. Que posso fazer para ajudá--lo? Que posso dizer-lhe? Que sei de tudo isso? Já tinha mesmo esquecido que é inevitável morrer."

XXXII

Todo excesso de humildade provoca na maior parte das pessoas uma reação violenta: então as exigências, as discórdias já não conhecem limites. Levine, que sabia isso por experiência, duvidava que a doçura do irmão durasse muito tempo. No dia seguinte, efetivamente, Nicolas se irritou com as menores coisas e começou a melindrar Constantin nos seus pontos mais sensíveis.

Levine achava-se hipócrita, mas não podia ser de outro modo. Via perfeitamente que se ambos tivessem sido sinceros, não se fitariam e só teriam dito palavras assim: "Tu vais morrer, tu vais morrer!" "Eu sei, e tenho medo, um medo horrível!" Mas como aquela sinceridade não era possível, Constantin tentava falar sobre assuntos indiferentes. Com essa tática, que vira empregada por outros, nunca se saíra bem. O seu embaraço era muito visível e o seu irmão, que o percebia, notava cada uma das suas palavras.

No dia seguinte, Nicolas levantou a questão das reformas do irmão, reformas que não somente criticou, mas que confundia com o comunismo.

— Tomaste as ideias de outros para desfigurá-las e aplicá-las onde são inaplicáveis...

— Não, viso a um outro fim. Os comunistas negam a legitimidade da propriedade, do capital, da herança, enquanto eu pretendo unicamente regularizar o trabalho sem desconhecer absolutamente esses "estimulantes" (Depois que se apaixonara pelas Ciências Sociais, Levine lutava cada vez mais para exprimir o seu pensamento através de horrendos vocábulos bárbaros.)

— Tomas uma ideia estranha, tiras o que lhe dá força e pretendes passá-la por nova — disse Nicolas, desatando a gravata.

— Mas eu te asseguro que não existe nenhuma aproximação...

— Aquelas doutrinas — continuou Nicolas, com um sorriso irônico e um olhar cintilante de cólera — têm pelo menos a atração, que chamarei geométrica, de serem claras e lógicas. Naturalmente, são utopias. Mas se chegarmos a negar o passado, não mais existindo família nem propriedade, podemos evidentemente produzir uma nova forma de trabalho. Mas tu não deste aos teus projetos nenhuma base séria...

— Por que queres sempre confundir as coisas? Eu nunca fui comunista.

— Eu o fui e acho que se o comunismo é prematuro, tem a seu favor a lógica e o futuro, como o cristianismo dos primeiros séculos.

— Acho tão somente que o trabalho é uma força elementar, precisando ser estudado cientificamente, a fim de reconhecer as suas propriedades...

— É perfeitamente inútil. Esta força move-se por si mesma e sempre acha as formas que lhe convém. Em toda parte houve primeiramente os escravos e depois os *métayers*. Nós conhecemos também a renda total, a meia renda e o valor direto. Que procuras mais?

Levine exaltou-se ouvindo aquelas últimas palavras, tanto mais que receava que o irmão tivesse razão: talvez, realmente, procurasse meio termo — muito difícil de ser descoberto — entre o comunismo e as formas existentes do trabalho.

— Eu procuro uma forma de trabalho que seja útil a todos, a mim como aos meus trabalhadores — respondeu ele alteando a voz.

— Queres representar o original, como fizeste toda a vida, e ao invés de explorar francamente os teus trabalhadores, empresta-lhes princípios.

— Está bem, já que entendes assim, deixemos este assunto — replicou Levine, que sentia os músculos da face esquerda tremerem involuntariamente.

— Tu nunca tiveste convicções, só procuras lisonjear o teu amor próprio.

— Bem, mas então deixa-me em paz!

— Desejaria fazê-lo há muito tempo. Que o diabo te leve! Arrependo-me bastante de ter vindo.

Levine tentou acalmá-lo, Nicolas não o ouviu e persistiu em dizer que seria melhor separarem-se. Constantin verificou que a vida se tornara intolerável para o irmão e, na hora da partida, apressou-se em pedir desculpas, um pouco forçadas.

— Ah, ah, a magnanimidade agora! — disse Nicolas, sorrindo. — Se te atormentas com a necessidade de possuir a razão, concedo que estejas com a verdade. Mas parto de qualquer modo.

Nicolas, no último momento, abraçou o irmão e disse-lhe, com voz trêmula e um olhar de estranha gravidade:

— Vamos, Kostia, não me queiras mal.

Foram as únicas palavras sinceras trocadas entre os dois irmãos. Constantin compreendeu o que significavam aquelas palavras: "Vê, tu o sabes, eu vou embora, talvez não nos encontremos nunca mais." E as lágrimas brotaram-lhe dos olhos. Abraçou ainda Nicolas, mas nada achou para lhe dizer.

Levine, por sua vez, viajou no dia imediato. Encontrou, na estação, o jovem Stcherbatski, primo de Kitty, que se espantou por vê-lo tão triste.

— Que tens? — perguntou o rapaz.

— Nada, apenas a vida que não é alegre.

— Não é alegre? Venha comigo a Paris, em lugar de te enterrares num buraco como Mulhouse, verás as coisas de um modo mais róseo.

— Não, tudo acabou para mim, não me resta mais nada senão a morte.

— Verdadeiramente! — disse Stcherbatski, rindo-se. — E eu que me preparo somente para viver!

— Há pouco eu pensava assim, mas sei agora que morrerei em breve.

Levine falava com toda a franqueza: só via a morte, sem, no entanto, abandonar os seus projetos de reforma — era necessário ocupar a vida até o fim! Nas trevas que o envolviam, a sua grande ideia servia-lhe de fio condutor e a ela se unia com todas as suas forças.

Quarta Parte

I

Os Karenine continuaram a viver sob o mesmo teto, mas permanecendo completamente estranhos um ao outro. Para não dar motivo aos comentários dos criados, Alexis Alexandrovitch julgava necessário aparecer todos os dias em companhia da mulher. Raramente, porém, jantava em casa. Vronski não aparecia nunca. Ana o encontrava fora e o seu marido o sabia.

Sofriam com aquela situação, que seria intolerável se não a julgassem transitória. Alexis Alexandrovitch esperava assistir ao fim daquela paixão, já que tudo no mundo tem um fim, antes que a sua honra fosse ostensivamente manchada. Ana, causa de todo o mal e sobre quem as consequências pesavam mais cruelmente, só aceitava aquela situação na certeza de um desfecho próximo, que, ao certo, ignorava como seria. Influenciado por Ana sem o saber, Vronski partilhava daquela convicção: sobreviria um acontecimento, independentemente da sua vontade, que suprimiria todos os obstáculos.

Vronski, no meado do inverno, atravessou uma semana aborrecido. Encarregaram-no de mostrar Petersburgo a um príncipe estrangeiro e essa honra, consequência da sua boa presença, da sua perfeita habilidade e do seu conhecimento da alta sociedade, pareceu-lhe fastidiosa. O príncipe queria preparar-se para responder a todas as perguntas que lhe fizessem na volta, bem como aproveitar largamente as diversões russas. Foi preciso, pois, mostrar-lhes as curiosidades durante o dia e o *bas-fond* durante a noite. Apesar do príncipe, gozava ele de uma saúde excepcional. Os minuciosos cuidados higiênicos, juntos a uma ginástica apropriada, conservavam-no em tão belo estado que, apesar dos excessos a que se entregava, possuía a frescura de um pepino holandês, alto, verde e brilhante. Viajara muito. A facilidade das modernas comunicações oferecia-lhe a vantagem, que ele aproveitava, de poder adaptar-se divertidamente aos costumes dos diversos países. Na Espanha, dera serenatas e cortejara uma tocadora de bandolim; na Suíça, matara cabritos; na Inglaterra, saltara valados com vestimentas vermelhas e apostara abater duzentos faisões; na Turquia, penetrara num harém; na Índia, passeara montado num elefante; agora, gozava os prazeres tipicamente russos.

Em sua qualidade de cicerone, Vronski organizara — não sem dificuldade, visto o grande número de convites — o programa dos divertimentos: corridas de cavalos, caçadas aos ursos, canções dos boêmios, regabofes com uma facilidade surpreendente, mas quando quebrava pilhas de pratos ou punha uma cigana sobre os joelhos, sentia-se inclinado a perguntar se estava ali verdadeiramente a finalidade daquele espírito. No fundo, o que mais o agradou foram as atrizes francesas, uma moça do corpo de bailados e o vinho.

Vronski conhecia a vida dos príncipes, mas, quer tivesse mudado nos últimos tempos, quer visse aquele de muito perto, a semana que passou em sua companhia pareceu-lhe cruelmente longa. Sentira incessantemente a impressão de um homem encarregado de guardar um louco perigoso, que receava a sua doença e temia pela sua própria razão. Para não se expor a uma afronta, fora-lhe preciso, do começo ao fim, manter-se numa reserva prudente e oficial. O príncipe tratara altivamente até mesmo as pessoas que, para surpresa do seu guia, se humilhavam para lhe proporcionar os "prazeres nacionais" — e as observações que fizera sobre as mulheres russas, que se dignava estudar, forçaram mais de uma vez o rapaz a corar de indignação. No entanto, o que mais irritava a Vronski fora achar naquela criatura um reflexo de si mesmo, e aquele espelho nada tinha de lisonjeiro. A imagem que vira, fora a de um homem bem situado, muito cuidado, bastante tolo e orgulhoso de si próprio. Evidentemente, era um cavalheiro de temperamento nivelado aos seus superiores, simples e bom com os seus iguais, mas altivo para com os inferiores. Vronski procedia exatamente assim e julgava ser isso um mérito, mas, dirigindo-se a ele, os seus ares protetores o ofuscavam. "Que animal! Será possível que me pareça com ele?", pensara. Também, no fim da semana, sentiu-se feliz por deixar aquele espelho incômodo na plataforma da estação, onde, partindo para Moscou, o príncipe muito lhe agradeceu. Voltavam de uma caçada aos ursos, onde a temeridade russa, durante toda uma noite, se mostrara livremente.

II

Entrando em casa, Vronski encontrou um bilhete de Ana: "Sinto-me doente e infeliz. Não posso sair e não posso passar mais tempo sem ver-te. Espero-te esta noite. Alexis Alexandrovitch estará no conselho das sete às dez horas." Apesar de pouco surpreso em ver Ana violar a proibição formal do marido, resolveu satisfazer ao seu pedido.

Promovido a coronel durante o inverno, Vronski abandonara o regimento e vivia sozinho. Depois do almoço, deitando-se num divã, lembrou-se das cenas odiosas dos últimos dias e ligou à imagem de Ana a de um homem que desempenhara importante papel na caçada aos ursos. Acabou por adormecer e só despertou, trêmulo de pavor, em plena noite. Apressou-se em acender uma lanterna. "Que me aconteceu? Que vi de tão horrível no sonho?... Ah, sim, o homem, um pobre homem de barba eriçada que fazia não sei o quê, curvado em dois, e que de repente se pusera a pronunciar em francês palavras estranhas. Nunca tive um sonho semelhante. Por que este terror?" Mas, lembrando-se do homem e das suas palavras em francês, sentiu-se tremer da cabeça aos pés. "Que loucura!", murmurou, olhando o relógio. Eram oito horas e meia. Tocou a campainha chamando o criado, vestiu-se rapidamente, saiu e, esquecendo o sonho, só se inquietou com o atraso em que estava. Aproximando-se da casa dos Karenine, consultou o relógio e viu que faltavam dez minutos para as nove horas. Uma carruagem, puxada por dois cavalos castanhos, estava em frente à porta. Reconheceu a carruagem de Ana. "Ela quer ir à minha casa e isso será preferível, porque não gosto de entrar nesta casa. Depois, não desejo aparentar que me escondo." E, com o sangue frio de um homem habituado desde a infância a não corar, deixou o seu trenó e dirigiu-se para a porta. Esta abriu-se no mesmo momento e o porteiro, uma capa nos braços, chamou a carruagem. Por menos observador que fosse Vronski, a surpresa impressa no rosto do porteiro não lhe escapou. Avançou e quase chocou-se com Alexis Alexandrovitch; um bico de gás clareava o seu rosto lívido e abatido, o chapéu negro e a gravata branca justa no colarinho. Os olhos tristes de Karenine fixaram-se em Vronski, que o cumprimentou, comprimindo os lábios e levando a mão ao chapéu. Vronski viu-o subir na carruagem sem se voltar, receber pela janela a capa e o binóculo que o porteiro lhe entregava e desaparecer. Entrou no vestíbulo, por sua vez, com a fisionomia transtornada, e um sinistro clarão de orgulho ferido correu no seu olhar.

"Que situação!", pensou. Se ele ainda quisesse defender a sua honra, eu poderia agir, manifestar os meus sentimentos de um modo qualquer. Mas aquela fraqueza ou aquela pusilanimidade!... Graças a ele, tenho o aspecto de um patife e nada me poderia ser tão penoso..."

Depois da explicação que tivera com Ana no jardim de Mlle. Wrede, as ideias de Vronski haviam mudado muito. Como Ana se entregasse totalmente e nada mais esperava do futuro que não viesse do seu amante, este, dominado por ela, não acreditava mais na possibilidade de uma ruptura. Renunciando novamente aos seus sonhos ambiciosos, deixava-se vencer pela violência da paixão que cada vez mais o levava para aquela mulher.

Desde a antecâmara ouviu passos que se afastavam. Percebeu que ela entrava no salão, e isso depois de espreitar a sua chegada.

— Não — gritou Ana vendo Vronski, enquanto os seus olhos se enchiam de lágrimas ao som da própria voz —, não podemos viver assim. Ou então isso acontecerá muito, muito mais cedo.

— Que houve, minha amiga?

— É que eu te espero, torturo-me há duas horas... Mas, não, eu não quero discutir. Se não vieste foi porque um obstáculo sério te impediu! Não, eu não te repreendo...

Pôs as mãos nos ombros dele e o envolveu num olhar extasiado, apesar de perscrutador. Contemplava-o por todo o tempo que não o vira, impaciente como sempre de verificar a imagem que dele fizera durante a ausência. E, como sempre, a imaginação superava a realidade.

III

— Tu o encontraste? — perguntou ela, quando estavam perto da mesa que sustentava o candeeiro. — Foste castigado por teres vindo tão tarde!

— Sim, mas como aconteceu isso? Eu o julgava no conselho.

— Voltou para ir não sei aonde. Mas pouco importa, não falemos mais nisso. Dize-me, antes, onde estiveste: sempre com o príncipe?

Ela conhecia os menores detalhes da sua vida. Ele quis responder que, não tendo dormido à noite, deixara-se surpreender pelo sono, mas o rosto feliz de Ana o impedia de fazer aquela penosa confissão. Desculpou-se, dizendo ter sido obrigado a apresentar o seu relatório depois da viagem do príncipe.

— Sim, graças a Deus. Já não o suportava, asseguro-te.

— Por quê? Não levavas a vida que te é normal, a ti e aos outros rapazes? — disse ela, subitamente transfigurada, tomando, sem olhar Vronski, um *crochet* que estava na mesa.

— Há muito tempo que renunciei a esta vida — respondeu, procurando adivinhar a causa daquela súbita mudança de fisionomia. — E devo confessar — acrescentou, enquanto um sorriso descobria os seus dentes brancos — que me foi desagradável rever tal existência como num espelho.

Sem começar o trabalho no *crochet*, ela cobriu Vronski com um olhar inflamado, estranho, hostil.

— Lisa veio me ver há pouco... ela ainda vem à minha casa, apesar da condessa Lidia... e contou-me a tua reunião ateniense. Que horror!

— Eu queria precisamente dizer-te..,

Ela o interrompeu.

— Essa Teresa era a tua velha ligação?

— Eu queria dizer...

— Como tu és odioso, tu e os outros homens! Como podes supor que uma mulher esqueça essas coisas? — disse, animando-se cada vez mais, revelando assim a causa da sua irritação. — E principalmente uma mulher que, como eu, só pode conhecer da tua vida o que queiras dizer... E posso acaso saber se isto é a verdade?...

— Ana, tu me feres. Não acreditas em mim? Não te dei a palavra de que não havia escondido o menor dos meus pensamentos?

— Tens razão, mas se tu soubesses como eu sofro! — disse, esforçando-se por subjugar o ciúme. — Eu acredito em ti, eu acredito em ti... Que me dizias?

Ele não pôde mais se lembrar. As crises de ciúme de Ana tornavam-se cada vez mais frequentes, eram infalivelmente provas de amor que o assustavam e, se bem que nada deixasse transparecer, contribuíam para que esfriasse em relação à amante. Quantas vezes não repetira que a felicidade só existia naquele amor! E agora que ela o amava como só pode amar uma mulher que tudo sacrificou pela sua paixão, sentia a felicidade mais longe do que na época em que deixara Moscou para segui-la. Era que então uma promessa de felicidade brilhava no seu infortúnio e agora os dias luminosos pertenciam ao passado. Uma grande mudança, tanto moral como física, realizara-se em Ana: ela engordara e algumas vezes, como ainda há pouco, uma expressão de ódio alterava os seus traços. Para

Vronski, era apenas uma flor murcha onde não encontrava mais aquelas marcas de beleza que o haviam incitado a colhê-la. Contudo, antigamente, por um esforço de vontade, ele poderia extrair o amor do coração e sentia agora que, pensando não mais amá-la, a ela estava preso para sempre.

— Bem, que querias me dizer sobre o príncipe? — continuou Ana. — Fica tranquilo, que já afastei os demônios... (era assim que chamavam as suas crises de ciúme). Em que ele te desagradou?

— É insuportável! — respondeu Vronski, tentando encontrar o fio do pensamento. — Não lucra nada em ser visto de perto. Não poderia compará-lo melhor senão a esses animais bem cevados que são premiados nas exposições — acrescentou, num tom de desprezo que pareceu interessar a Ana.

— Que dizes? — replicou ela. — É um homem instruído, que viajou muito.

— A instrução dessas pessoas não é a nossa. Dir-se-ia que ele se instruiu para ter o direito de desprezar a instrução, como despreza tudo, menos os prazeres animais.

— Mas tu não amas também a todos esses prazeres animais? — disse Ana, afastando um olhar em que Vronski observou a desolação.

— Por que o defendes? — perguntou ele, sorrindo.

— Eu não o defendo, ele me é bastante indiferente para isso. Mas se aquela vida te desagrada tanto como o dizes, poderias te desculpar perfeitamente. Não, até gostaste de ver aquela Teresa em trajes de Eva...

— Eis o demônio que volta! — disse Vronski, dirigindo-se para beijar a mão que Ana colocara sobre a mesa.

— Sim, é mais forte do que eu! Não imaginas o que sofri te esperando! No fundo, eu não sou ciumenta: acredito-te quando estás junto a mim, mas quando estás Deus sabe onde, metido em não sei que vida...

Ela se voltou e, pegando afinal no *crochet*, pôs-se a fiar, utilizando o dedo indicador e as malhas da lã branca que brilhava na luz. A sua mão fina volteava nervosamente sob o punho bordado.

— Dize-me, onde encontraste Alexis Alexandrovitch? — perguntou subitamente, com voz constrangida.

— Quase nos esbarramos um com o outro, na porta.

— E ele te cumprimentou assim?

Ela alongou o rosto, semicerrou os olhos, cruzou os braços e mudou de tal forma a fisionomia que Vronski imediatamente reconheceu Alexis

ANA KARENINA

Alexandrovitch. Sorriu. Ana pôs-se a rir também, aquele riso fresco e sonoro que era um dos seus grandes encantos.

— Nada percebo — disse Vronski. — Queria compreender como, depois da conversa que tiveste com ele no campo, não brigou contigo e não me convidou para um duelo. Mas como este homem pode suportar tal situação? Vê-se que ele sofre...

— Ele? — fez Ana, com um sorriso irônico — Não, ao contrário, sente-se muito feliz.

— Por que todos nós sofremos quando tudo poderia se arranjar?

— Fique certo de que não sofre... Oh, como eu conheço aquela natureza mentirosa! Quem poderia, a não ser um insensível, viver com uma mulher culpada sob o mesmo teto, falar-lhe como ele me fala, tratá-la como ele me trata...

Ela o imitou novamente: "Tu, minha querida, tu, Ana..."

— Não, não — prosseguiu —, ele não sente e não compreende nada. Aquilo não é um homem, é um autômato. Estivesse em seu lugar e há muito tempo teria expulsado uma mulher como eu, ao invés de dizer: "Tu, minha querida, Ana!..." Ainda uma vez eu digo, não é um homem, é uma máquina ministerial. Não compreende que eu te pertenço, que ele não é mais nada para mim, que é demais. Não, não, deixemos isso.

— És injusta, minha amiga, — disse Vronski, procurando acalmá-la.

— Mas, pouco importa, não falemos mais dele. Falemos de ti, da tua saúde. Que disse o médico?

Ela fitou-o com uma alegria zombeteira. Lembrava-se evidentemente de certos caprichos do marido, que espontaneamente ridicularizava.

— Sem dúvida, a doença de que sofres é uma consequência do teu estado. Quando esperas ter a criança?

O brilho mau apagou-se nos olhos de Ana e o ricto zombeteiro foi substituído por um sorriso de doce melancolia.

— Em breve, em breve... Dizes que a nossa posição é difícil e que precisamos sair dela. Se soubesses como me é odiosa e o que daria para te amar livremente! Não sofreria mais e não te aborreceria com o meu ciúme... Mas, em breve, tudo mudará, e não como pensamos...

Ela se comovia intimamente e as lágrimas não a deixaram prosseguir. Pôs a mão, onde os anéis brilhavam sob a luz, no braço de Vronski.

— Não — continuou ela — isso não acontecerá como pensamos. Não queria dizer-te, mas tu me obrigaste. Em breve, tudo mudará e não sofreremos mais.

— Não te compreendo — disse Vronski, apesar de compreendê-la perfeitamente.

— Queres saber quando "isso" se realizará? Brevemente. Não me interrompas — disse ela, precipitando as palavras. — Eu o sei, eu o sei com certeza. Morrerei e estarei contente. Para mim, como para tu e ele, a minha morte será uma libertação.

As lágrimas corriam dos seus olhos. Vronski inclinou-se sobre ela e cobriu-lhe a mão de beijos, dissimulando a própria emoção, que não escondia totalmente porque a sabia infundada.

— Sim, é isso, ama-me muito — murmurou ela, apertando-lhe vigorosamente a mão. — É tudo o que nos resta...

— Que loucura! — pôde Vronski exclamar afinal, levantando a cabeça. — Tu não sabes o que dizes.

— Eu digo a verdade.

— Que verdade?

— Que vou morrer. Vi em sonho.

— Em sonho?... — repetiu Vronski, que, imediatamente, se lembrou do homenzinho do seu pesadelo.

— Sim, em sonho, e isso faz muito tempo. Sonhei que entrava correndo em meu quarto para apanhar ou pedir não sei o quê... Bem sabes como isso se passa nos sonhos — fez Ana, os olhos dilatados pelo terror. — E, a um canto do meu quarto, percebi alguma coisa.

— Que extravagância! Como podes acreditar nisto?

Mas ela não se deixou interromper: o que contava parecia-lhe muito importante.

— E aquela coisa voltou-se e eu percebi que era um homenzinho de barba eriçada, malcuidada, horrível à vista. Quis correr, mas ele se debruçou sobre um saco, onde removeu não sei o quê...

Ela fez o gesto de alguém que revista um saco. O terror estava impresso no seu rosto e Vronski, lembrando-se do próprio sonho, sentiu dominá-lo idêntico terror.

— Remexendo o saco, ele falava depressa, depressa, depressa, em francês e numa pronúncia ruim: *Il faut battre le fer, le broyer, le pétrir...* Emocionada, procurei despertar, mas despertava no sonho indagando-me o que aquilo significava. Então, ouvi Kornei me dizer: "Será no leito, minha cara senhora, será no leito que morrerás..." E, depois disso, voltei a mim.

— Quantos absurdos! — obstinava-se a dizer Vronski, sem a menor convicção.

— Não falemos mais. Toque a campainha, pedirei o chá. Não, espere, parece-me que...

Ana se deteve subitamente. Acalmaram-se as linhas do seu rosto, uma grave serenidade a envolveu. Vronski, porém, não compreendeu que ela vinha de sentir uma vida nova agitar-se no seu seio.

IV

Depois do encontro com Vronski, Alexis Alexandrovitch, como era a sua intenção, foi aos Italianos. Ouviu dois atos da ópera, viu todas as pessoas que desejava ver e voltou para casa. Depois de constatar devidamente que não existia nenhum capote de uniforme no vestíbulo, encaminhou-se diretamente para o seu quarto. Contra o hábito, em lugar de deitar-se, andou de um para outro lado até as três horas da manhã. Não podia perdoar à mulher a violação de uma condição que lhe impusera: a de não receber o amante em sua própria casa. E, como ela não obedecera a esta ordem, ele devia puni-la, executar a ameaça, pedir o divórcio e lhe tirar o filho. Essa ameaça não era de execução fácil, mas por coisa alguma no mundo saberia trair o propósito feito e, de resto, a condessa Lidia achava o divórcio a melhor saída para uma situação tão delicada. Com o divórcio, havia muito tempo simplificado na prática, ele esperava esquivar-se às dificuldades formais. Além do mais, uma infelicidade não vinha nunca sozinha, o código dos estrangeiros e o caso da província de Zaraisk traziam-lhe tantos aborrecimentos que se sentia em estado de perpétua irritação. Não dormiu à noite; a sua cólera aumentava sempre. E, vinda a manhã, assim que soube ter Ana se levantado, vestiu-se apressadamente, indo ao seu quarto com verdadeira exasperação.

Ana, que pensava conhecer a fundo o marido, ficou surpresa vendo-o surgir com o rosto sombrio, os olhos tristes, os lábios sarcásticos. Nunca vira tanta decisão no seu aspecto. Ele entrou sem lhe desejar o bom dia, indo diretamente à secretária, onde abriu a gaveta.

— Que queres? — gritou ela.

— As cartas do teu amante.

— Elas não estão aí — disse, precipitando-se para a gaveta. Este gesto o fez compreender que adivinhara e, empurrando brutalmente a mão da mulher, apanhou a pasta onde Ana guardava os papéis de importância. Inutilmente, ela tentou retomá-la: ele a pôs sob o braço e a apertou tão fortemente com o cotovelo que o seu ombro se levantou.

— Senta-te — disse ele —, preciso falar contigo.

Ela lançou-lhe um olhar surpreso e medroso.

— Não te proibi de receber o teu amante em minha casa?

— Eu tinha necessidade de vê-lo para...

Deteve-se, não sabendo o que inventar.

— Pouco me importam as razões pelas quais uma mulher tenha necessidade de ver o seu amante.

— Eu apenas queria... — prosseguiu ela, corando. Mas a grosseria do marido tirava-lhe a audácia. — É possível — gritou — que não sintas como te é fácil me ferir?

— Fere-se apenas um homem honesto ou uma mulher honesta, mas dizer ao ladrão que ele é ladrão é muito simplesmente *la constatation d'un fait.*

— Eis um traço de crueldade de que não queria julgar-te capaz.

— Achar cruel um marido que dá inteira liberdade à mulher com a única condição de respeitar as conveniências? É isto crueldade?

— É pior do que isso, é baixeza, se tu o desejas saber! — exclamou, num acesso de indignação. E levantou-se para se retirar.

— Não! — ganiu ele com a sua voz aguda, que ainda se alteou mais. E, segurando-lhe os braços, forçou-a a sentar-se. Os grandes dedos ossudos apertaram-na tão duramente que a pulseira de Ana se imprimiu na pele. — Porque falas de baixeza? Esta palavra não convém a quem abandona o marido e o filho por um amante e nem por isto deixa de comer o pão desse marido!

Ana abaixou a cabeça. Esmagavam-na a precisão daquelas palavras. Não mais ousou, mesmo intimamente, acusar o marido de ser excessivo, como na véspera dissera ao amante. E, em tom resignado, respondeu:

— Não podes julgar a minha situação mais severamente do que eu mesma. Mas por que me dizes isso?

— Por que eu te digo? — continuou ele, encolerizado. — A fim de que saibas que a tua recusa em observar as conveniências me obriga a tomar medidas que venham acabar com esta situação.

— Ela acabará por si mesma e em breve, muito breve — repetiu Ana, os olhos cheios de lágrimas com a ideia daquela morte que sentia próxima, mas que, agora, lhe parecia desejável.

ANA KARENINA

— Mais cedo mesmo do que o teu amante e tu não imaginam! Ah, procuras a satisfação das paixões carnais...

— Alexis Alexandrovitch, à parte toda generosidade, achas conveniente magoar alguém?

— Oh, tu só pensas em ti! Os sofrimentos desse que foi o teu marido te interessam pouco. Pouco te importa que ele sofra, que a sua vida seja trans... transtor... nada.

Em sua emoção, Alexis Alexandrovitch falava tão depressa que tartamudeava. Esta gagueira pareceu cômica a Ana, que logo se censurou pelo fato de poder ser sensível ao ridículo em caso semelhante. Pela primeira vez, no espaço de um instante, verificou o sofrimento do marido e sentiu piedade por ele.

Mas que podia dizer e fazer, senão calar-se e abaixar a cabeça? Ele também se calou, para imediatamente prosseguir numa voz mais calma, mais glacial, salientando as palavras que não tinham nenhuma importância particular:

— Vim para te dizer...

Ela ergueu os olhos sobre ele, lembrando-se da expressão que julgara ler no seu rosto, ouvindo-o pronunciar a palavra: "transtornada": "Não", pensava ela, "devo me enganar. Este homem de olhos tristes, tão seguro de si mesmo, não, ele não pode sentir coisa alguma."

— Eu não saberia mudar nada — murmurou ela.

— Vim para te dizer que viajo para Moscou e que não mais voltarei a esta casa. O advogado que se encarregará das preliminares do divórcio a fará saber quais são as minhas resoluções... Meu filho irá para a casa de minha irmã — acrescentou, esforçando-se para lembrar o que queria dizer sobre a criança.

— Levas Sergio para me fazer sofrer — balbuciou ela, ousando fitá-lo com dificuldade. — Tu não o amas, deixa-o comigo.

— É verdade. O horror que tu me causas projetou-se sobre o meu próprio filho. Contudo, ficarei com ele. Adeus.

Ele quis sair, mas, desta vez, foi ela quem o deteve.

— Alexis Alexandrovitch, deixa-me Sergio — suplicou. — Eu só te peço isso. Deixa-me até... Em breve, eu serei mãe, deixa-me o Sergio.

Alexis Alexandrovitch corou, empurrou o braço que o retinha e partiu sem uma palavra de resposta.

V

A sala de espera do célebre advogado a que se dirigira Alexis Alexandrovitch estava repleta quando ele entrou. Ali estava uma senhora idosa, uma senhora jovem, uma mulher da classe dos negociantes, um banqueiro alemão que trazia no dedo um enorme anel, um comerciante de longas barbas, um funcionário intratável trajando o seu uniforme com uma decoração no pescoço. Todos pareciam esperar havia muito tempo. Dois secretários trabalhavam em carteiras cujos enfeites magníficos logo prenderam a atenção de Alexis Alexandrovitch, grande amador daquele tipo de objetos. Um dos escreventes olhou o recém-chegado e, sem se levantar, perguntou rudemente:

— Que deseja o senhor?

— Falar com o advogado.

— Ele está ocupado — disse o escrevente, mostrando com a caneta as pessoas que esperavam. E pôs-se a escrever.

— Não achará um momento para me receber?

— Nunca tem um instante livre. Queira esperar.

— O senhor quereria entregar-lhe o meu cartão — articulou Alexis Alexandrovitch, compreendendo ser impossível manter o incógnito.

O secretário tomou o cartão, cujo texto pareceu aborrecê-lo, e saiu.

Aprovando o princípio da reforma judiciária, Alexis Alexandrovitch criticava certos detalhes da sua aplicação, tanto, pelo menos, quanto era capaz de criticar uma instituição sancionada pelo poder supremo. A sua longa prática administrativa tornava-o indulgente para o erro: julgava-o como um mal inevitável para o qual sempre se podia trazer algum remédio. No entanto, criticara continuamente as prerrogativas que aquela reforma concedia aos advogados e a acolhida que lhe era feita reforçava ainda mais as suas prevenções.

— O doutor não se demorará — disse o secretário, entrando.

Era um homenzinho calvo, com uma barba negra tendendo para o ruivo, uma testa abaulada e enormes pestanas claras. Desde a gravata e a corrente do relógio até os sapatos de verniz o seu traje revelava pretensão e mau gosto. Tinha os traços inteligentes, mas vulgares.

— O senhor quer dar-se ao trabalho de entrar? — convidou lugubremente, voltando-se para Alexis Alexandrovitch.

E, fazendo-o passar em sua frente, fechou a porta.

— Faça o favor — disse o advogado, mostrando uma poltrona perto da carteira cheia de papéis. Sentou-se ele próprio no lugar principal, apertou uma contra a outra as suas mãozinhas, cujos dedos curtos eram cobertos de pelos brancos, e inclinou a cabeça para escutar. Mas, logo que se fixou nesta posição, corrigiu-se subitamente, com uma vivacidade imprevista, e apanhou uma traça que estava sobre a mesa. Retomou depois, e rapidamente, a primeira atitude.

— Antes de explicar ao senhor o caso que me traz aqui — disse Alexis Alexandrovitch, surpreso com os gestos do advogado —, devo lhe pedir o mais absoluto segredo.

Um sorriso imperceptível ergueu o enorme bigode ruivo do homem da lei.

— Não fosse eu capaz de guardar os segredos que me confiam e não seria advogado — disse ele. — No entanto, se o senhor quiser uma certeza particular...

Alexis Alexandrovitch olhou-o e julgou observar que os seus olhos cinzentos e maliciosos tinham percebido tudo.

— Meu nome, sem dúvida, não lhe é desconhecido — prosseguiu ele.

— Como todos os russos, sei dos serviços que o senhor tem prestado ao nosso país — respondeu o advogado, que se inclinou depois de pegar uma segunda traça.

Alexis Alexandrovitch suspirou. Ele hesitou ainda para falar, mas bruscamente se decidiu e, uma vez começado, continuou inflexivelmente com voz clara e aguda, insistindo sobre certas palavras.

— Tenho a infelicidade — disse ele — de ser um marido enganado. Queria romper legalmente os laços que me unem à minha mulher. Em outras palavras, queria me divorciar, mas de maneira que o meu filho fique separado da mãe.

Os olhos cinzentos do advogado faziam o possível para permanecerem sérios. Alexis Alexandrovitch não pôde esconder que eles brilhavam com uma alegria que não explicava suficientemente a perspectiva de um bom negócio. Era o clarão do entusiasmo, do triunfo, aquele fogo sinistro que já observara nos olhos da sua mulher.

— O senhor deseja os meus serviços para obter o divórcio?

— Precisamente, mas devo avisar ao senhor que se trata hoje de uma simples consulta. Eu viso a manter-me em certos limites e renunciarei ao divórcio caso não possa ele se conciliar com as formas que desejo observar.

— Será sempre assim, o senhor ficará perfeitamente livre de agir como queira.

Receando ofender o seu cliente com uma zombaria que o seu rosto mal escondia, o homem da lei fitou os pés de Alexis Alexandrovitch e se bem que neste momento um inseto voasse em torno da sua mão, absteve-se de apanhá-lo por respeito à situação.

— Conheço, em seus traços gerais, a legislação de semelhante matéria, mas ignoro as diversas formas usadas na prática.

— O senhor deseja que eu lhe exponha as diversas maneiras de realizar a sua vontade — disse o advogado e, a um sinal afirmativo de Alexis Alexandrovitch, continuou lançando sobre ele, de quando em quando, um olhar furtivo. — Segundo as nossas leis (ele teve uma inflexão de desdém para "nossas leis"), o divórcio só é possível nos três casos seguintes... Espere! — gritou ele, vendo que o secretário abria a porta. Levantou-se, não obstante, foi até o secretário, disse-lhe algumas palavras e retornou ao seu lugar. — Eu dizia, pois, nos três casos seguintes: defeitos físicos de um dos esposos, desaparecimento de um deles durante cinco anos (ele dobrava, fazendo esta enumeração, os grossos dedos peludos um após o outro) e, afinal, o adultério (pronunciou esta palavra com evidente satisfação). Estes três casos compreendem subdivisões (continuou a dobrar os dedos), apesar de as subdivisões fazerem parte de uma outra classificação: defeitos físicos do marido ou da mulher, adultério do marido, adultério da mulher... (todos os dedos estavam dobrados e, por isso, foi obrigado a erguê-los de novo).Eis o lado teórico, mas penso que se o senhor me deu a honra de me consultar, é porque se interessa e deseja conhecer o lado prático. Em consequência, guiando-me pelos antecedentes, devo dizer-lhe que os casos de divórcio se reduzem todos aos seguintes... Julgo compreender que nem os defeitos físicos nem a ausência de um dos cônjuges entram aqui em linha de conta?

Alexis Alexandrovitch inclinou afirmativamente a cabeça.

— Bem, só resta o adultério de um dos cônjuges e o flagrante delito forçado ou involuntário. Devo dizer-lhe que esse último caso raramente se encontra na prática.

O advogado calou-se e olhou o cliente com o ar de um vendedor de armas que, depois de explicar a um comprador o uso de duas pistolas diferentes, esperasse pacientemente a sua escolha. Mas como Alexis Alexandrovitch conservasse o silêncio, ele prosseguiu:

— Segundo o meu modo de ver, o meio mais simples, mais racional, e também o mais usado, é o adultério por consentimento mútuo. Não ousaria falar assim a todo mundo, mas suponho que nos compreendemos.

Alexis Alexandrovitch estava tão perturbado que não compreendeu imediatamente a vantagem daquela combinação. Como o seu rosto exprimisse surpresa, o homem da lei ajudou-o.

— Suponho que dois esposos não possam mais viver juntamente. Se todos os dois consentem no divorcio, os pormenores e as formalidades tornam-se sem importância. Acredite-me, é o meio mais simples e mais seguro.

Dessa vez Alexis Alexandrovitch compreendeu, mas os seus sentimentos religiosos se opunham a semelhante medida.

— Este meio está fora de discussão — declarou ele. — Só podemos agir fazendo constatar o adultério por meio de cartas que estão em meu poder.

A esta palavra "cartas", o advogado deixou escapar uma exclamação mista de compaixão e desdém.

— Não esqueça — prosseguiu o advogado — que os negócios desta espécie são da competência do nosso alto clero. E esses dignos sacerdotes se interessam muito por certos detalhes — acrescentou, com um sorriso de simpatia para aquele caráter dos eclesiásticos. — Evidentemente, as cartas podem ser de alguma utilidade, mas a prova deve ser feita com o auxílio de testemunhas. Se o senhor me concede a honra da sua confiança, é necessário deixar a meu cargo as medidas a tomar.

— Já que é assim... — fez Alexis Alexandrovitch, muito pálido.

Mas o advogado se levantou e correu à porta para responder a uma segunda interrupção do secretário.

— Diga a essa senhora que não se negocia aqui como num armazém! — gritou ele, antes de retornar ao seu lugar. Andando, pegou discretamente uma nova traça. "Nunca o meu repouso chegou até o verão!", pensou, endireitando-se.

— Que me dizia o senhor? — perguntou ele a Alexis Alexandrovitch.

— Eu lhe comunicarei a minha decisão — declarou Karenine, levantando-se e apoiando-se na mesa. Após alguns instantes de silêncio, ele prosseguiu: — As suas palavras me autorizam, pois, a achar o divórcio como possível. Ficaria grato ao senhor se me fizesse conhecer as suas condições.

— Tudo será possível caso o senhor me permita uma inteira liberdade de ação — disse o advogado, evitando a última pergunta. — Quando poderei contar com uma comunicação da sua parte? — indagou, dirigindo-se para a porta.

— Dentro de oito dias. O senhor, então, terá a bondade de me informar se aceita o negócio e em que condições.

— Inteiramente às suas ordens.

O advogado inclinou se respeitosamente, mas, por uma única vez, deu livre curso à sua hilaridade. O seu contentamento era tão grande que, contrariando os seus princípios, concedeu um desconto à senhora que o importunava. Esqueceu mesmo as traças e resolveu, no inverno seguinte, atender ao convite do seu confrade Sigonine.

VI

A brilhante vitória conseguida por Alexis Alexandrovitch no comitê em 17 de agosto tivera deploráveis consequências. Graças à sua firmeza, a nova comissão destinada a estudar profundamente a situação dos estrangeiros foi constituída e enviada com uma rapidez extraordinária. No fim de três meses ela já apresentava relatório. Examinava-se o estado daqueles estrangeiros sob seis pontos diferentes: político, administrativo, econômico, etnográfico, material e religioso. Cada pergunta era acompanhada de uma resposta admiravelmente redigida, que não deixava subsistir nenhuma dúvida, e isso porque estas respostas não eram obras do espírito humano, sempre sujeito a erros, mas de uma infalível burocracia. Elas se apoiavam em dados oficiais fornecidos pelos governadores e bispos, segundo relações de autoridades cantonais e dos párocos, que tinham, por sua vez, inquirido as autoridades das comunas e os padres das aldeias: como, depois de tudo isso, duvidar da sua exatidão? Em perguntas como estas: "Por que existem péssimas colheitas?", "Por que os habitantes de certas localidades teimam em praticar a sua própria religião?", perguntas que não se resolveriam sem o auxílio da máquina oficial de muitos séculos, acharam uma solução clara, definitiva, confirmando em todos os pontos as opiniões de Alexis Alexandrovitch. Stremov, então, que se sentia vivamente ferido, idealizou uma tática que o seu adversário não esperava: arrastando consigo muitos membros do Comitê, passou de repente para o campo de Karenine e, não contente de apoiar ardentemente as medidas propostas por aquele, apresentou outras que superaram bastante as intenções de Alexis Alexandrovitch.

Impelidas ao extremo, as senhoras influentes, os jornais, se indignaram contra as suas decisões e contra o seu pai adotivo, Karenine. Encantado pelo sucesso da sua astúcia, Stremov assumiu um ar inocente, espantou-se dos resultados obtidos e suprimiu a fé cega que o plano do seu colega lhe inspirava. Apesar da saúde cambaleante e das infelicidades domésticas, Alexis Alexandrovitch aparou o golpe, mas não se rendeu. Produziu-se uma ruptura no seio do Comitê: uns, como Stremov, explicaram os seus erros por um excesso de confiança nos trabalhos da comissão de inquérito, chamando agora os seus relatórios de absurdos; outros, como Karenine, compreenderam os perigos que ocultava uma atitude tão revolucionária em face dos historiadores e sustentaram energicamente as conclusões dos relatórios. A questão, que apaixonava tanto ao governo como à sociedade, complicava-se de tal modo que ninguém saberia dizer, ao certo, se os estrangeiros conheciam ou não a prosperidade. Repentinamente, a situação de Alexis Alexandrovitch, já abalada pelo desprezo oriundo da sua desgraça conjugal, pareceu bastante comprometida. No entanto, uma vez ainda ele deteve os adversários, tomando uma resolução atrevida: pediu em altas vozes a autorização de ir pessoalmente estudar o problema *in loco* e viajou para uma província distante.

Essa viagem foi tanto mais ruidosa quando, antes de partir, ele recusara oficialmente as despesas da mudança que lhe haviam sido creditadas à razão de doze cavalos de posta.

— Achei o gesto muito elegante — disse, a este propósito, Betsy à princesa Miagki. — Por que conceder as despesas dos cavalos de posta quando todo mundo sabe que as estradas de ferro, agora, vão a toda parte?

Esse modo de ver não agradou à princesa.

— Ah, isso é bom de se dizer! — replicou ela. — Vê-se bem que tu és rica e tens milhões. Quanto a mim, sempre fico contente de ver o meu marido partir em viagem de inspeção. O crédito para as suas viagens paga a minha carruagem e o meu cocheiro.

Alexis Alexandrovitch passou por Moscou e lá se deteve por três dias. No dia seguinte ao da sua chegada, quando ia visitar o governador, como atingisse a encruzilhada da rua das Gazetas, sempre cheia de carruagens, ouviu uma voz tão alegre, tão clara, que lhe foi impossível não se voltar. No canto de um passeio, trajando um paletó curto à última moda, chapéu não menos curto e não menos na moda, sorrindo com os seus dentes alvos e os lábios vermelhos, sempre jovem, sempre alegre, sempre fascinador, Stepane Arcadievitch intimava-o a parar. Fazendo com uma das mãos gestos enérgicos ao cunhado, apoiava-se com a outra na portinhola da carruagem, onde se mostrava, entre duas cabeças de crianças, uma senhora de chapéu de veludo que também gesticulava e sorria: eram Dolly e seus filhos.

Alexis Alexandrovitch não pensava ver ninguém em Moscou, e muito menos o seu cunhado. Contentou-se em levantar o chapéu e quis continuar a andar quando Stepane Arcadievitch, fazendo sinal ao cocheiro para que se detivesse, encaminhou-se para ele sobre a neve.

— Como, és tu, e tiveste o atrevimento de não nos prevenir? Ontem à noite, em casa de Dusseaux, vi o nome de Karenine no quadro dos recém-chegados e não me veio a ideia de que fosse tu — disse ele, passando a cabeça na portinhola e batendo os pés, um contra o outro, para sacudir a neve. Vejamos — prosseguiu — como não nos prevenistes?

— Faltou-me tempo, não tenho um só minuto vazio — respondeu secamente Alexis Alexandrovitch.

— Vem ver a minha mulher, ela o deseja muito.

Karenine afastou a manta que cobria as suas pernas friorentas e, deixando a carruagem, abriu um caminho na neve até a carruagem de Dolly.

— Que se passa, Alexis Alexandrovitch, para que nos evite assim? — perguntou ela, sorrindo.

— Estive muito ocupado. Sinto-me feliz em vê-la — respondeu num tom que exprimia precisamente o contrário. — Como estão passando?

— Que faz a minha querida Ana?

Alexis Alexandrovitch articulou alguns sons vagos, querendo retirar-se, mas Stepane Arcadievitch o reteve.

— Sabes o que vamos fazer? Dolly, convida-o para jantar amanhã com Koznychev e Pestsov e o apresentaremos aos nossos grandes intelectuais.

— Isso mesmo, o senhor queira vir, eu lhe peço. Esperaremos das cinco às seis horas. Mas diga-me o que faz a minha querida Ana. Há tanto tempo...

— Ela vai bem — tartamudeou Alexis Alexandrovitch, — franzindo a testa. — Sinto-me feliz em vos ter encontrado.

E voltou para a sua carruagem.

— O senhor virá? — gritou-lhe ainda Dolly.

Alexis Alexandrovitch respondeu algumas palavras que se perderam no ruído das carruagens.

— Eu passarei amanhã para te ver — gritou-lhe Stepane Arcadievitch.

ANA KARENINA

Alexis Alexandrovitch afundou-se na sua carruagem como se quisesse desaparecer.

— Que excêntrico! — concluiu Stepane Arcadievitch. E, depois de olhar o relógio e acariciar a mulher e os filhos, afastou-se com agilidade.

— Stiva, Stiva! — gritou Dolly, corando.

Ele se voltou.

— E o dinheiro para as roupas de Gricha e de Tania?

— Dirás que eu pagarei depois.

Saudou com um sinal de cabeça a um dos seus amigos que passava de carruagem e perdeu-se na multidão.

VII

No dia seguinte, que era domingo, Stepane Arcadievitch passou pelo teatro a fim de assistir à repetição de um *ballet* e oferecer a Maria Tchibissov, uma linda dançarina que estreava sob a sua proteção, o colar de coral que, na véspera, lhe prometera. Aproveitando a semiobscuridade dos bastidores, pôde abraçá-la à vontade e combinar que, não podendo chegar no começo do *ballet*, apareceria no último ato e a levaria para cear. Do teatro, Stepane Arcadievitch foi ao restaurante para escolher pessoalmente o peixe e os aspargos da ceia. Precisamente ao meio-dia ele entrava no hotel Dusseaux com a intenção de visitar três viajantes que, felizmente, estavam hospedados no mesmo lugar: o seu amigo Levine, que voltava do estrangeiro; o seu novo diretor, chegado recentemente a Moscou para uma inspeção; e o seu cunhado Karenine, que esperava contar entre os seus convivas.

Stepane Arcadievitch gostava de oferecer jantares brilhantes, não só pela disposição das iguarias como pela escolha dos convidados. O programa que traçara para esse dia o enchia de contentamento. O cardápio compreendia pescas frescas saídas da água, aspargos e, como *pièce de résistance*, um simples mas soberbo rosbife, tudo acompanhado com vinhos apropriados. Quanto aos convidados, pensava reunir Kitty e Levine e, para dissimular esse encontro, uma prima e o jovem Stcherbatski. Koznychev, o filósofo moscovita, e Karenine, o homem prático de Petersburgo, constituiriam a *pièce de résistance*, peça que seria ornada por aquele estranho Pestov, *enfant gâté* de cinquenta anos, historiador, músico, tagarela, entusiasta e liberal, que serviria de agitador.

365

A ideia dessa festa alegrava ainda mais Stepane Arcadievitch porque vinha de receber a segunda prestação da venda do bosque e, havia algum tempo, Dolly demonstrava para com ele uma esquisita indulgência. Todavia, sem alterar precisamente o seu bom humor, dois pontos negros não o deixavam de perturbar. Em primeiro lugar, a conduta do cunhado que, fugindo de visitá-los, lhe fizera na rua uma acolhida bastante desagradável. E, aproximando a frieza de Alexis Alexandrovitch de certos ruídos que chegaram até ele sobre a sua irmã e Vronski, adivinhou um incidente grave entre o marido e a mulher. Em segundo lugar, a inquietante reputação do novo diretor, que passava, como todos os novos chefes, por uma máquina de trabalho e um monstro de severidade: levantava-se todas as manhãs às seis horas, trabalhava como um cavalo e não contente de exigir dos subordinados um labor idêntico, ainda os tratava como a escravos: atribuíam-se-lhe ideias políticas diametralmente opostas às do seu antecessor e às de Stepane Arcadievitch. Ora, na véspera, quando Oblonski se apresentara a ele em uniforme, o pretenso rabugento lhe demonstrara uma amabilidade tão marcada que julgara do seu dever fazer-lhe uma visita não oficial. Que recepção o esperaria? Preocupava-se muito pouco mas, instintivamente, sentia que tudo "se arranjaria". "Ah", pensava, "todos não somos pecadores? Por que iremos ter uma altercação?"

— Bom dia, Vassili — gritou ele ao garçom encarregado do serviço no andar, depois de entrar no hotel, atravessando o corredor, o chapéu na mão. — Onde puseste os teus favoritos? Dize-me, o senhor Levine é mesmo no número 7? Mostra-me o caminho e, depois, queira perguntar ao conde Anitchkine (era o nome do novo diretor) se pode me receber.

— Às suas ordens — respondeu Vassili, rindo-se. — Há muito tempo que não vemos o senhor.

— Aqui estive ontem, mas entrei por outro lugar. É ali, o número 7?

Em pé, no meio do quarto, Levine, com um camponês de Tver, media a pele de um urso.

— Ah, ah, mataste um! — gritou, ainda na porta, Stepane Arcadievitch. — Que linda peça, é uma fêmea! Bom dia, Archippe.

— Fique à vontade — disse Levine, arrancando-lhe o chapéu.

— Não, entrei apenas por um momento — respondeu Oblonski, o que não o impediu de desabotoar o sobretudo, de tirá-lo finalmente e conversar uma hora inteira com Levine sobre a caça e outros assuntos mais íntimos.

— Dize-me o que fizeste no estrangeiro: onde passaste o verão? — inquiriu Stepane Arcadievitch, assim que o camponês se retirou.

— Estive na Alemanha, na França, na Inglaterra, mas somente nos centros industriais e não nas capitais. Vi muitas coisas novas e interessantes. Sinto-me contente com a minha viagem.

— Ah! Sim, sempre a questão operária.

— Não, não existe para nós a questão operária. A única questão importante para a Rússia é a das aproximações do trabalhador com a terra. Ela existe também naqueles países, mas lá não se pode fazer remendos, enquanto que aqui...

Oblonski ouvia com atenção.

— Sim, sim, talvez tenhas razão. Mas o essencial é que voltaste mais bem-disposto: caças ursos, trabalhas, entusiasmas-te pelas ideias. E Stcherbatski, que disse te haver encontrado sombrio e melancólico, só falando da morte!

— Mas é verdade, eu sempre penso nela. Tudo é vaidade, é inevitável morrer. Falando francamente, gosto muito das minhas ideias e do meu trabalho, mas quando penso que este mundo é apenas uma placa bolorenta na superfície do menor dos planetas! Quando penso que as nossas ideias, nossas obras, o que pensamos fazer de grande, tudo se equivale ao menor grão de poeira!...

— Tudo isso é velho como o mundo, meu caro.

— Sim, mas quando o compreendemos claramente, como a vida nos parece miserável! Quando se sabe que a morte virá, que não restará nada de nós, que abominável dor no coração! Concedo grande importância a tal ou tal das minhas ideias e de repente adquiro a certeza de que, mesmo postas em prática, elas valem tão pouco como o fato de haver encurralado este urso. É para fugir à ideia da morte que se caça, que se trabalha e que se procura distrair-se...

Oblonski, ouvindo-o, sorria. Era um sorriso fino e acariciador.

— Evidentemente — fez ele. — E as acusações que me dirigias recentemente eram falsas. Fui injusto em procurar os prazeres na vida? Não sejas tão severo para o futuro, moralista!

— Isso é o que há de bom na vida... — quis replicar Levine, mas, como se atrapalhasse: — No fundo — insistiu — eu só sei uma coisa: é que em breve morreremos.

— Por que em breve?

LIEV TOLSTÓI

— E, estejas certo, quando se alcança bem esta verdade, há menos gosto nos prazeres na vida, mas há maior calma.

— É preciso gozar e eu vou embora! — gritou Stepane Arcadievitch, levantando-se pela décima vez.

— Fique ainda um pouco — disse Levine, segurando-o. — Quando nos veremos agora? Viajo amanhã.

— Ah! Mas onde estou com a cabeça? Ia esquecendo o assunto que me trouxe aqui! Exijo que venhas jantar conosco hoje. Teu irmão será dos nossos, assim como o meu cunhado Karenine.

— Como, ele está aqui? — perguntou Levine, morrendo de desejo de indagar por Kitty. Sabia que ela passara o começo do inverno em casa da outra irmã, casada com um diplomata. Mas, depois de refletir, disse intimamente: "Tanto pior, tenha voltado ou não, eu irei!"

— Então, está certo?

— Está certo.

— Às cinco horas, de sobrecasaca.

Stepane Arcadievitch levantou-se e desceu para o quarto do seu novo chefe. O instinto não o enganara: aquele espantalho era um homem encantador com quem almoçou e se retardou conversando de tal modo que quando entrou no quarto de Alexis Alexandrovitch, havia muito tempo já passara das três horas.

VIII

Depois de assistir à missa, Alexis Alexandrovitch não se mexeu naquele dia de casa, porque precisava determinar dois negócios importantes: receber uma deputação de estrangeiros em viagem para Petersburgo e mandar ao advogado as instruções que prometera.

Apesar de constituída em consequência do seu pedido, a deputação de estrangeiros podia apresentar certos inconvenientes, certos perigos, e Karenine ficou muito contente em encontrá-la ainda em Moscou. Aquelas ingênuas pessoas não concebiam as funções para que haviam sido designadas: acreditavam dever expor cruelmente as suas necessidades e se recusavam a compreender que certas das suas queixas podiam favorecer o partido adversário e estragar todo o negócio. Alexis Alexandrovitch teve que os censurar longamente e traçar-lhes um programa por escrito, programa de que não deveriam se afastar de modo algum. Depois de mandá-los embora, enviou atrás deles inúmeras mensagens a Petersburgo, especialmente à condessa Lidia, que se especializara em deputações e, melhor que ninguém, conseguia o partido que desejava.

Então, e sem a menor hesitação, escreveu uma carta ao advogado dando-lhe plenos poderes. Teve o cuidado de juntar à carta três bilhetes de Vronski a Ana, encontrados na pasta. Depois que abandonara a sua residência, confiara as suas intenções a um homem da lei, incorporara por assim dizer aquele negócio íntimo à sua papelada, tinha cada vez mais a sua decisão como a melhor e sentia pressa de vê-la posta em prática.

No momento em que fechava a carta, ouviu ruído de vozes na antessala: Stepane Arcadievitch insistia para ser anunciado.

"Afinal", pensou Karenine, "este homem fez bem em vir. Eu lhe direi o que se passa e ele compreenderá por que não posso jantar na sua casa."

— Faça-o entrar — ordenou, ajuntando os papéis e guardando-os numa pasta.

— Bem vê que estás mentindo! — gritou Stepane Arcadievitch ao criado. E, andando e tirando o capote, encaminhou-se para o cunhado. — Sinto-me feliz em achar-te — começou ele alegremente — espero...

— Não, eu não poderei ir — respondeu secamente Alexis Alexandro-vitch, recebendo-o de pé e sem convidá-lo a sentar. Julgava bom adotar o tom frio que lhe parecia o melhor para se dirigir ao irmão da mulher de quem pretendia se divorciar. Era desconhecida a irresistível bonomia de Stepane Arcadievitch.

— Por que não? Que queres dizer? — perguntou Oblonski em francês, abrindo totalmente os belos olhos claros. — Contávamos contigo.

— É impossível, pois as nossas relações de família devem ser desfeitas.

— Desfeitas? Que queres dizer? — fez Oblonski, com um sorriso.

— Porque penso divorciar-me da minha mulher, tua irmã. Queria...

Não teve tempo de acabar a frase que meditara. Contra toda a expectativa, Stepane Arcadievitch deixou-se cair numa poltrona e soltou um profundo suspiro.

— Alexis Alexandrovitch, isso não é possível! — gritou ele, dolorosamente.

— É verdade.

— Desculpa-me, mas eu não posso acreditar...

Karenine sentou. Ele sentia que as suas palavras não haviam produzido o efeito desejado, que seria do seu dever explicar-se e que uma explicação, mesmo categórica, não mudaria em nada as suas relações com Oblonski.

— Sim — prosseguiu — vejo-me na triste necessidade de pedir o divórcio.

— Deixa-me dizer-te uma coisa, Alexis Alexandrovitch. Conhecendo de um lado a tua alta consciência, e de outro as excelentes qualidades de Ana (perdoa-me não me ser possível mudar de opinião sobre a sua conduta), não posso crer em tudo isso. Existe algum mal-entendido.

— Oh, se isso fosse apenas um mal-entendido!...

— Permita..., eu compreendo, mas, peço-te, não precipites as coisas!

— Eu não as precipitei — disse friamente Alexis Alexandrovitch —, mas, em questão semelhante, não se pode aceitar conselho de ninguém. A minha decisão é irremovível.

— É espantoso! — suspirou Stepane Arcadievitch. — Se, como julgo, o divórcio ainda não está encaminhado, peço-te que nada faças antes de conversar com a minha mulher. Ela gosta de Ana como de uma irmã, gosta também de ti, é uma criatura de grande sensibilidade. Pela nossa amizade, conversa com ela.

Alexis Alexandrovitch pôs-se a refletir. Stepane Arcadievitch examinava-o com compaixão.

— Então — continuou ele, depois de respeitar por alguns momentos o seu silêncio — tu irás vê-la?

— Não sei... Parece-me que as nossas relações devem ser mudadas.

— Por quê? Não vejo nenhuma razão. Deixa-me acreditar que, além dos laços de família, tu me tens amizade e estima sinceras — disse Oblonski, apertando-lhe a mão. — Mesmo que as tuas suposições fossem confirmadas, eu não me permitiria julgar nada do que se passasse entre Ana e tu. Nossas relações não sofrerão nenhuma mudança. Eis por que eu te peço para falares com a minha mulher.

— Nós discordamos sobre este ponto — replicou secamente Alexis Alexandrovitch. — Demais, deixemos isso.

— Mas, não, vejamos. Que te impede de vir? Hoje seria boa ocasião, porque ela te espera para o jantar. Digo-te ainda uma vez que é uma mulher admirável.

— Se o desejas tanto, irei — disse Alexis Alexandrovitch, suspirando.

E, para mudar de conversa, abordou um assunto que muito os interessava, isto é, a nomeação inesperada do conde Anitchkine para um cargo

ANA KARENINA

elevado. Karenine, que nunca gostara dele, não podia esconder um sentimento de inveja, bem natural num funcionário ameaçado de insucesso.

— Então, tu o viste? — indagou ele, com um sorriso amargo como fel.

— Passou ontem na repartição. Deu-me a impressão de um homem ativo, muito a par dos negócios.

— Ativo, é possível, mas em que emprega ele a sua atividade? A criar novamente ou a modificar a criação dos outros? O flagelo do nosso país é essa burocracia, de que ele se mostra o digno representante.

— Ignoro as suas ideias, mas pareceu-me muito bom homem. Venho da casa dele, almoçamos juntos e eu lhe ensinei a fazer laranjada com vinho. Imagina que ele ainda não conhecia esta bebida: apreciou-a muito. Não, eu te asseguro, é um homem admirável.

Stepane Arcadievitch olhou o relógio.

— Arre! Já é mais de quatro horas e eu ainda preciso ir em casa de Dolgouchine!... Está combinado, vens jantar, não é mesmo? Recusando, tu nos causaria, à minha mulher e a mim, um verdadeiro aborrecimento.

Alexis Alexandrovitch despediu-se do cunhado de maneira diferente da que o acolhera.

— Desde que prometi, irei — respondeu ele, sem o menor entusiasmo.

— Aprecio convenientemente a tua força de vontade e espero que nada encontrarás para te arrepender — concluiu Oblonski, que readquirira o seu bom humor.

Como ele se retirasse vestindo o capote, uma das suas mangas bateu na cabeça do criado. Explodiu em risos e, voltando-se para a porta:

— Às cinco horas — insistiu ainda uma vez. — De sobrecasaca.

IX

Cinco horas já haviam soado e muitos convidados esperavam no salão quando o dono da casa entrou, em companhia de Koznychev e de Pestsov. Graças à firmeza de caráter e à bela inteligência que possuíam aqueles dois grandes intelectuais moscovitas, como os chamava Stepane Arcadievitch, gozavam da estima geral. Estimavam-se também um ao outro, o que não os impedia de, em quase todas as coisas, possuírem um ponto de vista diferente. Como pertenciam ao mesmo partido, os seus adversários não os distinguiam. No entanto, cada um deles tomava no partido uma posição particular e, como nada facilite mais as desarmonias que as atitudes pessoais, nunca se entendiam, se bem que tivessem se habituado a castigar desde havia muito tempo, sem muita malícia, suas incorrigíveis loucuras mútuas.

Estavam encostados à porta e conversavam sobre a chuva e o tempo quando foram encontrados por Oblonski. Todos os três penetraram no salão, onde já estavam reunidos o príncipe Alexandre Dmitrievitch Stcherbatski, Karenine, Tourovtsine, o jovem Stcherbatski e Kitty. Stepane Arcadievitch compreendeu imediatamente que a conversa era insípida. Preocupada com o atraso do marido e com a sorte dos filhos, que deviam jantar sozinhos no quarto, Daria Alexandrovna, num vestido de seda parda, não soubera pôr os seus convidados à vontade. Tinham o ar de perguntar o que faziam ali e rompiam o silêncio com monossílabos. O magnífico Tourovtsine não dissimulava a sua tortura e o piedoso sorriso com que acolheu Oblonski significava claramente: "Ah, meu caro, em que ninho de vespas me puseste? Realmente, à alta sociedade eu prefiro a bebida e o *Chatêau des fleurs.*" Sem articular uma palavra, o velho príncipe lançava a Karenine olhares furtivos e zombeteiros — e o seu genro verificou que ele compunha algum epigrama dirigido àquele homem de Estado que constituía ali a figura principal. Kitty tinha os olhos fixos na porta e procurava coragem para não enrubescer quando Levine entrasse. O jovem Stcherbatski, que se esquivara de ser apresentado a Karenine, afetava áreas indiferentes. Karenine, ele próprio, fiel aos costumes de Petersburgo, trajava roupa e gravata brancas; as suas maneiras davam a entender que ali viera tão somente para cumprir sua palavra e um penoso dever. A sua presença gelava a todo mundo.

Stepane Arcadievitch começou por desculpar-se do seu atraso, lançando a culpa sobre o príncipe, que, em casos semelhantes, lhe servia de bode expiatório. Não lhe foi necessário senão um minuto para mudar o aspecto lúgubre do salão. Reuniu Karenine com Koznychev e os lançou numa conversa sobre a russificação da Polônia, à qual logo se imiscuiu Pestsov. Bateu no ombro de Tourovtsine, disse-lhe uma boa pilhéria ao ouvido e confiou-o aos cuidados da sua mulher e do seu sogro. Elogiou a beleza de Kitty e achou meio de apresentar o jovem Stcherbatski a Karenine. Levine, no entanto, faltava sempre à chamada. Oblonski bendisse aquele atraso porque, inspecionando a sala de jantar, constatou aterrorizado que se tomara em casa de Depret o vinho de Xerez e do Porto: passou imedia-

ANA KARENINA

tamente à copa e deu ordem para enviar a toda pressa o cocheiro em casa de Levé. Atravessando a sala de jantar, de volta, tropeçou com Levine.

— Cheguei atrasado? — perguntou.

— Podes tu não o chegar! — respondeu Oblonski, tomando-o pelo braço.

— Tens aí muita gente? Quem? — indagou Levine, que, corando involuntariamente, pôs-se a sacudir com a luva os flocos de neve espalhados no gorro.

— Apenas a família. Kitty está aqui. Vem que te apresentarei a Karenine.

Apesar das suas opiniões liberais, Oblonski não ignorava que a maior parte das pessoas se sentia honrada em conhecer o seu cunhado — reservava, pois, aos melhores amigos, esse prazer que Levine, naquela noite, era incapaz de gozar plenamente. O rapaz, efetivamente, só pensava em Kitty, que vira pela última vez na reunião fatal, salvo a rápida aparição na grande estrada. No íntimo do ser, ele a esperava encontrar em casa de Oblonski, mas, para salvaguardar a sua independência espiritual, tomava o ar de não o saber. Quando se certificou da evidência, um terror impregnado de alegria arrebatou-lhe a respiração e a palavra.

"Como a encontrarei?", pensava. "Será a moça de antigamente ou a que me apareceu na manhã de verão na carruagem? Teria Daria Alexandrovna dito a verdade? E por que me mentiria ela?"

— Está certo — pôde afinal dizer — apresente-me a Karenine.

Ele se precipitou no salão com a coragem do desespero. Os seus olhares se cruzaram. E logo compreendeu que a moça que se apresentava à sua vista não era nem aquela de antigamente e nem a da carruagem: a emoção, a vergonha, a timidez, davam-lhe um novo encanto. Enquanto Levine, dirigindo-lhe um outro olhar, encaminhava-se para cumprimentar a dona da casa, a pobre criança acreditava desfazer-se em lágrimas. Essa perturbação não escapou a Levine e nem a Dolly, que observava a irmã furtivamente. Corando, empalidecendo para corar ainda mais, acabou por impor à fisionomia uma calma artificial: unicamente os seus lábios tremiam ligeiramente. Aproximou-se dela em silencio. O sorriso com que ela o acolheu passou por ser calmo e os seus olhos úmidos e brilhantes não traíram a sua emoção.

— Há muito tempo que não nos vemos — disse ela, apertando com os dedos gelados a mão que ele lhe oferecia.

— A senhora não me viu, mas eu a vi, de carruagem, na estrada de Iergouchovo — respondeu Levine, radiante de felicidade.

— Quando aconteceu isso? — disse ela, inteiramente surpresa.

— Uma manhã de verão. A senhora vinha da estação da estrada de ferro para Iergouchovo.

Sentia-se asfixiado pela alegria. "Como acreditei num sentimento que não fosse inocente nesta tocante criatura! E, decididamente, parece-me que Daria Alexandrovna tinha razão."

Stepane Arcadievitch veio pegá-lo pelo braço para o apresentar a Karenine.

Feliz por encontrar o senhor aqui — disse friamente Karenine, apertando a mão de Levine.

— Como, já se conhecem? — perguntou Oblonski, bastante surpreso.

— Passamos três horas juntos no vagão e quando nos separamos estávamos tão intrigados como num baile de máscara, eu, pelo menos.

— É verdade?... Façam o favor, senhores — disse Stepane Arcadievitch dirigindo-se para a sala de jantar.

Os homens o seguiram e se aproximaram da mesa onde os esperavam seis espécies de aguardente acompanhadas de igual número de queijos, inúmeras variedades de caviar, arenques, uma profusão de conservas, montículos de doces... Enquanto esses senhores, de pé na extremidade da mesa, assim se entretinham aguardando o jantar, a russificação da Polônia deteve-se por algum tempo. Koznychev, que dava melhor do que ninguém uma conclusão satisfatória às conversas mais abstratas, ofereceu uma nova prova do seu aticismo.

Karenine demonstrava que unicamente os altos princípios que guiavam a administração russa obteriam o resultado desejado. Pestsov sustentava que uma nação não pode parecer com outra quando possui densidade de população. Koznychev, que partilhava com restrição dos dois pontos de vista, disse sorrindo, quando deixavam o salão:

— O melhor método seria ter o maior número de crianças possível. É aí onde meu irmão e eu somos imperfeitos, enquanto vós, senhores, e principalmente Stepane Arcadievitch, agem como bons patriotas. Quantos tens? — perguntou a Stepane, estendendo-lhe um cálice.

Todos riram, Oblonski mais do que ninguém.

— É realmente o melhor método — aprovou ele, mastigando uma lingueta de queijo e servindo a Koznychev um gole de aguardente de sabor todo especial. — Este queijo não é verdadeiramente mau... Ah, sempre fazer exercícios? — continuou, tomando Levine pelo braço. E como sentisse os músculos de ferro do amigo sob o tecido da sobrecasaca: — Que bíceps! — concluiu. — Tu és um autêntico Sansão...

— Suponho que para se caçar ursos é preciso ser dotado de uma força considerável — disse Alexis Alexandrovitch, que se esforçava por espalhar um pedaço de queijo num naco de pão frágil como uma teia de aranha.

Ele tinha sobre o assunto apenas noções muito vagas. Levine não pôde esconder um sorriso.

— Absolutamente — respondeu — até uma criança pode matar um urso.

E, por sua vez, cedeu lugar às senhoras que se aproximavam da mesa.

— Disseram-me que o senhor acabou de matar um urso — disse Kitty, apreensiva com um cogumelo recalcitrante: o seu garfo escorregava, ela se impacientava, arregaçava as rendas da manga, descobrindo um pouco do seu lindo braço. — Existem ursos em suas terras? — acrescentou, inclinando para ele o rosto risonho.

Como aquelas palavras, insignificantes em si mesmas, aquela voz, aqueles movimentos dos olhos e dos lábios, como tudo aquilo constituía um encanto para ele! Via um pedido de perdão, um ato de confiança, uma promessa, uma esperança, uma inegável prova de amor que o asfixiava de felicidade.

— Oh, não! — respondeu ele, rindo-se. — Fomos caçar na província de Tver e, na volta dessa excursão, encontrei o seu cunhado, quero dizer, o cunhado do seu cunhado. O encontro foi cômico.

E ele descreveu muito caricatamente, interrompendo-se, como entrara, fatigado e vestido como um camponês, no compartimento de Alexis Alexandrovitch.

— Contrariando o ditado popular, o condutor julgou pela minha maneira de vestir e quis me despedir. Deve ter recorrido a palavras bem sensíveis. E o senhor também — disse ele se voltando para Karenine e sem o chamar pelo nome, que esquecera —, o senhor também estranhou a minha pele de carneiro, mas depois tomou a minha defesa, pelo que ainda estou muito reconhecido.

— Os direitos dos viajantes à escolha de lugares são realmente pouco determinados — respondeu Karenine, enxugando as pontas dos dedos.

— Oh, eu bem observei a sua hesitação — disse Levine com um sorriso de bonomia. — Eis por que encetei uma conversa séria, para que o senhor esquecesse a minha pele de carneiro.

Koznychev que, embora conversando com a dona da casa, ouvia as palavras do irmão, lançou-lhe um olhar de pasmo. "Que tem ele hoje?", pensava. "De onde lhe vem este ar conquistador?" Não tinha a menor dúvida de que Levine se sentia impelido por asas: "ela" o escutava, "ela" sentia prazer em ouvi-lo falar e qualquer outro interesse desaparecia. Ele estava sozinho com ela, não apenas naquela sala, mas no universo inteiro, e pairava em alturas vertiginosas, enquanto que embaixo se arrastavam os Karenine, Oblonski e o resto da humanidade.

Quando se pôs à mesa, Stepane Arcadievitch fez menção de não mais ver Levine e Kitty. Depois, lembrando-se de repente deles, colocou-os, um ao pé do outro, nos dois únicos lugares que permaneciam livres.

O jantar, objeto especial das preocupações de Oblonski, correu normalmente. A sopa Maria-Luisa, acompanhada de pequenas empadas que se desfaziam na boca, constituiu um verdadeiro regalo. Mateus, com dois criados de gravatas brancas, serviu admiravelmente sem ruídos. O sucesso espiritual correspondeu ao sucesso material: ora geral, ora particular, a conversa não se esgotou, se bem que, ao levantar-se da mesa, o próprio Karenine estivesse aquecido.

X

Pestsov, que gostava de aprofundar uma questão, sentia tanto menos a conclusão de Koznychev quando começava a descobrir a injustiça do seu ponto de vista.

— Falando na densidade da população — continuou ele desde a sopa, dirigindo-se especialmente a Alexis Alexandrovitch —, eu queria dizer ser necessário dominar as forças latentes, e não somente os princípios.

— Parece-me que isso vem a dar no mesmo — pronunciou lentamente Alexis Alexandrovitch. — A meu ver, um povo só pode ter influência sobre um outro povo quanto à condição de ser superior em civilização, de...

— Eis precisamente a questão! — interrompeu Pestsov, que sempre tinha pressa de falar e parecia pôr toda a sua alma em defesa das suas opiniões. — Como se deve entender essa civilização superior? Quem, entre as diversas nações da Europa, supera as outras? É a Inglaterra, a França ou a Alemanha quem nacionalizará os seus vizinhos? Vimos o afrancesamento das províncias renanias e isto será uma prova de inferioridade da parte dos alemães? Não, existe outra lei — gritou, com a sua voz de baixo.

— Acredito que a balança penderá sempre para o lado da verdadeira cultura — disse Karenine, franzindo um pouco a testa.

— Mas quais são os índices da verdadeira cultura?

— Julgo que todo mundo os conhece.

— Conhecê-los-ão verdadeiramente? — perguntou Koznychev, com um sorriso malicioso. — Admite-se geralmente que ela descansa sobre a instrução clássica, mas, neste ponto, assistimos a furiosos debates e o partido oposto adianta provas de algum valor.

— Tu és pelos clássicos, Sergio Ivanovitch — disse Oblonski. — Queres o vinho de Bordéus?

— Não se cogita das minhas opiniões pessoais — respondeu Koznychev, com a condescendência que sentiria por uma criança, o que não o impediu de avançar o copo. — Desejo apenas que se demonstrem boas razões de uma e de outra parte — continuou, voltando-se para Karenine. — Sendo clássico por minha educação, confesso que os estudos clássicos não oferecem provas irrefutáveis de sua superioridade sobre os outros.

— As ciências naturais atribuem tudo, do mesmo modo, ao desenvolvimento pedagógico do espírito humano — aprovou Pestsov. — Vejam a astronomia, a botânica, a zoologia, com a unidade das suas leis.

— É uma opinião que não saberia partilhar amplamente — objetou Alexis Alexandrovitch. — O estudo das línguas mortas contribui muito para o desenvolvimento da inteligência. Por outro lado, os escritores da antiguidade exerceram uma influência eminentemente moral, enquanto que, para nossa infelicidade, se reúnem ao estudo das ciências naturais as doutrinas funestas e falsas que são os flagelos da nossa época.

Sergio Ivanovitch ia responder, mas Pestsov o interrompeu com a sua voz grossa para demonstrar calorosamente a injustiça daquele julgamento. Koznychev, que parecia ter achado um argumento decisivo, deixou-o falar sem muita impaciência. E, afinal, quando pôde dizer uma palavra:

— Confesse — disse ele a Karenine, com o seu sorriso sarcástico — que o pró e o contra dos dois sistemas seriam difíceis de estabelecer se a influência moral, *disons le mot*, antiniilista, da educação clássica não atuasse a seu favor.

— Sem nenhuma dúvida.

— Deixaríamos o campo mais livre aos dois sistemas se não considerássemos a educação clássica como uma pílula preservativa que oferecemos às nossas doenças contra o niilismo. Mas estamos bem seguros das virtudes curativas dessas pílulas? — concluiu, por uma dessas voltas espirituosas de que tanto gostava.

A frase fez rir a todo mundo e, mais particularmente, a Tourovtsine, que havia muito tempo esperava uma saída deste gênero.

Stepane Arcadievitch tinha razão de contar com Pestsov para atiçar a conversa. Realmente, apenas os debates pareceram se esfriar com a *boutade* de Koznychev, aquele impaciente discursador os fez saltar novamente.

— Nem mesmo se poderia acusar o governo de propor uma cura. Ele obedece sem dúvida às considerações de ordem geral e não se preocupa com as consequências que possam resultar das medidas que tome. Citarei como exemplo a instrução superior das mulheres: quando ele a deveria considerar funesta, abre cursos sobre cursos em seu favor.

Alexis Alexandrovitch objetou que comumente se confundia a instrução com a emancipação, de onde resultavam prejuízos contra aquela.

— Eu penso, pelo contrário — replicou Pestsov —, que esses dois problemas estão intimamente ligados um ao outro. A mulher é privada de direitos porque ela é privada de instrução, e a falta de instrução provém da ausência de direitos. Não esqueçamos que a escravidão da mulher é tão antiga que muito frequentemente somos incapazes de compreender o abismo legal que a separa de nós.

— O senhor fala de direitos — disse Sergio Ivanovitch, quando pôde abrir a boca. — É o direito de desempenhar as funções de jurado, de conselheiro municipal, de funcionário público, de membro do parlamento?...

— Sem dúvida.

— Mas se as mulheres excepcionalmente desempenham essas funções, não seria mais justo dar a esses direitos o nome de deveres? Um jurado, um conselheiro municipal, um empregado do telégrafo, compreendem um dever, ninguém duvida. Digamos, pois, que se as mulheres buscam, e muito legitimamente, os deveres, só podemos simpatizar com o seu desejo de participar dos trabalhos dos homens.

— É justo — apoiou Karenine —, mas resta saber se elas são capazes de desempenhar esses deveres.

— Certamente o serão, desde que recebam uma instrução mais desenvolvida — disse Stepane Arcadievitch. — Não vemos...

ANA KARENINA

— E o provérbio? — disse o velho príncipe, que escutava aquela conversa rindo com os seus olhos zombeteiros. — Eu posso citá-lo em frente das minhas filhas: a mulher de longos cabelos...

— Era assim que se julgavam os negros antes da sua emancipação — gritou Pestsov, descontente.

— O que me surpreende — prosseguiu Sergio Ivanovitch — é ver as mulheres ambicionarem deveres que frequentemente os homens procuram afastar.

— Esses deveres — disse Pestsov — são acompanhados de direitos: as honras, o poder, o dinheiro, eis o que procuram as mulheres.

— É necessariamente como se eu solicitasse o direito de ser alimentado e achasse a recusa má. As mulheres são pagas para isso — disse o velho príncipe.

Tourovtsine explodiu em risos e Sergio Ivanovitch lastimou não ter sido o autor da brincadeira. O próprio Karenine alegrou-se.

— Sim — disse Pestsov —, mas um homem não pode amamentar, enquanto que uma mulher...

— Perdão, um inglês, de bordo de um navio, chegou a amamentar o seu filho — disse o velho príncipe, que, em frente das filhas, se permitia algumas liberdades de linguagem.

— Está certo, existem tantas mulheres funcionárias quantos ingleses amamentadores — disse Sergio Ivanovitch, também ele feliz de ter achado a sua *blague*.

— Mas as moças sem família? — perguntou Stepane Arcadievitch, que, apoiando Pestsov, visara a sua pequena dançarina Tchibissov.

— Se examinares a vida dessas moças — disse imprevistamente Daria Alexandrovna, e não sem amargura porque percebera a que o seu marido aludia —, verificarás certamente que elas abandonaram uma família na qual os deveres das mulheres estavam ao seu alcance.

— Talvez, mas nós defendemos um princípio, um ideal — respondeu Pestsov, com a sua voz poderosa. — A mulher reclama o direito à independência, e sofre da impotência de não o conseguir.

— E eu sofro por não me aceitarem como ama em casa das crianças abandonadas — repetiu o velho príncipe, para grande alegria de Tourovtsine, que deixou cair pela ponta um aspargo no molho.

XI

Somente Kitty e Levine não participaram da conversa geral. No começo do jantar, quando se falara da influência de um país sobre outro, Levine lembrou-se involuntariamente das ideias que tinha sobre aquele assunto, mas, sentindo-se incapaz de organizá-las, achou estranho que pudesse se incomodar com um problema que ainda havia pouco tempo o apaixonara e que agora lhe parecia totalmente inútil. Da sua parte, Kitty se interessaria pela discussão sobre os direitos femininos, questões de que sempre se ocupara, quer por causa da rude dependência que Varinka exercera sobre ela, quer por ela mesma no caso em que não se casasse: frequentemente, ela e a irmã discutiam sobre aquele assunto. Agora, como aquilo a interessava pouco! Entre Levine e ela estabelecia-se uma espécie de afinidade que os aproximava cada vez mais e lhes causava um sentimento de divertido terror no limiar daquele desconhecido que anteviam.

Kitty lhe perguntara onde ele a vira no verão. Levine contou-lhe que voltava dos prados pela grande estrada, depois da ceifa.

— Era de madrugada e fazia um tempo magnífico. Tu, sem dúvida, acabavas de despertar e a tua mamãe dormia ainda no seu canto. Perguntava a mim próprio: "Uma carruagem de quatro cavalos? Que poderá ser aquilo?" E enquanto os cavalos, que belos animais!, passavam agitando os seus guizos, tu me apareceste de repente como um clarão. Estavas sentada, perto da portinhola, e tinhas nas mãos as fitas do teu penteado de viagem e parecias abismada em profundas reflexões. Como desejava saber em que tu pensavas — acrescentou ele, rindo-se. — Era alguma coisa muito importante?

"Queira Deus que eu não estivesse despenteada!", pensou Kitty. Mas, vendo o sorriso entusiasta que aquela recordação fazia nascer no rosto de Levine, tranquilizou-se a respeito da impressão que produzira.

— Eu não sei verdadeiramente de mais nada — respondeu ela, risonha e enrubescendo.

— Como Tourovtsine ri com vontade! — disse Levine, admirando a satisfação do rapaz, cujos olhos estavam úmidos e o corpo levantado pelo riso.

— Conhece-o há muito tempo? — indagou Kitty.

— Quem não o conhece!

— Tu pareces não ter boa opinião sobre ele.

— Ele não me dá a impressão de ser grande coisa.

— Estás enganado e vais me fazer o favor de retratar rapidamente a tua opinião. Também eu, antigamente, julguei-o mal. No entanto, eu te asseguro, é um admirável rapaz, um coração de ouro.

— Como fizeste para lhe apreciar os dons de coração?

— Somos bons amigos, eu o conheço profundamente. No último inverno, pouco tempo depois... depois da tua visita — disse ela, com um sorriso forçado mas confiante —, os filhos de Dolly tiveram escarlatina e um dia em que ele veio visitá-la... Acredita — continuou, baixando a voz —, ele sentiu tanta pena que durante três semanas ajudou Dolly a curar as crianças... Conta a Constantin Dmitrich qual foi a conduta de Tourovtsine durante a escarlatina — disse, inclinando-se para a irmã.

— Sim, ele foi admirável! — respondeu Dolly, olhando Tourovtsine com um bom sorriso, enquanto este duvidava que se falasse sobre ele. Levine fitou-o por sua vez e admirou-se de não o ter compreendido até então...

— Perdão, perdão, eu nunca julguei ninguém ligeiramente! — gritou ele, com voz sarcástica. E exprimia sinceramente o que sentia.

XII

A discussão sobre a emancipação das mulheres oferecia um lado espinhoso a tratar-se em frente das senhoras, aquela da desigualdade de direitos entre os esposos. Em inúmeros momentos durante o jantar, Pestsov roçou levemente a questão, mas, em cada vez, Kosnychev e Oblonski, prudentemente, desviavam a conversa. Ao levantar-se da mesa, Pestsov, recusando-se a acompanhar as senhoras ao salão, reteve Alexis Alexandrovitch para lhe demonstrar que a razão principal daquela desigualdade provinha da diferença estabelecida pela lei e pela opinião pública entre a infidelidade da mulher e a do marido.

Stepane Arcadievitch, precipitadamente, ofereceu um cigarro ao cunhado.

— Não, eu não fumo — respondeu Karenine tranquilamente e, como para provar que não temia aquele assunto, disse a Pestsov com sorriso glacial: — Parece me que esta diferença se origina da natureza mesma das coisas.

Ele se dirigia para o salão quando Tourovtsine, alegre pela *champagne* e impaciente para romper o silêncio que havia muito tempo lhe passava, gritou, o seu bom sorriso habitual flutuando nos lábios vermelhos e úmidos:

— Já contaram ao senhor a história de Priatchnikov? Disseram-me que se bateu com Kvyteski, em Tver, e que ele o matou.

Ele se dirigia mais particularmente a Karenine, como sendo o principal convidado. Todos pareciam recear tocar o ponto sensível daquele homem, mas, rebelde aos esforços de Oblonski para o levar consigo, ele perguntou, subitamente interessado:

— Por que Priatchnikov se bateu?

— Por causa da mulher. Portou-se muito bem: desafiou o rival, que o matou.

— Ah! — fez Alexis Alexandrovitch, com uma voz insensível.

E, a testa franzida, passou para o pequeno salão. Dolly, que o esperava, disse-lhe com um sorriso forçado:

— Como me sinto feliz por ter vindo! Tenho necessidade de lhe falar. Sentemo-nos aqui.

Alexis Alexandrovitch, conservando o ar de indiferença que a sua testa franzida lhe dava, sentou-se ao pé de Dolly.

— Mas tanto maior desejo — disse ele, com um sorriso parado — quando em breve devo me retirar. Viajarei amanhã de manhã.

Firmemente convencida da inocência de Ana, Dolly se sentia empalidecer e tremer de cólera em frente daquele ser insensível que se dispunha friamente a perder a sua cunhada e amiga.

— Alexis Alexandrovitch — disse ela, reunindo toda a sua firmeza para o olhar no rosto —, eu lhe pedi notícias de Ana e o senhor não me respondeu. Como vai ela passando?

— Suponho que passa muito bem, Daria Alexandrovna — respondeu ele, evitando o olhar de Dolly.

— Perdoe-me se insisto sem ter esse direito, mas gosto de Ana como de uma irmã. Diga-me, eu lhe peço, o que se passa entre o senhor e ela... De que a acusa?

Alexis Alexandrovitch endireitou-se e, com os olhos semifechados, abaixou a cabeça.

— O seu marido lhe disse, sem dúvida, as razões que me obrigaram a romper com Ana Arcadievna — disse ele, lançando um olhar descontente ao jovem Stcherbatski, que atravessava o aposento.

— Não acredito e nunca acreditarei em tudo isso!... — murmurou Dolly, apertando, com um gesto enérgico, as suas mãos emagrecidas.

Levantou-se bruscamente e, tocando o braço de Alexis Alexandrovitch: — Não estaremos tranquilos aqui — disse ela. — Venha por ali, eu lhe peço.

A emoção de Dolly se comunicava a Karenine. Ele obedeceu, levantou-se e seguiu-a até a sala de estudos das crianças, onde se sentaram em frente de uma mesa coberta por uma tela encerada, entalhada a golpes de canivete.

— Não acredito em nada de tudo isso — repetiu Dolly, procurando agarrar aquele olhar que fugia do seu.

— Pode-se negar os "fatos", Daria Alexandrovna? — disse ele, salientando a última palavra.

— Mas que falta cometeu ela?

— Faltou aos seus deveres e traiu o seu marido. Eis o que ela fez.

— Não, não, é impossível! Não, diga-me que o senhor se enganou! — gritou Dolly, fechando os olhos e franzindo as têmporas.

Alexis Alexandrovitch sorriu friamente com a extremidade dos lábios: queria provar assim, a Dolly e a si mesmo, que a sua convicção era inabalável. Mas aquela calorosa intervenção reabriu a sua ferida e foi com uma certa animosidade que respondeu a Dolly:

— O erro é difícil quando a própria mulher vem declarar ao marido que oito anos de casamento e um filho não valem nada e que se faz preciso recomeçar a vida.

— Ana e o vício, como associar estas duas ideias, como acreditar?...

— Daria Alexandrovna — disse, sentindo a língua se desligar e olhando firmemente o rosto emocionado de Dolly —, eu próprio ainda daria muito para não acreditar. A dúvida seria cruel, mas o presente é mais cruel ainda. Quando duvidava, apesar de tudo eu esperava. Agora, não conservo mais esperanças e, no entanto, tenho outras dúvidas: sinto aversão pelo meu filho e, por vezes, me pergunto se ele é realmente meu. Sou muito infeliz.

Aquelas últimas palavras eram inúteis. Desde que encontrara o seu olhar, Dolly compreendeu que aquele homem dizia a verdade. Sentiu piedade por ele e a fé na inocência da sua amiga se despedaçou:

— Mas é terrível, terrível!... E o senhor se decidiu verdadeiramente pelo divórcio?

— Tomo este último partido porque não vejo nenhum outro para tomar.

— Nenhum, nenhum outro... — murmurou, as lágrimas nos olhos.

— O mais terrível numa infelicidade desta espécie — prosseguiu ele, como se ela adivinhasse o seu pensamento — é que não se pode conduzir a sua cruz como qualquer outro infortúnio, uma desgraça, uma morte, por exemplo... É indispensável agir, porque não se pode ficar na posição humilhante que se formou, não se pode viver a três.

— Sim, eu compreendo, eu compreendo — respondeu Dolly, abaixando a cabeça. Calou-se, lembrando-se das suas próprias mágoas domésticas e, de repente, erguendo o olhar para o de Karenine, juntou as mãos num gesto de súplica: — O senhor é cristão, creio, pense no que ela se tornará com o seu abandono!

— Já pensei, pensei muito, Daria Alexandrovna — respondeu ele, oferecendo-se à sua piedade, que ela concedia agora totalmente, os olhos perturbados e os lábios cobertos de manchas vermelhas. — Quando ela própria anunciou a minha desonra, dei-lhe a possibilidade de reabilitar--se, procurei salvá-la. Que fez então? Ela nem mesmo observou a modesta condição que reclamei, o respeito às conveniências! Pode-se — acrescentou ele, inflamando-se — salvar um ser que só quer perecer, numa natureza corrompida a ponto de ver a felicidade na própria perda? Que quererá a senhora que eu faça?

— Tudo, menos o divórcio!

— A que chama de "tudo"?

— Pense, pois, que ela não seria mais a mulher de ninguém. Estaria perdida! É terrível!

— Que quer que eu faça? — respondeu ele, erguendo os ombros. A lembrança da última falta da sua mulher reconduziu-o ao mesmo grau de frieza do começo da conversa. — A simpatia que a senhora me demonstra toca-me profundamente — acrescentou, levantando-se —, mas já é tempo de retirar-me.

— Não, espere. Não faça a sua infelicidade... Eu também fui enganada e em meu ciúme, em minha indignação, quis acabar tudo... Mas refleti... e quem me salvou? Ana... Agora, meus filhos crescem, meu marido voltou à família, compreende as suas injustiças, tornou-se melhor e eu readquiri o gosto pela vida... Perdoei, perdoe o senhor também.

Alexis Alexandrovitch escutou, mas as palavras de Dolly permaneciam sem efeito sobre ele, porque em sua alma crescia a cólera que o decidira pelo divórcio. Revoltou-se e declarou com voz alta e pungente, vertendo lágrimas de cólera:

— Não posso e nem quero perdoar, isso seria injusto. Fiz o impossível por aquela mulher e ela fez o que lhe pareceu conveniente, tudo arrastou na lama que lhe parece convir. Não sou um homem perverso e nunca odiei ninguém, mas ela, eu a odeio com todas as forças da minha alma e o ódio que lhe dedico é que me impede de perdoá-la.

— Amai aqueles que vos odeiam... — murmurou Dolly.

Karenine teve um sorriso de desprezo: aquelas palavras, que ele conhecia perfeitamente bem, não podiam ser aplicadas à situação.

— Podemos amar aqueles que nos odeiam, mas não aqueles a que odiamos. Perdoe-me tê-la incomodado. A cada um as suas penas.

E, readquirindo o controle, Alexis Alexandrovitch despediu-se e retirou-se.

XIII

Permanecendo à mesa, Levine, receando desagradar Kitty com uma assiduidade muito marcada, resistiu à tentação de acompanhá-la ao salão. Ficou com os homens e participou da conversa geral. Mas, sem ver a moça, adivinhava cada um dos seus gestos, dos seus olhares e até o lugar que ela ocupava. A promessa que fizera de amar o próximo e só pensar no bem pareceu-lhe fácil de ser mantida. A conversa recaiu sobre a comuna rural, que Pestsov considerava como sendo um princípio típico ao qual dava o estranho nome de "princípio coral". Levine partilhava tão pouco da opinião dele como da do seu irmão, que reconhecia e negava ao mesmo tempo o valor de semelhante instituição. Procurou, portanto, conciliar os seus pontos de vista sem se interessar pelos argumentos e nem pelas suas próprias palavras: o seu único desejo era de ver cada um feliz e contente. Uma única pessoa, depois de ter demorado no salão, aproximou-se da porta — ele sentiu um olhar e um sorriso e viu-se obrigado a se voltar. Ela ali estava em companhia do jovem Stcherbatski, olhando-o.

— Pensei que fosse tocar piano — disse ele, encaminhando-se para ela. — Eis o que me falta no campo: música.

— Não, viemos simplesmente procurar o senhor e eu lhe agradeço ter compreendido isto — respondeu ela, recompensando-o com um sorriso.

— Que prazer sentem em discutir? Nunca se convence ninguém.

— É verdade, conclui-se por vezes que se discute unicamente porque não se chega a compreender o que se pretende demonstrar ao interlocutor.

Acontecia frequentemente, mesmo entre as pessoas de valor, verificar que tal discussão começada e mantida com grandes esforços de lógica e uma

LIEV TOLSTÓI

enorme despesa de palavras não era, no fundo, senão medo de pô-la em dúvida. Se um dos adversários conseguisse com uma questão de preferência, cada qual receando desviar a sua, com felizes voltas de frases, fazer o outro partilhar de sua predileção, a discussão terminaria por si mesma. Eis o que quisera dizer Levine, que mais de uma vez fizera semelhante constatação.

A testa franzida, Kitty esforçava-se por compreender e já Levine queria ajudá-la quando ela disse subitamente:

— Ah, já sei! — gritou. — É preciso compreender primeiramente as razões que o nosso adversário possui na discussão, perceber as suas tendências, então...

Levine sorriu de felicidade: ela exprimia em termos claríssimos a ideia que ele dificilmente expusera. Que diferença entre aquela maneira sóbria, lacônica, de exteriorizar os pensamentos mais complexos e a prolixidade de Pestsov e do seu irmão!

Tendo-os deixado Stcherbatski, ela sentou-se numa mesa de jogo e pôs-se a traçar com o giz alguns círculos no pano verde. Levine reavivou novamente a célebre questão das ocupações femininas. Ele aceitava, naquele ponto, a opinião de Dolly e julgou apoiar um argumento novo sustentando que toda família, rica ou pobre, necessitaria sempre de auxiliares, criadas, governantes etc..., quer seja interna ou externamente.

— Não — afirmou Kitty, corando, o que não a impediu de erguer sobre ele um olhar límpido e ousado —, não, existem casos em que uma jovem não possa entrar numa família sem se expor à humilhação, onde ela própria...

Ele compreendeu a alusão.

— Sim, sim — gritou — tens mil vezes razão!

Aqueles receios puros fizeram-lhe afinal apreciar o valor dos argumentos de Pestsov e, por amor a Kitty, renunciou às próprias teorias.

Fez-se silêncio. Ela movia sempre o bastonete de giz, os seus olhos brilhavam com doce clarão. Uma rajada de felicidade envolvia Levine.

— Ah, meu Deus! Enchi toda a mesa com as minhas garatujas — disse ela, largando o giz e fazendo menção de levantar-se.

"Como farei para permanecer sem ela?", pensou Levine, com terror.

— Espere — disse ele, sentando-se por sua vez. — Há muito tempo que desejo te perguntar uma certa coisa.

Lançou sobre a moça um olhar terno, mas ainda medroso.

— Pergunte.

— Vê — disse ele, traçando a giz as letras q, m, r, e, i, e, i, e, o, p, s? — que eram as iniciais das palavras: "quando me respondeste 'é impossível', era impossível então ou para sempre?" Era pouco provável que Kitty pudesse resolver aquela questão complicada. Contudo, ele a olhou com a expressão de um homem cuja vida dependia da explicação daquela frase.

Ela apoiou a testa na mão e pôs-se a decifrar com muita atenção. Algumas vezes, interrogava Levine com os olhos.

— Compreendi — disse ela afinal, corando.

— Que quer dizer esta letra? — indagou ele, mostrando o s.

— "Sempre", mas isso não é verdade.

Ele apagou bruscamente o que escrevera e lhe entregou o giz. Ela escreveu: e, n, p, e, r, d, o, m.

Quando Dolly percebeu a irmã com o giz entre os dedos, um sorriso tímido e feliz nos lábios, erguendo os olhos para Levine, que fitava a moça com um olhar inflamado, sentiu-se consolada da conversa com Karenine. Subitamente, Levine estremeceu de alegria. Compreendera a réplica: "Eu não podia então responder de outro modo."

Ele a interrogou timidamente:

— Somente então?

— Sim — respondeu o sorriso da moça.

— E... agora? — perguntou ele.

— Leia. Vou escrever o que desejo de toda a minha alma.

Traçou as primeiras letras das palavras "que possas esquecer e perdoar."

Com os dedos trêmulos ele agarrou o bastão de giz, quebrou-o em sua perturbação e respondeu do mesmo modo: "Nada posso esquecer e perdoar, porque nunca deixei de te amar."

— Compreendi — murmurou ela.

Levine sentou-se e escreveu uma longa frase. Ela a compreendeu sem hesitação e respondeu com outra que ele levou muito tempo a interpretar, porque a felicidade lhe extinguia o uso das faculdades. Mas, nos olhos ébrios de alegria de Kitty, ele leu o que desejava saber. Escreveu ainda três letras, mas a moça, tirando-lhe o giz, concluiu ela mesma a frase e respondeu com um "sim".

— Estão brincando de "secretário"? — disse o velho príncipe, aproximando-se. — Muito bem, mas se queres ir ao teatro, é tempo de partirmos.

Levine ergueu-se e conduziu Kitty até a porta. Eles tiveram tempo de se explicar: ela o amava, preveniria aos pais, e ele deveria pedi-la em casamento no dia seguinte.

XIV

Kitty ausente, Levine sentiu-se apossado pela inquietude. Teve medo, como da morte, das quatorze horas que o separavam do momento em que a veria novamente, em que as suas vidas se uniriam para sempre. Para enganar o tempo, experimentou a imperiosa necessidade de não ficar sozinho, de falar com alguém. Por infelicidade, Stepane Arcadievitch, cuja companhia lhe era mais conveniente do que qualquer outra, deixou-o para ir ao bailado. Levine só pôde dizer-lhe que era feliz e que não se esqueceria nunca, nunca, o que lhe devia. Com um olhar e um sorriso, Oblonski fez entender ao seu amigo como ele apreciava aquele sentimento.

— Espero que não me fales mais em morrer! — disse-lhe, com um aperto de mão bem sensível.

— Não! — respondeu energicamente Levine.

E foi despedir-se de Daria Alexandrovna.

— Como eu sou feliz — murmurou Dolly — em saber que o senhor vive novamente em boa paz com Kitty! É necessário não esquecermos os velhos amigos...

Aquelas palavras, nas quais Levine pressentira um cumprimento, tiveram o dom de o desagradar: a sua felicidade era muito sublime para que o comum dos mortais fizesse tal alusão!

Finalmente, para não ficar sozinho, agarrou-se ao irmão.

— Onde vais tu?

— A uma reunião.

— Posso te acompanhar?

— Por que não? — disse Sergio, rindo-se. — Que te aconteceu, hoje?

— O que me aconteceu? A felicidade! — respondeu Levine, abaixando a vidraça da carruagem. — Permites? Sinto-me asfixiado. Por que nunca te casaste?

— Vamos, todos os meus parabéns — disse Sergio, sempre risonho. — É, eu penso, uma encantadora...

— Cala-te, cala-te! — gritou Levine, agarrando-o pelo colete e cobrindo-lhe o rosto com a capa. "Uma encantadora pessoa"... Que palavras vulgares, indignas dos seus belos sentimentos!

Sergio Ivanovitch explodiu em risos, o que não lhe acontecia frequentemente.

— Posso eu, pelo menos, dizer-te que estou contente?

— Amanhã, mas nem mais uma palavra!... Silêncio!... — ordenou Levine, fechando-lhe a boca ainda uma vez. — Aprecio-te muito — ajuntou ele. Posso assistir à tua reunião?

— Perfeitamente.

— De que questão se tratará hoje? — indagou Levine, entre dois sorrisos.

Chegaram. Levine ouviu o secretário anunciar um processo verbal do qual o infeliz parecia nada entender, mas, sob esta confusão Levine nele percebeu um calmo e admirável rapaz. Levantou-se depois um debate sobre a citação de certas somas e a instalação de certos canais. Sergio Ivanovitch dirigiu-se a dois membros do Comitê, que fulminou um discurso muito longo, provocando num outro membro, que tomara muitas notas e dominara um acesso de timidez, uma resposta tão bem-feita quanto amarga. Afinal, Sviajski, que também se achava ali, terminou a discussão com algumas lindas frases nobremente pronunciadas. Levine ouvia sempre e sentia perfeitamente que aquele pseudo desacordo era apenas um pretexto para reunir amáveis pessoas que, no fundo, se entendiam às maravilhas. Graças a ligeiros indícios, aos quais, antigamente, não prestaria nenhuma atenção, Levine penetrou os pensamentos dos assistentes, lendo na sua alma, apreciando principalmente a perfeita bondade das suas naturezas: realmente, mesmo aqueles que não o conheciam dirigiam-lhe hoje palavras e olhares de uma perfeita amenidade.

— Bem, estás contente? — indagou-lhe o irmão.

— Muito contente. Nunca acreditaria que isso fosse assim interessante.

E como Sviajski o convidasse para terminar a reunião em casa dele, aceitou com solicitude, indagando pela sua mulher e sua cunhada. Não subsistia nada das suas prevenções de antigamente, nem mesmo uma simples recordação: aquele senhor, cujos mistérios não conseguia decifrar, pareceu-lhe o melhor, o mais educado dos homens e, por uma estranha relação, como a cunhada daquela criatura esquisita sempre se associasse a ideia do casamento, julgou que ninguém melhor do que aquelas senhoras escutaria a história da sua felicidade.

Sviajski interrogou-o sobre o estado dos seus negócios, recusando-se sempre a ideia que se pudesse inovar o que quer que fosse em matéria de economia rural, já que a Europa, havia muito tempo, determinara todas as formas possíveis. Dessa vez Levine, longe de se sentir melindrado com aquela tese, achou-a plausível e admirou a doçura, a delicadeza com que

Sviajski a defendia. As senhoras mostraram-se particularmente amáveis. Levine julgou compreender que elas sabiam tudo, que participavam da sua alegria, mas que, por discrição, evitavam lhe falar. Passou uma hora em sua companhia, depois duas e três, abordando inúmeros assuntos que se congregavam em torno das suas preocupações do momento, sem observar que as aborrecia mortalmente e que elas caíam de sono. Sviajski, afinal, não sabendo o que pensar dos estranhos modos do seu amigo, cambaleante, reconduziu-o até a antessala. Era mais de uma hora.

Voltando ao hotel, Levine espantou-se pensando nas dez horas que ainda restavam para passar na solidão e na impaciência. O empregado de plantão quis retirar-se depois de acender as lanternas, mas Levine o deteve. Esse empregado, que ele conhecia apenas de nome, apareceu-lhe subitamente como um admirável rapaz, não inteiramente tolo e, o que valia muito mais ainda, completamente bom.

— Dize-me, Iegor, deve ser muito duro não dormir?

— Que podemos fazer, senhor, é o nosso trabalho? Nas casas particulares é melhor, mas aqui tem-se mais lucro.

Ele imaginou que Iegor teria quatro filhos, três rapazes e uma moça, sendo a moça costureira e noiva de um caixeiro da casa comercial. Levine, a este propósito, observou que o casamento devia basear-se no amor: quando se ama, sempre se está feliz, porque a felicidade está em nós mesmos. Iegor, que o escutava atenciosamente, pareceu convencido daquela verdade. Confirmou-a com uma reflexão inesperada, isto é, que, quando servia a bons patrões, sempre vivera contente e que o seu patrão atual, por mais francês que fosse, lhe convinha perfeitamente.

"Que bom temperamento de homem!", pensou Levine.

— E tu, Iegor, amavas a tua mulher quando casaste?

— Mas, certamente, o senhor não quererá...

Levine verificou que a sua exaltação se transmitira a Iegor e que o rapaz se preparava para lhe expor os seus sentimentos mais íntimos.

— Veja, senhor — começou ele com os olhos brilhantes, possuído pelo entusiasmo de Levine —, eu tive, como direi, aventuras... Desde a mais tenra idade...

Nesse momento, porém, a campainha tocou. Iegor saiu e Levine achou-se novamente sozinho. Embora só houvesse tocado no jantar e recusado a ceia de Sviajski, não sentia fome; após uma noite de insônia, não pensava em dormir; e, apesar da temperatura fresca, sentia-se sufocado no quarto. Abriu os dois enormes postigos e sentou-se numa mesa em frente das janelas. Acima dos tetos cheios de neve, erguia-se a cruz de uma igreja e, mais alto, o triângulo da Constelação Boreal dominado pelo clarão amarelado da principal estrela da Constelação do Cocheiro. Aspirando o ar glacial, deixava errar os seus olhares da cruz para a estrela, dando livre curso às fantasias da memória e da imaginação. Pouco depois das três horas, passos retumbaram no corredor. Ele entreabriu a porta e reconheceu um certo Miaskine, que voltava do seu grupo, o rosto sombrio e o busto arqueado. "O infeliz!", pensou Levine, ouvindo-o tossir, e lágrimas de piedade molharam as suas pálpebras. Quis reconfortá-lo, mas lembrou-se a tempo que estava em camisa. Voltou a submergir-se no ar glacial e a examinar de forma estranha aquela cruz, cujo silêncio tinha para ele profunda significação, e a linda estrela brilhante que subia no horizonte. Às seis horas, os enceradores começaram a fazer barulho, os sinos tocaram para o ofício matinal e Levine sentiu afinal os golpes do frio. Fechou os postigos, preparou-se e saiu.

XV

As ruas ainda estavam desertas quando Levine chegou em frente da casa dos Stcherbatski: achou o portão fechado e todos adormecidos. Retornou ao hotel e pediu café. O empregado que o atendeu não era mais Iegor. Levine, não obstante, entabulou com aquele homem uma conversa que a campainha veio interromper bruscamente. Tentou tomar o café, mas sem conseguir engolir o pedaço de bolo que pusera na boca. Cuspiu-o impacientemente, vestiu novamente o capote e pouco depois das nove horas encontrava-se em frente ao portão. Acabavam de levantar. Era necessário resolver esperar pelo menos duas boas horas.

Desde a manhã Levine vivia num completo estado de inconsciência, fora das condições materiais da existência. Não comera e nem dormira, expusera-se ao frio durante muitas horas quase despido e apesar de tudo, sentia-se forte, disposto, livre de toda servidão corporal, capaz dos atos mais extraordinários, como o de voar nos espaços ou de recuar as paredes de uma casa. Para acalmar o terror da espera, rodou pelas ruas, consultando o relógio a cada instante e deixando vagar os olhos em torno. O que viu nesse dia não devia jamais se esquecer. Crianças que se dirigiam para a escola, os pombos de plumagem inconstante que voavam dos tetos aos passeios, tudo aquilo era prodigioso. Um escolar correu para os pombos e um deles sacudiu as asas e voou, brilhando ao sol através de uma tênue poeira de neve, e um perfume de pão quente exalou da vitrine onde apareciam bolos. Tudo aquilo reunido formava uma cena tão tocante que Levine se pôs a rir e a chorar ao mesmo tempo. Depois de ter feito uma grande volta, retornou pela segunda vez ao hotel, sentou-se, colocou o relógio em frente e esperou que marcasse meio-dia. Os seus vizinhos de quarto discutiam um negócio de máquinas: os infelizes não duvidavam que a agulha se aproximasse do meio-dia. Quando, afinal, ela atingiu o lugar fatal, Levine precipitou-se na rua e logo os cocheiros das carruagens de aluguel, que evidentemente sabiam tudo, cercaram-no com fisionomias alegres, disputando a honra de conduzi-lo. Escolheu um e, para não magoar os outros, prometeu ocupá-los em outras ocasiões. O cocheiro lhe pareceu admirável, com a sua blusa branca que abria uma nódoa no pescoço vermelho e vigoroso. Ele tinha uma carruagem cômoda, mais alta que as carruagens comuns (nunca Levine encontrara outra semelhante), puxada por um pequeno cavalo que fazia tudo para correr, mas que não avançava. O cocheiro conhecia muito bem a casa dos Stcherbatski e, para demonstrar ao seu freguês uma consideração toda particular, deteve o cavalo em frente do portão, seguindo todas as regras do ofício, gritando "alto!" e levantando os braços. O porteiro, ele também, devia estar a par do que se passava; via-se isso no seu olhar risonho e no modo como disse:

— Havia muito tempo que o senhor não aparecia, Constantin Dmitrievitch.

E não somente ele sabia tudo, mas transbordava de alegria e esforçava-se por esconder essa alegria. Encontrando o bom olhar do velho, Levine sentiu um novo aspecto na sua felicidade.

— Já se levantaram?

— Certamente. Queira ter a bondade de entrar... Deixe-o aqui — acrescentou o bom homem, rindo-se, quando Levine quis voltar para apanhar o seu gorro.

— A quem anunciarei, senhor? — indagou o criado de quarto.

Embora ele pertencesse, evidentemente, ao grupo dos novos empregados e denotasse pretensões de elegância, aquele criado não era menos um bom rapaz que devia também ter compreendido tudo.

— Mas, à princesa... ao príncipe... à senhorita — respondeu Levine.

A primeira pessoa que ele percebeu foi Mlle. Linon. Atravessava o salão e as suas argolas brilhavam como o seu rosto. Apenas ela lhe dirigira algumas palavras, o barulho de um vestido fez-se ouvir perto da porta. Mlle. Linon desapareceu para os seus olhos, enquanto um receio divertido o possuía. A velha preceptora apressou-se em sair. Pequenos pés velozes correram sobre o assoalho e a sua felicidade, a sua vida, a melhor parte de si mesmo, aproximou-se. Ela não andava naturalmente — uma força invisível conduzia-a para ele.

Viu apenas dois olhos límpidos, brilhantes daquela alegria que também ele trazia no coração. Aqueles olhos, radiantes à proporção que se aproximavam, quase o cegavam com a sua luz. Ela pôs as mãos sobre os seus ombros. E, trêmula, feliz, entregou-se totalmente. Ele a apertou nos braços e os seus lábios se uniram.

Ela também, após uma noite de insônia, esperara-o durante toda a manhã. Os seus pais estavam contentes e perfeitamente de acordo. Espreitara a vinda do noivo, querendo ser a primeira a anunciar-lhe a sua felicidade. Envergonhada e confusa, não sabia muito bem como executar o seu projeto. Também, ouvindo os passos e a voz de Levine, escondera-se atrás da porta para esperar que Mlle. Linon saísse. Então, sem hesitar mais, viera a ele.

— Vamos agora encontrar mamãe — disse ela, segurando-lhe a mão.

Ficou muito tempo sem poder articular uma palavra, não que receasse, falando, diminuir a intensidade da sua felicidade, mas porque cada vez que queria abrir a boca sentia-se asfixiado pelas lágrimas. Tomou a mão da moça e beijou-a.

— É verdade? — disse afinal com voz sufocada. — Não posso acreditar que tu me amas!

Ela sorriu daquele "tu" e do medo com que ele a fitou.

— Sim — respondeu, destacando a palavra. — Sinto-me tão feliz!

Sem deixar a sua mão, ela o conduziu ao pequeno salão. Percebendo--os, a princesa pôs-se, bastante aflita, a chorar e, logo depois, a rir-se. E, correndo para Levine com uma energia de que não se pensaria que ela fosse capaz, abraçou-o, molhando-o de lágrimas.

— Assim tudo se arranjou! Sinto-me contente. Sinto-me contente... Kitty!

— Rapidamente chegaram a um acordo — disse o príncipe, tentando mostrar-se calmo, apesar dos olhos cheios de lágrimas. — Vamos —

continuou ele, puxando Levine —, é uma coisa que desejava há muito tempo... sempre. E mesmo quando esta leviana pôs aquilo na cabeça!...

— Papai! — gritou Kitty, fechando-lhe a boca com as mãos.

— Está bem, está bem, eu não direi nada — fez ele. — Eu estou muito... muito... muito... fe... Deus, como eu sou tolo!

Tomou Kitty nos braços, beijando-a no rosto, nas mãos e ainda no rosto, benzendo-a finalmente com um sinal da cruz.

Levine experimentou um novo sentimento de amor para o velho príncipe, quando viu com que ternura Kitty beijava a sua mão musculosa.

XVI

A princesa, primeiramente, recordou os sentimentos e os pensamentos relacionados com a vida real. Todos eles sentiram, no primeiro momento, uma impressão estranha e penosa.

— Bem, trata-se agora de arranjar este noivado em boa e devida forma e de anunciar o casamento. Quando será o casamento? Que pensas tu, Alexandre?

— É a ele que compete decidir — disse o príncipe, mostrando Levine.

— Se a senhora e o senhor pedem a minha opinião — respondeu Levine, corando —, quanto mais cedo melhor: hoje, o noivado e amanhã, o casamento.

— Vejamos, *mon cher*, não fale tolices.

— Bem, em oito dias.

— Palavra de honra, ele enlouqueceu!

— Mas por que não?

— E o enxoval? — disse a mãe, a quem aquela impaciência fez sorrir.

"Será possível que o enxoval e tudo o mais sejam indispensáveis? — pensou Levine assustado. Demais, nem o enxoval, nem o noivado, nem o resto, poderão estragar a minha felicidade." Um olhar a Kitty provou-lhe que a ideia do enxoval não a contrariava. "É preciso crer que é imprescindível", disse intimamente.

— Eu não entendo nada, exprimi simplesmente o meu desejo — murmurou ele, desculpando-se.

— Vamos pensar. Mas sempre anunciaremos o casamento.

A princesa levantou-se, abraçou o seu marido e quis se afastar, mas ele a reteve, abraçando-a muitas vezes, sorrindo, como um jovem namo-

ANA KARENINA

rado. Os dois velhos esposos achavam-se perturbados e pareciam prestes a acreditar que se tratava deles, e não da filha. Quando saíram, Levine deu a mão à noiva. Controlara-se e recuperara o uso da palavra, mas sentia-se impotente para exprimir todas as coisas que trazia no coração.

— Sabia que isso seria assim — afirmou ele. — Sem nunca ter ousado esperar, no fundo da minha alma, estava convencido. Meu destino o queria.

— E eu — respondeu Kitty — quando mesmo... — ela se deteve por um instante e, fitando-o resolutamente com os seus olhos sinceros, continuou: — Quando mesmo repelia a minha felicidade, era a ti somente que eu amava. Fui vencida por um arrebatamento. Julguei do meu dever dizer-te. Poderás tu o esquecer?

— Talvez fosse melhor que tivesse sido assim. Tens também que me perdoar certas coisas, porque devo confessar que...

Estava resolvido a confessar — e era o que tinha no coração —, desde os primeiros dias, que não era tão puro quanto ela. Por mais doloroso que fosse, julgava do seu dever fazer aquelas confissões.

— Não, agora não, mais tarde — decidiu.

— Está certo, mas dize-me tudo. Eu não receio nada e quero saber tudo. Está combinado?

— Que me aceitarás tal como eu sou? Não é verdade? Não te retratarás mais?

— Não, não.

A conversa foi interrompida por Mlle. Linon, que, com um doce sorriso, veio cumprimentar o seu aluno preferido. Ainda não deixara ela o salão, quando os criados, por sua vez, quiseram dar as suas felicitações. Depois, foi o desfile dos parentes. E, desse modo, transcorreu aquele período feliz e absurdo que só acabou no dia seguinte ao casamento de Levine.

Embora se sentisse cada vez mais incomodado, a sua felicidade aumentava sempre. Exigiam dele coisas em que nunca pensara e sentia prazer em executá-las. Ele imaginara que se o noivado não saísse absolutamente das tradições ordinárias, a sua felicidade seria arruinada, mas, embora fizesse exatamente o que todos faziam em caso semelhante, ela tomava proporções extraordinárias.

— Agora — insinuava Mlle. Linon — precisamos de balas.

E Levine corria para comprar as balas.

— Todos os meus parabéns — disse-lhe Sviajski. — Aconselho-te a comprar flores na casa de Fomine.

— Ah! É necessário?

O seu irmão foi de opinião que ele devia tomar dinheiro para os presentes e as despesas do momento.

— Como, é preciso oferecer presentes?

E corria para a casa de Foulda.

Em casa do confeiteiro, de Fomine, de Foulda, todos que o atendiam pareciam felizes e triunfantes com ele. Era, de resto, o sentimento geral e, coisa notável, o seu entusiasmo era partilhado pelos outros, mesmo por aqueles que antigamente lhe pareciam frios e indiferentes: apoiavam-no em tudo, tratavam o seu amor com uma delicadeza infinita, acreditavam na sua palavra quando se dizia o ser mais feliz da terra porque a sua noiva era a própria perfeição.

Kitty sentia impressões idênticas. A condessa Nordstone permitiu uma alusão às esperanças mais brilhantes que esperara para a sua amiga, Kitty encolerizou-se e defendeu asperamente a superioridade de Levine, de tal modo que a condessa acabou por lhe dar razão. E, desde então, ela não mais encontrou Levine em presença da sua amiga que não lhe dirigisse um sorriso de admiração.

Um dos incidentes mais penosos dessa época da sua vida foi o das explicações prometidas. Atendendo à opinião do príncipe, Levine entregou a Kitty um diário que escrevera sob a inspiração daquela que mais tarde seria sua esposa. Dos dois pontos delicados que o preocupavam, a sua incredulidade foi aquela que passou quase despercebida. Crente ela mesma e incapaz de duvidar das verdades da sua religião, a pretensa falta de fé do seu noivo deixou Kitty indiferente: aquele coração, que o amor lhe fizera conhecer, encerrava o que ela precisava achar — pouco lhe importava que ele qualificasse de incredulidade o estado da sua alma! Mas a segunda confissão obrigou-a a verter lágrimas amargas.

Levine resolvera fazer aquela confissão depois de uma enorme luta interior e porque não queria segredos entre ambos, sem pensar, no entanto, na impressão que aquela leitura deixaria na moça. O abismo que separava aquela pureza do seu abominável passado apareceu-lhe quando, entrando uma noite no quarto de Kitty antes de ir ao teatro, viu o seu rosto encantador desfeito em lágrimas. Compreendeu então o mal irreparável que causara e sentiu-se apavorado.

— Leve estes horríveis cadernos — disse ela, entregando as folhas abandonadas na mesa. — Por que me deste isto?... Mas afinal foi melhor

assim — acrescentou, presa de piedade à vista do desespero de Levine.
— Mas é terrível, terrível!

Ele abaixou a cabeça, incapaz de articular uma palavra de resposta.

— Tu me perdoarás? — murmurou ele.

— Sim, já perdoei, mas é terrível.

Este incidente não teve outra consequência senão agregar um elemento a mais à sua imensa felicidade. Compreendeu ainda melhor a grandeza de Kitty após o perdão, do qual se sentia indigno.

XVII

Retornando ao seu quarto solitário, Alexis Alexandrovitch lembrou-se das conversas da reunião. As súplicas de Daria Alexandrovna não tiveram outro êxito senão causar-lhe indignação: aplicar, sem conhecimento suficiente de causa, os preceitos dos Evangelhos a uma situação como a sua parecia-lhe empresa arriscada. Demais, aquela questão ele a havia julgado e julgado negativamente. Uma frase gravara-se profundamente na sua memória e era aquela, do imbecil Tourovtsine: "Portou-se muito bem. Provocou o rival, que o matou." Evidentemente, todo mundo aprovara aquela conduta e, se não o declararam abertamente, fora tão somente por simples delicadeza. "Depois de tudo isso", pensou, "para que examinar estas coisas? A questão já não está resolvida?"

Como retornasse à sua casa, perguntou ao porteiro pelo criado. Verificando que o patife saíra, fez-se servir de chá e mergulhou no estudo do indicador: os seus deveres profissionais novamente o absorviam por completo. O criado não tardou em voltar.

— Vossa Excelência poderia me desculpar? — disse o criado. — Saí apenas por um momento. Acabam de chegar dois telegramas.

Alexis Alexandrovitch abriu um: anunciava a nomeação de Stremov para o lugar que ele cobiçava. Karenine enrubesceu, atirou fora o telegrama e pôs-se a andar no aposento. *Quos vult perdere Jupiter dementat*, disse a si mesmo, incluindo no *quos* todos os que haviam contribuído para aquela nomeação. Sentia-se menos contrariado pelo fracasso do que pelo fato de ver em seu lugar um tagarela, um demagogo como Stremov. Então não compreendiam que semelhante coisa comprometia o seu *prestige*?

"Sem dúvida, outra notícia da mesma espécie!", pensou ele, com amargura, abrindo o segundo telegrama. Era da sua mulher: a assinatura "Ana", em lápis azul, saltou-lhe aos olhos. "Estou à morte, suplico-te que venhas. Morreria mais tranquila se obtivesse o teu perdão." Leu aquelas palavras com um sorriso de desprezo e afastou o papel. "Que nova mentira!", tal foi a sua primeira impressão. "Não existe fraude de que ela não seja capaz. Deve estar perto de dar à luz uma criança. Mas qual poderá ser o seu fim? Tornar legal o nascimento da criança? Comprometer-me? Impedir o divórcio?... Mas que significa isso: estou à morte?..." Releu o telegrama e, desta vez, o sentido real do seu conteúdo o afligiu. "Se fosse verdade? Se o arrependimento, a aproximação da morte, a conduzissem a um arrependimento sincero? Não respondendo ao seu apelo eu seria não apenas cruel, mas inábil, e faria com que me julgassem severamente..."

— Pedro, uma carruagem! Viajo para Petersburgo — gritou ele ao criado.

Alexis Alexandrovitch resolvera rever a mulher e certificar-se logo se a doença era fingida. Estivesse verdadeiramente doente, ele a perdoaria. E, caso chegasse muito tarde, poderia, ao menos, dar-lhe a extrema-unção.

Tomada aquela decisão, não pensou mais durante a viagem. E, de madrugada, ainda fatigado da noite na estrada de ferro, os seus olhos tentavam atravessar o nevoeiro matinal sem que o seu espírito quisesse refletir no que o esperava em casa. Pensava involuntariamente, cedendo a uma ideia persistente, que aquela morte cortaria imediatamente todas as dificuldades. Os padeiros, as carruagens retardatárias, os porteiros lavando os passeios, as farmácias fechadas, passavam como um clarão diante dos seus olhos: observava tudo e procurava abafar a esperança do que se aproximava. Em frente da casa percebeu duas carruagens com um cocheiro adormecido deitado à porta. No vestíbulo, Alexis Alexandrovitch fez um esforço para controlar-se e, do canto mais recôndito do seu cérebro, arrancou uma decisão que podia ser formulada assim: "Se ela me enganou, observarei uma calma desprezível e partirei novamente; se disse a verdade, observarei as conveniências."

Antes mesmo de tocar a campainha, o criado Petrov, aliás Kapitonytch, abriu a porta: sem gravata, vestido com uma velha sobrecasaca e calçado em chinelas, o bom homem tinha um ar estranho.

— Como está Ana?

— A senhora teve ontem um parto feliz.

Alexis Alexandrovitch, completamente pálido, deteve-se. Ele compreendia agora como desejara vivamente aquela morte.

— Mas a sua saúde?

Kornei desceu precipitadamente a escada.

— A senhora vai muito mal — respondeu ele. — Fizeram uma consulta ontem à noite e o doutor, neste momento, está aqui.

— Toma conta das minhas bagagens — disse Karenine, um pouco consolado, verificando que não era totalmente perdida a esperança de um desenlace fatal.

Entrou na antessala e, observando no cabide um capote de militar, perguntou:

— Quem está aqui?

— O doutor, a parteira e o conde Vronski.

Não havia ninguém no salão. O barulho dos seus passos fez sair do quarto uma pessoa que usava uma touca ornada de fitas malvas: era a parteira. Aproximou-se dele e tomou-o pela mão, com a intimidade dada pela vizinhança da morte. Conduziu-o ao quarto vizinho.

— Graças a Deus, afinal o senhor chegou! — disse a mulher. — Ela só fala do senhor, e unicamente do senhor.

— Gelo! Depressa, gelo! — pediu no quarto a voz imperiosa do médico.

No outro quarto, perto da mesa, sentado numa cadeira baixa, Vronski chorava, o rosto nas mãos. Estremeceu ouvindo a voz do médico e, erguendo a cabeça, achou-se em frente de Karenine. Aquela aparição o perturbou de tal modo que enterrou a cabeça nos ombros como querendo desaparecer. Um grande esforço de vontade, porém, obrigou-o a colocar-se de pé. E disse:

— Ela está morrendo. Os médicos asseguram já não existir nenhuma esperança. Estou às suas ordens, deixe-me ficar aqui. Demais, estarei conformado com a sua vontade...

Diante das lágrimas de Vronski, Alexis Alexandrovitch não pôde resistir à perturbação que os sofrimentos alheios sempre lhe causavam. Voltou a cabeça sem responder e dirigiu-se para o quarto de dormir. Ouvia-se a voz de Ana, viva, alegre, com entonações muito nítidas. Karenine entrou e aproximou-se do leito. Ela tinha o rosto voltado para ele, as faces animadas, os olhos brilhantes. As suas mãozinhas alvas, saindo das mangas da camisola, encontravam-se com as pontas do cobertor. Parecia não somente vigorosa e bem disposta, mas numa feliz disposição de espírito: falava alto e com vivacidade, acentuando as palavras com muita precisão.

— Porque Alexis, eu falo de Alexis Alexandrovitch (não é estranho e cruel que ambos se chamem Alexis?), Alexis me recusou. Eu esqueceria, ele teria perdoado... Por que ainda não chegou? Ele é bom, ele mesmo ignora como é bom... Ah, meu Deus, meu Deus, que angústia! Água, dá-me água! Depressa! Mas isso não seria bom para o meu filhinho... Então, deem a ele uma ama, eu consinto, será mesmo melhor: quando Alexis chegar...

— Ana Arcadievna, ele chegou. Ei-lo! — disse a parteira, tentando reter a sua atenção em Alexis Alexandrovitch.

— Que loucura! — continuou Ana, sem ver o marido. — Dá-me a criança, quero-a! Ele ainda não chegou. Se o senhor acha que o meu marido se mostrará inflexível é porque o senhor não o conhece. Ninguém o conhece, apenas eu o conheço. No fim, aquilo se tornou doloroso... os seus olhos, é preciso conhecê-los. Os de Sergio são parecidos e é por isso que não posso vê-los mais... Deram o jantar a Sergio? Estou certa de que ninguém pensa nesse pequeno. Ele não o teria esquecido. Que se leve Sergio para o quarto do canto e que Marieta se deite ao seu lado.

Concentrou-se subitamente em si mesma, adquiriu um aspecto espantado e colocou os braços à altura do rosto, como para aparar um golpe: reconhecera o marido.

— Não, não — prosseguiu — não é dele que eu tenho medo, é da morte. Alexis, aproxima-te! Eu me apresso por causa da carência do tempo, só tenho alguns minutos de vida, a febre vai retornar e não compreenderei mais nada. Agora compreendo, compreendo e vejo tudo.

O rosto enrugado de Alexis Alexandrovitch exprimiu um vivo sofrimento. Tomou a mão da mulher e quis falar, mas o seu lábio inferior tremia tão fortemente que não pôde articular palavra. A sua emoção lhe permitia, de quando em vez, fitar a doente e a cada momento em que via os seus olhos fixos descobria-lhes uma doçura, uma exaltada ternura que nunca conhecera.

— Espere, tu não sabes... Espere, espere... — ela se deteve, procurando coordenar as ideias. — Sim, sim, sim, eis o que eu queria dizer. Não te espantes, eu sou sempre a mesma. Mas existe uma outra em mim de quem tenho medo. Foi ela quem amou a "ele" e eu queria odiar-te, mas não podia esquecer aquela que fui antigamente... Agora eu sou totalmente eu, verdadeiramente eu, e não a outra. Morro, sei que morro, pergunte a ele. Sinto-me a mim mesma: esses pesos terríveis nas mãos, nos pés, nos dedos. Meus dedos, como estão enormes!... Mas tudo isso acabará depressa... Uma única coisa me é indispensável: perdoa-me tudo. Fui criminosa, mas houve uma santa... como ela se chamava? A criada de Sergio me falou dela... que foi pior do que eu. Irei a Roma, lá existe um deserto, não incomodarei ninguém, só levarei Sergio e a minha filhinha... Não, tu não podes me perdoar, sei que é impossível... Vai-te, vai-te, tu és muito perfeito...

Ela o puxava com uma das suas mãos abrasadas e o afastava com a outra. A perturbação de Alexis Alexandrovitch era tão forte que ele não mais se defendeu — sentia mesmo aquela emoção transformar-se numa espécie de apaziguamento moral que lhe pareceu uma beatitude imprevista. Não acreditara que aquela religião cristã, que tomara como regra para a sua vida, lhe prescrevesse o perdão das ofensas e o amor para os inimigos, e eis que um estranho sentimento de amor e de perdão inundava a sua alma. Ajoelhado perto do leito, a testa apoiada naqueles braços cuja febre o queimava através da camisola, soluçava como uma criança. Ela se inclinou, envolveu com os braços a cabeça do marido e ergueu os olhos num ar de desafio.

— Ei-lo, eu bem o sabia! Agora, adeus, adeus a todos... Eles estão voltando, por que não se foram embora? Abram todas estas cortinas.

O médico deitou-a docemente nos travesseiros, tendo o cuidado de cobrir-lhe os braços e os ombros. Ana deixou-o fazer sem resistência, o olhar fixo.

— Lembra-te que só pedi o teu perdão, nada mais... Mas por que ele não vem? — perguntou, olhando para o lado da porta. — Vem, vem, dá-me a mão.

Vronski aproximou-se do leito e, vendo Ana, escondeu novamente o rosto entre as mãos.

— Descobre o teu rosto — disse ela. — Olha-o, é um santo! Mas descobre o teu rosto — repetiu, com a voz irritada. — Alexis Alexandrovitch, descobre-lhe o rosto, quero vê-lo.

Alexis Alexandrovitch tomou as mãos de Vronski e descobriu o rosto desfigurado pelo sofrimento e pela humilhação.

— Dá a mão a ele e perdoa-o.

Alexis Alexandrovitch estendeu-lhe as mãos sem procurar reter as lágrimas.

— Obrigada, meu Deus. Estou preparada. Resta-me apenas estender um pouco as pernas, assim, está muito bem... Como estas flores são feias, não parecem violetas — disse, mostrando a pintura do quarto.

— Meu Deus, quando acabará tudo isso! Dê-me morfina, doutor! Oh, meu Deus, meu Deus!

E ela se debatia no leito.

Os médicos tinham pouca esperança, a febre puerperal quase nunca falha. O dia se passou entre o delírio e a inconsciência. À meia-noite, a doente não tinha quase pulso: esperava-se o fim de um minuto para outro.

Vronski retornou à casa, mas, no dia seguinte, voltou para saber notícias. Alexis Alexandrovitch veio encontrá-lo na antessala e disse-lhe: "Fique, talvez ela chame pelo senhor." Depois, ele próprio, conduziu-o ao quarto de sua mulher. Durante a manhã, a agitação, a vivacidade dos pensamentos e das palavras reapareceram para terminar ainda num estado de inconsciência. O terceiro dia se apresentou com o mesmo caráter e os médicos adquiriram esperança. Nesse dia Karenine entrou no quarto, onde se achava Vronski, fechou a porta e sentou-se em frente dele.

— Alexis Alexandrovitch — disse Vronski, que sentia uma explicação se aproximar — eu, no momento, sinto-me incapaz de falar e de compreender. Tenha piedade de mim! Qualquer que seja o seu sofrimento, acredite que o meu é ainda mais terrível.

Fez menção de levantar-se, mas Alexis Alexandrovitch o deteve e disse:

— Peço-lhe que me escute, é indispensável. Vejo-me forçado a explicar ao senhor a natureza dos sentimentos que me guiam e ainda guiarão, a fim de evitar um erro da sua parte em relação a mim. O senhor sabe que estava resolvido a divorciar-me e que dera os primeiros passos para obtê-lo, é preciso confessar, isso depois de longas hesitações, mas o desejo de vingar-se de Ana e do senhor acabara por vencer os meus escrúpulos. Vindo aqui, eu desejava a morte de Ana, mas... — calou-se por um instante, tentando descobrir o sentimento que o fazia agir. — Mas — prosseguiu — eu a vi novamente e a perdoei. A felicidade de poder perdoá-la mostrou-me claramente o dever. Perdoei irrestritamente. Entrego a outra face à bofetada, dou a minha última roupa ao que me despiu. A única coisa que peço a Deus é deixar-me a alegria do perdão.

As lágrimas enchiam-lhe os olhos. O seu olhar luminoso e calmo afligia Vronski.

— Eis a minha atitude. O senhor poderá me arrastar na lama e lançar sobre mim o riso da sociedade, mas não abandonarei Ana por isso e nem o senhor ouvirá, da minha parte, uma palavra de censura. O meu dever está nitidamente traçado: devo ficar com ela, e ficarei. Se

ANA KARENINA

ela desejar ver o senhor, eu o avisarei, mas, no momento, penso que seria melhor se afastar...

Ele se levantou. Os soluços perturbavam a sua voz. Vronski fez o mesmo, curvado em dois e olhando-o sob os olhos. Incapaz de compreender as razões que dirigiam Karenine, confessava-se que ali estavam sentimentos superiores que não caberiam no código de conveniências a que ordinariamente obedecia.

XVIII

Quando, depois dessa conversa, Vronski saiu da residência dos Karenine, deteve-se no limiar, perguntando onde estava e o que fizera. Humilhado e confuso, sentia-se privado de todo o meio de lavar a sua vergonha, posto fora do caminho que sempre trilhara com facilidade e orgulho. Todas as normas que serviram de base à sua vida, e que ele acreditara inatacáveis, revelavam-se falsas e mentirosas. O marido enganado, aquele triste personagem que considerara como um obstáculo acidental e algumas vezes cômico para a sua felicidade, acabava de ser elevado por "ela" a uma altura que inspirava respeito e, ao invés de parecer ridículo, mostra-se simples, grande e generoso. Os papéis estavam invertidos: Vronski não podia esconder, ele sentia a grandeza, a probidade de Karenine, e a sua própria baixeza; aquele marido enganado aparecia magnânimo na sua dor, enquanto ele próprio se julgava mesquinho e miserável. Todavia, aquele sentimento de inferioridade para com um homem que tão injustamente desprezara só contava com uma fraca parte do seu abatimento. O que causava o seu desespero era a ideia de perder Ana para sempre. A sua paixão, que julgara um momento arrefecida, despertara mais violenta do que nunca. A doença da sua amante obrigara-o a conhecê-la melhor e ele pensava nunca tê-la amado ainda. E agora que a conhecia e a amava realmente, ia perdê-la, restando apenas uma recordação abjeta e humilhante. Lembrava-se com horror do instante ridículo e odioso em que Alexis Alexandrovitch lhe descobrira o rosto, enquanto ele o escondia nas mãos. Imóvel na entrada da casa, ele parecia não ter mais consciência dos próprios atos.

— Chamarei uma carruagem? — perguntou o porteiro.

— Precisamente, sim, uma carruagem...

Entrando em casa, de volta, Vronski, esgotado por três noites de insônia, deitou-se num divã sem se despir. A sua cabeça, pesada pela fadiga, repousava sobre os braços cruzados. As reminiscências, as ideias, as impressões mais estranhas se sucediam em seu espírito com uma rapidez e uma lucidez extraordinárias. Via-se, por vezes, dando remédio à doente e o entornando pela colher; por vezes, via as mãos brancas da parteira ou ainda a singular atitude de Alexis Alexandrovitch, ajoelhado perto do leito.

"Dormir! Esquecer!", murmurava, com a calma resolução do homem bem seguro de poder, em caso de fadiga, adormecer à vontade. E, realmente, as suas ideias se misturaram e ele se sentiu cair no abismo do esquecimento. Ia desaparecer no inconsciente quando, subitamente, tremeu com todo o corpo, como sob a ação de uma violenta corrente elétrica, e achou-se ajoelhado, os olhos tão abertos que não mais pensou em dormir. Desaparecera toda a lassidão.

"O senhor poderá me arrastar na lama". Aquelas palavras de Alexis Alexandrovitch ressoavam aos seus ouvidos. Ele o via em sua frente e via também o rosto febril de Ana e os seus olhares inflamados colocando-se não mais sobre ele, mas sobre o marido; via o esgar estúpido que contraíra o seu rosto quando Karenine o descobrira. E, ante o horror daquela visão, fechou os olhos e tornou a se deitar.

"Dormir! Esquecer!", repetiu. Então, apesar dos olhos fechados, o rosto de Ana, tal qual como a ele se mostrara na noite memorável das corridas, surgiu nas trevas com uma surpreendente precisão.

— É impossível, ele desejava apagá-lo da sua memória. No entanto, eu não posso viver sem ela. Como nos reconciliar, como nos reconciliar? — Ele pronunciou aquelas palavras muito alto e pôs-se a repeti-las inconscientemente e, durante alguns segundos, aquela repetição automática impediu a renovação das imagens que assediavam o seu cérebro. Mas logo os doces fatos do passado e as humilhações recentes novamente o dominaram. "Descobre o teu rosto", dizia a voz de Ana. Afastava as mãos e sentia até que ponto devia ter parecido humilhado e ridículo.

Permaneceu muito tempo deitado, procurando o sono sem esperança de o conseguir, murmurando restos de frases para evitar novas alucinações. Escutava a sua própria voz repetir num murmúrio de demência: "Tu não a soubeste apreciar, tu não a soubeste aproveitar; tu não a soubeste apreciar, tu não a soubeste aproveitar..."

"Que está me acontecendo? Ter-me-ei tornado louco?", perguntou, intimamente. "Talvez. Por que se enlouquece e por que se morre?" E, respondendo a si próprio, abriu os olhos e percebeu ao lado uma almofada bordada por sua cunhada Varia. Tentou, brincando com o enfeite da almofada, lembrar-se da última visita que lhe fizera. Mas qualquer ideia estranha àquela que o torturava era um martírio a mais. "Não, é preciso dormir!" E, aproximando a almofada da cabeça, nela se apoiou, esforçando-se por manter os olhos fechados. Imprevistamente, sentou-se, estremecendo ainda. "Tudo acabou para mim. Que me resta fazer?" E pensou na vida sem Ana. "A ambição? Serpoukhovskoi? A sociedade? A corte?" Tudo aquilo, antigamente, tivera um sentido. Agora já não o tinha.

Levantou-se, arrancou a túnica, despiu-se da cintura para cima a fim de poder respirar mais livremente e pôs-se a andar no aposento. "É assim que se torna louco, é assim que se suicida...", prosseguiu. "Para evitar a vergonha", acrescentou lentamente.

Foi até à porta, que fechou. Depois, o olhar fixo e os dentes cerrados, aproximou-se da carteira, tomou um revólver, examinou-o, armou-o e refletiu. Ficou dois minutos imóvel, a cabeça baixa e o revólver na mão, preso a uma profunda meditação. "Certamente", disse, afinal, e aquela decisão parecia o resultado lógico de uma série de ideias nítidas e precisas, mas, no fundo, ele rodava sempre no mesmo círculo de impressões e recordações — felicidade perdida, futuro impossível, vergonha destruidora — que, após uma hora, percorria pela centésima vez. "Certamente", repetiu, vendo retornar uma vez mais o eterno desfile. Então, apoiando o revólver do lado esquerdo do peito, contraiu nervosamente a mão e apertou o gatilho. Não ouviu nenhuma detonação, mas o golpe violento que recebeu no peito o obrigou a cair. Procurou inutilmente agarrar-se na extremidade da carteira, vacilou, largou o revólver e, lançando olhares assustados em volta, sentiu que se abatia. Os pés contornaram a carteira, a cesta de papel, a pele de tigre estendida no solo. Ele não reconhecia nada. Os passos do criado, que atravessava a sala, forçaram-no a dominar-se. Acabou por compreender que estava deitado e, vendo sangue na mão e na pele do tigre, teve consciência do que fizera.

"Que tolice! Errei!", murmurou, procurando com a mão o revólver, que não viu perto. Esgotou-se em inúteis esforços, perdeu o equilíbrio e caiu novamente, banhado em sangue.

O criado, uma elegante criatura que usava bigode e se vangloriava perante os amigos da delicadeza dos seus nervos, ficou terrificado ao ver o patrão. Deixou-o gemendo e correu a procurar socorros. No fim de uma hora, Varia, a cunhada de Vronski, chegou e, auxiliada por três médicos — que fizera procurar nos três cantos da cidade e que chegaram ao mesmo tempo —, deitou o ferido no divã, tornando-se logo a sua enfermeira.

XIX

Alexis Alexandrovitch não previra que a sua mulher se arrependesse sinceramente, que conseguisse o perdão e... se restabelecesse. Dois meses depois da sua volta de Moscou, aquele erro surgiu-lhe em toda a sua gravidade. Ele provinha menos de uma falta de cálculo que do desconhecimento do seu próprio coração. Perto do leito da mulher moribunda, pela primeira vez na vida abandonou-se ao sentimento de comiseração pelas dores de outrem, sentimento contra o qual sempre lutara como se luta contra uma perigosa fraqueza. O remorso de haver desejado a morte de Ana, a piedade que ela lhe inspirara e, acima de tudo, a felicidade mesma do perdão transformaram as suas angustias morais numa paz profunda e transfiguraram uma fonte de sofrimento numa fonte de alegria: tudo o que em seu ódio e em sua cólera parecera incompreensível, agora que a amava e perdoava, tornava-se claro e simples.

Perdoara à mulher e o fizera por causa dos seus sofrimentos e do seu arrependimento. Perdoara Vronski e o fizera igualmente depois em que vira o seu ato de desespero. Lamentava o filho, e mais do que antigamente, porque se censurava de o haver esquecido. Quanto à recém-nascida, ele sentia por ela mais que piedade, era uma verdadeira ternura. Vendo aquela menina débil, esquecida durante a doença da mãe, e que graças aos seus cuidados arrancara-a da morte e prendera-se a ela quase sem o sentir. A criada e a ama viam-no entrar muitas vezes por dia no quarto das crianças e, primeiramente intimidadas, acabaram habituando-se com a sua presença. Por vezes, ficava uma meia-hora contemplando o rosto enrugado, penugento, da criança que não era sua, acompanhando os movimentos da sua testa franzida, vendo-a esfregar o nariz e os olhos com as costas das mãozinhas gordas e de dedos curvos. Nesses momentos, Alexis Alexandrovitch sentia-se tranquilo, em paz consigo mesmo, e nada via de anormal na situação.

No entanto, mais avançava, mais verificava que aquela situação, por mais natural que parecesse, não lhe permitia ficar contente. Fora da sublime força moral que o guiava interiormente, sentia a presença de outra força brutal que dirigia a sua vida e lhe impedia a conquista da paz tão desejada. Todo mundo parecia interrogar a sua atitude, recusar a compreendê-la, dele esperando algo de diferente. Quanto às suas relações com a mulher, elas não tinham naturalidade e nem estabilidade. Quando cessou o enternecimento provocado pela aproximação da morte, Alexis Alexandrovitch observou imediatamente que Ana o temia, receava a sua presença e não ousava fitá-lo de frente nem lhe falar de coração aberto. Pressentindo, sem dúvida, a curta duração das relações atuais, ela esperava, também, alguma coisa do marido.

Nos fins de fevereiro, a menina, a quem se dera o nome da mãe, caiu doente. Alexis Alexandrovitch vira-a de manhã, antes de ir para o ministério, e mandara buscar o médico. Voltando um pouco depois das três horas, viu na antessala um criado muito alto e magro, cuja libré era adornada com uma pele de urso e tinha nos braços uma caixa.

— Quem está aí? — perguntou.

— A princesa Elizabeth Fiodorovna Tverskoi — respondeu o homem, e Alexis Alexandrovitch julgou verificar que ele sorria.

Durante este penoso período, Karenine observara por parte das suas relações mundanas, principalmente femininas, um interesse muito particular por ele e por sua mulher. Em todos, descobria aquela alegria mal dissimulada que lera nos olhos do advogado e que agora encontrava nos daquele patife: todos perguntavam pela sua saúde, pareciam encantados, como se fossem casar alguém.

A presença da princesa não podia ser agradável a Alexis Alexandrovitch: jamais gostara dela, que o fazia lembrar de tristes recordações, e, por isso, entrara diretamente no apartamento das crianças. Na primeira sala, Sergio, deitado em uma mesa e com os pés numa cadeira, desenhava tagarelando alegremente. Perto dele, sentada, a governante inglesa, que substituía a francesa, fazia croché. Assim que viu entrar Karenine, ela se levantou, fez uma reverência e pôs Sergio no chão. Alexis Alexandrovitch acariciou a cabeça do filho, respondeu às perguntas da governante sobre a saúde de Ana e indagou da opinião do médico sobre o estado do *baby*.

— O doutor nada achou de grave, senhor. Receitou banhos.

— No entanto, ela sofre — disse Alexis Alexandrovitch, ouvindo a criança gritar no quarto vizinho.

— Eu penso, senhor, que a ama não é boa — respondeu a inglesa, convencidamente.

— Por que pensa assim?

— Eu vi isso em casa da condessa Pohl. Curavam a criança com remédios, enquanto ela sofria unicamente de fome: a ama não tinha leite.

Alexis Alexandrovitch refletiu e, no fim de alguns instantes, entrou na segunda sala. A menina gritava, deitada nos braços da ama, a cabeça virada recusando o seio. A ama e a criada não conseguiam acalmá-la.

— Ela não está melhor? — indagou Alexis Alexandrovitch.

— Está muito agitada — respondeu a criada, a meia-voz.

— Miss Edward acha que a ama não tem leite.

— Eu também o acho, Alexis Alexandrovitch.

— Por que não disseram?

— Dizer a quem? Ana Arcadievna está sempre doente — respondeu brutalmente a mulher, que estava na casa havia muito tempo. Esta frase muito simples pareceu a Karenine uma nova alusão à sua situação.

A criança gritava cada vez mais forte, perdendo o fôlego e ficando rouca. A criada teve um gesto de impaciência e, tomando a pequena da ama, pôs-se a acalentá-la, andando.

— É preciso dizer ao médico para examinar a ama.

A ama, uma mulher de robusta aparência e vestida com belos enfeites, receando perder o emprego, cobriu os seios resmungando algumas palavras incompreensíveis. A ideia de que pudessem supor que lhe faltasse leite, arrancou-lhe um sorriso de desdém, que Karenine novamente interpretou mal.

— Pobre menina! — disse a criada, esforçando-se por acalmar a criança.

Alexis Alexandrovitch sentou-se e, durante algum tempo, com um aspecto triste, acompanhou o passeio da criada. Quando ela o deixou afinal, depois de ter posto a criança no berço e arranjado as almofadas, ele se aproximou nas pontas dos pés, examinou a menina durante alguns instantes sem dizer uma palavra e com o mesmo ar de tristeza. Subitamente, um sorriso desfez as pregas da sua testa e ele saiu docemente.

Novamente na sala de jantar, tocou a campainha e mandou chamar o médico. Descontente por ver que a sua mulher se ocupava tão pouco com aquela encantadora menina, não quis entrar no quarto dela, tanto mais que não desejava encontrar a princesa. No entanto, como Ana pudesse se espantar, vendo-o desfazer um hábito já adquirido, dominou os próprios sentimentos e se dirigiu para o quarto de dormir. Enquanto se aproximava, um espesso tapete sufocando o barulho dos seus passos, ouviu sem querer a seguinte conversa:

— Se ele não partisse, eu compreendia a sua recusa e a dele. Mas o teu marido deve estar acima de tudo isso — dizia Betsy.

— Não se trata de meu marido, mas de mim. Não falemos mais nisso — dizia a voz emocionada de Ana.

— É possível que não desejes mais ver aquele que quis morrer por ti?...

— É precisamente por isso que não o quero mais.

Alexis Alexandrovitch parou, assustado. Pensou mesmo em retroceder, mas, refletindo que aquela fuga não seria digna, continuou andando, tossindo. As vozes se extinguiram e ele penetrou no quarto.

Ana, trajando um *peignoir* cinzento, os cabelos negros, cortados, estava sentada numa cadeira. Como de costume, à vista do marido, toda a sua animação desapareceu. Abaixou a cabeça e lançou um olhar inquieto a Betsy, que estava vestida à última moda, trazendo um chapeuzinho no alto da cabeça como um *abat-jour* sobre uma lâmpada e um vestido pescoço de pombo ornado de listras diagonais. Sentada ao pé de Ana, conservava o seu busto vulgar tão firme quanto possível. Acolheu Alexis Alexandrovitch com um cumprimento acompanhado de um sorriso irônico.

— Ah! — fez ela, com surpresa. — Desejava encontrá-lo aqui. O senhor não vai a parte alguma e desde a doença de Ana que não o vejo. Sei, não obstante, o cuidado que teve com ela. O senhor é um marido admirável!

Gratificou com um terno olhar a grandeza de alma de Karenine. Mas, saudando-a friamente, e beijando a mão da sua mulher, ele indagou de sua saúde.

— Acho que vou melhor — respondeu, evitando-lhe o olhar.

— No entanto, a cor da tua pele é de febre — tornou ele, insistindo na última palavra.

— Nós conversamos muito — disse Betsy. — Sinto perfeitamente que isto é um egoísmo da minha parte e me retiro.

Ela se levantou, mas Ana, tornando-se vermelha, a reteve vivamente pelo braço.

— Não, peço-te que fiques. Devo te dizer... não, antes a ti — continuou ela, voltando-se para o marido, enquanto o rubor ganhava a sua testa e o pescoço. — Não posso nem quero esconder nada.

Alexis Alexandrovitch abaixou a cabeça e estalou os dedos.

— Betsy me disse que o conde Vronski desejava despedir-se antes da sua partida para Tachkent — falava rapidamente, sem olhar o marido com pressa de acabar. — Eu respondi que não o podia receber.

— Perdão, querida — corrigiu Betsy —, tu respondeste que isso dependia de Alexis Alexandrovitch.

— Mas, não, eu não o posso receber... — deteve-se de repente, interrogando o marido com o olhar. Ele voltara a cabeça. — Em suma, eu não quero...

Alexis Alexandrovitch aproximou-se e fez o gesto de agarrar-lhe a mão. O primeiro movimento de Ana foi de repelir aquela mão úmida, de veias grossas, que procurava a sua. Mas dominou-se e apertou-a.

— Eu quero agradecer a tua confiança, mas...

Ele se deteve e olhou a princesa com despeito. Aquilo que, perante a sua própria consciência, podia julgar facilmente tornava-se impossível de ser examinado em presença daquela mulher em quem se encarnava a força brutal, que dirigia a sua vida aos olhos da sociedade e o impedia de entregar-se inteiramente ao amor e ao perdão.

— Bem, adeus, querida — disse Betsy, erguendo-se.

Abraçou Ana e saiu. Karenine acompanhou-a.

— Alexis Alexandrovitch — disse ela, parando no meio do quarto para lhe apertar a mão de uma maneira significativa —, tenho o senhor como sendo um homem sinceramente generoso. Estimo-o tanto e gosto tanto do senhor que me permito, por mais desinteressada que seja na questão, dar-lhe um conselho: receba-o. Alexis Vronski é a própria honra e vai partir para Tachkent.

— Fico-lhe muito agradecido, princesa, pela sua simpatia e pelo seu conselho. À minha mulher unicamente compete decidir se pode ou não receber alguém.

Pronunciou estas palavras, como de hábito, com dignidade, mas sentiu imediatamente que, apesar das palavras, a dignidade quadrava mal com a situação criada. O sorriso moderado, irônico e perverso com que Betsy acolheu a sua resposta provou-o suficientemente.

XX

Alexis Alexandrovitch acompanhou Betsy até o salão, despediu-se e voltou ao quarto da sua mulher. Ana estava deitada na espreguiçadeira, mas, percebendo que o marido voltava, endireitou-se precipitadamente e o fitou com espanto. Ele verificou que ela tinha chorado.

— Agradeço a tua confiança — falou docemente, repetindo em russo a resposta que dera em francês diante de Betsy. (Aquela mania de tratá--la por "tu" quando falava russo tinha o dom de irritar Ana.) — Sim — prosseguiu, sentando-se perto —, sou muito reconhecido pela tua decisão. Como tu, acho que desde o momento em que o conde partiu, não há nenhuma necessidade para que o recebamos aqui. De resto...

— Mas, se já o disse, por que falar nisso outra vez? — interrompeu Ana, com uma irritação que não soube dominar. "Não há nenhuma necessidade", pensava, "para um homem que quis se matar, de dizer adeus à mulher que ama e que, por seu lado, não pode viver sem ele!"

Mordeu os lábios e abaixou o olhar até as mãos do marido, que as esfregava lentamente uma contra a outra.

— Não falemos mais nisso — acrescentou ela, num tom mais calmo.

— Deixei-te resolver esta questão com toda a liberdade e sinto-me feliz por ver...

— Que os meus desejos são iguais aos teus — concluiu Ana, impaciente de o ouvir falar tão lentamente, quando sabia de antemão tudo o que ele ia dizer.

— Sim — confirmou Karenine —, e a princesa Tverskoi fez muito mal em imiscuir-se nos penosos negócios de família, principalmente ela, que...

— Não creio em nada do que se diz e sei que ela me ama sinceramente.

Alexis Alexandrovitch suspirou e calou-se. Ana fitava-o nervosamente de vez em quando, com aquele sentimento de repulsa física que experimentava sem poder vencer. Era odiosa a presença daquele homem. E desejava unicamente desembaraçar-se dele o mais cedo possível.

— Acabo de mandar chamar o médico — disse, afinal, Alexis Alexandrovitch.

— Para quê? Estou muito bem.

— Para a pequena que chora muito. Dizem que a ama tem pouco leite.

— Por que não me deixaram amamentá-la, não pedi que me deixassem tentar? Apesar de tudo (Karenine compreendeu o que ela entendia por "apesar de tudo"), é uma criança que acabarão por deixar morrer.

Tocou a campainha e pediu que trouxessem a criança.

— Quero amamentá-la, não me deixaram e me censuram agora...

— Não te censuro em nada...

— Tu me censuraste! Meu Deus, por que não morri?! — e desfez-se em soluços. — Perdoa-me, estou tão nervosa — prosseguiu, tentando dominar-se. — Mas, deixa-me.

"Não, isto não pode continuar", decidiu intimamente Alexis Alexandrovitch, retirando-se.

Nunca a impossibilidade de prolongar aos olhos da sociedade semelhante situação o preocupara tão vivamente. Nunca Ana deixara transparecer tão claramente a repulsa que lhe causava. Nunca a energia daquela misteriosa força brutal que, contrária às aspirações da sua alma, dirigia imperiosamente a sua vida e exigia uma mudança de atitude em relação à sua mulher lhe aparecera com tão grande evidência. A sociedade e a mulher exigiam uma coisa que ele não compreendia bem, mas aquela coisa agitava no seu coração uma revolta que destruía o mérito da vitória sobre si mesmo. Gostando que Ana rompesse com Vronski, estava quase a tolerar — se todos julgassem aquela ruptura impossível — semelhante ligação, contanto que os filhos permanecessem com ele, abrigados contra a desonra, e a sua própria vida não fosse perturbada.

Essa solução, por mais miserável que fosse, seria melhor que colocar Ana numa posição vergonhosa e sem saída — privando a ele de tudo o que amava. Mas, sentindo sua impotência naquela luta, sabia que não o deixariam agir sabiamente, para o forçarem a fazer o mal que todos julgavam necessário.

XXI

À porta do salão, Betsy foi de encontro a Stepane Arcadievitch, que chegava da casa de Elisseiev, onde havia ostras frescas.

— Princesa, a senhora aqui? Que belo encontro! Venho da sua casa.

— O encontro será rápido, eu parto — respondeu Betsy, rindo-se e abotoando uma das luvas.

— Um momento, princesa. Permita que eu beije, antes que seja enluvada, a sua encantadora mãozinha. Voltemos à velha moda, nada me agrada tanto como beijar a mão de uma dama.

E, curvando-se, beijou a mão de Betsy.

— Quando nos veremos novamente?

— O senhor não é digno — respondeu Betsy, sempre risonha.

— Oh! Por que me torno o mais sério dos homens? Não somente arranjo os meus próprios negócios como ainda os dos outros — disse ele, com importância.

— É verdade? — respondeu Betsy, compreendendo que se tratava de Ana. E, entrando novamente no salão, arrastou Oblonski para um canto.

— O senhor verá que ele a matará — murmurou ela, com convicção. — É impossível que isso não aconteça.

— Estou satisfeito que pense assim — respondeu Stepane Arcadievitch, balançando a cabeça com uma simpática comiseração — Eis aí a razão da minha viagem a Petersburgo.

— Todos falam nisso — continuou a princesa. Esta situação é intolerável. Ana emagrece a olhos vistos. Aquele homem não compreende que ela é uma dessas mulheres que não brincam com os sentimentos. Das duas, uma: ou ele agirá energicamente e a levará consigo, ou se divorciará. A situação atual, porém, acabará por matá-la.

— Sim... sim... é certo — disse Oblonski, suspirando. — Eu vim por isso... ou antes, não. Acabo de ser nomeado camarista, é preciso agradecer a quem de direito. Mas o essencial é resolver este negócio.

— Que Deus o ajude! — disse Betsy.

Stepane Arcadievitch acompanhou a princesa até o vestíbulo, beijou-lhe a mão, desta vez sobre a luva, e, depois de contar-lhe muitas inconveniências, deixou-a para ir ver a irmã. Ana desfazia-se em lágrimas. Oblonski, muito naturalmente, passou da alegria mais exuberante para o enternecimento que harmonizava com o estado de espírito da irmã. Perguntou como ela passava e como passara o dia.

— Muito mal, muito mal — respondeu. — E os dias futuros não serão melhores do que os dias passados.

— Vês as coisas negras. É preciso readquirir coragem, olhar a vida de frente. É difícil, eu o sei.

— Dizem — declarou ela subitamente — que certas mulheres amam até os vícios dos homens. Bem, eu odeio-o por causa da sua virtude! Não posso mais viver com ele: a sua presença basta para pôr-me fora de mim. Não, eu não posso mais, eu não posso mais viver com ele! Que preciso fazer? Fui infeliz, e pensei que não se pudesse ser mais infeliz, mas isso supera tudo o que se possa imaginar. Concebes tu que, sabendo-o bom, perfeito, e sentindo toda a minha inferioridade, possa odiá-lo? Sim, a sua generosidade me causa ódio. Só me resta...

Ela quis acrescentar: morrer, mas o irmão não a deixou acabar.

— Estás doente e nervosa e exageras fortemente as coisas. Nada há assim de tão terrível.

Diante daquele desespero, Stepane Arcadievitch teve um gesto que, em casa de qualquer outro, passaria como sendo uma inconveniência: sorriu. O sorriso era tão bom, tão terno que, longe de perturbá-la, acalmou-a e comoveu-a. E, acompanhando o sorriso, as suas palavras tranquilizaram-na como uma loção de óleo de amêndoa. Ana sentiu isto imediatamente.

— Não, Stiva, eu estou perdida, perdida. Estou mais do que perdida, porque não posso dizer que tudo esteja acabado. Sinto perfeitamente o contrário. Tenho a impressão de ser uma corda bem esticada, que se deve romper necessariamente nalgum ponto. Mas o fim ainda não chegou... e ele será terrível!

— Não, não, a corda pode ser distendida muito docemente. Não existe nenhuma situação sem uma saída qualquer.

— Pensei bastante e não vejo senão uma...

Ele compreendeu, pelo olhar espantado de Ana, que aquela saída era a morte e interrompeu-a novamente.

— Não, tu não podes julgar a tua situação como eu. Deixa-me dizer francamente a minha opinião — esboçou ainda um sorriso confortador. — Tomemos as coisas do começo: casaste com um homem mais velho do que tu vinte anos e casaste sem amor ou, pelo menos, sem conhecer o amor. Isso foi, eu admito, um erro.

— Um erro terrível!

— Mas, repito, é um fato consumado. Tiveste depois a infelicidade de amar um outro que não o teu marido. Segunda infelicidade, mas segundo fato consumado. Teu marido soube tudo e te perdoou — detinha-se após cada frase como para dar tempo a que ela replicasse, mas Ana o fitava em silêncio. — Agora o problema se apresenta assim: podes continuar a viver com o teu marido? Desejas? Ele também o deseja?

— Eu não sei de nada...

— Vens de dizer que não o podias mais suportar.

— Não, eu não disse isso. Retrato-me. Não sei mais nada, não compreendo mais nada.

— Mas permita...

— Tu não o saberias compreender. Sinto que precipitei a cabeça num abismo e que não "devo" me salvar. E, de resto, eu não "posso".

— Verás que nós te impediremos de cair. Tu nem sequer podes exprimir os teus sentimentos, os teus desejos.

— Eu não desejo nada, senão que tudo isso acabe.

— Acreditas que ele não percebe? Pensas que ele também não sofre? E que pode resultar de todas estas torturas? O divórcio, ao contrário, resolveria tudo.

Enunciada sua principal ideia, o que lhe custou algum esforço, Stepane Arcadievitch observou o efeito no rosto da irmã.

Ela sacudiu a cabeça negativamente, sem dizer uma só palavra, mas um clarão da sua beleza antiga iluminou-lhe a face. Oblonski concluiu que se ela não desejava o divórcio, era que o tinha por uma felicidade impossível.

— Tu me causas uma pena enorme! Como seria feliz se conseguisse tudo isso! — prosseguiu ele, rindo-se, com mais confiança. — Não, não, não digas nada, deixa-me agir. Queira Deus possa eu exprimir tudo o que sinto! Vou procurá-lo.

Como única resposta, Ana o fitou com os seus olhos brilhantes e pensativos.

XXII

Stepane Arcadievitch entrou no gabinete do cunhado com o rosto solene com que presidia às sessões do conselho. Alexis Alexandrovitch, os braços atrás das costas, andando de um a outro lado do aposento, debatia interiormente o mesmo problema que a sua mulher e o seu cunhado acabavam de discutir.

— Não te aborreço? — perguntou Stepane Arcadievitch, bruscamente perturbado pela vista de Karenine. E, para dissimular aquela fraqueza de que não tinha costume, tirou do bolso uma cigarreira de novo tipo que acabara de comprar, cheirou-a e puxou um cigarro.

— Não. Tens necessidade de alguma coisa? — indagou rudemente Alexis Alexandrovitch.

— Sim... eu queria... desejava... sim, queria falar-te — respondeu Stepane Arcadievitch, surpreso de sentir-se cada vez mais intimidado.

Aquele sentimento pareceu-lhe tão estranho que não reconheceu a voz da consciência desaconselhando-o de uma ação má. Dominou-se da melhor maneira possível e, corando, prosseguiu:

— Espero que não duvides da afeição que tenho por minha irmã nem da profunda estima que sinto por ti.

Alexis Alexandrovitch parou e o seu aspecto de vítima resignada desconcertou Stepane Arcadievitch.

— Bem — continuou Oblonski, sem conseguir reencontrar a calma —, tinha a intenção de falar de minha irmã, da situação que existe entre tu e ela.

Alexis Alexandrovitch olhou o cunhado com um sorriso triste e, sem responder, apanhou na mesa uma carta inacabada, que lhe entregou.

— Não canso de pensar — disse ele, afinal. — Eis o que tentei dizer-lhe, julgando me exprimir melhor por escrito, já que a minha presença a irrita.

Stepane Arcadievitch examinou com espanto os olhos ternos do cunhado fixos nele, agarrou o papel e leu: "Vejo que a minha presença lhe é uma obrigação e por mais triste que me seja reconhecer tal coisa, reconheço-a e sinto que não poderia ser de outro modo. Não lhe faço a menor censura. Deus é testemunha de que, durante a sua doença, resolvi firmemente esquecer o passado e começar uma nova vida. Não me arrependo, não me arrependeria nunca do que fiz então. Mas era a sua salvação, a salvação da sua alma o que eu desejava — e vejo que não fui bem-sucedido. Diga-me a senhora o que lhe trará repouso e felicidade. Submeto-me de antemão ao sentimento de justiça que guiará a sua escolha."

Stepane Arcadievitch devolveu a carta ao cunhado e continuou a examiná-lo com perplexidade, sem achar palavra para dizer. Aquele silêncio era penoso a ambos. Os lábios de Oblonski tremiam.

— Aí está o que lhe queria dizer — articulou Karenine afinal, voltando-se.

— Sim, sim... — balbuciou Stepane Arcadievitch, quase soluçando. — Sim — pôde enfim dizer —, eu compreendo.

— Que quer Ana? Eis o que eu desejaria saber.

— Receio que nem ela o saiba. Não julga ainda a questão — disse Oblonski, procurando tranquilizar-se. — Está esmagada, totalmente esmagada pela grandeza da tua alma. Se ler esta carta, será incapaz de responder e só poderá curvar ainda mais a cabeça.

— Mas, então, que fazer? Como explicar e conhecer os seus desejos?

— Se permites que exprima a minha opinião, é a ti que compete indicar nitidamente as medidas que achares capazes de anular esta situação.

— Achas, em consequência, que é preciso anular tudo definitivamente? — interrompeu Karenine. — Mas como? — acrescentou, passando a mão pelos olhos, num gesto que não lhe era habitual. — Não vejo nenhuma saída possível.

— Há uma saída para qualquer situação — disse Oblonski, levantando--se e animando-se gradualmente. — Tu, outrora, pensavas no divórcio... Se estás convencido que não é mais possível existir felicidade entre tu e ela...

— Podemos conceber a felicidade de várias maneiras... Admitamos que eu consinta em tudo. Como sairemos daí?

— Queres a minha opinião? — disse Stepane Arcadievitch, com o mesmo sorriso que tivera para a irmã, sorriso tão persuasivo que Karenine, cedendo à fraqueza que o dominava, dispôs-se a acreditar no cunhado. — Ela não dirá nunca o que deseja. Mas só poderá desejar uma coisa: romper os laços que lhe provocam tão cruéis recordações. Segundo o meu modo de ver, é indispensável tornar as relações entre ambos mais claras, o que só se poderá fazer retomando mutuamente a liberdade.

— O divórcio! — interrompeu com desgosto Alexis Alexandrovitch.

— Sim, creio que o divórcio... sim, isso mesmo, o divórcio — repetiu Stepane Arcadievitch, enrubescendo. — Sob todos os pontos de vista, é o partido mais sensato para dois esposos que se acham em semelhante situação. Que fazer quando a vida comum se torna intolerável? E isso acontece frequentemente.

Alexis Alexandrovitch soltou um profundo suspiro e cobriu os olhos.

— Só uma coisa existe, a ser levada em consideração: um dos dois esposos deseja se casar novamente? Não sendo este o caso, o divórcio não contará com nenhuma dificuldade — continuou Stepane Arcadievitch, cada vez mais livre do seu embaraço.

Alexis Alexandrovitch, o rosto transtornado pela emoção, murmurou algumas palavras ininteligíveis. O que a Oblonski parecia tão simples tinha girado mil vezes no seu pensamento e em lugar de achar o divórcio uma solução razoável, achava-o apenas inadmissível. A sua dignidade pessoal, como o respeito pela religião, impediam-no de entregar-se a um adultério fictício e ainda mais de lançar à vergonha de um flagrante delito uma mulher a quem já perdoara. Além do mais, em que situação ficaria o seu filho? Deixá-lo entregue à mãe seria impossível: aquela criatura divorciada teria uma nova família, a situação da criança tornar-se-ia intolerável e assim seria comprometida a sua educação. Conservá-lo? Repugnava-lhe aquele ato de vingança. Mas, antes de tudo, ele temia, consentindo no divórcio, arrastar Ana à própria perda. Daria Alexandrovna não lhe dissera em Moscou que, aprovando o divórcio, só pensava nele? Agora que a perdoara e que estava preso às crianças, aquelas palavras, desde então impressas na sua alma, adquiriam uma importância particular. "Dar-lhe a liberdade", dizia intimamente, "será arrebatar-lhe o último apoio no caminho do bem e privar-me da única razão de viver: as crianças. Uma vez divorciada, ela se unirá a Vronski através de um laço culpado e ilegal porque, segundo a Igreja, só a morte desfaz o casamento. E quem sabe se, no fim de um ou dois anos, ele não a abandonará ou ela não se lançará numa nova ligação? E então seria eu o culpado da sua queda!"

Não admitia, pois, o que dizia o cunhado. Tinha cem argumentos para refutar cada uma das suas afirmações. No entanto, ele o ouvia, sentindo aquela força brutal que dominava a sua vida, força que acabaria por escravizá-lo totalmente.

— Resta saber em que condições consentirás no divórcio, pois ela nada ousará pedir, submetendo-se completamente à tua generosidade.

"Por que estou sendo castigado, meu Deus?", murmurou Alexis Alexandrovitch, pensando nos detalhes de um adultério fictício. Envergonhado, e como já fizera Vronski, cobriu o rosto com as duas mãos.

— Estás emocionado, compreendo. Mas, se refletires...

"Se alguém bater na tua face direita, apresenta a face esquerda...", pensava Alexis Alexandrovitch.

— Sim, sim — gritou ele, com uma voz aguda —, tomarei a vergonha sobre mim, renunciarei mesmo ao meu filho... Mas não seria melhor... De resto, faze o que quiseres.

E, afastando-se do cunhado para não ser visto por ele, sentou-se perto da janela. Sofria, sentia vergonha, enternecia-se ante a grandeza do próprio sacrifício.

Stepane Arcadievitch, comovido, guardou alguns instantes de silêncio.

— Alexis Alexandrovitch — disse ele afinal —, acredito que ela apreciará a tua generosidade. Sem dúvida, era esta a vontade de Deus — acrescentou. Depois, sentindo que dissera uma tolice, reteve com dificuldade um sorriso.

Alexis Alexandrovitch quis responder. As lágrimas não deixaram que o fizesse.

Quando Stepane Arcadievitch deixou o gabinete do cunhado estava sinceramente emocionado, se bem que tal sentimento não o impedisse de se mostrar satisfeito por ter conduzido tão bem aquele negócio. Àquela satisfação se reunia a ideia de um trocadilho com que contava divertir a mulher e os amigos: "Que diferença existe entre mim e um general que passa revista às tropas? Nenhuma, porque se ele *se pare*, eu *sépare*!... Ou antes, não... Esforçar-me-ei por achar uma melhor", concluiu, rindo-se.

XXIII

Apesar de não ter atingido o coração, a ferida de Vronski era perigosa. Durante muitos dias, esteve entre a vida e a morte. Quando, pela primeira vez, se achou em estado de falar, só havia em seu quarto a sua cunhada Varia.

— Varia — ordenou ele, com o olhar e a voz severos —, diga a todo mundo que me feri involuntariamente. E não me fale nunca dessa história, é bastante ridícula.

Varia inclinou-se para ele sem responder, examinando o seu rosto com um sorriso de felicidade: os olhos do ferido já não estavam febris, mas a sua expressão era severa.

— Graças a Deus já podes falar — disse ela. — Tu não sofres?

— Um pouco deste lado, aqui — respondeu, mostrando o peito.

— Deixa-me mudar então o penso.

Ele viu-a fazê-lo, contraindo as linhas do rosto. Quando ela terminou, insistiu:

— Não acredito que tenha delirado. Suplico-te, não digas que quis me matar.

— Ninguém o diz. Eu espero, contudo, que não mais atires sobre ti acidentalmente — respondeu ela, com um sorriso ligeiramente interrogador.

— Provavelmente. Melhor, porém, teria sido...

Resposta e sorriso não tranquilizaram Varia. No entanto, assim que se sentiu fora de perigo, Vronski experimentou um sentimento de intensa liberdade. De algum modo lavara a sua vergonha e a sua humilhação: para o futuro, podia pensar com calma em Alexis Alexandrovitch, reconhecer a sua grandeza d'alma sem se sentir esmagado. Podia olhar as pessoas de frente e retomar a vida habitual, de acordo com os princípios que a dirigiam. O que ele não conseguia arrancar do coração, apesar de todos os esforços, era o remorso, vizinho do desespero, por ter perdido

Ana para sempre. Agora que resgatara a sua falta para com Karenine, estava firmemente resolvido a não se colocar entre a esposa arrependida e o seu marido — mas podia escapar às recordações dos momentos de felicidade, pouco apreciados antigamente e cujos encantos o perseguiam agora sem cessar?

Serpoukhovskoi ofereceu-lhe um encargo em Tachkent e Vronski o aceitou sem a menor hesitação. Mais o momento da partida se aproximava, mais lhe parecia cruel o sacrifício que fazia para com aquilo que julgava o seu dever.

"Revê-la ainda uma vez, depois exilar-se e morrer!" pensava. E, fazendo a visita de despedida a Betsy, exprimiu-lhe esse desejo. Betsy partira imediatamente como embaixatriz junto a Ana, mas voltou trazendo a recusa.

"Melhor", disse intimamente Vronski, recebendo aquela resposta. "Essa fraqueza custaria as minhas últimas forças!"

No dia seguinte de manhã, Betsy em pessoa veio avisá-lo de que Alexis Alexandrovitch, devidamente instruído por Oblonski, consentia no divórcio e que, por conseguinte, nada mais impedia Vronski de ver Ana.

Sem mais pensar em suas resoluções, sem indagar em que ocasião poderia vê-la ou onde se encontrava o marido, esquecendo mesmo de acompanhar Betsy, Vronski correu à casa dos Karenine. Subiu a escada sem nada ver, atravessou o apartamento quase correndo, precipitou-se no quarto de Ana e, sem se preocupar com a possível presença de um terceiro, tomou-a nos braços e cobriu-a de beijos.

Ana estava preparada para revê-lo e pensara no que lhe diria — mas não teve tempo de falar, a paixão de Vronski arrebatou-a. Quisera acalmá-lo, acalmar-se ela própria, mas não era possível. Os seus lábios tremiam e, durante muito tempo, não pôde dizer nada.

— Sim, tu me conquistaste, eu sou tua — pôde dizer enfim, apertando a mão de Vronski contra o seio.

— Devia ser assim e, enquanto vivermos, assim será. Agora eu o sei.

— É verdade — respondeu ela, empalidecendo cada vez mais, envolvendo com os braços a cabeça de Vronski. — Contudo, não é terrível depois de tudo o que se passou?

— Tudo isso será esquecido, vamos ser tão felizes! Se o nosso amor precisasse crescer, cresceria porque tem qualquer coisa de terrível — disse Vronski, erguendo a cabeça e mostrando, com um sorriso, os dentes alvos.

Mais que às palavras do amante, foi aos seus olhares apaixonados que ela respondeu com um sorriso. Depois, tomando-lhe a mão, acariciou a sua face fria e os seus pobres cabelos cortados.

— Não te reconheceria mais com os teus cabelos cortados — disse ele. — Ficaste mais moça: dir-se-ia que és um rapazinho. Mas como estás pálida!

— Sim, ainda estou muito fraca — respondeu, e os seus lábios puseram-se a tremer.

— Iremos à Itália e restabelecer-te-ás.

— É possível que tenhamos o direito de ser como marido e mulher, unicamente nós dois? — perguntou, mergulhando os olhos nos de Vronski.

— Apenas uma coisa me surpreende, é que isso não tenha sido sempre assim.

— Stiva assegura que "ele" consente em tudo, mas eu não aceito a sua generosidade — disse ela, deixando errar o olhar acima da cabeça de Vronski. — Não quero o divórcio. Pergunto-me somente o que ele decidirá em relação a Sergio.

E, como no primeiro momento da sua reconciliação, ela pôde pensar no filho e no divórcio. Vronski não compreendia nada.

— Não fales nisso, não penses — disse ele, voltando e agarrando novamente a mão de Ana, a fim de concentrar a sua atenção. Ela não o olhava.

— Ah, por que não morri? Seria bem melhor! — murmurou ela.

Lágrimas corriam pelo seu rosto. No entanto, tentou sorrir para que ele não ficasse aflito.

Antigamente, Vronski acharia impossível renunciar à lisonjeira e perigosa missão de Tachkent. Agora, porém, recusava-a sem a menor hesitação. Depois, verificando que aquela recusa seria mal interpretada, pediu a sua demissão.

Um mês mais tarde, Alexis Alexandrovitch ficou só com o filho. Ana, que renunciara resolutamente ao divórcio, partira para o estrangeiro em companhia de Vronski.

Quinta Parte

I

A princesa Stcherbatski achava impossível celebrar-se o casamento antes da Quaresma por causa do enxoval — até lá, isto é, em cinco semanas, terminariam apenas a metade. De resto ela concordava com Levine que se retardando a cerimônia para depois da Pascoa, se arriscavam a ser obrigados a transferi-la ainda mais por causa de um luto: uma velha tia do príncipe estava muito doente. Decidiu-se afinal por um meio-termo e ficou assentado que o casamento se realizaria antes da Quaresma, mas que só o "pequeno" enxoval seria entregue naquela data, o "grande" seguindo mais tarde. E como Levine, intimado a dar o seu consentimento, respóndesse com brincadeiras, a princesa indignou-se, tanto mais que os noivos esperavam passar a lua de mel no campo, onde certas peças do grande enxoval podiam fazer falta.

Sempre meio louco, Levine continuava a acreditar que a sua felicidade e a sua pessoa constituíam o centro, o único fim da criação. Entregando aos outros as inquietações materiais, deixava que traçassem para ele os planos do futuro, convencido de que arranjariam tudo da melhor maneira. O seu irmão Sergio, Stepane Arcadievitch e a princesa o dirigiam completamente. O irmão lhe tomara o dinheiro de que ele necessitava; a princesa o aconselhara a deixar Moscou depois do casamento; Oblonski aconselhara-o a fazer uma viagem ao estrangeiro — e Levine consentiu em tudo. "Ordenem o que quiserem e façam o que desejem, eu sou feliz e o que quer que decidam não alterará em nada a minha felicidade." Quando pediu a opinião de Kitty sobre o conselho de Stepane Arcadievitch, ficou surpreso de ver que, longe de aprová-lo, ela tinha as suas ideias particulares e bem decididas sobre a vida futura. Sabia que Levine se apaixonara por uma empresa que julgava muito importante, sem esforçar-se por compreendê-la, e como aquela empresa exigiria a sua presença no campo, resolveu estabelecer-se sem mais tardar na sua verdadeira residência. A determinação dessa decisão surpreendeu Levine, mas, indiferente a tudo, ele se arrumou imediatamente e pediu a Stepane Arcadievitch para assistir, com o gosto que o caracterizava, ao embelezamento da sua casa de campo. Aquele penoso trabalho pareceu-lhe, por direito, entrar nas atribuições do seu futuro cunhado.

— A propósito — perguntou-lhe Oblonski, depois de haver tudo organizado no campo —, tens o teu bilhete de confissão?

— Não, por quê?

— Porque ninguém poderá se casar sem possuí-lo.

— Ah, ai de mim! — gritou Levine. — Vê, acho que faz nove anos que não me confesso! E eu que não pensei nisto um só momento!

— Bonito — disse Oblonski, rindo-se. — E tu me tratas de niilista! Mas isso não pode ficar assim: é preciso que faças as tuas devoções.

— Quando? Temos apenas quatro dias.

Stepane Arcadievitch encarregou-se daquele negócio como dos outros e Levine começou as suas devoções. Respeitoso para com as convicções alheias, mas incrédulo, achava duro assistir e participar sem fé de cerimônias religiosas. Em sua disposição de espírito comovida e sentimental, a obrigação de dissimular parecia-lhe particularmente odiosa. Mentir, escarnecer das coisas santas quando o seu coração se desabrochava, quando se sentia em plena glória! Era aquilo possível? Mas, por mais que suplicasse a Stepane Arcadievitch para arranjar-lhe um bilhete sem que fosse forçado a se confessar, este permaneceu inflexível.

— Acredite-me, dois dias passam depressa e a tua confissão será feita a um velhinho inteligente que te arrancará esse dente sem que o percebas.

Durante a primeira missa a que assistiu, Levine quis reavivar as impressões religiosas da juventude, que, entre os dezesseis e os dezessete anos, tinham sido muito vivas: não teve o menor êxito. Tentou então examinar aquela cerimônia como um uso antigo, tão vazio de sentido como o costume de fazer visitas: assemelhava-se à maior parte dos seus contemporâneos, sentia-se realmente tão incapaz de crer como de negar. Aquela confusão de sentimentos causou-lhe, durante todo o tempo que teve que se consagrar às devoções, uma tortura e uma vergonha extremas: a voz da consciência gritava-lhe que agir sem compreender era praticar uma ação má.

Durante os ofícios, ele se maculara primeiramente atribuindo às preces um sentido que não melindrava as suas convicções, mas, verificando

ANA KARENINA

imediatamente que criticava em lugar de compreender, abandonou-se ao turbilhão das suas recordações e dos seus pensamentos íntimos. Ouviu do mesmo modo a missa, as vésperas e as instruções da noite para a comunhão. No dia seguinte, levantando-se mais cedo que de costume, veio, às oito horas da manhã, em jejum, para as instruções da manhã e para a confissão. A igreja estava deserta: viu apenas um soldado que pedia esmolas, duas velhas e os sacerdotes. Um jovem diácono, cujo busto comprido e magro se desenhava em duas partes bem nítidas sob a sua leve batina, veio ao encontro de Levine. Aproximou-se imediatamente de uma pequena mesa colocada perto da parede e começou a leitura das instruções. Ouvindo-o tartamudear as palavras como um estribilho, "Senhor, tende piedade de nós", Levine preferiu deixar os pensamentos seguirem o seu curso, sem forçá-los a uma atenção de que, sem dúvida, não seria capaz. "Que expressão tem ela nas mãos", pensava, lembrando--se da reunião da véspera, passada com Kitty a um canto: enquanto a sua conversa rolava, como quase sempre, sobre coisas insignificantes, ela se divertia, rindo-se daquela infantilidade, abrindo e fechando a mão apoiada sobre a mesa. Recordava-se haver beijado aquela mãozinha cor-de-rosa e de ter examinado as suas linhas. "Ainda: tende piedade de nós!", disse intimamente, e precisava fazer o sinal da cruz, inclinar-se totalmente, examinando o busto do diácono, que também se inclinava. "Depois, ela tomou a minha e, por sua vez, examinou-a: 'Tens uma mão admirável', disse-me ela." Olhou a própria mão, depois aquela do diácono, os dedos curtos. "Vamos, penso que o fim se aproxima... Não, ele recomeça... Mas não, ele se prosternou, é bem o fim."

A sua comprida manga forrada de pelúcia permitiu ao diácono fazer desaparecer, o mais discretamente possível, a nota de três rublos que Levine lhe dera. Depois de prometer inscrevê-lo para a confissão, afastou--se, ressoando as botas novas sobre a laje da igreja deserta. Perdeu-se atrás do altar, mas voltou imediatamente fazendo sinal a Levine, cujo pensamento pareceu querer se reanimar. "Não, é melhor não pensar. Tudo se arranjará." Dirigiu-se para o púlpito, subiu alguns degraus, voltou-se para a direita e percebeu o padre, um pequeno velho de barba grisalha e rala, olhos cansados, que, em pé, perto do confessionário, folheava o seu ritual. Depois de cumprimentar ligeiramente a Levine, leu monotonamente as preces preparatórias, prosternou-se para o seu penitente e disse-lhe, mostrando o crucifixo:

— O Cristo assiste, invisível, à sua confissão... Acredita em tudo o que ensina a Santa Igreja Apostólica? — continuou ele, voltando o olhar e cruzando as mãos sobre a sua estola.

— Eu duvidei, e duvido ainda de tudo — disse Levine, com uma voz que ecoou desagradavelmente aos seus próprios ouvidos. Depois, calou-se.

O padre esperou alguns segundos e, fechando os olhos, articulou com a rápida facilidade de falar das pessoas de Vladimir:

—-Duvidar é próprio da fraqueza humana, mas devemos orar ao Senhor todo-poderoso para que nos ajude. Quais são os seus principais pecados? — acrescentou sem a menor interrupção, como se temesse perder tempo.

— Meu pecado principal é a dúvida. Duvido de tudo e quase sempre.

— Duvidar é próprio da fraqueza humana — repetiu o padre. — De que duvida principalmente?

— De tudo. Algumas vezes, duvido mesmo da existência de Deus.

A inconveniência daquelas palavras o assustou, mas não pareceram produzir no padre a impressão que ele receava.

— Quais as dúvidas que tem sobre a existência de Deus? — indagou ele, com um sorriso quase imperceptível.

Levine calou-se.

— Que dúvidas pode ter sobre o Criador, quando contemplas as suas obras? Quem decorou a abóbada celeste com todas as suas estrelas, ornou a terra com todas as suas belezas? Como existiram estas coisas sem o Criador?

Interrogou Levine com o olhar. Mas Constantin, sentindo a impossibilidade de uma discussão filosófica com um padre, respondeu simplesmente:

— Eu não sei.

— Não sabe? Mas então por que duvida que Deus tenha sido o criador de tudo?

— Não compreendo nada — replicou Levine, corando. Ele sentia o absurdo das respostas que, no caso presente, só podiam mesmo ser absurdas.

— Reze a Deus, rogue a Deus. Os próprios padres da Igreja duvidam e pedem a Deus que fortaleça a sua fé. O demônio é poderoso, mas não devemos lhe ceder nada. Reze a Deus, reze a Deus — repetiu depressa.

Depois, guardando um instante de silêncio, pareceu refletir.

— Disseram-me que o senhor pretende se casar com a filha do meu paroquiano e filho espiritual, o príncipe Stcherbatski? — prosseguiu ele, rindo-se. — É ela uma criatura encantadora.

— Sim — respondeu Levine, corando em vez do padre. "Que necessidade tem ele de fazer semelhantes perguntas na confissão?"

Então, como se respondesse àquele pensamento, o padre declarou:

— O senhor pensa no casamento e talvez Deus lhe conceda uma posteridade. Que educação dará aos seus filhos se não conseguir vencer as tentações do demônio que lhe insinua as dúvidas? Se amar os seus filhos, o senhor desejará para eles não somente a riqueza e as honras, mas ainda, como bom pai, a salvação da alma e as luzes da verdade, não é mesmo? Que responderia ao inocente que lhe perguntasse: "Pai, quem criou tudo isso que me encanta na terra, a água, o sol, as flores, as plantas?" O senhor responderia: "Que sei eu?" Podia ignorar isso que Deus, em sua bondade infinita, lhe mostrou? E se a criança lhe perguntasse: "Que é que me espera além do túmulo?" Que responderá, se o senhor não sabe nada? Abandonará os filhos ao sortilégio do demônio e do mundo? Isso não está certo — concluiu, inclinando a cabeça para olhar Levine com os seus olhos doces e modestos.

Levine nada respondeu, não que desta vez receasse uma discussão imprópria, mas porque ninguém ainda lhe apresentara semelhantes questões.

— O senhor se aproxima — prosseguiu o padre — de uma fase da vida onde é preciso escolher um caminho e nele se conservar. Reze a Deus para que venha em sua ajuda e o absolva em sua misericórdia.

E, depois de pronunciar a fórmula de absolvição, o padre benzeu-o e despediu-se.

Levine retornou à casa muito contente. Em primeiro lugar, sentia-se liberto de uma falsa situação, sem ter sido forçado a mentir. Em segundo lugar, a exortação do bom velho não lhe parecia totalmente tola, como acreditara de início. Tinha a impressão de ter ouvido coisas que, um dia ou outro, valia a pena serem aprofundadas. Sentiu mais vivamente do que nunca ter na alma regiões perturbadas e obscuras. No que dizia respeito à religião, encontrava-se exatamente no mesmo caso de Sviajski e outros, vituperando incoerentes opiniões.

Levine passou a noite em casa de Dolly, acompanhado da noiva, e, como sua alegre superexcitação surpreendesse Stepane Arcadievitch, comparou-se a um cão que se adestrasse a saltar sobre um arco e que, satisfeito afinal por ter compreendido a lição, saltasse sobre as mesas e as janelas agitando a cauda.

II

A princesa e Dolly observaram estritamente os velhos costumes, não consentindo que Levine visse a noiva no dia do casamento. Ele jantou no hotel com três celibatários que o acaso reunira. Eram, em primeiro lugar, o seu irmão; depois, Katavassov, um camarada da universidade, que se tornara professor de ciências naturais, que ele trouxera quase a força; finalmente, o seu padrinho, Tchirikov, um companheiro de caçada aos ursos que exercia em Moscou as funções de juiz de paz. O jantar transcorreu animadamente, Sergio Ivanovitch, com ótimo humor, apreciou muito a originalidade de Katavassov, que, se sentindo apreciado, esfriou totalmente. Quanto ao excelente Tchirikov, estava sempre com disposição de sustentar não importa que espécie de conversa.

— Que rapaz bem dotado era outrora o nosso irmão Constantin Dmitritch — dizia Katavassov, com a dicção vagarosa de um homem habituado a perorar no alto de uma cátedra. — Falo dele no passado, porque já não existe mais. Antigamente, ele amava a ciência. Ao sair da universidade, tinha paixões dignas de um homem. Agora, porém, emprega metade das suas faculdades a iludir-se e outra metade a emprestar às suas quimeras uma aparência de razão.

— Nunca encontrei um inimigo mais convicto do casamento do que tu — disse Sergio Ivanovitch.

— Não, eu sou apenas partidário da divisão do trabalho. Aqueles que para nada servem estão incumbidos de propagar a espécie. Outros, de contribuir para o desenvolvimento intelectual, para a felicidade dos seus semelhantes. Tal é a minha opinião. Há, eu não o ignoro, uma multidão disposta a confundir esses dois ramos de trabalho, mas eu não estou nela.

— Não sentiria nunca tanta alegria como no dia em que soubesse que estavas apaixonado! — gritou Levine. — Peço-te, convide-me para as tuas núpcias...

— Mas eu já estou apaixonado!

— Sim, de um molusco. Sabes — disse Levine voltando-se para o irmão —, Miguel Semionovitch escreveu uma obra sobre a nutrição e...

— Não embrulhes as coisas, faz favor! Pouco importa o que tenha escrito, mas é verdade que gosto de moluscos.

— Isso não o impedirá de amar uma mulher.

— Não, seria minha mulher que se oporia ao meu amor pelos moluscos.

— Por quê?

— Verás perfeitamente. Tu amas, neste momento, a caçada e a agronomia. Bem, espere um pouco e depois me dirás.

— A propósito — disse Tchirikov —, Archippe veio ver-me há pouco tempo. Ele acha que há em Proudnoie dois ursos e enorme quantidade de veados.

— Caçarás sem mim.

— Vê — disse Sergio Ivanovitch. — Dize adeus à caçada aos ursos, tua mulher não a permitirá mais.

Levine sorriu. A ideia de que a sua mulher proibiria a caçada pareceu-lhe tão encantadora que voluntariamente renunciaria ao prazer de encontrar um urso.

— Ficarás aborrecido — prosseguiu Tchirikov — quando souberes que matamos aqueles dois ursos sem o teu auxílio. Lembras-te da bela caçada de outro dia em Khapilovo?

Levine preferiu calar-se. Aquele homem pensava que se pudesse sentir algum prazer ausente de Kitty. Que bom seria arrancar-lhe as ilusões!

— É bem certo que se estabeleceu o uso de dizer adeus à vida de solteiro — declarou Sergio Ivanovitch. — Sente-se tão feliz e lastima-se sempre a liberdade...

— Confessa, como o noivo de Gogol, não sentes ânsia de saltar pela janela?

— Deve sentir alguma coisa assim, mas estejam certos que ele não confessará — disse Katavassov, com um riso aberto.

— Os postigos estão abertos, partamos para Tver — insistiu Tchirikov, rindo-se. — Podemos encontrar o urso na sua toca. Ainda temos tempo de tomar o trem das cinco horas.

— Não, francamente, afirmo com a mão na consciência que a perda da minha liberdade deixa-me insensível — respondeu Levine, rindo-se também. — Não consigo descobrir em mim o menor sintoma de saudade.

— É que reina em ti um tal caos que, por um quarto de hora, nada percebes — disse Katavassov. — Espere que venha a lucidez, então verás!

— Não, parece-me que além do meu... sentimento (ele não gostava de empregar a palavra amor) e da minha felicidade, deveria sentir a presença da saudade. Mas, não, eu afirmo, a perda da minha liberdade só me causa alegria.

— O caso é de desespero! — exclamou Katavassov. — Bebamos, pois, à sua cura ou desejemos ver realizado um dos seus sonhos sobre cem: ele conhecerá então uma aborrecida felicidade.

Quase logo depois de jantar, os convidados retiraram-se para as suas residências.

Ficando sozinho, Levine perguntou-se ainda se lastimaria realmente a liberdade, tão querida daqueles celibatários endurecidos. Aquela ideia o fez sorrir. "A liberdade! Por que liberdade?" "A felicidade para mim consiste em amar, em viver para os seus pensamentos, os seus desejos, sem nenhuma liberdade. Eis a felicidade... Mas", soprou-lhe de repente uma voz interior, "verdadeiramente, posso conhecer os seus pensamentos, os seus desejos, os seus sentimentos?" O sorriso desapareceu dos seus lábios. Caiu num profundo devaneio e, imediatamente, sentiu-se preso ao medo e à dúvida. "E se ela não me amasse? Se me esposasse, mesmo inconscientemente, apenas para se casar? Talvez reconhecerá o seu erro e compreenda, depois de casada, que não me ama e não pode me amar." E as ideias mais injuriosas para Kitty vieram-lhe ao espírito: começou, como um ano antes, a sentir um violento ciúme de Vronski; lembrava-se, como se fosse uma recordação da véspera, daquela reunião onde ele os vira juntos e lhe viu a suposição de que talvez ela não lhe tivesse confessado tudo.

"Não", decidiu com um sobressalto de desespero, "não posso deixar as coisas assim. Vou procurá-la, dizer-lhe pela última vez: nós somos livres, não seria melhor continuarmos assim? Tudo é preferível à infelicidade da vida inteira, à vergonha, à infidelidade!" E, fora de si, cheio de ódio contra a humanidade, contra ele mesmo, contra Kitty, correu para a residência dos Stcherbatski.

Achou-a no guarda-roupa, sentada sobre um enorme baú, ocupada em tirar com a sua criada vestidos de todas as cores, que ia colocando no chão e nos encostos das cadeiras.

— Como! — gritou Kitty, radiante de alegria ao vê-lo. — És tu? Não te esperava. Estava repartindo os meus vestidos de moça.

— Ah, muito bem — respondeu ele, num tom lúgubre e com um olhar pouco delicado para com a criada.

— Podes sair, Douniacha. Chamar-te-ei depois.

E, passando resolutamente a tratar Levine por "tu" desde que a camarista saiu:

ANA KARENINA

— Que tens? — perguntou ao noivo, cujo rosto transtornado lhe inspirou um terror súbito.

— Kitty, eu sofro e não posso suportar sozinho esta tortura — disse ele, com um acento de desespero e implorando um olhar compreensivo. Era muito cedo para ler no seu rosto leal e amoroso a presunção dos seus receios. — Eu vim te dizer que não é ainda muito tarde, que tudo pode ainda ser reparado.

— Quê? Não compreendo nada. Que queres dizer?

— Eu... isso que cem vezes disse e pensei... Eu não sou digno de ti. Não podes consentir em casar comigo. Pensa. Talvez te enganes. Pensa bem. Tu não podes me amar... É melhor confessar — continuou, sem fitá-la. — Eu seria infeliz, não importa! Tudo será melhor que a infelicidade! Não espere que seja muito tarde.

— Não compreendo nada — respondeu ela, ansiosamente. — Que queres tu? Desdizer-se, romper?

— Sim, se tu não me amas.

— Estás ficando louco! — gritou ela, vermelha de despeito. Mas, à vista do rosto desolado de Levine, deteve a cólera e, desobstruindo uma poltrona que os vestidos cobriam, sentou-se perto dele. — Em que pensas? — perguntou-lhe. — Vejamos, dize-me.

— Penso não existir motivos para que me ames. Por que me amarias tu?

— Meu Deus! Que hei de fazer?... — disse ela, desfazendo-se em lágrimas.

— Que fiz eu! — gritou imediatamente Levine, lançando-se aos seus joelhos e cobrindo-lhe as mãos de beijos.

Quando a princesa, no fim de cinco minutos, entrou no quarto, a reconciliação era completa. Kitty havia convencido ao noivo do seu amor. Explicara-lhe que o amava porque o compreendia profundamente, porque sabia do que ele gostava e que tudo o que ele gostava era bom — e aquela explicação pareceu muito clara a Levine. A princesa os encontrou sentados, lado a lado, no baú, na iminência de examinarem os vestidos: Kitty queria dar a Douniacha o vestido escuro que trajara no dia em que Levine a pedira em casamento e Levine insistia para que aquele não fosse dado a ninguém e que Douniacha recebesse o azul.

— Mas compreenda que o azul não lhe assenta... Pensei em tudo isso...

Ao saber por que Levine viera, a princesa zangou-se, rindo, e mandou-o embora para que se vestisse, porque M. Charles viria para pentear Kitty.

— Ela está muito preocupada, não tem comido estes dias, desfigura-se a olhos vistos. E ainda vens perturbá-la com as tuas loucuras! Vamos, vai-te, meu rapaz!

Confuso, mas tranquilo, Levine voltou ao hotel, onde o seu irmão, Daria Alexandrovna e Stepane Arcadievitch, todos em trajes de gala, o esperavam para benzê-lo com a imagem santa. Não tinha tempo a perder. Daria Alexandrovna devia voltar para casa e apanhar o seu filho, que, preparado para a cerimônia, carregaria a imagem diante da noiva. Ainda era preciso enviar uma carruagem para o padrinho enquanto outra, depois de conduzir Sergio Ivanovitch à Igreja, devia retornar ao hotel.

A cerimônia da bênção não teve seriedade nenhuma. Stepane Arcadievitch tomou uma pose solene e cômica ao lado da sua mulher, ergueu a imagem e, obrigando Levine a se prosternar, benzeu-o com um sorriso afetuoso e cheio de malícia. Depois, abraçou-o três vezes. Daria Alexandrovna fez exatamente a mesma coisa, tinha pressa de partir e se atrapalhava com a preocupação dos arranjos das carruagens.

— Repare no que vamos fazer — disse Oblonski — Irás apanhar o padrinho em nossa carruagem, enquanto Sergio Ivanovitch terá a bondade de ir rapidamente à Igreja e de mandar a sua.

— Está certo, com todo o prazer.

— Quanto a mim, acompanharei Kostia. As bagagens já foram despachadas?

— Sim — respondeu Levine, que chamou Kouzma para se vestir.

III

Uma multidão, em que dominava o elemento feminino, enchia completamente a igreja brilhantemente iluminada. As pessoas que não puderam penetrar no interior se comprimiam nas janelas para ocupar os melhores lugares.

Mais de vinte carruagens, arrumadas em fila, na rua, eram vigiadas por soldados. Indiferente ao frio, um oficial de polícia em uniforme de gala, sobre o peristilo, assistia às carruagens, umas após outras, deixarem mulheres com ramalhetes de flores no busto e levantando as caudas dos vestidos, seguidas de homens que usavam quepes. Os dois lustres e os círios acesos em frente das imagens inundavam de luz os dourados sobre o fundo encarnado do altar, as cinzeladuras das imagens, os castiçais de prata, os ladrilhos do assoalho, os tapetes, os estandartes, os degraus do púlpito, os velhos rituais enegrecidos e as vestimentas sacerdotais. À direita da igreja agrupavam-se as roupas negras e as gravatas brancas, os uniformes e os tecidos preciosos, os veludos e os cetins, os cabelos frisados e as flores raras, as espáduas nuas e as luvas geladas — e dessa multidão subia um murmúrio animado que ressoava estranhamente na alta cúpula da igreja. Cada vez que a porta se abria com um ruído queixoso o murmúrio parava e todos se voltavam na esperança de verem surgir os noivos. Mas a porta já se abrira mais de dez vezes, fosse para deixar passar um convidado retardatário que se reunia ao grupo da direita, fosse uma espectadora que, conseguindo enganar o oficial de polícia, aumentava o grupo da esquerda, composto unicamente de curiosos. Parentes e amigos tinham passado por todas as fases da espera: primeiramente, não se dera nenhuma importância ao atraso dos noivos; depois, com maior frequência, perguntava-se o que podia ter acontecido; afinal, como para dissipar a inquietude que os dominava, tomavam o ar indiferente de pessoas absorvidas nas próprias conversas.

A fim de provar sem dúvida que perdia um tempo precioso, o padre de tempos a tempos fazia tremer os vidros, tossindo com impaciência. Os cantores, aborrecidos, ensaiavam as suas vozes. O padre mandava ora o diácono, ora o sacristão, informar-se e mostrava cada vez mais frequentemente a sua batina arroxeada e o seu cinto bordado numa das portas do corredor. Uma senhora, afinal, tendo consultado o relógio, disse em voz alta: "Isso torna-se estranho!" E imediatamente todos os convidados exprimiram a sua surpresa e o seu descontentamento. Um dos padrinhos partiu para saber notícias.

Durante esse tempo, Kitty, de vestido branco, longo véu e coroa de flores de laranjeira, esperava inutilmente no salão, em companhia da sua irmã Lvov, que seu padrinho viesse anunciar a chegada do noivo à igreja.

Levine, da sua parte, em calças negras, mas sem colete nem paletó, passeava de um a outro lado no quarto do hotel, abrindo a porta a cada instante para olhar no corredor e, não vendo vir ninguém, dirigia-se com gestos desesperados para Stepane Arcadievitch, que fumava tranquilamente.

— Já viste alguma vez um homem em situação mais absurda?

— É verdade — confirmou Stepane Arcadievitch, com um sorriso tranquilizador. — Mas fique sossegado, que a trarão daqui a pouco.

— Esperar! — dizia Levine, contendo a sua raiva com grande dificuldade. — E dizer que nada podemos fazer com estes absurdos coletes abertos! Impossível! — acrescentou, olhando o plastrão da camisa completamente machucado. E se as minhas malas já estiverem na estrada de ferro? — gritava, totalmente fora de si.

— Usarás uma das minhas.

— Deveria ter começado por aí.

— Não te faças ridículo... Paciência, tudo "se desenvolverá".

Quando Levine se achou na obrigação de vestir-se, Kouzma, o seu velho criado, trouxe-lhe a roupa e o colete.

— Mas e a camisa? — perguntou Levine.

— A camisa? O senhor a tem no corpo — respondeu o rapaz, com um sorriso enigmático.

Por ordem de Levine, ele arrumara todas as roupas do patrão e enviara toda a bagagem para a casa dos Stcherbatski — de onde os recém-casados deveriam partir na mesma noite. Kouzma não pensara deixar de fora nem sequer uma camisa. A que Levine trazia desde o amanhecer já não estava em bom estado; mandar buscar outra em casa dos Stcherbatski parecia muito longe; além disso era domingo e não havia lojas abertas. Mandou-se então buscar uma de Stepane Arcadievitch e ela ficou ridiculamente larga e curta. Em desespero de causa, foi indispensável mandar abrir as malas em casa dos Stcherbatski. Assim, enquanto o esperavam na igreja, o infeliz noivo se debatia no quarto como um leão na jaula: que poderia imaginar Kitty após as frivolidades que lhe dissera algumas horas antes?

Afinal, o culpado Kouzma se precipitou esbaforido no quarto, uma camisa na mão.

— Cheguei no momento justo — declarou ele —, começavam a levar as malas.

Três minutos depois, Levine corria desabaladamente pelo corredor, tendo o cuidado de não ver as horas para não aumentar o seu tormento.

— Não modificaste nada — gritou-lhe Stepane Arcadievitch, que o seguia tranquilamente. — Eu não te disse que "tudo se desenvolveria"?

IV

"Ali estão eles. — Ei-los. — Quais? — É o mais jovem? — E ela, vejam, tem o ar mais morto do que vivo!" Essas exclamações subiam da multidão no momento em que Levine, depois de ter encontrado a sua noiva no adro, com ela penetrou no interior da igreja.

Stepane Arcadievitch contou à sua mulher o motivo do atraso, o que provocou sorrisos e cochichos entre os convidados. Mas Levine não observava nada e ninguém: tinha olhos unicamente para a noiva. Sob a sua coroa de casada, Kitty era muito menos bonita do que de hábito. Geralmente achavam-na feia. Tal não era, porém, a opinião de Levine. Ele fitava o seu penteado alto, o seu comprido véu branco, as suas flores de laranjeira, o seu talhe fino, os fofos pregueados que emolduravam virginalmente o seu pescoço delgado e o descobria um pouco — e ela parecia mais bela do que nunca. De resto, bem longe de achar que aqueles enfeites vindos de Paris acrescentavam alguma coisa à beleza de Kitty, admirava-se que o rosto da moça conservasse a sua estranha expressão de inocência e lealdade.

— Já me perguntava se tu não tinhas fugido — disse ela, rindo-se.

— Foi tão absurdo o que me aconteceu que até sinto vergonha de o dizer — respondeu, inteiramente confuso. E, a fim de não perder a postura, voltou-se para o irmão, que se aproximava deles.

— Bem, é linda a tua história da camisa! — disse Sergio Ivanovitch, balançando a cabeça.

— Kostia, eis o momento de tomar uma suprema decisão — veio dizer-lhe Stepane Arcadievitch, fingindo um grande embaraço —, a questão é grave e tu me parece em estado de apreciar toda a importância. Perguntaram-me se os círios devem ser novos ou entalhados? A diferença é de dez rublos — acrescentou, preparando-se para sorrir. — Tomei uma decisão, mas ignoro se tu a aprovas.

Levine compreendeu que Oblonski brincava, mas não se alegrou no momento.

— Bem, que decides tu? Novos ou entalhados? Eis a questão.

— Novos, novos!

— A questão está decidida. — disse Stepane Arcadievitch, sempre sorrindo. — É preciso confessar que esta cerimônia torna as pessoas bem tolas — murmurou a Tchirikov, enquanto Levine, depois de lançar-lhe um olhar desvairado, se voltava para a noiva.

— Atenção, Kitty, ponha primeiro o pé no tapete — disse, aproximando-se, a condessa Nordston. — O senhor nos prepara cada uma! — acrescentou, dirigindo-se a Levine.

— Não tens medo? — perguntou Maria Dmitrievna, uma velha tia.

— Não sentes um pouco de frio? Estás tão pálida... Abaixa-te um momento — disse Mme. Lvov, levantando os braços para ajustar a coroa da sua irmã.

Dolly aproximou-se por sua vez e quis falar, mas a emoção cortou-lhe a palavra e ela deixou escapar um riso nervoso.

No entanto, o padre e o diácono, que tinham vestido os seus hábitos sacerdotais, ocuparam um lugar perto do altar, no átrio da Igreja. O padre dirigiu a Levine algumas palavras que ele não entendeu.

— Tome a noiva pela mão e conduza-a ao altar — soprou-lhe o seu padrinho.

Incapaz de saber o que exigiam dele, Levine fazia exatamente o contrário do que lhe diziam. Afinal, no momento em que todos, aflitos, resolveram abandoná-lo à própria inspiração, ele compreendeu, afinal, que com a sua mão direita devia pegar, sem mudar de posição, a mão direita da noiva. Então, precedidos pelo padre, deram alguns passos e detiveram-se em frente do altar. Parentes e convidados seguiram o jovem casal com um murmúrio de vozes e um sussurro de vestidos. Alguém se abaixou para arranjar a cauda do vestido da noiva. Depois, um silêncio profundo reinou na igreja; ouviam-se até as gotas de cera cair nos castiçais.

O velho padre, que usava um barrete, os cabelos prateados presos atrás das orelhas, retirou com as suas mãozinhas nodosas a cruz dourada dentre os paramentos e procurou depois alguma coisa no altar. Stepane Arcadievitch veio docemente falar-lhe ao ouvido, fez um sinal a Levine e retirou-se.

O padre — era o mesmo velho que confessara Levine — acendeu dois círios ornados de flores e, inclinando-os com a mão esquerda sem se inquietar, voltou-se finalmente para os noivos. Depois de fitá-los, suspirando e com o olhar triste, benzeu Levine com a mão direita, depois Kitty, essa última com um modo de particular doçura, pousando os dedos sobre a sua cabeça abaixada. Entregou-lhes os círios, apanhou o turíbulo e afastou-se vagarosamente.

"Tudo isso acontece realmente?", perguntou-se Levine, lançando um olhar de viés para a noiva. Pelo movimento dos lábios e das pestanas de Kitty, observou que ela sentia aquele olhar. Kitty não ergueu a cabeça, mas ele compreendeu, pela agitação dos fofos que subiam até a sua pequena orelha, que ela suspirava e viu a sua mão, aprisionada numa luva, tremer apertando o círio.

Tudo se apagou imediatamente da sua memória, o seu atraso, o descontentamento para com os amigos, a tola história da camisa, e sentiu apenas uma emoção formada de terror e de alegria.

O arcediago, um belo homem de cabelos grisalhos, de dalmática de pano prateado, avançou firmemente para o padre e, levantando com dois dedos a sua estola familiar, entoou um solene "Meu Pai, quereis benzer-me", que ecoou profundamente sob a abóbada.

"Que bendito seja o Senhor nosso Deus, e agora, e sempre, e durante séculos e séculos", respondeu com voz harmoniosa e resignada o velho padre, que continuava arrumando os paramentos do altar.

E o responso, cantado pelo coro invisível, encheu a igreja com um som agudo e penetrante, que aumentou para se deter por um segundo e morrer lentamente. Rezou-se como sempre pela paz suprema e a salvação das almas, pelo sínodo e o imperador, mas também pelo servidor de Deus Constantin e a serva de Deus Catarina.

"Para que Ele lhes conceda o amor perfeito, a paz e a proteção, rezemos ao Senhor", cantou o diácono, e toda a igreja pareceu lançar ao céu aquela imploração, cujas palavras comoveram Levine. "Como adivinharam ser de proteção que principalmente necessito? Que serei, que poderei ser sem proteção?", pensava, lembrando-se das suas dúvidas e dos seus recentes terrores.

Quando o diácono terminou a sua ladainha, o padre, o ritual nas mãos, voltou-se para os noivos e leu com a sua doce voz:

"Deus eterno, que unes por um laço indissolúvel de amor aqueles que estavam separados, que abençoastes Isaac e Rebeca, instituindo-os herdeiros da vossa promessa, abençoai também o vosso servo Constantin e a vossa serva Catarina, encaminhando-os na estrada do bem. Porque vós sois o Deus de misericórdia, a quem compete a glória, a honra e a adoração. Em nome do Pai, do Filho e do Espírito Santo, agora e sempre e durante séculos e séculos."

"Amém!", cantou novamente o coro invisível.

"Que unes por um laço indissolúvel de amor aqueles que estavam separados. Como estas palavras profundas respondem ao que sinto neste momento! Ela as compreenderá como eu?", dizia intimamente Levine.

LIEV TOLSTÓI

Pela expressão do olhar de Kitty, que neste instante encontrou o seu, ele julgou que ela também as compreendia, mas se enganava: absorvida pelo sentimento que inundava cada vez mais o seu coração, ela dificilmente prestava atenção à cerimônia. Sentia afinal a alegria imensa de ver realizado aquilo que durante seis semanas a tornara tão feliz e inquieta. Depois do momento em que, vestida no vestidinho escuro, aproximara-se de Levine para se entregar totalmente em silêncio, o passado fugira da sua alma, cedendo o lugar a uma vida nova, desconhecida, sem que, no entanto, a sua existência exterior fosse modificada. Aquelas seis semanas passaram como um período de delícias e de tormentos. Esperanças e desejos, tudo se concentrava em torno daquele homem que ela ainda não compreendia bem; possuía um sentimento que compreendia menos ainda e que, aproximando-o e afastando-o, inspirava-lhe pelo passado uma indiferença absoluta. Os hábitos antigos, as pessoas e as coisas que amara, a mãe que se sentia aflita ante a sua insensibilidade, o pai a quem ainda adorava, nada mais a preocupava — e, espantando-se com aquela separação, divertia-se com o sentimento que a engendrava. Aspirava unicamente inaugurar em companhia daquele homem uma vida nova, da qual não fazia nenhuma ideia precisa: esperava pacientemente o desconhecido. E eis que aquela espera, ao mesmo tempo doce e terrível, e os remorsos de não mais sentir saudades do passado, iam ter fim. Sentia medo, era natural — mas o minuto presente era a consagração da hora decisiva que soara seis semanas antes.

Voltando-se para o altar, o padre agarrou com dificuldade o anelzinho de Kitty para o passar primeiramente pela junta do dedo anular de Levine.

— Eu te uno, Constantin, servo de Deus, a Catarina, serva de Deus.

Repetiu a mesma coisa passando o grande anel de Levine para o dedo delicado de Kitty e murmurou algumas palavras. Os noivos esforçavam-se por compreender o que exigiam deles, mas se enganavam e o padre os corrigia em voz baixa. Renovou-se essa cena mais de uma vez antes que se pudessem benzer os noivos com os anéis. O padre devolveu então o grande anel de Kitty e o anelzinho a Levine, mas eles se atrapalharam novamente e passaram duas vezes os anéis sem perceber o que deviam fazer. Dolly, Tchirikov e Oblonski quiseram ajudá-los. Estabeleceu-se uma certa confusão, ouviram-se risos, cochichos. Mas, longe de se desconcertarem, os noivos conservavam uma atitude tão grave, tão solene, que, explicando-lhes como deviam passar no dedo o próprio anel, Oblonski reteve o sorriso quase a desabrochar nos seus lábios.

"Senhor nosso Deus", prosseguiu o padre após a mudança dos anéis, "vós que criastes o homem desde o começo do mundo e lhe destes a mulher como companheira e para perpetuar o gênero humano, vós que revelastes a verdade aos vossos servidores, nossos pais, eleitos por vós de geração em geração, olhai piedosamente o vosso servidor Constantin e vossa serva Catarina e confirmai esta união na fé e na concórdia, na verdade e no amor..."

Levine via agora que todas as suas ideias sobre o casamento, que todos os seus projetos para o futuro, eram apenas infantilidades. O que se realizava tinha um alcance que até então lhe escapara e que compreendia menos do que nunca. Arfava cada vez mais e nem sequer conseguia sufocar as próprias lágrimas.

V

Toda Moscou assistia ao casamento. Durante a cerimônia, aquela multidão de mulheres enfeitadas e de homens em roupas negras não cessou de cochichar discretamente, os homens principalmente, porque as mulheres preferiam observar, com o interesse que comumente têm por essas espécies de coisas, os mil detalhes da cerimônia.

No grupo de íntimos que cercavam a casada encontravam-se as duas irmãs Dolly e Mme. Lvov, calma beleza recém-chegada do estrangeiro.

— Por que Maria está de malva num casamento? É quase luto — observou Mme. Korsounski.

— Que queres, é a única cor que convém à sua tez — respondeu Mme. Troubetskoi. — Mas por que escolheram a noite para a cerimônia? Isso são hábitos burgueses.

— Não, é mais belo. Eu também casei-me à noite — replicou Mme. Korsounski, que soltou um suspiro lembrando que estava linda naquele dia e que o seu marido levava a adoração até o ridículo. Como as coisas mudaram depois!

— Quem já foi padrinho dez vezes na vida não se casa nunca. Pelo menos, é o que dizem. Quis assegurar-se, desse modo, contra o casamento, mas o lugar estava tomado — disse o conde Siniavine à encantadora Mlle. Tcharski, que o tinha em vista.

Mlle. Tcharski respondeu com um sorriso. Ela olhava Kitty e pensava que no dia em que estivesse com Siniavine em idêntica situação o faria lembrar-se daquela perversa brincadeira.

O jovem Stcherbatski confiava a Mlle. Nicolaiev, uma velha dama de honra da imperatriz, a sua intenção de colocar a coroa sobre a nuca de Kitty, a fim de lhe trazer felicidade.

— Por que sobre a nuca? Não gosto desta ostentação — replicou a moça, resolvida a casar-se simplesmente, se um certo viúvo, que não a desagradava, se decidisse a pedir-lhe a mão.

Sergio Ivanovitch gracejava com a sua vizinha: afirmava que havia o costume de viajar depois do casamento porque os recém-casados pareciam se envergonhar da escolha que haviam feito.

— O seu irmão deve estar orgulhoso. Ela é deslumbrante. O senhor deve sentir inveja!

— Já passei desse tempo, Daria Dmitrievna — respondeu ele, entregando-se a uma tristeza súbita.

Stepane Arcadievitch contava à sua cunhada uma anedota sobre o divórcio.

— É preciso arranjarmos a coroa — respondeu aquela, sem o ouvir.

— Que pena ter ela ficado feia — dizia a Mme. Lvov a condessa Nordton. — Apesar de tudo, ele não vale nem o dedinho de Kitty, não é mesmo?

— Não sou da sua opinião, parece-me ótimo cunhado. Que lindo porte o seu! É tão difícil se evitar o ridículo em semelhante caso... Não, ele não é ridículo nem acanhado. Sente-se que está apenas emocionado.

— A senhora esperava este casamento?

— Quase, ela sempre o amou.

— Bem, vamos ver quem dos dois pisará primeiramente o tapete. Aconselhei a Kitty a ser a primeira.

— Trabalho inútil. Em nossa família nós todas nos submetemos aos nossos maridos.

— Eu pisei de propósito primeiro que o meu marido. E tu, Dolly?

Dolly escutava-as sem responder: estava bastante emocionada, lágrimas lhe enchiam os olhos e não saberia pronunciar uma palavra sem chorar. Feliz por Kitty e por Levine, lembrava-se do seu próprio casamento e lançava olhares sobre Stepane Arcadievitch. Esquecia a realidade e só se recordava do seu primeiro e inocente amor. Pensava também em outras mulheres, suas amigas, revia-as naquela hora única e solene da vida em que renunciavam ao passado para abordar, a esperança e o medo no coração, um misterioso futuro. Entre essas casadas figurava a sua querida Ana, de quem acabava de saber os projetos de divórcio — ela também a vira, pura como Kitty, coberta com um véu branco, em sua coroa de flores de laranjeira. E agora, "como é estranho!", murmurou.

As irmãs e as amigas não seguiam sozinhas os menores incidentes da cerimônia. Espectadores estranhos retinham a respiração, na ânsia de não perderem um único movimento dos noivos. Respondiam aborrecidos às brincadeiras e às opiniões odiosas dos homens e não raro nem sequer os escutavam.

— Por que está chorando? Casar-se-á contra a vontade?

— Contra a vontade? Um homem tão belo! Será príncipe?

— Será sua irmã a senhora de cetim branco? Escutem o diácono dizer: "Que obedeça e respeite ao seu marido."

— Os cantores vieram do Convento dos Milagres?

— Não, do Sínodo.

— Eu perguntei a um criado. Parece que o marido a levará imediatamente para as suas terras. Ele é rico, possui milhões. É por isso que ela se casa.

— Não, vejam como formam um lindo casal!

— E a senhora que achava, Maria Vassilievna, que não se usavam mais "saias balão"! Olhe aquela de vestido escuro, dizem que é uma embaixatriz!

— Que pombinha imaculada que é a noiva! Digam o que disserem, mas uma noiva sempre desperta piedade.

Assim falavam as espectadoras desconhecidas que haviam conseguido entrar na Igreja.

VI

Depois da troca dos anéis, o sacristão estendeu diante do altar, no meio da igreja, um grande tapete de seda rosa, enquanto o coro entoava um salmo de execução difícil e complicada, fazendo o contra canto o baixo e o tenor. O padre fez sinal aos casados, mostrando o tapete. Um preconceito popular admitia que aquele que primeiro tocasse o tapete com o pé se tornaria o verdadeiro chefe da família e, como se viu, durante todo o tempo, haviam recomendado aquilo aos nossos noivos. No entanto, no momento decisivo, nem Levine nem Kitty se lembraram de tal coisa, nem sequer prestaram atenção às observações trocadas, em voz alta, em torno deles. "Foi ele quem primeiro pôs o pé", diziam uns. "Não", replicavam outros, "todos dois puseram ao mesmo tempo."

O padre apresentou-lhes então as perguntas do ritual sobre o consentimento mútuo dos noivos e a certeza de que não haviam prometido casamento a outras pessoas — eles responderam com as fórmulas do ritual, achando, entretanto, que o sentido daquilo era bastante estranho. Começou uma nova parte da cerimônia. Kitty ouvia as orações sem tentar compreendê-las. Mais a cerimônia avançava, mais o seu coração extravasava uma alegria triunfante, que impedia a sua atenção de se fixar.

Rezou-se "para que Deus concedesse aos novos esposos a castidade, para que eles se irmanassem sob a vista dos seus filhos e filhas". Lembrou-se que "Deus fez a primeira mulher de uma costela de Adão, que o homem deixaria o pai e a mãe para ligar-se à esposa e seriam dois numa única carne" e que "aquilo era um grande sacramento", pediram a Deus para que os abençoasse, como abençoara Isaac e Rebeca, José, Moisés e Séfora, e permitisse "que chegassem os filhos dos seus filhos até a terceira e a quarta geração".

"Tudo isso é perfeito", pensava Kitty, ouvindo aquelas implorações, "e não poderia ser de outro modo." Um sorriso de felicidade iluminava o seu rosto e se comunicava involuntariamente a todos aqueles que a observavam.

Quando o padre apresentou as coroas e Stcherbatski, com suas luvas de três botões, sustentou tremulamente a mão da noiva, aconselharam-no a meia-voz a colocá-la completamente na cabeça de Kitty.

— Ponha — aconselhou Kitty, rindo-se.

Levine voltou-se para o seu lado e, maravilhado com o esplendor do rosto de Kitty, sentiu-se como ela, alegre e tranquilo.

Ouviram, com a alegria no coração, a leitura da Epístola e a monotonia da voz do diácono, que chegava ao último versículo, tão implacavelmente esperado pela assistência. Beberam com idêntica satisfação a água e o vinho mornos oferecidos no mesmo cálice e seguiram o padre, com maior alegria ainda, quando ele os fez dar a volta do altar, as mãos de ambos presas nas suas. Durante este intervalo o diácono murmurava o "Alegra-

-te, Isaías". Stcherbatski e Tchirikov, sustentando as coroas, seguiam os noivos, risonhos, tropeçando na cauda do vestido de Kitty. O clarão de alegria que brilhava no rosto de Kitty parecia comunicar-se a toda a assistência. Levine estava convencido que o padre e o diácono, como ele, sofriam idêntico contágio.

Depois de tirar as coroas e dizer uma última oração, o padre felicitou o jovem casal. Levine olhou Kitty e julgou nunca tê-la visto tão bela, tanta a sua satisfação interior a transformava. Quis falar mas conteve-se, receando que a cerimônia não estivesse terminada. O padre tirou-o do embaraço, dizendo docemente com um bom sorriso:

— Abraça a tua mulher, e tu, abraça o teu marido.

E tirou-lhes os círios. Levine beijou os lábios risonhos de Kitty com precaução, ofereceu-lhe o braço e saiu da igreja, sentindo subitamente — impressão tão nova como estranha — a sua proximidade. Quando os seus olhares intimidados se encontraram, ele começou a acreditar que tudo aquilo era apenas um sonho e que, realmente, constituíam uma só pessoa.

Nessa mesma noite, depois da ceia, os jovens recém-casados partiram para o campo.

VII

Fazia três meses que Ana e Vronski viajavam juntos. Visitaram Veneza, Roma, Nápoles e acabavam de chegar a uma cidadezinha da Itália onde esperavam demorar-se algum tempo.

Um imponente *maître d'hôtel*, cabelos bem penteados e separados por uma linha que partia do pescoço, trajando roupa escura, enorme gravata de cambraia de linho e berloques balançando sobre o ventre rechonchudo, respondia do alto, com as mãos nos bolsos, às perguntas que um cavalheiro lhe fazia. Ruído de passos na escadaria o fez voltar-se. Achou-se em face do conde russo, que ocupava o mais belo apartamento do hotel: retirando imediatamente as mãos dos bolsos, preveniu-o, depois de cumprimentá-lo respeitosamente, que o gerente do *palazzo*, com quem estava em negociações, consentia em assinar o arrendamento.

— Muito bem — disse Vronski. — A senhora está em casa?

— Madame acaba de chegar.

Vronski tirou o chapéu de abas enormes, enxugou o suor da testa e os cabelos deitados para trás que visavam a dissimular a calvície, quis passar adiante lançando um rápido olhar sobre o cavalheiro que parecia observá-lo.

— Este cavalheiro é russo e perguntou pelo senhor — disse o *maître d'hôtel*.

Irritado por não poder fugir aos encontros, mas contente por achar uma distração qualquer, Vronski voltou-se e o seu olhar encontrou o do estranho: imediatamente os olhos de ambos brilharam.

— Golenistchev!

— Vronski!

Era efetivamente Golenistchev, um camarada de Vronski no Corpo dos pajens: pertencia ao grupo liberal e saíra com um grau civil sem nenhuma intenção de entrar para o serviço. Desde que haviam abandonado a escola, só se tinham visto uma única vez. Nesse único encontro, Vronski julgou compreender que Golenistchev, fanatizado por suas opiniões liberais, desprezava a carreira militar. Ele o tratara, pois, com aquela frieza através da qual parecia querer dizer às pessoas: "Pouco me interessa que aproves ou não o meu modo de viver; contudo, se desejas manter relações comigo, exijo que me tenhas consideração." Semelhante tratamento deixara-o indiferente, mas, desde então, nenhum dos dois velhos camaradas manifestou desejo de se reverem. No entanto, foi com um grito de alegria que se reconheceram. Vronski não duvidou que aquela alegria inesperada tivesse como causa o profundo aborrecimento por que vinha passando. Esquecendo o passado, estendeu a mão a Golenistchev, cujo rosto, até então inquieto, se tranquilizou.

— Sinto-me contente por te ver — disse Vronski, com um sorriso amigo que lhe descobriu os dentes.

— Ouvi pronunciar o nome de Vronski, mas não estava certo de que fosse tu. Sinto-me muito feliz...

— Mas entra. Que fazes neste lugar?

— Estou aqui há mais de um ano. Trabalho.

— É verdade? — perguntou Vronski com interesse. — Entremos, pois.

E, desejoso de não ser compreendido pelo *maître d'hôtel*, disse em francês:

— Conheces Mme. Karenina? Estamos viajando juntos. Lá à casa dela.

Falando, ele examinava a fisionomia de Golenistchev. Apesar de tudo saber, este respondeu:

— Ah, eu não sabia! — exclamou, simulando indiferença. — Há muito tempo que estás aqui?

— Faz três dias — disse Vronski, que não o deixava com os olhos. "É um homem bem-educado, que sabe ver as coisas e a quem posso apresentar Ana", decidiu, apreciando o modo como Golenistchev desviara a conversa.

Viajando com Ana havia três meses, Vronski experimentava em cada novo encontro o mesmo sentimento de hesitação. Os homens, em geral, compreenderam a situação "como ela devia ser". No fundo, as pessoas não procuravam compreender e contentavam-se em observar uma reserva discreta, sem alusões e perguntas — como fazem as pessoas educadas quando se acham em presença de uma questão delicada e complexa. Golenistchev pertencia certamente a esse número e, quando o apresentou a Ana, Vronski ficou duplamente satisfeito por tê-lo encontrado. Sem o menor esforço, a sua atitude era perfeitamente correta...

Golenistchev não conhecia Ana. Ficou deslumbrado com a sua beleza e a sua simplicidade. Ela enrubesceu vendo entrar os dois homens e aquele rubor agradou infinitamente a Golenistchev. Ficou encantado principalmente com o modo natural pelo qual ela aceitava a situação: realmente, como se quisesse poupar toda incompreensão ao estranho, chamou Vronski pelo seu diminutivo e declarou inicialmente que iam se instalar numa casa embelezada com o nome de *palazzo*, Golenistchev, para quem Karenine não era desconhecido, não pôde furtar-se em dar razão àquela mulher jovem, viva e cheia de energia. Admitiu, o que Ana não compreenderia por si mesma, que ela pudesse ser alegre e feliz tendo abandonado o marido, o filho e perdido a reputação.

— Este *palazzo* está no guia — disse ele. — Existem lá magníficos objetos.

— Bem, façamos uma coisa — propôs Vronski, dirigindo-se a Ana. — Voltemos a vê-lo, pois que o tempo está ótimo.

— Com todo prazer, vou pôr o meu chapéu. Tu dizes que está fazendo calor? — disse ela, o pé na porta, interrogando Vronski com o olhar. E ela corou novamente.

Vronski compreendeu que Ana, não sabendo ao certo como ele desejava tratar Golenistchev, perguntava a si mesma se tivera para com o desconhecido a acolhida que se fazia necessária. Fitou-o longamente, ternamente, e disse:

— Não, não está fazendo calor.

Ana, sentindo que ele estava satisfeito, respondeu-lhe com um sorriso e saiu com o seu passo vivo e gracioso.

Os dois amigos olharam-se com um certo embaraço. Golenistchev, como um homem que não acha palavras para exprimir a sua admiração. Vronski como alguém que deseja um cumprimento, mas receia-o.

— Então, fixaste residência aqui? — indagou Vronski, para entabular uma conversa qualquer. — Tu te preocupas sempre com os mesmos estudos? — acrescentou, lembrando-se subitamente de ter ouvido dizer que Golenistchev escrevia uma obra.

— Sim, escrevo a segunda parte dos *Dois príncipes* — respondeu Golenistchev, levado ao auge do contentamento por aquela pergunta. — Ou, talvez, o que seja mais exato, ponho ainda em ordem as minhas anotações. Esta será muito mais ampla do que a primeira parte. Entre nós, ninguém quer compreender que somos os sucessores de Bizâncio...

E ele se lançou numa longa dissertação. Vronski ficou confuso em nada saber daquele assunto, sobre o qual o autor falava como de uma coisa bastante conhecida. Depois, à medida que Golenistchev desenvolvia as suas ideias, ele foi se interessando, apesar de verificar com penosa agitação nervosa que reconhecia afinal o seu amigo: refutando os argumentos dos adversários, os seus olhos brilhavam, falava livremente, o rosto assumia uma expressão irritada, atormentada. Vronski revia o Golenistchev do Corpo dos Pajens: era então um rapaz insignificante, arrebatado, bom filho e cheio de sentimentos elevados, e sempre o primeiro da classe. Por que se tornara tão irritável? Por que, principalmente, ele, um homem dá melhor sociedade, se pusera na mesma linha dos escritores profissionais? Vronski sentia quase compaixão por aquele infeliz: julgou ler naquele belo rosto os sinais precursores da loucura.

Golenistchev, dominado pelo assunto sobre que discorria, não observou a entrada de Ana. Quando esta, em traje de passeio, brincando com a sombrinha, parou perto dos homens, Vronski sentiu-se feliz por se afastar do olhar fixo e febril do seu interlocutor e descer com amor os olhos sobre a sua encantadora amiga, estátua viva da alegria de viver. Golenistchev lutou com dificuldade para voltar a si. Mas Ana, que todo aquele tempo se mostrava bem disposta para com o mundo, soube distraí-lo depressa com os seus modos simples e joviais. Ela o arrastou vagarosamente para a pintura, de cujo tema era ele conhecedor. Chegaram assim ao *palazzo* que iam visitar.

ANA KARENINA

— Uma coisa principalmente me encanta em nossa nova morada — disse Ana a Golenistchev, no momento em que entravam —, é que Alexis terá um belo gabinete. Tu te instalarás neste aposento, não é mesmo?

Tratava Vronski por tu, em russo, diante de Golenistchev, a quem considerava obrigado a fazer parte da sua intimidade, na solidão em que viviam.

— Será que te preocupas com a pintura? — indagou Golenistchev, voltando-se com vivacidade para Vronski.

— Preocupei-me muito antigamente e agora também me preocupo um pouco — respondeu Vronski, corando.

— Ele tem um legítimo talento — gritou Ana, radiante. — Eu não sou boa julgadora, mas é a opinião dos conhecedores sérios.

VIII

Aquele primeiro período de liberdade moral e de volta à saúde foi para Ana de exuberante alegria. A ideia do mal que causara não conseguia envenenar o seu entusiasmo: aquelas recordações eram bastante dolorosas para que a dominassem e, de resto, não devia ao infortúnio do marido uma felicidade tão grande que obscurecia todo o remorso? Os acontecimentos que seguiram à sua doença, a reconciliação, depois a nova ruptura com Alexis Alexandrovitch, a notícia da tentativa de suicídio de Vronski, a sua imprevista aparição, os preparativos do divórcio, a despedida aos filhos, a partida do lar, tudo aquilo lhe parecia um pesadelo de que a viagem ao estrangeiro, sozinha com Vronski, a tinha libertado. Sentia pelo marido a repulsa do bom nadador para com o afogado que nele se agarra e de quem se liberta para não perecer. "Depois", dissera desde o primeiro momento da ruptura — e esse raciocínio era a única coisa de que queria se lembrar, porque lhe dava uma certa paz na consciência —, "depois, a tortura que causei a esse homem seria inevitável, mas, pelo menos, não me aproveitaria dessa infelicidade. Se o fiz sofrer, sofrerei também. Renunciei a tudo o que me era mais caro no mundo, a meu filho, a minha reputação. Se pequei, não quero felicidade nem divórcio, aceito a vergonha e a dor da separação." Ana era sincera pensando desse modo, mas, até aqui, não conhecera a dor nem a vergonha que julgava prestes a surgir como uma expiação. Vronski e ela tinham sabido evitar os encontros — principalmente com as senhoras russas — que os colocariam numa situação falsa: algumas pessoas com quem entraram em relações fingiam compreender a sua posição melhor do que eles próprios. Quanto à separação com o seu filho, Ana sofria ainda muito: apaixonadamente presa à meninazinha, uma criança deliciosa, raramente pensava em Sergio. Graças à sua cura e à mudança de clima, ela se agarrava à vida com um novo ardor e gozava de uma felicidade verdadeiramente insolente. Vronski a cada dia tornava-se-lhe mais querido — a sua presença era um encanto contínuo. Julgava estranhos todos os traços do seu caráter, achava um cunho de nobreza e grandeza em cada uma das suas palavras, das suas ideias e ações. A própria mudança de vida o transformara num rapazote amoroso. Esforçava-se inutilmente por lhe achar algum defeito e justamente espantada com aquela admiração excessiva, evitava confessá-la, receando que, sabendo-a, ele se desligasse dela. Realmente, a ideia de perder o seu amor parecia-lhe intolerável. A conduta de Vronski, de resto, não justificava aquele terror: nunca ele demonstrara o menor arrependimento por ter sacrificado à sua paixão uma carreira que o esperava com um brilhante futuro; nunca se mostrara tão respeitoso, tão preocupado com o medo de que Ana sofresse pela sua posição. Aquele homem absoluto abdicava da sua vontade diante dela e só procurava adivinhar-lhe os menores desejos. Como não sentir o preço daquela abnegação? Algumas vezes, no entanto, ela sentia uma certa lassidão em se ver o objeto de atenções tão constantes.

Quanto a Vronski, apesar da realização dos seus desejos mais queridos, não era completamente feliz. Eterno erro daqueles que julgam achar a felicidade na execução de todos os desejos, só possuía algumas parcelas da imensa felicidade sonhada. Nos primeiros tempos que seguiram à sua demissão, saboreou o encanto da liberdade conquistada. Aquele encantamento, porém, durou pouco e cedeu lugar ao aborrecimento. Procurou quase incessantemente um novo fim para os seus desejos e tomou caprichos passageiros como aspirações sérias. Empregar dezesseis horas do dia no estrangeiro, fora do círculo de deveres sociais que enchiam a sua vida em Petersburgo, aquilo não era uma atividade razoável. Seria preciso não pensar nas distrações que encontrara nas viagens precedentes; um jantar com amigos provocara em Ana um intempestivo acesso de desespero. A sua situação não lhe permitia manter relações com a colônia russa ou com a sociedade nativa. Quanto às curiosidades do país, além das quais já conhecia na qualidade de russo e de homem de espírito, não emprestava a mesma exagerada importância que os ingleses concedem a essa sorte de coisas. Como um animal esfaimado se precipita sobre o primeiro objeto que lhe cai sob os dentes, Vronski lançava-se inconscientemente sobre tudo o que podia lhe servir de pasto — política, pintura, livros novos.

Tendo em sua mocidade revelado aptidões para a pintura, e não sabendo o que fazer do dinheiro, organizara uma coleção de quadros. Foi a ideia de pintar que dele se apossou quando pensou num elemento novo para a sua atividade. Gosto não lhe faltava e possuía um dom de imitação que confundia com temperamento artístico. Acreditava-se capaz de abordar todos os gêneros, pintura histórica, religiosa, realista, mas não supunha que se pudesse unicamente obedecer à inspiração sem se preocupar com os gêneros. Em lugar de observar a vida real, a esta só via através das encarnações da arte — e apenas podia produzir pastiches agradáveis e facilmente destrutíveis. Estimava principalmente as obras graciosas e modeladas na escola francesa e, nesse espírito, iniciou um retrato de Ana em trajes italianos. Todos os que viram este retrato pareceram tão satisfeitos quanto o próprio autor.

IX

Com seus altos tetos emoldurados, as paredes cobertas de pintura, os assoalhos de mosaico, sombrias cortinas amareladas nas janelas, grandes jarras sobre os fogões e as cornijas, portas esculpidas, aposentos escuros ornados de painéis — o velho palácio um pouco arruinado, onde se estabeleceram, entreteve Vronski em agradável ilusão: julgou-se menos um proprietário russo, coronel reformado, do que um amador de arte, ocupando-se modestamente da pintura depois de haver sacrificado o mundo e a ambição pelo amor de uma mulher.

O novo papel o satisfez durante certo tempo; além do mais, Golenistchev o apresentou a algumas pessoas interessantes. Orientado por um professor italiano, empreendeu estudos ao natural e inflamou-se com tanto zelo pela Idade Média italiana que acabou por usar um chapéu e uma capa daquela época, o que, de resto, lhe ficou muito bem.

Uma manhã em que Golenistchev entrava na sua casa, ele disse:

— Na verdade, não sabemos o que se passa em torno de nós. Vejamos, já conheces um tal Mikhailov?

E entregou-lhe um jornal russo que acabava de receber. Erguia-se grande ruído em torno de um artista russo que trazia aquele nome, estabelecido naquela mesma cidade e que vinha de compor um quadro já célebre e vendido antes de estar concluído. Em termos severos, o autor do artigo criticava o governo e a Academia de Belas-Artes por deixarem sem socorro nem incentivos um artista de tão grande valor.

— Eu o conheço — respondeu Golenistchev. — Não lhe falta mérito, mas as suas tendências são radicalmente falsas: ele fixa a figura do Cristo e a pintura religiosa segundo as ideias de Ivanov, Strauss, Renan.

— Qual é o assunto do quadro? — perguntou Ana.

— Cristo diante de Pilatos. Mikhailov fez do Cristo um judeu, seguindo os ensinamentos mais absolutos da nova escola realista.

E como fosse aquele um dos seus assuntos prediletos, Golenistchev inflamou-se imediatamente:

— Não compreendo como possam se enganar tão ingenuamente. A figura do Cristo, em arte, foi bem expressa pelos mestres antigos. Se sentem a necessidade de representarem um sábio ou um revolucionário, que tomem Sócrates, Franklin, Carlota Corday, todos os que quiserem, mas não o Cristo. É a única figura em quem a arte não deveria tocar e...

— É verdade que Mikhailov é pobre? — perguntou Vronski, que, verdadeiro Mecenas russo, julgava do seu dever ajudar o artista sem se preocupar com o valor do quadro.

— Duvido, pois é realmente um retratista de grande talento. Viste o retrato que ele fez de Mme. Vassiltchikov?... É possível, porém, que esteja em dificuldades, pois ouvi dizer que não queria mais pintar retratos. Eu dizia, pois, que...

— Não poderíamos lhe pedir para fazer o retrato de Ana Arcadievna?

— Por que o meu? — disse Ana. — Depois que tu o fizeste, eu não quero outro. Façamos antes o de Anita (era assim que ela chamava à filha). Ei-la — acrescentou, mostrando pela janela a ama que acabava de descer a criança ao jardim e olhava furtivamente para o lado de Vronski. Esta italiana, em quem Vronski admirava a beleza e o tipo medieval e de quem até já pintara a cabeça, era o único ponto negro na vida de Ana: receando ser ciumenta e não ousando confessá-lo, cercava esta mulher e o seu filho de amabilidades e atenções.

Vronski olhou também pela janela e, encontrando os olhos de Ana, voltou-se para Golenistchev.

— Conheces esse Mikhailov?

— Encontrei-o uma ou duas vezes. É um excêntrico sem nenhuma educação, um desses novos selvagens, como agora vemos frequentemente. Sabes, esses livres-pensadores que viram *d'emblée* no ateísmo, o materialismo, a negação de tudo. Outrora — continuou Golenistchev, sem deixar Ana e Vronski pronunciarem uma só palavra — o livre-pensador era um homem educado no respeito à religião, à moral, que ali chegava depois de inúmeras lutas interiores. Agora, porém, possuímos um novo tipo, os livres-pensadores que crescem sem ouvir falar das leis morais e religiosas, que ignoram a existência de certas autoridades e só possuem o sentimento da negação. Em suma, uns selvagens! Mikhailov é um desses. Filho, eu creio, de um mordomo moscovita, não recebeu a menor educação. Depois de passar pela Escola de Belas-Artes e adquirir uma certa reputação, quis instruir-se, porque não é tolo, e recorreu para isso ao que lhe pareceu a fonte de toda ciência: os jornais e as revistas. Em tempos passados, se alguém queria se instruir, digamos um francês, que fazia? Estudava os clássicos, teólogos, dramaturgos, historiadores, filósofos. Vejam que enorme trabalho o esperava. Entre nós, porém, é bem mais simples: lança-se sobre a literatura subversiva, assimila-se muito rapidamente um extrato dessa ciência. Há vinte anos, esta literatura ainda trazia traços da luta contra as tradições seculares e ensinava de qualquer modo a existência dessas coisas. Agora não se dá nem mesmo ao trabalho de combater o passado, contenta-se em negá-lo resolutamente: tudo é apenas *évolution*, seleção, luta pela vida. Em meu artigo...

Depois de algum tempo, Ana trocava olhares furtivos com Vronski. Percebia que ele se interessava muito menos pelo espírito de Mikhailov do que pelo papel de Mecenas que pensava representar junto a ele.

— Sabes o que é preciso fazer? — disse ela, cortando resolutamente o palavrório de Golenistchev. — Vamos ver o teu pintor.

Golenistchev concordou espontaneamente e, encontrando-se o *atelier* do artista num bairro afastado, tomaram uma carruagem. No fim de uma hora chegavam em frente de uma casa nova e feia. A mulher do vigia preveniu-lhes que Mikhailov se achava no momento a dois passos dali. Mandaram então os cartões ao artista, pedindo-lhe para verem o seu quadro.

X

Mikhailov trabalhava como sempre quando recebeu os cartões do conde Vronski e de Golenistchev. Depois de passar a manhã a pintar em seu *atelier*, e voltando para casa, discutira com a mulher, que não soubera se explicar com a hospedeira.

— Eu te disse vinte vezes que não discutisse com ela. És sempre uma completa imbecil, mas ainda és três vezes mais quando te lanças em discussões italianas — declarou ele, à maneira de conclusão.

— Mas por que não pagas no tempo certo? A culpa não é minha. Se eu tivesse dinheiro...

— Deixa-me tranquilo, em nome de Deus! — gritou Mikhailov, a voz cheia de lágrimas, e retirou-se para o seu gabinete de trabalho, que um tabique separava do aposento comum, fechou a porta a chave e tapou os ouvidos. — Ela não pensa — dizia, sentando-se à mesa. E pôs-se a trabalhar com um ardor particular.

Nunca trabalhava melhor do que nos momentos em que o dinheiro lhe faltava e principalmente quando discutia com a mulher. "Ah, que diabos me levem!", resmungava ele, desenhando. Começara o esboço de um homem preso a um acesso de cólera, mas mostrava-se descontente. "Não, decididamente, o primeiro esboço era melhor... Onde eu o meti?" Entrou novamente em casa e, sem conceder um só olhar à mulher, perguntou à mais velha das suas filhas onde estava o desenho que lhe dera. Encontrou-o, é verdade, mas todo sujo, coberto de nódoas de espermacete. Levou-o assim mesmo, colocou-o sobre a mesa e o examinou a distância, semicerrando os olhos. E, bruscamente, sorriu com um grande gesto de satisfação.

— Isso mesmo, isso mesmo! — gritou. E, apanhando um *crayon*, pôs-se a desenhar febrilmente. Uma das nódoas de espermacete dava ao corpo do homem em cólera uma nova atitude.

Notando-o, ele se lembrou dos traços enérgicos e do queixo do tipo que lhe vendia cigarros — transferiu-os imediatamente para o seu personagem e o desenho deixou de ser uma coisa vaga, morta, para tornar-se vivo e definitivo: poder-se-iam fazer algumas mudanças de detalhe, afastar mais um pouco as pernas, modificar a posição do braço esquerdo, prender os cabelos atrás, mas aqueles retoques acentuariam simplesmente a robustez da forma humana que a nódoa de espermacete o fizera conceber. Pôs-se a rir com prazer.

No momento em que acabava cuidadosamente o desenho, trouxeram-
-lhe os dois cartões.

— Já vou, já vou! — respondeu.

E entrou no quarto de sua mulher.

— Sacha, não fiques zangada — disse-lhe, com um sorriso terno e tímido. — Nós ambos somos culpados. Eu arranjarei as coisas.

Reconciliado com a mulher, vestiu um paletó cor de azeitona de gola de veludo, apanhou o chapéu e dirigiu-se para o *atelier*. Esquecera-se do esboço feito. Pensava somente na visita daqueles ilustres russos vindos em carruagem para ver o seu quadro, aquele quadro que interiormente ele estimava único em seu gênero. Não que o julgasse superior a Rafael, mas a impressão que causava lhe parecia totalmente nova. No entanto, apesar daquela convicção, que datava, para ele, do dia em que começara a obra, concedia uma importância extrema ao julgamento do público e a espera daquele julgamento o emocionava até o fundo da alma. A mais insignificante observação que viesse em apoio da sua tese alegrava-o excessivamente. Atribuía aos seus críticos uma profundeza de análise que ele mesmo não possuía e esperava que descobrissem na sua obra aspectos que ainda não observara.

Avançando a grandes passos, ficou impressionado, apesar da sua emoção, com a aparição de Ana, que, de pé, na penumbra do portal, conversava com Golenistchev e examinava de longe o artista. Mikhailov, inconscientemente, registrou sem demora aquela impressão num canto do seu cérebro: um dia a exumaria, como o queixo do vendedor de cigarros.

A opinião de Golenistchev indispusera os visitantes para com o pintor e o seu aspecto ainda confirmou mais aquelas prevenções. Com o seu andar agitado e o rosto vulgar, que a arrogância disputava à timidez, aquele homem baixo e gordo, de chapéu marrom, paletó cor de azeitona e calças estreitas fora da moda, desagradou-os de um modo soberano.

— Deem-me a honra de entrar — disse ele, com forçada indiferença, enquanto abria aos visitantes a porta do *atelier*.

XI

Logo que entrou, Mikhailov lançou um novo olhar aos visitantes: a cabeça de Vronski, as faces ligeiramente salientes, gravaram-se instantaneamente na sua imaginação, pois o temperamento artístico daquele homem trabalhava apesar da sua perturbação e amontoava incessantemente os materiais. As suas observações finas e justas apoiavam-se sobre imperceptíveis indícios. Golenistchev era um russo radicado na Itália. Mikhailov não se lembrava do seu nome, nem do lugar onde o encontrara, nem das palavras que haviam trocado, mas simplesmente do seu rosto, como se lembrava de todos aqueles que encontrava — e recordava-se de o haver classificado na imensa categoria das fisionomias despidas de caráter, apesar do seu falso ar de originalidade. Cabelos longos e uma testa bastante descoberta davam àquela cabeça uma individualidade puramente aparente, enquanto uma expressão fingida, uma pueril agitação se concentrava no estreito espaço que separava os dois olhos. Quanto a Vronski e Ana, Mikhailov logo viu que se tratava de russos de distinção, que, sem nada compreenderem das coisas de arte, brincavam, como todos os russos ricos, de amadores e conhecedores. "Certamente percorreram todos os museus e, depois de visitarem algum charlatão alemão, algum idiota pré-rafaelita inglês, dignaram-se vir até aqui a fim de completar a *tournée*. Mikhailov sabia muito bem que visitando os *ateliers* dos artistas contemporâneos os diletantes — a começar pelos mais inteligentes dentre eles — não tinham outro fim senão proclamarem, com conhecimento de causa, a superioridade da arte antiga sobre a arte moderna. Sabia de tudo aquilo e o lia na indiferença com que os curiosos conversavam entre si, passeando no *atelier*, olhando displicentemente os bustos e os manequins. Contudo, apesar daquela prevenção e da convicção íntima de que os russos ricos e de alta origem só poderiam ser imbecis e brutos, ele mostrava os estudos, levantando as cortinas e descobrindo quadros com a mão trêmula, porque não podia esconder que Vronski e, principalmente, Ana lhe agradavam.

— Façam o favor — disse ele, dando alguns passos atrás e mostrando o trabalho aos visitantes. — É o Cristo diante de Pilatos, segundo São Mateus, capítulo XXVII.

Sentiu que os lábios lhe tremiam de emoção e recuou para se colocar atrás dos visitantes. Durante alguns segundos de silêncio, Mikhailov fitou o próprio quadro com um olhar indiferente como se fora um dentre eles. Daquelas três pessoas, que instantes antes desprezara, esperava agora uma sentença infalível. Esquecendo a sua própria opinião, os méritos incontestáveis que já há três anos reconhecia em sua obra, via-a agora com o olhar frio e crítico daqueles estranhos e nela não achava mais nada de bom. Considerava no primeiro plano o rosto austero de Pilatos e a face serena do Cristo, no segundo plano os soldados do procônsul e o rosto de João à escuta. Cada uma daquelas figuras fora para ele uma fonte de tormentos e alegrias: quantos estudos, quantos retoques para aprofundar o caráter particular, para harmonizá-lo com a impressão do conjunto! E, agora, todas sem exceção, como também o matiz dos tons, dos coloridos, lhe pareciam banais, vulgares, sem originalidade nenhuma. O próprio rosto do Cristo, ponto central do quadro, havia pouco tempo objeto do seu entusiasmo, surgia-lhe como uma boa cópia — não, uma cópia má, pois descobria de repente inúmeros defeitos — dos vários Cristos de Rafael e Rubens. Pilatos era também uma cópia, cópia também os soldados. Decididamente, tudo aquilo era apenas velharia, pobreza, garatujas e coisas usadas. Quantas frases polidamente hipócritas que ouvira! Como os visitantes teriam razão de pilheriar e zombar dele, assim que saíssem!

Aquele silêncio, que só durou um minuto, angustiou-o de tal modo que, para dissimular a sua perturbação, resolveu dirigir a palavra a Golenistchev.

— Julgo que já tive a honra de o encontrar — disse ele, enquanto os seus olhares inquietos erravam de Ana a Vronski, não perdendo nada do jogo das suas fisionomias.

— Certamente, encontramo-nos em casa de Rossi, na noite em que aquela moça italiana, a nova Raquel, declamou. O senhor não se recorda? — respondeu ligeiramente Golenistchev, afastando os olhos do quadro sem a menor saudade. Mas, como visse que Mikhailov esperava uma apreciação, acrescentou: — A sua obra evoluiu muito desde que a vi pela última vez e agora, como antigamente, impressiona-me o seu Pilatos. É bem o tipo do homem forte, funcionário até o fundo da alma, que ignora completamente o alcance dos seus atos. Mas parece-me...

O rosto móvel de Mikhailov iluminou-se completamente, os seus olhos brilharam. Quis responder, mas a emoção o impediu e ele fingiu um acesso de tosse. Aquela observação de detalhe, justa porém injuriosa — pois que esquecia o principal —, e de nenhum valor para ele, que tinha em pouca conta o instinto artístico de Golenistchev, encheu-o de alegria. Imediatamente, tomou-se de afeição pelo crítico e passou subitamente do abatimento ao entusiasmo. O quadro voltou para ele a possuir uma vida complexa e profunda. Tentou demonstrar a Golenistchev que era assim que compreendia Pilatos, mas novamente os seus lábios tremeram, impedindo-o de falar. Vronski e Ana, por seu lado, conversavam em voz baixa, como se faz nas exposições de pintura, em parte para não se arriscarem a melindrar o autor, em parte para não deixarem ouvir uma dessas observações absurdas que tão facilmente escapam quando se fala de arte. Mikhailov julgou verificar que o seu quadro agradava. Aproximou-se deles.

— Que admirável expressão tem este Cristo! — disse Ana, num tom de sinceridade. A figura do Cristo prendia mais do que qualquer outra, sentia que estava ali o melhor trabalho e que, elogiando-o, seria agradável ao artista. E acrescentou: — Sente-se que ele tem piedade de Pilatos.

Era ainda uma das mil observações justas e banais que se podia fazer. O rosto do Cristo devia exprimir a resignação da morte, a renúncia a toda palavra inútil, a paz sobrenatural, o supremo amor e, em consequência, a piedade para os seus inimigos. Pilatos devia representar forçosamente a vida carnal em oposição a Jesus, modelo da vida espiritual, e ter consequentemente o aspecto de um vulgar funcionário. No entanto, o rosto do artista alegrou-se.

— E como está pintado! Que ar em torno desta figura! — disse Golenistchev, querendo manifestar que não concordava com o lado realista do Cristo.

— Sim, é um trabalho surpreendente! — disse Vronski. — Que relevo nas figuras do segundo plano! Eis aí o que eu chamo de técnica — acrescentou ele, visando a Golenistchev, a quem recentemente confessara a sua impossibilidade em adquirir uma técnica.

— Sim, sim, é admirável! — confirmaram Ana e Golenistchev. Mas a observação de Vronski feriu Mikhailov, que o fitou com expressão descontente.

Ele não compreendia bem o sentido da palavra "técnica", mas observava frequentemente, mesmo nos elogios que lhe eram dirigidos, e que opunham a habilidade técnica ao mérito intrínseco da obra, como se fosse possível pintar com talento um mau quadro. Não ignorava ser preciso treinar muito para desimpedir, sem prejudicar a impressão geral, as aparências que escondem a verdadeira imagem dos objetos, mas, segundo o seu modo de ver, aquilo não competia ao domínio da técnica. Que fosse dado a uma criança, a uma cozinheira, o dom de ver o que ele via — e eles saberiam corporificar a visão, enquanto o prático mais hábil nada pintaria mecanicamente sem primeiro possuir a visão nítida da obra. Por outro lado, ele achava que a técnica, já que a tinha, constituía precisamente o seu ponto fraco: em todas as suas obras, certos defeitos lhe saltavam aos olhos, defeitos que provinham precisamente da falta de prudência com que isolara os objetos que os dissimulavam.

— Se o senhor me permitisse, a única observação que eu ousaria fazer... — disse Golenistchev.

— Por favor, faça — respondeu Mikhailov, com um sorriso forçado.

— É que o senhor pintou o homem-deus, e não o Deus feito homem. De resto, sei que foi esta a sua intenção.

— Só posso pintar o Cristo como eu o compreendo — disse Mikhailov, com ar sombrio.

— Neste caso, desculpe um ponto de vista que me é particular. O seu quadro é tão extraordinário que a minha observação em nada o prejudicaria... Demais, o seu assunto é especial. Tomemos, por exemplo, a Ivanov. Por que restaurou ele o Cristo nas proporções de uma figura histórica? Melhor seria escolher um tema novo, menos batido.

— Mas se este tema é o maior de todos!

— Procurando, encontrar-se-iam outros. A arte, segundo o meu modo de pensar, não pode sofrer discussão. Em frente ao quadro de Ivanov, todo mundo, crente ou incrédulo, fará esta pergunta: é ou não é um Deus? E a unidade de impressão acha-se assim destruída.

— Por que isso? Parece-me que, para as pessoas esclarecidas, a dúvida não é mais possível.

Golenistchev não era da sua opinião e, erudito na ideia que defendia, bateu o pintor na discussão. Mikhailov não soube se defender.

XII

Depois de muito tempo, Ana e Vronski, irritados com a tagarelice do amigo, trocavam olhares de aborrecimento. Tomaram afinal o partido de continuarem sozinhos a visita ao *atelier*, e detiveram-se diante de um pequeno quadro.

— Que joia! É encantador, é maravilhoso! — gritaram numa única voz.

"Que lhes agrada tanto?", pensou Mikhailov. Aquele quadro o absorvera inteiramente durante meses, fazendo-o oscilar noite e dia nas alternativas do desespero e do entusiasmo. Concluíra-o fazia três anos e, desde então, esquecera-o completamente. Sorte igual esperava todas as suas telas e só exibira aquela a pedido de um inglês que desejara tornar-se o seu possuidor.

— Isso não é nada, apenas um velho estudo — disse ele.

— Mas é deslumbrante! — continuou Golenistchev, que parecia conquistado pelo encanto do quadro.

Dois rapazes pescavam à sombra de uma moita de salgueiros. O mais velho acabava de lançar a linha na água e desembaraçava o anzol preso na raiz de uma árvore: sentia-se que estava absorvido naquele grave trabalho. O outro, deitado na relva, apoiava nos braços a cabeça loura, fitando a água com os seus olhos azuis pensativos: em que pensava ele?

O entusiasmo provocado por aquele estudo trouxe Mikhailov novamente à sua primeira emoção, mas, como temesse as inúteis reminiscências do passado, passou além daqueles elogios lisonjeiros e quis conduzir os visitantes a um terceiro quadro. Vronski perguntara se o estudo era para vender. Pareceu-lhe inoportuna aquela questão de dinheiro e ele respondeu franzindo a testa:

— Está exposto para ser vendido.

Depois que os visitantes partiram, Mikhailov sentou-se em frente do quadro do Cristo e de Pilatos e lembrou-se de tudo o que lhe haviam dito. Coisa estranha, as observações que pareceram ter tanto valor no momento, com as quais ele próprio concordara, perdiam agora toda significação. Examinava a obra com o seu olhar de artista, voltava a convencer-se do seu amplo valor e readquiria, em consequência, a disposição de espírito necessária para continuar o trabalho.

A perna do Cristo, encolhida, não estava perfeita. Apanhou a paleta e, corrigindo-a, olhava noutro plano a figura de João, que considerava a última palavra em perfeição e que os visitantes não tinham observado. Ensaiou retocá-lo, mas, para bem trabalhar, devia estar menos emocionado e achar um meio justo entre a frieza e a exaltação. A exaltação, no momento, ele a possuía. Quis cobrir o quadro, deteve-se, erguendo o cortinado com uma das mãos, e sorriu em êxtase para o São João. Afinal, vencendo dificilmente a contemplação, deixou cair a cortina e voltou para casa, fatigado e feliz.

Retornando ao palácio, Vronski, Ana e Golenistchev conversaram animadamente sobre Mikhailov e os seus quadros. A palavra "talento" aparecia frequentemente nas suas frases — entendiam por isso não apenas um dom inato, quase físico, independentemente do espírito e do coração, mas alguma coisa de mais amplo, cujo verdadeiro sentido lhes escapava completamente. Tinha talento, era verdade, mas a falta

ANA KARENINA

de educação não permitira que ele o desenvolvesse, defeito comum a todos os artistas russos. Não podiam esquecer, porém, os pequenos pescadores de anzol.

— Que linda coisa em sua simplicidade — disse Vronski. — E dizer que nem ele mesmo compreende o valor daquilo! Não deixemos escapar a ocasião.

XIII

Vronski comprou o pequeno quadro e convenceu Mikhailov a fazer o retrato de Ana. O artista veio no dia marcado e iniciou um esboço que, na quinta vez, impressionou a todos e particularmente a Vronski, pela sua semelhança e por um sentimento muito fino da beleza do modelo. "É preciso amar Ana como eu a amo", pensava Vronski, "para descobrir nesta tela o encanto imaterial que a torna tão sedutora." Em verdade, era o retrato que lhe revelava aquele sinal secreto que ela possuía, mas com tal justeza que outros, como ele, julgaram conhecê-lo de longa data.

— Luto há muito tempo sem nada conseguir — dizia Vronski, falando do retrato de Ana que fizera — enquanto a ele bastou apenas fitá-la. Eis aí o que chamo possuir técnica.

— Isso virá naturalmente — respondia Golenistchev para o consolar, porque, para ele, Vronski tinha talento e a sua educação devia lhe permitir uma alta concepção da arte. De resto, esses julgamentos favoráveis apoiavam-se principalmente na necessidade que ele tinha dos elogios e da simpatia de Vronski para os seus próprios trabalhos.

Fora do seu *atelier*, Mikhailov parecia um outro homem. No palácio, principalmente, mostrava-se respeitoso e evitava toda intimidade com as pessoas de quem, no fundo, não gostava. Chamava Vronski "Vossa Excelência" e, apesar dos convites frequentes, nunca aceitou um jantar — viram-no apenas nas horas de trabalho. Ana votava-lhe, por causa do seu quadro, um grande reconhecimento e testemunhava-lhe mais amabilidade que a muitos outros. Vronski tratava-o com muita igualdade e parecia bastante interessado na sua maneira de pintar. Golenistchev não perdia nenhuma ocasião de inculcar-lhe ideias sadias sobre a arte. Tudo perdido: Mikhailov permanecia sob uma fria reserva. Ana sentia, não obstante, que ele a olhava espontaneamente, evitando dirigir-lhe a palavra. Aos esforços de Vronski para o fazer falar sobre a sua pintura, ele opôs um silêncio obstinado e não desistiu senão quando submeteu à apreciação dele o quadro que fizera. Quanto aos discursos de Golenistchev, ele ouvia-os com aborrecimento e não se dignava contradizê-los.

Aquela surda hostilidade produziu sobre todos os três uma penosa impressão e sentiram um verdadeiro alívio quando, o trabalho terminado, Mikhailov não foi mais ao palácio, deixando como recordação um magnífico retrato. Golenistchev exprimiu a ideia de que o pintor sentia inveja de Vronski.

— É exagero dizer que ele sinta inveja, porque talento não lhe falta. Em todo caso, não podia tolerar que um homem rico, de gosto acima do vulgar, pudesse facilmente pintar melhor que ele, que consagrou toda a sua vida à pintura. E, depois, existe o problema da educação.

Tomando a defesa do pintor, Vronski dava intimamente razão ao amigo: em sua convicção interior, gostava que um homem de situação inferior o invejasse.

Os dois retratos de Ana deviam esclarecer e mostrar a diferença que existia entre Mikhailov e ele: reconheceu-a. Renunciou ao seu, mas simplesmente porque o achou supérfluo, e contentou-se com o quadro medieval com o qual estava tão satisfeito como Golenistchev e Ana: aquela tela, realmente, mais que todos os trabalhos de Mikhailov, fazia lembrar as obras-primas de antigamente.

Por seu lado, Mikhailov, apesar do atrativo que o retrato de Ana lhe causara, sentiu-se feliz em libertar-se dos discursos de Golenistchev e das obras de Vronski. Não podia impedir que Vronski se divertisse como desejasse, mas aquele passatempo de amador o fazia sofrer. Ninguém podia proibir a um homem de aperfeiçoar uma boneca de cera e abraçá-la, mas, se o fizesse diante de um apaixonado, ele o feriria de morte! A pintura de Vronski produzia em Mikhailov um efeito análogo: achou-a ridícula, insuficiente, deplorável.

A admiração de Vronski pela pintura e pela Idade Média foi de curta duração. Teve bastante instinto artístico para não concluir o seu quadro, para reconhecer que os defeitos, pouco aparentes no começo, tornavam-se alarmantes à medida que avançava. Estava no caso de Golenistchev que, sentindo o espírito vazio, imaginava amadurecer as ideias e reunir materiais. Mas enquanto Golenistchev se irritava, Vronski permanecia perfeitamente calmo: incapaz de enganar-se a si próprio e ainda menos de se exasperar, abandonou inteiramente a pintura com a sua decisão habitual de caráter, sem procurar a menor justificativa.

A vida sem ocupação se tornou intolerável naquela pequena cidade. Ana, surpresa com a sua desilusão, imediatamente pensou como ele. O palácio apareceu-lhe subitamente velho e imundo. As nódoas das cortinas, as rachaduras dos mosaicos, tomaram um aspecto sórdido. O eterno Golenistchev, o professor italiano e o viajante alemão tornaram-se intoleravelmente aborrecidos. Sentiram a imperiosa necessidade de mudarem de vida e decidiram voltar para a Rússia. Vronski quis parar algum tempo em Petersburgo a fim de concluir uma partilha com o irmão e Ana para ver o filho. Passariam o verão no soberbo domínio patrimonial de Vronski.

XIV

Fazia três meses que Levine estava casado. Era feliz de um modo como não havia pensado: certos encantamentos imprevistos compensavam numerosas desilusões. A vida conjugal se revelava muito diferente do que sonhara. Semelhante a um homem que, admirando o calmo movimento de um barco num lago e quisesse ele próprio dirigi-lo, sentia a diferença existente entre a simples contemplação e a ação: não bastava permanecer assim sem fingidos movimentos, era preciso pensar ainda na água sob os pés, manobrar o leme sem a menor distração, levantar com as mãos inexperientes os remos pesados, todas estas coisas muito interessantes, mas, em todo caso, bastante difíceis.

Quando ainda era solteiro, as pequenas misérias da vida conjugal, discussões, ciúmes, mesquinhas preocupações, frequentemente provocavam no seu íntimo uma amarga ironia: nada de semelhante lhe aconteceria, a sua vida interior nunca se pareceria, nem mesmo em suas formas exteriores, com aquela dos outros. E eis que tudo aquilo se reproduzia e tomava uma importância indiscutível. Embora possuísse ideias próprias sobre o casamento, acreditava naturalmente, como a maior parte dos homens, encontrar as satisfações do amor sem admitir nenhum detalhe prosaico. O amor deveria lhe trazer o repouso depois do trabalho e a mulher contentar-se em ser adorada — esquecia completamente que também ela tinha direito a uma certa atividade pessoal. Grande foi a sua surpresa em ver aquela estranha, aquela poética Kitty pensar desde os primeiros dias da sua vida comum no mobiliário, no dormitório, na roupa, na cozinha. Desde o noivado, a peremptória recusa que opusera à oferta de Levine para efetuarem uma viagem de núpcias, preferindo ir logo para o campo, impressionara-o: sabia melhor que ele do que convinha e como poderia pensar noutra coisa senão no amor? Ainda agora não podia esquecer os detalhes materiais que pareciam inerentes à natureza de Kitty. No entanto, troçando sobre esse assunto, sentia prazer em vê-la arrumar os novos móveis vindos de Moscou, arranjar os quartos segundo o seu gosto, colocar cortinas, reservar tal aposento para Dolly, tal outro para os amigos, orientar as refeições com o velho cozinheiro, discutir com Agatha Mikhailovna e retirar-lhe a guarda das provisões. O cozinheiro sorria docemente recebendo as ordens fantásticas e impossíveis de execução, enquanto a velha empregada sacudia a cabeça com um ar pensativo diante das novas medidas decretadas pela jovem senhora. E Kitty, entre chorosa e risonha, vinha queixar-se ao marido que Macha, sua camarista, não perdia o hábito de chamá-la "Senhorita" e ninguém, por causa disso, queria levá-la a sério. Levine sorria, mas, achando a mulher encantadora, preferia que ela não se envolvesse em nada. Ele não adivinhava que o hábito em casa dos seus pais restringia as fantasias de Kitty — ela experimentava uma espécie de vertigem vendo-se dona de casa e podendo comprar montanhas de balas, organizando os pratos que desejava, gastando o dinheiro à sua vontade.

Esperava impaciente a chegada de Dolly e se a esperava era principalmente para fazer com que ela admirasse a sua instalação e mandar preparar para as crianças as sobremesas que cada uma delas preferisse. Os detalhes do governo da casa atraíam-na invencivelmente e, como prevendo maus dias, fazia o ninho à aproximação da primavera. Aquele zelo pelas bagatelas, ao contrário do ideal sonhado por Levine, foi, por certo lado, uma desilusão, ao passo que aquela mesma atividade, cujo fim lhe escapava mas que não podia ver sem prazer, parecia sobre outros aspectos possuir um encanto inesperado.

As discussões também constituíram surpresas. Nunca Levine imaginara que pudesse existir entre ele e suas outras relações senão as de doçura, de respeito, de ternura. No entanto, discutiram desde os primeiros dias: Kitty chamou-o de egoísta, desfez-se em lágrimas, teve gestos de desespero.

A primeira daquelas discussões sobreveio depois de uma corrida que Levine fez à nova granja: querendo diminuir o caminho, tomando por um atalho, perdeu-se e atrasou-se meia hora além do que prevenira. Andando, só pensava em Kitty, inflamava-se com a ideia da sua felicidade. Correu para a sala num estado de espírito vizinho ao da exaltação que o possuíra no dia do seu pedido de casamento. Um rosto sombrio, que ele não conhecia, o acolheu. Quis beijar a sua mulher, ela o repeliu.

— Ah, isso te diverte... — começou ela, num tom friamente amargo.

Mas apenas abriu a boca e o absurdo ciúme que a atormentara enquanto o esperava, sentada no rebordo da janela, explodiu em palavras de censura. Ele compreendeu então claramente, pela primeira vez, o que não soubera ver após a bênção nupcial, isto é, que o limite que os separava era ininteligível, não sabendo mais onde começava nem onde acabava a sua própria personalidade. Foi um doloroso sentimento de cisão interior. Ofuscando-se, ele compreendeu imediatamente que Kitty não podia injuriá-lo de nenhuma maneira, já que ela própria era uma parte do seu "eu".

Levine, posteriormente, não deveria sentir de modo tão nítido aquela impressão. Levou algum tempo para encontrar novamente o equilíbrio. Quis demonstrar a Kitty a sua injustiça, mas, culpando-a, ele a irritava ainda mais. Um sentimento bem natural ordenava-lhe que se desculpasse: um outro, violento, ordenava que não agravasse o mal-entendido. Permanecer sob o golpe de uma injustiça era cruel — magoá-la com o pretexto de uma justificação, mais terrível ainda. Muito comumente, um homem adormecido luta com um mal doloroso do qual quer se livrar e constata, despertando, a existência desse mal no fundo de si mesmo — Levine teve que reconhecer assim que a paciência era o único remédio.

Reconciliaram-se. Kitty, sem o confessar, sentiu-se culpada. Mostrou-se mais terna e a sua felicidade aumentou. Aquelas dificuldades se renovaram, porém, com maior frequência, por motivos fúteis, imprevistos, em consequência dos aborrecimentos constantes e porque ignoravam mutuamente o que era importante para um e outro. Foram difíceis de ser passados os primeiros meses. O assunto mais pueril provocava algumas vezes desinteligência, cuja causa real lhes escapava totalmente. Cada um deles puxava violentamente a cadeia que os unia e aquela lua de mel que Levine esperava maravilhosa só deixou recordações terrivelmente cruéis. Ambos procuraram, depois, esquecer os mil incidentes ridículos e vergonhosos daquele período, em que tão raramente se encontravam em estado de espírito normal. Apenas no terceiro mês a vida se tornou regular, após uma estada de algumas semanas em Moscou.

XV

Retornaram a casa e gozavam a solidão da melhor maneira possível. Levine, em seu gabinete, escrevia. Sentada num enorme divã de couro que mobiliava o gabinete de trabalho desde tempos imemoriais, Kitty, trajando um vestido violeta, caro ao marido porque o usara nos primeiros dias após o casamento, fazia a *broderie anglaise*. Escrevendo e refletindo, Levine fruía a presença da mulher: ele não abandonara a disposição ao trabalho, nem detivera a obra sobre a reforma agronômica, mas, comparadas à tristeza que ainda havia pouco tempo obscurecia a sua vida, aquelas ocupações lhe pareciam miseráveis, tão mais insignificantes quanto surgiam no esplendor da sua felicidade! Sentia a atenção voltada para outros assuntos e entrevia as coisas sob outro aspecto. O estudo, ainda recentemente o único ponto luminoso da sua existência, punha agora alguns toques escuros no fundo maravilhoso da sua nova vida. Uma revisão do seu trabalho lhe permitia constatar o valor, atenuar certas afirmações muito categóricas, encher mais de uma lacuna. Acrescentou um capítulo sobre as condições desfavoráveis da agricultura na Rússia: a pobreza do país não se originava unicamente da partilha desigual da propriedade predial e das falsas doutrinas econômicas, mas principalmente de uma introdução mal compreendida e prematura da civilização europeia; as ferrovias, obra política e não econômica, provocavam um excesso da centralização, de necessidades de luxo e, por conseguinte, o desenvolvimento da indústria em detrimento da agricultura, bem como a exagerada extensão do crédito e da especulação. O aumento normal da riqueza de um país não admitia aqueles sinais de civilização exterior enquanto não houvesse a agricultura atingido a um grau proporcional de desenvolvimento.

Enquanto Levine escrevia, Kitty pensava na atitude estranha que o seu marido tivera para com o jovem príncipe Tcharski — o príncipe Tcharski fizera-lhe a corte um pouco arrojadamente, na véspera da sua partida de Moscou. "Ele é ciumento", pensava. "Que tolice! Se soubesse que todos os homens me são tão indiferentes como Pedro cozinheiro!" No entanto, lançava olhares de proprietária sobre a nuca e o pescoço do marido. "É lastimável interrompê-lo, mas, após tudo isso, tanto pior! Quero ver o seu rosto, ele sentirá que o estou olhando? Quero que ele se volte, eu o quero, eu o quero..." E ela abria desmesuradamente os olhos, como para robustecer o seu olhar.

— Sim, atraem para eles toda a seiva e dão uma falsa feição à riqueza — resmungou Levine, deixando a caneta, sentindo os olhos fixos da mulher. Voltou-se.

— Que há? — perguntou, levantando-se.

"Voltou-se", pensou.

— Nada, eu quis te fazer voltar — respondeu, tentando adivinhar se aquela mudança o contrariava.

— Que alegria estarmos sozinhos! Para mim, pelo menos — disse ele, aproximando-se, radiante de felicidade.

— E para mim também! Sinto-me tão bem aqui que não irei mais a parte alguma, principalmente a Moscou.

— Em que pensavas?

— Eu? Pensava... Não, não, volta aos teus trabalhos, não te distraias — respondeu ela, com um pequeno trejeito nos lábios. — Agora, tenho necessidade de cortar todos estes ilhoses.

Apanhou a tesoura para bordar.

— Não, dize-me. Em que pensavas? — repetiu ele, sentando-se perto dela e seguindo os movimentos da tesoura na sua mão.

— Em que eu pensava? Em Moscou e na tua nuca.

— Que fiz para merecer esta felicidade? Isso não é natural, é muito belo — disse, beijando-lhe a mão.

— Não, tanto mais belo, mais natural.

— Ah, tu fizeste uma trança? — disse, voltando-lhe a cabeça com precaução.

— Mas, sim, olhe... Não, não, nós nos ocupamos de coisas sérias.

As coisas sérias, porém, estavam interrompidas e quando Kouzma veio anunciar o chá, eles se separaram bruscamente, como se fossem culpados.

— Voltou alguém da cidade? — perguntou Levine ao empregado.

— Eles acabaram de chegar, estão desempacotando as coisas.

— Neste momento, separa o maço de cartas.

— Não tardas — disse Kitty, retirando-se. — Enquanto isso, eu leio as cartas sem ti. Depois, jogaremos.

LIEV TOLSTÓI

Ficando sozinho, Levine arrumou os papéis numa nova pasta, presente da sua mulher, lavou as mãos num lavatório, também presente de sua mulher, e, sorrindo às próprias ideias, abanou a cabeça com um sentimento que se assemelhava ao remorso. A sua vida tornara-se muito mole, muito efeminada, experimentava alguma vergonha. "Essas delícias de Cápua não me valem nada", pensava ele. "Há três meses que estou vadiando. Uma única vez comecei a trabalhar seriamente e tive que renunciar. Esqueço mesmo as minhas ocupações comuns, não fiscalizo mais nada, não vou a parte nenhuma: sinto logo pena de tê-la deixado, receio que ela se aborreça. E eu que julgava que antes do casamento a vida não valia nada, que tudo só começava realmente depois! Nunca passei três meses em semelhante ociosidade. É preciso que isso acabe. Evidentemente, a culpa não lhe cabe e eu não saberia lhe fazer a menor censura. Devia ter mostrado a minha firmeza, defendido a minha independência de homem. Continuando assim, acabarei por adquirir e por fazê-la adquirir maus hábitos..."

Um homem descontente não pode fugir de lançar sobre alguém, e principalmente sobre os íntimos, a causa do seu descontentamento. Levine pôs-se a pensar que bem podia acusar a frívola educação de Kitty como um dos seus defeitos. "Esse imbecil de Tcharski, ela não soube se fazer respeitar. Fora dos seus pequenos interesses domésticos, da sua *toilette*, da *broderie anglaise*, nada mais a preocupa. Nenhuma simpatia para com as minhas ocupações, para os nossos camponeses, nenhum gosto pela leitura e pela música, apesar de ser boa musicista. Ela não faz absolutamente nada e, não obstante, acha-se perfeitamente satisfeita." Julgando-a assim, Levine não compreendia que a sua mulher se preparava para um período de atividade que a obrigaria a ser ao mesmo tempo mulher, mãe, dona de casa, ama, educadora — não percebia que um instinto secreto a avisava daquela futura atividade e que ela aproveitava as horas de tranquilidade e amor, preparando o seu ninho com alegria.

XVI

Levine subiu ao primeiro andar, onde encontrou, em frente a um serviço de chá novo e de prata, a sua mulher ocupada em ler uma carta de Dolly, com quem mantinha uma assídua correspondência. Ágata Mikhailovna, sentada não longe dela, tomava também o seu chá.

— O senhor está vendo, a senhora obrigou-me a sentar junto dela — disse a velha criada, com um sorriso gentil dirigido a Kitty.

Aquelas palavras provaram a Levine o fim de um drama doméstico: apesar da mágoa que causara à governante tomando as rédeas do governo da casa, Kitty, vitoriosa, conseguira fazer-se perdoar.

— Eis uma carta para ti — disse Kitty, entregando ao marido uma carta de péssima caligrafia. — É, eu creio, daquela mulher, tu sabes... do teu irmão. Eu a abri, mas não a li... Eis uma outra dos meus pais e de Dolly: Dolly levou Gricha e Tania a um baile infantil em casa dos Sarmatski. Tania vestiu-se de marquesa.

Levine não a ouvia. Tomou, corando, a carta de Maria Nicolaievna, a antiga amante de Nicolas, e leu-a. Aquela mulher já lhe escrevera uma vez para avisar que Nicolas a tinha expulsado, sem que nada tivesse a lhe censurar: acrescentava com uma simplicidade tocante que não pedia nenhum socorro, embora estivesse na miséria, mas que a lembrança de Nicolas Dmitrievitch a matava — em que se tornaria ele, fraco e doente como era? Suplicava a Levine, como irmão, que não o perdesse de vista. E anunciava agora notícias mais graves. Tendo encontrado Nicolas Dmitrievitch em Moscou, partira com ele para a capital de uma comarca onde aquele obtivera uma colocação; ali, discutindo com um dos seus chefes, voltou ele novamente a Moscou, mas, caindo doente na viagem, provavelmente não se levantaria mais. "Pergunta constantemente pelo senhor e, de resto, não temos mais dinheiro."

— Lê isso que Dolly escreveu sobre ti — começou Kitty, mas interrompeu-se, observando subitamente a figura transtornada do marido:— Que tens? Que aconteceu? — gritou.

— Essa mulher escreveu-me que Nicolas, meu irmão, está morrendo. Vou partir imediatamente.

Kitty mudou de fisionomia: Dolly, Tania vestida de marquesa, tudo estava esquecido.

— Quando esperas partir? — perguntou.

— Amanhã.

— Posso eu te acompanhar?

— Kitty, que ideia! — respondeu, em tom de censura.

— Como! Por que dizes que ideia? — disse ela, ofendida por ver a sua proposta tão mal recebida. — Por que não te acompanharia? Não te perturbarei em nada. Eu...

— Eu parto porque o meu irmão está morrendo. Que irias tu fazer?

— O que tu fizeres.

"Num momento tão grave para mim, ela só pensa no aborrecimento de ficar sozinha", pensou Levine, e aquela insistência, que ele julgava hipócrita, o encolerizou.

— É impossível! — respondeu secamente.

Ágata Mikhailovna, vendo as coisas piorarem, deixou a sua xícara e saiu sem que Kitty a observasse. O modo como Levine falara ferira Kitty: evidentemente, ele não sabia o que dizia.

— Eu te digo que, se tu, partires, eu partirei também — declarou ela, com cólera. — Gostaria de saber por que isso é impossível! Vejamos, por que disseste isto?

— Porque sabe Deus que estradas percorrerei antes de encontrá-lo e em que choupana o acharei. Tu apenas me incomodarás — disse Levine, tentando manter o sangue frio.

— De maneira alguma, eu não tenho necessidade de nada. Se tu podes ir, eu posso ir também...

— Quando não fosse isso, seria por causa dessa mulher, com quem não te sentirias bem.

— Ah, pouco me importa que eu a encontre! Nada quero saber de todas essas histórias. Eu sei apenas que o irmão do meu marido está morrendo, que o meu marido vai vê-lo, e que eu o acompanho para...

— Kitty, não te zangues e pensa que em caso tão grave me é doloroso ver que misturas à minha mágoa uma verdadeira fraqueza, o medo de ficar sozinha. Se te aborreces durante a minha ausência, vai para Moscou.

— Vê como tu és! *Sempre* me atribuis sentimentos mesquinhos — gritou ela, asfixiada por lágrimas de cólera. — Trata-se perfeitamente de fraqueza!... Eu sinto que é do meu dever não abandonar o meu marido num momento semelhante, mas tu te enganas a meu respeito. Queres me ferir custe o que custar!

— Mas é uma escravidão! — bradou Levine, erguendo-se, incapaz de conter por mais tempo a sua cólera. No mesmo instante, porém, compreendeu que castigava a si mesmo.

— Por que não continuaste solteiro? Tu serias livre. Sim, por que te casaste se já estás arrependido?

E ela se defendeu, indo para o salão.

Quando ele veio procurá-la, ela soluçava. Levine procurou palavras justas, quando não para convencê-la pelo menos para acalmá-la; ela, porém, não o ouvia e resistia a todos os seus argumentos. Então ele inclinou-se para ela, tomou uma das mãos recalcitrantes, beijou os seus cabelos e ainda a sua mão — mas Kitty se manteve calada. Afinal, quando ele agarrou-lhe a cabeça entre as mãos, dizendo: "Kitty!", ela se enterneceu, chorou e a reconciliação fez-se imediatamente.

Decidiram partir juntos no dia seguinte. Levine declarou estar convencido de que ela visava unicamente tornar-se útil e que nada havia de inconveniente na presença de Maria Nicolaievna ao pé do seu irmão, mas, no íntimo, culpava-se e culpava a sua mulher: coisa estranha, ele, que não pudera acreditar na felicidade de ser amado por ela, sentia-se quase infeliz por ser amado em demasia. Descontente com a sua própria fraqueza, horrorizava-se antecipadamente da relação entre a sua mulher e a amante do seu irmão. À ideia de ver a sua Kitty em contato com uma mulher perdida enchia-o de horror e de desgosto.

XVII

O hotel da capital da comarca onde Nicolas Levine agonizava era um desses novos estabelecimentos que têm a pretensão de oferecer ao público pouco habituado ao conforto, à comodidade e à elegância, mas que esse mesmo público não demora a transformar em sinistras baiucas que fazem lembrar os miseráveis albergues de antigamente. Tudo produziu em Levine uma desagradável impressão: desde o soldado que trajava um uniforme imundo e que servia de porteiro fumando um cigarro no vestíbulo, a escada sombria e lúgubre, o empregado que andava como um espadachim e tinha a roupa emporcalhada de nódoas, a mesa redonda enfeitada com um hediondo *bouquet* de flores de cera escuras de poeira, o estado geral de desordem e de falta de asseio, e até uma atividade cheia de suficiência, toque que lhe pareceu introduzido pelas estradas de ferro. Esse conjunto era o bastante para desagradar ao jovem casal e não condizia em nada com o que os esperava.

Como é normal em caso semelhante, os melhores quartos estavam ocupados por um inspetor da estrada de ferro, um advogado de Moscou, uma princesa Astafiev. Ofereceram-lhe um quarto imundo e asseguraram-lhe que o quarto vizinho estaria livre durante a noite. As previsões de

LIEV TOLSTÓI

Levine se realizavam: em lugar de ir ver imediatamente o irmão, tinha que instalar a sua mulher. Ele não escondeu a sua indignação.

— Vai, vai depressa — disse Kitty, com ar contrito, logo que Levine a pôs no quarto.

Ele saiu sem nada dizer e, perto da porta, encontrou-se com Maria Nicolaievna, que acabava de saber da sua chegada e não ousava penetrar no aposento. Não mudara em nada desde que ele a vira em Moscou: o mesmo vestido de lã deixando a descoberto o pescoço e os braços, a mesma expressão de simplicidade no rosto arruinado e ingênuo.

— Como vai ele?

— Muito mal. Não se levanta mais e sempre pergunta pelo senhor. O senhor... o senhor veio com sua esposa?

Levine não percebeu de início o que a tornava confusa, mas ela se explicou imediatamente.

— Eu vou para a cozinha. Ele ficará contente, pois lembra-se bem de tê-la visto no estrangeiro.

Levine compreendeu que se tratava da sua mulher e não soube o que responder.

— Vamos, vamos — disse ele.

Mas, apenas dera um passo, a porta do quarto se abriu e Kitty apareceu no limiar. Levine corou de contrariedade vendo a sua mulher colocá-lo numa falsa situação. Maria Nicolaievna corou ainda mais e, quase chorando, ela se comprimiu de encontro à parede, embrulhando os dedos vermelhos no grande lenço.

Kitty não podia compreender aquela mulher, que quase a amedrontava. Levine leu, no olhar que ela lhe lançou, uma expressão de curiosidade ávida — isso foi, de resto, coisa de um segundo.

— Então, como vai ele? — perguntou, dirigindo-se primeiramente ao marido e depois à mulher.

— Não é aqui o lugar para conversarmos — respondeu Levine, fitando colericamente um homem que passeava lentamente no corredor.

— Bem, entre — disse Kitty a Maria Nicolaievna, que se controlava gradualmente. — Não, é melhor que partam e depois mandem-me buscar — acrescentou, vendo o ar aterrorizado do marido.

Ela retornou ao quarto e Levine dirigiu-se para o aposento do irmão. Pensava encontrá-lo naquele estado de desilusão próprio aos tísicos, que tanto o impressionara quando da última visita de Nicolas, mais fraco e mais magro, com indícios de um fim próximo, mas ainda assim uma criatura humana. Pensava encontrar-se cheio de piedade por aquele irmão querido e sentir novamente, mais fortes ainda, os terrores que recentemente lhe havia inspirado a ideia da morte. Estava preparado para todas aquelas coisas, mas o que viu foi muito diferente do que esperava.

Num pequeno quarto sórdido, em cujas paredes muitos viajantes já tinham certamente escarrado e que um tabique mal separava de outro onde se conversava, numa atmosfera repugnante, ele percebeu sobre um leito ligeiramente afastado da parede um corpo que um cobertor abrigava. Uma mão enorme como um ancinho, estranhamente unida a uma espécie de longo fuso, alongava-se sobre aquele cobertor. A cabeça, deitada no travesseiro, deixava perceber raros cabelos, que o suor colava nas têmporas, e uma testa quase transparente.

"É possível que este cadáver seja o meu irmão Nicolas?", pensou Levine. Aproximando-se do leito, e no momento em que chegava perto, a sua dúvida cessou: bastou fitar aqueles olhos e os lábios que se entreabriram à sua aproximação para conhecer a terrível verdade.

Nicolas examinou o irmão com olhos severos. Esse olhar estabeleceu as relações entre ambos. Constantin sentiu-o como uma censura e teve remorso da sua felicidade. Agarrou a mão do moribundo, que sorriu, mas o sorriso imperceptível não atenuou a dureza do olhar.

— Tu não esperavas me encontrar assim — conseguiu ele pronunciar com dificuldade.

— Sim... não — respondeu Levine, tartamudeando. — Como não me avisaste mais cedo, antes do meu casamento? Procurei-te inutilmente por toda parte.

Queria falar para evitar um silêncio penoso, mas o seu irmão não respondia e o olhava sem abaixar os olhos, como se estivesse pesando cada uma das suas palavras. Levine sentia-se embaraçado e indisposto. Disse que a sua mulher estava com ele e Nicolas manifestou a sua satisfação, acrescentando que receava amedrontá-la. Fez-se certo silêncio. Depois, de repente, Nicolas pôs-se a falar e, pela expressão do seu rosto, Levine acreditou que ele ia fazer uma comunicação importante. Nicolas acusava simplesmente o médico e lamentava-se por não poder consultar uma celebridade de Moscou. Levine compreendeu que ele estava sempre esperançoso.

No fim de um momento, Levine ergueu-se, pretextando desejo de ir buscar a sua mulher, mas, na realidade, para se furtar alguns minutos à angústia que o oprimia.

— É bom, vou mandar limpar isso aqui. Macha, venha arrumar este quarto — disse o doente, com esforço. — E depois tu irás embora — acrescentou, interrogando o irmão com o olhar.

Levine saiu sem responder, mas, apenas chegara ao corredor, arrependia-se de haver prometido levar lá a sua mulher. Pensando no que acabava de sentir, resolveu explicar-lhe que aquela visita seria inútil. "Que necessidade tem ela de sofrer como eu?", dizia intimamente.

— É horrível, horrível. Por que tu vieste?

Kitty contemplou o marido em silêncio. Depois, segurando-o pelo braço, disse timidamente:

— Kostia, leva-me, seria menos duro para nós ambos. Leva-me e deixa-me com ele. Compreende que sou testemunha da tua dor e não o vendo seria mais cruel que tudo. Talvez eu seja útil, a ele e também a ti. Peço-te, deixa-me ir.

Ela suplicava como se se tratasse da felicidade da sua vida. Levine, refeito da sua emoção e esquecido da existência de Maria Nicolaievna, consentiu em acompanhá-la.

Foi com um passo rápido e mostrando ao marido uma fisionomia corajosa e animada que Kitty entrou no quarto de Nicolas. Depois de fechar a porta sem o menor ruído, aproximou-se docemente do leito, colocou-se de maneira que o doente não precisasse voltar a cabeça, segurou com a sua mão delicada a enorme mão do cunhado e pôs-se a falar com aquele dom próprio às mulheres, manifestando uma simpatia extraordinária.

— Encontramo-nos em Soden sem nos conhecer — disse. — Tu não acreditaria que me tornasse tua irmã.

— Tu não me terias reconhecido, não é verdade? — perguntou ele. O seu rosto, quando a viu entrar, iluminou-se com um sorriso.

— Oh! Tiveste razão em nos chamar! Não passava um só dia sem que Kostia falasse de ti e se inquietasse por falta das tuas notícias.

A animação de Nicolas durou pouco. Kitty não acabara de falar quando, sobre o rosto do moribundo, reapareceu aquela severa expressão de censura para os que gozam saúde.

— Receio que não estejas muito bem aqui — continuou a moça, ocultando-se para examinar o quarto, o olhar fixo no doente. — É indispensável procurar um outro aposento e que seja perto de nós — disse ela ao marido.

XVIII

Levine não podia ficar calmo em presença do irmão, os detalhes da terrível situação do moribundo escapavam à sua vista e à sua atenção perturbadas. A imundície, a desordem, o mau cheiro do quarto, afligiam-no sem que fosse possível remediá-los. Ouvia os gemidos de Nicolas, mas não lhe vinha a ideia de olhar aquele busto, aquelas pernas descarnadas, de obrigá-lo a tomar uma posição menos dolorosa. O pensamento daquelas coisas dava-lhe um frêmito e o doente, percebendo aquilo, irritava-se. Também Levine só fazia entrar e sair sob inúmeros pretextos, infeliz junto ao irmão, mais infeliz ainda longe dele e incapaz de permanecer sozinho.

Kitty compreendeu as coisas de modo diferente: estando perto do doente, ela sentia piedade, mas, longe de provocar como o marido, desgosto ou medo daquela compaixão, procurava informar-se de tudo o que pudesse minorar aquele triste estado. Convencida de que devia levar algum alívio ao cunhado, não pôs em dúvida a possibilidade disto. Os detalhes que repugnavam ao seu marido foram precisamente os que prenderam mais a sua atenção. Mandou buscar um médico, enviou alguém à farmácia, ocupou a sua criada e Maria Nicolaievna em varrer, limpar, lavar, levantar o travesseiro do doente, levando e trazendo diferentes coisas. Sem se preocupar com os que encontrava no caminho, ia e vinha do seu ao quarto do doente, trazendo pano, guardanapos, camisas, fronhas.

O empregado, que servia os senhores engenheiros à mesa, respondeu muitas vezes com má vontade às suas ordens, mas ela ordenava tão docemente que ele obedecia. Levine não aprovava aquele movimento: julgava-o inútil e receava que irritasse o irmão, mas este permanecia calmo e seguia com interesse os movimentos da cunhada. Quando Levine voltou da casa do médico onde Kitty o enviara, viu, abrindo a porta, que se mudava a roupa do doente. Os ombros proeminentes, as vértebras salientes, estavam descobertos, enquanto Maria Nicolaievna e o empregado se atrapalhavam com as mangas da camisa, não conseguindo, entretanto, fazer entrar os longos braços descarnados de Nicolas. Kitty fechou vivamente a porta sem olhar para o lado do cunhado, mas, soltando ele um gemido, aproximou-se com solicitude.

— Faze-o depressa. — falou-lhe.

— Não te aproximes — murmurou com cólera o doente —, eu me arranjarei sozinho...

— Que dizes? — perguntou Maria Nicolaievna.

Kitty, que tudo ouvira, compreendeu que ele se envergonhava de mostrar-se a ela naquele estado.

— Eu não olho — retorquiu ela, ajudando-o a enfiar o braço na manga. — Maria Nicolaievna, passa para o outro lado do leito e ajuda-nos. E tu — disse ela ao marido — vai depressa ao meu quarto, acharás um pequeno frasco no bolso de lado do meu avental, pega-o e traze-me. Enquanto isso, acabaremos de mudar a roupa.

Quando Levine voltou com o frasco, o doente estava novamente deitado e tudo, em sua volta, havia mudado de aspecto. O ar, ainda havia pouco viciado, exalava agora um odor bom de vinagre aromatizado que Kitty espalhara soprando um tubozinho. A poeira desaparecera, estendera um tapete debaixo do leito. Em uma mesa estavam arrumados os frascos de remédio, uma garra, os panos indispensáveis e a *broderie anglaise* de Kitty. Em outra mesa, perto do leito, uma vela, pós e um copo d'água. O doente, lavado, penteado, deitado em lençóis apropriados e apoiado em muitas almofadas, vestido numa camisa nova, deixava surgir a extraordinária magreza do seu pescoço. Lia-se nos seus olhos, que não deixavam Kitty, uma expressão de esperança.

O médico, que Levine encontrara no *club*, não era aquele que descontentara Nicolas. Ele o auscultou cuidadosamente, balançou a cabeça, escreveu uma receita e deu uma explicação pormenorizada dos remédios a tomar e da dieta a manter. Aconselhou ovos frescos, quase crus, com leite morno. Quando o médico partiu, o doente disse algumas palavras ao irmão, que apenas compreendeu as últimas, "tua Katia", mas, pelo olhar, Levine verificou que ele fazia o elogio de Kitty. Chamou depois Katia, como a tratava.

— Sinto-me muito melhor — disse-lhe. — Se estivesse junto a mim há mais tempo, já estaria curado. Ah, como me sinto bem!

Procurou levar até os lábios a mão da cunhada, mas, temendo desagradá-la, contentou-se em acariciá-la. Kitty apertou afetuosamente aquela mão entre as suas.

— Voltem-me para o lado esquerdo agora e vão todos dormir — murmurou ele.

Unicamente Kitty compreendeu o que ele dizia, pois pensava incessantemente no que lhe podia ser útil.

— Volta-o para o lado esquerdo, é como ele costuma dormir. Faze-o tu mesmo, eu não tenho força e não queria encarregar o empregado deste trabalho. Poderás levantá-lo? — perguntou a Maria Nicolaievna.

— Sinto medo — respondeu esta.

Por mais terrificante que fosse levantar aquele corpo, Levine cedeu então à vontade da sua mulher e, tomando um ar resoluto, que ela tão bem lhe conhecia, passou os braços em volta do doente, pedindo-lhe para passar os seus em torno do pescoço dele — o estranho peso daqueles membros secos o afligiu. Enquanto ele mudava com dificuldade o irmão de lugar, Kitty bateu o travesseiro, pôs ordem na cabeleira de Nicolas, onde algumas mechas se achavam coladas às têmporas.

Nicolas reteve a mão do irmão na sua e apertou-a. O coração de Levine confrangeu-se ao sentir que ele a levava aos lábios para beijá-la. No entanto, deixou-o fazer e depois, sacudido por soluços, saiu do quarto sem poder articular uma palavra.

XIX

"Ele mostrou às crianças o que ocultou aos sábios", pensou Levine, conversando aquela noite com a sua mulher.

Não que ele se acreditasse um sábio citando os Evangelhos, mas não era exagero reconhecer-se mais inteligente do que a sua mulher e Ágata Mikhailovna e, por outro lado, sabia que se chegasse a pensar na morte, esta ideia o dominaria totalmente. Aquele mistério terrível, que grandes espíritos haviam sondado com todas as forças da alma — ele lera esses escritos, mas nada soubera dizer de melhor à sua velha criada e à sua Katia, como a chamava agora Levine, seguindo com um prazer manifesto o exemplo de Nicolas. Essas duas pessoas tão diferentes ofereciam, nos limites daquele assunto, uma semelhança perfeita. Ambas conheciam, sem experimentar a menor dúvida, o sentido da vida e da morte e, se bem que incapazes de responder às perguntas que se erguiam no espírito de Levine — incapazes mesmo de compreendê-las —, tentavam explicar do mesmo modo o problema do destino e partilhavam a sua crença com milhões de criaturas humanas. Como prova da sua intimidade com a morte, sabiam aproximar-se dos moribundos e não os temiam, ao passo que Levine e os que pensavam como ele a receavam sem saber por que e não se sentiam capazes de socorrer um agonizante. Sozinho ao pé do irmão, Constantin só podia esperar com assombro a chegada do seu fim. Não sabia mesmo fixar os olhos, de que modo andar, nem que palavra dizer. Falar de coisas indiferentes parecia-lhe terrível, falar de coisas tristes, impossível! Também não seria melhor calar-se. "Se o fitar, pensará que o observo; se não o fitar, acreditará que os meus pensamentos são maus. Andar nas pontas dos pés o irritará e me torturo se andar à vontade."

Kitty, ao contrário, não tinha tempo de pensar em si mesma. Ocupada com o doente, parecia ter um sentido muito nítido da sua conduta e conseguia perfeitamente tudo o que tentava. Contava os detalhes sobre o seu casamento, sobre si mesma (ele sorria, acariciava-a), citava casos de cura. A sua atividade, de resto, não era instintiva nem inconsciente. Como Ágata Mikhailovna, ela se preocupava com uma questão mais alta que os cuidados físicos. Falando do velho servidor, que acabara de morrer, Ágata Mikhailovna dissera: "Graças a Deus, ele recebeu a extrema-unção. Deus dá a todos um fim semelhante." Por seu lado, apesar das preocupações com as roupas, os remédios, Kitty achou meio, desde o primeiro dia, de preparar o seu cunhado para receber os sacramentos.

Entrando no seu quarto, de volta, Levine sentou-se com a cabeça baixa, não sabendo o que fazer, incapaz de pensar em cear, de prever qualquer coisa, sem conseguir mesmo falar à mulher, tão enorme era a sua confusão. Kitty, ao contrário, mostrava-se mais ativa, mais animada do que nunca. Mandou que trouxessem a ceia, desarrumou as malas, ajudou a fazer os leitos, que não esqueceu de salpicar com inseticida. Possuía a excitação, a rapidez de concepção que certos homens experimentam antes de uma batalha, ou numa hora grave e decisiva da vida, quando se apresenta a ocasião de mostrar o seu valor.

Antes da meia-noite tudo estava completamente preparado. Aqueles dois quartos de hotel ofereciam o aspecto de um apartamento íntimo. Perto do leito de Kitty, em uma mesa coberta por uma toalha branca, estava o seu espelho com as suas escovas e os seus pentes. Levine achava imperdoável comer, dormir e até mesmo falar; cada um dos seus movimentos lhe parecia inconveniente. Kitty, ao contrário, arrumava os seus pequenos objetos sem que sua atividade em nada diminuísse. No entanto, não puderam comer e ficaram acordados até tarde, não podendo se resolverem a dormir.

— Estou muito contente de o ter convencido a tomar a extrema-unção — disse Kitty, que, vestida com uma camisola de dormir, penteava em frente do seu espelho de viagem os cabelos perfumados. — Eu nunca vi esta cerimônia, mas mamãe me contou que se reza para pedir a cura.

— Acreditas que uma cura é possível? — perguntou Levine, examinando por detrás a cabecinha redonda de Kitty, cuja risca desaparecia desde que ela suspendia o pente.

— Perguntei isto ao médico. Ele acha que Nicolas só viverá três dias, mas que sabem eles? Estou contente por o haver convencido — disse ela, fitando o marido através da cabeleira. — Tudo pode acontecer — acrescentou, com uma expressão de malignidade que transfigurava o seu rosto quando falava de coisas santas.

Nunca, desde aquela conversa do tempo de noivos, haviam conversado sobre assuntos religiosos. Kitty, porém, continuava a rezar, a seguir os ofícios com a tranquila convicção de cumprir um dever. Apesar da confissão que o seu marido se julgara obrigado a fazer, julgava-o um bom cristão, talvez melhor do que ela própria: naturalmente, ele a contrariava com o mesmo espírito de quando zombava do seu bordado inglês.

— Sim, aquela Maria Nicolaievna não saberia arranjar nada daquelas coisas — disse Levine. — E... francamente, sinto-me feliz por teres vindo... Tu és muito pura para que...

Agarrou-lhe a mão sem ousar beijá-la (não era uma profanação aquele beijo quase em face da morte?), mas, contemplando os seus olhos brilhantes, apertou-a com um ar contrito.

— Sozinho terias sofrido muito — disse ela, enquanto, com os seus braços erguidos para enrolar e prender os cabelos no cimo da cabeça, escondia as faces coradas de satisfação. — Aquela mulher não sabe nada, ao passo que eu aprendi muitas coisas em Soden.

— Existem em Soden doentes como ele?

— Mais doentes ainda.

— Não acreditarás na mágoa que sinto em não mais o ver tal como era na mocidade... Foi um belo rapaz! Mas, nessa época, eu não o compreendia.

— Acredito-te. Sinto que nós "teríamos sido" amigos — disse ela, e voltou-se para o marido com lágrimas nos olhos, estupefata de ter falado no passado.

— "Seriam amigos" — respondeu ele, tristemente. — É um desses homens de quem se pode dizer, com razão, não terem sido feitos para este mundo.

— No entanto, não esqueçamos que ainda teremos dias de fadiga e inquietação. Precisamos nos deitar — disse Kitty, depois de olhar o seu pequeno relógio.

XX

A MORTE

No dia seguinte o doente recebeu a extrema-unção. Nicolas aceitou-a com fervor. Uma apaixonada súplica lia-se nos seus enormes olhos abertos, fixos na imagem santa colocada numa mesa de jogo coberta com uma toalha colorida. Levine ficou espantado de ver o irmão alimentar aquela esperança, o seu dilaceramento em deixar uma vida que só lhe fora cruel. Sabia, de resto, que Nicolas era um cético, não pelo desejo de viver mais livremente, mas sob a vagarosa influência das teorias científicas modernas — e, consequência unicamente das esperanças insensatas de saúde que Kitty tornara mais vivas com as suas narrações de curas milagrosas, a sua volta à fé só podia ser temporária e interessada. Sabendo tudo aquilo, Levine examinava com angústia o rosto transfigurado, a mão ossuda levantando-se penosamente até a fronte descarnada para fazer o sinal da cruz, os ombros salientes e o peito estafado que não mais podia conter a vida que o moribundo implorava. Durante a cerimônia, incrédulo como era, Levine fez o que fizera cem vezes: "Cura este homem, se existes", dizia ele, dirigindo-se a Deus. "E assim nos terás salvo a ambos."

Depois de receber a extrema-unção, o doente sentiu-se muito melhor: durante uma hora inteira não tossiu uma única vez e assegurava, sorrindo e beijando a mão de Kitty com lágrimas de gratidão, que não sofria e sentia voltarem-lhe as forças e o apetite. Quando lhe trouxeram a sopa, ergueu-se por si mesmo e pediu uma costeleta. Embora o simples aspecto do doente demonstrasse a impossibilidade de cura, Levine e Kitty passaram aquela hora numa agitação mista de alegria e medo. "Ele está melhor? — Sim, muito melhor. — É surpreendente. — Por quê? — Decididamente, está muito melhor", cochichavam, sorrindo.

A ilusão não durou muito. Após um sono tranquilo de meia hora, uma crise de tosse despertou o doente. As esperanças desvaneceram-se imediatamente para todos, a começar pelo próprio doente. Esquecendo no que acreditava uma hora antes, envergonhado mesmo de se lembrar, pediu iodo para respirar. Levine entregou-lhe um frasco coberto por um papel perfurado. Para que se confirmassem as palavras do médico, que atribuía ao iodo virtudes milagrosas, Nicolas olhou o irmão com o mesmo ar estático com que contemplara a imagem.

— Kitty não está aqui? — murmurou ele, com a sua voz rouca, quando Levine teve, contra a vontade, de repetir as palavras do médico. — Não? Então eu posso falar... Representei esta comédia por causa dela, é tão gentil! Mas entre nós isso não é necessário. Eis a única coisa em que eu tenho fé — disse ele, apertando o frasco com as suas mãos ossudas.

Pôs-se a aspirar o iodo avidamente.

Às oito horas da noite, enquanto Levine e sua mulher tomavam o chá, viram chegar Maria Nicolaievna, esbaforida, pálida, os lábios trêmulos. "Ele está morrendo", balbuciou. "Tenho medo que não dure muito."

Correram ambos para o quarto de Nicolas e o acharam sentado no leito, apoiado no cotovelo, a cabeça baixa, o busto curvo.

— Que estás sentindo? — perguntou Levine, a voz baixa, depois de um momento de silêncio.

— Vou-me embora — respondeu Nicolas, articulando dificilmente as palavras, mas pronunciando-as com surpreendente nitidez. Sem erguer a cabeça, voltou os olhos para o lado do irmão, não conseguindo fitar-lhe o rosto. — Katia, saia! — murmurou ainda.

Levine obrigou docemente a sua mulher a sair.

— Vou-me embora — repetiu o moribundo.

— Por que pensas isso? — indagou Levine, para dizer qualquer coisa.

— Porque eu vou-me embora — respondeu Nicolas, como se resolvesse insistir naquela frase. — É o fim.

Maria Nicolaievna aproximou-se dele.

— Deita-te, estarás melhor — disse ela.

— Logo estarei deitado tranquilamente, morto — resmungou ele, com ironia. — Bem, deita-me, se tu o queres.

Levine colocou-o de costas, sentou-se junto e, sustendo a respiração, examinou-lhe o rosto. O moribundo tinha os olhos fechados, mas os músculos da fronte se moviam de vez em quando, como se ele refletisse profundamente. Apesar de tudo, Levine tentou inutilmente compreender o que se passava no espírito do doente: o rosto severo do irmão deixava entrever mistérios que a ele permaneciam inacessíveis.

— Sim... sim — disse o moribundo, com longas pausas. — Espera... é isto! — gritou subitamente, como se tudo se esclarecesse para ele. — Ó Senhor!

Soltou um profundo suspiro. Maria Nicolaievna lhe apalpou os pés. "Ele está ficando frio", falou, em voz baixa.

O doente ficou imóvel durante um tempo que, a Levine, pareceu infinitamente longo, mas vivia ainda e suspirava de quando em quando. Fatigado com aquela tensão de espírito, Levine não sentia mais os movimentos do moribundo e já não procurava compreender o que ele quisera dizer com aquele: "é isto!" Não tendo mais forças para pensar na morte, perguntava-se o que faria depois: fechar os olhos do irmão, vesti-lo, mandar fazer o caixão? Coisa estranha, ele se sentia frio e indiferente, o único sentimento que experimentava era o da inveja; Nicolas trazia-lhe, daí para o futuro, uma certeza à qual não podia aspirar. Muito tempo esteve ali perto dele, esperando o fim que não chegava. A porta se abriu e Kitty apareceu. Levantou-se para detê-la, mas imediatamente o moribundo se moveu.

— Não saias — disse Nicolas, estendendo-lhe a mão.

Levine tomou aquela mão na sua e fez um gesto descontente à sua mulher, para que voltasse. Esperou assim meia hora, uma hora e depois ainda uma outra hora. Pensava apenas em coisas insignificantes: que fazia Kitty? Que podia acontecer no quarto vizinho? Teria o médico uma casa própria? Depois ele sentiu fome e sono. Libertou docemente a mão para tocar os pés do moribundo: estavam frios, mas Nicolas respirava sempre. Levine ensaiou levantar-se e tentou sair na ponta dos pés — o doente moveu-se e repetiu: "Não saia."

Amanheceu, e a situação era a mesma. Levine abandonou a mão do moribundo, sem a olhar, entrou no seu quarto e adormeceu. Despertando, em lugar de saber da morte do irmão, soube que ele voltara a si, estava sentado no leito, tinha pedido alimentos, não falava mais na morte e exprimia esperança de curar-se, mostrando-se mais sombrio e irritado do que nunca. Ninguém conseguiu acalmá-lo. Acusava a todos pelos seus sofrimentos, exigia um célebre médico de Moscou e a todas perguntas que faziam sobre o seu estado, respondia que sofria de um modo intolerável.

Como a aflição aumentasse e fosse difícil diminuí-la, a sua irritação aumentou também. A própria Kitty não pôde tranquilizá-lo e Levine percebeu que ela estava no fim das suas forças, moral e fisicamente, embora dissesse que não. A compaixão causada na outra noite pela despedida de Nicolas à vida cedeu lugar a outros sentimentos. Todos sabiam que o fim era inevitável, todos viam que o doente estava morto pela metade, todos desejavam o fim tão próximo quanto possível — continuaram, porém, a dar os remédios e a mandar chamar o médico, mentiam a si mesmos e aquela sacrílega dissimulação era mais dolorosa a Levine, que gostava de Nicolas; além disso, nada era mais contrário à sua natureza que a falta de sinceridade.

Levine, havia muito tempo, prosseguia no desejo de reconciliar os seus dois irmãos e, ante a ameaça da morte, avisara a Sergio Ivanovitch. Sergio Ivanovitch escreveu-lhe e ele leu a carta ao doente: Sergio não podia vir, mas pedia perdão ao irmão em termos tocantes.

Nicolas manteve o silêncio.

— Que devo lhe escrever? — perguntou Levine. — Continuarás lhe querendo mal?

— Não, absolutamente — respondeu o doente, num tom contrariado. — Escreva-lhe que me mande o médico.

Três dias cruéis se passaram ainda, o moribundo permanecia no mesmo estado. Todos os habitantes do hotel, desde o proprietário e os empregados, até Levine e Kitty, sem esquecer o médico e Maria Nicolaievna, tinham apenas um desejo: que sobreviesse o fim. Apenas o doente não o exprimia e continuava pedindo o médico de Moscou, tomando os remédios e falando de restabelecimento. Nos raros momentos em que estava sob a influência do narcótico, ele confessava o que pesava na sua alma mais ainda do que na dos outros: "Ah, se isto pudesse acabar!"

Esses sofrimentos, sempre mais intensos, preparavam-no para a morte: cada movimento era uma dor, não havia um só membro do seu pobre corpo que não lhe causasse uma tortura. Toda recordação, todo pensamento, toda impressão, repugnava ao doente. A presença dos que o cercavam, as suas conversas, tudo lhe fazia mal. Cada um o sentia, mas ninguém ousava se mover ou se exprimir sem constrangimento. A vida se concentrou para todos no sentimento dos sofrimentos do moribundo e no desejo ardente de vê-lo finalmente livre.

Ele tocava esse momento supremo em que a morte deve parecer desejável, como uma última felicidade. Todas as sensações, como a fome, a fadiga, a sede, que outrora, após ter sido uma privação, causavam-lhe, uma vez satisfeitas, um certo bem-estar, eram somente dores — em consequência, só podia aspirar a libertação do princípio mesmo dos seus males, do seu corpo torturado, mas, como não encontrasse palavras para exprimir aquele desejo, por hábito, continuava a pedir o que antigamente lhe satisfazia. "Deita-me do outro lado", pedia, e logo que o deitavam queria voltar à primeira posição. "Deem-me caldo. Por que estão calados? Contem-me alguma coisa." E tão depressa abria a boca, tomava uma expressão de cansaço, de indiferença e de desgosto.

No décimo dia depois da sua chegada, Kitty adoeceu: sentia dores de cabeça e no coração e não pôde se levantar de manhã. O médico afirmou ser consequência da fadiga e das emoções, prescreveu calma e repouso. No entanto, depois do jantar, levantou-se e, como de costume, com o seu trabalho, foi para o quarto do doente. Nicolas fitou-a severamente e sorriu com desdém quando ela disse que estivera adoentada. Durante todo o dia ele não cessou de assoar o nariz.

— Estás melhor? — perguntou ela.

— Muito mal, eu sofro — respondeu ele.

— Onde está doendo?

— Em toda parte.

— Vamos ver se isso acabará hoje — disse Maria Nicolaievna, em voz baixa.

Levine fê-la calar-se, receando que o seu irmão, cujo ouvido se tornara muito sensível, a escutasse. Voltou-se para o moribundo, que ouvira aquelas palavras sem que sofresse a menor impressão, porque o seu olhar permanecia grave e fixo.

— Por que pensas assim? — indagou Levine, depois de levar Maria Nicolaievna ao corredor.

— Ele se despoja.

— Como?

— Assim — disse ela, tirando os pelos do seu vestido de lã.

Levine, com efeito, observara que durante o dia o doente tirara os cobertores como se desejasse despir-se.

Maria Nicolaievna previra certo. À noite, o doente não teve mais forças para erguer os braços e o seu olhar imóvel tomou uma expressão de atenção concentrada que só mudou quando Kitty e Levine se debruçaram sobre ele para que fossem vistos. Kitty mandou chamar o padre, a fim de rezar as orações dos agonizantes.

O doente, no começo, não deu nenhum sinal de vida, mas, no fim das preces, soltou repentinamente um suspiro, espichou-se e abriu os olhos.

ANA KARENINA

Quando o padre acabou de rezar as orações, pousou a cruz na fronte gelada do doente, envolveu-o lentamente na sua estola, após alguns instantes de silêncio, tocou os seus dedos enormes na mão exangue do moribundo.

— Acabou-se — disse ele, afinal, querendo afastar-se.

Subitamente, os lábios colados de Nicolas tremeram e do fundo do seu peito saíram palavras que ressoaram nitidamente no silêncio:

— Ainda não... em breve.

No fim de um minuto, o rosto iluminou-se, um sorriso se esboçou nos seus lábios, e as mulheres apressaram-se em iniciar a última *toilette*.

Em face daquele espetáculo, todo o horror de Levine pelo terrível enigma da morte revelou-se com a mesma intensidade da noite de outono em que o irmão o visitara. Como nunca, sentiu-se incapaz de sondar aquele mistério. Mas, desta vez, a companhia da mulher impediu-o de cair no desespero, porque, apesar da presença da morte, sentia necessidade de viver e de amar. Unicamente o amor o salvava e o tornara mais forte e mais puro quando estivera ameaçado.

Levine mal vira realizar-se aquele mistério da morte, junto a ele um outro mistério — igualmente insondável —, de amor e de vida, realizava-se por sua vez: o médico declarava que Kitty estava grávida, confirmando desse modo a sua primeira suposição.

XXI

No momento em que Alexis Alexandrovitch compreendeu, graças a Betsy e a Stepane Arcadievitch, que todos, e Ana principalmente, esperavam dele a libertação da sua mulher, sentiu-se completamente desorientado: incapaz de uma decisão pessoal, pôs a sua sorte nas mãos de terceiros e consentiu cegamente em tudo. Voltando à realidade somente depois da partida de Ana, quando a inglesa perguntou-lhe se ela almoçaria com ele ou à parte — então, pela primeira vez, o seu triste destino apareceu-lhe em todo seu horror.

O que mais o afligia era não perceber uma ligação lógica entre o passado e o presente. Pelo passado, não entendia a feliz época em que vivera em boa harmonia com a sua mulher, época que os sofrimentos constantes e a traição depois o haviam feito esquecer. Ana deixara-o depois da confissão, a sua infelicidade não seria comparável à situação sem saída em que se debatia. Como, realmente, o enternecimento que o dominara, a afeição testemunhada à sua mulher culpada e à filha de um outro, como aquilo não lhe valera o abandono, a solidão, os sarcasmos e o desprezo geral? Eis a questão que constantemente a si mesmo apresentava, sem achar a menor resposta.

Os dois primeiros dias que se seguiram à partida de Ana, Alexis Alexandrovitch continuou as suas recepções, assistiu às sessões do comitê e jantou em casa como de costume. Todas as forças da sua vontade estavam instintivamente concentradas num mesmo fim: parecer calmo e indiferente. Às perguntas dos criados, respondeu com esforços sobre-humanos, com o aspecto de um homem preparado para acontecimentos que nada têm de extraordinários. Conseguiu dissimular assim, durante algum tempo, o seu sofrimento.

Kornei, no terceiro dia, trouxe-lhe a nota de uma loja de modas que Ana esquecera de pagar. Como o caixeiro esperasse na antessala, Karenine mandou-o entrar.

— Vossa Excelência — disse o homem — queira nos desculpar o aborrecimento e nos dar o endereço de Madame, se é que devemos apresentar a ela esta nota.

Alexis Alexandrovitch pareceu refletir e, voltando-se bruscamente, sentou-se em sua carteira, a cabeça entre as mãos. Durante muito tempo esteve nesta posição, tentando falar e sem o conseguir. Percebendo a angústia do patrão, Kornei pediu ao caixeiro que saísse. Ficando sozinho, Karenine sentiu que não tinha mais forças para lutar: mandou desatrelar a carruagem, fechou a porta e não jantou em casa.

O desdém, a crueldade que julgara ler no rosto do caixeiro, de Kornei, de todas as pessoas com quem tivera negócio naqueles dois dias, tornavam-se insuportáveis. Se fosse atirado ao desprezo dos semelhantes em consequência de uma conduta censurável, saberia esperar que uma conduta melhor lhe devolvesse novamente a estima alheia. Mas, como era somente um infeliz — de uma infelicidade vergonhosa, execrável —, as pessoas mostravam-se tanto mais implacáveis quanto mais ele sofria: elas o despedaçavam como os cães despedaçam entre eles aquele que, ferido, uiva de dor. Para resistir à hostilidade geral, devia, a todo custo, ocultar as suas chagas — e dois dias de luta já o haviam cansado! E, coisa atroz entre todas, não via ninguém a quem confiar o seu martírio. Nem um homem em toda Petersburgo que se interessasse por ele, que o visse como igual, não mais como uma figura notável, mas como o marido desesperado.

ANA KARENINA

Alexis Alexandrovitch perdera a mãe com a idade de dez anos, lembrava-se apenas do pai. Ele e o irmão haviam ficado órfãos com uma pequena fortuna e o seu tio Karenine, alto funcionário e muito querido pelo falecido imperador, encarrega-se da sua educação. Depois de ótimos estudos no colégio e na universidade, Alexis Alexandrovitch estreou brilhantemente, graças ao tio, na carreira administrativa, carreira a que se dedicou totalmente. Nunca se ligara por amizade a ninguém, apenas gostando do irmão, que, entrando na diplomacia, residira no estrangeiro, onde morrera pouco tempo depois do seu casamento.

Karenine, nomeado governador de uma província, conhecera a tia de Ana, uma senhora muito rica, que trabalhou habilmente em aproximá-lo da sobrinha. Um belo dia Alexis Alexandrovitch viu-se na alternativa de escolher entre um pedido de casamento ou uma mudança de residência. Hesitou muito tempo, achando razões demais contra o casamento, e não se casaria se um amigo da tia não lhe fizesse entender que as suas assiduidades comprometiam a moça e que, como homem de honra, devia se declarar. Imediatamente, e desde então, dedicou à sua noiva e depois à sua mulher toda a afeição de que a sua natureza era capaz.

Essa ligação excluiu nele qualquer outra necessidade de intimidade. Em toda a sua vida tivera muitas relações. Podia convidar inúmeras pessoas, pedir-lhes um favor, proteção para algum conhecido, criticar livremente os atos do governo, sem nunca chegar à maior cordialidade. O único homem a quem podia confiar a sua mágoa, um velho colega da universidade, exercia na província as funções de reitor de uma academia. As únicas relações íntimas que possuía em Petersburgo eram o seu chefe de gabinete e o seu médico.

O primeiro, Miguel Vassilievitch Slioudine, um elegante homem, simples, bom e inteligente, parecia sentir por Karenine uma viva simpatia, mas cinco anos de subordinação criaram entre ele e o chefe uma barreira que impedia qualquer confidência. Neste dia, depois de assinar os papéis que Slioudine lhe trouxera, Alexis Alexandrovitch fitou-o longamente em silêncio, quase expandindo-se. Chegara mesmo a preparar a frase: "Tu sabes da minha infelicidade", e tentando muitas vezes pronunciá-la, ela morreu sob os seus lábios. Limitou-se, na hora da despedida, à fórmula habitual: "Tenha a bondade de organizar este trabalho."

Karenine não ignorava que o médico simpatizava muito com ele, mas existia um pacto tácito entre ambos, que atribuía aos dois excessos de trabalhos e forçava-os a resumir as suas conversas.

Quanto às amigas, e a principal entre elas, a condessa Lidia, Alexis Alexandrovitch nem ousava pensar. As mulheres causavam-lhe medo e por elas só sentia aversão.

XXII

Se Karenine esquecesse a condessa Lidia, esta não o esqueceria. Chegou precisamente naquela hora lúgubre em que, sentado em sua carteira, a cabeça entre as mãos, se entregava ele ao desespero. Sem se fazer anunciar, entrou no gabinete de trabalho.

— *J'ai forcé la consigne* — disse ela, entrando rapidamente, esbaforida pela emoção. — Eu sei de tudo. Alexis Alexandrovitch, meu amigo!

E apertou as mãos dele nas suas, fitando-o com os seus lindos olhos pensativos. Karenine ergueu-se com um ar desagradável, retirou as mãos e apresentou-lhe uma cadeira.

— Queira sentar-se, condessa, não recebo ninguém porque sofro — disse, com os lábios trêmulos.

— Meu amigo — repetiu a condessa sem deixar de o olhar, a testa franzida desenhando um triângulo sobre a sua fronte, e aquela careta afeou ainda mais o seu rosto amarelado, naturalmente feio.

Alexis Alexandrovitch compreendeu que ela estava prestes a chorar de compaixão e o enternecimento o dominou. Agarrou a sua mão rechonchuda e beijou-a.

— Meu amigo — disse ela, com a voz entrecortada pela emoção —, tu não deves te entregar assim à dor. Ela é grande, mas é preciso tentar vencê-la.

— Estou fatigado, morto, não sou mais um homem — disse Alexis Alexandrovitch, abandonando a mão da condessa, sem deixar de fitar os seus olhos cheios de lágrimas. — A minha situação é tanto mais terrível quanto não encontro apoio em mim nem fora de mim.

— Encontrarás esse apoio, não em mim, embora eu deseje te demonstrar a minha amizade, mas em Deus. Nosso apoio está em seu amor, a tua sujeição é insignificante — continuou ela, com aquele olhar exaltado que Karenine tão bem lhe conhecia. — Ele te amparará, Ele virá em teu auxílio.

Aquelas palavras revelavam uma exaltação mística recentemente introduzida em Petersburgo e não foram menos doces para Alexis Alexandrovitch!

— Sinto-me fraco, abatido. Nada previ antigamente e agora nada compreendo.

— Meu amigo!

— Não é a perda — continuou Alexis Alexandrovitch — que eu lamento. Oh!, não. Mas não posso me defender de um sentimento de vergonha aos olhos do mundo. É um mal, mas nada posso fazer.

— Não foste tu quem deste aquele perdão que todos nós admiramos, foi Ele. Do mesmo modo, não tens de que te envergonhares — disse a condessa, erguendo os olhos com um ar estático.

Karenine entristeceu-se e, apertando as mãos uma contra a outra, fez estalar as juntas.

— Se soubesses todos os detalhes! — disse ele, com a sua voz aguda. — As forças do homem têm limites e eu achei o limite das minhas, condessa. Todo o meu dia se passou em trabalhos domésticos decorrentes (ele salientou esta palavra) da minha situação solitária. A governante, os criados, as compras, essas misérias me consomem a fogo lento. Ontem, no jantar... foi com dificuldade que me contive. Não mais podia suportar o olhar do meu filho. Ele não ousava me fazer perguntas e eu não ousava fitá-lo. Ele sentia medo de mim... Mas isso ainda não é nada.

Karenine quis falar da nota que o caixeiro lhe trouxera, mas a sua voz tremeu e ele se deteve. Aquela nota em papel azul, acusando a compra de um chapéu e fitas, não podia pensar nela sem sentir piedade por si mesmo.

— Eu compreendo, meu amigo, eu compreendo tudo — disse a condessa. — Decerto o auxílio e a consolação, não os acharás em mim. Se aqui estou é para te oferecer os meus préstimos, para tentar libertar-te desses pequenos cuidados miseráveis... Faz-se preciso, aqui, a mão de uma mulher... Deixarás que eu faça tudo?

Alexis Alexandrovitch apertou-lhe a mão sem dizer uma palavra.

— Ocupar-nos-emos ambos de Sergio. Não entendo muito dessas coisas da vida prática, mas tentarei. Serei a tua despenseira. Não me agradeças, nada faço por mim mesma.

— Como não serei reconhecido?

— Mas, não, meu amigo, não cedas a esse sentimento que o perturbou ainda agora, não agradeças o que constitui o mais alto grau da perfeição cristã: "Aquele que se abaixa subirá mais." Não agradeças a mim, agradeça Àquele a quem é preciso rezar. Unicamente Ele nos trará a paz, a consolação, a salvação e o amor!

Ela ergueu os olhos para o céu e Alexis Alexandrovitch compreendeu que a condessa rezava. Aquela fraseologia, que antigamente acharia ridícula, parecia-lhe hoje natural e admirável. Não aprovava a exaltação da moda. Crente sincero, só se interessava pela religião do ponto de vista político e como as novas doutrinas abriam a porta à discussão e à análise, deviam-lhe ser antipáticas por princípio. De ordinário, também, ele objetava um silêncio reprovador às efusões místicas da condessa. Mas, desta vez, deixou-a falar com prazer, sem contradizê-la mesmo interiormente.

— Estou infinitamente agradecido pelas tuas palavras e tuas promessas — disse, quando ela acabou de rezar.

A condessa apertou ainda uma vez a mão do seu amigo.

— Agora, ponho-me ao trabalho — disse ela, depois de limpar, rindo-se, as lágrimas que lhe inundavam o rosto. — Irei ver Sergio e só me dirigirei a ti nos casos graves.

A condessa levantou-se e foi para junto de Sergio. Ali, molhando de lágrimas a face da criança espantada, ela lhe disse que o seu pai era um santo e que a sua mãe estava morta.

A condessa cumpriu a sua promessa e encarregou-se efetivamente das coisas da casa, mas nada exagerara confessando a sua falta de prática. Deu ordens tão pouco racionais que Kornei, o criado de Alexis Alexandrovitch, resolveu modificá-las tomando gradualmente o governo da casa. Esse homem teve a arte de habituar o seu patrão a ouvi-lo, durante a *toilette*, sobre os acontecimentos que ele contava num tom calmo e circunspecto. A intervenção da condessa não foi menos útil: a sua afeição e a sua estima foram para Karenine um sustentáculo moral e, para sua grande consolação, chegou quase a convertê-lo, isto é, transformando a sua frieza numa calorosa simpatia para a doutrina cristã, tal como se ensinava em Petersburgo. Essa conversão não foi difícil. Como a condessa, como todos aqueles que preconizavam a ideia nova, Alexis Alexandrovitch era despojado de imaginação e nada via de impossível que a morte existisse para os incrédulos e não para eles, que o pecado fosse excluído da sua alma e a sua salvação assegurada no mundo, porque possuía uma fé plena de que unicamente ele era juiz.

A superficialidade, o erro dessas doutrinas impressionara-o, apesar de tudo, durante alguns momentos. O irresistível sentimento, que sem o menor impulso do alto o levara ao perdão, causara-lhe uma alegria bem diferente daquela que experimentava em dizer constantemente que o Cristo habitava a sua alma e lhe inspirava a assinatura de tal ou tal papel. No entanto, por ilusória que fosse aquela grandeza moral, ela era indispensável na sua humilhação atual: do cimo daquela elevação imaginária julgava poder desprezar aqueles que o desprezavam e agarrava-se às suas novas convicções como a uma tábua de salvação.

XXIII

A condessa Lidia casara-se muito moça e, de temperamento exaltado, encontrara no marido um bom homem meio infantil, bastante rico e muito dissoluto. Desde o segundo mês do casamento o marido abandonou-a, respondendo às suas efusões com sarcasmos e mesmo com uma hostilidade que ninguém podia explicar, tendo em vista a bondade do conde e o fato de a romântica Lidia não oferecer nenhum motivo à crítica. Desde então, apesar de viverem separados, cada vez que se encontravam o conde acolhia a mulher com um sorriso amargo, que sempre permaneceu um enigma.

A condessa, havia muito tempo, renunciara a adorar o marido, mas sempre estava encantada por alguém e mesmo por inúmeras pessoas ao mesmo tempo, homens e mulheres que geralmente prendiam a sua atenção de uma maneira qualquer. Enamorava-se de todos os príncipes, de todas as princesas que se aparentavam com a família imperial. Amou sucessivamente um metropolitano, um provisor de bispado e um simples padre; depois, um jornalista, três "irmãos eslavos" e Komissarov; depois, ainda, um ministro, um médico, um missionário inglês e afinal Karenine. Esses múltiplos amores, com suas diferentes fases de calor ou de frieza, em nada a impediam de manter, tanto na corte como na cidade, as relações mais complicadas. Mas, do dia em que tomou Karenine sob a sua proteção particular e preocupou-se do seu bem-estar, desde esse dia ela sentiu que sinceramente só amara a ele. Os seus outros amores perderam todo o valor. Comparando-os ao que sentia agora, viu-se obrigada a confessar que nunca se apaixonaria por Komissarov se não tivesse ele salvo a vida do imperador, nem por Ristitch-Koudjitski se a questão eslava não houvesse existido — enquanto amava Karenine por ele próprio, pela sua grande alma incompreendida, pelo seu caráter, a sua voz, o seu modo lento de falar, o seu olhar fatigado e as suas mãos brancas e macias, de veias inchadas. Não somente alegrava-se com a ideia de vê-lo, mas procurava ainda no rosto do amigo uma impressão análoga à sua. Amava-o tanto pela sua pessoa como pela sua conversa e surpreendeu-se uma vez pensando o que poderiam ser se fossem livres. Entrando ele, enrubescia de emoção; se dizia alguma palavra amável, não podia reprimir um sorriso sedutor.

A condessa, já havia dias, encontrava-se no auge da emoção: soubera da volta de Ana e de Vronski. Era indispensável, a todo custo, evitar a Alexis Alexandrovitch o suplício de rever a sua mulher, dele afastar até a ideia de que aquela triste criatura respirava o ar da mesma cidade e que a cada momento ele poderia encontrá-la. Mandou fazer um inquérito para conhecer os planos daquelas "vis pessoas", como chamava a Ana e a Vronski. O jovem ajudante de ordens, amigo de Vronski, a quem encarregara aquela missão, necessitava da condessa para obter, graças ao seu auxílio, a concessão de um negócio. Ele veio, pois, dizer-lhe que logo terminassem os negócios partiriam, provavelmente no dia imediato. Lidia Ivanovna começou a se tranquilizar quando, na manhã do dia seguinte, recebeu um bilhete reconhecendo logo a letra: era a de Ana Karenina. O envelope, em papel inglês espesso, continha uma folha amarelada ornada com um imenso monograma. O bilhete exalava um perfume delicioso.

— Quem trouxe esta carta?

— Um empregado de hotel.

A condessa levou muito tempo sem coragem para sentar-se e ler. Uma crise de asma a oprimia. Uma vez acalmada, leu o seguinte bilhete escrito em francês:

Os sentimentos cristãos que enchem a sua alma, condessa, me dão a audácia — imperdoável, eu o sinto — de me dirigir à senhora. Sofro por estar separada do meu filho e suplico-lhe que me permita vê-lo antes da minha partida. Se não me dirijo diretamente a Alexis Alexandrovitch é para não despertar nesse homem generoso penosas recordações. Sabendo da sua amizade por ele, pensei que a senhora me compreenderia. Poderá mandar Sergio à minha casa, preferirá que eu vá à hora indicada pela senhora ou me fará saber de que modo poderei vê-lo? Uma recusa parece-me impossível quando penso na magnanimidade daquele a quem compete a decisão. A senhora não poderia imaginar a ânsia que sinto de rever o meu filho e, por conseguinte, compreender a extensão do meu reconhecimento pelo favor que me presta neste momento.

ANA

Naquela carta, tudo irritou a condessa Lidia: o seu conteúdo, a alusão à magnanimidade e principalmente o tom desembaraçado que julgou descobrir nela.

— Diga-lhe que não há resposta — fez ela. E abrindo imediatamente o seu bloco de papel, escreveu a Karenine, que ela esperava encontrar à uma hora no palácio, pois era dia de festa e a corte felicitava a família imperial.

"Tenho necessidade de lhe falar de um negócio grave e triste. No palácio, marcaremos um lugar onde possa vê-lo. Melhor seria em minha casa, onde mandaria preparar o seu chá. É indispensável... Ele nos impôs a sua cruz, mas também nos deu forças para conduzi-la", acrescentou, a fim de prepará-lo numa certa medida.

A condessa escrevia dois ou três bilhetes por dia a Alexis Alexandrovitch. Amava aquele meio de dar às suas relações, muito simples, um cunho de elegância e mistério.

XXIV

Terminara a audiência imperial. Retirando-se, as pessoas comentavam as notícias do dia: recompensas e transferências.

— Que dirias se a condessa Maria Borissovna fosse nomeada para o Ministério da Guerra e a princesa Vatkovski, chefe do Estado-Maior? — dizia um velhinho encanecido, em uniforme coberto de bordados, a uma senhorita que o interrogava sobre as nomeações.

— Neste caso, eu deveria ser promovida a ajudante de ordens — disse a moça, rindo-se.

— Qual nada! Tu serias nomeada ministra dos Cultos, com Karenine como secretário de Estado... Bom dia, meu príncipe! — continuou o velhinho, apertando a mão de alguém que se aproximava dele.

— Falam de Karenine? — perguntou o príncipe.

— Poutiatov e ele foram condecorados com a Ordem de Santo Alexandre Nevski.

— Julguei que ele já a tivesse recebido.

— Não! Olhem — disse o velhinho, mostrando, com seu chapéu de três bicos e bordado, Karenine, que, em pé no vão da porta, conversava com um dos membros influentes do Conselho de Estado —, ele traz o uniforme da corte com a sua nova ordem vermelha no cinto. Não está feliz e contente? — e o velhinho se deteve para apertar a mão de um soberbo e atlético camarista que passava.

— Não, ele está envelhecido — fez aquele.

— É consequência das preocupações. Passou a vida a escrever projetos. Neste momento não deixará o seu infeliz interlocutor antes de esclarecer ponto por ponto.

— Como, envelhecido? *Il fait des passions.* A condessa Lidia deve sentir ciúme da sua mulher.

— Peço-te, não fales mal da condessa Lidia.

— Existirá algum mal em estar enamorada de Karenine?

— Madame Karenina está realmente aqui?

— Aqui, no palácio, não! Está em Petersburgo. Encontrei-a ontem, na rua Morskaia, *bras dessus bras dessous* com Alexis Vronski.

— *C'est un homme qui n'a pas...* — começou o camarista, mas parou para cumprimentar um membro da família imperial que passava.

Enquanto se ridicularizava assim a Alexis Alexandrovitch, este barrava o caminho ao conselheiro de Estado e, sem lhe ceder um passo, expunha-lhe amplamente um projeto financeiro.

Quase ao mesmo tempo em que fora abandonado pela mulher, Alexis Alexandrovitch achou-se, sem que soubesse bem por que, na situação mais penosa em que se possa encontrar um funcionário: terminava a marcha ascendente da sua carreira. Certamente, ele ocupava ainda um posto importante, continuava a fazer parte de um grande número de comitês e de comissões, mas incluía-se entre as pessoas que estavam no fim da carreira e das quais não se esperava mais nada, todos os seus projetos pareciam caducos e prescritos. Longe de julgar assim, Karenine acreditava discernir com mais justiça os erros do governo desde que não participava diretamente dele e pensava ser do seu dever indicar certas reformas a serem introduzidas. Pouco depois da partida de Ana, ele escreveu algumas páginas sobre os novos tribunais, o primeiro de uma série inumerável e perfeitamente inútil, que devia compor sobre os ramos mais diversos da administração. Cego para a sua desgraça, mostrava-se mais que nunca satisfeito consigo mesmo e com a sua atividade e, como a Santa Escritura daí por diante era o seu guia em todas as coisas, lembrava-se incessantemente da palavra de São Paulo: "Aquele que tem uma mulher pensa nos bens terrestres, aquele que não a tem só pensa em servir ao Senhor."

Alexis Alexandrovitch não prestava nenhuma atenção à impaciência, embora muito visível, do conselheiro de Estado. No entanto, tendo que se interromper à passagem de um membro da família imperial, o conselheiro aproveitou a oportunidade e eclipsou-se. Ficando sozinho, Karenine abaixou a cabeça, procurou reunir as suas ideias e, lançando um olhar distraído em volta, dirigiu-se para a porta onde pensava encontrar a condessa Lidia.

"Como todos estes fortes e satisfeitos!", pensava ele, examinando de passagem o pescoço vigoroso do príncipe apertado em seu uniforme e o robusto camarista de bigode perfumado. "Nem tudo é mal neste mundo", dizia intimamente, fitando, ainda uma vez, o camarista. E, procurando a condessa com os olhos, dirigiu ao grupo que falava dele um daqueles cumprimentos cansados a que estava habituado.

— Alexis Alexandrovitch! — gritou o velhinho, cujos olhos brilhavam malevolamente. — Ainda não o felicitei. Todos os meus cumprimentos — acrescentou, mostrando a condecoração.

— Agradeço-lhe infinitamente. Que tempo magnífico, não é verdade? — respondeu Karenine, insistindo, segundo o seu hábito, na palavra "magnífico".

Duvidava que aquelas pessoas zombassem dele, mas conhecia os seus sentimentos hostis, não ligava às suas palavras a menor importância.

Os ombros amarelados e os belos olhos pensativos da condessa Lidia apareceram e o chamaram de longe. Dirigiu-se para ela com um sorriso que descobria os seus dentes alvos.

O vestido da condessa, como todos os que ultimamente tinha o cuidado de compor, causara-lhe muitas preocupações. Visava a um fim diferente daquele a que se propunha trinta anos antes. Então, só pensava em se embelezar e nunca estava elegante como desejava, enquanto agora procurava tornar suportável o contraste entre a sua pessoa e o vestido. Elevava-se aos olhos de Alexis Alexandrovitch, que a achava encantadora. A simpatia dessa mulher era para ele o único refúgio contra a animosidade geral. Também, no meio daquela multidão hostil, sentia-se atraído para ela como uma planta para a luz.

— Todos os meus cumprimentos — disse ela, fitando a condecoração.

Retendo um sorriso de contentamento, Karenine sacudiu os ombros e semicerrou os olhos, a fim de demonstrar que aquela espécie de distinção não lhe importava muito. A condessa sabia excessivamente que ela, ao contrário, lhe causava uma das suas alegrias mais vivas.

— Como vai o nosso anjo? — perguntou, referindo-se a Sergio.

— Não estou muito contente com ele — respondeu Alexis Alexandrovitch, franzindo a testa e abrindo os olhos. — Sitnikov, seu professor, também não o está. Como te dizia, ele demonstra uma certa frieza para os problemas essenciais que devem tocar toda alma humana, mesmo a de uma criança.

Excluindo a sua carreira, era unicamente a educação do filho que preocupava Alexis Alexandrovitch. Até aí, jamais as questões educacionais o tinham interessado, mas, sentindo necessidade de acompanhar a instrução do seu filho, consagrara um certo tempo a estudar os livros de antropologia e de pedagogia, visando a organizar um plano de estudos que o melhor professor de Petersburgo pudesse executar.

— Sim, mas o coração? Eu acho que Sergio tem o coração do pai e como pode ser mau se tem um coração assim? — disse a condessa, com o seu modo enfático.

— Talvez... Para mim, cumpro com o meu dever, é tudo o que posso fazer.

— Quererás vir à minha casa? — disse a condessa, após um momento de silêncio. — Conversaremos sobre uma coisa triste para ti. Eu daria tudo para afastar certas recordações, mas outros não pensam assim. "Ela" está aqui, em Petersburgo, e "ela" me escreveu.

Alexis Alexandrovitch tremeu. Imediatamente, porém, o seu rosto tomou aquela expressão de imobilidade cadavérica que revelava a sua total indiferença por semelhante assunto.

— Esperava isto — disse ele.

A condessa envolveu-o num olhar exaltado e, diante daquela grandeza de alma, lágrimas de admiração inundaram os seus olhos.

XXV

Alexis Alexandrovitch esperou alguns instantes no elegante toucador enfeitado de retratos e antigas porcelanas. A condessa mudava de vestido. Um serviço de chá chinês estava disposto numa mesinha, ao lado de uma chaleira. Karenine fitou distraidamente os inúmeros quadros que ornavam o aposento, sentou-se perto de uma mesa e apanhou os Evangelhos. O sussurro de um vestido de seda veio perturbá-lo.

— Afinal, vamos ficar um pouco tranquilos — disse a condessa, caminhando, com um sorriso emocionado, entre a mesa e o sofá. — Poderemos conversar bebendo chá.

Depois de um breve preâmbulo, ela entregou, com o rosto avermelhado e a respiração curta, a carta de Ana a Karenine, que a leu e com ela esteve durante muito tempo em silêncio.

— Não me julgo com o direito de recusar — disse ele, afinal, com timidez.

— Meu amigo, tu não vês o mal em parte alguma.

— Ao contrário, vejo-o em toda parte. Mas, seria justo...

O seu rosto exprimia a indecisão, o desejo de um conselho, de um apoio, de um guia em questão assim espinhosa.

— Não — interrompeu a condessa —, há limites para tudo. Eu compreendo a imoralidade — disse ela sem a menor convicção, porque nunca pudera discernir o que incitava as mulheres a infligir as leis da moral —, mas o que eu não compreendo é a crueldade, e para quem? Para o meu amigo! Como tem ela o topete de ficar na mesma cidade em que vives! Nunca se é velho demais para aprender. Todos os dias eu aprendo a compreender a tua grandeza e a baixeza de Ana.

— Quem nos poderá atirar a primeira pedra? — disse Alexis Alexandrovitch, satisfeito com o papel que desempenhava. — Depois de haver tudo perdoado, posso eu privá-la do que é uma necessidade do seu coração, o seu amor pelo filho?...

— E será verdadeiramente amor, meu amigo? Tudo isso será sincero? Tu perdoaste e ainda perdoas, eu o vejo bem, mas temos o direito de perturbar a alma daquele pequeno anjo? Ele acredita que a sua mãe está morta, ele reza por ela e pede a Deus o perdão dos seus pecados. Agora, que pensaria ele?

— Eu não tinha pensado nisso — disse Alexis Alexandrovitch, impressionado com a precisão daquele raciocínio.

A condessa cobriu o rosto com as mãos e guardou silêncio durante algum tempo. Ela rezava.

— Se queres a minha opinião — disse afinal —, aconselho-te a que não lhe concedas esta permissão. Não vê como sofres, como a tua ferida sangra? Admitamos que faças abstração de ti mesmo, que lucrarás com isso? Prepararás novos sofrimentos para ti e uma nova perturbação para a criança! Se ela ainda fosse capaz de sentimentos humanos, seria a primeira a compreender tal coisa. Não, eu não experimento nenhuma hesitação e vou, se me autorizares, escrever-lhe um bilhete neste sentido.

Karenine deu o consentimento e a condessa escreveu em francês a seguinte carta:

Madame, a sua presença pode dar lugar, por parte do seu filho, a perguntas que não saberíamos responder sem forçar a criança a destruir o que deve permanecer sagrado para ela. Queira compreender, pois, a recusa do seu marido, com um espírito de caridade cristã. Peço a Deus que lhe seja misericordioso.

CONDESSA LIDIA

Esta carta atingiu o fim secreto que a condessa alimentava: ferir Ana até o fundo da alma.

Alexis Alexandrovitch, da sua parte, voltou para a casa bastante perturbado. Não pôde durante todo o dia retornar às suas ocupações nem encontrar a paz de um homem que possui a graça e se sente predestinado. A ideia daquela mulher, tão culpada e com quem agira como um santo, no dizer da condessa, não devia tê-lo perturbado e, apesar de tudo, não estava tranquilo. Não compreendia nada do que lia e, não querendo enxotar do espírito as cruéis recordações do passado, acusava-se de numerosas faltas: por que, depois da confissão de Ana, não exigira dela o respeito das conveniências? Por que não provocara Vronski para um duelo? E a carta que escrevera à mulher, o seu inútil perdão, os cuidados dispensados à filha do outro, tudo lhe voltava à memória e queimava o seu coração numa estranha confusão. Chegou mesmo a achar infamantes todos os incidentes do seu passado, a começar pela declaração ingênua que fizera depois de longas hesitações.

"Mas, em que sou culpado?", perguntava-se. Esta pergunta engendrava necessariamente outra: como amavam, como se casavam os Vronski, os Oblonski, os camaristas de bigodes perfumados? E evocava toda uma serie daquelas criaturas fortes e seguras que sempre haviam cativado a sua atenção. Por mais esforços que fizesse para sufocar semelhantes pensamentos, para se lembrar que o fim da vida não era aquele mundo mortal, que a paz e a caridade unicamente deviam habitar a sua alma — ele sofria como se a salvação eterna fosse apenas uma quimera. Superou esta tentação e logo reconquistou a serenidade e a elevação espiritual, graças às quais conseguiu esquecer as coisas que desejava esquecer.

XXVI

— Então, Kapitonitch? — perguntou Sergio, voltando do passeio vermelho e alegre, na véspera do seu aniversário, enquanto o velho porteiro, sorrindo à criança do alto da sua grande estatura, despia-o de seu capote pregueado.
— Veio o empregado de faixa? Papai o recebeu?

— Sim, logo que o chefe de gabinete saiu, eu o anunciei — respondeu o porteiro. — Deixa-me despir-te.

— Sergio! — chamou o preceptor sérvio, parando diante da porta que levava aos quartos. — Tu mesmo é quem deves te despir!

Mas Sergio, embora ouvisse perfeitamente a voz do seu preceptor, não lhe prestou nenhuma atenção. Tinha o porteiro como companheiro e o fitava nos olhos.

— Papai fez o que ele pediu?

O criado fez um sinal afirmativo com a cabeça.

Aquele empregado envolvido numa faixa interessava a Sergio e ao porteiro. Era a sétima vez que se apresentava e Sergio, um dia o encontrara no vestíbulo, suplicando ao porteiro que o recebesse e dizendo que só lhe restava morrer com os seus sete filhos. Desde então o pobre homem preocupava muito a criança.

— Ele estava contente? — perguntou.

— Acho que sim, saiu quase aos saltos!

— Trouxeram alguma coisa? — indagou Sergio, após um instante de silêncio.

— Oh, sim — disse a meia-voz o porteiro, balançando a cabeça. — A condessa mandou um pacote.

— É verdade? Onde o puseste?

— Kornei levou-o para teu pai. Deve ser uma coisa bonita.

— De que tamanho? É assim?

— É pequeno, mas é bonito.

— Um livro.

— Não, um objeto. Vai, vai, Vassili Loukitch está chamando — disse o porteiro, mostrando com o olhar o preceptor Vounitch, que se aproximava.

— Eu já vou, Vassili Loukitch — disse Sergio, com aquele sorriso amável e gracioso que sempre desarmava o severo preceptor.

Sergio tinha o coração cheio de alegria para não partilhar com o seu amigo porteiro a felicidade de família que vinha de lhe ensinar a sobrinha da condessa Lidia, durante o seu passeio no jardim de verão. Aquela alegria lhe parecia ainda maior depois que tivera notícia do empregado e do presente. Parecia-lhe que, naquele belo dia, todos deviam estar felizes e contentes.

— Sabes? — prosseguiu ele. — Papai foi condecorado com a ordem de Santo Alexandre Nevski.

— É claro que eu sei. Já o felicitei.

— Ele está contente?

— Sempre se está contente com um favor do imperador. É uma prova de que se tem mérito — disse o porteiro, gravemente.

Sergio refletiu, examinando o porteiro, cujo rosto conhecia nos menores detalhes, o queixo principalmente, perdido entre as barbas grisalhas que ninguém ainda percebera, salvo a criança, que só o via de baixo para cima.

— E a tua filha, ela veio há muito tempo?

A filha do porteiro fazia parte do corpo de *ballet*.

— Onde achará ela um dia da semana para vir? Tem as suas lições, como tu tens as tuas. Depressa, estão te esperando!

Entretanto no seu quarto, Sergio, em lugar de entregar-se aos seus deveres, contou ao preceptor as suas suposições sobre o presente: devia ser uma locomotiva.

— Que acha o senhor? — perguntou ele.

Mas Vassili Loukitch só pensava na lição de gramática, que devia estar sabida antes da vinda do professor, às duas horas. A criança sentou-se à mesa de trabalho. Tinha o livro entre as mãos quando, de repente, gritou:

— Diga-me, existe uma ordem acima da que papai recebeu? O senhor sabe que papai foi condecorado com uma ordem, não?

O preceptor respondeu que havia a de São Vladimir.

— E acima?

— Acima de todas, a de Santo André.

— E acima?

— Não sei.

— Como, o senhor não sabe?

E Sergio, a testa entre as mãos, mergulhou nas meditações mais complicadas. Imaginou que seu pai talvez ainda recebesse as condecorações de São Vladimir e de Santo André e, em consequência, se mostrasse bem mais indulgente para a lição de hoje. Depois, achava que, uma vez crescido, faria tudo para merecer as condecorações, mesmo aquelas que fossem inventadas acima de Santo André: logo que fossem instituídas, ele se tornaria digno delas.

Essas reflexões fizeram passar o tempo tão velozmente que, interrogado na hora da lição sobre os complementos do tempo, lugar e modo, não soube responder, para grande desgosto do professor. Sergio ficou aflito: a sua lição, por mais que fizesse, não lhe entrava na cabeça! Em presença do professor ainda conseguia alguma coisa porque, à força de ouvir e de julgar compreender, imaginava compreender — mas, uma vez sozinho, recusava admitir que uma palavra tão curta e tão simples como "subitamente" pudesse colocar-se entre os "complementos de modo"!

Desejoso de voltar a ser bem-visto, escolheu um momento em que o professor procurava alguma coisa no seu livro e lhe perguntou:

— Miguel Ivanytch, quando será o seu aniversário?

— Farias melhor em pensar no teu trabalho. Que importância tem um aniversário para um ser racional? É um dia como outro, que deve ser empregado no trabalho.

Sergio olhou com atenção o professor, examinou a sua barba falha, os seus óculos caídos sobre o nariz, e perdeu-se em reflexões tão profundas que não ouviu nada do resto da lição. Pelo tom em que a frase era pronunciada, parecia-lhe impossível que fosse sincera.

"Mas por que todos eles se combinam para me dizer as coisas mais aborrecidas e inúteis? Por que este também me repele e não gosta de mim?", perguntava-se tristemente a criança, sem poder achar a resposta.

XXVII

Depois da lição do professor, vinha a do pai. Sergio, esperando-o, brincava com o seu canivete e prosseguia no curso das suas meditações. Uma das suas ocupações favoritas consistia em procurar a sua mãe durante os passeios, pois não acreditava na morte em geral e em particular na de sua mãe, apesar das afirmações da condessa e do pai. Também, nos primeiros tempos após a partida de Ana, pensava reconhecê-la em todas as mulheres morenas, graciosas e um pouco fortes: o seu coração se enchia de ternura, as lágrimas vinham-lhe aos olhos. Esperava que elas se aproximassem dele, levantassem os véus — e então, reconhecendo a mãe, lhe daria um beijo e sentiria a doce carícia da sua mão; aspiraria novamente o seu perfume e choraria de alegria, como uma noite em que rolara nos seus pés porque ela lhe fizera cócegas, enquanto ele mordia a sua mão alva coberta de anéis. Mais tarde, por acaso, a velha criada lhe dissera que a sua mãe vivia e que a condessa e o pai diziam aquilo porque ela se tornara má. Em nada acreditou porque a amava, e continuou a procurar e a esperá-la. Neste dia, no jardim de verão, viu uma senhora de véu malva e o seu coração bateu fortemente quando a viu tomar a mesma vereda que ele — depois, e de repente, a senhora desaparecera. Sergio sentia a sua ternura por sua mãe mais viva do que nunca. Os olhos brilhantes, perdidos no sonho, ele olhava em frente cortando a mesa com o seu canivete.

Vassili Loukitch tirou-o desta contemplação.

— Aí vem teu pai! — disse.

Sergio saltou da cadeira, correu para beijar a mão do pai e procurou no seu rosto alguns sinais de contentamento em consequência da con-decoração.

— Fizeste um bom passeio? — perguntou Alexis Alexandrovitch, deixando-se cair numa poltrona e abrindo o volume do Antigo Testamento. Embora repetisse frequentemente a Sergio que todo cristão devia conhecer a história santa, tinha necessidade de consultar o livro para dar as lições, o que a criança observava.

— Sim, papai, me diverti bastante — respondeu Sergio, que sentando-se novamente na cadeira, pôs-se a balançá-la, o que era proibido. — Eu vi Nadia (uma sobrinha da condessa que a mesma educava) e ela me disse que haviam dado ao senhor uma nova condecoração. Papai, o senhor não está contente?

— Em primeiro lugar, não te balances assim — disse Alexis Alexandrovitch — e, depois, aprenda que o que nos deve ser caro é o trabalho em si mesmo, e não a recompensa. Gostaria que compreendesses isso. Se procurares apenas a recompensa, o trabalho parecerá penoso, mas se amas o trabalho em si mesmo, nele acharás a recompensa.

E Alexis Alexandrovitch lembrou-se que assinara naquele dia cento e dezoito papéis diferentes e que, neste ingrato trabalho, só contava como recompensa o sentimento do dever.

Os olhos de Sergio, brilhantes de ternura e de alegria, disfarçaram-se diante do olhar do pai. Sentia que Alexis Alexandrovitch, dirigindo-lhe a palavra, falava num tom particular, como se estivesse se dirigindo a uma dessas crianças imaginárias que se veem nos livros e com as quais Sergio em nada se parecia. Para agradar ao pai, era preciso representar o papel de uma dessas crianças exemplares.

— Tu me compreendes?

— Sim, papai — respondeu Sergio, começando a representar o papel.

A lição consistia na recitação de alguns versículos do Evangelho e uma repetição dos primeiros capítulos do Antigo Testamento. A recitação não ia mal, mas, de repente, Sergio observou que o osso frontal de seu pai formava quase um ângulo perto das têmporas. Aquela estranha disposição o impressionou de tal forma que ele gaguejou e, perturbado pela repetição da palavra, disse como fim de um versículo o início do versículo seguinte. Alexis Alexandrovitch concluiu que o seu filho não entendia nada do que recitava e isso o irritou. Franziu a testa e pôs-se a explicar as coisas que frequentemente repetia, mas que Sergio não retinha nunca, apesar de achá-las bastante claras: acontecia a mesma aventura de "subitamente — complemento de modo". A criança, assustada, examinava o pai e só pensando numa coisa: seria preciso repetir realmente as explicações, como muitas vezes ele o exigia? Esse medo o impedia de compreender as coisas. Alexis Alexandrovitch, porém, passou diretamente à história santa. Sergio narrou mais ou menos os fatos, mas quando foi preciso indicar os que ele prefigurava certos, não soube responder, o que lhe valeu um castigo. O momento mais crítico foi aquele em que teve de recitar o nome dos patriarcas antediluvianos: permaneceu acanhado, cortando a mesa e balançando-se na cadeira. Lembrava-se apenas de Enoch: era o seu personagem favorito na história santa e ligou à sua elevação ao céu uma série de ideias que o absorveu completamente, enquanto fixava a corrente do relógio do pai e um botão meio desabotoado do seu colete.

Apesar de frequentemente lhe falarem da morte, Sergio recusava-se a acreditar nela. Não admitia que os seres a quem amava pudessem desaparecer e, muito menos ainda, que ele próprio tivesse que morrer. Aquela ideia inverossímil e incompreensível da morte, no entanto, fora-lhe confirmada por pessoas que lhe mereciam inteira confiança. A velha criada confessava, um pouco contra a vontade, que todas as criaturas morriam. Mas, então, por que Enoch não morrera? E por que outros, como ele, não mereciam subir vivos para o céu? Os perversos, esses a quem Sergio não amava, esses podiam morrer, mas os outros deviam pertencer ao caso de Enoch.

— Bem, vamos ver, quais são os patriarcas?

— Enoch, Enos...

— Vais mal, Sergio, muito mal. Se não procuras saber as coisas essenciais a um cristão, por que coisas te interessarás? — disse o pai, erguendo-se. — Não estou contente contigo e o teu professor também não o está. Vejo-me obrigado a castigar-te.

Sergio, realmente, trabalhava mal. No entanto, era muito mais bem dotado que certas crianças que o professor lhe citava como exemplos. Se não queria aprender o que lhe ensinavam, era porque a sua alma tinha necessidades muito diferentes daquelas impostas pelo seu pai e pelo professor. Aos nove anos, sendo apenas uma criança, conhecia a sua alma e a defendia, como a pálpebra protege o olho, contra aqueles que a queriam penetrar sem a chave do amor. Censuravam-no de não querer aprender quando se queimava na ânsia de saber. Instruía-se porém, ao pé de Kapitonitch, da criada, de Nadia, de Vassili Loukitch.

Sergio foi castigado. Não obteve permissão para ir à casa de Nadia, mas esta punição reverteu-se em seu favor. Vassili Loukitch, que estava de bom humor, ensinou-lhe a fazer pequenos moinhos de vento. Passou a noite a construir um e a pensar no meio de o fazer girar nos ares: era preciso prendê-lo pelo corpo ou simplesmente pregar-lhe asas? Esqueceu a mãe, mas a sua lembrança veio quando estava no leito e rezou para que ela deixasse de se esconder e o visitasse no dia seguinte, seu aniversário.

— Vassili Loukitch, sabes o que eu pedi a Deus?

— Estudar melhor?

— Não.

— Receber brinquedos?

— Não, tu não adivinharias. É um segredo. Se acontecer, eu te direi... Mas não o sabes mesmo?

— Não, tu me dirás depois — disse Vassili Loukitch, rindo-se, o que raramente lhe acontecia. — Vamos, deita-te, eu vou apagar a vela.

— Quando não há mais luz, vejo melhor o que pedi na minha oração. Ah, quase disse o meu segredo! — fez Sergio, rindo-se.

Quando ficou na obscuridade, Sergio pensou ouvir a sua mãe e sentir a sua presença: em pé, junto ao leito, ela o acariciava com o seu olhar cheio de ternura. Mas, imediatamente, ele viu os moinhos, um canivete, depois tudo se misturou na sua cabecinha e ele adormeceu.

XXVIII

Vronski e Ana hospedaram-se num dos melhores hotéis de Petersbur-
-go. Vronski, no rés do chão, enquanto Ana, com a criança, a ama de leite
e a criada, ficava no primeiro andar, num grande apartamento composto
de quatro aposentos.

Logo no dia da sua chegada, Vronski foi ver o irmão, em casa de quem
encontrou sua mãe, vinda de Moscou por causa de negócios. A mãe e
a cunhada receberam-no como de costume, interrogando-o sobre sua
viagem, falando de amigos comuns, mas sem fazerem nenhuma alusão a
Ana. Pagando-lhe a visita no dia seguinte, seu irmão foi o primeiro a falar
de Ana. Alexis soube escolher a ocasião para dizer-lhe que considerava
como um casamento a ligação que o unia a Mme. Karenina, tendo a firme
esperança de conseguir um divórcio que regularizasse a sua situação, e que
desejava que sua mãe e sua cunhada compreendessem as suas intenções.

— Pouco me importa — acrescentou ele — que a sociedade aprove ou
não a minha conduta, mas se a minha família quiser ter boas relações
comigo, é necessário que também as tenha com a minha mulher.

Sempre respeitoso para com a opinião do irmão mais moço, o mais
velho preferiu deixar a outros o cuidado de resolver aquela questão tão
delicada e, sem protestar, acompanhou Alexis aos aposentos de Ana.
Durante esta visita, Vronski tratou intimamente a amante, deixando
entender que o seu irmão conhecia a ligação, e afirmou claramente que
Ana o acompanharia ao campo.

Apesar da sua experiência social, Vronski caía num erro estranho:
ele que, melhor do que ninguém, devia compreender que a sociedade lhe
permaneceria fechada, acreditou por um bizarro efeito de imaginação que
a opinião pública, retornando de antigas convenções, sofria a influência
do progresso geral (porque, sem se perceber, tornara-se partidário do
progresso em todas as coisas). "Sem dúvida", pensava ele, "não será preciso contar com a sociedade oficial — mas os nossos parentes e amigos
se mostrarão mais compreensivos."

Para poder conservar durante muito tempo as pernas cruzadas, temos
que nos assegurar da liberdade dos seus movimentos. Em caso contrário,
as câimbras nos farão mudá-las de lugar e elas se estenderão naturalmente.
Acontecia o mesmo com Vronski: convencido intimamente que as portas
da sociedade lhe permaneciam fechadas, não quis acreditar menos numa

transformação dos costumes. Bateu, pois, às portas da sociedade: elas se abriram para ele, mas não para Ana. Como no jogo do "gato e dos ratos", as mãos que estavam erguidas em sua frente abaixaram-se imediatamente diante da sua amante.

Uma das primeiras mulheres de sociedade que encontrou foi sua prima Betsy.

— Afinal! — gritou ela, alegremente, vendo-o. — E Ana? Como estou contente! Onde estão hospedados? Imagino a horrível impressão que deve ter causado Petersburgo, depois de uma viagem como a que fizeram. Que lua de mel deviam ter passado em Roma! E o divórcio, está arranjado?

Aquele entusiasmo caiu desde que Betsy soube que o divórcio ainda não fora obtido, e Vronski o percebeu.

— Eu sei perfeitamente que me atirarão pedras, assim mesmo irei ver Ana. Vão se demorar muito tempo?

Fora, como prometera, naquele mesmo dia, mas havia mudado de tom: parecia valorizar a sua coragem para provar a amizade que dedicava a Ana. Depois de conversar sobre as notícias do dia, levantou-se no fim de dez minutos e disse:

— Mas ainda não me disseram quando será o divórcio. Eu, da minha parte, dei as costas às convenções, mas os pretensiosos ficarão frios enquanto não estejam casados. E é tão fácil agora! *Ça se fait...* Desse modo, viajarão sexta-feira? Lamento que não nos possamos ver daqui até lá.

O modo de Betsy podia ter demonstrado a Vronski a acolhida que lhe estava reservada. No entanto, quis fazer ainda uma tentativa na sua família. Não contava certamente com sua mãe, que, apaixonada por Ana no seu primeiro encontro, mostrava-se agora inexorável para com aquela que destruíra a carreira de seu filho. Punha todas as esperanças, porém, na sua cunhada Varia: esta, pensava ele, não atiraria a primeira pedra em Ana, acharia tudo simples e até mesmo muito natural o fato de visitá-la e recebê-la na sua própria casa. No dia seguinte, encontrando-a sozinha, participou-lhe o seu desejo.

— Tu sabes, Alexis, como eu te amo e como te sou devotada — respondeu Varia, depois de o ter escutado até o fim. — Se me conservo afastada é porque não posso ser útil a Ana Arcadievna (salientou os dois nomes). Não acredito que a possa julgar, talvez procedesse do mesmo modo. Não quero entrar em nenhum detalhe — acrescentou timidamente, vendo sombrear-se a fisionomia do cunhado, se bem que achasse que era preciso chamar as coisas pelo próprio nome. — Queres que eu a visite e a receba em minha casa para reabilitá-la perante a sociedade? Com toda franqueza, não o posso fazer. As minhas filhas crescem e, por causa do meu marido, sou obrigada a viver na sociedade. Suponhamos que eu visitasse Ana Arcadievna; eu não a poderia convidar para vir à minha casa, sem que preparasse tudo de modo que só encontrasse no meu salão pessoas tão dispostas quanto eu. De qualquer modo, isso também não a feriria? Sinto-me sem forças para escusá-la...

— Mas eu não admito, nem por um instante, que ela tenha caído e nem a quero comparar a centenas de mulheres que são recebidas na sociedade — interrompeu Vronski, erguendo-se, porque compreendia que Varia dissera a última palavra.

— Alexis, não te zangues, eu te peço. — disse Varia, com um sorriso forçado. — A culpa não é minha.

— Não estou zangado contigo, mas sofro duplamente — disse ele, cada vez mais sombrio. — Lamento a nossa amizade ferida ou, pelo menos, prejudicada... Deves compreender que depois de tudo isso...

E, com essas palavras, deixou-a, compreendendo a inutilidade de novas tentativas. Resolveu considerar-se como numa cidade estrangeira e evitar toda oportunidade para novos aborrecimentos.

Uma das coisas que lhe pareceram mais penosas foi ouvir, em toda parte, o seu nome associado ao de Alexis Alexandrovitch. Não somente ouvia falar de Karenine, mas encontrava-o em todos os lugares ou, pelo menos, supunha que o encontrava — como uma pessoa aflita e com um dedo doente julga magoá-lo em todos os móveis.

Por outro lado, a atitude de Ana desconcertava-o: mostrava-se por vezes ainda apaixonada por ele, outras vezes mostrava-se fria, irritável, enigmática. Alguma coisa evidentemente a perturbava, mas, em lugar de ser sensível aos aborrecimentos que tanto faziam Vronski sofrer e que sentia através da sua fina percepção comum, parecia preocupada unicamente em dissimular as suas contrariedades.

XXIX

Deixando a Itália, antes de mais nada Ana se propusera a rever o filho: à proporção que se aproximava de Petersburgo, sua alegria aumentava. Habitando ele na mesma cidade, a entrevista parecia natural e simples, mas, assim que chegou, compreendeu que seria bastante difícil.

Como consegui-la? Ir à casa do marido? Não se reconhecia com aquele direito e arriscava-se a receber uma afronta. Escrever a Alexis Alexandrovitch, quando só encontrava paz no momento em que esquecia a existência daquele homem? Espreitar as horas de passeio de Sergio e contentar-se com um rápido encontro quando tinha tantas coisas a dizer-lhe, tantos beijos, tantas carícias a transmitir-lhe? A velha criada poderia ajudá-la, mas ela já não residia em casa de Karenine. Ana perdeu dois dias procurando-a inutilmente. No terceiro, tendo sabido das relações do seu marido com a condessa Lidia, decidiu-se a escrever a esta uma carta que muito lhe custou: apelava para a generosidade do marido, sabendo que tendo uma vez assumido aquele papel, o desempenharia até o fim.

O portador, que levara a carta, trouxe-lhe a mais cruel e a mais imprevista das respostas. A condessa Lidia não podia responder. Não acreditou no que ouvira, mandou chamar o portador e ouviu-o, para sua grande humilhação, confirmar detalhadamente aquela triste notícia. Talvez a condessa tivesse razão — viu-se obrigada a confessar. A sua dor ainda era mais viva pelo fato de não poder confiá-la a ninguém. Vronski mesmo não a compreenderia, trataria aquilo como um caso de pouca importância e falaria de um modo frio pelo qual ela sentiria ódio. E como nada receava tanto como o ódio, resolveu esconder cuidadosamente os seus primeiros passos em relação à criança.

Passou todo o dia a imaginar outros meios de poder encontrar-se com o filho e, afinal, resolveu escrever diretamente ao marido. No momento em que começava a carta, trouxeram-lhe a resposta da condessa. Ela não protestara contra o silêncio, mas a animosidade, a ironia que lera entre as linhas daquele bilhete revoltaram-na.

"Que indiferença, que hipocrisia!", disse intimamente. "Eles querem me ferir e atormentar a criança! Mas não os deixarei fazer tal coisa! Ela é pior do que eu: pelo menos, eu não minto!"

Imediatamente tomou o partido de ir, no dia seguinte, aniversário de Sergio, à casa do marido. Veria a criança, compraria os empregados, acabaria com as mentiras absurdas que a envolviam. Correu para comprar presentes e organizou os seus planos: iria cedo, muito cedo, antes que Alexis Alexandrovitch despertasse; daria dinheiro ao porteiro e ao criado a fim de que a deixassem subir sem avisar ninguém, sob pretexto de colocar no leito de Sergio os presentes enviados pelo padrinho. Quanto ao que diria ao filho, ainda não refletira, não pudera imaginar coisa alguma.

Na manhã do dia seguinte, às oito horas, Ana fez-se conduzir de carruagem à sua antiga morada. Na porta, tocou a campainha.

— Vamos ver quem está aí, parece uma senhora — disse Kapitonitch ao seu ajudante, um rapaz que Ana não conhecia, percebendo pela janela uma senhora coberta com um véu, em pé, junto à entrada. Logo que o rapaz abriu a porta, ela tirou do seu regalo de peles uma nota de três rublos e colocou-a na sua mão.

— Sergio... Sergio Alexeivitch — murmurou ela, e quis passar adiante. Mas, depois de olhar a nota de três rublos, o ajudante de porteiro deteve a visitante na segunda porta.

— A quem a senhora deseja ver? — perguntou.

Ela não o ouviu e nada respondeu.

Observando a confusão da desconhecida, Kapitonitch pessoalmente saiu do seu quarto, deixou-a entrar e perguntou o que ela desejava.

— Venho da parte do príncipe Skorodoumov para ver Sergio Alexeivitch.

— Ele ainda não se levantou — disse o porteiro, examinando-a atenciosamente.

Ana jamais julgara que aquela casa, onde vivera nove anos, a perturbasse daquele modo. Recordações doces e cruéis cresceram na sua alma e, por um momento, esqueceu o motivo que a trouxera.

— A senhora queira ter a bondade de esperar — disse o porteiro, despindo-a do seu casaco de peles. Reconhecendo-a no mesmo instante, ele fez uma profunda reverência: — Que Vossa Excelência entre.

Ela tentou falar, mas, faltando-lhe a voz, dirigiu ao porteiro um olhar de súplica e lançou-se pela escada acima. Kapitonitch, curvado em dois, subiu atrás dela, procurando agarrá-la.

— Talvez o preceptor ainda não esteja vestido. Vou preveni-lo.

Ana subiu a escada bem sua conhecida, sem compreender uma só palavra do que lhe dizia o velho.

— Por aqui, à esquerda — insistia o homem. — Desculpe a desordem. Ele mudou de quarto, queira Vossa Excelência esperar um instante. Eu vou olhar...

Encontrou-o afinal, entreabriu uma grande porta e desapareceu para voltar no fim de um momento. Ana se detivera.

— Ele acaba de acordar — declarou o porteiro.

Enquanto falava, Ana ouviu o ruído de um bocejo e somente por esse ruído reconheceu o filho.

— Deixa-me, deixa-me entrar! — balbuciou ela, precipitando-se no aposento.

À direita da porta, sentado na cama, Sergio acabava de bocejar, espreguiçando-se. Os seus lábios se fecharam esboçando um sorriso e caiu novamente sobre o travesseiro.

— Meu pequeno Sergio — murmurou ela, aproximando-se docemente do leito.

Nessas efusões de ternura, Ana revia sempre o seu filho com quatro anos de idade, época em que fora mais belo. E eis que agora nem mesmo se parecia com a criança que ela deixara: crescera, ficara magro e o rosto se afinara muito, devido aos cabelos cortados. E que enormes braços! Ele mudara muito, mas era sempre ele, a forma da sua cabeça, os lábios, o pescoço esbelto e os ombros largos.

— Meu pequeno Sergio! — repetiu no ouvido da criança.

Ele se ergueu no cotovelo, voltou da direita para a esquerda a sua cabeça espantada, como se procurasse alguém, e, afinal, abriu os olhos. Durante alguns segundos, com o olhar interrogador, fitou a sua mãe imóvel. Depois, rindo-se de felicidade, fechando os olhos, atirou-se-lhe nos braços.

— Sergio, meu rapazinho — balbuciou ela, surpreendida pelas lágrimas, apertando entre os braços o delgado corpo.

— Mamãe! — murmurou, deixando-se deslizar entre as mãos da sua mãe, para que todo ele lhe sentisse o contato.

Os olhos sempre fechados, comprimia-se contra ela. O seu rosto roçava contra o pescoço e os seios de Ana, que sentia o perfume ainda quente da criança meio adormecida.

— Eu bem sabia! — exclamou, entreabrindo os olhos. — É o meu aniversário. Eu bem sabia que a senhora viria. Vou me levantar muito depressa.

E, falando, quase adormeceu de novo.

Ana devorava-o com os olhos. Observava as mudanças sobrevindas na sua ausência, reconhecia penosamente aquelas pernas tão compridas, as faces emagrecidas, os cabelos cortados curtos, formando pequenos anéis na nuca, no lugar onde ela frequentemente o beijava. Acariciou tudo aquilo em silêncio, porque as lágrimas a impediam de falar.

— Por que a senhora está chorando, mamãe? — perguntou ele, completamente desperto desta vez. — Por que está chorando? — repetiu, quase soluçando ele próprio.

— É de alegria, meu filhinho, há muito tempo que não te via!... Vamos, tudo acabou — disse ela, voltando-se para enxugar as lágrimas. — Mas é tempo de mudares a roupa — prosseguiu, depois de acalmar-se um pouco, e, sem deixar as mãos de Sergio, sentou-se perto do leito, numa cadeira onde estavam as roupas da criança. — Como te vestes sem mim? Como...

Ela queria falar num tom simples e alegre, mas, por mais que se esforçasse, não o conseguia.

— Não me lavo mais com água fria, papai proibiu. A senhora não viu Vassilli Loukitch? Chegará daqui a pouco... Ah, a senhora sentou-se sobre as minhas roupas!

E Sergio explodiu em risos. Ela o olhou e sorriu.

— Querida mamãe! — gritou, lançando-se novamente nos braços de Ana, como se melhor a compreendesse vendo-a a sorrir do que a chorar. — Tire isso — continuou retirando o chapéu de Ana. E, olhando sua cabeça nua, voltou a abraçá-la.

— Que pensaste de mim? Acreditaste que eu estivesse morta?

— Nunca acreditei.

— Não acreditaste, meu querido!

— Eu sabia, eu sabia perfeitamente! — disse ele, repetindo a sua frase favorita. E, apertando a mão que acariciava a sua cabeleira, levou-a aos lábios e cobriu-a de beijos.

XXX

Vassili Loukitch, durante este tempo, estava bastante embaraçado. Acabara de saber que a senhora cuja visita lhe parecera extraordinária era a mãe de Sergio, a mulher que abandonara o marido e a quem ele não conhecia, pois que só fora admitido na casa depois que ela partira. Devia penetrar no quarto ou prevenir Alexis Alexandrovitch? Depois de refletir, resolveu cumprir estritamente o seu dever, indo levantar Sergio na hora de costume, sem se preocupar com a presença de uma terceira pessoa, fosse ela a mãe da criança. Abriu a porta, mas deteve-se no limiar: à vista das carícias da mãe e da criança, do som das suas vozes, do sentido das suas palavras — tudo concorreu para que mudasse de atitude. Abanou a cabeça, soltou um suspiro e fechou a porta. "Esperarei ainda dez minutos", disse ele, enxugando os olhos.

Uma viva emoção agitava os criados. Sabiam todos que Kapitonitch deixara entrar a sua antiga patroa e que ela se encontrava no quarto da criança, sabiam também que o patrão ali entrava todas as manhãs depois das oito horas e compreendiam que era preciso a todo preço evitar um encontro entre os dois esposos. Kornei, o criado, descera ao quarto do porteiro para fazer um inquérito e sabendo que Kapitonitch em pessoa acompanhara Ana até em cima, dirigira-lhe uma severa admoestação. O porteiro guardou um silêncio estoico, mas quando o criado declarou que ele merecia ser expulso, o homem sobressaltou-se e, aproximando-se de Kornei, com um gesto enérgico, disse:

— Sim, tu não a terias deixado entrar, acredito! Depois de a servir durante dez anos e de só lhe ter ouvido boas palavras, terias coragem para lhe dizer: queira ter a bondade de sair? Tu és um finório, meu rapaz, hein? Também esperas fazer a tua manteiga e roubar as capas do patrão!

— Velho canalha! — resmungou Kornei, voltando-se para a criada, que entrava neste momento. — Sê juiz, Maria Iefimovna: ele deixou a senhora subir sem chamar por ninguém e daqui a pouco Alexis Alexandrovitch a encontrará no quarto do pequeno.

— Que negócio, que negócio! — disse a criada. — Mas, Kornei Vassilievitch, procure um meio de reter o patrão até que eu a previna e a faça sair daqui. Que história complicada!

Quando a criada entrou no quarto da criança, Sergio contava à mãe como ele e Nadia haviam caído escalando uma montanha de gelo. Ana ouvia o filho, apalpava o seu bracinho, mas nada compreendia do que ele lhe dizia. Era preciso partir! — nada mais sentia e só pensava nesta coisa terrível. Ouvira os passos de Vassili, mas, incapaz de mexer-se ou de falar, permaneceu imóvel como uma estátua.

— É a senhora, minha querida patroa! — disse a criada, aproximando-se de Ana, beijando-lhe os ombros e as mãos. — O bom Deus quis causar uma grande alegria ao nosso Sergio no seu aniversário... Mas a senhora sabe que não mudou em nada?

— Ah! Eu acreditava que não moravas mais aqui — disse Ana, retornando à realidade por um momento.

— Realmente vivo com a minha filha, mas estou aqui para festejar o aniversário do pequeno.

A velha criada pôs-se a chorar e a beijar novamente a mão da sua antiga patroa.

Sergio, os olhos brilhantes de alegria, entregava uma das mãos à mãe e a outra à criada, pisando o tapete com os pezinhos nus. A ternura da criada por sua mãe o enchia de contentamento.

— Mamãe, ela vem me ver frequentemente, e quando vem...

Parou, vendo a criada cochichar alguma coisa a Ana e o rosto desta exprimir ao mesmo tempo pavor e vergonha. Ana aproximou-se do filho.

— Meu querido — começou ela, sem poder articular a palavra "adeus". Mas, pela expressão do rosto, a criança compreendeu. — Meu querido, caro filhinho — murmurou, tratando-o como o tratava quando ele era muito pequenino. — Tu não me esquecerás, dize, tu...

Ela não pôde acabar. Quantas coisas lamentaria mais tarde não ter conseguido dizer, como era incapaz de exprimir qualquer coisa naquele momento! Sergio, porém, compreendeu tudo: compreendeu que sua mãe o amava e que era infeliz, compreendera mesmo o que a criada sussurrava ao seu ouvido, sim, porque ouvira as palavras: "Sempre depois das oito horas."

Tratava-se evidentemente de seu pai e verificou que ela não o devia encontrar. Mas por que o pavor e a vergonha desenhavam-se no rosto de sua mãe? Sem ser culpada, ela parecia recear a vinda do pai e enrubesceu por alguma coisa que ele ignorava. Desejara interrogá-la, mas não o ousou. Via-a sofrendo e sentia pena. Apertou-se contra ela, murmurando:

— Não vá ainda não, ele não virá tão cedo.

Sua mãe afastou-o um instante para o olhar e tentou compreender se ele pensava bem no que dizia. Através do ar assustado da criada, ela compreendeu que Sergio falava realmente do pai e parecia mesmo indagá-la a este respeito.

— Sergio, meu amigo — disse ela —, tu precisas gostar dele. Ele é melhor do que eu, eu sou culpada. Quando cresceres, tu julgarás.

— Ninguém é melhor do que a senhora — gritou a criança, soluçando desesperadamente. E, agarrando-se aos ombros da mãe, apertou-a com toda a força nos seus bracinhos trêmulos.

— Meu querido, meu querido! — balbuciou ela, desmanchando-se em lágrimas como uma criança.

Neste momento, Vassili Loukitch entrou. Ouviram-se passos perto da outra porta e a criada, aterrorizada, entregou o chapéu a Ana, dizendo muito baixo:

— Ele já vem aí.

Sergio deixou-se cair no leito e pôs-se a soluçar, cobrindo o rosto com as mãos. Ana abaixou-se para beijar ainda uma vez as suas faces banhadas em lágrimas e saiu precipitadamente. Alexis Alexandrovitch vinha ao seu encontro e, vendo-a, deteve-se e curvou a cabeça.

Ana acabara de afirmar que ele era melhor que ela, mas o olhar que lançou sobre o marido só despertou no seu coração um sentimento de ódio, de desprezo e de ciúme em relação ao seu filho. Ela abaixou rapidamente o véu e saiu quase correndo.

Na pressa, esquecera na carruagem os brinquedos que comprara na véspera com tanto amor e tristeza. Levou-os novamente para o hotel.

XXXI

Embora desejasse já havia muito tempo e estivesse preparada de antemão, Ana não esperava as violentas emoções causadas por aquela entrevista com o seu filho. Voltando ao hotel, esteve durante muito tempo tentando compreender por que estava ali. "Vamos", disse ela, "tudo está acabado, e eis que estou novamente sozinha!" Sem tirar o chapéu, deixou-se cair numa poltrona perto do fogão. E, os olhos fixos num relógio de bronze posto sobre um console entre as janelas, absorveu-se em suas recordações.

A criada francesa, que trouxera consigo do estrangeiro, veio receber ordens. Ana pareceu surpresa e respondeu: "Mais tarde." O rapaz que desejava lhe servir um pequeno almoço recebeu a mesma resposta.

A ama italiana entrou por sua vez, trazendo a criança, que acabara de vestir. Vendo a mãe, a criancinha sorriu batendo palmas, à maneira do peixe que agita as barbatanas. Como poderia Ana não responder ao seu sorriso, não beijar o seu rosto e os bracinhos desnudos, não a fazer saltar sobre seus joelhos, nem entregar o dedo que ela agarrava com gritos de alegria, o lábio que ela comprimia na boca e que era o seu modo de beijar? Mas, fazendo assim, Ana constatava só experimentar pela filhinha um sentimento muito afastado do profundo amor que dedicava a Sergio. Todas as forças de uma ternura insaciável estavam concentradas em seu filho, filho de um homem a quem ela não amava — e nunca a sua filha, nascida nas mais tristes condições, recebera a centésima parte dos cuidados dispensados a Sergio. A criancinha, de resto, só representava esperanças, enquanto Sergio era quase um homem, já conhecedor do conflito dos sentimentos e das ideias, e que amava a sua mãe, compreendia-a, julgava-a talvez... — pensava Ana, lembrando-se das suas palavras e dos seus olhares. E agora estava separada dele, moral como materialmente, e não via nenhum remédio para aquela situação.

Depois de entregar a filhinha à ama e de despedi-la, Ana abriu um medalhão em que guardava um retrato de Sergio tendo mais ou menos a mesma idade que a sua irmã. Depois, levantou-se, tirou o chapéu e, apanhando sobre a mesa um álbum de fotografias, retirou dentre elas, para fazer uma comparação, inúmeros retratos do filho em diversas idades. Restava apenas um, o melhor, em que Sergio estava representando a cavalo sobre uma cadeira, em blusa branca, risonho e a testa franzida: a semelhança era perfeita. Com os dedos ágeis, mais nervosos que nunca, tentou inutilmente tirar a fotografia do lugar e, não tendo uma faca de cortar papel ao alcance das mãos, empurrou-a com uma outra apanhada ao acaso, que era um retrato de Vronski tirado em Roma com os cabelos enormes e o chapéu mole. "Ei-lo!", exclamou, lembrando-se que ele era o autor dos seus sentimentos atuais. Não pensara nele durante toda a manhã, mas, vendo aquele rosto vigoroso e nobre, tão caro e tão íntimo, sentiu subir uma onda de amor ao seu coração.

"Onde está ele? Por que me deixa sozinha com a minha mágoa?", perguntava-se com amargura, esquecendo que dissimulava cuidadosamente tudo o que dizia respeito a seu filho. Mandou chamá-lo imediatamente e esperou, com o coração apertado, as palavras de ternura que ele iria lhe dedicar. O empregado voltou para dizer que o conde tinha uma visita e que mandara perguntar se ela podia recebê-lo com o príncipe Iachvine, novamente em Petersburgo. "Ele não virá sozinho e desde ontem, depois do jantar, não me vê. Nada poderei dizer-lhe porque está com Iachvine." E uma ideia cruel atravessou-lhe o espírito: "Se ele cessou de me amar!"

Recordou os incidentes dos dias precedentes — achava confirmações para aquela ideia terrível: desde que chegaram a Petersburgo Vronski exigira que ela se instalasse à parte, na véspera não jantara com ela e eis que a vinha ver acompanhado, como se receasse um *tête-à-tête*.

"Se isso for verdade, ele tem o dever de me confessar tal coisa, devo estar prevenida e então saberei o que me resta fazer", disse, intimamente.

Aquele terror, vizinho do desespero, deu-lhe uma certa superexcitação. Tocou a campainha chamando a criada, passou ao quarto e vestiu-se com extremo cuidado, como se da sua elegância dependesse a conquista do amante. Antes que estivesse pronta, a campainha tocou.

Quando entrou na sala, o seu olhar encontrou primeiramente o de Iachvine. Vronski, preocupado em examinar os retratos de Sergio que ela esquecera sobre a mesa, não mostrou nenhuma pressa em olhá-la.

— Somos velhos conhecidos, já nos vimos o ano passado nas corridas — disse ela, colocando a sua pequena mão na mão enorme do homem, cuja confusão contrastava estranhamente com o seu rosto rude e o seu corpo gigantesco. — Dá-me isto — disse, retomando de Vronski, com um movimento rápido, as fotografias do filho, enquanto o fitava de um modo todo significativo. — As corridas deste ano foram boas? Tive que me contentar com as de Roma, no Corso. Mas sei que o senhor não gosta do estrangeiro — acrescentou com um sorriso acariciador. — Eu o conheço bem e, apesar de nos encontrarmos muito pouco, conheço bem os seus gostos.

— Sinto-me inquieto, porque geralmente eles são maus — respondeu Iachvine, mordendo a ponta esquerda do bigode.

Depois de alguns minutos de conversa, Iachvine, vendo Vronski consultar o relógio, perguntou a Ana se ela esperava permanecer muito tempo em Petersburgo. Apanhou o quepe e ergueu-se, dobrando o seu imenso corpo.

— Acho que não — respondeu ela com ar perturbado, lançando a Vronski um olhar furtivo.

— Então não nos veremos mais? — disse Iachvine, voltando-se para Vronski. — Onde jantarás tu?

— Venha jantar conosco — disse Ana, decididamente. Mas ela corou logo depois, por não poder dissimular a sua perturbação todas as vezes em que a sua falsa situação se afirmava diante de um estranho. — A cozinha do hotel não é boa, mas o senhor a experimentará. De todos os seus camaradas de regimento, o senhor é o preferido de Vronski.

— Obrigado — respondeu Iachvine, com um sorriso que provou a Vronski que Ana o conquistara.

Ele se despediu e saiu. Vronski ia segui-lo.

— Também partes?

— Estou atrasado. Vai, eu te encontrarei depois — gritou ele ao amigo.

Ana segurou-lhe a mão e, sem o deixar com os olhos, procurou o que diria para o reter.

— Espere, tenho alguma coisa a te perguntar — disse. E, apertando a mão de Vronski contra o rosto, continuou: — Fiz mal em convidá-lo?

— Fizeste bem — respondeu ele, sorrindo com satisfação. E beijou a mão de Ana.

— Alexis, tu não mudaste em relação a mim? — perguntou, agora apertando as mãos de Vronski entre as suas. — Alexis, eu não posso ficar aqui. Quando partimos?

— Logo, em breve. Eu também já estou no fim das minhas forças.

E ele retirou as mãos.

— Está bem, vai, vai! — exclamou ela, com mágoa.

E se afastou precipitadamente.

XXXII

Quando Vronski retornou ao hotel, Ana já ali não se achava. Disseram-lhe que pouco depois que ele saíra ela também saíra com uma senhora, sem avisarem para onde iam. Aquela ausência imprevista, prolongada, reunida ao aspecto agitado, ao modo ríspido como tomara as fotografias do filho em frente de Iachvine, tudo aquilo fez com que Vronski refletisse. Resolvido a pedir-lhe uma explicação, ele esperou-a na sala. Ana, porém, não entrou sozinha. Trouxe uma das suas tias, uma solteirona, a princesa Oblonski, com quem fizera compras. Sem observar o ar inquieto e interrogador de Vronski, pôs-se a enumerar as compras feitas — mas ele lia com uma atenção concentrada nos olhos brilhantes que o fitavam dissimuladamente, reconhecia nas suas frases e nos seus gestos aquela graça febril, aquele nervosismo que o encantara antigamente e que agora lhe fazia medo.

Iam passar à sala, onde a mesa estava posta para quatro pessoas, quando anunciaram Touchkevitch, enviado por Betsy. A princesa desculpava-se junto a Ana por não poder lhe fazer uma visita de despedida: estava doente e pedia à amiga que fosse vê-la entre sete e meia e nove horas. Vronski olhou para Ana como para lhe fazer entender que, marcando hora, a princesa tomara as medidas necessárias para que ela não encontrasse ninguém, mas Ana pareceu não lhe dar a menor atenção.

— Lastimo muito não estar livre precisamente entre sete e meia e nove horas — disse ela com um imperceptível sorriso.

— A princesa sentirá muito!

— E eu também.

— A senhora, sem dúvida, vai ouvir a Patti?

— A Patti? Isto é uma ideia. Iria certamente se pudesse conseguir um camarote.

— Poderei procurar um.

— Ficaria infinitamente agradecida... Mas o senhor não quererá jantar conosco?

Vronski sacudiu ligeiramente os ombros. Nada compreendia do modo de proceder de Ana: por que trouxera aquela solteirona, por que convidava Touchkevitch a jantar e principalmente por que desejava um camarote? Podia ela, na sua situação, mostrar-se na ópera em dia de assinatura? Ali, por certo, encontraria toda a Petersburgo. Ao olhar severo que ele lhe lançou, Ana respondeu com um daqueles olhares meio provocantes que lhe permaneciam um enigma. Ana, durante o jantar, muito animada, parecia querer agradar ora a um, ora a outro dos seus convidados. Saindo da mesa, Touchkevitch foi procurar o camarote e Iachvine desceu para fumar com Vronski. Quando Vronski subiu, no fim de um certo tempo, encontrou Ana num vestido decotado cuja seda clara se assemelhava ao veludo, enquanto um manto de renda fazia sobressair a cintilante beleza da sua cabeça.

— Vais, realmente, ao teatro? — perguntou, evitando o seu olhar.

— Por que me perguntas isto com este ar espantado? — respondeu ela, ofendida porque ele não a fitava. — Eu não vejo por que não iria!

Parecia não compreender o que Vronski queria dizer.

— Evidentemente, não existe nenhuma razão para isso! — prosseguiu ele, franzindo a testa.

— É precisamente o que eu acho — disse ela, fingindo não compreender a ironia daquela resposta.

E, sem perder a calma, calçou tranquilamente a luva perfumada.

— Ana, em nome de Deus, que é que tens?... — disse ele, procurando despertá-la como outrora tentara mais de uma vez o seu marido.

— Não compreendo o que desejas.

— Tu bem sabes que não podes ir.

— Por quê? Eu não vou sozinha: a princesa Bárbara foi mudar de vestido, ela me acompanhará.

Vronski ergueu os ombros, sem coragem.

— Não sabes, pois... — quis ele dizer.

— Mas eu não quero saber de nada — gritou ela. — Não, eu não quero! Não me arrependo em nada do que fiz, não, não e não! Se fosse preciso recomeçar, eu recomeçaria. Só uma coisa poderá existir entre nós: é saber se nos amamos. O resto não tem valor. Por que vivemos separados aqui? Por que não posso ir aonde quero?... Amo-te, e tudo me será igual se continuares a ser como eras em relação a mim — acrescentou em russo, dirigindo-lhe um daqueles olhares exaltados que Vronski não chegava a compreender. — Por que não me olhas?

Ele ergueu os olhos e viu a sua beleza e aquela elegância que lhe ficavam tão bem, mas, naquele momento, era precisamente aquela beleza e aquela elegância que o irritavam.

— Tu bem sabes que os meus sentimentos não mudariam. Mas eu te peço, suplico-te que não vás! — disse ele, sempre em francês, com o olhar frio, mas com voz suplicante.

Ela só observou o olhar e respondeu bruscamente:

— E eu te peço para me explicar por que não devo ir.

— Porque isso pode atrair os...

Não ousou concluir a frase.

— Não compreendo. Iachvine *n'est pas compromettant*, e a princesa Bárbara não é pior que as outras. Ah, ei-la!

XXXIII

Pela primeira vez depois da sua ligação, Vronski sentiu para com Ana um descontentamento vizinho da cólera. O que principalmente o contrariava era não poder se explicar de coração aberto, não poder dizer o que ela pareceria com aquele vestido na ópera, em companhia de uma pessoa tarada como a princesa — ela não somente se reconhecia como uma mulher perdida, mas ainda atirava a luva em face da opinião pública, renunciando para sempre a entrar na sociedade.

"Como ela não o compreende? Que se passa com ela?", perguntava-se. Mas enquanto abaixava a sua estima pelo caráter de Ana, a admiração pela beleza da amante aumentava sempre.

Voltou para o seu quarto, sentou-se aborrecido junto de Iachvine, que, com as enormes pernas estendidas numa cadeira, bebia uma mistura de água de Seltz com *cognac*. Vronski seguiu o seu exemplo.

— Vigoroso, o cavalo de Lankovski? É um belo animal que te aconselho a comprar — disse Iachvine fitando o rosto sombrio do amigo. — Ele tem as ancas defeituosas, mas a cabeça e os pés são admiráveis: não se encontrará nada de semelhante.

— Comprá-lo-ei, então — respondeu Vronski.

Falando sobre cavalos, a lembrança de Ana não o deixava: olhava o relógio e ouvia o que se passava no corredor.

— Ana Arcadievna mandou dizer que saiu para o teatro — anunciou o criado.

Iachvine bebeu ainda um pequeno copo de água gasosa e levantou-se abotoando a túnica.

— Vamos sair? — perguntou, dando a entender com um sorriso que compreendia a causa da contrariedade de Vronski, mas que não ligava nenhuma importância a isto.

— Eu não irei — respondeu Vronski, lugubremente.

— Não, eu prometi e vou. Até logo. Se resolveres, toma a poltrona de Krousinski que está livre — acrescentou, retirando-se.

— Não, tenho um negócio a acertar.

"Decididamente", disse Iachvine deixando o hotel, "se se tem aborrecimentos com a mulher, com a amante é ainda pior!"

Ficando sozinho, Vronski pôs se a andar de um lado para outro.

"Vejamos, que assinatura será hoje? A quarta. Meu irmão e minha cunhada lá estarão fatalmente e, sem dúvida, também minha mãe, isto é, toda a cidade de Petersburgo... Ela entrou neste momento, tirou a capa de peles e eis que está em frente de todos. Touchkevitch, Iachvine, a princesa Bárbara... Então, e eu? Tive medo ou dei a Touchkevitch o direito de defendê-la? Como tudo isso é estúpido! Por que me põe ela nesta ridícula situação, disse, com um gesto decidido.

A este movimento bateu com a mão na mesa em que estava a bandeja com o *cognac* e a água de Seltz, fazendo-a cair. Querendo apanhá-la, Vronski derrubou completamente a mesa.

— Se queres ficar em minha casa — afirmou ao criado que apareceu — faze melhor o teu serviço. Por que não levaste isso?

Fazendo-se de inocente, o criado quis justificar-se, mas um olhar do patrão certificou-o de que era melhor calar-se e, desculpando-se apressadamente, ajoelhou-se no tapete para apanhar, em pedaços ou intactos, os copos e as garrafas.

— Este trabalho não é teu. Chama um garçom e prepara a minha roupa.

Às oito horas e meia Vronski entrava na ópera. O espetáculo já começara. O velho "porteiro" que lhe tirou o capote reconheceu-o e tratou-o por Excelência.

— Não é necessário número — afirmou o velhote. — Saindo, Vossa Excelência só terá que chamar por Teodoro.

Fora este homem, no corredor só havia dois empregados, que ouviam através duma porta semicerrada: escutava-se a orquestra acompanhando em *staccato* uma voz de mulher. A porta abriu-se para dar passagem a um porteiro e a frase cantada ecoou nos ouvidos de Vronski. Não pôde ouvir o final, a porta já estava fechada, mas, pelos aplausos que se seguiram, compreendeu que o ato estava terminado. O barulho ainda permanecia quando ele entrou na sala brilhantemente iluminada pelos bicos de gás em bronze. No palco, a cantora decotada e coberta de diamantes saudava, rindo-se e inclinando-se para agradecer, com a ajuda do tenor, que lhe segurava a mão, os ramos de flores que jogavam da plateia. Um senhor, com uma linha impecável que lhe separava os cabelos, estendia-lhe um estojo de joias, alongando os braços enquanto o público gritava, aplaudia e levantava-se para ver melhor. Depois de ajudar aos artistas a transmitir os agradecimentos, o chefe da orquestra ajustava a sua gravata branca. Chegando ao meio dos espectadores, Vronski se deteve e olhou maquinalmente em torno, aborrecidíssimo com a cena, o ruído e o rebanho dos assistentes comprimidos na sala. Eram as mesmas senhoras nos camarotes e os mesmos oficiais, as mesmas mulheres pintadas, os mesmos uniformes e os mesmos sobretudos, a mesma multidão asquerosa — e aquela sala, abrangendo desde os camarotes até os primeiros lugares nas poltronas da orquestra, representava simplesmente a "sociedade". A atenção de Vronski aplicou-se imediatamente sobre aquele oásis.

Como o ato acabasse, Vronski, tendo que se dirigir para o camarote do irmão, alcançou as poltronas onde Serpoukhovskoi, apoiado contra a balaustrada em que batia com o sapato, sorrindo chamava-o. Ainda não vira Ana e nem a procurava mas, pela direção que os olhares tomavam, adivinhou o local onde ela se achava. Temendo o pior, receava encontrar Karenine, mas, por um feliz acaso, ele não fora ao teatro naquela noite.

— Como ficaste pouco militar! — disse-lhe Serpoukhovskoi. — Pareces com um diplomata, um artista...

— Sim, mas no instante em que voltar retomarei a antiga aparência — respondeu Vronski, tirando vagarosamente o binóculo.

— É o que eu te invejo, pois quando entro na Rússia de volta confesso--te que tranquilizo as minhas saudades — disse Serpoukhovskoi. — A liberdade antes de tudo.

Serpoukhovskoi, havia muito tempo, renunciara encaminhar Vronski na carreira militar, mas, como gostasse sempre dele, mostrava-se particularmente amável.

— É deplorável que tenhas perdido o primeiro ato.

Vronski ouvia ligeiramente. Examinava as frisas e os camarotes.

De repente a cabeça de Ana apareceu no raio do seu binóculo, arrogante, adorável, risonha entre as suas rendas, junto a uma senhora de turbante e a um velho calvo, desagradável, que piscava os olhos constantemente. Ana estava na quinta frisa, sentada em frente do camarote, um pouco inclinada conversando com Iachvine. Os cabelos presos, os lindos e opulentos ombros, o brilho dos olhos e do rosto, tudo a fazia lembrar como a vira outrora no baile de Moscou. Os sentimentos que inspiravam a sua beleza nada tinham de misteriosos e, sentindo crescer o seu encanto ainda mais vivamente, Vronski quase se escandalizou por vê-la tão bela. Embora Ana não olhasse para o seu lado, não duvidou que ela o tivesse visto.

Quando, no fim de um minuto, Vronski dirigiu o binóculo novamente para o camarote, viu a princesa Bárbara, bastante vermelha, rindo com um riso forçado e voltando-se a todo instante para o camarote vizinho. Ana, batendo com o leque fechado sobre a borda do veludo encarnado, fitava ao longe com a intenção de não observar o que se passava à sua volta. Iachvine, cuja expressão do rosto refletia as mesmas impressões de quando perdia no jogo, mordia nervosamente o bigode, franzia a testa, olhava furtivamente o camarote da esquerda.

Pondo o binóculo sobre os espectadores daquele camarote, Vronski reconheceu os Kartassov, que Ana e ele haviam frequentado antigamente. Em pé, de costas voltadas para Ana, Mme. Kartassov, uma mulherzinha magra, pálida, descontente, parecia falar com animação e o marido, um

ANA KARENINA

homem gordo e calvo, tentava acalmá-la voltando-se para o lado de Ana. Quando a mulher deixou o camarote, o marido atrasou-se procurando encontrar o olhar de Ana para cumprimentá-la, mas esta se voltou ostensivamente para conversar com Iachvine, que estava curvado sobre ela. Kartassov saiu sem a cumprimentar e o camarote ficou vazio.

Sem nada compreender daquela pequena cena, Vronski certificou-se de que Ana acabava de sofrer uma afronta: viu pela expressão do rosto que ela buscava as últimas forças para sustentar aquele papel até o fim. De resto, ela aguardava a aparência da mais absoluta calma. Aqueles que não a conheciam, que não podiam entender as expressões indignadas ou compadecidas das suas antigas amigas diante daquela audácia de aparecer assim em todo o fulgor da sua beleza e da sua elegância, esses não julgariam que Ana experimentasse os mesmos sentimentos de vergonha que um malfeitor exposto no pelourinho.

Profundamente perturbado, Vronski foi ao camarote do irmão com a esperança de saber o que se passara. Atravessou intencionalmente a plateia do lado oposto ao camarote de Ana e encontrou o seu velho coronel, que conversava com duas pessoas. Vronski julgou ouvir pronunciar o nome de Karenine e observou que mudavam solicitamente de conversa, enquanto o coronel lançava aos interlocutores um olhar significativo.

— Ah, Vronski! Quando te veremos novamente no regimento? Que diabo, não te podemos deixar partir sem te oferecer alguma coisa. És dos nossos até o fim das unhas!

— Agora não tenho tempo. Eu o lamento bastante.

Subiu com toda a pressa a escada que levava aos camarotes. A velha condessa, sua mãe, achava-se no camarote do seu irmão. Varia e a jovem princesa Sorokine passeavam no corredor. Percebendo o cunhado, Varia retornou com a companheira para junto da sogra e, dando a mão a Vronski, entabulou imediatamente, com uma emoção que bem raramente se verificava nela, o assunto que o interessava.

— Eu acho que é infame e vil. Mme. Kartassov não tinha o direito de agir assim. Mme. Karenina...

— Mas que houve? Eu não sei de nada.

— Como, não ouviste nada?

— Compreendes que eu seja o último a saber qualquer coisa...

— Não existe criatura mais desprezível na sociedade que essa Mme. Kartassov!

— Mas que fez ela?

— Insultou Mme. Karenina, a quem o seu marido dirigia a palavra de um camarote para outro... Iegor me contou: ela fez uma cena com o marido e retirou-se depois de ter uma expressão ofensiva para Mme. Karenina.

— Conde, a senhora sua mãe está chamando-o — disse Mlle. Sorokine, entreabrindo a porta do camarote.

— Eu sempre te espero — disse-lhe a mãe, acolhendo-o com um sorriso irônico. — Há muito tempo que não nos vemos.

O filho sentiu que ela não podia dissimular a sua satisfação.

— Bom dia, mamãe. Eu vinha lhe apresentar os meus cumprimentos.

— Hein? Não vais fazer *la cour à Mme. Karenina*? — continuou ela quando a moça se afastou. — *Elle fait sensation. On oublie la Patti pour elle.*

— Mamãe, eu já pedi à senhora para não falar nisso — respondeu Vronski, com ar sombrio.

— Apenas repito o que toda gente diz.

Vronski não respondeu nada e, depois de trocar algumas palavras com a jovem princesa, saiu para o corredor, onde imediatamente encontrou o seu irmão.

— Ah, Alexis! — disse o irmão. — Que vilania! Aquela mulher é uma miserável!... Eu queria ir ver Mme. Karenina... Vamos juntos!

Vronski não o ouvia. Desceu a escada, sentindo que tinha um dever a cumprir — mas qual? Furioso com a falsa situação em que Ana os colocara, a ambos, sentia, não obstante, uma enorme piedade por ela. Dirigindo-se entre a plateia para o camarote onde estava a sua amante, viu que Stremov, encostado ao camarote, conversava com Ana.

— Já não existem tenores — dizia ele. — *Le moule en est brisé.*

Vronski inclinou-se em frente de Ana e apertou a mão de Stremov.

— Parece-me que chegaste tarde e perdeste a melhor parte — disse Ana a Vronski, com um ar que lhe pareceu ser de zombaria.

— Eu sou um medíocre juiz — respondeu ele, fitando-a severamente.

— És, então, como o príncipe Iachvine — disse ela, rindo-se —, ele acha que a Patti canta muito forte... Obrigada — acrescentou, pegando com a mãozinha enluvada o programa que Vronski lhe dava.

Mas, subitamente, o seu lindo rosto empalideceu. Ela se levantou e retirou-se para o fundo do camarote.

Apenas começava o segundo ato quando Vronski percebeu que o camarote de Ana estava vazio. Apesar dos protestos dos espectadores, ele atravessou a plateia e entrou novamente no hotel.

Ana já voltara. Vronski a encontrou tal como a deixara no teatro, sentada, o olhar fixo na poltrona junto à parede. Vendo-o, ela concedeu-lhe, sem mover-se, um olhar distraído.

— Ana, queria dizer-te...

— És tu a causa de tudo — gritou ela, erguendo-se, com lágrimas de raiva e de desespero na voz.

— Eu te pedi, supliquei-te que não fosses. Sabia que passarias por uma prova pouco agradável...

— Pouco agradável! — exclamou Ana. — Tu queres dizer horrível. Viva eu cem anos que não a esquecerei. Ela disse que se sentia desonrada sentada junto de mim.

— Palavras imbecis! Mas por que se impor a ouvi-las?

— Eu odeio a tranquilidade. Tu não deverias me compelir a isso; se me amasses...

— Ana, que tem o meu amor com isso?

— Sim, se tu me amasses como eu te amo, se tu sofresses como eu sofro... — disse ela, examinando-o com uma expressão de terror.

Vronski sentiu piedade e afirmou que a amava, pois sabia muito bem que era aquele o único meio de acalmá-la, embora, no fundo do coração, estivesse fingindo. Ana, ao contrário, sorvia com delícia aquelas juras de amor, cuja banalidade aborrecia o seu amante — e, pouco a pouco, reencontrou a calma perdida.

No dia seguinte, completamente reconciliados, partiram para o campo.

Sexta Parte

I

Daria Alexandrovna passava o verão em Pokrovskoie, em casa de sua irmã Kitty. Como a sua casa de Iergouchovo caísse em ruínas, ela aceitara a proposta que lhe fizera os Levine de instalar-se, com as crianças, em casa deles. Stepane Arcadievitch aprovou bastante aquele arranjo e lamentou profundamente só poder aparecer de tempos em tempos: as suas ocupações o impediam de consagrar os dias à família, o que, para ele, constituía o cúmulo da felicidade. Além dos Oblonski, as crianças e a governante, os Levine hospedavam a velha princesa, que julgava indispensável acompanhar a gravidez da filha. Lá estava também Varinka, a amiga de Kitty em Soden, que cumpria a promessa de visitá-la logo que ela estivesse casada. Por mais simpáticas que fossem todas aquelas pessoas, Levine observava que eram parentes ou amigas da sua mulher. Pôs-se a lastimar que o "elemento Stcherbatski", como ele dizia, superasse muito o "elemento Levine". Este era representado por Sergio Ivanovitch, que, de resto, tinha mais de Koznychev que de Levine.

A velha casa, tanto tempo deserta, quase não possuía mais nenhum quarto desocupado. Todos os dias, pondo-se à mesa, a princesa contava os convidados: para evitar o terrível número treze, ela frequentemente obrigava um dos netos a ocupar uma mesa separada. Por seu lado, como boa dona de casa, Kitty punha todos os seus cuidados em fazer ótima provisão de frangos, patos, perus, a fim de satisfazer o apetite dos seus convidados, adultos e pequenos, que o ar do campo tornava exigentes.

A família estava à mesa e as crianças projetavam ir à procura de cogumelos com a governante e Varinka quando, para grande surpresa de todos os convidados — que professavam pelo seu espírito e pela sua ciência um respeito vizinho da admiração —, Sergio Ivanovitch participou daquela prosaica conversa.

— Gostaria de acompanhá-los, aprecio muito esta distração — disse ele, dirigindo se a Varinka.

— Com muito prazer — respondeu Varinka, corando.

Kitty trocou um olhar com Dolly: aquela proposta confirmava uma ideia que, havia algum tempo, a preocupava. Receando que se percebesse o seu gesto, apressou-se em dirigir a palavra à sua mãe.

Depois do jantar, Sergio Ivanovitch, a xícara de café na mão, sentou-se na sala à borda de uma janela, continuando com o irmão uma conversa começada à mesa e vigiando a porta por onde deviam sair as crianças. Levine sentou-se ao lado dele, enquanto Kitty, em pé, junto ao marido, parecia querer dizer-lhes algumas palavras.

— Mudaste muito depois do teu casamento — dizia Sergio Ivanovitch, dirigindo-se a Kitty —, mas continuas a defender com paixão os mais estranhos paradoxos.

— Kitty, fazes mal em ficar de pé — falou Levine, oferecendo uma cadeira à mulher e fitando-a severamente.

Evidentemente, mas eu devo fazer-lhes companhia — disse Sergio Ivanovitch, percebendo as crianças que corriam ao seu encontro, precedidas de Tania, em disparada, os braços estirados, trazendo numa das mãos um cesto e na outra o chapéu de Koznychev.

Tania tinha o semblante agitado, atenuado pelo doce sorriso, pela liberdade dos gestos, enquanto os seus belos olhos, que tanto se assemelhavam aos do pai, brilhavam com uma luz muito viva.

— Varinka espera pelo senhor — disse ela, pondo com precaução o chapéu na cabeça de Sergio Ivanovitch, que a autorizara com um sorriso.

Varinka, trajando um vestido de tecido de algodão amarelado, um enorme lenço branco na cabeça, surgiu no limiar da porta.

— Estou aqui, estou aqui, Bárbara Andreievna! — disse Sergio Ivanovitch, mexendo o fundo da xícara e, depois, procurando nas algibeiras o lenço e a carteira de cigarros.

— Que acham da minha Varinka? Não é encantadora? — perguntou Kitty ao marido e à irmã, de modo a ser ouvida por Sergio Ivanovitch. — E quanta nobreza na sua formosura! Varinka — gritou —, irás ao bosque do moinho? Nós iremos te encontrar...

Ouvindo o chamado de Kitty e a censura da sua mãe, Varinka voltou sobre os seus próprios passos. O nervosismo dos seus movimentos, o rubor que lhe cobria o rosto, tudo demonstrava que estava dominada por extraordinária animação. E a sua amiga, que percebia a causa daquela emoção, chamara-a para lhe dar mentalmente a sua bênção.

— Sentir-me-ia feliz se acontecesse certa coisa — sussurrou-lhe ao ouvido, abraçando-a.

— Não vens conosco? — indagou a moça a Levine, a fim de dissimular o embaraço.

— Somente até a granja.

— Vais fazer alguma coisa lá embaixo? — perguntou Kitty.

— Sim, preciso examinar as novas carruagens. E tu, onde ficas?

— No terraço.

II

No terraço, onde as senhoras se reuniam depois de jantar, realizava-se neste dia um grave trabalho. Além da confecção de cueiros e de camisinhas de crianças, cuidava-se da fabricação de confeitos sem água, segundo o uso da casa dos Stcherbatski, mas desconhecido de Ágata Mikhailovna. Ágata Mikhailovna fora surpreendida a pôr água seguindo a receita de Levine, apesar das instruções recebidas — e a princesa estava resolvida a demonstrar à velha teimosa, em público, não haver necessidade de água para se obterem bons confeitos.

Ágata Mikhailovna, o rosto vermelho, os cabelos em desordem, as mangas arregaçadas até o meio dos braços descarnados, rodava com mau humor a vasilha de confeitos sobre um braseiro, pedindo a Deus para que o cozimento não saísse bem. A princesa, autora daquelas inovações, fingia-se indiferente, mas vigiava, pelo canto dos olhos, os movimentos da empregada.

— Quanto a mim, sempre ofereço às minhas empregadas os vestidos que comprei para usar na primavera — dizia a princesa, presa a uma interessante discussão sobre os melhores presentes a se dar aos empregados.

— Não é o momento de espumar, minha querida? — perguntou a Ágata Mikhailovna. — Não, não — acrescentou, retendo Kitty, prestes a se levantar —, isso não é trabalho para ti, sentirias muito calor junto ao fogo.

— Deixa-me fazer — disse Dolly. E, aproximando-se da vasilha, remexeu com precaução o xarope fervente com uma colher que limpou em seguida, batendo-a num prato cheio de uma espuma amarelada de onde escorria um sumo cor de sangue. "Que manjar para os pequenos na hora do chá!", pensava, lembrando-se com alegria da sua infância e da surpresa dos adultos para com a espuma, sem dúvida a parte mais estranha dos confeitos!

— Stiva acha que é melhor lhes dar dinheiro — prosseguiu, retornando à conversa que apaixonava as senhoras —, mas...

— Dinheiro! — exclamaram a uma só voz a princesa e Kitty. — Mas, não, é a atenção...

— Eu, por exemplo — acrescentou a princesa —, no ano passado, fiz presente à nossa Matrona Semionovna de um vestido, mistura de lã e seda...

— Sim, recordo-me, ela o vestia no dia do teu aniversário.

— Um modelo invejável, simples e de bom gosto. Tive muita vontade de possuir um semelhante. É encantador e flexível, igual a este que Varinka usa.

— Parece-me que está no ponto — disse Dolly, provando o confeito com a colher.

— Não, é preciso que caiam na toalha — decretou a princesa. — Deixa--os cozinhar ainda um pouco mais, Ágata Mikhailovna.

— Ah, estas malditas moscas! — resmungou a velha criada. — Não serão melhores por isso — acrescentou, em tom rabugento.

— Oh, como ele é gentil! Não o espantes! — gritou de repente Kitty, mostrando um pardal que viera pousar na balaustrada para bicar uma haste de framboesa.

— Sim, sim — disse a princesa —, mas não te aproximes do braseiro.

— A propos de Varinka — prosseguiu Kitty em francês, porque falavam nessa língua quando desejavam que Ágata Mikhailovna não a entendessem —, mamãe, eu devo lhe dizer que espero hoje uma decisão. A senhora sabe qual é. Como tinha vontade que isso acontecesse!

— Eis a "casadeira" — disse Dolly. — Que arte, que habilidade!

— Seriamente, mamãe, que acha a senhora?

— Que direi? Ele ("ele" designava Sergio Ivanovitch) sempre pôde pretender os melhores partidos da Rússia. E, se bem que não seja moço, ainda conheço mais de uma rapariga que aceitaria espontaneamente a sua mão. Quanto a ela, é evidentemente uma excelente criatura, mas ele poderia, eu penso...

— Não, não, impossível achar para um e outro melhor partido! Em primeiro lugar, ela é deliciosa — fez Kitty, dobrando um dedo.

ANA KARENINA

— Ela lhe agrada muito, é certo — aprovou Dolly.

— Depois, ele desfruta de uma situação que lhe permite desposar a quem quer que seja, fora de qualquer consideração sobre família e fortuna. O que ele precisa é de uma moça honesta, doce, tranquila...

— Oh, quanto a isso ninguém melhor do que Varinka — confirmou Dolly.

— Enfim, ela o ama... Como eu ficaria contente! Quando voltarem do passeio, lerei tudo nos seus olhos. Que pensas tu, Dolly?

— Não fiques agitada, porque isso não adianta nada — observou a princesa.

— Mas, mamãe, não estou agitada. Julgo que ele se declarará hoje.

— Que estranho sentimento experimentamos quando um homem nos pede em casamento, é como uma represa que se rompesse — disse Dolly, com um sorriso pensativo: pensava no seu noivado com Stepane Arcadievitch.

— Diga-me, mamãe, como foi que papai a pediu em casamento?

— Do modo mais simples do mundo — respondeu a princesa, radiante com aquela recordação.

— A senhora, sem dúvida, amava-o antes que ele se declarasse, não?

Kitty estava orgulhosa em poder abordar agora com a sua mãe, como a uma igual, aqueles assuntos tão importantes na vida de uma mulher.

— É verdade que eu o amava. Ele vinha nos ver no campo.

— E como se decidiu?

— Como sempre, através de olhares e sorrisos. Acreditas que se tenha inventado alguma coisa de novo?

— Através de olhares e sorrisos — repetiu Dolly. — É justo. Como a senhora disse bem, mamãe!

— Mas em que termos ele se exprimiu?

— E que te disse Kostia de tão particular?

— Oh, ele escreveu a sua declaração com um giz!... Não foi banal. Mas como isso me parece longínquo!

Fez-se silêncio, durante o qual o pensamento das três mulheres seguiu o mesmo curso. Kitty lembrou-se do seu último inverno de solteira, do seu capricho por Vronski e, através de uma associação de ideias muito natural, da paixão contrariada de Varinka.

— Eu penso — continuou — que possa existir um obstáculo: o primeiro amor de Varinka. Tinha a intenção de preparar Sergio Ivanovitch para essa ideia. Os homens são tão ciumentos para com o nosso passado...

— Nem todos — objetou Dolly. — Não julgues a todos pelo teu marido: estou certa que a lembrança de Vronski o atormenta ainda!

— É verdade — disse Kitty, com um olhar pensativo.

— Que há no teu passado que o possa inquietar? — indagou a princesa, de viva suscetibilidade desde que a sua vigilância maternal parecesse estar em jogo. — Vronski te fez a corte, mas a que moça não se faz tal coisa?

— Não se trata disso — disse Kitty, corando.

— Perdão — prosseguiu a mãe —, mas tu me impediste de ter uma explicação com ele. Não te recorda?

— Ah, mamãe! — disse Kitty, perturbada.

— Neste momento, eu não posso te governar... As tuas relações não podiam passar certos limites... Eu o teria obrigado a se declarar... Mas neste instante, querida, concede-me o prazer de não te mostrares agitada. Acalma-te, eu te peço.

— Mas eu estou muito calma, mamãe.

— Que felicidade para Kitty que Ana tivesse aparecido — observou Dolly — e que infelicidade para ela!... Sim — prosseguiu, impressionada com aquele pensamento —, como os papéis são diferentes! Até então, Ana era feliz, enquanto Kitty se julgava infeliz... Penso frequentemente nela...

— Que ideia de pensar naquela mulher sem coração, naquela abominável criatura! — gritou a princesa, que não se consolava de ter Levine por genro em lugar de Vronski.

— Vamos deixar este assunto — disse Kitty, com impaciência. — Eu nunca penso e nem mesmo quero pensar... Não, não quero me lembrar! — repetiu, ouvindo os passos bem conhecidos do seu marido, que subia a escada.

— Em que não queres pensar? — perguntou Levine, aparecendo no terraço.

Ninguém lhe respondeu e ele não repetiu a pergunta.

— Lastimo perturbar esta intimidade — disse ele, envolvendo as três mulheres num olhar descontente, sentindo que elas não queriam prosseguir a conversa na sua frente. Durante um momento, esteve de acordo com a velha empregada, furiosa por ser obrigada a fazer confeitos sem água e em geral por suportar o domínio das Stcherbatski.

Não obstante, aproximou-se de Kitty sorrindo.

— Então? — perguntou, no mesmo tom em que todos perguntavam agora à jovem mulher.

— Vai muito bem — respondeu Kitty, rindo-se. — E os teus veículos?

— Suportam três vezes mais carga do que os nossos. Vamos ao encontro das crianças? Já mandei atrelar a carruagem.

— Espero que não te lembres de sacudir Kitty nos bancos de uma carruagem — disse a princesa, em tom de censura.

— Nós iremos devagarinho, princesa.

Apreciando e respeitando a sogra, Levine não podia se resolver a chamá-la de *mamãe*, como ordinariamente fazem os genros: julgava insultar assim a memória de sua mãe. E isso melindrava a princesa.

— Venha conosco, mamãe — propôs Kitty.

— Não quero ver as tuas imprudências — respondeu ela.

— Então irei a pé, o passeio me fará bem.

Kitty levantou-se e segurou o braço do marido.

— Ágata Mikhailovna, os teus confeitos saíram bem segundo a nova receita? — perguntou Levine à velha criada, a fim de alegrá-la.

— Acham que ficaram bons, mas, segundo o meu modo de ver, estão muito cozidos.

— Ao menos não se desfarão, Ágata Mikhailovna — disse Kitty, percebendo a intenção do marido —, e tu sabes que já não existe gelo. Quanto às carnes salgadas, mamãe assegura que nunca comeu melhores — declarou, amarrando o lenço desatado da velha criada.

Ágata Mikhailovna, porém, olhou-a com ar aborrecido.

— Inútil consolar-me, minha senhora. Basta-me vê-la com "ele" para estar contente.

Este modo familiar de tratar o patrão comoveu Kitty.

— Vem mostrar-nos os bons lugares para achar cogumelos — propôs ela.

A velha balançou a cabeça, rindo-se. "Queria guardar-lhe rancor, mas não posso", parecia dizer aquele sorriso.

— Sigam o meu conselho — disse a princesa. — Cubram cada vasilha com um papel embebido em rum e não se precisará de gelo para conservar os confeitos.

III

A sombra de descontentamento que correra sobre o rosto tão móvel do seu marido não passara despercebida a Kitty. Também sentiu-se muito satisfeita em encontrar-se sozinha com ele e, assim que começaram a andar na estrada poeirenta, completamente plantada de arbustos e cereais, sobre ele apoiou amorosamente o braço. Levine já esquecera a sua desagradável e passageira impressão, para só pensar na gravidez de Kitty. De resto, era aquele o seu pensamento constante e a presença da mulher despertava-lhe um sentimento novo, muito puro e muito doce, livre da menor sensualidade. Sem nada ter para dizer, desejava ouvir a voz de Kitty e contemplou o seu olhar, com aquele brilho de doçura e seriedade próprio às pessoas que se dão de corpo e alma a uma só e única ocupação.

— Então, não receias te fatigar? Apoia-te mais em mim — disse ele.

— Sou tão feliz quando estou sozinha contigo! Gosto da minha família, mas, falando francamente, sinto saudades das nossas reuniões de inverno, quando nós dois ficávamos sozinhos.

— Eram ótimas, mas o presente é ainda melhor — disse Levine, apertando-lhe o braço.

— Sabes de que falávamos quando chegaste?

— Sobre os confeitos.

— Sim, mas também do modo como são feitos os pedidos de casamento.

— Ah! — disse Levine, que prestava menos atenção às palavras que ao som da voz de Kitty. E, como entrassem no bosque, ele ia afastando todos os obstáculos do caminho para poupar trabalho à mulher.

— E ainda sobre Sergio Ivanovitch e Varinka — continuou ela. — Observaste alguma coisa? Que achas? — perguntou, fitando o marido bem no rosto.

— Não sei muito o que pensar — respondeu Levine, rindo-se. — Neste ponto, nunca consegui compreender Sergio. Eu já te contei...

— Que ele amou uma moça e que ela morreu?

— Sim, eu ainda era criança e sei dessa história por ouvir dizer. No entanto, lembro-me dela perfeitamente nesta época: e que admirável rapaz era ele! Desde então, e frequentemente, observo a sua conduta para com as mulheres: mostra-se amável, certamente lhe agradam, mas sentimos que elas não existem mais na sua vida.

— Está certo, mas com Varinka... Eu creio que existe alguma coisa.

— Talvez... Mas é preciso conhecê-lo. É uma criatura à parte. Vive apenas para o espírito. Ele tem a alma pura, muito elevada...

— Achas que o casamento o rebaixaria?

— Não, mas ele está muito preso à vida do espírito para poder admitir a vida real. E Varinka pertence à vida real.

Levine adquirira o hábito de exprimir ousadamente as suas ideias sem dar-lhes uma forma concreta — e sabia que nas horas de perfeita harmonia a sua mulher não o compreendia totalmente. Naquele momento era este precisamente o caso.

— Oh, não, Varinka pertence mais à vida espiritual do que à vida real. Ela não é como eu, e compreendo perfeitamente que uma mulher do meu temperamento não possa se fazer amada por ele.

— Mas ele gosta muito de ti e sinto-me feliz por teres conquistado os meus...

— Sim, ele se mostra cheio de bondade para comigo, mas...

— Isso, porém, não significa a mesma coisa que sucedeu com aquele pobre Nicolas — disse Levine. — Nicolas gostou inteiramente de ti e tu respondeste de um modo semelhante... Por que não confessar?... Censuro-me às vezes por não pensar nele, acabarei por esquecê-lo! Era uma criatura esquisita... e monstruosa... Mas de que falávamos nós? — continuou, depois de alguns segundos de silêncio.

— Então tu o julgas incapaz de se apaixonar? — perguntou Kitty, traduzindo em sua língua o pensamento do marido.

— Eu não disse isso — respondeu Levine, sorrindo —, mas ele não é acessível a nenhuma fraqueza... Eu sempre o invejei, e invejo-o ainda agora, apesar da minha felicidade.

— Tu o invejas por não poder se apaixonar?

— Eu o invejo porque ele é melhor do que eu — disse Levine, depois de um novo sorriso. — Ele não vive por si mesmo, é o seu trabalho que o guia. Tem, afinal, o direito de viver tranquilo e satisfeito.

— E tu? — perguntou ela com um sorriso irônico e amoroso.

Interrogada sobre a razão daquele sorriso, Kitty não saberia responder formalmente. Na verdade, ela não acreditava que o seu marido, dizendo-se inferior a Sergio Ivanovitch, demonstrasse uma prova de sinceridade: cedia livremente ao amor pelo irmão, ao tormento que lhe causava o seu excesso de felicidade, ao seu constante desejo de perfeição.

— E tu, por que estarias descontente? — perguntou ela, sempre sorrindo.

Feliz por ver que ela não acreditava na sua desilusão, sentiu um prazer inconsciente obrigando-o a exprimir as causas do seu ceticismo.

— Sinto-me feliz, mas não estou contente.

— Por que não estás contente, se és feliz?

— Como te fazer compreender?... Não tenho mais nada a desejar neste mundo... Ah, não queres esperar para poder saltar! — gritou ele, interrompendo o fio da conversa a fim de censurá-la por ter pulado subitamente um ramo que obstruía o caminho. — Mas continuou quando me comparo aos outros, principalmente a meu irmão, é que sinto que não valho grande coisa.

— Por quê? — perguntou ela sem se libertar do sorriso. — Não pensas, tu também, em teu próximo? Esquece tua fazenda, teus trabalhos, teu livro...

— Não, tudo isso após algum tempo me prende como uma obrigação de que aspiro me libertar. De resto, é tua a culpa — confessou ele, apertando-lhe o braço. — Ah, se pudesse amar ao meu trabalho como te amo!

— Mas que pensas do papai? Julga-o mau porque se preocupa pouco com o bem comum?

— Não! Eu, porém, não possuo a sua simplicidade, a sua bondade, nem o seu espírito. Não faço nada e sofro por não fazer nada, e tudo isso por tua causa. Quando não tinha a ti e nem "isso" — fez ele lançando sobre a mulher um olhar que ela compreendeu o sentido —, entregava-me ao trabalho de todo o coração. Agora, eu o repito, é apenas uma obrigação.

— Queres por acaso mudar como o teu irmão? Amar somente o teu dever e o bem comum?

— Certamente, não. Demais, sou muito feliz para raciocinar com justiça... Desse modo, achas que ele faça hoje o pedido? — perguntou Levine, após alguns momentos de silêncio.

— Eu não sei, mas bem o desejava! Espera um minuto.

Inclinou-se para colher uma margarida na margem do caminho.

— Toma! — disse ela, entregando-lhe a flor. — Sim, não!

— Sim, não! — repetiu Levine, arrancando as pétalas uma depois da outra.

Kitty, que fiscalizava com emoção cada movimento dos seus dedos, agarrou-o pelo braço.

— Não, não, arrancaste duas de uma só vez!

— Não contarei esta pequenina... — disse ele, mostrando uma pequena pétala mirrada. — Mas eis a carruagem que veio nos encontrar.

— Não estás fatigada, Kitty? — gritou de longe a princesa.

— Absolutamente nada, mamãe.

— Se queres, podes fazer o resto do caminho na carruagem, bem devagar.

Mas, como se aproximassem do fim, todos terminaram o passeio a pé.

IV

Com o lenço branco sobre os cabelos negros, entre as crianças com quem repartia alegremente os folguedos, Varinka, emocionada com a ideia de que um homem — que não a desagradava — ia pedir a sua mão, parecia mais atraente do que nunca. Andando ao seu lado, Sergio Ivanovitch não podia deixar de admirá-la e de se lembrar do que ouvira dizer a respeito dessa encantadora criatura: decididamente, experimentava por ela aquele sentimento particular que só conhecera uma vez, antigamente, na mocidade. Gradualmente ia aumentando essa impressão de alegria que Varinka lhe causava. Como descobrisse um enorme cogumelo que erguia as bordas do seu chapéu acima de um pé franzino, quis colocá-lo na testa da moça, mas, encontrando o seu olhar, observou na face dela o rubor da inquietação. Perturbou-se também e, sem dizer uma palavra, dirigiu-lhe um expressivo sorriso.

"Se as coisas chegaram a este ponto", pensava ele, "preciso refletir antes de tomar uma decisão, porque não quero ceder como um rapazinho ao arrebatamento do momento."

— Se permitisse, vou agora procurar os cogumelos sozinho, pois acho que as minhas descobertas passam despercebidas — declarou ele.

Deixando o caminho onde algumas antigas bétulas se enlaçavam com uma erva curta e espessa, ganhou a sombra na qual escuras árvores se misturavam, os troncos pardos das raízes pretas com os troncos alvos das bétulas. Depois de uns quarenta passos, ocultou-se aos olhares atrás de uma moita em plena florescência. Havia ali um silêncio quase absoluto, apenas um enxame de moscas voava entre os ramos e algumas vezes as vozes das crianças chegavam até aquele refúgio. De súbito, não longe da estrada ecoou a voz de Varinka, chamando por Gricha — e Sergio Ivanovitch não pôde reter um sorriso de alegria, imediatamente seguido de um balançar de cabeça desaprovador. Tirou um cigarro do bolso, mas os fósforos não quiseram se acender no tronco da árvore em que ele se detivera. Afinal, inflamou-se um deles e logo a fumaça distendeu-se acima da moita. Sergio Ivanovitch, que continuara a andar vagarosamente, seguiu-a com os olhos enquanto fazia o seu exame de consciência.

"Por que resistir?", pensava ele. "Não se trata de uma paixãozinha, mas de uma inclinação mútua e, pelo que me parece, não prejudicará em nada a minha vida. A minha única objeção séria ao casamento é a promessa que fiz, perdendo Maria, de ficar fiel à sua recordação." Esta objeção — Sergio Ivanovitch bem o sentia — só valia em face do papel poético que representava aos olhos da sociedade. "Não, francamente, não vejo outro caminho e a minha razão não saberia fazer melhor escolha."

Apesar de rever todas as suas recordações, não se lembrava de haver encontrado nenhuma moça que reunisse as qualidades que faziam de Varinka uma esposa, sob todos os pontos de vista, digna da sua escolha. Tinha o encanto, o vigor da mocidade e, se ela o amava, era com discernimento, como compete a uma mulher. Detestava os costumes mundanos — ponto essencial para Sergio Ivanovitch, que não admitiria modos vulgares na sua futura companheira. Era religiosa, não cegamente à maneira de Kitty, mas com todo o conhecimento de causa. Oferecia mesmo vantagens nas menores coisas: pobre e sem família, não imporia, como Kitty, a presença e a influência de numerosos parentes. Deveria tudo ao marido e era o que Sergio Ivanovitch sempre desejara. E esse modelo de virtudes o amava; por mais modesto que fosse, gostava de se certificar disto. A diferença de idades entre eles não seria um obstáculo: pertencia a uma família forte, não tinha um cabelo branco e ninguém lhe daria quarenta anos. Demais, uma vez, Varinka dissera que um homem de cinquenta anos, na Rússia, não passava por um velho. Na França era a *force de l'âge* e era tido por *un jeune homme*. Por último, que importava a idade quando sentia o coração tão jovem como vinte anos antes? Não era uma prova de vigor aquele arrebatamento que o possuíra quando, andando pela estrada, vira entre as velhas árvores a silhueta graciosa de Varinka com a cesta na mão, aos raios oblíquos do sol, enquanto além um campo de aveia se estendia em vagas douradas de luz? Varinka abaixou-se para apanhar um cogumelo, endireitou-se com um gesto flexível e olhou em torno. Sergio Ivanovitch sentiu o coração apertar-se jovialmente e resolveu explicar-se. Atirou fora o cigarro e caminhou para ela.

V

"Bárbara Andreievna, na minha mocidade eu criei um ideal de mulher que me faria feliz se o tivesse por companheira. Ainda não o tinha encontrado. Unicamente a senhora poderá realizar o meu sonho. Amo-a e ofereço-lhe o meu nome." Com as palavras nos lábios, Sergio Ivanovitch fitava Varinka, que, ajoelhada na relva a dez passos dele, protegia um cogumelo contra os ataques de Gricha, para o entregar a Macha e aos menores.

— Por aqui, por aqui, existem em quantidade! — gritava ela, com a sua bela voz.

Não se levantou com a aproximação de Sergio Ivanovitch, mas todo o seu ser participava da alegria de o rever.

— Quantos achaste? — perguntou ela, voltando para ele o seu rosto risonho sob o lenço.

— Nem um. E tu, quantos achaste?

Ela não respondeu, porque estava inteiramente preocupada com as crianças.

— Ali está um, perto do ramo — disse ela a Macha, mostrando um pequenino que apontava sob um tufo de ervas secas. — Vá apanhá-lo, senão as crianças o destruirão.

— Isto lembra os meus primeiros anos — disse então Varinka, que se levantou para reunir-se a Sergio Ivanovitch.

Deram alguns passos em silêncio. Varinka, asfixiada pela emoção, não sabia bem o que ele trazia no coração. Estavam bastante longe para que pudessem ouvir o que falavam, mas Sergio Ivanovitch não dizia uma só palavra. De repente, quase involuntariamente, a moça rompeu o silêncio.

— Então não achaste? É verdade que na sombra existem menos do que na estrada.

Sergio Ivanovitch deixou escapar um suspiro: alguns instantes de silêncio haviam-no preparado melhor para a explicação que fizera do que para uma banal conversa sobre cogumelos! Lembrando-se da última frase da moça, quis obrigá-la a falar da sua infância, mas, para a sua grande surpresa, ele a ouviu responder imediatamente:

— Dizem que os bons cogumelos só crescem na estrada, mas, francamente, eu não sei distinguir uns dos outros.

Passaram-se ainda alguns minutos. Estavam agora completamente sozinhos. O coração de Varinka batia a golpes precipitados, ela sentia-se enrubescer e empalidecer alternativamente. Deixar Madame Stahl para esposar um homem como Koznychev — de quem se acreditava quase apaixonada — parecia-lhe o cúmulo da felicidade. Tudo ia se decidir! Varinka temia a confissão e mais ainda o silêncio.

"Agora ou nunca", disse intimamente Sergio Ivanovitch, tomado de piedade em frente ao rosto perturbado, o rubor e os olhos baixos de Varinka. Calando-se — pensava — ele a ofenderia. Recordou apressadamente os seus argumentos a favor do casamento, mas, em lugar da frase que preparara, disse imprevistamente:

— Que diferença existe entre o cogumelo bom e o cogumelo mau?

Respondendo, os lábios de Varinka tremeram:

— A única diferença que existe é no pé.

Ambos sentiram que tudo estava realizado: não deveriam ser pronunciadas as palavras que os deveriam unir. E a violenta emoção que os agitava acalmou-se lentamente.

— O pé do cogumelo escuro faz pensar numa barba negra malfeita — disse tranquilamente Sergio Ivanovitch.

— É verdade — respondeu Varinka, com um sorriso.

Dirigiram-se depois, involuntariamente, para o lado das crianças. Confusa e magoada, Varinka experimentava entretanto um sentimento de liberdade, Sergio Ivanovitch reviu mentalmente as suas ideias sobre o casamento e acabou por achá-las falsas: não podia ser infiel à memória de Maria.

— Devagar, devagar! — gritou Levine, vendo as crianças se precipitarem para Kitty com gritos de alegria.

Atrás dos pequenos surgiram Sergio Ivanovitch e Varinka. Kitty não teve necessidade de interrogar a sua amiga: a expressão calma, um pouco envergonhada das suas fisionomias, fê-la compreender que a esperança que alimentava não se realizara.

— Então? — indagou Levine, na estrada, assim que voltavam.

— A coisa não terminou — respondeu Kitty, com aquela voz e aquele sorriso que lhe eram tão íntimos e que muito divertiam a Levine, pois faziam-no lembrar da voz e do sorriso do velho príncipe.

— Que queres dizer?

— Eis aqui — explicou ela levando aos lábios a mão do marido. — É assim que se beija a mão de um bispo.

— Atenção, olhe os camponeses que vêm...

— Eles não viram nada.

VI

Enquanto as crianças ceavam, os adultos, reunidos na varanda, conversavam naturalmente. No entanto, todos percebiam que acontecera um fato importante, apesar de negativo. Sergio Ivanovitch e Varinka pareciam dois escolares reprovados nos exames. Levine e Kitty, mais apaixonados que nunca um pelo outro, sentiam-se confusos da sua felicidade, como se fosse ela uma alusão indiscreta à infelicidade daqueles que não sabiam ser felizes.

— Acreditem-me, Alexandre não virá — dizia a princesa.

Esperava-se Stepane Arcadievitch pelo trem da noite e o príncipe escrevera que talvez viajasse com ele.

— E eu sei por quê — continuou a velha senhora. — Ele acha que não se deve perturbar a liberdade dos recém-casados.

— Graças a este princípio, papai nos apanhou. — disse Kitty. — E por que nos considerar como recém-casados se já somos velhos esposos?

— Se ele não vier, minhas filhas, será preciso que eu as deixe — declarou a princesa, soltando um profundo suspiro.

— Que está dizendo, mamãe! — exclamaram as filhas, a uma só voz.

— Pensem um pouco e vejam como ele deve se aborrecer sozinho.

A voz da princesa, inesperadamente, se alterou. As suas filhas trocaram um olhar que queria dizer: "Mamãe tem a arte de inventar assuntos tristes." Elas ignoravam que a velha princesa, por mais indispensável que lhe fosse se acreditar na casa de Kitty, só pensava no marido e em si própria com infinita angústia, e isso desde o dia em que o último filho saíra do ninho familiar, antevendo um futuro totalmente solitário.

— Que desejas, Ágata Mikhailovna? — perguntou Kitty à velha criada, que surgira inesperadamente em sua frente, com ares misteriosos.

— É sobre a ceia, senhora.

— Perfeitamente, vai dar as tuas ordens enquanto me ocuparei com Gricha — disse Dolly.

— Eis uma pedra no meu jardim — gritou Levine, saltando da sua cadeira. — Não te incomodes, Dolly, eu mesma irei.

Gricha, já no colégio, tinha deveres nas férias e Daria Alexandrovna julgava bom ajudá-lo a fazer os mais difíceis, principalmente os de aritmética e latim, língua que ela se aplicava em aprender, a fim de ser útil ao filho. Levine ofereceu se para substituí-la e ela verificou que ele procedia como o explicador de Moscou e declarou lhe, com muito tato e bastante firmeza, que seria indispensável limitar-se rigorosamente às indicações do manual. Intimamente, Levine se irritava contra os maus ensinamentos dos professores e contra a negligência de Stepane Arcadievitch, que entregava à mulher um trabalho do qual ela nada entendia. Prometeu à cunhada seguir o compêndio linha a linha mas, não lhe interessando muito este modo de ensinar, frequentemente esquecia a hora da lição.

— Não, não, Dolly, não se mexa, eu mesmo irei — repetiu ele. — Esteja tranquila, seguiremos o manual. Somente quando Stiva chegar eu o acompanharei à caça, e então adeus às lições.

E foi ao encontro de Gricha.

Varinka, porém, que sabia ser útil mesmo numa casa tão organizada como a dos Levine, reteve a sua querida Kitty.

— Fique tranquila, eu vou dirigir a ceia — disse ela, reunindo-se a Ágata Mikhailovna.

— Sem dúvida não acharam os frangos. É preciso matar os nossos — disse Kitty.

— Arranjaremos isso com Ágata Mikhailovna.

E Varinka desapareceu com a criada.

— Que encantadora moça! — observou a princesa.

— Dizer encantadora é dizer muito pouco, mamãe. Deliciosa, incomparável!

— Então, estão esperando Stepane Arcadievitch? — perguntou Sergio Ivanovitch, com a evidente intenção de romper o silêncio. — Dificilmente se encontrariam dois cunhados mais dissemelhantes: um que é a mobilidade mesma, só podendo viver em sociedade como o peixe na água; outro, vivo, fino, sensível, penetrante, não gosta da sociedade e se agita nela como o peixe fora da água!

— Sim — aprovou a princesa, voltando-se para Sergio Ivanovitch —, é um tonto. E eu queria precisamente lhe pedir para o fazer compreender que, no seu estado, Kitty não pode ficar aqui. Ele fala em mandar buscar um médico, mas gostaria que isto acontecesse em Moscou.

— Mas, mamãe, ele fará tudo o que a senhora quiser! — gritou Kitty, bastante confusa por ouvir a sua mãe queixar-se a Sergio Ivanovitch.

Ouviu-se, subitamente, o tropel de cavalos e o ruído de uma carruagem na areia. Apenas Dolly se levantara para descer ao encontro do marido e já, no rés do chão, Levine saltara a janela do aposento onde estava com Gricha, levando o aluno consigo.

— É Stiva! — gritou ele. — Tranquilize se, Dolly, nós já acabamos! — acrescentou, refazendo, como um rapaz, a sua carreira até a carruagem.

— *Is, ea, id, ejus, ejus, ejus* — resmungava Gricha, saltando atrás dele.

— Vem alguém na sua companhia, sem dúvida é papai! — gritou novamente Levine, parando no começo da alameda. — Kitty, não desças pela escada vertical, vem pela outra.

Levine, porém, se enganava. O companheiro de Stepane Arcadievitch era um rapaz gordo, cabeleira protegida por um gorro escocês, primo dos Stcherbatski, Vassia Veslovski, conhecido na alta sociedade de Petersburgo e Moscou como "folgazão e caçador temeroso", a se acreditar em Stepane Arcadievitch, que o apresentava nestes termos.

Veslovski não se mostrou perturbado com a desilusão que a sua presença causara: cumprimentou alegremente Levine, lembrou-o de que já se haviam encontrado antigamente e ergueu Gricha acima do *pointer* de Oblonski, a fim de o instalar na carruagem.

Levine seguiu a pé, contrariado de ver chegar em lugar do príncipe — de quem cada dia gostava mais — aquele Vassia Veslovski, cuja presença lhe parecia perfeitamente importuna. Aquela impressão desagradável aumentou quando o viu beijar muito gentilmente a mão de Kitty, em presença de toda a criadagem, que acorrera ao portão.

— Somos primos, a tua mulher e eu, e velhos conhecidos — disse o rapaz, apertando pela segunda vez, e muito energicamente, a mão de Levine.

— Então, temos caça? — perguntou Stepane Arcadievitch, interrompendo os abraços. — Chegamos, Veslovski e eu, com projetos assassinos... Mas, não, mamãe, ele não foi a Moscou depois que... Tania, olha, aquilo é teu! Queres apanhar o embrulho que está no fundo da carruagem... — continuou ele, falando a toda gente ao mesmo tempo. — Como estás remoçada, Dolly! — disse afinal à sua mulher, beijando-lhe a mão, que reteve entre as suas, acariciando-a com um gesto afetuoso.

Desaparecera completamente o bom humor de Levine: tomara um aspecto lúgubre e achava a todos repugnantes.

"A quem estes mesmos lábios teriam beijado ontem?", pensava ele. "E por que Dolly está contente se não acredita mais no seu amor? Que abominação!"

Ficou vexado com a acolhida graciosa feita pela princesa a Veslovski. A polidez de Sergio Ivanovitch por Oblonski pareceu-lhe hipócrita, porque sabia que o seu irmão o tinha em muito pouca estima. Varinka deu-lhe a ideia de uma *saint nitouche* que representasse a inocente só pensando em casamento. Mas o seu despeito foi ao auge quando viu Kitty, cedendo à conversa geral, responder com um sorriso, que lhe pareceu muito significativo, ao sorriso hipócrita daquele indivíduo, que julgava a sua visita uma felicidade para cada um.

Todos entraram em casa, mas Levine aproveitou a confusão para desaparecer. Como a sua mudança não escapasse a Kitty, ela quis detê-lo, mas ele a repeliu, alegando que os negócios o chamavam ao gabinete. As suas ocupações nunca lhe pareceram tão importantes como naquele dia.

VII

Levine só voltou quando vieram avisá-lo de que a ceia estava na mesa. Encontrou no patamar da escada Kitty e Ágata Mikhailovna, que combinavam o vinho a servir.

— Por que tanta coisa? Que se sirva o vinho comum.

— Não, Stiva não o bebe... Mas que tens Kostia? Espera... — exclamou Kitty, apressando-se em se aproximar.

Mas, sem querer ouvi-la, ele continuou a andar pela sala com enormes passos, indo afinal tomar parte na conversa.

— Então, vens amanhã à caça? — perguntou-lhe Stepane Arcadievitch.

— Venha também — insistiu Veslovski, sentando-se numa cadeira.

— Perfeitamente. Tens caçado muito este ano? — perguntou Levine, os olhos fixos nas pernas de Veslovski, num tom fingidamente cordial que Kitty bem lhe conhecia e que não lhe ficava bem. — As galinholas abundam, ignoro se as encontraremos aos casais. Apenas, precisamos sair na hora oportuna, mas tu poderás fazer isto? Não estás muito cansado, Stiva?

— Eu, cansado? Mas nunca fico cansado! Estou decidido, se quiseres, a não dormir esta noite. Vamos dar uma volta.

— Isso mesmo, não nos deitaremos! — aprovou Veslovski.

— Oh! Não duvidamos que tu sejas capaz disto, como também de perturbar o sono dos outros — disse Dolly, com aquele tom de ligeira ironia que adotara em relação ao marido. — E, quanto a mim, que não creio, retiro-me.

— Espera um pouco, Dolly — gritou Stepane Arcadievitch, sentando-se junto a ela à grande mesa onde a ceia já estava servida. — Tenho tanta coisa a te contar!

— Sem dúvida, nada de importante.

— Sabes que Veslovski viu Ana e que ele espera nos deixar, indo visitá-la na sua casa de campo? Eu também tenho a intenção de ir lá. Mora a setenta verstas daqui. Veslovski, passe para aqui!

Veslovski passou para o lado das senhoras e sentou-se ao pé de Kitty.

— É verdade? — indagou Dolly. — Estiveste em casa de Ana Arcadievna? Como vai ela?

A animação daquele grupinho não escapou a Levine, que, na outra extremidade da mesa, conversava com a princesa e Varinka. Pensou numa conversa misteriosa: Kitty não tirava os olhos do rosto de Veslovski e a sua fisionomia mais parecia exprimir um profundo sentimento.

— A residência de Ana Arcadievna é admirável — contava o rapaz. — Evidentemente, não compete a mim o julgamento, mas devo dizer que em casa deles nos sentimos muito à vontade.

— E quais são as suas intenções?

— Acho que as de passar o inverno em Moscou.

— Seria magnífico reunirmo-nos todos em Moscou. Quando esperas voltar? — perguntou Oblonski.

— Passarei lá o mês de julho.

— E tu? — perguntou ele à sua mulher.

— Eu também, sem dúvida. Há muito tempo que tenho este projeto. Ana é uma excelente criatura, a quem eu amo e lamento. Irei sozinha, depois da tua partida. Será melhor porque não aborrecerei ninguém.

— Eu? Que iria fazer em sua casa? — disse Kitty, corando e lançando um olhar para o lado em que estava o seu marido.

— A senhora conhece Ana Arcadievna? É uma mulher sedutora.

— Sim — respondeu Kitty, cujo rosto enrubescia cada vez mais.

Levantou-se e foi se reunir finalmente a Levine.

— Vais amanhã à caça? — perguntou a Levine.

Vendo sua mulher vermelha, ruborizada, Levine não foi capaz de refrear o ciúme e a pergunta de Kitty pareceu-lhe uma prova de interesse por aquele sujeito, de quem estava evidentemente enamorada e a quem desejava proporcionar alguns momentos agradáveis. Só mais tarde ele deveria perceber o absurdo daquela ofensa.

— Certamente — respondeu com uma voz forçada, que horrorizou a si mesmo.

— Passe o dia de amanhã conosco. Dolly ainda não pôde ver o marido.

Levine traduziu assim estas palavras: "Não me separe dele. Pouco me importa que vá, mas deixa-me gozar a presença deste admirável rapaz."

Veslovski, sem supor a tragédia que causava inocentemente, erguera-se da mesa para se reunir à prima, que ele acariciava com os olhos.

"O insolente!", pensou Levine, oprimido, pálido de cólera. "Como se permite fitá-la assim?"

— A caça será amanhã, não é verdade? — perguntou Veslovski sentando-se novamente com desenvoltura e pondo, segundo o seu hábito, uma perna sobre a outra.

Impelido pelo ciúme, Levine já se via na situação de um marido enganado que a mulher e o amante exploram no interesse dos seus prazeres. Contudo, mostrou-se amável para com Veslovski, fê-lo falar das suas caçadas, perguntou-lhe se trouxera o fuzil e as balas e consentiu em organizar a diversão para o dia seguinte.

A princesa veio acabar com as torturas do genro, aconselhando a Kitty que fosse deitar-se, mas, dando boa noite à dona da casa, Veslovski quis novamente lhe beijar a mão — o que constituiu um novo suplício para Levine. Kitty, corando, retirou a mão com uma brusca ingenuidade, que, mais tarde, devia lhe valer as censuras da mãe:

— Isso não é admitido entre nós.

Para Levine, ela cometera uma falta permitindo àquele imbecil semelhantes intimidades e cometia outra ainda maior demonstrando que elas lhe desagradavam.

Alegre com alguns copos de bom vinho, Oblonski sentia-se dominado por um humor poético.

— Que ideia de ir deitar-se com um tempo semelhante! Olha, Kitty, como é belo! — disse ele, mostrando a lua, que crescia acima das tílias. — Veslovski, olha a hora das serenatas... Ele tem uma voz encantadora, exercitamo-nos no caminho. Trouxe duas novas *romanzas* que poderia nos cantar com Bárbara Andreievna.

Quando todos se retiraram, Veslovski e Stepane Arcadievitch passearam ainda durante muito tempo, exercitando a voz. Os ecos de uma nova *romanza* chegavam aos ouvidos de Levine, que acompanhara Kitty até o quarto onde, encolhido numa poltrona, guardava um obstinado silêncio.

Kitty, tendo-o interrogado inutilmente sobre a causa do seu mau humor, acabou por perguntar se a conduta de Veslovski, por acaso, o contrariara. Então, ele disse tudo, mas, ofendido com as suas próprias palavras, não chegou a se dominar.

Em pé diante de sua mulher, os olhos brilhantes, a testa franzida, as mãos comprimidas contra o peito como se quisesse sufocar a cólera, as faces trêmulas e as linhas duras revelavam um sofrimento que comoveu Kitty.

— Compreenda bem, eu não sou ciumento, é uma palavra infame... — dizia ele, com uma voz severa. — Não, não poderia sentir ciúme de ti, acreditar que... Eu me exprimo mal, mas o que sinto é terrível... Eu não sou ciumento, mas estou magoado, ferido, humilhado por terem ousado olhar-te assim.

— Como, pois ele me olhou? — perguntou Kitty, procurando sinceramente lembrar-se, em todos os seus aspectos, dos incidentes da noite.

Talvez, no fundo de si mesma, achasse um pouco familiar a atitude de Veslovski indo reunir-se a ela de uma à outra extremidade da mesa. Não ousou confessar ao marido, porém, receando agravar os seus sofrimentos.

— Pode uma mulher no meu estado ser atraente? — perguntou.

— Cala-te! — gritou Levine, agarrando a cabeça entre as mãos. — Logo que te sentisses encantadora, poderias...

— Não, Kostia, escuta me! — disse ela, desolada por vê-lo sofrer daquele modo. — Tu sabes que, fora de ti, ninguém mais existe para mim! Queres que me isole de todos?

Depois de se sentir melindrada por aquele ciúme que corrompia até as suas distrações mais inocentes, Kitty, agora, estava quase renunciando a tudo para o acalmar.

— Procura compreender o ridículo da minha situação — continuou ele, com um murmúrio de desespero. — Esse rapaz é meu hóspede e exceto os seus modos estúpidos, que ele acha serem elegantes, nada tenho para lhe censurar. Sou forçado a mostrar-me amável e...

— Mas, Kostia, tu exageras as coisas — interrompeu Kitty, orgulhosa no fundo do coração por sentir-se tão profundamente amada.

— E quando és para mim o objeto de um culto, quando somos tão felizes, este patife não tinha o direito... Depois, injuriando-o, sinto-me injusto. Pouco me importa as suas qualidades ou os seus defeitos!... Mas por que estaria a nossa felicidade ao seu alcance?

— Escuta, Kostia, julgo lembrar-me do que te aborreceu.

— Que foi?

— Eu te vi nos observando durante a ceia...

— Mas, sim, sim — confessou Levine, perturbado.

Ofegante de emoção, o rosto pálido, transtornado, ela lhe contou a conversa misteriosa. Levine guardou silêncio por um instante.

— Kitty, perdoa-me! — gritou ele, afinal, agarrando novamente a sua cabeça entre as mãos. — Eu sou um louco! Como pude torturar-me por esta tolice!

— Fazes-me pena...

— Não, não, eu sou um louco!... Eu te magoo... Com semelhantes ideias, o primeiro estranho que venha poderá destruir, sem o querer, a nossa felicidade.

— A sua conduta era repreensível...

— Não, não, vou retê-lo por toda a estação e acabar as prevenções — disse Levine, beijando as mãos da mulher. — Verás, amanhã... Ah, ia me esquecendo, amanhã iremos à caça.

VIII

Na manhã seguinte, antes que as senhoras se levantassem, duas equipagens de caça esperavam à porta. Mignonne compreendera tudo desde a madrugada e, com ladridos e cabriolas, aprovou a intenção de Levine. Agora, deitada perto do cocheiro da carruagem, lançava olhares inquietos e desaprovadores para a porta, onde os caçadores tardavam em aparecer. O primeiro que surgiu foi Vassia Veslovski, calçado em botas novas que lhe subiam até o meio das coxas, trajando uma blusa verde, apertada na cintura por um cinto de couro para cartuchos, tendo na mão um fuzil inglês completamente novo, sem correia e sem mochila. Mignonne saltou para o saudar e perguntou-lhe, à sua maneira, se os outros viriam logo, mas, vendo-se incompreendida, retornou ao seu lugar e fingiu esperar, a cabeça descida e as orelhas à escuta. Afinal, a porta abriu-se novamente com estrondo, deixando passar Crac, o *pointer* "branco e belo" de Stepane Arcadievitch, saltando e piruetando em torno do dono, que trazia o fuzil na mão e o cigarro nos lábios. "Muito bonito, muito bonito, Crac!", gritava alegremente Oblonski, tentando evitar as patas do cão que, na sua alegria, se embaraçavam na bolsa do caçador. Usava botas moles por cima de uma faixa de tecido, umas calças velhas, um paletó curto e um chapéu estragado, mas, ao contrário, o fuzil era do tipo mais moderno e a sua bolsa de caçador, como também a cartucheira, desafiavam qualquer crítica. Veslovski, até este dia, recusara-se a compreender que para um caçador a última palavra da moda consistia em vestir-se mediocremente e equipar-se maravilhosamente, mas, vendo Stepane Arcadievitch radiante nos seus farrapos, com uma elegância de grande senhor, jurou imitá-lo na próxima vez.

— Então, e o nosso hospedeiro? — perguntou ele.

— Um recém-casado, não é mesmo?... — disse Oblonski, rindo-se.

— E tem uma mulher encantadora...

— Deve ter ido vê-la no quarto, porque já o vi antes de sair.

Stepane Arcadievitch acertara: Levine fora ao quarto de Kitty para repetir que ela lhe perdoasse a tolice da véspera e para lhe pedir que fosse prudente e se mantivesse longe das crianças. Kitty teve de jurar que não o queria ausente durante dois dias e prometeu-lhe enviar, no dia imediato, um boletim de saúde por um criado. Aquela partida não agradava muito à jovem senhora, mas ela se resignava vendo a satisfação do marido, cujas botas e blusa branca o faziam parecer maior e mais forte do que nunca.

— As minhas desculpas, senhoras! — gritou Levine, correndo ao encontro dos seus companheiros. — Puseram o almoço na carruagem? Por que é que o cavalo escuro está atrelado do lado direito? Afinal, tanto pior. Vai deitar, Mignonne... Ponha-os com os novilhos — disse ele ao vaqueiro que o procurara, na passagem, para consultá-lo sobre os bezerros. — Mil desculpas, eis mais um animal para despachar.

Saltou da carruagem onde já estava quase instalado para ir ao encontro de um empreiteiro de carpintaria que se aproximava com uma vara na mão.

— Farias melhor indo ontem ao meu gabinete. Então, que há?

— Salvo opinião contrária do senhor, devemos acrescentar mais um girante. Três será melhor. Chegaremos, assim, precisamente ao plano do patamar. E será menos duro.

— Por que não me ouviste? — replicou Levine, com despeito. — Havia prevenido que se estabelecesse desde o início a altura dos degraus da escada. Agora é muito tarde. É preciso fazer tudo novamente.

Numa ala da construção, o carpinteiro destruíra a escada, por não haver calculado exatamente a altura. Queria reparar agora o seu erro, ajuntando três peças a mais.

— Asseguro ao senhor que seria muito melhor.

— Mas onde pensas tu que acabará a escada com três peças a mais?

— Precisamente no lugar certo — replicou o carpinteiro, com um sorriso de desprezo. — Partirá da parte inferior — explicou ele, com um gesto persuasivo —, subirá naturalmente e chegará ao lugar certo.

— Verdadeiramente! Acreditas que as três peças não aumentarão a altura? Reflita um pouco e dize-me aonde chegará.

— Precisamente ao lugar certo — sustentava obstinadamente o carpinteiro.

— Chegará ao teto, meu pobre amigo!

— Não! — continuou teimosamente o bom homem. — Partirá da parte inferior, subirá naturalmente e chegará ao lugar certo.

Levine tirou a vareta do fuzil e pôs-se a desenhar a escada na areia.

— Entendeste agora?

— Sim — respondeu o carpinteiro, com o olhar brilhante: compreendera afinal! — É indispensável fazer tudo novamente.

— É o que me canso em te dizer. Obedeça-me, pois, ao menos uma vez — gritou Levine, subindo na carruagem. — Vamos!... E os cães, Filipe!

Feliz por achar-se liberto das preocupações, Levine sentiu uma alegria tão viva que, desejando se calar, só pensava nas emoções que o esperavam. Achariam caça nos pântanos de Kolpenskoie? Mignonne acompanharia Crac? Estaria ele próprio à altura daquele estranho? Precavia-se para que Oblonski não se saísse melhor do que ele.

Dominado por preocupações análogas, Oblonski não falava muito. Apenas Vassia Veslovski não se calava e Levine, ouvindo-o tagarelar, censurava as suas injustiças da véspera. Em verdade, era um bom rapaz, ao qual não se podia criticar sem examinar as suas unhas bem tratadas, o seu gorro escocês e a sua roupa elegante como provas de uma incontestável superioridade. Demais, simples, alegre, bem-educado, falando admiravelmente o francês e o inglês e que, antes do seu casamento, lhe tivera grande amizade.

O cavalo da esquerda, um animal do Don, agradou extremamente a Veslovski. "Como deve ser bom galopar nas estepes com um animal semelhante!", repetia. Gostava sem dúvida daquela carreira imaginária, poética e selvagem, ainda que imprecisa. A sua beleza, porém, o seu sorriso encantador, a graça dos gestos, principalmente a sua ingenuidade exerciam uma atração incontestável, a que Levine resistia tanto

ANA KARENINA

menos quando tinha no coração o desejo de destruir os julgamentos temerários da véspera.

Haviam feito três verstas quando Vassia verificou a ausência da sua carteira e da sua cigarreira. A carteira continha trezentos e setenta rublos e ele quis se certificar se a deixara na mesa do quarto.

— Deixa-me montar o teu cavalo e estarei de volta num instante — disse, quase saltando da carruagem.

— Não precisa este trabalho. O meu cocheiro fará facilmente a corrida — respondeu Levine, calculando que Vassia devia pesar pelo menos cem quilos.

O cocheiro partiu em procura da carteira e Levine tomou as rédeas.

IX

— Explica-nos o teu plano — inquiriu subitamente Oblonski.

— Ei-lo: o objetivo é Gvozdiev, a vinte verstas daqui. Deste lado da vila, encontraremos um pântano; e do outro, enormes brejos onde abundam as galinholas. Chegando a noite, poderemos aproveitar o calor para caçar. Dormiremos em casa de um camponês e amanhã alcançaremos os grandes brejos.

— Não há nada na estrada?

— Realmente, existem ali dois bons lugares, mas isso nos atrasará. Além disto, faz muito calor e não estaríamos à vontade.

Levine esperava reservar para o seu uso particular aquelas caças vizinhas da sua casa. Mas nada passando despercebido aos olhos experimentados de Oblonski, e vendo este um pequeno pântano, gritou:

— E se parássemos aqui?

— Oh, sim, Levine, paremos! — suplicou Vassia.

Levine teve que se resignar. Apenas a carruagem parara, os cães lançaram-se precipitadamente sobre o pântano.

— Crac, Mignonne, aqui!

Os cães voltaram.

— Nós três ficaríamos muito apertados. Eu ficarei aqui — disse Levine, esperando que eles só encontrassem algumas galinholas: os cães haviam feito algumas levantar voo, as quais, balançando-se no espaço, lançavam acima do pântano os seus lamentos desolados.

— Não, não, Levine, venha conosco — insistiu Veslovski.

— Não, eu te asseguro, nós nos perturbaremos uns aos outros. Mignone, aqui! Um cão bastará, não é mesmo?

Levine permaneceu perto da carruagem, seguindo com um olhar de inveja os caçadores, que bateram todo o pântano para só encontrarem uma galinha-d'água e algumas galinholas. Uma delas fora abatida por Veslovski.

— Viram bem que eu não mentia — disse-lhes Levine quando eles voltaram. — Perdemos tempo.

— Não, foi muito divertido — replicou Veslovski, que, embaraçado com o fuzil e a galinhola, subia na carruagem com dificuldade. — Viram como eu abati a galinhola? Belo tiro, não é verdade? Chegaremos já a um bom lugar?

De repente os cavalos empinaram. Levine deu com a cabeça contra o fuzil e ouviu-se um tiro. Pelo menos, foi o que lhe pareceu. Na realidade, Veslovski, querendo desarmar o seu fuzil, disparara casualmente. Por felicidade a carga não feriu ninguém e se perdeu no solo. Stepane Arcadievitch abanou a cabeça num gesto de censura, mas Levine não teve coragem de repreender Veslovski, cujo desespero era evidente e que podia atribuir as admoestações do seu hospedeiro ao despeito de lhe ter feito um galo na testa. Verdadeiramente aquela consternação em breve foi substituída por uma crise de alegria franca e contagiosa.

Chegando ao segundo pântano, mais amplo que o primeiro, perdeu-se mais tempo a remexê-lo. Levine pediu aos seus convidados para passarem adiante, mas, cedendo às súplicas de Veslovski, desceu e ficou esperando novamente perto das carruagens.

Crac lançou-se ao pântano, seguido de perto por Vassia, e, antes que Oblonski os encontrasse, já ele levantara uma galinhola que, não sendo alcançada por um tiro falho de Veslovski, se ocultara no prado. Mas, desta vez, Crac se atrasou e Vassia não a abateu. Então, voltou para a carruagem.

— A tua vez — disse ele a Levine —, eu vigiarei os cavalos.

Levine entregou as rédeas a Veslovski e penetrou no pântano. Mignonne, que havia muito tempo gemia sobre a injustiça da sorte, correu diretamente para uma ilhota que Crac esquecera, mas que ela e Levine conheciam muito bem.

— Por que a deixas correr assim? — gritou Stepane Arcadievitch ao cunhado.

— Tranquilize-se, ela não as fará voar — respondeu Levine, feliz com a alegria da cachorra e correndo junto dela.

Mais Mignonne se aproximava da ilhota onde havia caça, mais aumentava a procura. Deixou-se distrair somente, e por um instante, com um pequeno pássaro de pântano que fez uma ou duas vezes a volta da ilhota. Depois, subitamente, tremeu e imobilizou-se.

— Chega, chega, Stiva! — gritou Levine, que sentiu o coração bater a golpes precipitados. E, de repente, como se o seu ouvido, distendido ao extremo, houvesse perdido o sentido da distância, sentiu que todos os sons chegavam até ele com uma intensidade desordenada. Tomou os passos bem próximos de Oblonski pela pateada longínqua dos cavalos e como voo de uma galinhola o desmoronamento de um montezinho de terra onde apoiara o pé. Ainda percebia, perto e atrás dele, uma espécie de sussurro que não sabia explicar.

Reuniu-se a Mignonne, andando prudentemente.

— Cuidado! — gritou ele.

Uma galinhola partiu sob os pés da cachorra. Ele já a visava quando ao sussurro veio misturar-se a voz de Veslovski soltando gritos estranhos. Levine ouviu muito bem que ele atirava atrás e por sua vez não atirou. Voltando-se, percebeu a carruagem e os cavalos metade enterrados na lama: a fim de melhor assistir à caçada, Vassia deixara a estrada pelo pântano.

— Que o diabo te leve! — murmurou Levine, dirigindo-se para a carruagem enlameada. — Por que inferno vieste até aqui? — perguntou secamente ao rapaz. E, substituindo o cocheiro, achou-se na obrigação de desembaraçar os cavalos.

Não perturbava apenas o seu prazer, não arriscava somente a estragar os cavalos, mas os seus companheiros o deixaram desatrelar os pobres animais e levá-los para o seco sem lhe oferecerem a menor ajuda. Nenhum deles, é verdade, entendia daquilo. Em compensação, o culpado fez tudo para livrar a carruagem e, no seu zelo, arrancou mesmo uma das suas peças. Essa boa vontade comoveu a Levine, que culpou o seu mau humor como consequência das prevenções da véspera e imediatamente redobrou de amabilidades para Veslovski. Passado o alarme, ele ordenou que se preparasse o almoço.

— *Bon appétit, bonne conscience! Ce poulet va tomber jusqu'au fond de mes bottes* — disse Vassia, novamente sereno, devorando a sua segunda galinha. — Acabaram-se as nossas infelicidades, senhores, tudo vai nos reunir, mas, como castigo às minhas estrepolias, peço o favor de me deixarem subir na carruagem e servir de cocheiro... Não, não, deixa-me ir, verão como me desempenharei.

Levine temia pelos seus cavalos, principalmente pelo escuro — que Vassia governava mal. Cedeu, porém, à negligência comunicativa do rapaz, que, durante o caminho, não cessou de cantar romanzas ou de arremedar um amador inglês conduzindo *four in hand*.

Os nossos caçadores atingiram os pântanos de Gvozdiev nas melhores disposições do mundo.

X

Vassia conduzira os cavalos rapidamente: atingia-se o fim da expedição antes que o calor houvesse passado.

Levine desejou libertar-se do incômodo companheiro no mesmo instante. Stepane Arcadievitch parecia partilhar daquele desejo, porque a astúcia infantil que lhe era particular atenuava no seu rosto o ar de preocupação que se apossa de todo caçador no começo de uma caçada séria.

— O lugar me parece bom, porque já vejo gaviões — disse ele, mostrando duas aves de rapina que planavam acima dos caniços. — É sempre um sintoma de caça. Como vamos iniciar a exploração?

— Um instante — respondeu Levine, que, com um ar sombrio, endireitava as botas e examinava o fuzil. — Estão vendo aquele tufo de juncos, bem na nossa frente? — perguntou, mostrando um ponto mais escuro no imenso prado úmido. — É ali que começa o pântano, que se inclina para a direita, não longe deste lado dos cavalos. Ele contorna depois os caniços e se distende até aquele bosque de árvores e mesmo até o moinho que se vê embaixo, no ângulo do rio. É o melhor lugar, já me aconteceu matar ali dezessete galinholas. Vamos nos separar e fazer a volta do pântano. O moinho será o ponto de encontro.

— Então, vão pela direita, há mais espaço para dois — disse Stepane Arcadievitch indiferentemente. — Eu irei pela esquerda.

— Está certo — apoiou Vassia —, e nós vamos te passar.

Levine viu-se obrigado a aceitar aquele arranjo.

Soltos, os cães puseram-se a farejar, dirigindo-se para o lado do pântano. Pelo andar lento e indeciso de Mignonne, Levine esperava ver voar um bando de galinholas.

— Veslovski, não fiques atrás, eu te peço — murmurou ele ao companheiro de caçada, que se atolava nas poças d'água.

— Não te preocupes comigo, não quero te atrapalhar.

Mas, desconfiado com o acontecimento de Kolpenskoie, Levine lembrava-se da admoestação que lhe fizera Kitty antes da partida: "Principalmente, não disparem uns sobre os outros!"

Os cães aproximavam-se cada vez mais do esconderijo das galinholas, cada um tentando descobrir a caça por um lado diferente. Levine estava tão emocionado que o barulho dos seus sapatos no lodo lhe parecia o grito de uma galinhola. Preparou imediatamente o fuzil.

"Pif, paf!" — duas detonações ecoaram subitamente nos seus ouvidos. Vassia atirava sobre um bando de patos que passava acima do pântano, mas fora do alcance dos tiros. Levine não tivera tempo de voltar-se quando uma galinhola subiu, seguida de outra, de uma terceira e ainda de uma outra.

No momento em que elas começavam a dar voltas, Stepane Arcadievitch abateu uma, que caiu. Sem se apressar, acertou outra, que voava perto dos juncos. Apenas partira o seu segundo tiro e a galinhola tombou — debatia-se agora nos juncos, deixando ver a parte branca da asa que palpitava ainda.

Levine foi menos feliz: perdeu a primeira galinhola. Tendo atirado de muito perto, quis alcançá-la no momento em que ela subia, mas uma outra voou sobre os seus pés, distraiu-se e perdeu o tiro novamente.

Enquanto Oblonski e Levine carregavam os seus fuzis, uma última galinhola voou e Veslovski — que já havia carregado o seu — atirou as duas cargas de chumbo na água. Oblonski apanhou a sua caça com os olhos brilhantes de alegria.

— Separemo-nos agora — disse ele, e se dirigiu para a direita, coxeando ligeiramente da perna esquerda, chamando o cão e conservando o fuzil muito perto.

Quando Levine errava o primeiro tiro, perdia facilmente o sangue-frio e comprometia a sua caçada — era o que lhe acontecia nesse dia. A todo momento as galinholas passavam sob o nariz do seu cão ou sobre os pés do caçador e, querendo reparar a sua infelicidade, quanto mais atirava, mais se cobria de vergonha em frente de Veslovski, que descarregava o fuzil inconsequentemente, sem nada matar e sem que perdesse, no entanto, a sua alegria. Levine, que se irritava cada vez mais, queimava os cartuchos inutilmente. Mignonne, estupefata, olhava os caçadores com um ar de censura e a sua procura se fazia menos regular. Os tiros haviam se sucedido sem interrupção, a fumaça envolvia os caçadores, a imensa presa era constituída em tudo e por tudo de três péssimas galinholas. Vassia ainda matara uma e outra mais tarde de parceria com Levine.

No entanto, na outra extremidade do pântano, os tiros, pouco frequentes, dados por Oblonski pareciam alcançar êxito, porque, em quase todas as vezes, ouvia-se ele gritar: "Crac, traze!" Este sucesso irritou Levine ainda mais.

Agora, as galinholas voavam em bandos. Algumas vinham pousar no antigo refúgio e o ruído que faziam batendo as asas no solo úmido alternava com os gritos que as outras soltavam em pleno voo. Dúzias de gaviões piavam acima do pântano.

Levine e Veslovski já haviam batido mais da metade do pântano quando atingiram um sítio pertencente a inúmeras famílias de camponeses e dividido em faixas que vinham acabar na margem dos caniços. Como muitos daqueles lotes ainda não estivessem ceifados, o sítio não oferecia nenhum interesse para a caça. Levine, apesar de tudo, se empenhava, queria garantir a sua palavra e ir ao encontro do cunhado.

Alguns camponeses comiam perto de uma carruagem desatrelada.

— Oh, os caçadores! — gritou um deles. — Venham beber um copo conosco.

Levine examinou o grupo.

— Venham, não tenham medo — prosseguiu o homem, um alegre rapaz de rosto vermelho e barbado, mostrando os dentes alvos e erguendo acima da cabeça uma garrafa esverdeada que brilhou ao sol.

— *Qu'est-ce qu'ills disent?* — indagou Veslovski.

— Pedem que bebamos com eles. Sem dúvida, fizeram a partilha do sítio. Eu aceitarei — acrescentou Levine, com a ideia de se desfazer de Vassia.

— Mas por que querem eles nos brindar?

— Provavelmente, em sinal de regozijo. Vai, pois, isso te divertirá.

— *Allons, c'est curieux.*

— Vai, vai, acharás depois facilmente o caminho do moinho — gritou Levine, satisfeito de ver Veslovski se afastar, curvado em dois, tendo o fuzil sobre os braços e batendo os pés cansados contra os torrões de terra.

— Venha o senhor também! — gritou o camponês a Levine. — Temos um grande pastel recheado.

Levine certamente não teria recusado o pedaço de pão nem um copo de aguardente, porque se sentia fatigado e dificilmente arrancava os pés do solo pantanoso. Mas ele percebeu Mignonne atrás e esqueceu a fadiga para juntar-se a ela. Voou uma galinhola e, desta vez, não a deixou escapar. A cachorra estava repousando. "Traze!" Uma outra ergueu-se bem no nariz do cão. Ele atirou pela segunda vez, mas, decididamente, o dia era infeliz: não somente errou o segundo tiro como não pôde encontrar a primeira galinhola. Não querendo acreditar que ele a tivesse morto, Mignonne simulava que andava à sua procura.

A infelicidade, cuja responsabilidade atribuía a Vassia, ligava-se extraordinariamente aos passos de Levine: embora houvesse ali muita caça, falhava golpe sobre golpe.

Os raios do sol estavam ainda bastante quentes e as suas roupas úmidas lhe colavam ao corpo. A bota esquerda cheia de água atrapalhava a sua caminhada. O suor corria em grossos pingos sobre o rosto negro de pó, a boca amargava, um mau cheiro de fumaça e lodo comprimia a sua garganta, os gritos incessantes das galinholas o aturdiam, o coração pulsava em pancadas precipitadas, as mãos tremiam de comoção, os pés apressados batiam nos torrões, afundavam-se nos buracos — e ele nada percebia. Afinal, um tiro pior que os outros fê-lo atirar o fuzil e o chapéu ao solo.

"Decididamente", pensou ele, "devo melhorar." Então, apanhando o fuzil e o chapéu, chamou Mignonne e saiu do pântano. Na ribanceira, descalçou a bota, esvaziou-a, bebeu um grande trago de água com gosto de ferrugem, molhou o fuzil aquecido e refrescou o rosto e as mãos. Dirigiu-se depois para o novo refúgio das galinholas, firmemente convencido de haver encontrado a calma. Pura ilusão: ainda bem não visara e já o seu dedo apertava o gatilho!

A sua bolsa continha somente cinco aves quando alcançou o local onde devia se encontrar com Stepane Arcadievitch. Foi Crac quem se mostrou primeiro, coberto de um lodo fétido e negro, e farejou Mignonne com ares de triunfo. Stepane Arcadievitch logo apareceu na sombra das árvores, o rosto vermelho, molhado de suor, o colarinho desabotoado e sempre satisfeito.

— Então, fizeste boa caçada? — disse ele, alegremente.

— E tu? — perguntou Levine. A esta pergunta, a bolsa de Oblonski, sobrecarregada com quatorze galinholas, dava uma resposta eloquente.

— É um verdadeiro mangue de Deus! Veslovski te perturbou. Não existe nada tão incômodo como caçar duas pessoas com um só cão — declarou Stepane Arcadievitch, à maneira de consolação.

XI

Os dois amigos encontraram Veslovski, já instalado, na casa onde Levine se habituara a pousar. Sentado num banco, ele tirava as botas cobertas de lodo, auxiliado por um soldado, irmão do hospedeiro.

— Acabo de chegar — disse ele, com o seu riso comunicativo. — *Ils ont été charmants*. Imaginem que, depois de me obrigarem a comer e a beber, nada quiseram aceitar. E que pão! *Délicieux!* E que aguardente! Nunca bebi nada semelhante. E durante todo o tempo eles disseram: "Queira nos desculpar, fazemos o que podemos."

— Mas por que quiseste pagar? — resmungou o soldado. — Eles brindaram ao senhor, não é mesmo? Não vendem aguardente.

A imundície da casa, que as botas e as patas dos cães cobriram de uma lama escura, o odor de pântano, tudo isto não desagradou os nossos caçadores: todos cearam com um apetite que só conheciam quando caçavam. Então, depois de se limparem, foram deitar-se no palheiro, onde os cocheiros prepararam os leitos com feno.

Apesar de a noite avançar, o sono lhes faltava. Lembravam-se dos incidentes da caçada. Veslovski achava tudo pitoresco e encantador: a pousada que o feno perfumava, os cães que repousavam aos pés dos donos, a carruagem que estava a um canto e que ele julgava quebrada, porque haviam retirado os cavalos. Como falasse elogiosamente sobre a hospitalidade, Oblonski achou bom opor àqueles prazeres camponeses os fatos de uma grande caçada de que participara no ano precedente na província de Tver, em casa de um certo Malthus, enriquecido com as estradas de ferro. Descreveu os imensos pântanos vigiados e a barraca armada na margem do rio para o almoço.

ANA KARENINA

— Como é que essas pessoas não te são odiosas? — disse Levine, erguendo-se em seu leito de feno. — Não nego os encantos de um almoço no Castelo Lafite, mas, na verdade, aquele luxo não te revolta? Essas pessoas enriqueceram ao modo dos negociantes de aguardente, no passado, zombando do desprezo público e sabendo que o dinheiro mal adquirido os reabilitaria.

— É exato! — gritou Veslovski. — Certamente Oblonski aceitou os convites por simples *bonhomie*, mas deu um exemplo deplorável.

— Estás enganado — replicou Stepane Arcadievitch, com um riso de escárnio que não escapou a Levine. — Se vou à casa dele, é porque o julgo tão honesto como tal negociante, tal agricultor que devem a sua fortuna ao trabalho e à inteligência.

— A que chamas o trabalho? É fazer uma concessão e retroceder?

— Certamente. Nesse sentido de que se ninguém ousasse fazer aquele sacrifício, não teríamos estradas de ferro.

— Podes comparar esse trabalho ao do homem que lavra ou ao do sábio que estuda?

— Não, mas ele não é menos um resultado: as estradas de ferro. Mas eu esqueci que não és um camponês.

— Isto é outro problema. Quero, se isso te agrada, reconhecer a utilidade. Tenho, porém, como desonesta, toda remuneração que não se relacione com o trabalho.

— Mas como determinar esta relação?

— Entendo todo lucro adquirido por vias insidiosas e pouco corretas — respondeu Levine, que se sentiu incapaz de traçar um limite entre o justo e o injusto. — Por exemplo, os enormes lucros dos bancos. *Le roi est mort, vive le roi*: temos apenas granjas, mas as estradas de ferro e os bancos as auxiliam.

— Tudo isso pode ser verdade — replicou em tom categórico Stepane Arcadievitch, convencido evidentemente da precisão do seu ponto de vista —, mas não respondeste à minha pergunta... Deitado, Crac! — gritou ao cão que se esfregava e revolvia todo o feno. — Por que, por exemplo, os meus apontamentos são melhores que os do meu chefe de seção, que conhece os negócios melhor do que eu? É justo?

— Não sei.

— É justo que tu ganhes, digamos, cinco mil rublos onde, com mais trabalho, o camponês que nos hospeda esta noite ganha apenas cinquenta?

Não, comparados aos desses homens, os nossos lucros são tão desproporcionais como o de Malthus em relação aos operários da estrada. No fundo, há uma certa dose de inveja no ódio que se dedica a esses milionários...

— Tu adiantas muito — interrompeu Veslovski. — Não lhes invejamos as riquezas, mas não podemos esconder que elas têm um lado tenebroso.

— Tens razão — disse Levine — de taxar de injustos os meus cinco mil rublos de lucro. Eu lamento, mas...

— É o que acho — aprovou Veslovski sinceramente, tanto mais que pensava naquelas coisas pela primeira vez na vida. — Passamos o nosso tempo a beber, a caçar, enquanto esses pobres-diabos trabalham de um a outro fim de ano.

— Sim, tu lamentas, mas não a ponto de entregares a tua terra aos camponeses — objetou maliciosamente Stepane Arcadievitch.

Depois que se tornaram parentes, uma surda hostilidade alterava as relações dos dois amigos: cada qual pensava *in petto* ter melhor organizado a vida que o outro.

— Eu não dei ainda porque ninguém me pediu — replicou Levine. — De resto, se eu o quisesse, não poderia. E a quem diabo queres que eu a dê?

— Mas, por exemplo, a esse homem em casa de quem passamos a noite.

— E de que maneira queres tu que eu a entregue? É indispensável estabelecer um ato de venda ou de doação?

— Não sei. Mas já que tens a convicção de cometer uma injustiça...

— Absolutamente. Acho, ao contrário, que tendo uma família, tenho deveres para com ela e não me reconheço o direito de me despojar.

— Perdão, se tu consideras esta desigualdade como uma injustiça, deves proceder logicamente.

— É o que faço, esforçando-me por não aumentar os meus lucros.

— Que paradoxo!

— Sim, sente-se o sofisma!... — acrescentou Veslovski. — Eh, mas eis o patrão — disse ele, vendo o dono da casa que abria a porta e a fazia gemer sobre os gonzos. — Como, ainda não estás deitado?

— Não. Pensava que estivessem dormindo há muito tempo, mas acabo de ouvir os senhores conversando. Então, como tivesse necessidade de uma foice... — acrescentou, pondo cuidadosamente os pés nus um sobre o outro.

— Onde vais dormir?

— Guardamos os nossos cavalos nas pastagens.

ANA KARENINA

— Ah, linda noite! — gritou Veslovski, percebendo na moldura da porta um leve clarão do crepúsculo, um ângulo da casa e a carruagem desatrelada. — Mas de onde vêm estas vozes femininas? Realmente elas não cantam mal.

— São as raparigas aí ao lado.

— Vamos dar uma volta... De qualquer modo, não poderemos dormir. Vamos, Oblonski.

— Não podemos passear, tudo é muito amplo. Está tão bom aqui! — respondeu Oblonski, estirando-se.

— Então, eu irei sozinho — disse Veslovski, que se levantou e se vestiu apressadamente. — Até logo, senhores. Se me divertir, chamar-lhes-ei. Foram muito amáveis na caçada para que sejam esquecidos assim.

— Que admirável rapaz, não é verdade? — disse Oblonski, quando Vassia saiu e o patrão fechou a porta atrás dele.

— Sim, sim — respondeu evasivamente Levine, que seguia sempre o fio do seu pensamento: não chegava a compreender como dois homens sinceros e inteligentes pudessem acusá-lo de sofisma quando exprimia os seus sentimentos tão claramente quanto possível.

— Sim, meu caro — continuou Oblonski —, é preciso tomar o seu partido e reconhecer que a sociedade atual repousa sobre fundamentos legítimos, e então defender os seus direitos. Mas, quando se aproveita de privilégios injustos, o melhor é fazer como eu: aproveitá-los com prazer.

— Não, se tu sentisses a iniquidade desses privilégios, não brincarias com isto. Eu, pelo menos, não o poderia. Necessito de sentir-me em paz com a minha consciência.

— Realmente, por que não iríamos dar uma volta? — disse Stepane Arcadievitch, que começava a se aborrecer com a conversa. — Vamos, já que também nós não dormiremos.

Levine não respondeu, refletia. Desse modo, pois, os seus atos se contradiziam com o sentimento que tinha da justiça. "É possível", pensava, "que só se possa ser justo de uma maneira negativa?"

— Decididamente, o odor de feno não me deixa dormir — disse Oblonski, levantando-se. — Vassia parece que não se aborreceu. Ouves estas explosões de risos? Vamos, creia-me.

— Não, eu fico.

— É também por princípio? — perguntou, rindo-se disfarçadamente Stepane Arcadievitch, que procurava o seu gorro às apalpadelas.

— Não, mas que iria fazer lá fora?

— Sabes — disse Oblonski — que te encontras num caminho arriscado?

— Por quê?

— Porque tomas um mau costume com a tua mulher. Observei a importância que empregaste para obter a sua autorização a fim de te ausentares durante quarenta e oito horas. Isso pode ser encantador a título de idílio, mas não durará toda a vida. O homem deve manter a sua independência, ele tem os seus interesses. — concluiu Oblonski, abrindo a porta.

— Quais? Os de correr atrás das moças da granja?...

— Por que não, se isto nos diverte? *Cela ne tire pas à conséquence.* Minha mulher não acha nada de mal nisto. Respeitemos somente o domicílio conjugal, mas, para o resto, não nos deixemos amarrar as mãos.

— Talvez — respondeu secamente Levine, voltando-se. — Amanhã eu sairei com a madrugada e não acordarei ninguém, previno-te.

Veslovski acorreu.

— *Messieurs, venez vite!* — gritou ele. — *Charmante!* Fui eu que fiz a descoberta. Uma verdadeira Gretchen, já somos bons amigos. Asseguro que ela é deliciosa — acrescentou, num tom que dava a entender que aquela criança tinha sido criada e posta no mundo para que ele a achasse ao seu gosto.

Levine dava a impressão de dormir, enquanto Oblonski calçava os chinelos e acendia um cigarro. Levine deixou os dois amigos se afastarem, mas, durante muito tempo, não pôde conciliar o sono. Prestava atenção aos ruídos em torno: os cavalos mastigando o feno; o camponês, que saiu com o filho mais velho para prender os animais na pastagem; o soldado, que se deitou do outro lado do palheiro com o seu pequeno sobrinho; como a criança lhe perguntasse por que queriam aqueles cães, ele respondeu que no dia seguinte os caçadores iriam ao pântano fazer paf! paf! com os seus fuzis — depois, cansado com as perguntas do rapazinho, obrigou-o a se calar com ameaças: "Dorme, Vassia, dorme ou então acautele-se!" Imediatamente, o seu ronco perturbou o silêncio e, por intervalos, soaram o relincho dos cavalos e o grito das galinholas.

"Então", repetia sempre Levine, "só podemos ser justos de uma maneira negativa? Afinal, nada posso fazer, a culpa não é minha." E pôs-se a pensar no dia seguinte: "Eu me levantarei com o dia e saberei conservar o meu sangue-frio, o pântano estará cheio de galinholas. Voltando, encontrarei um bilhete de Kitty... Stiva poderá ter razão, sou bastante fraco para com ela... Mas que fazer? Eis novamente o 'negativo'."

Através do sono, ele percebeu o riso e as pilhérias dos seus companheiros, que voltavam, e, abrindo os olhos um instante, viu-os iluminados pela lua na porta entreaberta. Oblonski comparava uma jovem rapariga a uma avelã descascada, enquanto Veslovski, com o seu riso contagioso, repetia uma frase que ouvira de um camponês: "Procura antes ver que tomar uma ao teu gosto!"

— Amanhã, antes da madrugada, senhores! — resmungou Levine, e adormeceu novamente.

XII

Levine, dentro da madrugada, tentou acordar os companheiros. Deitado sobre o ventre e só deixando ver a meia que modelava a sua perna, Veslovski não deu nenhum sinal de vida. Oblonski resmoneou algumas palavras de recusa. A própria Mignonne, encolhida em roda na beira do feno, estirou preguiçosamente uma após outra as suas patas traseiras antes de resolver a seguir o seu dono. Levine calçou-se, apanhou o fuzil e saiu, tendo o cuidado de não deixar a porta ranger. Os cocheiros dormiam perto das carruagens, os cavalos cochilavam, salvo um que mastigava a sua aveia metendo o focinho na gamela. O dia clareava.

— Que te obrigou a levantar tão cedo? — perguntou a dona da casa, uma mulher já idosa que saiu da casa e lhe falou num tom íntimo, como se fosse uma antiga conhecida.

— Vou à caça. Por onde deverei passar para alcançar o pântano?

— Tome à direita atrás dos nossos celeiros e depois atravesse um terreno plantado de cânhamo. Existe ali uma vereda.

Andando com precaução, porque tinha os pés descalços, a velha o acompanhou até a vereda, onde abriu a porteira.

— Indo por aqui encontrarás o pântano. Os nossos rapazes levaram os animais para lá ontem à noite.

Mignonne ganhou a frente, farejando, e Levine seguiu-a alegremente, examinando o céu com um olhar inquieto, pois desejava atingir o pântano antes que o sol se levantasse. A lua, que brilhava ainda quando ele deixara o palheiro, adquiria agora cores de prata. A estrela da manhã, que havia pouco se impunha à vista, empalidecia cada vez mais. Inúmeros pontos, no princípio ainda vagos no horizonte, projetavam contornos mais distintos:

eram as pilhas de trigo. O cânhamo, já alto, exalava um acre perfume e de onde haviam sido arrancadas as hastes vigorosas o orvalho ainda invisível molhava as pernas de Levine e a sua blusa. No silêncio profundo da manhã, os menores ruídos se percebiam nitidamente e uma abelha que voou perto do ouvido de Levine pareceu-lhe assobiar como uma bala.

Percebeu ainda mais duas ou três que, transpondo a colmeia, voavam acima dos cânhamos em direção do pântano. Pressentia-se o pântano nos vapores que se exalavam, toalha alva onde os ramos de salgueiro e de caniços formavam ilhotas de um verde sombrio. Na margem da vereda, homens e crianças, envolvidos nos seus capotes, dormiam um sono profundo depois de ter velado toda a noite. Perto deles, passavam três cavalos peados e um fazia ressoar suas correntes. Agora, Mignonne andava ao pé do dono farejando em torno com o olhar e implorando que a deixassem correr. Quando, depois de passar os homens que dormiam, Levine sentiu o terreno ceder sob os seus pés, prestou finalmente atenção aos seus pedidos e deixou ir a cachorra. Vendo-a, um dos cavalos, um lindo potro escuro de três anos, ergueu a cauda e soltou um bufido, espantado. Os outros também sentiram medo e saíram da água arrastando com dificuldade os cascos no lodo onde chafurdavam surdamente.

Mignonne deteve-se. Teve para os cavalos um olhar de zombaria e para Levine um olhar interrogador. Levine acariciou-a e autorizou-a, com um assobio, a começar as suas pesquisas. Ela partiu imediatamente, farejando no solo viscoso cheiros conhecidos — os das raízes, das plantas, da ferrugem — ou então desconhecidos — os aos excrementos dos cavalos —, mas o odor da caça era o que mais a perturbava. Aquele cheiro impregnava os musgos e os caniços, mas não se podia determinar a sua direção. Para encontrar a pista, era preciso farejar o vento. Não mais sentindo os movimentos das patas, andando às carreiras para poder estacar bruscamente em caso de necessidade, ela se afastou para a direita, fugindo à brisa que soprava do oriente. Quando sentiu o vento, aspirou o ar a plenos pulmões e mudou imediatamente a carreira, compreendendo que tinha não mais uma pista, mas a própria caça, e em grande abundância. Mas exatamente onde? Traçava a sua armadilha quando a voz de Levine a reteve, chamando-a do outro lado: "Mignonne, aqui!" Deteve-se, indecisa, como para o fazer entender que melhor seria deixá-la agir livremente, mas Levine repetiu a ordem com voz contrariada, indicando-lhe um montezinho onde ela nada podia ver. Para lhe ser agradável, ela subiu o montezinho simulando que o pesquisava, mas retornou logo ao sítio que a atraía. Segura do que fazia, agora que o dono não mais a aborrecia. Sem olhar os pés que chocavam irritadamente contra os torrões, lançou-se na água e, erguendo-se imediatamente sobre as patas vigorosas e desembaraçadas, pôs-se a traçar um círculo, que devia lhe trazer a explicação do enigma. O odor se fazia cada vez mais forte, cada vez mais preciso — subitamente, ela compreendeu que havia "uma" ali, a cinco passos, e pôs-se em guarda, imóvel como uma estátua. As suas patas a impediam de ver, mas o seu faro não a enganava. A sua cauda não tremia, tinha a boca entreaberta e as orelhas suspensas. Respirava debilmente, com precaução, e voltava os olhos mais que a cabeça para Levine, que andava tão rapidamente quanto o solo lhe permitia. Mignonne, no entanto, maldizia a lentidão daquele andar.

Vendo Mignonne comprimir-se contra o solo, a boca entreaberta e as patas traseiras raspando a terra, Levine compreendeu que ela descobrira as galinholas e parou, suplicando a Deus que não lhe fizesse perder o primeiro tiro. Perto da cachorra, ele descobriu a ave que ela só pudera sentir pelo faro. Era bem uma galinhola, enorme, entre dois torrões: ela fez menção de abrir as asas, dobrou-as novamente e, remexendo-se, aconchegou-se a um canto.

— Vamos! — gritou Levine, excitando a cachorra com o pé.

"Eu não posso mexer-me", parecia dizer Mignonne, "eu a sinto, mas não a vejo, e se me mexer, ignoro como deverei fazer."

Mas Levine empurrou-a com o joelho, repetindo completamente emocionado:

— Vamos, Mignonne, vamos!

"Se ele o quer, devo obedecê-lo, mas não respondo por mim mesma", parecia pensar a cachorra, lançando-se entre os dois torrões, não farejando mais e não sabendo mais o que fazia. A dez passos do lugar onde estivera, uma ave ergueu-se com o grasnido e o barulho sonoro e característico das asas. Levine atirou, a ave tombou, batendo o seu peito alvo na terra úmida. Ergueu-se outra atrás de Levine. Quando ele se voltou, ela já estava longe, mas o tiro a atingiu: após voar no espaço uns vinte passos, degringolou e veio cair num lugar seco.

"Isso vai bem", pensou Levine, pondo na bolsa as duas aves gordas e ainda quentes. "Não é mesmo, Mignonne, que isso vai bem?"

Quando Levine, depois de carregar o fuzil novamente, retomou o caminho, o sol, que ainda havia pouco se escondia entre as nuvens, já se levantara e a lua parecia um ponto branco no espaço. Haviam desaparecido todas as estrelas. As poças, ainda havia pouco prateadas, refletiam agora o ouro e o cinzento. A cor azul da relva se transfigurava em verde-amarelado. Os pássaros do pântano agitavam-se nas moitas brilhantes, que projetavam as suas sombras ao longo dos regatos. Um gavião, empoleirado numa pedra, despertava, a cabeça oscilando da direita para a esquerda, lançando em torno olhares descontentes, enquanto as gralhas levantavam voo em direção dos campos. Um dos meninos, descalço, conduzia os cavalos para o velho aldeão, que se esfregava depois de haver tirado o paletó. A fumaça do fuzil embranquecia a erva verde, como leite derramado.

— Há também patos por aqui, senhor. Ontem eu vi um — gritou a Levine um dos meninos, pondo-se a segui-lo a distância e respeitosamente.

Levine sentiu um prazer particular em matar uma após outra três galinholas em frente daquela criança, cuja alegria explodiu estrondosamente.

XIII

Não fora inútil a superstição do primeiro tiro: Levine retornou entre nove e dez horas, cansado, faminto, mas satisfeito, depois de ter percorrido uma trintena de verstas, morto dezenove galinholas e um pato, que, não tendo lugar na bolsa, amarrou na cintura. Os seus companheiros, que haviam se levantado fazia muito tempo, quase morreram de fome esperando-o para o almoço.

— Concordem, concordem, eu sei que existem dezenove — dizia ele, contando pela segunda vez a caça, tão brilhante na hora do voo e agora encarquilhada, os bicos pendidos, as penas cobertas de sangue coagulado.

A conta era exata. O sentimento de inveja que Stepane Arcadievitch não conseguiu esconder provocou em Levine um certo prazer. Para cúmulo da felicidade, o mensageiro de Kitty o esperava com um bilhete tranquilizador.

"Passo maravilhosamente", — escrevia ela — "e se não me julgas suficientemente protegida, tranquiliza-te sabendo que Maria Vlassievna está aqui (era a parteira, um personagem novo e muito importante na família). Achou-me em perfeita saúde e ficará conosco até a tua volta. Desse modo, se a caça estiver boa, não te apresses."

Graças a esse bilhete e ao feliz resultado da caça, Levine não levou em conta dois incidentes menos agradáveis. Em primeiro lugar, o cavalo, estafado da véspera, recusava a alimentação e parecia estropiado.

— Andamos muito depressa ontem, Constantin Dmitritch, eu te asseguro. Imagina, dez verstas para um animal semelhante!

A segunda contrariedade, que o fez rir depois de tudo resolvido, foi a de não achar mais nada das provisões dadas por Kitty na hora da partida, com mão mais do que generosa: havia provisões para oito dias! Em particular, Levine contava com certas empadinhas de que julgava sentir o cheiro no caminho de volta. A sua primeira palavra foi para ordenar a Filipe que o servisse, mas não restava uma só e todos os frangos tinham igualmente desaparecido.

— Culpe este apetite! — disse Stepane Arcadievitch, rindo-se e mostrando Vassia. — Da minha parte, não posso lastimar, mas isso é verdadeiramente fenomenal.

— Tudo é possível na natureza! — respondeu Levine, olhando Vassia sem amenidade. — Bem, Filipe, sirva-me a carne assada.

— Não há mais, senhor. E jogaram os ossos aos cães.

— Pelo menos, deviam me deixar alguma coisa! — gritou Levine, quase chorando de despeito. — Bem, se não há mais nada, prepara as galinholas, enchendo-as de urtigas — prosseguiu, a voz trêmula, evitando fitar Veslovski. — E trata de me arranjar, pelo menos, um copo de leite.

Com a fome satisfeita, ficou confuso por haver demonstrado em frente de um estranho o seu descontentamento e foi o primeiro a rir da sua própria cólera.

Na mesma tarde, após uma última caçada em que o próprio Vassia se distinguiu, os três companheiros retomaram o caminho do acampamento, onde passaram a noite. A volta foi tão alegre como a ida. Veslovski cantou muitas romanzas e evocou com um prazer todo particular a lembrança das suas aventuras: a parada junto aos camponeses que o brindaram com aguardente, o passeio noturno com a moça e a reflexão divertida que lhe fizera um campônio compreendendo que ele não era casado — frase que não podia lembrar sem se rir.

— Estou satisfeitíssimo com a nossa excursão — declarou ele. — E tu, Levine?

XIV

No dia seguinte, às dez horas da manhã, depois de dar o seu passeio, Levine bateu na porta de Veslovski.

— *Entrez!* — gritou Vassia. — Desculpa-me, eu termino *mes ablutions* — disse ele, confuso com a sua negligência.

— Não te aborreças. Dormiste bem? — perguntou Levine, sentando-se perto da janela.

— Como um morto. O tempo hoje está bom para a caça?

— Que tomas de manhã, café ou chá?

— Nem um nem outro, almoço à inglesa... Sinto vergonha do meu apetite... As senhoras já se levantaram? E se déssemos uma pequena volta? Tu me mostrarias os teus cavalos.

Depois de um passeio pelo jardim, uma parada nas cavalariças e alguns exercícios de barra, os dois novos amigos foram para a sala de jantar.

— Fizemos uma caçada bem divertida e eu guardo um mundo de recordações — disse Veslovski, aproximando-se de Kitty, sentada perto de um serviço de chá. — Que pena que as senhoras sejam privadas desse prazer!

"É bom que ele diga uma palavra à dona da casa", pensou Levine para se tranquilizar, já se impacientando com o sorriso e o ar conquistador do rapaz.

Na outra extremidade da mesa, a princesa demonstrava a Maria Vlassievna e a Stepane Arcadievitch a necessidade da sua filha permanecer em Moscou na época do parto e chamou o genro para lhe falar daquela grave questão. Nada melindrava mais a Levine do que aquela banal expectativa de um acontecimento tão sublime como o nascimento de um filho — porque aquele seria um filho. Não admitia que essa incrível felicidade, por ele envolvida em tantos mistérios, fosse discutida como um fato comum. As conversas permanentes sobre a melhor maneira de enfaixar os recém-nascidos o contrariavam. Todos aqueles cueiros, particularmente caros a Dolly e confeccionados com modos misteriosos, o horrorizavam. E ele voltava os olhos e fechava os ouvidos como antigamente, quando dos preparativos para o seu casamento.

Incapaz de compreender os sentimentos que orientavam o seu genro, a princesa tachava de leviandade aquela aparente indiferença. Também não o deixava em sossego. Acabava de encarregar Stepane Arcadievitch de procurar uma casa e esperava que Levine desse a sua opinião.

— Faça o que achar melhor, princesa. Eu não entendo de nada.

— Mas é preciso marcar a data da tua volta.

— Ignoro quando seja. O que sei é que milhões de crianças nascem fora de Moscou e sem auxílio de nenhum médico.

— Neste caso...

— Kitty fará o que quiser.

— Kitty não deve entrar nestes pormenores, que poderiam assustá-la. Lembra-te que Natalia Golitsyne morreu de parto na primavera, por falta de um bom parteiro.

— Farei o que a senhora quiser — repetiu Levine lugubremente, deixando de ouvir a sogra: a sua atenção estava longe.

"Isto não pode continuar assim", pensava ele, lançando olhares sombrios a Vassia inclinado sobre Kitty, que se achava perturbada e ruborizada. A atitude e o sorriso do rapaz pareceram-lhe inconvenientes e, como na antevéspera, caiu subitamente das alturas do êxtase ao abismo do desespero. O mundo tornou-se-lhe novamente insuportável.

— Faça como desejar, princesa — disse uma vez mais, multiplicando os olhares.

— Nem tudo são rosas na vida conjugal — disse-lhe, brincando, Stepane Arcadievitch, a quem não escapava a verdadeira causa daquele mau humor. — Como tu desces tarde, Dolly!

— Macha dormiu mal e me importunou toda a manhã com os seus caprichos.

Todos apresentaram as suas homenagens a Daria Alexandrovna. Veslovski, dando prova deste cinismo que caracteriza os rapazes de hoje, levantou-se com dificuldade, dirigiu-lhe uma breve saudação e, rindo-se, retomou a conversa que entabulara com Kitty sobre Ana e a livre união. Aquele assunto e o tom adotado por Veslovski desagradavam tanto mais à mulher quanto ela não ignorava o quanto seu marido estaria magoado. Contudo, ela era muito ingênua e inexperiente para saber concluir a palestra e dissimular o aborrecimento misturado de prazer que lhe causava a conversa de Veslovski. De resto, sabia que Kostia interpretaria mal cada um dos seus gestos e cada uma das suas palavras. Realmente, quando ela perguntou à irmã detalhes sobre o procedimento de Macha, aquela pergunta pareceu a Levine uma odiosa hipocrisia. Vassia, por sua vez, pôs-se a examinar Dolly com indiferença, parecendo esperar impacientemente o fim daquela aborrecido intervalo.

— Iremos à caça dos cogumelos? — indagou Dolly.

— Certamente, e eu vos acompanharei — respondeu Kitty.

Por delicadeza, desejou perguntar a Vassia se ele queria lhe fazer companhia, mas não ousou.

— Aonde vais, Kostia? — perguntou, vendo o marido sair com passo resoluto.

O tom abatido com que ela pronunciou a frase confirmou as suspeitas de Levine.

— Chegou um mecânico alemão durante a minha ausência. É preciso que eu o veja — respondeu ele, sem a olhar.

Mal chegara ao gabinete, ouviu os passos familiares de Kitty descendo a escada com uma imprudente vivacidade.

— Que queres? Estamos ocupados — falou ele, secamente.

— Desculpa-me — disse ela, dirigindo-se ao alemão. — Quero dizer uma palavra ao meu marido.

O mecânico quis sair, mas Levine o deteve.

— Não se incomode.

— Não queria perder o trem das três horas — observou o homem.

Sem lhe responder, Levine saiu com a sua mulher para o corredor.

— Que desejas? — perguntou ele em francês, sem querer observar o rosto da sua companheira contraído pela emoção.

— Eu... eu queria te dizer que esta vida é um suplício — murmurou ela.

— Há muita gente na copa, não faças cena — replicou ele, com cólera.

— Então, venhas por aqui.

Ela o quis levar a um aposento vizinho, mas, como Tania tomasse uma lição de inglês, levou-o ao jardim.

Um jardineiro, com o ancinho, raspava as folhas da área. Inquieto com o efeito que poderiam produzir naquele homem os seus rostos transtornados, eles avançavam a passos rápidos, como pessoas que desejassem — uma vez por todas e através de uma franca explicação — afastar o peso dos seus tormentos.

— É um martírio uma existência semelhante! Por que sofremos assim? — disse ela, quando alcançaram um banco solitário no canto da aleia de tílias.

— Confessa que a tua atitude tinha alguma coisa de injuriosa e inconveniente — gritou Levine, apertando sobre o peito as duas mãos.

— Sim — respondeu ela com a voz trêmula —, mas não vês, Kostia, que não tenho culpa? Imediatamente, eu procurei pô-lo no seu lugar, mas esta espécie de gente... Meu Deus, por que é que ele veio aqui? Nós éramos tão felizes!

Soluços cortaram a sua voz e sacudiram-na completamente.

Quando o jardineiro os viu voltar, pouco depois, com os rostos calmos e alegres, não chegou a compreender por que eles tinham fugido de casa e menos ainda que feliz acontecimento lhes sobreviera naquele banco isolado.

XV

Depois de haver levado Kitty ao seu quarto, Levine foi ao quarto de Dolly e encontrou-a bastante excitada, caminhando de um para outro lado e ralhando com a pequena Macha, que, de pé a um canto, chorava copiosamente.

— Ficarás aí todo o dia sem ver uma só boneca, jantarás sozinha e não ganharás nenhum vestido novo... — dizia ela. — Esta criança é insuportável — prosseguiu, vendo o cunhado. — De onde lhe vêm estes maus instintos?

— Que fez ela? — perguntou Levine, indiferentemente. Querendo consultar Dolly, lamentava-se por ter chegado num momento tão inoportuno.

— Foi colher framboesas com Gricha e... Não, sinto até vergonha de dizer... Como detesto *miss* Elliot, essa governante é uma autêntica máquina, não se preocupa com coisa alguma! *Figurez-vous que la petite...*

E contou o malfeito de Macha.

— Não vejo nada de grave, foi uma simples brincadeira de criança — disse Levine, para a tranquilizar.

— Mas que tens? Parece comovido... Que queres me dizer? Que fizeste lá embaixo?

Pelo tom de Dolly, Levine compreendeu que poderia falar de coração aberto.

— Não sei de nada... Estive no jardim com Kitty... É a segunda vez que discutimos depois da chegada de... Stiva.

Dolly fitou-o com olhos penetrantes.

— Com a mão na consciência, tu não observaste... não em Kitty, mas nesse rapaz... um tom desagradável e intolerável para um marido?

— Que te direi?... Queres continuar aí no teu canto? — gritou ela a Macha, que, de longe, julgava ver um sorriso nos lábios da mãe. — Segundo as ideias herdadas da sociedade, ele procede como todos os rapazes. *Il fait la cour à une jeune et jolie femme* e um marido, homem de sociedade, estaria lisonjeado.

— Sim, sim — disse Levine, lugubremente. — Mas, afinal, tu observaste também...

— Não somente eu, mas até mesmo Stiva me disse depois do chá: *"Je crois que Veslovski fait un petit brin de cour à Kitty."*

— Então estou tranquilo. Vou expulsá-lo.

— Ficaste louco? — gritou Dolly, assustada. — Podes ir procurar Fany — disse ela a Macha. — Vejamos, Kostia, em que pensas? Se queres, eu falarei com Stiva. Ele o levará, semelhante convidado não nos convém.

— Não, não, deixa-me fazer tudo.

— Tu não vais´brigar com ele?

— Não, não, isso muito me divertirá — disse Levine, tranquilo e com os olhos brilhantes. — Vamos, Dolly, perdoa-a, ela não mais recomeçará — acrescentou, mostrando a pequena criminosa, que, ao invés de ir procurar Fany, ficou de pé em frente da mãe, examinando-a nos olhos. Vendo-a tranquilizada, Macha estancou os soluços e escondeu o rosto na saia de Dolly, que pôs sobre a sua cabeça, ternamente, a mão macia.

"Que há de comum entre esse rapaz e nós?", perguntava-se Levine. E pôs-se à procura de Veslovski. Passando pelo vestíbulo, deu ordem para que atrelassem a carruagem.

— Quebrou-se ontem uma mola — respondeu o empregado.

— Onde está o nosso convidado?

— No seu quarto.

Vassia tinha desfeito a sua mala, arrumado os objetos, separado as romanzas. A perna estendida numa cadeira, punha as polainas para montar a cavalo quando Levine entrou. O seu rosto tinha uma expressão particular ou talvez Veslovski já tivesse compreendido que o seu *petit brin de cour* não se harmonizava com aquela família. Sentiu-se logo tão mal como só o sentiria um rapaz de sociedade.

— Montas a cavalo com polainas?

— Sim, é muito melhor — respondeu Veslovski com um sorriso franco, acabando de afivelar a polaina.

No fundo, era um rapaz tão bom que Levine sentiu certa vergonha, verificando um sintoma de confusão no seu olhar. Não sabendo por onde começar, apanhou sobre a mesa uma chibata que eles tinham quebrado ao amanhecer, quando tentavam suspender as barras escorregadias pela umidade, e pôs-se a despedaçar a ponta quebrada.

— Eu queria... — deteve-se, indeciso, mas, lembrando-se da cena com Kitty, continuou, fitando-o nos olhos —... eu queria te dizer que mandei atrelar os cavalos.

— Por quê? Aonde iremos nós? — perguntou Veslovski, estupefato.

— Para te levar à estação — disse Levine, lugubremente.

— Partirás? Aconteceu alguma coisa?

— Aconteceu que eu espero inúmeras pessoas — respondeu Levine, batendo a chibata com um gesto cada vez mais nervoso. — Ou melhor, não, eu não espero ninguém, mas peço-te que partas. Podes interpretar a minha indelicadeza como quiseres.

Vassia endireitou-se com dignidade: afinal, compreendera.

— Queira explicar-se! — fez ele.

— Nada tenho a explicar ao senhor e agiria melhor não me fazendo perguntas — respondeu lentamente Levine, esforçando-se por ocultar o tremor convulsivo que agitava a sua fisionomia.

E, como já tivesse destruído a ponta da chibata, tomou-a pelo meio, partiu-a em duas e reteve cuidadosamente a parte que caía.

Os olhos brilhantes de Levine, a sua voz sombria, as fases trêmulas e principalmente a tensão dos músculos, cujo vigor Veslovski experimentara naquela manhã quando faziam exercícios nas barras, convenceram-no melhor do que as palavras. Sacudiu os ombros, sorriu orgulhosamente, cumprimentou e disse:

— Poderei ver Oblonski?

Nem o sorriso nem o balançar dos ombros melindraram Levine. "Que lhe resta fazer?", pensou. E muito alto:

— Ele virá encontrar o senhor aqui.

— Mas isso foge ao bom senso, *c'est du dernier redicule* — gritou Stepane Arcadievitch quando se reuniu a Levine, no jardim, depois de saber por Veslovski do que acontecera. — Que mosca te picou? Eh, porque um rapaz...

O lugar picado se achava ainda tão sensível que Levine, empalidecendo, não deixou que o seu cunhado acabasse.

— Não percas tempo em desculpá-lo. Estou desolado, não só por tua causa como também por causa dele, mas ele se consolará facilmente, enquanto, para minha mulher e para mim, a sua presença se tornou intolerável.

— Mas tu lanças sobre ele uma ofensa gratuita! *Et puis c'est ridicule.*

— Também eu me sinto ofendido e, o que é pior, sofro, sem ter provocado nada.

— Nunca te acreditei capaz de semelhante coisa. *On peut être jaloux, mais à ce point c'est du dernier ridicule!*

Levine voltou-lhe as costas e continuou a andar de um para outro lado, na aleia, à espera da partida. Logo depois, ouviu um barulho de rodas e, através das árvores, percebeu Veslovski que passava, a cabeleira oculta no gorro, sentado e sacudindo-se aos menores solavancos.

"Que tem ele ainda?", perguntou-se Levine, quando viu o criado sair correndo de casa e deter a carruagem: era para embarcar o mecânico, que fora esquecido, e que se sentou ao lado de Veslovski, depois de o ter cumprimentado e trocado com ele algumas palavras. Imediatamente, ambos desapareceram.

Stepane Arcadievitch e a princesa exageravam a conduta de Levine. Ele próprio sentiu-se culpado e ridículo em alto grau, mas, pensando no que Kitty e ele tinham sofrido, confessou que se fosse necessário recomeçar, recomeçaria de modo perfeitamente idêntico.

No entanto, nesta mesma noite, com exceção da princesa, todos reencontraram a animação e a alegria; dir-se-iam crianças depois de um castigo ou donos de casa depois de uma penosa recepção oficial. Todos se sentiram aliviados e, quando a princesa se retirou, falou-se da expulsão de Vassia como de um acontecimento distante. Dolly, que herdara do pai o dom da pilhéria, fez rir Varia até as lágrimas contando-lhe três ou quatro vezes, e sempre com novas ampliações, as suas impressões do caso. Ela dizia haver reservado em honra do hóspede um laço de fitas novas. Chegando o momento de recepção, ela entrava no salão quando o barulho de uma carruagem chamou-a à janela. Que espetáculo presenciara então? Vassia em pessoa, com o seu gorro escocês, suas romanzas e suas polainas, sentado ignominiosamente sobre o feno!

— Se pelo menos houvessem atrelado uma carruagem! Mas, não!... De repente, eu o ouvi gritar: "Alto!"... Vamos, disse a mim mesma, tiveram piedade dele... Não, enganava-me, era um alemão que se reunia ao infeliz!... Decididamente, perdi o efeito do meu laço!

XVI

Receando apesar de tudo ser desagradável aos Levine, que não desejavam — o que ela compreendia muito bem — a sua aproximação com Vronski, Daria Alexandrovna queria ver Ana para provar-lhe que a sua afeição não havia se modificado. A fim de salvaguardar a sua independência, quis alugar cavalos na vila. Logo que Levine soube disto, veio censurá-la.

— Por que imaginas que me aborreces indo à casa de Vronski? Além do mais, ficaria mais aflito ainda se utilizasses outros cavalos que não os meus.

Daria Alexandrovna acabou por se convencer e, no dia marcado, Levine mandou atrelar quatro cavalos e colocou outros tantos na estação de muda, animais de carga mais do que de trela, mas capazes, no entanto, de fazerem o imenso trajeto num só dia.

Esta parelha de cavalos foi difícil de ser constituída, os outros estavam detidos para a viagem da princesa e da parteira. Tudo isso causou a Levine certos aborrecimentos, mas, cumprindo assim um dever de hospitalidade, poupou à cunhada uma despesa de vinte rublos.

Obedecendo ao conselho de Levine, Daria Alexandrovna pôs-se a caminho de madrugada. A estrada era boa, a carruagem cômoda. Embalada pelo movimento regular do veículo, Dolly adormeceu e só despertou na estação de muda. Aí ela tomou chá em casa de um rico camponês — o mesmo que hospedara Levine quando da sua viagem para casa de Sviajski. Enquanto o homem lhe fazia um grande elogio do conde Vronski, ela manteve uma conversa que versou principalmente sobre o problema dos filhos. Às dez horas pôs-se novamente a caminho. Os seus deveres maternos, comumente, absorviam-na bastante para que tivesse oportunidade de refletir: também nesta corrida de quatro horas uma rara ocasião se apresentava para meditar sobre a sua vida e examiná-la em todos os seus aspectos. Pensou primeiramente nos filhos, confiados aos cuidados da princesa e de Kitty (era com esta que ela contava principalmente).

"Permita Deus que Macha não faça cena, que Gricha não receba coice dos cavalos e que Lili não tenha indigestão!", dizia intimamente. Essas pequenas preocupações do momento foram substituídas por preocupações mais importantes: era preciso, quando voltasse a Moscou, mudar de casa, reformar os móveis do salão, comprar uma capa para a sua filha mais velha. Depois de vinte e uma questões ainda mais graves, se bem que de possibilidades menos próximas, teve a seguinte pergunta: poderia continuar convenientemente a educação das crianças? "As meninas me inquietam pouco", pensava, "mas os meninos? Impossível contar com Stiva. Se me ocupei com Gricha este verão foi porque a minha saúde o permitiu. Mas se vier uma nova gravidez?" E ela pensou que o marido era injusto em considerar as dores do parto como o sinal de maldição que pesa sobre as mulheres. "É tão pouca coisa, comparada às misérias da gravidez!" E lembrou-se da última prova daquele gênero e da perda do seu filho. Esta recordação reavivou na sua memória a resposta que lhe dera a velha camponesa: "A senhora teve filhos? — Tive uma menina, mas o bom Deus me livrou dela durante a Quaresma. — Sentiste pena? — Por Deus, não, é um aborrecimento a menos; não faltam os netos, e que fazer com uma criancinha nos braços?" Essa resposta parecia odiosa, mas os traços do rosto daquela mulher não exprimiam nenhuma maldade e Dolly via agora que ela, nas suas palavras, possuía uma parte de verdade.

"Em resumo", pensava, lembrando-se dos seus quinze anos de casada, "a minha mocidade passou cheia de contrariedade, a sentir-me estúpida, desgostosa de tudo, parecendo-me odiosa, porque se a nossa Kitty, tão linda, está agora feia, como não devia eu em cada gravidez ter ficado horrível!... E depois os partos, os terríveis partos, as misérias da amamentação, as noites de insônia, sempre sofrimentos, sofrimentos atrozes!..."

Dolly tremia com a recordação das fendas nos seios que sofria em cada período de gravidez.

"E as doenças das crianças, este contínuo pavor, os aborrecimentos da educação, as péssimas inclinações a combater (ela reviu o malfeito de Macha no caso das framboesas), o latim e as suas dificuldades... e, pior que tudo, a morte!" O seu coração de mãe ainda soluçava a perda do último, morto pelo crupe. Lembrou-se da sua dor solitária em frente daquela fronte alva aureolada de cabelos frisados, daquela boquinha entreaberta, do momento em que fechavam o caixão róseo com uma cruz dourada por cima.

E para que tudo isso? Para que, ora grávida, ora amamentando, sempre extenuada e carinhosa, detestada pelo marido, sofrera tantos dias cheios de tormentos? Para deixar uma família infeliz, pobre, mal-educada! "Que teria feito este verão se Kostia e Kitty não me convidassem para visitá--los? Mas, por mais afetuosos e delicados que sejam, eles não poderão recomeçar, porque, em breve, terão os seus próprios filhos — e, já agora, não estarão um pouco aborrecidos? Papai está quase espoliado por nós, ele não poderia me ajudar. Como chegarei a fazer homens os meus filhos? Seria necessário procurar proteções, humilhar-me... Se a morte não os levar, o que tenho a esperar de melhor é que eles não se tornem maus. E quantos sofrimentos para chegar até aqui! Mais do que nunca, a minha vida está estragada."

Decididamente, as palavras da camponesa, em seu ingênuo cinismo, continham alguma verdade.

— Estamos nos aproximando, Miguel? — perguntou ela ao cocheiro, para afastar aqueles penosos pensamentos.

— Depois da vila que estamos vendo, parece-me que ainda faltam sete verstas.

A carruagem atravessou uma pequena ponte onde os ceifeiros, com os fardos nas costas, pararam para observá-la passar, conversando com sinais de evidente alegria. Dolly verificou que todos aqueles rostos possuíam beleza e saúde. "Cada qual vive e goza a vida", dizia intimamente, deixando-se embalar de novo pelo trote dos cavalos, que corriam depois de subirem uma pequena encosta, "somente eu pareço com uma prisioneira posta em liberdade provisória. Minha irmã Natalia, Varinka, essas mulheres, Ana, todas sabem o que é a vida, mas eu a ignoro... E por que acusam Ana? Sou eu melhor do que ela? Eu, pelo menos, amo o meu marido, não como queria, mas, afinal, eu o amo, enquanto ela detestava o seu. Em que ela é culpada? Quis viver, é uma necessidade que Deus nos pôs no coração. Se eu não amasse o meu marido, talvez houvesse agido como Ana. Ainda me pergunto se fiz bem seguindo os seus conselhos, ao invés de me separar de Stiva. Quem sabe? Poderia refazer a minha vida, amar, ser amada? É este o caminho mais honesto? Suporto-o porque tenho necessidade dele, eis tudo... Naquela época, ainda podia inspirar amor, restava-me alguma beleza..."

Quis tirar da bolsa um espelho de viagem, mas receou ser surpreendida pelos dois homens que estavam no banco. Sem ter necessidade de fitar-se, disse a si mesma que o seu tempo ainda não passara: lembrou-se das atenções particulares de Sergio Ivanovitch, o devotamento do bom Tourovtsine, que por amor a ajudara a cuidar das crianças durante a escarlatina, e até da implicância de Stiva para com um rapaz que a achava mais bela do que as irmãs. Os romances mais apaixonados, os mais inverossímeis, apresentavam-se na sua imaginação. "Ana teve razão, e não serei eu quem lhe atirarei a primeira pedra. Ela é feliz e faz a felicidade de outrem. Enquanto me sinto embrutecida, ela deve estar linda e brilhante, interessando-se por todas as coisas." Um sorriso leviano entreabriu os lábios de Dolly, acompanhando mentalmente um romance idêntico àquele de Ana, sendo ela heroína e o herói uma criatura anônima e coletiva — imaginou o momento em que confessava tudo ao marido e pôs-se a rir, pensando na estupefação de Stepane Arcadievitch.

Estava totalmente dominada por esses pensamentos quando a carruagem chegou à encruzilhada do caminho de Vozdvijenskoie.

XVII

O cocheiro deteve os cavalos e olhou à direita, para um grupo de camponeses sentados no meio de um campo de centeio, perto de uma carruagem desatrelada. Depois de fazer menção de saltar, ele mudou de ideia e chamou os camponeses com um gesto imperioso. A poeira levantada pelo trote subia e colava-se nos animais encharcados de suor. O som metálico de uma foice cessou de repente. Um dos homens se ergueu e dirigiu-se à carruagem. Os seus pés nus avançavam lentamente no caminho áspero.

— Não poderias te apressar?

O homem apressou o passo. Era um velho. Chegando perto da carruagem, apoiou-se nela com uma das mãos.

— Vozdvijenskoie? A casa do conde? Depois de subir a encosta, toma a esquerda, sairás diretamente na avenida. É ao próprio conde que procuras?

— Eles estão em casa?... — perguntou Daria Alexandrovna, que não sabendo de que modo perguntar por Ana a uma camponesa, preferiu fazer aquela pergunta.

— Acho que sim — respondeu o velho, que gingava os pés, deixando na poeira a marca visível. — Acho que sim — repetiu, desejoso de entabular uma conversa —, ainda ontem chegaram pessoas e já havia inúmeras... Que dizes? — perguntou a um rapaz que lhe gritava qualquer coisa. — Ah, sim... Tem razão, eu pensava... Passaram há muito tempo, iam todos montados, iam ver a nova máquina. A estas horas, eles devem ter voltado... E tu, de onde vens?

— De longe — respondeu o cocheiro, subindo novamente no banco.

— Então, gastaremos muito tempo?

— Asseguro-te que é muito perto... É só subir a encosta...

O jovem camponês, um rústico rapaz, aproximou-se.

— Toma à esquerda e sairás diretamente na avenida — continuava o velho, que evidentemente gostava de conversar.

O cocheiro tocou os animais. Ainda bem não correra quando se ouviu gritar:

— Ei, amigo, pare! He, ho, espere! — gritavam os dois camponeses.

O cocheiro obedeceu.

— Eles vêm ali a toda pressa! — continuou o velho, mostrando quatro cavalheiros e uma carruagem que se aproximavam.

Eram Vronski, Ana, Veslovski e um rapazinho a cavalo. A princesa Bárbara e Sviajski ocupavam a carruagem. Voltavam do campo, onde acabavam de experimentar novas máquinas de ceifar.

Vendo a carruagem parada, os cavalheiros diminuíram a marcha. Ana vinha na frente, em companhia de Veslovski. Ela montava com facilidade um pequeno cavalo inglês, de cauda curta e grandes crinas. A sua linda cabeça trazia um chapéu alto, de onde saíam mechas de cabelos negros, e os seus ombros, o seu talhe bem posto de amazona, a sua fisionomia tranquila e graciosa, atraíram imediatamente a atenção um pouco escandalizada de Daria Alexandrovna. Dolly associava à equitação, praticada por uma mulher, uma ideia de *coquetterie* pouco conveniente na situação da sua cunhada. As suas prevenções desapareceram logo, tanto os gestos e a sóbria elegância de Ana denunciavam nobreza e simplicidade.

Vassia Veslovski, as fitas do seu gorro escocês dançando atrás dele, acompanhava Ana num cavalo de regimento, um animal tordilho cheio de fogo: ele parecia muito contente consigo mesmo. Vendo-o, Dolly não pôde reprimir um sorriso. Vronski os seguia num puro-sangue castanho--escuro, que parecia excitado com o galope e que ele retinha puxando as rédeas. O rapazinho, espécie de lacaio, trajando um costume de jóquei, fechava a marcha. A certa distância, uma carruagem, puxada por um enorme cavalo negro, trazia Sviajski e a princesa.

Quando reconheceu a pessoa que estava no canto da velha carruagem, o rosto de Ana se iluminou. Agitou-se, soltou um grito de alegria e pôs o cavalo a galope. Chegando perto da carruagem, saltou do cavalo sem a ajuda de ninguém e correu para Dolly.

— És tu mesma, Dolly! Eu não ousaria acreditar! Que alegria imensa que me causas — disse ela, apertando a viajante nos braços para cobri-la de beijos e afastando-se depois para examiná-la melhor. — Olha, Alexis, que felicidade! — acrescentou, voltando-se para o conde, que, também ele, já estava com os pés em terra.

Vronski avançou, o chapéu na mão.

— A senhora não poderá calcular como a sua visita nos alegra — articulou ele, salientando cada uma das palavras, enquanto um sorriso descobria os seus belos dentes.

Sem deixar a sua montaria, Vassia Veslovski ergueu alegremente o gorro à maneira de saudação.

Aproximava-se a carruagem em que vinham a princesa e Sviajski.

— É a princesa Bárbara — disse Ana, respondendo a um olhar interrogador de Dolly.

— Ah! — respondeu Dolly, deixando transparecer um certo descontentamento.

A princesa Bárbara, uma tia do seu marido, sempre vivera presa aos parentes ricos e Dolly, que por esta razão não a estimava muito, ficou espantada em vê-la agora instalada em casa de Vronski, que não tinha nenhum parentesco com a velha princesa. Observando essa desaprovação, Ana se perturbou e corou. Dolly cumprimentou a princesa friamente. Sviajski, que ela conhecia, perguntou pelo seu amigo Levine, o excêntrico, e pela sua jovem mulher. E, depois de olhar o antiquado veículo, ofereceu às senhoras a carruagem em que vinha.

— O cavalo é manso e a princesa conduz muito bem. Quanto a mim, irei neste *véhicule*.

— Oh, não! — interrompeu Ana. — Fiquem onde estão. Eu irei com Dolly.

Daria Alexandrovna jamais vira cavalos tão belos, tão belos costumes, mas o que ainda mais a impressionou foi a espécie de transfiguração operada em sua querida Ana, e talvez não a compreendesse se não houvesse refletido durante a viagem nas coisas do amor. Ana lhe pareceu projetar esta beleza fugitiva que é própria da mulher que tem a certeza de uma paixão retribuída. O brilho dos seus olhos, o tremor dos lábios, as covinhas que se desenhavam nitidamente nas suas faces e no queixo, o sorriso que iluminava o seu rosto, a graça nervosa dos seus gestos, o calor da sua voz e até o tom amigavelmente brusco com que se dirigia a Veslovski a fim de lhe pedir licença para segurar seu cavalo e ensiná-lo a galopar com o pé direito, tudo, na sua pessoa, respirava uma sedução de que ela tinha consciência e da qual parecia se envaidecer.

Quando ficaram sozinhas, as duas mulheres experimentaram um momento de embaraço. Ana sentia-se mal sob o olhar inquiridor de Dolly, que, por sua vez, depois da observação de Sviajski, estava desolada por ter vindo numa tão velha carruagem. Aquela confusão se transmitiu ao cocheiro, mas enquanto ele a dissimulava, Filipe, tornando-se lúgubre, concedeu um sorriso irônico ao cavalo negro atrelado à carruagem de Sviajski: "Um animal como este é talvez bom para passeio, mas não fará nunca quarenta verstas no calor", decidiu intimamente, à guisa de consolação.

Os camponeses deixaram a carruagem para assistir ao encontro.

— Estão satisfeitos por se tornarem a ver — observou o velho.

— Olha o cavalo negro, pai Geramine! É de um animal assim que necessitamos para recolher o nosso trigo.

— É uma mulher de calças? — disse um outro, mostrando Veslovski, que estava num selim de senhora.

— Certamente que não, para isto ele saltou muito bem.

— Vamos rapazes, a que hora fizeram a sesta?

— Já recomeçaremos — respondeu o velho, depois de olhar o sol. — Já é mais do meio-dia. Tomem das suas foices e ao trabalho!

XVIII

As rugas, escurecidas pela poeira da estrada, marcavam o rosto fatigado de Dolly. Ana quis dizer-lhe que a achava magra, mas a admiração que leu nos olhos da cunhada pela sua beleza a deteve.

— Tu me examinas? — disse ela. — Perguntas como, em minha situação, posso parecer tão feliz? Confesso-te que o sou de um modo imperdoável. O que se passou comigo tem o seu encanto; saí das minhas angústias como se sai de um pesadelo... E que desilusão! Principalmente depois que estamos aqui!

Ana interrogou Dolly com um olhar tímido.

— Sinto-me feliz por ti — respondeu Dolly sorrindo, num tom mais frio do que ela própria desejava. — Mas por que não me escreveste?

— Eu não ousei... Tu esqueces a minha situação...

— Oh, se tu soubesses como...

Ia confessar as suas reflexões da manhã quando lhe veio a ideia de que o momento era mal escolhido.

— Conversaremos sobre isso mais tarde. Que significa esta reunião de casas, parece uma cidadezinha... — disse, para mudar de conversa, mostrando tetos verdes e vermelhos que dominavam os tapumes de lilases e de acácias.

— Dize-me o que pensas de mim — insistiu Ana, sem acompanhar as palavras da outra.

— Eu penso...

Nesse momento, Vassia Veslovski, que ia aos saltos no selim, passou rapidamente. Resolvera ensinar ao cavalo o galope com o pé direito.

— Já aprendeu, Ana Arcadievna! — gritou ele, sem que ela se dignasse conceder-lhe um só olhar.

A carruagem, decididamente, não era o lugar indicado para confidências e Dolly resolveu expressar o seu pensamento em poucas palavras.

— Não penso nada — prosseguiu. — Gosto e sempre gostei de ti. E quando se gosta assim de uma pessoa, gosta-se dela tal como é, e não como gostaríamos que fosse.

Ana voltou os olhos, semicerrando-os (novo tique que Dolly não lhe conhecia), como para melhor refletir no sentido daquelas palavras. Deu-lhes uma interpretação favorável, pondo sobre a cunhada um olhar inundado de lágrimas:

— Se tens pecados na consciência, eles serão remissos em consequência da tua visita e das tuas boas palavras.

Dolly apertou-lhe a mão.

— Não me disseste o que significa esta aglomeração de casas. Quantas existem, grande Deus! — observou, após alguns instantes de silêncio.

— São as dependências, a coudelaria, as estrebarias. Eis a entrada do parque. Alexis gosta muito desta terra, que fora abandonada, e, para minha enorme surpresa, apaixonou-se pela cultura. Demais, uma natureza tão bem dotada não saberia tocar em nada sem se exceder. Tornou-se um excelente proprietário, econômico, quase avaro... — disse ela, com o sorriso irônico das namoradas que descobrem no companheiro alguma fraqueza secreta. — Estás vendo aquela casa? É um hospital, seu *dada* do momento, que vai custar-lhe mais de cem mil rublos. Sabes tu por que ele o fez construir? Porque lhe chamei de avarento a propósito de um prado que recusava entregar a inúmeros camponeses. Eu brincava, ele tinha outras razões, e o hospital veio demonstrar a injustiça das minhas observações. *C'est une petitesse*, se queres, mas eu o amo mais assim... E eis a casa! Ela data do seu avô e, exteriormente, nada mudou.

— É admirável! — gritou Dolly, vendo o edifício colonial, que desdobrava a sua fachada sobre um fundo de árvores seculares.

— Não é verdade? E, do alto, a vista é esplêndida.

A carruagem rolava sobre a areia da estrada principal, bordada de um jardim que os jardineiros cercavam com pedras. Pararam num patamar coberto.

— Já chegaram — disse Ana, verificando que conduziam os cavalos selados. — Que lindo animal, não é mesmo? É um *cob*, meu predileto... Onde está o conde? — perguntou a dois criados de *libré* que vieram recebê-la. — Ah, ei-los! — acrescentou, observando Vronski e Vassia, que vinham ao seu encontro.

— Onde alojaremos a princesa? — perguntou Vronski, em francês. E, sem esperar a resposta de Ana, apresentou novamente as suas homenagens a Daria Alexandrovna, beijando-lhe a mão. — No quarto da varanda, que achas?

— Oh, não, é muito longe! No quarto do canto estaremos mais perto uma da outra. Vamos! — disse Ana, depois de haver dado açúcar ao seu cavalo predileto. — *Vous oubliez votre devoir* — acrescentou, dirigindo-se a Veslovski.

— *Pardon, j'en ai plein les poches* — respondeu Veslovski, revistando os bolsos do colete.

— *Mais vous venez trop tard* — respondeu Ana, enquanto limpava a mão que as narinas do cavalo haviam molhado no momento em que comia o açúcar. Depois, voltando-se para Dolly: — Ficarás aqui muito tempo?... Como, um só dia? Não é possível!

— Eu prometi... por causa das crianças — respondeu Dolly, confusa devido à má aparência da sua bolsa de viagem e da poeira que a cobria.

— Não, não, minha querida, é impossível... Afinal, falaremos depois. Subamos ao teu quarto.

O quarto, que lhe foi oferecido com desculpas, porque não era o principal, estava luxuosamente mobiliado, o que fez lembrar a Dolly os melhores hotéis do estrangeiro.

— Como sou feliz em te ver aqui, minha querida amiga — ainda repetiu Ana, sentando-se perto da cunhada. — Fala-me dos teus filhos, Stiva passa ligeiramente sobre este assunto. Como vai Tania, a minha predileta? Já deve ser uma moça.

— Oh, sim! — respondeu Dolly, totalmente surpresa por falar tão friamente dos seus próprios filhos. — Estamos em casa dos Levine e nos sentimos bastante satisfeitos.

— Se tivesse sabido que não me desprezavam, ter-lhes-ia pedido que viessem para aqui. Stiva é um velho amigo de Alex — disse Ana, corando.

— Sim, mas estamos bem lá embaixo — respondeu Dolly, confusa.

— A felicidade de ver-te faz-me não raciocinar — disse Ana, abraçando-a ainda uma vez. — Mas promete-me seres franca, nada esconder do que pensas sobre mim. Mostrar-te-ei claramente a minha vida. Não imaginas principalmente o que eu pretendo demonstrar. Quero simplesmente viver... viver sem fazer mal a ninguém senão a mim mesma, o que é permitido. Mas falaremos de tudo isso depois. Vou mudar de vestido e enviar-te a criada.

XIX

Sozinha, Dolly examinou o quarto como mulher conhecedora do preço das coisas. Jamais vira luxo como aquele que se apresentava aos seus olhos desde o seu encontro com Ana. Sabia, através de leitura de romances ingleses, que semelhante conforto começava a se espalhar pela Europa, mas, na Rússia, no campo, aquilo não existia em parte alguma. As pinturas francesas, o tapete que cobria todo o aposento, a cama elástica, o travesseiro, as fronhas de seda, a mesa de mármore, o relógio de bronze sobre o fogão, o divã, as cortinas, os reposteiros, tudo era novo e da mais moderna elegância.

A criada, que veio oferecer os seus serviços, estava vestida à última moda, com muito mais requinte que a pobre princesa. Apesar de seduzida pela complacência daquela criatura, Dolly sentiu-se confusa em retirar do seu saco de viagem, na sua frente, a camisola de noite que apanhara errado. Em casa, ela usava com orgulho aquelas camisas e aqueles vestidos que representavam uma notável economia, seis camisolas exigiam vinte e quatro varas de nanquim a sessenta e cinco kopeks, isto é, mais de quinze rublos, sem contar os enfeites. Mas, ali na frente daquela moça!

Sentiu, também, um grande alívio vendo entrar Annouchka, que ela conhecia de longa data e que substituiu a criada, chamada pela dona da casa. Annouchka parecia encantada com a visita da princesa e bastante desejosa de lhe confiar a sua opinião sobre a situação da sua querida patroa e singularmente sobre a grande afeição, o perfeito devotamento que o conde lhe demonstrava. Mas Daria Alexandrovna cortou imediatamente qualquer tentativa de conversa.

— Eu fui criada com Ana Arcadievna e a amo mais do que tudo no mundo. Não é a nós que compete o julgamento. E ela parece amá-lo tanto...

— Então, se for possível, manda-me lavar isso — interrompeu Dolly.

— Certamente, não se preocupe. Temos duas máquinas de lavar e qualquer roupa de linho é lavada por uma delas. O próprio conde se ocupa com as menores coisas. Um marido assim, veja a senhora...

A entrada de Ana pôs fim àquela expansão. Trajava um vestido de cambraia de linho, muito simples, mas que Dolly examinou atentamente. Ela sabia que preço custava aquela simplicidade.

— São velhas conhecidas, não? — disse Ana, mostrando a criada.

Pelo modo como fora pronunciada aquela frase, Dolly compreendeu que a sua cunhada, tendo readquirido o domínio de si mesma, ocultava-se sob um tom calmo e indiferente.

— Como vai a tua filhinha?

— Annie? Muito bem. Queres vê-la? Temos bastante aborrecimento com a sua ama italiana, uma linda mulher, mas que tola! No entanto, como a pequena está presa a ela, precisamos mantê-la.

— Mas como fizeste para... — começou Dolly, curiosa do nome que usava a criança, mas, vendo o rosto de Ana tornar-se sombrio, mudou o sentido da pergunta: —... a desmamar?

— Não era isso o que querias dizer — respondeu Ana, que compreendera a reticência da cunhada. — Pensavas no nome da criança, não é mesmo? O tormento de Alexis era que ela trouxesse o de Karenine...

Semicerrou os olhos, as suas pálpebras pareceram se colar uma na outra, mas logo o seu rosto se acalmou.

— Falaremos depois sobre tudo isso. Vem que eu te mostrarei a criança. *Elle est très gentille* e começa a engatinhar.

O conforto da *nursery*, um enorme aposento muito alto e bem ventilado, talvez surpreendesse ainda mais a Dolly que os outros aposentos. Os pequenos carros, a banheira, os balanços, o divã em forma de bilhar onde a criança podia subir facilmente — tudo aquilo era inglês, sólido e caro.

A criança em camisa, sentada numa poltrona, assistida por uma moça russa, que provavelmente partilhava das suas refeições, comia um caldo que molhava completamente o seu peito. Nem a ama nem a criada estavam presentes. Na sala vizinha, ouviam-se restos de frases em francês.

Assim que ouviu a voz de Ana, a criada inglesa apareceu e desculpou-se, ainda que a patroa não a censurasse. Era uma mulher enorme, que usava belos adornos e argolas redondas, cuja fisionomia não agradou a Dolly. A cada palavra de Ana ela repetia: *Yes, my lady.*

Quanto à criança, uma robusta menina de cabelos negros, corada, apesar do ar severo com que a olhou, conquistou imediatamente Daria Alexandrovna. Posta no tapete, pôs-se a engatinhar como um animalzinho: o vestido arregaçado atrás, os belos olhos fitando os presentes com um ar satisfeito, como para provar que era sensível à admiração geral, avançava energicamente, auxiliando-se com as próprias mãos e com os pés.

Dolly teve que se confessar que nenhum dos seus filhos engatinhara tão bem, nem mostrara expressão tão alegre.

A atmosfera do aposento, entretanto, possuía alguma coisa de desagradável. Como Ana podia conservar uma ama tão antipática, tão pouco *respectable*? Sem dúvida porque nenhuma pessoa honesta consentia em trabalhar numa família irregular. Além disso, Dolly julgou observar que Ana era quase uma estranha naquele meio: ela não achou um só brinquedo que pudesse dar à criança e, coisa ainda mais esquisita, ignorava até mesmo o número dos seus dentes.

— Sinto-me inútil aqui e isso me aborrece — disse Ana quando elas saíam, levantando a cauda do vestido para não pisar nos brinquedos. — Que diferença com o mais velho!...

— Eu julgava precisamente o contrário... — insinuou timidamente Dolly.

— Oh, não! Tu sabes a quem revi? Ao meu pequeno Sergio — disse Ana, movendo os olhos como se procurasse um ponto ao longe. — Mas falaremos sobre isso mais tarde. Estou com uma criatura faminta que colocada em frente de um banquete não soubesse por onde começar. Serás este banquete para mim: e com quem, senão contigo, poderia falar francamente? Também *ne te ferai-je grâce de rien...* Mas, inicialmente, deixa-me descrever a sociedade que acharás aqui. Em primeiro lugar, a princesa Bárbara. Já conheço a tua opinião sobre ela. Eu também sei, como acha Stiva, que ela só pensa em demonstrar a sua superioridade sobre a nossa tia Catarina Pavlovna. Mas ela é boa, asseguro-te, eu lhe devo grandes favores. Socorreu-me em Petersburgo, um *chaperon* era-me indispensável... Não imaginas como a minha situação era penosa... pelo menos lá, porque aqui me sinto feliz e tranquila... Mas voltemos aos nossos hóspedes. Conheces Sviajski, o marechal do distrito? É um homem muito bom, que parece necessitar de Alexis; deves compreender que, com a sua fortuna, Alexis pode adquirir uma grande influência se vivermos no campo... Depois, Touchkevitch, o apaixonado de Betsy, ou antes, o antigo apaixonado, porque já foi despedido, como diz Alexis, é um homem forte e agradável, se o tomarmos pelo que deseja parecer. *Et puis il est comme il faut*, afirmou a princesa Bárbara... Afinal, Veslovski, que tu conheces. Um bom garoto... Contou-nos sobre Levine uma história inacreditável — acrescentou, um sorriso irônico nos lábios. — *Il est très gentil et très naif*... Suporta esta sociedade porque os homens têm necessidade de distração e é preciso que Alexis não encontre tempo para desejar outra coisa... Temos também o administrador, um alemão muito educado, que entende do seu ofício; o arquiteto; o doutor, um rapaz muito instruído que, não sendo precisamente um niilista, come com a sua faca... *Bref une petite cour.*

XX

— Então, aqui está a Dolly a quem tanto desejavas ver — disse Ana à princesa Bárbara, que, sentada no terraço, bordava uma capa de poltrona para o conde Alexis Kirillovitch. — Ela não quer tomar nada antes do jantar. No entanto, manda servir-lhe alguma coisa. Eu vou procurar Alexis e aqueles senhores.

A princesa Bárbara acolheu Dolly de um modo ligeiramente protetor. Imediatamente explicou-lhe que viera para a casa de Ana porque sempre a amara mais do que à sua irmã Catarina Pavlovna. Julgava do seu dever ajudá-la durante este período transitório, penoso e tão doloroso.

— Logo que o seu marido consinta no divórcio, retirar-me-ei para a minha solidão, mas atualmente, por mais penoso que seja, eu fico e desse modo não imito as outras. Tiveste razão em vir, ambos vivem admiravelmente bem. É a Deus e não a nós que compete julgá-los. Será que Biriouzovski e Mme. Aveniev, Vassillev e Mme. Manonov, Mikandrov, Lisa Neptounov... Toda gente acabou por recebê-los... E depois *c'est un intérieur si joli, si comme il faut. Tout à l'anglaise. On se réunit le matin au breakfast et puis on se sépare.* Cada qual faz o que quer. Janta-se às sete horas. Stiva teve razão em mandar-te. O conde tem muita influência por causa da mãe e do irmão. Além disto, é muito generoso. Ele te falou do hospital? Será admirável, tudo virá de Paris...

Esta conversa foi interrompida por Ana, que voltava ao terraço acompanhada pelos homens, que encontrara na sala de bilhar. Faltavam ainda duas horas para o jantar. O tempo estava magnífico, as distrações eram numerosas e de espécies diferentes das que havia em Pokrovskoie.

— *Une partis de lawn-tennis* — propôs Veslovski, rindo-se. — A senhora quer ser novamente a minha companheira, Ana Arcadievna?

— Está muito quente — objetou Vronski —, façamos antes uma volta pelo parque e passeemos de braço com Daria Alexandrovna para lhe mostrarmos as paisagens.

— Não tenho nenhuma preferência — disse Sviajski.

— Então — concluiu Ana —, primeiramente o passeio. Depois, o barco, não é mesmo Dolly?

Veslovski e Touchkevitch foram preparar o barco, enquanto as duas senhoras acompanhadas — Ana por Sviajski e Dolly pelo conde — seguiram pelas aleias do parque.

Dolly, decididamente, não se sentia no seu estado normal. Teoricamente, longe de atirar a primeira pedra em Ana, estava quase aprovando-a e, como acontece às mulheres irrepreensíveis que se cansam algumas vezes da linha da sua vida moral, ela invejava um pouco aquela existência culpada, entrevista a distância. Mas uma vez em contato com aquele meio estranho, com aquelas criaturas que lhe eram desconhecidas, sentiu uma verdadeira inquietação. De resto, desculpando Ana, de quem sinceramente gostava, sentia-se chocada com a presença de Vronski e a hipocrisia da princesa Bárbara, perdoando tudo porque partilhava do luxo da sobrinha; isto pareceu-lhe odioso. Nunca simpatizara com Vronski: julgava-o orgulhoso e só via, para justificar-lhe o orgulho, a sua riqueza. Agora, em casa dele, sentia-se humilhada e andava a seu lado possuída daquela mesma confusão que experimentara em frente da criada. Repugnava-lhe dirigir a Vronski um cumprimento banal sobre a grandiosidade da sua instalação, mas, nada achando melhor para dizer, elogiou extraordinariamente a casa.

— Sim — respondeu o conde —, é um velho solar em estilo antigo.

— O pátio me agradou muito. A disposição é igualmente antiga?

— Oh, não! Se a senhora a tivesse visto na primavera!

Ele se entusiasmava cada vez mais e mostrou a Dolly os embelezamentos que realizara. Sentia-se feliz em poder se entregar a um assunto que lhe era caro. Os elogios da sua interlocutora causaram-lhe um visível prazer.

— Se a senhora não estiver cansada, poderemos ir até o hospital — disse ele, olhando Dolly para se certificar que aquele convite não a aborrecia. — Acompanhar-nos-á, Ana?

— Nós os seguiremos — fez ela, voltando-se para Sviajski. — *Mais il ne faut pas laisser Touchkevitch et le pauvre Veslovski se morfondre dans le bateau.* Faremos com que os previnam... É um monumento que ele construiu para a sua glória — continuou, dirigindo-se a Dolly com o mesmo sorriso que tivera quando falara sobre o hospital.

— Sim, é uma fundação capital — aprovou Sviajski. E imediatamente, para não passar por um bajulador, acrescentou: — Fico surpreso, conde, que só se preocupe com a saúde do povo, e não com toda a sua instrução.

— *C'est devenu si commum, les écoles!* — respondeu Vronski. — E, depois, eu me deixei levar pelos outros. Por aqui — disse, mostrando a Dolly uma aleia lateral.

As senhoras abriram as suas sombrinhas. Saindo do parque, encontraram-se em frente de um pequeno monte. Uma enorme construção, em tijolos vermelhos, de arquitetura complicada, erguia-se sobre o monte. O teto de folha, que ainda não fora pintado, brilhava ao sol. Perto, construía-se um outro. Os pedreiros, com aventais, estendiam uma camada de cimento sobre os tijolos, que eles nivelavam com o esquadro.

— Como a obra avança rapidamente! — disse Sviajski. — A última vez que vim aqui ainda não haviam posto o teto.

— Estará terminada no outono, o interior já está quase concluído — disse Ana.

— Que mais estão construindo?

— Uma casa para o médico e uma farmácia — respondeu Vronski. Percebendo uma pessoa que vinha ao seu encontro, encaminhou-se para ela, evitando a cova de cal. Era o arquiteto, com o qual se pôs a discutir.

— Que houve? — indagou Ana.

LIEV TOLSTÓI

— O frontão não está na altura desejada.

— Era preciso aprofundar os alicerces, eu bem o disse.

— Realmente, Ana Arcadievna, teria sido preferível — confirmou o arquiteto. — Mas é preciso não pensar nisto agora.

Como Sviajski se mostrasse surpreso com os conhecimentos de Ana em arquitetura, ela replicou:

— Sim, isso me interessa muito. A nova construção deve se harmonizar com o hospital. Infelizmente, começaram muito tarde e sem plano de espécie alguma.

Quando Vronski acabou de falar com o arquiteto, convidou as senhoras para visitarem o hospital. A cornija exterior ainda não fora ornamentada, pintavam os rodapés, mas o primeiro andar estava quase concluído. Uma enorme escada de ferro conduzia até lá; imensas janelas iluminavam os lindos aposentos de paredes cobertas de estuque e punham as últimas tábuas no assoalho. Os marceneiros, que o aperfeiçoavam, ergueram-se para cumprimentar os "senhores", os chapéus nas mãos.

— É aqui a sala de visitas — explicou Vronski. — Possuirá como únicos móveis uma escrivaninha, uma mesa e um armário.

— Por aqui, façam favor. Não te aproximes da janela — disse Ana, tocando-a com o dedo. — Alexis acrescentou —, a pintura já está seca.

Passaram pelo corredor, onde Vronski explicou o novo sistema de ventilação. Percorreram todas as salas, a rouparia, a despensa, admiraram os leitos, as banheiras de mármore, as estufas de um novo tipo, os carrinhos aperfeiçoados e silenciosos. Sviajski apreciava tudo como perfeito conhecedor. Dolly não escondia a sua admiração e fazia inúmeras perguntas, que pareciam encantar Vronski.

— Eu penso que este hospital virá a ser o melhor da Rússia — declarou Sviajski.

— Não há também uma maternidade? — indagou Dolly. — É tão necessária em nossos campos! Frequentemente venho observando...

— Não — replicou Vronski —, isso não é uma maternidade, mas um hospital onde serão tratadas todas as doenças, exceto as doenças contagiosas... Olhe — fez ele, mostrando a Dolly uma poltrona, em que se sentou e que pôs em movimento. — Um doente das pernas que não possa andar tem necessidade de ar. Então, senta-se aqui e anda!

Dolly se interessava por tudo e mais ainda por Vronski, cuja sincera animação a conquistava. Morriam as suas prevenções. "É um admirável rapaz", pensava, observando os jogos de fisionomia do homem. E compreendeu o amor que ele inspirava a Ana.

XXI

Saindo do hospital, Ana propôs mostrar a Dolly a coudelaria, onde Sviajski queria ver um cavalo reprodutor.

— A princesa deve estar fatigada e os cavalos não a interessam muito — objetou Vronski. — Podem ir sozinhos. Quanto a mim, reconduzirei a princesa à casa e, se a senhora permitir, durante o caminho conversaremos um pouco — acrescentou, dirigindo-se a Dolly.

— Certamente, porque não entendo nada de cavalos — respondeu, surpresa.

Um olhar que lançou furtivamente ao conde fê-la compreender que ele lhe queria pedir um favor. Efetivamente, quando entraram novamente no parque e Vronski se certificou que Ana não poderia mais tornar a vê-los nem segui-los, olhando Dolly e sorrindo, ele disse:

— A senhora percebeu que eu desejava lhe falar em particular. A senhora é, eu o sei, uma sincera amiga de Ana.

Tirou o chapéu para enxugar a cabeça ameaçada pela calvície.

Dolly respondeu-lhe com um olhar inquieto. O contraste entre o sorriso do conde e a expressão severa do seu rosto fazia-lhe medo. Que iria ele lhe pedir? Para se instalar em casa dele com os seus filhos? Formar um círculo para Ana quando voltassem a Moscou?... Lastimar a atitude de Ana para com Veslovski? Desculpar a sua própria conduta em relação a Kitty? Ela esperava pior... e não o que lhe foi dado ouvir.

— Ana gosta muito da senhora — prosseguiu o conde. — Empreste-me o apoio da sua influência sobre ela.

Dolly interrogou com olhar tímido o rosto enérgico do conde, naquele momento iluminado por um raio de sol filtrado entre os ramos das tílias. Ele andava agora em silêncio.

— De todas as amigas de Ana, a senhora foi a única a vir vê-la — continuou, no fim de um instante. — Não conto a princesa Bárbara. E se veio, não foi porque julgasse a nossa situação normal, mas porque, gostando de Ana, procurou um meio de tornar suportável esta situação. Tenho razão? — perguntou, examinando o rosto de Dolly.

— Sim — respondeu ela, fechando a sombrinha —, mas...

— Ninguém sente tanto quanto eu a dolorosa situação de Ana — interrompeu Vronski, que, parando, forçou Dolly a imitá-lo. — A senhora há de crer nisto, se me der a honra de pensar que tenho coração. Tendo sido o causador desta situação, sinto-me mais culpado do que qualquer outro.

— Certamente — disse Dolly, tocada pela sinceridade com que ele fizera aquela confissão —, mas por que ver as coisas de um modo tão negro? É possível que na sociedade...

— A sociedade é o inferno! — gritou ele, num tom sombrio. — Nada poderá lhe dar a ideia das torturas morais que ela sofreu em Petersburgo, durante os quinze dias que ali passamos.

— Mas aqui? Nem ela nem o senhor têm necessidade de uma vida mundana...

— E que me importa a sociedade! — gritou.

— Tudo isso passará facilmente, contanto que conheçam a felicidade e a tranquilidade. A julgar pelo que Ana me disse, ela se acha perfeitamente feliz.

Falando, Dolly perguntava-se intimamente se a felicidade de Ana era verdadeiramente sem nuvens. Vronski não pareceu duvidar.

— Sim, sim, ela esqueceu os sofrimentos, sente-se feliz porque vive no presente. Mas eu?... Eu prevejo o futuro... Perdão, a senhora não está cansada?

Dolly sentou-se num banco no canto de uma aleia. Ele ficou de pé na sua frente.

— Eu a sinto feliz — prosseguiu ele, e aquela insistência confirmou as suposições de Dolly. — Mas a vida que levamos não se prolongará. Agimos bem ou mal, eu não sei, lançamos a sorte e estamos unidos para toda a vida — continuou, trocando a língua russa pela francesa. — Temos um penhor sagrado do nosso amor e ainda poderemos ter outros filhos. A nossa situação atual, porém, engendra mil complicações que Ana não pode e nem quer prever porque, depois de tantos sofrimentos, tem necessidade de respirar. É perfeitamente justo. Mas eu, eu sou forçado a ver! Legalmente, a minha filha não é minha filha, mas filha de Karenine! Esta mentira me revolta! — gritou, com um gesto enérgico, inquirindo o olhar de Dolly.

Como Dolly o examinasse em silêncio, ele prosseguiu:

— Que eu tenha um filho amanhã, será sempre um Karenine, e não herdará nem meu nome e nem meus bens. Podemos ser felizes tanto quanto quisermos, mas não haverá um laço legal entre mim e meus filhos: serão sempre Karenine! A senhora compreende que este pensamento me seja odioso? Então, tentei falar a Ana, ela não quis me ouvir, isso a irrita e, de resto, eu nada posso lhe dizer.

...Vejamos agora as coisas sob outro aspecto. O amor de Ana me tornou muito feliz, mas devo me entregar a uma ocupação qualquer. Encontrei aqui uma atividade da qual estou orgulhoso e que acho superior às desempenhadas pelos meus antigos camaradas na corte e no exército. Certamente que não os invejo. Trabalho, estou contente, é a primeira condição da felicidade. Sim, eu gosto desta espécie de atividade. *Ce n'est pas un pis aller*, bem ao contrário.

Ele se atrapalhava. Dolly o observava, sem compreender aonde ele queria chegar. Adivinhava que aquela digressão pertencia aos pensamentos íntimos que ele não ousava revelar a Ana. Resolvendo tomar Dolly por confidente, abriu o seu coração.

— Eu queria dizer — prosseguiu, encontrando o fio das suas ideias — que, para nos devotarmos inteiramente a uma obra, é preciso estar certo de que ela não perecerá conosco. Ora, eu não posso ter herdeiros! A senhora conceberá os sentimentos de um homem que sabe que os seus filhos, os da mulher que ele adora, não lhe pertencem, que têm por pai alguém que os odeia e não deseja nunca conhecê-los? Não é verdadeiramente monstruoso?

Calou-se, preso a uma viva emoção.

— Compreendo-o — disse Daria Alexandrovna. — Mas que poderá fazer Ana?

— A senhora feriu o assunto principal da nossa conversa — disse o conde, esforçando-se por readquirir a sua calma. — Tudo depende de Ana. Mesmo para submeter ao imperador um requerimento de adoção, é preciso inicialmente que o divórcio seja pronunciado. Ana pode obtê-lo. O seu marido o conseguiu de Karenine e sei que, mesmo atualmente, ele não o recusaria se Ana lhe escrevesse. Esta condição é evidentemente uma dessas crueldades terríveis de que só os seres sem coração são capazes, porque ele não ignora a tortura que impõe a Ana. Mas, acima de tão graves razões, o que importa é *passer par dessus toutes ces finesses de sentiment: il y va du bonheur et de l'existence d'Anna et de ses enfants*. Não falo de mim, embora eu sofra muito, muito... E eis por que — concluiu ele — eu me agarro à senhora, princesa, como a uma tábua de salvação. Suplico-lhe que convença a Ana de escrever ao marido e pedir-lhe o divórcio.

— Com toda a boa vontade — disse Dolly sem grande convicção, lembrando-se da sua última conversa com Alexis Alexandrovitch. — Sim, de boa vontade — repetiu firmemente, pensando em Ana.

— Conto firmemente com a senhora, pois não tenho coragem de abordar este assunto com ela.

— Está certo, mas como é que a própria Ana não pensa nisso?

Subitamente, Dolly julgou ver uma coincidência entre as preocupações de Ana e aquela maneira de olhar que se lhe tornara um hábito. "Dir-se-ia verdadeiramente", pensou Dolly, "que ela procura certas coisas com os olhos."

— Sim, prometo-lhe que falarei — repetiu Dolly, respondendo ao olhar reconhecido de Vronski.

Retomaram o caminho de casa.

XXII

Quando Ana voltou, procurou ler nos olhos de Dolly o que se passara entre ela e Vronski, mas não lhe fez nenhuma pergunta.

— Vão servir o jantar e apenas nos vimos — disse ela. — Espero que esta noite seja nossa. Agora, precisamos mudar de vestido, porque nos sujamos durante a nossa visita ao hospital.

Dolly achou a observação divertida: só trouxera um vestido! Contudo, para realizar uma mudança qualquer no traje, pôs uma renda nos cabelos, mudou o laço e os punhos do vestido e escovou-o.

— É tudo o que posso fazer — confessou, rindo-se para Ana, quando esta veio buscá-la com um terceiro vestido, tão simples quanto os anteriores.

— Aqui, somos muito formalistas — disse Ana, para desculpar a sua elegância. — Alexis está radiante com a tua chegada, raramente eu o vejo tão contente. Ele deve estar enamorado de ti!... Não estás cansada?

Entraram no salão e encontraram a princesa Bárbara e os cavalheiros, que trajavam sobrecasaca. O arquiteto usava mesmo um enfeite. Vronski apresentou a Daria Alexandrovna o médico e o administrador.

Um gordo *maître d'hotêl*, cujo rosto escanhoado e a gravata branca engomada se harmonizavam, veio anunciar que "*Madame était servie*".

Vronski, enquanto dava o braço a Dolly, pediu a Sviajski que oferecesse o seu a Ana. Veslovski apressou-se em tomar o da princesa Bárbara, tirando--o de Touchkevitch, que fechou a marcha em companhia do médico, do arquiteto e do administrador.

A sala de jantar, o serviço, o cardápio, os vinhos, ultrapassavam em suntuosidade a tudo o que Dolly vira durante o dia. Certamente, ela deses-perava de nunca haver introduzido semelhante luxo em sua modesta casa, mas, interessando-se por todos os detalhes, perguntava-se quem impusera aquela ordem. Os donos da casa gostavam de insinuar que tudo se fazia quase automaticamente, essa inocência podia enganar certas pessoas do seu conhecimento — Veslovski, o seu marido, Sviajski —, mas não à hábil dona de casa que era Daria Alexandrovna. Se as menores coisas, a sopa das crianças por exemplo, necessitavam um certo controle, um sistema de vida tão complicado exigia, com mais razão, uma ideia de direção. E esta ideia vinha do conde, Dolly o compreendeu pelo olhar com que ele envolveu a mesa, pelo sinal de cabeça que dirigiu ao *maître d'hôtel*, pelo modo como lhe ofereceu à escolha um *consommé* e uma sopa fria. Ana se contentava em gozar, como os convidados, as delícias da mesa. Reservara-se, no entanto, o cuidado de dirigir a conversa, difícil tarefa entre convidados de diferentes esferas, tarefa que desempenhava com o seu tato habitual — a Dolly pareceu mesmo que ela sentia um certo prazer naquilo.

A propósito do passeio de barco que fizera em companhia de Veslovski, Touchkevitch quis falar das últimas regatas do Yacht-Club, mas, aprovei-tando uma pausa, Ana forçou o arquiteto a tomar a palavra.

— Nicolas Ivanovitch achou que a nova construção avançou muito depois da sua última visita — disse ela, mostrando Sviajski. — Eu mesma fiquei surpresa com esta rapidez.

— Com sua Alteza as coisas vão depressa — respondeu o arquiteto, rindo-se. Era uma criatura fleumática, em que a deferência se aliava à dignidade. — É melhor trabalhar com ele do que com as nossas autori-dades do distrito. Lá embaixo, eu teria gasto uma resma de papel. Aqui, com três frases resolvemos tudo.

— Tudo é feito à americana, não é mesmo? — insinuou Sviajski.

— Sim, sabe-se construir nos Estados Unidos.

— Os abusos do poder são tão frequentes...

Ana desviou a conversa. Tratava-se agora de alegrar o administrador.

— Conheces as novas máquinas para ceifar? — perguntou ela a Dolly.
— Voltávamos de ver funcionar a nossa quando te encontramos. Ignorava ainda esta invenção.

— E como é que elas funcionam? — indagou Dolly.

— Como uma tesoura. É uma simples tábua com inúmeras tesourinhas. Olhe!

Com as mãos alvas, cobertas de anéis, Ana apanhou a sua faca, o garfo e começou uma demonstração que ninguém pareceu compreender. Certificou-se disso, mas prosseguiu, porque sabia que as suas mãos eram belas e a sua voz agradável.

— Parecem-se mais com canivetes — disse gracejando Veslovski, que não a abandonava com os olhos.

Ana esboçou um sorriso e não respondeu nada.

— Carl Fiodorovitch, não são tesouras? — perguntou ao administrador.

— *O ja* — respondeu o alemão. — *Es ist en ganz einfaches Ding.* (Sim, é muito simples.)

E ele se pôs a explicar o dispositivo da máquina.

— É lastimável que ela só sirva para ceifar — observou Sviajski. — Eu vi uma na exposição de Viena que me pareceu mais vantajosa.

— *Est kommt drauf an... Der Preis vom Draht muss ausgerechnet werden... Das lâsst sich ausrechnen, Erlaucht.* (Isso depende... O preço do ferro deve entrar em conta... É fácil de calcular, Excelência) — disse o alemão, entusiasmado, dirigindo-se a Vronski.

Ia tirar o seu lápis e o caderno de notas, mas um olhar mais frio que Vronski lhe lançou fê-lo recordar-se de que estava à mesa e disse à maneira de conclusão:

— *Zu complicirt, macht zu viel "Khlopot".* (Muito complicado, isso provoca inúmeros embaraços.)

— *Wunscht man "Dochods", so hat man auch "Khlopots"* (quando se quer os lucros suportam-se os embaraços) — insinuou Vassia Veslovski, para importunar o administrador. — *J'adore l'allemand* — acrescentou, dirigindo-se a Ana.

— *Cessez!* — disse Ana, com um ar entre divertido e severo. — Julgamos encontrar o senhor no campo, Vassili Semionovitch. Não foi? — perguntou ela ao médico, indivíduo doentio.

— Fui, mas volatilizei-me — respondeu, num tom que visava a ser gracioso, mas que era somente lúgubre.

— Em breve, terás bastante trabalho.

— Perfeitamente.

— E como vai a sua antiga doente? Espero que não seja tifo.

— Absolutamente, mas ela não está melhor.

— A pobre!

Após este sacrifício às conveniências, Ana se voltou para as pessoas que a cercavam.

— Falando francamente, Ana Arcadievna — disse-lhe, rindo-se, Sviajski —, não será coisa fácil construir uma máquina segundo as suas explicações.

— O senhor acha? — replicou ela, salientando com um sorriso que havia em sua demonstração um lado encantador que Sviajski percebera e considerara belo.

Este novo traço de *coqueterie* impressionou Dolly.

— Em resposta, Ana Arcadievna possui conhecimentos verdadeiramente surpreendentes em arquitetura — declarou Touchkevitch.

— Como! — gritou Veslovski. — Não a ouvi falar ontem de estilo e fachadas?

— Que queres, se ouço pronunciar estas palavras todos os dias! E o senhor sabe com que materiais se ergue uma casa?

Dolly observou que, mesmo reprovando o tom folgazão com que lhe falava Veslovski, adotava-o entretanto por sua vez.

Ao contrário de Levine, Vronski não ligava nenhuma importância à tagarelice de Vassia. Longe de se aborrecer com as suas brincadeiras, ele as encorajava.

— Vejamos, Veslovski, diga-nos, como se ligam as pedras de um edifício?

— Com cimento.

— Bravo, mas que é o cimento?

— Uma espécie de caldo... isto é, de massa... — respondeu Veslovski, provocando a hilaridade geral.

Com exceção do médico, do arquiteto e do administrador, que se conservaram em silêncio, os convivas conversaram com animação durante todo o jantar, passando de um a outro assunto, deslizando sobre este, insistindo sobre aquele, algumas vezes criticando tais e tais pessoas. Uma vez mesmo Daria Alexandrovna, ferida vivamente, enrubesceu e receou que a conversa fosse muito longe. A propósito das máquinas agrícolas,

Sviajski achou bom assinalar que Levine julgava nefasta a sua introdução na Rússia e que ele se levantara contra opinião tão estranha.

— Eu não tenho a honra de conhecer esse senhor Levine — disse Vronski, rindo-se —, mas suponho que ele nunca viu as máquinas que critica ou, pelo menos, só as viu de fabricação russa. De mais, eu não compreendo o seu ponto de vista.

— É um homem que possui pontos de vista turcos — disse Veslovski, com um sorriso endereçado a Ana.

— Não me compete defender as suas opiniões — disse Daria Alexandrovna, excitando-se cada vez mais —, mas o que posso vos afirmar é que Levine é um homem muito instruído. Estivesse aqui, ele saberia explicar os seus pontos de vista.

— Oh, eu gosto muito dele e somos excelentes amigos! — proclamou Sviajski, em tom cordial. — Mas, desculpa-me, *il est un petit peu toqué*. Por exemplo, ele considera o *zemstvo* e as justiças de paz como perfeitamente inúteis e recusa-se a participar delas.

— Eis a nossa negligência russa! — gritou Vronski, bebendo um copo de água gelada. — Recusam-nos a compreender que os direitos que usufruímos implicam certos deveres.

— Eu não conheço outro homem que cumpra mais estritamente os seus deveres — disse Daria Alexandrovna, irritada com aquele tom de superioridade.

— Da minha parte — continuou Vronski, também irritado —, sinto-me reconhecido a Nicolas Ivanovitch por me haver eleito juiz de paz honorário. Julgar um pobre caso dos camponeses parece-me um dever tão importante quanto os outros. E se me elegessem para o *zemstvo* ficaria bastante satisfeito. É a única maneira de pagar à sociedade os privilégios que gozo como proprietário. Não se compreende o papel que os proprietários devem desempenhar no Estado.

Dolly comparou as opiniões de Vronski às de Levine, defendendo opiniões diametralmente opostas. Mas como gostava do cunhado, intimamente deu-lhe razão.

— Assim, pois, conde, podemos contar com o senhor para as eleições? — disse Sviajski. — Precisamos andar um pouco cedo, para chegarmos desde o dia oito. Quererá dar-me a honra de chegar até a minha casa?

— Da minha parte — disse Ana a Dolly —, participo da opinião do teu cunhado... ainda que por razões diferentes — acrescentou, rindo-se.

ANA KARENINA

— Os deveres públicos parecem que se multiplicam exageradamente. Há seis meses que estamos aqui, Alexis já exerceu cinco ou seis funções. *Du train dont cela va*, não possuirá mais um minuto que seja seu. E onde as funções se acumulam a este ponto, receio muito que não se tornem uma pura questão de forma. Vejamos, Nicolas Ivanovitch, quantos cargos tem o senhor? Uns vinte, sem dúvida.

Neste tom de brincadeira, Dolly descobriu em Ana uma ponta de irritação. Ela observou que, durante aquelas diatribes, o rosto de Vronski tomara uma expressão de dureza e que a princesa Bárbara impacientemente esperara o fim para se lançar em abundantes opiniões sobre os amigos de Petersburgo. Lembrou-se então que, durante a sua conversa no parque, Vronski se expressara mal a propósito da sua necessidade de atividade. Supôs que os dois amantes estivessem em desacordo naquele ponto.

O jantar teve aquele caráter de luxo, mas também de formalismo e de despersonalização próprio às refeições de cerimônia. Aquela pompa não quadrava muito com uma reunião íntima. Indispôs bastante Dolly, que já havia perdido o hábito destas coisas.

Depois de alguns instantes de repouso no terraço, iniciou-se uma partida de *lawn-tennis*. Sobre o *croquet ground*, cuidadosamente nivelado e batido, os jogadores, divididos em grupos, tomaram lugar dos dois lados de um fio preso em postes dourados. Dolly quis ensaiar o jogo, mas ela não conseguia compreender as regras e quando as compreendeu já estava cansada e preferiu fazer companhia à princesa Bárbara. O seu parceiro, Touchkevitch, renunciou igualmente, mas os outros jogaram durante muito tempo. Sviajski e Vronski eram jogadores sérios: senhores de si mesmos, vigiavam atentamente a bola. Veslovski, ao contrário, se excitava muito e os seus gritos, os seus risos, a sua alegria, excitavam também os outros jogadores. Com permissão das senhoras, ele tirara a sua sobrecasaca: o seu busto bem-feito, o rosto vermelho, as mangas da camisa branca, os gestos nervosos, gravaram-se tão bem na memória de Dolly que, entrando no quarto, teve que os rever muito tempo antes de adormecer.

Aborrecia-se. A intimidade que Veslovski continuava a demonstrar para com Ana tornava-se-lhe cada vez mais penosa. De resto, achava em toda aquela cena uma afetação infantil: pessoas adultas que se entregavam a um divertimento de criança acabavam caindo no ridículo. Contudo, para não perturbar o bom humor geral — e também para passar o tempo — reuniu-se logo aos outros jogadores e fingiu que se divertia.

Teve a impressão, durante todo o dia, de representar uma comédia com atores que lhe eram superiores e de prejudicar o conjunto.

Durante o jogo, resolveu partir no dia seguinte, embora tivesse vindo com a intenção íntima de ficar mais tempo, caso se acomodasse bem. Um desejo apaixonado de rever os seus filhos, de retomar aquela escravidão que tanto amaldiçoara naquela manhã mesma, se apossou dela irresistivelmente.

Entrou no quarto depois do chá e de um passeio de barco, passou o pente vagarosamente pelos cabelos e sentou-se defronte ao espelho. Sentiu uma verdadeira tranquilidade achando-se sozinha e preferiu não ver Ana.

XXIII

No momento em que ia se deitar, Ana entrou trajando um roupão de noite.

No curso do dia, muitas vezes, a ponto de abordar uma questão íntima, Ana se interrompia: "Mais tarde, quando estivermos sozinhas. Tenho tanta coisa a dizer-te..." E agora, sentada perto da janela, examinava Dolly em silêncio, forçando inutilmente a memória: parecia que já haviam falado tudo. Afinal, depois de um profundo suspiro:

— Como vai Kitty? — perguntou ela, o olhar contrito. — Dize-me a verdade: ela me odeia?

— Oh, não! — respondeu Dolly, rindo-se.

— Ela me odeia, despreza-me.

— Não, mas tu sabes que existem coisas que não se perdoam.

— Sim, é verdade — disse Ana, olhando para a janela aberta. — Mas, francamente, eu não fui culpada. Além do mais, que chamas de ser culpada? Podia ser de outro modo? Acreditas possível não seres a mulher de Stiva?

— Eu não sei. Mas, dize-me, eu te peço...

— Ainda há pouco falamos sobre Kitty. Ela é feliz? O seu marido parece ser um excelente homem.

— Dizer isso é muito pouco. Eu não conheço ninguém melhor do que ele.

— Ninguém melhor do que ele — repetiu Ana, pensativa. — Vamos, tanto melhor!

Dolly sorriu.

ANA KARENINA

— Fala-me de ti. Eu tenho muitas coisas para te dizer. Eu falei com... Ela não sabia como chamar Vronski: o conde? Alexis Kirillovitch? Fórmulas bem solenes!

— Com Alexis — concluiu Ana. — Sim, eu sei... Dize-me francamente o que pensas de mim e sobre a minha vida.

— Como? Agora? Eu não o saberia.

— Mas, mas... Somente, antes de julgar, não esqueças que nos encontrou entre inúmeras pessoas e que na primavera estávamos sozinhos, totalmente sozinhos. Seria a felicidade suprema vivermos sozinhos os dois! Mas receio que ele tome o hábito de se ausentar e imagine então o que para mim seria a solidão... Oh! eu sei o que vais dizer — acrescentou, vindo sentar-se junto a Dolly. — Esteja certa de que não o prenderei a força. Pelo menos não o desejo. É a estação das corridas, os seus cavalos correm, ele se diverte!... Mas, eu, que farei eu durante este tempo?... Então — prosseguiu, rindo-se —, de que falaram juntos?

— De um assunto que teria falado contigo, mesmo que ele não me falasse, isto é, da possibilidade de tornar a tua situação mais... regular — concluiu, após um momento de hesitação. — Tu sabes da minha opinião sobre este assunto, mas, afinal, melhor seria o casamento.

— Queres dizer o divórcio?... Sabes que a única mulher que se dignou visitar-me em Petersburgo, Betsy Tverskoi... Tu a conheces, *c'est au fond la femme la plus dépravée qui existe*, ela enganou indignamente o seu marido com Touchkevitch... Bem, Betsy me fez compreender que não poderia voltar a ver-me enquanto a minha situação não fosse regularizada... Não creia que estabeleço uma comparação entre ela e tu, é uma simples reminiscência... Então, que te disse ele?

— Que sofre por ti e por ele. Se é egoísmo, eu não sei de egoísmo mais nobre. Ele deseja legitimar a sua filha, ser o teu marido, ter direitos sobre ti.

— Que mulher pode pertencer mais ao marido do que eu lhe pertenço? — interrompeu ela. — Eu sou sua escrava!

— E, principalmente, ele não mais queria te ver sofrer.

— É impossível... E depois...

— E depois, aspiração muito legítima, visa a dar o nome dele aos teus filhos...

— Que filhos? — inquiriu Ana, semicerrando os olhos.

— Annie e os que poderão nascer ainda...

— Oh, ele pode ficar tranquilo, eu não os terei mais...

— Como podes responder semelhante coisa?

— Porque eu não os quero ter mais...

Apesar da sua emoção, Ana sorriu vendo uma expressão de surpresa e de ingênua curiosidade e horror pintar-se no rosto de Dolly.

— Depois da minha doença — achou prudente explicar —, o médico me disse...

— É impossível — gritou Dolly, abrindo os olhos desmesuradamente. O que ela acabava de ouvir confundia todas as suas ideias e as deduções que tirou esclareceram subitamente inúmeros pontos que até então lhe eram completamente misteriosos. Compreendia agora por que certas famílias só tinham um ou dois filhos. Não sonhava alguma coisa de parecido durante a viagem?... Espantada daquela resposta tão simples para questão tão complicada, contemplava Ana com estupefação.

— *N'est-ce pas immoral?* — perguntou ela, depois de um momento de silêncio.

— Por quê? Eu só tenho que escolher entre a gravidez com todos os seus sofrimentos e a possibilidade de ser uma camarada de meu... digamos marido — respondeu Ana, num tom que ela esforçava por tornar divertido.

— Sim, sim, sim — repetia Dolly, que reconhecia os seus próprios argumentos, não encontrando, porém, a mesma força de convicção da manhã.

Ana parecia adivinhar os seus pensamentos.

— Se o ponto é discutível no que te diz respeito, não o é para mim. Serei a sua mulher enquanto ele me amar. E não será com isso — as suas mãos alvas esboçaram num gesto o desenho do seu corpo — que aprisionarei o seu amor.

Como é comum nos momentos de emoção, pensamentos e recordações amontoavam-se no espírito de Dolly. "Eu não soube prender Stiva", pensava ela, "mas, a que m'o tirou, conseguiu fazê-lo? Nem a sua mocidade e nem a sua beleza impediram que Stiva a deixasse, ela também. Ana, prenderá ela o conde através dos meios que emprega? Por mais belo que sejam os braços claros, os seios firmes, o rosto animado, os cabelos negros da minha cunhada, por mais irrepreensíveis que sejam os seus trajes e os seus gestos, Vronski não achará quando quiser, como o meu querido marido, uma mulher ainda mais bela, mais elegante, mais sedutora?"

À guisa de resposta, ela soltou um profundo suspiro. Sentindo que Dolly não a aprovava, Ana recorreu a argumentos que julgava irresistíveis.

— Tu dizes que é imoral. Raciocinemos friamente, eu te peço. Como posso, na minha situação, desejar filhos? Não falo dos sofrimentos, não os receio muito. Mas penso que os meus filhos usarão um nome de empréstimo, que se envergonharão dos seus pais e da sua origem.

— Eis aí por que deves pedir o divórcio.

Ana não a ouviu. Ela queria expor até o fim uma argumentação que tantas vezes a convencera.

— Ordena a minha razão, e ordena imperiosamente, que não ponha infortunados no mundo.

Olhou Dolly, mas, sem esperar a sua resposta, prosseguiu:

— Se eles não existirem, não conhecerão a infelicidade, mas se existirem para sofrer, a responsabilidade recairá sobre mim.

Eram os mesmos argumentos que Dolly levantara de manhã, e como pareciam fracos agora! "Como se pode ser culpada em relação a criaturas que não existem? Seria verdadeiramente melhor para Gricha que não tivesse nascido?" Esta ideia pareceu-lhe tão indecente que sacudiu a cabeça para afastar o enxame de absurdos que a assaltavam.

— Parece-me que isto é mal — acabou por dizer, com uma expressão de desgosto.

Embora Dolly nada tivesse objetado quanto à sua argumentação, Ana sentiu a sua convicção abalada.

— Sim, mas pense na diferença que existe entre nós duas. Para ti, cogita-se de saber se ainda desejas ter filhos: para mim, se me é permitido tê-los.

De repente, Dolly compreendeu o abismo que a separava de Ana: havia certas questões sobre as quais nunca se entenderiam.

XXIV

— Razão a mais para regularizar a tua situação, caso seja possível.

— Oh, *si c'est possible* — respondeu Ana num tom de tristeza resignada, bem diferente do que usara até então.

— Disseram-me que o teu marido consentia no divórcio.

— Deixemos isso, suplico-te.

— Como queiras — respondeu Dolly, aflita com a expressão de sofrimento que contraía o rosto de Ana. — Mas tu não vês as coisas de um modo exagerado?

— Absolutamente, estou muito alegre. *Je fais même des passions*; tu observaste Vronski?

— Dizendo a verdade, o seu tom não me agradou — disse Dolly, para desviar a conversa.

— Por quê? O amor-próprio de Alexis sente-se envaidecido, eis tudo! Quanto a mim, faço dessa criança o que quero, como tu com Gricha... Não, Dolly — gritou subitamente, voltando ao primeiro assunto —, eu não vejo as coisas exageradamente, mas procuro não ver *rien*... Tu não podes me compreender, tudo isso é horrível!

— Parece-me que és injusta. Devias fazer o necessário...

— Que posso fazer? Nada... Pelo que dizes, eu não pensaria em esposar Alexis... Mas compreenda que só penso nisso! — gritou ela, erguendo-se, o rosto em fogo, os seios agitados. E pôs-se a andar de um a outro lado, com rápidas paradas. — Sim, não há um dia, uma só hora em que este pensamento não me domine, em que não deva afastá-lo com medo de enlouquecer... Sim, de enlouquecer — repetiu. — Apenas a morfina me acalma... Mas raciocinemos francamente. Em primeiro lugar "ele" não consentirá no divórcio, porque está influenciado pela condessa Lidia.

Dolly endireitou-se na cadeira e seguiu Ana com um olhar onde se lia uma dolorosa simpatia.

— Poderias tentar — insinuou Dolly, com doçura.

— Tentar! Queres dizer que devo rebaixar-me e implorar a um homem que eu odeio, embora o saiba generoso, embora me reconheça culpada para com ele! Está certo... E se eu receber uma resposta injuriosa? Mas admitamos que ele consinta... E meu filho, ser-me-á devolvido?

Ela estava parada na extremidade do aposento, as mãos apertando as cortinas da janela. Exprimia, com toda a evidência, uma opinião havia muito tempo amadurecida.

— Não — continuou ela — ele não m'o devolverá. Crescerá ao pé do pai que eu abandonei e aprenderá a desprezar-me. Concebes que eu ame quase igualmente, e certamente mais do que a mim mesma, essas duas criaturas que se excluem uma à outra, Sergio e Alexis?

Voltara ao meio do quarto e comprimia o peito com as mãos. O roupão em que estava vestida tornava-a ainda maior. Inclinou-se para a pobre Dolly, que, trêmula de emoção sob a camisola apertada, fazia um rosto triste, e fixou-a com um olhar cheio de lágrimas.

— Só a eles eu amo no mundo e como é impossível reuni-los, preocupo-me pouco com o resto! Tudo isso acabará de um modo qualquer, mas não posso e nem quero abordar este assunto. Não me censure, tu és muito honesta, muito pura para poder compreender todos os meus sofrimentos.

Sentou-se perto da cunhada e agarrou-lhe a mão.

— Que deves pensar de mim? Não me desprezes, eu não o mereço. Lastima-me, porque não existe mulher mais infeliz do que eu.

Ela se voltou para chorar.

Quando Ana a deixou, Dolly rezou e deitou-se, surpresa por não pensar mais naquela mulher que, alguns instantes antes, lastimava de todo o coração. A sua imaginação levava-a imperiosamente para a sua casa, para as crianças: nunca sentira tanto como aquele pequeno mundo lhe era caro e precioso! E essas recordações encantadoras reforçaram a sua resolução de partir no dia seguinte.

No entanto, Ana, voltando ao seu quarto, pôs num copo de água algumas gotas de morfina que logo lhe restituíram a calma. Depois de permanecer alguns minutos imóvel numa poltrona, bem-humorada, alcançou o quarto de dormir.

Vronski olhou-a com atenção, procurando sobre o seu rosto algum indício da conversa que ela tivera com Dolly, mas só viu a graça sedutora de que conhecia todo o encanto. Ele esperou que ela falasse.

— Estou contente que Dolly tenha te agradado.

— Mas eu a conheço há muito tempo. É, creio, uma excelente mulher, se bem que *excessivement terre-à-terre*. Mesmo assim, não me sinto menos feliz com a sua visita.

Agarrou a mão de Ana e interrogou-a com um olhar ao qual deu um sentido bem diferente e, como única resposta, ela sorriu.

Apesar dos pedidos dos hospedeiros, Dolly, no dia seguinte, fez os preparativos da partida. O cocheiro Filipe, trajando um velho capote e um chapéu que lembrava vagamente os dos estafetas do correio, deteve com um ar calmo e resoluto a sua carruagem em frente da casa.

Daria Alexandrovna despediu-se friamente da princesa Bárbara e dos cavalheiros. Unicamente Ana sentia-se triste: ninguém, ela o sabia, descobriria os sentimentos que Dolly remoera no fundo da alma. Por mais dolorosos que fossem, eles constituíam a melhor parte dela mesma e logo seriam destruídos, nos últimos vestígios, devido à vida que levava.

Somente em pleno campo Dolly respirou livremente. Curiosa por conhecer as impressões dos seus companheiros de viagem, quis interrogá-los quando, voluntariamente, Filipe tomou a palavra:

— Para ricaços o que é dos ricaços. Deram aos meus cavalos apenas três medidas de aveia. O bastante apenas para não os deixar morrer de fome! Os pobres animais, antes do canto dos galos, tinham comido tudo. Na estação de mudas adquire-se aveia com quarenta e cinco kopeks. Em nossa casa não se olha para isso!

— Sim, são pessoas ricas — aprovou o ajudante do cocheiro.

— Mas os cavalos são belos?

— Sim, não se pode negar, são belos animais. Não sei como a senhora se sentiu, Daria Alexandrovna — acrescentou, voltando para ela seu honesto e belo rosto —, eu não estive à vontade.

— Eu tão pouco. Achas que chegaremos esta noite?

— Vamos ver se o conseguiremos.

Daria Alexandrovna encontrou os filhos em boa saúde e mais encantadores do que nunca. A sua inquietação desapareceu de repente. Descreveu com animação os acidentes da viagem, a acolhida cordial que lhe tinham reservado, elogiou o gosto e o luxo de Vronski e não permitiu a ninguém a menor crítica a seu respeito.

— E preciso vê-los em casa para bem compreendê-los — declarou — e asseguro que são extraordinariamente bons.

XXV

Vronski e Ana passaram no campo o fim do verão e uma parte do outono, sem dar nenhum passo para regularizar a sua situação. Tinham resolvido não se mexer de Vozdvijenskoie, mas, após a partida dos seus convidados, sentiram que a vida devia sofrer necessariamente uma modificação.

Aparentemente, nada do que constitui a felicidade lhes faltava: eram ricos, tinham uma filha e trabalhavam. Ana continuava a cuidar da sua pessoa. Assinando inúmeros jornais estrangeiros, mandava buscar romances e obras sérias e os lia com a atenção dos solitários. Nenhum dos assuntos capazes de apaixonar Vronski lhe era indiferente: dotada de uma excelente memória, aprendeu nos manuais e nas revistas técnicas conhecimentos que surpreenderam o seu amante: quando manifestou as suas opiniões, ele admirou essa erudição e tomou o hábito de consultá--la sobre assuntos de agronomia, de arquitetura, esporte ou criação de cavalos. Interessou-se também pela construção do hospital e fez adotar certas inovações que idealizara. O único fim da sua vida era agradar a Vronski, acompanhá-lo em todas as coisas, executar o que ele quisesse. Tocado por este devotamento, o conde a apreciava no seu justo valor — mas, ao longe, a atmosfera da ternura ciumenta com que Ana o envolvia se tornava pesada e sentia necessidade de afirmar a sua independência. A sua felicidade seria completa se não fossem as penosas cenas que marcavam cada uma das suas partidas para as corridas ou as "sessões de paz". Achava muito ao seu feitio o papel de grande proprietário e descobria aptidões sérias como administrador dos seus bens. Apesar das enormes somas destinadas à construção do hospital, à compra das máquinas, das vacas suíças e a inúmeros outros fins, a sua fortuna aumentava porque se entregava a métodos aprovados de cultura e às menores coisas emprestava um espírito de economia e prudência. Cogitasse de arrendar uma terra, de vender os bosques, o trigo, a lã, defendia os seus interesses com a segurança de um rochedo. Para comprar, escutava e interrogava o seu hábil administrador alemão e não aceitava as inovações mais recentes. Com semelhantes métodos, não se arriscava a comprometer sua fortuna.

A nobreza da província de Kachine — onde estavam situadas as terras de Vronski, de Sviajski, de Koznychev, de Oblonski e em parte as de Levine — devia realizar no mês de outubro a eleição para os seus prefeitos. Em razão de certas circunstâncias, o acontecimento prendia a atenção geral e algumas pessoas que até então se abstiveram prometiam vir de Moscou, de Petersburgo e mesmo do estrangeiro.

Um pouco antes da reunião, Sviajski, inspetor de Vozdvijenskoi, veio lembrar ao conde a sua promessa de acompanhá-lo ao distrito. Na véspera da partida, completamente preparado para a luta da qual esperava sair vencedor, Vronski anunciou num tom rápido e frio que se ausentaria alguns dias. Ana, com grande surpresa sua, recebeu aquela notícia com muita calma, contentando-se em perguntar a época exata da sua volta, e respondeu com um sorriso ao olhar inquiridor com que ele a envolveu. A sua desconfiança logo despertou: quando Ana se fechava completamente nela mesma, era sinal de que estava resolvida a se lançar nalgum exagero. Contudo, para evitar uma cena desagradável, fez menção de acreditar — ou talvez de acreditar em parte — que ela se tornara mais compreensiva.

— Espero que não te aborreças — disse ele simplesmente.

— Oh, não! Recebi ontem um pacote da livraria Gautier. Isso me divertirá.

"É uma nova maneira que ela adota", pensou Vronski. "Tanto melhor. Já não gostava da velha!"

Ele a deixou sem que se explicassem profundamente — o que, aliás, nunca acontecera. Apesar de uma vaga inquietude, esperava que as coisas se arranjassem. "Ela acabará por ouvir a voz da razão porque afinal, estou disposto a sacrificar-lhe tudo, tudo, menos a minha independência."

XXVI

Levine voltou a Moscou em setembro para assistir ao parto da mulher e, assim, havia cerca de um mês vivia numa ociosidade forçada. Sergio Ivanovitch, que se apaixonara pelas eleições de Kachine, lembrou-se que as suas terras do distrito de Selezniev davam-lhe direito de falar e o convidou para acompanhá-lo. Levine hesitou em partir, mas, vendo que se aborrecia na capital, Kitty o apressou e ele encomendou secretamente um uniforme de delegado da nobreza. Esta despesa de vinte e quatro rublos destruiu as suas últimas hesitações.

No fim de seis dias de trabalho em Kachine, os negócios de sua irmã não haviam dado um passo. O primeiro, uma questão de tutela, não podia ser resolvido sem a opinião dos prefeitos e esses senhores só pensavam nas eleições. O segundo, o adiantamento em caixa da renda anual, chocava-se igualmente com inúmeras dificuldades: ninguém fazia oposição ao pagamento, isso era um ponto acertado. Quanta balbúrdia! Mas, por mais complacente que fosse, o tabelião ainda não podia dar o visto na Tesouraria e o tesoureiro, cuja assinatura era indispensável, teve que se ausentar por razões de serviço. O tempo se passava em conversas com inúmeras pessoas, desejosas de auxiliarem o solicitador, mas incapazes de prestar um serviço definitivo. Estas idas e vindas sem resultado se assemelhavam aos esforços inúteis que fazemos nos sonhos. Era a comparação que fazia Levine durante as conversas com o seu procurador. "O senhor não conseguirá nada, mas é bom tentar sempre", dissera-lhe o excelente homem. E Levine seguia os seus conselhos, indo procurar os encarregados do serviço que o recebiam muito bem e não avançavam nada nos negócios. Se se tratasse ainda de uma contrariedade perfeitamente compreensível, como de esperar a hora em frente a um *guichet* de estrada de ferro! Não, batia-se aqui com um obstáculo secreto. Não era para perder a cabeça? Por felicidade, o casamento o tornara mais paciente e ele achava, na sua ignorância dos expedientes administrativos, uma razão suficiente para supor que as coisas seguiam um curso normal.

Aplicava esta mesma paciência para compreender as manobras eleitorais que agitavam em sua volta tantos homens graves e fazia o possível para aprofundar o que antigamente abordara tão ligeiramente — como várias outras coisas cuja importância só percebera após o casamento. Sergio Ivanovitch não esquecia nada para lhe explicar o sentido e o alcance das novas eleições. Snietkov, o prefeito atual, era um homem da velha estirpe, honesto a seu modo e que gastara uma enorme fortuna; as suas ideias atrasadas não se ajustavam mais com as necessidades do momento. Como prefeito, ele dispunha de somas consideráveis e tinha a mão sobre as instituições de importância essencial tais como as tutelas (Levine sabia alguma coisa), os estabelecimentos de ensino (ele, um obscurantista!), o *zemstvo* (que queria transformar em instrumento de classe!). Cogitavam de substituí-lo por um homem novo, ativo, imbuído de ideias modernas, capaz de extrair do *zemstvo* todos os elementos de *selfgovernment* que ele pudesse fornecer. Soubessem dirigir e a rica província de Kachine ainda uma vez podia servir de exemplo ao resto da Rússia. Em lugar de Snietkov, apresentavam Sviajski, ou melhor ainda Neviedovski, um velho professor muito inteligente e amigo íntimo de Sergio Ivanovitch.

A sessão foi aberta com um discurso do governador, que convidou a todos a só visarem na sua escolha ao devotamento ao bem público: seria o melhor modo de cumprir o dever de corresponder à confiança depositada pelo augusto monarca.

Terminado o discurso, o governador, deixou a sala acompanhado de grande número de pessoas que o aclamavam estrepitosamente até o vestiário. Levine, que desejava não perder o menor detalhe, chegou no momento justo para o ver tomar a capa e dizer ao prefeito: "Apresente, eu lhe peço, a Maria Ivanovna, todos os cumprimentos da minha mulher: ela teve que visitar o asilo." Todos puseram a capa e dirigiram-se à catedral. Ali, erguendo a mão com os seus colegas e repetindo como eles as palavras que o sacerdote pronunciava, murmurou um sermão que correspondia em todos os pontos aos votos emitidos pelo governador. E como as cerimônias religiosas sempre impressionassem a Levine, este se comoveu ouvindo aquela multidão de velhos e moços proferir com ele uma fórmula tão solene.

Nos dois dias imediatos, ocuparam-se com as receitas e despesas do orçamento e com a escola das moças — acontecimentos que, segundo Sergio Ivanovitch, não despertavam nenhum interesse. Levine os aproveitou para cuidar dos seus negócios. No quarto dia, verificaram a tesouraria: os contadores declararam que tudo estava direito. O prefeito levantou-se e agradeceu, vertendo uma lágrima pela confiança que lhe depositavam. Mas um daqueles que partilhavam da opinião de Sergio Ivanovitch ouviu dizer que, por deferência ao prefeito, os contadores não haviam verificado o caixa. Um dos verificadores cometeu a imprudência de confirmar aquele sinal de confiança. Então um homenzinho, tão jovem quanto irônico, lamentou que a extrema delicadeza dos contadores desse ao prefeito a satisfação bem natural de prestar as suas contas. Os contadores retiraram a sua declaração. Sergio Ivanovitch demonstrou amplamente a necessidade de se proclamar se o caixa fora ou não fora examinado. Um orador do partido oposto replicou-lhe. Depois falou Sviajski, e depois ainda o homenzinho irônico. Discutiu-se durante muito tempo para não se chegar a nenhuma conclusão. Tudo aquilo surpreendeu muito a Levine, e mais ainda a resposta que seu irmão lhe deu quando perguntou se ele julgava Snietkov capaz de roubo:

— Oh, não, é um homem muito honesto! Mas é preciso acabar com este modo patriarcal de dirigir os negócios.

No quinto dia, realizaram as eleições para prefeitos do distrito. Dentre eles, muitos lutaram, mas, para o distrito de Selezniev, Sviajski foi eleito por unanimidade e, nesta mesma noite, ofereceu um grande jantar.

XXVII

A eleição do governador da província só se realizaria no sexto dia e muitas pessoas apareceram apenas por esta ocasião. Como alguns chegassem de Petersburgo, da Crimeia, do estrangeiro, vários amigos, que não se viam há muito tempo, encontravam-se com prazer. As duas salas, tanto a grande como a pequena, estavam repletas de eleitores. Olhares hostis, bruscos silêncios, cochichos nos cantos, até no corredor, tudo denunciava a existência de dois campos opostos. Levine observou que os velhos estavam de um lado e os moços do outro: os primeiros, apertados em uniformes civis e militares passados da moda, abotoados até o pescoço, comprimidos nos ombros, mostravam espadas e chapéus de pluma; os segundos, ao contrário, apresentavam-se em roupas frouxas, desabotoadas sobre os coletes brancos. Alguns tinham as insígnias dos dignitários da corte, outros do ministério da Justiça ou colete escuro ornado com folhas de louro. Mas, olhando de mais longe, Levine verificou que inúmeros moços sustentavam o velho partido, enquanto outros, entre os mais idosos, se entrevistavam com Sviajski.

Na sala pequena, onde estava instalado o *buffet*, Levine esforçava-se inutilmente para compreender a tática de um grupo do qual o seu irmão era a alma. Sviajski, apoiado por Sergio Ivanovitch, insistia junto a Khlioustov, prefeito de outro distrito, para que, em nome do seu distrito, pedisse a Snietkov que apresentasse a sua candidatura. "Como diabo", pensava Levine, "se pode fazer semelhante negócio com um homem que se tem a intenção de destruir?"

Stepane Arcadievitch, em traje de camarista, aproximou-se do grupo. Vinha de fazer um ligeiro almoço e limpava a boca com o seu lenço de cambraia de linho, perfumado.

— Temos a posição, Sergio Ivanovitch — disse ele.

Como lhe submetessem o caso, deu razão a Sviajski.

— Um único distrito chega — declarou. — O de Sviajski, que pertence abertamente à oposição.

Todos compreenderam, menos Levine.

— Então Kostia — continuou ele, segurando o braço do cunhado —, tu não pareces gostar das nossas historiazinhas...

Levine nada mais desejava senão gostar daquilo. Era preciso que ele compreendesse alguma coisa. Arrastou Oblonski para um canto, visando a pedir-lhe alguns esclarecimentos.

— O *sancta simplicitas!* — gritou Stepane Arcadievitch. E, com poucas palavras, explicou-lhe tudo.

Nas últimas eleições, os dez distritos da província haviam levantado a candidatura de Snietkov — fora eleito com todas as bolas brancas. Desta vez, porém, dois distritos queriam se abster, o que podia obrigar Snietkov a desistir e, neste caso, o velho partido poderia talvez escolher outro candidato mais perigoso. Mas se o distrito de Sviajski ficasse na oposição, Snietkov de nada desconfiaria. Certos oposicionistas chegaram a votar nele, a fim de que, desconcertado com esta tática, o velho partido concedesse votos ao candidato da oposição quando este se manifestasse.

Levine só compreendeu pela metade e teria continuado a fazer perguntas se todos não começassem a falar ao mesmo tempo e a se dirigirem para a grande sala.

— Que tem ele? — Um poder reconhecidamente falso? — Não, é Flerov que não quer admiti-lo. — Por quê? — Então, acabarão por não admitir ninguém. — É absurdo. — Não, é a lei.

Conduzido pela onda dos eleitores, que receavam faltar a tão curioso espetáculo, Levine chegou à grande sala onde uma viva discussão se desenrolava entre o prefeito, Sviajski, e inúmeras outras pessoas importantes agrupadas em torno da mesa de honra, abaixo do retrato do imperador.

XXVIII

Os vizinhos de Levine não deixavam que ele ouvisse: um tinha a respiração cansada; outro achava-se incomodado com as botinas. No entanto, distinguia a voz doce do velho prefeito, a voz penetrante do homenzinho irônico e afinal a de Sviajski. Todos os três discutiam sobre o sentido da expressão "fazer um inquérito" e sobre a interpretação a ser dada a certo artigo da lei.

A multidão dividia-se em frente de Sergio Ivanovitch, que declarou imediatamente ser indispensável apegar-se ao texto mesmo da lei. O artigo em questão precisava que, em caso de divergência de opinião, devia-se lançar mão do voto. Koznychev o sabia muito bem e, desde que o secretário submeteu a ele tal ponto, fez uma leitura comentada. Então um homem gordo e enorme, de bigode e busto ligeiramente curvo, trajando um uniforme muito justo, deu com o anel alguns golpes secos na mesa e gritou com voz forte:

— Aos votos, aos votos! Nada de discussão!

Inúmeras pessoas quiseram se interpor, falando todas ao mesmo tempo, e o senhor do anel alteava a voz cada vez mais, sem que se chegasse a compreender o que ele dizia.

No fundo, perguntava a mesma coisa que Sergio Ivanovitch, mas num tom de tal hostilidade que Sergio Ivanovitch e os do seu grupo tiveram que aceitar a luva. O prefeito reclamou silêncio. — Aos votos, aos votos!... — Qualquer cavalheiro me compreenderá. — Derramaremos o nosso sangue pela pátria... — O imperador nos honrou com a sua confiança... — O prefeito não tem ordem para nos dar... — Mas não se trata disso... — Desculpa-me, desculpa-me, é uma infâmia... Às urnas!...

Clamores violentos, olhares enfurecidos, rostos contraídos pelo ódio, Levine não compreendia que se pudesse pôr tanta paixão em negócio cuja importância não lhe parecia maior do que aquela que Sergio Ivanovitch lhe explicara. O bem público exigia que se colocasse o prefeito numa situação crítica e, para obter esta situação, a maioria dos votos era indispensável e, para obter esta maioria, era preciso conceder o direito de voto a Flerov e, para lhe reconhecer este direito, era imprescindível interpretar em um certo sentido tal e tal parágrafo da lei.

— Um único voto pode decidir a maioria — concluiu Sergio Ivanovitch. — Não te esqueças que o interesse pelo bem público exige antes de tudo bom senso e espírito de continuidade.

Apesar desta lição, a irritação que se apossava daqueles homens produzia em Levine uma terrível impressão. Sem esperar o fim dos debates, ele se refugiou na pequena sala onde os garçons do *buffet* preparavam os talheres. Para sua grande surpresa, a presença daquelas fisionomias plácidas o acalmou instantaneamente. Julgou respirar um ar mais puro e pôs-se a andar, divertindo-se com a astúcia de um velho servidor de bigode grisalho que, indiferente aos motejos dos seus jovens companheiros, lhes ensinava, com um ar de soberano desprezo, a arte de limpar os pratos. Ia ele dirigir a palavra ao homem quando o secretário da carteira de tutoria, um velhinho que conhecia bem os nomes de todos os cavalheiros da província, veio repreendê-lo da parte de Sergio Ivanovitch.

— O seu irmão está procurando o senhor, Constantin Demitritch. É o momento de votar.

Levine voltou para a grande sala, onde lhe entregaram uma bola branca, e acompanhou o irmão até a mesa onde Sviajski, com ar importante, irônico, presidia à votação. Depois de haver dado o seu voto, Sergio Ivanovitch afastou-se, mas Levine, desorientado, perguntou-lhe baixinho, esperando que os seus vizinhos, presos a uma animada conversa, não o ouvissem:

— Que é preciso que eu faça?

A conversa, por infelicidade, cessou bruscamente e a malfadada pergunta foi ouvida por todos. Alguns sorriram.

— O que ditarem as tuas convicções — respondeu Sergio Ivanovitch, franzindo a testa.

Levine corou e pôs a bola no compartimento da direita. Verificando o erro cometido, ele o agravou e, completamente desorientado, executou uma retirada precipitada.

— Cento e vinte e seis votos a favor! Noventa e oito contra! — gritou o secretário.

E, como se encontrasse ainda na urna um botão e duas nozes, elevou-se um riso geral.

Flerov estava admitido. O novo partido o arrebatava, mas o velho não se dava por vencido. Um grupo de cavalheiros cercava Snietkov e lhe suplicava para representá-lo no sufrágio. Levine ouviu alguns restos do seu agradecimento: "confiança, afeição, devotamento à nobreza, doze anos de serviços leais", essas palavras voltavam incessantemente aos seus lábios. Subitamente uma crise de lágrimas, provocada talvez pela afeição demonstrada para com aqueles cavalheiros ou mais provavelmente pela injustiça dos seus processos, o impediu de continuar. Logo uma mudança se verificou em seu favor e Levine sentiu por ele uma espécie de ternura.

Como o prefeito saísse, chocou-se, perto da porta, com Levine.

— Perdão, senhor — disse ele, mas, tendo-o reconhecido, sorriu timidamente, parecendo querer acrescentar algumas palavras que a sua emoção não permitiu.

A fuga desvairada daquele homem de calças brancas, de uniforme repleto de condecorações, a expressão de angústia que leu sobre o seu rosto, lembraram a Levine os últimos instantes de um animal em agonia. Ficou tanto mais surpreso quando, tendo ido vê-lo na véspera para o negócio da tutoria, tivera ocasião de admirar a perfeita dignidade da sua vida. Uma antiga habitação ornamentada com móveis antigos; velhos criados, de fisionomias negligentes mas de maneiras respeitosas; antigos escravos que não queriam mudar de patrão; uma gorda e excelente mulher de xale e touca de rendas quase acariciando a sua encantadora filhinha; um colegial, belo rapaz que, entrando, teve como primeiro cuidado beijar a mão do pai; as opiniões afetuosas e as maneiras distintas do dono da casa — tudo isso se impusera a Levine. Também, tomado de piedade pelo infeliz velho, quis reanimar-lhe a coragem:

— Espero que o senhor fique conosco — disse ele.

— Eu duvido — respondeu o prefeito, lançando em torno um olhar perturbado. — Estou velho e cansado. Que os mais moços tomem o meu lugar!

E desapareceu por uma pequena porta.

Aproximava-se o minuto solene. Os chefes dos dois partidos gozavam antecipadamente as suas probabilidades. O incidente provocado pelo novo partido fizera-o ganhar, além do voto de Flerov, dois outros votos ainda. Realmente, certos partidários de Snietkov tinham se divertido embriagando dois dos seus adversários e roubando o uniforme de um terceiro. Sviajski abortou esta manobra, despachando durante o voto preliminar alguns dos seus homens, que vestiram o fidalgo despido e reconduziram em carruagem um dos bêbados.

— Já derramei um balde de água na sua cabeça — disse um dos delegados a Sviajski. — Ele pode se manter de pé.

— Assegura-me que não cairá? — respondeu Sviajski, sacudindo a cabeça.

— Não há perigo. A não ser que o levem para o *buffet*. Mas eu já dei ordens severas ao proprietário.

XXIX

A sala comprida e estreita onde se achava o *buffet*, regurgitava e a agitação ia crescendo principalmente entre os chefes, que calculavam as probabilidades dos seus candidatos. O grosso da hoste preparava-se para a luta, restaurando-se; outros fumavam ou andavam na sala.

Levine não tinha fome, não era um fumante, não quis reunir-se aos amigos, entre os quais perorava Vronski em uniforme de escudeiro do imperador — descobrira-o desde a véspera e, a nenhum preço, desejava encontrá-lo. Refugiou-se perto de uma janela, examinando os grupos que se formavam, prestando atenção ao que se dizia em sua volta. Sentia uma certa tristeza em ver toda gente cheia de animação, enquanto ele sozinho, em companhia de um velho oficial da marinha desdentado e gago, era o único que não tinha o menor interesse.

— Ah, o animal! Eu já o havia repreendido. Não, três anos chegam para o senhor fazer os seus preparativos! — proferiu em tom enérgico um fidalgo de estatura mediana e um pouco arqueado, cujos cabelos caíam sobre o colarinho da sua túnica bordada e cujas botinas novas, talvez compradas naquele dia, rangiam furiosamente. Fitou Levine quase agressivamente e se voltou de súbito, enquanto o homem a quem ele se dirigia replicava com uma voz de falsete:

— Sim, o senhor tem razão, o negócio não é claro.

Levine viu depois se aproximar um grupo que cercava um general.

— Ele ousa dizer que eu mandei tirar as suas calças! Esteja certo que foi à venda para beber! Pouco me interessa que ele seja príncipe. É desagradável receber semelhantes propostas.

— Desculpem — dizia alguém num outro grupo. — A lei é formal: a mulher deve ser inscrita no registro da nobreza.

— Estou pouco ligando à lei. Ou se é nobre ou não se é! E se eu o sou, então podem me acreditar sob palavra, que diabo!

— Que dirá de um copo de *fine champagne*, Excelência?

Outro grupo vigiava de perto um sujeito que gritava e gesticulava. Não era outro senão o bêbado.

— Eu sempre aconselhei a Maria Semionovna que alugasse a sua terra, ela não achou nenhuma vantagem — dizia um senhor de bigode negro, que trajava um antigo uniforme de coronel do estado-maior.

Levine reconheceu imediatamente o velho proprietário que encontrara em casa de Sviajski. Os seus olhares se encontraram.

— Sinto-me feliz em tornar a vê-lo — disse o velho, abandonando o seu grupo. — Se tenho boa memória, acho que já nos conhecemos em casa de Nicolas Ivanovitch, o ano passado.

— Como vão os seus negócios?

— De mal a pior — respondeu o velho num tom convencido, como se não pudesse dizer outra coisa. — Mas que veio fazer o senhor tão longe da sua casa? Participar do nosso *coup d'Etat*?

O ar resoluto com que pronunciou aquelas palavras em francês compensou o defeito da pronúncia.

— Parece que a Rússia inteira marcou encontro, temos até camaristas, talvez ministros — acrescentou, mostrando Oblonski, que passeava em companhia de um general, causando sensação com o seu brilhante uniforme.

— Falando francamente — respondeu Levine —, a importância que possa ter estas eleições me escapa completamente.

— Que importância quererá o senhor que elas tenham? É uma caduca instituição que só se prolonga através da força da energia. Está vendo todos estes uniformes? não há nobres, senhor, o que há são funcionários.

— Se é assim, que veio fazer nestas sessões?

— O hábito, senhor, o hábito e o interesse! Porque, além de uma espécie de obrigação moral, tenho necessidade de manter certas relações. O meu genro não é rico, procura um lugar, é preciso dar-lhe um auxílio... Mas o que me surpreende é ver aqui pessoas como aquela — disse ele, mostrando o homenzinho cujo tom irônico impressionara a Levine durante os debates que precederam a votação.

— São os nobres do novo estilo.

— Novo estilo! Mas podemos chamar nobres a pessoas que se agarram aos direitos da nobreza?

— Mas se na opinião do senhor é uma instituição que já teve o seu tempo...

— De acordo, mas existem instituições velhas que devem ser respeitadas. É que Snietkov... Talvez não seja muito grande o nosso valor, mas existimos há mais de mil anos. Querendo fazer um jardim em frente da sua casa o senhor não irá cortar as árvores seculares. Não, por mais terrível que seja, o senhor traçará as aleias de modo a aproveitar as velhas árvores: isso não impediria que em um ano...

Dissera aquilo com certa circunspeção e, para desviar a conversa, perguntou a Levine:

— Então, e os seus negócios?

— Não vão muito bem: cinco por cento no máximo.

— E o senhor não conta as dificuldades das remunerações. Quando estava no serviço, recebia três mil rublos de soldo. Agora que trabalho na agricultura, trabalho mais tempo sem receber uma moeda. E fico contente quando, como o senhor, consigo tirar cinco por cento da terra.

— Por que o senhor teima?

— O hábito, senhor, o hábito!... Bem melhor — continuou, apoiando-se na janela e parecendo tomar gosto pela conversa —, bem melhor que o meu filho não tenha nenhuma aptidão para a cultura, ele só gosta da ciência, e eu acabo de plantar um pomar.

— É verdade — disse Levine. — Dir-se-ia que temos um dever a cumprir para com a terra, porque, da minha parte, não alimento ilusões quanto ao lucro do meu trabalho.

— Eu tenho como vizinho um negociante. Outro dia ele veio visitar-me e, quando eu lhe mostrei tudo, sabe o senhor o que me disse? "Meus cumprimentos, Stepane Vassilievitch, o senhor conduz bem o seu barco, mas eu, em seu lugar, cortaria as tílias. Tem aí um milhar e cada uma lhe daria dois bons barrotes. Pede-se muito por isto hoje em dia."

— "E com o dinheiro que alcançarei, comprarei gado ou então um pedaço de terra que alugarei muito caro aos camponeses" — concluiu

Levine, que conhecia, havia muito tempo, aquela espécie de raciocínio. —
E ele faria uma fortuna ali onde seriam felizes em guardar a nossa terra
intacta e poder deixá-la para os nossos filhos.

— Disseram-me que o senhor se casou, é verdade?

— Sim — respondeu Levine, com orgulhosa satisfação. — Não acha
surpreendente que fiquemos agarrados à terra como as Vestais ao fogo
sagrado?

O velho sorriu.

— Alguns, como o nosso amigo Nicolas Ivanovitch ou como o conde
Vronski, que acabam de se fixar na terra, pretendem fazer indústria agrícola. Mas, até aqui, isso só tem servido para comer o seu capital.

— Mas por que não fazemos como o seu negociante? — prosseguiu
Levine. — Por que não cortamos as nossas árvores?

— Por causa da nossa mania de sustentar o fogo sagrado, como o
senhor disse. E, depois, vender as árvores não é uma ação de nobres.
Temos um instinto de casta que dirige as nossas ações. Os camponeses
têm também o seu: os melhores dentre eles obstinam-se em arrendar a
maior parte de terra possível e, seja ela boa ou má, cultivam-na do mesmo
modo, embora sejam frequentes as perdas.

— Do mesmo modo que nós! — disse Levine. — Sinto-me feliz por
haver reatado o conhecimento com o senhor — acrescentou, vendo
aproximar-se Sviajski.

— Desde que nos encontramos o ano passado, em sua casa, não mais
tinha visto este senhor — disse o velho, voltando-se para Sviajski. —
Acabamos de conversar francamente.

— E de maldizer a nova ordem de coisas? — insinuou Sviajski, rindo.

— Se o senhor acha assim...

— É preciso aliviar o coração, não é verdade?

XXX

Sviajski tomou Levine pelo braço e o conduziu para o seu grupo. Fora-
lhe impossível evitar Vronski, que, entre Sergio Ivanovitch e Stepane
Arcadievitch, fitava-os quando se aproximavam.

— Muito prazer em conhecê-lo... — disse ele, estendendo a mão para
Levine. — Já nos encontramos, creio, em casa... da princesa Stcherbatski.

ANA KARENINA

— Sim, lembro-me perfeitamente do nosso encontro — respondeu Levine, que se tornou vermelho e voltou-se para o irmão.

Vronski esboçou um sorriso e dirigiu a palavra a Sviajski sem demonstrar nenhum desejo de prosseguir a conversa com Levine, mas este, confuso da sua indelicadeza, procurou um meio de repará-la.

— Onde estavam? — perguntou ele, olhando Vronski e Sviajski.

— Tudo depende agora de Snietkov — respondeu Sviajski.

— Ele não se fará representar?

— Tem o ar de quem hesita — disse Vronski.

— Se ele recusa, quem se apresentará no seu lugar?

— Todos os que desejarem — disse Sviajski.

— Tu, por exemplo?

— Nunca na minha vida! — exclamou Nicolas Ivanovitch, que se perturbou e lançou um olhar inquieto sobre o vizinho de Sergio Ivanovitch em quem Levine reconheceu o homenzinho irônico.

— Então, será Neviedovski — continuou Levine, sentindo que se aventurava num terreno perigoso.

— Em caso algum! — respondeu o sujeito desagradável, que era Neviedovski em pessoa e a quem Sviajski se apressou a apresentar Levine.

— Isso começa a te apaixonar? — interveio Stepane Arcadievitch, lançando um olhar para Vronski. — É uma espécie de corridas: deveriam estabelecer uma aposta mútua.

— Sim, apaixona como toda luta — aprovou Vronski, a testa franzida. Que espírito prático tem este Sviajski!

— Certamente — respondeu Levine, num tom evasivo.

Fez-se silêncio, durante o qual Vronski concedeu a Levine um olhar distraído e, vendo que aquele tinha sobre ele os seus olhos sombrios, perguntou-lhe, para dizer qualquer coisa:

— Como se explica que o senhor, sempre morando no campo, não seja juiz de paz?

— Por que as justiças de paz me parecem uma instituição absurda — disse Levine, num tom frágil e lúgubre.

— Eu julgava o contrário — respondeu Vronski, sem perder a calma.

— Para que podem elas servir? — interrompeu Levine. — Eu tenho um processo de oito anos e, apesar do bom senso, deverá ser julgado. O juiz de paz mora a quarenta verstas da minha casa, tenho que me apresentar e, por uma diferença de dois rublos, eu teria quinze rublos de despesa.

Pôs-se a contar a história de um moleiro perseguido pela calúnia da petição de um camponês que o vira roubar um saco de farinha e que fora censurado por ele.

Narrando aquelas tolices, Levine sentia que eram ingênuas e inoportunas.

— Que estranho! — disse Oblonski, com o seu sorriso mais hipócrita. — Mas se fôssemos ver o que se passa? Parece-me que estão votando.

— Eu não o compreendo — disse Sergio Ivanovitch, quando ficaram sozinhos. — Raramente vi uma falta tão completa de tato político. Defeito bem russo!... Snietkov é o nosso adversário, tu és amável para com ele. O conde Vronski é nosso aliado, tu o tratas orgulhosamente... Em verdade, nada tenho a dizer sobre ele, acabo mesmo de recusar o seu convite para jantar, mas, afinal, porque lhe dar as costas? Depois, tu fazes a Neviedovski perguntas indiscretas...

— Tudo isso me aborrece e, de resto, não tem nenhuma importância — replicou Levine, cada vez mais lúgubre.

— É possível. Mas quando tu entras, estragas tudo.

Levine nada respondeu e ambos ganharam a grande sala.

Embora sentisse uma manobra no ar, o velho prefeito fizera finalmente uma violência. Ergueu-se um grande silêncio e o secretário proclamou em alta e inteligível voz que o capitão de guardas Miguel Stepanovitch Snietkov apresentava a sua candidatura ao cargo de prefeito da nobreza para a província de Kachine. Os prefeitos distritais deixaram as suas mesas respectivas para se instalarem, com as urnas, na mesa de honra.

— À direita! — murmurou Stepane Arcadievitch no ouvido do cunhado, quando eles se aproximaram da mesa. Mas Levine, que esquecera as complicadas explicações de Sergio Ivanovitch, pensou num erro de Oblonski: não era Snietkov o adversário? Em frente mesmo da urna, passou a bola da mão direita para a esquerda e votou tão ostensivamente na esquerda que um eleitor que o observava franziu a testa: aquele cavalheiro praticava a arte de adivinhar os votos.

Imediatamente, ouviu-se o barulho das bolsas que estavam sendo contadas e o secretário proclamou os resultados do escrutínio: Snietkov fora eleito com uma grande maioria. Todos se precipitaram para a porta, querendo abri-la ao prefeito e felicitá-lo ao mesmo tempo.

— Então, acabou? — perguntou Levine ao irmão.

— Pelo contrário, está começando — respondeu, por Koznychev, Sviajski. — O vice-prefeito pode obter um número superior de votos.

ANA KARENINA

Aquela sutileza escapara a Levine e deixou-o melancólico. Acreditando-se inútil, voltou à pequena sala, onde a presença dos garçons lhe devolveu a serenidade. O velho servidor, que se pusera às suas ordens, preparou-lhe croquetes de feijão e pôs-se a tagarelar sobre os seus patrões dos tempos passados. Depois, como decididamente a grande sala lhe inspirasse repulsa, subiu para as tribunas, que achou repletas de senhoras em trajes de luxo. Inclinadas nas balaustradas, elas prestavam atenção ao que se dizia na sala. Elegantes advogados, oficiais, professores do colégio c cercaram. Falava-se unicamente das eleições. Uns faziam sobressair o interesse dos debates, outros mostravam o extremo cansaço do prefeito. Levine ouviu uma senhora dizer a um advogado:

— Como estou contente por ter ouvido Koznychev! Podemos retardar o jantar por causa de semelhante discurso. Que linda voz! No tribunal, o senhor só encontra Maidel que saiba falar, e ainda assim não é muito eloquente.

Levine acabou por achar um lugar livre. Apoiou-se na balaustrada e olhou em frente.

Todos os cavalheiros, os nobres, estavam agrupados pelos distritos. No meio da sala, um homem fardado proclamava com uma voz de falsete:

— O capitão Eugenio Ivanovitch Apoukhtine aceita a candidatura para o cargo de vice-prefeito?

Depois de alguns instantes de profundo silêncio, uma vozinha de velha murmurou:

— Ele recusa.

— O conselheiro palaciano Pedro Petrovitch Bohl aceita a candidatura?

— Ele recusa — ganiu uma voz moça e aguda.

Isso durou uma boa hora. Depois de ter procurado inutilmente compreender, Levine, preso a um mortal aborrecimento e revendo mentalmente todos aqueles rostos carregados de ódio, resolveu voltar para casa. Na entrada da tribuna, chocou-se com um colegial de grandes olheiras que andava com um ar melancólico. E, na escada, encontrou uma dama que subia os degraus acompanhada de um vivo rapaz.

— Bem te dizia que chegaríamos a tempo — disse o rapaz, enquanto Levine se afastava.

Atingiu o vestíbulo e tirava do bolso do colete o seu número do vestiário quando o secretário o agarrou.

— Constantin Dmitrievitch, faça favor, estão votando.

Apesar das suas recentes recusas, Neviedovski aceitara a candidatura.

623

O secretário bateu na porta da grande sala que estava fechada. Ela se abriu, deixando passar dois fidalgos vermelhos.

— Eu não podia mais! — disse um deles.

O velho prefeito acorreu; o seu rosto transtornado causava pena.

— Eu te proibi de deixar sair quem quer que fosse! — gritou ele ao porteiro.

— Mas não de deixar entrar, Excelência!

— Senhor, meu Deus! — suspirou o prefeito, retornando à mesa de honra, de cabeça baixa e com as pernas amolecidas.

Como os seus partidários esperavam, Neviedovski, tendo maior número de votos, muito superior mesmo aos de Snietkov, foi proclamado prefeito, o que alegrou a uns, entristeceu a outros e arrastou o seu predecessor a um desespero que ele não pensava esconder. Quando o novo eleito deixou a sala, uma entusiasta multidão o acompanhou com as mesmas aclamações com que, cinco dias antes, recebera o governador e, algumas horas antes, a Snietkov.

XXXI

Vronski ofereceu um grande jantar ao novo prefeito e ao partido que triunfava com ele.

Indo assistir à reunião, o conde quisera afirmar a sua independência em relação a Ana, ser agradável a Sviaski, que lhe prestara inúmeros favores quando das eleições no *zemstvo* e, acima de tudo, cumprir os deveres impostos pelo título de grande proprietário. Não supunha existir na sua pessoa o apaixonado interesse que tomava no negócio e nem o sucesso com que desempenhava o seu papel. Conquistara repentinamente a simpatia geral e via muito bem que se contava com ele. Esta súbita influência era devida ao seu nome e à sua fortuna; à bela casa que ocupava e que lhe fora cedido pelo seu velho amigo Chirkov, um financista que fundara em Kachine um banco muito próspero; ao excelente cozinheiro que trouxera do campo; à sua intimidade com o governador, um dos seus antigos camaradas e protegidos; e mais ainda pelos seus modos simples e encantadores, que conquistavam todos os corações, apesar da reputação de orgulho que possuía. Em suma, fora aquele sujeito que julgara bem esposar Kitty Stcherbatski e que acabava de lhe dirigir *à propos de bottes* uma série de tolices, todos os que o haviam conhecido durante a sessão pareciam dispostos a lhe homenagear e a atribuir-lhe o sucesso de Neviedovski. Ele sentia um certo orgulho e pensava que, dentro de três anos talvez estivesse casado e se a sua fantasia não o enganasse, poderia fazer triunfar a sua própria candidatura como antigamente; depois de aplaudir com sucesso o seu *jockey*, havia resolvido correr pessoalmente.

Celebrava-se no momento o triunfo do *jockey*. Vronski presidia a mesa. À sua direita estava o governador, um jovem general ligado ao imperador que cortejava os nobres, mas, para o conde, era apenas o velho camarada Maslov — Katka, como o chamavam no Corpo de Pajens —, um sujeito que lhe devia favores de longa data e que ele se esforçava de *mettre à l'aise*. Tinha à esquerda Neviedovski, imperturbável e galhofeiro, para quem se mostrava cheio de consideração.

O jantar decorreu maravilhosamente. Stepane Arcadievitch, feliz com a satisfação geral, divertia-se francamente. Sviajski fazia boa expressão em mau jogo: trouxe um brinde para o seu feliz rival, em torno do qual, segundo ele, todos deviam se agrupar, a nobreza não podendo pôr à sua frente um melhor defensor dos princípios que se reclamariam daí para o futuro. Em seguida, aludindo às lamúrias de Snietkov, aconselhou alegremente a "Sua Excelência" que mandasse verificar na tesouraria processos mais convincentes que as lágrimas. Outra má língua contou que Snietkov, esperando celebrar um baile na sua reeleição, mandara buscar criados de calças curtas que, agora, permaneciam sem emprego, a não ser que "Sua Excelência" quisesse oferecer um baile em honra deles.

Tratando de Excelência a Neviedovski, toda gente experimentava o mesmo prazer que o saudar uma jovem recém-casada com o título de *madame*. O novo prefeito tomara ares indiferentes, contendo-se para não deixar transparecer o entusiasmo muito pouco em harmonia com as disposições "liberais" que dominavam a assistência.

Inúmeros telegramas foram enviados a quem de direito. Oblonski julgou bom expedir um a Dolly "para ser agradável a todos" — confiava ele aos vizinhos. "Neviedovski eleito maioria vinte votos. Felicitações", dizia o telegrama, que a pobre Dolly recebeu suspirando. Um rublo ainda jogado fora! Era uma das fraquezas do seu marido, o *faire jouer le télégraphe* depois de um bom jantar.

Em verdade, aquilo não deixava nada a desejar: manjares estranhos, vinhos dos melhores julgados no estrangeiro, convivas escolhidos por Sviajski, assuntos espirituais e em boa companhia, brindes humorísticos em honra do novo prefeito, do governador, do diretor do banco e do "nosso amável anfitrião" — nunca Vronski esperara encontrar-se daquele modo na província. Não escondia a sua satisfação.

A alegria redobrou no fim da refeição e o governador convidou Vronski para assistir a um concerto que sua mulher organizara em favor dos "nossos irmãos eslavos": ela desejava conhecer o conde.

— Haverá dança depois e o senhor verá a nossa "beleza" local. Valerá a pena.

— *Not in my line* — respondeu Vronski, rindo-se. Prometeu ir através desta expressão que, particularmente, apreciava muito.

Acenderam-se os cigarros, iam se levantar da mesa quando um criado se aproximou de Vronski trazendo uma carta sobre uma bandeja.

— De Vozdvijenskoie — declarou ele, num tom importante.

— É surpreendente como ele se parece com o substituto de Sventitski — disse em francês um dos convidados, mostrando o criado, enquanto Vronski, subitamente perturbado, abria a carta.

Prometera voltar na sexta-feira. As eleições haviam se prolongado e permaneceu ausente ainda durante o sábado. Escrevera na véspera para explicar o atraso, mas, as duas cartas sendo escritas ao mesmo tempo, imaginou que a de Ana devia estar repleta de censuras. O conde sentiu mais ainda do que esperava: "Annie está gravemente doente, o médico receia uma inflamação. Sozinha, eu perco a cabeça. A princesa Bárbara constitui um embaraço. Esperei-te inutilmente ontem, anteontem — desesperada, envio um mensageiro para saber o que é feito de ti. Iria eu própria se não receasse ser desagradável. Dê uma resposta qualquer, a fim de que eu saiba o que devo fazer!"

A criança estava gravemente doente e Ana quisera vir pessoalmente! A sua filha sofria e ela tomava para com ele aquele tom de hostilidade!

O contraste entre a inocente alegria das eleições e a trágica paixão que o ligava imperiosamente a ela impressionou dolorosamente Vronski. Partiu nesta noite mesmo pelo primeiro trem.

XXXII

As cenas que Ana fazia em cada uma das suas ausências só podiam enfastiar o amante. Ela percebera isso e, na hora da partida para as eleições, resolvera suportar estoicamente a separação. Mas o olhar frio

ANA KARENINA

é imperioso com que ele anunciou a sua decisão a feriu e, ainda ele não partira, ela já não se controlava mais.

Na solidão, Ana pensou naquele olhar através do qual Vronski demonstrava a sua independência e o interpretou, como sempre, num sentido humilhante para ela. "Certamente, ele tem o direito de se ausentar quando queira... e mesmo de me abandonar. Demais, ele tem todos os direitos, enquanto eu não tenho nenhum! Foi pouco generoso fazendo-me sentir isto... Mas de que modo fez ele tal coisa? Com um olhar duro?... É muito vago. No entanto, ele não me olhava como dantes e isso prova que está se tornando frio a meu respeito..."

Embora convencida daquela frieza, ela não acreditava poder oferecer a Vronski um amor sempre mais ardente e encantos sempre renovados. Além disso, as ocupações multiplicadas durante o dia e as doses de morfina durante a noite podiam abrandar o terrível pensamento de que um dia talvez o seu amante a deixasse de amar: então, em que ela se tornaria? À força de refletir nestas coisas, acabou por compreender que lhe restava ainda um meio de salvação: o casamento, e decidiu ceder aos primeiros argumentos em favor do divórcio que Stiva ou Vronski lhe ponderassem.

Passaram-se cinco dias naqueles transes. Ela enganava a sua preocupação com passeios, conversas com a princesa, visitas ao hospital, leituras sem fim. Mas, no sexto dia, vendo que o seu cocheiro voltava sozinho da estação, sentiu enfraquecer as suas forças. Neste ínterim, a sua filhinha adoeceu, muito ligeiramente para que a inquietude a pudesse distrair, e, demais, apesar de tudo, ela não podia fingir para com aquela criança sentimentos que não possuía. Chegando a noite, os seus terrores redobraram. Imaginava que uma infelicidade acontecera a Vronski, queria reunir-se a ele, mas o seu arrebatamento fê-la escrever um bilhete incoerente que não teve coragem de reler. Na manhã do dia seguinte, recebeu o bilhete de Vronski: como suportaria a severidade do seu olhar quando ele se certificasse que Annie não estava seriamente doente? Apesar de tudo, a sua volta lhe proporcionava uma grande alegria: ele poderia achar a sua corrente pesada, mas ela não o perderia de vista.

Sentada, lia o último livro de Taine, ouvindo fora as rajadas de vento e prestando atenção ao menor ruído. Depois de se ter enganado muitas vezes, ouviu distintamente a voz do cocheiro e o barulho da carruagem no portão. A princesa Bárbara, que fazia uma paciência, também o ouviu. Ana se levantou. Ela não ousava descer, como já fizera duas vezes, e vermelha, confusa, inquieta com a acolhida que receberia, deteve-se. Desapareceram todas as suas suscetibilidades. Ela só receava o descontentamento de Vronski e, lembrando-se subitamente de que a criança melhorara muito desde a véspera, chegara a lhe querer mal por se ter restabelecido no momento exato em que expedia a carta. Mas, pensando que o ia rever em carne e osso, qualquer outro pensamento desapareceu e quando o som da voz de Vronski chegou até aos seus ouvidos, ela correu precipitadamente para o amante.

— Como vai Annie? — perguntou ele inquietamente, enquanto um criado o livrava das suas botas forradas.

— Melhor.

— E tu? — perguntou ele, sacudindo os flocos de neve que se haviam agarrado na sua capa.

Ela segurou-lhe uma das mãos e aproximou-se dele, sem o deixar com os olhos.

— Sinto-me muito bem — disse ele, olhando distraidamente para o vestido que sabia ter sido posto unicamente por sua causa.

Estas atenções agradavam-lhe, mas já as possuía há muito tempo. E o seu rosto tomou aquela expressão de severa imobilidade que Ana tanto receava.

— Sinto-me muito bem. Mas tu, como vais? — insistiu ele, beijando-lhe a mão, depois de ter limpado a barba.

"Tanto pior", pensava Ana, "que ele esteja aqui"! Quando eu estou longe, ele é forçado a me amar."

A noite foi passada alegremente em presença da princesa, que lamentava tivesse Ana necessidade de tomar morfina.

— Eu nada posso fazer, as minhas ideias me impedem de dormir. Quando ele está aqui, eu raramente tomo estas drogas.

Vronski contou os incidentes da eleição e, com perguntas hábeis, Ana o obrigou a falar dos seus sucessos. Por sua vez, ela passou em revista os pequenos acontecimentos domésticos, pelo menos os que ela sabia que podiam agradá-lo.

Quando ficaram a sós, Ana, julgando possuí-lo totalmente, quis desfazer a impressão desagradável produzida pela sua carta.

— Confessa que ficaste aborrecido com a minha carta e que não acreditaste nela.

— Sim — respondeu ele, e apesar da ternura que demonstrava, ela compreendeu que ele jamais a perdoaria. — A tua carta era tão estranha: Annie te inquietava e, no entanto, querias ir ver-me.

— Ambas as coisas eram verdadeiras.

— Eu não duvido.

— Sim, duvidas! Vejo que estás zangado.

— Absolutamente, mas o que me contraria é que tu não queiras admitir os deveres...

— Que deveres? Esse de ir ao concerto?

— Não falemos mais.

— Por que não falar?

— Eu quero dizer que podemos possuir deveres imperiosos... Assim, é indispensável que eu vá a Moscou, em breve, para negócios... Ana, por que te irritas assim quando sabes que eu não posso viver sem ti?

— Se é assim — disse Ana, mudando subitamente de tom —, se chegas em um dia para partires no dia seguinte, se estás cansado desta vida...

— Ana, não sejas cruel! Tu sabes que estou disposto a sacrificar tudo... Ela não o ouvia.

— Quando fores a Moscou, eu te acompanharei... Não posso ficar aqui sozinha. Vivamos juntos ou nos separemos.

— Eu não desejo outra coisa senão viver contigo, mas para isso é preciso...

— O divórcio?... Está certo! Eu escreverei a ele. Não posso continuar a viver assim... Mas, eu te acompanharei a Moscou.

— Dizes isso com um ar de ameaça... Era tudo o que eu desejava — disse Vronski, rindo-se. Mas o seu olhar permanecia glacial e mau, como o de um homem exasperado pela perseguição.

Ela compreendeu o sentido daquele olhar e a impressão que sentiu jamais deixaria a sua memória.

Ana escreveu ao marido para lhe pedir o divórcio e, nos fins de novembro, depois de se separar da princesa Bárbara, que os seus negócios chamaram a Petersburgo, foi instalar-se em Moscou com Vronski.

Sétima Parte

I

Os Levine estavam em Moscou havia dois meses e a época marcada pelos médicos para o parto de Kitty já se havia passado sem que nada fizesse prever um sucesso próximo. Todos os que a cercavam começavam a se preocupar: o médico, a parteira, a princesa, Dolly, principalmente Levine, que via aproximar com terror o momento fatal. Kitty, ao contrário, mostrava-se muito calma. Aquela criança que ela esperava já existia, por vezes mesmo manifestava a sua independência fazendo-a sofrer, mas aquela dor estranha e desconhecida abria um sorriso nos seus lábios: ela sentia nascer em si um novo amor. E como nunca se visse mais alegre, mais afagada pelos seus, por que desejar o fim de uma situação que julgava tão doce?

No entanto, havia uma sombra nesse quadro: ela achava o marido inquieto, preocupado, ocioso, agitado sem nenhum motivo — onde estava o homem que admirava no campo a atividade prática, a dignidade tranquila, a cordial hospitalidade? Aquela brusca mudança lhe inspirava uma espécie de comiseração que ninguém, a não ser ela, sentia. O zelo que ele revelava, a sua polidez, algo fora da moda, sua fisionomia expressiva, tudo isto revelava ao seu ciúme que Levine não poderia deixar de causar certo efeito às pessoas. Mas como tivesse o hábito de ler na sua alma, ela o percebia desorientado e intimamente o censurava por não saber se acomodar à vida de uma grande cidade, confessando a si mesma que Moscou lhe oferecia poucos recursos. Que ocupações poderia ele desempenhar? Não gostava das cartas, dos clubes, da companhia dos boêmios como Oblonski — pelo que rendia graças aos céus — porque sabia agora que essas pessoas gostavam de se embebedar e frequentavam lugares em que não podia pensar sem pavor. A sociedade? Para parecer agradável, ele devia procurar a sociedade das mulheres e esta perspectiva não sorria muito a Kitty. A família? Não devia ele achar bem monótonas aquelas eternas conversas entre irmãs, aquelas "Aline--Nadine", como pitorescamente lhes chamava o velho príncipe? O seu livro? Levine pensou em terminá-lo e começou a fazer pesquisas nas bibliotecas públicas, mas confessou a Kitty que perdia o interesse pelo trabalho e que mais acumulava obrigações, menos encontrava tempo para se ocupar seriamente!

As condições particulares da sua vida em Moscou tiveram, em resposta, um resultado inesperado: o de fazer cessar as suas brigas. O receio que tinham ambos de ver renascer as cenas de ciúme fora inútil, mesmo depois de um acontecimento imprevisto, o encontro com Vronski.

O estado de Kitty não permitia que ela saísse. Aceitou, não obstante, o convite da sua madrinha, a velha princesa Maria Borissovna — que sempre a amara muito — e deixou-se conduzir pelo pai à sua casa. Foi lá que ela encontrou, em trajes civis, o homem que outrora lhe fora tão querido. Sentiu primeiramente o coração bater e o rosto tornar-se púrpura, mas aquela emoção só durou um segundo. O velho príncipe apressou--se em dirigir a palavra a Vronski e a conversa estabelecida, Kitty pôde sustentá-la sem que o seu sorriso ou a entonação da sua voz se prestasse à crítica do seu marido. Trocou algumas palavras com Vronski, sorriu mesmo para mostrar que compreendia o gracejo quando ele chamou de "nosso parlamento" a assembleia de Kachine e só se preocupou em responder ao seu cumprimento quando ele se despedia.

O velho príncipe, quando saíam, não fez nenhuma observação sobre aquele encontro mas, pela ternura particular com que a tratava no curso do seu passeio habitual, Kitty compreendeu que ele estava contente com o seu procedimento e ficou reconhecida ao seu silêncio. Ela também estava satisfeita — e muito surpresa — de haver podido repelir as suas recorda-ções a ponto de rever Vronski quase com indiferença.

— Lamentei a tua ausência — disse ela ao marido, quando lhe contava aquele encontro —, ou, pelo menos, gostaria que me visses pelo buraco da fechadura, porque, em tua frente, talvez não conservasse o meu sangue--frio. Vê como enrubesço agora... Muito mais que ainda há pouco, eu te asseguro.

Levine, a princípio mais vermelho que a mulher, escutando-a com ar sombrio, acalmou-se diante aquele olhar sincero e fez mesmo algumas perguntas que permitiram a Kitty justificar a sua atitude. Completamente tranquilo, declarou que, para o futuro, não se conduziria tão idiotamente como nas eleições e trataria Vronski com uma perfeita amabilidade.

— É tão aborrecido recear a presença de um homem e considerá-lo quase como inimigo! — confessou ele.

II

— Não esqueças de fazer uma visita aos Bohl — lembrou Kitty ao marido quando, às onze horas da manhã, antes de sair, ele entrou no quarto. — Eu sei que jantarás no clube com papai, mas daqui até lá, que vais fazer?

— Vou simplesmente à casa de Katavassov.

— Por que tão cedo?

— Ele prometeu apresentar-me a Metrov, um grande sábio de Petersburgo, com quem desejo falar sobre o meu livro.

— Ah, sim, eu me lembro, tu fizeste o elogio de um dos seus artigos. E depois?

— Talvez passe no tribunal por causa do negócio de minha irmã.

— Não vais ao concerto?

— Que queres que eu vá fazer lá, sozinho?

— Vai. Representam duas peças novas que decerto gostarás de ouvir. Se pudesse, eu te acompanharia.

— Em todo caso, antes do jantar, virei saber as tuas notícias — disse ele, olhando o relógio.

— Veste a casaca para ires à casa dos Bohl.

— É necessário?

— Certamente, o conde nos visitou primeiro.

— É que eu perdi completamente o hábito das visitas. Em verdade, que singular costume! Chegamos às casas das pessoas sem prevenir, nada temos para dizer, incomodamos a todos e... boas-noites, senhores e senhoras!

Kitty pôs-se a rir.

— Fazias muitas visitas quando eras rapaz?

— Fazia, mas a minha confusão era a mesma. Palavra de honra, em vez de fazer esta visita, eu gostaria mais de jejuar durante dois dias. Tens certeza de que não os aborrecerei?

— Absoluta certeza, absoluta certeza — afirmou Kitty, divertindo-se. — Vamos, até logo — acrescentou, segurando-lhe a mão. — E não esqueças a tua visita.

Ele ia saindo, depois de beijar a mão da mulher, quando esta o deteve.

— Kostia, sabes que só me restam cinquenta rublos?

— Bem, passarei no banco. De quanto precisas?

— Espera — disse ela, vendo o rosto do marido entristecer-se, e segurou-o pelo braço. — Esta questão me preocupa. Não julgo fazer despesas inúteis, mas, apesar disso, o dinheiro desaparece muito depressa. Deve existir algum defeito no nosso modo de viver.

— Absolutamente — respondeu Levine, o olhar baixo e com uma tossezinha que ela sabia ser um sinal de contrariedade. Realmente, se ele não achasse as despesas exageradas, lamentaria que ela lembrasse um desprazer em que não queria pensar. — Escrevi a Sokolov para vender o trigo e receber adiantadamente o aluguel do moinho. O dinheiro não faltará.

— Receio que gastemos muito.

— Não, não. Até logo, minha querida.

— Lamento às vezes ter ouvido mamãe. Eu aborreço a todos e gastamos muito dinheiro... Por que não ficamos no campo?

— Não, não, nada lamento do que fiz depois do nosso casamento...

— Verdadeiramente? — perguntou Kitty, fitando-o bem no rosto.

Havia pronunciado aquela frase tão somente para tranquilizar a companheira, mas, emocionado com aquele olhar franco e límpido, repetiu-a de todo o coração... "Eu esqueço tudo quando a vejo", pensou ele. E, lembrando o feliz acontecimento que esperavam, perguntou:

— Como te sentes? — perguntou-lhe, pegando as suas mãos. — É para breve?

— Enganei-me tantas vezes nos cálculos que já não quero mais pensar.

— Não tens medo?

— Nenhum — respondeu ela, com um sorriso orgulhoso.

— Se acontecer alguma coisa, manda-se chamar alguém em casa de Katavassov.

— Não, não, não te inquietes. Espero-te antes do jantar. Daqui, até lá daremos uma volta com papai e iremos à casa de Dolly... A propósito, sabes que a sua situação não é mais sustentável? A pobre está cheia de dívidas e não possui níquel. Conversamos ontem com mamãe e Arsenio (o marido da sua irmã Natalia) e decidimos que tu falarias seriamente com Stiva, pois papai não quer fazer nada.

— Acreditas que ele nos escutará?

— Em todo caso, é bom tentar com Arsenio.

— Está certo, passarei em casa deles e talvez vá ao concerto com Natalia. Bem, até logo.

No vestíbulo, Kouzma, o velho criado de Levine que desempenhava na cidade as funções de mordomo, deteve o seu patrão.

— Ontem, novamente, ferraram Lindo Coração, mas ele continua manquejando. Que é preciso fazer? — perguntou.

Levine trouxera os cavalos do campo, mas verificara que se tornavam mais caros que os cavalos de aluguel e que, além do mais, necessitava sempre recorrer a um alugador.

— Manda chamar o veterinário, talvez ele tenha uma contusão.

— E para Catarina Alexandrovna? — insistiu Kouzma.

Nos primeiros tempos da sua estada em Moscou, Levine não chegava a compreender que, para fazer uma visita a dez minutos de distância fosse necessário atrelar dois vigorosos cavalos numa carruagem, deixá-los quatro horas na neve e pagar cinco rublos por aquele medíocre prazer. Agora, pelo contrário, aquilo lhe parecia muito natural.

— Toma dois cavalos em casa do alugador.

— Bem, senhor.

Tendo, assim, com uma palavra, resolvido uma dificuldade que no campo lhe exigiria longas reflexões, Levine saiu, tomou um fiacre e ordenou que o conduzissem para a rua de São Nicolau, pensando somente no prazer de falar dos seus trabalhos a um célebre sociólogo.

Levine depressa julgara aquelas despesas indispensáveis, despesas cujo absurdo montante impressiona todo provinciano que vem se estabelecer em Moscou. Aconteceu-lhe o que acontece aos bêbados para quem, segundo um velho ditado, "só a primeira garrafa custa". Quando foi preciso trocar a sua primeira nota de cem rublos para vestir o porteiro e o criado — o que julgava perfeitamente inútil — pensou que aquele dinheiro representava o salário de dois trabalhadores por ano, da madrugada à noite — e achou aquilo extraordinariamente duro. Pareceu-lhe menos amarga a segunda nota, vinte e oito rublos, preço de uma festa da família, não sem calcular que com aquela quantia podia adquirir uma centena de alqueires de aveia que muitos homens deviam ceifar, amarrar, bater, purificar, peneirar, ensacar com o suor do seu rosto. As notas seguintes gastavam-se naturalmente: Levine nem mesmo se perguntava mais se o prazer obtido com o seu dinheiro era proporcional ao trabalho que tinha para ganhá-lo; esqueceu, vendendo a aveia a cinquenta kopeks abaixo do custo, os princípios sobre o dever de vender os seus cereais pelo mais alto preço possível. Ter dinheiro no banco para subvencionar as necessidades diárias do lar foi, daí por diante, o seu único objetivo. Até então ele se descuidara, mas o novo pedido de Kitty levou-o a amargas reflexões e apressou-se em responder ao convite de Katavassov.

III

Levine fora muito amigo do seu velho camarada de universidade, a quem não via desde o seu casamento. Katavassov possuía do mundo uma concepção nítida e bastante simples, que Levine atribuía à pobreza do seu temperamento. E ele, por sua vez, atribuía a Levine certa incoerência de ideias oriunda de uma falta de disciplina espiritual. Em razão talvez destas qualidades opostas — clareza um pouco árida num, riqueza indisciplinada noutro —, sentiam prazer em se encontrar e discutir longamente. Katavassov convenceu Levine a ler para ele alguns capítulos da sua obra e, achando-os interessantes, falou com Metrov, um eminente sábio de passagem por Moscou, de quem Levine admirava muito os trabalhos. Na véspera, à noite, ele prevenira o amigo que Metrov desejava conhecê-lo: marcara um encontro para a manhã do dia seguinte, às onze horas, em casa de Katavassov.

— Decididamente, meu caro, és um homem pontual — disse Katavassov, recebendo Levine em seu pequeno salão. — Todos os meus cumprimentos... Que dizes dos montenegrinos? Soldados de raça, não é verdade?

— Que há de novo? — indagou Levine.

Katavassov contou-lhe as últimas notícias. E, fazendo-o passar para o seu gabinete de trabalho, apresentou-o a uma criatura de estatura média, mas de bela aparência. Era Metrov. A política exterior constituiu o primeiro assunto da conversa. Metrov citou algumas palavras significativas pronunciadas pelo imperador e que soubera de fonte igualmente certa. Levine ficou à vontade para escolher entre as duas versões.

— Meu amigo — disse então Katavassov — está dando a última mão a uma obra sobre economia rural. Isso não é minha especialidade, mas,

ANA KARENINA

sendo naturalista, a ideia fundamental deste trabalho me agrada muito. Estuda o meio no qual o homem vive e se desenvolve e não afasta as leis zoológicas, que examina nas suas relações com a natureza.

— É muito interessante — falou Metrov.

— O meu fim era simplesmente escrever um livro de agronomia — disse Levine, corando —, mas, apesar de mim mesmo, estudando o instrumento principal, o trabalhador, cheguei a conclusões imprevistas.

Levine desenvolveu as suas ideias com certa prudência, porque, sabendo ser Metrov adversário das doutrinas econômicas clássicas, ignorava o grau de simpatia que lhe concederia aquele sábio de rosto inteligente e fechado.

— Em que, segundo o seu modo de pensar, o russo difere dos outros trabalhadores? — perguntou Metrov. — É este o ponto de vista que o senhor qualifica de zoológico, ou o das condições materiais em que ele se encontra?

Este modo de apresentar a questão provava a Levine uma diferença absoluta de ideias. No entanto, continuou a expor a sua tese, isto é, que o povo russo viu o problema agrário de uma maneira bem diferente dos outros povos e isso em consequência da razão primordial que, por instinto, ele se sente predestinado a colonizar imensos espaços ainda incultos.

— É facílimo enganarmo-nos querendo assinalar tal ou qual missão para um povo — objetou Metrov — e a situação do trabalhador sempre dependerá das suas relações com a terra e o capital.

E, sem dar a Levine tempo para replicar, explicou-se, mostrando em que as suas opiniões diferiam das opiniões correntes. Levine não compreendeu nada, nem tentou compreender. Apesar do seu famoso artigo, Metrov, como todos os economistas, só estudava a situação do povo russo em relação à renda, ao salário e ao capital, aceitando que nas províncias de Este — que constituem a maior parte do país — a renda fosse nula, que para os nove décimos de uma população de oitenta milhões de almas o salário consistisse em não morrer de fome e que o capital fosse representado apenas por instrumentos primitivos. Metrov diferenciava-se dos outros chefes da escola tão somente por uma teoria nova sobre o salário, que ele demonstrou longamente.

Depois de tentar interrompê-lo para expor o seu próprio ponto de vista, que, julgava ele, tornaria inútil toda a discussão anterior, Levine acabou por compreender que as suas teorias não podiam se conciliar. Deixou, pois, falar Metrov, orgulhoso em ver tão sábio homem tomá-lo por confidente e distingui-lo com tanta deferência. Ignorava que o eminente professor, tendo esgotado aquele assunto com os seus amigos habituais, expunha à primeira pessoa que lhe surgia as concepções que ainda não se impunham ao seu espírito com uma evidência irrefutável.

— Vamos nos atrasar — observou Katavassov, depois de olhar o relógio. — Há hoje uma sessão extraordinária na Sociedade dos Amigos da ciência Russa em homenagem ao cinquentenário de Svintitch — acrescentou, dirigindo-se a Levine. — Prometi ler uma comunicação sobre os seus trabalhos zoológicos. Vem conosco, será interessante.

— Sim, venha — disse Metrov — e, depois da sessão, faça o favor de passar em minha casa para ler a sua obra. Eu o ouvirei com prazer.

— É um esboço indigno de ser ouvido, mas eu o acompanharei à sessão.

— Sabes que eu assinei o memorando, não? — disse Katavassov.

Fazia alusão a um caso que apaixonara os moscovitas naquele inverno. Numa sessão do conselho da universidade, três velhos professores, não aceitando o modo de pensar dos seus jovens colegas, haviam exposto num memorando as suas razões que pareciam justas a alguns e simplesmente abomináveis a outros. Os professores se dividiram em dois campos: um acusava de infâmia o modo de agir dos conservadores; outro tratava de infantilidade a atitude dos adversários. Embora não pertencesse à universidade, Levine já ouvira falar muitas vezes daquele incidente, sobre o qual formara mesmo uma opinião pessoal. Pôde assim tomar parte na conversa, que abrangeu exclusivamente aquele grave assunto, até chegarem ante os velhos edifícios da universidade.

A sessão já havia começado. Seis pessoas, às quais se reuniram Katavassov e Metrov, estavam em frente de uma mesa e uma delas lia, o nariz sobre o manuscrito. Levine sentou-se perto de um estudante e perguntou em voz baixa o que se estava lendo.

— A biografia — respondeu o estudante num tom zangado.

Levine ouviu maquinalmente a biografia e aprendeu inúmeras particularidades interessantes sobre a vida do ilustre sábio. Quando o orador acabou, o presidente agradeceu-lhe e declamou um poema enviado pelo poeta Ment, ao qual dirigiu algumas palavras de agradecimento. Katavassov, depois, com voz poderosa, leu uma notícia sobre os trabalhos de Svintitch. Levine via a hora avançar, compreendeu que não teria tempo de ler para Metrov a sua obra antes do concerto. De resto, a inutilidade de uma aproximação com aquele economista lhe aparecia cada vez mais evidente: ambos estavam destinados a trabalhar com proveito, mas cada um prosseguindo os estudos por lados diferentes. A sessão terminada, ele procurou Metrov, que o apresentou ao presidente. A conversa caiu sobre política, Metrov e Levine repetiram as frases que haviam trocado em casa de Katavassov, com a diferença que Levine emitiu uma ou duas novas opiniões que vinham de lhe passar pela cabeça. Depois, como o famoso caso entre os professores voltasse novamente, Levine, que se aborrecia com aquele assunto, apresentou as suas desculpas a Metrov e, saindo imediatamente, fez-se transportar para a casa de Lvov.

IV

Lvov, o marido de Natalia, sempre vivera nas capitais ou no estrangeiro, onde o chamavam as funções diplomáticas. Havia já alguns meses abandonara a carreira, não porque se aborrecesse — era o homem mais condescendente do mundo —, mas simplesmente para guiar de mais perto a educação dos seus dois filhos. Fixou residência em Moscou, onde exercia um cargo na corte.

Apesar de uma pronunciada diferença de idade, e apesar das opiniões e dos hábitos muito dessemelhantes, os dois cunhados, durante o inverno, ligaram-se por uma sincera amizade.

Comodamente instalado numa poltrona, Lvov, com a ajuda de um *pince-nez* de vidros azuis, fumando um cigarro que mantinha em distância respeitosa, lia um livro posto sobre uma escrivaninha baixa. O seu rosto fino, com expressão ainda jovem que adquiria um aspecto aristocrático devido à cabeleira prateada, abriu-se num sorriso vendo entrar Levine, que não se fizera anunciar.

— Ia mandar saber notícias de Kitty. Como vai ela? Senta-te ali, estarás melhor — disse ele com um ligeiro sotaque francês, oferecendo uma cadeira de balanço. — Leste a última nota do *Journal de Saint-Pétersbourg*? Eu a achei muito forte.

Levine contou as notícias que soubera de Katavassov e, depois de ter esgotado a questão política, narrou a sua conversa com Metrov e a sessão da universidade.

— Como invejo as tuas relações com o mundo sábio! — disse Lvov, que sentia prazer em ouvi-lo. — Eu não poderia aproveitá-las como tu, falta-me tempo e, devo confessar, falta-me a instrução suficiente.

— Discordo quanto ao último ponto — respondeu Levine, sorrindo. Ele sempre achara muito tocante a modéstia do cunhado, porque a sabia bastante sincera.

— Não calcularias a que ponto eu o constato, agora que me preocupo com a educação dos meus filhos: não se trata apenas de restaurar a memória, mas é indispensável refazer os estudos... Acho que junto às crianças os professores não são suficientes, faz-se preciso ainda uma espécie de fiscalização geral, que equivale ao papel do teu administrador junto aos trabalhadores... E eu vejo ser necessário ensinar coisas muito difíceis a Micha — declarou, mostrando a gramática de Bouslaiev que estava sobre a escrivaninha. — Poderias, por exemplo, explicar-me esta passagem?...

Levine objetou que era uma matéria que se devia aprender sem procurar aprofundar. Lvov não se convenceu.

— Deves me achar ridículo — fez ele.

— Muito ao contrário, tu me serves de exemplo para o futuro.

— Oh! O exemplo nada tem de notável.

— Nunca vi crianças tão bem-educadas como as tuas.

Lvov não escondeu um sorriso de satisfação.

— Desejo apenas que sejam melhores do que eu. A instrução deles foi um pouco abandonada enquanto estivemos no estrangeiro e não acreditarias nas dificuldades com que temos lutado!

— Eles são bastante bem-dotados para reaver logo o tempo perdido. Em troca, a sua educação nada fica a desejar.

— Se soubesses do trabalho que ela me deu! Apenas uma inclinação má é afastada, logo se manifesta outra. Como te disse uma vez, sem o socorro da religião, nenhum pai poderia concluir o seu trabalho.

A linda Natalia Alexandrovna, em traje de passeio, interrompeu aquela conversa, que a interessava muito menos que a Levine.

— Não sabia que estavas aqui — disse ela ao cunhado. — Como vai Kitty? Ela te avisou que vou jantar lá? A propósito, Arsenio, vai preparar a carruagem...

Lvov devia ir à estação receber uma certa personalidade. Natalia, ao concerto e a uma sessão pública do Comitê Iugoslavo. Depois de uma longa discussão ficou decidido que Levine acompanharia a cunhada e mandaria a carruagem para Arsenio, que viria retomar a mulher a fim de conduzi-la à casa de Kitty, onde, se fossem retidos muito tempo, a deixaria sob os cuidados de Levine. Resolvida esta questão, Lvov disse à mulher:

— Levine me alegrou: ele acha que os nossos filhos são perfeitos, ao passo que eu vejo neles inúmeros defeitos.

— Passas sempre de um a outro extremo, a perfeição é uma utopia. Mas papai tem razão: antigamente os pais habitavam o primeiro andar e os filhos não deixavam a sobreloja; hoje os filhos conquistaram o primeiro andar e deixaram para os pais o porão. Os pais só têm o direito de viver para os seus filhos.

— Que me importa, se isso nos dá prazer! — disse Lvov, segurando-lhe a mão e sorrindo. — Se eu não te conhecesse, julgaria ouvir falar uma sogra.

— Não, o excesso em tudo é um defeito — concluiu Natalia, que pôs cuidadosamente no lugar a faca de cortar papel do marido.

— Então, aproximem-se, crianças-modelo! — disse Lvov a dois lindos rapazinhos, que se mostravam no limiar da porta.

Depois de cumprimentarem o tio, as crianças se aproximaram do pai com a evidente intenção de lhe fazerem perguntas. Levine desejou participar da conversa, mas Natalia se interpôs e, nisso, em uniforme de corte, surgiu Makhotine, o colega de Lvov, que o devia acompanhar à estação. Imediatamente, ouviram-se palavras sem fim sobre Herzegovine, a princesa Korzinski, o conselho municipal e a morte súbita de Madame Apraxine.

Somente na antessala Levine lembrou-se da missão de que estava encarregado.

— A propósito — disse ele a Lvov —, Kitty me pediu para me entender contigo sobre Oblonski.

— Sim, eu sei, *maman* quer que nós, *les beaux-frères*, o aconselhemos — respondeu Lvov, corando —, mas em que me interessa isso?

— Bem, eu me encarregarei, mas partamos — interveio Natalia, que, envolvida na sua pele de raposa branca, esperava com alguma impaciência o fim da conversa.

V

Naquele dia, apresentavam duas obras novas: uma "Fantasia sobre o rei Lear na estepe" e um quarteto dedicado à memória de Bach. Levine desejava ardentemente formar uma opinião sobre aquelas obras, compostas num espírito novo, e, para não sofrer influência de ninguém, foi encostar-se numa coluna — depois de instalar a sua cunhada — resolvido a ouvir conscienciosamente. Evitou distrair-se com os movimentos do maestro, de gravata branca, com os chapéus das senhoras, com a presença de todas aquelas fisionomias ociosas vindas ao concerto para qualquer outra coisa que não a música. Evitou principalmente os diletantes faladores e, os olhos fixos no espaço, absorveu-se numa profunda atenção. Mas tanto mais ouvia a fantasia, mais sentia a impossibilidade de formar uma ideia nítida e precisa: a frase musical, no instante em que se desenvolvia, fundia-se sem descanso com outra frase ou se desdobrava, segundo o capricho do compositor, deixando como única impressão uma penosa lembrança da instrumentação. As melhores passagens vinham intempestivamente e a alegria, a tristeza, o desespero, a ternura, o triunfo sucediam-se à incoerência das impressões de um louco e desapareciam da mesma maneira.

Quando uma parte terminou bruscamente, Levine surpreendeu-se da fadiga que a tensão de espírito inutilmente lhe causara. Imaginou-se como um surdo que viesse dançar e, ouvindo os entusiásticos aplausos dos espectadores, quis comparar as suas impressões às dos conhecedores. Os assistentes levantavam-se de todos os lados, formavam-se em grupos, e Levine pôde se reunir a Pestsov, que conversava com um dos mais famosos amadores.

— É maravilhoso! — gritava Pestsov, em voz bastante alta. — Ah, bom dia, Constantin Dmitritch... A passagem mais rica em cor, a mais escultural, é aquela onde se pressente a aproximação de Cordélia, em que a mulher, *das ewig Weibliche*, entra em luta com a fatalidade. Não é verdade?

— Desculpe-me, mas que vem fazer aqui Cordélia? — ousou perguntar Levine, esquecendo que ele se referia ao rei Lear.

— Cordélia aparece antes — respondeu Pestsov, batendo com os dedos no programa acetinado que passou a Levine.

Somente então Levine se lembrou do título da fantasia e apressou-se em ler os versos de Shakespeare, impressos numa tradução russa no reverso do programa.

— Não se pode acompanhar sem isso — insistiu Pestsov, que, tido como diletante, voltou-se em desespero de causa para o medíocre interlocutor que achava ser Levine.

Nasceu uma discussão sobre os méritos e os defeitos da música wagneriana. Levine achava que Wagner e os seus imitadores haviam usurpado o domínio de uma outra arte; a poesia não possuía elementos para representar os traços de uma fisionomia, o que constituía o mundo da pintura. Para reforçar as suas palavras, Levine citou o caso recente de um escultor que agrupara em torno da estátua de um poeta as pretensas sombras das suas inspirações.

— Estas figuras se assemelham tão pouco às sombras que são forçadas a se apoiarem numa escada — concluiu, satisfeito com a sua frase. Mas, logo que a pronunciou, lembrou-se vagamente de já haver dito aquilo a alguém, talvez mesmo ao próprio Pestsov. Imediatamente se descontrolou.

Pestsov, ao contrário, achava que a arte era somente "uma": para que ela atingisse a grandeza suprema, era indispensável que as suas diversas manifestações se reunissem num único feixe.

Levine perdeu o quarteto: fixo ao seu lado, Pestsov não cessou de tagarelar. A afetada simplicidade daquele trecho o fez lembrar a falsa ingenuidade dos pintores pré-rafaelitas.

Logo depois do concerto, Levine reuniu-se à cunhada. Saindo, após encontrar diversas pessoas conhecidas e de haver trocado com elas inúmeras opiniões sobre política, música ou sobre os amigos comuns, descobriu o conde Bohl e a visita que devia fazer retornou-lhe ao espírito.

— Vai depressa — disse Natalia. — Talvez a condessa não receba. Depois, irás encontrar comigo na sessão do comitê.

VI

— A condessa não recebe? — indagou Levine, entrando no vestíbulo da residência dos Bohl.

— Recebe, queira entrar — respondeu o porteiro, despindo-o resolutamente da capa.

"Que aborrecimento!" pensou Levine. "Que lhe direi? E que vim eu fazer aqui?"

Soltou um suspiro, tirou uma das luvas, consertou o chapéu e penetrou no primeiro salão. Encontrou a condessa, que, com ar severo, dava ordens a um criado. Vendo o visitante, ela sorriu e convidou-o para entrar na outra sala, onde as suas duas filhas conversavam com um coronel que conhecia Levine. Depois dos cumprimentos de uso, Levine sentou-se perto do sofá, o chapéu sobre os joelhos.

— Como vai sua mulher? O senhor vem do concerto? Não pudemos ir: mamãe teve que assistir ao réquiem.

— Sim.. que morte súbita!

A condessa entrou, sentou-se no sofá e, por sua vez, perguntou a Levine pela saúde de Kitty e pelo resultado do concerto. Levine lamentou ainda uma vez a morte súbita de Madame Apraxine.

— Ela sempre teve a saúde muito fraca.

— O senhor foi ontem à ópera?

— Sim.

— A Lucca estava soberba.

— Certamente.

E como pouco lhe importava a opinião daquelas pessoas, disse sobre o talento da cantora banalidades a que a condessa fingia prestar atenção. Quando julgou haver dito o bastante, o coronel, até então silencioso, começou a falar sobre a ópera, sobre a nova iluminação e sobre a *folle journée* que em breve dariam os Tiourine. Depois, levantando-se bruscamente, despediu-se. Levine quis fazer o mesmo, mas um olhar surpreso da condessa o deteve no mesmo lugar: ainda não chegara o momento. Sentou-se novamente, atormentado com o ridículo papel que fazia e, de mais a mais, incapaz de encontrar um assunto para a conversa.

— O senhor irá à sessão do comitê? — perguntou a condessa. — Dizem que será interessante.

— Sim, eu prometi à minha *belle-soeur* ir buscá-la.

Novo silêncio, durante o qual as três mulheres trocaram um olhar.

"Desta vez, já deve ser hora de me retirar", pensou Levine, e novamente se levantou. As senhoras não o retiveram mais e o encarregaram de *mille choses* para sua mulher.

Vestindo-lhe a capa, o porteiro indagou pelo seu endereço, que escreveu gravemente num magnífico livro encadernado.

"No fundo eu zombo de tudo isso" mas, meu Deus, como tenho o aspecto imbecil e como estas coisas são ridículas!", pensou Levine, dirigindo-se para a sessão.

Chegou precisamente a tempo de ouvir a leitura de uma exposição que o numeroso auditório achou notável. Toda a alta sociedade parecia haver marcado encontro naquele lugar. Levine encontrou Sviajski, que o convidou a não faltar naquela mesma noite a uma conferência das mais interessantes na sociedade de agronomia; Oblonski, que voltava das corridas; inúmeros outros amigos, com os quais teve que trocar diversas opiniões sobre a própria sessão, sobre um processo que apaixonava os espíritos e que, devido à sua atenção fatigada, obrigou-o a cometer uma tolice que lamentou bastante. Um estrangeiro tornara-se culpado de um crime na Rússia, um simples mandado de expulsão parecia a toda gente muito brando.

— Sim, é querer castigar um peixe jogando-a n'água — disse Levine.

Lembrou-se muito tarde que aquele pensamento, que enunciava como seu, lhe fora confiado na véspera por um amigo que o lera num folhetim, cujo autor, por sua vez, o retirara do fabulista Krylov.

Depois de levar a cunhada em casa e achar Kitty em perfeita saúde, fez-se conduzir ao clube. Chegou no momento em que todos, sócios e convidados, se reuniam.

VII

Levine não punha os pés no clube desde o tempo em que, terminados os seus estudos, habitava Moscou e frequentava a sociedade. As suas recordações, meio adormecidas, despertavam em frente do grande portão, do fundo do vasto corredor semicircular, quando viu o porteiro lhe abrir sem ruído a porta de entrada e convidá-lo a tirar a capa e as galochas antes de subir ao primeiro andar. E quando, precedido por um golpe misterioso de sineta, chegou ao alto e percebeu a estátua que ornamentava o patamar, e um segundo porteiro que o esperava à entrada das salas, sentiu novamente a impressão de bem-estar que aquela casa sempre lhe provocava.

— O seu chapéu, faça o favor — disse o porteiro a Levine, que esquecera de o deixar no vestiário, como exigia o regulamento.

Aquele homem não conhecia apenas Levine, mas toda a sua parentela: ele o lembrou imediatamente.

— Há muito tempo que não temos o prazer de vê-lo entre nós. O príncipe escreveu ontem ao senhor. Stepane Arcadievitch ainda não chegou.

Depois de atravessar a antessala dos biombos e o pequeno aposento onde estava o fruteiro, Levine, passando um cavalheiro que andava muito devagar, penetrou na sala de jantar, onde encontrou as mesas quase totalmente ocupadas. Entre os convivas reconheceu pessoas conhecidas: o velho príncipe, Sviajski, Stcherbatski, Neviedovski, Sergio Ivanovitch, Vronski.

— Afinal, chegaste — disse o seu sogro, estendendo-lhe a mão por cima do ombro. — Como vai Kitty? — acrescentou, introduzindo uma ponta do guardanapo numa botoeira do colete.

— Ela vai bem e está jantando com as suas duas irmãs.

— Ah, ah! A velha história!... Bem, meu rapaz, põe-te depressa ali naquela mesa, aqui está tudo ocupado — disse o príncipe, tomando com precaução um prato de *ukhá* (sopa de peixe) que o garçom trazia.

— Por aqui, Levine! — gritou uma voz jovial, não muito longe. Era Tourovtsine, sentado perto de um jovem oficial, com duas cadeiras reservadas. Depois de um dia tão cheio, a presença daquele boêmio, com quem simpatizava e que o fazia lembrar da noite do seu casamento, foi particularmente agradável a Levine.

— Senta-te — disse-lhe Tourovtsine, depois de o apresentar ao vizinho, um filho de Petersburgo, de olhos risonhos e busto ereto e que atendia pelo nome de Gaguine. Apenas Oblonski estava faltando. E este apareceu logo depois.

— Acabas de chegar, não é mesmo? — perguntou Oblonski. — Então, vamos tomar um copo de aguardente.

Levine deixou-se conduzir a uma grande mesa carregada de garrafas e de uma vintena de pratos com acepipes. Havia ali com que satisfazer os mais diversos gostos. Stepane Arcadievitch, porém, observou imediatamente a ausência de uma certa guloseima, que um criado apressou-se em procurar.

Desde a sopa que Gaguine já havia pedido *champagne*, e Levine pediu uma segunda garrafa. Comeu e bebeu com prazer e, com um prazer não menos evidente, participou das ligeiras conversas dos seus comensais. Gaguine contou a última anedota de Petersburgo, tão grosseira como estúpida, o que não impediu Levine de rir à vontade, tão escandalosamente que chamou a atenção das mesas vizinhas.

— Esta é do gênero da "é precisamente isso o que eu não posso sofrer" — declarou Stepane Arcadievitch. — Conhecem? Garçom, ainda uma garrafa!

— Da parte de Pedro Ilitch Vinovski — anunciou um velho garçom, pondo em frente de Levine e do seu cunhado duas taças de uma *champagne* crepitante.

Stepane Arcadievitch ergueu a sua taça na direção de um homem ruivo, calvo e bigodudo, ao qual fez um pequeno e amigável sinal de cabeça.

— Quem é? — perguntou Levine.

— Um admirável rapaz. Não te lembras de o haver encontrado em minha casa?

Levine imitou o gesto do cunhado, que pôde então contar a sua anedota, não menos escabrosa que a de Gaguine. Depois que Levine também contou uma, que se tentou achar divertida, falou-se de cavalos, corridas e citou-se o trotador de Vronski, Veloute, que acabava de ganhar um prêmio.

— Eis o feliz proprietário em pessoa — disse Stepane Arcadievitch, voltando-se na cadeira para apertar a mão de Vronski, que vinha com um coronel da guarda de uma estatura gigantesca. Vronski, que parecia de excelente humor, encostou-se na cadeira de Oblonski, disse-lhe alguma coisa ao ouvido e, com um sorriso amável, apertou a mão de Levine.

— Encantado em vê-lo novamente — disse ele. — Procurei-o por toda a cidade depois das eleições, o senhor havia desaparecido.

— É verdade, esquivei-me... Falávamos do seu trotador, todos os meus cumprimentos.

— Não possuem também cavalos de corrida?

— Eu, não, mas meu pai tinha um haras. Por tradição, eu conheço-os.

— Onde jantaste? — perguntou Oblonski.

— Na segunda mesa, atrás das colunas.

— Onde recebeu inúmeras felicitações — disse o coronel. — Foi bonito, um segundo prêmio imperial. Ah, se eu tivesse a mesma "chance" no jogo!... Mas perdi um tempo precioso...

E ele se dirigiu para a "câmara infernal".

— É Iachvine — respondeu Vronski, a uma pergunta de Tourovtsine.

Sentou-se perto do grupo, aceitou uma taça de *champagne* e pediu uma nova garrafa. Influenciado pelo vinho e pela atmosfera social do clube, Levine entabulou com ele uma cordial discussão sobre os méritos respectivos das diferentes raças bovinas e, feliz por não sentir ódio contra o seu antigo rival, referiu-se mesmo ao encontro que se dera em casa da princesa Maria Borissovna.

— Maria Borissovna? — gritou Stepane Arcadievitch. — Ela é deliciosa! — E contou sobre a velha senhora uma anedota que fez todo mundo rir. O riso de Vronski pareceu a Levine tão natural que se sentiu definitivamente reconciliado com ele.

— Então, senhores, já acabamos, saiamos agora — propôs Oblonski, erguendo-se, um sorriso nos lábios.

VIII

Levine deixou a sala de jantar com um singular sentimento de rapidez nos movimentos. Como Gaguine o conduzisse à sala de bilhar, encontrou-se no grande salão com o sogro.

— Que dizes deste templo de ociosidade? — perguntou o velho príncipe, segurando-o pelo braço. — Vem dar uma volta.

— Nada peço de melhor, pois isso me interessa.

— A mim também, mas de um modo diferente que a ti. Quando vês homens como este — disse ele mostrando um velho arqueado, de lábios trêmulos, que caminhava penosamente, calçado com sapatos sem sola —, julgas naturalmente que eles nasceram imbecis e isso te faz sorrir. Eu, ao contrário, quando os vejo, digo-me que um destes dias estarei como eles. Tu conheces o príncipe Tchetchenski? — perguntou, num tom que fazia prever uma anedota divertida.

— Não.

— Como, tu não conheces o nosso famoso jogador de bilhar? Enfim, pouco importa... Há três anos ele tratava os outros de velhos idiotas. Ora, um belo dia, Vassili, nosso porteiro... Tu lembras dele? Não? Mas, vejamos, um gordo, que estava sempre sorrindo... Um dia, pois, o príncipe perguntou-lhe: "A quem vou achar lá em cima, Vassili? — Fulano e Beltrano. — E os velhos idiotas, ainda não estão? — O senhor é o terceiro, meu príncipe", respondeu Vassili nas bochechas dele. Aí está!

Andando e saudando os amigos na passagem, os dois homens atravessaram o grande salão, onde se jogavam as partidas habituais, o "salão dos sofás", onde Sergio Ivanovitch conversava com um desconhecido, a sala de bilhar, onde — num canto perto do divã — Gaguine conversava com alguns jogadores em torno de uma garrafa de *champagne*. Lançaram um olhar à "câmara infernal": Iachvine, cercado de fichas, já se havia instalado. Entraram com precaução na sala de leitura: um aposento sombrio, fracamente iluminado por *abat-jours* verdes; um rapaz enfadonho folheava revistas ao pé de um general calvo, o nariz enterrado num alfarrábio. Entraram, finalmente, na sala que o príncipe batizara como sendo o "salão das criaturas de espírito" e encontraram três senhores discorrendo sobre política.

— Estão à sua espera, príncipe — disse um dos parceiros, que o procurava por todos os lados.

Ficando sozinho, Levine ouviu ainda os três senhores. Depois, lembrando-se de todas as conversas ouvidas desde a manhã, sentiu um aborrecimento tão profundo que saiu para procurar Tourovtsine e Oblonski, com os quais, pelo menos, não se aborreceria.

Encontrou-os na sala de bilhar. Tourovtsine no grupo dos bêbados. Oblonski parado perto da porta, em companhia de Vronski.

— Não é que ela se aborreça, mas esta indecisão a enerva — ouviu Levine, que quis passar adiante, mas sentiu-se preso pelo braço.

— Não te vás embora, Levine! — gritou Stepane Arcadievitch, os olhos úmidos como sempre os tinha depois de beber ou nas horas de arrebatamento e, naquele momento, dominado por um e outro... — É, eu creio, o meu melhor amigo — continuou, voltando-se para Vronski — e como também tu és para mim tão caro e tão próximo, eu queria que fossem amigos. Ambos são dignos de o ser.

— Depois de tudo isso, só nos falta beijarmo-nos — respondeu alegremente Vronski, dando a mão a Levine, que a apertou com cordialidade.

— Com prazer, com prazer — declarou ele.

— Garçom, *champagne*! — gritou Oblonski.

— Igualmente — continuou Vronski.

No entanto, apesar daquela mútua satisfação, nada encontravam para dizer um ao outro.

— Sabes que ele não conhece Ana... — observou Oblonski. — Mas eu quero apresentá-lo.

— Ela ficará satisfeita — respondeu Vronski. — Eu partiria agora mesmo, mas Iachvine me inquieta e é preciso que eu o vigie.

— Ele está perdendo?

— Como sempre. E somente eu posso fazê-lo voltar à razão.

— Então, para esperá-lo, que acharias de uma partida de bilhar? És dos nossos, Levine? Perfeito... Uma pirâmide! — gritou ele ao marcador.

— Há muito que o jogo esperava pelo senhor — respondeu o marcador.

— Então vamos.

Terminada a partida, Vronski e Levine sentaram-se na mesa de Gaguine e, segundo o conselho de Oblonski, Levine jogou no ás. Uma multidão de amigos assediava incessantemente Vronski, que, de tempos a tempos, ia olhar Iachvine. Feliz da sua definitiva reconciliação com o seu velho rival, Levine experimentava uma sensação de repouso físico e moral.

Quando a partida acabou, Stepane Arcadievitch agarrou-o pelo braço.

LIEV TOLSTÓI

— Então, tu me acompanharás à casa de Ana? Há muito tempo que prometo levar-te lá. Não tens nada em vista para esta noite?

— Nada de particular. Havia prometido a Sviajski assistir a uma sessão da Sociedade de Agronomia, mas isso não tem importância. Vamos, se tu o desejas.

— Perfeito... Veja se a minha carruagem está ali — ordenou Stepane Arcadievitch a um criado.

Depois de pagar quarenta rublos que perdera no jogo de cartas, Levine acertou as suas despesas com um velho *maître d'hôtel* parado à porta e que sabia de cor, Deus sabe como, seu total. E, com os braços desengonçados, alcançou a saída através da fila de salões.

IX

— A carruagem do príncipe Oblonski! — gritou o porteiro, com uma voz poderosa.

A carruagem avançou, os dois cunhados subiram e, logo às primeiras trepidações, aos gritos do cocheiro e à bandeira vermelha de um *cabaret* que se via através da portinhola, dissipou-se aquela atmosfera de beatitude que envolvera Levine ao entrar no clube. Bruscamente, retornando à realidade, perguntou a si mesmo se agia bem indo à casa de Ana. Que diria Kitty? Mas, como se adivinhasse o que se passava no seu espírito, Oblonski cortou repentinamente as suas meditações.

— Como me sinto feliz em te fazer conhecê-la! Sabes que Dolly deseja isso há muito tempo? Lvov também vai à casa de Ana. Embora seja ela minha irmã, posso dizer que é uma mulher superior. Infelizmente a sua situação é mais triste do que nunca.

— Por quê?

— Estamos conseguindo o divórcio, o seu marido consente, mas surgem dificuldades por causa do filho e, já há três meses, o negócio não anda. Logo que o divórcio seja pronunciado, ela se casará com Vronski... Aqui entre nós, que tolice esta cerimônia fora de uso, a quem ninguém concede mais importância, totalmente indispensável para a felicidade das pessoas! E, quando tudo estiver terminado, a sua situação se regularizará como a tua e a minha.

— Em que consistem estas dificuldades?

— Gastaria muito tempo para te explicar. Mas há três meses que está em Moscou, onde toda gente a conhece, mas ela só vê Dolly, porque não quer receber visitas de caridade. Acreditas que essa imbecil da princesa Bárbara a fez compreender que a deixava por conveniência? Uma outra deu a entender que Ana se achava perdida, mas tu vais ver como ela organizou, ao contrário, uma vida digna e bem cheia... À esquerda, em frente da igreja! — gritou Oblonski ao cocheiro. — Meu Deus, como está quente! — resmungou, tirando a capa, apesar dos doze graus abaixo de zero.

— Mas ela tem uma filha que deve lhe tomar muito tempo.

— Decididamente, só queres ver na mulher *une couvese*!... Sim, ela se ocupa com a filha, educa-a mesmo muito bem, mas não se preocupa unicamente com a criança. As suas principais ocupações são de ordem intelectual: ela escreve. Não te rias, o que ela escreve é destinado aos moços, ela não fala a ninguém senão a mim, que mostrei o manuscrito a Varkouiev... tu sabes, o editor. Segundo a opinião de Varkouiev, é uma coisa notável... Ana, antes de tudo, é uma mulher de coração. Encarregou--se de uma inglesinha e da sua família.

— Por filantropia, sem dúvida?

— Não, por simples bondade de alma. Vês o ridículo em toda parte. Essa família é a de um treinador de cavalos, muito hábil em sua profissão, que Vronski empregou. O infeliz, perdido pela bebida, atingido pelo *delirium tremens*, abandonou a mulher e os filhos. Ana interessou-se por essas pobres criaturas, mas não somente para lhes dar dinheiro, pois ensina o russo aos rapazes para que possam entrar no colégio e mantém a moça em sua própria casa. De resto, irás ver...

A carruagem entrou no corredor e se deteve ao lado de um trenó. A porta se abriu logo depois, ao barulho da sineta dado por Stepane Arcadievitch, que, sem perguntar se podia ser recebido, deixou a capa no vestíbulo. Levine, cada vez mais inquieto, seguiu o seu exemplo. Fitando o espelho, achou-se muito vermelho, mas, certo de não estar bêbado, subiu a escada acompanhando Oblonski. Um criado os acolheu no primeiro andar e, interrogado familiarmente por Stepane Arcadievitch, respondeu que Madame estava no toucador em companhia de Varkouiev.

Atravessaram uma pequena sala de refeições e entraram num aposento fracamente iluminado por um enorme *abat-jour*, enquanto o refletor projetava uma luz muito viva sobre a imagem de uma mulher de opulentas espáduas, cabelos negros, sorriso pensativo e olhar perturbador. Era o retrato de Ana feito por Mikhailov na Itália. Levine estacou fascinado: seria possível que tão linda criatura existisse em carne e osso?

— Estou encantada... — disse uma voz nos seus ouvidos.

Era Ana, que, oculta por uma rama de trepadeiras, se levantava para receber os visitantes. E, na obscuridade do aposento, Levine reconheceu o original do retrato, de uma beleza sempre soberana, embora menos brilhante e que ganhava em encanto o que perdia em brilho.

X

Ana encaminhou-se para ele e não escondeu o prazer que a visita lhe causava. Com aquele desembaraço, aquela simplicidade particular às mulheres da melhor sociedade e que Levine apreciou imediatamente, estendeu-lhe a mãozinha enérgica, apresentou-o a Varkouiev e mostrou-lhe a sua pupila, uma jovem que estava sentada perto da mesa.

— Estou encantada, realmente encantada — repetiu ela e, pronunciadas aquelas palavras banais, que nos seus lábios adquiriam um acento significativo, continuou: — Há muito tempo que conheço o senhor, graças ao Stiva e a Kitty. Só a vi uma ou duas vezes, mas deixou-me uma impressão magnífica: é uma flor, uma deliciosa flor. É verdade que será mãe em breve?

Falava sem embaraço e sem pressa, olhando o irmão, e Levine, pressentindo que a agradava, sentiu-se tão tranquilo como se a conhecesse desde a infância.

Oblonski perguntou se podia fumar.

— Foi por isso que Ivan Petrovitch e eu nos refugiamos no gabinete de Alexis — respondeu Ana, entregando a Levine uma cigarreira de concha, depois de haver tirado um *pajito*.

— Como estás passando hoje? — perguntou o irmão.

— Bem e, como sempre, um pouco nervosa.

— Não é verdadeiramente belo? — disse Stepane Arcadievitch, observando a admiração de Levine pelo retrato.

— Ainda não vi outro mais perfeito.

— Nem mais parecido — acrescentou Varkouiev.

O rosto de Ana brilhou com um singular clarão quando, para comparar o retrato ao original, Levine olhou-a atentamente no rosto. Levine corou e, para esconder a sua perturbação, quis perguntar quando ela vira Dolly. Ana, porém, tomou a palavra.

— Conversávamos, eu e Ivan Petrovitch, sobre os últimos trabalhos de Vastchenkov. Viram?

— Sim — respondeu Levine.

— Mas, perdão, julgo que o interrompi.

Levine repetiu a pergunta.

— Dolly? Eu a vi ontem, bastante aborrecida com o professor de latim de Gricha, a quem acusa de injusto.

— Sim — continuou Levine, retornando ao assunto que ela abordara —, eu vi os quadros de Vastchenkov e devo confessar que não me agradaram.

A conversa recaiu sobre as novas escolas de pintura. Ana falava com espírito, sem a menor pretensão, esforçando-se naturalmente para fazer brilhar os outros, de tal modo que, em lugar de se torturar como o fizera durante o dia, Levine achou agradável e fácil não somente falar como também ouvir. A propósito das ilustrações que um pintor francês acabava de fazer da Bíblia, Varkouiev criticou o realismo exagerado daquele artista. Levine objetou que aquele realismo era uma reação salutar, pois a convenção na arte jamais fora tão longe como na França.

— Não mentir torna-se poesia para os franceses — disse ele, que se sentiu feliz vendo que Ana sorria, aprovando-o. Nenhuma das suas palavras lhe causara tanto prazer.

— A sua pilhéria caracteriza toda a arte francesa contemporânea, a literatura como a pintura. Veja, por exemplo, Zola, Daudet... É provável que sempre fosse assim: começa-se por criar tipos convencionais, mas, uma vez todas as *combinaisons* apresentadas, decide-se pelo natural.

— Isso mesmo — atalhou Varkouiev.

— O senhor vem do clube? — perguntou Ana, em voz baixa.

"Sim, eis uma mulher!", pensou Levine, absorvido na contemplação daquela fisionomia, em que via se exprimir a curiosidade, a cólera e o orgulho. A emoção de Ana foi de curta duração: ela fechou os olhos como para recolher as recordações e, voltando-se para a pequena inglesa, disse-lhe:

— *Please order the tea in the drawing-room* (Mande servir o chá no salão).

A criança levantou-se e saiu.

— Ela passou bem no exame? — perguntou Stepane Arcadievitch.

— Perfeitamente. Tem muitos recursos e um admirável caráter.

— Acabarás preferindo-a à tua própria filha.

— Eis aí um raciocínio de homem. Pode-se comparar estas duas afeições? Amo a minha filha de um modo e essa, de maneira inteiramente diferente.

— Ah — declarou Varkouiev —, se Ana Arcadievna quisesse dispensar em favor das crianças russas a centésima parte da atividade que consagra a essa pequena inglesa, que serviço a sua energia não prestaria! Não canso de lhe dizer isso...

— Que quer o senhor, são manifestações espontâneas. Quando habitávamos no campo, o conde Alexis Kirillovitch (pronunciando aquele nome lançou um olhar tímido a Levine, que respondeu com um olhar de respeito e aprovação) muito me animou para visitar as escolas. Tentei, mas nunca consegui me interessar. O senhor falou de energia? Ela tem por base o amor e o amor não se conquista com a vontade. Por que me interessei por essa pequena inglesa? Sentir-me-ia numa situação penosa se tivesse que explicar os motivos.

Teve ainda para Levine um olhar e um sorriso; sorriso e olhar demonstravam que ela só falara pensando nele, certa de que se compreendiam mutuamente.

— A senhora tem razão — disse Levine. — E porque não se põe o coração nessas instituições filantrópicas é que elas dão os piores resultados.

— Sim — disse Ana depois de um momento de silêncio —, *je n'ai pas le coeur assez large* para amar todo um estabelecimento de moças desventuradas. Quantas mulheres têm conseguido com isto a sua *position sociale*! Mas eu não posso... não, nem mesmo agora, quando necessito de trabalho — acrescentou com um ar triste, dirigindo-se a Levine, embora fizesse menção de falar com o seu irmão. Depois, franzindo a testa como para se censurar daquela confidência, mudou de conversa. — O senhor é tido como sendo um mau cidadão — disse a Levine — mas eu sempre fiz a sua defesa.

— De que modo?

— Isso depende dos ataques... Mas o chá nos espera...

Levantou-se e apanhou sobre a mesa um livro encadernado em marroquim.

— Dá-me, Ana Arcadievna — disse Varkouiev, mostrando o caderno. — Vale a pena ser impresso.

— Não, ainda não está terminado.

— Eu falei com ele — disse Stepane Arcadievitch, indicando Levine.

— Fizeste mal. Os meus escritos se assemelham a essas obras feitas pelos prisioneiros, que Lidia Merkalov outrora me vendia... Uma amiga que se ocupava com obras beneficentes... — explicou a Levine. — Também esses infortunados fazem obras de paciência.

Aquele traço de caráter impressionou a Levine, já seduzido por aquela mulher extraordinária. O espírito, a graça e a beleza juntavam-se à franqueza: ela não procurava ocultar a amargura da sua situação. Escapou-lhe um suspiro, o seu rosto adquiriu uma expressão grave, como petrificada, em completa oposição com a felicidade radiante que Mikhailov pintara e ainda a embelezava. Enquanto agarrava o braço do irmão, Levine olhou o maravilhoso retrato e surpreendeu-se em sentir pelo original um vivo sentimento de ternura e de piedade.

Ana deixou Levine e Varkouiev passarem ao salão e atrasou-se para conversar com Stiva. "Sobre que falará ela? Do divórcio? De Vronski? De mim talvez?", pensou Levine. Ele estava tão emocionado que não ouviu Varkouiev enumerar os méritos do livro para crianças escrito pela jovem senhora.

A conversa continuou em torno da mesa. Não faltavam assuntos interessantes e todos os quatro pareciam transbordar de ideias. Graças à atenção revelada por Ana, pelas suas finas observações, tudo o que se dizia tomava para Levine um interesse especial. Pensava incessantemente naquela mulher, admirava a sua inteligência, a cultura do seu espírito, a sua naturalidade, procurava penetrar nos seus sentimentos e até apossar-se da sua vida íntima. Havia pouco tempo pronto para julgar, escusava-se agora e a ideia de que Vronski não a compreendesse apertava-lhe o coração. Eram mais de onze horas quando Stepane Arcadievitch levantou-se para partir. Varkouiev já os havia deixado. Levine ergueu-se também, contra a vontade: julgava estar ali apenas havia um instante.

— Adeus — disse-lhe Ana, retendo a mão que ele lhe entregara e mergulhando o olhar no seu. — Estou contente *que la glace soit rompue.*

E, largando a sua mão, acrescentou:

— Diga à sua mulher que a amo como antigamente e que se ela não pode perdoar a minha situação, desejo que nunca venha a compreendê--la. Para perdoar é preciso passar por todos os sofrimentos que eu passei. Que Deus a preserve!

— Dir-lhe-ei, esteja certa — respondeu Levine, corando.

XI

"Pobre e encantadora mulher!", pensou Levine, sentindo o ar gelado da noite.

— Que te disse eu? — perguntou Stepane Arcadievitch, vendo-o conquistado.

— Sim, é uma mulher realmente extraordinária — respondeu Levine. — A sedução que ela exerce não vem apenas do seu espírito: sente-se que vem do coração. Senti pena.

— Em breve, graças a Deus, espero que tudo se arranje. Mas, para o futuro, desconfie dos julgamentos temerários — disse Oblonski, abrindo a portinhola da carruagem. — Até logo, vamos para lugares diferentes.

Durante o caminho, Levine recordou as menores frases de Ana, os mais sutis movimentos da sua fisionomia. Ele a estimava cada vez mais.

Abrindo a porta, Kouzma informou ao patrão que Catarina Alexandrovna passava bem e que as suas irmãs acabavam de deixá-la naquele momento. Entregou-lhe, ao mesmo tempo, duas cartas que Levine leu imediatamente. Uma era de Sokolov, o seu administrador, que não achava comprador para o trigo senão pelo preço irrisório de cinco rublos e não via para o momento nenhuma entrada possível noutro mercado. A outra era da sua irmã, que o censurava por esquecer o negócio da sua tutoria.

"Bem, venderemos o trigo a cinco rublos desde que não se encontre melhor preço", pensou, resolvendo a primeira questão. "Quanto à minha irmã, ela tem razão de me repreender, mas o tempo passou tão rapidamente que não achei meio de ir ao tribunal hoje, o que, apesar de tudo, desejava muito."

Jurou que iria no dia seguinte e, dirigindo-se para o quarto da mulher, lançou sobre o dia um olhar retrospectivo. Que fizera senão conversar, conversar e sempre conversar? Nenhum dos assuntos abordados o preocuparia no campo, interessava-se por eles apenas em Moscou. Também, nada lhe deixara má recordação, a não ser a terrível frase sobre o peixe... Não tinha também alguma coisa de repreensível no seu arrebatamento para com Ana?

Achou Kitty triste e zangada. O jantar das três irmãs fora muito alegre, mas como Levine tardasse a chegar, a reunião acabou por lhe parecer longa.

— Como passaste? — perguntou ela, observando um clarão suspeito nos seus olhos, mas evitando dizer com receio das suas efusões. Ouviu-o com um sorriso nos lábios.

— Encontrei Vronski no clube e estou bem satisfeito. De hoje em diante não haverá mais acanhamentos entre nós, embora tenha intenção de não procurá-lo — dizendo estas palavras ele corou, lembrando-se subitamente de que "para não mais procurá-lo" fora em casa de Ana quando saíra do clube. — Nós difamamos os bêbados populares, mas parece-me que as pessoas da sociedade bebem muito mais e não se cansam de embebedar--se nos dias de festas...

Kitty se interessava muito menos pela bebedeira comparada que pelo súbito rubor do marido. Continuou a fazer perguntas.

— Que fizeste depois do jantar?

— Stiva me atormentou para que o acompanhasse à casa de Ana Arcadievna — respondeu, enrubescendo cada vez mais, porque, agora, a inconveniência da visita lhe parecia incontestável.

Os olhos de Kitty lançavam clarões, mas ela se conteve e disse simplesmente:

— Ah!

— Tu não estás zangada? Stiva me pediu com muita insistência e eu sabia que Dolly também o desejava.

— Oh, não! — respondeu ela, com um olhar que não predizia nada de bom.

— É uma mulher encantadora, que se deve lamentar — continuou Levine e, depois de contar a vida que Ana levava, transmitiu as suas saudações a Kitty.

— Sim, ela merece ser lamentada — disse unicamente Kitty, quando ele terminou. — De quem recebeste uma carta?

Ele respondeu e, iludido com aquela calma aparente, passou para o banheiro. Quando voltou, Kitty não se mexia. Vendo-o aproximar-se, ela se desfez em soluços.

— Que houve? — perguntou ele, embora soubesse muito bem do que se tratava.

— Estás apaixonado por essa terrível mulher, ela te enfeitiçou, eu vi nos teus olhos... Que resultará disso? Foste ao clube, bebeste muito e onde poderias ir senão em casa de uma mulher como aquela? Não, isso não pode continuar assim, amanhã partiremos.

Levine teve grande dificuldade para acalmar a sua mulher. Conseguiu-o apenas quando prometeu não mais retornar à casa de Ana, cuja perniciosa influência, reunida a um excesso de *champagne*, perturbara a sua razão. O que ele confessou sinceramente foi que aquela vida ociosa, passada em beber, comer e conversar, tornava-o simplesmente estúpido. Falaram muito e só adormeceram às três horas da manhã, suficientemente reconciliados para poderem encontrar o sono.

XII

Partindo os visitantes, Ana pôs-se a caminhar rapidamente no aposento, indo de um a outro lado. Depois de certo tempo, as suas relações com os homens a impregnavam de uma *coquetterie* quase involuntária. Fizera o possível para voltar o rosto a Levine e via bem que atingira aquele fim, pelo menos na medida compatível com a honestidade de um recém--casado. O homem lhe agradara e, apesar de certos contrastes exteriores, a sua habilidade feminina lhe permitira descobrir a relação secreta entre Levine e Vronski, graças à qual Kitty se enamorara pelos dois. No entanto, desde o momento em que se despediu, ela o esqueceu. Um único e mesmo pensamento a perseguia.

"Por que posso eu exercer uma atração tão sensível sobre um homem casado, apaixonado por sua mulher? Por que se tornou Vronski tão frio?... Frio não é a palavra exata, porque ele me ama ainda, eu o sei... Mas alguma coisa nos separa. Por que ele ainda não voltou? Mandou-me dizer por Stiva que precisava vigiar Iachvine: é Iachvine uma criança? Ele não mente, mas aproveita a ocasião para me fazer ver que quer manter a sua independência. Eu não o contesto, mas por que esta necessidade de afirmá-la assim? Pode ele compreender o horror da vida que levo? Pode-se chamar viver a esta longa expectativa de uma conclusão que recua dia a dia? Sempre a falta de resposta! E Stiva hesita em fazer uma nova tentativa junto a Alexis Alexandrovitch. Eu não teria forças para lhe escrever novamente. Que posso fazer, que posso empreender, esperando? Nada, senão morder o meu freio, senão inventar distrações! E que são essa inglesa, essas leituras, esse livro, senão tentativas para me atordoar, como a morfina que tomo à noite? Ele deveria me lastimar!"

Lágrimas de piedade sobre a sua própria sorte encheram-lhe os olhos. Mas, subitamente, ouviu o toque de campainha peculiar a Vronski. Ana, imediatamente, enxugando os olhos, fingindo a maior calma, sentou-se perto da luz com um livro na mão: queria demons-

ANA KARENINA

trar o seu descontentamento, mas não deixar transparecer a sua dor. Vronski não a devia lastimar. Provocava assim a luta de que o censurava por precipitá-la.

— Não te aborreceste? — perguntou com desembaraço. — Que terrível paixão é o jogo!

— Não, é uma coisa de que me desabituei há muito tempo.

— Recebi a visita de Stiva e Levine.

— Eu sabia. Levine agradou-te? — perguntou, sentando-se junto dela.

— Muito, eles acabam de partir. E que fim levou Iachvine?

— Havia ganho dezessete mil rublos e estava resolvido a vir embora quando me escapou. Neste momento já deve ter perdido tudo.

— Então, por que vigiá-lo? — disse Ana, erguendo bruscamente a cabeça. — Depois de dizeres a Stiva que ficavas para conduzir Iachvine, acabaste por abandoná-lo.

Os seus olhares, dominados por uma animosidade glacial, cruzaram-se.

— Em primeiro lugar, eu não encarreguei Stiva de nenhuma missão, depois, eu não tenho o hábito de mentir e, finalmente, faço o que quero fazer... — disse brutalmente. — Ana, Ana, por que estas recriminações? — acrescentou, após um instante de silêncio, estendendo para ela a mão aberta na esperança de que silenciasse.

Um mau espírito a impediu de responder àquele apelo de ternura.

— Certamente, fizeste como entendeste — disse ela, enquanto Vronski retirava a mão com um ar mais resoluto ainda e ela examinava aquele rosto que a irritava. — É para ti uma questão de teimosia, sim, de teimosia — prosseguiu, completamente feliz com aquela descoberta —, queres saber a todo preço quem de nós dois será o vencedor. No entanto, trata-se de coisa bem diferente. Se tu soubesses, quando te vejo assim hostil, sim, é a palavra, hostil, como me sinto à beira de um abismo, como tenho medo, medo de mim mesma!

E, despertando novamente piedade, voltou a cabeça para que ele não visse os seus soluços.

— Mas a que propósito tudo isso? — disse Vronski, aterrorizado com aquele desespero e inclinando-se para Ana a fim de lhe beijar a mão. — Podes censurar-me porque procuro distrações fora? Não fujo da companhia das mulheres?

— Só faltava isso!

— Vejamos, dize-me o que é preciso que eu faça para te tranquilizar, estou disposto a tudo para poupar-te a menor dor — disse ele, totalmente vencido por vê-la tão infeliz.

— Isso não é nada... A solidão, os nervos... Não falemos mais... Conta--me o que se passou nas corridas, ainda não me disseste nada — fez ela, procurando dissimular o seu triunfo.

Vronski pediu a ceia e, comendo, contou-lhe os incidentes das corridas, mas, pela voz e pelo olhar cada vez mais frio, Ana compreendeu que a sua obstinação voltava e que ele não lhe perdoava o ter feito curvar-se por um momento. Lembrando-se das palavras que lhe haviam dado a vitória — "Tenho medo de mim mesma, sinto-me à beira de um abismo" — ela compreendeu que era uma arma perigosa de que não devia mais se servir. Crescia entre eles um espírito de luta, Ana o sentia, mas, como Vronski, não podia se dominar.

XIII

Três meses antes, Levine não julgaria possível adormecer naturalmente depois de um dia como o que acabava de passar. Habitua-se, porém, a tudo, principalmente quando se vê os outros fazerem o mesmo. Ele dormia, pois, tranquilamente, sem cuidar da despesa exagerada da sua "bebedeira" (para chamar as coisas pelo próprio nome) no clube, da sua absurda amizade com um homem de quem Kitty fora namorada, da sua visita ainda mais absurda a uma pessoa que, apesar de tudo, era uma mulher perdida e imediatamente o fizera perder a cabeça, para grande mágoa da sua querida Kitty. Às cinco horas, o ruído de uma porta que se abria despertou-o em sobressalto. Kitty não estava junto a ele, mas ouviu os seus passos no banheiro, onde tremia uma luz.

— Que houve? Que houve? — murmurou, ainda meio adormecido.

— Não é nada — disse Kitty, que apareceu com um castiçal na mão e com um sorriso particularmente terno e significativo. — Mas não me sinto bem.

— O quê? Começa? — gritou ele, assustado, procurando a roupa para se vestir o mais depressa possível. — É preciso mandar buscar a parteira.

— Não, não, eu te asseguro, não é nada. Já passou! — disse ela, retendo-o.

Kitty soprou a vela e deitou-se. Por mais suspeitos que parecessem a sua respiração oprimida e o seu repouso palpitante de emoção, Levine estava tão cansado que tornou a adormecer. Somente mais tarde pensou nas ideias que deveriam agitar aquela alma querida, imóvel ao seu lado, esperando o momento mais solene na vida de uma mulher. Às sete horas, Kitty, oscilando entre o receio de o despertar e o desejo de lhe falar, acabou por lhe tocar no ombro.

— Kitty, não tenhas medo, isso não é nada, mas acho que é melhor procurar Elisabeth Petrovna.

Ela acendera novamente a vela e retomara a costura que havia muito dias a preocupava.

— Não te assustes, suplico-te. Não sinto medo — continuou ela, vendo o ar terrificado do marido, e tomou-lhe a mão a fim de levá-la ao seio e aos lábios.

Levine saltou do leito, sem deixar de olhar a mulher, vestiu o *robe de chambre* e parou subitamente, incapaz de subtrair-se àquela contemplação. Brilhante de uma viva resolução, sob a touca de onde escapavam mechas de cabelos, aquele rosto querido — onde ele julgava conhecer as menores expressões — lhe aparecia num sentido inteiramente novo. Aquela alma cândida e transparente se descobria quase em suas regiões mais recônditas. Ele enrubesceu de vergonha, lembrando-se da cena da véspera.

Kitty também o olhava, risonha. Mas, de repente, as suas pálpebras palpitaram: ela endireitou a cabeça e, atraindo o marido, aconchegou-se contra o seu peito como sob a violência de uma forte dor. À vista daquele sofrimento mudo, o primeiro movimento de Levine ainda foi o de se julgar culpado, mas o olhar de Kitty — cheio de ternura — tranquilizou-o: longe de acusá-lo, ela parecia amá-lo ainda mais. "Quem é o culpado senão eu?", perguntou-se ele, procurando inutilmente o autor daquele tormento para o punir, tormento que ela suportava com o orgulho do triunfo. Ele sentiu que ela atingia uma altura de sentimentos que não poderia compreender jamais.

— Já mandei avisar mamãe — disse ela. — E tu, vai depressa procurar Elisabeth Petrovna... Kostia!... Não, já passou.

Ela o deixou para chamar a criada.

— Bem, vai depressa. Eu me sinto melhor, eis Pacha que chega.

Para sua enorme surpresa, ele a viu apanhar novamente a costura. Como saísse por uma porta e Pacha entrasse por outra, ouviu Kitty dar ordens e remover o leito.

Vestiu-se apressadamente e, enquanto atrelavam a carruagem, aventurou-se nas pontas dos pés a ir até o quarto de dormir: duas criadas ali estavam, aguardando as ordens de Kitty, que, costurando nervosamente, andava de um para outro lado.

— Vou à casa do médico, mandarei avisar a parteira ou irei eu mesmo. Não é preciso nada mais? Ah! sim, Dolly!

Ela o olhava sem ouvir.

— Sim, é isto, vai depressa! — disse ela, num gesto de despedida.

Quando atravessava o salão, ele julgou ouvir um gemido, imediatamente suspenso. Não compreendeu logo, mas disse:

— É ela que está gemendo.

E, apertando a cabeça entre as mãos, saiu correndo.

"Senhor, tende piedade de nós, perdoai-nos, ajudai-nos!" Aquelas palavras vieram-lhe subitamente aos lábios e pôs-se a repeti-las do fundo do coração. E ele, incrédulo, não mais conhecendo o ceticismo, nem a dúvida, invocou Aquele que tinha a sua alma e o seu amor.

O cavalo ainda não estava atrelado. Para não perder tempo e distrair-se partiu a pé, depois de ordenar a Kouzma que o seguisse.

No canto da rua percebeu um pequeno trenó que conduzia, ao trote de um magro cavalo, Elizabeth Petrovna. Ela estava envolvida num xale e numa capa de veludo.

"Graças a Deus!", murmurou ele, reconhecendo o rosto da mulher que lhe pareceu mais grave do que nunca. E, sem fazer parar o trenó, retrocedeu, correndo ao seu lado.

— Não passará de duas horas? Bem. Achará certamente Pedro Dmitrievitch em casa. Inútil apressar-se. Não esqueça de tomar o ópio na farmácia.

— Então, acha que tudo correrá bem? Que Deus a ajude!

E, vendo chegar Kouzma, subiu no trenó e fez-se transportar à casa do médico.

XIV

O médico dormia ainda e um criado, absorvido na limpeza dos candeeiros, declarou que o seu "patrão deitara tarde e o proibira de acordá-lo, mas que se levantaria logo". O cuidado que aquele homem tomava com os candelabros e a sua profunda indiferença para com os acontecimentos exteriores indignaram Levine, mas, refletindo, concluiu que nem todos eram obrigados a participar dos seus sentimentos. Para atravessar aquela muralha de frieza, tinha que agir com uma calma resolução. "Não me apressar e não me deter, tal deve ser a minha norma de conduta", decidiu ele, feliz em sentir toda sua atenção, toda a sua força física absorvidas naquela atividade.

Depois de haver traçado inúmeros planos, deteve-se no seguinte: Kouzma levaria um bilhete a um outro médico e, quanto a ele, passaria na farmácia e retornaria à casa de Pedro Dmitrievitch. Caso esse ainda não estivesse de pé, forçaria a condescendência do criado e, ele se recusando, invadiria a força o quarto de dormir.

Na farmácia, um cocheiro esperava remédios que um ajudante do farmacêutico enrolava com a mesma indiferença com que o criado do médico limpava os tubos dos candeeiros. Bem entendido, o prático de farmácia recusou-se a entregar o ópio a Levine, que, armando-se de paciência, disse o nome do médico e da parteira que o haviam enviado e explicou o uso a que estava destinado aquele medicamento. Com a opinião favorável do patrão, entrincheirado atrás de um tabique e a quem pediu conselho em língua alemã, o prático de farmácia agarrou uma redoma de vidro, derramou com a ajuda de um funil algumas gotas do seu conteúdo num frasco, pôs a etiqueta e lacrou, apesar das exprobações de Levine. Ia mesmo embrulhá-lo quando o seu cliente, exasperado, o arrancou das suas mãos e fugiu.

O médico dormia ainda e o seu criado limpava agora o tapete. Resolvido a conservar o seu sangue-frio, Levine tirou então da sua carteira uma nota de dez rublos e, metendo-a na mão do inflexível servidor, assegurou-lhe, pesando as palavras, que Pedro Dmitrievitch não se aborreceria, tendo-lhe dito que viesse a qualquer hora do dia ou da noite. Como esse Pedro Dmitrievitch, normalmente tão insignificante, se tornava de repente para Levine uma criatura importante!

Convencido com aquele argumento, o criado abriu a sala de espera e logo depois Levine ouviu no aposento vizinho a tosse do médico, seguida de um ruído de abluções. No fim de três minutos, ele entreabriu a porta de comunicação.

— Desculpe-me, Pedro Dmitrievitch — murmurou com voz suplicante —, ela está sofrendo há mais de duas horas.

— Já vou, já vou — respondeu o médico, num tom brincalhão.

— Duas palavras somente, suplico-te.

— Um instante.

Eram precisos ao médico dois minutos para se calçar e dois outros para se vestir e pentear-se.

"Esta gente não tem coração", pensava Levine. "Pode-se pentear quando se trata de um caso de vida ou de morte?"

Ia reiterar as suas súplicas quando o médico apareceu, devidamente trajado.

— Bom dia — disse ele do modo mais natural do mundo, como se quisesse desesperar Levine. — Que há?

Levine imediatamente começou uma longa narração, carregada de uma série de detalhes inúteis, interrompendo-se a cada momento para suplicar ao médico que partisse.

— Nada de pressa. O senhor não entende disto. Eu irei, pois que assim prometi, mas, acredite-me, a minha presença será desnecessária. Tomemos sempre uma xícara de café.

Levine não acreditava no que ouvia: estaria zombando? O rosto do médico não revelava aquela intenção.

— Eu o compreendo — continuou Pedro Dmitrievitch, rindo-se —, mas nós fazemos um triste papel nestes casos. O marido de uma das minhas clientes esconde-se comumente na estrebaria.

— Mas o senhor acha que tudo correrá bem?

— Tenho toda a razão para o supor.

— O senhor irá, não é mesmo? — insistiu Levine, fulminando com um olhar o criado, que trazia o café.

— Neste momento.

— Pelo amor de Deus, doutor!

— Bem, deixe-me tomar o meu café e estarei ao seu dispor.

Seguiu-se um silêncio.

— Os turcos têm jeito de que estão apanhando — prosseguiu o médico, com a boca cheia. — O senhor leu o último comunicado?

Levine ficou imóvel.

— Retiro-me — declarou, saltando da cadeira. — O senhor jura que virá dentro de um quarto de hora?

— Conceda-me meia hora.

— Palavra de honra?

Entrando em casa, Levine encontrou a sua sogra, que chegava. Ela o beijou, as lágrimas nos olhos e as mãos trêmulas. Dirigiram-se ambos para o quarto de dormir.

— Então? — perguntou a princesa, segurando o braço da parteira, que veio ao seu encontro, o rosto radiante, embora preocupado.

— Tudo vai bem, mas ela faria melhor em se deitar. Veja se a convence.

Depois que compreendera a situação, Levine, resolvido a sustentar a coragem da sua mulher, prometera a si mesmo não pensar em nada, aprisionar as suas impressões e conter o coração durante cinco horas — duração habitual da prova, se não faltasse competência. Mas quando no fim de uma hora ele encontrou Kitty no mesmo estado, o medo de não poder resistir ao espetáculo daquela tortura o dominou e multiplicou as invocações a Deus para não desmaiar.

Passou-se uma, outra hora, uma terceira, uma quarta, afinal a última que ele determinara como limite. E continuava paciente, porque não podia agir de outro modo, convencido a cada minuto que atingira as derradeiras fronteiras da paciência e que o seu coração ia explodir. Outras horas passaram e o seu terror crescia sem cessar. Desapareceram pouco a pouco as condições normais da vida, cessou de existir a noção de tempo. Certos minutos — aqueles em que a sua mulher o chamava, em que apertava entre as suas aquela mão úmida que se aferrava aos seus dedos — pareciam-lhe horas. Certas horas, ao contrário, passavam como minutos e quando a parteira lhe pediu para acender uma vela atrás do biombo, ficou boquiaberto vendo a noite chegar. Soubesse que eram dez horas da manhã, e não cinco horas da tarde, ficaria igualmente surpreso. Que fizera no curso daquele dia? Sentir-se-ia embaraçado para dizer. Revia Kitty agitada e pensativa, depois calma, risonha, procurando tranquilizá-lo; a princesa, vermelha de emoção, chorando; Dolly; o médico fumando cigarros; a parteira e o seu rosto sério, mas tranquilo; o velho príncipe andando no salão com um ar sombrio. As entradas e as saídas, porém, confundiam--se no seu pensamento: a princesa e o doutor se achavam com ele no quarto de dormir, depois em seu gabinete, e de repente a princesa se transformava em Dolly. Lembrou-se que o haviam encarregado de diversos trabalhos. Ora ele mudava um sofá e uma mesa, necessidade que julgava útil a Kitty, quando realmente preparava o seu próprio leito. Ora mandava perguntar alguma coisa ao médico, que lhe respondia e falava das terríveis desordens do conselho municipal. Depois se transportava para o quarto da sogra para despregar uma imagem santa de vestimenta dourada e prateada e pegava-a de modo tão infeliz que partia a lamparina; então a velha camarista o consolava daquele acidente e o encorajava a respeito de Kitty; e, afinal, colocava a imagem sob os travesseiros. Mas quando e como tudo aquilo acabaria? Mistério. Por que Dolly tentava obrigá-lo a comer? Por que o médico lhe oferecia um calmante e o olhava com gravidade?

Uma única coisa lhe parecia evidente: o acontecimento atual era da mesma ordem que a agonia do seu irmão Nicolas no ano precedente, naquele miserável albergue de província. A mágoa cedia lugar à alegria, mas, no plano habitual da vida, alegria e mágoa abriam perspectivas sobre o além. E aquela contemplação conduzia a sua alma para cumes vertiginosos, onde a sua razão se recusava a acompanhá-lo.

"Senhor, perdoai-me! Senhor, ajudai-me!", repetia incessantemente, feliz em achar, apesar do seu afastamento para com as coisas santas, a mesma ingênua confiança no Deus dos dias da sua infância.

Durante estas longas horas, Levine conheceu alternativamente dois estados de espírito muito opostos. Com Dolly, com o príncipe, com o médico, que fumava cigarros sobre cigarros e os apagava na beira de um cinzeiro totalmente cheio, ele debatia assuntos indiferentes, tais como a política, a doença de Marta Petrovna, e esquecia por um instante o que se passava no quarto vizinho. No mesmo instante o seu coração se dilacerava e a sua alma elevava para Deus uma prece incessante. E cada vez que um gemido vinha arrancá-lo do esquecimento, a angústia de uma culpabilidade imaginária o castigava como no primeiro minuto: preso à necessidade de justificar-se, corria então para a sua mulher, lembrava-se em caminho que não podia fazer nada, mas se obstinava em querer vê--la. A presença de Kitty fazia-o sentir toda a sua impotência: restava-lhe apenas multiplicar os meus "Senhor, tende piedade!"

Mais o tempo avançava, mais o contraste entre aqueles dois estados tornava-se doloroso. Excedido pelos chamados de Kitty, Levine recriminava contra a infelicidade, mas logo que via o seu rosto risonho e submisso, logo que a ouvia dizer "Quantos tormentos eu te causo, meu pobre amigo!", era para o próprio Deus que se voltava, implorando perdão e misericórdia.

XV

As velas acabaram de se queimar nos castiçais. Levine atravessava uma fase de esquecimento: sentado perto do médico, a quem Dolly pedira que repousasse, ele contemplava a cinza do seu cigarro, ouvindo-o criticar os charlatães magnetizadores. Ecoou, de repente, um grito que nada tinha de humano. Petrificado de pavor, Levine interrogou com o olhar o médico, que apurou o ouvido e sorriu com ar de aprovação. Levine formara o propósito de não se surpreender com coisa alguma. "Isso deve ser assim", disse a si mesmo. No entanto, para esclarecer aquele grito, foi nas pontas dos pés colocar-se na cabeceira da doente. Evidentemente, alguma coisa de novo se passava que ele não queria compreender, mas que o rosto pálido e grave de Elizabeth Petrovna traía: as pálpebras daquela mulher tremiam, não tirava os olhos da face inchada de Kitty, onde se colaram algumas mechas de cabelos. A pobre Kitty apertou com as suas mãos úmidas as mãos geladas do marido e passou-as no seu rosto febril.

— Fica, fica, eu não tenho medo... — disse, com voz sufocada. — Mamãe, tira-me os brincos das orelhas, eles me machucam... Tu não tens medo?... Tudo acabará depressa, não é verdade, Elizabeth Petrovna?

Ela ia sorrir, mas, subitamente, o seu rosto se desfigurou e, empurrando o marido, disse:

— Vai, vai! Eu sofro muito... vou morrer!

E o horrível gemido se repetiu. Levine apertou a cabeça entre as mãos e saiu sem querer ouvir Dolly, que gritava:

— Isso não é nada, tudo vai bem!

Ele sabia agora que tudo estava perdido. Refugiado no aposento vizinho, a fronte contra a porta, escutava os clamores monstruosos soltados por aquela coisa informe que não era Kitty. Só pensava na criança para sentir horror. Não pedia a Deus para lhe conservar a mulher, mas para acabar com tão atrozes sofrimentos.

— Doutor, que é que isso significa? — disse ele, sacudindo o braço do médico, que entrava.

— É o fim — respondeu o médico, seriamente.

Levine julgou que ele quisesse dizer: a morte. Louco de dor, precipitou-se no quarto, onde o primeiro rosto que viu foi o da parteira. Quanto a Kitty, ele não a reconheceu naquela forma que se contorcia e gemia. Sentindo o coração prestes a se despedaçar, apoiou a cabeça contra o leito. E subitamente, no instante em que os gritos pareciam atingir o auge do horror, cessaram bruscamente. Levine não acreditava no que ouvia, mas acabou chegando à evidência: o silêncio, e naquele silêncio ele só percebia a respiração refreada, os cochichos, as discretas idas e vindas e a voz da sua mulher, murmurando com uma indizível expressão de felicidade: "Acabou-se!" Ergueu a cabeça. Kitty o olhou, as mãos abandonadas sobre a coberta, procurando sorrir, bela, de uma beleza lânguida e soberana.

Abandonando imediatamente a esfera misteriosa e terrível onde se agitara durante vinte e duas horas, Levine retornou à realidade — uma realidade resplandecente, possuída de uma tal luz de alegria que não pôde suportá-la. Fundiu-se em lágrimas e os soluços, que estava longe de prever, cortaram-lhe a palavra.

Ajoelhado perto do leito, apoiou os lábios na mão de Kitty, que lhe respondia com uma ligeira pressão dos dedos. No entanto, entre as mãos experientes da parteira, agitava-se, semelhante ao clarão vacilante de uma luz, a fraca flama da vida daquele ser que um minuto antes não existia e que lutaria em breve para fazer valer os seus direitos à felicidade e, por sua vez, engendraria outras criaturas idênticas a si mesmo.

— Ele vive, ele vive, é um rapaz! — ouviu Levine, enquanto Elizabeth Petrovna, com a mão trêmula, friccionava as costas do recém-nascido.

— Mamãe, é verdade? — perguntou Kitty.

A princesa respondeu com soluços.

Como para afugentar a menor dúvida, um som, bem diferente de todas as vozes conhecidas, elevou-se no meio do silêncio: era um grito ousado, insolente, temerário, articulado por aquele novo ser que acabava de surgir Deus sabe de onde.

Alguns instantes mais cedo seria fácil convencer a Levine que Kitty estava morta e que ele a acompanhara ao túmulo, que o seu filho era um anjo e ambos se achavam em presença de Deus. Agora que a realidade o retomara, teve que fazer um prodigioso esforço para admitir que a sua mulher vivia, que ia bem, que aquele ser pequenino era o seu filho. Sentia uma imensa felicidade em saber que Kitty estava salva. Mas por que aquela criança? Quem era ela? De onde vinha? Foi difícil a Levine aceitar aquela ideia e só a aceitou muito lentamente.

XVI

Às dez horas, o velho príncipe, Sergio Ivanovitch e Stepane Arcadievitch acharam-se reunidos em casa de Levine para saberem notícias de Kitty. Levine julgava-se separado da véspera por um intervalo de cem anos: escutava os outros falarem e se esforçava para descer até eles das alturas em que se encontrava e, entretendo-se com coisas insignificantes, pensava na saúde da mulher e no filho, cuja existência lhe parecia sempre um enigma. O papel da mulher na vida, cuja importância só compreendera depois do casamento, ultrapassava todas as suas previsões. Enquanto os visitantes discorriam sobre um jantar que, na véspera, se realizara no clube, ele dizia a si mesmo: "Que faz ela? Em que pensa? Estarás dormindo? E meu filho Dmitri ainda está chorando?" Em meio de uma frase, saltou da poltrona para ver o que se passava no quarto de Kitty.

— Vê se eu posso entrar — disse o príncipe.

— Logo mais — respondeu Levine, sem se deter.

Ela não dormia. A cabeleira coberta por uma touca de fitas azuis e bem-arranjada no leito, as mãos pousadas sobre a coberta, conversava baixinho com a mãe, formando planos para o próximo batismo. O seu olhar já brilhante inflamou-se ainda mais com a aproximação do marido. O seu rosto refletia aquela calma soberana que se lê na face dos mortos: sinal de renascimento, e não de adeus à vida. Ela lhe agarrou a mão e perguntou se ele havia dormido. A emoção de Levine foi tão viva que voltou a cabeça.

— Kostia, eu dormi e me sinto muito bem.

A expressão do seu rosto mudou bruscamente: a criança chorava.

— Dá-me, Elizabeth Petrovna, para que o mostre ao pai.

— Mostrar-nos-emos assim que tenhamos feito a nossa *toilette* — respondeu a parteira, pondo ao pé do leito uma forma estranha, arroxeada e tiritante, que pôs-se a desenfaixar, empoar, a enfaixar novamente, fazendo-a voltar com a ajuda de um único dedo.

Levine examinou o pobre pequeno, fazendo inúteis esforços para descobrir sentimentos paternos. Mas quando surgiram aqueles bracinhos, aqueles pezinhos cor de açafrão e os viu curvados como molas sob os dedos da parteira, que os envolvia no linho, ele sentiu piedade e esboçou um gesto para detê-la.

— Esteja tranquilo — disse a parteira, rindo-se. — Eu não lhe farei mal.

Quando ela arranjou a criança como entendera, Elizabeth Petrovna fê-la saltar de um braço para outro e, orgulhosa do seu trabalho, suspendeu-o para que Levine pudesse admirar o filho em toda a sua beleza.

— Dê-mo! — disse Kitty, que, com o canto dos olhos, não cessava de acompanhar os movimentos da parteira.

— Queres ficar tranquila, Catarina Alexandrovna? Eu lhe darei o pequeno logo mais. Espere que o mostremos ao papai.

E com um só braço (a outra mão sustentava apenas a nuca vacilante) levantou para Levine aquele ser bizarro e roxo que escondia a cabeça num canto do linho. Para dizer a verdade, distinguiam-se o nariz, os olhos reprimidos e os lábios trêmulos.

— É uma criança soberba — disse a parteira.

Levine suspirou. Aquela criança soberba só lhe inspirava piedade e desgosto. Ele esperava coisa bem diferente.

Enquanto Elizabeth Petrovna punha o pequeno nos braços da mãe, Levine se desviou, mas o riso de Kitty fê-lo voltar a cabeça: a criança mamava.

— É o bastante — disse a parteira no fim de um instante, mas Kitty não quis deixar o filho, que adormeceu ao seu lado.

— Olha-o agora — disse ela, voltando a criança para o pai no momento em que o pequeno rosto adquiria uma expressão mais velha ainda para espirrar.

Levine quase chorou de enternecimento. Beijou a mulher e deixou o quarto.

Como os sentimentos que aquela criança lhe inspirava diferiam daqueles que previra! Ao invés da alegria liberta, sentia uma piedade angustiosa: para o futuro, teria na vida uma nova preocupação, vulnerável. E o medo de ver sofrer aquela pobre criatura sem defesa o impediu de observar o movimento de ingênua vaidade que o possuíra quando o vira espirrar.

XVII

Os negócios de Stepane Arcadievitch atravessavam uma fase crítica: havia gasto dois terços do dinheiro recebido pela venda do bosque e o comprador, que descontara dez por cento do último terço, não queria adiantar mais, embora Daria Alexandrovna, afirmando pela primeira vez os seus direitos sobre a fortuna pessoal, recusasse a dar a sua assinatura. As despesas do lar e algumas dívidas imprescindíveis absorviam todo o seu ordenado.

A situação torna-se terrível, mas Stepane Arcadievitch atribuía-a à modéstia do seu ordenado. O lugar que, cinco ou seis anos antes, julgara bom não valia decididamente nada. Petrov, que dirigia o banco, recebia doze mil rublos; Mitine, que fundara outro, cinquenta mil. "Decididamente" pensava Oblonski, "eu adormeci e me esqueci." Pôs-se à procura de alguma função bem remunerada e, no fim do inverno, julgou havê-la encontrado: depois de iniciar o ataque em Moscou com o auxílio dos tios, tias e amigos, decidiu fazer na primavera uma viagem a Petersburgo, a fim de cuidar do caso. Era um desses empregos como se encontram agora, que rendem segundo os casos de mil a cinquenta mil rublos e valem ainda mais que os ótimos lugares de antigamente. Eles exigem, é verdade, aptidões tão variadas, uma atividade tão extraordinária que não se encontrando homens ricamente dotados para os desempenhar, contenta-se apenas em colocar homens "honestos". Honesto, Stepane Arcadievitch o era em toda a força da palavra, tal como se entende em Moscou, onde a honestidade consistia em criticar o governo e não roubar o próximo. E como frequentasse precisamente os meios onde essa palavra fora lançada, achava-se melhor do que ninguém para ocupar aquele cargo. Podia acumular esse novo emprego com as funções atuais e ganhar um aumento de sete a dez mil rublos. Mas tudo dependia da vontade de dois ministros, de uma senhora e dois israelitas, a quem ele pensava visitar pessoalmente, depois de ter sondado o terreno através dos seus protetores. Aproveitaria a ocasião para obter de Karenine uma resposta definitiva quanto ao divórcio de Ana. Extorquiu pois, cinquenta rublos a Dolly e partiu para Petersburgo.

Recebido por Karenine, teve que sofrer a exposição de um plano de reforma das finanças russas antes de poder abordar os assuntos que o traziam.

— É muito justo — disse ele, quando Alexis Alexandrovitch, parando a leitura, tirou o *pince-nez* sem o qual não podia ler, para interrogar o cunhado com o olhar —, é muito justo em detalhe, mas para o bem de todos, das classes baixas como das classes altas...

— O novo princípio que exponho abrange igualmente a liberdade — replicou Alexis Alexandrovitch, salientando a palavra "abrange" e pondo novamente o *pince-nez* para mostrar no seu manuscrito de enormes margens a passagem de conclusão —, porque se eu reclamo o sistema protecionista não é para satisfazer um pequeno número, mas o bem de todos, das classes baixas como das classes altas... É precisamente aí que "eles" não querem compreender — acrescentou, olhando Oblonski por cima do *pince-nez* —, absorvidos como estão por seus interesses pessoais e tão comodamente satisfeitos com frases ocas.

Stepane Arcadievitch sabia que Karenine estava no fim das suas demonstrações quando o interpelou sobre quem repelia os seus projetos e causava, assim, a infelicidade da Rússia: ele também procurava salvar o princípio da liberdade. Realmente, Alexis Alexandrovitch calou-se imediatamente e pôs-se a folhear o manuscrito com ar pensativo.

— A propósito — disse então Oblonski —, eu queria te pedir para falares sobre mim com Pomorski... Queria ser nomeado membro da Comissão das Agências Reunidas do Crédito Mútuo e das Estradas de Ferro do Sul.

Stepane Arcadievitch decorara naturalmente o título complicado do emprego a que aspirava. Ele o disse sem a menor hesitação. Alexis Alexandrovitch não perguntou o menor detalhe: os fins que aquela comissão visava não viriam prejudicar os seus planos de reforma? O funcionamento da comissão era tão complicado e tão vastos os projetos de Karenine que, à primeira vista, não se podia ter uma ideia.

— Evidentemente — disse ele, deixando cair o *pince-nez* — ser-me-á fácil falar com Pomorski. Mas não entendo por que desejas esse lugar.

— O ordenado é aproximadamente de nove mil rublos e os seus meios...

— Nove mil rublos! — repetiu Karenine, subitamente perturbado. — Esses ordenados exagerados provam, como ressalto em um memorial, o defeito do nosso *assiette* econômico.

— Um diretor de banco ganha dez mil rublos e um engenheiro até vinte mil. E isso não são sinecuras!

— Depois, acho que um ordenado não é outra coisa senão o preço de uma mercadoria que deve ser submetido à lei da oferta e da procura. Ora, se vejo dois engenheiros igualmente capazes, saídos da mesma escola, receberem quarenta mil rublos, enquanto um outro se contenta com dois mil; se, por outro lado, vejo um soldado ou um jurista, que não possuem nenhum conhecimento especial, tornarem-se diretores de banco com ordenados fabulosos, concluo que existe um vício econômico de uma desastrosa influência para o serviço do Estado. Eu julgo...

— Está certo, mas trata-se de uma nova instituição, de uma utilidade incontestável e que deve ser dirigida por homens "honestos" — interrompeu Stepane Arcadievitch, salientando a última palavra.

— É um mérito negativo — respondeu Alexis Alexandrovitch, insensível à significação moscovita do termo.

— Contudo, faze-me o favor de falar com Pomorski.

— Com todo prazer, mas, ao contrário, Bolgarinov deve ter mais influência.

— Bolgarinov está completamente de acordo — declarou Stepane Arcadievitch, que não pôde deixar de corar lembrando-se da visita que fizera a Bolgarinov, naquela mesma manhã.

Sentia ele algum remorso por romper a tradição ancestral de abandonar o serviço do Estado para se consagrar a uma empresa útil, "honesta" e, afinal, particular? Sentia a afronta de esperar, ele, príncipe Oblonski, descendente de Rurik, duas horas, segundo o capricho de um *youpin*? Sempre estava preso a um súbito enfraquecimento moral, querendo sobrepujar-se, divertindo-se com os outros solicitadores, procurando uma palavra que conviesse à situação. Mas, como não encontrasse aquela palavra, perdia cada vez mais a compostura. Afinal Bolgarinov, evidentemente satisfeito com o seu triunfo, recebera-o com uma polidez admirável e não lhe deixara grande esperança sobre o sucesso do seu pedido.

Fora, Stepane Arcadievitch esforçou-se por esquecer aquela afronta que, agora, o fazia corar.

XVIII

— Resta-me ainda uma coisa a perguntar — continuou Oblonski.

— Ana...

Ouvindo este nome, uma lassidão mortal gelou os traços ainda há pouco tão animados de Alexis Alexandrovitch.

— Que queres ainda de mim? — disse ele, movendo-se na poltrona e pondo o *pince-nez*.

— Uma decisão qualquer, Alexis Alexandrovitch. Não é ao... — ele ia dizer: ao marido enganado, mas, receando tudo estragar, substituiu aquelas palavras — homem de Estado que me dirijo, mas ao cristão, ao homem de coração. Tem piedade dela!

— De que modo? — perguntou docemente Karenine.

— Se a visses, sentirias pena. Acredita-me, eu a observei durante todo o inverno, a sua situação é terrível.

— Eu acreditava — disse Karenine, com voz penetrante — que Ana Arcadievna tivesse obtido tudo o que desejava.

— Não recriminemos, Alexis Alexandrovitch, o passado é o passado. Agora, ela só espera o divórcio.

— Eu quis compreender que, no caso de ficar com meu filho, Ana Arcadievna recusaria o divórcio. Eu dei uma resposta neste sentido e examino esta questão como juiz — disse ele, com a voz cada vez mais aguda.

— Não nos zanguemos — disse Stepane Arcadievitch, batendo no joelho do cunhado. — Recapitulemos, antes. No momento em que se separaram, tu deixavas o teu filho e aceitavas o divórcio. Este lindo gesto a tocou profundamente... Bem, se podes acreditar em mim... Então, ela se sentia muito culpada contigo para aceitar, mas o futuro lhe provou que havia criado uma situação intolerável.

— A situação de Ana Arcadievna não me interessa em nada — disse Karenine, franzindo a testa.

— Permita-me não o acreditar — objetou docemente Oblonski. — Ela mereceu o sofrimento, tu dirás. Ela não o nega, acha mesmo que não tem o direito de suplicar nada. Mas, todos nós que a amamos, suplicamos para que tenhas piedade. Quem poderá lucrar com os seus sofrimentos?

— Em verdade, não dirá alguém que tu me acusas?

— Não, não, não! — continuou Stepane Arcadievitch, tocando desta vez o braço do cunhado, como se o quisesse vencer com gestos. — Quero apenas te fazer compreender que não perdes nada deixando que a sua situação se esclareça. Deixa-me arranjar as coisas, não terás nenhum trabalho. De resto, prometeste...

— O meu consentimento eu o dei outrora, mas, nesse tempo, sobreveio a questão da criança e eu esperava que Ana Arcadievna tivesse a generosidade...

Karenine deteve-se. Estava pálido e os seus lábios pronunciavam as palavras com dificuldade.

— Ela não pede o filho, ela se dirige ao teu bom coração, ela te suplica que lhe concedas o meio de sair do impasse em que se colocou. O divórcio torna-se para ela uma questão de vida ou de morte. Ela seria talvez submissa, não sairia do campo se não confiasse na tua palavra.

ANA KARENINA

Consciente da tua promessa, ela te escreveu, veio residir em Moscou, onde, há seis meses, vive na febre da espera, onde cada encontro é para ela como um golpe de punhal. A sua situação é a de um condenado à morte que trouxesse há meses a corda no pescoço e esperasse apenas a graça ou o golpe final. Tem piedade dela! Encarregar-me-ei de tudo. *Vos scrupules...*

— Não se trata disso — interrompeu Karenine. — Mas talvez eu prometesse mais do que possa conceder.

— Retiras então a tua palavra?

— Peço somente tempo para refletir. Podia eu fazer semelhante promessa?

— Que dizes, Alexis Alexandrovitch? — gritou Oblonski, saltando da poltrona. — Ela é tão infeliz quanto uma mulher o possa ser. Tu não recusarias...

— Podia eu fazer semelhante promessa? *Vous professez d'être un libre-penseur*, mas eu, que sou crente, não saberia em questão tão grave infringir as prescrições da doutrina cristão.

— Mas todas as sociedades cristãs e a nossa própria Igreja admitem o divórcio...

— Em certos casos, mas não neste.

— Eu não te reconheço mais, Alexis Alexandrovitch — disse Oblonski, depois de um momento de silêncio. — Eras tu quem, antigamente, inspirando-se precisamente na pura doutrina cristã, causava toda a nossa admiração concedendo um perdão magnânimo? Eras tu quem dizia: "Depois do capote, é preciso dar ainda toda a roupa?"

— Sinto-me forçado a terminar... esta conversa — gritou bruscamente Alexis Alexandrovitch, que se levantara, completamente pálido e trêmulo.

— Perdoa-me se te aborreci — murmurou Stepane Arcadievitch, com um sorriso confuso —, mas precisava desempenhar a missão de que me encarregaram.

Ele estendeu a mão para o cunhado, que a apertou e, depois de um instante de reflexão, disse:

— É indispensável que eu pense. Depois de amanhã darei a minha resposta definitiva.

XIX

Stepane Arcadievitch ia sair quando Kornei anunciou:

— Sergio Alexeievitch.

— Quem é? — perguntou Oblonski. — Ah, sim, o pequeno Sergio — fez ele —, e eu que pensava em algum diretor de ministério!

"A sua mãe me pediu que o visse", pensou ele. E lembrou-se, com ar desolado, do que ela lhe havia dito: "Tu o verás, poderás saber o que ele faz, quem toma conta dele... E mesmo, se possível"... Ele adivinhara o seu ardente desejo de obter a criança. Depois da conversa que acabava de ter, compreendia que a questão não podia nem mesmo ser levantada. Ficou contente em rever o sobrinho, embora Karenine o tivesse prevenido de que não se falava da mãe à criança e pedido, em consequência, que não fizesse, na sua frente, nenhuma alusão a Ana.

— Ficou gravemente doente depois que a viu pela última vez. Chegamos a temer um momento pela sua vida. Um tratamento sério, acompanhado de banhos de mar no verão, felizmente o pôs bom. A conselho do médico, eu o pus no colégio: o grupo de colegas da sua idade exerceu sobre ele uma influência salutar. Trabalha bem e tem uma ótima conduta.

— Mas é um autêntico homenzinho, compreendo que se lhe dê o nome de Sergio Alexeievitch — gritou Oblonski, vendo entrar um robusto rapazola, vestido com uma blusa azul, que correu sem nenhuma timidez para o pai. Sergio cumprimentou o tio como a um estranho, depois, reconhecendo-o, corou, tomando um ar ofendido e se voltou, entregando as notas ao pai.

— Não são de todo más. Podes ir brincar.

— Ele cresceu, ficou magro e perdeu o ar infantil — disse Stepane Arcadievitch. — Tu te recordas de mim?

A criança ergueu os olhos para o pai e sobre o tio.

— Sim, *mon oncle* — respondeu ele, baixando novamente o olhar.

Stepane Arcadievitch chamou-o e agarrou-lhe o braço.

— Então, que fazemos? — perguntou-lhe, a fim de o forçar a falar e não sabendo muito como portar-se.

A criança enrubesceu e não respondeu nada. Procurava afastar do braço a mão do tio e, logo que este o deixou, escapuliu com a impetuosidade de um pássaro que se liberta.

Havia mais de um ano que Sergio revira a sua mãe, as suas recordações foram pouco a pouco se apagando e, sob a influência da vida do colégio, repelia-as como indignas de um homem. Ele sabia que seus pais haviam brigado, que a sua sorte estava ligada à de seu pai e tentava conformar-se com aquela ideia. Vendo o tio, que parecia muito com sua mãe, ficou perturbado: algumas palavras ouvidas na antessala e principalmente os rostos dos dois homens fizeram-no compreender que falavam sobre ela. E, para não julgar um homem de quem dependia, para não recair nas fantasias que aprendera a desprezar, julgou melhor fugir ao olhar daquele tio, que vinha importunamente lembrar-lhe o que já tinha como esquecido.

Mas quando, deixando o gabinete de Karenine, Stepane Arcadievitch o encontrou brincando na escada e o interrogou sobre os seus jogos, Sergio, que a presença do pai não mais oprimia, mostrou-se mais comunicativo.

— Brincamos no momento de estrada de ferro. Dois entre nós tomam lugar num banco: são os passageiros. Um terceiro sobe, todos os outros se unem e corremos através das salas. Não é fácil desempenhar o papel de condutor.

— O condutor? É aquele que está de pé, não é mesmo? — perguntou Oblonski, rindo-se.

— Sim, é preciso atenção para não cair, principalmente quando os que correm se atrasam bruscamente.

— Sim, é isso mesmo — disse Stepane Arcadievitch, examinando com tristeza os olhos brilhantes, que não haviam perdido a candura da infância e tanto se pareciam com os de Ana. Esquecido da promessa que fizera a Karenine, não pôde deixar de perguntar:

— Lembras-te de tua mãe?

— Não — respondeu a criança, que enrubesceu de repente. Stepane Arcadievitch não lhe arrancou mais uma só palavra.

Quando, meia-hora mais tarde, o preceptor encontrou Sergio na escada, não pôde esclarecer se ele chorava ou se estava amuado.

— Sofreste algum mal caindo. Bem que tinha razão em dizer que era um brinquedo perigoso. É preciso que eu fale ao diretor.

— Se me sentisse mal, ninguém deixaria de saber, o senhor poderá me acreditar.

— Que tens então?

— Nada, deixa-me!... Que pode interessar-lhe se eu me lembro ou não? E por que me lembro eu?... Deixa-me tranquilo! — prosseguiu ele, desafiando agora o mundo inteiro.

XX

Como sempre, Stepane Arcadievitch empregou muito bem o seu tempo na capital, aproveitando-o não só com as preocupações do seu negócio como também para se distrair. A acreditar-se no que se dizia, o ar de Moscou cheirava a prisão: apesar dos seus carros e dos *cafés chantants*, aquela pobre cidade ficava como sendo uma espécie de pântano onde se atolava moralmente. No fim de alguns meses sentia sinceramente as repreensões da mulher, a saúde e a educação dos filhos, os menores detalhes do trabalho e as próprias dívidas o inquietavam.

Logo que punha os pés em Petersburgo encontrava-se no mundo dos vivos — em Moscou se vegetava —, as suas preocupações fundiam como cera ao fogo. Compreendiam-se tão diferentemente os deveres para com a família! O príncipe Tchetchenski não acabara de lhe contar que, tendo dois lares, achava vantajoso introduzir o mais velho dos seus filhos legítimos na família ilegal a fim de o tornar mais esperto? Compreender-se-ia isso em Moscou? Aí, atravancavam os filhos ao modo de Lvov: davam-lhes mesada, invertiam os papéis, dando-lhes um lugar exagerado na família, compreendia-se que todo homem bem-educado tem o direito e o dever de viver primeiramente para ele mesmo. E depois, em Moscou, onde o serviço do Estado não oferecia nem interesse nem futuro, a que brilhante carreira podia pretender numa cidade onde o amigo Briantsev era alguém? Para isso, bastava um feliz encontro, um favor prestado, uma palavra amável ou um jogo de fisionomia bem-feito. Enfim — e isso principalmente realçava os escrúpulos de Oblonski —, como se fazia pouco caso de dinheiro! Ainda na véspera, Bartnianski, que vivia com cinquenta mil rublos, dissera-lhe sobre aquele assunto uma palavra bem edificante, no momento em que se punham à mesa:

— Tu serias amável! — insinuara Stepane Arcadievitch — se falasses em meu favor com Mordvinski. Eu sou candidato ao lugar de membro...

— Pouco importa o título. Eu o esquecerei de qualquer modo. Mas que ideia de te comprometeres com esses sujeitos?

— Tenho necessidade de dinheiro — declarou francamente Oblonski, julgando inútil tergiversar com um amigo. — Não tenho mais uma moeda.

— Tu não vives?

— Sim, mas com dívidas.

— Tens muitas? — perguntou Bartnianski, com simpatia.

— Oh, sim, pouco mais ou menos vinte mil rublos.

— Feliz mortal! — gritou o outro, rindo a bandeiras despregadas. — Eu tenho um milhão e meio de rublos de dívidas, nem uma moeda no bolso e, como vês, vivo da mesma maneira.

Aquele exemplo era confirmado por muitos outros: arruinado, devendo trezentos mil rublos, Jivakhov ainda levava boa vida; havia muito tempo em aperto, o conde Krivtsov sustentava duas amantes; depois de haver gasto cinco milhões, Petrovski dirigia uma empresa financeira com ordenados de vinte mil rublos.

E como Petersburgo remoçava as pessoas! Em Moscou, Stepane Arcadievitch examinava com agonia os seus cabelos grisalhos, adormecia depois do almoço, subia dificilmente as escadas, aborrecia-se em companhia das mulheres moças, já não dançava nos bailes. Em Petersburgo, julgava-se dez anos mais jovem. Experimentava a mesma sensação que o seu tio Pedro no estrangeiro.

— Nós não sabemos viver aqui — dizia-lhe aquele moço de sessenta anos voltando de Paris. — Acredita-me se quiseres, em Baden, onde passei o verão, a presença de uma linda mulher dava-me ideias, um bom jantar me restituía o aprumo. Quinze dias de Rússia com a minha nobre esposa, e ainda no fundo do campo, eu era apenas um velho! Adeus às jovens belezas! Não deixava mais o meu *robe de chambre* e por pouco não morri... Felizmente que Paris me levantou o ânimo.

No dia seguinte ao da sua entrevista com Karenine, Stepane Arcadievitch foi ver Betsy Tverskoi, com a qual mantinha relações estranhas. Fazia-lhe a corte para se rir, espalhando aquelas propostas levianas que sabia serem do agrado dela. Nesse dia, influenciado pelo ar de Petersburgo, deixou-se levar muito longe e sentiu-se feliz de ver a princesa Miagki interromper um *tête-à-tête* que começava a lhe fazer mal, porque não gostava de Betsy.

— Ah, ei-lo! — disse a princesa, vendo-o. — E que é feito da sua pobre irmã?... Está surpreso que pergunte por ela? É que, depois de todo mundo lhe atirar pedras, a começar por mulheres que são cem vezes piores do que ela, eu a absolvo completamente. Como Vronski não me avisou da sua passagem por Petersburgo? Eu teria ido vê-la e a teria levado a toda parte. Recomende-me a ela e fale-me de Ana.

— A sua situação é bastante penosa... — começou Stepane Arcadievitch, obedecendo ingenuamente ao convite da boa senhora.

— Ela fez o que faria qualquer mulher, menos eu, e teve a lealdade de agir abertamente. Eu ainda a aprovo com mais entusiasmo por haver abandonado aquele imbecil, peço-lhe perdão, do seu cunhado, que queria se fazer passar por gênio. Gênio! Eu era sozinha para protestar, mas, depois que se ligou a Landau e Lidia Ivanovna, todo mundo partilha da minha opinião: isso me aborrece, porém agora é impossível evitá-lo.

— Talvez a senhora possa me explicar um enigma. Ontem, a propósito do divórcio, o meu cunhado disse que só podia dar uma resposta depois de refletir e esta manhã recebo um cartão da condessa Lidia convidando-me para passar em sua casa, à noite.

— É bem isso — gritou a princesa —, eles vão consultar o Landau.

— Landau? Quem é?

— Como, o senhor não conhece *le fameux Jules Landau, le clair-voyant*? Eis o que se ganha por viver na província! É também um doido, mas a sorte da sua irmã está entre as suas mãos. Landau era *commis* de farmácia em Paris, um dia foi consultar um médico, adormeceu na sala de espera e, durante o sono, deu aos assistentes os mais surpreendentes conselhos. A mulher de Iouri Meledinski chamou-o para junto do seu marido doente e, segundo o meu modo de pensar, ele não lhe fez nenhum bem, mas ambos ficaram transtornados e trouxeram Landau para a Rússia. Aqui, todos se lançaram sobre ele, curou a princesa Bezzoubov, que, como reconhecimento, o adotou.

— Que disse?

— Eu disse: adotou. Ele já não se chama Landau, mas conde Bezzoubov. Pouco importa! Bem, a louca dessa Lidia, que de resto eu amo muito, embriagou-se pelo Landau. Ela e Karenine não fazem nada sem o consultor. Eis por que, digo-lhe, a sorte da sua irmã está entre as mãos de Landau, conde Bezzoubov.

XXI

Depois de um excelente jantar em casa de Bartnianski, acompanhado de numerosos copos de *cognac*, Stepane Arcadievitch dirigiu-se um pouco atrasado para a casa da condessa Lidia.

— Quem está aí? O francês? — perguntou ele ao porteiro, observando junto do capote bem conhecido de Karenine um estranho capote de presilha.

ANA KARENINA

— Alexis Alexandrovitch Karenine e o conde Bezzoubov — respondeu severamente o porteiro.

"A princesa Miagki acertou", pensava Oblonski subindo a escada. "É uma mulher indispensável, ela tem grande influência. Uma palavra dela para Pomorski e o meu caso estará resolvido!"

Embora ainda existisse a claridade do dia, as cortinas do pequeno salão estavam abaixadas e as luzes acesas. Sentada perto de uma mesa, a condessa e Karenine conversavam baixinho, enquanto um homem seco, pequeno, muito pálido, com lindos olhos brilhantes, uma aparência feminina, as pernas delgadas e enormes cabelos caindo sobre a gola da sua sobrecasaca, examinava na outra extremidade do aposento os retratos suspensos na parede. Depois de apresentar as suas homenagens à condessa e cumprimentar o seu cunhado, Oblonski voltou-se involuntariamente para aquela singular criatura.

— Senhor Landau — disse a condessa, docemente e com uma precaução que impressionou Stepane Arcadievitch.

Landau imediatamente se aproximou, sorriu, pôs a sua mão inerte e mole na de Oblonski, que lhe foi apresentado pela condessa, e retomou o seu lugar perto dos retratos. Lidia Ivanovna e Karenine trocaram um olhar significativo.

— Sinto-me feliz em vê-lo e principalmente hoje — disse a condessa a Oblonski, mostrando-lhe um sofá perto do seu cunhado. — Eu o apresentei sob o nome de Landau — continuou ela, depois de lançar um olhar ao francês —, mas o senhor naturalmente sabe que ele se chama conde Bezzoubov. Não gosta deste título.

— Sim, eu ouvi dizer que ele havia curado completamente a condessa Bezzoubov.

— Sim, ela veio me ver hoje — disse a condessa, dirigindo-se a Karenine. — Esta separação lhe causa um golpe terrível.

— A partida, pois, está decidida? — indagou Karenine.

— Sim, ele vai para Paris, pois ouviu uma voz — respondeu Lidia Ivanovna, olhando Oblonski.

— Uma voz, verdadeiramente! — repetiu Oblonski, sentindo que devia usar de grande prudência numa sociedade onde se passavam mistérios dos quais ele não tinha a chave.

Após alguns instantes de silêncio, a condessa julgou o momento oportuno para abordar os assuntos sérios e disse a Oblonski, com um sorriso sutil.

— Há muito tempo que o conheço. *Les amis de nos amis sont nos amis.* Mas, para ser verdadeiramente amigo, é preciso saber o que se passa na alma daqueles de quem gostamos e receio que não esteja de acordo com Alexis Alexandrovitch. Compreende o que quero dizer? — perguntou ela, erguendo os seus belos olhos sonhadores para Stepane Arcadievitch.

— Eu compreendo em parte que a situação de Alexis Alexandrovitch... — respondeu Oblonski, que, não vendo onde ela queria chegar, preferiu permanecer nas generalizações.

— Oh, não me refiro às mudanças exteriores — disse gravemente a condessa, acompanhando com um olhar amoroso Karenine, que se levantara para se reunir a Landau. — Foi o seu coração que mudou e eu receio muito que o senhor não tenha refletido suficientemente no alcance desta transformação.

— Posso figurá-la em linhas gerais. Sempre estivemos em ótimas relações e ainda agora... — começou Oblonski, que julgou bom dar ao olhar uma impressão de ternura. — Ele sabia que Lidia contava dois ministros entre os seus amigos e indagava-se intimamente qual deles mais lhe poderia servir.

— Esta transformação não fere o seu amor pelo próximo, ao contrário, eleva-o, purifica-o... Receio, porém, que o senhor não compreenda... Uma xícara de chá? — propôs, mostrando um criado que trazia uma bandeja.

— Obrigado, condessa. Evidentemente, a sua infelicidade...

— A sua infelicidade tornou-se sua felicidade, pois o seu coração acordou para ele — disse a condessa, cujo olhar cada vez mais se tornava lânguido.

"Eu creio que poderia forçá-la a falar a ambos", pensou Oblonski. E, muito alto:

— Certamente, condessa — aprovou. — Mas isso é uma dessas questões íntimas que não se ousa abordar.

— Ao contrário, devemos nos ajudar mutuamente.

— Sem dúvida, mas existem algumas vezes tais divergências de opinião... — respondeu Oblonski, com o seu sorriso habitual.

— Não podem existir divergências quando se trata da santa verdade.

— Sem dúvida, sem dúvida — repetiu Oblonski, que, vendo a religião entrar em jogo, preferiu esquivar-se.

Karenine, neste ínterim, aproximou-se.

— Creio que ele vai adormecer — anunciou, em voz baixa.

Stepane Arcadievitch voltou-se: Landau estava sentado perto da janela, o braço apoiado sobre uma poltrona e a cabeça baixa. Ele a ergueu, vendo os olhares voltados para ele, e sorriu com um ar infantil.

— Não lhe preste atenção — disse Lidia Ivanovna, mostrando um sofá a Karenine. — Eu observei...

Neste momento um criado veio trazer-lhe um bilhete, que ela leu apressadamente e que respondeu com uma rapidez extraordinária, depois de haver se desculpado com os seus convidados.

— Eu observei — continuou — que os moscovitas, principalmente os homens, são as pessoas mais indiferentes do mundo em matéria de religião.

— Eu pensaria o contrário, condessa, a julgar pela sua reputação.

— Mas tu mesmo — disse Alexis Alexandrovitch — pertences à categoria dos indiferentes.

— É possível! — gritou Lidia Ivanovna.

— Estou antes esperando — respondeu Oblonski, com o seu sorriso mais conciliador. — A minha hora ainda não chegou.

Karenine e a condessa se olharam.

— Nunca podemos conhecer a nossa hora, nem sabemos se estamos perto ou não — declarou gravemente Alexis Alexandrovitch. — A Graça não obedece às considerações humanas. Esquece por vezes aqueles que a procuram para descer sobre aqueles que não estão preparados para recebê-la. Saulo é um exemplo.

— Ele ainda não adormeceu — disse a condessa, que seguia, com os olhos, os movimentos do francês.

Landau levantou-se e aproximou-se do grupo.

— Posso ouvir? — indagou ele.

— Naturalmente, eu não queria aborrecê-lo — falou a condessa, ternamente.

— O essencial é não fechar os olhos à luz — continuou Alexis Alexandrovitch.

— E se o senhor conhecesse a felicidade que experimentamos ao sentir a Sua presença constante em nossas almas! — declarou Lidia Ivanovna, com um sorriso estático.

— Infelizmente pode-se ser incapaz de se elevar a semelhantes alturas — objetou Stepane Arcadievitch, não sem hipocrisia. "Como indispor uma pessoa da qual uma única palavra a Pomorski podia lhe obter o lugar que desejava?"

— O senhor poderá dizer que o pecado não nos permite tal coisa. Mas é uma ideia falsa. O pecado não existe para o que crê... *Pardon* — fez ela, vendo o criado lhe trazer um segundo bilhete. — Responda que irei amanhã em casa da duquesa... Não, para o crente o pecado não existe — repetiu.

— Sim, mas a fé sem a prática não perderá a virtude? — disse Stepane Arcadievitch, lembrando-se daquela frase do catecismo e defendendo a sua independência com um sorriso.

— Veja esta famosa passagem de São Jacques que fez tanto mal! — gritou Karenine, olhando a condessa como para lhe lembrar as frequentes discussões sobre aquele assunto. — Quantas almas esta falsa interpretação não tem afastado da fé! Ora, o texto diz exatamente o contrário.

— São os monges que julgam se salvar pelas práticas, os jejuns, as mortificações — disse a condessa, com um ar de soberano desprezo.

— Mas isto não está escrito em parte alguma. Acredite-me, fazemos a nossa salvação de um modo muito simples — acrescentou, concedendo a Oblonski um daqueles olhares com que encorajava na corte os primeiros passos das jovens damas de honra.

Karenine aprovou-a com um olhar.

— O Cristo nos salvou, morrendo por nós. Só a fé salva — declarou ele.

— *Vous comprenez l'anglais*? — perguntou Lidia Ivanovna, e, com um gesto significativo, dirigiu-se para uma estante.

— Vou ler-lhes *Safe and Happy* ou *Under the Wing* — disse ela, interrogando Karenine com o olhar. — É muito curto — acrescentou, indo sentar-se. — O senhor verá como se adquire a fé e a felicidade sobrenatural que enchem a alma do crente: não conhecendo mais a solidão, o homem não saberia ser infeliz.

Ia começar a leitura, mas o criado veio perturbá-la novamente.

— Madame Borozdine? Amanhã às duas horas... A propósito — prosseguiu, soltando um suspiro e marcando com um dedo a página que desejava ler. — Quer saber como opera a verdadeira fé? Conhece Maria Sanine? Sabe da sua infelicidade? Ela perdeu o seu filho único. Então, depois que encontrou a sua via, o seu desespero transfigurou-se em consolação: ela agradece a Deus pela morte do seu filho. Tal é a felicidade que dá a fé.

— Evidentemente, é muito... — murmurou Stepane Arcadievitch, feliz por conservar-se calado durante a leitura. "Decididamente", pensava "eu faria melhor em nada pedir hoje e escapar-me o mais depressa possível."

ANA KARENINA

— Isso o aborrecerá — disse a condessa a Landau —, porque o senhor não sabe o inglês, mas não me demorarei.

— Oh, eu compreenderei tudo! — respondeu o outro, sempre sorrindo.

Karenine e a condessa trocaram um olhar enternecido e a leitura começou.

XXII

As estranhas ideias que acabava de ouvir puseram Stepane Arcadievitch na maior estupefação. Certamente, a complexidade da vida de Petersburgo formava um grande contraste com a monotonia moscovita, mas aquele meio insólito perturbava completamente os seus hábitos. Ouvindo a condessa e sentindo os olhos — ingênuos ou velhacos? — de Landau sobre ele, experimentava um certo peso na cabeça. Os pensamentos mais diversos surgiam no seu cérebro.

"Maria Sanine era feliz por haver perdido o seu filho... Ah, se eu pudesse fumar!... Para salvar-se é indispensável acreditar. Os monges não entendem nada, mas a condessa sabe... Por que tenho a cabeça assim? É por causa do *cognac* ou da singularidade de tudo isso? Eu ainda nada disse de impróprio, mas decididamente prefiro não solicitar nada hoje. Se estas pessoas me obrigassem a rezar, isso seria bem ridículo. É preciso reconhecer que ela pronuncia bem o inglês. Landau-Bezzoubov, por que Bezzoubov?..."

Aqui, Stepane Arcadievitch reconheceu no queixo um movimento que se assemelhava ao bocejo, sacudiu-se, mexeu-se, o sono o vencia irresistivelmente. Talvez mesmo já roncasse quando estremeceu subitamente, com um ar culpado.

"Ele dorme!", acabava de dizer a condessa. Por felicidade, aquelas palavras se dirigiam a Landau, que estava adormecido ao seu lado. Mas se o sono de Oblonski ofendesse a Lidia Ivanovna e Karenine — era certo em mundo tão anormal? —, o de Landau os alegrou muito, principalmente à condessa.

— *Mon ami* — disse ela, chamando Karenine no entusiasmo do momento e suspendendo com prudência as dobras do seu vestido de seda — *donnez-lui la main: vous voyez?...* Chut! Eu não recebo ninguém — murmurou ao criado, que aparecia pela terceira vez.

O francês dormia ou fingia dormir, a cabeça apoiada no encosto da poltrona, enquanto sobre o joelho sua mão fazia o gesto de apanhar alguma coisa. Alexis Alexandrovitch aproximou-se dele, batendo na mesa apesar das precauções, e pôs a sua mão entre as de Landau. Stepane Arcadievitch também se levantou: abrindo os grandes olhos para se convencer de que não dormia mais, fitava ora um, ora outro, sentindo as suas ideias se baralharem cada vez mais.

— *Que la personne qui est arrivée la dernière, celle qui demande qu'elle sorte... qu'lle sorte!* — murmurou o francês, sem abrir os olhos.

— *Vous m'excuserez, mais vous voyes... Revenez vers dix heures, encore mieux demain.*

— *Qu'elle sorte!* — repetiu o francês, com impaciência.

— *C'est moi, n'est-ce pas?*, perguntou Oblonski. E, sem esperar resposta, saiu na ponta dos pés e ganhou a rua, como se estivesse numa casa empestada. Para se refazer, esforçou-se por se divertir com o cocheiro da carruagem que o conduzia ao teatro francês. Chegou no último ato e terminou a noite bebendo algumas taças de *champagne*, sem dissipar inteiramente a sua indisposição.

Voltando à casa do seu tio Pedro, achou um bilhete de Betsy, convidando-o para entabularem no dia seguinte a conversa interrompida, o que o obrigou a fazer caretas. Um ruído de passos surdos atraiu-o à escada onde viu o seu tio, tão remoçado pela viagem ao estrangeiro, andando completamente bêbado. Embora só se pudesse manter em pé, o velhote, agarrando-se ao sobrinho, subiu até o quarto, onde adormeceu sobre uma cadeira, depois de ter inutilmente tentado contar as suas proezas.

Oblonski, ao contrário, não tinha sono; contra o seu hábito, sentia-se muito deprimido e não podia lembrar-se sem se envergonhar dos acontecimentos do dia, em particular da reunião em casa da condessa.

No dia seguinte, Karenine avisou-lhe que recusava categoricamente o divórcio. Oblonski compreendeu que aquela decisão fora inspirada pelo francês no curso do seu sono verdadeiro ou fingido.

XXIII

Tomam-se decisões nas famílias em caso de perfeito entendimento ou de completo desacordo. Quando as relações entre os esposos oscilam entre esses dois extremos, nenhum ousa empreender nada e assim permanecem durante anos inteiros, parecendo fastidiosos um ao outro.

ANA KARENINA

Vronski e Ana estavam neste caso: as árvores tiveram tempo de se cobrir de folhas e as folhas de se desdobrarem e, apesar do calor e da poeira, da estada odiosa para ambos, permaneciam ainda em Moscou. Uma evidente desinteligência os separava. Toda tentativa de explicação a agravava singularmente. Ana achava o seu amante frio. Vronski tornava a situação de Ana ainda mais penosa com recriminações pela falsa posição em que se colocara por causa dela. Escondendo cuidadosamente aquelas verdadeiras causas da sua irritação, cada qual acusava o outro de responsável e aproveitava a primeira situação para o demonstrar.

Conhecendo Vronski a fundo, os seus gostos, as suas ideias, os seus desejos, as suas particularidades físicas e morais, Ana o julgava feito para o amor, e tão somente para o amor. E se ele se tornava frio para com ela, era porque amava outras e, no seu ciúme cego, suspeitava de todas as mulheres. Ora receava as ligações grosseiras, acessíveis aos solteiros: ora desconfiava das mulheres de sociedade; ora mesmo maldizia as moças, por quem talvez ele a abandonasse um belo dia. Esta última forma de ciúme era de todas a mais dolorosa, tendo sido despertada por uma confidência de Alexis: um dia, ele censurara muito a sua mãe, que lhe queria meter na cabeça a ideia de esposar Mlle. Sorokine.

Com aquele ciúme acumulava sobre a cabeça de Vronski as mais diversas afrontas: a solidão em que vivia, as hesitações de Alexis Alexandrovitch, a separação talvez eterna do seu filho, a sua estada prolongada em Moscou — e, se ele a amava verdadeiramente, não podia deixar a sociedade e refugiar-se com ela no campo? Sobrevinham raros momentos de ternura, Ana não sentia nenhuma tranquilidade, porque descobria nas carícias do amante muito calmo, muito senhor de si, uma impressão nova que a feria.

O dia terminava. Vronski assistia a um jantar e Ana se refugiara para esperá-lo no gabinete de trabalho, onde o barulho da rua a incomodava menos que no resto da casa. Andava de um para outro lado e repassava na memória os detalhes de uma cena penosa que os tinha levantado um contra o outro. Refazendo as causas daquela desinteligência, ficou surpresa por achá-las tão fúteis. A propósito de Hannah, a pequena inglesa que protegia, Vronski ridicularizava os colégios de moças, achando que as ciências físicas seriam de uma medíocre utilidade para a criança. Julgando ver uma pedra atirada ao seu jardim, respondera prontamente:

— Eu não esperava a sua simpatia, mas pensava ter direito à sua delicadeza.

Ferido, Vronski corara e, depois de uma ou duas réplicas de que não se lembrava mais, dissera para acabar de a contrariar:

— Confesso não compreender nada da sua predileção por essa menina. Vejo apenas afetação.

A censura fora dura e injusta: ele criticava os laboriosos esforços de Ana para criar uma ocupação que a ajudasse a suportar o isolamento. Ela explodiu:

— É bem triste que sentimentos grosseiros e materiais te sejam acessíveis — dissera, abandonando o aposento.

À noite, no quarto de dormir, não fizeram nenhuma alusão à cena, embora sentissem que não a podiam esquecer.

Um dia inteiro passado na solidão fizera com que Ana refletisse: ávida por reconciliar-se com o amante, estava prestes a perdoar, a acusar-se ela própria.

"A culpa foi minha, o meu absurdo ciúme torna-me irritável. É indispensável partir para o campo, lá eu encontrarei novamente a minha calma... Sei bem que demonstrando afetar ternura por uma estranha, ele me censura por não gostar da minha filha. Mas que sabe ele do amor que uma criança possa inspirar? Duvida ele que me tenha sacrificado renunciando a Sergio?... Por que este desejo constante de me ferir? Não é uma prova de que ama a outra?..."

Procurando acalmar-se, Ana retornava ao lúgubre ponto de partida. "Em que", dizia ela, quase louca "devo me reconhecer culpada? Vejamos, ele é direito e honesto, ele me ama. Eu o amo igualmente e o meu divórcio é apenas uma questão de dias. O que ele me fez de mais? A tranquilidade, a confiança... Sim, logo que entre, eu me confessarei culpada... E viajaremos o mais cedo possível."

E, para banir as suas negras ideias, deu ordem para trazerem as malas. Vronski entrou às dez horas.

XXIV

— O jantar decorreu bem? — Perguntou ela, recebendo-o com um ar contrito.

— Como de costume — respondeu ele, imediatamente observando aquele salto de humor, ao qual aderiu tanto mais quando estava muito alegre. — Vejo que és muito gentil.

— Sim, o passeio que fiz me devolveu o desejo de retornar ao campo. Coisa alguma te prende aqui, não é mesmo?

— Só desejo partir. Manda servir o chá enquanto mudo de roupa. Voltarei num instante.

O ar de superioridade que ele afetava pareceu ferir a Ana. "Vejo que és muito gentil." Não é daquele modo que se desculpam os caprichos de uma criança mimada? A necessidade de lutar despertou imediatamente: por que ficar humilde em face daquela arrogância? No entanto, conteve-se e, quando ele voltou, expôs os planos de partida entre frases anteriormente estudadas.

— Acho que foi uma inspiração — concluiu ela. — Pelo menos é um intervalo nesta eterna espera. Para que esperar? Quero tornar-me indiferente nesta questão de divórcio. Não é a tua opinião?

— Certamente — respondeu, um pouco inquieto com a agitação de Ana.

— Conta-me por tua vez o que se passou no teu jantar — disse ela depois de um momento de silêncio.

— O jantar esteve muito bom — respondeu Vronski, citando os nomes dos convivas. — Tivemos depois as corridas de barcos, mas como em Moscou acha-se sempre meio de tornar tudo *ridicule*, nos exibiram a professora de natação da rainha da Suécia.

— Como, ela nadou na tua frente? — perguntou Ana, entristecendo.

— Sim, em costume vermelho. É uma velha mulher horrível... Então, quando partimos?

— Pode-se imaginar nada de mais tolo! Havia alguma coisa de especial no seu modo de nadar? — continuou ela.

— Absolutamente. Era ridículo, já disse. Então, marcaste o dia da viagem?

Ana sacudiu a cabeça como para afastar uma obsessão.

— Quanto mais cedo, melhor. Não podemos partir amanhã, mas depois de amanhã.

— Está certo... Isto é, não. Depois de amanhã é domingo, sou obrigado a ir em casa de *maman*.

Apenas pronunciara aquela palavra e Vronski se perturbou, sentindo pesar sobre ele um olhar de desconfiança. A sua perturbação aumentou a desconfiança de Ana: ela esqueceu a professora de natação para se inquietar somente com Mlle. Sorokine, que passava o verão em casa da velha condessa, em Moscou. E ela se afastou, enrubescendo.

— Não podes ir amanhã?

— É impossível: nem a procuração nem o dinheiro que ela deve me entregar estarão prontos amanhã.

— Então não partiremos.

— Por quê?

— Segunda-feira ou nunca.

— Mas, vejamos, isto é uma loucura! — gritou Vronski.

— Para ti, porque, em teu egoísmo, não queres compreender que eu sofro. Uma só criatura me prendia aqui: Hannah, e achaste meio de me acusar de hipócrita em relação a ela. Segundo a tua opinião, eu não gosto da minha filha e afeto por essa inglesa sentimentos que nada têm de natural. Queria bem saber o que há de natural na vida que levo!

Percebeu com terror que esquecia as suas boas resoluções. Mas, compreendendo que se perdia, não resistiu à tentação de provar as injustiças de Vronski.

— Eu não disse isto — replicou ele —, mas simplesmente que esta súbita ternura me desagradava.

— Isso não é verdade e para alguém que se envaidece com a sua própria honestidade...

— Não tenho o hábito de me envaidecer e nem de mentir — disse ele docemente, reprimindo a cólera que o torturava. — E lamento bastante que não respeites...

— O respeito foi inventado para dissimular a ausência de amor. Se tu não me amas mais, seria mais leal me confessando.

— Isso se torna intolerável! — exclamou Vronski, que se levantou bruscamente e veio colocar-se em frente de Ana. — A minha paciência tem limites, por que colocá-la à prova? — perguntou ele lentamente, como se retivesse outras palavras mais amargas.

— Que queres dizer com isso? — gritou ela, espantada com o olhar com que ele a fulminava e com a expressão de ódio que desfigurava o seu rosto.

— Eu quero dizer que... Não, sou eu que te devo perguntar o que desejas de mim.

— Que posso eu desejar, salvo não ser abandonada, como tens a intenção de o fazer... De resto, a questão é secundária. Eu quero ser amada e se tu não me amas mais, tudo está acabado.

Ela se dirigiu para a porta.

ANA KARENINA

— Espera, espera! — disse Vronski, segurando-a pelo braço, mas com a testa franzida num gesto sinistro. — Que houve entre nós? Eu só peço para viajar daqui a três dias e tu respondes que eu minto e que sou um homem desonesto.

— Sim, e eu o repito. Um homem que me censura os sacrifícios que fiz (era uma alusão a antigas ofensas) é mais que desonesto. Simplesmente não tem coração.

— A minha paciência está no fim! — gritou Vronski, soltando-lhe o braço.

"Ele me odeia, é certo", pensou ela, e, sem se voltar, saiu do aposento a passos vacilantes. "Ele ama outra, é mais que certo ainda", pensava ela, entrando no quarto. E repetiu mentalmente as palavras de ainda havia pouco: "Eu quero ser amada e tu não me amas mais, tudo está acabado... Sim, é preciso acabar, mas como?", perguntou-se, prostrando-se numa poltrona diante do espelho.

Os pensamentos mais diversos a possuíram. Onde se refugiar? Em casa da tia que a criara, em casa de Dolly ou no estrangeiro? Que fazia ele em seu gabinete? Aquela ruptura seria definitiva? Que diria Alexis Alexandrovitch e os seus velhos amigos de Petersburgo? Uma vaga ideia brotava em seu espírito sem que ela chegasse a formulá-la. Lembrou-se de uma frase que dissera ao marido: "Por que não estou morta?" Imediatamente aquelas palavras despertaram o sentimento que outrora exprimiram. "Morrer, sim, é a única maneira de fugir. A minha vergonha, a desonra de Alexis Alexandrovitch, a de Sergio, tudo acabará com a minha morte. Uma vez morta, ele lamentará a sua conduta, chorará, ele me amará." Um sorriso de enternecimento oscilou nos seus lábios, enquanto tirava e repunha automaticamente os anéis nos dedos.

Os passos que se aproximavam — os seus! — tiraram-na das suas meditações, sem que fizesse menção de precaver-se. Ele segurou-lhe a mão e disse docemente:

— Ana, estou disposto a tudo, partiremos depois de amanhã.

E, como ela não respondesse nada, ele insistiu:

— Então?

— Faze como quiseres... — incapaz de permanecer dona de si mesma, debulhou-se em lágrimas. — Deixa-me, deixa-me! — murmurou através dos soluços. — Eu irei amanhã. E, mesmo, eu farei mais... Que sou eu? Uma mulher perdida, uma pedra no teu caminho. Eu não quero te atormentar para o futuro. Tu não me amas mais, tu amas outra, já te libertarei de mim.

Vronski suplicou para que ela se acalmasse, afirmou que o seu ciúme era sem fundamento, jurou que a amava mais do que nunca.

— Ana, por que nos torturamos assim? — perguntou ele, beijando-lhe as mãos.

Ela julgou observar lágrimas nos seus olhos e na sua voz. Passando imediatamente do mais sombrio ciúme para a paixão mais ardente, ela cobriu de beijos a cabeça, o pescoço e as mãos de seu amante.

XXV

A reconciliação fora completa. Ana ainda não sabia muito bem se partiriam segunda ou terça-feira, cada qual querendo ceder ao outro o seu ponto de vista, mas isto já pouco lhe importava agora e na manhã do dia seguinte ela ativou os seus preparativos. Retirava diversos objetos de uma mala quando Vronski entrou. Havia feito a *toilette* mais cedo do que de costume.

— Vou a casa de *maman*. Dir-lhe-ei para enviar o dinheiro por intermédio de Iegorov. Com isso, podemos partir amanhã.

A alusão a esta visita perturbou as boas disposições de Ana. "Assim, pois", pensou, "ele pôde arranjar as coisas como eu queria!"

— Não — replicou ela —, não mudes em nada o teu programa, porque eu mesma não estarei pronta. Vai almoçar, encontrar-te-ei imediatamente — acrescentou, empilhando toda sorte de roupa fina nos braços de Annouchka.

Quando ela entrou na sala de jantar, Vronski comia um bife. Sentou-se ao lado dele para tomar café.

— Odeio esta casa — declarou ela. — Que há de mais abominável que os *chambres garnies*? Estes relógios, estas cortinas, principalmente estes papéis pintados, tudo isto me irrita e o campo me aparece como a terra prometida. Tu não mandas os cavalos desde agora?

— Não, seguirão conosco. Tens a intenção de sair hoje?

— Passarei talvez em casa de Mrs. Wilson para lhe levar um vestido... Então, tudo certo para amanhã? — perguntou ela, alegremente. Mas, de súbito, sua fisionomia se alterou.

ANA KARENINA

Neste momento o criado veio pedir o recibo do telegrama, Vronski respondeu secamente que se encontrava sobre a carteira. E, para desviar a atenção de Ana, apressou-se em responder:

— Certamente, tudo estará terminado amanhã.

Mas Ana já havia mudado de expressão.

— De quem é o telegrama? — perguntou ela.

— De Stiva — respondeu ele, sem pressa.

— Por que não me mostraste? Que segredo pode existir entre ti e o meu irmão?

Vronski ordenou ao criado para trazer o telegrama.

— Eu não queria te mostrar. Stiva tem a mania do telégrafo. Que necessidade tinha ele de me prevenir de que ainda não decidira nada?

— Sobre o divórcio?

— Sim, ele acha que não pode obter uma resposta definitiva. Lê tu mesma.

Ana agarrou o telegrama com mão trêmula. O fim estava assim redigido: "Pouca esperança, mas farei o possível e o impossível."

— Não te disse ontem que isso me é indiferente? — fez ela, corando. — Era, pois, inútil querer me ocultar tal coisa. "Sem dúvida, ele age assim para se corresponder com as mulheres", pensou.

— A propósito, Iachvine talvez venha esta manhã com Voitov. Parece que ele ganhou perto de sessenta mil rublos em Pievtsov.

Esse modo de obrigá-la a compreender que rumava novamente sobre um caminho perigoso irritou-a ainda mais.

— Perdão — insistiu ela —, por que julgaste bom me esconder esta notícia? Repito que esta questão me é indiferente e desejava que ela te interessasse tão pouco quanto a mim mesma.

— Se ela me interessa é porque gosto das situações claras.

— Que importam as fórmulas quando o amor existe! — gritou ela, cada vez mais chocada com aquele tom de fria superioridade. — Que vais fazer do divórcio?

"Sempre o amor", pensou Vronski.

— Tu sabes bem que se o desejo, é por tua causa e pelo futuro dos nossos filhos.

— Não terei mais filhos.

— Tanto pior, eu lamento.

— Tu só pensas nos filhos e não em mim — fez ela, esquecendo que ele acabava de dizer: "Por tua causa e pelo futuro dos nossos filhos."

Aquele desejo de ter filhos era há muito tempo entre eles um assunto de discórdia: ele a feria como uma prova de indiferença para a sua beleza.

— Ao contrário, é principalmente em ti que eu penso — respondeu ele, a testa franzida como por uma nevralgia. — Estou convencido de que a tua irritabilidade vem principalmente da falsidade da tua situação.

"Ele deixou de fingir e o ódio que me dedica aparece completamente", pensou Ana. Sem prestar atenção às suas palavras, parecia ver um juiz feroz condenando-a pelos olhos de Vronski.

— Não, a minha situação não poderia ser a causa do que te agrada chamar a minha ir-ri-ta-bi-li-da-de — disse ela. — Ela me parece perfeitamente clara: não estou absolutamente em teu poder?

— Lastimo que não queiras me compreender — interrompeu ele bruscamente, querendo lhe fazer sentir o fundo do seu pensamento. — É a tua falsa situação que te incita a desconfiar de mim.

— Oh, quanto a isto, podes ficar tranquilo — replicou ela, voltando-se. Ela bebeu alguns goles de café: o ruído dos seus lábios e o gesto da sua mão que segurava a xícara, o pequeno dedo erguido, provocavam evidentemente Vronski. Ana percebeu isto e lançou-lhe um olhar furtivo.

— Pouco me importa a opinião da tua mãe e os projetos de casamento que faça a teu respeito — disse ela, pousando a xícara com mão trêmula.

— Não se trata disso.

— Realmente, se pudesses me acreditar, uma mulher sem coração não interessa, fosse ela a tua mãe.

— Ana, peço-te para respeitar a minha mãe.

— Uma mulher que não compreende onde reside a felicidade do seu filho, que o incita a um atentado contra a sua própria honra, essa mulher não tem coração!

— Ainda uma vez eu te peço para não falares de minha mãe deste modo — disse ele, erguendo a voz.

Dirigiu-lhe um olhar severo, que Ana suportou ousadamente. Ela examinava os lábios e as mãos que, na véspera, depois da reconciliação, lhe haviam dispensado tantas carícias. "Carícias banais", pensava, "que já fez e fará ainda a inúmeras outras mulheres!"

— Tu não amas a tua mãe — disse ela afinal, os olhos carregados de ódio. — Tudo isso são apenas frases.

— Neste caso, é preciso...

— É preciso tomar um partido e, quanto a mim, sei o que me resta fazer.

ANA KARENINA

Ela ia retirar-se quando Iachvine entrou. Deteve-se para lhe desejar o bom-dia. Por que, numa circunstância tão grave da vida, dissimulava diante de um estranho que, cedo ou tarde, saberia tudo? Era o que não conseguiria explicar. Sentou-se novamente e, reprimindo a dor que lhe torturava o coração, pôs-se a falar com Iachvine sobre coisas indiferentes.

— Pagaram-lhe? — indagou ela.

— Apenas uma parte, e devo viajar sábado sem falta — respondeu ele, arriscando um olhar para o lado de Vronski: supunha, sem dúvida, que a sua entrada interrompera uma cena. — Quando partem?

— Penso que depois de amanhã — disse Vronski.

— Tomaram afinal uma decisão?

— Sim, e definitiva — respondeu Ana, cujo olhar duro repelia toda tentativa de reconciliação. — Não teve piedade daquele pobre Pievtsov?

— Piedade? É uma questão de que nunca cogitei, Ana Arcadievna. Trago toda a minha fortuna comigo — disse ele, mostrando o bolso —, rico neste momento, posso sair do clube sem uma moeda. O que jogar comigo ganhará naturalmente até a minha camisa. É esta luta que dá o prazer.

— Mas se o senhor fosse casado, que diria a sua mulher? — perguntou Ana, rindo-se.

— Eu nunca me casei e jamais tive intenção disto — respondeu Iachvine, divertindo-se com aquela suposição.

— Tu esqueces Helsingfors — insinuou Vronski, arriscando um olhar sobre Ana, cujo sorriso desapareceu imediatamente. "Não, meu amigo, nada mudou", parecia dizer o seu rosto rígido.

— Nunca esteve apaixonado? — perguntou ela a Iachvine.

— Oh, Senhor, quantas vezes! Mas enquanto outros se arranjam para não faltar aos *rendez-vous*, eu sempre fiz o possível para não perder as minhas partidas.

— Não me refiro a este gênero de namoro. É o verdadeiro que tenho em vista.

Ela quis interrogá-lo sobre Helsingfors, mas recusou-se a repetir uma palavra que Vronski havia pronunciado.

Voitov entrou neste momento para comprar um cavalo e Ana se retirou.

Antes de sair, Vronski passou pelo quarto da mulher. A princípio, ela fez menção de estar absorvida na procura de qualquer coisa, mas, envergonhada com aquela dissimulação, fixou sobre ele um olhar sempre glacial.

— Que está faltando? — perguntou ela em francês.

— O certificado de origem de Gambetta, que acabo de vender — respondeu, num tom que queria dizer claramente: "Não tenho tempo a perder com explicações ociosas."

"Nada tenho a me censurar", pensava ele, "se ela quer se castigar, *tant pis pour elle*." No entanto, como deixasse o quarto, julgou que ela o chamava e, subitamente, sentiu-se dominado pela piedade.

— Que há, Ana? — perguntou.

— Nada — respondeu ela, friamente.

"Vamos, decididamente, *tant pis*!", ainda pensou ele.

Passando em frente de um espelho percebeu um rosto tão desfeito que lhe veio a ideia de consolar a infeliz, mas já era muito tarde e ele estava muito longe. Passou fora todo o dia e quando retornou a criada lhe avisou que Ana Arcadievna tinha dores de cabeça e pedia que não a incomodasse.

XXVI

Nunca se passara um dia, em caso de desinteligência, que não se verificasse a reconciliação. Desta vez, porém, a briga se assemelhava muito a uma ruptura. Para oprimi-la com um olhar tão frio, para afastar-se como o seu amante o fizera — apesar do estado de desespero ao qual a reduzira —, era porque ele a odiava e amava a uma outra. As palavras cruéis brotadas da boca de Vronski retornavam à memória de Ana e se agravavam, na sua imaginação, com elementos grosseiros de que ele era incapaz.

"Eu não a prendo, poderás viajar. Se tu não queres o divórcio é porque esperas voltar para a casa do teu marido. Se necessitas de dinheiro, basta dizer: quanto quer?"

"Mas, ainda ontem, ele jurou que só amava a mim!...", dizia ela, momentos depois. "É um homem honesto e sincero. Não me tenho de-sesperado inutilmente?"

Excluindo uma visita de duas horas a Mrs. Wilson, ela passou todo o dia na alternativa de dúvida e de esperança: "Partirei imediatamente ou devo tentar revê-lo ainda?" Cansada de esperar toda a noite, acabou por entrar no quarto, recomendando a Annouchka que dissesse a Vronski que estava doente. "Se ele vier apesar de tudo, é que ainda me ama; se não vier, tudo está acabado e sei o que me resta fazer!"

Ouviu o barulho da carruagem na calçada, quando Vronski entrou, o ruído da campainha, o colóquio com a criada, depois os seus passos se afastaram, ele entrou no gabinete e Ana compreendeu que a sorte estava jogada. A morte lhe pareceu então como único meio de castigar Vronski, de reconquistar o seu amor, de triunfar na luta que o mau espírito alojado no seu coração disputava com aquele homem. A viagem e o divórcio tornavam-se-lhe coisas indiferentes. O essencial era o castigo.

Apanhou o frasco de ópio e pôs a dose habitual no copo... "Bebendo tudo", pensava ela, "seria facílimo acabar." Deitada, os olhos abertos, examinava a chama vacilante da vela, as molduras das cornijas e a sombra que o biombo projetava. Abandonava-se àquele sonho lúgubre. Que pensaria ele quando ela houvesse desaparecido? Que remorsos seriam os seus! "Como pude lhe falar duramente, deixá-la sem uma palavra de afeição? E eis que ela já não existe, que ela nos abandonou para sempre!..." De repente, a sombra do biombo pareceu oscilar, subir até o teto, outras sombras surgiram ao seu encontro, recuaram, para se precipitarem com uma nova impetuosidade e tudo se confundiu na completa obscuridade. "A morte!", disse ela, e um profundo terror a dominou de tal modo que levou algum tempo a reunir as ideias sem mesmo saber onde se encontrava. Depois de inúteis esforços, com a mão trêmula, pôde afinal acender uma vela no lugar da que vinha de se apagar. Lágrimas de alegria inundaram-lhe o rosto quando compreendeu que vivia ainda. "Não, não, tudo menos a morte! Eu o amo, ele me ama também, nós já passamos por cenas semelhantes e tudo acabou bem." E, para escapar aos seus terrores, encaminhou-se para o gabinete de Vronski.

Ele dormia um sono tranquilo. Ela se aproximou, levantou o castiçal e contemplou-o longamente, chorando de enternecimento. Teve o cuidado, porém, de não acordá-lo: ele a teria fitado com o seu olhar de gelo e o seu primeiro movimento seria o de demonstrar a gravidade das suas injustiças. Retornou ao próprio quarto, tomou uma segunda dose de ópio e adormeceu, um sono pesado, que não lhe tirou o sentimento dos sofrimentos.

De manhã, o pesadelo terrível que a tinha oprimido mais de uma vez antes da sua ligação com Vronski novamente a angustiou: um homenzinho de barba eriçada batia num ferro, pronunciando restos de frases francesas incompreensíveis. E, como sempre, o que mais a terrificava era ver aquele homem *au-dessus d'elle*, sem ter o ar de observá-la.

Logo que se levantou, os acontecimentos da véspera voltaram, confusos, ao seu espírito. "Que se passara de tão desesperado? Uma briga? Não era a primeira. Eu inventei uma doença e ele não veio me ver. Partiremos amanhã. Preciso vê-lo, falar-lhe e apressar a viagem."

Dirigiu-se para o gabinete de Vronski, mas, atravessando o salão, o ruído de uma carruagem que parava na porta obrigou-a a olhar pela janela. Uma moça, usando chapéu malva, debruçada na portinhola, dava ordens a um criado, que tocou a campainha; falou-se no vestíbulo e, depois, alguém subiu e Ana ouviu Vronski descer a escada apressadamente. Ela o viu sair, a cabeça nua, aproximar-se da carruagem, tomar um pacote das mãos da moça e lhe falar, sorrindo. A carruagem afastou-se e Vronski subiu alegremente.

Aquela pequena cena dissipou subitamente o torpor de Ana e as impressões da véspera feriram o seu coração mais dolorosamente que nunca: como pudera se abaixar ao ponto de ficar, depois de semelhante cena, todo um dia sob o mesmo teto que aquele homem? Entrou no gabinete para lhe prevenir da decisão que havia tomado.

— A princesa Sorokine e a sua filha trouxeram o dinheiro e os papéis da minha mãe, que eu não pude obter ontem — disse tranquilamente Vronski, sem reparar na fisionomia trágica de Ana. — Como te sentes esta manhã?

De pé no meio do quarto, ela o olhou fixamente, enquanto ele continuava a ler uma carta, a testa franzida. Sem dizer palavra, Ana voltou-se e se dirigiu para a porta. Ele nada fez para retê-la, apenas o ruído do papel machucado ressoava no silêncio.

— A propósito — gritou ele, no instante em que ela atingia o limiar —, é mesmo amanhã que nós partiremos?

— O senhor, eu não — respondeu ela, voltando-se para Vronski.

— Ana, semelhante vida torna-se impossível.

— O senhor, eu não — repetiu ela.

— Isso não é mais tolerável.

— O senhor... o senhor se arrependerá — disse, e saiu.

Assustado com o tom de desespero com que ela pronunciara aquelas últimas palavras, Vronski saltou da sua poltrona, quis correr atrás dela, mas mudou de ideia imediatamente. Aquela ameaça, que julgava inconveniente, o exasperava. "Eu tentei todos os meios", murmurou ele, apertando os dentes, "só me resta a indiferença." Preparou-se para sair:

necessitava ainda fazer algumas coisas e submeter uma procuração à assinatura da sua mãe.

Ana o ouviu deixar o gabinete, atravessar a sala de jantar, deter-se na antessala, não ir aonde ela estava e dar uma ordem para levarem o cavalo a Voitov. Escutou a carruagem avançar, a porta de entrada se abrir e alguém subir precipitadamente a escada. Ela correu à janela e viu Vronski tomar das mãos do criado um par de luvas, depois bater nas costas do cocheiro, dizer-lhe algumas palavras e, sem levantar os olhos para a janela, acomodar-se em sua pose habitual no fundo da carruagem, cruzar uma perna sobre a outra, calçar uma das luvas e desaparecer afinal na esquina da rua.

XXVII

— Ele partiu, tudo acabou! — disse ela, de pé na janela. Subitamente, a angústia que a possuíra durante a noite, quando a vela se acabara, renasceu e renasceram os temores do pesadelo. — Não, isto não é possível!, — gritou. Atravessando todo o aposento, deu um violento toque de campainha, mas, dominada pelo terror, não pôde esperar o criado e correu ao seu encontro.

— Informe-se do lugar para onde foi o conde — disse ela.

— Para as cocheiras — respondeu o criado. — A carruagem vai voltar e estará à disposição da senhora.

— Está bem, eu quero escrever um bilhete e lhe pedir, Miguel, para o levar imediatamente às cocheiras.

Sentou-se e escreveu:

"Eu sou a culpada de tudo. Volte pelo amor de Deus, que nos explicaremos. Sinto medo."

Fechou o envelope, entregou o bilhete ao criado e, no seu medo de ficar sozinha, foi para o quarto da filha.

"Eu não a reconheço mais, onde estão os seus olhos azuis e o seu lindo sorriso tímido?", pensava ela, vendo, em lugar de Sergio, que a sua confusão desejava ver, uma menina de cabelos negros. Sentada perto de uma mesa, a criança brincava com uma rolha de garrafa. Os seus olhos, de um negro profundo, fixavam sobre a mãe um olhar estúpido. A inglesa perguntou pela saúde de Ana, que lhe respondeu ir bem e aproveitou a ocasião para avisar que partiriam no dia seguinte para o campo. Depois sentou-se perto da menina e arrancou-lhe a rolha das mãos, mas o riso sonoro e o movimento da criança lembraram-lhe tão vivamente Vronski que Ana não pôde se controlar: ergueu-se bruscamente e saiu. "É possível verdadeiramente que tudo esteja acabado? Não, ele voltará, mas como me explicará a sua animação, o seu sorriso ao me falar? Acreditarei em tudo o que me disser... A não ser assim, só vejo um remédio, que não quero!" Olhou o relógio, doze minutos passaram. "Ele recebeu o meu bilhete e chegará dentro de dez minutos... E se não vier? É impossível. Ele não deve me achar com os olhos vermelhos, vou lavar o rosto... Mas, vejamos, eu me penteei hoje? Sim", fez ela, levando as mãos à cabeça, "mas quando? Não me recordo." Aproximou-se de um espelho, a fim de se convencer que estava bem penteada, e recuou, percebendo um rosto inchado e os olhos estranhamente brilhantes que a examinavam com espanto. "Quem é?... Mas sou eu", compreendeu subitamente. E, como se examinasse detalhadamente, julgou sentir nos ombros os beijos recentes do amante; ela tremeu e levou uma das mãos aos lábios. "Estou ficando louca?", perguntou-se com temor, e correu para o quarto onde Annouchka arrumava as coisas.

— Annouchka... — começou ela sem poder continuar, detendo-se em frente daquela forte mulher, que parecia compreender.

— A senhora quererá visitar Daria Alexandrovna? — disse ela.

— É verdade, quero ir.

"Um quarto de hora para ir, um quarto de hora para voltar e ele estará aqui de um momento para outro!" Ela olhou o relógio. "Mas como pôde ele me deixar assim? Como pode viver sem estar reconciliado comigo?" Aproximou-se da janela, examinou a rua: ninguém. Receando ter feito um erro de cálculo, pôs-se a contar os minutos desde a sua partida.

No momento em que ia consultar o relógio da sala, uma carruagem parou em frente da porta. Reconheceu a carruagem pela janela, mas ninguém subiu a escada. Como ouvisse vozes no vestíbulo, desceu e viu o criado Miguel.

— O conde já havia partido para a estação de Nijni — disse o criado.

— Que queres? Que houve?... — disse ela a Miguel, que queria lhe devolver o bilhete. "Ah, sim, é verdade, ele não o recebeu." — Leve imediatamente este bilhete ao conde, no campo, em casa da sua mãe, e traga-me logo a resposta.

"E eu, que farei enquanto espero?... A loucura me persegue... Vamos sempre à casa de Dolly... Ah, resta-me ainda o recurso de telegrafar."

Escreveu o telegrama seguinte, que expediu imediatamente: "Tenho absoluta necessidade de te falar. Volte depressa."

Vestiu-se e, já pronta para sair, parou em frente da plácida Annouchka, cujos olhinhos vivos testemunhavam uma profunda compaixão.

— Annouchka, minha querida, que farei? — murmurou ela, caindo numa poltrona.

— Por que a senhora se atormenta, Ana Arcadievna? Estas coisas acontecem. Faça um passeio que a distrairá.

— Sim, eu vou sair. Caso chegue algum telegrama em minha ausência, manda-o levar em casa de Daria Alexandrovna — disse ela, procurando controlar-se. — Não, eu voltarei logo.

"Devo me abster de toda reflexão, ocupar-me, sair, deixar esta casa principalmente", pensava ela, ouvindo terrificada as pancadas precipitadas do coração.

Saiu apressadamente e subiu na carruagem.

— Aonde vai a senhora? — indagou Pedro, o cocheiro.

— Rua da Aparição, em casa dos Oblonski.

XXVIII

O tempo não estava claro. Uma chuva fina, que caíra durante a manhã, ainda fazia brilhar ao sol de maio os tetos das casas, as pedras dos passeios, a calçada, as rodas das carruagens, o couro e os enfeites dos arreios. Eram três horas, o momento mais animado do dia.

Docemente embalada pela carruagem, que era puxada por dois cavalos baios, Ana julgou a sua situação de um modo diferente, examinando os acontecimentos dos últimos dias. A ideia da morte a assustava menos e pareceu-lhe não ser inevitável. E censurou-se vivamente a humilhação a que se abaixara. "Por que me acusar, implorar o seu perdão? Não posso viver sem ele?" E, deixando as perguntas sem respostas, pôs-se a ler maquinalmente os anúncios. "Escritório e lojas. Dentista. Sim, vou confessar-me a Dolly, ela não gosta de Vronski, será difícil dizer-lhe tudo, mas eu o farei. Ela gosta de mim, seguirei o seu conselho, não me deixarei tratar como uma criança. Philippov: médico. A água de Moscou é a melhor, os reservatórios de Mytistchy." Lembrou-se de haver passado outrora naquela localidade, fazendo com a sua tia a peregrinação a Santa-Trindade. "Naquele tempo, íamos de carruagem, eu tinha verdadeiramente as mãos vermelhas. Quantas coisas que me pareciam sonhos irrealizáveis se apresentam hoje como misérias, os séculos não poderiam devolver a minha inocência de então! Quem havia de prever o abaixamento em que cairia? O meu bilhete o fará triunfar, mas eu diminuirei o seu orgulho... Meu Deus, como esta pintura é má! Por que sentem sempre necessidade de pintar?... Modas e enfeites."

Um transeunte a cumprimentou, era o marido de Annouchka. "Nossos parasitas, como disse Vronski. Por que os nossos?... Ah, se pudéssemos arrancar o passado com as suas raízes! É impossível, mas, pelo menos, podemos fingir que nos esquecemos..." E, lembrando-se de repente do seu passado com Alexis Alexandrovitch, constatou que tinha perdido a recordação de tudo. "Dolly não me dará razão, porque é o segundo que eu deixo. Tenho a pretensão de querer ter razão!" Sentiu as lágrimas... "De que estas duas moças podem falar, sorrindo? De amor? Elas não conhecem a tristeza e nem a ignomínia... O jardim das crianças, três meninos brincam... Sergio, meu pequeno Sergio, eu vou perder tudo sem nem por isso te ganhar!... Sim, se ele não volta, tudo estará perdido. Talvez tenha perdido o trem e eu o encontre em casa? Vamos, eis que quero me humilhar... Não, eu quero dizer tudo a Dolly. Sou infeliz, sofro, eu mereci, mas ajude-me! Oh, estes cavalos, esta carruagem que lhe pertence, tudo isso me causa horror! Em breve, não os verei mais!"

Torturando-se assim, ela chegou em casa de Dolly e subiu a escada:

— Tem muita gente aí? — perguntou na antessala.

— Catarina Alexandrovna Levine — respondeu o criado.

"Kitty, essa Kitty por quem Vronski se apaixonou, que ele lamenta não ter esposado, enquanto maldiz o dia em que me encontrou."

Dolly aconselhara a irmã sobre a melhor maneira de amamentar quando lhe anunciaram Ana. Veio sozinha recebê-la.

— Tu ainda não partiste? Queria precisamente passar na tua casa, recebi esta manhã uma carta de Stiva.

— E nós recebemos um telegrama — respondeu Ana, esforçando-se por descobrir Kitty.

— Ele me escreveu que nada compreende dos caprichos de Alexis Alexandrovitch, mas que não retornará sem conseguir uma resposta definitiva.

ANA KARENINA

— Tem muita gente aí? Podes me mostrar a carta de Stiva?

— Sim, tenho Kitty — respondeu Dolly, confusa. — Ela está no quarto das crianças. Não sabes que ela esteve doente?

— Sei. Podes me mostrar a carta?

— Certamente, vou procurá-la... Alexis Alexandrovitch não recusa. Stiva tem boa esperança — disse Dolly, detendo-se no limiar.

— Eu não espero e não desejo nada.

"Kitty julgará rebaixar-se, encontrando-me?", pensou Ana, ficando sozinha. "Talvez tenha razão, mas ela, que se apaixonou por Vronski, não tem direito de me dar lições. Eu sei perfeitamente que uma mulher honesta não pode me receber. Tudo sacrifiquei por esse homem e eis a recompensa! Ah, como eu o odeio!... E por que vim aqui? Sinto-me pior do que em minha casa." Ouviu as vozes das duas irmãs no aposento vizinho. "E como posso falar a Dolly agora? Vou divertir Kitty com o espetáculo da minha desgraça, ter o ar de pedir as suas simpatias? Não, e, de resto, Dolly, ela mesma não compreenderia. O melhor é calar-me. Mas gostaria de ver Kitty para provar-lhe que desprezo a todos e que tudo me é indiferente."

Dolly voltou com a carta. Ana leu e devolveu-a.

— Eu sabia disso e não me importo — disse ela.

— Por quê? Eu tenho esperança — objetou Dolly, examinando Ana com atenção. — Em que dia viajas?

Ana não respondeu nada: os olhos semicerrados, fitava em frente.

— Kitty tem medo de mim? — perguntou no fim de um momento, olhando para o lado da porta.

— Que ideia!... Ela está radiante e virá daqui a pouco — respondeu Dolly, que se sentia aborrecida por haver mentido. — Ei-la.

Sabendo da chegada de Ana, primeiramente Kitty não quisera aparecer, mas Dolly a obrigou a raciocinar. Fez um grande esforço sobre si mesma e aproximou-se, corando, estendendo a mão para Ana.

— Sinto-me feliz em vê-la — disse, numa voz emocionada.

A hostilidade e a indulgência ainda lutavam no seu coração, mas, vendo o lindo rosto simpático de Ana, as suas prevenções contra aquela "perversa mulher" deixaram de existir.

— Acharia natural a tua recusa em ver-me — disse Ana. — Estiveste doente, disseram-me. Realmente, eu te acho mudada.

Kitty atribuiu o tom seco de Ana à magoa que lhe causava, à falsidade da sua situação.

Entretiveram-se com a doença de Kitty, o seu filho, Stiva, mas o espírito de Ana estava ausente.

— Vim despedir-me — disse a Dolly, levantando-se.

— Quando partes?

Sem lhe responder, Ana se voltou para Kitty com um sorriso.

— Gostei bastante de tornar a ver-te. Ouvi falar muito a teu respeito, mesmo pelo teu marido. Sabias que ele foi me ver? Agradou-me muito — acrescentou, com uma intenção perversa. — Onde está ele?

— No campo — respondeu Kitty, corando.

— Cumprimenta-o em meu nome, não o esqueças.

— Eu não me esquecerei — repetiu ingenuamente Kitty, com um olhar de compaixão.

— Adeus, Dolly! — disse Ana.

Beijou-a, apertou a mão de Kitty e retirou-se precipitadamente.

— Ela é sempre tão sedutora! — observou Kitty à irmã, quando esta voltou depois de haver levado Ana até a porta. — Como é linda! Mas existe nela alguma coisa que me inspira uma imensa piedade.

— Eu não a acho hoje em seu estado normal. Julguei que chorara na antessala.

XXIX

Subindo novamente na carruagem, Ana se sentiu mais infeliz do que nunca: a sua entrevista com Kitty despertava dolorosamente o sentimento da sua queda.

— A senhora volta para casa? — indagou Pedro.

— Sim — respondeu, sem saber o que dizia.

"Elas me olharam como a um ser estranho, terrível, incompreensível!... Que poderão dizer?", pensava, vendo dois transeuntes conversarem com animação. "Têm eles a pretensão de comunicar o que estão sentindo? E eu que queria me confessar a Dolly! Tive razão em calar-me. A minha infelicidade, no fundo, a teria alegrado, embora nada deixasse transparecer: acharia justo ver-me expiar os prazeres que invejo. E Kitty ficaria ainda mais contente. Eu li no seu coração: ela me odeia porque fui amável com o seu marido. Ela tem ciúme de mim, detesta-me, despreza-me: para ela, eu sou uma mulher perdida. Ah, se eu fosse o que ela pensa, com que facilidade viraria a cabeça do seu marido! A ideia me veio, admito... Eis um homem seduzido pelo próprio corpo", disse intimamente, vendo um homem gordo, numa carruagem que cruzou a sua e que, tomando-a por outra, cumprimentou-a, descobrindo uma cabeça tão lisa como o seu chapéu. "Julga me conhecer. Ninguém me conhece, nem eu mesma. Conheço apenas os meus *appétits*, como dizem os franceses. Estes meninos desejam sorvete", decidiu, vendo duas crianças paradas diante de um sorveteiro que punha no chão a sorveteira e enxugava o rosto na extremidade de um esfregão. "Todos nós somos ávidos de gulodices e, na falta de balas, contentamo-nos com sorvetes, como Kitty, que não podendo se casar com Vronski, contentou-se com Levine. Ela me inveja, detesta-me. Detestamo-nos uma à outra. Eu a odeio, ela me odeia. Assim é o mundo. Tioutkine, *coiffeur. Je me fais coiffeur par Tioutkine.* Eu o faria sorrir com esta tolice", pensava ela, imediatamente se lembrando que já não tinha mais ninguém para fazer sorrir. "Tocam os sinos as vésperas, como aquele negociante faz o sinal da cruz com circunspecção! Tem medo de deixar cair alguma coisa? Por que estas igrejas, estes sinos, estas mentiras? Para dissimular que todos nós nos odiamos, como esses cocheiros de praça que se injuriam. Iachvine tem razão em dizer: Ele quer a minha camisa e eu a dele."

Presa a esta reflexões, esqueceu um momento a sua dor e ficou surpresa quando a carruagem parou. Vendo o porteiro, lembrou-se do bilhete e do telegrama.

— Tem alguma resposta? — perguntou ela.

— Vou saber — disse o porteiro, que voltou logo depois com um envelope de telegrama. Ana abriu e leu: "Não posso voltar antes das dez horas. Vronski."

— E o portador?

— Ainda não voltou.

Uma vaga necessidade de vingança cresceu na alma de Ana e ela subiu a escada correndo. "Já que ele é assim, sei o que me resta fazer. Eu mesma irei procurá-lo antes de partir para sempre. Dir-lhe-ei o que fez. Nunca odiei a ninguém tanto como a este homem!" E, percebendo um chapéu de Vronski na antessala, tremeu de horror. Ela não refletia que o telegrama era uma resposta ao seu, e não à mensagem que Vronski não podia ainda ter recebido. Imaginava-o conversando naturalmente com a sua mãe e com Mlle. Sorokine, gozando de longe os sofrimentos que a afligiam... "Sim, é preciso partir rapidamente", pensava, sem saber muito ao certo aonde ir. Tinha pressa de fugir àqueles terríveis pensamentos que a torturavam naquela casa, onde tudo, coisas e pessoas, lhe era odioso e as paredes a sobrecarregavam com o seu horrível peso.

"Eu vou à estação", decidiu, "e se não o encontrar, ficarei no campo e o pegarei." Consultou no jornal o horário dos trens: havia um às oito horas e dois minutos. "Chegarei a tempo."

Mandou atrelar novos cavalos na carruagem e pôs em um pequeno saco de viagem, objetos indispensáveis para uma ausência de alguns dias. Resolvida a não voltar, rolava na sua cabeça mil projetos confusos e um deles consistia, após a cena que se passara na estação ou em casa da condessa, a continuar a viagem por estrada de ferro até Nijni, a fim de se deter na primeira vila.

O jantar estava na mesa, mas o próprio odor da alimentação lhe causava horror — retornou diretamente para a carruagem. A casa já projetava toda a sua sombra na rua, mas o sol ainda era quente. A noite parecia surgir bela e clara. Annouchka, que trazia a valise, Pedro que a punha na carruagem, o cocheiro, todos a irritavam.

— Não tenho mais necessidade de ti, Pedro.

— Mas quem comprará o bilhete?

— Bem, se queres, vem, pouco me importa — respondeu, contrariada.

Pedro saltou da carruagem e, com pose, ordenou ao cocheiro que conduzisse a senhora à estação de Nijni.

XXX

"As minhas ideias se esclarecem!", pensou Ana, quando se encontrou na carruagem que rodava sobre as pedras desiguais. "Em que pensei no último lugar? No *coiffeur* Tioutkine? Não... Ah, eu sei: nas reflexões de Iachvine sobre a luta pela vida e sobre o ódio que agrega todos os homens... Para onde se dirigem? Não conseguirão coisa alguma e o cão que vos acompanha não fará nada!", pensava ela, interpelando intimamente um alegre grupo, instalado numa carruagem de quatro cavalos, que ia, evidentemente, divertir-se no campo. E, seguindo o olhar de Pedro, percebeu um operário bêbado conduzido por um sargento. "Ensaiamos o prazer, o conde Vronski e eu, mas não encontramos a felicidade a que aspiramos!" Pela primeira vez Ana dirigiu sobre as suas relações com Vronski aquela luz que a fazia ver o fundo de todas as coisas. "O que ele procurou em mim? As satisfações da vaidade, e não as do amor." E as palavras do conde, a expressão de cão submisso que assumia nos primeiros tempos da sua ligação, voltaram-lhe à memória para confirmar aquele pensamento. "Sim, tudo lhe indicava o orgulho do triunfo. Ele me amava, certamente, mas estava principalmente orgulhoso por me haver conquistado. E agora que arrancou de mim tudo o que podia arrancar eu o envergonho, peso, só se preocupa em observar as fórmulas. Ele se traiu ontem: se desejou casar comigo, foi para me enganar. Talvez ele me ame ainda, mas como? *The zest is gone*... Eis um presumido... (este parêntesis era dirigido a um rubro caixeiro encarapitado num cavalo ensinado...) Não, eu não lhe agrado mais como antigamente. No fundo do coração, ele ficaria contente em se ver livre de mim..."

Aquilo não era uma suposição gratuita, mas uma verdade — verdade que descobria através dos segredos da vida e das relações entre os homens.

"Enquanto o meu amor cada vez mais se torna egoisticamente apaixonado, o seu se extingue pouco a pouco: eis por que não nos entendemos. Não há mais remédio para esta situação. Ele é tudo para mim, quero que se me entregue inteiramente, mas só procura fugir-me. Até o momento da nossa ligação estivemos um em frente do outro, agora marchamos em sentido inverso. Acusa-me de ser ridiculamente ciumenta, também fiz a mim esta mesma censura, mas a verdade é que o meu amor não se sente mais satisfeito. Mas..."

Aquela descoberta perturbou Ana de tal maneira que ela mudou de lugar na carruagem, movendo naturalmente os lábios, como se desejasse falar.

"Se eu pudesse, procuraria lhe ser uma amiga, e não uma amante apaixonada, cujo ardor lhe repugna e que sofre pela sua frieza. Mas não posso e nem quero me transformar. Ele não me enganou, estou certa, hoje ele só pensou em Mlle. Sorokine, como outrora em Kitty. Mas que importa? Se ele não me ama mais, se ele não se mostra bom e terno para comigo senão por dever, isso é o inferno, eu prefiro ainda o seu ódio. Há muito tempo que ele não me ama mais, o nosso amor acabou, começou o desgosto... Que bairro desconhecido é este? Ruas que sobem infinitamente, e casas, sempre casas, habitadas por uma multidão de pessoas que se odeiam umas às outras... Vejamos, que poderia acontecer se ainda possuísse a felicidade? Suponhamos que Alexis Alexandrovitch consinta no divórcio, que me entregue Sergio, que me case com Vronski..."

Pensando em Karenine, Ana o viu surgir em sua frente com os seus olhos apagados, as suas mãos alvas de veias azuis, as juntas dos dedos que estalavam, as suas entonações particulares, e a lembrança das suas relações, antigamente qualificadas de ternas, fê-la tremer de horror.

"Admitamos que sou casada: Kitty não me olhará com menos condescendência? Sergio não se perguntará por que tenho dois maridos? Poderão ser estabelecidas entre Sergio e eu relações que não me torturem? Não", respondia ela sem hesitar, "a cisão entre nós é muito profunda, eu faço a sua infelicidade, ele faz a minha, nós em nada mudaremos!... Por que esta mendiga com o seu filho pensa inspirar piedade? Não fomos lançados nesta terra para nos odiar e nos atormentar uns aos outros?... Colegiais que se divertem... Meu pequeno Sergio! Ele também, eu o julguei amar, a minha afeição por ele me enternecia a mim mesma. No entanto, vivi sem ele, troquei o amor que lhe dedicava por uma outra paixão e logo que a paixão ficou satisfeita, arrependi-me da troca..."

Isso que ela chamava "outra paixão" apareceu-lhe em cores odiosas. No entanto, ela gozava um amargo prazer em folhear assim os seus sentimentos e os sentimentos dos outros. "Todos nós somos assim, eu, Pedro, e o cocheiro Teodoro, e este negociante que passa, todas as pessoas que moram nas margem afortunadas do Volga, para onde estes cartazes nos convidam", pensava no instante em que a carruagem se detinha em frente da fachada da estação de Nijni. Um grupo de carregadores precipitou-se ao seu encontro.

— É para Obiralovka que devo comprar o bilhete?

Ele teve dificuldade em entender aquela pergunta, tanto os seus pensamentos estavam longe dali. Esquecera completamente o que viera fazer.

— Sim — respondeu ela, afinal. E desceu da carruagem, com a bolsa na mão.

Enquanto rompia a multidão para alcançar a sala da primeira classe, os pormenores da sua situação voltaram-lhe à memória. Novamente oscilou entre a esperança e a falta de coragem, novamente as suas feridas se abriram e o seu coração bateu desordenadamente. Sentada num enorme sofá, esperando o trem, lançava olhares de aversão sobre as pessoas que iam e vinham, de tal modo odiava a todos. Ora imaginava o momento em que chegaria a Obiralovka, o bilhete que escreveria a Vronski, o que lhe diria desde a entrada no salão da velha condessa, talvez no momento em que ele lamentasse as amarguras da sua vida, sem querer compreender os seus sofrimentos. Ora pensava que ainda poderia conhecer dias felizes: como era terrível amar e odiar ao mesmo tempo! Como, principalmente, o seu coração batia com tanto desespero!...

XXXI

Ressoou o barulho de sino e algumas pessoas, grotescas mas satisfeitas com a impressão que produziam, encaminharam-se para a plataforma. Pedro, apertado na sua libré e nas suas botas, atravessou toda a sala com ar estúpido, julgando-se no dever de acompanhar Ana até o vagão. As pessoas se calavam vendo-a passar, uma delas pronunciou na orelha do vizinho palavras sem dúvida indecentes. Ana subiu a escada e acomodou-se num compartimento vazio, a bolsa que levava caiu sobre o banco elástico de estofo amarelado que outrora fora branco. Com um sorriso idiota, Pedro, à maneira de adeus, ergueu o chapéu e se afastou. Um condutor fechou estrepitosamente a porta. Uma senhora disforme, a quem Ana despiu mentalmente para espantar-se com a sua feiura, corria ao longo da plataforma, acompanhada de uma filhinha que sorria afetadamente.

— Catarina Andreievna, minha tia — gritou a pequena.

"Esta criança já é pretensiosa", pensou Ana, e, para não ver ninguém, foi sentar-se no último banco. Um homem tolo e disforme, os cabelos presos sob um gorro de onde escapavam algumas mechas, passou ao longo dos trilhos, inclinando-se incessantemente sobre as rodas. "Este homem não me é desconhecido", disse Ana a si mesma. De repente, ela se lembrou do seu pesadelo e, trêmula de espanto, recuou até a outra porta, que o condutor abria para deixar subir um casal.

— A senhora quer descer? — perguntou o homem.

Ana nada respondeu e ninguém pôde observar sob o seu véu o terror que a gelava. Retornou ao lugar, o casal sentou-se na outra extremidade, examinando com discreta curiosidade os detalhes do seu vestido. Aquelas duas criaturas lhe inspiraram imediatamente uma profunda repulsa. Desejoso de entabular uma conversa, o marido pediu-lhe permissão para acender um cigarro e, tendo obtido, contou inúmeras tolices à sua mulher, mas, na verdade, ele não visava a falar e nem fumar, queria apenas chamar a atenção da sua vizinha. Ana viu claramente que eles estavam fatigados um do outro, que se detestavam cordialmente. Seria possível não odiar semelhantes pessoas?

O barulho, o transporte das bagagens, os gritos, os risos que se sucederam ao segundo toque do sino deram a Ana uma inveja profunda: que podia fazê-los sorrir assim? Afinal, ouviu-se o terceiro toque do sino, depois o apito do chefe da estação, que teve como resposta o da locomotiva. O trem sacudiu-se e o homem fez um sinal da cruz. "Gostaria de saber que significação ele atribui a este gesto?", perguntou-se Ana, lançando-lhe um olhar perverso, que transportou imediatamente, por cima da cabeça da mulher, às pessoas que tinham vindo acompanhar os viajantes e que agora pareciam recuar na plataforma. O vagão avançava lentamente, dando solavancos em intervalos regulares. Atravessou a plataforma, seguiu junto a uma parede, a uma fila de outros vagões. O movimento acelerou-se, o vento agitou as cortinas. Embalada pela marcha do trem, Ana esqueceu as suas visões, respirou o ar fresco e retomou o curso das suas reflexões.

"Em que pensava? Que a minha vida, de qualquer modo que eu a apresente, pode ser apenas dor. Todos nós somos destinados ao sofrimento, nós o sabemos, mas procuramos esconder isto de uma ou de outra maneira. Mas quando a verdade nos abre os olhos, que nos resta fazer?"

— A razão foi dada ao homem para dominar os seus aborrecimentos — disse a senhora em francês, orgulhosa por haver encontrado aquela frase.

Aquelas palavras pareceram ecoar nos pensamentos de Ana.

"Dominar os seus aborrecimentos", repetia ela mentalmente. Um olhar lançado sobre o homem alto e sobre a mulher fê-la compreender que esta devia se julgar incompreendida: o seu marido, que sem dúvida a enganava, combatia aquela opinião. Ana adivinhava todos os detalhes da sua história, mergulhava nas sinuosidades mais secretas dos seus corações, mas, aquilo perdendo o interesse, ela continuou a refletir.

"Bem, eu também, eu tenho graves aborrecimentos e porque a razão o exige, o meu dever é dominá-los. Por que não apagar a luz quando não existe mais nada para se ver, quando o espetáculo se torna odioso?... Mas por que este condutor vai com tanta pressa pelo vagão? Que é que ele está gritando? Por que toda esta gente aqui? Por que conversam? De que é que estão rindo? Tudo é apenas maldade e injustiça, mentira e trapaça!..."

Descendo do trem, evitando os outros viajantes, Ana retardou-se na plataforma para perguntar a si mesma o que iria fazer. Agora tudo lhe parecia de difícil execução. O contato com aquela multidão barulhenta atrapalhava as suas ideias. Carregadores ofereciam os seus serviços, os rapazes olhavam-na falando em voz alta e fazendo bater os sapatos. Lembrando-se subitamente da resolução que havia tomado de continuar a viagem caso não encontrasse uma resposta na estação, perguntou a um empregado se não vira por acaso um cocheiro que trazia uma carta do conde Vronski.

— Vronski? Ainda agora vieram procurá-lo a princesa Sorokine e a sua filha. Como é esse cocheiro?

No mesmo momento Ana viu caminhar ao seu encontro o cocheiro Miguel, vermelho, satisfeito, o paletó enfeitado com a corrente do relógio; parecia orgulhoso por haver cumprido a sua missão. Entregou a Ana um bilhete que ela abriu, a angústia no coração.

"Lamento muito", escrevia Vronski indiferentemente, "que o teu bilhete não me encontrasse em Moscou. Retornarei às dez horas."

"Eu esperava isto!", pensou, com um sorriso sarcástico. — Obrigada, podes voltar — ordenou a Miguel com uma voz dificilmente perceptível, pois as palpitações do seu coração a impediam de respirar. "Não, eu não permitirei que me faças sofrer assim!", decidiu. Era a sua tortura que forçava aquela ameaça.

Pôs-se a andar na plataforma. Duas criadas que passeavam voltaram-se para examinar o seu vestido. "Estas são as legítimas", disse uma delas, muito alto, voltando-se para mostrar as fitas de Ana. Os rapazes elegantes fitaram-na novamente e trocaram, com vozes afetadas, opiniões imbecis. O chefe da estação perguntou-lhe se tomava o trem. Um negociante de *kvass* não a deixava com os olhos. "Para onde fugir, meu Deus?", perguntava ela, andando sempre. Quase no fim da plataforma, senhoras e crianças conversavam com um homem de óculos e, com a aproximação de Ana, o grupo calou-se para a olhar. Ela apressou o passo e parou perto da escada que descia para os trilhos. Um trem de carga se aproximava fazendo tremer a plataforma — novamente ela julgou que estava no trem em movimento.

De repente, lembrou-se do homem esmigalhado no dia do seu primeiro encontro com Vronski e compreendeu o que lhe restava fazer. Com um passo rápido, desceu os degraus e, colocada perto dos trilhos, examinou as rodas do trem, as cadeias, os eixos, procurando medir com os olhos a distância que separava as rodas da frente das de trás.

"Ali", disse intimamente, fixando aquele buraco negro coberto de areia e poeira, "ali, no meio. Ele será castigado e eu ficarei livre de todos e de mim mesma."

A sua bolsa vermelha, que conseguiu tirar do braço com dificuldade, a impediu de lançar-se sob o primeiro vagão: foi-lhe muito difícil esperar o segundo. Um sentimento semelhante ao que experimentara outrora antes de mergulhar no rio a subjugou e ela fez o sinal da cruz. Este gesto familiar despertou na sua alma um mundo de recordações da infância e da juventude — os felizes minutos da sua vida brilharam um instante através das trevas que a envolviam. No entanto, ela não deixava de fitar o vagão e quando apareceu o centro entre as duas rodas, repeliu a bolsa, encolheu a cabeça entre os ombros e as mãos para frente, lançou-se de joelhos sob o vagão, como se estivesse se levantando. Ainda teve tempo de sentir medo. "Onde estou eu? Que faço? Por quê?", pensou, esforçando--se para se deitar novamente. Mas uma massa enorme, inflexível, bateu--lhe na cabeça e atirou-a de costas. "Senhor, perdoai-me!", murmurou, sentindo a inutilidade da luta. Um homenzinho, que resmungava, batia o ferro acima dela. E a luz — que para a infeliz tinha clareado o livro da vida com os seus tormentos, as suas traições e as suas dores — brilhou com um clarão mais forte, iluminou as páginas até então nas sombras, crepitou depois, vacilou e apagou-se para sempre.

Oitava Parte

I

Passaram-se quase dois meses. Apesar do calor, Sergio Ivanovitch ainda não deixara Moscou, onde o prendia um acontecimento de importância: a publicação do seu "Ensaio sobre as formas governamentais na Europa e na Rússia", fruto de um trabalho de seis anos. Lera a um círculo selecionado alguns fragmentos daquela obra, publicara a introdução e inúmeros capítulos nas revistas, mas embora o seu trabalho não constituísse uma novidade, Sergio Ivanovitch esperava que fizesse sensação.

Demonstrando uma fingida indiferença e sem querer se informar da venda nas livrarias, Koznychev aguardava com febril impaciência os primeiros sintomas da enorme impressão que o seu livro deveria produzir tanto na sociedade como entre os sábios. Mas as semanas passavam sem que nenhuma emoção viesse agitar o mundo literário; alguns amigos, homens de ciência, cumprimentaram-no por educação, mas a sociedade propriamente dita estava preocupada com questões muito diferentes para conceder a menor importância a uma obra daquele gênero. Quanto à imprensa, guardou silêncio durante quase dois meses: unicamente o *Hanneton du Nord*, em um folhetim consagrado ao cantor Drabanti, que havia perdido a voz, citou de passagem o livro de Koznychev como uma obra que cada um devia julgar como entendesse.

Afinal, no decorrer do terceiro mês, uma revista séria publicou um artigo trazendo a assinatura de um rapaz doente e pouco instruído, oprimido por um caráter tímido, mas dotado de grande facilidade de escrever. Sergio Ivanovitch, que o encontrara em casa do editor Goloubtsov, fizera pouco caso da sua pessoa. No entanto, ele concedeu à sua prosa todo o respeito devido, mas sentindo uma viva mortificação. O crítico dava do livro uma interpretação bastante inexata, mas, através de citações habilmente escolhidas e inúmeros pontos de interrogação, deixava entender a quem não o tinha lido — isto é, à grande maioria do público — que a obra era tão somente uma junção de frases pomposas e incoerentes. Estas flechas eram lançadas com um brilho que Sergio Ivanovitch não pôde deixar de admirar: ele próprio não o faria melhor. Para desencargo de consciência, verificou a precisão das observações do seu crítico, mas preferiu atribuir--lhe o fel a uma vingança pessoal: evocou imediatamente os menores detalhes do seu encontro e acabou por se lembrar de haver, realmente, assinalado um erro muito grosseiro ao jovem confrade.

Em seguida, veio o absoluto silêncio. Ao descontentamento de ver passar despercebida uma obra cara e que lhe exigira seis anos de trabalho, juntava-se para Sergio Ivanovitch uma espécie de falta de coragem provocada pelo ócio. Não restava mais àquele homem culto, espiritual, ávido de atividade, senão os salões, as palavras, os comitês: ao encontro do seu irmão durante a sua estada em Moscou, este citadino não evitava conceder à conversa o melhor do seu tempo.

Felizmente, naquele momento crítico, todas as questões da ordem do dia — seitas dissidentes, amizades americanas, miséria de Samara, exposição, espiritismo — cediam lugar a uma outra, à questão dos Baikans, que até então dormia sob as cinzas e da qual fora ele um dos animadores.

Em torno só se falava da guerra da Sérvia e a multidão só pensava nos "irmãos eslavos": todos, nos bailes, nos concertos, nas festas, testemunhavam abundantemente aquela simpatia. Inúmeras coisas, nesta voga, desagradavam a Sergio Ivanovitch: para muitos aquilo era apenas uma moda passageira, para outros mesmo um meio de encaminhar-se e enriquecer. Para superarem os adversários, os jornais publicavam as notícias mais tendenciosas e ninguém gritava tão forte como os fracassados da pior qualidade: generais sem exército, ministros sem pastas, jornalistas sem jornais, chefes de partidos sem partidários. No entanto, lamentando esses lados pueris da questão, forçoso era reconhecer que ela provocava em todas as classes da sociedade um entusiasmo incontestável. Os sofrimentos e o heroísmo dos sérvios, dos montenegrinos, nossos irmãos de raça e de religião, fizeram nascer o desejo unânime de ajudá-los, e não somente com discursos. Esta manifestação de opinião pública enchia de alegria a Sergio Ivanovitch. Afinal — dizia ele —, o sentimento nacional se manifesta. E quanto mais observava aquele movimento, mais descobria as proporções grandiosas destinadas a marcar época na história da Rússia. Esqueceu, pois, o seu livro e as decepções, para se consagrar de corpo e alma à grande obra. Ela o absorveu de tal modo que só pôde conceder ao mês de julho quinze dias de férias: tinha necessidade de repouso e desejava ao mesmo tempo assistir no seio dos camponeses aos primeiros sinais daquele despertar nacional em que todas as grandes vilas do Império acreditavam fortemente. Katavassov aproveitou a ocasião para cumprir a promessa que fizera a Levine de ir visitá-lo.

II

No momento em que os dois amigos, depois de descerem da carruagem em frente à estação de Kursk, se preocupavam com as bagagens confiadas a um criado que vinha atrás, quatro carros conduziam os voluntários. Senhoras, com *bouquets* de flores, acolhiam os heróis do dia e, acompanhadas de grande multidão, levava-os ao interior da estação. Uma delas, que conhecia Sergio Ivanovitch, perguntou-lhe em francês se ele também seguia os voluntários.

— Não, princesa, parto para o campo, vou à casa do meu irmão, tenho necessidade de repouso. Mas a senhora — acrescentou ele, esboçando um sorriso —, continua sempre fiel ao posto?

— É preciso. É verdade, diga-me, já expedimos oitocentos? Malvinski acha o contrário.

— Se contarmos os que não partiram diretamente de Moscou, já expedimos mais de mil.

— Eu bem dizia — gritou a dama, encantada. — E as dádivas? Não é verdade que já atingiram mais de um milhão?

— Muito mais, princesa.

— O senhor leu os telegramas de hoje? Ainda uma derrota dos turcos.

— Sim, eu os li — respondeu Sergio Ivanovitch.

A crer nos telegramas, os turcos, batidos durante três dias em todo o *front*, acabaram fugindo e esperava-se para o dia seguinte uma batalha decisiva.

— A propósito — continuou a princesa —, tenho um favor a lhe pedir. O senhor não poderia apoiar o pedido de um excelente rapaz que luta não sei com que dificuldade? Eu o conheço, ele me foi recomendado pela condessa Lidia.

Depois de interrogar os detalhes, Sergio Ivanovitch passou para a sala de espera, a fim de escrever um bilhete a quem de direito.

— Sabe quem parte hoje? — perguntou-lhe a princesa quando ele voltou para lhe entregar o bilhete. — O conde Vronski, o famoso... — disse ela, com um ar de triunfo e com um sorriso significativo.

— Eu ouvi dizer que ele se havia engajado, mas ignorava que partisse hoje.

— Acabo de vê-lo. A sua mãe sozinha veio acompanhá-lo. Entre nós, era o que de melhor lhe restava fazer.

— Evidentemente.

A multidão os arrastava para o bar onde um homem, o copo na mão, erguia um brinde aos voluntários. "Vós defendereis a nossa fé, nossos irmãos, a humanidade", dizia, erguendo cada vez mais a voz. "A nossa mãe Moscou vos abençoa. *Jivio*!", concluiu, com uma voz tonitruante.

— *Jivio*! — repetiu a multidão que aumentava incessantemente, formando um redemoinho que quase derrubava a princesa.

— Então, princesa, que diz a senhora? — gritou subitamente a voz de Stepane Arcadievitch, que, o rosto radiante, abria caminho entre a multidão. — Eis o que se chama falar, isso nasce do coração. Bravo... Ah, estás aqui, Sergio Ivanovitch. Deverias dizer-lhes algumas palavras de aprovação — acrescentou com um sorriso encantador, mas circunspecto.

E ele se esforçava por caminhar na frente de Sergio Ivanovitch.

— Não, o trem me espera — disse Sergio.

— Vais partir? Para onde?

— Para a casa de meu irmão.

— Então irás ver minha mulher. Acabo de lhe escrever, mas tu chegarás antes da minha carta: faze o favor de dizer-lhe que me encontraste e que tudo está *all right*, ela compreenderá... Ou antes, dize que fui nomeado membro da comissão das agências reunidas... Pouco importa, ela compreenderá. Desculpe, princesa, estas são *les petites misères de la vie humaine* — acrescentou, voltando-se para ela. — A propósito, a senhora sabe que a princesa Miagki, Lisa e Bibiche enviam mil fuzis e doze enfermeiras?

— Ouvi dizer — respondeu Koznychev, friamente.

— Que pena que partas! Amanhã daremos um jantar de despedida a dois voluntários, Dimer-Vartnianski, de Petersburgo, e o nosso Gricha Veslovski, que se casou há pouco tempo e parte. Isto é belo, não é verdade?

À guisa de resposta, a princesa trocou um olhar com Koznychev. Sem observar naquele gesto de impaciência, Stepane Arcadievitch continuou a tagarelar, os olhos ora fixos no chapéu de plumas da princesa, ora errando em torno, como se procurasse alguma coisa. Afinal, vendo uma mendiga, ele lhe fez sinal e pôs uma nota de cinco rublos no mealheiro que ela lhe estendia.

— É mais forte que eu — declarou ele —, quando tenho dinheiro no bolso não posso ver um esmoler sem lhe dar qualquer coisa... Mas falemos um pouco das notícias de hoje. Como são atrevidos esses montenegrinos!... Não é possível — gritou ele quando a princesa lhe informou que Vronski fazia parte do comboio.

Um sentimento de tristeza desenhou-se no seu rosto, mas quando, no fim de um momento, alisando o bigode, penetrava na sala reservada onde esperavam o conde, ele não pensava mais nas lágrimas que derramara sobre o corpo inanimado da irmã e via somente em Vronski um herói e um velho amigo.

— Precisamos lhe fazer justiça — disse a princesa quando Oblonski se afastou —, apesar de todos os seus defeitos, é uma natureza bem russa, bem eslava. No entanto, acho que o conde não sentirá nenhum prazer em vê-lo. Digam o que disserem, a sorte desse infortunado me comove. Procure conversar com ele durante a viagem.

— Sim, não faltando ocasião.

— Ele nunca me agradou, mas o que fez agora redime as suas faltas. O senhor sabe que ele conduz um esquadrão à sua própria custa.

— Ouvi dizer.

Tocaram o sino. Todos se precipitaram para as portas.

— Ei-lo — disse a princesa, mostrando Vronski, vestido com um enorme paletó e usando um chapéu escuro. O olhar fixo, dava o braço à sua mãe e ouvia distraidamente as animadas opiniões de Oblonski. No entanto, em consequência de uma palavra de Oblonski, ele se voltou para o lado onde se encontrava a princesa e Koznychev e ergueu o chapéu em silêncio. O seu rosto, envelhecido e devastado pela dor, parecia petrificado. Na plataforma, subiu num vagão e, depois de dar passagem à mãe, fechou-se no seu compartimento.

Ao hino nacional cantado com todo o coração, seguiram-se intermináveis hurras. Um voluntário, muito jovem, de estatura alta mas de tórax pouco desenvolvido, respondia ao público com ostentação, erguendo o boné de feltro e um *bouquet* acima da cabeça. Atrás dele apareciam dois oficiais e um homem idoso e barbudo que agitava um casquete imundo.

III

Depois de se ter despedido da princesa, Koznychev subiu, em companhia de Katavassov, que acabava de chegar, em um vagão lotadíssimo e o trem se pôs em movimento.

Na primeira estação, Tsaritsyne, um grupo de rapazes acolheu os voluntários com o canto "Glória ao nosso tzar". Ovações e agradecimentos seguiram-se. O tipo dos voluntários era muito familiar a Sergio Ivanovitch para que demonstrasse a menor curiosidade. Katavassov, ao contrário, a quem os estudos não haviam permitido observar aquele meio, fazia ao companheiro inúmeras perguntas. Sergio Ivanovitch aconselhou que ele os estudasse no vagão e, na estação seguinte, Katavassov seguiu o conselho.

Achou os quatro heróis sentados num canto do vagão de segunda classe, conversando ruidosamente e prendendo a atenção geral; influenciado pela bebida, o rapaz alto falava mais forte do que os outros e contava uma história; sentado à sua frente, um oficial já velho, trazendo a blusa da guarda, ouvia-o sorrindo e o interrompia de quando em vez. O terceiro voluntário, em uniforme de artilheiro, estava sentado perto e o quarto dormia.

Katavassov meteu-se na conversa com o falador: com apenas vinte e dois anos de idade, aquele jovem negociante moscovita já havia gasto uma considerável fortuna e julgava cumprir agora uma expiação. Afeminado, doentio e falador, desagradou francamente a Katavassov, como desagradava ao seu interlocutor, o oficial. Este passara por todas as profissões, servira nas estradas de ferro, administrara propriedades, fundara mesmo uma usina, falava de todas as coisas com um tom de suficiência, empregando termos técnicos com propósito ou sem propósito algum.

O artilheiro, ao contrário, dava boa impressão: era um rapaz tímido e tranquilo. Deslumbrado sem dúvida pela ciência do oficial e pelo heroísmo do negociante, conservava-se em reserva. Katavassov, tendo-lhe perguntado por que motivo ele partia, respondera:

— Mas eu faço como todo mundo. Os pobres sérvios precisam de socorro.

— Sim, e os artilheiros como tu serão muito úteis.

— Oh, eu servi tão pouco na artilharia! É possível que me deem posto na infantaria ou na cavalaria.

— Por que, se são os artilheiros que fazem mais falta? — objetou Katavassov, atribuindo ao voluntário um posto em relação a sua idade.

— Oh, eu servi muito pouco — repetiu o outro —, sou apenas um aspirante a oficial.

E pôs-se a contar por que razões tinha fracassado nos exames.

Na estação seguinte os voluntários desceram e Katavassov, muito pouco satisfeito com o que vira, voltou-se para um velho em uniforme militar que, em silêncio, ouvira toda a conversa.

— Parece-me que expedem pessoas de qualquer espécie — disse ele, para exprimir a sua opinião.

Tendo feito duas campanhas, o velho oficial não podia levar a sério os heróis cujo valor militar se revelava principalmente no entorpecimento da viagem. Ele quis contar que na cidadezinha onde vivia um soldado quase inútil, bêbado, ladrão e eterno desempregado, fora engajado como voluntário. Mas, sabendo por experiência que, diante da superexcitação atual dos espíritos, as opiniões independentes não se exprimiam sem perigo, limitou-se a sorrir com os olhos, interrogando Katavassov com o olhar:

— Que quer o senhor, precisam de homens!

Falaram então do famoso boletim da vitória, sem que ousassem apresentar mutuamente a questão que os perturbava: se os turcos, vencidos em todo *front*, haviam fugido, contra quem se devia travar uma batalha decisiva no dia seguinte?

Quando Katavassov sentou-se novamente junto a Sergio Ivanovitch, não teve coragem de exteriorizar a sua opinião e declarou-se bastante satisfeito com as suas observações.

Na primeira sede do distrito em que o trem parou encontraram os cânticos, os vivas, os *bouquets*, mas com menor entusiasmo.

IV

Durante esta parada, Sergio Ivanovitch passeou na plataforma e passou em frente do compartimento de Vronski, onde as cortinas estavam descidas. Na segunda volta, ele percebeu a velha condessa perto da portinhola. Ela o chamou.

— Veja o senhor, eu o acompanho até Kursk.

— Disseram-me — respondeu Koznychev, lançando um olhar ao interior do vagão, e, observando a ausência de Vronski, acrescentou: — O seu filho faz uma boa ação.

— Eh, que podia ele fazer depois da sua infelicidade!

— Que terrível acontecimento!

— Meu Deus, pelo que eu ainda não passei! Mas venha sentar-se junto a mim... Se o senhor soubesse como eu sofri! Durante seis semanas ele não abriu a boca e apenas as minhas súplicas o obrigavam a comer. Não podíamos deixá-lo sozinho um só instante, receávamos que ele não esperasse o seu dia. Fomos morar no andar térreo e tivemos o cuidado de retirar todos os objetos perigosos, mas pode-se prever tudo?... O senhor sabe que ele já tentou matar-se com um tiro de pistola... — acrescentou a velha condessa, ensombrecendo o rosto com aquela recordação. — Essa mulher morreu como viveu: miseravelmente.

— Não é a nós que compete julgá-la, condessa — respondeu Sergio Ivanovitch, com um suspiro. Mas compreendo que a senhora tenha sofrido.

— Nem me fale nisso. Passava o verão na fazenda e o meu filho me viera visitar quando lhe trouxeram um bilhete ao qual respondeu imediatamente. Ninguém duvidava que ele fosse à estação. À noite, acabava de entrar no meu quarto quando Maria, a criada, me disse que uma senhora havia se atirado embaixo do trem. Senti o meu sangue ficar frio. Compreendi imediatamente e a minha primeira palavra foi: não se diga nada ao conde! Mas o seu cocheiro, que estava na estação no momento da desgraça, já o tinha prevenido. Eu corri à casa do meu filho: ele estava como um louco e partiu sem pronunciar uma palavra. Ignoro o que se passou lá embaixo, mas quando o trouxeram eu não o reconheci, de tal modo parecia um morto. *Prostration complète*", declarou o doutor. Depois, foram as crises de furor... Que tempo terrível nós vivemos!... Era uma mulher perversa. O senhor compreende uma paixão assim? Que desejou provar com a sua morte? Perdeu-se ela mesma e desfez a vida de dois homens de raro mérito, a do seu marido e a do meu infeliz filho.

— Que fez o marido?

— Tomou conta da pequenina. No primeiro instante, Alexis consentiu em tudo. Agora ele se arrepende amargamente de haver abandonado a sua filha a um estranho, mas não saberá desfazer a sua palavra. Karenine foi ao enterro, mas tudo providenciamos para evitar um encontro entre Alexis e ele. Para o marido, aquela morte, no fundo, era uma liberdade; mas o meu pobre filho, que tudo sacrificara por essa mulher, a sua carreira, a sua situação e até eu própria, era permitido a ele suportar um golpe semelhante! Ela não sentiu a menor piedade... Não, ache o senhor o que quiser, é o fim de uma criatura sem religião. Que Deus me perdoe, mas pensando no mal que fez ao meu filho, eu só posso maldizer a sua memória.

— Como vai ele agora?

— Esta guerra nos salvou. Estou velha e não entendo nada de política, mas eu vejo aí o dedo de Deus. Como mãe, isso me amedronta e dizem que *ce n'est pas très bien vu à Petersbourg*, mas não deixo de agradecer aos céus. Era a única coisa capaz de o despertar. O seu amigo Iachvine, que tudo perdera no jogo, resolveu partir para a Sérvia e tentou convencer Vronski. Ele se convenceu e distraiu-se com os preparativos da viagem. Converse com ele, eu lhe peço, está tão triste e, para o cúmulo do aborrecimento, ainda tem uma dor de dentes. Mas ficará contente vendo o senhor. Está andando do outro lado da plataforma.

Sergio Ivanovitch assegurou que também ele ficaria contente de falar ao conde. E desceu para a plataforma oposta.

V

Entre os fardos amontoados que projetavam no solo uma sombra oblíqua, Vronski andava como um urso na jaula, refazendo bruscamente vinte passos. O chapéu caído sobre os olhos, as mãos enfiadas nos bolsos da calça, ele passou em frente de Sergio Ivanovitch sem o conhecer. Sergio, porém, estava acima de qualquer suscetibilidade: Vronski, cumprindo uma grande missão, precisava ser encorajado.

Koznychev aproximou-se. O conde parou, fitou-o e, reconhecendo-o afinal, apertou-lhe cordialmente a mão.

— O senhor preferia talvez não me ver? — disse Sergio Ivanovitch. — Desculpe a minha insistência, mas quero lhe oferecer os meus préstimos.

— O senhor é certamente a pessoa que vejo com menos aborrecimento — respondeu Vronski. — Perdoe-me, mas deve compreender que a vida me pesa.

— Compreendo. Mas uma carta para Ristitch ou Milan não lhe seria talvez de grande utilidade? — continuou Sergio Ivanovitch, impressionado com o profundo sofrimento que o rosto de Vronski exprimia.

— Oh, não! — respondeu Vronski, esforçando-se para compreender. — Vamos andar um pouco? Estes vagões estão quentíssimos!... Uma carta? Não, obrigado. Precisamos de cartas para nos fazer matar?... Pelo menos, que ela seja endereçada aos turcos!... — acrescentou, sorrindo com a extremidade dos lábios, enquanto o olhar guardava a mesma expressão de dor amarga.

— Uma carta, no entanto, facilitaria relações que o senhor não poderá evitar. De resto, faça como entender, mas eu queria dizer-lhe como fiquei satisfeito sabendo da sua decisão: o senhor reabilita perante a opinião pública estes voluntários tão criticados.

— O meu único mérito — continuou Vronski — é de não ter amor à vida. Resta-me energia bastante para forçar um quadrado onde me deixarei matar e sou feliz de sacrificar uma vida que se me tornou odiosa numa causa justa.

A sua dor de dentes, que o impedia de dar à frase a expressão desejada, arrancou-lhe um gesto de impaciência.

— O senhor renascerá para uma nova vida, permita-me que o diga — afirmou Sergio Ivanovitch, que se sentia emocionado. — Salvar os irmãos oprimidos é uma causa pela qual é tão digno de se viver como de morrer. Que Deus encha de sucesso a sua empresa e que devolva à sua alma a paz de que ela necessita!

— Como simples instrumento, posso ainda servir para qualquer coisa, mas como homem não sou mais do que uma ruína — pronunciou Vronski lentamente, apertando a mão que Koznychev lhe estendia.

Calou-se, vencido pela dor, que o impedia de falar perfeitamente, e o seu olhar caiu automaticamente sobre a roda de um vagão que avançava docemente nos trilhos. Vendo aquilo, o seu sofrimento físico cessou bruscamente, sufocado pela recordação terrível que a presença de um homem a quem não via desde a sua infelicidade despertava. "Ela" lhe apareceu de repente, ou pelo menos o que restava dela, quando, entrando como um louco na barraca para onde a tinham levado, viu o seu corpo ensanguentado, exposto sem pudor aos olhos de todos. A cabeça intacta com as suas tranças e os seus caracóis caídos para trás; uma estranha expressão presa ao rosto tão belo, os olhos ainda abertos de horror, os lábios entreabertos pareciam articular a horrível ameaça, predizerem durante a fatal briga que "ele se arrependeria".

Esforçou-se para recalcar aquela imagem, de revê-la tal como na primeira vez em que a vira — também numa estação —, bela, de uma beleza misteriosa, ávida de amar e de ser amada. Inútil tentativa: os minutos felizes estavam envenenados e o rosto que surgia em sua frente refletia o espasmo da cólera e o fúnebre triunfo da vingança. Um soluço contraiu o seu rosto e, para se refazer, deu duas voltas em torno dos fardos. Retornando a Sergio Ivanovitch, ele perguntou, com uma voz controlada:

— O senhor não tem novas notícias? Os turcos foram batidos pela terceira vez, mas se espera para amanhã uma batalha decisiva.

Falaram ainda sobre o manifesto de Milan, que acabava de se proclamar rei e das imensas consequências que aquele ato poderia ter. Depois, como o sino desse o sinal da partida, subiram, cada um no seu vagão.

VI

Não sabendo quando podia partir, Sergio Ivanovitch não telegrafara ao irmão pedindo para enviar cavalos à estação. Quando, negros de poeira, Katavassov e ele chegaram a Pokrovskoie, ao meio-dia, Levine não estava, mas, do balcão onde se sentara com o pai e a irmã, Kitty reconheceu o cunhado e correu ao seu encontro.

— Devias corar por não nos ter avisado — disse ela, dando-lhe a fronte para o beijo.

— Não, não — respondeu Sergio Ivanovitch —, nós receamos incomodar e além disto chegamos perfeitamente bem... Desculpa-me, estou muito sujo, não ouso tocar-te... A vida atual me arrasta, a mim — acrescentou, sorrindo —, enquanto continuas a desfrutar a perfeita felicidade no teu oásis... Aqui o nosso amigo Katavassov, que afinal se decidiu a vir.

— Não me confundam com um negro — disse sorrindo o professor, cujos dentes brancos brilhavam no rosto empoeirado. — Depois que tomar banho, verão que eu tenho aspecto humano.

Estendeu a mão para Kitty.

— Kostia vai ficar muito contente — disse a mulher. — Ele está na granja, mas não tardará a voltar.

— Ah, ah, o oásis!... Na cidade só pensamos na guerra da Sérvia! Estou curioso por saber a opinião do meu amigo sobre este assunto. Evidentemente, ele não deve pensar como todo mundo.

— Mas eu creio que sim — replicou Kitty confusa, examinando o cunhado com um olhar. — Vou mandar procurá-lo... Temos conosco papai, que acaba de voltar do estrangeiro.

E a mulher, aproveitando da liberdade de movimentos de que estivera privada tanto tempo, apressou-se em instalar os seus hóspedes, dando a um o gabinete de trabalho e a outro o velho quarto de Dolly, a fim de trocarem de roupa. Mandou preparar um almoço especial, ordenou que fossem chamar o marido e correu para junto do pai, que ficara no balcão.

— É Sergio Ivanovitch que nos traz o professor Katavassov.

— Oh, com este calor!

— Não, papai, ele é muito amável e Kostia gosta muito dele — replicou Kitty, com um sorriso persuasivo e quase suplicante, porque os traços do príncipe já assumiam uma expressão de contrariedade.

— Está bem, está bem, eu não disse nada.

Kitty se voltou para a irmã.

— Queres ir conversar com eles, querida? Stiva porta-se bem, eles o viram na estação. Preciso ir ver o pequeno: esta manhã, não tendo alimento, ele deve se impacientar...

O laço que unia a mãe ao filho permanecia tão íntimo que unicamente o fluxo do leite aos seios lhe fazia compreender que aquele tinha fome. Saiu apressadamente, persuadida de que Mitia gritava sem que houvesse percebido os seus gritos, mas logo estes se fizeram ouvir com um vigor cada vez mais tempestuoso. Ela aumentou os passos.

— Há muito tempo que ele grita? — perguntou à criada. — Dá-me logo, depois arrumarás as suas roupas.

A criança se exasperava.

— Não, não, minha senhora, é preciso vesti-lo convenientemente — disse Ágata Mikhailovna, que não largava o pequeno. — Ta-ta-ta-ta — cantarolava, sem prestar atenção ao nervosismo da mãe.

A criada finalmente entregou a criança à mãe. Ágata Mikhailovna a seguiu, o rosto radiante.

— Ele me reconheceu, Catarina Alexandrovna. Tão certo como Deus existe, ele me reconheceu! — declarou ela, gritando mais forte ainda do que Mitia.

Kitty não a ouvia: a sua impaciência crescia em proporção com a da criança. Enfim, após um derradeiro grito de desespero de Mitia, que, em sua pressa de mamar, não sabia mais para onde se dirigir, a mãe e a criança, já calmas, respiraram.

— O pobre está todo molhado — murmurou Kitty, apalpando o corpinho, examinando o rosto, as mãozinhas que se agitavam, os olhos que a fitavam. — Dizes que ele te reconheceu, Ágata Mikhailovna? Eu não acredito. Se fosse verdade, também reconheceria a mim.

No entanto, ela sorriu e aquele sorriso queria dizer que, no fundo da sua alma, ela sabia muito bem — apesar da negativa — que Mitia compreendia algumas coisas ignoradas do resto do mundo e que lhe havia mesmo revelado o seu segredo. Para Ágata Mikhailovna, para a ama, para o avô, mesmo para o seu pai, Mitia era uma pequena criatura humana que exigia apenas cuidados físicos; para a sua mãe, porém, era um ser dotado de faculdades morais e ela não demoraria a contar as suas relações de coração.

— Verão quando ele acordar. Bastará eu fazer gracinhas e cantar: Ta--ta-ta-ta e imediatamente o seu rosto brilhará.

— Então, veremos depois, não agora. Vamos deixá-lo dormir.

VII

Enquanto Ágata Mikhailovna se afastava na ponta dos pés, a ama desceu a cortina. Depois, armada com um ramo de bétula, caçou uma mosca que se debatia contra o vidro e outras que estavam escondidas na cortina de musselina do berço, sentando-se afinal perto da dona da casa, brandindo sempre o seu caça-moscas.

— Que calor! Como está quente! — disse ela. — Somente o bom Deus podia nos mandar um pouco de chuva!

— Sim, sim, chut, chut... — murmurou Kitty, balançando-se ligeiramente e apertando contra o coração o braço rechonchudo que Mitia, os olhos semicerrados, movia ainda fracamente e que teria beijado, não fora o receio de despertar o pequeno. Afinal, o braço se imobilizou e, continuando a mamar, o pequeno levantava cada vez menos as pálpebras para fixar a mãe com os seus olhos úmidos que a claridade fazia parecer negros. A ama cochilava. Acima da sua cabeça, Kitty ouviu o ruído da voz do velho príncipe e o riso sonoro de Katavassov.

"Vamos", pensou ela, "eles puseram-se a conversar sem mim! Que pena Kostia não esteja aqui. Atrasou-se naturalmente com as abelhas. Aborrece-me que vá tão frequentemente à colmeia, mas é preciso reconhecer que isso o distrai: fica mais alegre do que na primavera. Como ele se atormentava, grande Deus!, os seus ares lúgubres me amedrontavam", murmurava, rindo-se.

LIEV TOLSTÓI

Levine sofria por causa da sua incredulidade. Kitty não o ignorava e, embora sabendo não haver salvação para o incrédulo, o ceticismo daquele cuja alma lhe era tão querida arrancava-lhe apenas um sorriso.

"Por que ele lê todos esses livros de filosofia onde não acha nada? Se deseja a fé, por que não a tem? Ele pensa muito e se se absorve em meditações solitárias, é que não estamos à sua altura. A visita de Katavassov lhe agradará, pois gosta de discutir com ele..." Imediatamente as ideias da mulher se transportaram para a instalação dos hóspedes: seria preciso separá-los ou dar a ambos um quarto comum? Um receio súbito a fez tremer ao ponto de incomodar Mitia, que a fitou com um olhar encolerizado: "A lavadeira não trouxe a roupa... Não tenha Ágata Mikhailovna dado a Sergio Ivanovitch lençóis que já foram usados!..." E o rubor lhe subiu às faces.

"Preciso certificar-me eu mesma", decidiu-se, e retomando o curso dos seus pensamentos: "Sim, Kostia é incrédulo... No entanto, eu o amo mais assim do que se se parecesse com Mme. Stahl ou com alguém que não o quisesse ser, durante a minha estação em Soden. Ele nunca será hipócrita."

Um recente traço de bondade do seu marido veio-lhe à memória. Quinze dias antes, Stepane Arcadievitch havia escrito uma carta de arrependimento à mulher, suplicando que lhe salvasse a honra vendendo Iergouchovo para pagar as suas dívidas. Depois de maldizer o marido e pensar no divórcio, Dolly finalmente sentiu piedade e dispôs-se a satisfazer o pedido. Foi então que Levine procurou Kitty e lhe propôs — com um ar confuso e com forte agitação, cuja lembrança trazia aos lábios da mulher um sorriso de ternura — um meio, em que ela não pensara, de ajudar Dolly sem magoá-la: era de lhe ceder a parte que lhe pertencia naquela propriedade.

"Pode-se ser incrédulo com esse coração de ouro, com esse medo de afligir mesmo uma criança! Ele só pensa nos outros. Sergio Ivanovitch acha muito natural considera-lo como seu administrador, a sua irmã também. Dolly e os seus filhos não têm outro apoio senão ele. E todos esses camponeses que incessantemente vêm consultá-lo e ele julga como dever sacrificar os seus lazeres... Sim, o que poderás fazer de melhor será parecer com o teu pai", concluiu, tocando com os lábios a face do filho, antes de o colocar entre as mãos da ama.

VIII

Desde o momento em que, junto ao irmão moribundo, Levine entrevira o problema da vida e da morte à luz de novas convicções, como as chamava, que dos vinte aos trinta e quatro anos tinham substituído as crenças da sua infância, a vida lhe aparecera mais terrível ainda que a morte. De onde vinha ela? Que significava? Por que nos fora dada? O organismo e a sua destruição, a indestrutibilidade da matéria, a lei de conservação da energia, a evolução, estas palavras e as concepções que exprimiam eram interessantes do ponto de vista intelectual, mas que utilidade podiam apresentar no curso da existência? E Levine, semelhante ao homem que trocasse no pior inverno um grosso capote por uma roupa de musselina, sentia através de todo o ser que estava quase nu e destinado a parecer miseravelmente.

Desde então, sem ter consciência e sem mudar nada da sua vida exterior, Levine não cessou de sentir o terror da sua ignorância. Além disso, experimentava um sentimento confuso que longe de dissipar as suas pretensas convicções, as impelia ainda mais para as trevas.

O casamento, as alegrias e os deveres que ele aceitara sufocaram por um instante aqueles pensamentos, mas enquanto vivera em Moscou depois do parto da mulher, eles voltaram com uma persistência sempre crescente. "Se não aceito", dizia ele "as explicações que o cristianismo me oferece sobre o problema da existência, onde encontrarei outras?" Gostava de investigar as suas convicções científicas. Não encontrava resposta para aquela pergunta, como se revistasse, à procura de alimento, uma farmácia ou uma loja de armas.

Involuntariamente, inconscientemente, procurava nas suas leituras, nas conversas e até nas pessoas que o cercavam uma relação qualquer com o problema que o preocupava. Havia um ponto que o atormentava particularmente: por que os homens da sua idade e do seu mundo que, como ele, em sua maior parte, haviam trocado a fé pela ciência pareciam não sentir realmente nenhum sofrimento moral? Não seriam sinceros? Ou compreendiam melhor que ele as respostas que a ciência dava às questões semelhantes? E estudava aqueles homens e os livros que podiam conter as soluções tão desejadas.

No entanto, descobriu que cometera um grande erro supondo, com seus colegas de universidade, que a religião tivera a sua época: as pessoas

LIEV TOLSTÓI

de quem mais gostava, o velho príncipe, Lvov, Sergio Ivanovitch, Kitty, conservavam a fé da infância, aquela fé da qual ele próprio partilhara; as mulheres em geral acreditavam e o povo quase inteiro também acreditava. À força de leituras, ele se convenceu de que as pessoas com quem partilhava as opiniões não davam às mesmas nenhum sentido particular: longe de explicar as questões que ele julgava primordiais, afastavam-nas para resolverem outras que o deixavam indiferentes, como a evolução das espécies, a explicação mecânica da alma etc.

De mais, durante o parto da sua mulher, um fato estranho se passara: ele, incrédulo, tinha rezado, e rezado com uma fé sincera! Não conseguia conciliar este estado de alma com as suas disposições habituais de espírito. Ter-lhe-ia a verdade aparecido? Duvidava muito, porque, assim que se analisava friamente, aquele *élan* para Deus se transformava em poeira. Ter-se-ia enganado? Teria cometido uma profanação admitindo uma lembrança querida. Esta luta interior lhe pesava dolorosamente e procurava vencê-la com todas as forças do seu ser.

IX

Atormentado incessantemente por aqueles pensamentos, Levine lia e meditava sempre, porém quanto mais meditava, mais o fim almejado se afastava.

Convencera-se de que os materialistas não lhe dariam nenhuma resposta. Durante o tempo da sua estada em Moscou, e depois da sua volta para o campo, relera Platão e Spinoza, Kant e Schelling, Hegel e Schopenhauer. Esses filósofos davam-lhe satisfação enquanto se contentavam em refutar a doutrina materialista e ele mesmo então achava argumentos novos, mas — fosse pela leitura das suas obras, ou fosse pelo raciocínio que elas lhe inspiravam — quanto à solução dos problemas, cada vez se repetia a mesma aventura. Termos imprecisos, tais como "espírito, vontade, liberdade, substância", firmavam um certo sentido na sua inteligência quando desejava adquirir uma armadilha verbal, mas, voltando à vida real, julgava aquele edifício, que acreditara sólido, como um castelo de cartas e obrigado era a reconhecer que se tinha aquecido no meio de uma perpétua transposição dos mesmos vocábulos sem recorrer a "alguma coisa" que, na prática da vida, lhe importava mais do que a razão.

ANA KARENINA

Schopenhauer lhe dera dois ou três dias de calma pela substituição que ele próprio fizera da palavra "amor", mas quando o examinou do ponto de vista prático, aquele novo sistema se desfez como os outros e pareceu-lhe uma pedra vestida com musselina.

Sergio Ivanovitch lhe recomendara os escritos teológicos de Khomiakov, ele empreendeu a leitura do segundo volume. Embora enfadado pelo estilo polêmico e afetado do autor, a sua teoria da Igreja não deixou de o comover. A acreditar em Khomiakov, o conhecimento das verdades divinas, recusadas ao homem isolado, era concedido a um grupo de pessoas comungando no mesmo amor, isto é, à Igreja. Esta teoria reanimou Levine: a Igreja, instituição viva de caráter universal, tendo Deus como essência e portanto santa e infalível, e depois de aceitar os seus ensinamentos sobre Deus, a criação, a queda, a redenção, lhe parecia mais fácil do que começar novamente por Deus, aquele ser longínquo e misterioso, passando depois à criação etc. Por infelicidade, leu em seguida duas histórias eclesiásticas, uma de um escritor católico e outra de um escritor ortodoxo, e quando compreendeu que as duas igrejas, ambas infalíveis em sua essência, se repudiavam mutuamente, a doutrina teológica de Khomiakov não resistiu mais ao seu exame, como não haviam resistido os sistemas filosóficos.

Durante toda a primavera, Levine viveu como um perdido e conheceu minutos trágicos.

"Eu não posso saber viver sem saber o que sou e para que fim fui posto no mundo", pensava. "E como não consigo atingir este conhecimento, é-me impossível viver."

"No infinito do tempo, da matéria, do espaço, um pequeno organismo se forma, se mantém um momento, depois quebra-se... Este pequeno organismo sou eu!"

Aquele sofisma doloroso era o único, o supremo resultado do raciocínio humano durante séculos; era a crença final onde se encontrava a base de quase todos os ramos da atividade científica; era a convicção reinante e, sem dúvida porque lhe parecia a mais clara, Levine a aceitara naturalmente. Mas esta conclusão lhe parecia mais que um sofisma. Via a obra cruelmente destruidora de uma força inimiga da qual precisava fugir. O meio de se libertar era no poder de cada um... E a tentação do suicídio apossou-se frequentemente daquele homem, daquele feliz pai de família que afastava todo laço e não ousava sair mais com o seu fuzil.

No entanto, longe de se enforcar ou de dar um tiro na cabeça, ele continuou a viver tranquilamente.

X

Levine desesperava, pois, de resolver no domínio da especulação o problema da sua existência. Na vida prática, porém, nunca agira com tanta decisão e segurança.

Retornando ao campo nos primeiros dias de junho, as preocupações com o trabalho, a administração dos bens da sua irmã e do seu irmão, os deveres para com a família, as relações com os vizinhos e os camponeses, a criação de abelhas, deixavam-lhe muito pouco descanso.

O curso que os seus pensamentos tomaram, o grande número das suas ocupações, o insucesso das suas experiências anteriores naquele terreno, não lhe permitiam justificar a sua atividade em favor do bem geral. Julgava simplesmente cumprir um dever.

Outrora — e aquilo quase desde a infância — a ideia de praticar uma ação útil para as pessoas da sua vida, para a Rússia, para a humanidade, dava-lhe uma grande alegria, mas com a ação em si mesma não realizava nunca as suas esperanças, ele duvidava imediatamente do valor dos seus empreendimentos. Agora, ao contrário, lançava-se à obra sem nenhuma alegria provável, mas logo adquiria a convicção da necessidade da obra e dos seus resultados mais excelentes. Inconscientemente, ele se afundava mais profundamente na terra, como uma charrua que só pudesse se voltar sobre o trabalho já feito.

Em vez de discutir certas condições da vida, aceitava-as como tão indispensáveis quanto o alimento diário. Viver com os seus ascendentes, dar aos filhos a mesma educação que recebera, transmitir-lhes um patrimônio intacto e deles merecer o reconhecimento que demonstrava pela memória do pai — via aí um dever tão indiscutível como o de pagar as dívidas. Era preciso que o domínio prosperasse e para isso ele mesmo trabalhou, exaltando a terra, plantando as árvores, criando o gado. Acreditava igualmente ter como obrigação ajudar e proteger — como aos filhos que lhe foram confiados — ao irmão, à irmã, aos numerosos camponeses que haviam se habituado a consultá-lo. Não só sua mulher e seu filho, mas também Dolly e os seus tinham direito às suas preocupações e ao seu tempo. Tudo isso enchia totalmente aquela vida, vida de que ele não compreendia o sentido quando refletia.

E não somente o seu dever aparecia bem definido como não tinha nenhuma dúvida sobre a maneira de o realizar em cada caso particular. Assim, não hesitava em contratar trabalhadores o mais caro possível, muitas vezes pagando-os adiantadamente, acima do preço normal. Se aos camponeses faltava forragem, julgava lícito vender-lhes a palha, por mais piedade que sentisse; em compensação, o lucro que as tabernas lhe tiravam parecia-lhe imoral — esses estabelecimentos deviam ser suprimidos. Punia severamente os ladrões de lenha, mas se recusava — apesar dos protestos dos guardas contra aquela falta de segurança — a confiscar o gado do camponês apanhado em flagrante nas suas pastagens. Emprestava dinheiro a um pobre diabo para o livrar das garras de um usurário, mas não concedia aos camponeses prazo e nem abatimento sobre o foro a ser pago. Não pagava ao trabalhador que abandonasse o trabalho forçado pela morte do pai, mas sustentava os velhos servidores já decrépitos... Se, entrando em casa, encontrasse camponeses que o esperavam havia três horas, não sentia nenhum escrúpulo em primeiro ir beijar a sua mulher indisposta; mas viessem eles censurá-lo quanto a uma colmeia, imediatamente sacrificaria o prazer de colocar no lugar um enxame.

Longe de aprofundar este código pessoal, temia as discussões e até as reflexões que o pusessem em dúvida e perturbassem a linha clara e nítida do seu dever. Quando se contentava em viver, achava na consciência um tribunal infalível que imediatamente retificava os seus erros.

Assim, pois, incapaz de sondar o mistério da existência e seduzido pela ideia de suicídio, Levine trilhou o caminho que lhe fora destinado na vida.

XI

O dia em que Sergio Ivanovitch chegou a Pokrovskoie foi de grande emoção para Levine.

Era o momento mais ocupado do ano, momento em que se exigia dos trabalhadores um grande esforço de trabalho, um espírito de sacrifício desconhecido nas outras profissões e que só é apreciado como convém porque se renova todos os anos e oferece resultados muito simples. Ceifar, recolher o trigo, bater o grão, semear, esses trabalhos não surpreendiam ninguém, mas para poder realizá-los durante as três ou quatro semanas permitidas pela natureza, era preciso que todos se pusessem à obra, que se contentassem com o pão e o *kvass*, que se dormisse apenas duas ou três horas, empregando-se a noite para o transporte dos molhos e a batedura do trigo. Semelhante coisa produzia-se na Rússia inteira, todos os anos.

Como tivesse passado a maior parte da sua vida no campo, em estreita ligação com o povo, Levine sempre partilhava da agitação que o dominava nessa época.

Naquele dia de manhã, cedo, ele fora ver semear o centeio e pôr a aveia na mó. Voltando na hora do almoço, que fazia em companhia da mulher e da cunhada, partiu para a granja a fim de assistir colocar em funcionamento uma nova máquina de bater.

E todo o dia, avistando-se com o administrador ou os camponeses, com a sua mulher, a cunhada, os sobrinhos ou o sogro, sempre a mesma pergunta se apresentava: "Quem sou eu? Onde estou? Que fins pretendo?"

Demorou-se algum tempo na granja, que acabava de ser coberta. O ripado de aveleira, ligado ao telhado de faia preta, exalava um bom odor de seiva; neste lugar fresco, onde se agitava uma poeira ocre, os trabalhadores se comprimiam em torno de uma batedeira, enquanto andorinhas deslizavam e vinham, sacudindo as asas, pousar na moldura do grande portão aberto; percebia-se além a relva brilhando sob o sol de fogo e as pilhas de palha fresca tiradas do celeiro. Levine contemplava aquele espetáculo, abandonando-se a pensamentos lúgubres.

"Por que tudo isso? Por que os vigio eu e por que eles mostram tanto zelo em minha frente? Ali vem a minha velha amiga Matrona — pensava ele, examinando uma enorme e magra mulher que, para melhor empurrar o grão com o seu ancinho, firmava no solo áspero os seus pés nus e crestados. "Outrora eu a curei de uma queimadura, no incêndio em que uma trave caiu sobre ela. Sim, eu a curei, mas amanhã ou em dez anos será preciso levá-la para debaixo da terra, assim como aquela moça de vestido vermelho que separa com um gesto tão desembaraçado a palha, bem como aquele velho e pobre cavalo que, o ventre inchado e a respiração sufocada, trabalha com tanta dificuldade; como Fiodor, com a sua barba suja de baba e a sua blusa esburacada no ombro, que vejo na iminência de desligar os feixes e de reajustar a correia do volante: ele dirige as mulheres com muita autoridade, mas, em breve, que restará dele? Nada, como eu também, e isso é que é o mais triste. Por que, por quê?"

Meditando no destino, consultava o relógio, a fim de marcar a atividade dos trabalhadores conforme o número de feixes que fossem batidos na primeira hora. Como esta terminasse, ele constatou que se batia somente o terceiro feixe. Aproximou-se de Fiodor e, alteando a voz para dominar o barulho da máquina, disse:

— Deita muitos grãos ao mesmo tempo, Fiodor. Isso forma uma bucha e tu não podes avançar. Vamos nivelar...

Fiodor, o rosto negro de suor, gritou algumas palavras em resposta, mas não pareceu compreender a observação de Levine, que, afastando-o do tambor, se pôs ele próprio a colocar os grãos.

A hora do jantar chegou rapidamente. Levine saiu com Fiodor e parou perto de uma meda de centeio em grãos preparada para sementes. Entabulou conversa com Fiodor, que morava na vila afastada onde Levine fizera outrora uma tentativa de exploração em comum numa terra agora arrendada a um certo Kirillov. Levine desejava arrendá-la no ano seguinte a um outro camponês, homem com que simpatizava muito, chamado Platão. Interrogou Fiodor sobre aquele assunto.

— O preço é muito elevado, Constantin Dmitrievitch. Platão não aceitará esse negócio — respondeu o trabalhador, retirando do peito molhado de suor algumas palhas que ali estavam coladas.

— Mas como Kirillov aceitou?

— Kirillov? — repetiu Fiodor num tom de soberano desprezo. — Veja o senhor, Constantin Dmitrievitch, Kirillov esfola os pobres diabos. O pai Platão, ele subarrendará a terra a crédito e é bem capaz de não reclamar a renda.

— Por quê?

— Nem todas as pessoas se parecem, Constantin Dmitrievitch. Uns vivem somente para comer e outros pensam em Deus e na alma.

— Que entendes por isso? — quase gritou Levine.

— Mas viver para Deus, observar a sua lei. Todas as pessoas não são iguais. O senhor, por exemplo, não faria mal aos pobres.

— Sim, sim... Até logo — balbuciou Levine, ofegando de emoção. E, voltando-se para apanhar a bengala, dirigiu-se com grandes passos para casa. "Viver para a alma, para Deus." Estas palavras do camponês encontraram eco no coração de Levine e os pensamentos confusos, mas que sentia fecundos, saíram de algum canto do seu ser para adquirirem uma nova claridade.

XII

Levine andava a grandes passos na estrada e, sem compreender os confusos pensamentos que o agitavam, entregava-se a um novo estado de alma. As palavras de Fiodor haviam produzido o efeito de uma centelha elétrica e o conjunto de vagas ideias que não cessava de o assaltar havia como que se condensado para encher o seu coração de uma inexplicável alegria.

"Não viver para si, mas para Deus. Qual Deus? Não será insensato achar, como ele acaba de fazer, que não devemos viver para nós, mas para um Deus que ninguém compreende e não poderia definir?... Estas palavras insensatas, porém, eu as compreendi, não duvidei da sua precisão, não as achei nem falsas nem obscuras..., dei-lhes o mesmo sentido que aquele camponês e talvez nada soubesse compreender tão claramente. E toda a minha vida foi assim, e assim foi para todo mundo."

"E eu que procurava o milagre para me convencer! Ei-lo, o milagre, o único possível, e que não observara enquanto ele me aparecia por todas as partes!"

"Quando Fiodor acha que Kirillov vive para comer, eu compreendo o que ele quer dizer: é perfeitamente humano, os seres de razão não poderiam viver de outro modo. Mas, depois, afirmar que é preciso viver não para comer, mas para Deus... E eu o compreendi imediatamente! Eu e os milhões de homens, no passado e no presente, os pobres de espírito como os doutos que estudaram estas coisas e fazem ouvir as suas vozes confusas, estamos de acordo em um ponto: é necessário viver para o bem. O único conhecimento claro, possível, irrefutável, absoluto que temos é este e não é pela razão que o alcançamos, pois a razão exclui e não tem causa e nem efeito. O bem, se tivesse uma causa, cessaria de ser bem, tanto como se tivesse um efeito, uma espécie de recompensa... Isto eu sei e todos nós sabemos. Pode existir maior milagre?..."

"Encontrei verdadeiramente a solução das minhas dúvidas? Vou deixar de sofrer?"

Pensando assim, Levine, insensível à fadiga e ao calor, sufocado pela emoção e não ousando crer na calmaria que descia à sua alma, afastou-se da estrada principal para penetrar no bosque. Ali, descobrindo a fronte banhada de suor, deitou-se, apoiado no cotovelo, sobre a relva espessa e prosseguiu nas suas reflexões.

"Preciso recolher-me, cuidar de compreender o que se passa em mim. Que descobri para ser feliz? Sim, que descobri?... Nada. Tive simplesmente a visão clara de coisas que havia muito tempo conhecia. Reconheci esta força que antigamente me deu vida e a assegura ainda hoje. Sinto-me liberto do erro... Vejo o meu Senhor!..."

"Acreditei outrora que ele agia no meu corpo como no de um inseto, como na planta, uma evolução na matéria, conforme certas leis físicas, químicas e fisiológicas: evolução, luta incessante, que se estende a todos, às árvores, às nuvens, às nebulosas... Mas de onde parte e aonde chega esta evolução? Uma evolução, uma luta para o infinito, é isto possível?... E eu me surpreendia, apesar dos supremos esforços, de nada encontrar neste caminho que me revelava o sentido da vida, dos meus impulsos, das minhas aspirações... Agora eu sei que este sentido consiste em viver para Deus e para a alma. Por mais claro que me aparecesse, este sentido permanecia misterioso. E é igual para tudo quanto existe. Era o orgulho o que me perdia", decidiu, deitando-se completamente e atando maquinalmente as hastes da relva. "Orgulho, tolice, ardil e perversidade de espírito... Perversidade... sim, eis a verdadeira palavra."

E recordou os caminhos que durante dois anos o seu pensamento percorria, desde o dia em que a ideia da morte o possuíra em face do irmão moribundo. Compreendera então pela primeira vez que, em sua frente, não havia outra perspectiva senão o sofrimento, a morte e o esquecimento eterno. Ou devia fazer saltar os miolos ou explicar a si mesmo o problema da vida de modo a não ver a cruel ironia de algum gênio maligno. No entanto, sem conseguir nada explicar, continuara a viver, a pensar, a sentir e havia mesmo conhecido, graças ao seu casamento, alegrias novas que o tornavam feliz quando não escavava os seus pensamentos perturbados. Que provava aquela inconsequência? Que vivia bem, embora pensasse mal. Sem o saber, fora sustentado por aquelas verdades espirituais, que o seu espírito demonstrava ignorar. Agora ele compreendia que elas somente lhe haviam permitido viver.

"Em que me tornaria se não tivesse vivido para Deus, e sim para a satisfação das minhas necessidades? Eu teria mentido, roubado, assassinado... Não, não teria existido para mim nenhuma das alegrias que a vida me deu."

A sua imaginação não lhe permitia nem mesmo conceber a que grau de bestialismo desceria caso não houvesse sentido as verdadeiras razões de viver.

"Procurava uma solução que a razão não pode dar, o problema não estando sob o seu domínio. Somente a vida me poderia fornecer uma resposta, e isso graças ao meu conhecimento do bem e do mal. E este conhecimento, não tendo eu adquirido, e nem sabendo onde buscá-lo, me foi dado como tudo mais. A razão jamais me demonstraria que devo amar o meu próximo ao invés de o estrangular. Quando isso me ensinaram na infância, e se acreditei, era porque já o sabia. O que a razão ensina é a luta pela vida, partindo da lei que exige que todo obstáculo à satisfação dos meus desejos seja destruído. A dedução é lógica. A razão não pode me prescrever para amar o meu próximo, este preceito não lhe pertence."

XIII

Levine lembrou-se de uma cena recente entre Dolly e os filhos. Os pequenos, entregues um dia a si próprios, tinham-se divertido em fazer cozinhar framboesas numa xícara aquecida por uma vela e a derramarem jatos de leite pela boca. A mãe apanhou-os em flagrante, censurou-os em frente do tio, dizendo-lhes que destruíam o que tanto trabalho causava aos adultos procurarem, tentando obrigá-los a compreender que se as xícaras viessem a faltar, não teriam como tomar o chá e que se desperdiçavam o leite, sentiriam fome. Levine ficou muito surpreso com o ceticismo com que as crianças escutaram a mãe: a sua explicação não os comovia, lamentavam apenas o brinquedo interrompido. Eles ignoravam o valor dos bens com que brincavam e não compreendiam que, de algum modo, estavam destruindo a sua subsistência.

"Tudo isso é bonito e bom", dizem eles, "mas repisam sempre a mesma coisa, enquanto nós procuramos novidade. Que interesse tem beber leite nas xícaras? Bem mais divertido é derramar o leite na boca uns dos outros e reservar as xícaras para cozinhar as framboesas. Eis a novidade."

"Não é assim que nós procedemos", pensava Levine, "não é assim que eu procedo, querendo penetrar pela razão os segredos da natureza e o problema da vida humana? Não é isso que fazem todos os filósofos quando, no meio de teorias estranhas, pretendem revelar as verdades que os homens conhecem há muito tempo e sem as quais não poderiam viver? Não se verifica, penetrando cada uma dessas teorias, que o seu autor conhece tão bem quanto Fiodor — e não melhor que ele — o verdadeiro sentido da vida humana e que tende a demonstrar somente por caminhos equívocos verdades universalmente conhecidas?"

"Que deixem as crianças procurarem a própria subsistência ao invés de fazerem gaiatas. Que nos deixem a nós outros libertos aos nossos raciocínios, às nossas paixões, sem conhecimento do nosso Criador, sem o sentimento do bem e do mal moral... e nada de sólido se poderá fazer. Se somos ávidos para destruir é porque, como as crianças, estamos satisfeitos... espiritualmente. Onde adquiriria este feliz conhecimento, que procura a paz para a minha alma, que possuo em comum com Fiodor?... Eu, cristão, educado na fé, satisfeito com o trabalho do cristianismo, vivendo deste trabalho sem ter consciência, eu procuro, como as crianças, destruir a essência da minha própria vida... Mas nas horas graves da minha existência eu me voltei para Ele, como as crianças para com a sua mãe quando sentiram fome e sede, e se elas viram censurada a sua travessura, eu percebi que não se ligava nenhuma importância às minhas inúteis tentativas de revolta."

"Não, a razão não me ensinou nada. O que eu sei a mim foi dado, revelado pelo coração, pela fé no ensinamento capital da Igreja."

"A Igreja?", repetiu Levine, voltando-se e examinando ao longe a manada que descia para o rio. "Em verdade, posso crer em tudo que ela ensina?", perguntava-se, para sentir e descobrir um ponto que perturbava a sua inquietude. E lembrou-se dos dogmas que sempre lhe pareceram estranhos: "A criação? Mas como posso explicar a existência?... O diabo e o pecado? Mas que explicação posso achar para o mal?... A redenção? Mas que sei eu, que posso saber fora do que me foi ensinado como a todos os outros?"

Nenhum destes dogmas lhe pareceu ir de encontro à destinação do homem aqui embaixo, isto é, a fé em Deus e no bem. Cada um deles subentendia a verdade e a renúncia ao egoísmo. Concorriam todos para o milagre supremo e perpétuo que consiste em permitir a milhões de seres humanos, moços e velhos, sábios e simples, reis e mendigos, a Lvov como Kitty, a Fiodor como a ele próprio, compreender as mesmas verdades para compor aquela vida da alma que torna a existência suportável.

Deitado, contemplava agora o céu sem nuvens. "Eu sei perfeitamente", pensava ele, "que é a imensidade do espaço, e não uma abóbada azul, o que se estende por cima de mim. Mas os meus olhos só podem perceber a abóbada arredondada e veem mais certamente do que se procurassem além."

Agora, Levine deixava correr o pensamento para ouvir as vozes misteriosas que criavam grandes ruídos na sua alma.

"Será verdadeiramente a fé?", indagou-se, não ousando acreditar na sua felicidade. "Meu Deus, eu vos agradeço!"

Soluços o agitaram, lágrimas de reconhecimento corriam ao longo da sua face.

XIV

Surgiu ao longe uma pequena carruagem. Levine reconheceu ser a sua, o seu cavalo trigueiro, o cocheiro Ivan que falava ao pastor. Ouviu imediatamente o barulho das rodas e o relincho do cavalo. Mergulhado, porém, nas suas meditações, não pensava perguntar o que ele queria. Só retomou o sentido da realidade quando ouviu o cocheiro gritar:

— A senhora me mandou, Sergio Ivanovitch acaba de chegar com um outro senhor.

Levine subiu na carruagem e tomou as rédeas. Muito tempo depois, como após um sonho, foi que pôde retornar a si. Os olhos fixos ora sobre Ivan sentado ao seu lado, ora sobre o robusto animal de pescoço e peito alvos de espuma, pensava no irmão, na mulher — inquieta talvez com a sua longa ausência —, no hóspede desconhecido que lhe traziam, e perguntava a si mesmo se as suas relações com o próximo não iriam sofrer uma modificação.

"Eu não quero mais frieza com o meu irmão, nem brigas com Kitty, nem impaciência com os criados. Quero mostrar-me cordial e agradável para com o meu novo hóspede, seja quem for."

E retendo o cavalo, que queria correr, procurou uma palavra de simpatia para dirigir a Ivan, que, não sabendo o que fazer com as suas mãos ociosas, comprimia contra o peito a blusa que o vento levantava.

— O senhor deve tomar à esquerda, há um tronco a evitar — disse subitamente Ivan, tocando nas rédeas.

— Faze o favor de me deixar tranquilo e não me dares lição! — respondeu Levine, irritado como em todas as vezes que se envolviam nos seus negócios. Sentiu imediatamente uma viva mágoa constatando que, contra as suas inquietações, o seu novo estado de alma não influía em nada sobre o seu caráter.

A um quarto de verstas da casa percebeu Gricha e Tania, que corriam na sua frente.

— Titio Kostia, mamãe, vovô, Sergio Ivanovitch e mais um senhor nos acompanham — gritaram, subindo na carruagem.

— Quem é esse senhor?

— Um senhor terrível que faz enormes gestos com os braços — disse Tania, imitando Katavassov.

— É velho ou moço? — perguntou Levine, rindo-se.

A mímica de Tania despertava nele recordações confusas. "Permita Deus que não seja um importuno!", pensou ele.

Numa volta do caminho, reconheceu Katavassov, usando um chapéu de palha e fazendo com os braços os movimentos que Tania tão bem observara.

Nos últimos tempos da sua estada em Moscou, Levine discutira muito sobre filosofia com Katavassov, embora só tivesse da matéria vagas noções dos "cientistas". Levine imediatamente se lembrou de uma dessas discussões, na qual o seu amigo o tinha aparentemente vencido, prometendo ele não mais exprimir ligeiramente os seus pensamentos.

Desceu da carruagem, cumprimentou os hóspedes e perguntou por Kitty.

— Foi para o bosque com Mitia — respondeu Dolly. — A casa estava muito quente.

Esta notícia contrariou Levine: o bosque lhe parecia um lugar perigoso e muitas vezes havia aconselhado a Kitty não passear com a criança.

— Ela não sabe aonde ir com o pirralho — disse o príncipe, sorrindo. — Eu lhe aconselhei tentar o porão do gelo.

— Ela se encontrará conosco no colmeal — acrescentou Dolly. — É o fim do nosso passeio.

— Que fazes de bom? — perguntou Sergio Ivanovitch ao irmão, segurando-o.

— Nada de particular: eu cultivo as minhas terras e eis tudo. Espero que demores algum tempo: há uma eternidade que te esperamos.

— Ficarei uns quinze dias. Tenho muito que fazer em Moscou.

Os olhares dos dois irmãos se cruzaram e Levine se sentiu indisposto. No entanto, ele nunca desejara tão ardentemente relações simples e cordiais com o irmão! Abaixou os olhos e desejou evitar todo assunto espinhoso, como a questão dos Bálcãs sobre a qual Sergio vinha de fazer uma alusão, e, no fim de um momento, pediu notícias sobre o seu livro.

Esta pergunta, devidamente meditada, forçou um sorriso nos lábios de Sergio Ivanovitch.

— Ninguém pensa nele e eu menos que ninguém... A senhora verá, Daria Alexandrovna, que teremos chuva — disse ele, mostrando na extremidade da sombrinha nuvens brancas que apareciam acima das faias.

Ele empregou aquelas palavras banais para que se restaurasse entre os dois irmãos aquela frieza quase hostil que Levine tanto desejou dissipar. Deixando Sergio, aproximou-se de Katavassov.

— Que boa ideia tiveste em vir! — disse ele.

— Há muito tempo que desejava. Nós temos que conversar à vontade. Leste Spencer?

— Li, mas não até o fim. De resto, agora ele me é inútil.

— Como? Estou surpreso!

— Eu quero dizer que ele não me ajudará mais que os outros a resolver as questões que me interessam, neste momento eu...

A expressão de surpresa que o rosto de Katavassov exprimia o impressionou e não querendo prejudicar o seu estado de alma com uma discussão estéril, deteve-se.

— Falaremos depois... Vamos ao colmeal — disse ele, dirigindo-se a todos —, é a direção que devemos tomar.

Chegaram a um atalho em que, em um dos lados, as caudas-de-raposa em flores formavam como um valado brilhante onde os ranúnculos entremeavam a sua folhagem sombria. Levine instalou os seus convidados às sombras das faias, em rústicos sofás construídos com a intenção de acolher os visitantes que não quisessem se aproximar das abelhas, e tomou o caminho da cerca para trazer o mel, pão e pepinos. Andava o mais docemente tranquilo, ouvindo o zumbido cada vez mais frequente. Na porta da cabana, teve que se livrar de uma abelha presa na sua barba. Depois de tirar uma máscara de fio de ferro suspensa na entrada, cobriu a cabeça e, as mãos escondidas nos bolsos, penetrou na colmeia, onde os cortiços estavam arrumados por ordem — os mais novos ao lado da estacada, presos nas estacas por cordas de tília, possuía cada qual uma história. Em frente da abertura dos cortiços turbilhonavam colunas de abelhas e fabordões, enquanto os trabalhadores corriam para a floresta, atraídos pelas tílias em flor, de onde voltavam carregados. E todo o enxame, trabalhadores alertas, machos ociosos, guardas alarmados prestes a se arremessarem sobre o ladrão dos seus bens, faziam ouvir os sons mais diversos, que se confundiam num perpétuo zumbido. O velho guarda, ocupado no outro lado da estacada, não ouviu Levine se aproximar. Levine não o chamou: sentia-se feliz em poder se recolher um momento. A vida real retomando os seus direitos agredia a nobreza dos seus pensamentos: já encontrara meio de se aborrecer com Ivan, de mostrar-se frio com o irmão, de dizer coisas inúteis a Katavassov!

"A minha felicidade", perguntava-se, "não teria sido uma impressão fugitiva que se dissipará sem deixar traços?"

Mas, caindo em si mesmo, encontrou as impressões intactas. Não havia como duvidar, realizara-se um acontecimento importante na sua alma. A vida real só fizera estender uma nuvem sobre aquela calma interior: aqueles ligeiros incidentes não atingiram as forças espirituais novamente despertas, como as abelhas, obrigando-o a defender-se, não poderiam esgotar a sua força física.

XV

Kostia, sabes com quem Sergio Ivanovitch viajou? — disse Dolly, depois de dar a cada um dos filhos a sua parte de pepino e de mel. — Com Vronski. Ele vai para a Sérvia.

— E não vai sozinho! Leva por sua conta todo um esquadrão — acrescentou Katavassov.

— Em boa hora! — disse Levine. — Mas tu e os outros expediram sempre voluntários? — perguntou ele, erguendo os olhos para o irmão.

Sergio Ivanovitch não respondeu nada: a sua atenção estava voltada para uma abelha presa ao mel no fundo da sua xícara que ele livrava cuidadosamente com a faca sem ponta.

— Como, se nós expedimos! — gritou Katavassov, mordendo um pepino. — Se tiveste visto o que se passou ontem na estação!

— Sergio Ivanovitch, explica-me por uma vez para onde vão todos esses heróis e contra quem eles lutam! — perguntou o príncipe, retomando evidentemente uma conversa interrompida com a chegada de Levine.

— Contra os turcos — respondeu gravemente Koznychev, tirando da extremidade da faca e pondo sobre uma folha de faia a abelha finalmente livre, mas todo suja de mel.

— Mas quem a declarou? Foi Ivan Ivanovitch Ragozov, a condessa Lidia e Madame Stahl?

— Ninguém declarou esta guerra, mas emocionados com o sofrimento dos nossos irmãos, procuramos ir ajudá-los.

— Tu não respondeste à pergunta do príncipe — disse Levine, tomando o partido do sogro. — Ele se surpreendeu que, sem a autorização do governo, particulares ousassem participar de uma guerra.

— Olha, Kostia, ainda uma abelha. Asseguro-te que elas vão nos morder — gritou subitamente Dolly, tentando agarrar uma enorme mosca.

— Isto não é uma abelha, é uma vespa.

— Por que os particulares não haviam de ter este direito? Explique--nos a tua teoria — pediu Katavassov, querendo obrigar Levine a falar.

— Eis aqui a minha teoria: a guerra é uma coisa tão bestial, tão monstruosa que nenhum cristão, nenhum homem mesmo, tem o direito de tomar sobre si a responsabilidade de a declarar. É ao governo que compete este trabalho, a ele que fatalmente dirige a guerra. É uma questão de Estado, uma destas questões em que os cidadãos unem toda a vontade pessoal: o bom senso, apesar da ciência, chega para demonstrar.

Sergio Ivanovitch e Katavassov tinham as respostas prontas.

— É no que te enganas, meu caro — disse primeiramente Katavassov. — Quando um governo não se submete à vontade dos cidadãos, são os cidadãos que devem impor a sua ao governo.

Sergio Ivanovitch não pareceu gostar daquela objeção.

— Tu não apresentas a questão como se faz preciso — disse ele, franzindo a testa. — Não se trata aqui de uma declaração de guerra, mas de uma demonstração de simpatia humana, cristã. Assassinam os nossos irmãos, irmãos de raça e de religião, massacram as mulheres, as crianças, os velhos, e isto revolta o sentimento de humanidade do povo russo, que corre em socorro daqueles infortunados. Suponhamos que vejas na rua um bêbado bater numa mulher ou numa criança: indagarás, antes de socorrer, se alguém declarou guerra a esse indivíduo?

— Não, mas eu não o mataria.

— Acabarias por chegar até aí.

— Eu não sei de nada, talvez o matasse no arrebatamento do momento, mas não posso me entusiasmar pela defesa dos eslavos.

— Nem todos pensam igualmente — continuou Sergio, descontente. — O povo conserva muito viva a lembrança dos irmãos ortodoxos que gemiam sob o jugo dos infiéis. E o povo fez ouvir a sua voz.

— É possível — respondeu Levine. — Em todo caso, não vejo nada de semelhante em torno de mim e, embora faça parte do povo, não sinto absolutamente nada.

— Digo o mesmo da minha parte — fez o príncipe. — Foram os jornais que me revelaram, durante a minha estada no estrangeiro e antes dos horrores na Bulgária, o amor súbito que a Rússia inteira sentia por seus irmãos eslavos. Nunca duvidei, porque aquelas pessoas jamais me inspiraram a menor ternura. Falando francamente, a princípio me inquietei com a minha indiferença e atribuí isso às águas de Carlsbad. Mas, depois da minha volta, constato que nós somos ainda alguns que põem a Rússia acima dos irmãos eslavos. Exemplo: Constantin.

— Quando a Rússia inteira se pronuncia — objetou Sergio Ivanovitch —, as opiniões pessoais não têm nenhuma importância.

— Desculpa-me, mas o povo ignora tudo sobre esta questão.

— Mas papai... — interrogou Dolly, entrando na conversa. — O senhor não se lembra, domingo, na igreja... Queres me dar a toalha — disse ela ao velho guarda que sorria para as crianças. — Não é possível que todas aquelas pessoas...

— Na igreja? Que se passou de tão extraordinário? Os padres tiveram ordem de ler ao povo um papel do qual ninguém entendeu uma palavra. Se os camponeses suspiravam durante a leitura foi porque pensavam num sermão e se deram os seus kopeks foi porque lhes disseram ser preciso para uma obra pia.

— O povo não poderia ignorar o seu destino. Ele tem uma intuição e, em momentos como este, ele a revela — declarou Sergio Ivanovitch, fixando com segurança os olhos do velho guarda.

Em pé, no meio dos patrões, uma gamela de mel na mão, o bom velho, barba grisalha e cabeleira prateada, fitava-os com um ar afável e tranquilo, sem nada compreender da conversa e sem manifestar o menor interesse de compreender. Contudo, crendo-se interpelado por Sergio Ivanovitch, julgou bom abanar a cabeça e dizer:

— Isso, é isso certamente.

— Interroguem-no — disse Levine — e verão o que ele pensa. Já ouviste falar da guerra, Mikhailytch? — perguntou ele ao velho. — Sabes o que foi lido domingo, na igreja? É necessário que nos batamos pelos cristãos, que pensas?

— Pensar? O nosso imperador Alexandre Nicolaievitch sabe melhor que nós o que se deve fazer... Ainda é preciso pão para o seu rapazinho? — perguntou ele a Dolly, mostrando Gricha, que devorava uma casca.

— Que necessidade temos de o interrogar — disse Sergio Ivanovitch — quando vemos centenas de homens abandonarem tudo para servirem a uma causa justa? Eles vêm de todos os cantos da Rússia, uns sacrificam as suas últimas economias, outros se engajam, e todos sabem claramente a que motivo obedecem. Dir-me-ás que isso não significa nada?

— Segundo o meu modo de ver — disse Levine, exaltando-se — isso significa que, em oitenta milhões de homens, sempre se acharão não apenas centenas como agora, mas milhares de cérebros abrasados, prontos para se lançarem na primeira aventura que apareça, trate-se de seguir Pougatchov ou de ir à Sérvia, à Khiva ou aonde for...

— Como, tu julgas assim os melhores representantes da nação! — gritou Sergio Ivanovitch, indignado. — E as contribuições que chegam de todas as partes? Não é um meio para povo demonstrar a sua vontade?

— É tão vaga a palavra "povo"! É possível que os secretários cantonais, os prefeitos e um sobre mil entre os camponeses compreendam do que se trate, mas o resto dos oitenta milhões faz como Mikhailyptch: não apenas não demonstram a sua vontade, mas não têm a mínima noção do que está acontecendo. Que direito temos nós, nestas condições, de invocar a vontade do povo?

XVI

Sergio Ivanovitch, hábil em dialética, transportou imediatamente a questão para outro terreno.

— É evidente que não possuindo o sufrágio universal, o qual, aliás, não prova nada, não poderemos saber matematicamente a opinião da nação. Mas existem outros meios de apreciação. Eu não digo nada dessas correntes subterrâneas que agitam as águas até então estagnantes do oceano popular e que qualquer não prevenido discerne naturalmente, mas considero a sociedade em um sentido mais restrito. Neste terreno os partidos mais hostis se fundem em um só. Não há mais divergência de opinião, todos os jornais se exprimem igualmente, todos cedem à força elementar que os arrasta para uma mesma direção.

— Sim, os jornais gritam todas as mesmas coisas, é verdade — disse o príncipe —, mas assim fazem as rãs antes da tormenta! São os seus gritos, sem dúvida, que impedem se ouça a menor voz.

— Eu não sei verdadeiramente o que os jornais têm de comum com as rãs. De resto, eu não os defendo e falo da unanimidade de opinião entre os mais esclarecidos — replicou Sergio Ivanovitch, dirigindo-se ao irmão.

Levine quis responder, mas o príncipe o antecipou.

— Esta unanimidade, sem dúvida, tem a sua razão de ser. Eis como exemplo o meu caro genro Stepane Arcadievitch, que se faz nomear membro não sei de que comissão... Uma pura sinecura, e não é segredo para mim, Dolly, e oito mil rublos de ordenados! Pergunte honestamente a esse homem o que pensa do assunto em questão: ele demonstrará, estou certo, que não podíamos passar sem isso.

— Ah, sim, eu tinha esquecido. Ele me pediu para prevenir a Daria Alexandrovna que a sua nomeação era coisa resolvida — notificou Sergio Ivanovitch, com um tom descontente porque julgava desagradável a intervenção do velho príncipe.

— Então — continuou aquele — os jornais fazem o mesmo: como a guerra deve dobrar a sua venda, é muito natural que ponham antes o instinto nacional, os irmãos eslavos e todo o resto...

— O senhor é injusto, príncipe — replicou Sergio Ivanovitch. — Deixe-me dizer, apesar da pouca simpatia que sinto por certos jornais.

— Afonso Karr estava com a verdade quando, antes da guerra franco-alemã, propunha aos partidários da guerra constituírem uma vanguarda e sustentarem o primeiro fogo.

— Que triste figura fariam ali os nossos jornalistas! — disse Katavassov com um enorme sorriso, imaginando certos dos seus amigos engajados numa legião de elite.

— A fuga dos jornalistas, porém, provocaria as outras — insinuou Dolly.

— Nada impediria — insistiu o príncipe — que fossem levados ao fogo a golpes de chicote ou de metralha...

— Desculpe-me, meu príncipe — disse Sergio Ivanovitch —, mas a brincadeira é de um gosto duvidoso.

— Eu não vejo nenhuma brincadeira... — quis dizer Levine, mas o seu irmão o interrompeu.

— Todos os membros de uma sociedade têm um dever a cumprir e os homens que pensam cumprem o seu expressando a opinião pública. A unanimidade desta opinião é um feliz sintoma que precisa ser inscrito no ativo da imprensa. Há vinte anos, todos teriam a sua atitude; hoje, o povo russo, prestes a se sacrificar, a levantar-se totalmente para salvar os irmãos eslavos, faz ouvir a sua voz unânime: é um grande passo realizado, uma prova de força.

— Perdão — insinuou timidamente Levine —, não é apenas questão de sacrifício, mas de matar os turcos. O povo está pronto para o sacrifício quando se trata da sua alma, mas não para executar uma obra de morte — acrescentou, unindo involuntariamente aquela conversa aos pensamentos que o agitavam.

— A que chamas tu de alma? Para um naturalista, é um termo bem impreciso. Que é a alma? — perguntou Katavassov, rindo-se.

— Tu bem o sabes.

— Sinceramente, eu não tenho a menor ideia! — insistiu o professor, rindo-se perdidamente.

— "Eu não vim trazer a paz, mas a guerra", disse o Cristo — objetou por seu lado Sergio Ivanovitch, citando como a coisa mais simples do mundo, como uma verdade evidente, a passagem do Evangelho que sempre perturbara Levine.

— Isso é assim mesmo — disse ainda uma vez o velho guarda, respondendo a um olhar lançado sobre ele por acaso.

— Perdeste, meu caro, e muito bem perdido! — gritou alegremente Katavassov.

Levine corou, não por ter perdido, mas por haver cedido ainda à necessidade de discutir.

"Eu perco meu tempo", disse intimamente. "Como, estando nu, posso vencer pessoas protegidas por armaduras sem defeitos?"

Não lhe parecia possível convencer o irmão e Katavassov e ainda menos deixar-se convencer por eles. O que eles preconizavam não era outra coisa senão aquele orgulho de espírito que quase o perdera. Como admitir que um grupo de homens, o seu irmão entre eles, se julgasse com o direito de representar com os jornais a vontade da nação, quando essa vontade se exprimia como sendo vingança e assassinato e quando toda a certeza se apoiava sobre as narrações de algumas centenas de faladores em busca de aventuras? O povo, no seio do qual ele vivia, não confirmava nenhum daqueles argumentos. Não acha justificativa em si mesmo: como o povo, ele ignorava em que consistia o bem público, mas sabia o que resulta da estrita observação daquela lei moral inscrita no coração de todo homem — por conseguinte, ele não podia preconizar a guerra, por mais generoso que fosse o fim á que se propusesse. Partilhava o modo de ver de Mikhailytch que era o de todo o povo e que exprimia tão bem a tradição relativa no apelo ao imperador: "Reinai e governai. Para nós, os penosos trabalhos e os pesados sacrifícios, mas para vós o interesse pelas decisões." Podia seriamente achar, como Sergio Ivanovitch, que o povo tivesse renunciado a um direito tão dificilmente adquirido?

Depois, se a opinião pública passava por infalível, por que a comuna não era tão legítima como a agitação em favor dos eslavos?

Levine quisera exprimir todos esses pensamentos, mas via bem que a discussão irritava seu irmão e que daria em nada. Preferiu calar-se e, no fim de um momento, chamou a atenção dos seus convidados para uma grossa nuvem que não pressagiava nada de bom.

XVII

O príncipe e Sergio Ivanovitch tomaram a carruagem, enquanto os outros apressavam os passos. O céu se cobria cada vez mais, as nuvens baixas de um escuro de fuligem, conduzidas pelo vento, pareciam correr com uma tal rapidez que a duzentos passos da casa a chuva tornou-se iminente.

As crianças iam na frente, soltando gritos. Dolly, atrapalhada pela saia, acompanhava-as. Os homens, retendo com dificuldade os chapéus, caminhavam quase correndo. No momento em que atingiam o portão, caiu a primeira gota. Todos, conversando alegremente, precipitaram-se na antessala.

— Onde está Catarina Alexandrovna? — perguntou Levine a Ágata Mikhailovna que se preparava para sair carregada de xales e cobertores.

— Nós julgamos que ela estivesse com o senhor.

— E Mitia?

— Provavelmente está no bosquezinho com a sua ama.

Levine agarrou o pacote e pôs-se a correr.

Neste curto espaço de tempo, o céu se escureceu como durante um eclipse e o vento, soprando com violência, fazia voar as folhas das tílias, desnudava os ramos das árvores, vergava as hastes da relva, das plantas, dos arbustos, as moitas de acácias e a copa das grandes árvores. As moças que trabalhavam no jardim corriam à procura de um abrigo. A toalha branca da chuva já cobria uma boa metade dos campos, todo o grande bosque e ameaçava o pequeno. A nuvem se dissolvera em uma chuva fina, que impregnava o ar de umidade.

Lutando vigorosamente contra a tempestade que se obstinava em querer arrancar-lhe os xales, Levine atingia o bosquezinho e julgava perceber formas brancas atrás de um carvalho familiar quando, subitamente, uma luz brilhante inflamou o solo à sua frente e acima da sua cabeça a abóbada celeste pareceu se desmoronar. Assim que pôde abrir os olhos alucinados, verificou horrorizado que a espessa cortina formada pela chuva o separava agora do bosque e que a copa do grande carvalho havia mudado de lugar. "O raio a pegou!", teve tempo de dizer a si mesmo e no mesmo instante ouviu o barulho da árvore desabando estrepitosamente.

"Meu Deus, meu Deus, que eles não tenham sido atingidos!", murmurou, gelado de pavor. E embora sentisse imediatamente o absurdo daquela súplica tardia, ele a repetiu, sentindo instintivamente que não podia fazer nada de melhor. Encaminhou-se para o lugar onde Kitty habitualmente ficava. Não a achou, mas a ouviu chamar na outra extremidade do bosque. Correu para aquele lado, tão depressa como lhe permitiram os sapatos cheios de água que chafurdavam nas poças e, como o céu serenasse, descobriu Kitty sob uma tília e a ama debaixo de uma pequena carruagem protegida por um chapéu-de-sol verde. Apesar de não chover mais, elas permaneciam imóveis na posição em que tomaram de começo, a fim de melhor protegerem a criança. Ambas estavam molhadas, mas se a saia da ama ainda se conservava enxuta, o vestido de Kitty, inteiramente encharcado, colava-se ao seu corpo e o seu chapéu havia perdido a forma. A jovem mulher voltou para o marido um rosto avermelhado, muito molhado, que um sorriso tímido iluminava.

— Vivos! Louvado seja Deus! Mas que imprudência! — gritou Levine fora de si.

— Asseguro-te que não tive culpa. Íamos partir quando Mitia fez das suas e logo...

Mas a presença do filho que, sem ter apanhado um pingo d'água, dormia tranquilamente, acalmou Levine.

— Vamos, tudo está bem. Eu já não sei o que digo — confessou ele.

Fizeram um pacote das roupas molhadas e dirigiram-se para casa. Um pouco envergonhado por haver repreendido Kitty, Levine lhe apertou docemente a mão, escondendo-se da ama que trazia a criança.

XVIII

Apesar da decepção que sentira constatando que a sua regeneração moral não trouxera ao seu caráter nenhuma modificação apreciável, Levine não sentiu menos, durante todo o dia, e nas conversas a que não pudera fugir, uma plenitude de coração que o encheu de alegria.

Depois do jantar, a umidade e a tormenta não permitiram um novo passeio. A noite, no entanto, decorreu alegremente, sem que surgissem discussões. Katavassov conquistou as senhoras com a graça original do seu espírito, que sempre seduzia. Entusiasmado por Sergio Ivanovitch, ele divertiu a todos narrando as suas curiosas observações sobre as diferenças de hábitos e mesmo de fisionomia entre as moscas machos e as moscas fêmeas. Koznychev mostrou-se igualmente muito alegre e, contente com o chá, desenvolveu, a pedido do irmão, as suas ideias sobre o problema eslavo com fineza e simplicidade.

O banho de Mitia obrigou Kitty a se retirar. Passados alguns minutos, vieram avisar Levine que ela mandava chamá-lo. Inquieto, levantou-se imediatamente, apesar do interesse que tomava pela teoria de Sergio sobre a influência que a emancipação de quarenta milhões de eslavos teria para o futuro da Rússia e sobre a nova era histórica que começava.

Que desejava Kitty? Só o chamavam para junto da criança em caso de urgência. Mas a sua inquietude, como a curiosidade despertada pelas ideias do irmão, desapareceu assim que se encontrou sozinho um instante. Que lhe importavam todas aquelas considerações sobre o papel do elemento eslavo na história universal! A sua felicidade íntima voltava imprevistamente, sem que a precisasse reanimar para reflexão: o sentimento tornara-se mais poderoso que o pensamento.

Atravessando o terraço, viu surgir duas estrelas no firmamento. "Sim", pensou, "eu me lembro ter meditado haver uma verdade na ilusão desta abóbada que contemplava, mas qual era o pensamento que eu não ousava fitar de frente? Pouco importa! Não pode existir uma objeção legítima: seja o que for, tudo se esclarecerá!"

Como penetrasse no quarto da criança, lembrou-se subitamente: "Se a principal prova da existência de Deus é a revelação interior que dá a cada um de nós o bem e o mal, por que esta revelação estará limitada à Igreja cristã? Que relações têm com esta revelação os budistas ou os muçulmanos, eles também não conhecem e praticam o bem?"

Julgava ter uma resposta pronta, mas não conseguia formular.

Com a aproximação do marido, Kitty voltou-se para ele, sorrindo. As mangas arregaçadas, inclinada sobre a banheira, sustendo com uma das mãos a cabeça da criança, com a outra passava num gesto rítmico uma grossa esponja no corpinho que chafurdava na água.

— Vem depressa, Ágata Mikhailovna tem razão: ele nos reconhece.

Puseram imediatamente Mitia em prova: a cozinheira, convocada para aquele fim, inclinara-se para ele e Mitia sacudiu a cabeça. Quando a sua mãe, porém, afastou a estranha, ele sorriu, sacudiu a esponja com as duas mãos e fez ouvir sons de alegria que deixaram extasiados Kitty, a ama e até mesmo Levine.

A ama ergueu a criança na palma da mão, enxugou-a, envolveu-a na toalha e, como ela soltasse um grito penetrante, entregou-a à mãe.

— Sinto-me contente em ver que tu começas a amá-lo — disse Kitty quando a criança tomou o seu seio, já sentada tranquilamente no lugar de costume. — Eu sofria por ouvir dizer que não sentias nada por ele.

— Eu me exprimi mal. Queria somente dizer que ele me causava uma decepção.

— Como?

— Esperava que ele me acordasse um sentimento novo e, ao contrário, foi a piedade e o desgosto o que ele me inspirou...

Pondo os anéis que tirara para banhar Mitia, Kitty o ouvia com uma atenção concentrada.

— Sim, piedade, e também medo... Somente hoje, durante a tormenta, foi que compreendi como o amava!

Kitty sorriu de alegria.

— Tiveste medo? Eu também, mas tenho ainda mais medo agora, quando lembro o perigo que corremos. Irei rever o carvalho... Apesar de tudo, passei um dia ótimo... Katavassov é magnífico. E quando tu queres, ficas calmo como Sergio Ivanovitch... Vamos, vai encontrá-los: depois do banho, isto aqui fica quente.

XIX

Levine, deixando a mulher, sentiu-se apossado pelo pensamento que o inquietava. Em lugar de retornar ao salão, encostou-se no balaústre do terraço.

A noite caía e o céu, límpido para o sul, permanecia enevoado do lado oposto. Ouvindo as gotas de chuva caírem em cadência da folhagem das tílias, Levine contemplava um triângulo de estrelas atravessado pela Via-Láctea. De tempos em tempos, um relâmpago brilhava, seguido de um trovão, mas logo as estrelas reapareciam, como se mão experiente as houvesse ajustado no firmamento.

"Vejamos, o que é que me perturba?", perguntou-se, sentindo na alma uma resposta para as suas dúvidas.

"Sim, a revelação no mundo da lei do bem é a prova evidente, irrecusável, da existência de Deus. Esta lei, eu a reconheço no fundo do meu coração, unindo-me a todos que a reconhecem como eu, e esta reunião de seres humanos participa da mesma crença chamada a Igreja. Mas os judeus, os muçulmanos, os budistas, os adeptos de Confúcio?", disse ele, retornando sempre ao ponto perigoso. — Esses milhões de homens estão privados do maior dos benefícios, do único que dá um sentido à vida?... Mas, vejamos, — prosseguiu, depois de alguns instantes de reflexão, — mas, que pergunta fiz? Esta das relações das diversas crenças da humanidade com a Divindade? É a revelação de Deus para com o universo, com os seus astros e as suas nebulosas o que eu pretendo sondar! E é no momento em que me foi revelado um saber certo mas inacessível à razão que teimo em fazer intervir a lógica!

"Eu sei que as estrelas não marcham", continuou, observando a mudança na posição de uma estrela que estava acima de uma árvore. "No entanto, não podendo imaginar a rotação da terra e vendo as estrelas mudarem de lugar, tenho razão de dizer que as estrelas andam. Os astrônomos nada compreenderiam, nada calculariam, se tivessem tomado em consideração movimentos tão variados, tão complicados da terra? As surpreendentes conclusões a que chegaram sobre as distâncias, o peso, os movimentos e as revoluções dos corpos celestes não têm como ponto de partida os movimentos que vejo como milhões de homens o viram, como verão durante séculos, e que sempre podem ser verificados? E como as conclusões dos astrônomos seriam inúteis e inexatas se elas não decorressem de observações do céu aparente, em relação a um único meridiano e a um único horizonte, igualmente todas as minhas deduções metafísicas estariam privadas de sentido se eu não as fundasse sobre este conhecimento do bem inerente no coração de todos os homens, e que tenho pessoalmente a revelação pelo cristianismo e que posso sempre verificar na minha alma. As relações das outras crenças com Deus permanecerão insondáveis para mim e não tenho o direito de investigá-las."

— Como, ainda estás aí! — disse bruscamente a voz de Kitty, que retornava ao salão. — Que te preocupa? — insistiu, cuidando de examinar o rosto do marido na claridade das estrelas. Um clarão que rasgou o horizonte, mostrou-o calmo e feliz.

"Ela me compreende", pensou Levine, vendo a mulher sorrir, "ela sabe em que penso. Será preciso dizer-lhe? Sim."

No momento em que ia falar, Kitty o interrompeu.

— Eu te peço, Kostia, para lançares um olhar no quarto de Sergio Ivanovitch — disse ela. — Tudo estará em ordem? Puseram um novo lavatório? Constranjo-me em ir.

— Muito bem, eu vou — respondeu Levine, beijando-a.

"Não, é melhor calar-me", — decidiu ele, enquanto a mulher entrava no salão. "Este segredo só tem importância para mim sozinho e nenhuma palavra poderia explicá-lo. Este novo sentimento não me transformou e nem me tornou feliz como eu esperava: como para com o amor paterno, não houve surpresa e nem deslumbramento. Devo lhe dar o nome de fé? Eu não sei nada. Sei apenas que deslizou na minha alma pelo sofrimento e que se implantou firmemente."

"Sem dúvida, continuarei a me impacientar com o cocheiro Ivan, a discutir inutilmente, a exprimir mal as minhas próprias ideias. Sentirei sempre uma barreira entre o santuário da minha alma e a alma dos outros, mesmo a alma da minha mulher. Sempre culparei Kitty pelos meus terrores para logo me arrepender. Continuarei a rezar, sem explicar a mim mesmo porque rezo. Que importa! A minha vida interior não estará mais à mercê dos acontecimentos, cada minuto da minha existência terá um sentido incontestável, porque está na minha vontade imprimir o bem em cada uma das minhas ações!"

Posfácio

Ésio Macedo Ribeiro*

Em 2021, a histórica e prestigiosa Editora José Olympio completou 90 anos. Para comemorar a data, a Casa põe novamente em circulação, entre outros livros, algumas traduções realizadas pelo escritor Lúcio Cardoso (Curvelo, MG, 1912 – Rio de Janeiro, RJ, 1968), nos anos 1940.

Começou reeditando, em fac-símile, três títulos da belíssima Coleção Rubáiyát: *O vento da noite*, de Emily Brontë, *A ronda das estações*, de Kâlidâsa, e *O livro de Job*. Agora chega a vez do monumental romance de Liev [Nikolaievich] Tolstói (Iasnaia Poliana, Rússia, 1828 – Astápovo, Rússia, 1910), *Ana Karenina* (Анна Каренина), de 1878, cuja primeira tradução integral no Brasil é esta que o leitor tem nas mãos.

A primeira edição deste livro no Brasil ocorreu em 1930,[1] quando a Sociedade Impressora Paulista, situada em São Paulo, publicou uma tradução incompleta do romance, sob o título de *Anna Karenine*, realizada por Anôn. Somente em 1943 teríamos a primeira edição completa do romance, em tradução realizada por Lúcio Cardoso e publicada pela Livraria José Olympio Editora. Seguida, no mesmo ano, por outra edição, dessa vez feita pelos Irmãos Pongetti Editores. Mas é difícil saber quem foi o tradutor verdadeiro, pois essa editora, "nos anos 1940, recorreu com alguma frequência ao uso não autorizado de traduções publicadas por outras editoras", realizando apenas "algumas pequenas modificações

---

* Ésio Macedo Ribeiro é doutor em Literatura Brasileira pela Universidade de São Paulo (USP), escritor e bibliófilo. Autor, entre outros, de *Pontuação circense* (Ateliê Editorial, 2000), *O riso escuro ou o pavão de luto: um percurso pela poesia de Lúcio Cardoso* (Edusp/Nankin, 2006), *É o que tem* (Patuá, 2018), *Um olhar sobre o que nunca foi:* (Urutau, 2019) e *Presente* (Ateliê Editorial, 2021). Organizador e editor da *Poesia completa* (Edusp, 2011) e dos *Diários* (Civilização Brasileira, 2012) de Lúcio Cardoso; e ainda da tradução de Lúcio Cardoso de *O vento da noite*, de Emily Brontë (Civilização Brasileira, 2016).

1 Sobre as traduções de *Ana Karenina* no Brasil, ver o estudo da professora Denise G.[Guimarães] Bottmann, "Tolstói no Brasil". *In: Belas infiéis — Revista do programa de pós-graduação em estudos da tradução da Universidade de Brasília*, v. 4, n. 3, pp. 151-161, 2015.

nas páginas iniciais".[2] A única informação que essa edição traz é que a tradução foi "revista" por Marques Rebelo. Em 1995, o Círculo do Livro publica *Ana Karênina*, mencionando que a tradução foi feita por Mirtes Ugeda, mas na verdade trata-se de plágio da tradução realizada por João Gaspar Simões, publicada em Portugal em 1971, "ligeiramente modificada com algumas alterações de superfície".[3] Todas essas traduções foram executadas a partir de edições em francês, o que era muito comum no Brasil nessa época. Traduzidas diretamente do russo, apenas duas edições. A primeira, *Ana Karênina*, veio à luz no ano de 1950, pelas mãos de Rui Lemos de Brito, editada pela Editora Lux; e a segunda, *Anna Kariênina*, no ano de 2005, realizada por Rubens Figueiredo, publicada pela Editora Cosac Naify.

A tradução de Lúcio foi a de número 30 da Coleção Fogos Cruzados da Livraria José Olympio Editora. A capa ficou a cargo de Tomás Santa Rosa, e o retrato de Tolstói, de Oswaldo Goeldi. Teve uma tiragem comercial e outra, para bibliófilos, de duzentos exemplares em papel Bouffant extra, creme, numerados de 1 a 200. A essa se seguiram, sem nenhuma alteração, mais duas edições. Ambas pela Editora Tecnoprint (Ediouro), respectivamente em 1985 e 1992, com introdução assinada por Otto Maria Carpeaux.

De 1930 para cá o perfil dos tradutores brasileiros mudou. Hoje, em vez dos medalhões da literatura brasileira, como Rachel de Queiroz, Erico Verissimo, Graciliano Ramos, Carlos Drummond de Andrade, Manuel Bandeira, Clarice Lispector e Lúcio Cardoso, que faziam traduções para amealhar um dinheirinho a mais no fim do mês, temos, em sua imensa maioria, tradutores técnicos traduzindo diretamente da língua original. Mas muitas vezes são traduções que não têm molejo, são duras, cartoriais. Assim, ao ler a tradução realizada por Lúcio Cardoso, o leitor terá a oportunidade não só de entrar na obra-prima de Tolstói pela porta da frente, como a de descobrir todas as nuanças e sutilezas que o escritor russo nela imprimiu.

* * *

---

2 *Ibid.*, p. 161, 2015.

3 *Ibid.*, p. 158, 2015.

ANA KARENINA

A ideia para a história de *Ana Karenina* surgiu em 1872, após Tolstói ter visto o cadáver da jovem princesa Anna Stepanovna Pirogova, que cometera suicídio jogando-se sob as rodas de um trem depois de saber que seu amante planejava abandoná-la para se casar com outra mulher. Em 18 de março do ano seguinte, Tolstói começou a escrever o romance, trabalho que durou até 1877. Foi publicando-o seriado (13 números) no jornal *Russkiy Vestnik* (*Mensageiro Russo*) a partir de janeiro de 1875 até abril de 1877, quando saiu a sétima parte do romance, faltando, portanto, a última. Isso porque Tolstói, com o surgimento da guerra nos Bálcãs para a independência da Sérvia, sente-se inspirado a escrever o que chama de "Epílogo" ("Oitava parte") para o romance. Mas seu editor, Mikhail Katkov, recusa-se a publicá-lo por divergências ideológicas. Ele e toda a redação de seu jornal eram a favor da guerra, e Tolstói, contrário a ela. Assim, no verão de 1877, o escritor publica a última parte, às próprias custas, na forma de brochura. O romance se torna muito popular, tanto que em janeiro de 1878 é lançada, em Moscou, na forma de livro, sua edição completa reunida em três volumes. Tornou-se imediatamente um *best-seller*. Só para se ter uma ideia, logo no primeiro dia, uma única livraria da capital russa vendeu 500 exemplares do livro.

Tolstói foi um profundo pensador social e moral e um dos mais eminentes autores da narrativa realista de todos os tempos. *Ana Karenina* — um dos melhores romances psicológicos da literatura moderna —, juntamente com *Guerra e paz*, marca a culminância do gênio do escritor russo, dentro do que os críticos chamaram de grande período de sua carreira, compreendido entre os anos de 1863 e 1878. Mas enquanto em *Guerra e paz* Tolstói faz uma ressurreição do passado, em *Ana Karenina*, história de um amor trágico e adúltero, o ambiente é a sociedade russa dos fins do século XIX.

Neste romance, o autor opõe aos amores culpados de Ana e Vronski os amores de Kitty e Levine. Mas o que importa aí é a tragédia de uma alma. Como *Fedra* — a heroína de Racine —, Ana vê-se arrastada por Vronski, um belo e jovem oficial, a uma paixão fatal e irremovível. Daí abandona o filho e o marido para estar com Vronski. E, ao perceber que ele está cansado dela, não vê outra solução para o seu caso senão a morte por suicídio, jogando-se na frente de um trem em movimento. Mas, mais do que isso, o romance seduz ainda pela pintura viva e animada da alta sociedade russa de seu tempo, pelas admiráveis descrições do campo — Tolstói sempre foi excelente paisagista — e ainda pela psicologia de Levine, devorado por toda sorte de dúvidas, preso pela inquietação sobre

LIEV TOLSTÓI

o mistério da existência e conduzido finalmente a Deus por um humilde mujique que não sabe senão amar e crer.

Há, também, no romance, uma subtrama que diz respeito ao casamento feliz e contrastante de Levine e sua jovem esposa, Kitty. A pesquisa de Levine para o significado de sua vida e de seu amor por uma existência natural e simples em sua propriedade são reflexões dos próprios estados de vontade de Tolstói e, também, pensamentos sobre a passagem do tempo. Neste romance, o autor começa a expor suas dúvidas e tormentos, o que só viria a tratar de modo mais abrangente em *Confissão* (1879-1882), mistura de depoimentos e reflexões filosófico-teológicas, em que registra sua intensa crise de fé, seus questionamentos sobre o sentido da vida e o confronto com desejos suicidas.

Segundo Otto Maria Carpeaux,

> O conflito entre arte e moral, em Tolstói, não tinha solução. Levou-o vinte anos depois, a amaldiçoar, no tratado *Que é a arte?* (*sic*), toda e qualquer arte literária, inclusive sua própria. Mas o conflito fora teórico. Na prática, a harmonia entre as intenções conflitantes estava realizada em *Ana Karenina*, "o mais sério" romance e o "mais romance" dos romances de Tolstói e, talvez, da literatura russa.[4]

A singularidade das páginas de *Ana Karenina* fez com que esse romance fosse um dos mais adaptados da literatura, tendo sido transposto para teatro, música, rádio, televisão, cinema e ópera. Existe até um romance-paródia escrito por Ben H. Winters, publicado em 2010, chamado *Android Karenina*. O que prova que o livro de Tolstói permanece popular. Tanto isso é verdade que, em 2007, a prestigiosa revista *Time* fez uma pesquisa com 125 autores contemporâneos, e eles elegeram *Ana Karenina* o "maior livro já escrito".

Tolstói não foi um gigante só no campo literário — lembrando que era contemporâneo de escritores como Dostoiévski, Turguéniev, Tchékhov, Dickens e Balzac —, mas um dos homens mais importantes da Rússia de seu tempo, em muitos momentos considerado um resumo e um modelo arquetípico do país. A presença de Tolstói na vida russa foi tão ostensiva

---

4 CARPEAUX, Otto Maria. "Ana Karenina" (introdução). *In*: TOLSTOI, Leon. *Ana Karenina*. Trad. de Lúcio Cardoso. Rio de Janeiro: Ed. Tecnoprint [Ediouro], p. 10, 1985.

que ele inspirou uma seita com milhares de seguidores, o tolstoismo, uma espécie de cristianismo radical.

Finalmente, não só vale conhecer esta obra-prima de Tolstói, mas também toda a obra que ele nos legou, e mais, a sua biografia, que é um romance à parte.

* * *

Para esta edição fiz uma revisão técnica completa do texto. Com isso pude detectar e corrigir erros e problemas que passaram naquela primeira edição publicada pela Livraria José Olympio Editora.

Como a edição que segui foi publicada no ano de 1943 e seguia o Formulário Ortográfico promulgado em 12 de agosto daquele ano, atualizei a ortografia seguindo as normas da atualmente vigente, que é a do Acordo Ortográfico da Língua Portuguesa, firmado em 16 de dezembro de 1990.

Também revi e corrigi, quando se fez necessário, palavras e frases em línguas estrangeiras: francês, espanhol, inglês e alemão.

Corrigi, ainda, palavras grafadas erroneamente; a conjugação verbal, o plural, a pontuação — principalmente as vírgulas —, e uniformizei o uso do travessão e das aspas na apresentação dos diálogos. Do mesmo modo, passaram por revisão os lapsos gramaticais, como a falta de uma preposição, por exemplo, de "através hipocrisia" para "através de hipocrisia".

Revi e uniformizei os nomes das personagens. E, por ser comum o uso de palavras estrangeiras em textos e conversas do/no século XIX, principalmente na língua franca das classes dominantes, que era o francês, e ainda que já tenhamos essas palavras aportuguesadas, decidi-me por mantê-las assim: *abat-jour* em vez de abajur; *croquet* em vez de croquete; *bouquet* em vez de buquê; *cognac* em vez de conhaque; e *toilette* em vez de toalete.

Optei por grafar o nome do escritor deste modo: Liev Tolstói, como é utilizado nas traduções recentes no Brasil, em detrimento dos muitos outros que foram usados em publicações do passado: Leão Tolstói, Leon Tolstoi, Léon Tolstoi, Leon Tolstói, L. Tolstoi, Lev Tolstoi e Lev Tolstói. Mas mantive o título *Ana Karenina*, conforme Lúcio Cardoso o traduziu, em vez das outras formas que já foram ou que ainda são utilizadas: *Anna Karenine*, *Ana Karênina* e *Anna Kariênina*.

LIEV TOLSTÓI

Também, com a intenção de distinguir a ordem de ocorrências dos principais fatos na vida e época do escritor, preparei e inseri, ao final do livro, uma "Cronologia da vida e da época de Liev Tolstói", abrangendo os anos de 1828 a 1910.

* * *

Devo agradecimentos especiais, pelo disponível ombro amigo e pelas palavras de sabedoria, a André Seffrin, George Finkelstein (em memória), João Adolfo Hansen e, sempre, a Rafael Cardoso.

Referências bibliográficas

BENET, William Rose. *Benet's Readers Encyclopedia*. 4. ed. MURPHY, Bruce (org.). Nova York: Harper Collins Publishers, 1996.

BOTTMANN, Denise G. [Guimarães]. "Tolstói no Brasil". *In: Belas infiéis — Revista do programa de pós-graduação em estudos da tradução da Universidade de Brasília*, v. 4, n. 3, pp. 151-161, 2015.

CARPEAUX, Otto Maria. "Ana Karenina" (introdução). *In*: TOLSTOI, Leon. *Ana Karenina*. Trad. de Lúcio Cardoso. Rio de Janeiro: Ed. Tecnoprint [Ediouro], 1985, pp. 7-10. (Coleção Universidade de Bolso.)

ERASSO, Natalia Cristina Quintero. *Os diários de juventude de Liev Tolstói — tradução e questões sobre o gênero de diário*. São Paulo, 2011. 156 p. (Mestrado em Literatura e Cultura Russa) – Faculdade de Filosofia, Letras e Ciências Humanas, Universidade de São Paulo.

GUERRA, Filipe. "Dias do leitor". Colaboração de Piotr Ravenstein. Disponível em: <www.diasdoleitor.blogspot.com/2014/02/nova-traducao--de-anna-karenina.html>. Acesso em: 6 mar. 2018.

TODD III, William Mills. "V.N. Golitsyn Reads Anna Karenina: how one of Karenin's colleagues responded to the novel". *In: Reading in*

ANA KARENINA

Russia: practices of reading and literature communication, 1760-1930. REBECCHINI, Damiano & VASSENA, Raffaella (org.). Milão: Ledizioni, 2014, pp. 189-200.

TOLSTOI, Leon. *Ana Karenina*. Trad. de Lúcio Cardoso. Rio de Janeiro: Livraria José Olympio Editora, 1943. (Coleção Fogos Cruzados; 30.)

_____. *Ana Karenina*. Trad. de Lúcio Cardoso. Rio de Janeiro: Livraria José Olympio Editora, 1943, tiragem especial de 200 exemplares para bibliófilos, ex. n. 152. (Coleção Fogos Cruzados; 30.)

_____. *Ana Karenina*. Trad. de Lúcio Cardoso. Introdução de Otto Maria Carpeaux. Rio de Janeiro: Ed. Tecnoprint [Ediouro], 1985. (Coleção Universidade de Bolso.)

TOLSTOY, Leo. *Anna Karenina*. Trad. de Constance Garnett. Introdução e notas de Amy Mandelker. Nova York: Barnes & Noble Classics, 2003.

Cronologia da vida e da época de Liev Tolstói

Ésio Macedo Ribeiro

1828 – Em 28 de agosto do calendário juliano (9 de setembro do gregoriano) nasce em Iasnaia Poliana, em uma propriedade familiar localizada a doze quilômetros a sudoeste da província de Tula, ao sul de Moscou, o conde Liev Nikolaievich Tolstói. É o quarto dos cinco filhos do conde Nikolai Ilitch Tolstói, um veterano da campanha russa de 1812 contra Napoleão, e da condessa Maria Tolstaia (Volkonskaia). Tolstói tem origem ilustre da mais alta aristocracia russa, que remonta à princesa Maria Nicolaievna, por isso, ele é também chamado de "conde de Tolstói".

1830 – Morre a mãe de Tolstói.

1833 – Alexander Pushkin publica *Eugene Onegin.*

1837 – A família muda-se para Moscou para que os filhos recebam educação formal. Morre o pai de Tolstói. Os cuidados das crianças passam às mãos das tias.

1838 – Charles Dickens publica *Oliver Twist.*

1840 – As crianças dos Tolstói ficam sob a tutela da tia Alexandra.

1841 – Morre a tia Alexandra. Tolstói fica sob os cuidados da tia Tatiana, em Kazan, e é educado por tutores. Criança sensível e precoce, Tolstói demonstra uma consciência aguda da morte, o que o perseguirá ao longo de sua vida.

1842 – Nikolai Gogol publica *Almas mortas.*

1844 – Estuda línguas orientais na Universidade de Kazan, preparando-se para a carreira diplomática.

1845 – Tolstói troca o curso de línguas orientais pelo de direito e se impõe, então, um rigoroso programa de autoaperfeiçoamento, em que inclui exercícios físicos, estudos exaustivos, e uma minuciosa descrição de seu desenvolvimento moral em um diário, considerado o seu laboratório de escritor. As obras de William Shakespeare, Charles Dickens, Jean-Jacques Rousseau, Voltaire e Georg Hegel estão entre suas preferidas.

1847 – Encerra os estudos e retorna a Iasnaia Poliana, propriedade familiar que herdou. Dedica-se a melhorar a vida dos camponeses locais com educação e assistência prática, mas não é bem-sucedido. Sua experiência apenas faz aumentar seu compromisso com uma luta vitalícia em favor dos pobres. Fiel à sua natureza dividida, Tolstói contrabalança esses nobres esforços com

LIEV TOLSTÓI

jogos de azar e escapadas sexuais em São Petersburgo e Moscou. Em 17 de março começa a escrever seus diários. Charlotte Brontë publica *Jane Eyre*, e Emily Brontë, *O morro dos ventos uivantes*.

1849 – Muda-se para São Petersburgo, onde volta a estudar direito.

1850 – Verão. Tolstói estuda música intensamente em Iasnaia Poliana.

1851 – Parte para Tíflis, no Cáucaso, com seu irmão mais velho, Nikolai, e, juntos, entram para o exército. Começa a escrever sua novela autobiográfica, *Infância*. Herman Melville publica *Moby Dick*.

1852 – Publica seu primeiro livro, *Infância*, assinado com as iniciais "L. N.", no número 9 do periódico *Sovremiênnik* (*O Contemporâneo*), de São Petersburgo, com alterações na redação feitas por exigência da censura. A obra teve grande repercussão, tanto que Dostoiévski, no seu exílio siberiano, comoveu-se com o livro e exprimiu o desejo, nunca realizado, de se encontrar com o autor. E o czar, impressionado, ordenou que o jovem oficial que arriscava a vida nos combates em defesa de Sebastopol fosse retirado para uma zona menos perigosa.

1854 – Combate na Guerra da Crimeia, em Sebastopol, quando a Rússia enfrenta os exércitos francês e britânico. Publica a segunda novela de sua trilogia, *Adolescência*.

1855 – Morre o czar Nicolai I e sobe ao trono o czar Alexander II. Walt Whitman publica *Folhas da relva*.

1856 – Fim da Guerra da Crimeia. Tolstói deixa o exército e retorna a São Petersburgo. Publica *Contos de Sebastopol* (1855 – 1856), baseados em suas experiências em campo de batalha. Essas histórias o tornam famoso e abrem as portas dos círculos literários de São Petersburgo para ele.

1857 – Publica a terceira novela de sua trilogia, *Juventude*. Realiza sua primeira viagem pela Europa ocidental: França, Suíça e Alemanha, mas a vida no Ocidente causa-lhe má impressão. Gustave Flaubert publica *Madame Bovary*.

1858 – Publica *Três mortes*.

1859 – Publica *Felicidade conjugal*. Funda uma escola para as crianças dos camponeses russos em Iasnaia Poliana e realiza nova viagem ao exterior para estudar os métodos educacionais europeus ocidentais. Charles Darwin publica *A origem das espécies*, e Ivan Goncharov, *Oblomov*.

1861 – O czar Alexander II liberta os servos pelo Manifesto da Emancipação. Tolstói viaja pela Europa para consultar pedagogos alemães. Nikolai, seu irmão, morre de tuberculose na França, e Tolstói entra em profunda depressão. Começa a Guerra Civil Americana.

1862 – Depois de muita indecisão, Tolstói se casa, em 23 de setembro, com Sophia Andreievna Behrs (22 de agosto de 1844 – 4 de novembro de 1919), filha de um médico da corte e dezesseis anos mais jovem do que ele. Juntos

ANA KARENINA

tiveram treze filhos, oito dos quais chegaram à vida adulta. Ivan Turguêniev publica *Pais e filhos*, e Victor Hugo, *Os miseráveis*.

1863 – Em 10 de julho nasce o primeiro de seus treze filhos, conde Sergei Lvovich Tolstói. Publica *Kholstomér* e *Os cossacos*, que é considerado um dos seus melhores trabalhos iniciais. Fecha a escola que fundara. Começa a pesquisa para *Guerra e paz* — que vai deste ano até 1869 — e publica o primeiro dos seis volumes dessa obra épica. Sophia torna-se sua secretária; ao longo dos quarenta e oito anos de casados ela copiou à mão milhares de páginas de manuscritos do marido.

1864 – Em 4 de outubro nasce seu segundo filho, condessa Tatiana Lvovna Tolstaia.

1865 – Lewis Carroll publica *As aventuras de Alice no país das maravilhas*.

1866 – Em 22 de maio nasce seu terceiro filho, conde Ilia Lvovich Tolstói. Fiódor Dostoiévski publica *Crime e castigo*.

1869 – Em 1º de junho nasce seu quarto filho, conde Lev Lvovich Tolstói. É publicado o último dos seis volumes de *Guerra e paz*, monumental romance histórico e filosófico, em que faz uma reconstrução da Rússia no tempo de Napoleão e das campanhas travadas na Áustria. Nele, descreve a invasão da Rússia pelo exército francês e sua retirada, compreendendo o período de 1805 a 1820. Contendo mais de mil páginas em sua versão original, é considerado unanimemente um dos maiores romances da humanidade.

1870 – Em 22 de abril nasce Vladimir Ilitch Ulianov, mais conhecido pelo pseudônimo Lênin. Em 19 de julho se dá o início da Guerra Franco-Prussiana.

1871 – Em 10 de maio termina a Guerra Franco-Prussiana com derrota francesa. Nasce seu quinto filho, condessa Maria Lvovna Tolstaia.

1872 – Tolstói vê o cadáver da princesa Anna Stepanovna Pirogova, uma jovem que cometeu suicídio jogando-se sob as rodas de um trem depois de saber que seu amante planejava abandoná-la para se casar com outra mulher. O fato serviu como ideia principal para o romance *Ana Karenina*. Nasce seu sexto filho, conde Pedro Lvovich Tolstói.

1873 – Morre seu filho, conde Pedro Lvovich Tolstói, com menos de um ano de idade. Em 18 de março começa a escrever *Ana Karenina*. Arthur Rimbaud publica *Uma estação no inferno*.

1874 – Nasce seu sétimo filho, conde Nikolai Lvovich Tolstói.

1875 – O romance passional e grande retrato da sociedade russa de sua época, *Ana Karenina*, começa a ser publicado seriado no jornal *Russkiy Vestnik* (*Mensageiro Russo*) e se torna muito popular. No entanto, três mortes, a de um filho, conde Nikolai Lvovich Tolstói, que nasce prematuramente; a de seu oitavo filho, condessa Varvara Lvovna Tolstaia, que nasce naquele ano e morre poucos meses depois; e a de sua tia Tatiana, mergulham-no em uma séria depressão que quase o leva ao suicídio. Continuando sua busca por uma nova filosofia de vida, estuda os filósofos antigos, muitos religiosos e a cultura do campesinato russo.

1877 – Embora Tolstói tenha submetido os capítulos finais de *Ana Karenina* ao editor do jornal *Russkiy Vestnik*, Mikhail Katkov, o surgimento da guerra nos Bálcãs o inspira a escrever o que ele chama de "Epílogo" ("Oitava parte") para o romance. Mas o editor se recusa a publicá-lo por divergências ideológicas com o escritor. Assim, Tolstói o publica às próprias custas, no verão daquele ano, na forma de brochura. Nasce seu nono filho, conde Andrei Lvovich Tolstói.

1878 – Em janeiro é publicada, na forma de livro, a edição completa de *Ana Karenina*. Em conversa com Sophia, Tolstói diz que é incapaz de continuar a viver com as questões espirituais e filosóficas que o absorvem e que inseriu nas páginas finais rejeitadas de seu romance. Converte-se ao cristianismo. Em 18 de dezembro nasce Josef Vissariónovitch Stálin.

1879 – Nasce seu décimo filho, conde Michael Lvovich Tolstói.

1880 – Fiódor Dostoiévski publica *Os irmãos Karamazov*.

1881 – Em 28 de janeiro morre Fiódor Dostoiévski. Em 13 de março o czar Alexandre II é assassinado em São Petersburgo e sobe ao trono o czar Alexander III. Nasce seu décimo primeiro filho, conde Alexei Lvovich Tolstói.

1882 – Publica *Confissão*, um ensaio sobre religião e o sentido da vida, que é proibido na Rússia.

1883 – Sua inclinação a se desfazer dos seus bens materiais dá início a uma disputa entre Sophia e Tchértkov — militar que foi seu discípulo, em quem o escritor tinha grande confiança — pelo controle dos direitos autorais de suas obras. O governo russo fica cada vez mais atento a Tolstói e seus sentimentos antigovernistas.

1884 – Em 18 de julho nasce seu décimo segundo filho, condessa Alexandra Lvovna Tolstaia.

1885 – Publica *Onde existe amor, Deus aí está*.

1886 – Publica *A morte de Ivan Ilitch*, outra obra-prima considerada pelos críticos como a mais perfeita novela já escrita. Morre seu filho, conde Alexei Lvovich Tolstói.

1888 – Nasce seu décimo terceiro filho, conde Iván Lvovich Tolstói.

1889 – Publica *O diabo*, *A ressurreição* e *A sonata a Kreutzer*. Este último, um relato tão escandaloso sobre sexualidade e feminicídio que não pôde ser publicado em livro e, por isso, circula somente em forma de manuscrito. É lido em voz alta em encontros sociais em toda a Rússia — às vezes pelo próprio Tolstói — provocando extensos debates.

1890 – Oscar Wilde publica *O retrato de Dorian Gray*.

ANA KARENINA

1891 – Sophia e Tolstói organizam um grupo de ajuda para os famintos. O autor transfere sua propriedade para sua família e renuncia à maior parte dos direitos sobre suas publicações; a renúncia causa raiva intensa por parte de seus parentes. Início da construção da Ferrovia Transiberiana.

1894 – Morre o czar Alexander III e sobe ao trono o czar Nicolai II.

1895 – Morre seu filho, conde Iván Lvovich Tolstói.

1897 – Publica *O que é arte?*, ensaio em que condena os maiores autores do mundo por não escreverem obras acessíveis a todas as pessoas; nele, critica Shakespeare e Beethoven tanto quanto seus próprios escritos. Bram Stoker publica *Drácula*.

1901 – A Igreja Ortodoxa Russa excomunga Tolstói por sua crítica a um funcionário da Igreja; essa resolução provoca indignação internacional em favor de Tolstói.

1904 – Em 8 de fevereiro começa a Guerra Russo-Japonesa. Tolstói publica *Falso cupom* e *Khadji-Murát*.

1905 – Começam os primeiros levantes populares na Rússia, marco inicial das mudanças sociais que culminaram com a Revolução de 1917. Em junho revoltam-se os tripulantes do couraçado *Potemkin*.

1906 – Morre sua filha, condessa Maria Lvovna Tolstaia.

1908 – Publica *Últimas palavras (não posso me calar)*, um ensaio contra a pena de morte.

1909 – Acirra-se a disputa pelos direitos autorais entre sua mulher e Tchértkov.

1910 – Em 28 de outubro, brigas por causa do testamento de Tolstói tornam sua vida intolerável em casa. Tanto que nesse dia ele saiu, à noite, acompanhado da filha mais nova, que também é sua secretária – a condessa Alexandra –, e de seu médico, e embarcam num trem noturno rumo a um mosteiro. Tolstói contrai pneumonia e é forçado a desembarcar na pequena estação de trens de Astápovo (hoje Liev Tolstói), na província de Riaz, onde morre, aos 82 anos, na casa do mestre da estação, no dia 7 de novembro do calendário juliano (20 de novembro do gregoriano).

A primeira edição deste livro foi impressa nas oficinas da
DISTRIBUIDORA RECORD DE SERVIÇOS DE IMPRENSA S.A.
Rua Argentina, 171, Rio de Janeiro, RJ
para a EDITORA JOSÉ OLYMPIO LTDA., em abril de 2022.

★

90° aniversário desta Casa de livros, fundada em 29.11.1931.